I0575214

Philipp Spitta
Johann Sebastian Bach

SEVERUS

Spitta, Philipp: Johann Sebastian Bach
Hamburg, SEVERUS Verlag 2014

ISBN: 9-783-86347-910-7
Druck: SEVERUS Verlag, Hamburg, 2014
Nachdruck der Originalausgabe von 1873

Der SEVERUS Verlag ist ein Imprint der Diplomica Verlag GmbH.

Bibliografische Information der Deutschen Nationalbibliothek:
Die Deutsche Nationalbibliothek verzeichnet diese Publikation in der
Deutschen Nationalbibliografie; detaillierte bibliografische Daten sind im
Internet über http://dnb.d-nb.de abrufbar.

© SEVERUS Verlag
http://www.severus-verlag.de, Hamburg 2014
Printed in Germany
Alle Rechte vorbehalten.

Der SEVERUS Verlag übernimmt keine juristische Verantwortung oder
irgendeine Haftung für evtl. fehlerhafte Angaben und deren Folgen.

SEVERUS

JOHANN SEBASTIAN BACH

VON

PHILIPP SPITTA.

ERSTER BAND.

VORWORT.

Das Werk, dessen erste Hälfte ich hiermit der Oeffentlichkeit über-
gebe, trägt als Anzeichen seines Inhalts einen schlichten Personen-
namen. Die Kürze der Fassung entsprang nicht dem Verlangen, ein
Verfahren nur nachzuahmen, das, bei umfassenden und gründlichen
biographischen Arbeiten seither mit einer gewissen Berechtigung
angewendet, allmählig zur gedankenlosen Mode zu werden droht.
Allerdings bilden Leben und Werke Johann Sebastian Bachs des
Buches hauptsächlichen und im weiteren Fortschreiten immer aus-
schließlicheren Gegenstand. Aber wenn es unbestritten ist, daß
jede Individualität nur dann richtig und vollständig gewürdigt werden kann, wenn die Verhältnisse klar entfaltet vorliegen, aus und
unter denen, und die Wirkungen, zu denen sie sich entwickelte, so
muß dieser Grundsatz ausgedehnteste Gültigkeit erlangen für einen
Mann, der in der deutschen Musik der letzten drei Jahrhunderte
gleichsam den Knotenpunkt bildet, welchem alle früheren Richtungen
einer neuen Periode convergirend zustreben, um aus ihm zu frischen
Wirkungen sich zu vereinzeln. Dieses letztere ausführlich darzustellen, konnte nun freilich meine Aufgabe um so weniger sein, als
überhaupt wohl die Zeit noch nicht gekommen ist, über den tief-
greifenden Einfluß der Bachschen Kunst namentlich auf die Musik
des 19. Jahrhunderts das letzte Wort zu sprechen. Aber in dem
vorausliegenden Zeitraume die Fäden auszusondern, welche jenen
Knoten schürzen sollten, den Ursachen nachzuspüren, warum sie
grade in einer Persönlichkeit wie Bach zusammenlaufen konnten,
eine solche Forderung war unabweislich, wenn die Absicht dahin

ging, von der Großartigkeit dieser Künstlererscheinung auch nur eine annähernde Vorstellung zu geben. Je mächtiger und verzweigter nun die Wurzeln sind, mit denen sie im Erdreich des deutschen Lebens und Wesens haftet, in desto weiterem Umkreise mußte ich das Gebiet aufgraben, um dieselben bloß zu legen. So wird der Leser mancherlei in diesem Buche finden, was er in einem »Leben« Sebastian Bachs nicht suchen würde, was aber trotzdem mit ihm im innigsten, unlösbaren Zusammenhange steht. Und dieser Beschaffenheit des Werkes, denke ich, wird seine Bezeichnung entsprechen.

Der Versuch einer solchen umfassenden Darstellung ist bis jetzt nicht gemacht worden. Doch fehlt es nicht an Schriften, welche die äußeren Lebensereignisse Bachs oder auch gewisse Seiten seiner künstlerischen Thätigkeit zum Gegenstande haben. Unter ihnen ist die bei weitem werthvollste der Nekrolog, welcher vier Jahre nach des Meisters Tode in L. Chr. Mizlers Musikalischer Bibliothek Bd. IV, Th. 1. Leipzig, 1754. S. 158—176 veröffentlicht wurde. Schon daß er zu einer Zeit ans Licht trat, als die Erinnerung an Bach noch ganz frisch war, zumal an der Stätte, wo er 27 Jahre lang gewirkt hatte, gewährt seinen Mittheilungen einen hohen Grad von Glaubwürdigkeit, viel mehr aber noch der Umstand, daß er von dem zweiten Sohne des Verstorbenen, Karl Philipp Emanuel Bach, und einem trefflichen einstmaligen Schüler, Johann Friedrich Agricola, verfaßt ist. Offenbar vereinigten sich beide zu diesem Zwecke deshalb, weil Agricola Sebastian Bachs Unterweisung genoß, als der Sohn schon nicht mehr im Elternhause weilte, und somit manches als unmittelbarer Zeuge erlebte, was jener nur auf indirectem Wege erfahren konnte; auch zu Jakob Adlungs *Musica mechanica organoedi* (Berlin, 1768) hat Agricola noch eine Reihe von schätzbaren auf seinen großen Lehrer bezüglichen Anmerkungen geliefert. Die schlichte Schilderung von Bachs Leben und künstlerischem Vermögen, welche der Nekrolog nebst einer summarischen Uebersicht seiner Compositionen enthält, haben nun fast alle späteren sogenannten Biographen ausgeschrieben. So zuerst Johann Adam Hiller, Lebensbeschreibungen berühmter Musikgelehrten und Tonkünstler neuerer

Zeit. 1. Theil. Leipzig, 1784. S. 9—29. Diesem folgte dann wieder Ernst Ludwig Gerber, Historisch-Biographisches Lexicon der Tonkünstler. 1. Theil. Leipzig, 1790. Sp. 86 ff., ohne, wie es scheint, zu bemerken, woher Hiller seine Kenntnisse geschöpft hatte. Doch finden sich auch bei Gerber hier und an andren Stellen beachtenswerthe Originalbemerkungen, die auf die Erzählungen seines Vaters, eines Schülers von Seb. Bach, begründet sind. Ein seltsames biographisches Elaborat steht bei Hirsching, Historisch - literarisches Handbuch berühmter und denkwürdiger Personen, welche im 18. Jahrhundert gestorben sind. 1. Band. Leipzig, Schwickert. 1794. S. 77—80. Hier werden zuerst ¦die Daten des Nekrologs ungefähr und mit manchen Fehlern reproducirt; dann folgt eine Charakteristik; diese wurde den »Proben aus Schubarts Aesthetik der Tonkunst« entnommen, welche dessen Sohn Ludwig Schubart in der Deutschen Monatsschrift. Berlin, Vieweg. 1793. St. 1. veröffentlicht hatte. Zu geben ist natürlich auf diese Phantasmen nichts, auch dort nicht, wo etwas thatsächliches hindurchschimmert, dessen Unrichtigkeit sich nicht sofort beweisen läßt. C. A. Siebigke, Museum berühmter Tonkünstler. Breslau, 1801. S. 3—30, wiederholt Gerber und Hiller, d. h. den Nekrolog, fügt jedoch einige gute Bemerkungen über Bachs Stil hinzu. Bei J. Ch. W. Kühnau, Die blinden Tonkünstler. Berlin, 1810, und J. E. Großer, Lebensbeschreibung des Kapellmeister u. s. w. Johann Sebastian Bach. Breslau, 1834. S. 7—64 ist nicht einmal Selbständigkeit des musikalischen Urtheils vorhanden, von eigner Forschung kann, Gerber zum Theil ausgenommen, bei keinem von allen diesen die Rede sein.

Den ersten Fortschritt, der seit dem Mizlerschen Nekrologe in in der Bach-Litteratur geschah, bezeichnet J. N. Forkels Schrift: Ueber Johann Sebastian Bachs Leben, Kunst und Kunstwerke. Für patriotische Verehrer echter musikalischer Kunst. Leipzig, bey Hoffmeister und Kühnel (*Bureau de Musique*). 1802. 4. X und 69 S.S. mit Notenbeilagen, von der im Jahre 1855 eine neue Ausgabe erschien. Forkel, der gründlichste deutsche ·Musikgelehrte seiner Zeit und ein leidenschaftlicher Verehrer der Kunst Seb. Bachs, stand mit den ältesten beiden Söhnen desselben im persönlichen Verkehr. Hierdurch kam er in Besitz eines reichen Materials, das er in jene Schrift verarbeitete. Hinsichtlich der Lebensnachrichten geht selbst er kaum über den Inhalt des Nekrologs hinaus, wohl aber in der Schilderung von Bachs Eigenschaften als Orgel- und Clavier-Spieler, als Tonsetzer, Lehrer, Familienvater. So werthvoll nun also Forkels Buch als Quelle ist, und so wenig man ihm wird vorwerfen dürfen, er habe irgend etwas darin ganz aus der Luft gegriffen, mit Vorsicht muß es dennoch benutzt werden. Da er nämlich die thatsächlichen Ueberlieferungen und Urtheile der Bachschen Söhne von seinen eignen Meinungen nicht getrennt, vielmehr in eine fortlaufende Darstellung verarbeitet hat, so weiß man oft nicht, wo dasjenige anfängt oder aufhört, was eben diese Quelle so außerordentlich schätzbar macht. Denn Forkels eignes Urtheil ist selbst über Bach oft auffällig befangen. Nicht selten führt die Forschung auf eignem Wege zu einem Resultate, welches mit einer Aeußerung Forkels derart übereinstimmt, daß über die reine Quelle, aus der er sie schöpfte, kein Zweifel bleibt. Dann aber befremden wieder offenbare Unrichtigkeiten oder die Entdeckung, daß er günstigsten Falls seine Gewährsmänner mißverstanden haben muß. Endlich ist immer zu bedenken, daß auch Bachs Söhne irren konnten. Daher muß man wohl dieses Buch bei jedem Schritte berücksichtigen, darf aber, um möglichst sicher zu gehen, keinen Satz desselben ungeprüft lassen.

Mit Bezug auf den hundertjährigen Todestag Bachs, der am 28. Juli 1850 eintrat, erschienen zwei Erinnerungsschriften über ihn. Die eine: Johann Sebastian Bachs Lebensbild. Eine Denkschrift u. s. w. aus Thüringen, seinem Vaterlande. Vom Pfarrer Dr. J. K. Schauer, Jena, Fr. Luden. 1850. 8. VII und 38 S.S., faßt ihrem Zwecke gemäß das bis dahin allgemeiner Bekannte kurz und meistens correct zusammen, ist gewissenhaft in der Quellenangabe und bietet ein fleißiges Verzeichniß der durch Stich und Druck veröffentlichten Compositionen; tieferes Kunstverständniß verräth sie nicht. Eingehender läßt sich auf seinen Gegenstand der zweite Saecularschriftsteller ein, C. L. Hilgenfeldt, Johann Sebastian Bachs

Leben, Wirken und Werke. Ein Beitrag zur Kunstgeschichte des achtzehnten Jahrhunderts. Leipzig, Friedrich Hofmeister. 4. X und 182 S.S. mit Notenbeilagen. Das Buch ist mit ernstem Sinne geschrieben und macht insofern einen kleinen Fortschritt über Forkel hinaus, als der Verfasser aus der Litteratur des vorigen Jahrhunderts eine Anzahl von Daten und Urtheilen über Bach mit Sorgfalt gesammelt und in seine Darstellung verwoben hat. Auch über die Vorfahren Bachs hat er zum ersten Male Ausführlicheres bekannt gemacht und eine Uebersicht der Bachschen Compositionen gegeben, an der wenigstens der Fleiß Achtung verdient. Historische Auffassung freilich und wissenschaftliche Methode darf man nicht von ihm verlangen; seine Kunsturtheile, seine geschichtlichen Um- und Rückblicke sind, wie überhaupt das Ganze, schief und dilettantisch. Da aber der Verfasser selbst über seine Kräfte bescheiden denkt, wäre es unbillig, ihm weitere Vorwürfe zu machen. Ein sonderbares litterarisches Product hat seitdem noch geliefert C. H. Bitter, Johann Sebastian Bach. 2 Bände. Berlin, F. Schneider. 1865. Fortgerissen von der historischen Strömung unserer Zeit sucht dieser Schriftsteller mit dem wissenschaftlichen Apparate zu operiren, aber ohne in irgend einer Weise dazu fähig zu sein. Dankenswerth ist allenfalls die Mittheilung einiger bis damals unbekannter Archivalien, denn dergleichen Schriftstücke haben, wie die Bücher, ihre Schicksale. Leider sind sie sehr flüchtig wiedergegeben. Alle Versuche zu historischen Entwicklungen und sonstigen Reflexionen wären zum Vortheil des Buches und Verfassers besser unterblieben. Etwas mehr hat derselbe mit einer späteren Arbeit geleistet: Carl Philipp Emanuel Bach und Wilhelm Friedemann Bach und deren Brüder. 2 Bände. Berlin, W. Müller. 1868; hier war freilich die Aufgabe auch sehr viel leichter.

Es geht aus dieser Uebersicht hervor, daß als wirkliche Quellen von mir nur der Nekrolog, Forkel und hier und da Gerber benutzt werden konnten. Um zu neuem Materiale zu gelangen, war neben einer genauen Musterung der mit Bach gleichzeitigen musikalischen Schriftsteller vor allem eine sorgfältige Durchforschung aller derjenigen Archive nothwendig, in denen allenfalls Spuren von Bachs Existenz als Bürger und Angestellter zu erwarten waren. Dann galt es nicht nur im allgemeinen die Verhältnisse seiner Zeit zu durchdringen, sondern auch für die verschiedenen Orte seines Aufenthalts jedesmal eine möglichst deutliche Vorstellung seiner Umgebung und äußern Thätigkeit zu gewinnen, den Andeutungen weiterer Zusammenhänge nachzuspüren, die Lebensschicksale von Personen zu verfolgen, mit denen er in Verbindung gestanden zu haben schien. Briefe hat Bach sicherlich nicht häufig geschrieben, am seltensten an Privatpersonen; auf dieses wichtigste biographische Mittel durfte von Anfang her nur in bescheidenstem Maße gerechnet werden. Desto erfreulicher war es, dennoch ein paar werthvolle Funde der Art zu thun. Ein unschätzbares Schriftstück ist der am 28. October 1730 von Leipzig aus an den Jugendfreund Georg Erdmann in Danzig gerichtete ausführliche Privatbrief, den ich durch die Hülfe meines lieben Freundes O. von Riesemann in Reval aus dem Haupt-Staatsarchive zu Moskau wieder ans Licht ziehen konnte. Erdmann starb am 4. October 1736 als kaiserlich russischer Hofrath und Resident zu Danzig. Er hinterließ eine unmündige Tochter, ihre Erziehung sowie die Ordnung der ziemlich derangirten Verhältnisse übernahm ein Fräulein von Jannewitz, seine Schwägerin. Diese berichtete am 9. November 1736: »ich habe auch noch gantz alte briffe und Papir, welches mein seliger Schwager schon vor der bombardirung auff Einer aparten stube hat liegen gehabet, gleich als ich mich darauff bedacht in Einem Kuffer geleget und mit seinen Pittschaft 2. mahl versigelt, welge auch werde mit zu der andern versigelung geben.« Sie selber wollte Danzig als Wohnort aufgeben und diese Hinterlassenschaft war ihr beschwerlich. Unter den »gantz alten briffen« aber befand sich auch der Sebastian Bachs, welcher somit nebst den amtlichen Papieren Erdmanns nach Moskau wanderte und dort fast anderthalb hundert Jahre hindurch seiner Auferweckung entgegenschlummerte.

Gehören solche Autographe, deren Auffinden oft nur ein glücklicher Zufall bedingt, zu den Seltenheiten, so ist es um die auto-

graphen Compositionen Bachs bei weitem besser bestellt. Man darf
wohl behaupten, daß sie zum größeren Theile noch existiren,
und in einer nicht unbeträchtlichen Anzahl sind sie auch allgemeiner
zugänglich. Dieselben haben aber nicht nur wegen ihres Kunst-
inhaltes einen unersetzlichen Werth, sie bieten auch bei richtiger
Behandlung eine Fülle von biographischen Anhaltepunkten, durch
die man oftmals selber in Verwunderung gesetzt wird. Die Quelle
würde noch reichlicher fließen, wenn nicht die Entstehungszeit der
meisten Werke verschwiegen wäre. Hier öffnet sich nun zur Begründung einer einigermaßen sicheren Chronologie für die diplomatische Kritik ein Arbeitsfeld, auf dem sie alle ihre Instrumente
zur Anwendung bringen kann. Da die Bachschen Handschriften
sich durch einen Zeitraum von mehr als vierzig Jahren erstrecken,
so ist es eine keineswegs unlösbare Aufgabe, nach bestimmten
Merkmalen der Schrift verschiedene Perioden derselben abzugränzen,
wenn sich auch die Hand in ihren Grundzügen wunderbar beständig
zeigt. Hinzu tritt die verschiedenartige Beschaffenheit des Papieres.
Ein drittes allgemeines Moment ist bei Vocalcompositionen die Untersuchung des Textes. Die Haltung der von Bach componirten
Poesien ist freilich meistens zu unbestimmt, als daß etwas thatsächliches daraus zu entnehmen wäre, obgleich in einzelnen Fällen auch
dieses möglich ist. Sehr ergiebig kann dagegen das Bemühen werden, den Dichtern und Drucken der Texte auf die Spur zu kommen.
Die Sitte der Zeit, nach welcher die poetischen Unterlagen der
Kirchenmusiken gedruckt und unter die Gemeinde zum Nachlesen
vertheilt zu werden pflegten, kommt dem entgegen und steckt meistens wenigstens nach einer Seite hin die Entstehungszeit ab. Der
besondern Handhaben verschiedenster Art, welche oftmals die einzelnen Handschriften der Forschung bieten, soll hier natürlich nicht
weiter gedacht werden. Von erheblichem Vortheil für meine Arbeit
waren die Publicationen der Bach-Gesellschaft, welche jetzt bis
zum 20. Jahrgange fortgeschritten sind; sie stützen sich meistens
auf die bestmöglichen Quellen und sind, zumal wo W. Rust seine
erfahrene Hand angelegt hat, Zeugnisse von großer kritischer

Sorgfalt. Mit nicht geringerer Gewissenhaftigkeit besorgten F. C. Griepenkerl und F. A. Roitzsch die bei C. F. Peters in Leipzig erschienene Gesammt-Ausgabe der Instrumentalwerke Bachs, und A. Dörffel vervollständigte dieselbe im Jahre 1867 durch ein genaues thematisches Verzeichniß. Dennoch mußte es aus den oben genannten Gründen mir zur Pflicht werden, alle nur irgend zu entdeckenden Autographe Bachscher Compositionen selbst zu untersuchen. Bei denen, welche öffentliche Bibliotheken aufbewahren, also vor allem in der königl. Bibliothek zu Berlin, war dieses Ziel wohl allmählig zu erreichen. Schwieriger ist es immer, zum Privatbesitz Zugang zu erhalten. Doch habe ich auch hier in den meisten Fällen ein sehr freundliches und liberales Entgegenkommen gefunden, und hoffe, daß die Thüren, an welche ich bis jetzt vergebens anklopfte, sich nicht für immer verschlossen zeigen werden. Ich kann das um so ruhiger aussprechen, als derartige Weigerungen für Gestalt und Inhalt dieses ersten Bandes höchstwahrscheinlich ohne Bedeutung geblieben sind. Viele Autographe freilich giebt es noch und mag es geben, die, bei unbekannten Besitzern an unbekannten Orten verborgen, vorläufig jeder Kenntnißnahme spotten. Ich denke hier hauptsächlich an England. Wann werden wir, wenn auch nur dem Inhalte nach, von dort das Unsrige zurückerhalten?

Die Erwähnung der Compositionen führt von der biographischen und culturhistorischen auf die künstlerische und kunsthistorische Seite hinüber. Aus den Schriften der Männer, welche von hier aus Bach bald mehr bald weniger umfassend zu behandeln versucht haben — Winterfelds im 3. Bande seines Evangelischen Kirchengesangs, Mosewius' in seinen Schriften über Bachs Matthäuspassion, Kirchencantaten und Choralgesänge, und anderer — konnte ich nur Einzelheiten hier und da gebrauchen, da es sich herausstellte, daß grade diejenige treibende Kraft, welche durch ein Jahrhundert hinströmend endlich in Sebastian Bach triumphirend emporschoß, von ihnen unterschätzt oder ganz unbeachtet gelassen war. Auch bleibt es immerhin besser, mit eignen Augen als durch ein fremdes Medium zu sehen. Uebrigens steht, was auch nur das 17. Jahrhundert an

Kunstformen hervorbrachte, in so enger und unmittelbarer Verbindung mit der Kunst Seb. Bachs, daß es unerläßlich war, auf deren Geschichte sich etwas genauer einzulassen. Hierbei und nicht minder bei der Betrachtung von Bachs eigenen Kunstleistungen habe ich natürlich auf das formale Moment das größte Gewicht gelegt, entsprechend dem Verhältnisse, in welchem dieses der exacten Wissenschaft zugänglicher ist, als das ideale. Letzteres darum ganz unberührt zu lassen, hielt ich mich jedoch nicht für berechtigt, da ich so einen Theil meiner Aufgabe, eine umfassende Darstellung der Kunst Seb. Bachs zu geben, hätte unerfüllt lassen müssen. Der musikalische Schriftsteller wird sich hier immer in einer besonders schwierigen Lage befinden. Er kann die Grundstoffe einer Form vorlegen, die Modificationen aufweisen, welche sie im einzelnen Falle durch das künstlerische Subject erfährt, ein wesentlich Musikalisches, der Stimmungsgehalt, ist dadurch immer noch nicht dem Leser vermittelt. In der Vocalmusik bildet das gesungene Wort eine Nothbrücke; in der Instrumentalmusik hat man die Wahl, entweder den Leser einem anatomischen Praeparat gegenüber zu stellen, oder den Versuch zu machen, mittelst eines kurzen Wortes die Stimmung zu bannen, welche allein erst das Praeparat zu blühendem Leben erweckt. Ich habe das letztere vorgezogen und muß es darauf ankommen lassen, in wie weit das, was ich bei diesem und jenem Musikstücke empfinde, auch die Empfindung andrer ist. Daß ich dabei allzu subjectiv verfahren, wird man mir, hoffe ich, nicht vorwerfen. Eine einheitliche Grundstimmung durchzieht Bachs Compositionen mit einer solchen Stärke, daß sie niemandem verborgen bleiben kann, der sich jemals diesem Meister wirklich hingegeben. Ihre eigne Stimmung hat auch jede Zeitepoche, hat jede selbständige musikalische Form, ja, jedes Tonwerkzeug umschreibt sein besonderes Empfindungsgebiet. Bis auf diese Distanz kann man ungefährdet herankommen, dann beginnt der Boden zu schwanken, man sieht Farbenspiele, die der Augenblick gebiert und tödtet, das vollständig deckende Wort für sie könnte nur ein Dichter finden. Ausdrücklich aber verwahre ich mich hier gegen die Unterstellung, daß es zum Genusse des Kunstwerks nöthig sei, dessen Stimmungsgehalt irgendwie in Worte umzusetzen. Wie jedes andre echte Kunstwerk, so muß auch jedes Instrumentalstück rein aus seinem eignen Wesen heraus wirksam sein. Nur eine schriftstellerische Pflicht war es, der ich nachzukommen suchte.

Eine breite historische Grundlage der Darstellung von Bachs Künstlerthum und Kunstwerken zu geben, darauf mußte übrigens schon die biographische Betrachtung führen, der es nicht gleichgültig sein konnte, daß ihr Held einer bereits hundertjährigen Künstlerfamilie entsproßte. In den Bericht über diese flocht sich jene meistentheils ungezwungen hinein. Bach selbst und seine Söhne legten auf ihre altkünstlerische Herkunft ein großes Gewicht, und diesem Umstande verdanken wir die handschriftliche Genealogie der Bachschen Familie, welche sich jetzt auf der königlichen Bibliothek zu Berlin befindet. Dahin gelangte sie aus dem Nachlasse des hamburgischen Musiklehrers G. Pölchau, dieser hatte sie aus dem Nachlasse Forkels erhalten, an Forkel hatte sie seiner Zeit Philipp Emanuel Bach geschickt. Sie zählt 53 Nummern; in jeder werden Herkunft, Geburts- und Todesdatum und sonstige wichtige Lebensereignisse je einer männlichen Persönlichkeit des Bachschen Geschlechtes chronistisch aufgeführt. Die erste hatte, nach des Sohnes Zeugniß, Sebastian Bach selbst verfaßt. Von wem die Fortsetzung stammt wird uns nicht gesagt, doch läßt es sich mit ziemlicher Sicherheit schließen. Zunächst ist zu constatiren, daß sie in den letzten Monaten des Jahres 1735 gemacht wurde, denn Sebastians Sohn Johann Christian, der am 5. September 1735 geboren wurde, wird noch aufgeführt und unter Nr. 18 das Jahr gradezu genannt. Philipp Emanuel war damals Student zu Frankfurt an der Oder. Nun geht aus gewissen Einzelheiten klar hervor, daß die Genealogie, mit Ausschluß natürlich der ersten Nr., garnicht unter den Augen Sebastian Bachs entstanden sein kann. Denn es fehlen darin die Todesjahre von dessen älteren Brüdern, die er doch wissen mußte. Und was mehr ist, in den Notizen über Sebastians eignes Leben findet sich eine falsche chronologische Angabe (s. hierüber die Auseinandersetzung in Anhang

A. Nr. 9), und zwar betrifft sie ein so wichtiges Ereigniß, daß Sebastian selbst schwerlich das Jahr verwechselt haben kann. Dieser Irrthum aber kehrt in dem Nekrologe wieder, und von dem Nekrologe wissen wir, daß ihn großen Theils Philipp Emanuel Bach verfaßte. Die Folgerung ergiebt sich von selbst. Als Philipp Emanuel später eine Abschrift der Genealogie an Forkel schickte, fügte er noch allerhand erweiternde, erklärende und verbessernde Notizen hinzu. Die Genealogie hatte sich aber schon vorher unter dem Bachschen Geschlechte verbreitet, namentlich in der Linie, welche sich in der zweiten Hälfte des 17. Jahrhunderts nach Franken hinein abzweigte. Abschrift davon besaß ein Vetter Philipp Emanuels, Johann Lorenz Bach, und dessen Urenkel, Johann Georg Wilhelm Ferrich, Pfarrer zu Seidmannsdorf bei Coburg, auf welchen dieselbe allmählig vererbt war, ließ sie in der allgemeinen musikalischen Zeitung, Band 45, Nr. 30 und 31 veröffentlichen. Er meinte irrthümlich, Lorenz Bach habe sie selbst verfaßt. Daß es in der That nur eine Abschrift ist, geht aus einer Vergleichung klar hervor. Die Kleinigkeiten, welche in der Ferrichschen Genealogie fehlen, sind theilweise unabsichtliche Versehen, theils betreffen sie ganz unwichtiges, theils können sie etwa aus der Undeutlichkeit der geschriebenen Vorlage leicht erklärt werden. Dagegen hat sie auch eine Reihe von Zusätzen, wie Seb. Bachs Ernennung zum königlich polnischen Hof-Compositeur (1736), seinen Tod, genauere Notizen über die Schweinfurter und Ohrdrufer Bachs. Auch das »*Anno* 1735« in Nr. 18 ist erst mit späterer Tinte hinzugefügt, wahrscheinlich als der Besitzer merkte, daß dies Datum zur Bestimmung verschiedener andrer darin nothwendig sei, während er es zuerst fortgelassen hatte, als für das Jahr seiner Abschriftnahme nicht mehr passend. Jedenfalls sind aber diese Zusätze vor 1773 gemacht, dem Todesjahre Lorenz Bachs, das noch nicht aufgeführt ist. Wir wissen noch mehr: die Vorlage, nach welcher Lorenz Bach copirte, war schon nicht mehr Philipp Emanuels Genealogie selber, sondern nur eine Abschrift derselben. Auch diese hat sich noch erhalten, wenngleich fragmentarisch, da sie erst mit Nr. 25 beginnt. Sie ist jetzt im Besitz von Fräulein Emmert in Schweinfurt, einer Seitenverwandten des Geschlechts der fränkischen Bachs, welche die Gefälligkeit hatte, sie mir zur Untersuchung zu überschicken. Aus Nr. 41 derselben geht hervor, daß sie vor 1743 angefertigt ist; sie konnte demnach schon einiges mehr bieten, als Philipp Emanuel. Späterhin erfuhr sie noch Zusätze und erst nachdem dieses geschehen war, diente sie für die Ferrichsche Genealogie als Vorlage. Eine Kleinigkeit, in Nr. 43, hat diese weniger, was aber nicht ins Gewicht fällt und eine absichtliche oder zufällige Auslassung sein kann. Neben den Genealogien wurden in dem Bachschen Geschlechte auch Stammbäume angelegt. Einen solchen, und vielleicht den ältesten, besaß Phil. Emanuel Bach und schickte ihn mit der Genealogie an Forkel. Er ist verschwunden; eine Spur seiner Existenz weist aber die »Beschreibung der königl. ungarischen Haupt-Frey- und Krönungstadt Preßburg« auf, welche im Jahre 1784 daselbst bei Joh. Mathias Korabinsky erschien. Hier findet sich ein kleiner Stammbaum mit bezifferten Schildchen und dazu eine Liste, welche die Namen von 64 männlichen Bachs enthält; auf S. 110 bemerkt der Verfasser, daß es die Geschlechtstafel »des berühmten Herrn Kapellmeisters Bach in Hamburg« sei. Die Aufnahme derselben in dieses Buch geschah, weil man die Bachs für eine aus Ungarn gebürtige Familie hielt. Einen andern Stammbaum besaß Seb. Bachs Schüler, der Erfurter Organist Johann Christian Kittel: er wurde mit erläuternden Zusätzen von Christian Friedrich Michaelis in der Allgemeinen musik. Zeitung, Band 25, Nr. 12 veröffentlicht; wo er selbst geblieben ist, weiß man nicht. Dagegen besitzt Frl. Emmert in Schweinfurt ein wirkliches Original von einem Stammbaum; er ist sehr sorgfältig gezeichnet und geschrieben und splendid colorirt. Nach seiner Anlage zu schließen muß er etwa zwischen 1750 und 1760 gefertigt sein; dann finden sich darin von andrer Hand und mit andrer Tinte ausgeführt noch einige nachträgliche Zusätze. Um die Fortführung des Stammbaums bis auf unsere Zeit hat sich ein noch lebender Nachkomme des Geschlechts, der Herr Kämmereiverwalter Bach in Eisenach, bemüht. — Für die Geschichte der Vorfahren Seb. Bachs gewährte dieses Material eine schätzbare Hülfe. Es kam nun darauf an, überall die Quellen wieder aufzusuchen, aus denen es geflossen sein mußte, um die gebotenen Daten zu prüfen — wobei es sehr viel zu berichtigen gab — und um die Quellen gründlicher noch auszuschöpfen. Sodann galt es, neues Material herbeizuschaffen. Denn sollte diese Geschichte einen Nutzen haben, so mußten die hervorragendsten Persönlichkeiten zu möglichst greifbaren Individuen herausgearbeitet werden, so mußten sie endlich durch eine möglichst bestimmte Skizzirung ihrer Zeit- und Standesverhältnisse den belebenden Hintergrund erhalten. Ich habe hier versucht zu leisten, was das Material erlaubte. Zu vielem Danke bin ich besonders für diesen Theil meiner Arbeit meinem werthen Collegen Prof. Th. Irmisch verpflichtet, der mit seiner genauen Kenntniß der thüringischen Culturgeschichte jederzeit bereit war, mir hülfreich zu sein. Ich muß das hier um so mehr aussprechen, als grade eine solche Hülfe weniger an hervorspringenden Punkten, wo man ihrer zu gedenken Gelegenheit hätte, sichtbar wird, als sich in allerhand gelegentlichen Winken und Informationen zu äußern pflegt, deren Werth kaum jemand so, wie der, dem sie geleistet wird, zu ermessen vermag. Die Geschichte der Vorfahren weist an einigen Stellen eine ziemliche Fülle genealogischen Details auf. Wenn ich hier die Bitte ausspreche, darin keine unfruchtbare Notizenkrämerei sehen zu wollen, so geschieht es eigentlich in der Hoffnung, damit etwas überflüssiges zu thun. Es liegt auf der Hand, daß für eine »Darstellung« die nackte Behauptung von der seltenen Fülle und Breite des Bachschen Geschlechtes nicht genügt, der Leser muß sie sehen und auch in ihren tieferen und tiefsten Entwicklungsschichten mit erleben. Wem dies trocken und uninteressant erscheinen sollte, der möge bedenken, daß die Schönheit eines Baumes in seinem Stamme, seinen Aesten, Blättern und Früchten besteht, daß aber die Bedingung hierzu gesunde und starke Wurzeln sind. Das genealogische Material ist somit zum größeren Theile und zwar nach einem festen Plane in die Darstellung verarbeitet. Ein Stammbaum, den sich danach jeder leicht entwerfen kann, ist nicht beigegeben, sollte sich jedoch das Bedürfniß nach ihm herausstellen, so wird er nachträglich dem zweiten Bande angeschlossen werden.

Was die Anordnung des Buches im übrigen betrifft, so war es mein Bestreben, eine zusammenhängende, gleichmäßig durchgebildete Darstellung zu geben. Was sich diesem Zwecke nicht fügen wollte und durfte, mußte ausgeschieden werden. So entstanden zwei Anhänge, der eine für streng kritische Untersuchungen, der andere für quellenmäßige Mittheilungen ausgedehnterer Art und einzelne Ergänzungen, die, wenn planmäßig verfahren werden sollte, im Rahmen des Buches selbst ihre Stätte nicht hatten. Man wolle keine Inconsequenz darin sehen, daß dennoch hier und da einige kritische Entwicklungen dem Contexte einverleibt wurden. Es giebt Gegenstände, die in ein Gewebe biographischer, kunst- oder culturhistorischer Beziehungen so fest eingesponnen sind, daß ihre kritische Behandlung unmöglich ist, ohne eine Anzahl von Dingen gleichsam unabsichtlich zu streifen, deren Erwähnung für den allgemeinen Zweck höchst wünschenswerth, wenn nicht gar nothwendig sein kann. Und dann — ist es ein Zufall, daß wir bei so vielen Fragen in Bachs Leben auf Combination angewiesen sind? Mich dünkt, es fällt aus solchen Untersuchungen wohl ein Reflex auch auf die Persönlichkeit des Mannes, der so still, bescheiden und in sich gekehrt dahin lebte, nur den Idealen seiner Kunst nachtrachtend. Auch aus den Quellen unmittelbar ist manches in die Darstellung selbst aufgenommen worden. Es geschah jedoch fast nie, ohne dann dessen Form soweit zu biegen und zu glätten, daß sie dem Uebrigen gleichartig wurde. Der Forderung stilistischer Einheit mußte in diesem Falle die diplomatische Genauigkeit zum Opfer fallen. Dadurch braucht das Charakteristische einer älteren und originellen Fassung keineswegs ganz verwischt zu werden. Um das Gefühl davon zu erwecken genügt oft schon ein einziger ungebräuchlicherer Ausdruck, ja selbst nur eine hier und da abweichende Orthographie; dem Takte des Schriftstellers bleibt es anheim gegeben, hier die richtige Gränze zu finden. Einzig da wurde eine Ausnahme gemacht, wo es sich um die Mittheilung von Bachs eignen Schriftstücken handelte, oder von solchen, die (vrgl. S. 313 f. und 323 f.) seine Aeußerungen referiren. Außerhalb des Contextes aber habe ich mich natürlich der vollständigsten Treue in Beibehaltung der originalen Ausdrucksweise, Orthographie und Interpunction beflissen, auch, wenn ich seltene Druckwerke zu citiren hatte, den Titel mit allen bibliographischen Merkmalen aufgeführt. Der Platz hierfür waren die unter dem Text von Capitel zu Capitel fortlaufenden Anmerkungen. Diese enthalten durchweg nur Quellennachweise und ab und zu eine gelegentliche kürzere Bemerkung, die in einen Anhang zu bringen sich nicht verlohnte, und die, wenn sie überhaupt Bedeutung haben sollte, unter dem frischen Eindrucke des Textes gelesen werden mußte. B.-G. bedeutet die Ausgabe der Bach-Gesellschaft, P. diejenige von C. F. Peters.

In einem Vorworte ist es erlaubt, eine persönlichere Sprache zu führen. Und so will ich denn auch die Empfindungen nicht ganz zurückhalten, mit denen ich dieses Buch bei seinem Hinaustritte in die Welt begleite. Ich entlasse es wie einen Freund, der in einsamen Jahren treu zu mir gestanden, der mit seiner reichen Fülle von Anregungen so vieles ersetzt hat, dessen Entbehrung sonst vielleicht unerträglich geworden wäre, mit seinem unablässigen Hinweis auf das Höchste und Heiligste, was wir besitzen, eine stete Quelle der Erhebung und reinsten Freude war. Vielleicht war er es nur mir, und andre, an die er jetzt herantritt, finden in ihm einen ganz gewöhnlichen Menschen, dessen Umgang wenig lohne, noch weniger erfreue. Niemand weiß das, aber ich hoffe es nicht. Zu fest lebt in mir der Glaube an die stetig wachsende Bedeutung Bachs für die deutsche Nation, der er in all seinem Denken, Thun und Fühlen mit einer Entschiedenheit angehörte, wie kein andrer Künstler mehr. Als meine Vorarbeiten zu einem Werke über Deutschlands größten Kirchencomponisten begannen, dachte ich nicht, daß dessen Veröffentlichung schon in eine Zeit fallen würde, die durch heiße Geisteskämpfe beweist, wie tief, allem widersprechenden Scheine zum Trotz, das religiöse Bedürfniß dem deutschen Volke eingeboren ist. Mehr fast noch als jene glänzenden politischen Errungenschaften verkünden die mächtigen religiösen Regungen, welche das tiefste Wesen unseres Volkes aufwühlen, das Herannahen einer neuen großen Zeit. Und wie immer und überall den Mutterschooß der Kunst die Religion gebildet hat, so wird sie uns auch dieses Mal die Keime zeitigen, aus denen einst die Musik neuen Idealen entgegenwächst. Welche Stellung zu diesen dann Bach einnehmen wird, können wir nicht wissen. Aber weiter als je, scheint mir, findet grade jetzt seine Kunst die Thore zum Einzuge geöffnet. Denn Bachs, des Kirchencomponisten, so oft mißkannte Eigenthümlichkeit liegt darin, daß er die engen Gränzen eines kirchlichen Ideals durch ein allgemein religiöses Empfinden — nicht niederriß, aber in großartigster Weise erweiterte, und entgegenkommend einer solchen maßvollen Freiheit strebt unsere Zeit, unbefriedigt durch eine lange und viel gepriesene allgemeine Religiösität, von neuem festeren kirchlichen Formen zu. Die an Zahl und Inhalt fast unbegreiflich großen kirchlichen Kunstwerke des Mannes, den wir wohl den verkörperten Musikgenius des deutschen Volkes nennen dürfen, können nicht dazu in die Welt gesetzt sein, um nach einer oder wenigen mangelhaften Vorführungen spurlos zu verschwinden. Sie müssen, sie werden im Volke lebendig werden, werden mit ihrem tiefgeschöpften, lauteren Gehalte die Gemüther überall erfüllen, sie dem Göttlichen mit neuer und verstärkter Innigkeit entgegenwenden, Leben und Kunst unserer Zeit mit der Gewalt beeinflussen, die ihrem Werthe entspricht. Möchte ich zur Erreichung dieses großen Zieles einiges beitragen! Es wäre für alle Arbeit ein überreicher Lohn.

Sondershausen, im März 1873.

Philipp Spitta.

INHALT.

Erstes Buch.

Die Vorfahren.

V.

VI.

VII.

Zweites Buch.

Kindheit und Ausbildungsjahre.
(1685—1707.)

I.

Drittes Buch.

Erstes Jahrzehnt der Meisterschaft.
(1707—1717.)

I.

II.

III.

Claviertoccaten in D moll, G moll, E moll; Analyse ihrer Form S. 434 ff. — Die Cantaten der ersten weimarischen Periode S. 438. »Nach dir, Herr, verlanget mich« S. 438 ff. Einfluß italiänischer Kammermusik auf die Einleitungs-Symphonie S. 438. Der erste Chor eine Uebertragung der Buxtehudeschen Fugenform S. 439 f. Dessen letzte Fuge in der Fis moll-Toccate wieder aufgegriffen S. 440. Uebertragung der Ciacone auf die kirchliche Vocalmusik S. 442 f. Formenmannigfaltigkeit S. 443. Der 130. Psalm S. 444 ff. Analogie mit der D moll-Toccate S. 445 f. Der Orgelchoral auf die Vocalmusik angewendet S. 446 f. und 449 f. Instrumentale Anlage einer Vocal-Tripelfuge S. 450 f. »Gottes Zeit ist die allerbeste Zeit« S. 451 ff. Neue Anwendung des Orgelchorals S. 453 ff. Gesammtgestaltung S. 458 f. Allgemeine Betrachtungen S. 459 ff.

IV.

Wachsende Verbreitung und Beliebtheit der Opernmusik S. 461 f. Historische Berechtigung dieser Erscheinung S. 462. Recitativ und italiänische Arie fehlten bisher in der Kirchenmusik S. 463. Nothwendigkeit einer nach besonderm Principe gestalteten Text-Grundlage; das Madrigal S. 464. Caspar Zieglers Schrift über das Madrigal S. 464 f. Erdmann Neumeister führt es in die kirchliche Dichtung ein; Leben Neumeisters S. 465 ff. Sein erster Jahrgang von Cantaten-Texten, seine eigne Beschreibung der neuen Form S. 467 f. Großer Beifall, weitere Jahrgänge, vereinigt in den »fünffachen Kirchenandachten« S. 468 ff. Betrachtung und Kritik der Neumeisterschen Poesien S. 470 ff. Bedenken gegen die Einführung des theatralischen Stils in die Kirchenmusik von Neumeister selbst beschwichtigt S. 472 f. Weitere Widersacher S. 473 ff. Mißglückte Versuche, die Berechtigung der Neuerung zu beweisen S. 475 ff. Das Fremdartige der theatralischen Musik wird kirchlich nur durch Auflösung in den Orgelstil S. 478 ff. Bach componirt Neumeistersche Cantaten-Dichtungen vom Jahre 1712 ab S. 481. Weihnachts-Cantate »Uns ist ein Kind geboren«, verglichen mit Telemanns Composition desselben Textes S. 481 ff. Der Bachsche Arienstil kündet sich an S. 483 und 485. Sexagesimae-Cantate »Gleichwie der Regen und Schnee vom Himmel fällt«, mit Telemanns Composition verglichen S. 485 ff. In der Instrumentirung der Einleitungs-Symphonie und der Sopran-Arie tritt das Orgelprincip hervor S. 487 und 493. Das Bachsche Recitativ S. 487 ff. Der Bachsche Choralsatz S. 493 ff. Oster-Cantate »Ich weiß, daß mein Erlöser lebt« S. 495 ff. Bachs Stil durchdringt die ganze Fülle der Formen S. 498 ff. Advents-Cantate »Nun komm, der Heiden Heiland« (1714) S. 500 ff. Verbindung des Chorals mit der französischen Ouverture S. 501 f. Der erste Choralchor in Pachelbelscher Form S. 505. Pfingstcantate »Wer mich liebet« (1716) S. 505 ff. Das Anfangsduett in der Form des italiänischen Concerts S. 506.

V.

Kunstreisen, alljährlich im Herbst unternommen S. 507 ff. Nach Cassel vor 1714; Begegnung mit Erbprinz Friedrich, nachmaligem König von Schweden S. 507 f. Nach Halle im Herbst 1713 S. 508. Eine Bewerbung um die vacante Organistenstelle an der Liebfrauenkirche wird Bach nahe gelegt, die Verhandlungen zerschlagen sich S. 509 ff. Nach Leipzig Anfang December 1714; er versieht einen ganzen Gottesdienst hindurch das Organistenamt und führt seine Cantate »Nun komm, der Heiden Heiland« auf S. 513 f. Prüfung des neuen Orgelwerks in der Liebfrauenkirche zu Halle nach Ostern 1716 in Gemeinschaft mit Kuhnau und Rolle

Viertes Buch.

Cöthen.
(1717—1723.)

I.

Persönlichkeit des Fürsten Leopold S. 613 f.   Hof und Stadt in musikalischer Hinsicht S. 614 ff.   Bachs Wirksamkeit in ihrer Bedeutung für sein gesammtes Künstlerthum S. 617 f.   Serenade auf den Geburtstag des Fürsten S. 618 f. Gunstbeweise S. 619 f.   Bachs Familie S. 620.   Orgelprüfung zu Leipzig im December 1717 S. 621.   Bach verfehlt im Herbst 1719 Händel in Halle S. 621.   Sein unerwiedertes Interesse für diesen S. 622 f.   Reise nach Karlsbad in Begleitung des Fürsten S. 623.   Unerwarteter Tod Maria Barbaras S. 623 f.   Die Cantate »Wer sich selbst erhöhet, der soll erniedriget werden«; der erste Chor ein Zeugniß großartiger Meisterschaft S. 624 ff.   Telemanns Composition des Textes S. 626.   Cantate »Das ist je gewißlich wahr« S. 627.   Bach in Hamburg S. 627 ff.   Joh. Ad. Reinkens Persönlichkeit und Urtheil über Bach S. 627 ff.   Die Orgeln der Katharinen- und Jacobi-Kirche S. 629 f.   Vacanz der Organistenstelle an letzterer S. 630.   Bachs und anderer Bewerbung; Stellenverkauf S. 630 f.   Neumeisters Verhalten S. 631 f.   Mattheson und Bach S. 632 ff.   Fuge für die Orgel aus G moll; das zugehörige Praeludium im Stile der nordländischen Orgelmeister S. 635 f.   Händel und Bach als Orgelspieler verglichen S. 636 ff.

II.

Verwandtschaft zwischen Orgel und Cembalo und Bachs gleichmäßige Pflege beider S. 641 f.   Toccaten in Fis moll und C moll S. 642 ff.   Fuge in A moll S. 644 f. Fingertechnik im 17. Jahrhundert S. 645 f.   Bachs Erweiterung derselben S. 646 f. Aehnliche Bestrebungen seiner Zeitgenossen S. 647 ff.   Philipp Emanuel Bachs Methode verschieden von der seines Vaters S. 649 ff.   Gleichschwebende Temperatur der Claviere S. 651 f.   Bachs Stimm-Methode S. 652 f.   Künstlerisch maßvolle Benutzung des Modulationswesens S. 653 f.   Das Clavichord, Bachs Lieblingsinstrument S. 654 f.   Vortrag der Bachschen Claviercompositionen S. 655 f.   Bach interessirt sich für das Pianoforte S. 656 f., ersinnt ein Lautenclavicymbel S. 657. Bach als Lehrer S. 658 ff.   Friedemann Bachs Clavierbüchlein S. 660 ff.   Andere vermuthlich instructive Stücke, Praeludien und dreistimmige Fugen S. 663 f.   Das Programm der Inventionen und Sinfonien S. 665 ff.   Bedeutsamkeit und einzigartige Beschaffenheit derselben S. 667 f.   *Paralipomena* S. 668 f.   Schwanken in der Anordnung S. 669 f.   Form der Inventionen S. 670 ff.; der Sinfonien S. 672 ff.   Die F moll-Sinfonie S. 675 ff.

III.

Bachs Violinspiel S. 677 f.; er erfindet die *Viola pomposa* S. 678.   Violincompositionen durch den Orgelstil beeinflußt S. 678; das deutsche Violinspiel am Ende des 17. Jahrhunderts gegenüber dem italiänischen S. 679.   Sonaten und Suiten für Violine allein S. 680.   Entwicklung der Suitenform S. 680 ff.   Entwicklung der Kammersonate S. 683 ff.   Strenge Form der Bachschen Violinsonaten S. 685; Charakteristik derselben S. 686 ff.; Uebertragung auf Clavier und Orgel S. 688 f.   Die

IV.

Erstes Buch.

Die Vorfahren.

I.

Das Geschlecht, dem Johann Sebastian Bach entstammte, ist ein grunddeutsches und läßt sich in seinem thüringischen Heimathsitze schon vor den Zeiten der Reformation nachweisen. Mit derselben Stetigkeit, welche im 17. und auch noch im 18. Jahrhundert seine Angehörigen in den Dienst der Musik trieb, blieb es durch drittehalb Jahrhunderte in einer Gegend wohnhaft, verzweigte sich bis ins Unübersehbare und erschien zuletzt als ein wesentliches Stück der dortigen Volkseigenthümlichkeit. Nicht weniger ausdauernd hielt es an gewissen Vornamen fest, und durch einen bezeichnenden Zufall trägt der erste des Stammes, von dem wir Kunde erlangen konnten, schon den Namen, der als häufigster unter allen vorkommenden auch unserm großen Meister eigen ist.

Dieser früheste Vertreter ist Hans Bach aus Gräfenrode, einem Dorfe etwa 2 Meilen südwestlich von Arnstadt gelegen. Gräfenrode war am Anfange des 16. Jahrhunderts dem Grafen von Schwarzburg untergeben, wahrscheinlich gehörte es jedoch zur gefürsteten Grafschaft Henneberg und der Schwarzburger besaß es nur als Pfand. Die thüringischen Herren jener Zeit befanden sich häufig in Geldnoth, und versetzten dann Ortschaften oder ganze Districte ihres Gebietes wie ein Stück vom Hausrath. Hans Bach, den wir uns als einfachen Bauer denken müssen, scheint mit andern Gräfenrodern, unter denen sich ein gewisser Abendroth befand, in den nahen Ilmenauer Bergwerken gearbeitet zu haben, deren Betrieb zu derselben Zeit von Erfurt aus in Angriff genommen war. Wohlhabende Erfurter Bürger hielten sich wohl zu diesem Zwecke zeitweilig in Ilmenau auf, und einer von ihnen kann Hans Schuler gewesen sein, mag derselbe nun mit Johannes Schüler, dem Ober-Vierherrn des Raths zu Erfurt vom Jahre 1502 und 1506, identisch sein oder nicht. Jedenfalls war

1*

dieser Schuler die Veranlassung, daß gegen Bach aus sonst unbekannten Gründen um das Jahr 1508 ein Process beim geistlichen Gericht des Erzstiftes Mainz anhängig gemacht und er mit dem genannten Abendroth in Gewahrsam gehalten wurde. Erfurt gehörte nicht nur zur Mainzer Diöcese, sondern die Erzbischöfe hatten auch seit langem in der Stadt eigne Besitzungen und beabsichtigten unablässig ihren Einfluß daselbst zu vergrößern. Die Verhafteten suchten durch Vermittlung des damaligen Grafen von Schwarzburg, Günther des Bremers, los zu kommen; dieser verwendete sich jedoch, wie es scheint, ohne besondern Erfolg für seine Unterthanen. Ein Brief, den er nach manchen vergeblichen Versuchen im Februar 1509 an den Domherrn Sömmering in Erfurt schrieb, mit der Versicherung, er wolle in strengster Form Rechtens die Sache vor seinen eignen. Gerichten entscheiden lassen, wenn man Bach und Abendroth nur frei gäbe, ist erhalten und für den eben erzählten Vorgang die Quelle. Was weiter aus der Sache geworden, kann nicht angegeben werden [1]. Der Name Bach findet sich aber unter den Bewohnern von Gräfenrode noch das 16. und 17. Jahrhundert hindurch. Auch in Ilmenau war im Jahre 1676 ein Johannes Bach Diaconus [2].

Wenden wir uns über Arnstadt hinaus eine starke Meile nordöstlich zu dem Dorfe Rockhausen. Hier wohnte in der zweiten Hälfte des 16. Jahrhunderts Wolf Bach, ein reich begüterter Bauer. Als er starb, hinterließ er seiner Gattin Anna, welche ihm elf Kinder geboren hatte, sein sämmtliches Vermögen zum Nießbrauch. Im Jahre 1624 war diese »ein sehr alt verlebt Weib«, und wollte die Güter unter ihre noch lebenden Kinder theilen. Wir erfahren von einem Hofe, 4 guten und 32 geringen Ackern, zusammen geschätzt auf 925 Fl. — ein für damalige Verhältnisse sehr ansehnlicher Besitz und jedenfalls zur Zeit der bedeutendste des Ortes, was auf ein langes Ansässigsein daselbst hinweist. Die Kinder, deren uns drei Söhne: Nikol, Martin, Erhart, und eine verheirathete Tochter genannt wer-

---

1) S. Anhang B. I.

2) Fürstl. Archiv zu Sondershausen, fol. 158 act., Schulbestallungen in Gillersdorf betr. 1653—1760. Ein Bernhard Bach, Lehrer in Schleusingen, gehörte zu denen, welche das Concordienbuch vor 1580 unterschrieben (*Concordia e Joh. Muelleri manuscripto edita a Philippo Muellero. Lips. et Jenae,* 1705; *p.* 889). Dieser Ort liegt jedoch außerhalb des von den Bachs bewohnten Gebietes.

den, waren zum Theil schon ziemlich bejahrt; Erhart befand sich
seit 18 Jahren in der Fremde, war schon über die fünfziger hinaus,
Nikol schritt im Jahre 1625 zu seiner dritten Ehe. Dieser hatte schon
vor der Theilung des väterlichen Nachlasses einen stattlichen Grund-
besitz und war zuverlässig auch der einzige, welcher als Stammhalter
in Rockhausen zurückblieb. Anläßlich seiner letzten Verheirathung
erwuchsen ihm allerhand Vermögensstreitigkeiten; eine eigenhändige
Eingabe in dieser Angelegenheit ist erhalten, die ihn auch mit der
Feder nicht ungewandt erscheinen läßt[3]. In den ersten Jahrzehnten des 18. Jahrhunderts scheint sich kein Bach mehr in Rockhausen
zu finden.

Unweit Rockhausen in westlicher Richtung liegt Molsdorf, wo
das ganze 17. Jahrhundert hindurch ebenfalls eine reichverzweigte
Bachsche Familie ihren Wohnsitz hatte. Der dreißigjährige Krieg
hat die frühesten und wichtigsten Pfarr-Register vernichtet, die erhaltenen reichen nur bis zum Jahre 1644 zurück. Nach ihnen war
der älteste der dort lebenden Bachs — er hieß wiederum Hans —
1606 geboren. Ein Andreas Bach, dessen Wittwe am 21. März 1650
starb, greift aber sicherlich noch in das vorhergehende Jahrhundert
hinüber. Söhne desselben können Ernst und Georg Bach gewesen
sein, letzterer war 1624 geboren. In einem Zeitraum von kaum 70
Jahren werden über zwanzig Glieder der molsdorfschen Familie erwähnt, die männlichen Individuen mit den Namen Johann, Andreas,
Georg, Ernst, Heinrich, Christian, Jakob, Paul, die, von dem letzten
abgesehen, auch in der Sebastian Bachschen Linie reichliche Anwendung fanden, während die weiblichen Namen abweichen. Andere Quellen berichten noch von einem Nikol Bach aus Molsdorf,
welcher in das schwedische Heer eingetreten war und am 23. Juni
1646 in Arnstadt begraben wurde, da er »trunkener Weise aus selbst-
gegebener Ursache erstochen worden«[4]. Auch irren wir wohl kaum,
wenn wir Johann Bach, »Herrn General Vrangels Musicanten«, gleichfalls aus dem Orte entstammt sein lassen, einen Mann, der als »kunstreich« gerühmt wird, von dem man aber sonst nur weiß, daß er 1655

---

3) Nach Documenten des fürstl. Archivs zu Sondershausen.

4) Extract Aus *Denen* Arnstädtischen und andern Kirchenbüchern *de anno*
1612 *seqq.* (Archiv zu Sondershausen).

schon todt war und eine Tochter hinterlassen hatte [5]). Dies wäre
dann der erste Musiker der Molsdorfer Linie. Der zuvor erwähnte
Georg Bach erhielt von seiner Gattin Maria am 23. Mai 1655 einen
Sohn Jakob, welcher Corporal im kursächsischen Kürassier-Regi-
mente und der fernere Stammhalter des Geschlechtes wurde. Dasselbe verließ Molsdorf im Anfange des 18. Jahrhunderts, um sich
weiter nordwärts in Bindersleben bei Erfurt niederzulassen. Hier
besteht es noch jetzt, nachdem mehre tüchtige Musiker daraus hervorgegangen waren, unter denen Johann Christoph (1782—1846) der
bedeutendste gewesen zu sein scheint, der wenngleich einfacher
Landwirth doch als Orgelspieler und Componist zu seiner Zeit in
Thüringen einen guten Ruf besaß.

Wir wandern nun zum dritten Male weiter nach Süd-Westen,
wo wir nahe bei Gotha die Heimath der directen Vorfahren Sebastian
Bachs erreichen. In welchem Zusammenhange dieselben mit den
vorher erwähnten Stämmen stehen, ist nicht zu sagen, aber es hieße
das Unwahrscheinlichste annehmen, wenn man ihn zwischen Familien gleichen Namens und vielfach gleicher Vornamen, die auf einem
kleinen Flächenraume neben einander wohnen, leugnen wollte. Wir
müssen übrigens die gemeinsame Wurzel mindestens in die Mitte des
15. Jahrhunderts zurückverlegen, denn im 16. hatte der Stamm schon
mächtige Aeste nach vielen Seiten hin getrieben. Auch in Wechmar
— so heißt das letzte Ziel unseres Umganges — saßen die Bachs
schon vor 1550 fest. Ihr ältester Repräsentant, der auch hier den
Namen Hans führt, erscheint am Montage vor Bartholomaei des Jahres 1561 als Mitglied der Gemeindevormundschaft [6]). Ein solcher
Posten verlangt einen gereiften Mann, sein Geburtsjahr mag also um
1520 zu setzen sein. Veit Bach, den Sebastian Bach selbst als Ahnherrn der Familie angiebt, kann als Hansens Sohn gelten, und dürfte
zwischen 1550 und 1560 geboren sein; wahrscheinlich war er nicht
der einzige, wie das Folgende ergeben wird. Seinen Vornamen trug
er von St. Vitus, dem Schutzheiligen der wechmarischen Kirche [7]),

---

5) Copulations-Register zu Arnstadt.

6) Nach dem Handelbuch der Gemeindeacten zu Wechmar. Ich unterlasse
nicht, dem dortigen Pfarrer, Herrn Dr. Koch, für die freundlich geleistete Hülfe
hier meinen Dank zu sagen.

7) Brückner, Kirchen- und Schulenstaat im Herzogthum Gotha. Gotha,
1760. Th. III, Stück 9, S. 7.

und deutet dadurch auf ein inniges und dauerndes Verwachsensein
mit den Ortsangelegenheiten. Er lernte das Bäckerhandwerk, zog,
wie sein Stammverwandter Erhart Bach aus Rockhausen, in die
Fremde, und ließ sich in irgend einem ungarischen Orte nieder[8]).
Im Kurfürstenthum Sachsen, zu dem bei Beginn der Reformation
auch Gotha und Umgegend gehörte, war bekanntlich am frühesten
die lutherische Religion angenommen worden; ebenso hatte sich dieselbe unter den Kaisern Ferdinand I. und Maximilian II. in Ungarn
rasch und blühend entwickelt. Unter Rudolph II. (1576—1612) begann der Rückschlag; die Jesuiten wurden wieder ins Land geführt
und bedrängten die Lutheraner mit wachsendem Erfolg. Veit wird
das Jahr 1597, wo durch Erwerbung der Probstei Thurócz jesuiti-
scher Einfluß übermächtig wurde, nicht abgewartet haben. »Ist
dannenhero«, wie Sebastian Bach erzählt, »nachdem er seine Güter,
so viel es sich hat wollen thun laßen, zu Gelde gemacht, in Deutschland gezogen«, und, fahren wir fort, in sein thüringisches Heimath-
dorf zurückgekehrt, wo er Sicherheit für sich und seinen Glauben
fand. Hier soll er die Bäcker-Profession weiter getrieben haben,
sicherlich aber nicht mehr lange, denn am Ende des 16. und Anfange
des 17. Jahrhunderts waren die Wechmaraner Backhäuser in andern
Händen. Die Mittheilungen Sebastian Bachs schildern den Veit
auch eigentlich nicht als Bäcker, sondern als Müller, doch waren
beide Handwerke wohl oftmals mit einander verbunden[9]). Als echter Thüringer liebte und übte er die Instrumental-Musik. »Er hat«,
sagt sein Ururenkel, »sein meistes Vergnügen an einem Cythringen[10])
gehabt, welches er auch mit in die Mühle genommen, und unter wäh-
rendem Mahlen darauf gespielet. Es muß doch hübsch zusammen
geklungen haben! Wiewol er doch dabey den Tact sich hat *inpri-
miren* lernen. Und dieses ist gleichsam der Anfang zur Musik bey
seinen Nachkommen gewesen.« Was jedoch Veit nur als Liebhaberei

---

8) Daß es Preßburg gewesen sei, ist ganz ungegründet. Vermuthlich rührt
diese Tradition von Korabinsky her.

9) Die Vermuthung, das Bäckerhandwerk sei ihm nur seines Namens
wegen angedichtet, ist deshalb zurückzuweisen, weil der Vocal des Namens ge-
dehnt gesprochen und darum derselbe im 17. Jahrhundert auch häufig »Baach«
geschrieben wurde.

10) Die alte Cithara, ein guitarreartiges Instrument, zu unterscheiden von
der heutigen Schlagzither. Das Wort »Cythringen« ist Deminutivbildung.

trieb, war bei einem andern mitlebenden Familiengliede, vielleicht seinem leiblichen Bruder, schon zur Profession geworden. Veit starb am 8. März 1619 und wurde noch an demselben Tage begraben [11]). Er besaß möglicher Weise eine ganze Anzahl von Kindern, denn die große Menge männlicher und weiblicher Individuen der wechmarschen Linie läßt sich kaum auf die Söhne allein zurückführen, von denen die Genealogie redet. Genannt werden uns durch dieselbe zwei, oder genauer einer, da bei dem zweiten nur die Existenz constatirt, der Name aber verschwiegen wird. Der Genannte hieß natürlich Hans, und ist Sebastian Bachs Urgroßvater. Am passendsten denken wir ihn uns in Wechmar etwa um 1580 geboren, wie denn auch Veit sich wohl erst nach seiner Rückkehr aus der Fremde vermählt haben wird. Er zeigte Lust zur Musik, so beschloß denn der Vater, ihn einen »Spielmann« werden zu lassen, und gab ihn nach Gotha zu dem dortigen Stadtpfeifer in die Lehre. Dieser war aber ebenfalls ein Bach, hieß Caspar, und dürfte ein jüngerer Bruder, jedenfalls ein naher Verwandter Veits gewesen sein. Den Hans nahm er zu sich auf den Thurm des alten Rathhauses, wo er seine Dienstwohnung hatte: in den Hallen um die Kaufläden, welche das ganze untere Stockwerk einnahmen, ertönte das Treiben des Marktes und oben von der Gallerie mußte er nach Herkommen zu bestimmten Stunden den Choral mit seinen Gesellen abblasen [12]). Seine Gattin hieß Katharina, von seinen Kindern war Melchior im Jahr 1624 schon ein erwachsener Mensch, eine Tochter Maria wurde am 20. Febr. 1617, ein anderer Sohn Nikolaus am 6. Dec. 1619 geboren [13]). Hiernach wandte er sich nach Arnstadt, wo er als frühester Vertreter des Geschlechtes daselbst gestorben ist; seine Frau folgte ihm am 15. Juli 1651 hochbejahrt [14]). Hans kehrte also »nach ausgestandenen Lehrjahren« zurück in das väterliche Dorf, und nahm Anna Schmied, die Tochter des dortigen Gastwirths, zum Weibe. Wie man es in jener Zeit ungemein häufig findet, daß die Musikanten noch etwas andres

---

11) Pfarr-Register zu Wechmar.

12) S. Anhang A. Nr. 1.

13) Pfarr-Register der St. Augustinus-Kirche zu Gotha.

14) Das Arnstädter Todten-Register giebt an, sie sei 82½ Jahr alt geworden. Das paßt doch wohl nicht zu den angeführten ehelichen Erlebnissen; hier wird ein Schreibfehler vorliegen.

als Gewerbe nebenher treiben, so übte auch er als gewöhnliches Handwerk die Teppichflechterei [15]. Doch blieb das Musikmachen sein eigentlichster Beruf, wie die im Pfarr-Register ihm beigelegte Benennung »Spielmann« beweist. Der führte ihn weit durch Thüringen umher: oftmals wurde er »nach Gotha, Arnstadt, Erfurt, Eisenach, Schmalkalden und Suhl verschrieben, um denen dasigen Stadt-Musicis zu helfen«. Da ließ er lustig seine Fiedel ertönen, hatte den Kopf voller Späße und war bald eine volksthümliche Persönlichkeit. Ohne das wäre er wohl schwerlich zu der Ehre gekommen, zweimal portraitirt zu werden. Beide Bilder besaß Philipp Emanuel Bach unter seiner Sammlung von Familien-Bildnissen, eins davon war ein Kupferstich aus dem Jahre 1617, das andere ein Holzschnitt; hier sah man ihn Violine spielen mit einer großen Schelle, auf der linken Schulter, linker Hand standen die Reime:

> Hier siehst du geigen Hansen Bachen,
> Wenn du es hörst, so mustu lachen.
> Er geigt gleichwohl [d. i. nämlich] nach seiner Art
> Und trägt einen hübschen Hans Bachens Bart,

und unter den Versen war ein Schild mit einer Narren-Kappe. Wie der fröhliche Sinn auch auf eins seiner Kinder überging, werden wir später sehen.

Hans Bach ist nicht sehr alt geworden; er starb am 26. Dec. 1626 im Pestjahre, was auch andere Familienglieder dahin raffte. Als neun Jahre darauf die Seuche im Dorfe noch viel furchtbarer wüthete, so daß von damals ungefähr 800 Einwohnern 503 starben (im September allein 191), folgte ihm seine Wittwe nach (18. Sept. 1635). Von ihren Kindern werden uns in der Folge diejenigen drei beschäftigen, auf welche der musikalische Sinn des Vaters überging. Daß aber mehr noch vorhanden gewesen sind, deren die spätere Genealogie nur deshalb nicht gedachte, weil sie einfache Bauern blieben, ist sicher. Ohne uns bei den verschiedenen weiblichen Individuen aufzuhalten, von deren Existenz noch Spuren vorhanden sind, wollen wir nur ein kurzes Wort noch den übrigen Männern

---

15) Die Genealogie sagt, er habe zuerst das Bäckerhandwerk erlernt und sei darauf ganz zur Musik übergegangen. Eine viel zuverlässigere Quelle aber ist die Leichenpredigt auf Heinrich Bach, Hans Bachs Sohn (Arnstadt, 1692), wo letzterer geradezu Musikant und Teppichmacher zu Wechmar genannt wird.

gönnen. Es ist freilich nicht leicht, zuweilen auch nicht möglich, sich durch die bunte Schaar, welche sich aus den Pfarr-Registern entwickelt, sichern Weges hindurch zu finden; so wird denn gegeben was zu erreichen war. Von den drei musikalischen Söhnen bietet die genannte Quelle nur etwas über Johann, den ältesten. Neben diesem aber treffen wir noch auf sechs andre Persönlichkeiten, die muthmaßlich von ziemlich gleichem Alter waren und für Söhne von Hans Bach oder seiner Brüder oder altersgleichen dortigen Verwandten gelten können. Zunächst ein Hans Bach, welcher als *junior* dem alten Hans Bach *senior* mehrfach gegenüber gesetzt wird, also doch wohl sein Sohn war. Identisch mit Johann Bach kann er nicht sein, da er schon 1621 mit seinem Weibe zum Abendmahle ging, Johann sich aber erst 1635 verheirathete: halten wir ihn also für einen älteren Bruder, und vielleicht erstes Kind des alten Hans Bach, der nach damaliger einfacher Lebensweise früh in die Ehe getreten sein wird. Der Sohn starb am 6. Nov. 1636, jung an Jahren, seine Wittwe Dorothea lebte noch bis zum 30. Mai 1678, wurde 78 Jahre alt. Von Söhnen aus dieser Ehe erfahren wir nichts. Dann noch ein Hans Bach, der um einiges jünger erscheint, und sich am 17. Juni 1634 verheirathete, das Mädchen hieß Martha. Söhne werden angeführt: Abraham (geb. 29. März 1645), Caspar (geb. 9. März 1648) — dieser war späterhin Schafhirt in Wechmar —, ein nicht benannter dritter Sohn (geb. 27. März 1656), »so bei der Geburt kaum eine Spanne lang«. Auch dieser dritte Hans war ein Sohn des Spielmanns [16]). Also drei Brüder desselben Namens. Es ist charakteristisch für den Alten mit der Schelle, daß er an diesem Triumvirat von Hansen seine Freude hatte. — Ferner Heinrich Bach, von dem wir nur hören, daß ihm 1633 und 1635 zwei Söhne geboren wurden, die beide am 28. Jan. 1638 starben. Denselben Namen führte der jüngste des musikalischen Kleeblatts; wäre der genannte dessen Bruder, so hätte der lustige Fiedler zwei Heinriche gehabt, wie er drei Hanse besaß. — Weiter Georg Bach, welcher 1617 geboren wurde. Seine erste Gattin, Magdalena, war 1619 geboren und starb am 23. Aug. 1669. Er verheirathete sich am 21. Oct. 1670 zum zweiten Male, die Braut hieß Anna, sie starb am 29. Febr. 1672

---

16) S. Anhang A. Nr. 2.

in Folge eines Wochenbettes. Unverehelicht konnten diese Leute nicht leben; er schloß die dritte Ehe am 19. Nov. 1672, starb am 22. März 1691; seine Gattin Barbara folgte am 18. April 1698. Söhne werden nicht erwähnt; ebenso wenig ist zu sagen, wessen Sohn er selbst war. Eines Bastian (Sebastian) Existenz endlich verräth uns nur sein Tod (3. Sept. 1631); er kann daher auch schon ein Greis gewesen sein und ist der einzige des Geschlechts, welcher vor dem großen Tonmeister diesen Namen führte.

Die Genealogie erwähnt, wie schon bemerkt, noch einen andern Sohn Veit Bachs, ohne dessen Namen zu kennen. Derselbe kann auch auf anderm Wege nicht mit Sicherheit bestimmt werden; doch läßt sich nach den Pfarr-Registern wenigstens ein Altersgenosse des Spielmanns Hans Bach beibringen, der sein Bruder gewesen sein könnte. Er hieß Lips, und starb am 10. Oct. 1620; ein Sohn gleichen Namens fiel am 21. Sept. 1626 der Pest zum Opfer. Die Söhne, welche das Geschlecht fortpflanzten, würden demnach in den Registern fehlen. Die Genealogie spricht von dreien, welche durch den regierenden Grafen von Schwarzburg-Arnstadt zu ihrer weitern musikalischen Ausbildung nach Italien geschickt werden und von denen Jonas, der jüngste, blind und Gegenstand vieler abenteuerlicher Erzählungen gewesen sein soll[17]). Dagegen läßt sich nachweisen, daß ein Sohn des ungenannten Bruders von Hans Bach den Namen Wendel führte, 1619 geboren ward und späterhin in Wolfsbehringen, einem Dorfe nordwestlich von Gotha, seßhaft war; er scheint Landwirth gewesen zu sein und starb am 18. Dec. 1682. Sein vermuthlich einziger Sohn Jakob (geb. 1655 in Wolfsbehringen) bekleidete das Cantorat in Steinbach, seit 1694 in Ruhla und starb dort 1718[18]). Er war erster Lehrer des später merseburgischen Capellmeisters und nicht unbedeutenden Componisten Johann Theodorich Römhild[19]). Von ihm gehen, wenn man den vorhandenen Zeugnissen trauen darf, die meisten musikalischen Persönlichkeiten dieses Stammes aus, ganz sicher wenigstens der bedeutendste unter ihnen. Dieser, Johann Ludwig, wurde als Sohn des Cantors Jakob Bach im Jahre 1677 ge-

---

17) S. Anhang A. Nr. 3.

18) S. Anhang A. Nr. 4.

19) E. L. Gerber, Historisch-Biographisches Lexicon der Tonkünstler. Leipzig, 1792. Th. 2, Spalte 309.

boren. 1708 war er Hofcantor in Meiningen, drei Jahre darauf aber,
als er sich verheirathete, schon Capell-Director, und starb 1741 [20].
Da Sebastian Bach mit ihm von Weimar aus in persönlichen Verkehr
trat, so erscheint es passend, ihn auch dann erst in seiner künstlerischen Bedeutung zu charakterisiren. Das bedeutende musikalische
Talent dieses Mannes lebte in seinen beiden Söhnen, Samuel Anton
(1713—1781) und Gottlieb Friedrich (1714—1785), sowie in dem
Sohne des letzteren, Johann Philipp, weiter. Alle drei waren zeitweilig herzogliche Hoforganisten, der letzte reicht bis in die neueste
Zeit hinab, da er erst 1846 im 95. Lebensjahre starb, nachdem am
22. Dec. 1845 auch der letzte Enkel Sebastians geschieden war [21].
Neben der musikalischen Begabung ist dieser Familie aber auch die
für Malerei eigen, ein Talent, was sich in der Sebastianschen Linie
nur bei einem Sohne Philipp Emanuels findet, und dieser scheint in
der That erst durch die Meininger angeregt zu sein. Denn sie verkehrten in seinem elterlichen Hause, so daß Ph. Emanuel in der
Genealogie schreiben konnte: »des Meinungschen Capellmeisters
Sohn lebt noch da, als Hoforganist und Hofmaler; dessen Herr Sohn
ist ihm adjungirt in beyden Stationen. Vater und Sohn sind vortreffliche Portraitmaler. Letzterer hat mich vorigen Sommer besucht und
gemalt, und vortrefflich getroffen.«

Noch vielseitiger war Johann Ludwig Bachs Bruder, Nikolaus
Ephraim, welcher bei der Aebtissin Elisabeth Ernestine Antonia zu
Gandersheim, der Schwester des damaligen regierenden Herzogs
von Sachsen-Meiningen, in Diensten stand und diese Stelle vielleicht
durch Vermittlung seines Bruders erhielt. Es war freilich herkömm-
lich an kleinen Höfen, daß die Hofmusiker auch noch andre Obliegenheiten hatten, z. B. eines Schreibers oder Kammerdieners, aber
ein solches Bunterlei von Diensten, wie von Nikolaus Ephraim geleistet werden mußte, wurde wohl selten auf die Schultern eines einzigen Individuums gepackt. Er war seit 1708 dort im Dienste und

---

20) Außer auf die meiningenschen Pfarr-Register stütze ich mich auf einige
Mittheilungen, welche Herr Hofrath Brückner daselbst mir freundlichst gemacht hat.

21) Wilhelm, Sohn von Johann Christoph Friedrich, Concertmeister in
Bückeburg. Das Datum nach Bitter, Carl Philipp Emanuel und Wilhelm Friedemann Bach und deren Brüder. Berl., 1868. Bd. 2, S. 140.

wurde am 30. Nov. 1713 zum Lakaien ernannt, in seiner Bestallung heißt es aber speciell: »So haben Wir ihm hiemit die Aufsicht über Unsere Mahlereyen und Statuen-Gallerie aufgetragen, — — wobey er dann in der Musik und vorfallenden Compositionen sich gebrauchen laßen soll; dagegen wir ihm zur jährlichen Besoldung vom verwichenen *Michaelis* an 20 Thaler und vom letztverwichenen 22. *Octobris* aber wöchentlich 20 ggr. Kostgeld benebenst der gewöhnlich doppelten *Livrée*, Reiseröcken und Winter-Strümpfen, in Gnaden verwilliget.« Späterhin wurde er auch Mundschenk, am 15. Mai 1719 Organist und Kellermeister, mußte auch die »abteilichen Bedienten« in der Musik und Malerei »informiren«, und endlich seit 1724 die Privat-Rechnungen der Aebtissin führen. Man sieht, er war ein Factotum[22].

Ein muthmaßlich dritter Sohn des Cantor Bach aus Ruhla war Georg Michael (1703—1771), Lehrer der achten Classe am lutherischen Stadtgymnasium zu Halle; dessen Sohn Johann Christian (1743—1814) war Musiklehrer dort, und wurde kurz »der Clavier-Bach« genannt. Er stand mit Friedemann Bach, dem ältesten Sohne Sebastians, in Verbindung, als dieser Organist an der Liebfrauenkirche in Halle war, oder vielleicht auch, als er es nicht mehr war. Denn von ihm erhielt er jenes »Clavier-Büchlein vor Wilhelm Friedemann Bach«, welches der große Sebastian in Cöthen größtentheils selbst für sein Lieblingskind geschrieben hatte, und das uns später noch eingehend beschäftigen wird[23]. — Endlich ist noch Stephan Bach zu erwähnen, welcher der Genealogie zufolge mit dieser Linie zusammenhängen soll, ohne daß anzugeben wäre, in welcher Weise. Er war Cantor und Succentor am Blasius-Stift in Braunschweig, ein Dienst, den er 1690 antrat und bis zu seinem Tode 1717 bekleidete. Seine erste Gattin hieß Dorothea Schulze, und es wird daher der spätere Organist an der Lamberti-Kirche in Hildesheim, Andreas

---

22) Nach Acten des herzogl. Landeshauptarchivs zu Wolfenbüttel. S. Anhang A. Nr. 5.

23) Das Buch erwarb aus dem Nachlasse Johann Christians der Musik-Director Kötschau in Schulpforte, nach dessen Tode es in den Besitz des Herrn Oberappellationsrath Krug in Naumburg überging, dem ich die Angaben darüber verdanke. — Nach den meiningenschen Kirchen-Registern wird am 13. Aug. 1699 einem Hautboisten und Hoflakaien *Johann Bach* ein Sohn: Johann Christoph Carl getauft. Dieser war vielleicht ein vierter Sohn Jakob Bachs.

Heinrich Schulze, dessen Gesanglehrer Stephan Bach gewesen ist[24],
für einen Verwandten seiner Frau zu halten sein. Der älteste Sohn
hieß Johann Albrecht (geb. 1703) und stammte aus zweiter Ehe.
Was sonst über ihn zu sagen wäre, bezieht sich nur auf Krankheiten
und allgemeines Lebens-Elend, mit welchem diese Leute stets zu
ringen gehabt haben. Bei Verfolgung der directen Vorfahren Sebastian Bachs wird uns dasselbe noch oft genug entgegen treten;
darum schweigen wir hier darüber[25].

Wir haben die Wurzeln des Bachschen Geschlechtes an verschiedenen Orten Thüringens bloslegen können, überall fanden wir
nur dorfbewohnende Bauern. So recht aus der Kernkraft des deutschen Volkes ist Sebastian Bach entsprungen. Und wie überall in
Deutschland vor dem dreißigjährigen Kriege Wohlstand herrschte, so
fehlte auch dem thüringischen Bauer ein friedliches Behagen nicht.
Mit seiner Tüchtigkeit und seinem Fleiße verband er die Frömmigkeit.
Die wechmarischen Communicanten-Verzeichnisse von den Jahren
1618—1623 legen durch die reichliche Anführung der Bachs männlichen und weiblichen Geschlechts, aus alten und jungen Jahren,
Zeugniß davon ab, daß denselben ihre protestantische Religion eine
lebendige Herzenssache war. Es muß jedoch gesagt sein, daß, während Wolf Bach in Rockhausen ein freier Grundbesitzer von ungewöhnlicher Wohlhabenheit war, seinen Wechmaraner Stammesgenossen wahrscheinlich ein härteres Loos fiel. In dem Dorfe und
dessen Bezirk befand sich eine Anzahl großer Adels-Güter, und
wer von ihnen als Bauer denselben zugehörte, hatte an Abgaben und
Knechtsdiensten nicht geringe Lasten zu tragen, und dies um so
mehr, als die Besitzer jener Güter, Vasallen der Grafen von Gleichen, oft und viel Kriegsmannschaft stellen mußten, was natürlich
den Zurückbleibenden nicht zu gute kam. Der Tod des Spielmanns
Hans Bach (1626) führt uns auch schon in die Anfänge jener Zeit,
wo Thüringen unter der furchtbaren Kriegsgeißel zu leiden und zu

---

24) J. G. Walther, Musicalisches Lexicon. Leipzig, 1732.

25) Nach den Registern des Blasius-Stiftes in Braunschweig und Acten des
Landesarchivs zu Wolfenbüttel. Griepenkerl, der Herausgeber der Bachschen
Instrumentalwerke, wollte die Reihe tüchtiger Organisten, welche Braunschweig
besessen, auf einen Einfluß Stephan Bachs zurückführen, wie mir Herr Dr.
Schiller freundlichst mittheilte.

bluten begann. Seit dem Jahre 1623, in welchem die ersten Truppendurchzüge stattfanden, brachen mit immer kürzeren Unterbrechungen durch die wilden Kriegshorden alle nur erdenklichen Gräuel über dies schöne Stückchen deutscher Erde herein. Die Dörfer wurden geplündert und verbrannt, die Fluren verwüstet, die Männer getödtet, die Frauen gemißhandelt, und auch die Kirchen nicht geschont. Dazu kamen die entsetzlichen Seuchen der Jahre 1626 und 1635. Wer aus all dem Elend sein Leben rettete, floh am liebsten Schutz suchend in die Städte, oder verbarg sich in den Wäldern, oder trat, weil nichts anderes übrig blieb, wie Nikol und Johann Bach aus Molsdorf, ins Heer ein. So zerstreuten sich auch die wechmarischen Bachs, die zurückbleibenden starben nach und nach aus, bis am Ende des vorigen Jahrhunderts erst ein Mann des Namens, Ernst Christian Bach, dorthin zurückkehrte, und als Cantor und Schullehrer sein Leben da am 29. Sept. 1822 beschloß [26]. Auch von Hans Bachs drei musikalischen Söhnen blieb keiner dauernd in seinem Heimathdorfe. Eine Zeit voll Blut und Schrecken ist es, in welcher sie heranwuchsen und lebten, eine Zeit, die auch den Sittlichsten verwildern, den Kräftigsten ermatten konnte, und die nach dem Beruf, wie den besondern Lebensschicksalen der drei Brüder auf ihr Wesen von großem Einfluß sein mußte.

II.

Johann Bach, der älteste jener drei Söhne, wurde am 26. Nov. 1604 in Wechmar geboren. »Da nun sein Vater Hans Bach«, erzählt die Genealogie, »wenn er an obbenannte Oerter [s. S. 9] ist verlanget worden, ihn vielfältig mitgenommen, so hat einsmals der alte Stadtpfeifer in Suhl, Hoffmann genannt, ihn persuadiret, seinen Sohn ihm in die Lehre zu geben, welches auch geschehen; und hat er sich daselbst 5 Jahr als Lehrknabe, und 2 Jahr als Geselle aufgehalten.« Danach scheint er in dem immer lauter werdenden Kriegsgetümmel ein unstetes Leben geführt zu haben. Die Genealogie giebt an, er habe sich von Suhl nach Schweinfurt gewendet, wo er Organist geworden sei. Allein schon 1628 taucht er in Wechmar als »Spielmann«

---

26) Nach gefälliger Mittheilung des Herrn Dr. Koch.

auf und ebenso wieder im Jahre 1634, aber schwerlich war er dort ansässig, weil er sich sonst wohl einen eignen Hausstand gegründet haben würde. Die Art, wie er dies endlich that, läßt wiederum auf ein Verweilen in Suhl schließen, wo er vielleicht anstatt des alten und in den dreißiger Jahren des Jahrhunderts verstorbenen Hoffmann zeitweilig als Stadtpfeifer fungirte. Denn die Zunftmäßigkeit, welche auch in der Musik herrschte, brachte es mit sich, daß ein junger Meister seine Braut zunächst aus den Töchtern der Innungsgenossen wählte und häufig dadurch in die Stellung des Schwiegervaters hinein heirathete. So vermählt sich auch Johann Bach am 6. Juli 1635[1]) mit Barbara Hoffmann, »seines lieben Lehrherrn Tochter«, und wurde in seinem Heimathdorfe getraut. In demselben Jahre wurde er als Director der Rathsmusikanten nach Erfurt berufen. Dieses, damals noch freie Reichsstadt, konnte auch schon genug von Kriegsschicksalen erzählen. Nach der Schlacht bei Breitenfeld (1631) war Gustav Adolph dort am 22. Sept. eingezogen und hätte nach vier Tagen eine Besatzung zurückgelassen, welche sofort eine allgemeine, wenn auch eigentlich nur auf die Katholiken abgesehene Plünderung und Mißhandlung der Einwohner begann. Auch des Nachts stahlen sie und brachen ein; kein Wächter durfte sich auf der Straße sehen lassen, und die öffentliche Unsicherheit stieg auf das Höchste[2]). Hernach kehrte wohl etwas Ordnung wieder zurück, allein die Contributionen und das wüste Soldatenwesen demoralisirte die Bürger mehr und mehr, nicht zum wenigsten natürlich auch die Stadtpfeifer-Zunft, für welche es eine Hauptaufgabe war, bei öffentlichen oder privaten Gelagen die nöthige Musik zu machen, und die dadurch zum nächsten Zeugen gesteigerter Rohheiten wurde, welche bei solchen Gelegenheiten nie ausblieben. Kurz bevor Johann Bach seinen Posten antrat, am 27. Febr. 1635, ereignete es sich, daß ein Bürger Namens Hans Rothländer einen Soldaten von der Straße mit sich in sein Haus genommen. Er »vermochte«, wie eine handschriftliche Erfurter Chronik erzählt[3]), »die Stadtpfeifer, weil der Meister sein Gevatter war, ihm zu Gefallen aufzuspielen, welches eigentlich verboten war. Als

---

1) Pfarr-Register zu Wechmar.

2) Falckenstein, *Civitatis Erfurtensis Historia Critica Et Diplomatica.* Erfurt, 1740. II, S. 703 ff.

3) Tit. II. A. 2. der Magistrats-Bibliothek zu Erfurt.

sie alle ziemlich berauscht sind, streckt sich der Soldat, der ein Cornet aus Jena gebürtig war, auf die Bank und schläft ein. Rothländers Frau weckt ihn auf in der Absicht mit ihm zu tanzen; er fährt im Schlaf auf und ruft: »was, ist der Feind vorhanden?« nimmt den Messing-Leuchter, schlägt den nächst gelegenen drei Wunden in den Kopf und eine Schmarre in den Backen, wodurch das Licht verlöscht. Er ergreift seinen Degen, sticht hinterwärts den andern durch und durch, faßt einen Musikanten aus Schmalkalden, der ein vorzüglicher Spieler war, sticht diesen durch den Leib, daß er nach 12 Stunden darauf starb und auf dem Kaufmanns - Kirchhof begraben wurde« [4]. Es wäre möglich, daß bei dieser Metzelei auch der Meister der Zunft umgekommen und Bach an dessen Stelle getreten wäre. Im Herbst des Jahres schien mit dem Prager Frieden eine bessere Wendung für die Stadt einzutreten: die schwedische Besatzung zog ab, und es wurde ein allgemeines Friedensfest gefeiert. Aber schon im folgenden Jahre warfen sowohl die Kaiserlichen, als die Kursächsischen, als die Schweden ihr Auge wieder auf diesen für militärische Operationen wichtigen Stützpunkt. Bach wurde mit seinen Leuten auf die Haupt-Thürme commandirt, »allda ihre Wache zu gemeiner Stadt Nutz mit Ernst und allem Fleiß abzuwarten«. Fässer, mit Reisig und Stroh gefüllt, wurden an exponirten Punkten aufgestellt, und den Wachen befohlen, sie anzuzünden, sobald sich etwas verdächtiges zeige; dann »sollte es der Stadt-Pfeifer Losung seyn, und mit Macht blasen, damit sich alles Volk ermuntere, und zum Gewehr greife« [5]. Jedoch der schwedische General Banér nahm im December die Stadt nach kurzer Belagerung, und nun blieben die Schweden dort bis nach dem westphälischen Frieden, mit Streifzügen und Ueberfällen in der Umgebung sich die Zeit vertreibend. Nachdem sie endlich 1650 abgezogen waren und die dringend ersehnte Ruhe wiederzukehren schien, veranstaltete der Rath ein wochenlanges Frieden- und Dank - Fest, bei welchem mitzuwirken für die Musiker eine würdige Aufgabe war. Es wird erzählt, daß »aus den berühmtesten Componisten, Praetorio, Scheid, Schützen, Hammerschmidt, die schönsten Concerte und prächtigsten Motetten musiciret wurden in jeder Kirche«. Von den

4) Vergl. Hartung, Häuser-Chronik der Stadt Erfurt, 1861. S. 162.
5) Falckenstein, a. a. O. S. 716.

Kirch- und Wachthürmen, die mit weißen Fahnen und Zweigen geschmückt waren, erschollen Trompeten und Pauken, Kinderschaaren mit Kränzen auf dem Haupte und Palmenzweige tragend zogen unter Lobliedergesang zum Gotteshause. Sodann wurde auf einer im Freien errichteten Schaubühne, die mit Birken geziert war »mit allerlei Instrumenten, beneben einem *Actu*, was Frieden und was Krieg bringe? in ansehnlicher Versammlung musiciret, da Jedermann den Choral mitgesungen«, dazwischen Trompeten und Trommeln, und Freudenschüsse der endlich erlösten, dankend aufathmenden Bürgerschaft[6]. Aber zu hart hatte der Krieg auf der unglücklichen Gemeinde gelastet: die Stadt war tief verschuldet, die reichsten Patrizier verarmt, und unter den geringeren Leuten ließen Hunger und bittre Noth nicht nach. Schlimmer als das war die völlige Erschöpfung auch aller geistigen und sittlichen Energie. Der Krieg selbst hatte größtentheils mit einer noch gesunden Volkskraft zu thun gehabt, die folgende Periode traf nur ein entartetes und haltloses Geschlecht. Anstatt sich zu strenger Arbeit zu sammeln, ergab man sich gedankenlosem Genuß, und je zerrütteter die Verhältnisse wurden, einem immer sinnloseren Aufwande. Daneben nahm der Einfluß eines wilden Pöbels in bedrohlicher Weise zu: einsichtsvolle Männer wurden aus der Stadt vertrieben oder mißhandelt, so daß ein Bürger im Jahre 1663 schreiben konnte, die Stadt befände sich jetzt in einem so jämmerlichen Zustande, der »weder mit der Feder zu beschreiben noch mit Menschen-Zungen auszusprechen« sei, und prophezeien, es werde Erfurt wie einst Jerusalem seinem Untergange nicht entgehen[7]. Endlich hatte der Kurfürst von Mainz anläßlich der Leitung des Gemeindewesens erhöhte Rechte geltend gemacht, und wurde vom Kaiser darin unterstützt. Die fanatische Widerspenstigkeit des Volkes, welches einen Schützling des Kurfürsten ermordete und den Herold des Kaisers beschimpfte, veranlaßte schließlich die gewaltsame Unterwerfung der Stadt, welche von 1664 an ihre Selbständigkeit an Mainz verlor. Seit dieser Zeit trat allmählige Hebung des Wohlstandes und ein Zurückkehren geordneter Verhältnisse ein.

Johann Bach hat den größten und wichtigsten Theil seines Lebens in Erfurt verbracht. Die von ihm gegründete Familie hat sich

---

6) Hundorph, *Encomium Erffurtinum.* 1651
7) Falckenstein, a. a. O. S. 911 und 915.

schnell vergrößert und ein Jahrhundert so ausschließlich in den Besitz der dortigen Stadtpfeifer-Stellen gesetzt, daß auch in der zweiten Hälfte des 18. Jahrhunderts noch die Stadt-Musikanten den Namen »die Bache« trugen, obwohl keiner dieses Namens in Wirklichkeit mehr darunter war[8]). Erfurt wurde neben Arnstadt und Eisenach ein Haupt-Sammelpunkt der großen Bachschen Familie, deren merkwürdig starkes Gefühl von Zusammengehörigkeit gewisse Centralstellen entstehen ließ, um ein gemeinsames Wirken zu ermöglichen. In dem flüchtig skizzirten Bilde eines 40jährigen Zeitraums städtischer Geschichte halten wir zugleich das Leben des Mannes selbst, dessen Stellung eine stetige Berührung mit den losgebundenen und erregten Gemüthern des Volkes mit sich brachte. Was sie irgend bewegte, mußte auch ihn von allen Seiten treffen, und aus dem Leidenschaftsstrudel, in welchem er stand, aus jenem wüsten und hohlen Treiben, dessen Lust- und Freudenäußerungen nur die eigne Jämmerlichkeit übertäuben sollten, sich Sittlichkeit, Lebensernst und Würde zu retten mußte doppelt schwierig sein. Und dies gilt gleichermaßen von allen seinen Geschlechtsgenossen, die in ähnlicher Thätigkeit neben ihm standen. Dazu seufzten sie mit allen unter der allgemeinen Noth und Armuth.

In dem Familienleben Johann Bachs fehlte das Unglück eben so wenig. Seine erste Gattin brachte ein todtes Kind zur Welt und starb gleich darauf selbst. Kurz nachher führte er ein zweites Weib heim, Hedwig Lämmerhirt, aus einem Geschlechte, das uns späterhin noch begegnen wird. Der Tod fuhr fort bei ihm einzukehren: im Jahre 1639 entriß er ihm einen Sohn, vermuthlich den Erstling der zweiten Ehe, andere Kinder folgten in den Jahren 1648 und 1653 nach. Inzwischen verlor er aber seine echt Bachische Gesinnung nicht. Sein alter Lehrmeister und erster Schwiegervater, der Stadtpfeifer Hoffmann in Suhl, war gestorben und hatte einen unmündigen Knaben zurückgelassen; ein Jahr darauf folgte auch die Mutter, und das Kind war völlig verwaist. Da war der Schwager gleich bei der Hand, nahm den jungen Christoph Hoffmann zu sich ins Haus, und weil er Lust und Anlage zur Musik zeigte, unterwies er ihn fleißig

---

8) Adlung, Anleitung zu der musikalischen Gelahrtheit. Erfurt, 1758. S. 689, Anm. f.

und mit solchem Erfolg, daß der Jüngling bald in weiterem Kreise
Aufsehen erregte. Dies ist auch ein Haupt-Anhaltepunkt zu einem
genaueren Schlusse auf Bachs eigne Tüchtigkeit. Zwar schon seine
Stellung an der Spitze des Musik-Corps einer bedeutenden Stadt
kennzeichnet ihn als einen Mann von höherer Leistungsfähigkeit,
auch wird ihm von seinen Zeitgenossen das Prädicat eines »wohlbe-
rühmten Musikanten« nicht versagt. Zu jener Zeit befand sich sein
Bruder, Christoph Bach, der Sebastian Bachs Großvater werden
sollte, im Dienste am Hofe zu Weimar. Dieser wurde, wenn wir die
fragmentarischen Nachrichten uns etwas zurecht legen und verbinden
dürfen, die Veranlassung, den talentvollen Zögling dort zu produciren. Herzog Wilhelm wollte ihn gleich in der Capelle behalten,
und bot seinem Lehrer für die ertheilte Unterweisung hundert Thaler an. Es spricht wiederum für Johann Bach und sein Haus, daß
Hoffmann hierauf nicht einging: er verstand sich nur dazu, von Zeit
zu Zeit in Weimar zu erscheinen und bei musikalischen Aufführungen
mitzuwirken, übrigens blieb er seinem Schwager sechs Jahre als
Lehrling und noch ein Jahr als Gesell treu, und bildete sich nach
allem was wir wissen zu einem tüchtigen Musiker aus [9]. Wenn berichtet wird, daß er in Erfurt sowohl in der Instrumental- wie Vocal-
Musik fleißige Fortschritte gemacht, so bezieht sich letzteres zunächst
nur auf jenen rohen und naturalistischen Gesang, der als ein Theil
des Musikanten-Handwerks mit erlernt werden mußte, da bei den
sogenannten »Aufwartungen« auch nicht selten der Vortrag von
Liedern verlangt wurde [10], und der sich daher wohl an der Fer-

---

9) *M. J. L. Winter*, Leichenpredigt auf Joh. Christoph Hoffmann, gehalten am 21. Nov. 1686. Schleusingen, Seb. Göbel. — Hoffmann betrieb später
in seiner Vaterstadt neben der Musik den Waffenhandel, wie auch sein Vater
gethan.

10) Diese Sitte wird ausdrücklich bezeugt in dem »lustigen Cotala« (»Der
wohlgeplagte, doch nicht verzagte, sondern iederzeit lustige Cotala, oder *Musicus instrumentalis*, in einer anmuthigen Geschicht vorgestellet.« Freyberg, 1690.
Neugedruckt 1713), dessen Verfasser kein geringerer als Joh. Kuhnau sein soll
(Adlung, Anleitung u. s. w. S. 196). Es heißt dort S. 118: »den ersten Tag des
Beylagers gieng es noch ziemlich *reputir*lich zu, und erwarb ich nicht ein
schlechtes Lob mit meinem Singen. Denn ich hatte bey mir die allerverlieb-
testen, benebenst auch die allerpossirlichsten Lieder und *Ar*ien, welche die vor-
nehmsten Herren und das löbliche Frauenzimmer mit sonderbarer Belustigung
und Vergnügung anhöreten.«

tigkeit des raschen Notenlesens und sichern Treffens meistens genügen ließ, welche sich mit der instrumentalen Uebung beinahe von selbst einstellen mußte. In einem Verhältniß zur kirchlichen Musik stand Johann Bach nur in indirecter, wenn auch innerlich nicht minder bedeutsamer Weise als Orgelspieler: er wurde, wahrscheinlich vom Jahre 1647 an, Organist an der Prediger-Kirche, und bewährt auch hierdurch eine vielseitige Tüchtigkeit. Der mit solchen Stellen verbundene Gehalt war, besonders in jener Zeit, gering, und was festgesetzt war, wurde sehr häufig nicht einmal ausgezahlt. Zum großen Theile waren Organisten und Cantoren auf Natural-Lieferungen angewiesen; oft genug freilich blieben selbst diese aus. Bach hatte seit 1647 eine jährliche Lieferung von einem Malter Korn zu fordern, im Jahre 1669 mußte er sich beim Rath beschweren, daß er in 22 Jahren nicht mehr als einmal zu dem Seinigen gekommen sei[11]. Er starb am 13. Mai 1673 im 69. Lebensjahre[12]. Als Stadtmusikant und Organist vereinigte er in seiner Person die beiden Richtungen, nach welchen in der Folgezeit die deutsche Musik durch Sebastian Bach sich zur herrlichsten Blüthe entwickeln sollte, das weltliche Instrumental-Spiel und die religiöse Tonkunst. Stand er mit der kirchlichen Vocal-Musik nicht als Cantor im unmittelbarsten Contact, so hat diese auch zu dem, was sie durch seinen großen Nachkommen wurde, die hauptsächlichste Kraft aus der entwickelten Orgel-Kunst gezogen. Seine Brüder und die meisten seiner Kinder und Abkömmlinge cultivirten vorzugsweise je einen von beiden Zweigen, bis wieder Sebastian das ganze genannte Gebiet, wenn auch nicht immer seinen äußern Stellungen nach, umfaßte. Durch eine lange unselige Zeit hindurch war Johann Bach das Haupt der Bachschen Musikanten-Familie, er hatte erlebt, wie dieselbe sich ausbreitete und gedieh und außer in Erfurt auch in Arnstadt und Eisenach tiefe Wurzel schlug. Von nun an begann zwischen diesen drei Städten ein emsiges Hin- und Herziehen: wo es dem einen gelang, dahin zog er den andern nach, und durch Verschwägerungen und andere Familienbande befestigten sie sich mehr und mehr in dem Gefühl eines enggeschlossenen patriarchalischen Gemeinwesens.

---

11) Protokolle des Raths zu Erfurt vom 14. Juni 1669.
12) Pfarr-Register der Kaufmanns-Kirche zu Erfurt.

Der älteste am Leben erhaltene Sohn Johann Bachs, Johann Christian, geb. 25. Aug. 1640 [13]), lernte und wirkte zuerst unter seines Vaters Leitung in der erfurtischen »Musikbande«, und wandte sich von dort nach Eisenach, als der erste seines Geschlechtes an diesem Orte. Hier heirathete er zunftmäßig Anna Margaretha Schmidt, die Tochter des dortigen Kunstpfeifers, am 28. Aug. 1665 [14]). Mit Ausfüllung seines Platzes in Erfurt — er spielte Bratsche — beeilte der Rath sich nicht, dem in jener Zeit ganz andre Dinge den Kopf erfüllten, erst 1667 trat sein Vetter Ambrosius für ihn ein [15]). Im folgenden Jahre aber war er schon wieder in Erfurt, hier schenkte ihm sein Weib einen Sohn, Johann Jakob [16]), welcher sich heranwachsend zu seinem Oheim Ambrosius, Sebastian Bachs Vater, zurück nach Eisenach begab, wo derselbe mittlerweile Stadtpfeifer geworden war, und dort als Hausmanns-Gesell im Jahre 1692, 24 Jahr alt starb [17]). (Hausmann ist der damals allgemein übliche Ausdruck für Spielmann oder Musikant.) Weiter brachte es ein zweiter Sohn, Johann Christoph (geb. 1673); dieser wurde Cantor und Organist in Unter-Zimmern, einem Dorfe nordöstlich von Erfurt, verheirathete sich 1693 mit Anna Margaretha König, und erhielt 1698 die Cantor-Stelle in Gehren, südlich von Arnstadt, wo sein Name durch den unlängst verstorbenen trefflichen Michael Bach, dessen eine Tochter später Sebastian Bachs erste Frau wurde, im besten Andenken stand. Er war ein gebildeter Mann, hatte Theologie studirt und schrieb eine schöne fließende Hand. Trotzdem machte er seinem Geschlechte wenig Ehre. Er hatte einen zänkischen, halsstarrigen und hochmüthigen Charakter, und kehrte diesen in unvortheilhafter Weise auch gegen seine Vorgesetzten heraus, was ihm unter anderm einen längern Arrest, ja von Seiten des Arnstädter Consistoriums die

---

13) Pfarr-Register der Kaufmanns-Kirche. Sie sind eine Hauptquelle für Daten, welche die Erfurter Bachs betreffen, und alle, bei denen im Folgenden nichts weiter bemerkt ist, sind daher genommen. Sie geben übrigens nicht den Geburts- sondern immer nur den Tauftag an; der Regel nach erfolgte hier die Taufe zwei Tage nach der Geburt und diese Berechnung liegt allen meinen Angaben zu Grunde.

14) Eisenacher Pfarr-Register.

15) Raths-Protokolle vom 12. April d. J.

16) Nach der Genealogie.

17) Eisenacher Pfarr-Register.

Androhung der Remotion zuzog. Doch war auch wohl von Seiten der Behörden manches gegen ihn versehen [18]. Er starb dort 1727 [19]. — Johann Christian wurde nach seines Vaters Tode Director der Raths-Musikanten in Erfurt; er verlor bald darauf seine erste Frau und ehelichte danach eine Wittwe, Anna Dorothea Peter (11. Juni 1679), von welcher er noch eine Tochter Anna Sophia, und einen Sohn Johann Christian erhielt; letzterer wurde 1682 geboren, in seines Vaters Todesjahr [20].

In die leer gewordene Stelle rückte der jüngere Bruder Johann Aegidius, der zweite lebend gebliebene Sohn Johann Bachs (geboren 9. Febr. 1645). Schon unter dem Directorium des Vaters hatte er im städtischen Musik-Corps seinen Platz gefunden, da er im Herbst 1671 anstatt seines Vetters Ambrosius Bratschist wurde [21]. Seine Braut holte er sich am 9. Juni 1674 von Arnstadt, wo damals sein Oheim Heinrich als Organist in hohem Ansehen stand, über welchen bald ausführlich gesprochen werden soll. Es war dies aber die Schwester der Frau seines Bruders Johann Christian: Susanna Schmidt, deren Vater unterdeß von Eisenach nach Arnstadt gezogen sein muß [22]. Dieser Zug, daß die jüngeren Brüder die Schwestern der Gattinnen ihrer ältern Brüder sich vermählen, und auch in dieser Hinsicht treuherzig die Wege nachwandeln, welche jene vorher erprobt haben, hat etwas ungemein patriarchalisches und wird uns noch mehre Male entgegen treten. Bei dieser Gelegenheit erscheint Aegidius als Stadt-

---

18) Fürstl. Archiv zu Sondershausen: Gehrener Bestallungen fol. 38, und Nr. 6. Den Cantor zum Gehren anbetr. fol. 8.

19) Zwei Söhne von ihm lebten in Sondershausen, die auch hier den Zusammenhang mit der großen Familie festhielten, und sich bei etwaigen Geburten ihre Vettern aus Erfurt und Mühlhausen zu Pathen nahmen (s. Tauf-Register der Trinitatis-Kirche unter dem 15. März 1719). Der ältere Johann Samuel (geb. 1694) wurde 1720 Schulmeister in Gundersleben und starb noch in demselben Jahre (s. Schulacten von Gundersleben im fürstl. Archiv). Der zweite Johann Christian (geb. 1696) starb nach der Genealogie ebenfalls jung. Ein dritter Sohn Johann Günther (geb. 1703) war ein guter Tenorist und 1735 Lehrer in der Kaufmannsgemeinde zu Erfurt. Die Geburtsjahre sind nach dem Stammbaum des Fräulein Emmert in Schweinfurt.

20) Angabe der Genealogie.

21) Raths-Protokolle vom 27. Oct. d. J.

22) Im Eisenacher Pfarr-Register heißt der Vater Christoph, im Arnstädter Christian Schmidt. An der Identität ist gleichwohl nicht zu zweifeln.

Musikant und Organist; er hatte seitdem auch den Dienst an der Orgel der St. Michaelis-Kirche überkommen, und war in dieser doppelten Function ganz in die Fußtapfen seines Vaters getreten. Er starb betagt im Jahre 1717 [23], nachdem er sich am 24. Aug. 1684 zum zweiten Male mit Juditha Katharina Syring vermählt hatte. Von seinen neun Kindern, deren Namen aufzufinden waren, fünf Söhnen und vier Töchtern, haben nur die ersteren für uns Interesse; von diesen aber erreichten, wie es scheint, nur zwei das Mannesalter, Johann Bernhard und Johann Christoph [24]. Ersterer (geb. 23. Nov. 1676) bekleidete das Organisten-Amt an der Kaufmanns-Kirche zu Erfurt, und wurde darauf für eine gleiche Stellung nach Magdeburg berufen. Läßt schon dieses Heraustreten aus dem heimathlichen Kreise eine besondere Tüchtigkeit vermuthen, so macht die Thatsache, daß man ihn 1703 in Eisenach als Nachfolger des hochbedeutenden Johann Christoph Bach annehmen konnte, eines Mannes, der noch später unsere ganze Aufmerksamkeit auf sich ziehen wird und nach Seb. Bach der größte Musiker des Geschlechtes gewesen ist, jene Annahme zur Gewißheit. Neben seiner Organisten-Thätigkeit fungirte er auch als Kammer-Musicus in der Capelle des Herzogs Johann Wilhelm von Sachsen-Eisenach, grade so wie das sein Vetter Sebastian Bach eine Weile mit ihm gleichzeitig in Weimar thun mußte [25]; hier wird er, wozu unter ähnlichen Umständen die Organisten häufig gebraucht wurden, Cembalist gewesen sein [26]. Daß man seine Leistungen in Eisenach wirklich zu schätzen wußte, geht daraus hervor, daß sein aus 60 Thalern bestehender und allerdings bescheidener, aber für die dortigen und damaligen Verhältnisse nicht ungewöhnlich niedriger Jahresgehalt ihm 1723 auf hundert Thaler erhöht, also fast verdoppelt wurde. Dieselbe Summe bezog er noch 1741 und wird sie, obgleich wegen des Aussterbens der Eisenacher Linie in diesem Jahre die Capelle aufgelöst wurde, wohl un-

23) Dies Datum nach der Genealogie.

24) Die andern waren Johann Christoph (2. April 1675), der als Kind gestorben sein muß, Johann Caspar (7. Juni 1678), Johann Georg (6. Jan. 1680).

25) Nach Walther, der die Angaben von Bernhard Bach selbst erhalten haben wird.

26) Ausdrücklich wird dies z. B. vom Hof-Organisten Vogler in Weimar, Sebastian Bachs einstigem Schüler, bezeugt in einem *Pro Memoria* Ernst Bachs vom 21. Nov. 1755 (Haupt-Archiv zu Weimar).

geschmälert bis zu seinem Tode fortbezogen haben. Dieser erfolgte am 11. Juni 1749[27]. Johann Bernhard Bach war nicht nur ein tüchtiger Spieler, sondern auch ein geschätzter Tonsetzer. Es sind noch von ihm vier Orchestersuiten, einige wenige Clavierstückchen und eine mäßige Reihe von Choralbearbeitungen erhalten[28]. Hiernach zu urtheilen, gehört er als Orgelcomponist zu den tüchtigsten seiner Zeit, wenn auch nicht zu den ursprünglichsten. Denn er wandelte ganz in den Bahnen Johann Pachelbels, von denen in einem späteren Abschnitte die Rede sein wird. Eine Behandlung des Chorals: »Du Friedefürst, Herr Jesu Christ«, in fünf Partiten, ist in der damals allgemein-üblichen Weise der Choralvariationen gehalten, zeigt aber manchen hübschen Einzelzug. In den übrigen wird ein *Cantus firmus* contrapunctirt, zwischen den einzelnen Zeilen und am Anfang des Ganzen ertönen Sätzchen, die aus der nächstfolgenden Choralzeile motivisch gebildet sind. Am wenigsten befriedigen die zweistimmigen (»Wir glauben all an einen Gott«; »Jesus, Jesus, nichts als Jesus«; »Helft mir Gott's Güte preisen«), der Contrapunct bewegt sich zuviel in reizlosen gebrochenen Accorden; unter den letzten vier (»Wir glauben all«, noch zweimal; »Christ lag in Todesbanden«; »Vom Himmel hoch da komm ich her«) tritt einmal die Melodie im Basse auf, hier ganz besonders auch in der Art der Contrapunctirung an Pachelbel erinnernd, doch geht es nicht ohne einige Härten ab. Am gelungensten ist wohl das Weihnachtslied, wo zu dem im Tenor auftretenden und durchaus geschickt geführten Chorale eine jubilirende Oberstimme sich auf- und abschwingt. Ein Freund seines Sohnes lobte seine Arbeiten mit den Worten, sie seien nicht schwer, aber doch ganz fein[29]. Auch gab es dergleichen von ihm, wo zur Dar-

---

27) Nach Acten des Haupt-Archivs in Weimar; das Todesjahr nach Adlung, a. a. O. S. 689.

28) Ich kenne deren acht; sie stehen in den Sammlungen zerstreut, die der fleißige weimarische Organist und Lexicograph Johann Gottfried Walther eigenhändig angefertigt hat. Drei Bände solcher gesammelter Choralbearbeitungen bewahrt die königl. Bibliothek in Berlin, eine vierte die königl. Bibliothek in Königsberg i. Pr. (15839; s. den Katalog von J. Müller Nr. 499, S. 71), die fünfte und umfangreichste endlich, 365 Seiten in Querfolio enthaltend, ist im Besitze des Herrn Musik-Director Frankenberger in Sondershausen, der sie mir zu uneingeschränkter Benutzung freundlichst überlassen hat. Die Orchestersuiten sind sämmtlich auf der königl. Bibliothek in Berlin.

29) Adlung, a. a. O.

stellung des Cantus firmus ein anderes Instrument zugezogen war,
ein Verfahren, welches mehrfache Anwendung in jener Zeit fand,
aber nicht von feinem Geschmacke zeugt[30]. Eine besondere Begabung für die betreffende Gattung verrathen aber die Orchestersuiten, oder wie man sie damals nach ihrem Anfangs-Stücke auch zu
benennen pflegte, die »Ouverturen«. Die Handschriften, in welchen
sie erhalten sind, stammen wenigstens zum größten Theile mit Sicherheit aus Seb. Bachs Hinterlassenschaft, zu dreien von ihnen hat
er eigenhändig den größten Theil der Stimmen geschrieben und zwar
in Leipzig zur Zeit eigner höchster Meisterschaft — ein deutliches
Anzeichen für den Werth, welchen er diesen Compositionen beimaß!
In den eigentlichen Ouverturen, den einleitenden Stücken dieser In-
strumental-Suiten zeigt Bernhard Bach so viel Kraft und Feuer,
daß er hinter den besten Opern-Ouverturen jener Zeit, z. B. Händels
zum Radamist, Lottis zum Ascanio, nicht zurückbleibt, während er
an Geist und Reichthum ihnen voransteht und hier nur durch Sebastian Bach selbst übertroffen wird. Die durchweg vorzüglichste der
Suiten ist diejenige aus G moll, für concertirende Violine, Violine 1
und 2 *ripieni*, Viola, Continuo; das Fugenthema der Ouverture

stimmt merkwürdiger Weise fast genau überein mit dem Anfang von
Sebastian Bachs Flötensonate in H moll[31]; es wird durch 142 Takte
ausgeführt und mit geistreicher Verwebung der Solo-Geige. Im folgenden *Air* erfreut ein schöner freibewegter Gesang der concertirenden Violine; dem Haupt-Thema des sich anschließenden *Rondeau*

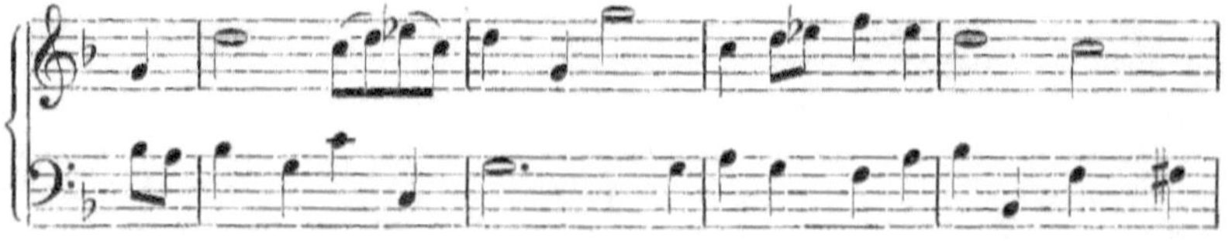

<hr>

30) E. L. Gerber, Neues historisch-biographisches Lexicon der Tonkünstler Leipzig, 1812. 1. Th. Spalte 202. — Adlung, a. a. O. S. 687.

31) B.-G. IX. S. 3. — P. Ser. III, Cah. 6, Son. I.

wird man zugestehen, daß es Kopf und Fuß hat. Außer einer *Loure* und einem *Passepied* enthält diese Suite noch eine wunderschöne, in der That Sebastians würdige *Fantasia*, und zwar in einem so flüssigen und gewandten Stile, wie er nur einer voll entwickelten Kunst eigen ist [32].

Von Johann Bernhards jüngerem Bruder (geb. 15. Aug. 1685) ist nur zu sagen, daß nach Aegidius Bachs Tode das Amt des Dirigenten der Rathsmusik auf ihn überging, und er dieses im Jahre 1735 noch bekleidete [33].

Rasch können wir auch über die beiden letzten Söhne des alten Johann Bach hinweggehen. Der dritte, Johann Jakob (26. April 1650 geb.) scheint kein Musiker gewesen zu sein, und kommt nur noch einmal am 5. Nov. 1686 im Pfarr-Register zum Vorschein. Der letzte, Johann Nikolaus (geb. 1653) [34] dagegen war wieder Rathsmusikant und ein sehr guter Gambenspieler; als er mit Sabina Katharina Burgolt die Ehe geschlossen hatte (29. Nov. 1681), und ihm Jahrs darauf ein Sohn geboren wurde (31. Aug. 1682), wählte er sich das Pflegekind seines Vaters, Johann Christoph Hoffmann aus Suhl zum Pathen [35]. In demselben Jahre starb er aber an der Pest [36], und wir haben den letzten Sproß der Johann Bachschen Linie vorgeführt, soweit diese für die Kunstgeschichte in Betracht kommt.

---

32) S. Anhang B. II.

33) Die Genealogie führt drei Söhne von ihm an: Joh. Friedrich, Joh. Aegidius (beide wurden Schullehrer), Wilhelm Hieronymus. Der älteste ist nach der Kittelschen und Korabinsky'schen Stammtafel 1703 geboren (?).

34) Nach der Genealogie.

35) Der Sohn hieß auch Johann Nikolaus, wurde Chirurg und lebte in Ostpreußen. In eben jene Gegend — nach Insterburg und Marienwerder — zogen sich theilweise die Nachkommen von Johann Ernst Bach aus Eisenach.

36 Genealogie.

III.

In den innigsten Beziehungen zu Johann Bach stand sein jüngster Bruder Heinrich, dessen Linie wir uns zunächst zuwenden wollen; der mittlere Bruder Christoph wird uns hernach geraden Weges auf Sebastian Bach hinführen. Heinrich Bach ist dasjenige unter Hans Bachs Kindern, auf welches außer der musikalischen Begabung auch der Charakter des Vaters, das heitere und harmlose Gemüth, übergegangen ist. Es kann darum leicht gedacht werden, daß er ein besonderer Liebling des Alten war, der ihn sorgfältig, soweit es in den Verhältnissen lag, und in frommer Weise, wie uns besonders gerühmt wird, erziehen ließ [1]. Sein erster Lehrer in der Instrumental-Musik war natürlich der Vater selbst, und der Knabe war hierin, d. h. also im Violinspiel, ein gelehriger Schüler. Mehr aber lockte ihn schon damals der mächtige Orgelklang, den er freilich in der Dorfkirche seiner Heimath nicht hören konnte, denn Wechmar erhielt ein kleines Orgel-Werk erst im Jahre 1652 [2]. Wenn es dann Sonntag wurde, so entlief der Kleine nicht selten in eine der herumliegenden Ortschaften, wie Wandersleben, Mühlberg, ja vielleicht gar Gotha, um sein Ohr an den erhabenen Tönen zu sättigen. Es mußte ihm Gelegenheit zu weiterer Ausbildung gegeben werden, und hierfür zu sorgen ward der älteste Bruder Johann ausersehen. Wo und wann dieselbe erfolgte, ist nicht ganz sicher zu bestimmen, erinnert man sich an das, was über Johann Bachs frühere Aufenthaltsorte erzählt ist, so wird man auf Schweinfurt und Suhl geführt, hier paßt auch die Zeit, da Heinrich am 16. Sept. 1615 geboren war, und demnach seine musikalischen Lehrjahre etwa von 1627—1632 fallen müssen. In Schweinfurt litten die Brüder sehr durch die Kriegsnoth, die Folgen des Restitutions-Edicts trieben sie aus der Stadt, und so mögen im Jahre 1629 beide nach Suhl gegangen sein. Als der ältere dann 1635 nach Erfurt übersiedelte, zog Heinrich mit ihm und spielte in der Raths-Compagnie, bis er im September 1641 endlich die Stelle

---

1) Joh. Gottfr. Olearius, Leichenrede auf Heinrich Bach mit üblicherweise angehängter Lebensbeschreibung. Arnstadt, 1692; die vollständigste Quelle für sein Leben.

2) Brückner, Kirchen- und Schulenstaat im Herzogthum Gotha, Theil III, St. 9, S. 8.

erhielt, welche seinen Neigungen und Fähigkeiten am meisten entsprach. Er wurde Organist in Arnstadt, und hatte diesen Posten über 50 Jahre inne bis zu seinem am 10. Juli 1692 erfolgten Tod [3]. Sobald er sich in dem neuen Amte orientirt hatte, sann er darauf, einen eignen Hausstand zu gründen, und wie er bislang sich an den ältern Bruder angeschlossen hatte, so führte er nun auch die jüngere Schwester von dessen erster Gattin als Weib heim. Sie hieß Eva und war 1616 geboren, die Vermählung fand in dem seiner Anstellung folgenden Jahre statt [4]. Zu dem ersten Sohne, Johann Christoph (geb. 8. Dec. 1642) wählte er seine beiden Brüder zu Pathen. Es gehörte Muth dazu in jenen Zeiten zu heirathen, nicht nur weil oft genug der Mann weder sich noch Weib und Kinder vor den Gewaltthätigkeiten einer gänzlich verwilderten Soldateska schützen konnte, sondern weil allzuhäufig nicht abzusehen war, woher nur die nöthigsten Subsistenz-Mittel kommen sollten. Nicht lange währte es, so klopfte denn auch die bittre Noth an Heinrich Bachs bescheidenes Häuschen. Als Besoldung waren ihm 52 Fl. und 5 Fl. [5] Hauszins freilich angewiesen, aber damit hatte er sie noch lange nicht in Händen. Die kleinen Regierungen, sämmtlich durch den Krieg arg mitgenommen, hatten selber kein Geld, konnten also auch ihren Untergebenen nichts zukommen lassen. Allgemein ist in jener Zeit die Klage um rückständigen Gehalt. Bachs Vorgänger im Amte, Christoph Klemsee, hatte sogar einmal mehre hunderte von Thalern zu fordern. Dabei mußten trotzdem Kriegscontributionen gezahlt werden, und wenn grade die rechte Horde einfiel, so war man selbst seiner Kleider auf dem Leibe nicht sicher [6]. Es mußte schon schlimm kommen, ehe der anspruchslose Mann sich entschloß, bei den Grafen

---

3) Die gegebene Darstellung sucht vielfach sich widersprechende Nachrichten zu ordnen und in Zusammenhang zu bringen. Daß beide Brüder längere Zeit in Suhl waren, geht schon aus den von ihnen geschlossenen Ehen hervor.

4) Pfarr-Register zu Arnstadt.

5) d. h. meißensche Gülden = 21 guten Groschen. Damit man dies nicht für allzu wenig halte, sei beispielsweise bemerkt, daß der Conrector der arnstädtischen Schule noch im letzten Drittel des 17. Jahrhunderts nur 81 Gülden und 10 Maß Roggen erhielt.

6) Vergl. die charakteristischen Schilderungen bei Th. Irmisch, Der thüringische Chronikenschreiber *M.* Paulus Jovius und seine Schriften. Sondershausen, 1870. S. 30 und 31.

von Schwarzburg deshalb als Bittsteller zu erscheinen. Er wußte aber im August 1644, wie er sagt, »aus sonderlicher Schickung des lieben Gottes« nicht mehr das Brod für sich und seine kleine Familie zu finden, da die zugesagte Besoldung ihm schon über ein Jahr nicht gezahlt war, und er alles vorher erhaltene, um seine eignen Worte anzuwenden, »sich fast mit weinenden Augen hatte erbitten müssen«[7]. Es wäre ganz unbegreiflich, wie er überhaupt nur bis dahin hätte existiren können, wenn man nicht annehmen müßte, daß er ein kleines Grundstück besessen, durch dessen Bebauung er sich allenfalls vom Hungertode retten konnte. Etwas Ackerbau wurde stets und wird auch noch im Thüringischen von den Lehrern, Cantoren und Organisten nebenher betrieben. Dazu kamen einige Naturallieferungen, die gegen Ende des dreißigjährigen Krieges um so leichter einflossen, als es sowohl an Käufern wie an Geld fehlte — waren doch zwei Drittel der Bevölkerung vernichtet! Von den jungen Grafen erging nun sofort ein ernster Befehl, dem Bach aus der Noth zu helfen und ihm zu weiterer Klage keine Veranlassung zu geben, der Verwalter der betreffenden Casse aber reichte seine Entlassung ein, indem er bemerkte, er habe während der 13 Jahre seines Amtes mehr Unannehmlichkeiten über sich ergehen lassen müssen, als der geringste Dienstbote. Wie groß die Gefahr war, unter diesen Verhältnissen in ein dissolutes Leben zu verfallen, sieht ein jeder, und der schon erwähnte Vorgänger Bachs war ihm durch sittenlose Lebensführung, die das strengste Einschreiten der Behörde nöthig machte, mit einem schlechten Beispiele vorangegangen[8]. Um so höher ist es anzuschlagen, daß nicht das allergeringste vorhanden ist, was einen Schatten auf sein Leben werfen könnte; dies erscheint von einer so unschuldsvollen Einfalt, daß das Auge nur mit dem innigsten Gefallen darauf ruht.

Wenn über dem Grabe Heinrich Bachs Johann Gottfried Olearius warmen Herzens und in Ausdrücken, die von gutmüthiger Schönre-

---

7) Fürstl. Archiv zu Sondershausen. *Acta*, die Bestallungen der Schuldiener am Arnstädter *Lyceo* 1616—1680. fol. 167 ff.

8) Dieser Klemsee hatte sich in Italien gebildet und veröffentlichte im Jahre 1613 bei Weidner in Jena ein Buch fünfstimmiger italienischer Madrigale, wie ich aus dem Verzeichniß der Musikalien Georg Beckers in Lancy ersehe (mitgetheilt in den Monatsheften für Musikgeschichte IV, S. 55 und 56).

derei weit entfernt sind, die musterhafte Frömmigkeit des Gestorbenen rühmte, und wir dieses Urtheil, soweit für uns noch eine Prüfung möglich ist, bestätigen müssen, so wird gleichwohl bei flüchtiger Betrachtung nur den wenigsten sofort klar sein, was damit in Wahrheit gesagt ist. Der Werth einer solchen Gesinnung ist den Zeiten nach verschieden; es kann Verhältnisse geben, wo ein frommer Mann genannt zu werden als gar kein so bedeutendes Verdienst erscheint. Aber es giebt auch Zeiten, wo die Frömmigkeit der einzige Hort für die idealen Güter der Menschheit ist, und die alleinige Bürgschaft für einen im Grunde liegenden unversehrten Kern menschlicher Natur. Einen solchen Abschnitt erlebte das deutsche Volk in den letzten Jahren des dreißigjährigen Krieges und nach demselben. Die große Masse vegetirte in dumpfer Gleichgültigkeit weiter, oder ergab sich einem rohen, sittenlosen Genußleben, die wenigen, welche der Muth zu existiren noch nicht ganz verlassen hatte, richteten, als alle realen Lebensgüter durch ein furchtbares Schicksal rings um sie her zermalmt waren, den Blick über die allgemeine Verwüstung hinweg auf das, was ihnen ewig und unvergänglich erschien und fanden Trost und Erhebung in dem Gedanken, daß alles Thun und Leiden der Menschen in der Hand Gottes ruhe. So hegten sie still in sich den Keim, aus welchem Deutschland zu seiner Wiederbelebung neue Kraft saugen sollte, und man kann auch hier die Bemerkung machen, wie von der Religion die Cultur ausgeht. Der erste Schritt zur geistigen Freiheit geschah auf religiösem Gebiet durch Spener und dessen Anhänger, aus dem Pietismus erwuchs das erste Werk wissenschaftlicher Geschichtsschreibung. An der Religion entwickelte sich, da auf dem Boden des reinen Gefühlslebens keine äußeren Hindernisse zu überwinden waren, die Musik in kaum einem Jahrhundert zu einer Höhe, welche wie keine zweite Erscheinung den unzerstörbaren, in unmeßbare Tiefen gegründeten Lebenskern des deutschen Volkes untrüglich bewiesen hat. Und wenn die Neigung zur instrumentalen Musik mit ihrem unsinnlichen Ideale uns im allgemeinen tief im Wesen steckt, so begreift man, weshalb es dieses Mal grade die Orgelkunst sein mußte, die zuerst machtvoll emportrieb, und warum alles, was auch in vocaler Richtung der deutschen Musik damals zu leisten möglich war, sich nur auf jene stützen konnte. Wer aber in jener Zeit durch seine Lebenslage in Verbindung mit der Religion stand, oder — was bei den Menschen, deren Schicksale uns hier interessiren, gleichbedeutend ist — im Dienste der Kirche sich befand, den dürfen wir vor andern bevorzugt nennen. Und wer in einer solchen Stellung jenen idealen Schatz in schlichter, treuherziger Frömmigkeit in sich nährte, den müssen wir schon aus diesem Grunde als einen Träger der Cultur bezeichnen. Heinrich Bach hatte das Glück, unvergeßliche Eindrücke aus seiner Kindheit zu besitzen, in welcher durch eine fromme Erziehung seine eigne Neigung zur Musik der Kirche gekräftigt war, und wie lebendig dieselben noch in späten Jahren in ihm waren, geht aus den Worten des Begräbnißpredigers hervor, welcher den Bericht über seine Knabenzeit doch aus keiner andern Quelle haben konnte, als aus der Erzählung des Greises allein. Darum begreift man den Schrecken desselben, als er einst vor das Consistorium citirt wurde, weil bei einer kleinen Festlichkeit, die er in Folge eines Baues seinen Zimmerleuten gegeben hatte, über das »Vaterunser« gelacht und gespottet sein sollte: er betheuerte hoch und bei Gott, daß er davon nichts gehört noch gewußt habe, und in der That stand ihm wohl nichts so fern, als eine solche Blasphemie [9]. Ein einfach schöner Zug ist es auch, daß er wenn irgend möglich nie versäumte einer Leiche, sie mochte noch so arm und niedrigen Standes sein, seinerseits das letzte Geleit zu geben [10]. Freundliches und hülfreiches Wesen war ihm in dem Maße eigen, daß es niemanden in der Stadt gab, der ihm etwas anderes, als »liebes und gutes« nachzusagen wußte. Bei dem großen Rufe, den er als musikalische Autorität genoß, hatte er auch die Aspiranten auf die Organisten-Plätze der Grafschaft zu prüfen und ein Urtheil über sie abzugeben. Als im Jahre 1681 ein neuer Organist in Rockhausen angestellt werden sollte, und dieser sich vor ihm producirt hatte, äußerte er sich: was das Orgelspiel des Candidaten betreffe, so sei er hierin für die Besoldung gut genug. Zu gutmüthig, um den vielleicht recht armseligen Spieler an der Erreichung seines Zieles zu hindern, hielt er doch einen leisen Spott über die geringe Besoldung nicht zurück — er wußte aus eigner Erfahrung ein Klagelied über die schwarzburg-

---

9) Arnstädter Consistorial-Protokolle vom 17. Juni 1672; auf dem fürstl. Archiv zu Sondershausen.

10) Olearius, a. a. O. S. 45.

arnstädtischen Gehalte zu singen[11]. Daß er den fröhlichen Sinn seines Vaters geerbt hatte, ist schon früher gesagt, und es war dies ein so hervorstechender Zug seines Charakters, daß nach 100 Jahren noch Philipp Emanuel Bach von seinem »muntern Geiste« zu sagen wußte[12]. Vielerlei Ungemach hatte ihn während seines langen Lebens betroffen, besonders in der Kriegszeit, und auch später noch in seiner Familie und schließlich an der eignen Gesundheit, er hatte jedoch stets den Kopf oben behalten, den Dingen die beste Seite abzugewinnen gewußt, und sich seinen Frohsinn bewahrt.

Aber es lohnte das Geschick einem so trefflichen und liebenswürdigen Charakter auch mit Gütern, die bei seiner Naturanlage ihm das Leben zu einem vorzugsweise glücklichen machen mußten. Aus einer mehr als 37jährigen einträchtigen Ehe erwuchsen ihm sechs Kinder, darunter talentvolle, ja genial begabte Söhne, deren musikalische Ausbildung ihm Genuß sein mußte. Der älteste Sohn, von allen weit der bedeutendste, ist schon angeführt; ein zweiter, Johannes Matthäus (3. Jan. 1645), überlebte sein zweites Lebensjahr nicht. Es folgten Johann Michael (9. August 1648) und Johann Günther (17. Juli 1653). Auch die letzteren wurden bald tüchtige Orgelspieler und konnten, wenn es galt, den Vater im Amte vertreten. Als der Erstgeborne, Johann Christoph, nach Eisenach berufen war und 1668 die älteste Tochter, Maria Katharina (geb. 17. März 1651) sich mit Christoph Herthum, Organisten in Ebeleben bei Sondershausen vermählt hatte, zog es den Vater wohl oftmals zu seinen auswärtigen Kindern, und Michael und Günther mußten inzwischen den Orgeldienst versehen. Dem Grafen Ludwig Günther schien jedoch dieses Arrangement, was sicher nicht die geringste Störung brachte, zu eigenmächtig, und als im Jahre 1670 die einigermaßen heruntergekommene sonntägliche Chormusik wieder mehr gehoben und in Schwung gebracht werden sollte, indem unter Direction des Cantor Heindorff auf jeden Sonntag eine besondere musikalische Uebungsstunde angesetzt wurde, in welcher Bach zu accompagniren hatte, ließ er bei Gelegenheit der Anzeige hiervon ihm eine solche Selbstän-

---

11) Archiv zu Sondershausen, Acten betr. die Bestallung des Schuldienstes in Rockhausen, 1681. fol. 2.

12) Zusatz zur Genealogie.

digkeit verbieten [13]). Im Jahre 1672 begegnet uns eine Eingabe des bescheidenen Künstlers: er habe gehört, daß sein Vorgänger neben seinem Gehalte einige Maß Korn geliefert bekommen habe; seine eignen Neben-Einnahmen seien sehr gering, noch fühle er sich freilich gesund, aber das Alter nahe doch: er bäte daher um eine ähnliche Vergünstigung. Er hatte 31 Jahre lang gedient, ehe er nur daran dachte, das für sich zu beanspruchen, was man seinem unwürdigen Vorgänger gegeben hatte, und was er nun natürlich, als Mann von 57 Jahren, auch erhielt. Dann arbeitete er wieder rüstig in seinem Amte weiter, und wurde es ihm einmal sauer, so half der jüngste Sohn — denn Michael war mittlerweile auch davon gezogen — diesmal aber mit Vorwissen des Grafen. Nach zehn Jahren war er ein Greis geworden, die treue Gattin war gestorben (21. Mai 1679), die Glieder wurden schwach und die Finger steif. Nun erbat er sich (9. Nov. 1682) den Sohn zum wirklichen Substituten, der »seine Kunst ohne eitlen Ruhm so erlernt, daß er verhoffentlich dem lieben Gott und seiner Kirche darin wohl dienen, auch gnädiger Herrschaft, Hohen und Niedrigen, ja der ganzen Bürgerschaft damit aufwarten« könne. Dies wurde gewährt und froh über die feste Anstellung feierte Günther drei Wochen darauf seine Hochzeit mit Anna Margaretha, Tochter des vormaligen Bürgermeisters Krül in Arnstadt. Aber der Tod entriß am 8. April des folgenden Jahres dem alten Vater die Stütze und der jungen Frau ihren Gatten; Bach mußte wieder allein auf der Orgelbank sitzen, und es war einsam um ihn her geworden. Doch hatte sich inzwischen sein Schwiegersohn Herthum in Arnstadt niedergelassen, und verband mit seinem Amte als gräflicher Küchenschreiber den Dienst an der Orgel der Schloßcapelle, wogegen Bach, wie bisher, in der Barfüßer- und Liebfrauen-Kirche fungirte. Er hatte seit 1683 den Greis ganz in sein im Lengwitzer Viertel gelegenes Haus [14]) aufgenommen, verrichtete den Dienst erst theilweise, dann ganz für ihn, und suchte mit seinen Kindern dessen alte Tage zu erleichtern und zu erheitern; Sebastian Bachs ältester, von Erfurt herüberge-

---

13) Acten auf dem fürstl. Archiv zu Sondershausen.

14) Daß er hier wohnte, sagt eine auf dem Rathhause zu Arnstadt befindliche Liste jener Zeit; wahrscheinlich war es das Haus Nr. 308, wo lange Zeit hindurch die Organistenwohnung war.

kommener Bruder unterstützte ihn zeitweilig. Noch einmal vergingen zehn Jahre, und nun wandte der Siebenundsiebzigjährige sich mit seiner letzten Bitte an den Grafen Anton Günther: er sei über 50 Jahre dort Organist gewesen, und erwarte nunmehr eines seligen Endes von Gott; er habe noch keine (derartige) Bitte an den Grafen gerichtet, es werde ihm eine Freude und ein Trost sein, wenn noch vor seinem Ende seinem Schwiegersohne die Zusicherung der Nachfolge im Amte gemacht werde. Er war bereits erblindet, mit zitternd-verzogenen Buchstaben steht sein Name und Charakter unter dem Briefe. Aber auch jetzt noch war sein Geist hell und rege und seine Enkel mußten ihm die Bibel vorlesen. Am 14. Jan. 1692 hatte er die letzte, sofort erfüllte Bitte gethan [15]), am 10. Juli starb er. Von seinen Kindern waren nur Christoph und Michael noch am Leben, auch die beiden Töchter waren dem Vater schon vorangegangen; aber 28 Enkel und selbst Urenkel folgten dem Sarge, und die ganze Bürgerschaft betrauerte ihn. Es wird dem aufmerksamen Leser nicht entgangen sein, daß Bach in seinem Schreiben von 1682 seine Kunst nicht nur in den Dienst des Hofes, sondern der gesammten Gemeinde, von Arm und Reich gestellt wissen will.

Sein eigentliches Instrument war die Orgel, und wenn er hier und da noch Stadt-Musikant dazu genannt wird, so hat dies nach seinen eignen schriftlichen Aeußerungen, sowie nach allen sonst vorliegenden Nachrichten nur die Bedeutung, daß ihm das Recht zustand, auch in der städtischen Musik-Zunft mitzuwirken und sich dadurch eine Erwerbsquelle zu öffnen. Auch hatte er als Mitglied der gräflichen Capelle seinen Dienst bei Hofe, und mag dort den Platz am Cembalo eingenommen haben. Von dem Grade und der Art seiner virtuosen Fertigkeit jetzt noch eine nähere Anschauung zu gewinnen, ist nicht möglich, da sehr wenig von seinen Compositionen erhalten ist, und die allgemeine Bewunderung seiner Zeitgenossen sich nur in unbestimmten Ausdrücken bewegt. Einer der bedeutendsten Orgelspieler seiner Zeit war er jedenfalls. Doch verdankt er seinen Ruhm zuverlässig auch einer ausgedehnten Thätigkeit als Tonsetzer, und wenn Olearius in der Leichenrede von Hein-

---

15) Auch dieses Schriftstück, sowie die beiden vorher erwähnten befinden sich auf dem Archiv zu Sondershausen.

rich Bachs Chorälen, Motetten, Concerten, Fugen, Praeludien redet, so umfaßt er damit ziemlich alle in der kirchlichen Musik jener Zeit gebräuchlichen Kunstformen. In diese ergoß Bach seinen frischen, kindlich-frohen Sinn, jenen »munteren Geist«, den noch Philipp Emanuel Bach an seinen Compositionen zu loben wußte. Eins seiner beliebtesten Werke war ein kirchliches Tonstück, welchem der Psalmspruch: »*repleatur os meum laude tua*« zu Grunde lag, so daß Olearius noch an seinem Sarge hieran erinnern konnte. Wenn derselbe Redner sagt, daß Bach in seinen Compositionen »dero Final erst bei dero Endigung gewiß gefunden, zu selbigem aber vorhero alles abgesehen und gerichtet« habe, so läßt sich dies zwar allgemein so verstehen, daß der Künstler in planvoller Anlage seine Werke gegen das Ende hin wirksam zu steigern vermocht habe. Doch darf man auch wohl einen Hinweis auf reichere Gliederung der Kunstmittel und lebendigen Wortausdruck darin finden, Elemente, die, besonders durch Heinrich Schütz aus Italien nach Deutschland verpflanzt, der protestantisch-kirchlichen Musik des ganzen 17. Jahrhunderts ihr überwiegendes Gepräge aufdrückten. Andrerseits aber erscheint Bach in einem uns erhaltenen Orgelstücke über den Choral: »Christ lag in Todesbanden« [16]) vollständig vertraut mit Charakter und Forderungen der alten Schule. Obgleich selbständig für Orgel gedacht, unterwirft sich doch diese Choralbearbeitung den strengen Gesetzen vocaler Stimmführung, und weiß mit Verständniß, im vorletzten Takte sogar etwas absichtsvoll, das Auszeichnende der dorischen Tonart hervorzuheben. Es muß erwähnt werden, daß unserm Meister zu Studien der altkirchlichen Tonwerke in Arnstadt eine nicht gewöhnliche Gelegenheit gegeben war, da die dortige Kirchenbibliothek in einer Reihe von Folianten Compositionen von Orlando Lasso, Philippus de Monte, Alardus Nuceus, Franciscus Guerrerus, L. Senfls *Liber selectarum cantionum* von 1520 und anderes besaß, welche Schätze zum Theil durch Schenkung des Grafen Günther des Streitbaren dorthin gelangt waren, und noch jetzt sich daselbst befinden. Dagegen legen frei-

---

16) Zuerst mitgetheilt von A. G. Ritter, Orgelfreund, Bd. VI, Nr. 14. Derselbe hat es einer Handschrift aus Suhl entnommen. Ist es, wie ich vermuthe, dieselbe, welche später in meinen Besitz kam, so trägt das Stück allerdings nur die Namens-Chiffre H. B. Dies könnte aber außerdem nur noch »Heinrich Buttstedt« bedeuten, von dessen Stil der Satz himmelweit entfernt ist.

lich die in der Arnstädter Chorbibliothek vorhandenen mannigfachen Compositionen Andreas Hammerschmidts, welche Spuren reichlichen Gebrauchs tragen, Zeugniß ab, daß man ebenso der neuen Richtung Rechnung zu tragen wußte. Heinrich Bach hat in seinem bescheidenen Sinne vielleicht nie an Veröffentlichung seiner Compositionen gedacht. So müssen wir uns fast nur auf Vermuthungen über seine künstlerische Art beschränken, die jedoch eine Befestigung durch den Hinblick auf seine Söhne erhalten, deren vorzüglicher, wenn nicht einziger Lehrmeister der Vater war, und über deren Werken ein etwas günstigeres Schicksal gewaltet hat.

Es sind nur Joh. Christoph und Joh. Michael, mit denen wir uns werden beschäftigen müssen, denn über Johann Günther ist außer dem, was schon mitgetheilt wurde, nichts weiter bekannt geworden. Beide waren sich, wenn auch nicht gleich an Talent, so doch ähnlich an Charakter: Michaels stiller, nach Innen gekehrter Sinn wird uns aus mitlebendem Munde bezeugt, und wenn sein älterer Bruder trotz hoher Begabung und großer Kunstfertigkeit sowohl seiner Zeit wie der Nachwelt fast unbekannt blieb, so verschmähte er es eben gänzlich, seine Vorzüge geltend zu machen, ja war vielleicht selbst sich ihrer nicht völlig bewußt. Höchst wenig ist es, was wir über dessen äußere Lebensschicksale mitzutheilen haben. Daß er zum Zweck seiner Ausbildung fremde Kunststätten aufgesucht habe, ist ganz unwahrscheinlich: aus eignen Mitteln konnte er das schwerlich unternehmen, zu einer Unterstützung von Seiten der schwarzburgischen Grafen waren die Zeiten nicht angethan, auch finden wir ihn schon mit 23 Jahren in einer festen amtlichen Stellung, und endlich zog ihn seine Neigung sicherlich nicht in die Ferne. Kernig und ursprünglich, wie das ganze Bachsche Geschlecht war, hat es keinen hervorragenderen Musiker, einschließlich Seb. Bachs und dessen Generation, hervorgebracht, der zu seiner Ausbildung Italien besucht oder die Unterweisung eines fremdländischen Meisters genossen hätte; strebsam und emsig suchten sie sich stets mit den neuen Erscheinungen und Kunstrichtungen vertraut zu machen, aber sie zogen sie in sich hinein, ohne sich ihnen hinzugeben. Hätte sich unter Joh. Christoph Bachs älteren Verwandten ein seinen Fähigkeiten entsprechender Lehrer gefunden, so würde wohl in dessen Hände seine Unterweisung gelegt worden sein; allein in jener Zeit war sein Vater als Orgelspieler wie als Componist sicherlich der bedeutendste des Geschlechts, und ihm zunächst wird der Sohn Können und Richtung verdanken. Im Jahre 1665 als Organist an die Eisenacher Kirchen berufen [17]), ist er in dieser Stellung bis an das Ende seines mehr als 60jährigen Lebens verblieben. Unter den Gotteshäusern, an welchen er den Dienst zu verrichten hatte, war das hauptsächlichste die St. Georgenkirche, deren Orgel jedoch hinfällig oder aus andern Gründen ungenügend gewesen sein muß, denn sie wurde vier Jahre nach Bachs Tode durch eine neue ersetzt von vier bis ins $\overline{\overline{e}}$ reichenden Manualen, einem bis zum $\bar{e}$ sich erstreckenden Pedale und 58 Stimmen [18]). Ob und wann er auch Hoforganist war, ist nicht mit Bestimmtheit zu sagen; jedenfalls bekleidete diesen Posten von 1677 bis 1678 Joh. Pachelbel. Bach vermählte sich am 23. Trinitatis - Sonntage 1667 mit Maria Elisabeth Wedemann, deren Vater Stadtschreiber in Arnstadt war. Dieser Ehe verdankten sieben Kinder das Leben, unter ihnen vier Söhne: Johann Nikolaus (10. Oct. 1669), Joh. Christoph (27. Aug. 1674), Joh. Friedrich und Joh. Michael [19]). Von 1696 an hatte er freie Wohnung im fürstlichen Münzgebäude, wo ihm sieben Wohnräume nebst Boden und zwei Ställen zur Verfügung gestellt waren, ein für seine und damalige Verhältnisse ziemlich ansehnliches Local[20]).

---

17) In einer später noch zu erwähnenden Leichenpredigt auf Dorothea Maria Bach vom Jahr 1679 wird er »wohlverordneter Organist bey denen Kirchen alhier in Eisenach« genannt.

18) Adlung, *Musica mechanica organoedi*. Berlin, 1768. 1. Bd. S. 214 u. 215.

19) Von diesen in der Genealogie aufgeführten Söhnen war in den Eisenacher Kirchenregistern nur der zweite zu finden; das Geburts-Datum des ältesten ist nach Walther, ebenso der Todestag des Vaters. Die Töchter hießen: Marie Sophie, geb. 24. März 1674 (soll wohl 1671 sein!); Christine Dorothea, 20. Septbr. 1678; Anna Elisabeth, 4. Juni 1689.

20) Der hierauf bezügliche, von Bach selbst unterschriebene, untersiegelte und vom 27. April 1696 datirte Revers, zugleich das einzige Actenmäßige, was über ihn aufzufinden war, ist im Staatsarchiv zu Weimar. Das achteckige Siegel zeigt die verschlungenen Buchstaben J. C. B. Ein gemeinsames Siegel besaß die Bachsche Familie nicht. Sebastian gebrauchte von seiner weimarischen Zeit an einen Stempel mit Rosette und Krone darüber; Stephan Bach in Braunschweig hatte einen nach links schreitenden Storch oder Kranich, Johann Elias Bach in Schweinfurt einen Schild, auf dem oben eine Taube sitzt, während in der Schildfläche sich ein Posthorn befindet.

Er starb am 31. März 1703; sein Nachfolger im Amt wurde, wie schon erwähnt ist, der Erfurter Bernhard Bach [21]. ·

Des jüngern Bruders Michael Jugend verlief zuversichtlich genau so, wie die des Erstgebornen: er genoß die Unterweisung seines Vaters und ging demselben, als er es vermochte, in der Erfüllung seiner Dienstleistungen zur Hand. 1673 wurde die Organistenstelle in Gehren bei Arnstadt vacant; Johann Effler, der mit ihr bis dahin betraut gewesen war, und sehr tüchtig gewesen sein muß, denn man machte große Anstrengungen, ihn zu halten, zog davon, um an der Predigerkirche in Erfurt den Platz des verstorbenen Johann Bach einzunehmen. Michael legte am 5. Oct. daselbst seine Orgelprobe ab, und befriedigte den Pfarrer und die Rathsverordneten so, daß sie der gräflichen Herrschaft ihren besondern Dank ausdrückten, weil sie »die Gemeine und Kirche mit einem stillen, eingezogenen und kunsterfahrenen *Subjecto*« versehen wolle. Zugleich wurde er Gemeindeschreiber und erhielt dafür eine jährliche Remuneration von 10 Gülden. Sein Einkommen giebt er 1686 selbst an auf 72 Gülden, 18 Klafter Holz, 5 Maß Korn, 9 Maß Gerste frei zu brauen, $3^1/_2$ Eimer Bier und einige sonstige Kleinigkeiten der Art, dazu etwas Ackerland und freie Wohnung. Das Haus, was ihm hierzu diente, steht noch jetzt, und ist zur Zeit Wohnung des Diaconus [22]. Neben der Erfüllung seiner Dienstpflichten und seiner Thätigkeit als Componist erübrigte er noch Zeit sich dem Instrumentenbau zu widmen, hierin das Vorbild und vielleicht auch der Lehrer seines Neffen Nikolaus. Wir finden ihn im November des Jahres 1686 damit beschäftigt, für den Kammerrath Wentzing in Arnstadt mehre Clavichorde herzustellen [23], und eine Geige seiner Fabrikation befand sich im Anfange dieses Jahrhunderts im Besitze des Geometer Schneider in Gehren, welcher sie an Albert Methfessel schenkte, der sich, ein geborner Thüringer, da-

---

21) Walther erwähnt in den handschriftlichen Zusätzen zum Lexicon, daß ihm eine Parentation gehalten sei über die Verse Paul Gerhardts: Das Haupt die Füß und Hände sind froh daß nun zum Ende die Arbeit kommen sei. Gerber, der sich im Besitz von Walthers Handexemplar befand, hat die Angabe reproducirt.

22) In der Mitte des vorigen Jahrhunderts zerstörte ein Brand einen großen Theil Gehrens. Alle städtischen Gebäude, welche bei dieser Gelegenheit vernichtet wurden, werden urkundlich aufgezählt; die »Stadtschreiberei« befindet sich nicht darunter.

23) Die hierher gehörigen Acten sind auf dem fürstl. Archiv zu Sondershausen.

mals in Rudolstadt aufhielt [24]). Da der Bruder Christoph die ältere Tochter des Stadtschreibers Wedemann geheirathet hatte, so war es nach Bachscher Anschauungsweise natürlich, daß Michael sich die jüngere, Katharina, erwählte. Sie reichte ihm ihre Hand am dritten Weihnachtstage 1675 und schenkte ihm während achtzehnjähriger Ehe fünf Töchter, von denen die jüngste Sebastian Bachs erste Gattin werden sollte, und einen Sohn, Namens Gottfried (geb. 20. März 1690), zu dem er seinen Vetter, den Stadtpfeifer Joh. Christoph Bach aus Arnstadt, zum Pathen wählte. Der Knabe starb jedoch schon im nächsten Jahre, und den Vater selbst raffte in seinen besten Mannesjahren ein frühzeitiger Tod im Mai 1694 dahin.

IV.

In der Verfolgung der neuen musikalischen Richtung, welche etwa um das Jahr 1600 von Italien her zuerst sichtbar wurde und in Deutschland bald lebhafte Anhänger und sehr talentvolle Fortbildner fand, hatte der verheerende Krieg die Deutschen empfindlichst gestört. Zwar jene Künstler, deren Lebenswurzeln noch in die kraftvolle vorhergehende Periode hinabreichten, fuhren auch während des Krieges fort zu schaffen, ja entwickelten wohl gar in den schlimmsten Zeiten die allergrößte Thätigkeit, äußerlich zuweilen hart bedrängt, aber innerlich unversehrt. Auch was in dem ersten Decennium der Unglücksjahre geboren wurde, konnte noch aus einer wenngleich angegriffenen so doch nicht überbürdeten Volkskraft Nahrung ziehen. Allein innerhalb der letzten funfzehn Jahre der Kriegszeit und auch noch eine Weile darüber hinaus lag das deutsche Land in völliger Erschöpfung darnieder, geistig und körperlich trat scheinbar ein Stillstand ein, und durch den ganzen Zeitraum etwa von 1650 bis 1675, in welchem die junge Saat jener Zeit schon hätte ihre Früchte tragen können, sehen wir auf musikalischem Gebiete fast nur ältere Meister thätig, keinen frischen und vollen Nachwuchs. Erst nachher hat man den Eindruck, daß auch die Kunst sich allgemeiner wieder aufrichtet und suchend und tastend ihren Weg fortsetzt.

Johann Christophs und Johann Michaels Geburtsjahre fallen genau in die genannte Periode der Ermattung. Und da ist es fast wun-

---

24) Dies nach mündlicher, aber ganz zuverlässiger Tradition. Was aus der Geige später und nach Methfessels Tode (1869) geworden, weiß ich nicht.

derbar, und für ihr Geschlecht tief bedeutsam, daß die allgemeinen Zeichen der Zeit an ihnen beinahe gar nicht wahrzunehmen sind. Beide zeigen eine Tiefe und Frische der Begabung, die sie zu einer einzigen Erscheinung in ihrer Art machen dürften. Daß ein solches Unberührtbleiben von den Einflüssen der Kriegs-Drangsale, der Gräuel, der allgemeinen Entartung möglich war, ruft mit Nothwendigkeit den Rückschluß hervor auf ein Geschlecht von größter Gesundheit, auf eine Familie von tüchtigster Sittlichkeit. Eben diese muß auch die Heranwachsenden in dem ideal- und haltlosen Leben jener Tage ohne Wanken gestützt, schirmend stets umgeben und so erzogen haben, daß, als sie ins selbständige Leben entlassen wurden, sittlich und künstlerisch kein Abfall mehr möglich war. Ihre Mitgift war der ins Innere gerichtete beschauliche Sinn; der sie auf die tiefsten Regungen eines unverdorbenen Gemüths lauschen und auf die reinen Bilder einer ungetrübten Phantasie schauen ließ, und der ihr musikalisches Schaffen ebenso kennzeichnet, wie später das Sebastian Bachs. Wie Heinrich Bach in der einfachen Frömmigkeit seiner kindlichen Seele ein Stück jener geheimnißvollen Kraft hegte, welche dem zerknickten Volke zu neuem Leben verhelfen sollte, so kann man auch bei diesen beiden Persönlichkeiten sagen, daß dasjenige, was in ihnen künstlerische Gestalt gewann, als ringsumher alles todt und öde lag, das bessere Selbst der deutschen Nation war. Hierin liegt nun auch die Geschichte ihrer Werke vorgezeichnet und der Grund beschlossen, warum man späterhin ihre Compositionen so bald, und die des größten von beiden am raschesten vergaß. Als die deutsche Kunstentwickelung eine Generation hindurch stockte, waren andre Völker, zumal die Italiäner, rüstig fortgeschritten, und hatten um eben so viel früher den Gipfel erreicht. Die neugekräftigten Deutschen sahen eine Kunstblüthe vor und über sich, die sie nach deutschem Triebe sich zu eigen zu machen und für sich auszunutzen trachteten. Mit dem, was hinter ihnen lag, hatten sie die unmittelbare Fühlung verloren; so eilten sie vorwärts neuen Idealen nach. Eigen und tragisch waltet die Weltgeschichte! Damit die höchste Kunsthöhe jener Epoche von zwei deutschen Meistern erklommen werden konnte, mußte ihr Volk zeitweilig in todähnlicher Erstarrung liegen, mußten andere es überflügeln, um hernach alles errungene ihnen zur Benutzung darbieten zu können; diejenigen aber die ungeschwächt

in dem Siechthum aller sich behaupteten und im reinen Gefäß den
köstlichsten Inhalt deutschen Wesens bargen und hegten, über sie
rollt das Rad hinweg und tilgt ihre Spur, und bald fragt keiner nach
ihnen mehr.

Doch nicht für immer sollen sie vergessen sein. Nicht nur als
Vorfahren Sebastian Bachs haben sie für uns Bedeutung, ihr ab-
soluter künstlerischer Werth ist groß genug, um ihnen aus eignem
Verdienst einen Ehrenplatz in der Kunstgeschichte anzuweisen. Die
Gleichgültigkeit hat freilich den größten Theil ihrer Werke zu Grunde
gehen lassen; dies ist besonders für Michael Bach zu beklagen, dessen Stärke vorwiegend im Instrumentalen gelegen haben muß, und
von allen derartigen Productionen sind nur noch geringe Trümmer
übrig, während Vocal-Compositionen in etwas reichlicherer Anzahl
erhalten sind, in denen schon nach der Aussage der nachfolgenden
Generation Johann Christoph seine ganze Kraft entfaltet hat. Doch
darf man, auch abgesehen von diesem Mißverhältnisse, aus allgemeinern Gesichtspunkten dem letztern unbedenklich das größere Talent
zusprechen. Seine Werke sind von einer Bedeutsamkeit und Vollendung, die den, welcher sich mit dem damaligen, unsicher tastenden
Kunstschaffen vertraut gemacht hat, befremdend berühren muß, wenn
er sich nicht die eigenartige Stellung des Meisters zu seiner Zeit klar
gemacht hat. Ein rastloser Fleiß und großes technisches Geschick
muß sich hier mit einer tief und stark empfindenden musikalischen
Natur verbunden haben, die in ihrer Einsamkeit die Ideale älterer
Künstler selbständig weiter bildete, unbekümmert um Beachtung oder
Nichtbeachtung der Welt, und fast noch mehr ein Vorläufer Händels
als Seb. Bachs genannt zu werden verdiente, wenn nicht ein Zug
schwärmerischer Innigkeit die Stammesverwandtschaft mit letzterem
sprechend bewiese.

Heinrich Schütz hatte im dritten Theile seiner *Symphoniae sa-
crae* und Andreas Hammerschmidt besonders in den beiden Theilen
seiner »Musikalischen Gespräche über die Evangelia« um die Mitte
des Jahrhunderts eine Kunstform angebaut, welche für die Entwicklung einiger Hauptzweige der damaligen Kunst von größter Bedeutung sein und schließlich vorzugsweise im Händelschen Oratorium
gipfeln sollte, wenngleich auch Seb. Bachs Kirchenmusik Nahrung
aus derselben gezogen hat. Es ist dies die poetisch-musikalische

Gestaltung abgeschlossener biblischer Vorgänge, entstanden durch theilweise Anregung der damals in Italien sich entwickelnden dramatischen Kunstform und mit Anlehnung an die Form des sogenannten geistlichen Concerts. Die Art, das Bibelwort zu behandeln, war hier bald dramatisirend, so daß die Reden verschiedener Personen auch verschiedenen Stimmen zugetheilt wurden, bald chorisch erzählend oder auch betrachtend, wie denn zumal Hammerschmidt mit Vorliebe Strophen protestantischer Kirchenlieder einflocht. Sie wollten den betreffenden Vorgang durch die der Musik gegebenen Mittel möglichst anschaulich machen; ausdrucksvolle Declamation, charakteristisches Instrumentenspiel, besonders aber ein Streben nach Erfindung von Tongestalten, die in allgemeiner Anlage wie in besonderer Ausführung den behandelten Ereignissen musikalisch analog waren, kamen hinzu, um die Phantasie zu lebendiger Reproduction zu reizen. Da es nicht Aufgabe des Oratoriums ist, wirklich dramatisch zu sein, sondern nur, den in einer Begebenheit liegenden Stimmungsgehalt musikalisch zu entbinden, so ist es bei Schütz und Hammerschmidt principiell schon ganz so vorgebildet, wie es sich bei Händel und in der Bachschen Passion vollenden sollte. Wenn jedoch nahezu noch ein Jahrhundert verging bis zu dieser höchsten Blüthe, so liegt der Grund hiefür zu einem Theile in der erwähnten Entkräftung, welche das deutsche Volk in der zweiten Hälfte des 17. Jahrhunderts befiel. Während zu der Zeit in Italien schon ganz bedeutende oratorische Schöpfungen entstehen konnten, wie z. B. Allessandris *»Santa Francesca Romana«*, fanden die genannten deutschen Meister, wie es scheint, sehr wenige Talente, die auf ihren Pfaden erfolgreich weiter zu wandeln vermochten, und ganz sicher war, daß, wer es konnte, vorläufig nur für sich selbst arbeitete. Auch von Johann Christoph Bach besitzen wir nur ein einziges Werk dieser Gattung, dasselbe ragt aber dermaßen über die Leistungen seiner Vorgänger hinaus und aus der Umgebung seiner Zeit hervor, daß es allein schon seinen Schöpfer auf eine imponirende Künstlerhöhe hebt. Es ist ein Tonbild über den mystischen Kampf zwischen dem Erzengel Michael und dem Teufel, dem die Worte der Offenbarung Johannis 12, 7—12 zu Grunde gelegt sind: »Es erhob sich ein Streit im Himmel. Michael und seine Engel stritten mit dem Drachen, und der Drache stritt und seine Engel, und siegeten nicht. Auch ward

ihre Stätte nicht mehr funden im Himmel. Und es ward ausgeworfen
der große Drach, die alte Schlange, die da heißet der Teufel und
Satanas, der die ganze Welt verführet; und ward geworfen auf die
Erden und seine Engel wurden auch dahin geworfen. — Und ich
hörete eine große Stimme, die sprach im Himmel: Nun ist das Heil
und die Kraft und das Reich und die Macht unsers Gottes seines
Christus worden; weil der verworfen ist, der sie verklaget Tag und
Nacht für Gott. Und sie haben ihn überwunden durch des Lammes
Blut, und durch das Wort ihrer Zeugniß, und haben ihr Leben nicht
geliebet bis an den Tod. Darum freuet euch, ihr Himmel und die darinnen wohnen.« Bach hat, um dieser kühnen und großartigen Schilderung gerecht zu werden, Tonmittel aufgeboten, die nicht nur für
die damalige Zeit außergewöhnlich zu nennen sind: zwei fünfstimmige Chöre, zwei Violinen, vier Bratschen, Fagott, vier Trompeten,
Pauken, Bass und Orgel werden verwendet. Sologesang fehlt natürlich, doch treten einige Male die Bässe choranführend heraus. Eine
Sonata der Instrumente, ohne Trompeten und Pauken, leitet ein, die
nach damals beliebter und an die französische Ouverture mahnender
Weise auf breitgelagerte Accordgänge im geraden Takt ein imitatorisch bewegteres Zeitmaß im ³/₄ Takt folgen läßt. Dann schweigen
alle Instrumente; nur durch die Orgel gestützt beginnen die beiden
Bässe des ersten Chors canonisch ihren mehr declamatorischen als
melodischen Gesang:

vom 17. Takte an gesellt sich in dumpfen Viertelschlägen auf Tonika und Dominante die Pauke hinzu, vier Takte später eine Trompete mit einem wie von fern her tönenden Schlachtsignal, eine zweite antwortet, eine dritte, das Getümmel wächst an, es ist als sähe man aus allen Himmelsgegenden streitbare Schaaren heranziehen, jetzt schmettert endlich die vierte Trompete hinein, und nun prallen beide Chöre wie feindliche Heeresmassen an einander. Der Schall sämmtlicher Instrumente und der Orgel gießt sich brausend darüber her, aus dem dichtesten Haufen heraus ruft Trompetenklang in wirbelnden Sechzehntelgängen, herausfordernd und entweichend in sinnverwirrendem, rastlosem Doppelcanon. Man glaubt mit Schlachtgetöse den unermeßlichen Himmelsraum sich anfüllen zu sehen; es bildet sich eine Tonsäule, welche nahezu das ganze klingende Gebiet vom großen bis zum dreigestrichenen C harmonisch ausfüllt, und, mit einer ganz kurzen Ausnahme am Anfang, nicht weniger als sechzig Takte hindurch unbeweglich auf dem C dur-Dreiklange ruht: nur rhythmisch bewegt fluthen die kämpfenden Chöre heran und zurück, auf keiner Seite wollen die harmonischen Fugen nachgeben. Aber endlich legt sich der kriegerische Lärm und triumphirend treten die Chöre mit den Worten: »und siegeten nicht« hinüber auf die Dominante. Ein energisches, sorgfältig gestaltetes Fugato des ersten Chors schließt sich an: »auch ward ihre Stätte nicht mehr funden«; nach der Sitte dieser Zeit, der auch noch Seb. Bach treu blieb, führen die Geigen über dem Soprane den Bau selbständig bis zur Siebenstimmigkeit weiter. Von breiten Harmonien der Instrumente getragen, führt ein Bassmotiv:

die Schilderung fort, der sich aber bald wieder die gesammte Chormasse bemächtigt und in allmähligem malerischen Niedersinken das Hinabstürzen des Satanas aus dem Himmel versinnlicht. Nun folgt in straffen marschartigen Rhythmen eine Siegessymphonie der Instrumente, und nach derselben folgender neue großartige Aufschwung des Chores:

und ich hö-re-te ei-ne gro - ße Stimme, die sprach im Himmel:
Violinen und Trompeten.
Violinen
Nun ist das Heil
das Reich
und
und
Nun ist das Heil
das Reich
und
und
Nun ist das Heil
das Reich
und
und
Nun ist das Heil
und das Reich
Nun ist das Heil
und das Reich
Nun ist das Heil
und das Reich

und Trompeten.
1.
2. Trompeten.
Violinen.
die Kraft und
die Macht
die Kraft und
die Macht unsers
die Kraft und
die Macht
und die Kraft unsers
und die
und die Kraft, Macht unsers
und die
und die Kraft, Macht
und die
unsers

Die Worte der »großen Stimme« giebt der Meister mit der vollen Pracht sämmtlicher Tonmittel, wie es der oratorische Stil erfordert, welcher vor allem den vollen musikalischen Gehalt des Textes entfesseln muß, ehe er dramatisirende Rücksichten nehmen darf. Das Tonwerk breitet sich hiernach noch durch mehre Abschnitte aus, unter denen die Stelle: »und haben ihr Leben nicht geliebet bis in den Tod« durch Innigkeit und charakteristische Zeichnung besonders ergreift, und schließt mit einem jubelnden Triumphgesang der alternirenden Chöre. Auch dadurch kennzeichnet es sich als oratorienhafte Schöpfung, daß bei aller Plastik und Lebendigkeit der Schil-

derung doch die größte modulatorische und harmonische Ruhe darin
herrscht: nicht das fessellos strömende, sondern das einen festen
Gegenstand umfluthende Gefühl kommt zur Aussprache; ein Umstand,
der sich als principieller Unterschied auch zwischen Sebastian Bachs
und Händels Werke legt. Insofern nun die meisten Kirchencomponisten am Ausgange des 17. Jahrhunderts auch in ihren rein lyrischen Chorsätzen jene harmonische Simplicität aufweisen, haben
dieselben auch in diesen als Vorläufer Händels zu gelten, während
Seb. Bach zu seinem Chorstile auf anderm Wege, durch das Mittel
der Instrumentalmusik kam. Dem vorliegenden Werke würde vielleicht etwas größere modulatorische Mannigfaltigkeit gar nicht einmal nachtheilig geworden sein; dient das reichliche Verwenden des
C dur - Dreiklangs mit den nächstverwandten Harmonien auch schildernden Zwecken, und heben sich einige überraschende Ausweichungen dann auch um so mächtiger hervor, wie die großartige
Wendung vom C dur- nach dem B dur-Dreiklange über den Worten:
»der die ganze Welt verführet«, so verlangt doch besonders am
Schlusse das Ohr nach einem mehr aus der Tiefe hervordringenden
Harmonienstrome, besonders einer energischeren Verwendung der Unter-Dominante. Aber es wäre auch die ganze Anlage des Werkes nicht
so geworden, wie sie ist, hätte nicht Bach nach einem sehr bestimmt
und deutlich gezeichneten Vorbilde Hammerschmidts gearbeitet.
Dieser hat in seinem »Andern Theil geistlicher Gespräche über die
Evangelia« Nr. XXVI (Dresden, 1656) dieselben Bibelworte für sechsstimmigen Chor mit Trompeten, Zinken und Orgel gesetzt, und der
Gedanke, den Kampf in der lange fest gehaltenen Dreiklangs-Harmonie von C dur sich austoben zu lassen, hat ihn zum eigentlichen
Erfinder; auch in der musikalischen Darstellung des Sturzes aus
dem Himmel und in dem langaushallenden C dur des Schlusses ist
die Originalität bei dem älteren Meister. Aber die Erfindungskraft
und der Geist, mit welchem Bach das überlieferte Gebilde ausgestaltete, und den schlichten Carton zum großen Frescobilde umschuf,
zeigt ihn seinem nicht zu unterschätzenden Vorgänger so überlegen,
wie wir es ohne die Thatsache dieser Nachbildung zu erkennen gar
nicht im Stande sein würden. Wir dürfen uns nicht auf die Einzelheiten einer höchst interessanten Vergleichung einlassen; doch sei
daran erinnert, wie auch hier eine Analogie hervortritt zwischen Joh.

Christoph Bach und Händel, der gleichfalls Tonwerke, durch welche er angeregt wurde, in directer Weise weiter zu bilden keinen Anstand nahm [1]. Es konnte nicht fehlen, daß eine so gewaltige Tonschöpfung trotz des geringen Verständnisses, welches im allgemeinen Mit- und Nachwelt für Joh. Christoph Bach hatte, doch manchem offenen Künstlergemüthe imponirte. Georg Philipp Telemann lernte sie offenbar kennen, als er 1708—1711 Concert- und Capellmeister in Eisenach war, und versuchte in einer jedenfalls aus dieser Zeit stammenden Cantate zum Michaelisfeste einen ähnlichen Flug; allein da sein Talent für das Großartige wenig ergiebig war, so bleibt er auch hier im Alltäglichen sitzen, oder bringt es mit der krampfhaften, stimm- und chorwidrigen Gesangsbehandlung, die ihm in seinen frühern Werken eigen ist, nur zur Carricatur. Groß aber war die Bewunderung, welche der Meister in der nachlebenden Generation seines Geschlechtes fand. Sebastian Bach, der auch sonst seinem Oheim künstlerisch verpflichtet ist, hielt grade dies Chorstück besonders hoch und brachte es noch in Leipzig zur öffentlichen Aufführung. Unverkennbar ist auch die Anregung, die er aus ihm für das eigne Tonbild gleichen poetischen Gegenstandes gewann, welches den Anfang einer seiner größten Cantaten bildet [2]. Aber es tritt an demselben auch der durchgreifende Unterschied der Auffassung hervor: Sebastian steht überwiegend auf dem Boden der reinen Musik, und wenn vor der genialen Urkraft, die aus jenen Tönen redet, auch das Werk des Oheims zurücktreten muß, so behauptet dieses doch grade durch sein oratorisches Gepräge wiederum seine Stellung. Die Bibelworte: »Nun ist das Heil und die Kraft« u. s. w., welche bei Joh. Christoph einen Theil des Ganzen bilden, hat Sebastian einem eignen Doppelchore zu Grunde gelegt [3], der nun natürlich keine Vergleichungspunkte mit des ältern Meisters Arbeit zuläßt, und überhaupt unvergleichlich ist, wie sein Schöpfer es war. — Auch Philipp Emanuel, Sebastians Sohn, verehrte den großen und »ausdrückenden« Componisten, wie er Johann Christoph bezeichnend

---

1) In ausgedehntem Maße benutzte er für »Israel in Aegypten« ein Magnificat von Dionigi Erba; s. Chrysander, Händel I, S. 168—177.
2) »Es erhub sich ein Streit«, B.-G. II, Nr. 19.
3) B.-G. X, Nr. 50.

nennt[4]) ; er ist es, durch den wir erfahren, daß bei einer Aufführung jenes Chorstückes durch Sebastian Bach in Leipzig alle Welt über die Wirkung erstaunt gewesen sei[5]). Dies Erstaunen würde wohl heutzutage auch nicht fehlen. —

Ein Werk gleicher Gattung besitzen wir von Michael Bach nicht, doch hat sich ein Tonstück desselben mit Instrumental-Begleitung erhalten, welches rein lyrischer Art ist, und daher geradezu eine Kirchen-Cantate genannt werden kann[6]). Zu Grunde liegt das zweistrophige Kirchenlied: »Ach bleib bei uns, Herr Jesu Christ«, doch ist keinerlei Choral-Melodie für die Composition verwendet, der Componist hat vielmehr die einzelnen Verszeilen mit besonderer Beachtung des jedesmaligen Wort- und Satz-Ausdrucks für sich durchgearbeitet. Ohne sich noch auf eine specielle Würdigung der Musik einzulassen, sieht man doch schon das Unangemessene dieser Form im allgemeinen. Denn diese Behandlungsweise kann nicht da angewendet werden, wo es sich fast ausschließlich um den Ausdruck eines Grundgefühls handelt, welches stromartig das Ganze durchdringen und alle Einzelheiten überfluthen müßte. Das Stück ist halb motettenhaft, halb oratorisch; die rechte Form für solche Aufgaben war eben noch nicht gefunden, und es ist noch mancher daran gescheitert, bis Sebastian Bach die Sache klar machte. Im übrigen ist die Composition voll interessanter Einzelheiten und geistreicher Intentionen; hierin stand Michael seinem ältern Bruder kaum sehr nach, dagegen bedeutend an Sinn für große, plastische Formen. Verwendet sind vierstimmiger Chor, 2 Violinen, 3 Violen, Fagott und Orgel; zur Tonart ist G moll gewählt. Eine einleitende Sonate von 14 Takten, in welcher langsame Tonfolgen mit krausen Figurationen abwechseln, macht einen etwas zerfahrenen Eindruck. Die erste Zeile giebt zu einem Gebilde von 16 Takten Veranlassung, das mit

---

4) Zusatz zur Genealogie.

5) In einem Briefe an Forkel, vom 20. Sept. 1775 aus Hamburg, den Bitter in seinem Werk über Bachs Söhne I, S. 343 mitgetheilt hat. Ph. Emanuel bewahrte das Stück in seinem »Alt-Bachischen Archive« auf, einer Sammlung von Compositionen tonsetzender Bachs vor und neben Sebastian; aus dem Nachlasse G. Pölchaus kam es an die königl. Bibliothek in Berlin.

6) In Stimmen, welche aus dem Bachischen Archive herstammen, auf der königl. Bibliothek in Berlin.

Fermate abschließt; es ist ein leidenschaftlicher Ausdruck in den
Ausrufen: »ach bleib! ach bleib!«, die schon im dritten Takt nach
Es dur und As dur hinüberdrängen, dann nach G moll zurücksinken,
sich wieder erheben und endlich auf der Dur-Parallele ausruhen. Die
Worte: »weil es nun Abend worden ist« werden von einem absteigenden, tonleiterartigen Gange getragen, der suchend und abbrechend
durch die Stimmen irrt (nicht ohne einige harmonische Härten):

nach 6 Takten schließt wieder eine Fermate auf der Dominante
von G moll ab. Nun bringt der Sopran allein mit einem bewegten,
stufenweise aufsteigenden Motive die Worte: »dein göttlich Wort
das helle Licht«, darüber bauen sich imitirend zwei Geigen, deren
erste allmählig bis zu der damals unerhörten Höhe des dreigestrichenen G und A sich emporschwingt, augenscheinlich um den
Begriff des hellen Lichtes zu versinnlichen; einfallend schließt
der ganze Chor: »laß ja bei uns auslöschen nicht«, und führt dann
dasselbe Motiv eine Weile mit den Instrumenten durch, zum Ende
nach G dur zurückkehrend. Die zweite Strophe ist ganz analog behandelt; der Alt singt allein die erste Zeile in chromatischen Gängen, wie sie damals zum Ausdruck von Schmerz und Kummer schon
sehr beliebt waren:

Nach zwei durch Fermaten begränzten Sätzen folgt dann ebenfalls ein freies Fugato mit dem prägnanten Thema:

An der Fugirung betheiligen sich in selbständiger und geschickter Weise die beiden obersten Streichinstrumente, während an andern Stellen der Cantate, wo dieselben über den Stimmen eigne Gänge auszuführen haben, sie meist recht unbeholfen sich gebärden und durch wunderliche Sprünge fehlerhafte Stimmfortschreitungen vermeiden wollen, — ein weniger Michael Bach als der unfertigen Technik seiner Zeit zuzuschreibender Mangel. Durch häufige Benutzung der großen Sexte erhält das Fugato ein an das Dorische mahnendes Gepräge, was ihm sehr gut ansteht.

Eine ähnliche Unsicherheit in der Formbehandlung zeigt Michael Bach in der Motette. Aber auch dies müssen wir mehr auf Rechnung seiner Zeit schreiben.

Die wesentlichen Gattungs-Merkmale der Motette sind, daß sie mehrstimmig ist, keine obligaten Instrumente zuläßt, und daß ihre Töne über einen Bibelspruch oder Vers eines kirchlichen Liedes gesetzt sind. Daraus folgt, daß ihre Blüthezeit in die erste große Kunst-Periode fällt, die etwa bis 1600 sich erstreckt, wo die Musik wesentlich polyphon, vocal und kirchlich war. Mit der seitdem erfolgten Umgestaltung des polyphonen Systems in das harmonische und dem damit zusammenhängenden raschen Umsichgreifen der Instrumental-Musik, des Strebens nach leidenschaftlicherem, wortgemäßem Tonausdruck und des Einzelgesanges wurde die Motette allmählig der neutrale Boden, auf dem die verschiedensten Richtungen sich ungehindert glaubten bewegen zu dürfen. Wir reden hier vorzugsweise von Deutschland, wo durch Anregung der protestantischen Kirche eine weit buntere Fülle von Formen emportrieb, als in Italien. Heinrich Schütz, sonst ein Hauptvertreter der neuen Schule, hatte in seinen *Musicalia ad chorum sacrum* die Anforderungen derselben mit den Grundsätzen der alten Richtung zu verschmelzen gesucht (vergl. z. B. Nr. IV: »Verleih uns Frieden gnädiglich«, und Nr. VII: »Viel werden kommen von Morgen und Abend«), aber es konnte doch nicht fehlen, daß das eigentlich polyphone Wesen immer mehr vernachlässigt wurde, und man das, was man so an innerm musikalischen Reichthum einbüßte, durch freiern Schwung der Melodie, lebendigeren Rhythmus und schärfer gewürzte Harmonien zu ersetzen suchte. Um die Anwendung derselben möglich zu machen, mußte man sich der unterstützenden Instrumente bedienen. Dann wurde man aufmerksam auf die Neuheit des so entstehenden Klangkörpers und die Möglichkeit neuer Combinationen, auch manche dem reinen Instrumentalwesen abgelauschte Erscheinungen übertrug man auf die Vocal-Musik. Viele Motetten des 17. Jahrhunderts sind ohne mitgehende Orgel oder andre Instrumente gar nicht denkbar, man sieht dies an der Führung des Basses, welcher nicht selten durch Uebersteigen des Tenors die Harmonie ganz unkenntlich machen würde, wenn nicht ein sechzehnfüßiger Orgelbass hinzukäme, man erkennt es aus dem unbekümmerten Auftreten mancher für den so sehr empfindlichen Organismus reiner Vocal - Musik unerträglichen harmonischen Fortschreitungen, die aber unter dem Rauschen der Orgel und des Orchesters überhört werden, und manche rasche Harmonienwechsel, z. B. freier Eintritt eines achtstimmigen Chores in A dur, nachdem C moll unmittelbar vorhergegangen war, sind ohne feste Stützpunkte unmöglich auszuführen. Häufig genug ist auch die Begleitung der Orgel durch Notirung eines *Continuo*, oder das Mitgehen andrer Instrumente angedeutet. Wo aber der Charakter einer Motette den lautern Klang menschlicher Stimmen allein zu fordern scheint, merkt man es doch deutlich, daß die Phantasie des Componisten auch mit Tongestalten erfüllt war, auf welche die innere Natur der Vocal-Musik nicht führen konnte. Die dramatisirten biblischen Darstellungen, welche Schütz und Hammerschmidt eingeführt hatten, und die von letzterem mit so großer Vorliebe gepflegte contrastirende

Verbindung von Choral und Bibelworten im geistlichen Concerte
oder Madrigal werden von der Motette ebenfalls wiedergespiegelt.
Ein vierstimmiger Chor ohne Sopran beginnt mit den Worten der
Offenbarung Johannis, die man sich von Christus gesagt denken
muß : »Siehe ich stehe vor der Thür und klopfe an; so jemand meine
Stimme hören wird und die Thür aufthun, zu dem werde ich eingehen« u. s. w. Nachdem er neun Takte gesungen hat, stimmt als
Erwiederung darauf der Sopran die Melodie des Weihnachts-Liedes
»Vom Himmel hoch« an mit den Worten: »Bis willkommen, du edler
Gast, den Sünder nicht verschmähet hast« u. s. w., während dessen der Chor seine Aufforderung fortsetzt. Es hat auch die Contrapunctirung einer Choral-Melodie auf der Orgel unverkennbaren Einfluß auf diese Form geübt, ja sie ist es, durch welche dieselbe allmählig erst zu künstlerischer Vollendung gedeiht, so daß hier die
Instrumental-Musik das polyphone Gewebe, was um ihretwillen bei
Seite gesetzt war, hundert Jahre später aus eignen Mitteln wieder
herbeibringt. Aber noch complicirteren Dramatisirungen fügt sich
die Motette. Eine doppelchörige Composition, die etwa um die Wende
des 17. Jahrhunderts entstanden sein muß, liegt mir handschriftlich
vor ohne Nennung des Componisten. Zu Anfang fragen sich die
Chöre wechselsweise mit den Worten der Sulamith: »Habt ihr nicht
gesehen, den meine Seele liebet?«, dann geht der zweite Chor in den
Choral über: «Hast du denn Jesu dein Angesicht gänzlich verborgen«,
der erste aber führt seine Fragen daneben und zwischen den Zeilen-
pausen fort, in welche nach Beendigung der Choralstrophe auch der
zweite wieder einstimmt. »Da ich ein wenig vorüberkam«, erzählt
nun der zweite Chor, und der erste, ohne Sopran, wiederholt dies,

setzt mit jauchzenden Intervallenschritten der Sopran ein, »den meine
Seele liebet!« beide Chöre bemächtigen sich rasch zufassend dieses
Ausrufs, führen ihn in freudig erregter Cadenz zu Ende, und wie er-
füllt von seliger Gewißheit tritt der zweite Chor wieder mit der
Choralstrophe auf: »Fahr hin, o Erde, du schönes, doch schnödes

Gebäude, fahr hin, o Wollust, du süße, doch zeitliche Freude«: der
erste Chor dazu: »ich halt ihn, ich halt ihn und will ihn nicht lassen!«
und so zuletzt in breiter Harmonieentfaltung beide vereint. Eine andere Motette stimmt an poetischem Gegenstand und theilweiser Anlage mit einem dramatisirten Kirchenstücke Hammerschmidts überein, und könnte wohl durch dieses angeregt sein. Es ist der Dialog
zwischen dem Engel und den Hirten in der Christnacht (Hammerschmidt, musikalische Gespräche, 1. Theil, Nr. 5). Der genannte
Meister läßt den Engel in Begleitung von Orgel und zwei kleinen
Zinken das freudige Ereigniß von Christi Geburt verkündigen, was
der Hirtenchor mit seinen Freudenausrufen unterbricht, dann erhalten die Hirten den Auftrag nach Bethlehem zu gehen, wo angekommen sie mit den Worten des Lutherliedes »Merk auf, mein Herz, und
sieh dort hin« das Jesuskind bewundern, immer unterbrochen durch
den ermunternden Zuruf des Engels, und mit dem Gesange »Ehre sei
Gott in der Höhe« schließen. Der Motetten-Componist läßt den stau-
nenden Hirtenchor beginnen: »Ach Gott, was für ein heller Glanz
erschreckt uns arme Hirten ganz«, dazwischen tritt die helle Sopranstimme des Engels: »fürchtet euch nicht«, und fährt fort mit anschließendem, nun lebhaft an Hammerschmidt erinnerndem Jubel-
rufe des Chors:

Engel und Chor alterniren noch eine Weile mit einander, und vereinigen sich dann in einem lebhaften Fugato: »die allem Volk wi-
derfahren wird«, bis mit einem arienhaften $^3/_4$ Takt: »Denn euch ist
heute der Heiland geboren« abgeschlossen wird. Daß dem Chor im
Verlauf ganz unbekümmert und unverändert die Worte des Engels
in den Mund gelegt werden, ist oratorisch stilgemäß, da es nur darauf ankommt, die Begebenheit in den äußersten Umrissen anzudeu-

ten, dann tritt sofort die Musik in ihr uneingeschränktes Recht[7]. —
Endlich bemächtigt sich die Motette auch des Chorals in der Weise,
daß sie die Melodie der einzelnen Zeilen auseinanderdehnt, zwischen
verschiedenen Chören und Stimmen vertheilt oder wiederholt, einzelne Glieder variationenhaft umspielt oder zu kleinen Imitationen
benutzt und so Schritt vor Schritt das Ganze durchnimmt. Hammerschmidt hat im »Vierten Theil musikalischer Andachten geistlicher
Motetten und Concerte« (Freiberg, Georg Beuther, 1646) unter Nr.
XXII die letzte Strophe des Liedes »Wie schön leucht't uns der Morgenstern« in dieser Weise doppelchörig und zwar vortrefflich behandelt; durch Beigabe eines bezifferten Continuo, welcher sich streng
der tiefsten Stimme anschließt, ist das Mitgehen der Orgel ausdrücklich gestattet. Die ersten beiden Zeilen trägt zunächst der erste,
höhere Chor vor ($^3/_4$ Takt), die zweite schon imitatorisch um einen
Takt verlängert, der andere, aus tiefern Stimmen bestehende, nimmt
sie auf, reckt aber die zweite Zeile aus den ursprünglichen vier Takten durch Imitationen zu achten aus einander; dann werfen die Chöre
die erste Zeile mehre Male einander zu, indem sie in andre Tonarten ausweichen, wiederholen die zweite und vereinigen sich achtstimmig und abschließend auf der dritten. Der ganze Abschnitt
wird, genau wie im Kirchenliede, repetirt. Dann hebt der zweite
Abschnitt mit den Worten an: »Amen, Amen! Komm, du schöne
Freudenkrone« u. s. w., noch reicher und lebendiger gestaltet, und
mit breiter Pracht über der letzten Zeile einherfluthend in kunstreicher und wirkungsvoller achtstimmiger Führung, wie sie von der
Mitte des Jahrhunderts an bei den deutschen Componisten immer
seltener wird[8]. Fügen wir nun noch an, daß die Componisten zu-

---

7) Die drei beispielsweise angeführten Motetten sind einem Sammelbande
alter derartiger Compositionen entnommen, den ich vor Jahren von einem thüringischen Dorfcantor erwarb. Er enthält eine große Anzahl in ihrer Art tüchtiger Stücke aus dem Ende des 17. und Anfange des 18. Jahrhunderts, dann
auch manches neuere. Leider sind fast nie die Namen der Componisten genannt, möglicherweise gehört einiges daraus noch Michael Bach an.

8) Auf die schöne doppelchörige und in derselben Weise gestaltete Motette der gleichen Sammlung (Nr. XXI) über den Choral »Ich hab mein Sach
Gott heimgestellt« sei wenigstens anmerkungsweise aufmerksam gemacht.
Michael Bach hat die letzte Strophe desselben ebenfalls behandelt am Schluß
seiner Motette: »Unser Leben ist ein Schatten«.

weilen auch eine mehrstimmige geistliche Arie der Motette als Schlußsatz anhängten, ja daß selbst Hammerschmidt einmal eine Sammlung
von ein- und zweistimmigen Gesängen mit Begleitung Motetten
nannte, so wird unser Ausspruch von einem Tummelplatze der verschiedenartigsten Richtungen begründet erscheinen. Dadurch war
aber die Form der Motette eine sehr unsichere geworden, und als im
Anfange des 18. Jahrhunderts sich die Begriffe von Oper, Oratorium,
Kirchen-Cantate feststellten und die Orgelkunst zur vollen Entwicklung gekommen war, verloren sich ihre Gattungsmerkmale fast ganz.
Sie fristete ein phrasenhaftes Scheinleben, aufgeputzt durch weitere
Anleihen bei der Instrumentalmusik und Kirchen-Cantate, floß auch
zuweilen ganz mit der geistlichen Arie zusammen. Hätten die Componisten noch etwas mit dieser Form zu machen verstanden, so war
dazu grade in Thüringen Gelegenheit, wo die Chöre der Currente-
Sänger eine Lebensfähigkeit bis in unser Jahrhundert bewiesen haben und wo man die eigentliche Pflegstätte der Motette auch dann
noch zu finden glaubte, als der musikalische Vorwitz sie schon als
einen überwundenen Standpunkt verspotten zu dürfen wähnte[9]. Hier
wurde auch der selbständige zwei- und dreistimmige Sologesang in
die Motette eingeführt. Aber ihre Zeit war gewesen. Nur Sebastian
Bach brachte noch etwas ganz eignes und gewaltiges in dieser Gattung hervor, jedoch kann man die volle Großartigkeit seiner Motetten
nur mit Instrumental- besonders Orgel-Begleitung würdigen; ohne
eine solche erscheinen sie nur bei einer ganz virtuosenhaften Ausführung nicht stilwidrig.

Von den Motetten Michael Bachs waren zwölf zusammen zu
bringen. Vieles, was sein Großneffe Philipp Emanuel noch an mehr-
und einstimmigen geistlichen Arien besaß, ist bis jetzt nicht wieder
ans Licht gekommen, dagegen ließen sich fünf Stücke finden, die
Philipp Emanuel fremd waren[10]. Von ihnen sind nur zwei ohne

---

9) F. E. Niedt, Musikalische Handleitung, Th. 3, herausgegeben von Mattheson (Hamburg, 1717), S. 34: »Die *Explication* über die *Moteten* überlasse
ich denen Thüringischen Bauren, als welche solche von dem *Hammerschmid*
Zeit ihres Lebens (gleichwie die Altenburgische Bauren-Mägde ihre Stiefeln,
und die Spanier ihre kurtze Mäntel von ihren Vorfahren angeerbet) behalten
werden.«

10) Die bis jetzt verschollenen Compositionen sind nach dem Katalog des
musikalischen Nachlasses von Ph. Emanuel Bach, der sich auf der königl. Bi-

Choral. Die eine: »Sei nun wieder zufrieden, meine Seele« (A moll **C**) ist doppelchörig mit Orgelbegleitung [11]), und gehört zu den weniger gelungenen Werken des Tonsetzers. Eine Anzahl geistvoller Einzelheiten kann nicht täuschen über die musikalische Planlosigkeit und Unruhe des Ganzen, und nicht entschädigen für die Eintönigkeit einer consequent festgehaltenen Homophonie. Bach ist seinem Texte Satz für Satz nachgegangen. Dies Verfahren war bei der polyphonen Compositionsweise früherer Jahrhunderte erträglich, wo die kunstvolle Verschlingung selbständiger oder einander nachahmender Stimmen die Kunstforderung der Einheit in der Mannigfaltigkeit mehr im Nebeneinander, als im Nacheinander befriedigte. Je homophoner aber eine Composition wird, desto mehr muß sie durch Ebenmaß in Ausdehnung der Tongruppen und Bedachtsein auf den innern Zusammenhang der Tonarten dem nach Verbindung und Harmonie der Perioden verlangenden Gefühle entgegenkommen, zumal bei einem rein lyrischen Inhalte wie der vorliegende. Die Zerfahrenheit des Baues verdirbt natürlich auch die edle, ergebne Grundstimmung, welche der Componist dem Ganzen offenbar hat geben wollen. Ueber dieselben Worte hat Hammerschmidt (vierter Theil musikalischer Andachten Nr. IV) ein viel kunstgerechteres Gebilde zu schaffen gewußt, an dessen Schluß Bach einmal erinnert, und das ihm sicherlich auch bekannt war. — Eine zweite, sechsstimmige Motette in D dur **C** ist zum Neujahrsfeste bestimmt. Die Handschrift, welche sie uns aufbewahrt hat, trägt die Notiz, daß die Stimmen dazu in

------

bliothek zu Berlin befindet, folgende: »Auf laßt uns den Herrn loben«, für den Alt und 4 Instrumente. »Nun ist alles überwunden«, Arie für 4 Singstimmen, Arnstadt, 1686. »Weint nicht um meinen Tod«, Arie für 4 Singstimmen, 1699. »Die Furcht des Herrn« u. s. w., für 9 Singstimmen und 5 Instrumente. Bei den drei letzten ist freilich der Verfasser nicht genannt, aber nach der Anordnung des Katalogs spricht die Wahrscheinlichkeit für Michael Bach. Noch zwei andre namenlose Compositionen finden sogleich und weiter unten Erwähnung.

11) So ist sie wenigstens herausgegeben von F. Naue (Neun Motetten für Singchöre von Johann Christoph Bach und Johann Michael Bach [3 Hefte]; Leipzig, Friedr. Hofmeister. Heft I, 3), nach einer mir unbekannten Vorlage. Im Bach-Archiv war sie mit vier begleitenden Instrumenten versehen, vorausgesetzt, daß eine dorther ohne Namen des Componisten angeführte Motette gleichen Textes dieselbe ist.

, Es dur geschrieben seien [12]. Daraus geht hervor, was auch der Charakter des Stücks an sich wahrscheinlich macht, daß sowohl Orgel als begleitende Instrumente, vermuthlich Geigen, mitspielten. Die Orgel differirte um einen halben Ton mit der Stimmung der Instrumente, so daß ihr D dur hier Es dur war. Für den Chor war es natürlich gleichgültig, wie die Stimmen aufgezeichnet waren, da ihm die Tonhöhe, nach welcher er seinen Einsatz bemaß, doch von außen her gegeben wurde, nicht aber für die Instrumente, welche nach damaliger Sitte zugleich mit aus den Stimmblättern der Sänger spielten. Die Construction dieser, von hellem Festglanz durchleuchteten Motette ist einheitlicher. Sie zählt 74 Takte und zerfällt in zwei Hauptabschnitte, deren letzter wiederholt wird und schon dadurch ein Gefühl der Abrundung hervorruft. Contrapunctische Combinationen werden auch hier nicht entfaltet, dagegen sind mit Vorliebe einige hübsche Klangwirkungen angewendet, zunächst der Contrast der hellen nur von einem Tenor unterstützten Sopranstimmen gegen die gesättigte Farbe eines tiefen vierstimmigen Klangkörpers, dann eine wie Harfenaccorde anmuthende und wohl erst durch Mitwirkung der Streichinstrumente zur ganzen Geltung gebrachte Bewegung der obern Stimmen, zu denen tiefere in jubelnden Sechzehntelgängen sich ergehen:

<hr>

12) Sammelband von 93 Motetten in Partitur aus dem Anfang des vorigen Jahrhunderts auf der königl. Bibliothek zu Königsberg in Preußen (sign. 13661).

Der am Schluß auftretende echomäßige Wechsel von *forte* und *piano*, ein in den damaligen Motetten übrigens sehr häufiger Effect, verräth die Einwirkung des Orgelstils; durch die Natur der menschlichen Stimme, welche der größten Mannigfaltigkeit von Schattirungen fähig ist, wird er nicht begründet.

Entwickelter sind die zehn mit Chorälen verflochtenen Motetten. Da begegnet uns zunächst ein fünfstimmiges Stück mit Orgel über die Worte aus Hiob: »Ich weiß, daß mein Erlöser lebt«, wozu nachher im Sopran der Choral tritt: »Christus der ist mein Leben«[13]. Für diese Gedanken hat Bach ergreifende Töne zu finden gewußt. Die vier tieferen Stimmen haben die ersten 16 Takte des nur 41 Takte im ganzen zählenden Satzes (G dur **C**) allein das Wort, der melodieführende Alt überrascht durch schwärmerisch-innigen Ausdruck, dessen freie Subjectivität dadurch erhöht wird, daß statt zwei Perioden von je zwei Takten, wie sie eine natürlich-einfache Declamation ergeben haben würde, hier drei und drei Takte einander gegenübergestellt sind. Der zu den Worten »und er wird mich hernach aus der Erden wieder auferwecken« so tief empfunden aufsteigende und sich wieder absenkende Gang erinnert an das Schönste, was aus Johann Christophs, des ältern Bruders, Phantasie geflossen ist. Mit dem 17. Takte tritt fast unvermerkt der Choral ein und bewegt sich in halben Noten ruhig über den bewegteren Unterstimmen hin, welche sich besonders in den Pausen mit den Worten »denselben werde ich mir sehen« mehre Male sehnsüchtig erheben. Eine von Michael Bach sehr geliebte harmonische Combination, der Terzquartsext-Accord mit vorgehaltener und sich zögernd auflösender Quarte, kommt hier einige Male zu eindringlicher Verwendung. Von allseitiger Vollendung ist freilich auch dieses Stück noch ziemlich weit entfernt. Den Mittelstimmen fehlt die auch für die homophone Schreibweise unerläßliche melodische Führung, die Tenöre erinnern an die beiden Bratschen in dem damals beliebten fünfstimmigen Geigensatze, welche nur da sind, um die Accorde zu vervollständigen. Unbeholfen

---

Nr. 37. Die Notiz lautet wörtlich: »In Stimmen *ex Dis*«, wie man ja noch bis in den Anfang unseres Jahrhunderts Dis dur für Es dur sagte. Auch bei andern Stücken finden sich ähnliche Notizen mit gleicher Beweiskräftigkeit.

13) Naue, Heft I, 2.

ist es, wenn eine Stimme, um einer falschen Fortschreitung auszuweichen, plötzlich einen Vierteltakt pausirt (s. Takt 23) : die bemerkte Absicht verstimmt hier um so mehr. Dabei fehlt es doch nicht an Unreinheiten des Satzes; die Quintenfolge Takt 37 zwischen Bass und Tenor II. kann freilich leicht geändert werden, allein derartiges kommt zu oft vor auch bei andern und zwar den angesehensten Componisten der Zeit, z. B. Pachelbel und Erlebach [14], als daß zu vermuthen wäre, sie rühre nicht vom Künstler selbst her. Einen Hauptgrund für solche Licenzen haben wir oben angegeben; die nachfolgende Generation befliß sich freilich wieder größerer Strenge, allein bei Entfaltung großer vocaler und instrumentaler Massen waren selbst Händel und Bach mitunter gegen sich nachsichtig. Ein andrer wesentlicher Mangel besteht darin, daß der musikalische Contrast zwischen dem vierstimmigen über die Bibelworte gesetzten Gesange und der Choral-Melodie zu wenig gewahrt ist. Sowie beide Factoren zusammentreten, bleibt ein Gegensatz fast nur in den verschiedenartigen Wortverbindungen erkennbar, die natürlich verschiedene Rhythmisirung fordern, übrigens bilden die Unterstimmen eigentlich nichts als die dürftige accordliche Grundlage für den Choral. Man könnte meinen, es habe dem Künstler vorzugsweise an der poetischen Zweiheit gelegen, die ja allerdings auch schon durch die einfachste Zusammenführung die Stimmung sehr vertiefen kann, indem das am Bibelwort entzündete individuelle Gefühl mit dem kirchlichen Gemeingefühl zusammenströmt. Allein ganz sicher ist diese Annahme nicht; denn wenn auch grade poetische Contraste zur Zeit sehr beliebt waren, so konnte doch die damalige musikalische Technik solche Aufgaben kaum besser lösen. Die contrapunctische Geschicklichkeit war bei den Deutschen in der zweiten Hälfte des 17. Jahrhunderts durchschnittlich eine geringe, und es ist ein merkwürdiger Irrthum, wenn man die Componisten vor Bach und Händel in gelehrte Künsteleien versunken sich vorstellt, welchen jene beiden Meister erst das wirkliche Leben eingeblasen hätten. In dieser Hinsicht war wenig von ihnen zu lernen. Anders verhielt

---

14) Auch Heinr. Schütz scheute sich im vielstimmigen Vocalsatze zu Zeiten nicht vor Octavenverdoppelungen, z. B. Takt 4 der sechsstimmigen Motette: »Selig sind die Todten« zwischen 2. Sopran und 2. Tenor.

sich die Sache in Italien, wo die Traditionen der großen Vocal-Meister des 16. Jahrhunderts niemals abrissen, der Uebergang ins neue Tonsystem sehr allmählig erfolgte, und die Bedürfnisse des Cultus wie die Neigung der Nation die unausgesetzte Beschäftigung mit breiten, kunstreichen Vocal-Formen nicht erschlaffen ließ bis über die Mitte des 18. Jahrhunderts hinaus. Händel legte den Grund zu seiner contrapunctischen Meisterschaft vor allem hier, Bach gewann sie durch die schon bemerklich aufblühende, aber von ihm zur höchsten Reife gezeitigte Orgelkunst, deren Resultate er dann auf die mit Instrumenten verschmolzene Vocal-Musik übertrug. Wenn schon Johann Christoph Bach in der Choral-Motette etwas ganz vortreffliches leistete, wie wir bald sehen werden, so bezeugt dies eben nur sein alle überragendes Talent. Unter einer sehr reichen Auswahl gleichzeitiger derartiger Compositionen, welche mir vorliegen, ist nicht eine einzige, die es in contrapunctischer Behandlung Michael Bach zuvorthäte, wie denn auch all die übrigen zu rügenden Mängel nicht etwa ihm allein anhaften. Aber der ergreifende Ausdruck, der auch jetzt noch der letztgenannten Motette eine volle Wirkung sichert, gehört ihm eigen. Er war noch kein ganzer Meister, aber ein tief empfindendes, erhabner Ahnungen volles Künstler-Gemüth [15].

Reichlicheres Lob noch verdient die Motette: »Das Blut Jesu Christi, des Sohnes Gottes, machet uns rein von allen Sünden« mit Choralvers: »Dein Blut der edle Saft« aus Johann Heermanns Lied: »Wo soll ich fliehen hin«, fünfstimmig (F dur **C**, 83 Takte) in gleicher Anlage, wie die vorige [16]. Der Chor der vier tiefern Stimmen ist weniger syllabirend, contrapunctisch reicher, in den einzelnen Stimmen melodisch fließender; gegen das Ende gesteigerte Erregtheit,

---

15) C. von Winterfeld will (Evangelischer Kirchengesang III, 430) zwischen Michael Bachs Motette: »Ich weiß daß mein Erlöser lebt« und der gleichen von Melchior Frank eine Verwandtschaft finden, von der ich aber keine Spur entdecken kann.

16) Naue, Heft II, 5. Derselbe hat einen bezifferten Bass beigefügt, welcher im Katalog über den musikalischen Nachlaß Philipp Emanuel Bachs nicht verzeichnet ist. Hier findet sich dagegen die Jahreszahl 1699 angemerkt, die, wenn sie nicht auf Schreib- oder Druckfehler beruht, nur das Jahr der Copie-Anfertigung anzeigen kann, denn der Componist war damals schon todt. Dieser Umstand entwerthet auch die Bedeutung der übrigen Jahreszahlen, welche der Katalog bei andern Compositionen bietet, um ein beträchtliches.

und Wiederholen der beiden letzten Choralzeilen, wodurch das Ganze befriedigend gekrönt und abgerundet wird. Motivische Entwicklung, welche dem Chor eine Einheit in sich gäbe, ist freilich auch hier spärlich: der Organismus des Ganzen ist noch nicht zu vollem Leben erwacht. Aber die tiefe Innigkeit der Composition bezwingt doch mit unwiderstehlicher Kraft, über der hindurchleuchtenden schönen Seele vergißt man leicht die Gebrechen des Körpers.

Ein Zeugniß von sinniger künstlerischer Ueberlegung bietet ein über die viel componirten, auch von Wolfgang Briegel zu einer sehr schönen Motette verwendeten, Worte gesetztes fünfstimmiges Tonstück: »Herr, wenn ich nur dich habe, so frage ich nichts nach Himmel und Erde« (B dur $^3/_4$, 125 Takte) [17]. Zu diesem und dem nachfolgenden Psalmenverse hat Bach fünf Strophen des Kirchenliedes »Ach Gott, wie manches Herzeleid« in der Weise der vorigen Motetten gefügt, und zwar in solcher Auswahl, daß im Verlaufe des Stückes mehr und mehr der poetische wie musikalische Gegensatz zwischen der Ober- und den unteren Stimmen verschwindet, und am Schluß alle sich endlich in die letzte Choralstrophe vereinigen: »Erhalt mein Herz im Glauben rein«. Die vorhergehenden Strophen sind in dieser Reihenfolge geordnet: 13, 5, 6, 15. Der vierstimmige Chor ist zuerst nach Kräften selbständig, energisch declamirend, mit verschiedenen melodischen Wendungen geziert, in einigen höchst ausdrucksvollen Verschlingungen der Mittelstimmen schon jenen ekstatischen Zug andeutend, der in den Choralgesängen Sebastian Bachs oft so überwältigend hervorbricht; auch einige motivische Ausführungen werden versucht. Mit Takt 56 ändert sich die Sache. Es treten die Psalmenworte auf: »wenn mir gleich Leib und Seele verschmachtet, so bist du doch, Gott, allezeit meines Herzens Trost und mein Theil«; dazu kommt die einfache Paraphrase des Kirchenlieds: »Ob mir gleich Leib und Seel verschmacht, so weißt du, Herr, daß ichs nicht acht« u. s. w. Schon sechs Takte vor dem Einsatz des Chorals beginnen

---

17) Naue, Heft II, 6; hier mit Generalbass; im Verzeichniß des Bachschen Archivs ohne einen solchen. Die ganz anders geartete Briegelsche Motette ist neu herausgegeben von Fr. Commer, Geistliche und weltliche Lieder aus dem XVI.—XVII. Jahrhundert (Berlin, Trautwein), S. 80—85.

die andern Stimmen den ersten Takt desselben thematisch und wie
praeludirend durchzuarbeiten,

und fahren auch nachher noch mit Imitationen fort. Ein gleiches
findet vor dem Eintritt der nun folgenden 15. Strophe statt, dann ver-
schmilzt der Alt in seiner Bewegung sich schon ganz mit dem Choral [18]), die rhythmische Einheit wird immer größer, bis endlich das
Bibelwort ganz verstummt, alles die letzte Gesangstrophe in freu-
dig-beschleunigtem Zeitmaße anstimmt, und so die subjective Empfindung in das allgemeinere Gefühl des Kirchenliedes vollständig
einmündet. Hier erfassen wir einen ganz deutlichen Keim Sebastian
Bachschen Geistes, ein Vorzeichen von dessen unerschöpflicher Kunst
im poetischen Verwenden des Chorals. Die vorbereitenden Imitationen aber des ersten Takts der Melodie sind genau so, wie in Michael
Bachs Choral-Bearbeitungen für die Orgel; er hat die dort geübte
Praxis bei einem passenden poetischen Anlasse auf die Vocal-Musik
übertragen.

Vier doppelchörige Motetten entwickeln sich aus dem mit gleich-
vertheilten Kräften dargestellten Gegensatze von Choral und Schrift-
wort. Zwei von ihnen stimmen bis ins Einzelste der Anlage, die
dritte mit diesen in allem wesentlichen überein (alle drei E moll **C**).
Der tiefere vierstimmige Chor hebt homophon mit dem Bibelspruche
an, dann tritt der Choral ein, in dessen Zeilenzwischenräume der
zweite Chor immer wieder hineinfällt. So geht es durch zwei Stro-

---

18) Dasselbe geschieht schon einmal Takt 13, hier wohl nur aus Mangel an
Geschick. Auch die lahme Harmonisirung von Takt 11 und 12 (und entsprechend
Takt 36 und 37) verräth einen noch nicht fein durchgebildeten Geschmack.

phen weiter, und zur dritten vereinigen sich beide Chöre in fünf- bis siebenstimmiger Harmonie, aber in der Weise, daß der tiefere die letzten Töne der Zeile nachhallend wiederholt. Die poetische Combination besteht das eine Mal aus Hörnigks Liede: »Mein Wallfahrt ich vollendet hab«, Strophe 1, 3, 6, und den neutestamentlichen Worten: »Dem Menschen ist gesetzt einmal zu sterben, darnach aber das Gericht. Der Tod ist der Sünden Sold, aber die Gabe Gottes ist das ewige Leben in Christo Jesu, unserm Herrn«; das andre Mal aus Strophe 1, 4, 5 von Johann Francks »Jesu meine Freude« und den Sprüchen: »Halte, was du hast, daß Niemand deine Krone nehme, und sei getreu bis in den Tod, so wirst du empfahen ein herrliches Reich und eine schöne Krone von der Hand des Herren«; das dritte Mal endlich aus der 1., 6., 5. Strophe des Flitnerschen Liedes »Ach was soll ich Sünder machen« und den Schriftstellen: »Herr, du lässest mich erfahren viel und große Angst und machest mich wieder lebendig. Der Herr verstößt nicht ewiglich, sondern er betrübet wohl und erbarmet sich wieder nach seiner großen Güte.« Etwas anders ist die vierte beschaffen (C dur **C**, 115 Takte). Auch sie hat den erwähnten Gegensatz zum Motiv, aber es wird nur eine Strophe verwendet und späterhin der erste Chor zur Theilnahme an den freierfundenen Gängen des zweiten herbeigezogen, so daß hier, als seltene Ausnahme, die Empfindung vom Kirchlichen in das allgemein Religiöse, vom Objectiven ins Subjective hinübergeführt wird. Und darauf hin ist auch die Stimmung vom Beginne her angelegt. Der rührend schöne Sterbechoral: »Ach wie sehnlich wart ich der Zeit, wenn du, Herr, kommen wirst«, hat es vielleicht nur seines ganz subjectiven Gepräges wegen zu keiner weiteren Verbreitung im Gemeindegesange gebracht. Michael Bach harmonisirt ihn in schlichter, kindlicher, aber unbeschreiblich ergreifender Weise. In der letzten Strophe bricht das persönliche Gefühl in dem todessehnsüchtig wiederholten Seufzer »O komm! o komm! o komm und hole mich!« siegreich durch. Und nun steigern und überbieten sich beide Chöre in den Ausrufen »Herr, ich warte auf dein Heil« und kehren endlich zu der letzten Liedzeile zurück, um in seligem Frieden hinzusterben. Unter allen Motetten Michael Bachs möchte diese die vollendetste sein [19].

19) Amalien-Bibliothek auf dem Joachimsthal zu Berlin, Bd. Nr. 116, letztes Stück; Bd. Nr. 326, letztes Stück; Bd. Nr. 116, drittletztes Stück; eben-

Ungefähr den umgekehrten Entwicklungsgang nimmt eine andre doppelchörige Motette, weihnachtlichen Inhalts (G dur C, 73 Takte). Die Chöre concertiren mit den Worten des Engels »Fürchtet euch nicht; siehe, ich verkündige euch große Freude« u. s. w. Nachher vereinigen sich alle Alte, Tenöre und Bässe zu einem geheimnißvoller klingenden vier- oder fünfstimmigen Satze: »Denn euch ist heute der Heiland geboren«, in den endlich, wie hellen Lichtglanz, die Soprane den Choral »Gelobet seist du, Jesu Christ« hineinsenken. Um ihn schaaren sich nun in frischer, wenngleich nicht weitsichtiger Contrapunctirung die andern Stimmen [20].

Durch Zerdehnung und Umspielung einer ganzen Choralstrophe mittelst der vollen Chormasse ist die doppelchörige Motette gebildet: »Nun hab ich überwunden« (G dur C, 92 Takte) [21]. Daß der Componist Hammerschmidts oben erwähnte Arbeit über »Wie schön leucht't uns der Morgenstern« gekannt, und sich wohl auch als Vorbild gesetzt habe, ist aus äußern und innern Gründen wahrscheinlich. Hammerschmidts Werke waren sehr verbreitet und, wie schon gesagt, auch in der Chorbibliothek der arnstädtischen Oberkirche vorhanden. Grade dieses Stück trägt außer andern in die Continuo-Stimme mit rother Farbe sorgfältig eingemalten Directions-Bemerkungen auch daran noch die Spuren genauen Studiums; daß die Takte gezählt sind und ihre Summe am Schlusse verzeichnet ist. Im Bau zeigt Bachs Motette besonders durch die wechselseitige Aufnahme der immer in andre Tonarten hinübergeführten Choralverse zwischen den beiden Chören Verwandtschaft mit dem Werke des älteren Meisters; dagegen ist der Schluß ganz abweichend. Wieder ist es die schöne Melodie des Melchior Vulpius zu dem nicht minder innigen Liede: »Christus der ist mein Leben«, welche sich hier Bach mit der dritten

---

daselbst, vorletztes Stück. Die erste und vierte Motette sind mit Continuo. Der Katalog des Bach-Archivs führt an: »Ach wie sehnlich wart ich u. s. w. Für den Discant, 5 Instrumente und Fundament von Johann Michael Bach.« Ich glaube, daß unter dieser Notiz des ohnehin wenig sorgfältig abgefaßten Verzeichnisses unsere vierte Motette verborgen ist Der Ausdruck »5 Instrumente und Fundament« ist befremdlich und verdächtig.

20) Amalien-Bibliothek, Bd. Nr. 90, erstes Stück. Ohne Continuo.

21) Naue, Heft III, 8. Ein Continuo ist beigefügt, von dem aber das Bach-Archiv nichts sagt. Nach diesem soll die Motette 1679 componirt sein, wo Michael Bach 31 Jahr alt und in Gehren Organist war.

Strophe dieses Liedes zur Bearbeitung gewählt hat; das Stück gehört im ganzen und einzelnen zu dem Besten, was von dem talentvollen Tonsetzer erhalten blieb. An der Declamation des Anfangs: Chor I »Nun!« Chor II »Nun«, Chor I »Nun, nun, nun, nun!« Chor II desgleichen, möchte allerdings wohl mancher Anstoß nehmen; diese einzelnen Ausrufe sollen mehr das musikalische Interesse spannen, als den Wortsinn hervorheben, und die damaligen Componisten liebten es sehr, ihre Motetten in dieser Weise zu beginnen[22]. Eine selige Zuversicht spricht aus den Tönen, die sich zeitweilig zum freudigsten Kampfesmuth steigert, besonders in den energisch abgebrochenen Rufen: »Kreuz! Kreuz, Leiden! Kreuz, Leiden, Angst und Noth!«; man wird an die kühnen Herausforderungen erinnert im fünften Satze von Sebastian Bachs Motette: »Jesu meine Freude!« Wenn die ganze Strophe durchgenommen ist, zieht sich der Doppelchor zum einfachen zusammen, und bringt nun die Melodie als Cantus firmus im Sopran mit ganzen Noten; die andern Stimmen contrapunctiren in künstlicherer Weise, als man es sonst bei Michael Bach gewohnt ist, der Contrapunct zur ersten Zeile ist sogar durch vierfache Verkleinerung der Melodie selbst entwickelt, auch im weiteren wird die Bildung wirklicher Motive versucht, die einander nachahmen.

Es bleibt noch eine letzte, höchst merkwürdige Arbeit zu erwähnen, von allen die äußerlich längste und innerlich mannigfaltigste[23]. Auch sie ist doppelchörig, aber es sind sechs Stimmen (2 Soprane, Alt, 2 Tenöre, Bass) und drei Stimmen (Alt, Tenor, Bass) einander gegenübergestellt. Der sechsstimmige Chor hebt in C moll **C** von dem Ausspruche: »Unser Leben ist ein Schatten auf Erden« ernst und schwer die ersten beiden Worte an. Nach sechs Takten aber beginnt plötzlich eine unheimliche Hast der Stimmen sich zu bemächtigen: mit einer flüchtigen Figur gleitet der erste Sopran aufwärts:

---

22) Z. B. »Ich! ich! ich! ich will den Namen Gottes loben«, oder: »Uns! uns! uns! uns ist ein Kind geboren«, u. a. Sebastian Bach, als er, an seinen heimathlichen Traditionen festhaltend, einst eine seiner frühern Cantaten begann: »Ich! ich! ich! ich hatte viel Bekümmerniß«, zog deshalb den Spott Matthesons auf sich.

23) Naue, Th. III, 7. Im Katalog von Philipp Emanuels Nachlaß ist die Jahreszahl 1696 angemerkt. Da Michael Bach schon 1694 starb, kann dieselbe natürlich nicht die Entstehungszeit angeben.

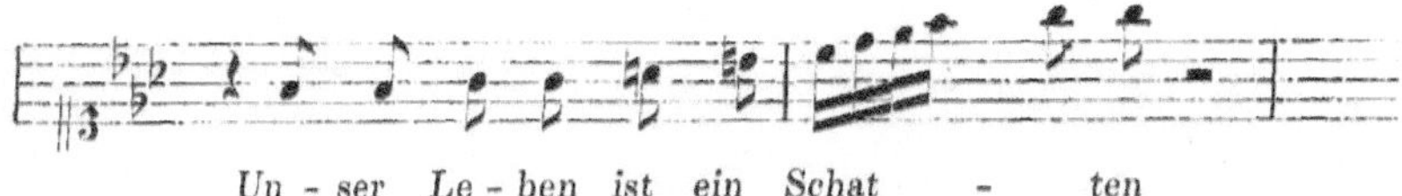

—Pause, nur gezogene Klagetöne im Alt—dann wieder das unstete Tonbild; nun huscht es gespenstig in einer Mittelstimme dahin — man glaubt wesenlose Wolkenschatten über eine Bergeshalde eilen zu sehen. Da beginnt der ganze Stimmenchor einen irren Wirbeltanz, erst Achtel, dann Sechzehntel und Achtel gemischt, wie wenn der Herbstwind die dürren Blätter emporwirbelt: jetzt tanzen sie ganz in der Höhe, nun tiefer am Boden, dann wieder hoch; dann stockt alles und Grabesklänge tönen dazwischen, wieder gleitet jene geisterhafte Figur vorbei, und wiederum die düstern Traueraccorde.

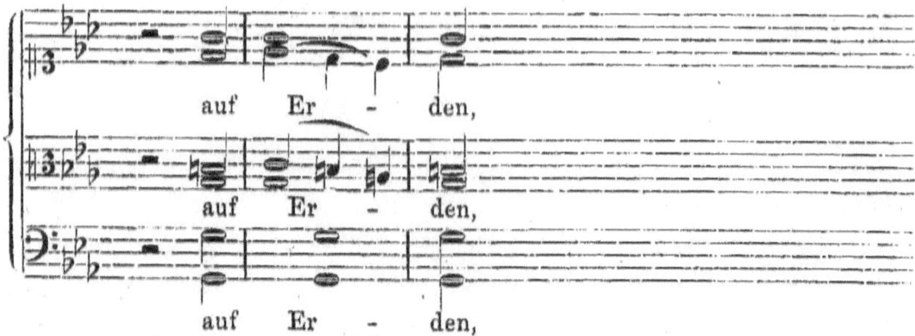

Wer ahnt in diesem phantastischen Bilde nicht Sebastian Bachs romantischen Geist? — Nun tritt zum ersten Male der andere Chor ein mit der vierten und fünften Strophe des Chorals: »Ach was soll ich Sünder machen«, dessen ruhiger Fluß zweimal von der Zustimmung des ersten Chores unterbrochen wird und dessen psychologisches Resultat in den Worten gipfelt: »und weiß, daß im finstern Grabe Jesus ist mein helles Licht, meinen Jesum laß ich nicht.« Wie zur Bekräftigung dieses Vertrauens ertönen dann im ersten Chore dreistimmig Christi Worte selbst: »Ich bin die Auferstehung und das Leben« in 27 Takten durchgeführt, und ihm entgegnend antwortet der zweite Chor zuversichtlich: »Weil du vom Tod erstanden bist, werd ich im Grab nicht bleiben«, mit Bestätigung unterbrochen vom sechsstimmigen ersten. Wer aber glauben wollte, daß mit dieser befriedigenden Entwicklung die Motette schlösse, würde irren. Zu tief lebte in dem Tonsetzer das düstre Bild allgemeiner menschlicher Hinfälligkeit. So stimmt er denn von neuem in vollen Harmonien den ergreifenden Choral an: »Ach wie nichtig, ach wie flüchtig ist der Menschen Leben!« Und nun kommt ein wunderbarer Schluß:

> Ach Herr, lehr uns bedenken wohl,
> Daß wir sind sterblich allzumal,
> Auch wir allhier keins Bleibens han,
> Müssen alle davon,
> Gelehrt, reich, jung, alt oder schön.

Die schwermüthige Melodie führen zwei hochliegende Soprane in Terzen, denen die tiefern Stimmen nachfolgen, und bleiben in dieser schrillen, Mark und Bein durchdringenden Weise drei Zeilen hindurch; mit der vierten fährt schaurige Hast in die Massen, sie drängen sich ängstlich zusammen, wie die Schaaren am Ufer des Acheron — »davon! davon!« murmelt es durch die Reihen, »davon!« klingt es aus der Tiefe, »davon!« hallen im Dunkel verschwindend die beiden Soprane nach. —

Wie fast immer, bleibt auch in dieser Motette Michael Bach in der Ausführung hinter seinen Intentionen nicht selten zurück. Ein andrer seines Geschlechts sollte nach ihm vollenden, was er oft nur undeutlich schaute; doch würde ihm selbst vielleicht noch eine höhere Meisterschaft beschieden sein, wenn er nicht in der Blüthe seines Lebens dem allgemeinen Verhängniß anheim gefallen wäre, dessen Tragik er so tief künstlerisch empfand. Noch aber ist das an dieser Composition sehr merkenswerth, daß sie schon fast ganz auf dem Boden der Kirchen-Cantate steht, sowie umgekehrt desselben Künstlers einzig erhaltene Kirchen-Cantate das Wesen der Motette an sich trägt. Die Kirchen-Cantate entwickelte sich in der That aus einer Zusammensetzung verschiedener Bibelsprüche mit Strophen von kirchlichen oder geistlichen Liedern. Bis zum Jahre 1700 war diese Form die allein herrschende, und es wird später ausführlich erörtert werden, was darin geleistet wurde, bis Sebastian Bach sie zur größten Vollkommenheit entwickelte. Erst nach dem genannten Zeitpunkte fing man an, das Recitativ und die italiänische Arie hineinzuziehen, und wie auch die so bereicherte Cantate Sebastian Bach ihre großartigste Ausbildung verdankt, ist bekannt. Sehr deutlich erkennen wir grade bei Michael Bach, wie die verschiedenartigsten Keime in der Musik der zweiten Hälfte des 17. Jahrhunderts neben einander lagen, die bald nach ihren selbständigen Richtungen hin emportreiben sollten. Er war eine von den Erscheinungen, die als Vorboten neuer Kunststadien aufzutreten pflegen, um die etwas schwebt wie Lenzesluft, und die, was sie noch nicht bieten, ersetzen durch das, was sie ahnen lassen.

Dagegen hat der ältere Bruder, Johann Christoph Bach, dem wir schon in der concertirenden Chor-Musik die volle Meisterschaft zuerkennen mußten, auch in der Motette eine Reihe von Gattungsmustern hinterlassen. So wahr eine bedingungslose Vollendung menschenunmöglich ist, so sicher läßt sich die bedingte Meisterschaft daran messen, ob jemand die Summe von Kunst-Ideen und -Werkzeugen, welche das Bedürfniß seiner Zeit geschaffen hat, seinen eignen Kunstideen vollständig zu assimiliren und mit den ewig gültigen Kunstforderungen zu vereinigen vermag. Bei der Motette kam es darauf an, eine Menge gegensätzlicher Momente zur höhern Einheit aufzulösen. Es galt, die instrumentalen Errungenschaften zu verwerthen, aber so zurückhaltend, daß nur ein temperirender Schimmer von ihnen auf die reine Fläche des Vocalkörpers fiel, es galt, sich zum harmonischen Tonsystem zu bekennen, aber mit stetem Bedacht, daß die Form der Motette eigentlich im polyphonen System vergangener Jahrhunderte wurzle, es galt, die Bewegung der Accord-Massen auf den Leitstern der darüber schwebenden Melodie in jedem Augenblicke zu beziehen und doch nicht zu vergessen, daß Stimmen Individuen sind mit der Berechtigung eines selbständigen Ganges. Den musikalischen Plan galt es aufzustellen, welcher mit einer nur vom Gefühl zu prüfenden Logik die einander ablösenden Theile zum vernunftgemäßen Ganzen verwebt, dabei aber dennoch den gedankenmäßigen Forderungen der mitwirkenden Poesie nicht ins Gesicht zu schlagen. Und vor allem war es die Aufgabe, jener subjectiven Wärme und Innigkeit, welche die künstlerische Signatur der Zeit bildet und in der geistlichen Dichtung rührend, wenngleich wenig kräftig hervortrat, auf ihrem eigensten Gebiete den gebührenden Platz zu erobern, ohne doch jene feine und nach den Verhältnissen so flüssige Linie zu überschreiten, welche das individuell Empfundene von dem allgemein Verständlichen absperrt. Alles dies sind Forderungen, die für eine kirchliche Vocal-Composition noch heute in gleichem Umfange gültig sind, damals aber neu waren, und wenn ihre Erfüllung heutzutage theilweise noch schwerer erscheint, da das musikalische Material gewaltig angewachsen ist, und sehr wenigen es gelingt, sich auf so beschränktem Gebiete künstlerisch frei zu bewegen, so ist sie leichter doch wieder nach den Seiten hin, wo sich eine Fülle von Erfahrungen hat sammeln lassen. Daß aber Johann Christoph Bach seine Aufgabe ganz gelöst hat, daran dürfte wohl kein Einsichtiger zweifeln: scheint es uns doch, als könnten seine Motetten gestern componirt worden sein. Er verhält sich hier zu seinem Vorgänger Hammerschmidt ebenso wie in der oratorischen Compositionsgattung, und wie dieser seinerseits sich zu Schütz verhält. Keiner von ihnen wäre ohne seinen Vordermann geworden was er ist, und jeder hat über die Leistungen des andern einen Schritt hinaus gethan, so nämlich, daß in der Motette Johann Christoph Bach den natürlichen Gipfelpunkt erreicht zu haben scheint, den auch Sebastian nur durch einen künstlichen Thurmbau noch zu überragen vermochte, während das Oratorium, die Passion und die Kirchen-Cantate erst eine Generation später ihre Vollendung fanden, dennoch aber Erscheinungen, wie diesen Eisenacher Meister, in ihrer Art zur Voraussetzung haben. Wenn man den großen Künstler nur wenig beachtete und rasch vergaß, so erklärt sich dies daraus, daß die Form der Motette nicht das höchste Kunstziel war, dem der Zeitgeist rasch und mit glücklichem Gelingen nachstrebte. Sie konnte es nicht sein, da sie auf so vielfältigen Compromissen beruhte. Das darf aber die geschichtliche Forschung nicht hindern, ihm den gebührenden Platz in der Kunstentwicklung anzuweisen, den Untergang des größten Theils seiner Compositionen zu beklagen und das wenige Erhaltene als ein echtes Denkmal vaterländischer Kunst in das rechte Licht zu stellen.

In der häufig erwähnten musikalischen Hinterlassenschaft von Sebastian Bachs zweitem Sohne waren sieben Werke von Joh. Christoph Bach vorhanden, oder, da man ein unbekanntes mit ziemlicher Sicherheit ihm ebenfalls zuschreiben kann, acht [24]. Von ihnen sind vier bis jetzt verloren, hoffentlich nicht für immer [25]; fünf andre sind auf andrem Wege erhalten und bekannt geworden. Nach Abzug der schon besprochenen oratorischen Composition bleiben acht Motetten übrig, ein noch geringerer Gesammt-Bestand, als bei Johann Michael. Freilich das innere Gewicht ist ein ganz anderes.

Zuerst sind zwei kleinere und einfache Motetten zu betrachten, beide fünfstimmig und aus einem mäßig langen Chor mit einer nachfolgenden mehrstrophigen Arie bestehend [26]. Der einen liegt als

---

24) Dies ist die vierstimmige Motette mit Fundamental-Bass: »Ich lasse dich nicht«, was wohl nichts anderes sein wird, als der Ausgang der anfänglich doppelchörigen Composition Joh. Christophs: »Ich lasse dich nicht, du segnest mich denn«; es wird später über sie gesprochen werden.

25) Nämlich nach dem Katalog: »Meine Freundin, du bist schön«, ein Hochzeitstück mit 12 Stimmen. »Mit Weinen hebt sichs« u. s. w., für 4 Singstimmen und Fundament, 1691. »Ach, daß ich Wassers genug« u. s. w., für den Alt, 1 Violine, 3 Violdigamben und Bass. »Es ist nun aus« u. s. w., Sterb-Arie für 4 Singstimmen.

26) Erhalten in einer ältern Handschrift, welche sich zu Mühlhausen in Thüringen im Besitz des Herrn Organist Steinhäuser befindet.

Bibeltext zu Grunde: »Der Mensch, vom Weibe geboren, lebt eine kurze Zeit, und ist voller Unruhe« (Hiob 14, 1 und 2), sie gehört in denselben Vorstellungskreis wie Michael Bachs: »Unser Leben ist ein Schatten«, ist weniger phantastisch freilich, aber doch tief stimmungsvoll. Ein müder, trauriger Zug geht durch den 22 Takte langen ersten Abschnitt. Dies der Anfang:

Auf den eigentlichen Motettensatz folgt eine fünfstimmige Arie desselben Charakters, aber von ausdrucksvoller Melodik, deren erste Strophe lautet:

> Ach wie nichtig,
> Ach wie flüchtig
> Ist das Leben,
> So dem Menschen wird gegeben.
> Kaum wenn er zur Welt geboren,
> Ist er schon zum Tod erkoren.

Die beiden letzten Zeilen werden kehrreimartig am Schlusse jeder der fünf Strophen wiederholt. Indem sich zu Anfang dreimal je zwei Hebungen und Senkungen ablösen, denen der Componist sich eng anschließt, entsteht eine Periode von drei und zwei Takten, sinnreich wird hierdurch der Charakter der Mattigkeit dem Tonstücke aufgeprägt. Den Dichter dieses Liedes, welches natürlich von dem Michael Franckschen »Ach wie flüchtig, ach wie nichtig« ganz verschieden ist, konnte ich nicht ausfindig machen.

Die Worte der Offenbarung Johannis (2, 10) : »Sei getreu bis in den Tod, so will ich dir die Krone des Lebens geben« bilden für die andere Motette die Grundlage. Sie beginnt breit und zuversichtlich :

Zu den verheißenden Worten wird die Bewegung lebhafter, am Schluß wiederholt sich der Anfang ; der Satz zählt nur 20 Takte. Die nachfolgende *Aria*: »Halte fest und sei getreu« ist vierstrophig; ihr Anfang klingt absichtlich an den Beginn des ersten Satzes an.

Beide Motetten sind sicherlich frühe Arbeiten Johann Christophs, sie entbehren der großen Züge und des mächtigen Baues, welche den übrigen sechs insgesammt eigen sind, auch zeigt die Stimmführung noch nicht die Gewandtheit und den Fluß, welche der Meister sich später zu erwerben gewußt hat. Aber man fühlt in ihnen die Regungen einer eigenthümlichen, tief schauenden Phantasie, und dieses Geschenk seiner Nationalität hat er nicht nur auf Anregung seines Vaters, sondern ebenso sehr aus eigner Neigung bei den besten Meistern in die Schule geschickt, denn er war, wie wir sahen, schon sehr früh im Amte, und somit auf eigne Füße gestellt. Nicht nur von den beiden hauptsächlichsten deutschen Meistern suchte er zu lernen, sondern er griff weiter auf deren eigne Vorbilder, die Italiäner, zurück. Dies beweist seine neben den Zeitgenossen unvergleichlich größere contrapunctische Gewandtheit, sangbarere Führung der Mittelstimmen, das schöne Ebenmaß seiner melodischen Gedanken, und harmonische Eigenheiten, die direct auf die kirchliche Kunst um 1600 zurückweisen, z. B. die Verbindung stufenweise sich folgender Dreiklänge meistens zu besonders charakteristischen Zwecken, ein Ausdrucksmittel, was Hammerschmidt nicht geliebt zu haben scheint. Wie der Meister selbst uns überliefert hat, ist die eine der sechs großen Motetten: »Lieber Herr Gott, wecke uns auf«, von ihm im Alter von dreißig Jahren componirt[27]). Sie zeigt schon den Künstler in seiner vollen Reife. Diesen Anfang,

27) Das aus dem Bachischen Archiv in die königl. Bibliothek zu Berlin gelangte Autograph trägt die Ueberschrift: »*Motetta. d. 8 Voc:*« am Schlusse steht die Bemerkung: »121 *tact*«, unter dem System rechts in der Ecke: »Eisenach *ao* 1672 *Xbris.* Joh, Christo Bach *org.*« Unter den Singstimmen der Generalbass; die Handschrift sehr fein und zierlich, Taktstriche mit Lineal gezogen. Die Motette ist ebenfalls von Naue herausgegeben (Heft II, Nr. 4).

der mit seiner schön gezeichneten Melodie, seiner vortrefflichen Declamation so ganz den Ausdruck inniger, kindlicher Bitte trifft,
konnte kaum ein andrer erfinden. Mit Schütz's Composition der
gleichen Worte (*Musicalia ad chorum sacrum* Nr. XIII) hat Bachs
Motette gar keine Aehnlichkeit; gekannt wird er sie freilich haben
und auch den Text wohl geradeswegs dorther entnommen, denn dieser
ist nicht biblisch, sondern stammt aus irgend einem Kirchengebete,
aber die Vermuthung einer Anlehnung ist hier durchaus abzuweisen[28].
Trotzdem ist es interessant zu sehen, wie der Motettenstil sich innerhalb 25 Jahren entwickelt hat, wie viel geschmeidiger, anmuthvoller
alles geworden ist, wie viel bestimmter der Ausdruck, übersichtlicher
die Periodisirung und flüssiger der Verlauf des Ganzen. Schütz hält
seiner historischen Stellung gemäß noch zum Theil an den Traditionen der vergangenen Zeit fest, besonders auch in der ununterbrochenen Verknüpfung der sich ablösenden Motetten-Gedanken, während
Bach, im vollen Besitz des neuen harmonischen Tonsystems, dieses
Mittel zur Herstellung der Einheit entbehren kann, und mit festge-
bildeten Perioden auftritt. Eine solche Anlage muß freilich in einer
doppelchörigen Composition um so mehr hervortreten, als diese ja
wesentlich auf Responsion der Glieder gestellt ist, und nur an den
Höhepunkten sich zur vollen Vielstimmigkeit erweitern soll. Nachdem der zweite Chor die angeführten drei Takte wiederholt hat, tritt
ungerades Zeitmaß ($^3/_2$) ein, in dem das Tonstück durch vier Grup-
pen verläuft zu den Worten: »wecke uns auf, | daß wir bereit sein,
wenn dein Sohn kommt, | ihn mit Freuden zu empfahen | und dir
mit reinem Herzen zu dienen.« | Von ihnen ist die dritte am breitesten
ausgeführt, indem durch 35 Takte die Tonmassen zwischen beiden
Chören Takt um Takt auf und nieder fluthen, voller Schwung und
in prächtiger strömender Bewegung, besonders der Bässe, wo wieder recht der Einfluß der Italiäner zu Tage tritt. Auch die zum geraden Zeitmaß zurückkehrende Schlußfuge durchzieht ein warmer
Hauch südlicher Schönheit, die Kühnheit eines hervorragend künstlichen Aufbaus mildernd und vergoldend. Dazu ist sie ein interes-

---

28) Winterfeld, Evang. Kirchenges. III, 429 scheint so etwas im Sinn zu
haben. Das Stück von Schütz ist neu herausgegeben von Neithardt, *Musica
sacra* Bd. VII, Nr. 8 (Berlin, Bote und Bock).

santes Beispiel für die aus dem alten System in das neue sich umbildende Fugenform. Das Thema:

steht, wenn man das Ganze überblickt, offenbar im modernen G-dur,
die Beantwortung findet aber nicht nach dem Gesetze statt, wonach
auf das G im dritten Viertel des ersten Taktes ein D im Gefährten
antworten müßte, sondern der Componist läßt in der Weise der alten
Schule nachahmen, welche das entscheidende Gewicht auf genaue
Correspondenz der einzelnen Intervallenschritte legte, und dafür die
Beziehungen zwischen Tonika und Dominante hervorzuheben oft
nicht für nöthig hielt. Bach beantwortet sein Thema also nicht:

sondern:

also mixolydisch gefärbt; alte und neue Tonart vermischen sich hier
zu einer merkwürdigen Tonalität, welche mit ihrem Hang zur Unter-
Dominante die ganze Fuge beherrscht. Alt ist ferner die gleich am
Anfang eintretende Engführung zwischen den Oberstimmen, die aber
hier mit einer Art von Absichtlichkeit bei jedem neuen Einsatze wiederkehrt, wie denn überhaupt das Princip der Engführung in der
Fuge erfinderisch ausgebeutet ist. Bloße Unentwickeltheit deuten
die mehrfachen vollständigen oder halben Schlüsse an, nach denen
die Durcharbeitung von neuem einsetzt; auch die Instrumentalfugen
derselben Zeit sind noch mit dieser Unfertigkeit behaftet, und grade
in der Entfesselung eines ununterbrochenen Tonstromes in der Fuge
durch stets neue unerwartete Einführungen des Themas und motivisch angesponnene Zwischensätze sollte sich erst Sebastian Bachs

Genie glorreich bewähren und die denkbar höchsten Forderungen
erfüllen. Den kunstvollen Bau unserer Fuge anlangend, so ist das
Thema nicht nur auf eine dreifache Engführung, sondern bei der
ersten dieser Engführungen (auf dem dritten Viertel des ersten Takts)
auch für einen doppelten Contrapunct in der Octave und der Decime
angelegt. Um die ganze Fülle der Engführungen zu ermöglichen,
hat der Componist jedoch im Verlauf das Thema etwas abgeändert
und die melodische Phrase des zweiten Takts um eine Terz herab-
gesetzt; durch diese beachtenswerthe Spur motivischer Umbildung
wird die Erkennbarkeit des Themas nicht beeinträchtigt, und einem
großen Reichthum von Combinationen das Thor geöffnet. Dieser beginnt von Takt 12 der Fuge an in immer dichter werdenden Engführungen sich auszubreiten, leuchtet auf in den überraschenden Eintritten des Themas im Contrapunct der Decime, gründet sich fest
durch die majestätischen Decimen-Verdopplungen desselben zwischen
Bass und Tenor des zweiten Chors und strömt in immer reicheren
Harmonien des vollen achtstimmigen Satzes mit dem zwanzigsten
Takte einem Halbschlusse auf der Dominante von E moll zu. Sodann
wiederholen sich die Stimmeintritte des Anfangs, aber nur scheinbar,
weil das motivisch umgebildete Thema hierzu benutzt wird, dies gestattet einen andern Modulationsgang, und so münden die Töne bald
wieder in das eben beschriebene große innerliche *Crescendo* zurück
und wiederholen es noch reicher und schließen in breiter Pracht mit
dem 34. Takte ab.

Noch von einer zweiten Motette wird uns das Entstehungsjahr
angegeben. Es ist die über die Worte der Weisheit Salomonis 4, 7.
10. 11. 13 und 14 componirte: »Der Gerechte, ob er gleich zu zeitig
stirbt, ist er doch in der Ruhe« (fünfstimmig, F dur); diese soll nach
Philipp Emanuel Bachs Zeugniß aus dem Jahre 1676 stammen und
wäre also nur um vier Jahre jünger als die vorige [29]. Die Beziehun-

---

29) Das von Ph. Em. Bach herrührende Manuscript ist auf der Bibliothek
in Berlin; derselbe Künstler hat die Singstimmen mit Streichinstrumenten und
Orgel begleiten lassen, wie die eigenhändig von ihm angefertigten Instrumental-
stimmen beweisen. Herausgegeben ist die Composition von Naue (Heft I, 1),
hier mit Orgelbegleitung, ferner von Neithardt, *Musica sacra*, Bd. VII, Nr. 14.
Es wird dieselbe sein, welche Reichardt besaß, und deren Kraft und Kühnheit
er rühmte (s. Gerber, N. L. I, Sp. 207).

gen zur Kunst der Italiäner sind hier noch enger, und das deutliche Anklingen an eine schöne Motette Johann Gabrielis: *»Sancta Maria, succurre miseris«* dürfte schwerlich ganz zufällig sein. Besonders weist das tonleiterartig aufsteigende Motiv im letzten Satze bei Bach — bei Gabrieli vom 62. Takte an (vergl. auch Takt 37—39) — auf eine wirkliche Verwandtschaft hin, daneben auch Gestaltungen wie Takt 8—20 bei Bach, 24—27 bei Gabrieli, zudem die übereinstimmende Tonart und ähnliche Gesammtstimmung der ganzen Stücke, endlich mit freilich nur geringer selbständiger Beweiskraft, aber doch getragen durch die andern Aehnlichkeiten, der Eintritt der *proportio tripla* nach dem diminuirten *tempus imperfectum* bei Gabrieli wie bei Bach [30]. Daß trotzdem das Werk des deutschen Meisters von hoher Originalität sein kann, bedarf nicht erwähnt zu werden; daß es dies ist, lehrt jede Vergleichung. Ein Geist, der in großen Umrissen zu gestalten versteht, zeigt sich besonders darin, wie Bach die Fülle des Textes zu gliedern gewußt hat; das rundet sich so vollständig ab, und enthält doch einen solchen Reichthum contrastirender Einzelheiten, daß der Gesammteindruck ebenso beruhigend wie belebend ist. Unsäglich schön ist die Stimmung des ersten Abschnitts getroffen, der Glücklichpreisung des Edlen, welcher durch einen frühen Tod allen Kränkungen und Gefahren des »bösen« Lebens entrückt ist und zur ewigen Ruhe gekommen; die abwärts sinkenden Gänge versinnlichen mit der dem Meister eignen Plastik das Hinscheiden »des Gerechten«, aber es ist kein müdes Abfallen, wie das der welken Blume, voll und schwer sinken die Töne herunter, wie Regentropfen im Abendglanz funkelnd sich langsam von den Blättern lösen. Zu dem seligen Frieden dieses ersten Satzes steht der zweite im wirksamen Contrast, der in freudig belebtem Gange anhebt: »er gefällt Gott wohl und ist ihm lieb«, und durch eine Reihe verschiedenartiger Gedanken und Tonbilder unbeirrt hindurchwandelt. Auch

---

30) Das Verdienst, hierauf zuerst hingewiesen zu haben, gebührt Winterfeld, s. dessen Evangel. Kircheng. a. a. O. Die betreffende Motette des Venetianers Gabrieli steht in desselben Forschers Werke: Johannes Gabrieli und sein Zeitalter (Berlin, Schlesinger, 1834), III, 24—28. Man muß im Hervorsuchen von Aehnlichkeiten über so weite Zeitstrecken hinaus allerdings sehr behutsam verfahren, allein hier scheint mir in der That eine richtige Beobachtung gemacht zu sein.

hier ist wieder die »ausdrückende« Kraft des Componisten zu bewundern, die den durch die Worte bezeichneten sinnlichen Vorgang so
sicher im Tongebild wieder zu spiegeln weiß, wie es hernach nur
Händel, und in erhöhtem Maße, gekonnt hat. Man beachte nur den
Tonsatz der Worte: »und wird hingerücket« — wie sich das fort-
schwingt geradeswegs in den Himmel hinein! Und wie sodann die
Bosheit und Verkehrtheit der Welt in energischen Harmoniefolgen,
Vorhalten und Accentrückungen sich ausprägt, und nach diesem be-
ängstigenden und trüb ausklingenden Harmonienknäuel die hellen
Dreiklänge aufblitzen: »Er ist bald vollkommen worden, und hat
viel Jahr erfüllet!« Und nun folgt die vollständige Beruhigung des
bunten, leidenschaftlichen Drängens im letzten Abschnitt, der breit
und gesättigt, ein wahrhaft goldner Strom, dahin zieht. Das ihn
ganz beherrschende, kunstreich verarbeitete und mit immer größerer
Innigkeit hervorquellende Motiv strebt aus dem Dunkel der Erde in
lichte Regionen auf:

Es ist das dem Gabrieli entlehnte; aber was dort nur musikalische
Bedeutung hatte, gewinnt hier — und das ist Bachs Originalität —
musikalische und poetische zugleich.

Nimmt man einmal den so dehnbaren Begriff des »Romantischen«
in seiner ursprünglichsten Bedeutung und versteht darunter die Mischung von Elementen einer in sich vollendeten Culturperiode mit
neuen über ihre Gränzen hinaus nach dunkel geahnten Zielen stre-
benden Tendenzen, so paßt kein Wort auf Joh. Christoph Bachs Motetten besser, als dieses, ganz besonders auch hinsichtlich der Tonalität. Die alten Kirchentöne vereinigen sich in ihnen zuweilen mit
dem modernen Dur- und Moll-System in einer ganz undefinirbaren
Weise, und es entsteht eine gebrochene Beleuchtung, ein merkwürdiges Helldunkel, das diese Motetten manchmal als unleugbare
Stammverwandte der Schubertschen und Schumannschen Productionen erscheinen läßt. Schon die Schlußfuge der eben besprochenen
E moll-Motette mußte in dieser Hinsicht auffallen. Viel mehr aber
noch tritt der romantische Zug in zwei andern doppelchörigen Motetten hervor. Die eine derselben hat die Worte des alten Simeon
zur Grundlage: »Herr, nun lässest du deinen Diener in Frieden
fahren«[31]. Als Hauptton ließe sich, mit Rücksicht auf die hervor-
tretendsten Periodenschlüsse, allenfalls der aeolische aufstellen mit
plagalischem Anfang und Schluß. Daneben aber ist das Stück so
durchaus modern-harmonisch ausgeführt, und rundet sich, cyklisch
in den Anfang zurücklaufend, so ganz nach unserm jetzigen Formprincip ab, daß man eben so wohl sagen kann, es weise gar keine
Grundtonart auf. Neben den aeolischen Hauptwendungen berühren
wiederum sowohl dorische wie mixolydische Klänge das Ohr. Vor
allem aber zeigt sich das Schwanken zwischen altem und neuem
Tonsystem in der allgemeinen Weise, wie Bach harmonisch fort-
schreitet. Man muß diesen Ausdruck gebrauchen, da der Componist
durch das ganze Stück hindurch mit concertirenden Accordfolgen
operirt. Die Erhöhungen und Erniedrigungen einzelner Töne galten
den Alten als *Accidentia* — Zufälligkeiten, welche das Wesen der
Tonart nicht weiter beeinträchtigten, während sie bei uns den Charakter derselben theils schwankend machen, theils geradezu verän-

---

31) S. Anhang A. Nr. 6.

dern, und immer die verwandtschaftlichen Beziehungen eines Accords auf das wesentlichste beeinflussen. Für die alte.Anschauungsweise ist es unter Umständen gleichgültig, ob G moll und E dur unmittelbar auf einander folgen, oder G dur und E moll, für uns sind letztere beide Tonarten auf das nächste verwandt, dagegen erstere durch eine Kluft getrennt, die nur große Kühnheit überspringt. Bach erhöht und erniedrigt nun häufig nach alter, construirt aber Accordfolgen nach neuer Manier; hierdurch entstehen manchmal Reihen von Dreiklängen, welche geeignet sind, jedes Gefühl für eine Grundtonart in unserm Sinne aufzuheben. Die Tonwellen heben sich und sinken ab in wunderbar zitternder Beweglichkeit, sie schimmern und glitzern im seltsamsten Farbenspiele der Harmonien; sie gehorchen auch jedem Hauche, und illustriren oft den Wortausdruck durch modulatorische Wendungen von unerhörter Kühnheit, wie man sie bei Componisten der folgenden Generation, selbst bei Sebastian Bach, vergeblich sucht. Nach einem Abschlusse auf dem E dur-Dreiklange befindet sich z. B. Johann Christoph mit zwei Schritten in F dur : E moll-C dur-A moll-F dur, und gleich darauf vermittelst des C dur-Dreiklangs in G dur, ein andermal läßt er achtstimmig auf einander folgen: A dur - B dur - A moll - G dur (Terz-Quart-Sext) - C dur, und sofort weiter: A dur - B dur - F dur - C dur-F dur, womit die Periode abschließt. Ganz erstaunlich ist es, wie man trotzdem nicht das beklemmende Gefühl ziel- und planlosen Umhermodulirens erhält, sondern sich voller Ruhe dem sichern Führer anvertraut. Der Künstler schaut seine Idee im Ganzen mit solcher Klarheit, und gestaltet sie mit solcher Logik, daß man wohl ein träumerisches, duftumflossenes Bild erblickt, aber auch sogleich weiß, es sei eben dies das vom Schöpfer beabsichtigte. Man kann in der That, wenn man andre Stücke Joh. Christophs betrachtet, die eine bestimmt ausgeprägte Dur- oder Moll-Tonart aufweisen, keinen Augenblick zweifeln, daß ihm die Mischung zweier verschiedener Tonsysteme ein Mittel war, dessen er sich zur Erreichung bestimmter Zwecke mit bewußter Ueberlegung bediente. Dies stempelt ihn unbedingt zum Meister, trotzdem daß kein Dutzend seiner Vocal-Compositionen uns mehr erhalten ist. So wußte auch Sebastian Bach, wenngleich schon unter ganz veränderten Verhältnissen, die alten Kirchentöne als ein mächtiges Ausdrucksmittel frei zu handhaben: man denke

an die überwältigend großartige Benutzung der mixolydischen Tonart in der Cantate: »Jesu, nun sei gepreiset« [32]. Wie sehr aber dieses Mittel hier passend ist, wo es gilt, die Stimmung eines Greises,
der endlich die sichere Gewähr einer so lange ersehnten rettenden
Zeit gefunden hat, und dessen brechendes Auge in das strahlende
Morgenroth des neuen Tages blickt, zu erfassen und künstlerisch
allgemeingültig zu gestalten, fühlt ein jeder. Mit den Anfangstakten:

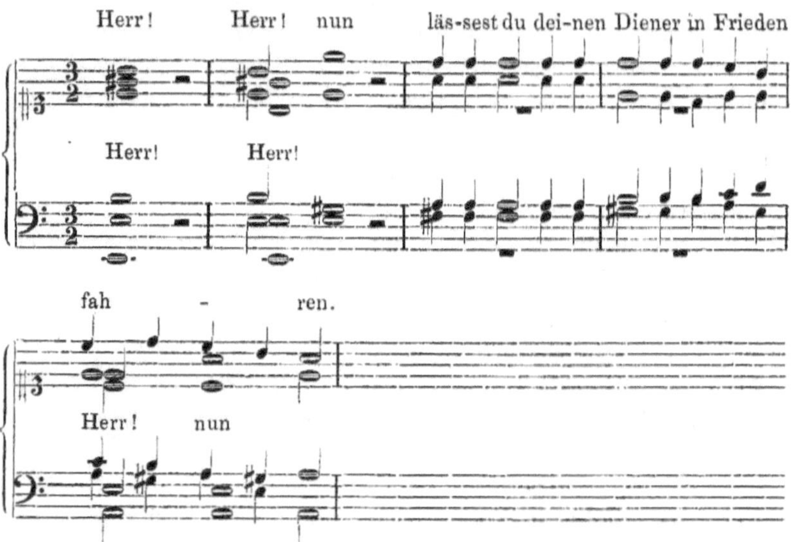

lösen sich die Chöre zuerst einander ab, und imitiren darauf einander
im Abstand von einem Takte. Sodann folgt eine außerordentlich
schöne, zum Theil oben schon erwähnte Stelle:

(das hierher gehörige Notenbeispiel auf der folgenden Seite.)

aus der sich übrigens auch zu ergeben scheint, daß die Motette mit
Instrumentalbegleitung gedacht ist (vielleicht nur einem unterstützenden tiefern Tonwerkzeuge), denn an jenen sich so überschwänglich
ausdehnenden F dur-Stellen, wo der Bass des ersten Chors unter das
liegende c des zweiten hinunter tritt, dürfte die volle Wirkung schwerlich ohne einen sechzehnfüßigen Instrumentalbass zu erreichen sein.

----

32) B.-G. X, Nr. 41. Besonders im Eingangschor sind die Stellen auf S. 6
und 7 und S. 18 von ganz unbeschreiblicher Erhabenheit.

Der weitere Verlauf ist bei der abnormen Beschaffenheit des Tonstücks schwer ohne fortlaufende Beispiele zu schildern, und eine le-
bensvollere Totalvorstellung, als der Leser sie vielleicht nach dem
Gesagten schon gewinnen mag, würde damit doch kaum erreicht.
Von überaus milder Majestät ist die langathmige Steigerung: »und

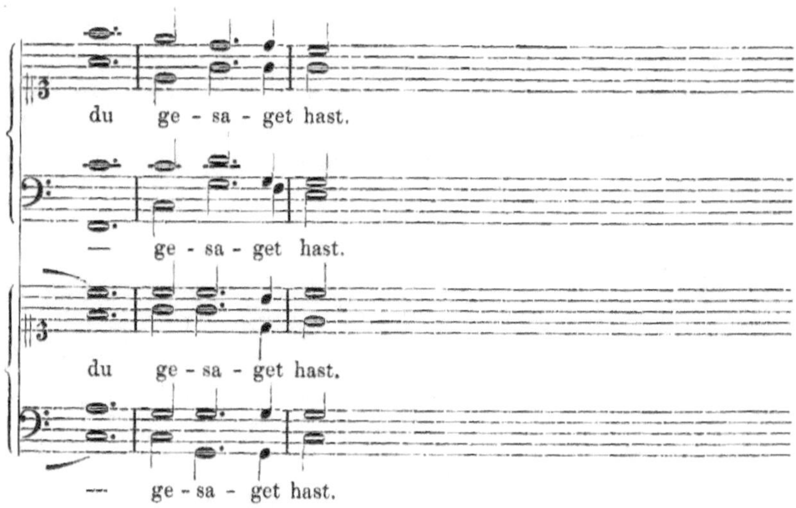

zum Preis deines Volks Israel«, die endlich im authentischen aeolischen Ton, wenn man so sagen soll, voll abschließt. Nun aber zeigt sich erst recht die formbildende Kraft des Künstlers. Er bringt zuerst die vollen 34 Takte des Anfangs noch einmal, gelangt so nach C dur, und hebt nun, tief Athem schöpfend, mit dem Anfangsmotiv wieder vom schattigen F dur-Dreiklange an, läßt noch einmal in Imitationen der beiden Chöre den Tonstrom voll hervorquellen, hebt sich zweimal zu dem herbsüßen Nonen-Accorde von D moll, oder wie man ihn damals noch genannt haben würde, da er auf der Terz ruht, Septimenaccorde, einer harmonischen Combination, die damals unter den deutschen Componisten beliebt zu werden anfing, und sinkt leise herab nach A moll, wie das Haupt eines Sterbenden auf die Kissen. Es ist nur wie das brechende Auge, dem beim letzten Blick in die Welt die Bilder verschwimmen und sich vermischen, und wie der letzte in den unendlichen Raum hinausgleitende Seufzer, wenn hiernach die Chöre hinüberschwanken auf den Dur-Dreiklang der Ober-Quinte und so die letzten Rufe: »Herr! Herr!« verschweben, halt- und stofflos, in denselben Tönen, mit denen der Meister das Stück begonnen.

Die andre, an Stimmung und Gestaltung verwandte Motette ist unter allen erhaltenen vielleicht die gewaltigste. Ueber den Worten

der Klagelieder Jeremiae 5, 15 und 16: »Unsers Herzens Freude hat
ein Ende, unser Reigen ist in Wehklagen verkehret. Die Krone unsers Haupts ist abgefallen. O wehe, daß wir so gesündiget haben!«
erhebt sich ein düster-großartiges Tonbild von nicht weniger als
225 Takten langsamer Bewegung. Als Tonart mag man die trans-
ponirt-dorische auffassen, welche, ähnlich der vorigen Motette, plaga-
lisch beginnt und schließt. Sebastian Bach hat seine Bewunderung
dieses Stücks dadurch an den Tag gelegt, daß er es zum Theil eigenhändig abschrieb [33]. Der Ausdruck sucht an Mannigfaltigkeit, Energie und ergreifender Innerlichkeit, die Bildung der Tonreihen an
kühner Plastik, das Ganze an hoher Formvollendung unter den besten Gattungsbeispielen sicher seines gleichen. Welch eine tiefe Klage
tönt aus diesem Anfange! :

Und weiterhin unter den schmerzlichsten Accenten welch edler Zug
der Melodie! :

---

33) Die Partitur ist auf der königl. Bibliothek zu Berlin. Daselbst befindet sich auch noch eine andre Abschrift von Pölchaus Hand. R. v. Hertz-
berg hat im 16. Bande der *Musica sacra* (Berlin, Bote und Bock) unter Nr. 18
das Werk herausgegeben.

Kein anderer Componist jener Zeit hätte im Austönen des Gedankens: »die Krone unsers Haupts ist abgefallen« — wie stolz und königlich hebt sich dies Motiv! —:

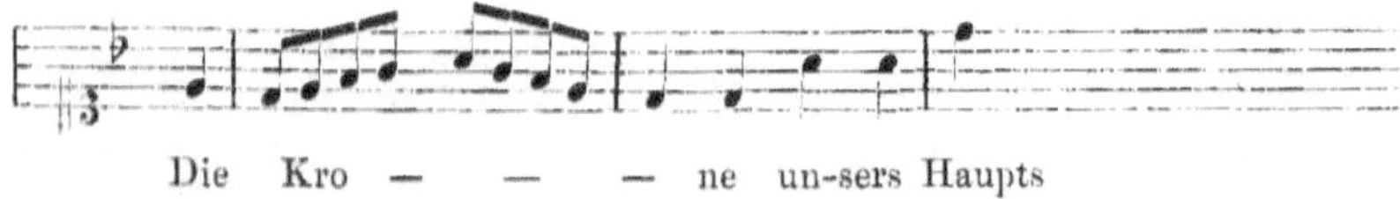

kein andrer hätte einen so langen Athem zu verwenden gehabt, denn 39 Takte werden dadurch ausgefüllt, kein andrer auch so plastisch das stolze Aufstreben und das zerknickte Niedersinken zu zeichnen vermocht. Als Forkel, der begeisterte Verehrer Sebastian Bachs, einst dessen Sohn Philipp Emanuel in Hamburg besuchte, welcher sehr viel auf seines Großoheims Werke hielt, ließ ihn dieser einige derselben hören. »Ich erinnere mich noch sehr lebhaft«, erzählt Forkel, »wie freundlich der damals schon alte Mann bei den merkwürdigsten und gewagtesten Stellen mich anlächelte.« Harmoniefolgen, wie diese:

waren allerdings auch 100 Jahre nachdem sie gesetzt waren, noch geeignet, Staunen zu erregen; am Ausgange des 17. Jahrhunderts waren sie ganz unerhört. Philipp Emanuel besaß eine um das Jahr 1680 geschriebene und jetzt verlorene Motette, worin Johann Christoph die übermäßige Sexte angewendet hatte, was Forkel mit Recht ein Wagestück nennt [34]. An sich war der Gebrauch des Intervalls wohl nichts ganz neues mehr, es findet sich schon in Carissimis Oratorium Jephta und in desselben Meisters »*Turbabuntur impii*« [35], aber doch beide Male im Sologesange, während Bach selbst im Chorsatze nicht davor zurückgeschreckt sein soll. Der Grundriß unserer Motette nähert sich viel weniger der damals in Ausbildung begriffenen Form der Dacapo-Arie, als vielmehr der modernen Sonatenform und darf deshalb wohl als das Ergebniß von Johann Christophs selbständigem künstlerischen Nachsinnen bezeichnet werden. Zwei klar von einander geschiedene große Theile zerfallen wieder je in einen Haupt- und Neben-Abschnitt. Der erste Haupt-Abschnitt setzt sich aus vier ausgedehnten Perioden zusammen (zu dreien derselben sind

---

34) S. den Nekrolog Seb. Bachs in Mizlers Musikalischer Bibliothek, Leipzig, 1754. Bd. IV, Th. 1, S. 159. Diese Nachrichten hat Gerber N. L. I, Sp. 206 und 207 etwas ausgeschmückt.

35) Zu dem ersten Falle s. Chrysanders Ausgabe der Oratorien von Carissimi, in den »Denkmälern der Tonkunst« II, 19 im vorletzten Takt (f-d͞is, denn so ist die Harmonie zu denken); das zweite Beispiel bei R. Schlecht, Geschichte der Kirchenmusik, S. 452, Takt 4 und 6, wofern die Angabe hier verläßlich ist.

oben die Motive angeführt), und endigt in G moll. Der erste Neben-Abschnitt beginnt mit der gleichfalls citirten Stelle: »O weh! daß wir so gesündiget haben!«, bildet in seinem ganzen Charakter den entschiedensten Contrast, und endigt im Halbschluß auf dem Dur-Dreiklang von D. Jetzt nimmt der zweite Theil seinen Anfang, wiederholt den Haupt-Abschnitt des ersten, läßt aber die Weherufe des ersten Neben-Abschnitts in den mannigfaltigsten Combinationen bald nebenher gehen, bald zwischenhinein dringen und beschließt in dieser von außerordentlichem Kunstverstand zeugenden Anlage gleichsam die Durchführung des Sonatensatzes und die Wiederholung des Hauptthemas zugleich. Nachdem wie im ersten Theile auf G moll geschlossen ist, tritt ganz regelrecht auch der Neben-Abschnitt (das Seiten-Motiv) wieder auf, und zwar dieses Mal mit wunderbar schöner Wirkung in B dur, und gestaltet sich erst vom fünften Takte wieder wie beim ersten Auftreten. Eine Coda von sechs Takten macht ein Ende.

Es sind noch zwei Motetten übrig, die wegen der in ihnen verwendeten Choral-Melodien eine abgesonderte Stellung einnehmen. Beide sind aber auch wieder unter einander verschieden. Oben wurde an einem Beispiele gezeigt, wie die von Hammerschmidt mit Vorliebe in seinen geistlichen Concerten angebaute Dialogen-Form auch auf die Motetten-Gattung übertragen worden war. Von dieser Art ist Joh. Chr. Bachs fünfstimmiges, in A moll stehendes Vocalstück: »Fürchte dich nicht«[36]. Der Alt, beide Tenöre und der Bass singen, gleichsam die Stimme Christi repräsentirend, die Bibelworte: »Fürchte dich nicht, denn ich habe dich erlöst; ich habe dich bei deinem Namen gerufen; du bist mein.« Dagegen intonirt später der Sopran den letzten Vers des Ristschen Liedes: »O Traurigkeit, o Herzeleid«, nämlich:

> O Jesu du,
> Mein Hülf und Ruh,
> Ich bitte dich mit Thränen,
> Hilf, daß ich mich bis ins Grab
> Nach dir möge sehnen.

---

36) Befindlich in einer Handschrift aus dem vorigen Jahrhundert auf der Amalien-Bibliothek des Joachimsthalschen Gymnasiums in Berlin, Bd. 116, erstes Stück. Die Handschrift, welche auch einen bezifferten Bass aufweist, ist leider keine sehr correcte.

Wenn er mit der vorletzten Zeile einsetzt, ertönen von der Stimme Christi die Worte: »Wahrlich, wahrlich, ich sage dir, heute wirst du mit mir im Paradiese sein.« Man sieht, es sind zwei verschiedene Individuen, welche dramatisch mit einander verkehren. Der Componist mußte also die vier untern Stimmen wie eine compacte Masse zusammenhalten, um sie dem Sopran mit der nöthigen Bestimmtheit gegenüber treten zu lassen, und wenn wir früher an Michael Bachs Choral-Motetten zu tadeln hatten, daß die übrigen Stimmen nicht immer mit gehöriger Freiheit gegen die Choral-Melodie contrapunctirten, so ist eine solche Forderung hier bis zu einem gewissen Grade durch die Anlage der Composition selbst abgewiesen. Im übrigen hat es Bach verstanden, den vierstimmigen Tonkörper auch in seinem Contraste zum Choral zu einem von innerlichem Leben ganz erfüllten Organismus durchzubilden, und somit auch in dieser Gattung ein wahres Meisterstück hingestellt. Die rein musikalische Disposition ist, wie wir es schon gewohnt sind, auch unter den hier vorwaltenden erschwerenden Umständen sicher, klar und meisterlich, sie bietet drei Theile. Zuerst führt der vierstimmige Chor durch 39 Takte seinen Bibelspruch allein durch; beginnend mit kraftvollen und ermuthigenden Ausrufen bringt er sodann über dieses Thema:

ein Fugato durch alle vier Stimmen, und läßt darauf bald zwei, bald drei, bald eine derselben auf dem Worte »gerufen« mit lang ausgehaltenen Accorden und Tönen mächtig hinausschallen, während unten das angeführte Thema mit einer kleinen zweckmäßigen Abänderung immer von neuem auftritt — eine in ihrer einfachen Größe an Händel erinnernde und seiner würdige Stelle. Hiermit schließt er auf C dur, der Ober-Mediante, ab und leitet mit einem über die Worte »du bist mein« gebauten Satze, der besonders durch Nachahmungen zwischen Alt und 2. Tenor interessant wird, nach A moll zurück. Dies der erste Theil, der zweite erstreckt sich bis zum Eintritt der vierten Choralzeile und enthält 24 Takte. Hier ist es nun bewunderungswürdig, wie die beiden poetischen Individualitäten auseinandergehalten sind, z. B. gleich dadurch, daß der Sopran, in den Schlußaccord des Chors einsetzend, die erste Zeile der Melodie ganz allein vorträgt, der Chor dann erst nur in kurzen Sätzchen und Ausrufen sich hineinschiebt, hernach zu seinen, dem Hörer schon bekannten Anfangs-Motiven und Gängen zurückkehrt, mit denen die Choral-Melodie so stark wie möglich contrastirt und sich doch in sie hineinschmiegt, als ob sie eigens dazu erfunden wäre. Dem dritten Theile, 30 Takte lang, ist mit feiner Ueberlegung die größte dramatische Bewegtheit aufgespart; auf die wiederholten Hülferufe des Soprans antworten ebenso eindringlich die untern Stimmen: »Wahrlich, wahrlich, ich sage dir« u. s. w. und verleihen dieser Erregung durch mannigfache Imitation unter einander auch die dem Gegenstande angemessene Innerlichkeit. Weitere Einzelheiten anzuführen müssen wir uns versagen; genug, daß des Meisters volle Eigenthümlichkeit auch in diesem Stücke niedergelegt ist. Vergleicht man es mit Sebastian Bachs Motette »Fürchte dich nicht!«, die großentheils über die gleichen Bibelworte gesetzt ist, und ebenfalls in ihrer zweiten Hälfte eine Choral-Melodie mit poetischem Gegensatze einführt, so wird klar, daß diesem Kunst-Ideale Sebastian auf einem ganz andern Wege beizukommen suchte, als Johann Christoph und seine geringeren Zeitgenossen, und daß der Zusammenhang jenes mit seinen Vorgängern in diesem Punkte nur ein ganz allgemeiner ist. Der ältere Bach faßte die beiden dramatisch contrastirenden Charaktere als zwei gleichberechtigte Mächte auf, und suchte dies Verhältniß allein durch die Mittel der Musik herzustellen; der jüngere hielt die Stimmen, welche Träger des Bibelspruchs sind, dem Choral gegenüber nicht nur in gleichem Maße, sondern allzu selbständig, indem sie unter sich eine vollständige, keiner Ergänzung bedürftige Fuge ausführen, deren ruhig ziehender Strom die aufschwimmenden Stückchen der Choral-Melodie ganz zufällig erscheinen lassen würde, wenn derselben nicht eine erhöhte, symbolische Bedeutung beigelegt wäre, welche mit ihrem rein musikalischen Werthe zunächst nichts zu schaffen hat. Dies aber ist, wie wir im folgenden Abschnitte sehen werden, die Anschauung, die für die selbständige Behandlung des Chorals auf der Orgel maßgebend wurde, und dieser durch das Mittel der Instrumental-Musik führende

Weg war es, auf dem Sebastian sich einer Kunstform näherte, welche Johann Christoph von ihren natürlichen poetischen Gesichtspunkten aus begriff.

Hatte es sich hier also um einen dramatischen Gegensatz der Persönlichkeiten gehandelt, so gilt es in der andern Choral-Motette nur einen lyrischen Gegensatz der Stimmungen, wie wir ihm ja schon in mehren Werken Michael Bachs begegneten. Diese Motette (zwei-, hernach einchörig, Fmoll) ist wohl von allen Compositionen des Meisters jetzt die bekannteste. Ihr Bibelwort ist: »Ich lasse dich nicht, du segnest mich denn«; in den zweiten Theil ist der Choral »Warum betrübst du dich, mein Herz« mit der dritten Strophe dieses Hans Sachs'schen Liedes eingewoben, und es ist mit solcher Vollendung geschehen, daß man die Composition für eine Seb. Bach-sche hat halten dürfen [37]). Es kam darauf an, mit selbständigen Motiven die Choralmelodie durchgehend zu contrapunctiren, und wie wenig geübt der unbeholfene Stil unserer damaligen Tonmeister im ganzen noch im Lösen solcher Aufgaben war, ist bei Michael Bachs ähnlichen Arbeiten schon bemerkt worden. Johann Pachelbel bearbeitete die fünfte Strophe des Chorals: »Was Gott thut, das ist wohlgethan«, welchen er einer ausgeführteren concertmäßigen Composition zu Grunde legte, allerdings glatt und fließend, aber schon deshalb doch ganz anders, weil dort kein Gegensatz von Bibelwort und Kirchenlied vorhanden ist, wodurch die Grundstimmung erst in ihrer vollen Tiefe hergestellt und andrerseits auch die ausgedehnteste Beherrschung der contrapunctischen Technik erforderlich wird. Von Sebastian Bachs ebengenannter Motette aber unterscheidet sich auch dieses Werk, abgesehen von dem dort vorhandenen dramatischen

---

37) Die königl. Bibliothek in Berlin bewahrt ein sehr altes Manuscript derselben, welches vielleicht Autograph ist. Veröffentlicht wurde sie als Werk Johann Christophs zuerst durch Naue (Heft III, 9) mit hinzugefügtem Bass; später bei Bote und Bock in Berlin, Breitkopf und Härtel in Leipzig und anderweitig. Der Irrthum wegen der Autorschaft stammt, so weit ich sehe, von J. G. Schicht her. Dieser gab die Motette als eine Composition Sebastians bei Breitkopf und Härtel heraus und hängte ihr auch in seiner eigenhändigen Abschrift (jetzt auf der königl. Bibliothek zu Königsberg in Pr. Nr. 13583) noch Strophe 7 und 8 desselben Sachs'schen Liedes an in einer von Sebastian Bach stammenden Harmonisirung, die auch, aber in Viertelnoten-Bewegung, von Erk mitgetheilt ist: J. S. Bachs Choralgesänge, I, 121.

Gegensatze, durch jene tiefgehende Differenz in der Richtung beider Meister: Sebastian gestaltet rein musikalisch, Joh. Christoph plastisch-oratorisch. Auch hier ist eine Vergleichung beider sonst ziemlich übereinstimmend angelegten Werke äußerst belehrend; dasjenige Sebastians ist freilich reicher und blühender, stützt sich aber wesentlich auf die Orgel, Joh. Christoph dagegen befindet sich noch auf dem Heimathsboden der Motette, dem Vocalstil, und läßt die Menschenstimmen mit ihrer größern Ausdrucksfähigkeit und ihrer ganzen poetischen Mitgift zu Recht kommen. Es giebt vielleicht kein zweites Werk dieser Zeit, in dem Richtungen, welche hernach diametral aus einander gingen, so friedlich bei einander beschlossen liegen, und was trotzdem auf der ganzen Höhe der Kunst steht. Die Behandlung des Chorals mit all ihren technischen und ästhetischen Consequenzen deutet auf den Weg Sebastian Bachs, die sprechende Tonbildlichkeit der musikalischen Hauptgedanken entschieden auf Händel. So versinnlicht gleich das erste Hauptmotiv der Choral-Contrapunctirung, das im Verlauf auch in umgekehrter Gestalt dienen muß:

einen dringend und inständig Bittenden, das zweite dagegen, zuerst im Alt, mit eng anschließenden Imitationen so auftretend:

nachher in reicher Weise motivisch umgebildet, wie z. B. Takt 18 im Bass:

zeichnet in seiner breiten Fülle mit gar nicht zu verkennendem Ausdruck die Gebärde jemandes, der feierlich und segnend die Hände

ausbreitet. Dabei sind doch alle rein musikalischen Anforderungen
in bewundernswerther Weise gewahrt. Wie meisterhaft gegensätzlich sind die beiden Motive gestaltet, und wie beherrschen sie, und
nur sie, den ganzen Tonsatz! Wie musikalisch angemessen neben
der poetischen Schönheit ist nach den kunstvollen Verschlingungen
jener dreitaktige Ruheplatz in der Mitte, wo die contrapunctirenden
Stimmen fast nur declamatorisch leise bewegt stille und schwärmerisch im Klangmeer ausruhen! Im übrigen gehört sicherlich diese
Motette unter des Meisters späte Compositionen. Die Harmonien-
Verknüpfungen, besonders auch im ersten, tief ausdrucksvollen
Theile derselben, sind wenn nicht kühner, so doch noch freier, geschmeidiger; die Melodie-Zeichnung ist noch individueller, so ist
z. B. die Septime as im 19. und 23. Takte des ersten Abschnitts,
welche der Sopran im freien Abwärtsspringen erreicht, ein für Chorcompositionen jener Zeit sehr neues Wagniß. Auch die Tonart F moll
ist in der zweiten Hälfte des 17. Jahrhunderts ungewöhnlich. Endlich trägt das Ganze mehr das Gepräge milder und dem Alter eigenthümlicher Beschaulichkeit, als jugendlicher Lebhaftigkeit oder
männlichen Nachdrucks, wenngleich ja nicht zu leugnen, daß dem
Johann Christoph wie seinem Bruder Michael ein Hang zum Sinnigen,
Träumerischen besonders eigen war. Wenn man die nunmehr insgesammt vorgeführten Vocal-Compositionen beider überblickt, wird
man diese überwiegende Neigung an der Wahl der Worte, wie in
der musikalischen Gestaltung leicht erkennen.

V.

Es wurde schon erwähnt, daß von den Instrumentalcompositionen
Johann Christophs und Johann Michaels noch weniger gerettet ist als
von den Vocal-Werken. In der That sind nur noch einige Trümmer
als Zeugen einer unzweifelhaft großen Thätigkeit geblieben. Der
Kunstzweig ist aber an sich so wichtig und gewinnt eine doppelte
Bedeutung in Hinsicht auf Sebastian Bach, daß wir mit allen mögli-
chen Mitteln suchen müssen, auch diese Seite der kunsterfahrenen
Brüder zu beleuchten.

Beide waren ihrem Berufe nach Organisten, und die Orgelkunst
bildete bis in die Mitte des 18. Jahrhunderts den unbestreitbaren Mit-

telpunkt aller Instrumentalmusik. Wenn dieselbe in Thüringen und Sachsen vorzugsweise blühte und sich endlich auch vollendete, so geschah dies, weil sie in dem protestantischen Choral ein Motiv fand, wie es für ihre Entwicklung nicht geeigneter gedacht werden konnte. Choralbearbeitungen sind es denn auch, mit denen zuerst ein mitteldeutscher Meister bahnbrechend auftrat, und, ob Zufall oder nicht, was uns von den Orgelcompositionen des Bachschen Brüderpaars erhalten blieb, sind ebenfalls Choralbearbeitungen. Die Orgelkunst, früher auf ausgeschmückte Uebertragung von Gesangscompositionen beschränkt, hatte am Ausgange des 16. Jahrhunderts mit Anfängen zur Bildung eines eignen Stils die ersten Knospen einer eigenthümlichen Blüthe angesetzt. In Italien hatte Claudio Merulo in der sogenannten *Toccata*, einem Tonstücke, was durch abwechselnde Verknüpfung glänzenden Laufwerks mit getragenen Harmonienfolgen den Klangreichthum der Orgel zu entfesseln suchte, eine wenn auch noch regellose und phantastische, so doch sehr entwicklungsfähige Form gefunden. In den Canzonen Joh. Gabrielis waren die ersten Schritte zur Entwicklung der Orgelfuge gethan, und der Niederländer Sweelinck hatte, wie es scheint, vorzugsweise durch Weiterbildung der Technik und ein großes Lehrtalent sich Ruhm erworben, durch gewandte und anmuthige Behandlung das Schwerfällige des Orgelstils leicht und geschmeidig zu machen gesucht. Ein Schüler des letzteren war der hallesche Organist Samuel Scheidt. Er hat in seiner *Tabulatura nova* (3 Theile, Hamburg, 1624) mit bedeutender Erfindungskraft den Choral in mannigfaltiger und orgelgemäßer Weise zuerst zu bearbeiten gewußt. Diesen frühesten Leistungen auf einem so weiten und neuen Gebiete fehlen natürlich nicht die Merkmale eines ersten Versuchs. Ein neuer Weg ist eröffnet und eine Fülle von Mitteln wird herbeigeschafft, um ihn zu ebnen, aber es mangelt noch die praktische Umsicht und Ordnung, welche ein jedes an seiner Stelle zu verwerthen weiß. Im Laufe des Jahrhunderts bildete sich für die Choralbearbeitung eine Reihe von bestimmten, in sich consequenten Formen heraus. Nur wenige und zwar die nächstliegenden finden sich bei Scheidt einigermaßen rein vor, hierhin ist das Verfahren zu rechnen, wenn Zeile für Zeile des Chorals motettenartig durchgearbeitet wird, und die nahe damit zusammenhängende Choral-Fuge, wobei sich Scheidt aber noch merklich an

den Vocalstil anlehnt [1]). Für die meisten übrigen Formen hat er
wohl die Motive aufzuweisen, aber er verwendet sie·in bunter Willkür an ein und demselben Gegenstande. So beginnt die Bearbeitung des ersten Verses der Melodie: »Da Jesus an dem Kreuze stund«,
aus dem ersten Theile der *Tabulatura nova*, mit einem Fugato über
die Anfangszeile, dann tritt diese selbst in der Oberstimme ein, während Bass und Alt sie canonisch führen; nach der zweiten Zeile findet sich ein freies Zwischenspiel, nach der dritten ein motivisches,
nach der vierten wieder ein freies. Pachelbel, Walther oder gar Sebastian Bach würden aus dieser Fülle von Formkeimen vier, mindestens drei verschiedene Bearbeitungen entwickelt haben. Ein anderes Mal behandelt Scheidt den Choral »Vater unser im Himmelreich«
(Th. I, erster Vers) so, daß er die erste Zeile praeludirend *in motu
contrario* einführt, aber schon zur fünften Note gesellt sie sich
in einer Unterstimme *in motu recto*, dann abermals nach vier Tönen
wieder *in motu contrario*, weiter nach demselben Zwischenraume in
der Oberstimme *in motu recto*, und endlich noch einmal in gleichem
Abstande im Tenor *in motu contrario*. Hiernach wird der Choral
ohne Unterbrechung im Sopran durchgeführt, aber zu jeder Zeile mit
neuen Contrapuncten. Es braucht kaum bemerkt zu werden, daß
bei einem solchen Allzuviel des Guten an Klarheit und einheitliche
Durchbildung nicht zu denken ist. Alles dies soll selbstverständlich
nicht das Verdienst des epochemachenden Meisters schmälern, der
geleistet hat, was zu leisten war, sondern nur seine geschichtliche
Stellung andeuten.

Ein ins Einzelne gehender Nachweis, wie sich nach Scheidt bis
in die zweite Hälfte des Jahrhunderts die choralbehandelnde Kunst
weiter bildete, wird hier nicht verlangt werden, und wäre auch von
mir jetzt nicht zu führen. Die Fortschritte scheinen aber zuerst langsam gewesen zu sein, und dies ist bei der Ungunst der damaligen
Zeiten leicht begreiflich. In Scheidts Wegen wandelte weiter der
wackere braunschweigische Organist und gesuchte Lehrer seiner
Kunst Delphin Strunck (1601—1694), ohne jedoch, nach den weni-

---

1) Beispiele sind die *Fantasia* über: »Ich ruf zu dir, Herr Jesu Christ« (Th. I,
fol. 239), der erste Vers von: *Veni redemptor gentium* (Th. III, fol. 119), der
erste Vers von: *Veni creator spiritus* (Th. III, fol. 179). Das letzte Stück ist
auch mitgetheilt von Winterfeld, Evang. K. II, Notenbeil. Nr. 214.

gen vorliegenden Compositionen zu urtheilen, in der fortlaufenden Behandlung des Chorals schon zu einem festen Kunstprincip durchzudringen. Vermuthlich ist jene motettenhafte Durcharbeitung der einzelnen Choralzeilen fleißig weiter cultivirt; von Johann Theile (1646—1724), einem ungefähren Zeitgenossen Michael Bachs, den man seiner großen Geschicklichkeit wegen den Vater der Contrapunctisten nannte[2], wurde z. B. der Choral: »In dich hab ich gehoffet, Herr« in dieser Weise gesetzt, vierstimmig und sehr gelehrt, da alle vier Stimmen selbständige Contrapuncte bilden, aber noch unerträglich steif[3]. Daneben muß sich frühzeitig der Typus der Choral-Fuge festgestellt haben, wenn wir einmal einen aus der ersten Choral-Zeile gebildeten Fugensatz, in dem am Ende häufig noch die zweite Zeile leise anklingt, so nennen dürfen. Hierher gehört Heinrich Bachs schon erwähnte treffliche Arbeit über »Christ lag in Todesbanden«. Ein Altersgenosse Johann Christoph Bachs, Johann Friedrich Alberti (1642—1710), Organist zu Merseburg, benutzte die Melodie zu: »Der du bist drei in Einigkeit« (*O lux beata trinitas*) für drei einander folgende Gebilde der Art[4]. Hier zeigt sich diese Form schon recht entwickelt, man rechnete ihn freilich auch zu den besten Meistern jener ganzen Zeit. Der erste Satz benutzt als Fugenthema nur die sechs Anfangsnoten im punktirten Rhythmus, der im Verlaufe noch einige Veränderungen erleidet. Die Stimmen werden, wie in allen Theilen, sauber und gewandt geführt, der Contrapunct steht allerdings meist Note gegen Note, aber nicht aus Ungeschick, sondern um für die folgenden Abschnitte ein Steigerungsmittel zu sparen; alterthümlich dagegen ist die auch im dritten Abschnitt wiederkehrende Engführung gleich am Anfang. Die Eintritte des Themas heben sich durch vorhergehende Pausen jedesmal deutlich heraus, außerdem bereiten kurze Zwischensätze noch besonders auf sie vor. In Semibreven bringt nun der zweite Vers als Thema die volle Anfangszeile, dazu kommt ein kurzes Contrasubject in Viertelnoten, was auch im doppelten Contrapunct auftritt. Das Thema erscheint nur viermal im ganzen, durch das bewegte Stimmgewebe

---

2) Adlung, Anl. zur mus. Gel., S. 184, Anm. m.

3) Veröffentlicht von G. W. Körner im »Orgel-Virtuos« Nr. 45.

4) Liegen mir in Walthers Handschrift vor. Vergl. Körners »Orgel-Virtuos« Nr. 65.

langgezogen und majestätisch hindurchklingend, zu längeren Zwischensätzen dient das Contrasubject, wie es auch stets das Thema in kunstvollen Nachahmungen begleitet. Endlich die dritte Strophe erhält ihre Steigerung dadurch, daß die Anfangszeile im $^3/_4$ Takt fugirt wird. Eine der zweiten Strophe ähnlich gehaltene Choralfuge über »Gelobet seist du, Jesu Christ« [5] ist von nicht geringerer Vortrefflichkeit; das Contrasubject wird zuerst allein durchgeführt, ehe es sich mit der Choralzeile verbindet, und besteht in einem abgerundeten Gedanken, so daß eine vollentfaltete Doppelfuge vorliegt.

Johann Christoph Bach ist nach seiner ursprünglichen Natur auch auf diesem Gebiete einen eignen Weg gegangen und hat denselben, so weit man jetzt noch urtheilen kann, nie verlassen. Die Folge war eine gleiche, wie bei den Vocalcompositionen: schon die nächste Generation verstand ihn nicht mehr und ignorirte ihn darum. Umfassende handschriftliche Sammlungen von Choralvorspielen, durch den Lexicographen Walther, den Amtsgenossen Sebastian Bachs in Weimar, eigenhändig angelegt, weisen auch nicht ein einziges Stück Johann Christophs mehr auf. Acht Bearbeitungen, zum Theil mehrsätzige, enthielt der im Besitz Gerbers befindliche Sammelband [6], welcher nach dessen Tode nebst der übrigen höchst werthvollen musikalischen Hinterlassenschaft durch die Nachlässigkeit der Erben spurlos zu Grunde ging. Ein glücklicher Zufall jedoch hat ein geschriebenes Heft mit 44 Choralbearbeitungen der Gegenwart gerettet. Sein Inhalt ist von dem Componisten zu einem bestimmten Zwecke angefertigt, und wenn der jetzige Titel der originale wäre, müßte das Werkchen auch durch Stich veröffentlicht worden sein [7]. Auf dieses werden wir unser Urtheil zu gründen haben.

---

5) Auch dieses Stück existirt in Walthers Handschrift.

6) Er spricht über ihn N. L. I, Sp. 208 und 209.

7) Ein etwa um 1700 gefertigtes Manuscript in klein Querquart, in meinem Besitz befindlich. Titel: »*CHORAELE* | welche | bey wärenden Gottes Dienst zum *Praeambuliren* | gebrauchet werden können | gesetzet | und | herausgegeben | von | *Johann Christoph Bachen* | *Organ : in* Eisenach. | « Unten rechts steht der jetzt unleserliche Name des Schreibers und Besitzers. Bachs Choräle bilden nur den Anfang des Buches, dann folgt von derselben Hand geschrieben noch eine Reihe andrer Choralstücke. Später hat das Buch öfter seinen Herrn gewechselt, deren jeder die Menge der noch leer gebliebenen Seiten zu füllen sich nach Kräften befliß. — Walthers Behauptung, es wäre nichts

Aber vorweg ist zu sagen, daß hier die Sache anders liegt, als bei seiner Thätigkeit als Gesangscomponist. Dort hatte er eine großartige Entwicklung hinter sich, auf deren breiter Fläche er sein eigenstes Wesen auseinanderfalten konnte, in der Orgelkunst bewegte er sich auf theilweise bebautem, halbdurchdrungenem Boden. Was er so in seiner Isolirtheit schuf, ist bei genauer Erwägung aller Verhältnisse weder seines großen Talentes unwürdig, noch steht es in Widerspruch mit dem Lobe, was ihm seine späteren Geschlechtsgenossen auch als Orgelmeister zu Theil werden ließen[8]. Aber einer allein kann nicht alles, und Johann Christoph ist ein schlagendes Beispiel, wie viel wir selbst in der deutschesten Kunstform, dem Orgelchoral, den Italiänern verdanken. Ideales Streben, Gedankenfülle, tiefsinnige Sorgfalt brauchten wir nicht von Fremden zu holen, aber der freie und in großen Formen wirkende Schönheitssinn mußte uns wenigstens gekräftigt und gestützt werden, um etwas meisterliches zu schaffen. Eine solche Hülfe kam auch bald vom Süden zugeströmt, aber Johann Christoph scheint sich ihr verschlossen zu haben, und so sind seine Leistungen nur ein Nebenschößling geblieben, dem Blüthe und Frucht versagt waren.

Ueber die Anforderungen, welche von Seiten der äußern Technik an eine Choralbearbeitung zu stellen seien, ist Bach nicht im Unklaren gewesen. Die Orgel mit ihren schallenden Massen von Zusammenklängen, die ein Einziger durch eigne Kraft erzeugt und nach eignem Willen fortbewegt, steht zu der alten Chor-Musik, diesem reich gewobenen Netze so und so vieler Stimm-Individualitäten, die niemals ganz Instrumente werden können, im denkbar größten Gegensatze. Sie auch vor allem hat die Umbildung aus dem ältern polyphonen in das neuere harmonische System herbeigeführt. Es erscheint vielleicht manchem befremdlich, ist demnach aber doch ganz naturgemäß, wenn auch die besten Meister zwischen 1650 und 1700 ein viel homophoneres Wesen, eine viel unbekümmertere Be-

---

von Joh. Chr. Bach gedruckt worden (Lexic., S. 64), ist also, nach jenem Titel zu schließen, unrichtig.

8) Die Bemerkung in der »Musikalischen Bibliothek« IV, 1, S. 159, daß er nie mit weniger als fünf realen Stimmen gespielt haben soll, ist aber eine jener mythischen Vergrößerungen. Von sämmtlichen 44 Choralstücken, die er doch auch selbst gespielt haben wird, ist nicht ein einziges fünfstimmig.

handlung der Stimmführung zeigen, als sich nach jetzigen Begriffen mit dem wahren Orgelstil verträgt. Gewiß verlangt der starre massige Ton zu seiner höchsten Idealisirung nicht nur äußerliche Beweglichkeit durch Laufwerk und Accord-Zertheilung, sondern innere Belebung durch Verdichtung zu musikalischen Individuen — was sind Melodien und Motive anderes? — und durch deren vernünftigen Verkehr unter einander. Aber dies ist immer erst ein Zweites, nicht, wie bei der polyphonen Vocalmusik, ein Erstes. Wir bewundern mit Recht den bis ins Kleinste belebten Organismus eines Seb. Bachschen Orgelstückes, aber seine die harmonischen Säulen umkleidende sogenannte Polyphonie ist nur ein schöner Schein. Es ist wie der gothische Dom mit seinen springquellartigen Pfeilergruppen, seinen blatt- und blumenumkränzten Capitälen: sie zaubern den Schein selbständigen Lebens vor die Phantasie, aber sie leben nicht, nur der Künstler in ihnen. Dieser principielle Unterschied kann nicht stark genug betont werden, ohne dessen Erkenntniß ist die ganze selbständige Orgelkunst und alles was mit ihr zusammenhängt, also Seb. Bachs gesammte Thätigkeit, nicht zu verstehen. Wenn daher Johann Christoph Bach die Kluft absichtlich weit aufriß, so zeigte er, daß er wußte, was zu thun war. Seine Stimmfortführungen sind oft ganz unkenntlich, rein nach harmonischem Bedürfniß treten bald drei- bald vierstimmige Accorde auf; in wenigen Fällen nur läßt sich erkennen, was für Pedal- oder Manual-Bass berechnet ist, und im Fugato trägt oft dieselbe Stimme, welche das Thema hatte, es gleich darauf eine Quinte tiefer noch einmal vor. Ueberall hat sich der Gedanke Geltung verschafft, daß die Ausführung eines solchen Stückes in der Hand eines einzigen Individuums beruhe. Aber nur äusserliche Concessionen machte Bach dem Instrumentalstil, dem innern Wesen der Choralbearbeitung für die Orgel blieb er fremd gegenüberstehen. Er hätte nun auch den Versuch wagen müssen, den Choral als selbständiges Motiv zum Kern eines freien Tonstückes zu erheben, er hätte sich von dem Gedanken losmachen müssen, seine Choralbearbeitungen in nothwendige Verbindung mit dem nachfolgenden Gemeindegesange zu setzen und sie im engsten Wortverstande als Vorspiele aufzufassen, die zur Hauptsache erst hinleiten sollten. Hieran aber dachte er nicht, und so konnten nur schwankende Gestalten ohne Mittel- und Schwerpunkt entstehen.

Sehen wir die Formen näher an, so wird in einundzwanzig Vorspielen die ganze Melodie durchgenommen, in zehnen nur ein Complex der ersten Zeilen, bei den übrigen dient die Anfangszeile in bereits bekannter Weise als Fugenthema, und die ergänzende zweite klingt gelegentlich an, oder tritt am Schlusse völlig auf, aber nicht fugirt. Bei Bearbeitung der ganzen Melodie hebt jedesmal auch ein Fugato der ersten oder der ersten beiden Zeilen an, die Eintritte werden wohl durch ganz kurze Zwischenspiele vorbereitet, die folgenden Zeilen dann gewöhnlich in engen canonischen Führungen durchgenommen, wobei gern ein Orgelpunkt zu Grunde liegt; oft aber findet sich auch Zerdehnung, motivbildende Zerlegung oder bald mehr bald minder charakteristische Umspielung der Haupt-Melodiezüge, dazwischen wieder bewegtere ganz frei erfundene Sätzchen. Von einer breiten motettenartigen Ausführung, die jeden Melodie-Abschnitt ruhig entwickelt, sind diese Stücke weit entfernt, es ist immer mehr das Totalbild des Chorals, was dem Componisten als Bearbeitungs-Gegenstand vorschwebt, die einzelnen Theile werden kurz und hastig abgethan, am Schlusse hat der, welcher die Melodie kannte, was hier immer vorausgesetzt wird, das Gefühl, als sei sie in Nebel gehüllt an ihm vorübergezogen. Die Contrapunctik ist meistens eine sehr einfache, Note gegen Note richtende, viel in Terzen und Sexten einherschreitende; das harmonische und orgelgemäße Princip wird oft wie mit Absicht betont, wenn er oben einen Accord aushalten, und im Bass dazu ein Fugenthema erklingen läßt. Man sieht recht wohl, der Componist ringt nach einer Form, und einige der durchweg nur mäßig langen Sätze, wie die Bearbeitung von: »Ich dank dir schon durch deinen Sohn«, die im $^3/_8$ Takt ohne Stocken dahin fließt, und doch den ganzen Choral in ihrem Spiegel auffängt, sind auch gelungen zu nennen. Auch darin, wie er oft die Melodiezeilen verschlingt, beim Erscheinen der einen contrapunctisch schon die andre erklingen, oder in der Schlußcadenz sofort einsetzen läßt, endlich die Harmoniewechsel durch Orgelpunkte zusammenhält, zeigt sich sein Formensinn. Aber er ließ sich durch einen außerkünstlerischen Umstand das Recht nehmen, ein Musikwerk nach den ihm innewohnenden Forderungen zu gestalten. Nun ist es das äußere Belieben, nicht ein inneres Gesetz, welches heischt, daß hier plötzlich eine Zeile in verdoppelten Notenwerthen auftritt, dort wenigstens in einigen ihrer Töne ausgedehnt wird, daß hier ein Melodie-Abschnitt umspielt erscheint, dort in seiner ursprünglichen Gestalt, daß grade in dieser Bearbeitung der Schluß in Passagenwerk verläuft, grade an jener Stelle ein längerer Zwischensatz eingeschoben wird[9]). Auch wenn wir ganz die großartige Consequenz eines Seb. Bach in solchen Dingen vergessen wollen, läßt es sich begreifen, warum schon Johann Christophs Mitlebende auf diesem Wege nicht weiter gehen mochten. Noch weniger Entwicklungsfähigkeit enthält die Bearbeitungs-Methode, nach der nur einige Zeilen des Chorals durchgenommen werden, obwohl hier der Componist zuweilen mehr Reichthum zeigt. Denn es ist weder die poetische Einheit des gesammten Choralgebildes vorhanden, noch die rein musikalische des Aufbaues aus einem Thema, und dies sind doch die beiden Säulen, an welchen sich die ganze Kunst des Orgelchorals emporrankte. In der dritten Gattung endlich, welche wir Choralfuge nannten, betritt er ein schon mehr angebautes Gebiet, und so sind denn auch seine Leistungen hier relativ die besten. Die Behandlung ist so leicht und ungezwungen, wie nur jemand schreiben kann, dem der Charakter seines Instruments völlig klar ist. Dabei erfüllen sie ganz den Zweck des »Praeambulirens«, und sind grade hinreichend leichten Inhalts, um den musikalischen Werth des nachfolgenden Gemeindegesanges nicht in die zweite Linie zu drängen. Die Mehrheit von ihnen bleibt nicht unter der Höhe, welche in der Lösung grade solcher Aufgaben das Jahrhundert erklimmen konnte, und in dieser Gattung hat nachweislich Joh. Christoph auch Nachfolger gehabt. Wären sie nicht zuweilen noch ungelenk in der Harmonie und von zu steifer Bewegung, so könnte man sie Muster nennen, natürlich nur für ihre Zeit. Nicht leicht läßt sich Bach nach dem gesammten Inhalte des Heftes unbefangen und richtig würdigen, und er selbst ist es, der durch die hohe Vollendung seiner Gesangs-Compositionen uns das Urtheil erschwert. Wer von diesen herkommend auf jene Choral-Vorspiele geräth, wird sich zuerst immer enttäuscht sehen. Der ganze Abstand einer hochentwickelten und einer erst unsicher

---

9) Eins dieser Stücke, was aber nicht zu den charakteristischsten gehört, ist veröffentlicht in G. W. Körners Praeludien-Buch, Bd. II, Nr. 2; eine Choralfuge über »Wir glauben all an einen Gott« bei Ritter, Kunst des Orgelspiels, Th. III, S. 3.

aufsteigenden Kunst tritt eben hier heraus, und ist dem modernen
Gefühl um so befremdender, weil wir uns längst gewöhnt haben,
die herrlichsten Früchte beider Richtungen, der vocalen wie instrumentalen, neben und in einander zu genießen. Auch die Vermuthung, es seien Jugendarbeiten des Meisters, weist schon genügend
der eine Umstand zurück, daß der Choral: »Liebster Jesu, wir sind
hier« sich unter den Bearbeitungen befindet. Dieses Lied wurde
aber erst im Jahre 1671 bekannt[10]), vor der Mitte desselben Jahr-
zehnts wird also die Sammlung schwerlich angefertigt sein, und hier
hatte Bach schon einige seiner herrlichsten Motetten geschrieben.
Die Dürftigkeit und Leere, welche zuweilen diesen vorzugsweise
dreistimmigen Harmonien eigen ist, darf nicht zu der Annahme verleiten, der Meister habe vielleicht für Anfänger, etwa seine eignen
musikalischen Söhne, absichtlich leicht geschrieben. Man wird wohl
glauben dürfen, daß er in ihnen nicht seine Virtuosität entfaltet hat,
aber zuverlässig nicht aus pädagogischen Rücksichten, sondern weil
der Charakter der Tonstücke, so wie er sie auszuarbeiten gedachte,
es nicht zuzulassen schien. Außerdem werden dieselben ja ganz
allgemein zur Verwendung während des Gottesdienstes empfohlen.
und dreistimmiger Satz war für solche Aufgaben auch noch später
gebräuchlich. Nichts anderes bleibt übrig, als zu sagen, daß er nicht
anders konnte, als wir es finden. Und wenn man bei einem so reichen, lebendigen Vocalcomponisten oft über harmonische Armuth
und rhythmische Lahmheit sich wundern wollte, so bedächte man
nicht den gewaltigen Abstand zwischen einer Chormasse, die selbst
bei geringer harmonischer Bewegtheit unendlicher Schattirungen und
Färbungen fähig ist, die auch Worte und Sätze durch musikalische
Declamation zu bewältigen hat — grade eine Hauptstärke Johann
Christophs! —, und der Orgel, die innerhalb eines Tones melodisch
nie, und rhythmisch nur ausnahmsweise lebendig werden kann, sondern beides durch Anreihung verschiedener Töne erzielt. Bach erkannte, es sei noch einmal gesagt, diesen Abstand in seiner vollen
Weite, und er, der für Menschenstimmen den Choral: »Warum betrübst du dich, mein Herz« so ergreifend schön zu contrapunctiren
wußte, konnte ihn für die Orgelpfeifen aus voller Ueberzeugung nur

---

10) Koch, Geschichte des Kirchenlieds I, 3, S. 355 (3. Aufl.).

so behandeln, wie er am Schlusse der besprochenen Sammlung sich findet, und man wird, besonders bei dem fleißig durchgeführten schmerzlich-chromatischen Motiv erkennen, wie er auch hier ganz bei der Sache war[11]). Daß er in dieser Kunstgattung nicht bahnbrechend wurde, daran ist seine in sich gewendete, den Einflüssen der Mitwelt abgekehrte Natur schuld. Wäre er anders gewesen, so hätten wir seine Motetten nicht. Was er aber sonst noch für die Orgel geleistet haben mag, ist, wenn nicht noch Proben davon wieder ans Licht treten, vermuthungsweise nicht zu bestimmen.

Von Johann Michael Bach liegen mir fünf Choralbearbeitungen handschriftlich vor, eine sehr geringe Zahl, aber doch genügend, um das Verhältniß zu seinem Bruder und zu seinen Zeitgenossen einigermaßen zu erhellen. Michael war neuern Einflüssen zugänglicher, wie er sich denn auch mit der gesammten Instrumentalkunst mehr beschäftigt zu haben scheint als Johann Christoph. Walther rühmt von ihm[12], daß er auch »starke [d. i. treffliche] Sonaten und Clavier-Sachen gesetzet«. Daher haben seine Sachen eine viel längere Lebensfähigkeit bewiesen, und noch in der zweiten Hälfte des 18. Jahrhunderts kannte man seine Choral-Vorspiele, wenngleich sie damals nicht mehr viel bedeuten sollten[13]. In dem erwähnten Gerberschen Sammelbande befanden sich nicht weniger als 72 fugirte und figurirte Choräle, deren manchem noch sechs, acht, zehn Variationen folgten. »Es herrscht nach dem damaligen Zeitalter eine große Mannigfaltigkeit und Abwechselung in diesen Vorspielen, und keins ist des Namens Bach ganz unwürdig.« Dieses im Anfange unseres Jahrhunderts geschriebene Urtheil Gerbers ist das Einzige, was von der Existenz derselben übrig geblieben ist; die mir vorliegenden vier Waltherschen Handschriften mögen um 1730 geschrieben sein. Um aber den Unterschied zwischen den Brüdern zu begreifen, müssen wir vor allem dem Manne einige Aufmerksamkeit schenken, der in den letzten Jahrzehnten des 17. Jahrhunderts einen so bedeutenden Fortschritt in der Orgelkunst vor allen andern hervorbringen half, und mit dem Thüringerlande wie mit dem Bachschen Geschlechte eng verknüpft war.

---

11) S. Beilage 1.
12) Lexicon, S. 64.
13) Adlung, Anleit. zur mus. Gel., S. 690.

Johann Pachelbel, geboren am 1. Sept. 1653 zu Nürnberg, bildete seine vortrefflichen musikalischen und nicht weniger hervorragenden allgemeinen Anlagen zuerst in Nürnberg, Altorf und Regensburg, war dann drei Jahre lang in Wien Organisten-Gehülfe an der Stephans-Kirche, und kam am 4. Mai 1677 als Hoforganist nach Eisenach. Hier blieb er bis zum 18. Mai 1678 und wurde darauf Organist an der Prediger-Kirche in Erfurt, wo nach Johann Bachs Tode (1673), wie wir sahen, einige Jahre Johann Effler fungirt hatte, der Vorgänger Michael Bachs in Gehren, den wir später unter den weimarischen Organisten noch einmal zu erwähnen haben werden. In Erfurt blieb er länger als an irgend einem andern Orte seines wechselreichen Lebens, erst 1690 zog er davon als Hoforganist nach Stuttgart, war 1692—1695 wieder im thüringischen Gotha und verbrachte den Rest seines Lebens (gest. 3. März 1706) als Organist an der Sebaldus-Kirche seiner Vaterstadt [14]. An zwei der Hauptsammelstellen der Bachschen Familie nach einander ansässig, hatte er volle Gelegenheit, mit dieser Künstlergenossenschaft in Berührung zu kommen. Sebastians Vater stand mit ihm auf so vertrautem Fuße, daß er ihn zum Pathen einer seiner Töchter und zum Lehrer seines ältesten Sohnes wählte, und die von Bernhard, dem Sohne des Aegidius Bach, noch erhaltenen Choralbearbeitungen sind durch und durch von Pachelbelscher Factur. Andere Beweise inniger Verbindung werden uns weiterhin entgegentreten.

Der wiederholt zwischen Süd- und Mittel-Deutschland wechselnde Aufenthalt ist auch auf die Kunst Pachelbels von wesentlichem Einfluß gewesen, indem er ihn verschiedene Richtungen in sich verschmelzen ließ. Die in Thüringen und Sachsen vorwiegend gepflegte Choral-Figurirung fand zwar in dem Gerüst der Kirchen-Melodie einen Plan vor, der für sie eine wenn auch oft mehr poetische, als rein musikalische Einheit herstellte, aber sie lief Gefahr, in der-

---

14) Mattheson hat sich (Ehrenpforte, S. 244—249) um die Feststellung der Lebensumstände Pachelbels, die durch Walthers Lexicon in arge Verwirrung gerathen waren, ein bedeutendes Verdienst erworben. Der Aufenthalt in Eisenach wird aber auch hier fälschlich auf 3 Jahre angegeben, während er genau 1 Jahr und 14 Tage währte, wie die Jahres-Rechnungen der fürstlichen Rent-Kammer zu Eisenach (jetzt im weimarischen Archiv) darthun. Pachelbel war zuerst mit einem Jahresgehalt von 40 Thlr., vom 1. Jan. 1678 mit 60 Thlr. jährlich angestellt.

selben zu sehr ins Kleine und Unzusammenhängende sich zu zersetzen. Italien und der von ihm direct beeinflußte Süden Deutschlands hatten mit dem jenem ersteren Lande eignen Sinne für einfache, große Formen, auf welche grade das Wesen der Orgel so sehr hinwies, und unter viel glücklicheren äußern Verhältnissen Mittel- und Nord-Deutschland in der Orgelkunst um ein bedeutendes überflügelt. Schon Frescobaldi, in der ersten Hälfte des Jahrhunderts Organist an der Peterskirche zu Rom, zeigt eine Höhe der Meisterschaft, die in gewissen Punkten, z. B. in der kunstvollen Contrapunctirung eines Cantus firmus von den katholischen Orgel-Meistern kaum später noch überboten sein dürfte. In der Toccate hatte man sich durch sorgfältige Pflege endlich eine Form herausgebildet, die so ziemlich alle Errungenschaften der Kunst in sich beschloß: Fugen, freiere Imitationen, glanzvolles Laufwerk und mächtig strömende Accordfolgen. Auf diesem Gipfelpunkte, den Georg Muffats großes und ausgezeichnetes Werk: »*Apparatus Musico-Organisticus*« (1690), sowie die von Joh. Speth veröffentlichte Toccaten-Sammlung [15] repräsentiren mag, war man am Ende des Jahrhunderts angelangt. Was noch weiter zu leisten war, das zu erreichen genügten die Kräfte der katholischen Orgelkünstler nicht. Denn ihnen hatte das Motiv des protestantischen Chorals gefehlt. Der gregorianische Gesang, den Frescobaldi mit hoher Trefflichkeit orgelgemäß behandelte, widerstrebte seinem ganzen auf den einstimmigen Vocalvortrag und die Kirchentöne gegründeten Wesen nach einer reicheren Entfaltung im neuen Tonsystem, durch welches doch eine volle Blüthe der Instrumentalmusik erst möglich wurde. Am protestantischen Choral dagegen, an diesen aus dem Herzen des Volkes herausgedrungenen Urweisen, sollte die Orgelkunst jenes Naturelement finden, was die romanischen Völker ihr nicht geben konnten, jenen lautern, unverfälschten Inhalt, der sie stärkend nach allen Richtungen durchdrang. Und nicht nur eine Fülle neuer melodischer Erfindung sollte aus ihm zuströmen, sondern an ihm und durch ihn bildeten sich ganz neue Kunstformen, entwickelte sich ein ungeahnter Reich-

---

15) »Organisch-Instrumentalischer Kunst-, Zier- und Lustgarten.« Augsburg, 1693. Theilweise wieder herausgegeben durch Fr. Commer: Compositionen für die Orgel aus dem 16., 17., 18. Jahrhundert, Heft V und VI. Leipzig, Geissler.

thum harmonischer Combinationen, eine ungekannte Geschmeidigkeit der Instrumental-Polyphonie. Pachelbel trug die Errungenschaften des Südens in das Herz Deutschlands hinüber, und bemächtigte sich der dort zubereiteten Elemente, um aus beiden ein Neues, Höheres zu schaffen. Nirgends auch mehr als in Thüringen konnte sein Genie so die geeigneten Männer finden, die ihm mit offenem Sinne und bedeutender Leistungsfähigkeit entgegen kamen, um seinen Bahnen sich anzuschließen. Von dieser Zeit ab ist der Schwerpunkt der deutschen Orgelkunst ganz entschieden nach Mitteldeutschland verlegt, der Süden fiel mehr und mehr ab, der Norden mit Dietrich Buxtehude an der Spitze bewahrte sich länger noch eine eigne Haltung und hatte auch eine eigene Art der Choralbehandlung ausgebildet, die aber an Mannigfaltigkeit und Tiefe weit hinter der mitteldeutschen zurückstand. Eine Pachelbel entgegengesetzte, ältere Erscheinung kennt die Geschichte schon in dem Hallenser J. J. Froberger, der freilich dem südlichen Geiste sich überwiegend assimilirte, auch, so weit sich jetzt sehen läßt, mit dem Choral nicht befaßte, aber dennoch bei den mitteldeutschen Orgelspielern, und auch noch von Sebastian Bach hoch in Ehren gehalten wurde. Wie sehr nun Pachelbel als südlicher Orgelmeister auf der Höhe seiner Zeit stand, beweisen am besten seine Toccaten; zugleich zeigen auch diese schon, wie in ihm ein kräftigerer, noch höher hinausstrebender Geist wohnte. Denn während er im allgemeinen ihren auf Glanz und Bravour und Entfaltung breiter Harmonie-Massen gerichteten Charakter unangetastet ließ, hat er sich doch von dem bunten Vielerlei an langsamen und bewegten, fugirten und nicht fugirten, einfachen und passagenreichen Sätzen, was sonst ihren Inhalt zu bilden pflegte, abgewendet. In stetiger Bewegung meist an einer oder einigen Figuren motivisch sich fortspinnend, rauschen die besten und größten seiner Toccaten dahin, gewöhnlich über wenigen langgehaltenen Pedal-Orgelpunkten. So ruht eine derselben nur auf C — 15 Takte, G — 14 Takte, wieder C — 17 Takte und baut sich in groß gedachter Weise aus diesem Motive auf:

Eine andre noch reicher strömende hat zuerst einen Orgelpunkt auf

C — 16 Takte, geht dann durch den $\frac{6}{5}$ Accord über Fis nach G, ruht

auf demselben durch 10 Takte, macht dann die Wendung F E A G, hat hier einen Orgelpunkt von 6 Takten, und schließt mit einem solchen über C — 6 Takte; die Bewegung der obern Stimmen ist zuerst in Sechzehnteln, steigert sich dann zu Sechzehntel-Triolen, endlich zu Zweiunddreißigsteln. Zwei weitere prächtige Stücke der Art sind eine Toccate in G moll und eine in F dur; erstere steht nur über einem 17 taktigen G und einem 20 taktigen D, worauf im Schlußtakt G wiederkehrt: zuerst fluthen die Oberstimmen in Terzen- und Sexten-Gängen brausend auf und ab, nachher tritt in gebrochenen Accorden und langsamer wallenden Harmonien die Beruhigung ein. Die letztere ist durch majestätische Anlage und stolz sich gipfelnde Thematik wohl die schönste von allen, in ihr haben wir den Vorläufer jener riesigen F dur-Toccate Sebastian Bachs [16]. — Auch eine Ciacona in D moll, deren Bass:

35 Mal wiederkehrt, hat dies breite stilvolle Wesen, wenn sie gleich an Geist und harmonischem Reichthum sich mit ähnlichen Arbeiten Buxtehudes nicht messen kann. — Auf dem Felde der Choralbearbeitung aber gebührt Pachelbel das Verdienst, unter die reichlich aber regellos aufschießenden Sprößlinge mitteldeutscher Orgelkunst Zucht, Ordnung und Veredlung gebracht und den Strom südlicher Schönheit in die Tiefe des deutschen Kunstempfindens geleitet zu haben. Der Fortschritt seit seinem Auftreten ist ein ganz auffälliger und auf den ersten Blick zu erkennender. Die Richtung, welche diese Kunstgattung zu nehmen hatte, war die aller ästhetischen

16) B.-G. XV, S. 154. Die beiden letzten Pachelbelschen Werke sind herausgegeben von Franz Commer, *Musica sacra* Bd. I, Nr. 136 und 128 (Berlin, Bote und Bock, früher M. Westphal). Die Nr. 48—144 dieser Sammlung sind sämmtlich von Pachelbel, die von Commer benutzten Vorlagen sind theils gestochen, theils geschrieben auf der Bibliothek des königl. Instituts für Kirchen-Musik in Berlin. Einiges andre ist noch von G. W. Körner in Erfurt herausgegeben im 340. Hefte des »Orgel-Virtuosen«, und im 1. Heft der Gesammtausgabe von Pachelbels Orgelcompositionen (nicht mehr erschienen). Mir liegt außerdem noch ein sehr reiches handschriftliches Material vor.

Formgebilde: sie sollte sich von dem zufälligen äußern Anlasse, der ihr das Dasein geschenkt, zu selbständigem Leben mehr und mehr entwickeln. Ursprünglich nur zur Einleitung in die Stimmung des kirchlichen Gemeindegesanges bestimmt, hatte sie auch nur im Zusammenhange mit diesem ihren Werth. Dem Hörer tönten einzelne Anklänge und Bruchstücke einer ihm bekannten Melodie entgegen, diese, für ihn mit der zugehörigen Poesie untrennlich verbunden, zogen seine Stimmung in einer bestimmteren Richtung fort, und ließen beim Anheben des Gesanges dieselbe zum vollen, klaren Gefühle erblühen. Auf zweierlei Weise zunächst konnte die Kunst hier ihre Rechte geltend machen. Entweder sie nahm einen hervortretenden Zug der Melodie, etwa ihre Anfangszeile, als Thema und baute darüber nach rein musikalischen Gesetzen ein Tonstück auf, dann bedeutete der Choral an sich nur den Stimmungs-Grund, in welchen das Kunstbild eingezeichnet wurde. Diese Weise lag am nächsten, schon der praktische Gebrauch führte darauf. Der Unterschied zwischen einer als Vorspiel gedachten Fuge, und einem aus dem Choral-Motiv gebildeten Kunstwerke ist nur der, daß jene nur im Zusammenhange mit dem nachfolgenden Kirchengesange ihre Bedeutung hat, dieses einen selbständigen Organismus darstellt, und deshalb auf Erschöpfung des thematischen Gehalts ausgeht, während jene nur andeuten soll. Oder aber man übertrug die volle Melodie auf die Orgel, faßte sie aber mit all den Eigenschaften, welche ihr im kirchlichen Leben als Trägerin einer religiösen Dichtung, als Mittel gemeinsamer Erbauung und als Bestandtheil des Cultus zukommen, und führte nun auf rein instrumentalem Gebiet eine Art von idealem Gottesdienst auf, dessen Mittelpunkt die Melodie bildete. Es ist klar, daß dies Verfahren an Allgemeinverständlichkeit sehr hinter dem andern zurücksteht, da man an die Melodie zu vielerlei appercipiren muß, was außerhalb ihres natürlichen Wesens liegt, und nur auf einer ganz bestimmten poetischen Grundlage hier die tondichterischen Intentionen hell hervortreten können. Aber für eine reiche und tief eindringende Entfaltung war ein unausmeßlicher Raum gegeben, und die subjective Religiösität jener Zeit fand in dieser Form eine unendlich viel reichere Gelegenheit, ihre geheimsten Regungen hineinzuweben und bis in die feinsten Spitzen zu verfolgen, als in der einfachen Klarheit des Gemeindegesanges. Die

Entwicklung dieses mit der Kirche so eng zusammenhängenden
Kunstzweiges geht ganz parallel der Umbildung des kirchlichen
Sinnes überhaupt, und je weniger man sich zu einem starken Gemeingefühl in kernhaften Kirchenliedern vereinigen mochte, desto
mehr mußten die Orgelchoräle sagen, was das Innere des Einzelnen
erfüllte. Daß dieselben praktisch auch als Vorspiele im Gottesdienst
verwendet wurden, ändert an dem innern Verhältnisse nichts. Wenn
nun die Choralmelodie den Kern einer solchen Tonandacht bilden
sollte, so mußte sie auch musikalisch als solche hervortreten; sie
mußte über allem schweben, alles an sich heranziehen, von sich alle
bewegenden Keime aussenden. Diese wiederum hatten die Aufgabe,
der Melodie Wesen in ihren verschiedensten Seiten zur Entfaltung
zu bringen, sich unter einander zu stets neuen, ahnungsvollen Far-
bentönen zu gruppiren, und, um alles zu vollenden, auch von dem
Inhalt der Dichtung durch ausdrucksvolle musikalische Gestalten
ein Bewußtsein aufdämmern zu lassen. Um dies alles zu leisten,
mußten sie sich mit größtmöglicher Selbständigkeit bewegen nach
dem Gesetze, daß, je freier der Dienende ist, um so geehrter der
Herrscher. Pachelbel gab zur Zeit seiner höchsten Reife (wahrscheinlich 1693 bei Johann Christoph Weigel in Nürnberg) acht
Choralbearbeitungen heraus, welche die Höhe seiner Leistungen in
diesem Fache bezeichnen können [17]. Die Mehrzahl derselben ist so
beschaffen, daß die Melodie in ihren getrennten Zeilenabschnitten
langsam und bedeutungsvoll in der Ober- oder Unterstimme hinzieht:
der Satz ist streng drei- oder vierstimmig, so daß jedesmal erst durch
den Zutritt der Melodie die reichste Harmonie entsteht, und dieselbe
hierdurch schon sich heraushebt. Eingeleitet wird jede Zeile durch
kurze imitatorische Sätze, welche ihren Stoff aus den Anfangsnoten
der Zeile nehmen, und so auf diese vorbereiten, aber in doppelter
oder vierfacher Verkleinerung, damit der Choral nicht vorher abgeschwächt werde, sondern sich auch rhythmisch bedeutungsvoll ab-
hebe. Das eigentlich contrapunctische Material wird aber nicht
daher genommen, sondern frei erfunden, doch werden eine oder
einige Figuren festgehalten, die durch gegenseitige Nachahmung
einander bedingen und forttreiben. Diese Stelle:

---

17) Fr. Commer, a. a. O. Nr. 48—55.

u. s. w.

aus dem Choral: »Wie schön leucht't uns der Morgenstern«, welche
die letzte Verszeile darstellt, wird die Sache verdeutlichen. Im
ersten Takte werden die drei ersten Noten der Melodie, f e d, vorbereitend angedeutet, dann tritt diese selbst im Pedale ein und die
Oberstimmen spielen imitatorisch darüber hin mit einer bei Pachelbel viel vorkommenden Manier; auch die parallel gehende Bewegung derselben hat er häufig — die höchste Stufe contrapunctischer
Freiheit ist eben noch nicht erreicht. Daß die Zwischenspiele mit
dem Contrapunct nicht desselben Stoffes sind, ist ebenfalls ein Mangel. Aber sonst ist der Fluß der Stimmen doch schon ein sehr zwang-
loser und geschmeidiger, dabei natürlich durch und durch orgelgemäßer, und wir wissen, daß er selbst von seinen Schülern eine
»cantable« Setzart forderte, was eben nichts andres bedeuten soll [18].
Auf den Inhalt des Melodietextes geht der Componist bei Bildung der
contrapunctirenden Themen gewöhnlich nicht ein, die pastorale, hei-

---

[18] Dies berichtet J. H. Buttstedt in seiner Schrift: »*Ut, Re, Mi* etc. *tota
musica et harmonia aeterna*« u. s. w. Erfurt 1716, S. 58.

tere Haltung derselben bei dem Choral: »Vom Himmel hoch« ist etwas vereinzeltes, und hier blieb dem Tiefsinn eines Sebastian Bach noch ein wenig bebautes Feld. — Diese Weise nun herrscht in den Pachelbelschen Chorälen so sehr vor, und wo sie sich bei seinen Zeitgenossen findet, da ist der Einfluß seiner Musik auch an so manchen andern Merkmalen erkennbar, daß man unbedenklich sagen kann, sie seien ihm darin gefolgt, und die ganze Weise als die seinige zu bezeichnen ein Recht hat. Denn wenn auch Ansätze dazu schon früher vorkommen, so ist er es doch gewesen, der mit überlegnem Talent und Formgefühl die zerstreuten Elemente zu einem wirklichen Kunstgebilde zusammengeschlossen hat. Weniger häufig, aber auch mit Meisterschaft, contrapunctirt er die Choralmelodie in fortlaufendem Zuge und ohne Zwischenspiele, wenn man nämlich, wie billig, diesen Namen nur in sich selbständigen, wenn auch noch so kurzen Gebilden giebt, nicht aber einer nur weiter gehenden und vielleicht einen Takt ausfüllenden Figur. Hierzu mag, um bei dem schon angeführten Choralwerke zu bleiben, die Bearbeitung von »Nun lob mein Seel den Herren« ein Beispiel sein [19]), welche auch deshalb merkenswerth ist, weil die Melodie in der Mittelstimme liegt, eine Aufgabe, an die man sich damals noch nicht gern wagte. Selten nimmt er den Choral so durch, daß die Oberstimme die Melodie colorirend umspielt, und zwischen den Zeilen motivische Zwischensätze ertönen; hierin steht er auch an Feinheit und Geschmack hinter Buxtehude und dessen Schülern zurück. Aber gesteigert hat er den Kunstwerth »seiner« Manier noch dadurch, daß er in einer Anzahl von trefflichen Arbeiten dem Chorale eine Fuge über die erste Melodiezeile voraufschickt. Man erkennt daraus, wie fest der Meister sein Ideal anschaute, den Choral mit all seinen kirchlichen Beziehungen zum Gegenstand rein künstlerischer Verklärung zu machen, und gleichsam als ein Naturschönes für seine Kunstthätigkeit anzusehen. Die vorangehende Fuge ist gewissermaßen das Praeludium, nur daß alles ungehinderter und reicher ausgeführt ist, und sie sich zu einer Choralfuge Johann Christoph Bachs verhält, wie das Ideal zur bloßen Wirklichkeit; ja man braucht nur Pachelbels eigne ausschließlich zum praktischen Kirchengebrauch be-

---

[19]) Commer, Nr. 50.

stimmten Choralfughetten zu vergleichen, um des ganzen Unterschieds inne zu werden. Die der Fuge nachfolgende Choralbearbeitung stellt sich dagegen mit allen dem Meister zu Gebote stehenden Mitteln als die Hauptsache dar. Die Melodie erklingt in verdoppelten Notenwerthen, oft im Bass mit majestätischen Octavenverdopplungen, und glänzende, ausdrucksvolle Figurationen ranken sich blühend an ihr hinauf. Einige der schönsten sind die Arbeiten über »Allein Gott in der Höh sei Ehr«, »Vom Himmel hoch«, »Nun komm der Heiden Heiland«[20], und »Christ lag in Todesbanden«[21], andre sind einfacher, aber nicht weniger trefflich. Ueber die alleinstehenden Choral-Kunstfugen braucht nun nicht mehr gesprochen zu werden, da sie ihrem Wesen nach gleich sind und nur selbständig abschließen[22]. Aber über die Fugenform an sich seien bei dieser Gelegenheit noch einige Worte erlaubt. Man nennt Frescobaldi ihren eigentlichen Erfinder, was wieder nur bedeuten soll, daß er zuerst die fugirte Spielweise nach festeren Kunstgrundsätzen verwendete. Die hohe Bedeutung dieses Meisters ist schon oben zugestanden, doch konnte sich die Form erst recht entfalten nach allgemeiner Durchdringung des harmonischen Systems, weil erst dieses den genetischen Zusammenhang zwischen Führer und Gefährten deutlich fühlbar und überhaupt einen aus rein tonlichen Mitteln hergestellten Plan und organischen Zusammenhang eines Instrumentalwerkes möglich machte. Erst dann bildete sich auch die Quinten-Fuge als unbedingt vollkommenste derartige Form aus allen den Canzonen, Capriccios und Fantasien heraus, mit welchen Namen man früher ohne erkennbaren Wesensunterschied alles fugirte zu benennen pflegte. Das Beste, was die späteren katholischen Orgelmeister in der Fuge geleistet haben, ist in ihren Toccaten enthalten. Die siebente Toccate aus Georg Muffats obengenanntem Werke schließt mit einer Fuge, in der nicht weniger als vier höchst anmuthig erfundene Themen sehr gewandt verarbeitet werden, auch in der zweiten, vierten, sechsten Toccate finden sich treffliche Fugen-Partien, die überall verstreuten frei imitirenden Sätze nicht gerechnet. Aber

---

20) Commer, Nr. 122, 143, 144.

21) Körner, Pachelbels Orgel-Compositionen, Heft I, Nr. 1.

22) Eine solche bei Commer, Nr. 53, bei Körner, a. a. O. Nr. 5.

der Abstand von der spätern mitteldeutschen Fugenkunst ist auch sogleich erkennbar. Die harmonische Stütze der Themen ist eine viel einfachere, man kann sie oft nur als Accorde, nicht als Contrapuncte bezeichnen, sie tragen die Motive viel mehr, als daß sie selbständig mit ihnen verkehrten. Wie wir wiederholt sagten, war es zur Entwicklung der Orgelkunst nothwendig, daß man sich vorher ganz im neuen Tonsystem festsetzte, dann aber drängte das Wesen der Orgel zu einer Polyphonie hin, die, wenngleich grundverschieden von der Vocal-Polyphonie des 15. und 16. Jahrhunderts, dieser doch ähnlich scheinen konnte. Alle Mittel nun, die zur Erreichung dieses Zieles die Orgelmeister aus der Behandlung des protestantischen Chorals gewannen, fehlen jenen südlichen Künstlern, nicht nur die Biegsamkeit der Harmonie, die Geschmeidigkeit und Freiheit der contrapunctirenden Stimmen, sondern auch das sichere, selbstbewußte Auftreten der Themen, die besonders bei Sebastian Bach sich immer vorstellen wie Individuen mit unvergeßlichen Gesichtszügen. Bei Muffat und andern haben sie in ihrem Auftreten etwas ängstliches, wagen sich nicht recht heraus, suchen an dem frühzeitig eintretenden Gefährten eine Stütze, und verlieren sich darum mit ihrem Ende gewöhnlich in die allgemeine Phrase. Auch hängt hiermit zusammen, daß eine bestimmte Stimmenanzahl nicht immer durchgeführt wird, oder die Stimmen oft nur nach harmonischem Bedürfniß einsetzen und pausiren. Pachelbel zeigt nach dieser Seite hin einen ganz bedeutenden Fortschritt, besonders in dem plastischen Heraustretenlassen der Themen wandelt er schon ganz in dem Wege Sebastian Bachs und Händels, die Contrapunctik ist manchmal schon recht belebt, oft freilich auch noch steif und wenigsagend. Folgendes Beispiel kann alles veranschaulichen [23] :

---

23) Die ganze Fuge findet man bei Commer Nr. 124. Daselbst auch noch eine Anzahl anderer.

Pachelbel bildete in Thüringen eine Menge von Schülern, sowohl durch directe Unterweisung als durch indirecte Anregung. Zu ersteren gehörte J. H. Buttstedt (1666—1727), seines Lehrers Nachfolger an der Predigerkirche in Erfurt, und durch den Streit mit Mattheson wegen dessen »neueröffnetem Orchestre« weniger vortheilhaft bekannt, aber ein tüchtiger Meister seines Instruments und bemerkenswerther Componist von Orgelchorälen und auch Fugen [24]). Ferner Nikolaus Vetter (geb. 1666), der noch 1730 als Organist in Rudolstadt wirkte, und seinem Lehrer ebenfalls Ehre gemacht hat. Weiter standen in mehr oder minder nahem Verhältniß der jung verstorbene Andreas Armstroff (1670—1699), Organist in Erfurt, der magdeburgische Organist Johann Graff (gest. 1709), und von der nachfolgenden Generation wandelten in seinen Bahnen an hervorragenderen Persönlichkeiten Georg Fr. Kauffmann (1679—1735), ein Schüler Buttstedts, der geistvolle hallesche Organist Gottfried Kirchhoff (1685—1746), und vor allem Johann Gottfried Walther in Weimar (1684—1748). Sein Einfluß machte sich nach und nach durch ganz Thüringen und Sachsen fühlbar, und so auch dem Bachschen Geschlechte, das ihm in dem ältesten Bruder Sebastians einen Schüler gestellt hat, vielleicht auch in dem nachmaligen Eisenacher Organisten Bernhard

---

24) Seine veröffentlichten Vocalcompositionen, welche Walther anführt, habe ich in Erfurt vergeblich gesucht. Es wäre der Mühe werth, wenn sie wieder ans Licht kämen.

Bach. Im übrigen war es jedoch innerlich zu selbständig, um sich ganz und gar einer von außen gebrachten Richtung hinzugeben, dies war ja eben der Grund, weshalb es später noch ein Höheres und Umfassenderes leisten konnte. Ja bei Johann Christoph Bach, der doch eine Weile mit Pachelbel in Eisenach zusammenlebte, ist auch nicht einmal irgend welcher Einfluß erkennbar, eher dürfte es umgekehrt sein. Aber Michael Bach hat sich Pachelbels Weise zu Nutze gemacht, und es weisen auch einige Anzeichen auf ein persönliches Verhältniß beider Künstler hin.

Die fünf erhaltenen Orgelstücke Michael Bachs also behandeln die Choräle: »Allein Gott in der Höh sei Ehr«, »Wenn mein Stündlein vorhanden ist«, »Nun freut euch, lieben Christen g'mein«[25], »In dich hab ich gehoffet, Herr«, und »Dies sind die heilgen zehn Gebot«. Die letzten beiden sind ganz in der oben beschriebenen, Pachelbelsch zu nennenden Weise. Da auch Johann Christoph, und Pachelbel selbst den Choral »In dich hab ich« bearbeitet haben, so kann man an der Vergleichung sehen, wie jener in biegsamer und melodischer Contrapunctirung hinter den beiden andern zurückbleibt. Nur die Anfänge der drei Bearbeitungen mögen hier neben einander stehen:

---

25) Die Bekanntschaft mit diesem verdanke ich Herrn Musikdirector Ritter in Magdeburg; es steht im Mannheimer Orgel-Journal I, Heft 7, und stammt von Ch. H. Rinck, dem Schüler Kittels, her.

Im dritten Stück contrapunctirt Michael Bach die fortlaufende Choralmelodie recht schön und fließend, bemüht sich auch, bestimmte Figuren fest zu halten, und schickt dem Ganzen eine kurze Fugirung der ersten Zeile voran. Die beiden erstgenannten Choräle zeigen keine ganz
klar herausgearbeitete Form, sind unsicherer und unvollkommner.
Der zweite von ihnen führt die Anfangszeile dreistimmig einmal durch,
schließt nach einem kurzen Zwischenspiel die zweite unfugirt an, in-
terludirt wieder zwei Takte und bringt nun den Cantus firmus beider
Zeilen im Pedal, aber nicht in verdoppelten Notenwerthen. Darnach
folgt die erste Zeile des Abgesanges einmal imitirt, dann die zweite,
welcher das Pedal canonisch nachgeht, und ebenso abschließend die
dritte. Die erste Zeile des Abgesanges tritt also im Pedal gar nicht
auf, das Stück hat keinen Mittelpunkt und keine Ordnung. Wenn
man Pachelbels Arbeit über die gleiche Melodie daneben hält, der,
wie er es liebt, dem vollen, reich figurirten Chorale eine Choralfuge
voran gehen läßt, so scheint es, als habe Michael Bach diese in nicht
ganz glücklicher Weise nachgeahmt. Und wenn Pachelbel einmal
den Cantus firmus nicht in vergrößerten Noten einführt, so weiß er
ihn doch durch andere Mittel, z. B. reichere Figurirung, plastisch

hervorzuheben [26]); auch dies hat Michael Bach unterlassen. »Allein Gott in der Höh« endlich ist derart angelegt, daß immer eine Zeile fugirt auf dem Rückpositiv vorgetragen wird, und darauf diese Zeile, zuweilen mit der folgenden vereint, auf dem Oberwerk in ganz einfachen vierstimmigen Harmonien eintritt. Dies ist aber auch keine centrale Gestaltung, denn was durch kunstmäßige Mittel hervorgebracht werden müßte, soll hier nur durch Klangwechsel erreicht werden, oder wenn durch den einfachen Choralsatz der Gemeindegesang angedeutet werden soll, so ist die Bedeutung eines kirchlichen Vorgangs mißverständlich auf das ideale Kunstgebiet übertragen, wo ganz andre Werthschätzungen herrschen. Mit der bloßen Copirung der Wirklichkeit ist es nicht gethan. Noch bei dem um funfzehn Jahre jüngern Zachau, dem Lehrer Händels, findet sich ähnliches in Bearbeitungen von »Was mein Gott will, das g'scheh allzeit«, »Erbarm dich mein, o Herre Gott«, »Vater unser im Himmelreich«. Michael Bach stand also mit solchen Mißgriffen nicht vereinzelt da.

Wenn soeben die Vermuthung geäußert wurde, als ob Joh. Christoph Bachs eigenthümliche Größe nicht ohne Eindruck auf Pachelbel geblieben wäre, obgleich dieser als Orgelkünstler ja den ältern Meister weit übertraf, so gründet sich dieselbe zunächst auf eine Behandlung des Chorals »Warum betrübst du dich, mein Herz«[27], wo Pachelbel mit der erwähnten Arbeit gleichen Gegenstandes, die Joh. Christophs Choralsammlung beschließt, eine kaum zufällige Uebereinstimmung zeigt. Bach umspielt bei der ersten Einführung die sechste und siebente Note der Melodie durch eine punktirte Achtelfigur, an deren Stelle er aber im Verlauf eine chromatische Figur setzt, um das »betrübte« Herz anzudeuten. Eine solche Umspielung findet sich auch sonst bei ihm, wogegen Pachelbel bei fugirten Sätzen die Melodiezeile unverändert zu lassen pflegt. In der genannten Bearbeitung hat er die Umspielung aber ebenfalls, führt sie consequent durch die ganze Choralfuge und verleiht ihr dadurch größere Berechtigung. Noch mehr, auch das chromatische Motiv ist von ihm

---

26) Man vergleiche z. B. Nr. 134 bei Commer.

27) Herausgegeben von Körner, Orgel-Virtuos, Nr. 340. Es giebt noch eine andre, ebenfalls sehr schöne Bearbeitung von ihm mit C. f. im Bass, die aber, soviel ich weiß, noch nicht veröffentlicht ist.

angewendet, doch nicht im Thema, sondern als Contrasubject; derartige Andeutungen des Liedinhalts in der Choralfuge sind sonst ebenfalls seine Gewohnheit nicht. So nimmt die ganze Arbeit, wie sie zu des Meisters schönsten gehört, auch eine besondere Stellung unter ihren Gattungsverwandten ein[28]. Gestützt auf dieses Resultat ist nun vielleicht noch eine weitere Vermuthung erlaubt, daß nämlich Pachelbel durch Joh. Christophs Sammlung von Choralpraeludien zu einem ähnlichen Unternehmen angeregt sei. Er hatte, wohl zunächst zum häuslichen Gebrauche, eine Reihe von 160 Choralmelodien mit beziffertem Basse in ein »Tabulaturbuch« zusammengetragen und der Hälfte derselben kurze Choralfugen als Vorspiele beigefügt[29]. Diese sind nun ganz desselben Charakters, wie die Bachschen Arbeiten: kurz, leicht die Oberfläche streifend und so für den Gesang der Gemeinde passend vorbereitend; nur zeigt sich, wie zu erwarten, ein freieres und flüssigeres Wesen als bei Bach. Und was besonders merkenswerth ist, auch zu dem Liede: »Warum betrübst du dich, mein Herz« findet sich eine Choralfuge, und zwar ebenfalls mit der punktirten Umspielung. Sollte diese Ansicht das Richtige treffen, so ist klar, mit wie wenig Recht man von andrer Seite behaupten konnte, Bach habe selbst in der vocalen Chormusik von Pachelbel gelernt[30]. Daß dies bei dem 12 Jahre ältern, in sich abgeschlossenen Bach gegenüber dem bildungsempfänglichen, viel gewanderten Pachelbel schon an sich sehr

---

28) Auf Pachelbel fußend hat dann Walther die Melodie behandelt mit reichlicher Chromatik in rechter und Gegen-Bewegung und mit colorirtem C. f.

29) »TabulaturBuch | Geistlicher Gesänge | D. Martini Lutheri | und anderer Gottseliger Männer | Sambt beygefügten Choral Fugen | durchs gantze Jahr | Allen Liebhabern des Claviers componiret | von | Johann Pachelbeln, Organisten zu | S. Sebald in Nürnberg | 1704. «« Manuscript in Querquart auf der großherzogl. Bibliothek zu Weimar, aber nicht Pachelbels Autograph. Für das Werk interessirte sich Goethe und schickte es am 27. März 1824 an Zelter, der es nach acht Tagen mit einer für ihn selbst wie für das Buch charakteristischen Beurtheilung zurücksandte (Briefwechsel zwischen Goethe und Zelter, III, 423 bis 426). Erschöpfend hat es Winterfeld beschrieben (Ev. K. II, 636—642), der auch fünf Choralfugen daraus mittheilt. Die zu den Melodien: »In dich hab ich gehoffet, Herr« (fol. 84 b) und »Erhalt uns, Herr, bei deinem Wort« (fol. 130 b) gesetzten sind aber nur abgekürzte größere Choralarbeiten.

30) Winterfeld, Ev. Kircheng. III, 429.

unwahrscheinlich, leuchtet ein. Man braucht aber auch nur eine
Motette des letztern durchzusehen, um die factische Unrichtigkeit
dieser Behauptung bewiesen zu finden. Zwischen den freundlichen,
wohlklingenden Weisen Pachelbels und den gedankenschweren,
kühnen Gestaltungen Bachs ist so gut wie gar keine Verwandtschaft.
Wenn aber die Ueberlieferung besteht, daß Pachelbel »die Kirchenmusik vollkommener gemacht«[31], so bezieht sich das zuverlässig auf
seine concerthaften (d. h. mit obligaten Instrumenten gesetzten)
Vocalstücke, und besonders auf die Verwendung des Chorals darin.
Hier konnte ihm die durch seine Orgelcompositionen erworbene Technik treffliche Dienste leisten, und er hat sie in geschickter Weise für
den Vocalstil zu benutzen gewußt, auch in dieser Hinsicht der directe
Vorgänger Seb. Bachs. Seine Cantate über das Rodigastsche Lied:
»Was Gott thut, das ist wohlgethan«, wovon die Melodie wahrscheinlich ihm ebenfalls angehört, ist ein sehr merkenswerthes Beispiel für
den Stand der Kirchenmusik um die Wende des 17. Jahrhunderts[32].
Man irrt sich jedoch, wenn man ihn für alleinstehend hält mit solchen
Arbeiten. Wir werden im Verlaufe Cantaten von Buxtehude kennen
lernen, die Pachelbel wenigstens an Innigkeit und Geist noch über-
treffen. — Uebrigens liefert zu seiner Thätigkeit als kirchlicher Vocal-
Componist vielleicht noch die Dur-Melodie zu »Wo soll ich fliehen hin«:

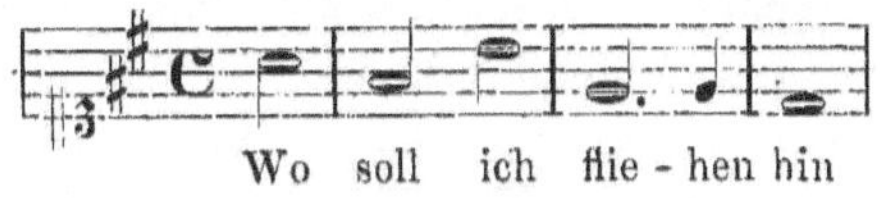

einen Beitrag. In jener Zeit muß sie entstanden sein, sie findet
sich in Pachelbels Tabulatur-Buche, ist hier mit einer Choralfuge
versehen, und späterhin auch von Joh. Gottfr. Walther mit besonderer Hingebung bearbeitet, was bei dessen großer Verehrung für
Pachelbel sehr ins Gewicht fällt. Wäre dieser ihr Schöpfer[33], so
besäßen wir daran eine Handhabe, um auf ein vertrauteres Verhältniß zwischen ihm und Michael Bach zu schließen, denn Bach

---

31) Walther, Lexicon, S. 458. Mattheson, Ehrenpforte, S. 247.
  32) Theilweise mitgetheilt von Winterfeld, a. a. O. II, Musikbeilage,
S. 196—200.
  33) Was auch Winterfeld a. a. O. II, S. 639 schon vermuthet hat.

hat die damals noch wenig bekannte Weise seiner Motette: »Das
Blut Jesu Christi« eingewoben. Es ist gleich noch ein anderer Umstand zu erwähnen, der ein solches Verhältniß ziemlich sicher bezeugt;
durch ihn bestärkt sich die Vermuthung, daß die Verwendung in der
Motette eine freundschaftliche Aufmerksamkeit sei, und wird zu
einem weitern Wahrscheinlichkeitsbeweise für Pachelbels Urheber-
schaft der Melodie.

Pachelbel hatte bei seiner Vielseitigkeit nicht nur der Orgel und
dem Clavier (er soll zuerst die Form der französischen Ouverture auf
dieses übertragen haben), sondern auch andern Instrumentalgat-
tungen seine Thätigkeit zugewandt, unter anderm der Sonate. Man
muß zwei Arten derselben unterscheiden, die weltliche, bei Tafelmusiken gebräuchliche, und die Kirchen-Sonate. Letztere ging in
der Regel einem kirchlichen Vocalstücke voran, ihr eigentlicher
Begründer ist Joh. Gabrieli. Natürlich hat die Form mit unserer
modernen Sonate nichts gemein. Es war ein vielstimmiges Instrumentalstück, bei dem es hauptsächlich auf Entfaltung voller und
schöner Harmonien ankam, weniger auf Durchführung eines bestimmten Themas; gern wurden die damals in der Kirche gebräuchlichen Tonwerkzeuge: Geigen, Zinken, Posaunen, einander chor-
weise gegenüber gestellt. Abgesehen von dem immer klareren
Heraustreten der neuen Tonarten hat sich das Wesen der Kirchen-
Sonate durch das ganze 17. Jahrhundert nicht durchgreifend geändert. Allerdings gewann in den letzten Jahrzehnten die Lullysche
Ouverturen-Form, welche auf einen breiten, oft mit glänzenden
Passagen verzierten Einleitungssatz langsamen Zeitmaßes ein feurig
bewegtes Fugato folgen läßt, einigen Einfluß. Denn wenngleich
schon Hammerschmidt einen ähnlichen Gegensatz anwendete, lange
ehe Lully seine epochemachenden Ouverturen geschrieben hatte [34],
so ist doch bei späteren Componisten die contrastirende Zweitheilung
oft zu absichtsvoll und scharf, als daß man hier die Anwendung
eines bewußten Formprincips verkennen könnte [35]. Aber vielfach

---

[34] S. die Instrumentaleinleitung zu dem *Dialogus*: »Wer wälzet uns den
Stein von des Grabes Thür« im 4. Thl. musikalischer Andachten Nr. 7.

[35] Ich nenne hier außer Buxtehude, von dem später die Rede sein wird,
Philipp Heinrich Erlebach (1657—1714), Capellmeister in Rudolstadt, und
dessen: »Gott geheiligte Singstunde« (Rudolstadt, 1704), enthaltend zwölf Kir-

begnügt man sich auch jetzt noch mit einem ruhigen, harmonie- und
bindungsreichen Satze, und wenn ein lebhafteres Tempo (oft im
ungeraden Takte) folgt, so ist es doch keineswegs immer fugirt,
sondern zeigt eben so oft nur einige freie Imitationen. In dieser
Weise ist die Sonate gestaltet zu Joh. Christoph Bachs Kirchenstück:
»Es erhub sich ein Streit im Himmel«, in jener, freilich ohne ein
Muster geworden zu sein, die Einleitung zu Michael Bachs oben be-
sprochener Cantate. Und ebenso ist auch jetzt noch die Gegenüberstellung verschiedener Instrumentenchöre beliebt. Nachzuweisen,
wie Sebastian Bach sich zur Kirchen-Sonate stellte, wird am passenden Orte unsere interessante Aufgabe sein. Wenn wir lesen, daß
Pachelbel zweichörige Sonaten geschrieben habe, so dürfen wir dies
seiner Lebensstellung nach wohl von Kirchensonaten verstehen und
wissen also, was darunter zu denken ist. Aber auch mit der weltlichen
Instrumentalcomposition, nämlich der Serenata, hat er sich befaßt.
Abendmusiken jener Zeit wurden entweder mit vocalen und instrumentalen, oder nur mit instrumentalen Mitteln veranstaltet. Daß für
letztern Fall eine besondere Kunstform existirte, ist höchst unwahrscheinlich: man spielte eine Reihe von Tänzen und Märschen auf.
Von Pachelbel wird aber berichtet, daß er »eine Serenate« componirt
habe, und da sie zugleich mit seinen Sonaten erwähnt wird, so mag
sie ähnlich angelegt gewesen sein, nur heiterer und belebter. Diese
Serenate nun stand in einer sehr nahen Beziehung zu Michael Bach,
und wurde ihm selbst vermuthlich bei irgend einer Feierlichkeit gebracht. Denn er revanchirte sich Pachelbel gegenüber bei passender
Gelegenheit mit einem ähnlichen Stücke, und beider Meister Werke
sollen von solcher Trefflichkeit gewesen sein, daß Buttstedt noch
lange nach ihrem Tode darauf verweisen, und sie in ihrer Art über die
Lullyschen Ouverturen stellen konnte [36]. Michael Bachs Thätigkeit

---

chenmusikstücke mit einleitenden Sinfonien. Ihm wurde auch ausdrücklich eine
bedeutende Meisterschaft in Behandlung der französischen Ouverture nachge-
rühmt, s. Buttstedt an der Stelle der folg. Anm.

36) J. H. Buttstedt in der angeführten Schrift, S. 87 und 88, sagt: » — — zu
meines seel. Lehrmeisters Herr *Pachelbels*, 2. Chörichten *Sonaten*, *in specie*
dessen *Serenate*, Johann Michel Bachs *Revange* und dergleichen, wird vielmehr
Kunst erfordert« (nämlich als zu den Ouverturen). Es scheint also, daß Bach
sein Stück »Revange« (Revanche) genannt habe, worin zugleich äußere Veranlassung und Zweck desselben angedeutet ist. Ueber Thüringen hinaus ist es

als Sonatencomponist ist oben schon berührt, hier kam es vor allem
darauf an, das Bestehen eines intimeren Verhältnisses zwischen ihm
und Pachelbel möglichst wahrscheinlich zu machen. Da Sebastian
Bach durch seine erste Heirath aufs engste mit Michaels Hause verknüpft wurde, in welchem auch nach seinem Tode die Erinnerung
an den Freund fortleben mußte, und dessen Compositionen gewiß
besonders hochgeschätzt und vielleicht in reichlicherer Fülle bewahrt
wurden, so ist es von weitertragender Bedeutung.

Weder von den gerühmten Sonaten noch den Clavier-Compositionen Michael Bachs ist mir irgend etwas zu Gesicht gekommen.
Von Joh. Christoph Bach liegen drei Variationenwerke für Clavier vor.
und zu dem Eisenacher Meister, von dem wir ausgingen, zurückkehrend, wollen wir die Darstellung der musikalischen Thätigkeit
des Brüderpaars beschließen. Das Clavier spielte lange Zeit der
Orgel gegenüber eine untergeordnete Rolle, mit der es, besonders
als Clavicembalo, in der Biegungsunfähigkeit des Tones und der
Anwendung verschiedener Tastaturen ziemlich verwandt war. Aber
der schnell verhallende Klang brachte doch auch das Cembalo wieder in Gegensatz zu der Orgel, und beim Clavichord war ein solcher
in der Nüancirungsfähigkeit des wenngleich schwachen Tones noch
stärker gegeben. Während nun in der ersten Hälfte des 17. Jahrhunderts Orgel- und Claviermäßiges nicht geschieden wurde, und —
ich denke an Scheidts *Tabulatura nova* — man der Orgel oft Dinge
zumuthete, die sie nicht zu leisten brauchte, so bildete sich in der
zweiten Hälfte desselben ein besonderer, vorzüglich auf die Eigenschaften des Cembalo gegründeter Clavierstil aus. Sein Wesen beruht auf einer gesteigerten Beweglichkeit der Tonreihen, wodurch
die mangelnde Tonausdauer verhüllt und, so gut es ging, ersetzt werden mußte. Für einen solchen Stil war die figurirende, von Scheidt
schon angebaute Variation eine sehr geeignete Form. Ein Tonsatz
von einfacher Construction mit klar hervortretender, behältlicher
Melodie, eine Arie, Sarabande, ein Choral wurde als Thema aufgestellt und durch Figurationen der rechten Hand so umspielt, daß
die Spitzen der Melodie gestreift wurden, oder melodisch leicht um-

---

schwerlich bekannt geworden, zu unserm Schaden, denn sonst hätte es sich
vielleicht eher erhalten. Mattheson, der doch eine ziemliche Literaturkennt-
niß besaß, wußte nichts davon, s. dessen »beschütztes Orchestre«, S. 221.

gebildet, daß die wesentlichen Züge immer erkennbar blieben. Abwechslungsweise trat dann auch eine laufende Figur in der linken Hand ein, und oben wurde das einfache Thema vorgetragen. Dabei verließ man die rhythmischen Grundverhältnisse des Themas nicht; war es zweitheilig, so mußten dies auch die Variationen sein, und enthielt jeder Theil acht Takte, so fanden sich diese auch in den Veränderungen wieder. Choräle wurden besonders gern hierzu benutzt, und so mußten die damals Lebenden wohl noch manchmal das leichtfertige Figurenwerk auch auf der Orgel hören. Buxtehude machte sogar aus dem schön-ernsten Choral: »Auf meinen lieben Gott« durch Variationen eine ganze Suite zurecht, mit Sarabande, Courante und Gigue, wo die Melodie sehr geschickt festgehalten ist trotz der verschiedenen Taktarten und des wechselnden Charakters der Tanztypen [37]. Solche Arbeiten wurden sicher ohne alle Frivolität nur aus Freude am Tonspiel unternommen. Eine reiche Erfindungskraft in dieser Gattung bewies vor allen Georg Böhm an der Johanniskirche in Lüneburg, ein jüngerer Zeitgenosse Joh. Christoph Bachs, und gleichfalls Thüringer, der auch, wie wir sehen werden, Sebastian Bach in diese Kunst einführte. Auch von Buttstedt, selbst von Pachelbel liegen derartige Arbeiten vor [38], ab und an stahl sich aus dem benachbarten Orgelgebiete eine künstlichere und tiefsinnigere Combination hinüber. Die Benennungen waren Veränderung, Variation, Partie, Partita, bei Chorälen auch wohl nur Vers, indem man es liebte, soviel Variationen zu machen, als das Lied Verse hatte, aber ohne erkennbare Rücksicht auf den jedesmaligen Text. Diese leichtbeschwingten, oft höchst anmuthigen Gebilde hatten für die Kunstentwicklung den höheren Zweck, daß sie einmal der Ausbildung der Fingergeläufigkeit dienten, und dann in einer Fülle von Figurationen und geschmeidigen Wendungen ein Material beschafften, dessen sich eine spätere Generation zur Erreichung der höchsten Ziele der Claviermusik bedienen konnte. Einer erheblichen Vertiefung war diese Variationenform nicht fähig, deshalb ging Seb.

---

[37] Mattheson ist also im Unrecht, wenn er (Vollkommener Capellmeister, S. 161) sich die Erfindung zuschreibt, durch rhythmische Veränderung aus Choralmelodien allerhand Tänze zu machen.

[38] Pachelbel gab 1699 in Nürnberg ein Werk heraus, *Hexachordum Apollinis* genannt, welches sechs Arien mit Variationen enthält.

Bach in seinen Goldbergschen Variationen auch davon ab zu einer frei-motivischen Behandlung des Themas, und Beethoven, Schumann, Brahms wurden darin seine Nachfolger; die bloße Figural-Variation hat daneben freilich üppig fortgewuchert bis in die neuere und neuste Zeit.

Joh. Christoph Bachs zwölf Variationen über eine Sarabande aus G dur [39] sind Bildchen voll von Geist und Grazie. Die Sarabande besteht aus drei sämmtlich zu repetirenden Theilen, der erste zählt acht Takte, die beiden letzten zählen je vier; diese echoartige Wiederholung zwei so kurzer Perioden führt auf die Vermuthung, daß der Componist für ein Cembalo von zwei Clavieren geschrieben hat, auf denen die Theilchen abwechselnd gespielt wurden. Es fehlt nicht an feinem harmonischen Gewürz, gleich daß das Thema mit dem Sextaccorde anfängt (nur so kann man die Harmonie verstehen, obgleich das kennzeichnende E nachschlägt), ist eine Chr. Bachsche Kühnheit. In der Schluß-Variation kommt gar diese Accordfolge vor:

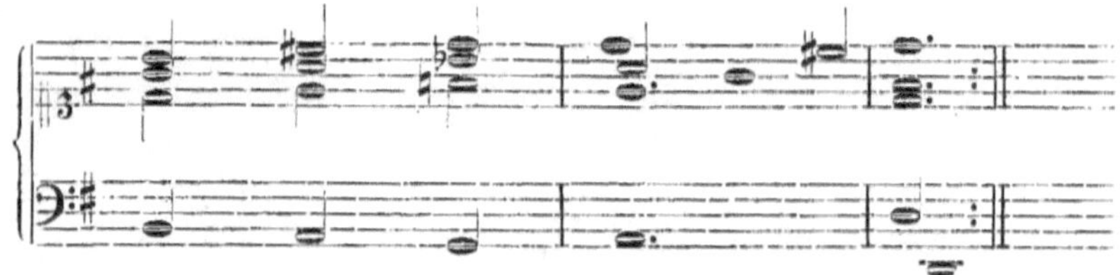

Die erste Variation hat eine umspielende Achtelfigur in der rechten Hand, die zweite einen schön fließenden Achtel-Bass, die dritte giebt durch eine anmuthige kleine Umbildung der Melodie einen neuen Charakter, in der vierten wechselt die Achtelbewegung Takt um Takt in beiden Händen ab, von der fünften an treten Sechzehntel auf, dazwischen sind aber als Contrast auch wieder ruhige Variationen gestreut, so z. B. die sechste, welche in ihrer überschwänglichen chromatischen Harmonik einen Buxtehude verwandten Zug hat, die elfte Variation hat wieder Achtel, die letzte schließt ganz ruhig im breiten $^3/_2$ Takt. Sebastian Bach scheint das Werkchen gekannt und geliebt zu haben, in seinen A moll-Varia-

---

39) Handschriftlich auf der königl. Bibliothek zu Berlin.

tionen findet sich manches ähnlich gedachte, und der Anfang der dritten Goldbergschen Variation[40] scheint eine Weiterbildung von J. Chr. Bachs vierter zu sein:

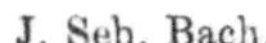

Da nun in ziemlich erkennbarer Weise die herrliche vierte Variation in Beethovens Claviersonate Op. 109 in Sebastian Bachs Composition ihre Wurzel hat, so ließe sich damit der indirecte Einfluß Joh. Christophs bis auf die moderne Zeit darthun. Beethoven verehrte sehr Sebastian Bachs Clavierwerke, und eine solche Weiterbildung hat nichts ungewöhnliches. Reminiscenzen an ihn stoßen besonders in den früheren Claviersonaten häufiger auf.

Ueber eine Arie des damaligen Capellmeisters zu Eisenach, Daniel Eberlin, die etwas wie ein Schlummerlied zu sein scheint und in Es dur steht, sind funfzehn Variationen vorhanden. Manche derselben, welche die Melodie wie einen Cantus firmus bald ruhiger bald bewegter contrapunctiren, haben etwas orgelmäßiges; sehr hübsch macht sich die Melodie in der elften Variation als Tenor, und die neunte bildet ein Seitenstück zur sechsten der vorigen Reihe, aber die Anwendung der Chromatik ist noch verwegener und giebt der Harmonie einen seltsam berauschenden, an modernste Erzeugnisse von Schubert und Schumann erinnernden Ausdruck.

---

40) B.-G. III, 266.

Es wäre darauf zu wetten: Niemand würde bei sonstiger Unbe-
kanntschaft mit der Instrumentalmusik des 17. Jahrhunderts heutzutage ahnen, daß diese Variationen im Jahre 1690 componirt sind;
eher könnte wegen ihrer weichen Süßigkeit auf Mozart gerathen
werden, der ja auch mit wunderbarer Ausdruckskraft chromatische
Wendungen und Motive zu gebrauchen wußte. Was die Figuration
betrifft, so zeigt sie sich nicht sehr mannigfaltig, wenngleich durchweg anmuthig, auch die Gruppirung der Variationen ist ziemlich
dieselbe, wie die des ersten Cyklus. Daß nach dieser Seite hin Joh.
Chr. Bachs Talent nicht gravitirte, bestätigt ebenso das dritte
Werkchen: funfzehn Variationen über eine zweimal viertaktige Arie
in Amoll, welches alle liebenswürdigen Eigenschaften der andern
beiden theilt, ohne uns jedoch etwas wesentlich neues zu lehren.
In einigen Variationen überwiegt wieder der Orgelcharakter: in der
siebenten, wo zwischen den ruhigen Viertelgang der übrigen Stimmen in den Tenor ein schöner Sechzehntelstrom gegossen ist, in
der achten, wo dasselbe für den Alt geschieht, in der zwölften,
welche den Cantus firmus in den Bass verweist. Die Contrapunctirung ist meisterlich und läßt den Verlust wirklicher bedeutender
Orgelcompositionen desto mehr beklagen. Uebrigens sind hier die
Anklänge an Sebastian Bachs Amoll-Variationen noch viel auffälliger und werden schwerlich vom Ungefähr herstammen [41].

Daß Joh. Chr. Bach die Gattung noch weiter gepflegt hat, ist
anzunehmen, kann aber auch bewiesen werden. Gerber besaß ein
Heftchen, enthaltend eine Arie in Bdur mit Variationen, in der
vierten war der Abschreiber stecken geblieben, das Heft aber wohl
auf zwanzig berechnet [41]. Das ist nun alles verloren gegangen,
aber die Arie läßt sich aus andrer Quelle wieder beibringen. Sie ist
in dem »Geistreichen Gesangbuche«, das 1698 zu Darmstadt erschien,
dem Liede Neanders »Komm, o komm, du Geist des Lebens« beigefügt und von dort in das Freylinghausensche Gesangbuch überge-

---

41) Von dem zweiten und dritten Variationenwerke besitze ich die Auto-
graphe. Vor dem Thema des zweiten steht: »*Aria Eberliniana* | *pro dormente
Ca* | *millo,* | *Variata d Joh* | *Christoph* Bach. *org* : | *Mens. Mart.* ao. 1690. | «
Das dritte trägt nur rechts oben den Namenszug :» *J: C: B.*« Beide Autographe
sind in Kleinquart und sehr sauber geschrieben.

42) Gerber, N. L. I, Sp. 209.

gangen. Später gebrauchte man sie auch zu dem Liede der Gräfin Ludämilia Elisabeth »Jesus, Jesus, nichts als Jesus«. Da unbekannt ist, zu welchem, vermuthlich weltlichen Liede sie ursprünglich gehörte, läßt sich über den Werth dieser einfachen Tonreihen kein abschließendes Urtheil fällen. Als Choral-Melodie ist sie nicht besser und schlechter, als die meisten jener Zeit. Daß sie aber Joh. Christophs eigne Erfindung sei, dürfte kaum bezweifelt werden, da doch sonst, wie bei der Es dur-Arie, etwas über ihren Ursprung bemerkt sein würde.

Hiermit ist alles gesagt, was über die beiden reich begabten Söhne Heinrich Bachs zu melden war. Die Fülle ihrer Werke, dieser Spiegel, welcher hell und treu ihre volle Persönlichkeit zurückwerfen könnte, ist zersplittert, aus vereinzelten Scherben mußten die Hauptzüge hervorgelesen und, so gut es angehen wollte, zu einem Bilde zusammengedacht werden. Sollte dies nicht geglückt sein, so ist doch wenigstens das wohl klar geworden, daß sie verdienen, als künstlerische Persönlichkeiten bei der Nachwelt fortzuleben; sollte es aber, dann wäre dies ein erheblicher Gewinn für das Verständniß ihrer Zeit, wie auch der Kunst Sebastian Bachs, ihres jüngern und größeren Geschlechtsgenossen. Es ist noch übrig, sich nach ihren Nachkommen umzuschauen.

VI.

Joh. Michaels einziger Sohn starb bald nach seiner Geburt, aus Joh. Christophs Ehe gingen vier männliche Sprößlinge hervor, von denen der älteste die größte Bedeutung erlangte. Dieser, Johann Nikolaus, wurde 1695 Stadt- und Universitäts-Organist in Jena und starb dort am 4. Nov. 1753, nachdem er 84 Jahre alt geworden war und 58 Jahre seinem Berufe obgelegen hatte, der kraftvolle letzte Zweig der reichbegabten Linie, und lange Zeit hindurch Senior des ganzen Geschlechts [1]). Er vermählte sich 1697 mit der Tochter eines Jenenser Goldschmidts: Anna Amalia Baurath; diese starb am 14. April 1713, und schon am 13. Oct. desselben Jahres schloß

---

1) Die Daten nach den Pfarr-Registern zu Jena. Sein Todesjahr ist bis jetzt überall irrthümlich als 1740 angegeben, merkwürdiger Weise sogar von seinen eignen Verwandten, nämlich auf der Emmertschen Stammtafel.

er eine zweite Ehe mit Anna Sibylla Lange, der Tochter eines einstmaligen Pastors zu Isserstedt. Von den zehn Kindern, welche ihm
mit der Zeit geboren wurden, starb die Hälfte ganz früh, von den
Söhnen brachte es nur Johann Christian zu erwachsenen Jahren
(1717—1738)[2]; den Vater überlebte keiner. Nikolaus Bach war seinen
Zeitgenossen als fleißiger Suitencomponist bekannt, und wir müssen
uns mit Reproduction dieser Aussage begnügen[3]. Es liegt aber noch
eine Messe von ihm vor, die ihn auch nach andrer Richtung hin als
ein beträchtliches Compositionstalent erscheinen läßt und als einen
Künstler, dessen Gediegenheit ihn seines großen Vaters würdig
machte[4]. Sie ist eine kurze Messe, umfaßt also nur *Kyrie* und *Gloria*;
ersteres in E moll, letzteres in G dur; Besetzung: 2 Violinen, 2 Violen, Canto, Alto, Tenore, Basso, Orgel und Bässe; im *Gloria* tritt
noch eine neue Vocal- oder Instrumental-Stimme hinzu. Das Werk
ist sowohl nach Inhalt wie wegen seiner technischen Vollendung
von großem Interesse. Es lehnt sich im Stil, melodisch, harmonisch
wie rhythmisch, an die damaligen italiänischen Meister an, vor allem
an Antonio Lotti, auch in der sang- und dankbaren Behandlung
der Singstimme und in der Instrumentirung (2, einmal sogar 4 Violen); trägt demnach auch vorwiegend den Charakter allgemeiner
Fest- und Feierlichkeit, nicht den subjectiv-religiöser Andacht. In
das gesammte *Gloria* ist nun aber der Choral eingewebt, welcher
im protestantischen Cultus dasselbe vertreten sollte: »Allein Gott
in der Höh sei Ehr«, und zwar je eine Strophe zu den vier Sätzen:
Gloria in excelsis deo; Laudamus te, benedicimus te; Domine fili.
unigenite; Quoniam tu solus sanctus. Die Schlußfuge: *Cum sancto*

---

2) Der Emmertsche Stammbaum führt zwei Söhne auf, er hätte dann eben
so gut viere, die volle Zahl, nennen können.

3) Adlung, Anl. zur mus. Gelahrtheit, S. 706.

4) Die Messe befindet sich auf der königl. Bibliothek zu Berlin und auf
der königl. Bibliothek zu Königsberg in Pr. (Nr. 13866). Letzteres Exemplar,
was mir vorliegt, ist eine Abschrift Schichts, gefertigt im September 1815 und
trägt den Titel: *Messa a 9 voci da Giov. Nicolò Bach, figlio di Giov. Cristofforo*
Bach, e Zio di Giov. Sebastiano Bach. Außerdem existirt noch eine Abschrift,
vermuthlich von der Hand Johann Ludwig Bachs, im Besitze der Herren Breitkopf und Härtel in Leipzig. Diese trägt das Datum: 16. Sept. 1716, so daß die
Jahreszahl 1734 der Berliner Handschrift nicht die Entstehungszeit bezeichnen
kann.

spiritu ist ohne Choral. Hier ist also ein ausschließlich deutsch-protestantisches Element eingemischt, dessen Behandlung auch nur nach der von den protestantischen Componisten ausgebildeten Weise geschehen konnte. Es sind somit zwei ganz verschiedene Stilgattungen zu einem Ganzen verschmolzen. Der Charakter des betreffenden Chorals erleichterte hier die Aufgabe, von der man sagen muß, daß sie von Nikolaus Bach vollständig und mit meisterlicher Beherrschung der Technik gelöst ist. Die Choralmelodie steht in der Sopranhöhe, sie möchte jedoch wohl nicht ursprünglich für eine Singstimme, sondern für ein Instrument, etwa Trompete oder Horn gesetzt sein, denn ein Sopran würde unter dem fast immer darüber hinausgehenden Sopran und Alt des vierstimmigen Chors unhörbar werden. Erst später wird man einen solchen den wirklichen Choral haben singen lassen, wie es in der mir vorliegenden Partitur steht, in welcher auch, da die Vermischung von deutschem und lateinischem Text anstößig erscheinen mußte, eine lateinische, sich reimende Uebersetzung des Kirchenliedes beigegeben ist. Es ist also dasselbe Verfahren, was Sebastian Bach im *Kyrie* der F dur-Messe angewendet hat, wo zu dem Chor in den Hörnern der Choral: »Christe, du Lamm Gottes« ertönt, hier allerdings so viel kunstvoller und complicirter, als der deutsche Stil den italiänischen an Tiefsinn und Innigkeit überragt[5]. Es ist merkwürdig genug, die beiden Vettern hier an ein und derselben Aufgabe so ganz verschiedene Kunstrichtungen vertreten zu sehen. Nikolaus Bach hatte nach dem Vorbilde seines Vaters die italiänischen Meister eines eingehenden Studiums gewürdigt und durch Verbindung ihrer Errungenschaften mit der heimischen Musik auch in dieser Messe etwas eigenthümliches zu schaffen gewußt. Im allgemeinen muß man jedoch sagen, daß das Wesen des protestantischen Chorals sich nicht mit dem italiänischen Kirchenstile verträgt, und daß das Experiment vielleicht eben nur mit dieser Melodie, ihrem Charakter nach glücken konnte. Wollte Nik. Bach in dieser Weise zur höchsten Kunsthöhe gelangen, so mußte er den Weg einschlagen, welchen Händel nahm, er mußte

---

5) Auch in dem Seb. Bachschen Stücke hat man zeitweilig den Choral durch eine Sopranstimme singen lassen, wie ein Manuscript auf der königl. Bibliothek zu Berlin beweist. S. B.-G. VIII, S. XIV.

den protestantisch-kirchlichen Standpunkt und dessen ganz nach Innen gekehrtes Wesen verlassen, und den freien Ausblick allgemein menschlicher Betrachtung zu gewinnen suchen. Dies versagte ihm seine Lebensstellung, vielleicht auch schon seine ursprüngliche Anlage. Im andern Falle nützte der italiänische Stil nichts, und der einzige Pfad, welcher zum Ideale hinanführte, war der, welchen sein großer Vetter Sebastian verfolgte, indem er an der deutschen Orgelkunst einen eignen Vocalstil sich heranbildete. Aber, wie gesagt, die Meisterschaft, mit der diese Messe componirt ist, ist eine vollendete, sowohl in dem nicht sehr ausgedehnten *Kyrie*, dessen letztes, vortreffliches Fugato ohne weiteres Lotti gemacht haben könnte, als auch in dem vielsätzigen *Gloria*. Hier verdient es besonders Bewunderung, mit welcher Selbständigkeit der vierstimmige Chor die Choralmelodie umrankt, wie reich die Erfindung ist, wie bestimmt und mannigfaltig der Ausdruck der so verschiedenen und doch durch die stete Wiederkehr des Chorals gebundenen Gedanken. Eine glänzende Fuge krönt das Werk, von dem schon des besondern historischen Interesses wegen zu wünschen wäre, daß es wieder allgemeiner bekannt würde, und das zuverlässig auch heute noch seiner vollen Wirkung sicher ist.

Der Zufall hat es gefügt, daß wir dieser Composition, die uns in eine Welt heiliger Ideale führen soll, ein andres Werk desselben Meisters gegenüberstellen können, welches gänzlich auf den derbsten Realismus gegründet ist: ein komisches Singspiel. Und dieser Zufall darf ein besonders glücklicher genannt werden, denn er fügt in das Bild vom Wesen und Treiben des Bachschen Geschlechtes, das wir hier zu entrollen versuchen, mit kräftiger Hand einen Zug, der zur wahrheitsgetreuen Vollendung nicht fehlen darf. Wie sehr auch der Sinn dieser Leute den hehrsten und ernstesten Dingen zugewendet war, sie standen doch mit ihren gesunden Füßen fest auf der Erde, sie bewahrten sich die Fähigkeit, in der menschlichen Beschränktheit sich zeitweilig behaglich zu fühlen, und für die heitern und komischen Seiten des sie umgebenden gewöhnlichen Lebens Auge und Verständniß zu haben. Daß, je transcendenter der Flug des Geistes und der Phantasie war, desto dringender hernach für jeden normal geschaffenen Menschen das Bedürfniß hervortritt, sich auch einmal recht ausgelassen in der irdischen Atmosphäre herum zu tummeln, dies ist ein Erfahrungssatz, den das Leben all unserer großen Künstler bestätigt. Dem ganzen Bachschen-Geschlechte ist die zeitweilige herzliche Freude an derben, muthwilligen Possen eigen gewesen. Wüßten wir dies nicht auch sonst aus guter Quelle, so wäre schon der Umstand, daß neben den im Dienst der Kirche und Schule stehenden Bachs so viele von ihnen sich dem leichtlebigen Kunstpfeiferthum zuwandten, Beweis genug dafür. Bei diesen Kunstgenossen setzt man einen solchen Zug schon von selbst voraus; daß er aber auch den andern nicht fehlte, zeigt uns, ehe wir es aus Sebastian Bachs eignen Werken erfahren, die mit Behagen geschriebene Burleske seines Vetters Nikolaus. Sie führt den Titel: »Der jenaische Wein- und Bierrufer« [6]), und ist eine lustige Scene aus dem Studentenleben, den Kunstformen der damals blühenden und besonders in Hamburg gepflegten deutschen Oper angepaßt. Die Aufführung hat natürlich auch bei irgend einer besondern Gelegenheit durch Studenten stattgefunden. Der einfache Inhalt ist folgender: Ein Preislied auf Jena, den Musensitz, singend, ziehen zwei junge Studenten, Peter und Clemon, zum Thore herein, von denen der zweite ein »crasser Fuchs« ist. Sie haben große Angst vor dem Prellen der jenensischen Burschen und beschließen, bei dem Wirthe Caspar einzukehren, der ein Landsmann beider und dem Peter von früher schon bekannt sei. Derselbe nimmt sie auf, setzt sich durch die Arie: »Ein Fuchs ist gar ein närrisch Thier, er kommt mir wie ein Affe für« den schüchternen Jünglingen gegenüber in Position, und beginnt ein herablassend-cordiales Gespräch mit ihnen. Der »grüne« Clemon ist eben dabei, die wichtigen Neuigkeiten aus der Heimath auszukramen: »Der Vater hat den Rock gewandt, die Mutter hat den Pelz verbrannt«, als man auf der Straße den Rufer »einen guten Fernewein« ausschreien hört. Dies erregt Aufmerksamkeit, und der Ausrufer verkündet in einer Arie mit komischer Würde seinen Stand und Charakter. Der Wirth fügt hinzu, es sei ein »ehrlicher Philister«, der aber viele Hänseleien erdulden müsse, und durch sein Schimpfen und Fauchen das allge-

---

6) *Der* | *Jenaische Wein- und* | *Bierrufer.* | *a* | 2 *Violini,* | *Alto, Monsieur Peter.* | *Tenore 1, Monsieur Clemon.* | *Tenore 2, Herr Johannes.* | *Basso, Monsieur Caspar.* | *ed* | *Fondamento* | *von Joh. Nicol. Bach.* | In Stimmen auf der königl. Bibliothek zu Berlin.

meine Ergötzen sei. Der weitere Verlauf gestaltet sich nun so, daß der kecke Peter, zuletzt auch der furchtsame Clemon nebst dem Wirthe ans Fenster treten und durch Neckereien an dem wiederholt vorübergehenden Ausrufer ihr Müthchen kühlen; dieser versteht schlagfertig und zwar derb und cynisch zu antworten. Endlich artet die Sache aus, es kommt zu Thätlichkeiten und der Rufer droht die Füchse beim Rector zu verklagen. Sie bekommen Angst und entfernen sich; eine lustige vierstimmige Arie macht den Schluß, die das Treiben der Studenten in Jena besingt. Der Schwank mag an seinem poetischen Theile von einem solchen herrühren, er ist offenbar mitten aus dem dortigen Burschenleben gegriffen, und besonders scheint der Ausrufer Johannes auf eine ähnliche Persönlichkeit des damaligen Jena hinzudeuten. Von demselben Realismus ist die Musik, zumal in den Recitativen, welche den Verlauf der Handlung begleiten; die Art, wie Bach den Johannes ausrufen läßt, ahmt in possirlicher Weise den wirklichen Tonfall solcher Leute nach, die kurz hineingeworfenen Neckereien der am Fenster lauernden Schelme sind eine sehr gelungene Sprechmusik, und ergötzlich ist es, wie der Alte im raschesten Sprachtone seinen Angreifern bei Seite zu dienen weiß und ohne nur Athem zu schöpfen in seiner öffentlichen Beschäftigung fortfährt. Das Vergnügen, mit der hier der Componist die komische Wirklichkeit copirt hat, ist unverkennbar, wie er denn überhaupt mit der Studentenschaft in sehr gutem Einvernehmen gelebt haben muß. Aber es bleibt doch alles maß- und formvoll; Bach hat keinen Augenblick vergessen, daß er Künstler war, ebenso wie auch Mozart in derartigen Späßen sich der Naturwahrheit bis aufs äußerste nähern konnte und doch immer Musik machte. Die eingestreuten Arien, in denen die Musik zu ihrem vollen Rechte kommen soll, sind in jenen kleinen Formen der damaligen deutschen Oper gehalten, welche zwischen dem deutschen Liede des 17. Jahrhunderts und der italiänischen entwickelten Arie in der Mitte stehen, sie zeigen viel Frische, oft eine barocke Possenhaftigkeit und sehr gute Mache.

Von N. Bachs Fertigkeit als Spieler haben wir keine Nachricht, und von seinen Orgelcompositionen war nur eine zweistimmige Behandlung des Chorals »Nun freut euch, lieben Christen g'mein« im Pachelbelschen Stile aufzufinden, die zur Begründung eines Urtheils zu klein und unbedeutend ist[7]. Was aber noch mehr als seine Compositionen ihm Ruf erworben hat, war eine hervorragende Tüchtigkeit und Erfindsamkeit im Instrumentenbau. Als Jakob Adlung, später Professor an der Erfurter Akademie und Organist an der Predigerkirche daselbst, in Jena studirte, gestattete Bach dem strebsamen, aber mittellosen Jünglinge, sich zuweilen auf seiner Orgel zu üben. Dadurch scheint eine nähere Bekanntschaft beider vermittelt zu sein, und Adlung hat durch eine häufige Erwähnung Bachs in seinen Schriften diesem seine Gefälligkeit vergolten und der Nachwelt manch bedeutsamen Zug aus dessen Wirksamkeit aufbewahrt. Die Jenenser Stadtkirche erhielt im Jahre 1706 eine neue Orgel mit drei Manualen und Pedal, im ganzen 44 Stimmen. Diese Orgel wurde nach Bachs detaillirter Disposition und unter seiner steten Oberaufsicht von einem Orgelbauer Sterzing gebaut[8]. Zu derselben Zeit studirte Johann Georg Neidhardt, der um die Herstellung einer gleichschwebenden Temperatur verdiente Musiker und nachmalige Capellmeister in Königsberg, in Jena Theologie. Schon damals beschäftigte er sich viel mit der zweckmäßigsten Vertheilung des ditonischen Kommas, worin er sich im wesentlichen an Andreas Werkmeister anschloß. Die gleichschwebende Temperatur der Orgel meinte er am sichersten zu erreichen durch Einstimmung nach dem Monochord, einem mit einer Saite bespannten schmalen Kasten, auf dessen Decke die Proportionen der Intervalle mit Rücksicht auf die Vertheilung des Kommas mathematisch genau eingezeichnet waren, so daß durch Unterschiebung eines Stegs an den betreffenden Stellen jedesmal der geforderte Ton mit Sicherheit erzeugt werden könnte. Er bat nun um Erlaubniß, diese Stimm-Methode an der neuen Orgel anwenden zu dürfen, und erhielt sie wenigstens zu einem Versuch. Bach ließ ihn nämlich das Gedackt eines Claviers nach dem Monochord stimmen, während er selber das eines andern Claviers nur nach dem Gehör stimmte. Als man darauf die Wirkung probirte, klang Bachs Gedackt gut und das Neidhardts schlecht; dieser wollte das Ungenügende seiner Methode

---

[7] Im Besitze des Herrn Musikdirector Ritter in Magdeburg.

[8] Adlung, *Musica mechanica organoedi.* Berlin, 1768. Bd. I, S. 174 und 244—245, s. auch Bd. II, S. 37.

noch nicht zugeben, aber man holte einen festen Sänger herbei, ließ
ihn einen Choral in dem entlegenen B moll anstimmen, und er traf
mit der Bachschen Stimmung überein. Neidhardt hatte nicht bedacht, daß der Ton der Saite beim Anschlag etwas höher erklingen
mußte als nachher und dadurch unbestimmt wurde, auch nicht, wie
leicht sich eine solche Saite verstimmt. Für Bach aber beweist der
Vorgang, daß er, obgleich in mechanischen Dingen höchst erfahren,
doch auch grade Künstler genug war, um sich mehr auf sein Gefühl,
als auf die graue Theorie zu verlassen. Allerdings hatte das Tem-
periren nach dem bloßen Gehör für ungeübtere Ohren etwas sehr
mühsames. Und so kam er auf den Gedanken, die aus dem Wesen
der Saite erwachsenden Mängel des Monochords zu beseitigen, mit
Beibehaltung des mathematischen Maßstabes. Hierzu sollte eine
Pfeife von überall gleicher Weite dienen, die er sich über einem gut
gearbeiteten, den Wind gleichmäßig ausströmenden Balge stehend
dachte. Dann sollten auf einem genau in die Pfeife passenden Cylinder die Entfernungen der Intervalle eingezeichnet sein, und nun
durfte der Cylinder nur jedesmal bis zu dem betreffenden Punkte in
die Pfeife eingeschoben werden, damit der gewünschte Ton erklang [9].
Die praktische Brauchbarkeit dieses Gedankens scheint aber durch
die Schwierigkeit verhindert zu sein, welche die größere oder geringere Dehnbarkeit alles Holzes mit sich bringt. — Bachs Ruf als
Kenner des Orgelbaus war, wie gesagt, bedeutend, und andre Organisten holten sich Rath von ihm. Wenn man liest, wie viel in
jener Zeit über unkundige und beschränkte Organisten geklagt wird,
so werden diese Herren wohl oft der Anweisung bedürftig gewesen
sein. Einer hatte von Bach einmal Billigung verlangt für die wunderliche Ansicht, daß, wenn man im Manual mit einem sechzehnfüßigen Principal spiele, im Pedal dazu immer ein zweiunddreißig-
füßiges Principal gezogen werden müsse, nicht aber ein sechzehnfüßiges. Bach muß sein Ergötzen hierüber an Adlung mitgetheilt
haben, der das Geschichtchen erzählt [10]. Dem klugen Organisten
aber hat er sicher geantwortet, daß, wenn er das Manual 16 Fuß
einem gleich tiefen Pedal gegenüber nicht zu behandeln wisse, ein

9) Adlung, a. a. O. Bd. II, S. 54 und 56; Anleit. zur mus. Gel., S. 311.
10) *Musica mechanica* Bd. I, S. 187.

Subbass 32 Fuß ja die gleichen Dienste thue, wie ein derartiges Principal.

In der Fertigkeit des Clavierbaues hatte er ein Vorbild an seinem Oheim Michael haben können, und da die Bachs ja immer unter einander ihre Fähigkeiten bildeten, so ist er von ihm vielleicht nach dieser Richtung hin angeregt und zuerst unterwiesen. Wie sich alle seine Cembalos durch Eleganz, saubere Arbeit und leichte Spielart auszeichneten [11], so war er auch eifrig bemüht, ihren Mechanismus zu verbessern. Für die mehrchörigen Claviere hatte er ein Verfahren erfunden, welches mit größerer Sicherheit, als die üblichen Registerzüge, das Erklingen bald eines, bald mehrer oder aller Saitenchöre bewirkte. An dem hinteren Theile der Palmulen nämlich, dort wo beim Niederdrücken der Taste die Docken von ihnen gehoben werden, jene dünnen Hölzchen, an deren oberem Ende die Rabenkiele zum Anreißen der Saiten befestigt waren, hatte er mehre Ausschnitte gemacht; wenn nun die Claviatur in verschiedenen Distanzen nach einwärts geschoben wurde, so kamen jedesmal die Docken des einen oder andern Saitenchors, oder auch zweier zusammen über die Ausschnitte zu liegen, und wurden beim Niederdruck der Taste von der Palmula nicht mit gehoben. Auf diese Weise konnte Bach an einem dreichörigen Cembalo eine siebenfache Klangveränderung bewirken, indem entweder der vordere, oder der mittlere, oder der hintere Saitenchor angeschlagen wurde, oder der vordere und hintere, oder ferner der vordere und mittlere, oder auch der mittlere und hintere, oder endlich alle drei Chöre zusammen [12]. Bei der gewöhnlichen Bauart der Claviere war die Einrichtung so, daß jedesmal die Docken zu allen Saitenchören sich hoben, sie konnten aber zum Theil in ihrer Lage etwas verändert werden, daß sie dann gewisse Saiten nicht trafen. — Adlung rühmt ferner Bachs vortreffliche Lautenclaviere [13]. Für den Erfinder dieses Instruments, was den weichen, schwebenden Lautenton mit der Technik des Claviers zu verbinden strebte, wird man ihn nicht zu halten haben; eher dürfte seinem Zeitgenossen J. Chr. Fleischer in Hamburg diese

---

11) Adlung, a. a. O. Bd. II, S. 138.

12) Adlung beschreibt diesen Mechanismus mit Abbildung a. a. O. II, 108 und 109; vergl. Anl. zur mus. Gel., S. 555.

13) Und beschreibt sie weitläufig *Mus. mech.* II, S. 135—138.

Ehre gebühren. Das Project beschäftigte aber damals die erfinderischen Köpfe mehrfach, weil man das Spröde und Ausdruckslose des Claviertons lebhaft empfinden mußte. Auch Sebastian Bach ließ in Leipzig einmal nach seinem Plane ein solches ausführen. Der Vetter Nikolaus machte seine Sache so geschickt, daß man, ohne zu sehen, eine wirkliche Laute zu hören glaubte; er verfertigte diese Instrumente in verschiedenen Figuren, ging bis zu zwei und drei Clavieren fort, und wußte durch Anhängung einer fünften Octave auch den verwandten Charakter der tiefer stehenden Theorbe mit hineinzuziehen. Ein dreiclavieriges Lautenclavicymbel verkaufte er zu ungefähr 60 Reichsthalern.

Sein jüngster Bruder Johann Michael betrat theilweise ähnliche Pfade: er lernte die Orgelbaukunst. Darauf zog er nach Norden in die Fremde, vielleicht nach Stockholm, wo in dem zweiten und dritten Jahrzehnt des 18. Jahrhunderts Jakob Bach, ein Bruder Sebastians, als Hofmusicus lebte. Seinen deutschen Verwandten gerieth er ganz aus den Augen [14]. Auch ist weder sein Geburts- noch Todesjahr anzugeben; ersteres wird wohl in die achtziger Jahre des 17. Jahrhunderts zu setzen sein.

Auch Johann Christoph, der zweite Sohn, fiel von den alten Familientraditionen ab und kehrte Heimath und Vaterland den Rücken. Er war als Clavierlehrer zuerst in Erfurt und Hamburg, dann eine Weile in Rotterdam und gegen 1730 in England thätig [15], eine feste Anstellung hat er aber, soweit die Nachrichten gehen, auch im Auslande nicht bekleidet [16].

Der dritte endlich, Johann Friedrich, dessen Geburtsjahr wir zwischen 1674 und 1678 zu suchen haben werden [17], studirte, vermuthlich Theologie, und erhielt 1708 die Organistenstelle an der Blasiuskirche in Mühlhausen, welche Sebastian Bach in diesem Jahre aufgab [18]. Er bekam als Besoldung aus der Kirchenkasse

14) Nach der Genealogie.

15) Walthers Lexicon, S. 63.

16) Der Kittelsche Stammbaum giebt an, daß er einen einzigen Sohn gehabt habe, der aber unverehelicht gestorben sei.

17) S. die oben über die Geburten]der Kinder Joh. Christoph Bachs gemachten Mittheilungen.

18) Actenfascikel auf dem Rathsarchiv zu Mühlhausen, die Organisten der Blasius-Kirche betreffend, pag. 35.

43 Thlr. 2 ggr. 8 Pf., zu Neujahr 10 ggr. 8 Pf., ferner für jede
Brautmesse mit Figuralgesang 12 ggr., mit Choralgesang 6 ggr. [19]
Einkünfte, die an Interesse gewinnen, wenn man sie mit denen Seb.
Bachs vergleicht. Auch wurde er zuerst nur versuchsweise genommen, doch wird die definitive Anstellung nicht lange haben auf sich
warten lassen. Denn nach allen Zeugnissen war er ein höchst talentvoller und leistungsfähiger Künstler, auch mit der Construction
der Orgel wohl vertraut, und noch in der letzten Zeit seines Lebens
wurde nach seiner Angabe das Orgelwerk der Blasius-Kirche einer
Reparatur unterworfen [20]. Heinrich Gerber, der, ehe er nach Leipzig zu Sebastian Bach ging, auf dem Mühlhäuser Gymnasium eine
Zeit lang gewesen war, rühmte ihn sein Leben lang, und behauptete,
alles was er auf der Orgel verstehe, von Friedrich Bach durch Hören
gelernt zu haben. Unterricht gab er nicht, und — konnte es nicht.
Denn leider schwächte und entehrte er seine herrlichen Gaben durch
einen der Trunksucht ergebenen Lebenswandel, und soll späterhin
selbst seine kirchlichen Functionen in berauschtem Zustande erfüllt
haben, nüchtern aber keines künstlerischen Aufschwungs mehr fähig
gewesen sein [21]. Seine Umgebung war auch nicht darnach, ihn
emporzureißen. Denn die Zeit, wo Mühlhausen durch seine Musiker
etwas bedeutete, war lange vorüber: dies hatte schon Sebastian
Bach zu empfinden. Johann Friedrich war verheirathet, blieb aber
kinderlos. Er starb im Jahre 1730 [22], und bietet einen Beleg zu
dem Erfahrungssatze, daß die von genial begabten Männern auf ihre
Kinder überpflanzten Talente diesen so häufig gefährlich und verderblich werden.

VII.

Wir kommen nun endlich zu dem mittleren Sohne Hans Bachs,
dem Großvater Sebastians. Derselbe wurde am 19. April 1613 zu
Wechmar geboren und Christoph genannt. Er erwählte ebenfalls

---

19) Kirchen-Rechnungen der Kirche *D. Blasii* in Mühlhausen.

20) Protokoll des Kirchenvorstandes vom 8. Dec. 1730.

21) Gerber, N. L. I, Sp. 208 und 210. L. I, Sp. 490 und 491. S. Anhang
A. Nr. 7.

22) Wie es aus dem angeführten Protokolle hervorgeht, und mit der Angabe
in Walthers Lexicon, S. 64, übereinstimmt.

den Musikerberuf. Bei der Schilderung der Lebensverhältnisse seines ältesten Bruders wurde schon erwähnt, daß er sich zeitweilig am herzoglichen Hofe zu Weimar aufgehalten habe; er soll dort »fürstlicher Bedienter« gewesen sein [1], was jedenfalls auch von musikalischen Verpflichtungen in der Hofcapelle zu verstehen ist, welche damals mit Lakaien-Diensten gern verbunden wurden. Von Weimar wird er sich gegen das Jahr 1640 nach Prettin [2] in Sachsen begeben und dort seiner Kunst weiter gelebt haben. Denn er holte sich eine Tochter dieses Orts: Maria Magdalena Grabler (geb. 18. Sept. 1614) zur Gattin, deren Vater vermuthlich Stadtpfeifer daselbst war [3]. 1642 finden wir ihn als Mitglied der Musikanten-Compagnie in Erfurt, von dort siedelte er 1653 oder 1654 nach Arnstadt über, dem Wohnort seines jüngern Bruders Heinrich [4]. Hier starb er nur 48 Jahre alt, am 14. Sept. 1661 als gräflicher Hof- und Stadtmusicus, seine Wittwe folgte ihm am 8. October desselben Jahres [5].

Christoph Bach mit seinen Söhnen repräsentirt unter den drei Brüdern am ausschließlichsten das zünftige, weltliche sogenannte Kunstpfeiferthum, während Heinrich und dessen Söhne als Orgelspieler und Componisten die bevorzugtere Stellung im Dienste der Kirche einnahmen und Johann beiden Anforderungen gerecht zu werden wußte. Mehr noch als andere Classen des deutschen Volkes war das Musikantenwesen während der heillosen Zustände des dreißigjährigen Krieges in Rohheit und Verwilderung gesunken, und wurde deshalb mit ziemlich allgemeiner Mißachtung angesehen. Wir haben keine Nachricht darüber, daß Christoph Bach der moralischen Verkommenheit seines Standes als ein Muster sittlicher Gesundheit und gediegener Bürgertugend gegenüber gestanden habe. Aber angesichts der unverwüstlichen Tüchtigkeit des Ge-

---

1) Nach der Genealogie.

2) Nicht »Wettin«, wie die Ferrichsche Genealogie schreibt und auch gedruckt worden ist.

3) Meine Versuche, dies noch amtlich festgestellt zu sehen, waren vergeblich.

4) Im fürstl. Archiv zu Sondershausen findet sich ein kleines ihn betreffendes Actenstück vom 13. Nov. 1654; dagegen kommt am 16. April 1653 sein Name noch in den erfurtischen Pfarr-Registern vor.

5) Diese von der Genealogie abweichenden Daten nach den arnstädtischen Pfarr-Registern.

schlechts, welches selbst in dieser Zeit so treffliche Männer wie Heinrich Bach hervorbringen konnte, in dessen Gemeinschaft der ältere Bruder seine späteren Lebensjahre verbrachte, welches nach zwei Generationen einen Genius ersten Ranges aus sich hervorgehen ließ, können wir an der innerlichen Unverdorbenheit von Sebastians Großvater unmöglich zweifeln. Es hieße den Geist des großen Enkels beleidigen, in dem sich dieses Mal der gute Geist des deutschen Volkes recht eigentlich offenbarte, wenn wir nicht auch glauben wollten, daß Christoph Bach die Gebrechen seines Standes recht wohl gefühlt, und einen höhern Begriff vom Werthe der Kunst gehabt und geltend gemacht habe, als er damals hinsichtlich der Instrumentenspieler allgemein, und meistens mit Recht, verbreitet war.

Es mag übertrieben erscheinen, bei einfachen Pfeifern und Geigern ein Bewußtsein höherer Kunstwürde zu suchen. Aber es ist thatsächlich, daß in den fünfziger Jahren des 17. Jahrhunderts bei den Bessern unter ihnen die Ueberzeugung durchbrach, es seien energische Anstrengungen nöthig, sich wieder zu Ehre und Ansehen zu verhelfen. Bei der hohen Bedeutung der Instrumentalmusik für das deutsche Culturleben ist dies ein nicht zu unterschätzendes Zeichen dafür, daß das Volk eine Ahnung von seiner innewohnenden Kraft auch jetzt nicht verloren hatte. Zunächst mußte es gelten, den Stand der Musikanten als solchen in der Achtung der Menschen zu heben. Zünftig war ihre Kunst freilich schon längst gewesen. Aber es lag im Wesen der Beschäftigung, welche die Leute oft unstet durch die Lande trieb und zugleich keine feste Gränze zwischen Liebhaberei und Profession steckte, daß hier Gesetzes Schutz sehr unzureichend war. In der That sind Klagen über Berufsbeeinträchtigung seitens der Musikanten ungemein häufig, und mehren sich, je mehr im Laufe des Jahrhunderts das Selbstgefühl und Standesbewußtsein derselben gegenüber den sogenannten »Bierfiedlern« zunahm. Wenn nun schon in Friedenszeiten eine Controle sich unausführbar zeigte, so mußte in den Jahren dreißigjähriger Verwirrung die allgemeinste Willkür einreißen. Eine in zunftmäßiger Weise gebildete freiwillige Association größerer Kreise, in welcher man sich zur gegenseitigen Wahrung bestimmter gemeinschaftlicher Interessen und zur Befolgung strengerer sittlicher Grundsätze verpflichtete, war sicherlich ein geeignetes Mittel zum Ziele zu gelangen. Wurde hier dann auch die Kunst vorwiegend handwerksmäßig angesehen, so war doch eine Art von objectivem Gegengewicht vorhanden gegen jene gefährliche, sittlich zersetzende Macht, welche von allen Künsten der Musik am meisten innewohnt. Wirklich traten im Jahre 1653 die Kunstpfeifer der hauptsächlichsten Orte Nord- und Mitteldeutschlands zu einer solchen Vereinigung zusammen unter dem Namen des »Instrumental-Musikalischen Collegiums in dem ober- und niedersächsischen Kreise und anderer interessirter Oerter«. Sie setzten Statuten auf, ließen dieselben durch den Kaiser Ferdinand III. bestätigen und durch den Druck verbreiten. Diese geben nicht nur über die Zwecke des Collegiums klare Auskunft, sondern werfen auch ein so helles Licht auf die Sitten und Unsitten des damaligen Musikantenwesens, daß wir sie hier vollständig mittheilen müssen [6].

»1. Es soll keiner von dem musikalischen Collegio sich aus freyen Stücken seiner Kunst zu gebrauchen in einer Stadt, Ambt oder Closter, woselbst allbereit unserer Societät einer gesessen, und in Bestallung genommen, niederlassen, noch demselben darin von Auffwartungen irgendwas entwenden, es wäre denn, daß er sich einer andern Handtierung gebrauchen, oder daß er von der Obrigkeit des Orts dahin vociret, der allbereit bestallte Musicus auch versichert würde, daß ihm an seinen Accidentien kein Eintrag geschehen, oder er zum wenigsten des Abgangs halben schadlos gehalten werden möchte.

2. Es soll sich ein jedweder *sodalis* dahin befleißigen, wann er in wirkliche Bestallung irgendwo genommen wird, daß das seinem Vorfahren hiebevor *ex publico* gereichte jährliche Lohn unverkürzet und ungeschmälert verbleibe, und weil bis daher die löbliche Kunst, und derselben Zugethane, dadurch nicht in geringe Verachtung gerathen, auch mancher ehrliche Mann von seinem Dienst darüber gar

---

6) Ein Exemplar dieser vermuthlich jetzt sehr seltenen Druckschrift bewahrt das Rathsarchiv zu Mühlhausen i. Th. (O. 5 Nr. 5). Vollständiger Titel: »Kayserliche *CONFIRMATION* der Artickel deß *Instrumental-Musicali*schen *Collegii* in dem Ober- und Nieder-Sächsischen Crais, und anderer *interessi*rten Oerter«. Fol. In den folgenden Mittheilungen habe ich mir hinsichtlich der Interpunction und Orthographie, auch einiger ungewöhnlicher Ausdrücke und Provinzialismen manche Freiheit im Aendern gestattet.

verdränget worden, wann jemand um die bloßen Accidentia auffzuwarten sich offeriret, so soll sich ein jedweder Musikant für dergleichen ihm und der Kunst verkleinerlichen Contracten äußerst hüten.

3. Indem auch der allerhöchste Gott seine Gnade und Gaben wunderlich pfleget auszutheilen,. und einem bald viel bald wenig giebet und verleihet, so soll um deßwillen niemand den andern, ob er gleich eine bessere Art der musikalischen Instrumente sich zu gebrauchen hätte, verachten, viel weniger aber deßhalben ruhmredig seyn, sondern sich der Christlichen Liebe und Sanftmuth befleißigen, und mit seiner Kunst also umgehen, daß dadurch zuvörderst Gottes des Allerhöchsten Ehre gesuchet, sein Nächster erbauet, und er selbst von jeder männiglichen seines ehrbaren Wandels halber ein gutes Gerücht jederzeit haben und behalten möge.

4. Damit auch jeder Ort mit einem tüchtigen genugsam qualificirten Musico versehen, nebst dem auch andere, insonderheit die Gesellen und Lehrknaben, zu mehrerem Fleiß und stetigem Exercitio angetrieben werden mögen, so soll jedesmal derjenige, so zu einem Dienst ordentlicher Weise berufen, und dannenhero seine Probe abzulegen erfordert wird, zweene der nächstgesessenen Lehrmeister nebst einem tüchtigen Gesellen darzu beschreiben, welche ihn absonderlich seiner Kunst halber examiniren, und seine Probe oder Meister-Recht in den Stücken, so hierzu angeleget und in den Innungs-Laden befindlich, anhören und vernehmen.

5. Es soll keiner, er sey gleich Lehrmeister, Geselle oder Lehrknabe, sich gelüsten lassen, grobe Zothen oder schandbare, unzüchtige Lieder und Gesänge zu singen oder zu musiciren, sintemal der Allerhöchste Gott dadurch nur höchlich erzürnet, ehrbare Gemüther, insonderheit die unschuldige Jugend, geärgert, auch diejenigen, so der löblichen Kunst der Musik zugethan, bey ansehnlichen Gesellschafften und Zusammenkünfften in die größte Verachtung darüber gesetzet werden.

6. Hingegen aber soll ein jedweder, der zur Auffwartung beruffen wird, nicht alleine für sich selbst, nebst den bey sich habenden Gehülffen, züchtig, ehrbar und bescheiden sich verhalten, sondern auch unverdrossen sein, die anwesenden Gesellschafften vermittelst der *musicae instrumentalis* und *vocalis* seinem besten Vermögen nach zu erlustigen und zu erfreuen.

7. Ein jedweder soll sich, soviel ihm möglich, mit besonderm Fleiß darnach umsehen, daß er fromme und getreue Gesellen, wie auch unberüchtigte Lehrknaben um und neben sich habe, damit auff öffentlichen Zusammenkünfften und Auffwartungen den eingeladenen Gästen nichts entfernet, oder dem gesammten musikalischen Collegio übel nachgeredet werde, noch auch unschuldige Leute in Verdacht und Gefahr gerathen.

8. Soll keiner sich unterfangen, unehrliche Instrumenta, als da seyn Sackspfeiffen, Schafsböcke, Leyern und Triangeln, welcher sich oftmals die Bettler zum Sammlen der Almosen für den Thüren gebrauchen, zu führen, dadurch dann die Kunst ebenfalls in Verachtung gebracht und verkleinert gehalten wird.

9. *In specie* soll sich ein jedweder aller gotteslästerlichen Reden, vermaledeyten Fluchens und Schwörens äußerst enthalten: würde aber jemand darwider handeln, so soll er darum von seinem Meister und Mitgesellen, nach ihrem Ermessen, auch *atrocit*ät und Vielheit seines Verbrechens, nach Belieben gestraffet, auch wohl gar aus dem musikalischen Collegio verstossen werden.

10. Soll keiner bey Gauklern, Diebhenkern, Butlern, Häschern, Taschenspielern, Spitzbuben, oder anderen dergleichen leichten Gesindlein, sich einiger Auffwartung unterfangen, sondern es soll viel mehr ein jedweder ihrer Gesellschafft, um Erhaltung guten Gerüchts und Leumunds willen, sich ganz und gar enthalten, und dieselbe fliehen und meiden.

11. Gleichergestalt soll auch kein Lehrmeister einen Lehrknaben von obgemeldten oder andern unrichtigen Personen annehmen, sondern diejenigen, so zu Begreiffung der musikalischen Kunst auffgedinget werden, sollen nicht allein von ehrlicher Geburt seyn, sondern auch für sich selbsten nichts verbrochen haben, wodurch sie *infamiam juris* contrahirt und auff sich gezogen, gestalt dann bey der Auffdingung ein jeder Lehrknabe seinen Geburtsbrief, so nach Verordnung der Rechte und eidlicher Aussage zweyer unbeleumdeter Zeugen verfasset, vorzeigen, und derselbe so lang in des musikalischen Collegii nächster Lade verwahrlich beygeleget werden soll, bis er seine Lehrjahre ehrlich und redlich ausgestanden, und deswegen mit einem guten Zeugniß und Lehrbrief versehen werden kann.

12. Und nachdem ein perfecter Musikant auff vielen Instrumenten, theils *pneumaticis*, theils *pulsatilibus* unterwiesen werden, und darauff auch geübet seyn muß, so soll kein Lehrknabe unter fünff Jahr frey gesprochen, und daß er seiner Kunst erfahren, für tüchtig erkennet werden. Hierum so sollen bey der Auffdingung jederzeit zweene der nächst angesessenen Kunst- und Lehrmeister, ingleichen ein tüchtiger Gesell gegenwärtig seyn, und in der Anwesenheit zwey Exemplar des Auffdingbriefs (davon das eine dem, wessen Disciplin und Information der Lehrknabe untergeben wird, verbleiben, das andere aber des Lehrknaben Eltern, Vormündern oder Verwandten auszuantworten) gefertiget, insonderheit aber hierbey der Lehrknabe zu fleißigem Gebet, getreulicher Auffdingung, fleißiger Übung, und daß er seinem Magistro und Lehrmeister allen gebührenden Respect und Gehorsam erweise, ernstlich und mit allem Fleiß erinnert und anermahnet werden.

13. Damit auch derjenige, so seine Lehrjahre ausgestanden, und deswegen nunmehr frey gesprochen, desto vollkommener werde, so soll er die nächsten drey Jahr, ehe er sich besetzet, bey andern berühmten Meistern als ein Gesell sich gebrauchen lassen. Dieweil aber bey den *mechanicis artificiis* oder schlechtern Handwerkern die Meisters-Söhne und Töchter hierunter durch langwierige Gewohnheit diesen Vortheil und Fürzug erlanget, daß sie etwa nicht so lang als andere der Wanderschafft in ihrem Gesellenstand obliegen dürffen, so sollen auch dieser löblichen Kunst zugethaner und verwandter Lehrmeisters ihre Söhne, *item*, diejenige, so sich an der Meister ihre Töchter verheyrathen, wann sie ein Jahr als Gesellen auffgewartet, in dem Übrigen verschonet, auch mit einigem Meister-Recht nicht beleget werden.

14. Sobald dann jemand seine Lehrjahre überstanden, und jetzo nunmehr für einen Gesellen auffwarten kann, so sollen ihm sodann etliche Artikel fürgelegt und bekannt gemacht werden, derer er sich, wann er an fremde Oerter kömmt, bei Ablegung seines Grußes gebrauchen, und hieraus auch der fremde Meister erkennen könne und möge, ob sich unsers musikalischen Collegii Verwandte und Zugethane den fürgeschriebenen Artikeln gemäß verhalten und darum genugsame Wissenschafft tragen.

15. Und nachdem dieses der Musikanten Collegium zu dem Ende auffgerichtet und mit besondern Artikeln und Regeln befestiget worden, damit den Störern und Pfuschern, so bey allen andern viel schlechtern *corporibus*, Gablen, Gilden und Zünfften durchaus nicht gelitten werden, gewehret, und wer Lust und Liebe zu dieser musikalischen hochwerthen Kunst trägt, dieselbe aus dem Grund zu lernen desto mehr angetrieben und anermahnet werde, so sollen alle und jede unsers Collegii Verwandte sich der Pfuscher und Störer gänzlich entschlagen, und bey erforderter Auffwartung mit ihnen überall keine Gemeinschaft haben, dargegen aber in ihren Lehr-Jahren der Zeit wohl wahrnehmen, damit sie in der Musik recht tüchtig und geschickt gemacht, und darum solchen Stümplern und Hümplern mit Recht praeferiret und vorgezogen werden können.

16. Daferne sich zwischen den Collegen oder deren Verwandten einiger Zwist und Streit zutragen sollte, worüber jemand an seinem ehrlichen Namen und guten Leumund verkleinerlich angegriffen oder sonsten unverschuldeter Weise in Schaden gesetzet, oder auch ihm seine Auffkünfte entzogen werden wollten, so soll der Beleidigte Macht haben, solches sechs in der Nähe gesessenen Lehrmeistern zu verkündigen, die dann zur gelegenen Zeit vor die Kreis-Lade beide Theile erfordern, ihre Mißhelligkeiten daselbst anhören und vernehmen, und mit Zuziehung dreyer Gesellen den befundenen schuldigen Theil, es sey Kläger oder Beklagter, zu gebührender Strafe ziehen, auch ihn zur Ersetzung aller verursachten Unkosten anhalten mögen.

17. Was den Lohn der Gesellen anbelanget, so soll einem jeden frey stehen, mit denselben jedes Orts und Gelegenheit nach zu handeln, wie er vermeinet, daß es verantwortlich, jedoch nach abgehandeltem Werke stracks die Handlung zu Papier bringen, und wie sie accordiret, ein jeder ein Theil in seine Verwahrung nehmen, damit einer dem andern zu bezahlen, und dieser wiederum willig und getreulich zu dienen angeleitet werde, und friedlich mit einander zu leben Ursach haben mögen.

18. Da auch einer sich wollte unterfangen, einem alten Meister unserer Kunst von seinem Dienste, auff was Maß und Weise, durch was gebrauchten Schein und *praetext* es auch immer geschehen möchte, zu bringen, sich aber in dessen Stelle einzuflechten, so soll

sowohl derjenige, so durch oberzählte unanständige Wege seine Beförderung suchet und einen andern aussticht, nebst seinen Gesellen, so bey ihm dienen würden, dieses unsers Collegii sich damit verlustig machen und darin weiter nicht geduldet werden, sintemal das liebe Alter, wenn die Unvermögenheit mit einfällt, ungeachtet der vorigen gehabten langwierigen großen Mühe, Dienst und Arbeit, leicht in Verachtung zu gerathen und demselben die Jugend vorgezogen zu werden pfleget, sollte aber die Unvermögenheit bey einem verlebten bestallten Musico so groß seyn, daß er entweder seine Dienste gar nicht oder mit großer Beschwerde verrichten könnte, und des Orts Gottesdienst und andere Auffwartungen gleichwohl nothwendig versehen werden müssen, alsdann soll einer Macht haben als ein Substitut des Verlebten Stelle zu bedienen, jedoch daß der Alte die Hälfte der Besoldung und seine Part von dem Verdienste bekomme, und die übrigen Tage seines Lebens von dem Substituto oder Adjuncto gebührend respectiret, in allen Sachen, wie nicht unbillig, ihm der Fürzug gelassen, der Segen Gottes erwartet, und von einem jedweden wohl erwogen und betrachtet werde, daß, was er dem Alter für Gut- und Wohlthaten erweise, Gott der Allerhöchste ihm solches dermaleinst wieder vergelten und belohnen lassen werde.

19. Und weil ein jeglicher Arbeiter seines Lohnes werth, niemand auch damit auffzuhalten, so soll ein jedweder, so sich in den Städten und sonst mit einer bestellten Musik gefaßt halten muß, von sich selbst beflissen seyn, seine Gesellen und Gehülfen richtig zu belohnen, niemanden auch vorher zu entlassen, er habe denn seinen rückständigen Verdienst völlig empfangen, widrigen Falls soll keinem anderen Gesellen in die erledigte Stelle und Dienst zu treten verstattet seyn.

20. Hingegen sollen auch die Gesellen desselben Dienstes, worzu sie sich einmal bestellen lassen, fleißig abwarten, den jungen Lehrknaben mit guten Exempeln und der ihnen anständigen Ehrbarkeit vorangehen, insonderheit aber ihren Principalen, bei welchen sie Dienst angenommen, allen gebührenden Respect erweisen, und deswegen gegen sie keinerlei Vermessenheit zeigen, ob sie gleich bedünkte, in der Kunst besser und gründlicher erfahren zu seyn, als der Principal selbsten.

21. Nachdem auch die Erfahrung bezeuget, daß mancher seinen angenommenen Dienst mit lauter Lehrjungen versehen wollen, dargegen aber einem jeglichen die gesunde Vernunfft selbst dictiret, daß die *tirones* und Lehrknaben, wie in allen andern Sachen, also auch in dieser musikalischen Kunst kein vollkommenes Stück zuwege bringen können, und da denn entweder bey dem öffentlichen Gottesdienst, oder einiger anderer Versammlung dergleichen Fehler und Mängel vorkommen, hierfür dem Director solcher Musik nicht nur alle Schuld beigemessen, sondern auch der meiste Schimpf auff ihn gewälzet, und die löbliche Kunst selbst dadurch nur verächtlich gemacht wird, so soll keinem Lehrmeister gestattet und nachgelassen seyn, mehr denn drey Knaben auff einmal in seine Information und Lehr auffzunehmen und darinnen zu behalten.

22. Ein jeglicher Lehrknabe soll bey seiner Auffdingung sich verschreiben, oder da er selbst nicht schreiben könnte, soll solche Verschreibung an statt seiner durch seine Eltern, Vormunde oder Verwandten schriftlich geschehen, daß der auffgedingte Lehrknabe die oben beym zwölfften Artikel benannten Lehrjahre treulich vollständig und endlich aushalten, und in währenden Lehrjahren von seinem Lehrmeister nicht entlaufen wolle, sollte aber einer so vergessen seyn und von seinem Lehrmeister in währenden Lehrjahren ausspringen, der soll von keinem andern Lehrmeister bei Straffe von zehen Thalern, wieder auffgenommen, noch in diesem unsern musikalischen Collegio jemals wieder geduldet, sondern als unrichtig gehalten werden. Würde sich aber befinden, daß der Lehrknabe *ob nimiam saevitiam* seines Lehrmeisters ausgewichen, und also dieser *in culpa* wäre, auff den Fall soll der Lehrmeister wegen der Versäumniß und andern zugestandenen Schadens, seinem Lehrknaben oder dessen Eltern und Befreundeten nach sechs der nächst angesessenen musikalischen Senioren billigem Ermessen dafür gerecht, auch darum schuldig erkannt werden.

23. Damit auch diesen unter uns verglichenen Artikeln desto genauer nachgesetzt und die diesem musikalischen Collegio angehörigen *sodales* mit weniger Kosten und Beschwerde zusammenkommen und bei solchem Convent nothwendige Sachen austragen können, so sollen drey Laden gefertiget, eine in Meißen, die andere im Braunschweigischen und die dritte in Pommern oder der Mark

Brandenburg, und zwar welcher Ort den Zugethanen unsers Collegii am bequemsten fallen wird, niedergesetzet, diese verglichenen Artikel wo nicht an allen Orten *originaliter*, dennoch deren auscultirte, vidimirte Copien darein gelegt und treulich verwahret werden, damit auff erheischenden Fall bey unserer Collegen Versammlung alle *actus* und Sachen, so etwa zwischen den Musikanten sich zutragen möchten, darnach regulirt und gerichtet werden können.

24. Und ob zwar derjenigen, so sich allbereit zu diesem musikalischen Collegio bekannt, nicht eine geringe Anzahl, jedennoch aber soll keinem andern der Zutritt denegirt und verweigert werden, wann er nur nach abgelegter Probe für ein tüchtiges und geschicktes Glied dieser unserer Societät und Gesellschaft wird können erkennet und gehalten werden.

25. Wie nun schließlich böse Sitten und Gebräuche zu guten heilsamen Satzungen Ursach und Anlaß gegeben, aber nicht möglich gewesen, gegenwärtige Artikel also zu extendiren, daß dadurch alle Zufälle *specialiter* und ausdrücklich wären berühret worden, als soll das übrige der ältesten, so die nächsten bey jedes Orts Laden seyn, und welche denselben krafft dieses Artikelbriefs adjungiret und zugeordnet, ihrem *arbitrio* dergestalt heimgestellet seyn und bleiben, daß sie in sich zutragenden Vorfällen auf das, was ehrbar und zulässig ist, auch zu Erhaltung dieses musikalischen Collegii gereichet, ihr Absehen richten, niemanden über die Gebühr und Billigkeit beschweren, jedoch auch grobe, unverantwortliche Excesse nicht ungeahndet hin passiren lassen sollen, damit diesem unsern Collegio, bevorab aber der allerhöchsten Römischen Kaiserlichen Majestät, unsers allergnädigsten Herrn darob ertheilten Confirmation gebührender allerunterthänigster Respect erhalten, und der gute, rühmliche Zweck erreichet werde, so von den Urhebern dieses nützlichen Werks von Anfang gesetzet und gestecket worden.«

Wenn man sich die »bösen Sitten und Gebräuche«, gegen welche hier Bestimmungen gegeben werden, zusammendenkt, so erhält man, auch abgesehen von den nicht »ausdrücklich berührten speciellen Zufällen«, schon eine hinreichende Vorstellung davon, wie es damals unter den deutschen Musikanten aussah. Niemand wird den achtungswerthen Ernst verkennen, mit dem man Zucht, Sitte und Ordnung wieder herzustellen suchte, und die Ueberzeugung, daß die edle Kunst besseres werth sei, als allgemein verachtet und mißhandelt zu werden, spricht aus jenen Artikeln auf erfreuliche Weise. Die Anzahl von über hundert Namen aus den angesehensten Städten der betreffenden Kreise, welche den Artikeln folgen, beweist auch, daß das Verlangen nach bessern Zuständen ein recht allgemeines war; außerhalb liegende Ortschaften, wie Mühlhausen in Thüringen, schlossen sich dem musikalischen Collegium an. Wenn nun gleich in der Folgezeit die Werthschätzung der Kunstpfeifer und Stadtmusikanten im ganzen eine geringe blieb, wenn man ihnen vorwarf, daß ihre handwerksmäßige Kunstübung jede tiefere musikalische Kenntniß abweise, daß sie ungebildet, grob, stolz und störrisch seien [7], wenn kleinliche Zänkereien unter ihnen nicht aufhörten, so wissen doch auch einzelne Stimmen hervorzuheben, »daß noch viel ehrliebende und geschickte Männer unter ihnen seien, die sich eines Gott und Menschen wohlgefälligen Wandels befleißigten« [8]. Den innerlich tüchtigen Kern und die Bedeutung dieser Leute für die deutsche Kunstgeschichte gering zu veranschlagen, darf man sich unter keinen Umständen verleiten lassen. In jedem Stande finden sich mehr geringe und mittelmäßige, als ausgezeichnete Individuen, zudem drückte alle ziemlich gleichmäßig Noth und Armuth, die es zu einer freudigen Kraftentfaltung nur bei ungewöhnlichen Talenten kommen ließ. Sie haben aber in ihrer Art die Kunst in Ehren gehalten und gegenüber den fremdländischen Einflüssen, welchen sich die Höfe und höhern Stände bald überwiegend hingaben, im Volke die Liebe und den Sinn für die vaterländische Kunst nach ihren Kräften geweckt und gepflegt. Und das Volk hat ihnen gedankt, indem es ihren Werth und das Ideale auch in ihrem Berufe begriff; jener Eichendorffsche Spielmann, der ins Land hinaus zieht und seine Weisen singend von Haus zu Haus geht, ist bis heute eine jedem deutschen Gemüthe tief sympathische Figur. Die zunftmäßigen Einrichtungen der 25 Artikel waren natürlich keine neuerfundenen, sondern stützen sich jedenfalls auf allgemeine Gebräuche, die nur hier aufs neue, und verschärft und erweitert in Erinnerung gebracht sein werden. Insofern dienen sie eben einer allgemeinern Erkenntniß des damaligen Kunstpfeiferwesens, und somit auch der Verhältnisse des Bachschen Geschlechtes.

---

7) S. Mattheson, *Critica musica* II, 217 und 262.
8) J. Fr. Mente in Matthesons »Ehrenpforte«, S. 414 und 415.

Christoph Bach ist allerdings, wie wir vermutheten, durch seine Heirath mit den Musikanten des obersächsischen Kreises in Verbindung gekommen, es fehlt aber jede Andeutung darüber, ob er ihrem musikalischen Collegium beigetreten sei. Wir dürfen es im Gegentheil als entschieden unwahrscheinlich bezeichnen, daß er oder irgend ein anderer der großen Bachschen Familie sich an demselben betheiligte. Vielmehr drängt sich nun die Vermuthung auf, daß eben sie in ihrem engen Zusammenhalten eine ähnliche Erscheinung für Thüringen bietet, mochten ihr auch Innungszeichen und Statuten fehlen. Es ist schon bemerkt, wie ungefähr zu der nämlichen Zeit sich die drei hauptsächlichen Sammelstellen der Bachschen Musiker herausbildeten: Erfurt, Arnstadt und Eisenach, und nichts scheint mehr berechtigt, als die Annahme, daß sie mit mehr oder minder klarer Ueberlegung das Ziel erstrebten, in jener Zeit der sittlichen Verwilderung ihrer Berufsgenossen, welche ihnen besonders in dem Erfurt der fünfziger und sechziger Jahre entgegen treten mußte, innerhalb eines patriarchalisch geschlossenen Familienverbandes die Würde der Kunst und ihres Standes hoch zu halten. Waren es nun nur bis zu einem gewissen Grade Zunft-Interessen, die sie an einander ketteten, so ist es einleuchtend, daß in ihrer Betreibung der Musik auch das Handwerksmäßige weniger hervortreten mußte. Dies ist ein wohl zu beachtender Umstand, der sie auch über die Besseren ihrer außerhalb stehenden Berufsgenossen emporhebt und zu einem Kreise von Auserwählten macht. Da ferner ein großer Theil der Familienglieder als Cantoren und Organisten sich im Dienste der Kirche und Schule befand, und so in seiner Art ein Stück der damaligen höheren Cultur repräsentirte, so mußte der innige Zusammenhang aller auch eine verhältnißmäßig größere Bildung mit sich führen, als man sie sonst bei ihresgleichen anzutreffen gewohnt war, und das Wort eines Zeitgenossen, daß unter hundert Kunstpfeifer-Gesellen kaum einer gefunden werde, der zehn ordentliche Worte ohne Fehler zu Papier bringen könne[9], kann unter allen Umständen und wie man es auch verstehen mag, auf die Bachs

---

9) Der wohlgeplagte etc. Cotala, S. 3. Mehr auf die Schilderungen dieser Schrift, als auf eigne Beobachtungen gründen sich augenscheinlich Matthesons Betrachtungen über die Ausbildung eines Kunstpfeifer-Lehrlings im »Neu-Eröffneten Orchestre«, S. 14 und 15.

keine Anwendung finden. Ein weiteres Zeichen des besondern unter ihnen waltenden Geistes sind die Familientage, welche eine lange Zeit hindurch alle männlichen Angehörigen des Geschlechts jährlich in Erfurt, Eisenach oder Arnstadt abhielten. Auch als sich durch Christoph Bachs ältesten Sohn die Familie nach Franken hinein verzweigte, also sicherlich noch in der ersten Hälfte des achtzehnten Jahrhunderts, wurde diese Sitte aufrecht erhalten. Sie kamen dann also an einem der genannten Orte zusammen zu keinem andern Zweck, als um das Gefühl der Zusammengehörigkeit aufzufrischen, gegenseitige Erlebnisse und Gedanken auszutauschen und einige vergnügte Stunden mit einander zu verbringen. Noch im Gedächtniß von Sebastian Bachs Sohne Emanuel lebte es, wie sich seine Vorfahren dann auch musikalisch erbaut und belustigt hatten. Zuerst sangen sie einen Choral; dann folgten weltliche Volkslieder, welche im Gegensatz zu der anfänglichen religiösen Stimmung durch Possen und Scherze oftmals derber und cynischer Art die Lachlust bei Sängern und Hörern reichlich erweckten. Der Vortrag solcher Lieder gehörte, wie bemerkt ist, mit zum Kunstpfeiferberuf. Besonders beliebt soll der Gesang von Quodlibets gewesen sein, unter welchen man bis ins 16. Jahrhundert mehrstimmige Stücke verstand, die in den einzelnen Stimmen verschiedene bekannte, oft geistliche und zugleich weltliche Melodien mit ihren Texten zu einem harmonischen Ganzen zu vereinigen suchten [10]. Die Ausführung solcher harmonischer Kunststücke lag jedoch wohl den fröhlichen Musikanten fern; sie werden ihre Absicht besonders auf die Verschiedenartigkeit der Texte gerichtet haben, wo denn der Zufall in den tollsten Widersinnigkeiten sein Spiel treiben mußte [11]. —

Der älteste Sohn von Christoph Bach: Georg Christoph, wurde

---

10) Vergl. Praetorius, *Syntagma musicum* III, 18. Die dort angedeuteten Proben sind in Auflösung mitgetheilt bei Hilgenfeldt, Joh. Sebast. Bachs Leben, Wirken und Werke. Leipzig, Fr. Hofmeister. 1850. Beilage 1 und 2. — Eine hübsche Schilderung solcher Scherze bei Winterfeld, Zur Geschichte heiliger Tonkunst II, 281 und 282.

11) *»Quodlibet* ist ein von allerhand lustigen Texten zusammengesetztes Stücke, wanns sich gleich nicht ordentlich auf einander schicket.« F. E. Niedts musikalische Handleitung, Th. 2, 2. Aufl., herausg. von Mattheson (Hamburg, 1721), S. 103. — Forkel, Ueber Joh. Seb. Bachs Leben, Kunst und Kunstwerke. Leipzig, Hoffmeister und Kühnel. 1802. S. 3 und 4.

am 6. Sept. 1642 in Erfurt geboren [12]. Er war zuerst Schuldiener
in Heinrichs bei Suhl, eine Stelle, zu der er wahrscheinlich durch
die Verbindungen gelangte, in welchen seine Vatersbrüder mit Suhl
standen. Von dort rückte er 1668 zum Cantor in Themar auf, einem
alten Städtchen in der Nähe von Meiningen, was damals zur gefürsteten Grafschaft Henneberg gehörte, seit 1672 gothaisch wurde.
1680 an Herzog Heinrich von Römhild kam; nach dessen Tode
(1710) nahm es schon einmal Meiningen gewaltsam in zeitweiligen
Besitz [13] — so spielte man zu jener Zeit Fangball mit Städten und
Menschen. Nach zwanzig Jahren ward Bach zu gleicher Function
nach Schweinfurt berufen. Dort starb er am 24. April 1697, als
Stammvater der fränkischen Bachs [14]. Daß er auch Componist gewesen ist, geht aus dem Umstande hervor, daß in Philipp Emanuel
Bachs Musikaliensammlung sich eine kirchliche Composition für
2 Tenöre, 1 Bass, 1 Violine, 3 Violen da Gamba und Fundamental-
bass von ihm befand über den Psalmentext: »Siehe, wie fein und
lieblich ist es, wenn Brüder einträchtiglich bei einander wohnen.«
Diese Composition, welche 1689 entstanden sein soll, ist einstweilen
verloren gegangen, weshalb es unmöglich zu errathen ist, wie weit
seine Fähigkeit als Tonsetzer gereicht habe. — Wir gelangen zu
seinen Kindern. Der erstgeborne, Johann Valentin, kam den 6. Jan.
1669 zur Welt [15], woraus zu schließen, daß der Vater sich mit Antritt des themarischen Cantorats verheirathet. Ihm folgten noch
Johann Christian (15. März 1679 bis 16. Juni 1707), und Johann
Georg (11. Nov. 1683 bis 13. März 1713), von denen nichts sicheres

12) Nach der Angabe der Genealogie und dem übereinstimmenden Register
der Kaufmannskirche. Ferrich, dessen abweichende Angaben in Sachen seiner
directen Verwandten sonst Glauben verdienen, nennt hier merkwürdiger Weise
das Jahr 1641.

13) Themarische Kirchen- und Schulacten auf dem herzogl. Archiv zu
Meiningen. — Brückner, Landeskunde des Herzogthums Meiningen II, S. 239.

14) Datum nach der Ferrichschen Genealogie. — In den Erfurter Raths-
protokollen vom 28. April 1675 werden die sehr ärmlichen Verhältnisse eines
Georg Christoph Bach erwähnt, der damals sich in Erfurt befunden haben muß.
Identisch mit dem obengenannten kann er also nicht wohl sein; ich weiß ihn
aber auch sonst nicht unterzubringen.

15) Nachmittags um 3 Uhr, lautet der genaueste Bericht der Ferrichschen
Genealogie. Daß er späterhin in Schweinfurt Cantor geworden sei, ist ein Irrthum Philipp Emanuels.

weiter bekannt geworden ist. Valentin wurde am 1. Mai 1694 zum schweinfurtischen Stadtmusicus und — schon jetzt oder später — zum Oberthürmer bestellt. In dieser Position hielt er es für seine Pflicht, eine Ehe zu schließen, was denn auch am 25. Sept. 1694 mit Anna Margaretha Brandt geschah. Er starb am 12. Aug. 1720; drei diesem Bunde entsprossene Söhne sind zu nennen. Johann Lorenz, von dem die Ferrichsche Genealogie herstammt, geb. 10. Sept. 1695, war Organist zu Lahm in Franken und starb hochbetagt am 14. Dec. 1773. Von ihm kenne ich ein Praeludium nebst Fuge in D dur, woraus ein tüchtiger und selbständiger Musiker zu Tage tritt. Der zweite Sohn, Johann Elias, auf dessen Begegnung mit Sebastian Bach wir später zurückkommen werden, geb. 12. Febr. 1705, studirte Theologie, wurde hernach Cantor und Inspector des Alumneums zu Schweinfurt, wo er am 30. Nov. 1755 starb. Endlich der dritte, Johann Heinrich, wurde am 27. Jan. 1711 geboren, und kam nicht über die jungen Jahre hinaus. Man wird leicht bemerken, wie mit dem Hineinwachsen ins fränkische Gebiet auch andere Vornamen (Valentin, Lorenz, Elias) auftauchen, als sie bei den thüringischen Bachs gewöhnlich waren [16].

Dem ersten Sohne folgte in der Ehe Christoph Bachs am 22. Febr. 1645 ein Zwillingspaar, welches er zwei Tage darauf durch die Pathen Ambrosius Marggraf und Christoph Bärwald aus der Taufe heben und Johann Ambrosius und Johann Christoph nennen ließ. Der erste derselben sollte unseres großen Sebastian Vater werden. Ihre frühste Kindheit verlebten sie in Erfurt; als sie acht oder neun Jahre alt waren, wurde Arnstadt der Aufenthalt der Familie, wo sie unter des Vaters Anleitung den Grund zu ihren musikalischen Fertigkeiten gelegt haben werden. Als Christoph Bach im besten Mannesalter starb, waren die Zwillinge kaum erwachsen. Die Natur hatte sie nicht nur mit den engsten Banden des Blutes an einander gekettet, sondern ihnen auch eine Gleichartigkeit des äußern und innern Wesens verliehen, welche Jedermann in Verwunderung setzte, und sie selbst in höheren Kreisen zum Gegen-

---

[16] Das hier gegebene beruht auf Reproduction dessen, was die Ferrichsche Genealogie, die im Besitz von Fräulein Emmert in Schweinfurt befindliche fragmentarische Genealogie nebst dem Stammbaume, und die Pfarrbücher zu Schweinfurt bieten.. S. Anhang B. III.

stande neugieriger Betrachtung gemacht zu haben scheint. Sie hatten dieselbe Weise zu denken und sich auszudrücken, sie spielten dasselbe Instrument, die Geige, und bewiesen dieselbe Manier der Auffassung und des Vortrags. Ihre äußere Aehnlichkeit soll so groß gewesen sein, daß, wenn sie bei einander waren, die eignen Frauen ihre Gatten nicht erkennen konnten, und die Seelenübereinstimmung soll so weit gereicht haben, daß sie selbst Krankheiten mit einander theilten. In der That überlebte der ältere den Tod des jüngern nur um kurze Zeit. Die gegenseitige Anhänglichkeit, welche allen Bachs eigen war, zeigt sich in dem Verhältniß von Sebastians Vater zu seinem Zwillingsbruder gleichsam in ihrer größten Intensität. Und da über das eigne Leben desselben wenig zu berichten sein wird, werden wir uns erlauben dürfen, die Charaktereigenthümlichkeiten des jüngern Bruders, so weit sie zu erkennen sind, auf den ältern mit in Anwendung zu bringen.

Vermuthlich haben beide sich nach des Vaters Tode und vollendeten Lehrjahren eine Weile als Kunstpfeifer-Gesellen auf die Wanderschaft begeben. Hernach schieden sich aber ihre Wege: Ambrosius wurde 1667 in Erfurt angestellt, Johann Christoph erhielt am 17. Febr. 1671 eine Berufung als Hofmusicus von dem Grafen Ludwig Günther zu Schwarzburg-Arnstadt. Daß derselbe sich der hier, wie anderwärts, einigermaßen verfallenen Kirchenmusik mit Interesse annahm, ist schon an einem andern Orte bemerkt. Er hatte Jahrs vorher für den Kirchenchor und die begleitenden Instrumentisten sonntäglich eine besondere Uebungsstunde unter Direction des Cantors Heindorff einrichten lassen, auf deren Abhaltung er sorgfältig hielt. Wie nöthig dies war, ergiebt sich auch daraus, daß noch bei dem Oster-Schulexamen 1673 über den schlechten Stand des Singchors, der sich ja hauptsächlich aus Schülern ergänzte, Klage geführt wurde[17]. Späterhin forderte der Graf einmal bei Anstellung eines neuen Stadt-Cantors, daß dieser mindestens vier Personen für jede Stimme aufstellen solle, was für jene Zeiten, in denen man sich nicht selten mit einfacher Besetzung behalf, einen ziemlich starken Chor gab[18]. Wenn er einen musikali-

---

17) Consistorial-Protokolle vom 2. Mai 1673.
18) Consistorial-Protokolle vom 8. März 1681.

schen Kammerdiener annahm, so wurde es in dessen Bestallung ausdrücklich bemerkt, daß er sich »allezeit in der Kirche und bei dem *Exercitio musico* einfinden solle«. Und eben dasselbe lesen wir in Joh. Christophs Anstellungsdecret; zugleich wurde ihm aufgegeben, nicht ohne Vorwissen des Cantors und der gräflichen Räthe zu verreisen, »in der Zierlichkeit im Geigen und Musiciren sich ferner wohl zu üben«, und »da zu Hofe er nebst andern oder allein begehret würde, sich willig finden zu lassen«. Hiermit wurde er an den obersten Dirigenten, den Cantor Heindorff, verwiesen, und dem damaligen Stadtmusikanten Gräser anbefohlen, bei allen bürgerlichen Gelegenheiten, wo es Musik zu machen gab, zuerst den Bach zuzuziehen, darnach erst den Thürmer, und dann wechselweise seine Kunstpfeifergesellen. Die Anweisung auf diesen Nebenverdienst war nothwendig, denn als Hofmusicus erhielt Bach nur 30 Gülden Gehalt und einige Naturallieferungen[19]. Da er nun im Trocknen saß, hätte er nach alt-Bachischer Weise sich einen Hausstand gründen müssen, worin ihm der Bruder Ambrosius schon vorangegangen war. Absichten dazu scheinen auch damals vorhanden gewesen zu sein; daß diese aber zunächst nicht ausgeführt wurden, und warum nicht, läßt uns einen tiefern Blick in die Natur dieses Mannes thun, als es bei seinen Geschlechtsgenossen bis jetzt möglich war. Das Arnstädter Consistorium hatte außer der Oberaufsicht in Kirchen- und Schulsachen auch gewisse geistlich-richterliche Befugnisse in Dingen, die mit der Religion und Sittlichkeit zusammen hingen. Am 19. Aug. 1673 erschienen vor ihm die verwittwete Anna Margarethe Wiener und ihre Tochter Anna Kunigunde, ihnen gegenüber Johann Christoph Bach, und das mit beiden Parteien vorgenommene Verhör offenbarte Dinge, die wir zunächst in der charakteristischen Weise wiedergeben, wie sie protokollirt wurden.

»Nachdem sich Bach bishero mit der Anna Cunigunda Wienerin geschleppet und der gemeinen Sage nach mit ihr verlobet haben soll, so sind beide Theile vors Consistorium beschieden, und gestehet Anna Cunigunda, daß sie Bach um die Ehe an- und dieselbe ihr versprochen. Die Mutter aber sagt, er habe sie durch Hansen Lampen lassen

---

19) Fürstl. Archiv zu Sondershausen. Fach für Hof-Diener und Handwerker, fol. 13 und ff.

ansprechen und ihren mütterlichen Consens desideriret, welchen sie auch darein gegeben, und hätten nicht weniger auf die Ehe beide Theile einander Ringe gegeben, welche sie auch noch hätten. Wäre [nämlich die Tochter] gesonnen, damit ihr Gewissen nicht beschweret würde, ihre Zusage zu halten, wiewohl sie sich zu keinem Manne zwinge, und stelle es in des Bachs Gewissen und Verantwortung, ob er von ihr bei dieser Bewandtniß ohne dessen Verletzung abzutreten vermeine.

Christoph Bach gestehet zwar, daß er Annen Cunigunden Wienerin um die Ehe angeredet, es wäre aber das Werk in lauter Tractaten bestanden[20]), und hätte er sich verbindlich nicht eingelassen. *Negat pure*, daß er die Mutter um ihren Consens durch Hans Lampen lassen ansprechen; dieser Hans Lampe sei der Wienerin gegen[21]) Schwäher und ihr mit der nächsten Schwägerschaft verwandt. Da er nun ihren, der Wienerin, Consens zur Perfection seines Werks desideriren wollen, werde er es ja vielmehr durch seine, Bachens, eigne nahe hier sich befindende Blutsfreunde, *exempli gratia* Heinrich Bachen, als durch ihre, der Wienerin, Freunde thun lassen. Er habe ihr einen Ring gegeben und sie ihm auch einen gegeben, aber nicht auf die Ehe. *In specie* sagt er, sie habe ihn vexiret mit Leuchtens[22]) Tochter und gemeinet, er hätte diesen Ring von derselben empfangen, darauf er repliciret, damit sie nun sähe, daß sich dergleichen [nicht] also befinde, so wollte er ihr solchen Ring geschenkt haben.

Anna Cunigunda bleibet bei Obigem, und sei *in specie* der Ring ihr auf die Ehe gegeben, damit sie nämlich seiner Treu versichert wäre.

Bach bleibet nicht weniger bei seinem Berichte und negiret die vom Gegentheil vorgeschützten Umstände; zudem so hätte die Anna Cunigunda ihm ihren Ring wieder abgefordert und gleichsam also den Korb ihm gegeben.

Wienerin: Nachdem sich Bach ihrer geäußert[23]), und seine Affection gegen sie verloschen, so habe sie ihren Ring wieder desi-

---

20) D. h. sie hätten die Sache nur in vorläufige Ueberlegung gezogen.
21) D. h. in Bezug auf die W.
22) Der Name eines Arnstädter Bürgers.
23) D. h. sich von ihr zurückgezogen.

deriret mit solchem Anhang: sie gäbe es ihm in sein Gewissen, wenn sie ihm nicht gut genug wäre und er sie nur zu äffen gedächte. so möchte er ihr nur den Ring wieder geben und in seinem Gewissen es gegen Gott verantworten; sie wollte es demselben heimgestellt sein lassen und mit ihm dergestalt nichts ferner zu schaffen haben. Jener habe darauf in Antwort vermelden lassen, er befürchte hierunter Gottes Strafe nicht.

Zu gedenken: Weil Bach dabei verharret, daß er der Wienerin nichts verbindliches zugesaget, gleichwohl aber unterschiedene Vermuthungen wider ihn fürhanden, so ist ihm beweglich zu Gemüthe geführet, daß es leicht die Wege erreichen könnte, daß er sich *jurato purg*iren müsse, derowegen er sich wohl prüfen möchte, wie ihm denn bis heut über acht Tage Bedenkzeit verstattet sein sollte, da er sich denn ohne ferneres Erfordern wiederum stellen und erklären sollte. Welches auch der Wienerin also eröffnet worden.«

Der kleine Roman zwischen den beiden jungen Leuten war demnach schon zu Ende gespielt gewesen. Auch hatte keins das andere nachträglich verklagt, sondern das Consistorium, dem die Sache zu Ohren gekommen war, hatte seinerseits geglaubt, sich über jenes Verhältniß näher unterrichten zu müssen. Obgleich aus dem aufgezeichneten Verhör sich keine bestimmte Schuld Bachs ergiebt, so wird doch das Consistorium, das bei seinem Urtheil den persönlichen Eindruck beider mit berücksichtigen konnte, im Rechte gewesen sein, wenn es der Vertheidigung Johann Christophs nicht gleich zugänglich war. Der junge, kunstfertige Mann mochte seinen Eindruck auf die Arnstädter Bürgertöchter nicht verfehlt haben. In der Absicht, sich eine Lebensgefährtin zu suchen, hatte er sich auch der Anna Wiener genähert und in der zwangloseren Weise jener Stände mit ihr verkehrt und gesprochen, wobei auch die Möglichkeit eines ehelichen Bündnisses berührt worden war. Halb aus eigner Neigung, halb aus unbedachtsamem Benehmen wird es gekommen sein, daß er eine nachhaltige Liebe des Mädchens zu sich erweckte. Das Gefühl einer nicht gleich starken Erwiederung seinerseits trieb sie zur eifersüchtigen Neckerei wegen eines Ringes; er, um derselben zu begegnen, schenkte ihr denselben. Diesen Leichtsinn zu entschuldigen, sind wir weit entfernt, möchten ihn jedoch nicht mit zu strengem Maßstab gemessen sehen. Nun ward Bach der halbernsten Tändelei überdrüssig und ließ dem Mädchen die Qual einer unerwiederten Liebe. Ihre Aussagen vor dem Consistorium bezeugen aber nicht nur diese, sondern auch wirkliche Weiblichkeit und Zartgefühl. Zu stolz, um mit sich spielen zu lassen, hatte sie ihm das ihrerseits ernst gemeinte Versprechen zurückgegeben und ihm den Umgang aufgekündigt; aber einmal um die Sache befragt, verräth sie doch wieder das eigentliche Gefühl in der wiederholten Berufung auf sein Gewissen und auf Gott, vor dem er sein Benehmen zu verantworten habe und in dessen Willen sie ihre Wünsche befehle. — Die geistliche Behörde, deren Absicht es war, einen Ausgleich herbeizuführen, scheint dieses Mal Oel ins Feuer gegossen zu haben. Bach fühlte sich der Anna Wiener gegenüber nicht verpflichtet, wie schon die trotzige ihr gegebene Antwort beweist, daß er Gottes Strafe wegen eines Treubruchs nicht befürchte, und dadurch, daß die Sache jetzt an die Oeffentlichkeit gedrungen und vermuthlich auch Stadtgespräch geworden war, wurde seine Widerspenstigkeit nur gesteigert und seine Gleichgültigkeit gegen das Mädchen in Abneigung verkehrt. Was zunächst weiter in der Angelegenheit vor dem Consistorium verhandelt worden ist, darüber fehlen die Nachrichten, man sieht jedoch so viel, daß es der Ansicht war, Bach müsse die Wienerin heirathen. Wenn derselbe endlich Folge geleistet hätte, so würden wir dies aus dem Ansehen des Consistoriums und nach den damaligen Sitten erklärlich finden, indem gegenseitige Zuneigung bei Eheschließungen keineswegs immer das entscheidende Motiv war, und man viel häufiger noch, als heutzutage, äußern Gründen nachgab und der Zeit die Ausgleichung selbst von starken Differenzen anheim stellte. Daß sich aber der arme, in seiner äußern Lebenslage vom gräflichen Hofe und dessen Räthen gänzlich abhängige Musicus mit der größten Entschiedenheit, ja Erbitterung gegen dieses Ansinnen wehrte, ist ein merkwürdiger Beweis von berechtigtem Selbstgefühl, das eine Einmischung in die Angelegenheiten des Gemüthes und Herzens unter allen Umständen Niemandem gestattete. Die schwarzburgischen Grafen jener Zeit standen in einem Abhängigkeits-Verhältniß vom Herzogthum Sachsen, und da Johann Christoph in Arnstadt nicht Recht erhielt, wandte er sich mit einer Appellation an das Consistorium in Weimar. Dies geschah im November 1674, nachdem die Angelegenheit sich nun schon weit über ein Jahr hinausgezogen hatte. Er trat hier mit solcher Leidenschaftlichkeit auf, daß er sich später vorwerfen lassen mußte, gesagt zu haben, »er sei der Wienerin so feind, daß er sie nicht vor Augen sehen könne«. Und in Weimar erkannte man ihm sein Recht zu. Hiernach blieb der Arnstädter Behörde nichts zu thun übrig, als Versöhnung zu stiften, wozu sich Bach nunmehr bereit finden ließ, und dadurch seinen in Weimar gethanen Ausspruch thatsächlich widerrief. Darüber war das Ende des Jahres 1675 herangekommen, fast drittehalb Jahre hatte der aufreibende Kampf um seine innere Freiheit ihm hingenommen. Er ging siegreich daraus hervor, aber der Gedanke an Liebe und Ehe war ihm für Jahre verleidet. Während im übrigen die männlichen Personen des Bachischen Stammes sich früh, oft im Anfang der zwanziger Jahre verheiratheten, blieb er bis in sein fünfunddreißigstes Lebensjahr unvermählt. Dann nahm er sich (um Ostern 1679) Martha Elisabeth Eisentraut zur Gattin, die Tochter des Kirchners zu Ohrdruf.

Noch ist ein Verdacht zu zerstreuen, der vielleicht beim Lesen der eben geschilderten Ereignisse sich einstellen könnte, als ob es die Folgen unerlaubten Umganges gewesen wären, nach denen Bach zur Ehe mit Anna Wiener hätte veranlaßt werden sollen. Daß ihr Verhältniß zu einander ein sittlich ganz reines gewesen ist, steht außer allem Zweifel, und ergiebt sich schon allein aus dem aufmerksamen Lesen des oben mitgetheilten Verhöres. Dinge, wie sie etwa hier vorausgesetzt werden könnten, werden in den Consistorialverhandlungen, welche unsre Quelle waren, immer mit größter Offenheit besprochen, auch würde in einem solchen Falle die weimarische Behörde sich sicherlich nicht zu Gunsten Bachs erklärt haben. Ueberhaupt muß hier mit Genugthuung constatirt werden, daß in Hinsicht des Verkehrs der Geschlechter unter einander in der Bachschen Familie sehr strenge Grundsätze geherrscht haben, und daß sie sicherlich auch hierin sich vor andern ihrer Zeit merklich auszeichnete. Wenn man eine so große Anzahl von Eheschließungen und Geburten aufzusuchen und zu verfolgen hat, wie das von uns geschehen mußte, und darunter keinem einzigen Falle begegnet, der auf ein illegales oder vorzeitiges Sichzusammenfinden schließen läßt, so ist dies in jener sittlich verwilderten und schlaffen Zeit und unter jener Menschenclasse ein wahrlich nicht leicht wiegendes Ehrenzeugniß.

Der Stadtmusicus Gräser, dem Johann Christoph zur besondern Berücksichtigung beim Musikmachen anempfohlen war, machte diesem Leben und Tagewerk sauer, beeinträchtigte ihn nicht nur in seinem Erwerb, sondern suchte ihn auch in boshafter und zanksüchtiger Weise zu kränken und zu reizen. Einst war er so weit gegangen, nicht nur Johann Christoph, sondern auch die ganze Bachische Musikanten-Familie gröblich zu beschimpfen. Hierauf erfolgte eine Collectiv-Beschwerde der Arnstädter und Erfurter Bachs, über deren Erfolg zwar nichts bestimmtes zu melden ist, doch scheint man gegen Gräser eingeschritten zu sein. Die Differenzen hörten übrigens nicht auf; noch einmal nahm die Regierung sich Bachs an, endlich jedoch riß dem alten Grafen die Geduld, er sah ein, daß bei den ewigen Zänkereien die Musik nicht gedeihen könne, und am 7. Jan. 1681 ließ er sämmtlichen Musikanten ihre Bestallungen aufkündigen »wegen ihres Unfleißes und ihrer Uneinigkeit« [24]. Das Unglück wollte es, daß der Graf bald darauf starb, und in Folge allgemeiner Trauer alle öffentliche Musik verboten wurde. So sah sich Joh. Christoph mit seiner Gattin und seinem erstgebornen Töchterchen aller Einkünfte beraubt und in die äußerste Nothlage versetzt. Nicht ohne Bewegung kann man es lesen, wie dieser Mann trotzdem an der Seite des greisen Heinrich Bach, seines Oheims, sonntäglich die Musik in der Kirche bestellen half ohne die geringste Vergütung, wie er bei den nunmehr regierenden jungen Grafen nach Verlauf einiger Trauer-Monate um die Erlaubniß nachsuchte, zuweilen in Arnstadt, oder wenn das beanstandet würde, in dem entfernteren Gehren, »mit einer stillen Musik etwas zu verdienen, und dadurch sich und die Seinigen nothdürftiglich zu erhalten«, oder wenn er bittet, zur Neujahrszeit trotz der Trauer »vor den Thüren abblasen« zu dürfen. Die Zeit des Elends ging vorüber, und er wurde in den

---

24) Consistorial-Protokolle vom 23. März 1680 und 7. Jan. 1681. Im übrigen beruhen diese und die folgenden Mittheilungen auf Acten des Sondershäuser Archivs: »Von Johann Christoph Bachen, dem Hoff-*Musico* in Arnstadt, 1671—1696«, und des Arnstädter Raths-Archivs. Einiges hiervon, sowie auch andere, verschiedene Glieder der Bachschen Familie betreffende Documente aus diesen archivalischen Quellen hat vor Jahren Fr. Beisker in ziemlich fehlerhafter und dilettantischer Weise veröffentlicht in G. W. Körners Urania. Erfurt und Leipzig, 1861.

ersten Monaten des Jahres 1682 von der jungen Herrschaft aufs neue
zum Hofmusicus und zum Stadtpfeifer ernannt. Wir wenden uns
von der unerfreulichen Seite seines Lebens, den auch fernerhin nicht
aufhörenden Beschwerden über Berufsbeeinträchtigung und andern
Conflicten mit seinen Standesgenossen hinweg zur Betrachtung der
am gräflichen Hofe getriebenen Musik. Dies wird um so größeres
Interesse haben, als späterhin auch Sebastian Bach diesem Hofe
seine Dienste zu leisten hatte.

Nach dem Tode Ludwig Günthers fiel die Grafschaft an dessen
beide Neffen, von denen der jüngere, Anton Günther, die Oberherr-
schaft mit der Residenz Arnstadt erhielt, wo er 1683 seinen Wohnsitz
nahm und bis zu seinem Tode 1716 verblieb. Zum Capellmeister
seines Hofes berief er Adam Drese, einen damals schon mehr als
sechzigjährigen Mann. Er war um die Mitte des December 1620,
wahrscheinlich in Weimar geboren, und vom Herzog Wilhelm IV.,
in dessen Hofcapelle er zuerst wirkte, dem königl. polnischen Capellmeister Marco Sacchi in Warschau zur weitern Ausbildung übergeben, sodann selbst zum Capellmeister am weimarischen Hofe
ernannt. Hier stand er im Jahre 1658 einer Capelle von 16 Musikern
vor und bekam 275 Gülden Gehalt, nebst Naturallieferungen [25].
Nach dem Tode des Herzogs (1662) und der Theilung seines Landes
nahm ihn dessen vierter Sohn Bernhard, dem die Herrschaft Jena
zufiel, mit sich dorthin und übertrug ihm nicht nur die Capellmeister-
stelle, sondern, bei Dreses vielseitiger Bildung, auch das Amt eines
Kammersecretärs, sowie das des Stadt- und Amts-Schulzen. Im
Jahre 1667 ließ der Fürst eine Veränderung in seiner Hofhaltung
eintreten, und Drese wurde aus unbekannten Gründen entlassen. Ein
Bittgesuch an den Herzog Moritz zu Sachsen-Zeitz verschaffte ihm
eine lobende Empfehlung an Landgraf Ludwig von Hessen-Darmstadt [26]. Ob er es hier zu einer Anstellung brachte, ist dunkel;
einige Jahre darauf war er wieder am Hofe zu Jena. Als Bernhard 1678 gestorben war, blieb Drese vermuthlich unter der vor-
mundschaftlichen Regierung der Herzogin noch an seinem Posten,
nach dem Tode derselben (1682) wird er nach kurzer Unterbrechung

---

25) Acten des Haupt-Archivs zu Weimar, die Bestallung der Hof-Musi-
kanten und Kammermusik betreffend.

26) Die betreffenden Acten sind im Gesammt-Archiv zu Dresden.

1683 in den Dienst des Schwarzburger Hofes getreten sein. Verbessert hatte sich seine Lage im Laufe der Ereignisse nicht: im Jahre 1696 erhielt er eine Besoldung von 106 Gülden jährlich [27]. Er starb im hohen Alter von 80 Jahren und zwei Monaten am 15. Febr. 1701. — Dreses musikalische Thätigkeit muß eine ausgedehnte gewesen sein. Sein Hauptinstrument war die Viola da gamba, gleich wie bei seinem Freunde und Kunstgenossen Georg Neumark, mit dem er in Weimar zusammen lebte und wirkte. Als Componist trat er 1672 mit einer Sammlung Allemanden, Couranten, Sarabanden u. drgl. hervor, und soll im übrigen viele Instrumental-Sonaten, Kirchenstücke und theatralische Compositionen verfaßt und zumal in der Behandlung des Recitativs sich ausgezeichnet haben[28]. Bekannt ist von diesen gedruckten und ungedruckten Sachen bis jetzt nichts wieder geworden; doch haben sich 14 Liedercompositionen von ihm in Neumarks »fortgepflanztem musikalisch-poetischen Lustwalde« (Jena, 1657) erhalten. Auch eine Anleitung zur Composition existirte um das Jahr 1680 von ihm und war im Gebrauch [29]. Von seinen geistlichen Melodien, die er theils zu den religiösen Liedern des Consistorialraths Büttner in Arnstadt, theils zu eignen Dichtungen erfand, hat sich der Gesang: »Seelenbräutigam, Jesu, Gottes Lamm« mit seiner ansprechenden, aber sinnlich spielenden Tonweise im Gebrauche erhalten. Diese dichterische und compositorische Thätigkeit hing mit der Sinnesänderung zusammen, welche sich bei Drese in seinem Alter einstellte. Vorher war er ein leichtgesinnter, lebenslustiger Künstler gewesen, der bei theatralischen Aufführungen, an denen er sich betheiligte, mit Vorliebe die lustige Person vorgestellt haben soll. Nach dem Tode des Herzogs Bernhard von Jena lernte er zuerst Speners Schriften kennen, und wurde vorzugsweise durch sie ein eifriger Anhänger des Pietismus. In Arnstadt veranstaltete er neben der Erfüllung seiner Amtspflichten nach Speners Vorbilde religiöse Versammlungen Gleichgesinnter in seinem Hause, und ließ auch 1690 in Jena eine Schrift erscheinen:

---

27) Nach einer Besoldungsliste auf dem Archiv zu Sondershausen.

28) Walther im Lexicon, S. 217. Dieser ist nach Casp. Wetzels *Analecta hymnica* I, 4. Stück, S. 28 ff. die hauptsächlichste gedruckte Quelle über Drese.

29) Mattheson, Ehrenpforte, S. 341. Dies zur Ergänzung von Gerbers Citat: N. L. I, Sp. 936.

»Unbetrügliche Prüfung des wahren, lebendigen und seligmachenden Glaubens«. Zu dieser schrieb Spener selbst eine Vorrede, in welcher er an Drese dessen ernste Gesinnung und tiefes Gemüth rühmend hervorhebt [30]. Der Pietismus fand aber in Arnstadt keinen günstigen Boden; wenigstens waren die beiden Olearius, Vater und Sohn, welche dort als Geistliche neben und nach einander in sehr hohem Ansehen standen, demselben durchaus feindlich gesinnt. Sicherlich geschah es durch ihren Einfluß, daß 1694 am Cantate-Sonntage und am Himmelfahrts-Feste eine öffentliche Warnung gegen die »Irrlehren« der Pietisten von allen Kanzeln verlesen wurde, und nicht ohne Genugthuung äußert sich der jüngere Johann Christoph Olearius. »obwohl unter andern einige quäckerisch gesinnte Pietisten solche Religionsruhe zu verunruhigen heimlich und öffentlich sich seithero bemühet, so habe doch Gott durch christliche Obrigkeit solches gehindert« [31]. Derselbe charakterisirte später einmal Drese als einen arglistigen, unruhigen, mit fanatischen Grillen behafteten Mann, dessen Haus »die Herberge aller subtilen und plumpen Pietisten« gewesen, nimmt Anstand, ihn zu den reinen evangelischen Liederdichtern zu rechnen, und giebt seiner Freude darüber Ausdruck, daß er und sein Geschlecht in Arnstadt ganz ausgestorben und seine Händel mit ihm verloschen. Uns fehlen die Mittel, festzustellen. wessen Urtheil über Drese das Richtigere trifft, im allgemeinen aber ist man jener hochmüthigen und verknöcherten Orthodoxie gegenüber immer geneigt, sich auf Seite der Pietisten zu stellen. Daß unter solchen Umständen Dreses Stellung in Arnstadt nicht zu den unbekümmerten gehörte, leuchtet ein, dazu kam er ohne sein Verschulden häufig auch in äußere Noth. Wie wenig gewissenhaft man in Zahlung des Gehaltes war, ergiebt sich unter anderm aus einem Schreiben Dreses an den arnstädtischen Kammerrath vom 19. April 1691: »übrigens erinnere kürzlich, daß vorm Jahre Michaelis ich vertröstet worden, gegen das Quartal Luciae zwei Quartale [der Besoldung] einzuheben, damit der Rest nicht zu hoch aufwachsen könnte; an besagtem Luciae wurde ich bis nach den heiligen Feiertagen ver-

---

30) Winterfeld, Evang. Kirchenges. II, 603.

31) *Joh. Christoph. Olearii Historia Arnstadiensis.* Jena (Arnstadt), 1701. S. 43 ff.

tröstet, nach diesen ich gar bis aufs Quartal Reminiscere verwiesen: ich erwartete solches auch mit Geduld; als ich mich nun an demselben wieder angemeldet, wurde ich weiter bis in die Marterwoche vertröstet, indem ich mich nun in derselben auch gebührend angegeben, bekam ich zur Resolution: es wäre kein Geld da; wo ich nun nach so vielen Vertröstungen ferner hingewiesen werde, weiß ich nicht!« Nicht unbemerkt darf hier die gewandte Ausdrucksweise bleiben, und etwas von individueller Färbung, was hier wie in andern Eingaben Dreses [32]) unter dem todten Formelkram derzeitiger Actenstücke wohlthuend berührt, und selbst in diesen untergeordneten Geistesäußerungen von dem frischen Leben zeugt, was trotz vieler Verirrungen in dem Pietismus sich regte. Ein Sohn des alten Capellmeisters, Wilhelm Friedrich Drese, hatte von seines Vaters Anstellung an vier Jahre unentgeltlich in der gräflichen Capelle mitgewirkt [33]), dann irgend einen musikalischen Posten bei einem Baron von Meußbach in Triptis im Weimarischen bekleidet, und bemühte sich später, wieder in schwarzburgische Dienste zu kommen. Lange wird er nicht darin geblieben sein. Am Ende des Jahrhunderts war die Capelle zeitweilig aufgelöst [34]), und Adam Drese hoffentlich in angemessener Weise in Ruhestand versetzt. Nach seinem Tode — seine Frau war schon 1698 gestorben — werden auch die pietistischen Bestrebungen rasch wieder verschwunden sein, und Sebastian Bach, als er wenige Jahre darauf in Arnstadt Organist wurde, hätte wohl kaum noch Spuren davon vorfinden können. Jedenfalls war ein persönlicher Einfluß Dreses auf ihn nicht mehr möglich, wie man annehmen zu müssen geglaubt hat [35]), da derselbe nicht mehr am Leben war; daß aber auch Sebastian Bachs Stellung zum Pietismus eine ganz andre gewesen ist, als man gemeiniglich vermuthet, wird später ausführlich entwickelt werden.

---

32) Die sich alle auf dem Sondershäuser Archiv befinden.

33) Vorher muß er kurze Zeit Hofmusicus in Weimar gewesen sein, nach einer Andeutung im dortigen Archiv.

34) Am 12. Juli 1698 bittet Peter Wenigk aus Gotha um Anstellung, wenn vielleicht der Graf bei Einweihung der neuen Schloß-Capelle (1700) »eine kleine *Capell-Music* gnädigst zu *stabiliren* gesonnen sein« möchte.

35) Winterfeld, Ev. Kircheng. III, 276, dem es dann von andern nachgeschrieben worden ist.

Graf Anton Günther that mancherlei für die Musik, wohl nicht zum kleinsten Theile auf Anregung seiner Gemahlin Augusta Dorothea, welche vom Hofe ihres Vaters, des Herzogs Anton Ulrich von Braunschweig - Wolfenbüttel, ein reges Kunstleben gewohnt war. Außerdem daß er einen renommirten Meister an die Spitze berief, besonders begabte junge Leute auf seine Kosten ausbilden und reisen ließ, brachte er auch den Capellbestand auf eine für die kleinen Verhältnisse beträchtliche Höhe. Freilich hatten die meisten Musicirenden auch noch andere Aemter oder Dienste, aber es mußte dann bei Besoldung derselben doch immer auf die musikalische Leistungsfähigkeit Bedacht genommen werden. Eins der Verzeichnisse der Hof-Musik führt auch den Organisten und Cantor zu Gehren, den Cantor zu Breitenbach und einen Fagottisten aus Sondershausen auf. Es geschah also zu besondern Gelegenheiten, daß die musikalischen Kräfte des ganzen Ländchens zusammengetrommelt wurden, und nicht selten mag der stille Michael Bach zu Fuß den Weg von Gehren auf das Schloß in Arnstadt gemacht haben, um bei einem besonders glänzenden Hofconcerte mit zu wirken [36]. Aber auch ohne das sieht eine Liste der Capellmitglieder bunt genug aus. Folgendes ist eine Zusammenstellung der Instrumentisten um das Jahr 1690 : Herr Drese senior — Viola da gamba. Kammerdiener Wentzing — Violine. Kammerdiener Gleitsmann — Laute, Violine und Viola da gamba. Actuar Heindorff — Violine. Der Kornschreiber — Clavier und Violine. Der Küchschreiber — Clavier. Herr Drese junior — Viola da gamba. Stadt-Cantor Heindorff — Violine. Ein Fagottist. Fünf Trompeter. Trompeter Jäger — Violine. Zwei Hautboisten, auch für die Violine zu gebrauchen. Bach mit seinen Leuten (4 Personen). Dies sind zusammen 21 Spieler, mit welchen jede Instrumentalsonate auf das vollständigste ausgeführt werden konnte. Noch stattlicher macht sich eine andere Liste, welche auch den vo-

---

36) Was überhaupt damals den deutschen Musikern zugemuthet ward, während die italiänischen Sänger und Sängerinnen an den Fürstenhöfen in Sänften zu jeder Vorstellung abgeholt wurden, davon macht man sich jetzt kaum einen Begriff. Ein Mitglied der herzoglichen Capelle in Weimar zu Seb. Bachs Zeit, Joh. Philipp Weichardt, studirte während dem in Jena die Rechte, und mußte jeden Sonntag von dort den Weg zur Kirchenmusik nach Weimar machen, und zurück.'

calen Bestand angiebt und die wir ganz in ihrer ursprünglichen Fassung mittheilen wollen. Aus einem nicht erkennbaren Grunde ist der Capellmeister Drese nicht mit genannt.

<table>
<tr><td colspan="2">Vocalisten.</td><td colspan="2">Instrumentisten.</td></tr>
<tr><td>Discant:</td><td>Hans Dietrich Sturm.</td><td>Violine:</td><td>[Johann] Christoph Bach.</td></tr>
<tr><td>Altist:</td><td>Hans Erhardt Braun.</td><td>Violine:</td><td>Christoph Jäger.</td></tr>
<tr><td>Tenorist:</td><td>1. der Kammerschreiber.</td><td>Violine:</td><td>Actuarius.</td></tr>
<tr><td>Tenorist:</td><td>2. der Kornschreiber.</td><td>Violine:</td><td>Wentzing.</td></tr>
<tr><td>Tenorist:</td><td>3. Hans Heinrich Longolius.</td><td>Alt-Viole:</td><td rowspan="3">Bachens Gesellen und
Lehrjungen.</td></tr>
<tr><td>Bassist:</td><td>1. Der Bauschreiber.</td><td>Tenor-Viole:</td></tr>
<tr><td>Bassist:</td><td>2. Der Cantor.</td><td>Bass-Viole:</td></tr>
<tr><td></td><td></td><td>Violon:</td><td>Küchschreiber.</td></tr>
<tr><td></td><td></td><td>Organo:</td><td>Heinrich Bach.</td></tr>
</table>

außer den Trompetern sind auch auf gnädigen Special-Befehl zu dieser Musik bishero mit gezogen worden:

Zur *Capella* oder zum *Complimento*[37] aus der Schule allhier:

Jägers Sohn:	*Discantista.*
Sauerbrey:	*Altista.*
Müller:	*Tenorista.*
Schmidt:	*Bassista.*

Von diesen Personen können gebraucht werden zur Instrumental-Musik besonders:

Jäger,
Bach,
Actuarius,
Wentzing,
Kammerschreiber,
Kornschreiber,
Trompeter Förster,
Trompeter Herthum,
der Cantor,
Hans Erhardt Braun,
Hans Heinrich Longolius,
Bachens Geselle,
} Violinisten.

Trompeter-Lehrjunge,
Hans Dietrich Sturm,
Müller aus der Schule,
} Alt-Bratsche.

---

37) D. h. zur Kirchen- oder zur Tafel-Musik.

<table>
<tr><td>Schmidt aus der Schule,
Sauerbrey aus der Schule,
Bachens Lehrjunge,</td><td>}</td><td>Tenor - Bratsche.</td></tr>
<tr><td>der Küchschreiber,
Bachens Geselle,
Bachens Lehrjunge,</td><td>}</td><td>Violon und zwei Bass-
Violen.</td></tr>
</table>

Eine genauere Vergleichung der beiden Verzeichnisse zeigt, daß das zweite das frühere ist, weil hier noch Heinrich Bach genannt wird, der um das Jahr 1690 nicht mehr dienstfähig war. In diese Zeit aber die erste Liste zu setzen, veranlaßte uns die Nennung des Kammerdieners Gleitsmann, welcher etwa damals in gräfliche Dienste trat [38]. Die zweite wiederum kann doch nicht vor 1683 aufgestellt sein, denn sonst müßte Günther Bach, Heinrichs jüngster Sohn mit darauf gefunden werden. Unter diesen Gesichtspunkten ergiebt nun eine Vergleichung weiter, daß der Instrumentalkörper unter Dreses Leitung mannigfaltiger und reicher geworden war: es sind zu den Streichinstrumenten die Gamben hinzugekommen, außerdem die Laute, die Oboen, das Fagott. Auch dürfte der Umstand, daß bei dem reinen Instrumental-Corps des zweiten Verzeichnisses der Cembalist fehlt, zu dem Schlusse berechtigen, daß die Instrumental-Musik bei Hofe sich damals noch auf einfache Klingstücke und Tänze beschränkte, wie sie vor und während der Tafel am Platze waren, durch Drese aber auch das Instrumental-Concert eingeführt wurde, was ohne Cembalo-Accompagnement nicht sein konnte. Der Küchschreiber, welcher als Clavierspieler aufgeführt wird, ist kein anderer, als Christoph Herthum, Heinrich Bachs Schwiegersohn, derselbe, dem in der älteren Liste der Violonbass zuertheilt ist. Johann Christoph Bach endlich erscheint im älteren Verzeichniss selbst fünfen, im späteren nur selbst vieren; dürfte man hieraus etwas folgern, so wäre es ihm anfänglich in seiner neuen Stellung unter dem Grafen Anton Günther besser ergangen als später. Aber wir wissen aus einer andern Quelle, daß seit jenen schweren Zeiten beim Beginn der Regierung des Grafen dauernde Noth ihn nicht mehr bedrückt hat. Vielmehr konnte er bei seinem Tode seiner Familie ein kleines Vermögen hinterlassen.

---

38) Walther, Lexicon, S. 284.

Genau wie sein Vater, erreichte auch Johann Christoph nur ein Alter von 48 Jahren, sein Todestag wurde der 25. August 1693. Ihn überlebten seine Wittwe und fünf Kinder. Erstere bekam die Erlaubniß, den Dienst des verstorbenen Mannes durch die Gesellen fernerhin versehen zu lassen, zeigte sich aber jenen widerspenstigen und rohen Menschen gegenüber ihrer Aufgabe nicht gewachsen, und bat nach drei Jahren selbst um Aenderung dieses Verhältnisses. Der älteste Sohn, Johann Ernst (geb. 8. Aug. 1683), besaß jedenfalls ein nicht unbedeutendes musikalisches Talent, und nahm zur weitern Ausbildung desselben aus eignen Mitteln einen halbjährigen Aufenthalt in Hamburg, hernach auch noch eine Weile in Frankfurt. Zuverlässig kehrte er sodann nach Arnstadt-zurück, um Mutter und Geschwister durch Verwerthung seiner Fähigkeiten zu unterstützen. Leider aber wollte dies zu Anfang nicht gelingen, und da mittlerweile auch das väterliche Vermögen von den Hinterbliebenen allmählig aufgezehrt war, endlich sogar langwierige Krankheit im Hause einkehrte, so wurde die Lage der Familie Johann Christoph Bachs bald eine recht bedrängte. Eine andre Bachische Familie, welche hätte helfen können, lebte damals nicht am Orte; nur der jugendliche Sebastian Bach bekleidete dort von 1703—1707 seine erste Organistenstelle. Aber selbst dieser that, wie wir sehen werden, was in seinen Kräften stand, um dem nothleidenden Vetter beizustehen. Als er nach Mühlhausen berufen wurde, glückte es Johann Ernst nach einigen Bemühungen, Sebastians Nachfolger zu werden. Freilich geschah dies nicht ohne eine vor dem damaligen Capellmeister Paul Gleitsmann abgelegte Probe, in welcher Bach durch den Vortrag eines Praeludiums mit vollem Werke, einer extemporirten Choral-Durchführung, und der geschickten und correcten Ausführung der Generalbass-Stimme zu einem vorgelegten Kirchenmusik-Stücke seinem Mitbewerber den Rang ablief. Daß man jedoch seine, des Vierundzwanzigjährigen, Fertigkeit der von Sebastian Bach schon mit 18 Jahren erreichten nicht gleichstellte, geht aus der bedeutend geringeren Besoldung hervor: er erhielt den sehr bescheidenen Gehalt von 40 Gülden und anderthalb Maß Korn, auch sah man sich gemüßigt, noch ein halbes Jahr verstreichen zu lassen, ehe die definitive Anstellung erfolgte. Da er zwanzig Jahre lang an diesem Posten verblieb, der ihn doch nur sehr kümmerlich ernähren konnte, so nimmt es nicht Wunder, daß er den Hoffnungen nicht entsprochen zu haben scheint, welche Gleitsmann glaubte auf ihn setzen zu dürfen. Wenigstens mußte er sich 1728, wo er endlich die mit 77 Gülden ausgestattete Stelle an der Ober- und Liebfrauen-Kirche erhielt, vom Consistorium ermahnen lassen, »sich in seiner Kunst immer besser zu üben, solche möglichst durch gutes Nachsinnen zu *excoliren*, nicht immer auf einer Leyer zu bleiben, sondern durch gepflogene Correspondenz mit ein und andern berühmten Kunsterfahrenen sich *habil* zu machen«. Uebrigens erschwerte ihm ein Augenleiden seine Studien. Vermählt war er zum ersten Male (seit dem 22. Oct. 1720) mit einer Tochter des Pfarrers Wirth zu Wandersleben; seine zweite Gattin, mit der er sich 1725 verband, hieß Magdalene Christiane Schober, und war Tochter eines Kanzleisecretärs zu Gotha. Sie überlebte nebst drei unerwachsenen Kindern seit 1739 ihren Mann, dem die Sonne des Lebensglücks wenig geschienen hat [39]. — Von den drei Brüdern Johann Ernsts starb der jüngste, Johann Andreas, im Jahre nach des Vaters Tode, kaum drei Jahre alt: von einem andern, Johann Heinrich, ist nur überliefert, daß er am 3. Dec. 1686 geboren wurde. Häufiger erwähnt findet sich dagegen Johann Christoph, geb. 13. Sept. 1689, über dessen Lebenslauf aber die Nachrichten nicht weniger unsicher sind, als über sein Todesjahr. Nach der Genealogie war er Krämer zu Blankenhain; dagegen bewirbt sich im Jahre 1726 ein Johann Christoph Bach, geborner Arnstädter, der schon vordem 12 Jahre bei dem Oberamtmann Struve im schwarzburgischen Dorfe Keula im Dienste gestanden und auch zuweilen auf der Orgel fungirt hatte, um die Stelle an der dortigen Mädchenschule [40]. Da diese Person kaum jemand anders sein kann, als der Sohn von Sebastians Oheim, so müssen wir entweder die Angabe der Genealogie für irrig halten, oder annehmen, daß er späterhin Krämer geworden sei; unmöglich wäre ja auch dies nicht. Gestorben soll er sein 1736 [41]. Und hiermit verliert sich die Linie des arnstädti-

---

[39] Nach dem auf dem Archiv zu Sondershausen befindlichen Materiale.

[40] Acten, die Mädchenlehrer- und Organisten-Stelle in Keula betr., 1726 bis 1751 (Archiv zu Sondershausen).

[41] Nach der Stammtafel bei Korabinsky. Hilgenfeldt giebt 1730 an, wohl durch ein bei Benutzung Korabinskys entstandenes Versehen. Die einmal erwähnte Tochter von Ambrosius Bachs Zwillingsbruder hieß Barbara Katharina, geb. 14. Mai 1680.

schen Kunstpfeifers Johann Christoph Bach schon ins Unbekannte, ganz im Gegensatze zu der Nachkommenschaft seines Bruders Ambrosius. Während wir von den Enkeln jenes nicht einmal die Namen wissen, *erblühte das Geschlecht des letzteren grade in seinen* Kindeskindern zur größten Fülle, und wenn auch keins derselben nur entfernt an Talent dem Einen und Einzigen sich vergleichen durfte, so waltete doch in ihnen allen der Geist der Kunst. Der Genius des Geschlechts, nachdem er mehr oder minder durch die volle Breite einiger Generationen gewaltet hatte, wollte sich nun im Hause des Ambrosius Bach in jeder Hinsicht vollenden und erschöpfen.

Wir hatten Ambrosius Bach verlassen, als er im Jahre 1667 (am 12. April) in die Erfurter Rathscompagnie eintrat. Es ist ebenfalls schon früher erwähnt, daß er hier der Nachfolger seines Vetters Johann Christian wurde, des ältesten Sohnes von Johann Bach, der damals von Erfurt nach Eisenach verzog. Er spielte, wie man bei dieser Gelegenheit erfährt, die Alt-Geige, was man wohl auf die Geige überhaupt wird erweitern dürfen, und es ist für Sebastian Bachs musikalische Entwicklung beachtenswerth, daß Violinspiel es vor allem war, was er im elterlichen Hause hörte. Ein Jahr nach seiner Anstellung verheirathete sich Ambrosius schon (8. April 1668); es war dasselbe Jahr, in dem der ins Maßlose ausgeartete Aufwand bei Hochzeiten in Erfurt durch eine besondere Hochzeits-Ordnung des Kurfürsten von Mainz gebührend eingeschränkt wurde [42]. Seine Braut hieß Elisabeth Lämmerhirt, war geboren am 24. Febr. 1644, und Tochter des Kürschners Valentin Lämmerhirt, wohnhaft im Hause »zu den drey Rosen« auf dem Junkersande (jetzt Nr. 1285) [43]. Das Geschlecht der Lämmerhirts war den Bachs nicht fremd, schon Johann Bachs zweite Gattin Hedwig stammte daher, natürlich eine bedeutend ältere Verwandte Elisabeths. Aus dieser Ehe nun gingen sechs Söhne und zwei Töchter hervor [44]; ein erstes Kind muß zwischen den Jahren 1668 und 1671 geboren und bald wieder gestorben sein, darnach folgte als ältester der die Eltern überlebenden Söhne am 16. Juni 1671 Johann Christoph [45]. Im October desselben Jahres

---

[42] Vergl. Hartung, Häuser-Chronik der Stadt Erfurt, S. 303 ff.

[43] S. Anhang A. Nr. 8.

[44] Nach der Genealogie.

[45] Nach Brückners Kirchen- und Schulen-Staat, Th. III, Stück 10. S. 95.

siedelte Ambrosius nach Eisenach über, seinen Platz unter den Erfurter Stadtmusikanten, wie erwähnt, seinem Vetter Aegidius Bach überlassend. Neben der Ernährung seiner Familie übernahm er nun auch die Pflege und Sorge für eine unglückliche schwachsinnige Schwester, die jedoch im Jahre 1679 der Tod von ihrer bedauernswerthen Existenz erlöste. Es ist ein echt Bachischer Zug, daß die Brüder die bei dieser Gelegenheit gehaltene Leichenpredigt als Erinnerungszeichen gedruckt zu sehen wünschten, wie aus der an die drei Brüder und den Vetter Johann Christoph, den Sohn Heinrichs, gerichteten Dedication zu sehen ist. Der Redner wies mit Anknüpfung an den Spruch Luc. 12, 48: »Welchem viel gegeben ist, bei dem wird man viel suchen«, auf die wunderbare Vertheilung der menschlichen Güter und Gaben hin, indem er sagte: »unsere im Herrn verstorbene Mit-Schwester war ein einfältiges Geschöpf, die nicht wußte, was rechts oder links; sie war, wie ein Kind. Sehen wir hingegen ihre Brüder an, so finden wir, daß sie eines guten Verstandes, mit Kunst und Geschicklichkeit begabt sind, die bei Kirchen, Schulen und gemeinem Stadtwesen sich wohl hören und sehen lassen, so gar, daß bei ihnen recht das Werk den Meister lobet.« Dieser Ausspruch verdient besonders darum Beachtung, weil er das einzige erhaltene Urtheil über Ambrosius Bachs Leistungen enthält[46]. Derselbe hat Eisenach bis an seinen Tod nicht wieder verlassen; dagegen war er wohl Grund, daß nicht nur Glieder seines eignen Geschlechtes, sondern auch des seiner Frau sich ebenfalls dort ansässig machten. Die Kinder, welche ihm weiterhin geboren wurden, folgten sich so: Johann Balthasar (geb. 4. März 1673, gest. Anfang April 1691); Johann Jonas (geb. 3. Jan. 1675); Maria Salome (geb. 27. Mai 1677); Johanna Juditha (geb. 26. Jan. 1680), welche ihren ersten Namen von Johann Pachelbel erhielt, damals schon Organisten an der Predigerkirche in Erfurt; Johann Jakob (geb. 9. Febr. 1682). Von allen diesen erreichten das erwachsene Alter nur Johann Jakob, und Maria Salome, welche sich an einen gewissen Wiegand, vermuthlich nach Erfurt verheirathete, und schon 1707 von den beiden

---

46) Die Leichenpredigt des *M.* Valentin Schrön auf Dorothea Maria Bach (geb. 10. April 1653), gedruckt zu Eisenach 1679, befindet sich auf der herzogl. Bibliothek zu Gotha. Von Töchtern Christoph Bachs wird außerdem noch eine Barbara Maria erwähnt, geb. 30. April 1651.

Schwestern nur allein noch übrig war. Der Mann, dessen Andenken dieses Buch gewidmet ist, beschloß als jüngster die Reihe von Ambrosius' Kindern; mit seinem Geburtsdatum werden wir einen neuen Abschnitt zu beginnen haben.

Ein zusammenfassender Rückblick aber auf die hiermit beendigte Geschichte seiner Vorfahren macht es einleuchtend, daß wir bei keinem andern Künstler ein größeres Recht haben, von ihm auf der Schwelle seines Lebens den echtesten Ausdruck deutschen Wesens zu erwarten, als bei Sebastian Bach. Vor Jahrhunderten schon hatten seine Ahnen auf dem Gebiete Deutschlands, das ihm zur Wiege wurde, gelebt und gearbeitet, sie waren, wie es die Thätigkeit des Bauern mehr als jede andre mit sich bringt, mit ihrer heimathlichen Scholle wie mit ihrem eignen Selbst verwachsen. Aus dieser seine Nahrung ziehend hatte sich das Geschlecht ausgebreitet, wie ein mächtiger Eichbaum seine Zweige nach allen Seiten treibt, aber niemals war die Gemeinsamkeit des starken Stamms vergessen worden. Durch Generationen hindurch hatten sie diejenige Musik gepflegt und vertreten, welche dem auf das Uebersinnliche gerichteten Geiste des Deutschen am meisten entspricht, und daher auch von ihm zur höchsten Vollendung geführt werden sollte: die instrumentale Musik und die an ihr sich vorzugsweise entwickelnde protestantisch-kirchliche Tonkunst. Von Geschlecht zu Geschlecht hatte sich die stets vergrößerte Summe musikalischer Erfahrungen und Gewöhnungen fortgepflanzt, war allmählig zu einem Theil des Bachischen Wesens geworden und konnte so den fruchtbaren Boden bilden für die glückliche Entfaltung eines Genies von unübertroffener Größe. Und was von jeher wir Deutsche als vaterländische Tugenden besonders uns beilegen durften, obgleich im Grunde jede wahre Kraftentwicklung sie zur Bedingung hat, schlichte Frömmigkeit und Ehrbarkeit der Sitte, wir finden sie in dem Geschlechte der Bachs vom Ursprung an treu gewahrt, ja es erschien diese Gesinnung als ein Hauptgrund ihres Zusammenhaltens, welches grade in den Zeiten großer sittlicher Verwilderung am engsten war. Während ihnen in der zweiten Hälfte des 17. Jahrhunderts an den zahlreichen, rasch emporblühenden Capellen der deutschen Höfe glänzendere, reichere Loose in Anzahl winken konnten, traten sie nach wie vor als einfache Organisten und Cantoren in den Dienst der Kirche, oder pflegten das deutsche Kunstpfeiferthum im Volke und kamen mit den Höfen nur in flüchtige Berührung. Frömmigkeit war damals ein wahrer Schatz, und Kirche und Geistlichkeit ein Hort höherer Bildung. So konnte nun auch leichter der wiederum dem deutschen Wesen vorzüglich eigne Zug sich entwickeln, welcher in der Zeit nach dem Kriege besonders bedeutungsvoll ward: eine ideale Auffassung von Leben und Lebensberuf, und damit eine erhöhete Meinung von dem Wesen und der idealen Bedeutung der Kunst. Es giebt keinen stärkeren Gegensatz, als den zwischen italiänischen und deutschen Künstlern von damals! Dort bei großen, aber mehr glänzenden, als tief gegründeten Eigenschaften wie viel Uebermuth, Eitelkeit, Habsucht und Sittenlosigkeit! Hier ein bescheidenes, selbstloses Schaffen im engsten Kreise, oftmals ein mit Noth ringendes, aber in fester Pflichttreue hingebrachtes Dasein, ein einfacher, vor den Wogen des großen Lebens sich zurückziehender Familiensinn! Dabei aber im tiefen Innern ein Wachsen und Weben erhabener Kunstgestalten, manchmal nur erst träumerisch und wie im Nebel von der künstlerischen Phantasie geschaut und mit tastender Hand geformt, dann aber auch wieder mit Klarheit in der Tiefe erfaßt und mit einer Wärme und Innigkeit zu Tage gebildet, die noch heute nichts von ihrer Wirkung eingebüßt hat. Gewiß! ein Johann Christoph Bach hätte mit seinen köstlichen Motetten ein volles Recht gehabt, neben die blendenden Productionen italiänischer Meister hinzutreten, wenn es ihm hätte einfallen können, seine Person zur Geltung zu bringen; aber ihm galt nur die Kunst, und dieser zu dienen war sein einziger Stolz. Viel erkennbaren Einfluß auf die Richtung Bachschen Wesens übte auch das Thüringerland, an dem sie mit so großer Zähigkeit hingen. Diese Einsamkeit der Wälder und Thäler, die auch in unsrer alles überfluthenden Zeit noch hier und da das beglückende Gefühl zu erwecken vermag, als sei die bunte Welt hinter den Bergen versunken, deren eigner Zauber selbst Goethes reichen Geist mehr als fünfzig Jahre seines Lebens fesseln konnte, schwebte über dem Lande mit weit mächtiger ausgespanntem Fittiche noch hundert Jahre zuvor. Sie machte den Blick nach außen umschränkt, und vertiefte das innere Leben, aus dessen geheimnißvollem Schacht vor allem die Kunst der Musik ihre Nahrung zieht. Sie ganz besonders färbte auch den eigenthümlich religiösen Geist, der aus den Werken eines Christoph und Sebastian Bach zu uns redet.

Beethovens Pastoralsymphonie, in der die Natur zum großen Tempel wird, und Sebastian Bachs der Kirche geweihte Orgel-Praeludien und -Fugen, durch welche es hindurchzieht, wie das Rauschen durch die Kronen gewaltiger Eichen, sie entströmen denselben Quellen des Gefühls.

Kaum einen zweiten Künstler möchte es geben, von dessen eigenstem Wesen sich die Wurzeln nachweislich durch zwei Jahrhunderte hinabsenken. Das ausgeprägt Nationale einer Natur schließt freilich auch nothwendig eine gewisse Einseitigkeit in sich, und es ist ja eine in Kunstsachen nicht allzu häufig überwundene Schwäche aller Deutschen gewesen, das ideale Moment vor dem formalen zu bevorzugen, während doch nur vollständiges Gleichgewicht beider das vollendete Kunstwerk ergiebt. Aber gegen die Gefahr, welche allen der Instrumentalmusik ergebenen Componisten droht, sich in einen bodenlosen Subjectivismus zu verlieren, der zuletzt in künstlerische und ethische Entsittlichung hineinführt, mußte wiederum, wie kein andres Mittel, jene Jahrhunderte alte, auf den edelsten Grundlagen ruhende, alt-Bachische Tradition, die alles überkommene heilig hielt, einen Mann schützen, dessen gigantisch wogendes und brandendes Gefühlsleben wohl die Kraft besaß, alle bestehenden Formen zu überfluthen, und dort ein Chaos erscheinen zu lassen, wo sich jetzt Kunstwerke von märchenhafter Pracht erheben. So hob ihn nicht nur der gute Genius seines Geschlechts, sondern er beschützte ihn auch.

Wer die Tiefe des Wesens unseres Volkes erkennen, und wer die Zeit am Beginn des 18. Jahrhunderts culturhistorisch würdigen will, muß auf die Erscheinung Sebastian Bachs sein Auge richten, die, als noch alles ringsum todt und öde war, wie ungeahnt und durch einen Zauber hervorgerufen kam, der Wasserlilie gleich, die aus geheimnißvoller Tiefe über die graue und einförmige Fläche des Sees heraufgesendet wird, ein prangendes Zeugniß des nie ersterbenden Lebens im Schooße der Natur und der Zeiten. Nach einer Periode tiefster Gesunkenheit des deutschen Volkes ist Sebastian Bach die erste beseligende und volle Bürgschaft eines neu beginnenden geistigen Frühlings.

Zweites Buch.

Kindheit und Ausbildungsjahre.

(1685—1707.)

I.

Johann Sebastian Bachs Geburtstag ist aller Wahrscheinlichkeit
nach der 21. März 1685, urkundlich beglaubigt ist nur der 23. März
als sein Tauftag. Pathen waren Sebastian Nagel, ein »Hausmann«
zu Gotha, und Johann Georg Koch, ein Forstbeamter zu Eisenach [1].
Die ersten neun Jahre seines Lebens genoß der Knabe noch das Glück
der mütterlichen Pflege und Obhut; am 3. Mai 1694 geleitete Ambrosius Bach seine Gattin zu Grabe. Daß derselbe schon nach kaum
sieben Monaten (am 27. Nov.) ein neues Ehebündniß schloß mit Frau
Barbara Margaretha Bartholomäi, der Wittwe eines arnstädtischen
Diaconus, wollen wir nicht als Gleichgültigkeit gegen die Entschla-
fene auffassen. Eheliches Zusammenleben war für den gesunden
Familiensinn der Bachs am schwersten zu entbehren, ihre urwüchsige Kraft wandte sich von den Todten rasch wieder den Lebenden
zu, und für ein Haus voll unerwachsener Kinder mochte das ordnende
Walten eines weiblichen Wesens doppelt wünschenswerth erscheinen.
Aber Ambrosius sollte der neuen Häuslichkeit nicht mehr froh werden, er starb schon nach zwei Monaten und wurde am 31. Januar
1695 begraben. Die Familie löste sich nun auf. Johann Jakob Bach
trat bei dem Amtsnachfolger seines Vaters als Kunstpfeifer in die
Lehre [2], von den andern Brüdern waren Johann Balthasar nachweis-

---

1) Pfarr-Register der Stadt Eisenach. — Es mag hier daran erinnert werden, daß erst von 1701 an in dem evangelischen Deutschland der gregorianische
Kalender eingeführt wurde, und alle vor diesen Termin fallenden Daten, wenn
man sie mit der jetzigen Zählung in Einklang bringen will, um 10 Tage vor-
rücken. Das eigentlich Richtige ist deshalb, Sebastian Bachs Geburtstag auf
den 31. März zu setzen. — Nach einer aus einem Nebenzweige der Familie stammenden Tradition soll das Haus am Frauenplan A. 303 des Meisters Geburts-
stätte sein, und es ist daselbst von Seiten der Stadt unlängst eine Gedenktafel
angebracht.

2) Nach der Genealogie.

lich und Johann Jonas höchstwahrscheinlich nicht mehr am Leben,
Johann Christoph aß seit mehren Jahren schon sein eignes Brod, und
ihm wurde zu weiterer Erziehung der kaum zehnjährige Sebastian
übergeben. Derselbe hat seine Vaterstadt seitdem zu einem längeren Aufenthalte nicht wieder gesehen. So weit es sich noch sagen
läßt, eignete sich aber diese früheste Lebensperiode durchaus dazu,
die schlummernden oder eben sich regenden Kräfte des Knaben zu wecken und zu nähren. Der Vater war, wenn wir die wenigen Einzelheiten und Andeutungen aus seinem eignen Leben mit dem Charakter seines gleichgearteten Zwillingsbruders auf dem Grunde der allgemeinen Bachschen Charakterzüge uns zusammendenken, ein sittlich tüchtiger, gewissenhafter und kunstgeübter, dabei innerlich
selbständiger und unter seinen Mitbürgern wohlberufener Mann.
Daß ein großes, in Oel gemaltes Portrait von ihm angefertigt wurde,
zeigt, wie angesehen er in seinem Geschlechte war, und läßt muthmaßen, daß er in nicht eben dürftigen Verhältnissen lebte[3]. Auf
diesem Bilde, welches ihn etwa als mittleren Vierziger darstellt, sehen
wir ein Antlitz von kräftigen Zügen, in dessen Kinn und Nase man
sofort den Sohn wiederfindet. Charakteristischer noch ist und für
die Zeit etwas seltenes, daß man keins von jenen Staatsportraits vor
sich hat mit Allongeperrücke und Sonntagsgesicht; es blickt ein frei
schauender Mann heraus, im nachlässigen Hauskleide, das auf der
Brust erscheinende Hemd wird am Halse nur lose mittelst eines
durchgezogenen Bandes zusammengehalten, natürliches braunes Haar
umgiebt den Kopf, und das Gesicht ziert gar ein Schnurrbart. Wer
erwägt, wie viel die Fertigung eines Oelgemäldes für jene Stände zu
bedeuten hat, wird aus dieser Emancipation von dem, was damals
für fein und schicklich galt, die richtigen Schlüsse zu ziehen wissen.
Ambrosius muß die großen musikalischen Gaben seines Sohnes früh
bemerkt und ihre Ausbildung betrieben haben, zunächst, wie es die
eigne Fertigkeit mit sich brachte, nach Seite des Violinspiels, so daß
die reichlich bewiesene Liebe Sebastians für dieses Instrument in den
frühesten Kindheitseindrücken ihre Wurzel haben dürfte. Mit seinen
außerordentlichen orgelkünstlerischen und allgemein-musikalischen

---

[3] Das Bild war später im Besitz von Philipp Emanuel Bach, und befindet
sich jetzt auf der königl. Bibliothek zu Berlin, im ersten Zimmer der musikalischen Abtheilung.

Anlagen mußte dieser in Joh. Christoph Bach, dem größten Musiker, welchen das Bachsche Geschlecht bis dahin hervorgebracht hatte, einen Gegenstand seiner Bewunderung und gewiß auch schon mannigfacher Anregung finden, die sich in nicht allzulanger Zeit in nachahmenden Productionen zu äußern Verlangen trug. Im übrigen war auch sonst Eisenach wegen der dort allgemein herrschenden musikalischen Neigungen bekannt. Schon im 15. Jahrhundert zogen dreimal in der Woche ärmere Schüler, fromme Lieder singend und Almosen erbittend, durch die Stadt. Um 1600 wurde der currente Chor für Figuralgesang durch Jeremias Weinrich, den Rector der Eisenacher Schule, eingerichtet, und galt bald als der Stolz und die Freude der Bewohner von Stadt und Umgegend. Ursprünglich nur aus vier Schülern bestehend vergrößerte er sich bis auf vierzig und mehr und bestand so auch um 1700, aus welcher Zeit uns darüber berichtet wird[4]. Da wir wissen, daß Sebastian sich später als tüchtiger Sopranist hervorgethan hat, so ist wohl anzunehmen, daß er wenigstens in der letzten Zeit seines Eisenacher Aufenthalts an den Leistungen des Schülerchors sich betheiligte und singend mit durch die Straßen zog, wie ebendaselbst vor 200 Jahren Luther gethan.

Den ältesten Bruder hatte, als er in die Jünglingsjahre getreten war, Ambrosius Bach im Jahre 1686 nach Erfurt gegeben, wo er drei Jahre hindurch den Unterricht des befreundeten Johann Pachelbel genoß. Im letzten Jahre seiner Lehrzeit nahm er die Stelle eines Organisten an der Thomaskirche daselbst an, die aber an Orgel und Besoldung selbst bescheidenen Ansprüchen nicht genügte und bald wieder aufgegeben wurde. Nun wandte sich Johann Christoph nach Arnstadt, um zeitweilig den Dienst des greisen Heinrich Bach zu versehen, und seinem Pathen Herthum die Pflichten gegen den alten Schwiegervater zu erleichtern. Da der ebenfalls in Arnstadt lebende und gleichfalls Johann Christoph genannte Zwillingsbruder von Ambrosius Bach eine Tochter des Kirchners Eisentraut in Ohrdruf zur Gattin hatte, so läßt sich begreifen, warum grade dieser Ort es war, an dem der jüngere Johann Christoph im Jahre 1690 eine Anstellung

---

4) *Christiani Francisci Paullini* Annales Isenacenses. Francofurti ad Moenum. Anno M. DC. XCVIII. pag. 237. Derselbe sagt an gleicher Stelle etwas weiter oben: Claruit semper urbs nostra Musicâ. Et quid est *Isenacum* κατ᾽ ἀναγρ. quàm *en musica:* vel: *Isenacum, canimus.*

suchte und erhielt. Er wurde Organist der Stadtkirche. Im 16. Jahrhundert bis zum Anfang des 17. waren an diesem Orte schon Personen des Namens Bach ansässig gewesen, doch verbieten die wenigen spärlichen Notizen der Pfarr-Register über ihre Existenz irgend welche Vermuthung wegen eines Zusammenhanges mit anderen entwickelteren Zweigen des Geschlechtes aufzustellen. Darnach scheint bis auf Johann Christophs Hinkunft der Name dort verschwunden gewesen zu sein. Dieser wurde, wohl hinsichtlich seiner Jugend, mit dem mäßigen Jahresgehalte von 45 Gülden und einigen zu liefernden Naturalien in Dienst genommen. Er suchte allerdings bald um Zulage nach, da sie ihm aber verweigert wurde, hielt er es in seiner Stellung doch für zulässig, im October 1694 mit Jungfrau Dorothea von Hof eine Ehe zu schließen. Die frisch gegründete Häuslichkeit machte es ihm möglich, nach dem bald erfolgten Tode des Vaters den kleinen Sebastian zu sich ins Haus zu nehmen. Er soll sein erster Lehrer im Clavierspiel gewesen sein, und es wäre um deswillen interessant, von seiner eignen Leistungsfähigkeit ein ungefähres Bild sich machen zu können. Aber hierzu fehlt es fast ganz an Hülfsmitteln. Ein gutes Vorurtheil erweckt, daß er Pachelbels Schüler und zwar drei Jahre lang war. Eine im Jahre 1696 an ihn gelangte Berufung nach Gotha, die er durch Gehaltszulage bewogen ablehnte, läßt einen wenngleich unsicheren Schluß auf eine weiterhin bekannte Tüchtigkeit machen (oder vielleicht hatte ihn Pachelbel, der 1695 Gotha verließ, dorthin empfohlen), und aus einer Sammlung von Werken berühmter damaliger Orgelmeister, welche er sich angelegt hatte, kann man das Bestreben entnehmen, auf die Höhe seiner Zeit zu gelangen. Endlich mögen auch seine Söhne, welche sämmtlich Cantoren und Organisten in Ohrdruf und Umgegend wurden, für die wirklich musikalische Natur des Vaters ein Zeugniß ablegen[5]. Was sonst noch von ihm zu berichten ist, hat mit der Musik wenig oder garnichts zu thun. Es war damals wie jetzt gebräuchlich, Organisten und Cantoren auch als Elementarlehrer an den Schulen zu be-

---

[5] Diese Söhne waren, soweit sie erwachsen wurden: Tobias Friedrich (geb. 1695), von 1721 Cantor zu Uttstädt; Johann Bernhard (1700), Organist zu Ohrdruf; Johann Christoph (1702), Cantor in Ohrdruf; Johann Heinrich (1707), Cantor zu Oehringen; Johann Andreas (1713), von 1744 Organist zu Ohrdruf. Nachkommen des dritten Sohnes leben noch jetzt daselbst.

nutzen. Johann Christoph hatte sich zuerst auf diesen Doppeldienst, welchen sein Vorgänger, Paul Beck, verrichtet hatte, nicht eingelassen, bequemte sich jedoch dazu im Jahre 1700 um des größeren Gehaltes willen, der ihm nunmehr 97 Gülden, $6\frac{1}{2}$ Malter Korn, 6 Klafter Scheitholz und 4 Schock Reisig eintrug. Aber zum Jugendinformator scheint er wenig geeignet gewesen zu sein, und trug die übernommene Last um so schwerer, da ihm die Ernährung seiner Familie Noth machte, seine Gesundheit schwankend wurde, und er sich sagen mußte, daß er zur Ausübung seines eigentlichen Organistenberufes Freudigkeit und Kraft verliere. Am 22. Febr. 1721 starb er; als Organist folgte ihm sein zweiter Sohn, die Lehrverpflichtungen für die fünfte Classe gingen auf einen Fremden über [6].

An das genannte Orgelbuch knüpft sich eine für den starken Bildungstrieb Sebastians bedeutsame Erzählung. Die Spielstücke, welche der ältere Bruder vorlegte, waren bald technisch und geistig bewältigt und ausgeschöpft, ihn verlangte nach schwierigeren Aufgaben und höheren Flügen. Jenes Buch aber enthielt der Altersstolz Johann Christophs dem Knaben vor. Durch das weitläufige Gitter eines Schrankes konnte dieser den Gegenstand seiner Sehnsucht täglich liegen sehen; da schlich er sich bei nächtlicher Weile heran, langte durch die Gitteröffnungen und zog das zusammengerollte Heft heraus. Licht stand ihm nicht zur Verfügung, so mußte der Mondschein aushelfen, den köstlichen Schatz durch Abschrift zu gewinnen. Nach sechs Monaten war eine Arbeit vollendet, die nur der glühendste Kunsteifer hatte unternehmen können. Aber der Bruder überraschte ihn bald bei der mühselig erworbenen Abschrift, und war

---

6) Melchior Kromayer, Superintendent zu Ohrdruf, hatte im Jahre 1685 ein Kirchenbuch angelegt für die Lebensbeschreibungen und Besoldungsverhältnisse aller Geistlichen, Lehrer und Kirchendiener in der Stadt und der Umgegend. Dieses Buch, was unter anderm auch die eigenhändigen Biographien Johann Christoph Bachs und seiner Söhne Tobias Friedrich, Johann Bernhard, Joh. Christoph und Joh. Andreas enthält, wurde von dem Stadtsecretär Herrn Staudigel in Ohrdruf kürzlich wieder aufgefunden und mir in zuvorkommender Weise nutzbar gemacht. Brückner (Kirchen- und Schulenstaat, Th. III, St. 10, S. 95, 96 u. a. a. St.) hat es gleichfalls benutzt, wobei es jedoch nicht ohne Irrthümer abgegangen ist. Die Mittheilungen aus den Acten des Kirchen- und Schulamtes, sowie die Nachweise der Pfarr-Register verdanke ich der gütigen Vermittlung des Herrn Superintendenten Dr. Schulze in Ohrdruf.

hartherzig genug sie ihm abzunehmen [7]). Die geniale Beharrlichkeit, mit der wir auch später Sebastian den ins Auge gefaßten Zielen werden nachstreben sehen, tritt an diesem Geschichtchen schon ebenso klar hervor, wie die Thatsache, daß er sehr bald von seinem ältern Bruder nichts mehr zu lernen hatte. Am wichtigsten für uns in dem ganzen Verhältnisse ist, daß er durch jenen schon als Knabe mit Pachelbels Schöpfungen und Kunstgeist bekannt werden mußte. Wie er als echter Ehrenmann nach funfzehn Jahren dem Bruder vergalt, werden wir seiner Zeit zu erwähnen haben.

In Ohrdruf begann er zugleich den Grund zu einer wissenschaftlichen Allgemeinbildung zu legen. Das Lyceum daselbst, um das Jahr 1560 durch die Grafen von Gleichen gegründet, erfreute sich eines nicht unbedeutenden Rufes, war verhältnißmäßig reich dotirt, hatte tüchtige und wissenschaftliche Lehrer aufzuweisen und konnte aus der Prima zur Universität entlassen. Am Ausgange des 17. Jahrhunderts zählte es sechs Classen, die untersten drei bildeten zugleich die Volksschule, indem zu den lateinischen und griechischen Stunden diejenigen heimgeschickt wurden, welche eine gelehrte Bildung nicht anstrebten. Doch konnten auch in den obern Classen noch solche am Unterricht theilnehmen, welche von den alten Sprachen dispensirt waren. Es blieben dann freilich nicht viel Disciplinen übrig. Daß Sebastian zu letzteren nicht gehörte, beweist schon die ihm eigne, gleichviel wie große Kenntniß der lateinischen Sprache, die aus seinen Briefen und amtlichen Eingaben hervorgeht, und ist ohnedies nach den Traditionen der Bachschen Familie ziemlich selbstverständlich. Nach seinem Alter zu schließen, in welchem er das Haus des Bruders verließ, kann er jedoch in Ohrdruf nicht über die Secunda hinausgekommen sein, und auch was er hier lernte, ist nach dem Zuschnitt der damaligen Schulen einseitig genug. Theologie, La-

---

7) Mizler, musikalische Bibliothek, IV, 1, S. 161. Irrthümlich wird hinzugefügt, daß Sebastian das Heft erst nach dem bald erfolgten Tode des Bruders zurück erhalten habe, und dieser Tod sei für ihn die Veranlassung gewesen, sich nach Lüneburg zu wenden. Forkel, a. a. O., S. 4 und 5 erzählt dasselbe. Wenn aber Sebastians Söhne und Schüler den Tod Joh. Christophs um etwa 20 Jahre zu früh ansetzten, so ist das wohl ein Beweis, daß man ihm eine große Bedeutsamkeit für Sebastians Entwicklung nicht beilegte; sonst hätte man sich wohl mehr um seine hauptsächlichsten Lebensereignisse gekümmert.

teinisch und Griechisch, letzteres nur auf Grundlage des Neuen Testaments, waren die fast einzigen Lehrstoffe, dazu kam etwas Rhetorik und Arithmetik. Von römischen Schriftstellern wurden auf dieser Stufe Cornelius Nepos gelesen und Cicero, nämlich dessen Briefe, das weitere that die Einprägung grammatischer Regeln in lateinischer Fassung, thaten metrische, Disputations- und Stil-Uebungen. Französisch, der damaligen Bildung doch so schwer entbehrlich, fehlte ganz, ebenso Geschichte[8]. Für die Musik aber waren von den 30 wöchentlichen Stunden in Prima und Secunda je fünf, in Tertia und Quarta je vier angesetzt, und der unter Leitung des Cantors stehende Sängerchor erscheint in jener Zeit als ein Institut von großer Wichtigkeit. Sein Wirkungskreis umfaßte außer dem sonn- und festtäglichen Kirchendienste die Aufführung von Motetten und Concerten bei Hochzeiten und Beerdigungen, und das für bestimmte Zeiten festgesetzte currente Singen von Thür zu Thür. Der Regelmäßigkeit des Schulunterrichts that diese Einrichtung freilich empfindlichen Eintrag, auch scheint es in Ohrdruf, im Gegensatz zu andern Orten Thüringens, Sitte gewesen zu sein, daß die Schüler bei Hochzeiten am Gelage Theil nahmen, nicht selten zur Störung ihres physischen und moralischen Gleichgewichts. Wie reichlich die Beschäftigung des Schülerchores war, läßt sich aus seinen Einnahmen ersehen, welche sich beispielsweise im Jahre 1720 während dreier Quartale auf 237 Thlr. 11 Gr. 6 Pf. beliefen[9]. Hier fand nun Sebastian für sein Talent neue Nahrung, und daß er sich zu einem der vorzüglichsten Sänger aufschwang, vielleicht zum Concertisten, der ein besonderes Stipendium empfing und auch bei der Einnahmevertheilung reichlicher bedacht wurde, wird alsbald gezeigt werden. Rector der Schule war von 1696 an Johann Christoph Kiesewetter, ein sehr gelehrter Mann, der 1712 in derselben Function an das Gymnasium zu Wei-

---

8) Rudloff, Geschichte des Lyceums zu Ohrdruf. Arnstadt, 1845. Derselbe theilt S. 20 ff. einen Lectionsplan mit, nach dem ich mich hier gerichtet habe; er ist freilich schon 1660 aufgestellt, allein es wurden im Laufe des Jahrhunderts höchstens die Anforderungen in den einzelnen Fächern etwas gesteigert, größere Mannigfaltigkeit der Disciplinen trat erst im Beginn des 18. Jahrhunderts ein. Geschichtsunterricht findet sich in Ohrdruf seit 1716 (Rudloff, S. 14), Französisch seit 1740 (ebend. S. 17).

9) Rudloff, a. a. O., S. 25.

mar kam und dort seinen ehemaligen Schüler Sebastian Bach als
Hoforganisten und Kammermusicus wiedertraf; das Conrectorat und
Lehramt für Secunda bekleidete von 1695 bis 1728 Joh. Jeremias
Böttiger [10]. Der religiöse Standpunkt der Schule war der streng
orthodoxe: sämmtliche Lehrer, auch Johann Christoph Bach, unter-
zeichneten die Concordienformeln [11]. In diesen Verhältnissen wuchs
Sebastian zum Jünglinge heran.

Als er das funfzehnte Jahr vollendet hatte, sollten die eignen
Füße ihn ins Leben weiter tragen. Die Verhältnisse drängten dazu:
seines Bruders allmählig sich vergrößernde Häuslichkeit wurde zu
enge, auch fühlte er, daß an diesem Orte nichts mehr für ihn zu gewinnen wäre, und wußte in sich Kraft genug, ohne Hülfe andrer fort
zu kommen. Wie dies anzufangen sei, zeigte ein glücklicher Zufall
bald. Der am Lyceum seit 1698 angestellte Cantor Elias Herda, ein
junger 24jähriger Musiker, wurde ohne Zweifel der Wegweiser.
Dessen Vater, ein Hufschmidt in Leina bei Gotha, hatte, als der Sohn
etwa in Bachs Alter am gothaischen Gymnasium seine Studien machte
und daneben seine musikalischen Anlagen ausbildete, einmal eine
Reise nach Lüneburg gethan, und dort von einem Landsmann gehört,
daß in Niedersachsen die thüringischen Knaben ihrer musikalischen
Anlagen und Fertigkeiten wegen beliebt seien, und daß der Cantor an
der Kirche des Benedictinerklosters zu St. Michaelis in Lüneburg
grade jetzt einen solchen suche, den er dafür mit dem nöthigen Le-
bens-Unterhalte versorgen wolle. Der Vater bemerkte darauf, daß
er auch einen musikalischen Sohn etwa des Alters habe, und der
Cantor, davon benachrichtigt, wußte es durch angelegentliche Vorstellungen zu erreichen, daß der junge Herda sich nach Lüneburg
begab. Hier bekam er sofort eine Freistelle im Convictorium und
blieb sechs Jahre lang. Hernach studirte er zwei Jahre lang in Jena
Theologie, und erhielt dann bald die Stelle, in welcher Bach, wenn
auch vielleicht nur in der Musik, sein Schüler wurde [12]. Was nun
weiter geschah, ist leicht zu errathen. Sebastian besaß eine schöne
Sopran-Stimme [13], zeichnete sich durch Eifer und Leistungen aus

<hr>

10) Brückner, a. a. O., S. 83 und 86.
11) *Concordia e Joh. Muelleri manuscripto edita. Lips. et Jenae,* 1705. p. 59.
12) Brückner, S. 88.
13) Mizler, a. a. O.

und wurde dem jungen Cantor lieb. Als es sich um sein weiteres
Fortkommen handelte, empfahl er ihn an die Schule des Michaelisklosters nach Lüneburg, wo er noch im frischen Andenken stand und
der Name Bach bereits nach zweien der bedeutendsten Träger desselben bekannt war. Dort muß man grade einmal wieder zwei tüchtige Sänger nöthig gehabt haben, denn mit Sebastian zog sein Freund
und Altersgenosse Georg Erdmann, gleichfalls ein musikbegabter
thüringischer Jüngling, der auch in späteren Jahren, obwohl auf einen
ganz andern Lebensweg geführt, diese Jugendfreundschaft nicht
vergaß [14].

Um Ostern 1700 machten sich beide auf die Wanderung, und
traten im April in den Chor der Michaelisschule ein. Sie wurden
ihrer Tüchtigkeit wegen gleich in die auserlesene Schaar der »Mettenschüler« aufgenommen, und auch hier sofort mit dem zweithöchsten
Gehaltsatze der derzeitigen Discantisten bedacht [15]. Erdmann steht
im Verzeichniß vor Bach, woraus wohl zu schließen ist, daß er einer
höheren Classe angehörte. Man sieht wieder, wie beide kaum anders
als auf vorhergegangene Anmeldung nach Lüneburg gezogen sein
können, und nicht etwa ins Blaue hinein abenteuerten. Von Seiten
des Michaelisklosters mußte der Grundstock des Chores, welcher
eben die Mettensänger abgab, unterhalten werden. Dafür sah man
sich auch nach ordentlichen Kräften um, und jedenfalls erstreckten
sich die Anforderungen weiter, als nur auf eine gute Stimme und
Geübtheit im figuralen Gesange, wenn man aus Mitteldeutschland
Choristen herbeizog. Nur auf die Verwendbarkeit seiner Sopranstimme hin hätte der funfzehnjährige Sebastian seinen ersten Ausflug in die Welt garnicht wagen dürfen, wie denn auch berichtet
wird, daß er sie in Lüneburg bald verlor und eine Zeit lang garnicht

---

14) Aus welchem Orte Erdmann gebürtig, habe ich nicht entdecken können.
Wenn die Pfarr-Register vollständig sind, so war er in Ohrdruf selbst nicht geboren. Aus den im kaiserlich russischen Archiv zu Moskau über ihn vorhandenen Acten geht nur hervor, daß er aus Sachsen-Gotha stammte. Unauffind-
bar war auch der Charakter seiner Eltern.

15) Einige Nachrichten über die musikalischen Verhältnisse der Michaelisschule hat auf meine Veranlassung Prof. W. Junghans in Lüneburg aus den
Acten des Klosterarchivs mit dankenswerther Sorgfalt zusammengesucht und
dann nebst andern Mittheilungen über die Pflege der Musik in Lüneburg selber
veröffentlicht im Oster-Programm des dortigen Johanneums von 1870.

singen konnte [16]. Aber ebenso reichlich war die Gelegenheit, einen tüchtigen Instrumentalisten zu verwenden; wenn der Cantor die Gesänge einstudirte, gab es auf dem Cembalo zu accompagniren, bei den Aufführungen mit concertirender Begleitung konnte man Violinisten gebrauchen, anderer Beschäftigungen nicht zu gedenken; weiß man doch von dem Chor der Johannisschule, daß er einen besondern Instrumentalisten-Chor stellen konnte, der zur Neujahrszeit spielend die Stadt durchzog und sich dadurch eine Erwerbsquelle öffnete. Die Thüringer waren auch von jeher mehr für diese Seite der Kunst, als für den Gesang begabt, und jedenfalls war es zum beträchtlichen Theile Sebastians Tüchtigkeit als Violinist, als Clavier- und Orgelspieler, die ihm die Aufnahme unter die Mettenschüler des Michaelisklosters verschaffte, wenn es nicht gar diese hauptsächlich gewesen ist. Ob er späterhin nach vollendeter Stimm-Mutation und da er drei Jahre in Lüneburg blieb, auch Chor-Präfect geworden ist, in welcher Eigenschaft er einen gewissen Theil der Dirigenten- thätigkeit zu übernehmen und zumal beim currenten Singen die Ober- leitung hatte, ist nicht bekannt geworden, man darf es aber wohl vermuthen.

Für seine äußere Existenz war jedenfalls gesorgt. Wie dereinst Herda, so erhielt er ohne Zweifel sofort mit seinem Genossen Erd- mann einen Platz am Klosterfreitische, dessen Genuß wohl sämmt- lichen Mettenschülern, an Durchschnittszahl in jener Zeit etwa 15, gewährt zu werden pflegte. Der Gehalt wurde monatsweise ausge- zahlt, und beträgt für die ersten beiden Monate von Bachs Thätigkeit, aus denen allein noch Verzeichnisse erhalten sind, je 12 ggr., der höchste Satz, zu dem er sich allmählig aufschwingen konnte, war ein Thaler. Wenn er auch zum Accompagniren auf dem Flügel her- beigezogen wurde, so trug ihm dies eine Jahres-Einnahme von zwölf Thalern. Die Hauptverdienstquelle floß jedoch dem gesammten Schülerchor, von dem die Mettensänger nur den Kern bildeten, und der damals zwischen zwanzig und dreißig Personen zählte, aus dem Umsingen durch die Straßen, den Brautmessen und Beerdigungs- feierlichkeiten. Im Jahre 1700 kamen 372 Mark ein, von denen der Cantor vorschriftsmäßig den sechsten Theil erhielt; der Präfect be-

---

16) Mizler, a. a. O.

kam 56 Mark, die andern je nach ihrer Stellung im Chor ihren Antheil in absteigenden Verhältnissen. Da wie schon bemerkt auch die Johannisschule einen Chor hatte, der ganz in gleicher Weise thätig war, so läßt sich erkennen, wie rege der musikalische Sinn Lüneburgs damals gewesen sein muß. Zwischen beiden Chören bestand eine leicht erklärliche Rivalität, die gewiß ihre guten Früchte trug, aber auch zuweilen zu Conflicten führte, wenn in der Zeit des Umsingens — dies geschah nur im Winterhalbjahre — einmal beide Chöre auf einander stießen. Es waren deshalb längst für jeden Chor genau die Straßen bezeichnet, in welchen er tageweise zu singen hatte.

Die Verwendung des Michaelischores beim Gottesdienste war eine ziemlich ausgedehnte. Eine Metten- und Vesper-Ordnung vom Jahre 1656 weist sowohl den concerthaften Kirchencompositionen, als den Motetten und dem figural gehaltenen Kirchenliede, als der ein- und mehrstimmigen geistlichen Arie ihre bestimmten Stellen im Cultus an. An achtzehn bestimmten Festtagen des Kirchenjahres war vollständige Musik mit Instrumenten, außerdem aber noch ziemlich oft auf besondere Verordnung: im Jahre 1656 auf 1657 wurde dreißigmal, 1657 auf 1658 vierunddreißigmal vollständig musicirt. An den übrigen Sonn- und Festtagen wurde im Vormittags-Gottesdienste wenigstens eine Motette, im Nachmittags-Gottesdienste eine geistliche Arie mit Orgelbegleitung aufgeführt. Wie wenig überhaupt das Kloster mit seinen Mitteln geizte zur Erhaltung eines tüchtigen Chorinstituts und zur Herstellung einer reichen und würdigen Cultus-Musik, läßt sich daraus erkennen, daß beispielsweise im Jahre 1702 auf 1703 die für damals beträchtliche Summe von mehr als 507 Thalern hierzu verausgabt wurde. Die Schränke der Chorbibliothek füllte ein ungewöhnlich reicher Musikalienschatz, dessen Bestand im Jahre 1696 noch aus den im Archiv aufgefundenen Katalogen zu ersehen ist. Neben bedeutenden Sammelwerken von älteren Compositionen, wie dem *Promptuarium musicum* von Schadaeus und dem *Florilegium Portense* von Bodenschatz war das 17. Jahrhundert mit den hervorragendsten gedruckten Werken von allen damals bedeutsamen deutschen Meistern, Schütz, Scheidt, Hammerschmidt, Joh. Rud. Ahle, Briegel, Rosenmüller, Tob. Michael, Schop, Jeep, Crüger, Selle, Joh. Krieger und anderen vertreten. Der Cantor Friedr. Emanuel Praetorius

(1655—1694) hatte allein weit über hundert Bände angeschafft [17]. Dazu kam noch ein Schatz von 1102, wie es scheint nur handschriftlichen Kirchenstücken, unter denen auch Heinrich Bach und Joh. Christoph Bach, »*Henrici Filius*«, mit je einer Nummer vertreten waren. Weil damals Johann Jakob Löw, ein geborner Eisenacher, an der Nikolaikirche zu Lüneburg Organist war, so ist vielleicht durch ihn der norddeutschen Stadt die Bekanntschaft mit den beiden thüringischen Meistern vermittelt, jedenfalls ist es interessant zu wissen, daß Sebastians Familienname ihm hierher schon vorausgegangen war. Auch Joh. Pachelbels Name findet sich. Einige Compositionen des jung gestorbenen und nicht sehr bekannt gewordenen gothaischen Capellmeisters Georg Ludwig Agricola könnte wohl Herda mit sich herüber gebracht haben [18]).

Es bot sich also für Sebastian Bach Gelegenheit genug, auf dem Gebiete kirchlicher Vocalmusik Kenntnisse und Erfahrungen zu sammeln. Aber sein ganzer Lebensgang zeigt zu deutlich, wie er von der Instrumentalmusik seine Entwicklung begann, als daß wir nicht annehmen sollten, er habe diese Seite der Kunst vorläufig als Nebensache betrachtet gegenüber seiner Ausbildung als Spieler und Instrumentalcomponist. Hierin nach einem Lehrer für ihn zu suchen, wäre verschwendete Mühe. Was bei jedem Genie die einzige Aufgabe des Lehrers sein kann, die spielenden und ziellos sich aufschwingenden Kräfte der frühesten Jugend mit ruhiger Hand eine Weile zusammenzuhalten, bis sie sich selbst fühlen gelernt haben, das ersetzte bei Sebastian die Herkunft und die Richtung des ganzen Geschlechts. Sie gab ihm ungefähr das, was dem ebenbürtigen Genius Mozarts durch den disciplinirenden Geist seines wackern Vaters zu Theil wurde. Der junge Baum wuchs so fast von selbst nach der Richtung auf, in welcher er sich am ungehindertsten ausbreiten konnte, und wie eine Pflanze sich instinctmäßig der Sonne zuwendet, so neigte er sich dorthin, woher er fühlte, daß ihm Licht und Förderung strömen könnte. Wenn die beste Quelle, welche wir

---

17) Junghans, a. a. O., S. 26—28, hat den vollständigen Katalog mitgetheilt.

18) Auch zu dieser zweiten Sammlung hat Junghans den Katalog, wenn auch in abgekürzter Fassung, abdrucken lassen, S. 28 und 29. Die gesammte Chorbibliothek des Michaelisklosters ist jetzt verloren gegangen.

über Sebastians Leben besitzen, uns berichtet, daß er die Composition größtentheils nur durch das Betrachten der Werke der damaligen berühmten und gründlichen Componisten und durch eignes Nachsinnen erlernt habe, so dürfen wir nicht nur von der vollständigen Richtigkeit dieser Bemerkung überzeugt sein, sondern sie auch auf seine virtuose Ausbildung übertragen. Sein eminentes technisches Talent hatte, nachdem er einmal die Anfangsstufen überschritten hatte, nur nöthig die Leistungen bedeutender Künstler prüfend zu betrachten, um für sich daraus zu gewinnen, was er gebrauchen konnte. Der rastlose Fleiß des Genies, der, viel mehr eine Naturgewalt, als das Ergebniß sittlich-bewußter Forderung, unwiderstehlich vorwärts drängt, ließ ihn zur Lösung selbstgestellter Aufgaben sogar des Nachts nicht ruhen. Einzig von Bedeutung für seine Entwicklung ist es daher, die Persönlichkeiten und Kunstrichtungen zu erkennen, die möglicherweise oder nachweislich bestimmend auf ihn eingewirkt haben. Was in dieser Hinsicht Cantor und Organist der Michaeliskirche vermochten — ersterer hieß Augustus Braun, letzterer Christoph Morhardt[19] — ist nicht einmal mehr vermuthungsweise zu sagen. Von Braun enthielt die Chorbibliothek 24 Kirchenstücke mit und ohne Instrumentalbegleitung; diese sind verloren, auch ließ sich über keinen von beiden ein zeitgenössisches Urtheil finden. Wie die Orgel der Michaeliskirche beschaffen war, ist gleichfalls nicht anzugeben. Besonders wird sie nicht gewesen sein, denn im zweiten Jahrzehnt des 18. Jahrhunderts wurde eine neue erbaut[20]. Der Organist Löw genoß allerdings den Ruf eines vielerfahrenen und gründlich geschulten Künstlers: er hatte sich in Italien und Wien gebildet, war auch ein Freund Heinr. Schützens, der ihn 1655 als Capell-Director nach Wolfenbüttel brachte[21]. Diesem Landsmanne wird sich Bach nicht fern gehalten haben, besonders wenn derselbe, wie wir vermutheten, zu Heinrich und Christoph Bach in Beziehungen gestanden hat, obwohl er ein

---

19) Junghans, S. 35 f. und S. 39.

20) Niedt, Handleitung, Th. II, S. 191.

21) S. den interessanten Brief Schützens an die Herzogin Sophia Elisabeth in dieser Angelegenheit, den Fr. Chrysander mittheilt, Jahrbücher für musikalische Wissenschaft I, S. 162 (Leipzig, Breitkopf und Härtel. 1863). Vergl. ebendas. S. 166 und 167.

Greis war [22]), und schwerlich für die Regungen eines jungen Genies noch Verständniß hatte. Aber ich kenne keine Note seiner Composition, und kann mich über die ganz allgemeine Vermuthung einer künstlerischen Anregung nicht hinauswagen. Von deutlich erkennbarem und beträchtlichem Einflusse ist jedoch ein vierter Künstler gewesen, der Organist an der Johanniskirche, Georg Böhm, gleichfalls ein Landsmann Sebastians. Als seine Heimath wird Goldbach bei Gotha, als sein Geburtsjahr 1661 angegeben [23]); er war seit dem September 1698 im Amte und starb hier hochbetagt [24]); vorher hatte er sich in Hamburg aufgehalten. Dieser Mann mußte schon deshalb für Bach eine besondere Anziehungskraft haben, weil sein Bildungsgang als Orgelkünstler ein dem von Bach eben betretenen verwandter gewesen war. Böhm hatte das, was er als Thüringer im Orgelspiel lernen und leisten konnte, durch Anschluß an die norddeutschen Meister zu heben und zu erweitern versucht. Die kahle Nachricht von seinem Aufenthalte in Hamburg würde freilich zur Begründung dieses Ausspruches nicht hinreichen, wenn nicht dessen Wahrheit aus seinen Compositionen so klar hervorginge. Der Lüneburger Organist nimmt zwischen der mitteldeutschen Orgelkunst und der norddeutschen, wie sich beide um die Wende des Jahrhunderts gestaltet hatten, ungefähr dieselbe Mittelstellung ein, wie sein Aufenthaltsort zwischen den thüringischen Städten und Hamburg, Lübeck, Husum, Flensburg u. s. w., jenen Hauptplätzen der nordischen Meister, mitten inne liegt. Mehr als auf andre Theile Deutschlands hatte grade auf den Norden die Richtung des Niederländers Sweelinck durchgreifend eingewirkt, und ein Sproß desselben Landes, Johann Adam Reinken, geb. zu Deventer am 27. April 1623, gestorben als Organist an der Katharinenkirche zu Hamburg am 24. Nov. 1722 [25]), hatte durch bedeutendes Talent und ungewöhnlich langes Leben

---

22) Geboren 1628, wie Junghans S. 39 berechnet.

23) Walther, Musik. Lexicon, S. 98. Die Pfarr-Register zu Goldbach wissen nichts davon, wurden aber auch nicht immer sorgfältig geführt. Das Geburtsjahr hat Junghans (S. 39) nach einer eignen Angabe Böhms in einem Schreiben an den lüneburgischen Rath herausgerechnet.

24) Junghans, S. 38, scheint 1734 als sein Todesjahr zu bezeichnen; Mattheson dagegen im 1739 erschienenen »Vollkommenen Capellmeister«, S. 479, spricht von ihm, als ob er noch lebte.

25) Mattheson, *Critica musica*, Bd. I, S. 255 und 256.

diese Richtung nachdrücklichst verbreiten helfen. Ihr Kennzeichen ist technische Gewandtheit, geistreiche Anmuth und ein Gefallen an feinen Klangwirkungen. Gegenüber der plastischen Ruhe und sonnigen Heiterkeit des südlichen Orgelstils herrscht hier nicht selten formelles Zerfließen — kein Componist hat längere Choralbearbeitungen geschaffen, als Reinken, Lübeck und Buxtehude — und phantastische Romantik, und dieser Gegensatz bleibt auch gegenüber dem mitteldeutschen Stile zum guten Theil bestehen, als dieser die Erbschaft des Südens angetreten hatte. Die Gefahr, in geistreichen Aeußerlichkeiten ihre Kraft zu verschwenden, lag dieser Schule nahe, aber ihre Eigenthümlichkeiten konnten zu einem kostbaren Schmucke werden, wenn ein tiefsinniger Künstler sich ihrer bemächtigte. Ein solcher war Böhm; und ein großes musikalisches Talent war er ebenfalls. Wäre seine Lebenszeit so gefallen, daß ihm die durchgreifende Umgestaltung hätte zu gute kommen können, welche Pachelbels Erscheinen in Thüringen hervorrief, so würden seine Leistungen vielleicht alle die seiner Zeitgenossen überragen. So aber war zu einer Verschmelzung der verschiedenen Kunstrichtungen, zu einem centralen Zusammenfassen aller in der Orgelkunst wirksam gewesenen Kräfte erst derjenige berufen, der wißbegierig und strebkräftig nunmehr dem gereiften Meister sich anschloß. Derselbe scheint überhaupt zu dem Chore der Michaelisschule in einem freundschaftlichen Verhältnisse gestanden zu haben, wie wir denn wissen, daß einmal im Anfange des Jahres 1705 der Präfect des Michaelischores mit einigen Mitgliedern des Johannischores bei ihm gewesen, »und daselbst von der Musik viele Raisonnements gehabt« hatte [26]. Oder war etwa diese Verbindung erst durch Sebastian Bach hergestellt, dem muthmaßlichen Präfecten bis 1703?

Böhm hatte von Reinken gelernt, und es lag in Sebastians ursprünglicher Natur, selbst an den Quellen zu schöpfen. Hamburg war nicht allzuweit entfernt, auch ist es wahrscheinlich, daß grade um diese Zeit sein Vetter, Johann Ernst Bach, der Sohn seines Vaterbruders, des Arnstädter Johann Christoph Bach, sich seiner künstlerischen Ausbildung halber in Hamburg aufgehalten hat [27]. Eine

---

26) Junghans, S. 40, nach einem Protokolle vom 13. Febr. 1705.

27) Johann Ernst war 1683 geboren, und es ist angemessen, daß wir uns solche auf eigne Kosten unternommene Ausflüge, die der Bildung gewisser-

Ferienwanderung dorthin konnte sich also schon aus verwandtschaftlichen Rücksichten empfehlen, und da es galt, Reinken spielen
zu hören und vielleicht persönlich kennen zu lernen, mußte sie sich
Sebastian alsbald als Nothwendigkeit darstellen. Trifft die Vermuthung zu, daß der um zwei Jahre ältere Vetter ihm in Hamburg zuerst die Wege gewiesen habe, so deutet die Freigebigkeit, mit der
er in Arnstadt dem nothleidenden Johann Ernst einen Theil seines
Gehaltes abtrat, und zu einer Zeit, wo er selbst besonders des Gel-
des bedurfte, auf einen seinem Charakter eignen Zug. Er besaß
sowohl den dankbaren Sinn, der erwiesene Hülfe nicht leichtsinnig
vergaß, als den Stolz der selbständigen Persönlichkeit, der ihre Verpflichtungen abzutragen ein befreiender Genuß ist. Ganz so benahm
er sich auch seinem ältern Bruder gegenüber. Nachdem die Bekanntschaft von Hamburg einmal gemacht war, wiederholten sich
dann wohl solche Ausflüge, die natürlich immer zu Fuß unternommen wurden und mit den allerbescheidensten Subsistenzansprüchen:
an einfachste Lebensweise war er ja von Haus aus gewöhnt[28].

Reinkens Compositionen sind jetzt sehr spärlich und selten geworden. Das Einzige, was er veröffentlichte, ist ein Suitenwerk für
zwei Violinen, Viola und Continuo, *Hortus musicus* genannt, was
hier nicht weiter in Frage kommt[29]. Von seinen Orgel- und Clavierwerken waren nur noch fünf Stücke im ganzen aufzubringen, von
diesen aber ist es wahrscheinlich, daß sie in grader Linie aus Sebastian Bachs Musikalienschranke stammen, und somit auf das bün-
digste die Wahrheit der Bemerkung im Nekrolog darthuen, daß Bach
sich neben einigen andern auch Reinken zum Muster genommen
habe. Eine Choralbearbeitung von »Es ist gewißlich an der Zeit,
(Was kann uns kommen an für Noth)«, für zwei Claviere und Pedal,
G dur **C**, zählt nicht weniger als 232 Takte. Jede einzelne Choral-

---

maßen den letzten Schliff geben sollten, nicht vor dem vollendeten 17. oder
18. Lebensjahre gethan denken.

28) Die von J. Ch. W. Kühnau (Die blinden Tonkünstler. Berlin, 1810.
S. 5 und 6) erzählte Anekdote, wie Sebastian auf dem Rückwege von Hamburg
mit leerem Magen und noch geleerterer Tasche vor einem Wirthshause sitzt und
plötzlich durch zwei aus dem Fenster geworfene Häringsköpfe, in denen eben so
viele dänische Ducaten versteckt sind, überrascht wird, entbehrt jeder weiteren
Beglaubigung, und ist auch für Sebastian in keiner Weise charakteristisch.

29) Mattheson, a. a. O. Walther, S. 517.

zeile wird motettenartig reichlich durchgearbeitet, bald einfach, bald
mit reichen Verzierungen ausgeschmückt; die freien Zwischenspiele
aber sind nur kärglich. Die Composition hat viel Fluß; Taktwechsel,
sonst von diesen Meistern bei solchen Aufgaben gern angewendet,
sind hier verschmäht, in meisterlicher und klanglich reizender Weise
kreuzen sich die beiden Claviere [30]. Auf 335 Takte gar hat es der
Orgelchoral »An Wasserflüssen Babylon« gebracht (F dur $\mathbf{C}$), welcher durch Bachs spätere Lebensgeschichte zu einer gewissen Berühmtheit gekommen ist, dieselbe aber auch an sich vollständig verdient. Die Anlage ist gleich, auch der Charakter; gern wird der
einzelnen Zeile ein bestimmtes Thema zur Contrapunctirung gegenüber gestellt, jedoch ohne daß hieraus ein Princip für die Behandlung aller Zeilen erwüchse. Mehr kam es den nordländischen Orgelkünstlern auf Entfaltung großen Combinations- und Figurenreich-
thums in möglichst weitem Rahmen an, und darauf gründet sich die
ihren Orgelchorälen eigne Gestalt [31]. Sehr bemerkenswerth ist ferner
eine Toccata, G dur $\mathbf{C}$. Für das große selbständige Orgelstück hatten
sich die Meister jener Gegenden ebenfalls eine Specialform herausgebildet: sie begannen mit einem gangreichen, glänzenden Praeludium, brachten nach dessen Abschlusse eine Fuge, schoben dann
wieder ein gangartiges Intermezzo ein, und benutzten endlich das
erste, aber nunmehr rhythmisch und melodisch umgebildete Thema
zu einer neuen Fuge, die das Ganze abschloß, und zuweilen noch
etwas brillantes Laufwerk als Anhang erhielt. Reinkens Toccate ist
genau in dieser Form gehalten, und von besonderem Interesse noch
deshalb, weil wir auch von Bach eine streng nach diesem Muster gebildete Arbeit besitzen, die später mit gleichgearteten Werken Buxtehudes noch näher betrachtet werden soll. Daß alle jene Meister in
Erfindung von Fugenthemen gewöhnlich nicht sehr glücklich waren,
mag aber schon hier gesagt sein. Ihre Gedanken treten allerdings
äußerlich freier heraus, als die der südländischen Fugisten, sind aber
nicht melodisch, nicht sprechend, nicht wohlgestaltet genug. Der

---

30) Befindlich in einem aus dem Nachlasse von Joh. Ludw. Krebs, Sebastian Bachs vorzüglichstem Schüler, stammenden Buche, welches, nachdem
es durch die Hände zweier Altenburger Organisten gegangen ist, sich jetzt im
Besitze von Herrn Musiklehrer F. A. Roitzsch in Leipzig befindet.

31) Diese Composition bewahrt die Bibliothek des königl. Instituts für
Kirchenmusik in Berlin handschriftlich.

Grund ist ohne Frage der, daß diese Componistenschule sich nur einseitig und nicht tief eindringend mit dem Choral beschäftigte, so erschloß sich ihr nicht das volle Wesen echter Melodik, und statt charakteristischer Kerngestalten bietet sie oft nur virtuoses Wuchergewächs. Wie sich höchster virtuoser Glanz mit herrlichstem melodischen Schwunge vereinigen lasse, wußte man damals noch nicht; Sebastian Bach war berufen es zu zeigen. Im übrigen gilt von der Reinkenschen Toccate alles was oben im allgemeinen gesagt wurde: sie ist nirgends großartig, aber voll Anmuth und Behendigkeit, besonders in ihrer zweiten Hälfte. Ein gleiches muß man den beiden erhaltenen Variationenwerken des Meisters zugestehen, die den früher erwähnten Veränderungen Joh. Christoph Bachs an Beweglichkeit und figurativem Reichthum überlegen sind, an Geist ihnen gleich kommen und ein sehr beträchtliches Maß technischer Geläufigkeit voraussetzen [32]. Dem einen ist eine scherzhafte Arie zu Grunde gelegt: »Schweiget mir vom Weibernehmen« (*altrimenti chiamata: La Meyerin*, wie in der Handschrift dabei steht), es zählt achtzehn Partiten [33]; das andre Mal sind über ein »Ballet« zehn Variationen gesetzt. Dies erinnert uns daran, daß um jene Zeit in Hamburg das deutsche Opernwesen in Blüthe stand, und daß der leichtlebige Reinken mit zu denen gehört hatte, welche im Jahre 1678 jenes Unternehmen in Gang brachten [34]. Was aber um wenige Zeit nachher für Händel der geeignetste Platz zur Entfaltung seiner grundverschiedenen Anlagen werden sollte, daran ging zuverlässig Bach unberührt vorüber. Händel war von 1703 bis 1706 in Hamburg, Bach im Jahre 1703 vielleicht zum letzten Besuche dort; beide großen Geister sind hier so nahe an einander hergestreift, wie in ihrer ganzen weitern Entwicklung nicht wieder. Auch Reinkens

---

32) Sie sind nebst der Toccate in einem Buche erhalten, welches Andreas Bach aus Ohrdruf, Sebastians Neffe, besaß und jedenfalls von seinem Bruder überkommen hatte, der in Weimar eine Zeit lang in Sebastians Hause lebte, worüber an geeigneter Stelle mehr. Neuerdings gehörte es C. F. Becker, der es mit seiner ganzen Bibliothek der Leipziger Stadtbibliothek vermachte.

33) Die »Meyerin« muß ein allgemeiner bekanntes Lied gewesen sein; auch Froberger machte darüber eine Reihe von eleganten Variationen, sie stehen in einer Sammlung von Toccaten, Fantasien, Canzonen u. s. w., die der Componist am 29. Sept. 1649 in Wien dem Kaiser Ferdinand III. dedicirte.

34) Mattheson, Der musikalische Patriot (Hamburg, 1728), S. 177.

ganze Persönlichkeit konnte Bach nicht anmuthen, wenn überhaupt derselbe bei einem so großen Altersunterschied hätte anders zu ihm stehen können, als ein jünglingshafter Bewunderer. Doch darüber später mehr, wenn wir Bach nach zwanzig Jahren auf der Höhe seiner Künstlerschaft zum letzten Male mit dem fast hundertjährigen Reinken werden zusammentreffen sehen. Uebrigens war dieser es nicht allein, von dem er in Hamburg lernen konnte; seit 1702 wirkte als Organist an der Nikolai-Kirche Vincentius Lübeck (geb. 1654), vorher in Stade, welcher der Reinkenschen Richtung ebenfalls angehörte, und ein vorzüglicher Meister seines Fachs war. Wenn die Quelle, welche uns die oben genannte Reinkensche Choralbearbeitung spendete, auch solche von Lübeck enthält (»Ich ruf zu dir, Herr Jesu Christ«, für zwei Claviere und Pedal, Emoll, 275 Takte; »Nun laßt uns Gott dem Herren«, gleichfalls für zwei Claviere und Pedal; ferner ein großes Praeludium mit Fuge, Dmoll, 174 Takte, besonders im Praeludium mit Entfaltung großartiger Virtuosität) [35]), so darf uns das ein Wink sein, Bach habe auch diese Gelegenheit, seine Kenntnisse und Fertigkeiten zu vergrößern, nicht vorübergehen lassen.

Der Bericht des Nekrologs, daß Bach außer den hauptsächlichsten norddeutschen Orgelkünstlern sich einige hervorragende französische Orgelcomponisten zum Muster genommen habe [36]), wird es entschuldigen, wenn wir anstatt sofort zu Böhm nach Lüneburg zurückzukehren, unserm rüstig wandernden Sebastian erst noch zu einer andern Kunststätte folgen, die er gleichfalls von Lüneburg aus wiederholt aufsuchte. Am herzoglichen Hofe zu Celle blühte schon seit der Mitte des 17. Jahrhunderts die instrumentale Tanzmusik der Franzosen, und es wurde Gewicht darauf gelegt, daß die Mitglieder der Capelle möglichst vollzählig für diese Art der Musik zu verwenden wären [37]). Nicht minder setzte sich ohne Zweifel die französische

---

35) Diese beiden letztgenannten Stücke stehen in einem andern, Krebs einstmals zugehörigen Orgelbuche, welches ebenfalls Herr Roitzsch besitzt.

36) Musikalische Bibliothek, a. a. O., S. 162. Hier wird es freilich mit Bezug auf Bachs Studien in Arnstadt gesagt, wo er sich jedoch von den Vorräthen nährte, die er während der Lüneburger Zeit eingeheimst hatte.

37) Ein im Provinzial-Archiv zu Hannover befindlicher Anschlag vom Jahre 1663: »Was zu einer bestelten rechten Capell gehörig«, den ich der Mittheilung des Herrn Archivrath Grotefend daselbst verdanke, lautet: »1. Ein Director *Musices*. 2. Ein *Altist*. 3. *Ein Tenorist*. 4. *Ein Bassist* [Ges ammt-Be-

Claviermusik dort fest, die damals noch vor der deutschen viele
Vorzüge hatte und in ihrer Eleganz und Zierlichkeit stets musterhaft
gewesen ist. Einer von den wenigen bedeutenden Musikern, die in
den vierziger und funfziger Jahren des 17. Jahrhunderts in Deutschland geboren wurden, stammte aus Celle: Nikolaus Adam Strungk
(geb. 1640), hervorragend als Componist, Violin- und Orgelmeister,
der am dortigen Hofe im Jahre 1661 mit 220 Thalern Gehalt angestellt war, 1678—1683 in Hamburg Opern dirigirte und componirte,
dann verschiedene Capellmeisterstellen, zuletzt in Dresden, bekleidete und 1700 in Leipzig starb [38]. Besäßen wir noch eine genaue
Kenntniß von den musikkundigen Persönlichkeiten Celles zwischen
den Jahren 1700 und 1703, so würde es sich wohl herausstellen, daß
Bach irgendwelche persönlichen Beziehungen dorthin hatte, welche
ihm einen vorübergehenden Aufenthalt zu einem nutzenbringenden
machen konnten. Denn wenn erzählt wird, daß er durch öftere Anhörung der damals berühmten Cellenser Capelle Gelegenheit gehabt
habe, sich mit dem französischen Geschmacke vertraut zu machen [39], so
ist dies nur dann möglich gewesen, wenn ihm durch einen Bekannten
der Zutritt zu den Uebungen der Capelle gebahnt wurde, da dieselbe
ja öffentlich nicht spielte. Der einzige Name aber, welcher vorge-
bracht werden kann, ist derjenige des damaligen Stadtorganisten,
Arnold Melchior Brunckhorsts, von dessen musikalischen Leistungen
und Beziehungen zur Kunstwelt nichts in Erfahrung zu bringen war.
Die Annahme liegt nahe, daß es die erste Gelegenheit für Bach war,
französische Musik gründlicher kennen zu lernen, und daß sich seine

---

merkung zu 2 — 4:] welche zugleich in frantzös. Musick eine *Viol.* gebrauchen
könnten. 5. Zwo sowohl in rechter als in Französ. Musik bestelte *Violisten*, so
bereits hie seyn. 6. Ein *Viola da Gambist*, welcher auch schon hie ist. 7. Ein
Organist, der ebenmäßig alhie ist. 8. Ein *Trombonist* oder *Fagottist*, so zugleich
eine Stimme singet und in Französ. und rechter Music ein Violin gebraucht.
9. Ein *Cornetist*, der in Französ. *Music* ein *Violin* gebraucht. 10. Zwo *Capelkna-
ben*. 11. Ein *Calcante. Summa* 13 *Personen.*« Aus der Zeit des letzten Herzogs
Georg Wilhelm bis 1705, wo die Linie ausstarb, fehlen leider alle Nachrichten.

38) Seine Thätigkeit als Orgelcomponist scheint bis jetzt ganz unbekannt
gewesen zu sein. Ich besitze von ihm eine ausgeführte und gelungene Bearbeitung des Chorals: »Ich dank dir schon durch deinen Sohn«.

39) Musikal. Bibliothek, a. a. O. Daß die dort aufgestellte Behauptung,
der französische Stil sei damals in der Gegend etwas neues gewesen, in dieser
Allgemeinheit unrichtig ist, ergiebt sich aus dem obigen.

Wißbegierde vorzugsweise auf die Claviermusik ˌerstreckt haben
wird, ist sowohl in seiner damaligen Richtung, wie in der Beschaffenheit der französischen Orchestermusik jener Zeit begründet. Auf
diese Anregung wird also zum großen Theile das Interesse zurückzuführen sein, welches er den französischen Claviercomponisten thatsächlich entgegengebracht hat. Eine Suite in A dur von N. Grigny,
welcher um 1700 Organist an der Kathedralkirche zu Reims war,
und eine gleiche Composition in F moll von Dieupart schrieb er sich
eigenhändig ab [40]. In Sammelwerken, welche sich späterhin Bachs
Schüler zusammentrugen, finden sich neben zahlreichen Werken
ihres Meisters die Arbeiten eines Marchand, Nivers, Anglebert,
Dieupart, Clairembault und Anderer als Beweis, daß Bach sie auf
solche Sachen hinwies. Auch mit den Compositionen des bedeutendsten unter jenen Künstlern, François Couperins, ist er wohl vertraut
gewesen [41]. Nicht zu übersehen ist aber, daß auch Böhm sich von
dem Einflusse der Franzosen mehr als oberflächlich berührt zeigt,
wie besonders aus dessen Vorliebe für reichliche Verzierungen und
Umkräuselungen eines melodischen Ganges hervorgeht. Mag er nun
auch nicht grade Bachs Neigung zur Bekanntschaft mit der französischen Musik erweckt haben, so hat er sie doch jedenfalls bestärkt.
Eine directe Einwirkung jenes fremdländischen Stils auf Bachs Compositionsweise läßt sich nicht mehr nachweisen, vielleicht nur weil
die betreffenden Compositionen nicht erhalten blieben, denn die sogenannten »französischen« Suiten, Werke aus Bachs reifer Meisterzeit,
tragen, in diesem Sinne verstanden, ihren Namen mit Unrecht. Vielleicht aber, und dies ist das wahrscheinlichere, war die Verschmel-

---

40) Das Autograph besaß früher Aloys Fuchs in Wien; wo es augenblicklich ist, darüber habe ich bis jetzt nur eine Vermuthung. Eine nach dem Autograph gefertigte Copie mit Aufschrift von Fuchs' eigner Hand hat die königl.
Bibliothek zu Berlin. Beide Suiten enthalten übereinstimmend folgende Stücke:
Ouverture, Allemande, Courante, Sarabande, Gavotte, Menuet, Gigue. Angehängt ist ein Verzeichniß von 29 verschiedenen Ornamenten nebst der Anweisung
zu ihrer Ausführung. So lange das Autograph nicht wieder zum Vorschein gekommen ist, läßt sich nichts darüber sagen, ob es etwa in der Zeit von Bachs
Lüneburger Aufenthalt oder später geschrieben sein mag.

41) Forkel, S. 15 (der ersten Aufl.). Dieser verdient hier um so mehr
Glauben, als er sicherlich über diesen Gegenstand bestimmte und eingehende
Nachrichten von Phil. Em. Bach erhalten haben wird.

zung, welche das deutsche Wesen mit dem französischen Stile überhaupt eingehen konnte, in Böhms Künstlerpersönlichkeit im wesentlichen schon vollzogen, so daß Bach die französischen Elemente vorzugsweise nur durch dessen Vermittlung in sich aufgenommen haben wird.

Um nunmehr Bachs Verhältniß zu Böhm im Besonderen würdigen zu können, ist es nothwendig, dessen Kunstthätigkeit und Stil an einzelnen Compositionen klar zu machen. Was ich von diesen allmählig gesammelt habe, besteht, abgesehen von einer vierstimmigen Arie (»Jesu, theure Gnadensonne«, ein Neujahrsgesang, zuverlässig für den currenten Chor der Johannisschule geschrieben), in drei Claviersuiten, einer Ouverture (und Suite), einem Praeludium mit Fuge, beide gleichfalls für Clavier, und achtzehn Choralarbeiten, von denen eine große Anzahl Partitenwerke sind. Es genügt dies, sich von seiner Schreibweise ein leidliches Bild zu machen, wie sehr auch zu bedauern ist, daß von einem so besondern und vortrefflichen Componisten nicht mehr erhalten wurde. Seine Stärke liegt mehr auf der Seite des claviermäßigen als des Orgelstils, was nach dem bedeutenden Einflusse, den nicht nur die norddeutschen Meister, sondern auch die französischen Componisten auf ihn gewannen, unschwer zu begreifen ist. Dies gilt nun auch von seinen Choralbehandlungen, mag er sie auch alle, oder wenigstens größtentheils für die Orgel gleichfalls bestimmt und auf ihr vorgetragen haben. Die Gränzen beider Instrumente erschienen auch den Componisten am Ausgang des 17. Jahrhunderts noch ziemlich flüssig. Bei der untrennbaren Wechselwirkung, in welcher Form und Inhalt eines Kunstwerks stehen, wird dadurch Böhms Chorälen eine ungleich geringere Idealität zugemessen, eine viel niedrigere Flughöhe, als denen Pachelbels. Dieser Meister stellte sich die Aufgabe, den Choral und dessen volle Bedeutung für den protestantischen Cultus in seiner Beziehung zum subjectiven Empfinden des Einzelnen künstlerisch darzustellen; Böhms Streben ist, aus dem Chorale und auf dessen Grunde anmuthige, wechselvolle Tongestalten zu entwickeln, an welche höchstens das allgemeine Grundgefühl des Chorals appercipirt werden soll. Daß er Pachelbels Weise sehr wohl gekannt und auch für sich genutzt hat, geht aus seinen Werken ziemlich klar hervor, aber in dessen Bahnen lenkte er nicht ein, dazu war er ein zu eigenthümlicher Geist. Die Melodie »Vater unser im Himmelreich« beginnt er einmal ganz so zu bearbeiten, wie man es von Pachelbel gewohnt ist: die erste Zeile wird fugirt, und tritt dann abschließend und bedeutsam vollständig im Pedal auf, freilich nicht mit verdoppelten Notenwerthen, aber doch genügend hervorgehoben. Aber schon bei der zweiten Zeile kommt der eigentliche Böhm zu Tage: sie erscheint als Thema für die Fugirung nicht in ihrem einfachen Gange:

sondern durch Einknickung, verbindende Sechzehntel, punktirte Bewegung und Verzierungen umgebildet:

Im Verlauf gewinnt nun diese Spielfreude immer mehr die Oberhand und führt von der anfänglichen Anlage immer weiter ab; die Choralzeilen, welche als Endzweck und Krone einer jeden einzelnen Durcharbeitung erscheinen sollten, werden immer mehr zurückgedrängt, und schlendern zuletzt ziemlich unbetheiligt im Pedal nebenher, ja bei der vorletzten Zeile wird der Choral selbst von der allgemeinen Bewegung erfaßt, und muß sich gefallen lassen, um sechs Tonschritte erweitert zu werden. So entsteht ein buntes, phantastisch unruhiges Bild, das eigentlich weder als Orgelstück noch als Choralbearbeitung volle Berechtigung hat, aber doch durch seinen Geist und sein eignes, echt musikalisches Leben, die Gewandtheit und Eleganz der Stimmverschlingung entschieden anzieht. Ein andres Mal ergreift Böhm die Melodie »Allein Gott in der Höh sei Ehr«, stellt der ersten Zeile ein schön gesungenes Contrasubject gegenüber, und verarbeitet beide zu einer ganz meisterlichen Doppelfuge. Man denkt nun, entweder hat es hierbei sein Bewenden, oder es wird nach Pachelbels Weise der vollständige Choral in glänzender Durchführung das Werk krönen. Keins von beiden geschieht. An die Fuge schließt sich in ganz einfacher Gestaltung die zweite Zeile an, dann wird von Anfang an repetirt, als ob es die schmucklose Melodie wäre, und der Rest derselben ebenfalls einfach durchgeführt.

Eine Statue, die an Kopf und Armen herausgemeißelt, übrigens aber im Blocke sitzen geblieben ist! In der Aufstellung eines Gegenthemas zur Choralzeile reicht aber Böhm Buxtehude die Hand, und steht mit dieser Bearbeitung also recht zwischen beiden Meistern: über ihnen, kann man aus genannten Gründen nicht sagen. Buxtehude, an tiefer Erfassung des Chorals und an ruhiger Schönheit Pachelbel weit nachstehend, überragt diesen jedoch an geistreicher Combination und einer oft berückenden Harmonik. Es liegt ein Böhmsches Choralstück über »Christ lag in Todesbanden« vor, welches so vollständig Buxtehudescher Factur ist, daß man behaupten möchte, es sei wirklich letzterem zuzuschreiben, wenn nicht die Versatilität des Böhmschen Geistes dagegen in die Wagschale fiele[42]. Das Wesen dieser Factur beruht in der schon mehr genannten motettenartigen Durcharbeitung der einzelnen Choralzeilen, wobei aber Buxtehude Taktwechsel, rhythmische Umbildungen des Themas und selbständige Contrasubjecte besonders liebt. Mehr wird an seiner Stelle darüber zu sagen sein. Die merkwürdigste Mischung von eignen und fremden Bestandtheilen findet sich in Böhms Behandlung von »Nun bitten wir den heilgen Geist«, in der sowohl Pachelbels als Buxtehudes als Böhms eigne Manier neben einander auftreten. Diese Manier, in der er nun auch ganze Orgelchoräle geschrieben hat und sein eignes Wesen am freisten entfalten zu können glaubte, besteht aber darin, daß jede einzelne Zeile nicht polyphon durchgeführt, sondern durch Zerlegung in ihre einzelnen melodischen Hauptmomente, und durch Wiederholung, Versetzung, Umspielung, mannigfache Verknüpfung derselben thematisch erschöpft wird. Hier konnte ein feiner Kopf seine ganze Erfindsamkeit zeigen im Verändern und Umbilden eines musikalischen Gedankens, in behender Umspielung und anmuthvoller Auszierung, er war auch nicht, wie bei der Variation, an die harmonischen und rhythmischen Verhältnisse des Themas gebunden, sondern er schuf ganz neue Maße

---

42) An sich wäre eine solche Verwechslung leicht möglich, da die Namen der Orgelmeister über ihren Compositionen sehr viel nur durch die Anfangsbuchstaben angedeutet wurden, und für D. B. (Dietrich Buxtehude) leicht G. B. (Georg Böhm) geschrieben werden konnte. Von Pachelbels Choral »Erhalt uns, Herr, bei deinem Wort« (Commer, Nr. 134) liegt mir eine alte Handschrift vor, die ihn mit G. B. signirt. Ich halte ihn aber dem ersteren für zugehörig.

und Perioden, bildete gradezu ganz eigne Tonstücke und hatte überdies auch Gelegenheit zu contrapunctischen Vertiefungen. Es dürfte das erste Mal sein, daß in der Instrumentalmusik die thematisch-motivische Entwicklung des melodischen Stoffs, die in der Beethovenschen Kunstperiode eine so große Rolle spielt, als gestaltendes Princip für größere Tongebilde auftritt; in der Motette waren allerdings, wie früher gezeigt worden ist, schon ähnliche Umgestaltungen mit dem Choral vorgenommen worden, die aber gemäß der Verschiedenheit des Materials doch ein ganz andres Aussehen gewinnen mußten. Wie man von Pachelbelschen und Buxtehudeschen Choral-Typen reden kann, darf man auch einen Böhmschen Typus aufstellen. Böhm muß, wenn auch nicht als Erfinder des Princips (denn die Kunst, aus dem einen musikalischen Gedanken einen zweiten zu erzeugen, übte schon der Italiäner Frescobaldi), so doch als derjenige gelten, der es zuerst auf den Choral anwendete, er hat in Wahrheit eine neue Kunstform geschaffen, und diese That, deren nur ein wirkliches Talent fähig ist, sichert ihm seinen Platz in der Kunstgeschichte. Er hat aber auch diese Form mit reicher und feinsinniger Erfindungskraft zu handhaben gewußt. So macht er in seinen sechs Partiten über »Herr Jesu Christ, dich zu uns wend« in der ersten derselben aus der Anfangszeile folgendes Gebilde:

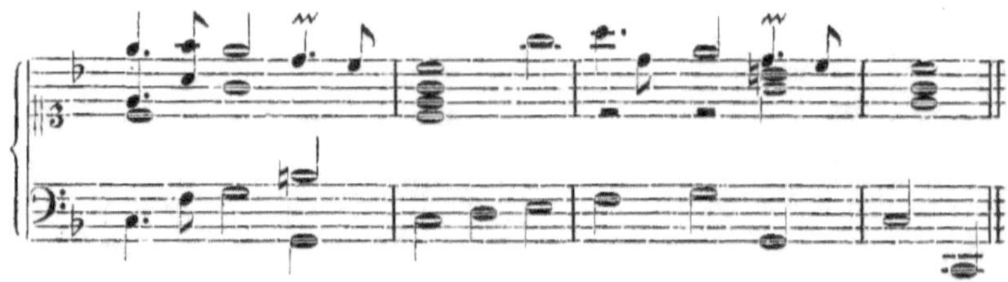

in der dritten gestaltet sich der Eingang so:

die folgende Zeile erscheint colorirt, die Gänge schwingen sich von
c̄ bis c̄ hinauf und hinab, höchst graziös, aber in losgebundener
Spielfreudigkeit; die dritte Zeile ist dann wieder der ersten parallel
gestaltet, wenn auch mit ganz verschiedener Erweiterung, und die
vierte rollt in lebhafter, nur einmal in der Mitte zum Stehen kom-
mender Coloratur dem Ende zu. Die Harmonie bleibt durchweg einfach wie zur ersten Zeile. Und noch eine andre Manier verbindet
Böhm so häufig mit dieser Behandlungsweise, daß man darin einen
Ausdruck seiner besondern Eigenthümlichkeit erkennen und sie die
seinige nennen kann. Er bildet eine gangartige, etwa zwei - bis
dreitaktige Tonreihe, mit der er, gewöhnlich im Basse, das Stück
einleitet, die er dann ganz oder stückweise zwischen den Zeilen thunlichst oft wiederholt, auch als Contrapunct zu denselben gebraucht
und am Schluß noch einmal *solo* ablaufen läßt. Ein solcher *Basso*

quasi ostinato aus einer andern Bearbeitung von »Vater unser im Himmelreich« möge, hier das Verfahren erläuternd und spätere Behauptungen begründend, mitgetheilt werden:

auf ihn folgen die drei ersten Töne der Melodie, nach Böhms Weise mit Zierrathen verbrämt, dann tritt der Bass wiederum allein auf, und nun erst beginnt die vollständige Durchführung, in die sich, wo es angeht, motivische Stückchen von ihm einschieben; unter dem ausgehaltenen Endtone der Melodie spaziert er nochmals einher und macht gleichsam die Thüre zu. Man wird bei diesem Verfahren zuweilen so lebhaft an gewisse Tutti-Sätze der italiänischen Instrumental-Concerte erinnert, daß es zweifelhaft ist, ob nicht eine bewußte Nachahmung stattgefunden habe. Einmal liegt der Tongang auch in den Oberstimmen, die Melodie »Aus tiefer Noth schrei ich zu dir« ist in den Tenor gesetzt und wird, motivisch ausgesponnen, auf dem Oberwerk von der linken Hand allein vorgetragen, eine Arbeit, die nur von einem höchst geistreichen Kopfe erfunden werden konnte! Was er bei dieser Richtung in der Choralvariation geleistet hat, kann man sich leicht vorstellen; in der That ist hier seine Phantasie unerschöpflich in stets neuen Umkleidungen der Melodie. Er hat sich ihr auch mit Vorliebe zugewendet; freilich sinkt da der Choral auf die Stufe jedes beliebigen weltlichen Liedes herab. Wie er immer mehr ans Cembalo als an die Orgel dachte, zeigt auch die Vollgriffigkeit, mit der er jene einfachen Choräle harmonisirt, die seine Partiten einzuleiten pflegen, so daß die Stimmführung ganz unkenntlich wird und nur fünf-, sechs-, siebenstimmige Accorde sich an einander reihen. Viel mehr nun noch, als für die Choralbehandlung, konnte Böhm sich für die freie Claviermusik die Leistungen der Franzosen zu Nutze machen. Wirklich hat er sich ihre ganze Zierlichkeit angeeignet, ohne in die französische Schnörkelsucht und Coquetterie zu verfallen; manchmal streift er allerdings an diesen Fehlern her. Andrerseits überragt er wieder jene Claviermeister um Haupteslänge an harmonischem Reichthum und ausdrucksvollen Gedanken. Seine Suiten (Es dur, C moll, A moll, D dur) sind ohne Besinnen die besten, welche mir aus der Periode vor Sebastian Bach bekannt sind. Einer derselben (D dur) geht eine Ouverture vorauf in französischer Form, und wäre die Ueberlieferung gegründet, daß Pachelbel dieselbe zuerst aufs Clavier übertragen, so hätte man Böhm hierin als seinen Nachfolger anzusehen. Aber fast sollte man bei der viel geringern Beziehung, in der Pachelbel zu den Franzosen stand, das Umgekehrte vermuthen. Sicher ist, daß das Clavier viel mehr Böhms, die Orgel Pachelbels Provinz war, und wenn letzterer den ersteren im Choral weit hinter sich zurückläßt, so hat wohl kaum der Nürnberger Meister je ein Stück geschrieben, was dem G moll-Praeludium nebst Fuge des Lüneburgers sich vergleichen könnte. Wir haben die Erwähnung dieser Composition bis ans Ende verschoben, weil hier Böhms Originalität am reinsten und überzeugendsten hervortritt. Zuerst eine Form des Ganzen, die von allem, was wir kennen, völlig abweichend aber doch mit voller künstlerischer Berechtigung nur aus dem musikalischen Inhalt selbst hervorwächst: ein Praeludium im $^3/_2$ Takt mit auf- und abwandelnden arpeggirten Accorden, nach kurzem Uebergangs-Adagio eine weit ausgesponnene Fuge, endlich wiederum ein harfenartig lispelnder ganz freier Schlußsatz, dessen Sechzehntelbewegung am Ende zum Adagio sich beruhigt. Dann eine Stimmung, so tief, so eigen melancholisch, ein Träumen und Schwelgen in herb-süßen Harmonien, zu dem nur ein deutsches Gemüth fähig ist, und doch wieder eine Grazie, zumal in der Fuge, wie sie damals fast allein die Franzosen besaßen. In diesem wunderschönen Stücke, das hinreichen würde, seinen Componisten unter die bedeutendsten schaffenden Talente der Zeit zu setzen, keimt und knospt etwas, das durch Sebastian Bach und einzig durch ihn zur berauschend duftenden Blüthe sich öffnen sollte: jene fast nur harmonisch bewegten, selig und doch so wehmüthig auf- und niederwallenden Praeludien des wohltemperirten Claviers (C dur des ersten, Cis dur des zweiten Theils) und ähnliches haben in dem Anfangs- und Endstücke der Böhmschen Composition ihren Vorläufer, und, wenn auch nicht ihren einzigen, so doch meines Wissens ihren einzig ebenbürtigen. Bedeutsam ist es, daß der Weg, auf dem dieselbe

nebst den vier Suiten bis zur Gegenwart gelangt ist, direct auf das
Haus Sebastian Bachs zurückführt [43]). Diese Suiten aber bilden zu
den Bachschen, in welchen die leicht wiegenden französischen Bildchen zu Gestalten von ungeahnter Schönheit veredelt wurden, in
gleicher Weise die Vorstufe. Manche Züge von sprechender Aehnlichkeit verrathen, wie hoch der große Meister sie schätzte, weniger
vielleicht, weil sie ihm für die eignen Leistungen einen unentbehr-
lichen Stützpunkt geboten hätten, als weil er dem Landsmanne sich
nach Wesen und Bildungsgang nahe verwandt fühlte. Als er die
berührten Werke schuf, war er über die Anlehnung an andre lange
hinaus, desto mehr aber muß er sich in bildungsbedürftigen Jugendjahren zu Böhm hingezogen gefühlt haben. Im späteren Lebensalter
Bachs tritt die innre Gleichartigkeit beider auf dem Gebiete hervor,
wo Böhm sein Höchstes leisten sollte, als Jüngling ahmte er ihn in
einer Gattung nach, in welcher sein religiöser Tiefsinn den reifen
Mann ganz andre Formen finden ließ, im Orgelchoral.

Es sind unter seinen Werken einige Choral-Partiten, die sich
als frühe Versuche einem jeden einigermaßen Sachkundigen sofort
verrathen. Man hat angenommen, sie seien in Arnstadt entstanden;
mir ist es nicht im geringsten zweifelhaft, daß sie in Lüneburg, zum
wenigsten unter Böhms unmittelbarem Einflusse componirt wurden.
Zu Grunde liegt der einen Reihe die Melodie »Christ, der du bist
der helle Tag«, der andern »O Gott, du frommer Gott« [44]). Hier ist in

---

43) Sie stehen in dem schon genannten Manuscripte Andreas Bachs.

44) Erschienen in der Gesammtausgabe Bachscher Instrumental-Werke bei
C. F. Peters, Ser. V, Cah. 5, Abth. II, Nr. 1 und 2 (ich citire stets nach dem
1867 erschienenen thematischen Kataloge). Eine dritte Partiten-Gruppe über
den Choral »Herr Christ, der ein'ge Gottssohn«, findet sich mit vielen andern
Bachschen Chorälen in einem einstmals Joh. Ludw. Krebs zugehörigen Sammelbande, der jetzt im Besitz von Herrn F. A. Roitzsch in Leipzig ist, und ward
noch nicht veröffentlicht. Bachs Name ist auch nicht ausdrücklich angegeben;
trotzdem halte ich ihn für den Autor dieser sieben Partiten, die mit den andern
etwa zu gleicher Zeit entstanden sein müssen. Daß jene von Bach in Arnstadt
componirt seien, ist eine willkürliche Annahme Forkels (S. 60 der ersten Auflage), der sie zufällig in einer alten Abschrift besaß. Ein Autograph derselben
ist bis jetzt nicht zu Tage gekommen. (Dagegen taucht, schon während des
Druckes dieses Bandes, in der Schweiz das vermeintliche Autograph eines Par-
titenwerks auf über »Ach, was soll ich Sünder machen«. Ich hoffe, im zweiten
Bande nachträglich darüber berichten zu können.)

der That eine Uebereinstimmung des Stiles vorhanden, die trotz der
vielen nachweisbaren Einflüsse von andern Seiten in Bachs ganzer
Entwicklung nicht wieder kommt. Man könnte, ohne eine Note von
Böhm zu kennen, aus diesen Variationen den Choralstil desselben
völlig kennen lernen, wenn nicht hier und da durch die Maske Sebastians glänzendes Auge hindurch blitzte, und bisweilen auch eine
gewisse Unbehülflichkeit im Tragen derselben zu Tage käme. So
dick und fast plump hat doch Böhm die Choral-Melodien nie harmonisirt, wie an einzelnen Stellen sein Nachahmer, der z. B. in der
Anfangs-Zeile des ersteren Chorals die erste und fünfte Note, welche
beide auf den leichtesten Takttheil fallen, mit einer massigen, sechs-
tonigen Harmonie belastet, während dazwischen nur viertonige
stehen. Dies und manches ähnliche wirkt unter allen Umständen
schlecht und ist geschmacklos, mag man es sich auch auf dem Cembalo gespielt vorstellen. Aber im allgemeinen muß man staunen über
die wunderbare Assimilationskraft, die sich in fremden und dem
eignen Geiste innerlich widerstrebenden Formen mit einer Leichtigkeit bewegt, als seien sie selbstgeschaffene. Eine solche Erscheinung an einer Persönlichkeit, deren Individuelles später im denkbar
größten Gegensatze zu seiner Zeit stand und wie in Fels gehauen
uns anblickt, konnte nur in den frühesten Jugendjahren möglich sein.
Wir haben aber durch sie einen Maßstab für die Weise, wie Bach
sich bildete und alles bedeutsame, was ihm auf seinem Wege begegnete, ganz mit sich verschmolz. Diese Thätigkeit läßt sich an
ihm nachweisen bis mindestens in die Mitte seiner zwanziger Jahre.
Durch die voraufgeschickte Beschreibung der Böhmschen Behandlungsart ist der Leser in Stand gesetzt, selbst zu vergleichen. Sofort
in der zweiten Partite der beiden Reihen wird er die treffendsten
Parallelen finden für jene motivischen Ausspinnungen, als deren Erfinder Böhm anzusehen ist. Eine höchst bemerkenswerthe Thematik
kommt bei den vier ersten Noten der vierten Zeile des ersten Chorals
zu Tage welche durch sieben Takte in Beet-
hovenscher Weise durchgeführt werden, und ähnlich auch in den
andern Variationen. Wie ferner Böhm oft den Choral ganz schlicht
beginnt, bald aber anfängt, ihn bunt zu umspielen, und dabei gern
auf gewisse Grundfigurationen zurückkommt, wie er ihn dann nach

Manier der Claviervariation einmal ganz in laufendes Passagenwerk auflöst, wie er diese Zeile in der Oberstimme, jene in der Unterstimme durchzuführen und verschiedene Behandlungs-Principe zu mischen liebt, wie er nach Vorgang der nordischen Meister Taktwechsel einführt und durch Abwechslung der Manuale mit Klangwirkungen spielt, alles dies findet sich hier bei Bach, um seiner äußern Erscheinung nach in dessen reifern Werken fast bis auf die letzte Spur wieder zu verschwinden. Aber in welcher Weise diese Einflüsse innerlich wirksam blieben, kann ein Fall beweisen. Mit den übrigen Eigenthümlichkeiten Böhms hat sich Bach auch den oben gekennzeichneten *Basso ostinato* angeeignet; man sehe den Beginn der zweiten Partita über »O Gott, du frommer Gott«:

worauf denn, beiläufig gesagt, genau wie in dem angeführten Chorale Böhms, nur erst die vier Anfangsnoten der Melodie ertönen, dann der Bass sich wiederholt und damit erst die volle Zeile eintritt. In keinem seiner spätern Meisterwerke stößt man wieder auf ein solches Gebilde. Aber man betrachte die großartige Arbeit über »Wir glauben all an einen Gott«, welche nahezu vierzig Jahre später im dritten Theile der Clavierübung erschien [45]), wo ein frei erfundener und mit der Melodie innerlich gar nicht zusammenhängender Bass sechsmal im Verlauf des Stückes nach den gehörigen Pausen wiederkehrt! Hier ist die höchste Entfaltung und Verklärung jener Kunstweise! Für die Stetigkeit in Bachs Entwicklung muß dies ein hochwerthes Zeugniß genannt werden. Er betrat keinen Pfad, den er späterhin als falsch erkennen und durch Umkehr hätte verlassen müssen. Nie streckte der junge Baum eine seiner Wurzeln in taubes Geröll oder auf harten Fels. Die Kräfte, welche er von allen Seiten einsog, durchdrangen ihn belebend, so lange als er schuf. Wie gesagt, ist jedoch nicht alles in diesen Partiten auf bloße Nachahmung zurückzuführen. Mehr als einmal fühlt sich der Spielende von jenem eigent-

---

45) B.-G. III, S. 212. — P. S. V, Cah. 7, Nr. 60.

lich Bachschen Geiste berührt, dessen Intensität und Farbe niemandem wieder unkenntlich wird, der sie einmal wirklich empfunden hat. Solche Stellen lassen sich leichter durch den unmittelbaren Eindruck nachweisen, aber mit Worten nur umständlich kennzeichnen; doch sei, um nicht ganz im Allgemeinen zu bleiben, auf die letzte Partita der ersten Reihe aufmerksam gemacht, und die achte der zweiten mit ihrem geistvoll durchgeführten chromatischen Motive. Ueberhaupt, trotz aller Anlehnung an ein fremdes Vorbild, sind diese Choralvariationen das Zeugniß eines ganz außerordentlichen Talents. Stücke eines sechzehn- bis siebenzehnjährigen Jünglings, und wie viel natürliche Schönheit, Freiheit der Stimmenverschlingung, ja selbst Meisterschaft! Keine Spur von schwankendem, tastendem Anfängerthum; mit instinctiver Sicherheit wandelt er seinen Weg, und wenn hier und da eine Einzelheit befremdet, das Ganze zeigt den geborenen Künstler.

Das Claviermäßige, was die Partiten an sich haben, läßt das Fehlen eines obligaten Pedales, ja des Pedales überhaupt nicht merkwürdig erscheinen. Zur letzten Partite von »Christ, der du bist der helle Tag« findet sich allerdings eine Pedalstimme zum beliebigen Gebrauche verzeichnet, welche aber die Schönheit des Stücks beeinträchtigt, wenigstens wenn man es so auf der Orgel spielen wollte. Das Pedal eines Cembalo hatte weniger Klangdauer und würde hier die nachschlagenden Sechzehntel der linken Hand nicht so sehr verdecken. In der That findet es sich in einer Reihe von Bachschen Compositionen, daß in vereinzelter Weise das Pedal zur Hülfe herbeigezogen wird, während sie im ganzen nur *manualiter* auszuführen sind. Dies Verfahren deutet überall auf eine frühe Entstehungszeit, denn auf der Höhe seiner Entwicklung gestattete sich Bach keine solche Inconsequenz mehr. Doch werden wir weiterhin feinere Unterschiede dieses Merkmals feststellen können. Hier soll es nur dazu dienen, noch eine andere Arbeit Bachs heranzuziehen, die ebenfalls durch und durch von Böhmscher Anlage ist und zu gleicher Zeit mit den Partiten entstanden sein wird. Es ist der Orgelchoral »Christ lag in Todesbanden«, für zwei Manuale gesetzt[46]. Wieder fängt die linke Hand allein mit einem der oft er-

---

46) P. S. V, Cah. 6, Nr. 15.

wähnten Bassgänge an, die Melodie wird dann auf dem Haupt-Manuale mit kräftigern Registern gespielt, in den ersten vier Zeilen fast überreich verziert und motivisch weiter gesponnen. Zu den ersten beiden Zeilen bietet der einleitende Bassgang den Stoff für Zwischenspiele und Contrapuncte, für die folgenden zwei wird die Harmonie frei und das jedesmalige Zwischenspiel nach Pachelbels Weise gebildet, die Sache macht sich dann immer ungebundener und phantastischer, ganz wie Böhm es liebt, zeitweilig springt die Sech-zehntel-Bewegung in Achtel-Triolen um, dann wird auf beiden Ma-nualen motivisch hin- und hergespielt, man weiß nicht mehr, ob der Satz zwei-, drei- oder vierstimmig ist, die letzte Zeile endlich tritt, dreimal in verschiedenen Lagen ertönend, wieder in ruhigen Choral-Noten auf. Der relative Werth dieser, 77 Takte zählenden Compo-sition ist erheblich geringer, als derjenige der Partiten, wo schon die Variationenform ein ganz ungebundenes Ausschweifen verbot, das doch mit dem Wesen des Chorals in allzustarkem Widerspruch steht, mögen auch Böhm und Bach selbst darin noch so viel Geist gezeigt haben. Größer ist ihr rein technisches Interesse, sowohl wegen der darin herrschenden ungewöhnlichen Gewandtheit und Leichtigkeit, als wegen des Maßes von Spielfertigkeit, das sie voraussetzt. Das Pedal tritt nur in den sieben letzten Takten auf, zuerst die letzte Melodiezeile bringend, dann einige Grundnoten haltend; es liegt auf der Hand, daß damit eine besondere Schlußwirkung erzielt werden soll. Uebrigens läßt sich aus einer Note ziemlich sicher erkennen, daß die Composition für Cembalo und nicht für wirkliche Orgel ge-dacht ist. Im Endtakte schlägt auf dem letzten Viertel die rechte Hand über die linke und erfaßt das große E, obwohl das Pedal den-selben Ton durch den ganzen Takt aushält. Auf der Orgel wäre dies ein ganz zweckloses Bemühen, der Ton des Cembalo-Pedals aber war beim letzten Viertel schon verklungen und es empfahl sich, den Schlußaccord noch einmal recht gründlich zu stützen, was so durch die rechte Hand geschieht. Gemeiniglich wird man sonst Orgelpunkte auf diesem Instrumente durch häufiges Wiederanschlagen des Tones herzustellen gesucht, und sich überhaupt mit einer bescheid-nen Andeutung der Intention begnügt haben, da es doch nur ein Nothbehelf anstatt des Orgelpedals sein sollte. Müssen doch auch wir bei Behandlung des Pianoforte so vieles hinzudenken, was ganz außerhalb seines Darstellungsvermögens liegt! Die gezogene Folgerung aber paßt wieder für Lüneburg als Entstehungsort der Choralbearbeitung; hier hatte Bach noch keine Orgel zu eigner unbehinderter Verfügung, und wenn er seine Productionen ohne Umstände und vollständig selbst hören und ausführen wollte, so mußte er für Cembalo oder Clavichord componiren.

Man wird es wohl begreiflich finden, daß er zwischen Orgel und Cembalo als Vermittlern seiner musikalischen Gedanken noch keinen sonderlichen Unterschied machte. Nun haben ja allerdings beide Instrumente manches gemeinsame, aber wo es sich um die Darstellung langsamer gebundener Tonreihen handelt, bleibt das Cembalo zurück; wiederum bei mehrmaligem Wiederholen ein und desselben Accordes wird dem strömenden und keine Unterbrechung duldenden Orgelcharakter Gewalt angethan. Das letztere wenigstens hat Bach nicht immer berücksichtigt, und hierin war Böhm kein gutes Vorbild. Denn mochte man damals auch keineswegs scrupulös sein in Unterscheidung der verschiedenen Stilarten, eine gewisse Gränze gab es doch, über die aber Böhm sorglos hinwegschritt. Es giebt noch eine dritte Bearbeitung des Chorals »Vater unser im Himmelreich« von seiner Hand, die man ohne weiteres für ein Clavierstück halten müßte, wenn nicht ausdrücklich dabei stände: »Rückpositiv. Oberwerk piano. Pedal forte.« Die melodieführende Stimme ist mit Verzierungen überladen, die Begleitung schlägt meistens denselben Accord mehre Male hinter einander an, ist nur sehr selten gebunden, und ergeht sich vorzugsweise gern in dieser rhythmischen Figur: das Pedal fängt probeweise folgendermaßen an:

Hierzu hat Bach ein Seitenstück geliefert, was seiner ganzen Haltung nach nur dem Einflusse Böhms sein Dasein verdanken kann, und zu merkwürdig ist, als daß wir nicht wenigstens den Anfang hier einrücken sollten.

So stilwidrig dies ist, so läßt sich dennoch eine bedeutende harmonische Kraft und tiefsinniges Eingehen auf den Inhalt des Liedes (man
beachte zumal Takt 6) nicht verkennen, und in dieser Weise ist das
ganze Stück gehalten, wenn es auch an einigen harmonischen Härten nicht fehlt [47].

Daß zu so nahen inneren Beziehungen zwischen dem gereiften
und dem aufstrebenden Künstler sich auch freundschaftliche äußere
gesellten, ist wohl ziemlich selbstverständlich. Dadurch ist denn
auch die Vermuthung gerechtfertigt, daß Böhm dem Bach die Benutzung der Johannis-Orgel nicht vorenthielt, und möglicherweise hat
er auf ihr seine jungen Kräfte häufiger geübt, als in der Michaeliskirche. Leider scheint sie noch schlechter gewesen zu sein, als
jene, da schon im Jahre 1705 an ihre Stelle eine neue trat [48]. So
begann bereits in Lüneburg das Mißgeschick, welches den größten
deutschen Orgelmeister durch sein Leben verfolgt hat, sich gewöhnlich mit kleinen oder schlechten Orgeln behelfen zu müssen und niemals ein recht ausgezeichnetes Werk dauernd zur Verfügung zu haben.
Hiermit ist denn über den musikalischen Kern von Bachs dreijährigem
Aufenthalte in Lüneburg gesagt, was möglich war. Ohne irgend
eine absichtliche Vernachlässigung seinerseits vorauszusetzen, werden doch seine wissenschaftlichen Studien gegen die Musik mehr

---

47) Diese noch unveröffentlichte Composition steht in dem schon genannten
Krebs'schen Orgelbuche, welches auch den Reinkenschen Choral »Es ist gewißlich an der Zeit« enthält.

48) Gerber, N. L. I, unter dem Worte Dropa.

und mehr zurückgetreten sein. Diese war es schon damals, welcher er seine Existenzmittel verdankte, und wie oft die Anforderungen an die Chorschüler mit den Pflichten derselben als Gymnasialschüler in Widerstreit geriethen, ist schon erwähnt und wird durch andre Beispiele jener Zeit bestätigt. Dazu kamen die Verwendungen, welche ein musikkundiger Jüngling sonst noch finden konnte, ja oft nothgedrungen über sich ergehen lassen mußte. Die Lehrgegenstände der Michaelisschule waren von denen des Ohrdrufer Lyceums nicht verschieden. In Prima, wohin wir uns Sebastian allmählig vorgerückt denken können, war natürlich der Kreis von lateinischen Schriftstellern, die gelesen wurden, etwas erweitert: es finden sich ausgewählte Oden von Horaz, Vergils Aeneide, Terenz, Curtius und Cicero mit Reden, Briefen und philosophischen Schriften erwähnt. Außer den zugehörigen mündlichen und schriftlichen lateinischen Uebungen gab es aber auch hier nur noch Griechisch nach dem Neuen Testament, Religion, Logik und Arithmetik, wenigstens im Jahre 1695, und es ist keineswegs anzunehmen, daß es von 1700 bis 1703 anders war [49]. Wollten sich die Schüler in andern Gegenständen Kenntnisse verschaffen, so konnten sie bei den Lehrern der Anstalt Privatunterricht erhalten, natürlich gegen Honorar; wer sich aber dort seinen Lebensunterhalt selbst erwerben mußte, mag wohl für solche Zwecke nicht viel verwendbar gehabt haben. Man darf indessen annehmen, daß Bach, als er Lüneburg verließ, wenigstens einen zweijährigen Cursus in Prima vollendet hatte; denn er war 18 Jahre alt, und man bezog damals die Universität durchschnittlich früher als jetzt. Dafür daß er seinerseits dies nicht that, wie doch Händel, Telemann, Stölzel und so manche seiner leiblichen Vettern, liegen zwingende äußere Gründe vor; nicht so sehr innere. Denn die musikalischen Studien vertrugen sich mit irgend einer gelehrten Disciplin auf Hochschulen dazumal viel leichter, als bei den gesteigerten Ansprüchen unserer Tage. Es hatte sich sogar als eine Art von gutem Gebrauche festgestellt, daß der angehende Musiker, wenn er eben höher hinausstrebte, auch den akademischen Hörsälen nicht ganz fremd geblieben sein durfte, sonst hätte der weißenfelsische Concertmeister Johann Bähr nicht in vollem Ernst die Frage erörtern können, ob ein Componist

---

[49] Junghans, a. a. O., S. 40 und 41.

nothwendigerweise studirt haben müsse [50]). Aber Sebastian war einmal arm und ihm blieb keine Wahl, wenn auch, was wir nicht wissen, das Verlangen seinen wissenschaftlichen Gesichtskreis zu erweitern, noch so groß sein mochte.

Jedoch ehe wir ihn scheiden und vorwärts streben sehen, sei noch ein rascher Blick nach rückwärts erlaubt. Da in Bachs Familie bis zum Jahre 1703 ein so hochbedeutender Künstler lebte, wie Johann Christoph Bach in Eisenach, kann es auffallen, daß bei Sebastian kein bestimmter Einfluß desselben nachgewiesen wird. Eine schwache Spur davon scheint allerdings vorhanden zu sein und sollte auch nicht unberücksichtigt bleiben; nur die Unsicherheit der Sache gebot ein Verschieben an diese Stelle. Es existiren drei kleine Choralfugen unter Sebastian Bachs Namen über die Melodien »Nun ruhen alle Wälder«, »Herr Jesu Christ, dich zu uns wend« und »Herr Jesu Christ, meins Lebens Licht« [51]). Sie tragen genau den Charakter der oben besprochenen fugirten Choralvorspiele von Johann Christoph Bach, sowie der diesen gleich gestalteten Johann Pachelbels. Besonders läßt das zweite, dessen Melodie der Eisenacher Meister auch bearbeitete, eine eingehende Vergleichung zu; es ist etwas fließender als jenes und um drei Takte länger, sonst von merkwürdigster Aehnlichkeit, z. B. in den Einsätzen des Anfangs und dem später eintretenden Dominant-Orgelpunkt. Stammen also diese Stückchen wirklich von Sebastian, so ist die Folgerung fast zwingend, daß sie in Anlehnung an dessen Oheim, vielleicht auch schon an Pachelbel geschrieben sind. Daraus folgt weiter, daß es Knabenarbeiten sein müssen, die vor die Lüneburger Zeit fallen, womit auch ihre gänzliche Unbedeutendheit zusammenstimmt. Es ließe sich somit der eigne Schaffenstrieb bis in die frühesten Jahre verfolgen, und dieses Resultat wäre

---

50) »Ob ein *Componist necessario* müsse studirt haben.« Johann Beerens *Musicali*sche Discurse. Nürnberg, 1719 [19 Jahre nach dem Tode des Verfassers]. *Cap.* XLI. Der Verfasser (er schreibt sich Bähr, Beehr, Beer) besaß selbst eine tüchtige Gelehrtenbildung, und entscheidet auch, daß es zwar nicht durchaus nöthig, aber doch besser für den Componisten sei, studirt zu haben.

51) Herausgegeben von Fr. Commer: *Musica sacra* I, 1—3. Dieser erhielt sie im Jahre 1839 von dem Berliner A. W. Bach, welcher sie nach einer Bachschen Handschrift aus der Sammlung des Grafen von Voss-Buch copirt haben wollte. Diese ganze Sammlung gelangte später an die königl. Bibliothek; die betreffenden Choralvorspiele sind aber nicht mehr darunter zu finden.

wenigstens ebenso interessant, als der Nachweis einer Beeinflussung durch Johann Christoph, die sich bei der Lage der Dinge ziemlich von selbst versteht, aber für eine so jugendliche Lebenszeit kaum als bedeutungsvoll gelten kann, wenn sie auf einem Gebiete erscheint, dem die Hauptkraft des älteren Meisters abgewandt blieb. Wichtig würde es sein, wenn wir Chorcompositionen Sebastians besäßen, die sich auf seine Anregung zurückführen ließen. Dies ist aber nicht mehr der Fall, und ob sie überhaupt existirt haben, bei der verschiedenen Richtung, die der Neffe einschlug, ziemlich zweifelhaft. Eine zweite Ergänzung zu dem durchlaufenen Lebensabschnitte soll die Erwähnung einer Clavierfuge in E moll bilden, welche auch den Namen einer Jugend- oder Knaben-Arbeit im eminentesten Sinne verdient [52]. Da schon aus dem Jahre 1704 einige Fugen Sebastians vorliegen, so ist die Abschätzung nicht allzu schwer. Dieses Stück verräth seine Entstehungszeit sowohl durch die auffällige Steifheit aller seiner Themen als durch die Aengstlichkeit, mit welcher derselbe Contrapunct dem Hauptgedanken sich an die Fersen heftet, durch das consequente Beharren in der Grundtonart bei nicht weniger als vierzehn Einsätzen des Themas, durch fast gänzliches Fehlen aller verbindenden Zwischensätze, als endlich durch eine auffallende Unspielbarkeit, indem die Form sich der Claviertechnik noch nicht fügen wollte. Von allen Fugen Bachs, welche ich kenne, ist diese die unreifste und kann kaum anders als schon in Ohrdruf componirt sein. Als er Lüneburg verließ, war er wenigstens auch in dieser Kunstgattung längst über eine so niedrige Stufe hinausgeschritten.

II.

Am Hofe Herzog Wilhelms IV. zu Weimar hatte vor Zeiten Sebastian Bachs Großvater eine Anstellung gehabt. Schwerlich aber war für eine Berufung des Enkels an denselben Ort dies die Veranlassung. Es werden andre Verbindungen vorgelegen haben, die wir nicht kennen, die aber von Eisenach wie von Arnstadt aus leicht geknüpft werden konnten. Sebastian erhielt die Stelle eines Hofmusicus, doch nicht bei dem regierenden Herzoge Wilhelm Ernst, sondern

---

52) P. S. I, Cah. 9, Nr. 14.

bei Johann Ernst, dessen jüngerem Bruder, der hiernach seine eigne kleine Capelle gehabt haben muß[1]. Dies läßt auf ein specielleres Interesse desselben für die Musik schließen und die Stellung des jungen Künstlers in einem günstigen Lichte erscheinen. Denn es war augenfällig ein ganz anderes, Mitglied einer jener officiellen Capellen zu sein, die häufig nur der äußern Repräsentation wegen unterhalten, und demgemäß oftmals auch zu allerhand andern »nützlichen« Zwecken verwendet wurden, als einem Institut anzugehören, was allein private Vorliebe ins Leben gerufen hatte. Doch hieße es wiederum die Verhältnisse jener kleinen Höfe verkennen, wenn man glauben wollte, Sebastian habe mit der eigentlichen Hofcapelle garnichts zu thun gehabt. Vielmehr wurde er sicherlich, wenn er auch im nächsten Dienstverhältnisse zu Johann Ernst stand, doch in jener ebenfalls verwendet. Sein Platz war der eines Violinisten, und die Folgerung ergiebt sich leicht, daß, wenn er von Lüneburg an diesen Posten in eine solche Capelle berufen werden konnte, seine Leistungen als Geiger nicht allzugering sein durften. Indeß, so gewiß schon damals seine Ausbildung vorzugsweise auf Orgel- und Clavierspiel gerichtet war, so deutlich ist auch, daß er die Stelle in Weimar hauptsächlich aus äußern d. h. Existenz-Gründen angenommen hat. In sein eigentliches Fahrwasser gerieth er bei diesem ersten Schritte in die Kunstwelt noch nicht sogleich, lernte aber jedenfalls eine Fülle von Instrumentalmusik dort kennen, besonders auch italiänischer, welche am weimarischen Hofe beliebt war, wie wir später erfahren werden. Auch lebte damals dort ein nicht unbedeutender Violinvirtuose, Johann Paul Westhoff, als Kammermusicus und Kammersecretär, ein Mann, der überdies durch große Welterfahrung und allgemeine Bildung anziehend sein konnte[2]. Ferner fand sich daselbst der wohlberufene Organist Johann Effler, der, wie seiner Zeit erwähnt ist, Michael Bachs Vorgänger in Gehren gewesen war, und daß in Wahrheit Sebastian der kirchlichen Musik auch hier nicht fern geblieben ist, wird, wenn es dessen überhaupt bedarf, ein späteres Zeug-

---

1) Daß es Johann Ernst war, berichtet die Genealogie ausdrücklich. Eine Bestätigung ist das nähere Verhältniß, in welchem sich der Meister zu dem Sohne dieses Herzogs, Ernst August, befand, obgleich derselbe erst zur Regierung kam, als Bach Weimar längst für immer verlassen hatte.

2) Walther, Lexicon. Westhoff starb im Jahre 1705.

niß lehren. So bot ihm das musikalische Weimar doch mancherlei Anregung, und die Dauer seines Aufenthaltes genügte grade, sich derselben soweit hinzugeben, als es ihm zur Zeit dienlich erscheinen mußte. Schon nach wenigen Monaten eröffneten sich ihm neue Aussichten [3].

Die arnstädtische Bürgerschaft hatte gegen Ablauf des vorigen Jahrhunderts eine ihrer Kirchen, welche im Jahre 1581 durch Feuersbrunst vernichtet war, unter dem Namen der »Neuen Kirche« wieder aufgebaut und im Jahre 1683 eingeweiht [4]. Eine Orgel fehlte noch, allein den Einwohnern lag das junge Gotteshaus so am Herzen, daß schon bald darauf das Consistorium anzeigen konnte, es sei durch Beiträge von allen Seiten eine Summe von 800 Gülden dafür zusammengeflossen, die wohl noch bis auf 1100 Gülden anwachsen würde [5]. Ein reicher Bürger vermachte im Jahre 1699 noch 800 Gülden, und es konnte nun zur Beschaffung eines recht gediegenen und gehaltvollen Orgelwerks geschritten werden. Man wählte mit Uebergehung einer einheimischen aber unfähigen Persönlichkeit zum Erbauer den Mühlhäuser Johann Friedrich Wender, welcher die Orgel von Pfingsten bis zum Winter des Jahres 1701 verfertigte und aufstellte [6]. Wender hatte mehre Orgeln im Thüringischen gebaut und sich dadurch einen Namen gemacht. Ein solider Arbeiter war er übrigens nicht. Schon nach kurzer Zeit stellte sich heraus, daß vier Pfeifen im Werke fehlten, im Jahre 1710 war bereits eine Reparatur nöthig, die Wender aber so flüchtig vornahm, daß Ernst Bach, der damalige Organist, erklären mußte, die Orgel bedürfe einer gründlichen Herstellung, um ihre gänzliche Unbrauchbarkeit zu verhüten. Aehnliche Erfahrungen wurden an der Orgel der Blasius-Kirche in Mühlhausen gemacht, welche Wender ebenfalls gebaut hatte, und in der es unablässig zu bessern gab.

Doch, das große Tonwerkzeug war vorläufig vollendet und der Stolz der Bürgerschaft. Einen ebenbürtig geachteten Organisten da-

---

3) S. Anhang A. Nr. 9.

4) Olearius, *Historia Arnstadiensis*, S. 52, 55 und ff.

5) Arnstädter Consistorial-Protokolle vom 24. Nov. 1684. .

6) Der Stifter hieß Johann Wilhelm Magen und starb am 11. Mai 1699. Acten, den Bau der Orgel in der Neuen Kirche betreffend, vom 1. Juli 1699 fürstl. Archiv zu Sondershausen).

für zu gewinnen, wollte aber nicht sogleich gelingen. Ein Schwiegersohn Christoph Herthums, des mehrfach genannten Eidams und Nachfolgers Heinrich Bachs, verstand nothdürftig eine Orgel zu behandeln, und wohl durch jenes Verwendung, wahrscheinlich auch, weil man zur Stunde Niemanden sonst hatte, wurde ihm die Stelle übertragen. Er hieß Andreas Börner, trat mit dem Beginn des neuen Jahres an und erhielt jährlich dreißig Gülden und drei Maß Korn. Letztere wurden seinem Schwiegervater am Einkommen abgezogen, *der dagegen die Besorgung des sonntäglichen Frühgottesdienstes in der Liebfrauenkirche an Börner überließ*, auch mußte dieser sich bereit erklären, am Schlusse des Vormittagsgottesdienstes in der Barfüßerkirche einzuspringen, wenn den vielbeschäftigten Herthum um diese Zeit seine Functionen in die Schloßcapelle riefen. Man wollte nicht viel an den Mann wenden, und traute ihm wenig zu. Wenn er in der Neuen Kirche gespielt hatte, war er gehalten, den Schlüssel zur Orgel-Treppe dem Bürgermeister Feldhaus, welcher die Angelegenheiten des Orgel-Baus unter Händen gehabt und geleitet hatte, jedesmal wieder abzuliefern [7].

So war die Sache bis zum Sommer des nächstfolgenden Jahres fort gegangen. Mittlerweile gelangte Sebastian Bach nach Weimar, und man wird sich zu denken haben, daß er von dort aus bald Lust verspürte, Arnstadt, die alte Sammelstelle seines Geschlechts, und die dort lebenden Verwandten zu besuchen. Er kam, spielte, und das Consistorium wußte, daß dies der Mann war, den man brauchte. Mit Börner wurden nicht viele Umstände gemacht: er mußte einfach das Feld räumen. »Zur Verhütung jedoch aller besorglichen Collisionen« erhielt er eine neue Bestallung ausgefertigt als Organist der Frühkirche und vormittäglicher Substitut in der Barfüßerkirche, auch ließ man ihm seine Besoldung, so daß im übrigen alles beim Alten blieb [8]. Dem jungen, achtzehnjährigen Künstler gegenüber glaubte man sich aber zu besondern Anstrengungen verpflichtet; er hatte den Leuten gewaltig imponirt. Da die Mittel der Kirche beschränkt waren, so suchte man aus drei verschiedenen Kassen den stattlichen und

---

7) *Acta*, die Bestallung der Organisten zu Arnstadt betreffend, von 1670. Fol. 12, 22, 101, 102 (fürstl. Archiv zu Sondershausen).

8) a. a. O., Fol. 111.

für seine Jugend wie im Vergleich zu seinen Amtsgenossen ansehnlichen Gehalt von 84 Gülden 6 ggr. (= 73 Thalern 18 ggr.) zusammen. Dann wurde ihm eine feierliche Bestallung aufgesetzt mit den
üblichen weitschweifigen Ermahnungen zu Fleiß, Berufstreue und
allem, was »einem ehrliebenden Diener und Organisten gegen Gott,
die hohe Obrigkeit und Vorgesetzten gebühret«, und er am 14. Aug.
1703 auf dieselbe durch Handschlag verpflichtet [9].

Sebastian muß sich bei einer so entgegenkommenden Aufnahme
in dem hübschen und durch viele Familienerinnerungen geweihten
Städtchen auf seinem neuen Posten ganz behaglich gefühlt haben,
zumal seiner dienstlichen Pflichten unverhältnißmäßig wenige waren
und für eignes Studiren und Schaffen die herrlichste Muße blieb.
Kein lästiger Schuldienst nahm seine Kräfte in Anspruch, keins jener
ganz heterogenen Nebenämter, wie es zum Beispiel dem Küchenschreiber Herthum beschieden war, sollte die Sammlung seines Geistes stören. Nur dreimal wöchentlich rief ihn sein Amt, am Sonntag
Morgens von 8 bis 10 Uhr, des Donnerstags frühe von 7 bis 9 Uhr,
und des Montags zu einer Betstunde [10]; mit welcher Freude er, zum
ersten Male im Besitz einer eignen und seinen Neigungen entsprechenden Stellung, die von ihm erweckten Töne des neuen Orgelwerks
durch den hohen und weiten Kirchenraum hinrauschen ließ, kann
man ermessen. Die Orgel war splendid gearbeitet, alle Principale
aus 14löthigem Zinn, auch die Gedackt-Register bestanden aus Metall,
nicht, wie gewöhnlich, aus Holz. Der Charakter des Brust-Positivs
muß durch das Ueberwiegen der vierfüßigen Stimmen allerdings etwas
schreiend und nur bei vollem Werke von einigermaßen guter Wirkung
gewesen sein, auch fehlten dem Pedale tiefe mittelstarke Register,
aber das Hauptwerk war gut disponirt. Die Gesammt-Disposition
mag hier folgen:

Oberwerk.	Brust-Positiv.
1) Principal 8′.	1) Principal 4′.
2) Viola da gamba 8′.	2) Lieblich Gedackt 8′.

---

9) Fol. 108. Zur richtigen Würdigung des Gehalts sei hier noch einmal
daran erinnert, daß sein Nachfolger Johann Ernst Bach an derselben Stelle nur
40 Gülden, und als Organist an der Barfüßer- und Liebfrauenkirche noch im
Jahre 1728 nicht mehr als 77 Gülden erhielt.

10) Olearius, a. a. O., S. 57.

3) Quintatön 16'.
4) Gedackt 8'.
5) Quinte 6'.
6) Octave 4'.
7) Mixtur 4fach.
8) Gemshorn 8'.
9) Cymbel 1' zweifach.
10) Trompete 8'.
11) Tremulant.
12) Cymbelstern.

3) Spitzflöte 4'.
4) Quinte 3'. ·
5) Sesquialter.
6) Nachthorn 4'.
7) Mixtur 1' zweifach.

Pedal.
1) Principalbass 8'.
2) Subbass 16'.
3) Posaunenbass 16'.
4) Flötenbass 4'.
5) Cornetbass 2'.

Manual- und Pedal-Koppel.   Zwei Bälge, 8' lang und 4' breit.

Noch bis vor einem Decennium war die Orgel vorhanden [11].

Der Barfüßer- oder Ober-Kirche gegenüber nahm die Neue Kirche den zweiten Platz ein, sie war eigentlich zur Ergänzung jener wieder aufgebaut, da die Liebfrauenkirche sich zu ausgedehnter Benutzung ungeeignet erwies, und die große Zahl der sonntäglichen Kirchenbesucher in einem Gotteshause nicht Platz fand.   Da Sebastian trotz seiner Jugend sich als einen vielseitig geschulten Musiker hinstellte, der besonders auch für die Leitung des Chorgesanges in Lüneburg Erfahrungen gesammelt hatte, so übertrug das Consistorium ihm noch die Unterweisung eines kleinen Schülerchors, der zu dem größeren, in der Oberkirche fungirenden Singechore, an dem nach altthüringischer Sitte auch die »Adjuvanten«, d. h. musikliebende Dilettanten der Stadt, sich betheiligten, gleichsam die Vorstufe bilden sollte.   Die eigentliche Direction, dort Aufgabe des Cantors, hatte hier der Präfect des Schülerchors;   Bach sollte nur einstudiren, das Ganze zusammenhalten und mit der Orgel begleiten.   Daß er bei dieser Gelegenheit auch eigne Compositionen zu Gehör bringen werde,

---

11) Dann wurde an ihrer Stelle ein neues gewaltiges Werk als Ehrendenkmal für Sebastian Bach aufgeführt, jedoch mit möglichster Schonung und Verwerthung der alten Orgelstimmen. Die Anregung zu diesem würdigen Unternehmen, zu dem die Freunde Bachscher Kunst von nah und fern beigesteuert haben, ging von dem jetzigen Organisten Herrn H. B. Stade aus, der auch die Ausführung desselben mit Hingebung geleitet hat. Ganz vollendet ist das Werk noch nicht; es wäre zu wünschen, daß es kein Torso bliebe.

mag man vorausgesetzt haben [12]. Endlich ist mit Sicherheit anzunehmen, daß sein Violinspiel in der gräflichen Capelle gelegentlich verwerthet wurde; obgleich jedes historische Zeugniß darüber fehlt, wird sich Sebastian diesen Ansprüchen noch weniger haben entziehen können, als seiner Zeit Michael Bach, der zu bestimmten Gelegenheiten von Gehren eigens hereinkommen mußte. Da die Capelle sich vorzugsweise aus Einheimischen, Professionisten und Dilettanten, zusammensetzte, so wäre es wohl sehr thöricht gewesen, eine so hervorragende Kraft unbenutzt zu lassen.

Im Orgelspiel fand Sebastian am Orte Niemanden, der ihn noch hätte fördern, geschweige denn es mit ihm aufnehmen können. Herthum kann die Musik nicht anders, als nebenher betrieben haben, denn sein Amt bei Hofe war ein umfassendes und arbeitsvolles, wie sich noch jetzt actenmäßig beweisen läßt. Johann Ernst Bach verlor in dem Elend seiner häuslichen Verhältnisse rasch wieder, was er etwa an Frische von seinen Ausflügen nach Hamburg und Frankfurt heim gebracht hatte. Die Vettern schlossen sich gewiß eng an einander an, aber lernen konnte Sebastian nichts erhebliches mehr von ihm. Etwas mannigfaltiger sah es in andern musikalischen Dingen aus. Adam Dreses reich bewegtes Künstlerleben war vor einigen Jahren zu Ende gegangen. An dessen Stelle war Paul Gleitsmann getreten, ein Schüler des gescheidten Johann Bähr in Weißenfels; er hatte dem Grafen schon länger als Kämmerdiener und Musicus gedient, wußte auf der Violine, Viola da gamba und Laute Bescheid, und war, nach wenigen Spuren seines Wirkens zu schließen, ein intelligenter und wohlwollender Mann [13]. Hier konnte Sebastian wohl noch am leichtesten Verständniß finden, es mag aber auch der einzige aus der Capelle gewesen sein. Ein Liebhaber der Musik war der Rector des arnstädtischen Lyceums, der gelehrte und energische Johann Friedrich Treiber, welcher zu seiner durchgreifenden pädagogischen und ausgebreiteten wissenschaftlichen Thätigkeit auch noch selbständige musikalische Beschäftigungen fügte, ja sich vielleicht gar als Tonsetzer versucht hat [14]. Er besaß einen phantastisch ge-

---

12) Die Begründungen hierfür werden im Verlaufe der Erzählung von selbst zu Tage treten.

13) Einiges über ihn auch im Waltherschen Lexicon.

14) S. das Nähere hierüber bei Gerber, N. L. IV, Sp. 384.

nialen Sohn, Johann Philipp, der neben seltenen Kenntnissen auf fast allen Gebieten des damaligen Wissens auch für Poesie und Musik ein hervorragendes Talent zeigte und in der Compositionslehre ein Schüler von Drese gewesen war. Studirt hatte er in Jena, zuerst Philosophie, Theologie und Medicin, hernach besonders Jurisprudenz, hatte die Magister- und Doctor-Würde erworben und Vorlesungen gehalten. Freisinnige Religionsansichten zwangen ihn, sich von Jena zu entfernen, er lebte nun einige Jahre auf dem Lande seinen wissenschaftlichen Arbeiten, wurde in Folge solcher wieder wegen Atheismus verfolgt und sogar einmal sechs Monate in Gotha gefangen gehalten. Der Haft entlassen, wohnte er zwischen den Jahren 1704 und 1706 bei seinem Vater in Arnstadt. Reibereien mit den dortigen Geistlichen veranlaßten ihn nach Erfurt zu gehen, wo er katholisch wurde und als Professor der Jurisprudenz zu hohen Ehren gelangte; er starb 1727 im 53. Lebensjahre. In Arnstadt veröffentlichte er 1704 ein Werk: »Der accurate Organist im General-Basse«, in dem er an nur zwei Choral-Bässen alle möglichen Accorde entwickelte. Vorher hatte er in Jena eine Anweisung erscheinen lassen, wie man in einer Arie alle Accorde, Ton- und Takt-Arten anwenden könne, und als Probe eine eigne Composition beigegeben [15]. Später in Erfurt componirte er zu Ehren des akademischen Rectors eine große Serenade und führte sie selbst auf [16]. Ein im Mai 1705 in Arnstadt ans Licht tretendes Product hatten aller Wahrscheinlichkeit nach beide Treiber zusammen verfertigt. Es war ein Singspiel, oder, wie auf dem Titel zu lesen ist, eine Operette, behandelnd: Die Klugheit der Obrigkeit in Anordnung des Bierbrauens [17]. Die Anlage ist die der biblischen Schul-Schauspiele des 17. Jahrhunderts oder der Dedekindschen geistlichen musikalischen Schauspiele: Dialog in Alexandrinern, dazwischen strophenmäßig gebaute Gesangstücke und kleine Recitative,

---

15) Diese »Sonderbare *Invention*: Eine *Arie* in einer einzigen Melodey aus allen Tonen und *Accorden* auch jederley *Tacten* zu componiren« u. s. w. soll nach Walther 1702 erschienen sein; das Exemplar auf der Bibliothek zu Königsberg i. Pr. trägt nach Jos. Müllers Katalog die Zahl 1703. Gesehen habe ich es nicht.

16) Hesse, Verzeichniß schwarzburgischer Gelehrten, Stück 18. Rudolstadt, 1827. Gerber, L. II, Sp. 673. Adlung, Anleit. zur mus. Gel. S. 116.

17) S. Anhang A. Nr. 10.

und möglichst viel auftretende Personen (hier nicht weniger, als dreißig) ; nur natürlich ins bürgerliche Leben mit all seinen Platt- und
Derbheiten übertragen; mehre Personen sprechen den thüringisch-
arnstädtischen Dialekt. Die Aufführung dieses und andrer dramatischen Producte geschah auf dem gräflichen Theater. Anton Günther
hielt sich aber keine eigne Schauspieler- und Sänger-Gesellschaft;
was in diesem Kunstzweige damals in Arnstadt geleistet wurde, entsprang zum eben so großen Theile aus dem Bemühen der Bürger.
Der Graf hatte sich nach einem zwischen ihm und dem Kammerrath
Wentzing im Verein mit dem Capellmeister Drese abgeschlossenen
Contracte verpflichtet, ein Theater mit den nöthigen Decorationen
herzustellen und zu erhalten, die Capelle zur Verfügung zu geben,
für Beleuchtung und bei Banquets auf der Bühne für Speisen und
Getränke zu sorgen; von der andern Seite war man verbunden, die
Garderobe zu beschaffen, vor dem Grafen zu spielen, wann er es verlangte, vorausgesetzt, daß es vierzehn Tage vorher angedeutet sei,
und der Hofdienerschaft freien Zutritt zu gewähren. Was diese Einrichtung von den ganz höfischen Instituten wesentlich unterschied
und der Hamburger deutschen Oper annäherte, war, daß jeder, »wer
diese *Actiones* zu sehen Belieben« trug, »gegen ein gewiß Geld« eingelassen werden mußte. So verlor sie nicht ganz den Boden des
Volksthümlichen unter den Füßen; dies beweist die »Bier«-Operette,
der am 6. Juli 1708 ein ähnliches Singspiel nachfolgte [18]), es beweisen es noch mehr die agirenden Personen, welche bald Schüler,
bald arnstädtische Handwerker waren. Aehnliche Erscheinungen
finden sich in andern thüringischen Residenzen, selbst in Weimar
hatte der strenge Wilhelm Ernst ein »Opern-Haus«, ja sogar Hof-Co-
mödianten [19]). Es war gut, daß nicht eben viele die Mittel besaßen,

---

18) An diesem Tage zeigten sämmtliche Primaner der Schule die Auffüh-
rung eines solchen an (Acten des Raths-Archivs zu Arnstadt). Den Theater-
Contract und ein Verzeichniß von Spielern hat im Wesentlichen mitgetheilt K.
Th. Pabst im Arnstädter Gymnasialprogramm von 1846, S. 22. Ich konnte das
interessante Actenstück nicht wiederfinden, und mußte mich ganz auf jene
Schrift verlassen.

19) Opern-Aufführungen kommen in Weimar schon von 1697 an vor; einige
Texte bewahrt die dortige großherzogl. Bibliothek, dazu auch das Manuscript
eines Lustspiels »Von einer Bauren-Tochter Mareien, Um welche zwey Freyer,
ein alter und ein junger geworben«, wo ebenfalls theilweise im thüringischen
Dialekt gesprochen wird.

sich ein solches Vergnügen ganz ohne Hülfe des Volkes zu verschaffen, sonst hätten sie es gern gethan. Die Arnstädter Theater-Einrichtungen sind Nachahmungen der braunschweigischen und durch Anton Günthers Gemahlin Augusta Dorothea, die Tochter des Herzogs Anton Ulrich, dorthin verpflanzt. Diese erbaute sich auch nach dem Muster des väterlichen Lustschlosses Salzdahlen die Augustenburg bei Arnstadt, wo zuweilen musikalische Aufführungen veranstaltet wurden; am 23. Aug. 1700 empfing sie dort ihre Eltern mit einer Cantate, die »Frohlockender Götter-Streit« betitelt und von einem Weimaraner gedichtet war, zu dem später Sebastian Bach noch in sehr nahe Beziehungen treten sollte [20].

Damit wären die musikalischen Verhältnisse des damaligen Arnstadt erschöpft, so weit sie nachweisbar sind. Ihre Erwähnung geschah nicht, weil sie etwa auf Bach einen bestimmenden Einfluß geübt hätten, oder gar um einen solchen zu entwickeln. Dazu waren sie gegenüber einer so entschieden angelegten und energisch nach Innen arbeitenden Natur nicht angethan. Aber einen zwanzigjährigen Jüngling, der frisch ins Leben trat, mußten sie im flüchtigen Vorübereilen der Tage doch zuweilen streifen, und konnten seinen Geist zu wohlthätiger Erholung auf Augenblicke an sich ziehen. Vorzüglich mag die Aufführung volksthümlicher Singspiele seiner thüringischen Kernnatur ein Vergnügen gewesen sein. Nicht vom kunsthistorischen Standpunkte also, nur vom biographischen will hier seine musikalische Umgebung angesehen werden.

Bachs Beschäftigung mit dem Sängerchore, welcher für die Neue Kirche eingerichtet war, muß ihm bald das Verlangen erregt haben, für denselben sein Compositionstalent in Anwendung zu bringen, was auch den Wünschen des Consistoriums entsprochen haben wird. Einiges dieser frühesten Arbeiten auf dem Gebiete der concertirenden Kirchenmusik hielt er nach mehren Jahrzehnten in Leipzig noch einer neuen Bearbeitung werth. Diesem Einfalle des Meisters verdanken wir die Cantate auf den ersten Osterfeiertag: »Denn du wirst meine Seele nicht in der Hölle lassen«, die aber so, wie sie vorliegt, auf

---

[20] Salomo Franck (Geist- und weltliche Poesien I, S. 302; vergl. S. 306); die Musik war vielleicht von einem braunschweig-wolfenbüttelschen Componisten. Die Augustenburg ist später wieder abgetragen.

dreierlei verschiedenen Bestandtheilen beruht, welche ursprünglich nicht zusammengehörten [21]. Man bemerkt leicht, daß der größte Theil davon auf ein zusammenhängendes, siebenstrophiges geistliches Gedicht gesetzt ist, welches mit der Strophe beginnt:

> Auf, freue dich, Seele, du bist nun getröst,
> Dein Heiland der hat dich vom Sterben erlöst.
> Es zaget die Hölle, der Satan erliegt,
> Der Tod ist bezwungen, die Sünde besiegt.
> Trotz sprech ich euch allen, die ihr mich bekriegt.

Der Componist hat aus der ersten Strophe eine Arie für Sopran, aus der zweiten, dritten und vierten [22] ein Arioso für Alt, Tenor und Bass, aus der fünften ein Duett und aus der sechsten und siebenten ein Arioso mit anschließender vierstimmiger Arie gemacht. Es ist ganz das Verfahren der älteren Kirchencantate. Man componirte damals, bis im zweiten Jahrzehnt des 18. Jahrhunderts eine andre Gestalt überall durchdrang, strophisch gebaute Lieder in den Formen, welche sich im Verlauf des Jahrhunderts allmählig herausgebildet hatten, und durchflocht sie nach Belieben mit Bibelsprüchen und Chorälen, oft bildeten diese auch den Hauptbestandtheil und ließen nur irgendwo eine mehrstrophige und auch strophisch componirte Arie zu; zuweilen bestand der Text nur aus Bibelworten, oder einem mannigfach behandelten Chorale. Recitative finden sich noch nicht, statt dessen wird das Arioso angewendet, bei dem der Takt streng gewahrt und die Instrumentalbegleitung in stetige Mitleidenschaft gezogen wird, ohne daß es zur wirklichen Arienform käme. Das Recitativ: »Mein Jesus ware todt« ist also unbedingt erst bei der spätern Bearbeitung hinzugesetzt, wie auch hinsichtlich des Textes schon aus der freien und unregelmäßigen Gestaltung der Reimzeilen klar hervorgeht, einer in der kirchlichen Dichtung damals kaum gemachten und noch wenig bekannten Erfindung. Das ihm folgende Duett endlich: »Weichet, Furcht und Schrecken« kennzeichnet sich durch die ganz abweichende metrische Textgestalt ebenfalls als nicht mit dem Hauptgedichte zusammenhängend, während es in seiner musikalischen

---

21) B.-G. II, Nr. 15.

22) Von der vierten Strophe hat Bach nur vier Zeilen componirt, und die fünfte fallen lassen.

Factur den Stempel der frühesten Zeit trägt. Da nun der Inhalt auch hier auf das Osterfest hinweist, so ist es wahrscheinlich, daß dieses Stück einer andern Cantate, etwa auf den zweiten Osterfeiertag componirt, entnommen, und mit dem später hinzu componirten Recitative (in dem sich Bach übrigens in meisterlicher Weise dem Jugendstile anzunähern gewußt hat) in eine ausgedehnte zweitheilige Ostercantate vereinigt wurde. Das folgende Tenor-Solo: »Entsetzet euch nicht« hat vermuthlich auch der zweiten Cantate angehört und ging dort dem Duett voran; seinen Platz unmittelbar hinter der Eingangsnummer kann es nicht gehabt haben, schon weil ein poetischer Zusammenhang ganz fehlen würde. Am besten fügt sich alles an einander, wenn wir nach dem anfänglichen Bass-Arioso uns gleich die Sopran-Arie: »Auf, freue dich, Seele« gesungen denken, und in der zweiten Cantate nach den tröstenden Worten des Engels das Duett: »Weichet, Furcht und Schrecken«. So ist beide Male die rechte Beziehung zwischen Bibelwort und kirchlicher Dichtung vorhanden, und überdies war es Brauch, dieser jedesmal nur einen und nicht mehre Bibelsprüche voran zu schicken[23]. Als Entstehungszeit der ursprünglichen Cantaten läßt sich mit ziemlichem Vertrauen Ostern 1704 bezeichnen[24]. Ihr Charakter im Allgemeinen wie im Besondern giebt den engen Anschluß eines jungen Componisten an die gleichgearteten Werke der damaligen mittel- und norddeutschen Meister zu erkennen, vorzüglich aber der letzteren. Es ist dies nach Bachs dreijährigem Aufenthalte in Lüneburg und seinem von dort aus gepflogenen Verkehre mit Hamburg leicht erklärlich. Es zog ihn aber auch ein tiefliegendes Gefühl innerer Verwandtschaft zu jenen hin; diesem Gefühle gab er nach einigen Jahren auch äußerlich noch einmal nach, und wir werden dann Veranlassung haben, den Hauptvertreter der kirchlichen Kunst im Norden genauer zu würdigen, und wie sehr das vorliegende früheste Bachsche Cantatenwerk sich an ihn lehnt, im Einzelnen zu erkennen. Hier kommt es fürs erste nur darauf an, von seinem Inhalte eine allgemeine Vorstellung zu erwecken. Das erste Stück (C dur), wie schon erwähnt, für eine Bass-Stimme und über den Bibelspruch gesetzt: »Denn du wirst meine Seele nicht in der Hölle lassen und nicht zugeben, daß dein Heiliger

---

23) S. Anhang A. Nr. 11.
24) S. Anhang A. Nr. 12.

verwese«, wird durch eine kurze Sonate eingeleitet, in welcher sich drei Trompeten nebst Pauken und die Streichinstrumente mit der Orgel chorisch gegenüber stehen. Auf fünf Takte Adagio, in denen fast nur vereinzelte breite und durch Fermaten beschwerte Accorde sich hören lassen, folgt ein fanfarenartiges dreitaktiges Allegro, welches sofort in den Gesang hinüberleitet. Das chorische Wechselspiel wiederholt sich hier zwischen Singstimme und Instrumenten : wenn erstere eine ariose Phrase vorgetragen hat, wird sie durch eine ähnliche der Geigen oder Trompeten beantwortet oder durch kurze instrumentale Imitationen verfolgt. Auch in der ältern deutschen Arie spielt das instrumentale Gegenstück, das Ritornell, eine große Rolle, und nicht nur regelmäßig am Schlusse jeder Strophe, sondern auch zwischen den einzelnen Verszeilen; von hier gelangte es in das formunsichere Arioso, einem in seiner Entfaltung stecken gebliebenen Recitative, woraus es aber Bach, der auch diese Form zu einer bestimmten Geltung erhob, später wieder entfernte. Die Declamation ist im vorliegenden Falle ziemlich steif und wirkungslos, auch die Behandlung der Bass-Stimme um nichts freier als bei seinen Vorgängern, welche oft so wenig mit ihr anzufangen wissen, daß sie einfach mit dem Grundbasse zusammen geführt wird, oder mit diesem in parallelen Terzen geht. Es folgt das Recitativ und darauf das Duett zwischen Sopran und Alt in A moll, nur von Orgel und Geigen begleitet, ein anmuthiges Stückchen, was freilich den Textinhalt nur in einzelnen flüchtigen Zügen wiederspiegelt, aber im Gegensatze zu dem ersten Arioso schlank gewachsen ist und unbelastet durch contrapunctischen Tiefsinn seines Weges wandelt. Die Form ist die der italiänischen Da capo-Arie, welche sich damals allmählig und halb verstohlen in der Kirchenmusik festzusetzen beginnt. Auch dem folgenden Tenor-Solo »Entsetzet euch nicht«, was zur Tonart C dur zurückkehrend wieder sämmtliche Instrumente wach ruft, liegt sie zu Grunde, muß sich aber, so gut es gelingen will, mit dem Arioso-Stil vertragen. Die melodischen Gestalten bieten neben vielem Gemeingut damaliger Zeit einen speciell Bachschen Zug bei den Worten »den Gekreuzigten«, wo der Gesang schmerzlich in den Harmonien herumwühlt, umbaut von einem streng vierstimmigen Satze, der geführt ist, als könnte es gar nicht anders sein; bei Bachs Vorgängern kann man dies unter ähnlichen Verhältnissen durchaus nicht immer sagen.

Echt jugendliche Schwungkraft erfüllt die gegensätzliche Stelle: »er ist auferstanden und ist nicht hie«, noch bedeutenderes Feuer, ja jünglingshaften Uebermuth athmet aber die anschließende Sopran-Arie »Auf, freue dich, Seele«. Die Form ist wieder ganz klein: es werden die Zeilen der Strophe ohne viel Wiederholung heruntergesungen, so daß der Componist großentheils in der Form der älteren geistlichen Arie steht; da aber das erste Thema zum Schluß, wenngleich noch so flüchtig und fast nur wie Ritornell, wiederkehrt, so deutet er andrerseits auf die italiänische Arie hinüber, während endlich die mehrfach auf höheren Tonstufen sich wiederholende, und durch Zwischenspiele beantwortete, gleiche Tonphrase das Arioso anklingen läßt. Das Stück ist eine unsichere Mischung verschiedener Formprincipe, aber anziehend, weil natürlich und wahr empfunden. Nun gelangen wir zu einem neuen, großen Arioso, an dem sich Alt, Tenor und Bass meistens nach einander betheiligen, zuweilen mit einander. Hier herrscht die Maßlosigkeit eines jungen Feuergeistes. Die Vorstellung des »rasenden« Höllenhundes peitscht den Alt in Sechzehntelpassagen durch Höhen und Tiefen, unter anstürmenden Octavengängen des Orgel-Pedals, die Stimmen suchen sich in trotzigen und höhnischen Herausforderungen an Hölle und Tod gegenseitig zu überbieten; der Bass preist Christus den Sieger in ziemlich zopfiger Weise, und obgleich durch Wiederkehr dieser Partie eine Art von Abrundung versucht ist, so macht das Gesammte doch einen recht zerfahrenen Eindruck. Das folgende zweite Duett in Gdur, welches ebenfalls dem Sopran und Alt zugetheilt ist, zeigt, gleich den Lüneburger Choralpartiten, wie ungewöhnlich rasch Sebastian Bach in der Kunst selbständiger ungezwungener Stimmführung sich zur Meisterschaft entwickelte. Zwei ganz verschiedene Motive werden neben einander hergeführt, um den größten Theil des Duetts sich aus dieser Combination entwickeln zu lassen. Der Sopran singt:

dagegen der Alt, nur um zwei Viertel später einsetzend:

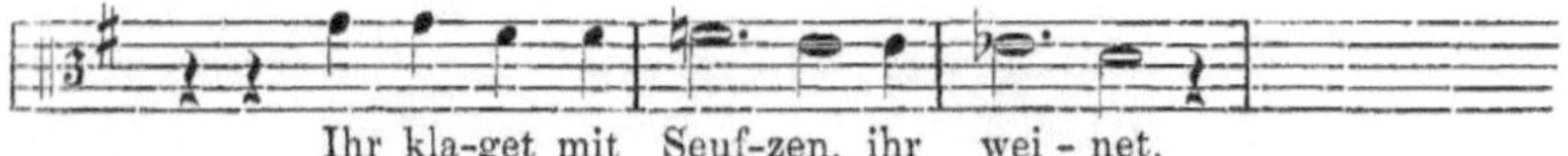

Die Zusammenführung erlaubt den doppelten Contrapunct der Octave, der auch gebührend angewendet wird, und wenn die Geigen sich der beiden Motive bemächtigen, bringt die Bratsche jedesmal noch eine dritte charakteristisch bewegte Stimme hinzu. Die Achtelfigur des ersten Motivs aber zieht sich durch das ganze Stück und hält es in allen seinen Theilen kräftig umschlossen. Um Bachs Talent und Frühreife zu würdigen und zu begreifen, muß man sich immer nur wieder erinnern, daß eine flüssige Polyphonie garnicht die starke Seite der damaligen deutschen Meister war, deren Errungenschaften er sich nur hätte anzueignen brauchen, daß vielmehr zum eben so starken Theile ihm seine eigne Gestaltungsgabe hier weiter helfen mußte. Selbst wenn man annehmen wollte, der Meister habe bei der zweiten Ueberarbeitung in dem Duett gebessert, was geschehen sein mag, so kann die Feile doch nur an Einzelnes gelegt sein; das Bewundernswerthe darin konnte er unmöglich erst später hinzubringen, da es grade der treibende Keim des ganzen Stückes ist. Wie jene zwei Themen zugleich aufs treffendste die contrastirenden poetischen Gedanken ausdrücken, braucht wohl nicht bemerkt zu werden. Uebrigens ist der chromatische Gang ein Lieblingsmotiv Bachs, dem wir alsbald in einer andern Composition wieder begegnen werden, und das sich durch seine gesammte Entwicklung verfolgen läßt. Wir kommen zur Schlußnummer. Voran geht in wenig veränderter Fassung die Einleitungs-Sonate. Dann bildet sich allmählig eine mehrstimmige Arie (in der ältern Bedeutung des Wortes, wo darunter das subjectiv-religiöse Strophenlied verstanden wird) heraus, erst zu zwei und zwei, hernach zu vier Stimmen vorgetragen, die sich in keiner Weise über das erhebt, was man von den bessern Componisten in dieser Gattung gewohnt war. Unmittelbar anschließend ertönt der Choral: »Weil du vom Tod erstanden bist«; die Geigen begleiten die Singstimmen in repetirenden Achteln, nur daß die erste Violine über dem Chore als fünfte Stimme ihren eignen Weg geht. Nach jeder Zeile fallen die Trompeten und Pauken fanfarenhaft ein, der Schluß löst sich überall in freibewegte Imitationen auf. Alles dies entbehrt der Originalität und ist nach bestimmten Vorbildern gearbeitet.

Bach mag sich in der ersten Zeit seines Arnstädter Lebens noch mehrfach auf dem Gebiete der Kirchenmusik versucht haben; doch ist es bis jetzt nicht gelungen, weitere Zeugnisse dieser Thätigkeit ans Licht zu ziehen. So viel steht aber fest, daß·auch hier sein Hauptbestreben auf die Instrumentalmusik sich richtete, und er fortfuhr, durch technische und compositorische Studien, wie durch eingehende Prüfung der besten damaligen Meisterwerke sich nach dieser Seite auszubilden. In Arnstadt »zeigte er eigentlich die ersten Früchte seines Fleißes in der Kunst des Orgelspielens, und in der Composition, welche er größtentheils nur durch das Betrachten der Werke der damaligen berühmten Componisten und angewandtes eigenes Nachsinnen erlernet hatte«; so sagt der Mizlersche Nekrolog. Wir wollen die Bekanntschaft einiger dieser Früchte zu machen suchen.

Johann Jakob, der zweite von Sebastians lebenden älteren Brüdern, hatte seine Kunstpfeifer-Lehrjahre in Eisenach durchgemacht, und sich dann vermuthlich auf die Wanderung begeben, um »zu erforschen, was anderer Orten Manier in der Musik sei«, wie man zu sagen pflegte. Im Jahre 1704 mag er sich grade in dem mit Kursachsen verbundenen Polen befunden haben, als der Schwedenkönig Karl XII. in seiner abenteuerlichen Siegeslaufbahn dorthin vorgedrungen war. Bestrickt von dem romantischen Zauber, der den jungen Helden umgab und durch vortheilhafte Bedingungen angezogen — so können wir denken — entschloß sich der Zweiundzwanzigjährige, als Hautboist in die schwedische Garde einzutreten [25]. Während des Abschieds, den von seinen Geschwistern und Verwandten zu nehmen er noch einmal in die Heimath zurückkehrte, wird es gewesen sein, daß Sebastian eine Composition für ihn aufsetzte, die dem Scheidenden ein brüderliches Andenken in der Ferne sein sollte. Die Form legten die persönlichen Verhältnisse nahe. In fünf kleinen Sätzchen schilderte er die verschiedenen Vorgänge und Stimmungen, welche der Abreise des Bruders vorhergingen und durch ihr Bevorstehen bewirkt wurden. Diesen hängte er eine Fuge an, und faßte das Ganze zusammen unter der Benennung: »*Capriccio sopra la lontananza del suo fratello dilettissimo*« — Capriccio über die Abreise seines sehr geliebten Bruders [26].

---

25) Nach der Genealogie.

26) Ein Autograph desselben ist nicht bekannt. Ob daher der Titel in dieser italiänischen Fassung von Bach herrührt, mag unentschieden bleiben; er

Das Werkchen ist in der gesammten Bachschen Litteratur so einzig, daß es sich aus der genannten äußern Veranlassung allein doch schwer erklären ließe, wenn nicht das Muster dazu ohne Schwierigkeit beizubringen wäre. Dieses Muster boten Johann Kuhnaus sechs Sonaten zu biblischen Historien, welche vier Jahre vorher erschienen waren und als Arbeiten eines so geistreichen und gelehrten Musikers natürlich bedeutendes Aufsehen erregt hatten[27]. Hier wurden nämlich sechs dem alten Testamente entnommene Begebenheiten durch eine Reihe von Tonbildern illustrirt, ein Compositionsverfahren, womit übrigens Kuhnau in seiner Zeit nicht vereinzelt stand. Mattheson, Kuhnaus jüngerer Zeitgenosse, berichtet, und man hat es ihm seitdem oftmals nacherzählt, daß Froberger ganze Geschichten auf dem Clavier darzustellen gewußt habe, »mit Abmalung der dabei gegenwärtig gewesenen, und Theil daran nehmenden Personen, sammt ihren Gemüths - Eigenschaften«, er meldet auch, sich im Besitz einer Suite desselben Componisten zu befinden, »worin die Ueberfahrt des Grafen von Thurn, und die Gefahr, so sie auf dem Rhein ausgestanden, in 26 Noten - Fällen ziemlich deutlich vor Augen und Ohren gelegt« werde[28]. Verwandt, wenn auch nicht ganz übereinstimmend, ist die Neigung gewisser französischer Componisten, eines Couperin und Gaspard de Roux, in ihren Clavierstücken bestimmte Charakter - Typen darzustellen. Man darf wohl behaupten, daß zu allen Zeiten, so lange es eine selbständige Instrumentalmusik giebt, in bald mehr bald weniger anspruchsvoller Weise Versuche gemacht sind, die nur das reine Gefühlsleben abspiegelnden musikalischen Formen mit bestimmteren, durch Vorstellungen getragenen Empfindungen zu füllen. Das erste und überallhin vorbildliche musikalische Organ ist nun einmal die menschliche Stimme, welche ohne das gedankenbergende Wort nicht gedacht werden kann. Und so ist es begreiflich, daß der neunzehn-

---

bediente sich jedoch in seiner frühesten Schaffensperiode gern italiänischer Ueberschriften.

27) »Musicalische Vorstellung | Einiger | Biblischer Historien, | In 6. Sonaten, | Auff dem Claviere zu spielen, | Allen Liebhabern zum Vergnügen | versuchet | von Johann Kuhnauen. | Leipzig, | Gedruckt bei Immanuel Tietzen | Anno MDCC.«

28) Mattheson, Der vollkommene Capellmeister. S. 130, §. 72.

jährige Sebastian, durch Geist und technisches Geschick eingenommen, sich auch einmal auf einen Weg locken ließ, der für Geister seines Schlages nicht entdeckt war. Für uns ist es aber ein besonders erfreulicher Umstand deshalb, weil sich nun leichter, als sonst wohl möglich gewesen wäre, erkennen läßt, daß wirklich neben so manchen andern auch Kuhnau Einfluß auf Bach gewann, von dem in der That verschiedenes gelernt werden konnte.

Johann Kuhnau war im Jahre 1667 in Geysing am Erzgebirge geboren, seit 1684 Organist an der Thomaskirche in Leipzig, von 1701 an auch Cantor an der Thomasschule daselbst; hier starb er 1722 und Bach, der ihn schon von Weimar aus hatte persönlich kennen lernen, wurde sein Amtsnachfolger. Er besaß eine Begabung von phänomenaler Vielseitigkeit, hatte in der Sprachkunde, Mathematik, Rechtswissenschaft sich gründliche Kenntnisse erworben, war auch ein witziger musikalischer Schriftsteller. In der Geschichte der praktischen Musik hat es ihn berühmt gemacht, daß er zuerst die Form der mehrsätzigen Kammer-Sonate auf das Clavier übertrug. Der erste Versuch dieser Art erschien als Anhang zum zweiten Theile seiner »Neuen Clavierübung« im Jahre 1695 [29]) und besteht aus einem Praeludium nebst Fuge in B dur, einem Adagio in Es dur mit anschließendem, imitationsmäßig durchgeführtem Allegro in B dur, und der Wiederholung der beiden ersten Stücke. Er hat offenbar Anklang gefunden, denn nach Jahresfrist kam unter dem Titel: »Frische Clavierfrüchte« ein neues Werk mit sieben solcher Sonaten heraus. Auch abgesehen von dieser Neuerung war aber Kuhnau für die Claviercomposition ein entschieden schöpferisches Talent, während die wenigen Orgelchoräle, welche sich auffinden ließen, unbedeutend erscheinen; seine Kirchen-Cantaten werden anderswo zur Besprechung kommen. In der Behandlung der Fuge, besonders der Doppelfuge galt er noch über die Mitte des 18. Jahrhunderts hinaus hervorragenden Theoretikern, wie Mattheson und Marpurg, als Mustercomponist, und darf so auch jetzt noch angesehen werden, wenn man mehr die Klarheit und Eleganz als

---

29) Den ersten Theil derselben hatte Kuhnau 1689 veröffentlicht, richtete aber beim Erscheinen des zweiten eine neue Titel-Auflage für jenen her. Der erste enthält sieben Suiten (»Partien«) in Dur-Tonarten, der zweite sieben solcher in Moll-Tonarten, außerdem die genannte Sonate.

Reichthum und Tiefe in Betracht zieht. Mit Pachelbel vergleichbar in bedeutsamer und sprechender Themengestaltung, mußte er doch durch den Charakter des Instruments, für das er schrieb, zu größerer Freiheit und Leichtfüßigkeit gebracht werden.

Die »biblischen Historien« enthalten ebenfalls treffliche Fugen, sind überhaupt durchweg so musikalisch interessant, daß sie noch jetzt jedem verständigen Spieler Genuß bereiten. Manches, was uns komisch darin erscheint und dem Kunstgenuß eine besondere Würze giebt, war vom Componisten durchaus nicht auf eine solche Wirkung angelegt. Er hat seine Aufgabe ganz ernsthaft genommen; verbot doch schon der biblische Gegenstand alle Spaßmacherei. Höchstens verräth sich in der Sonate über Jakobs Heirath ein fröhlich launiger Geist, aus andern spricht oft ein tiefer Ernst, der, wenn man sich über das Zwitterhafte der Gattung einmal hinweg gesetzt hat, sogar ergreifen kann. So ist es mit dem »vom David vermittelst der Musik curirten Saul«, zu dem der Verfasser folgende Anweisung giebt: »Also praesentiret die Sonata: 1) Sauls Traurigkeit und Unsinnigkeit, 2) Davids erquickendes Harfen-Spiel, und 3) Des Königs zur Ruhe gebrachtes Gemüthe.« Im trüben G moll, schwelgend in geistreich combinirten, melancholischen Harmonien beginnt sie; trotz der recitativischen Phrasen, die hier ihr Wesen treiben, ist doch überall Zusammenhang und Form; Sauls plötzlich aufzuckende »Unsinnigkeit« wird im 27. und 28. Takte allerdings höchst drastisch durch eine über dem liegenbleibenden Quint-Sextaccorde hinab quirlende Zweiunddreißigstel-Passage ausgedrückt. An den ersten Satz schließt sich eine sehr schöne Fuge mit diesem düster-brütenden Thema (ohne die Verzierungen):

Den Contrapunct bildet ein unstet herumfahrendes Sechzehntel-Motiv, was als zweites Thema die ganze Fuge hindurch beibehalten wird; so enthalten die beiden Vorstellungen vom »traurigen« und »unsinnigen« Saul den poetischen Keim für eine echt musikalische

Entwicklung. Dann läßt sich Davids Harfe wie praeludirend vernehmen, dazwischen schwermüthige Betrachtungen des Königs, bis David in einem weit ausgeführten Zuge ununterbrochen fortspielt, diesen Gedanken:

stets neu wiederholend und variirend, worauf denn im letzten Stücke des Königs zurückgebrachte Fassung durch ein wohlgefügtes in punktirter Achtelbewegung einherschreitendes Schlußstück abgespiegelt wird. Wie hier, so sind auch in den übrigen Sonaten vorzugsweise Situationen gewählt, welche eine möglichst einfache und ungemischte Empfindung durchdringt. Es sei noch das Programm der sechsten mitgetheilt: »1) Das bewegte Gemüth der Kinder Israel bei dem Sterbe-Bette ihres lieben Vaters. 2) Ihre Betrübniß über seinen Tod, ingleichen ihre Gedanken, was darauf erfolgen werde. 3) Die Reise aus Egypten in das Land Canaan. 4) Das Begräbniß Israels und die dabei gehaltenen bittren Klagen. 5) Das getröstete Herz der Hinterbliebenen.« Die Stimmungen sind zum Theil ähnliche, wie sie Bach bei der Abreise des Bruders an sich und den Seinigen beobachten konnte. In der That scheinen auch bestimmte musikalische Anklänge zu verrathen, daß ihm grade diese Sonate, bewußt oder unbewußt, vorschwebte. Kuhnaus Tonbilder sind aber überall breiter ausgeführt, als die Bachs; dies können wir nicht auf Rechnung von Anfängerschaft bei letzterem schreiben, weil er in andern Formen schon damals sehr ausführlich zu reden verstand. Vielmehr liegt da eine Andeutung, daß der jüngere Tonsetzer nicht mit dem vollen musikalischen Ernst ans Werk ging, wie der ältere, sondern im Gefühl, etwas halbkünstlerisches zu thun, die Composition mit einer Art von Humor betrieb, der sich ja der Wehmuth über das Scheiden des Bruders sehr wohl zugesellen konnte. Es ist auch bei der Schilderung von Stimmungen, an welchen man persönlich so sehr betheiligt ist, gar nicht anders möglich; hätte er selbst gejammert

und getrauert, wie er es schildert, so wäre ihm das Componiren sicher
vergangen. Zudem bricht der objective Musiksinn in der Schlußfuge
so siegreich durch, daß man nicht mehr zweifeln kann, wie Bach
selbst diese Programm-Musik aufgefaßt wissen wollte. Doch gehen
wir der Reihe nach! Das erste Stück »ist eine Schmeichelung der
Freunde, um denselben [den Bruder] von seiner Reise abzuhalten«:
das Schmeicheln wird durch eine sehr anmuthige, ordentlich strei-
chelnde Figur versinnlicht:

die übrigens auch in andern Compositionen aus der frühen Periode
zu Tage tritt. Zweites Stück: »Ist eine Vorstellung unterschiedlicher
Casuum, die ihm in der Fremde könnten vorfallen«; Fuge in G moll,
19 Takte lang, verliert sich aber sehr bald in entfernte Tonarten,
was möglichenfalls auch eine beabsichtigte Symbolik sein könnte,
denn die Modulationen gehen weich und unmerklich vor sich, langt
endlich mit dem Ausdrucke Jemandes, der sich ganz müde gesprochen hat, auf der Dominante von F moll an. Da nichts auf den
Bruder Eindruck macht, beginnt im dritten Theile »ein allgemeines
Lamento der Freunde«. Zwei Bässe dirigiren als *ostinati* fast das
ganze Stück; der zweite von ihnen:

ist jenes bei der Cantate schon angekündigte Lieblings-Motiv Bachs:
es findet sich weiter noch im ersten Chor der Cantate: »Weinen.
klagen«[30] und von dort herüber genommen im *Crucifixus* der H moll-
Messe, im Anfangschor der Cantate: »Jesu, der du meine Seele«[31].
im Anfangschor der Cantate: »Nach dir, Herr, verlanget mich«, im
Schlußsatze der Fis moll-Toccate für Clavier[32], in einer Clavierfuge
aus A moll[33] und anderwärts. Die Oberstimme hat zu diesen Bässen

<hr>

30) B.-G. II, Nr. 12.
31) B.-G. XVIII, Nr. 78.
32) B.-G. III, S. 318. — P. S. I, Cah. 4, Nr. 4.
33) P. S I, Cah. 4, Nr. 6.

schluchzende oder chromatisch winselnde Gänge auszuführen, in dem
Ganzen ist die Form des *Passacaglio* leicht zu erkennen und die große
Leichtigkeit und Mannigfaltigkeit in der Behandlung bei einem kaum
zwanzigjährigen Tonsetzer nicht genug zu bewundern. Der so trüb-
selig und allein abziehende Bass am Ende erinnert wieder einmal an
Böhm, dessen Einfluß auch in dem reichen Verzierungswerk der
ersten beiden Sätze etwas zu erkennen ist. Im vierten Stücke nun
»kommen die Freunde, weil sie doch sehen, daß es anders nicht sein
kann, und nehmen Abschied«; hierzu haben sie nur elf Takte lang
Zeit, denn die Post hält schon vor der Thür — fünftes Stück: *Aria
di Postiglione*, ein allerliebstes zweitheiliges Tonbildchen, in welchem eine fröhliche Melodie mit dem Posthorn-Signale abwechselt,
im zweiten Theile liegt sie im Bass und nimmt sich aus, als könne
sie nie anderswohin gehört haben! Dann fährt der Wagen fort und
der Tondichter ist allein. Er benutzt seine Muße dazu, über das
Posthorn-Signal eine Doppel-Fuge zu schreiben.

Diese Fuge müssen wir noch etwas genauer betrachten. Sie ist
das einzige weit ausgeführte Musikstück des Capriccio und auch das
musikalisch werthvollste. Man sieht es deutlich, daß Bach, wenn er
dieses Clavierwerk zum Andenken für seinen Bruder verfaßte, vor
allem die Absicht hatte, ihm ein tüchtiges Musikstück zu schreiben,
in dem er zeigte, was er zu leisten vermöge. Die Schilderung der
genannten Situationen schickte er voran, weil die Gelegenheit günstig war, auch einmal in dieser Gattung es dem Kuhnau nachzuthun;
er behandelte sie mit jener leichten Ironie, die ja das Interesse für
den Stoff nicht ausschließt und die Herrschaft über ihn sichert. Mußten wir schon dort einen hohen Grad von Meisterschaft bewundern, so
zwingt die Betrachtung der Fuge zum Erstaunen, ja man würde an
der frühen Entstehungszeit des Capriccio zweifeln, wenn eben nicht
die Anlehnung an Kuhnau das Räthsel löste. Die Erscheinung wiederholt sich annähernd, welche bei den Böhmschen Choralpartiten zu
bemerken war. Bach besaß ein so merkwürdiges formales Talent,
und die Energie seines Studiums war so groß, daß es seiner jugendlichen Empfänglichkeit in kurzer Zeit gelang, den Stil eines andern
Meisters völlig in sich hinein zu nehmen. Dabei verzichtete er durchaus nicht auf die persönliche Eigenthümlichkeit. Kuhnau muß, wenn
ihm je diese Fuge zu Gesicht gekommen ist, sich selbst darin sofort

wieder erkannt, aber auch von ferne das Wehen eines Geistes ge-
spürt haben, der anders und mächtiger war, als er. Um das äußerliche zuerst zu nennen, so ist schon die ganze Spieltechnik der Fuge
eine andre, als die spätere und eigentliche Bachsche, die an die
Selbständigkeit und Geschmeidigkeit der einzelnen Finger und gelegentlich auch an Lauffertigkeit die höchsten Anforderungen stellt,
aber einen ruhig und gleichmäßig fließenden Grundcharakter hat und
allem Springen und Hinundherfahren entgegengesetzt ist. Es kann
sich aber jemand sehr in die Bachsche Spielweise hineingefunden
haben und grade in dieser Fuge auf ungewohnte technische Schwierigkeiten stoßen. Die Themen ahmen beide das Posthorn nach, das
zweite in Anlehnung an die *Aria di Postiglione:*

das erste in neuer Erfindung:

Die Combination erinnert an die erwähnte Doppelfuge aus Kuhnaus
Saul, dann stellenweise sehr bestimmt an eine Doppelfuge aus dessen Clavier-Uebung, für welche Bach eine besondere Vorliebe gehabt haben muß, denn er bearbeitete das erste Thema derselben noch
in einer besondern Composition. Zu den beiden Hauptthemen gesellt
sich ein dritter Contrapunct, den man fast als selbständiges Thema
betrachten könnte, mit solcher Consequenz kehrt er wieder, hebt
sich von den andern ab, und fügt sich in ihre Verbindung ein, wie
hineingewachsen. Während die Fuge in frischem Zug ununterbrochen fortströmt, tauchen allerhand interessante thematische Bil-

dungen auf, besonders aus dem zweiten Thema höchst natürlich sich entwickelnd, so daß in der That alle Satzkünste hier in Anwendung gebracht sind. Es sollte ein rechtes *Ricercar*, eine Meisterfuge werden, womit er den Bruder beschenkte, und wäre alles, was er bietet, sein eigen, so würden auch wir ihn schon jetzt einen Fugenmeister nennen müssen.

Ich sagte zuvor, das Capriccio stehe unter Bachs Werken einzig da. Keineswegs aber ist es das einzige, in dem er den Spuren Kuhnaus gefolgt ist, und vielleicht entzog uns nur ein Zufall die Gewißheit, noch ein zweites Stück Programm - Musik von ihm zu besitzen. Denn eine zweite nach Kuhnaus Vorbilde gearbeitete mehrsätzige Composition liegt sicherlich vor [34]. Schon daß sie ebenfalls den Namen »Sonate« trägt, der für vieltheilige Claviercompositionen erst von Kuhnau aufgebracht und durchaus nicht gleich allgemein geworden war, würde unsre Ansicht ziemlich fest begründen [35]. Aber auch der innern Anzeichen sind genug, um einen so bestimmten Ausspruch zu erlauben. Der erste Satz (D dur $^3/_4$) ist in seiner Construction und seinem gänzlich homo-phonen Wesen von dem, was man Bachisch nennt, so grundverschieden, daß Niemand, der ihm von den folgenden Stücken abgetrennt begegnen würde, auf den wahren Componisten rathen dürfte. Dem Stile Kuhnaus aber, welcher seinen musikalischen Absichten gemäß vielfach homophone, liedhafte Sätze bringt, ist er aufs nächste verwandt, ja ich stehe nicht an, zu behaupten, daß er gradezu nach einem bestimmten Stücke aus der »Historie« von Jakobs Heirath gemacht ist. Ich meine den Abschnitt, welcher die Ueberschrift trägt: »Der in der Hochzeitsnacht vergnügte Bräutigam, darbei ihm zwar das Herz was böses sagt, er aber solches bald wieder vergißt und einschläft.« Takt, Tonart, Ausdehnung und Zeichnung des Hauptgedankens, Gesammtcharakter, alles stimmt überein. Hier wie dort setzt sich das Ganze aus meist achttaktigen, arienmäßigen Perioden

---

34) P. S. I, Cah. 13, Nr. 8.

35) Die Aufschrift, welche Joh. Peter Kellner dem im Besitz des Herrn F. Roitzsch befindlichen Manuscripte gegeben hat: *Sonata clamat in D et Fuga in H moll*, ist, wie so vieles von seiner Hand, flüchtig und ungenau. Daß der Name »Sonate« dem ganzen fünftheiligen Werke gelten muß, lehrt der Augenschein.

zusammen, die jedesmal eine vollständige und fast immer dieselbe
Cadenz machen, nur ist Kuhnau kürzer und durchsichtiger, Bach
massiger in der Harmonisirung und fast noch einmal so lang, obgleich
er durchaus nicht mehr zu sagen hat, als jener; hier verräth sich
der Anfänger. Die Aehnlichkeit geht aber noch weiter: wie Kuhnau
nun unter der Ueberschrift: »Jakobs Verdruß über den Betrug« einen
kurzen, aus recitativischen Phrasen sich bildenden Satz bringt, genau so schließt Bach ein vierzehntaktiges Stückchen mit Recitativ-
Nachahmung an, woraus sich dann ein gebundener polyphoner und
ebenfalls in Kuhnaus Weise gehaltener Stil entwickelt (man vergleiche das erste Praeludium des ersten Theils der Clavierübung),
der sehr schön auf die Dominante von H moll hinüberleitet. Das
folgende Stück ist eine Fuge mit diesem Thema[36]:

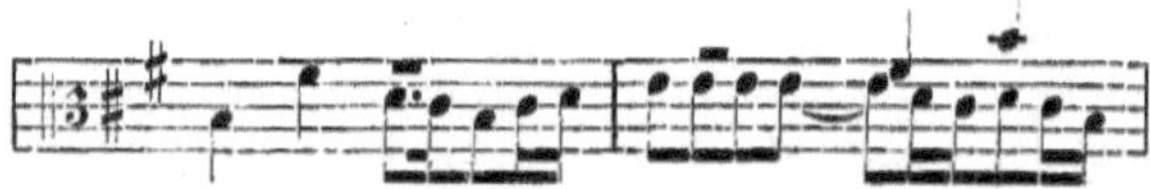

ein ausdrucksvolles und schon merklich selbständiges Stück, nur
etwas zusammengeballt durch die einander auf die Fersen tretenden
Engführungen. Aus den zuweilen nur durch ruhige Accordfolgen
gebildeten Contrapuncten kann man Bach wenigstens seinen Vorbildern gegenüber keinen Vorwurf machen, auch nicht aus der nach
den strengsten Gesetzen zuweilen unerlaubten Beantwortung des
Themas, Gesetzen, die er ja selbst erst zu ganzer Gültigkeit erheben
sollte. Es kommt nun ein schönes Stückchen Adagio, ebenfalls im
gebundenen Stil und von einer Innerlichkeit, wie sie Kuhnau nicht
zu Gebote stand; dann in der Haupttonart die Schlußfuge, zu welcher der ältere Meister wieder sein Theil beigesteuert hat, vielleicht
gar aus dem in der Anlage sonst verschiedenen ersten Satze von
Jakobs Heirath. Interessanter noch für uns, als der musikalische
Werth dieses leichtgeschürzten Satzes ist die Ueberschrift, welche er
in der Handschrift trägt: *Thema all Imitatio Gallina Cucca*[37]. Also
das Gackern der Henne soll es bedeuten, dieses lustige Thema:

---

36) Die fast vollkommene Uebereinstimmung mit dem Andante-Thema aus
Beethovens Pianoforte-Sonate Op. 28 wird jedem auffallen. An eine Reminiscenz ist hier natürlich nicht zu denken.

37) Mangelhaftes Italiänisch für: *Tema all' imitazione della chioccia.* Die
Posthornfuge im Capriccio hat den Titel: *Fuga all'imitazione della cornetta di
Postiglione.*

mit jener, es das ganze Stück hindurch begleitenden Gegenbewegung!:

Es ist wohl nicht zu kühn, wenn wir, eben von dem Capriccio herkommend, hier ein ähnliches Verhältniß argwöhnen, wie es dort
zwischen der Schlußfuge und dem Uebrigen bestand. Beide Fugen
haben viel Verwandtes im Allgemeinen, nur daß die zweite flüchtiger
dahingaukelt, was vielleicht durch den Gegenstand veranlaßt sein
mag, welcher etwa dem Componisten vorschwebte. Daß überhaupt
bestimmte Vorstellungen walteten, legt auch der Uebergang vom letzten
Adagio nahe, der musikalisch so unmotivirt ist, daß er etwas besonderes scheint sagen zu wollen, es legt es das genannte Recitativ
nahe und überhaupt die Anlehnung an Kuhnaus Historie. Welche
es aber gewesen sein könnten, vermag ich nicht zu sagen, und Vermuthungen nach dieser Seite hin anzustellen, soll andern überlassen
bleiben.

In jedem Falle war es die poetisirende Richtung zum geringsten
Theile, welche Bach in Kuhnaus Compositionen anzog. Gab er sich
ihr auch einigemale hin, so fehlen doch deutliche Anzeichen nicht,
daß er es mehr in humoristischer Weise that. Bei dem Verhältniß,
was zwischen Vocal- und Instrumental-Musik besteht und bei der
viel innigeren Verbindung, welche damals noch unter diesen beiden
Hauptgattungen herrschte, als hundert Jahre später, würde es sein
Talent auch nicht verunehren, wenn er wirklich einmal geglaubt
hätte, diese Kunstart sei etwas, besonders da das Ansehen eines Kuhnau sie deckte. Aber wenn nicht noch unbekannte Schätze Bachscher
Instrumentalcompositionen ans Licht gefördert werden, die uns eines
andern belehren, so bleibt die Wahrheit bestehen, daß er nach diesen
Jugendversuchen niemals während eines langen, noch fast fünfzig-
jährigen Künstlerlebens wieder auf diese Gattung zurück kam. Einem

so urmusikalischen Genie, wie dem seinigen, mußte es unerträglich
sein, die Kunst auf Krücken wandeln oder Magd-Dienste thun zu
sehen. Das producirende oder reproducirende Hineinziehen eines
Musikstücks in das Empfindungsgebiet einer bestimmten äußerlichen
Vorstellung dient allzuhäufig nur der Flachheit und hilft sie befördern. Für die Erfindungskraft des Componisten wird es ein Reiz-
mittel, wenn die natürliche Energie des musikalischen Schauens
ermattet, und die Theoretiker zu Bachs Zeit, welche nach dem
Schema der Rhetoren des Alterthums eine vollständige Topik der
Erfindung aufstellten, weil dieselbe ihnen freiwillig wenig oder
nichts gewähren wollte, fanden in dem Verfahren, die Phantasie
durch solche Vorstellungen zu entzünden, den sogenannten *locus
adjumentorum*. Das Einbildungsvermögen der Hörer aber, weit
entfernt, zum rechten Verständniß leichteren Zugang zu erhalten,
wird dadurch auf Nebendinge abgezogen und der musikalischen
Hauptsache entfremdet. Es kommt freilich auf die Art der Vorstellungen an, unter denen die Musik wirken soll. Die Franzosen,
im allgemeinen für Instrumentalmusik wenig begabt, liebten es im
kleinen Clavierstück, dem Einzigen fast, wo sie schöpferisch auf-
traten, dieses als Portrait- oder Genrebild-Unterschrift für *L'Auguste.
La Majestueuse*, *Les Abeilles* u. s. w. zu gebrauchen, zeigten sich
also auch hier theatralisch. Ueber den Deutschen Kuhnau wurde
schon gesagt, daß er meistens empfindungsgesättigte Situationen zum
Ausdruck bringt, wenngleich auch er zuweilen zu sehr äußerlichen
Mitteln greift, z. B. dem Clavier den Vortrag von Recitativen zu-
muthet, und in der Anreihung verschiedener Tonbilder, deren gefor-
derten poetischen Zusammenhang zu verdeutlichen der Musik unmöglich fällt, geradezu unkünstlerisch ist. Wird aber mit rein musikalischen Mitteln gewirkt und bezweckt die poetische Einmischung
nur die Abgränzung eines einzigen bestimmten Empfindungskreises,
in dem die Musik nunmehr unbehindert ihr Wesen entfalten kann,
so dient dies allerdings sehr dazu, die Stimmung zu vertiefen, ver-
rückt dann aber das Gleichgewicht zwischen objectiven und subjectiven Elementen im Kunstwerk wesentlich zu Gunsten der letzteren.
Denn das Allgemeingültige im Kunstwerk ist die Form, in welche
bei einem Musikstück der Gedanke oder die Vorstellung nicht eingeht. Alle solche Kunstideen sind für die einsame Träumerei, und

haben hier kaum geringere Berechtigung, als in der Dichtkunst das
lyrische Lied, was ja nach Goethes Ausspruch eigentlich immer ein
Gelegenheitsgedicht sein sollte: der größeren Menge sind sie höchstens in der kleinsten Form verständlich und dann doch selten sympathisch. Will der Künstler sie einer solchen sicher vermitteln, so
bedarf er nothwendig des Beistandes der Menschenstimme, in deren
Gesange die Natur das erläuternde Wort mit dem Tone zum einheitlichen Kunststoffe verschmolz. Bachs Entwicklung legt nicht nur
gegen jenes musikalische Fabuliren ein schwerwiegendes Zeugniß
ab, sondern bestätigt auch die Richtigkeit des letztgenannten Grundsatzes in nachdrücklichster Weise. Denn der Pachelbelsche Orgelchoral, hervorblühend aus all den Beziehungen, welche sich zwischen
der Persönlichkeit und einer kirchlichen Melodie knüpften, und, was
an heiligen Regungen und unsterblichen Erinnerungen des Künstlers
sich um sie webt, in geheimnißvollen Klängen austönend — ist er
etwas anderes, als solch ein subjectives Stimmungsbild? Eine lange
Zeit hat vorzugsweise dieser Form Sebastian die Vollkraft seines
Genies zugewendet und eine Empfindungswelt vor uns erschlossen,
die tief und unausmeßlich ist, wie das Meer. Aber Künstler sein
heißt das innerlich Erlebte äußerlich gestalten, und zu immer größerer Objectivirung eines Inhalts drängt, wie die gesammte Kunst, so
die Entwicklung jedes echten künstlerischen Individuums. Den
Orgelchoral zu seiner letzten und höchsten Vollendung erheben, das
ist der Sinn von Bachs Choralchören und den ihnen verwandten Tongestalten, ein Weg, den er schon in Weimar betrat, und dann während seiner siebenundzwanzig Leipziger Jahre mit einer Energie verfolgte, welche eben so riesig ist, wie sein Genie.

Der zweite Satz der eben betrachteten Bachschen Sonate bietet
eine selbständig geführte Pedalstimme, während im Uebrigen die
Composition nur den Händen zu thun giebt. Es kehrt hier eine Erscheinung wieder, die schon oben bei einer Choralbearbeitung flüchtig berührt wurde. An einer ganzen Reihe von Bachschen Werken
läßt sich beobachten, wie er erst allmählig zu einer durchgeführten
selbständigen Verwendung des Pedals sich durcharbeitete. Allerdings herrschte hier auch bei seinen Vorbildern manche Freiheit, da
sie sich, etwa mit Ausnahme des Orgelchorals, nicht streng an einen
Satz von sich gleich bleibender Stimmenzahl banden, aber das Ver-

hältniß ist doch immer so, daß das Pedal einen wesentlichen Theil
der Composition darzustellen hat, sobald es überhaupt in Mitleidenschaft gezogen ist. Ein vereinzeltes Auftreten aber inmitten eines
Stücks und spurloses Wiederverschwinden, wie in der Sonate, ist
das Zeichen des Anfängerthums: dergleichen hätte sich weder
Pachelbel noch Buxtehude erlaubt. Nicht viel gereifter ist es,
wenn erst gegen den Schluß einer Composition das Pedal angewendet wird, sei es in selbständiger Vorführung des Themas oder zum
Zweck einer glänzenderen Schlußcadenz; hier liegt freilich eine
künstlerische Absicht vor, die aber doch auf einen mehr äußerlichen
Effect gerichtet ist. Endlich stößt man auf einzelne Pedaltöne, die
als Orgelpunkte oder zur tieferen Gründung eines wichtigen Accords
dienen sollen; dies Verfahren, das auch andre Componisten seiner
Zeit kennen, verflicht das Pedal so gut wie garnicht in den Organismus des Stücks, und geht nur auf einen nebensächlichen Aufputz. Daher findet es sich auch, wenn nicht alle Zeichen trügen,
noch in den ersten Jahren von Bachs zweitem weimarischen Aufenthalte, bis es mit der stetig zunehmenden Vertiefung des Künstlers
ganz verschwindet. Die andern Arten der Pedalverwendung weisen
auf seine früheste Schaffensperiode zurück, und wer sich vergegenwärtigt, mit welch polyphoner Lebendigkeit er schon vor dem zwanzigsten Jahre zu schreiben wußte, wird Compositionen dieses Merkmals selbst in der zweiten Hälfte der Arnstädter Zeit kaum mehr für
möglich halten. Ganz äußerlich betrachtet legte schon das häufige
Orgelspiel allein, wozu ihm doch in Arnstadt zuerst volle Gelegenheit
geboten wurde, eine selbständige Beschäftigung der Füße nahe, wie
denn überhaupt seine compositorischen Leistungen nach dieser Richtung hin als Gradmesser und Spiegel seiner technischen Fertigkeit
angesehen werden dürfen. In dieser wie in jenen ging es mit reißen-
der Schnelligkeit vor- und aufwärts; wir wissen, daß er ganze Nächte
hindurch saß, um dem Drange seines Genius zu genügen [38].

Eine solche durch willkürlichen Pedalgebrauch gekennzeichnete
Composition hat ein besonderes biographisches Interesse, da sie mit
Sebastians ältestem Bruder in Verbindung steht. Wie dem Johann
Jakob, als er mit den Schweden ziehen wollte, ein musikalisches An-

---

38) Mizler, Nekrolog, S. 167.

denken überreicht wurde, so erhielt auch Johann Christoph bei einer
festlichen Veranlassung sein tönendes Angebinde. Dort wie hier
wurde der Name »Capriccio« gewählt, und wie dort die Veranlassung
der Composition genau angegeben war, hier wenigstens hinzugefügt:
zu Ehren Johann Christoph Bachs aus Ohrdruf[39]. Der Gedanke,
daß es auch hier wieder hauptsächlich auf einen Beweis der erworbenen Kunstfertigkeit und der gemachten Fortschritte abgesehen sei,
liegt um so näher, als das Werk dem einstmaligen Lehrer — vielleicht
zu dessen Geburtstage — überreicht wurde. Schwerlich ist es später als 1704, vermuthlich gar noch in Lüneburg componirt. Die
Entwicklung eines Künstlers geht nicht immer in gerader Linie aufwärts, sonst wäre das letztere sicher, da der Werth des zweiten
Capriccios unzweifelhaft geringer ist, als der des ersten. Es besteht
nur aus einem fugirten Satze, der Name war damals für freie Fugen-
formen nicht ungebräuchlich. Frei ist sie insofern, als neben dem
Thema darin noch allerhand andre Elemente ihr unstetes Wesen treiben: anspruchsvolle Contrapuncte, die es zu nichts bringen, flüchtig
spielende Gänge, drein fahrende Masseneffecte. Diese ungebundene
Behandlung der Fuge verräth eben so sehr die Einwirkung der nordischen Schule, als die Geschicklichkeit in thematischer Entwicklung,
welch letztere dem Stücke vorzugsweise sein Interesse verleiht. Sonst
kommt es trotz seiner äußerlichen Breite (126 C Takte) zu keiner
rechten Entwicklung: ohne Berg und Thal führt der Weg in einer
nicht grade unfreundlichen Ebene weiter. Die Schuld trägt wohl
zum großen Theile das Thema:

was mit dem straffen, frischen Posthornthema verglichen sich schlen-

---

39) »Capriccio. *In honorem Joh. Christoph. Bachii (Ohrdruf.) per Jh. Sb.
Bach.*« So auf einer Abschrift, welche von Aloys Fuchs herstammt und jetzt
auf der königl. Bibliothek zu Berlin ist. Dasselbe mit geringen Abweichungen
auf einer Handschrift von Bachs jüngerem Zeitgenossen Joh. Peter Kellner. —
P. S. I, C. 13, Nr. 6.

dernd, fast schläfrig fortbewegt. Im 67. Takte ist es, wo plötzlich
das Pedal herangezogen wird, aus keinem andern Grunde, als damit
die beiden Hände über dem Basse ihr imitatorisches Spiel ausführen
können; es verschwindet nach wenigen Takten, um gegen das Ende
zu ähnlichem Zwecke noch einmal wiederzukehren, wo in brillanten
Zweiunddreißigstel-Passagen dem Spieler Gelegenheit wird, sich zu
zeigen. Man darf annehmen, daß auch sonst bei passender Gelegenheit
der Bass durch das Pedal willkürlich verstärkt wurde, nothwendig
ist es aber nur an den beiden bezeichneten Stellen. Seinem Charakter
nach ist übrigens dies Capriccio für Cembalo bestimmt.

Ein Werk aber, an dem die orgelmäßige Haltung unverkennbar
ist und das wegen jener unentwickelten Pedalbehandlung gleichfalls
hierher gehört, liegt in einem Praeludium nebst zugehöriger Fuge in
C moll vor [40]. In diesem Falle ist die Entstehung während der ersten
Arnstädter Jahre unzweifelhaft: die Wonne, mit welcher der Componist in dem unbeschränkten Tonmaterial der Orgel badet, leuchtet
aus jedem Takte hervor. Das Praeludium verwendet das Pedal, abgesehen von einem einleitenden, mehrtaktigen Solo, nur in gehaltenen
Grundtönen, über denen sich ein prächtig strömender imitatorischer
Satz aufbaut, der wieder einmal Bachs frühe Meisterschaft im polyphonen Gewebe beweist; nur zwei Stellen (Takt 20 und 24) sind auf
damalige Manieren zurückzuführen, die Bach später gänzlich ab-
streifte. Die Fuge ist dermaßen gestaltet, daß erst ganz gegen Ende
das Pedal und zwar mit dem Thema eintritt, von den Manualen nicht
contrapunctirt, sondern durch Accordschläge nur harmonisch über-
dacht. Die Kunst des Satzes wie des Spiels mag noch nicht weiter
gereicht haben; es ist aber ein schlagender Beweis von der Harmonie, in welcher sich bei Bach der äußere Musiker mit dem innern
entwickelte, daß der unmittelbare Eindruck doch keineswegs der
einer halbgestalteten Intention ist. Seine Gedanken fügten sich ganz
in die Form, welche seine Spiel-Fertigkeit ihnen eben geben konnte;
diese ist noch nicht nach allen Seiten gleichmäßig ausgebildet, aber
das Kunstwerk ist wie aus einem Guß. So mag auch der späte Eintritt des Pedals seinen äußern Grund darin haben, daß der Componist

---

40) P. S. V, C. 4, Nr. 5.

dasselbe obligat ganz durchzuführen noch nicht im Stande war; es
ist aber jedem erkennbar, daß damit zugleich eine wohlbedachte
Steigerung gegen den Schluß hin erzielt wird. In der That lodert
hier ein echt jugendliches Feuer in hellen Flammen; die dröhnend
auf- und abtaumelnden Sechzehntel-Gänge des Pedals mit den
wuchtigen Accordschlägen der Hände sind von ganz bedeutender,
durchaus orgelgemäßer Wirkung, auch in den brausenden Tonfluthen
des Manuals, die zum Schluß hin alles überschäumen, lebt weit mehr
als nur das Verlangen nach virtuosem Glanz. Betrachtet man
den Bau der Fuge im Uebrigen, so verräth auch die Art, wie die
Thema-Einsätze auf einander folgen, viel mehr das Bestreben, sich
in einem gewaltigen Tonreiche frei zu tummeln, als den höheren und
höchsten Anforderungen der Fugenform gerecht zu werden. Daß
dies überhaupt ein Kennzeichen der vor-Bachischen Periode ist, daß
dieselbe von strenger Polyphonie mehr oder weniger fern vor allem
darnach trachtete, das gesammte Tonmaterial der Orgel zur Geltung
zu bringen, ist bereits nachdrücklich von uns hervorgehoben. Erst
Bach selber war es vorbehalten, die vollste Herrschaft über den Stoff
im Dienste des höchsten Ideals zu verwenden. Das geschah zur
Zeit seiner Meisterschaft, wo er strenger und strenger gegen sich
selbst werdend von den Freiheiten einer früheren Zeit nur noch ganz
seltene Spuren merken läßt. Für jetzt macht er noch umfassenden
Gebrauch von ihnen. Die C moll-Fuge ist dreistimmig — bis zum
Eintritt des Pedals, wo alle Stimmigkeit aufhört. Individuen aber,
welche an der Entwicklung des Stücks durch regelrecht abwechselnden Vortrag des Themas sich betheiligten, sind jene drei Stimmen
nicht. Das Thema setzt auf der Tonika der kleinen Octave ein, und
steigt in vier einander folgenden Eintritten immer weiter auf bis in
die zweigestrichene Octave; vom dritten Eintritte ab liegt es natürlich beständig in der obersten Stimme. Das formgebende Princip ist
hier also nichts weiter, als der Wechsel zwischen Tonika und Dominante und ihre innern Beziehungen zu einander; in Wahrheit ist dies,
wie für alle Instrumentalformen, so auch für die Orgelfuge die naturgemäße Grundlage. Volle Beseelung zu erlangen, ein Ziel, was andre
Formen auf anderm Wege erreichen konnten, war ihr jedoch nur
möglich durch Zurückziehung auf eine feste Stimmenanzahl, welche
wie Persönlichkeiten mit einander umzugehen schienen. Denn es ist

Aufgabe der Form, den Stoff zum Leben zu erwecken, und der Orgelton gehört zu den leblosesten, die es giebt.

Zu den anziehendsten Jugendwerken Bachs ist eine andre Fuge aus C moll zu rechnen, die sich als ungefähre Altersgenossin der vorigen darstellt [41]. Anziehend ist sie auch deshalb, weil sich Gestalten wie das Thema in verschiedenen Fugen finden und zwar immer reifer und inhaltvoller, so daß ein Grundelement des Bachschen Wesens darin zum Ausdruck zu kommen scheint. Wundervoll erblüht ist es in der dreistimmigen Fuge der E moll-Toccate für Clavier, zu welcher unsere fast die Vorstudie zu sein scheint: so verwandt ist Inhalt und Behandlung. Aber auch an sich sagt sie schon genug, und es ist sehr zu bezweifeln, ob irgend einem andern jener Zeit ein solches Thema eingefallen wäre:

Die zugleich harmonische wie melodische Bewegung freilich von der zweiten Hälfte des dritten Taktes an war ein beliebtes und zweckmäßiges Mittel, die Schallmassen der Orgel in Fluß zu bringen und Würde mit Lebendigkeit zu vereinigen, aber man betrachte den Anfang — welches Schweben, welche Unbestimmtheit in Rhythmus und Harmonie, da es doch Grundregel war und ist, im Fugenthema sowohl Tonart wie Gliederung sofort klar hervortreten zu lassen! Hier weiß man anfangs nicht, ob Es dur oder C moll gemeint ist, und wenn dieser Zweifel sich mit dem folgenden Takte löst, so hat man wegen der vier Sechzehntel des dritten Viertels so lange die Wahl, sie als F moll

<hr>

41) P. S. V, C. 4, Nr. 9. Griepenkerl in der Vorrede zu jenem Bande setzt sie auf Grund einer sehr alten Handschrift in die weimarische Zeit, womit er aber nur ihren ganz frühen Ursprung überhaupt bezeichnen will. Der Pedalgebrauch darin ist auch hier wieder ein sehr deutlicher Fingerzeig.

oder As dur anzusehen, bis der Eintritt des Gefährten für die Dur-
Tonart entscheidet. Immer aber bleibt die Wendung ungewöhnlich
und von großem harmonischen Reize. Die rhythmische Unbestimmtheit dauert noch länger. Bis zum dritten Viertel des vierten Taktes
weiß nur der Spieler oder Leser, auf welche Töne die Hauptaccente
des Taktes fallen, der unvorbereitete Hörer dagegen wird sich die
Tonreihe so vorstellen:

da die Orgel nicht zu betonen vermag, und erst im vierten Takte
wird sein Gefühl zurecht gerückt werden. Dies Hervortauchen aus
dem subjectiven Dämmerlicht in die helle Objectivität ist ein tief gegründeter Zug Bachscher Kunst; ein Blick auf die Fis moll-Fuge im
zweiten Theil des wohltemperirten Claviers vermag zu zeigen, wie er
ihm bis in sein spätes Lebensalter nachgab. Von dem Thema aus
durchdringt das ganze Stück ein Schwellen und Dehnen, ein Verlangen
nach dunkel geahnter Seligkeit; ganz wundersam und allem dage-
wesenen unvergleichbar klingt in Stellen wie diese:

der Sextaccord von As dur mit oben und unten liegender Terz und im
folgenden Takte der trüb-schwankende verminderte Dreiklang. Immer wieder kommt auch der Componist auf diese Contrapunctirung

zurück, als könne er sich nicht satt daran hören. Der durchgehende
Gefühlsstrom ist so intensiv, daß man darüber gern vergißt, wie wenig
contrapunctischen Reichthum die Fuge entfaltet, und mit wie geringen
Veränderungen immer die gleichen Combinationen nur in verschiedenen Versetzungen wiederkehren. Es ist ein unstet reizendes Auf-
und Abfluthen, das uns an kein Ziel zu tragen bestimmt ist. Zum
Schluß tritt Pedal ein, um wenigstens äußerlich anzuzeigen, daß
jetzt ein Ende gemacht werden soll; ein nachdrückliches Solo desselben muß es versichern; wir würdens sonst nicht glauben.

Die Frage drängt sich auf, was Bach in diesen Jahren des Knos-
pens und fröhlichen Erblühens weiteres im Orgelchoral geleistet habe.
Denn daß er auch diese Gattung, der einige seiner frühesten Versuche
angehörten, der er als Meister in unermüdlicher Thätigkeit zugewendet blieb, und auf welche ihn sein Beruf fortgesetzt hinwies, jetzt
nicht vernachlässigt hat, ist unzweifelhaft. Vor allem wird man im
Auge behalten müssen, daß es Pachelbels Richtung war, in welche
der Knabe an der Hand des Bruders zuerst eingeführt worden, und die
ihm, als er nach dreijährigem Ausfluge ins Thüringische zurückkehrte,
wieder von allen Seiten anregend entgegentrat. Nachdem er sich im
Norden von dem originellen Geiste der dort geltenden Meister zeitweilig hatte ganz erfüllen lassen, irren wir schwerlich in der Annahme,
daß er mit gereifterer und bereicherter Kraft von neuem die Kunstformen begrüßte, welche er mit Recht seine vaterländischen nennen
konnte. Sie waren ja auch von allen die tiefsinnigsten und entwick-
lungsfähigsten, sie der eigentliche Grund und Boden, aus dem wie
eine Eiche voll sinniger Majestät der Bachsche Orgelchoral erwuchs,
während alle andern Einflüsse nur als zugeleitete befruchtende Ge-
wässer gelten dürfen. In Pachelbels Bahnen vorzugsweise weiter
schreitend werden wir uns ihn während der ersten Arnstädter Jahre
zu denken haben. Nur wenig freilich ist es, was mit einiger Wahrscheinlichkeit als Resultat seiner damaligen Compositions-Studien
bezeichnet werden kann. Eine Reihe von siebenzehn Variationen
über »Allein Gott in der Höh sei Ehr« werden in einem alten Manuscripte ihm zugeschrieben [42]. Ein innerer Grund gegen ihre Echtheit
läßt sich kaum geltend machen, wenn man sie als Jugendwerk an-

---

[42] Im Besitz des Herrn Dr. Rust in Berlin; unveröffentlicht.

sieht und sich erinnert, wie sehr sich Bach auch dem Stile Böhms und Kuhnaus anzunähern vermochte. Denn in vielen Variationen findet sich allerdings Pachelbel wie er leibt und lebt, so besonders in der zweiten, wo der Cantus firmus im Pedal liegt, in der elften, welche der Mittelstimme die Melodie zutheilt. Auch daß der Satz meistens dreistimmig durchgeführt ist, entspricht Pachelbels ordentlichem, maßvollem Wesen. Originelle Züge wären wohl kaum zu entdecken, und darum sind die Variationen doch kein vollwichtiges Zeugniß für Bachs augenblicklichen Entwicklungszustand. Dieses könnten nur Compositionen ablegen, welche in der überkommenen Form auch schon etwas von neuem Inhalt sehen ließen. Buttstedt, Walther und Andere haben wohl ihr ganzes Leben lang Stücke gemacht, die auch Pachelbel gemacht haben könnte; Bachs Verhältniß zu ihm kann unmöglich anders gewesen sein, als zu Böhm, Kuhnau und Buxtehude. Ja, je vertrauter er von Kindheit auf mit Pachelbels Weise war, desto eher mußte er sich selbständig in ihr bewegen lernen. Diese Selbständigkeit braucht natürlich nicht aus jedem, vielleicht rasch hingeworfenen Producte hervorzuspringen.

III.

Zwei Jahre emsiger, zurückgezogener Kunstthätigkeit waren hingegangen. Wenn Bach schon anfangs durch sein bedeutendes Können den Respect der Arnstädter sich erwarb, so besaß er jetzt wohl das Zeug, sie zeitweilig zur Bewunderung hinzureißen. Ob das wirklich geschah, ist eine andre Frage. Ganz gewiß waren nur wenige, die den Genius in ihm ahnten; die Mehrzahl verlangte nichts weiter, als die genügende Erfüllung seiner Obliegenheiten, wozu ja am Ende nicht allzuviel gehörte. Der Künstler selbst war der entgegengesetzten Ansicht: ihm galt als Hauptzweck seines Amtes die gewährte Möglichkeit zur eignen ungestörten Ausbildung. Durchdrungen von dem, was er seiner Begabung schuldig sei, empfand er gewisse Seiten seiner Berufspflicht unangenehm und zerstreuend. Auch die Fülle von künstlerischen Erfahrungen und Anregungen, welche er aus den norddeutschen Städten heimgebracht hatte, war allmählig aufgezehrt. Er verlangte darnach, einmal ganz frei zu sein und den belebenden und nutzenbringenden Verkehr mit bedeutenden

Künstlern nach mehrjähriger Unterbrechung zu genießen. Die Mittel zu einer größeren Reise hatte er sich von seinem Gehalte erübrigen können: er bat sich also nach Beschaffung eines genügenden Stellvertreters etwa gegen Ende des October-Monats 1705 einen vierwöchentlichen Urlaub aus [1].

Sein Ziel war wiederum der Norden und dieses Mal geradezu Lübeck, der Wohnort Buxtehudes. Auch Pachelbel lebte noch, und zwar um ein bedeutendes näher nach Süden, in Nürnberg, er war außerdem 16 Jahre jünger und um so viel frischer als Buxtehude. Aber Bach wird die ganz richtige Einsicht gehabt haben, daß er in Nürnberg nichts mehr würde gewinnen können, was nicht in Thüringen längst Gemeingut geworden und auch ihm in Fleisch und Blut übergegangen war, während die Kunst des Lübecker Meisters neue und eigenthümliche Seiten bot, aber in Mitteldeutschland wenig Geltung erlangt hatte. Wenn er sich den Spätherbst zur Reisezeit erwählte, so fand dies seinen Grund darin, daß zwischen Martini und Weihnachten die berühmten »Abendmusiken« in der Marienkirche zu Lübeck veranstaltet wurden, die er anzuhören wünschen mußte. Er kann sich also unterwegs auch weder in Lüneburg, noch Hamburg, noch sonst irgendwo länger aufgehalten haben, wenn er zur rechten Zeit eintreffen wollte. Und er machte den ganzen etwa 50 Meilen langen Weg zu Fuße!

Dietrich Buxtehude war ein Nordländer im engern Wortverstande, ein Däne. Sein Vater, Johann Buxtehude, bekleidete die Organistenstelle an der Olai-Kirche zu Helsingör auf Seeland, wo im Jahre 1637 der Sohn geboren wurde. Ueber die Art seiner Ausbildung ist nichts näheres bekannt [2], zuverlässig geschah sie aber in der Richtung der Sweelinckschen Schule. In den sechziger Jahren des Jahrhunderts kam er nach Lübeck herüber, und erregte dort

---

1) Gleich nach seiner Rückkehr hielt ihm das Consistorium in einer Sitzung am 21. Febr. 1706 vor, daß er eine wohl viermal so lange Zeit fortgeblieben sei, als ihm erlaubt gewesen. S. das späterhin mitgetheilte Protokoll. Damit stimmt die Angabe bei Mizler, S. 162, daß sein Aufenthalt in Lübeck fast ein Vierteljahr gewährt habe, wenn man die Zeit der Hin- und Rückreise und auf letzterer etwa einige Rasttage in Hamburg und Lüneburg hinzurechnet.

2) Nach Walther soll Johann Theile sein Lehrer gewesen sein, was auf einem offenbaren Irrthume beruht, da dieser neun Jahre jünger war als Buxtehude.

durch sein Spiel und seine hervorragende musikalische Begabung bald allgemeine Aufmerksamkeit. Vermuthlich hat ihn die Aussicht hergelockt, Nachfolger des Organisten Tunder an der Marienkirche zu werden, der am 5. Nov. 1667 gestorben war. In der That wurde er am 11. April 1668 hierzu erwählt[3]. Einige Monate darauf verehelichte er sich (am 3. Aug.) mit Anna Margaretha, der Tochter des Verstorbenen; es scheint, daß nach einer damaligen Sitte diese Heirath für ihn zur Bedingung gemacht ist[4]. Die Organistenstelle zu St. Marien gehörte zu den vorzüglichsten in ganz Deutschland. Im Anfange des 18. Jahrhunderts trug sie 709 Mark, das damit verbundene Werkmeister-Amt brachte 226 Mark ein, dazu kamen viele Sporteln und Accidentien. Das Orgelwerk war von bedeutendem Umfange und, wie es scheint, im ganzen geschmackvoll disponirt, es hatte für drei Manuale und Pedal 54 klingende Register[5]. Außerdem fand ein genialer und thatkräftiger Mann dort den günstigsten Boden für ein gedeihliches Wirken. Buxtehude war noch nicht lange im Amte, so werden die Spuren davon schon sichtbar. Sein Streben richtete sich nicht nur auf die Orgelkunst, sondern auf große musikalische Aufführungen, welche mit dem Gottesdienste in nur losem Zusammenhange standen. Im Jahre 1670 werden für die Sängerschaaren eigne Chöre neben der Orgel in der Marienkirche ausgebaut, und vom Jahre 1673 an finden sich zuerst jene »Abendmusiken« erwähnt, deren sich damals Lübeck als einer ganz eigenartigen Einrichtung rühmen durfte. Sie fanden jedes Jahr an fünf Sonntagen vor Weihnachten statt, nämlich des Nachmittags nach dem Gottesdienste von vier bis fünf Uhr, und brachten

---

3) H. Jimmerthal, Beschreibung der großen (von 1851—1854 erbauten) Orgel in der St. Marien-Kirche zu Lübeck. Erfurt und Leipzig, G. W. Körner. 1859. S. 44.

4) Ein Passus aus seinem Hochzeitscarmen (auf der Lübecker Stadtbibliothek) scheint dies verstohlen anzudeuten:

>»Zwar es kahm Ihm sauer an, und er wolte, wie zuvoren,
>nicht so gar gebunden sein, doch die Freiheit war verloren,
>weil der Jungfer Huld-Gebehrden und der ungewohnte brand,
>mit verlangter selbst-Vergnügung, nahme bei Ihm überhand.«

Ebenda wird auch von dem hohen Ansehen gesprochen, in welchem er als Künstler bei den Lübeckern stand.

5) Die vollständige Disposition ist mitgetheilt Anhang B. IV.

natürlich vorzugsweise concertirende geistliche Musik, aber jedenfalls auch Orgelvorträge Buxtehudes selber. Sein Schwager Samuel Frank, aus Stettin gebürtig, Cantor und vierter Lehrer am Catharineum, ging ihm dabei hülfreich zur Hand, starb aber schon 1679. Nicht minder willig zeigte sich die Bürgerschaft, den Meister in seinen Bestrebungen zu unterstützen, Musikalien wie Instrumente wurden in entgegenkommender Weise angeschafft [6]. Auf einen vollständigen Instrumentalchor legte Buxtehude großes Gewicht: gleich in der ersten Zeit (1673) ließ er »zwei auf sonderbare Art eingerichtete Trompeten« kaufen, »wie bisher in keiner fürstlichen Capelle« zu finden gewesen waren. Im Jahre 1680 veranstaltete er eine große Aufführung, an der nebst den Sängern und der Orgel ein Instrumentalchor von fast 40 Personen thätig war; hierzu hatte der unermüdlich eifrige Mann selber an vierhundert Bogen geschrieben, und da die Einnahme nicht den aufgewendeten Kosten entsprach, so ließ ihm die Kirche einen Zuschuß von 100 Mark zukommen. Damit ist zugleich gesagt, daß die Abendmusiken nicht unentgeltlich stattfanden, sondern gegen Eintrittsgeld, also vollständige Kirchenconcerte waren. Buxtehude hatte mit dieser Einrichtung etwas geschaffen, was im Wesen der lübeckischen Bürgerschaft tiefe Wurzeln schlug. sich das ganze 18. Jahrhundert hindurch erhielt, ja selbst im 19. noch theilweise fortgesetzt wurde [7]. Schnell und allgemein breitete sich nun sein Ruhm aus; für die nördlichen Länder wurde er ein Mittelpunkt, um den sich jüngere Talente sammelten. Der bedeutendste unter diesen war Nikolaus Bruhns, geb. 1665 zu Schwabstädt im

---

6) Die außerordentlich reiche Musikalien-Bibliothek der Marienkirche wurde von der Stadt Lübeck im Jahre 1814 der Gesellschaft der Musikfreunde in Wien zum Geschenk gemacht, s. C. F. Pohl, Die Gesellschaft der Musikfreunde (Wien, 1871), S. 114 und 115.

7) Die hauptsächlichste gedruckte Quelle über Buxtehude ist: *Johannis Molleri Cimbria Literata* (*Havniae*, 1744) *Tom.* II, *p.* 132 und 133. Dort wird unter anderm auch eine Stelle aus Conrad von Hövelns »beglücktem und geschmücktem Lübeck«, S. 114, angeführt, wo ausführlicher über die Abendmusiken »des Welt-berühmten Organisten und *Componisten Dietrich Buxtehude*« gesprochen wird. Anderes Material bieten die Kirchen-Register, Ausgabe-Bücher und Vorstands-Protokolle der Marienkirche, dessen Mittheilung ich der Güte des Herrn Professor Mantels in Lübeck verdanke. Auch Mattheson im Vollkommenen Capellmeister, S. 216, Anmerk. gedenkt der Abendmusiken.

Schleswigschen, welchem hernach Buxtehude einen mehrjährigen Aufenthalt in Kopenhagen verschaffte, bis er als Organist nach Husum kam, wo er leider schon 1697 im besten Alter starb. Dieser war außerdem ein sehr bedeutender Violinvirtuos, und konnte durch doppelgriffiges Spiel solche Wirkungen hervorbringen, daß man drei oder vier Geiger zu hören glaubte[8]. Weiter ist zu nennen Daniel Erich, später Organist in Güstrow; sodann Georg Dietrich Leiding, geb. 1664 zu Bücken bei Hoya, welcher ähnlich, wie jetzt Bach, im Jahre 1684 von Braunschweig nach Hamburg und Lübeck pilgerte, um von Reinkens und Buxtehudes Spiel Vortheil zu ziehen[9]. Auch bei dem früher genannten Vincentius Lübeck könnte man Buxtehudes directe Einwirkung vermuthen. Näher befreundet war er unter andern mit dem Halberstädter Organisten und tüchtigen Theoretiker Andreas Werkmeister, und gab gelegentlich dieser Freundschaft dadurch Ausdruck, daß er nach damaliger Sitte vor dessen *Harmonologia musica* (1702) zwei Lobgedichte einrücken ließ, deren eines sogar ein Akrostichon auf den Namen des Verfassers ist, und eine mehr als gewöhnliche Sprachgewandtheit bekundet. Eine jüngere Generation ist gleichfalls einstimmig in seinem Lobe, voran Mattheson, der ihn neben Werkmeister, Froberger und Pachelbel zu den wenigen zählt, welche, »obgleich nur Organisten«, doch gewußt hätten, verständigen Leuten zu zeigen, daß noch mehr hinter ihnen stecke »als die Cymbel-Schellen anzuziehen«[10].

Mattheson, 1681 in Hamburg geboren und dort zeitlebens wohnhaft, hatte die Gelegenheit nahe, Buxtehude kennen zu lernen und zu hören. Es geschah dies auch im Jahre 1703, doch war die nächste Veranlassung für das Mal die Aussicht auf ein mögliches Ableben des damals schon bejahrten Meisters. Dieser hatte nicht vergessen, unter welchen Verhältnissen er selbst ins Amt gelangt war, und wie sein Vorgänger die Zusicherung erreicht, daß nur demjenigen die Stelle übertragen werden sollte, der eine seiner Töchter zur Gattin nahm. Da eine solche Zugabe, obgleich damals nichts ungewöhnliches, doch nicht jedermanns Geschmacke entsprach, so war es

---

8) Mattheson, Ehrenpforte, S. 26.

9) Walther, Lexicon unter »Erich« und »Leiding«.

10) Mattheson, Große General-Bass-Schule, S. 42.

nöthig, sich zeitig um einen Nachfolger zu bekümmern. Mattheson genoß schon damals einen Ruf als tüchtiger Musiker, Sänger und gewandter Spieler, deshalb lud ihn der Rathspräsident von Wedderkopp nach Lübeck ein, sich die Verhältnisse aus der Nähe anzusehen. In demselben Jahre war auch Händel nach Hamburg gekommen und hatte sich eng an Mattheson angeschlossen; auf des Freundes Einladung machte er die Reise mit, welche für die jungen Leute allerhand Kunst- wie Lebensfreuden versprach, und als eine angenehme Erinnerung noch 37 Jahre später in Matthesons Gedächtniß lebte, wo er sie aufzeichnete[11]). Buxtehude ließ sich vor ihnen hören, dann versuchten sie selber »fast alle Orgeln und Clavicimbel«, und da Händel auf der Orgel seinem Gefährten trotz der jüngern Jahre überlegen war, so behandelte letzterer die Cembalos, ersterer die Orgelwerke. Die Heiraths-Bedingung jedoch schreckte Mattheson ab, und konnte es leicht, denn die ihm bestimmte Jungfrau Anna Margaretha Buxtehude war schon 1669 geboren, also zwölf Jahre älter als er selbst[12]). Sein achtzehnjähriger Begleiter, der sich nach seiner bisherigen Entwicklung für die Stelle wohl besonders geeignet zeigte, mußte doch unter diesen Umständen noch weniger Verlangen danach spüren, selbst wenn er nicht ganz andre Ziele im Auge gehabt hätte. So blieb es denn beim Musiciren und den Annehmlichkeiten, welche den geladenen Gästen und tüchtigen Künstlern zu bereiten man sich verpflichtet fühlte; »nach vielen empfangenen Ehrenerweisungen und genossenen Lustbarkeiten« zogen sie wieder davon.

Zwei Jahre darauf trat Bach vor dieselbe Orgel, auf welcher Händel gespielt hatte. Aber die ganz andern Verhältnisse, unter denen es geschah, lassen ein helles Licht auf die Verschiedenheit des Entwicklungsganges beider fallen. Händel kam nach Lübeck, um zu sehen, ob der Dienst für ihn passe, falls Mattheson ihn nicht selbst begehrte; die Einrichtung der Abendmusiken, die vortreff-

---

11) Mattheson, Ehrenpforte unter »Händel«, S. 94.

12) Die Kirchen-Register geben an der betreffenden Stelle den Namen dieses Kindes nicht an, wohl aber im Verlaufe die aller übrigen — Buxtehude hatte sechs Töchter —; da nun der nachmalige Organist Schieferdecker eine Tochter Buxtehudes Namens Anna Margaretha heirathet, so kann das nur jene erste gewesen sein. Sie führte dieselben Namen wie ihre Mutter; es ist außerdem das Natürliche, daß die Stelle an die Heirath mit der ältesten Tochter geknüpft war.

liche Orgel, der hohe Gehalt konnte etwas vorübergehend lockendes
für ihn haben. Er war ein ausgezeichneter Orgelspieler, aber es ist
kein Grund anzunehmen, daß er seinem Altersgenossen Bach voraus
gewesen wäre. Trotzdem lag diesem noch nach zwei Jahren eifrig-
ster Weiterbildung der Gedanke gänzlich fern, sich in Lübeck eine
vortheilhafte Stelle gewinnen zu können. Ausschließlich das Verlangen, neue und bedeutsame Kunstelemente in sich aufzunehmen,
trieb ihn in die Nähe des großen Meisters im Orgelspiel, denn dieses
bildete ja den Ausgangspunkt seiner eignen Entwicklung, und den
Keim, aus welchem die eignen Tonschöpfungen größtentheils empor-
wuchsen. Händel mit seinem universaleren, aber weniger in die
Tiefe arbeitenden Geiste stand zur Orgelkunst seiner Zeit, diesem
vorzugsweise deutschen Kunstgewächse, in keinem so intimen Verhältnisse, und die Art, wie er sie späterhin seinem umfassenden
Kunstideale, dem Oratorium, dienstbar machte, verlangte nicht sowohl tiefsinnige, als macht- und glanzvolle Behandlung. Entsprechend ist die äußere Seite. Händel kommt im hellen Mittsommer auf
eine Einladung des Rathspräsidenten in Matthesons heiterer Gesellschaft von Hamburg herüber gefahren, genießt entgegenkommende
Aufnahme und ehrende Festlichkeiten. Bach wandert einsam im
Spätherbst zu Fuß aus dem entfernten Thüringen heran, nur dem
innern Drange folgend, vielleicht ohne auch nur Einen zu wissen,
der ihn dort erwartete [13]. Aber sein Talent war der beste Empfeh-
lungsbrief. Es ist außer allem Zweifel, daß der greise Buxtehude
merkte, welch eine Kraft hier im Aufblühen begriffen war, und
daß ein Verwandtes in beider Kunstempfindung die Alterskluft von
fast einem halben Jahrhundert überbrückend sie einander annäherte.

---

13) Mizler, a. a. O., S. 162: »in Arnstadt bewog ihn einsmals ein besonderer starker Trieb, den er hatte, so viel von guten Organisten, als ihm möglich war, zu hören, daß er, und zwar zu Fuße, eine Reise nach Lübeck antrat,
um den dasigen berühmten Organisten an der Marienkirche, Diedrich Buxtehuden, zu behorchen.« Der sich aufdrängende Gegensatz zwischen Händel und
Bach verleitete Forkel, das Wort »behorchen« als »heimlich belauschen« aufzufassen (S. 6), während es doch hier nichts bedeutet, als »mit Aufmerksamkeit
und Lernbegierde zuhören«. Daß Bach, damals doch schon ein hervorragender
Künstler, nicht gewagt haben sollte, Buxtehudes Bekanntschaft zu machen,
während Händel schon zwei Jahre vorher frisch auf dessen Orgel ins Zeug ging,
und von allen Seiten Schüler zu ihm heranzogen, hat gar keinen Sinn.

Einmal gánz hineingezogen in eine neue Kunstwelt, dachte nun Bach bald nichts anderes mehr. Sein Urlaub lief ab, ohne daß es ihn kümmerte; das Organistenamt an der Neuen Kirche in Arnstadt war ihm gleichgültig geworden; Woche nach Woche verging, er überschritt die zugestandene Frist um das doppelte, um das dreifache.

Von Buxtehudes Compositionen wurde zu seinen Lebzeiten eine ziemliche Anzahl in Lübeck selbst veröffentlicht. Hauptsächlich waren es kirchliche concertirende Werke, darunter die von ihm in den Jahren 1678—1687 gesetzten Abendmusiken, dann auch Gelegenheitscompositionen größerer und geringerer Art. Hiervon sind nur fünf Hochzeitsarien erhalten geblieben. Von gedruckten Instrumentalcompositionen ist mir garnichts zu Gesichte gekommen; vielleicht ist ein Werk von sieben Sonaten für Violine und Viola da gamba mit Cembalo (Lübeck, 1696) das Einzige, was auf diesem Wege in die Oeffentlichkeit gelangte [14]. Mattheson wollte wissen, daß in Buxtehudes Claviersachen dessen Hauptstärke gelegen habe, und bedauerte, daß davon »wenig oder nichts« gedruckt sei. Er selbst kannte also keine gedruckten. So ist es denn auch zweifelhaft, ob eine Sammlung von sieben Claviersuiten, deren Existenz gemeldet wird, je anders als in Abschriften verbreitet wurde. Diese seitdem völlig

---

14) Gerber, N. L. I, Sp. 590 giebt ein Verzeichniß von Buxtehudes gedruckten Werken, und führt ungenau Mollers *Cimbria litterata* als Quelle an, da er mit dem dort Gebotenen Notizen Walthers (Lex., S. 123) und Matthesons combinirte. Mollers Verzeichniß lautet so: »Unterschiedliche Hochzeit-*Arien*. *Lubecae* 1672. in *fol.* — Fried- und Freudenreiche Hinfahrt des alten *Simeons*, bey Absterben seines Vaters, *Joh. Buxtehuden*, 32jährigen Organisten in Helsingör (der zu Lübeck am 22. *Jan*. 1674. 72jährig verstorben) in zwey *Contrapuncten musical*isch abgesungen. *Lub*. 1674. in *fol*. — Abend *Musick* in IX. Theilen. *Lub*. 1678—1687. in 4. — Hochzeit des Lammes. *Lub*. 1681 in 4. — VII. *Sonate a doi, Violino & Viola di gamba, con cembalo. Lub.* 1696. in *fol*. — *Anonymi* hundertjähriges Gedichte vor die Wolfahrt der Stadt Lübeck; am 1. *Jan*. des Jubeljahres 1700. in *S. Marien*Kirche *musicalisch* vorgestellt. *Lub*. 1700. in *fol*. — *Castrum doloris* dem verstorbenen Keyser *Leopoldo* und *Templum honoris* dem regierenden Keyser *Josepho* I; in zwey *Musicken*, in der *Marien* Kirche zu Lübeck, gewidmet. *Lub*. 1705. in *fol*.« — Dazu fügt er zwei Werke, die im Leipziger Katalog der Frühjahrsmesse von 1684 von Buxtehude in Aussicht gestellt waren: »1. Himmlische Seelen Lust auf Erden über die Menschwerdung und Geburt unsers Heylandes *Jesu Christi*. 2. Das allerschröcklichste und allererfreulichste, nemlich das Ende der Zeit, und der Anfang der Ewigkeit, Gesprächsweise vorgestellet.«

verschollenen Suiten sind gleichwohl fast das Einzige, dem es
Buxtehude verdankt, wenn er in neuerer Zeit noch hier und da als
Componist genannt wurde. Er soll nämlich in ihnen »die Natur und
Eigenschaft der Planeten artig abgebildet« haben [15], worin man ein
Muster geschmackloser Programm-Musik zu sehen glaubte. Dagegen
ist zu erinnern, daß den sieben Planeten — mehr kannte man damals
nicht, und rechnete Sonne und Mond mit hinzu — bestimmte Cha-
rakter-Eigenschaften beigemessen wurden, nach denen die Astrologen
ihren Einfluß auf das Leben und die Geschicke der Menschen berechneten. Offenbar hat Buxtehude diese in den Suiten wiederspiegeln
und so sieben Charakterstücke schaffen wollen, was nach Matthesons
Urtheil ihm durchaus gelungen ist. Daß dies unmusikalischer sein
sollte, als wenn Couperin seine Sarabanden und Allemanden *La
Majestueuse. La Ténébreuse*« u. s. w. nennt, ist nicht einzusehen.
Im Gegentheil verräth der Einfall ein viel tieferes Verständniß für
das Wesen der reinen Instrumentalmusik, als es die Franzosen je
besaßen. Daß die musikalische Kunst ein Spiegelbild des harmonisch geordneten Universums sei, und ein geheimnißvoller Zusammenhang bestehe zwischen dem Leben und Weben der reinen Töne
und der ewigen Bewegtheit des Weltalls mit all seinen kreisenden
Himmelskörpern in den lebendurchgossenen unendlichen Räumen,
dieser Gedanke hat von Alters her bis in die neueste Zeit die tiefsinnigsten Geister erfüllt. Ganz gewiß leitete den Componisten bei
seinem auf den ersten Blick freilich befremdlichen Unterfangen in
jener Zeit, wo man gerne der Musik bestimmte Gegenstände zur
Darstellung gab, das richtige Gefühl für das, was dieselbe eigentlich
allein darstellen könne. Zwischen Froberger, Kuhnau und den
Franzosen einerseits und Sebastian Bach, dessen Compositionen,
von den Orgelchorälen abgesehen, völlig im reinen Tonleben aufgehen, andrerseits steht Buxtehude wie ausgleichend, aber doch merklich näher zu letzterem hingeneigt. Unsere Vermuthung würde sich
noch befestigen, wenn jene sieben Suiten auf die sieben verschiedenen Stufen der Tonleiter gegründet wären, wie ja auch Kuhnau
in seiner »Clavierübung« die Dur- und Moll-Tonleiter mit je sieben

---

15) Mattheson, Vollkommener Capellmeister, S. 130.

Suiten durchnahm [16]). Dann möchte eine directe Reminiscenz an das griechische Alterthum vorliegen: die Pythagoreer lehrten, daß die Abstände der sieben Planetenbahnen den Verhältnissen der Töne der siebensaitigen Lyra gleich seien. Leider ist wenig Aussicht vorhanden, daß das interessante Werk noch wieder zum Vorschein kommt. Was an Instrumentalcompositionen handschriftlich sonst erhalten blieb, läßt sich größtentheils auf zwei gleichzeitige Gewährsmänner zurückführen, den fleißigen Sammler Johann Gottfried Walther und Sebastian Bach selbst [17]). Von ersterem sind nur Orgelchoräle aufbewahrt; was auf Bach zurückzuführen ist, besteht, man bemerke es wohl, fast ausschließlich aus freien Orgelcompositionen. Er hatte Buxtehude verstanden.

In der That, so interessant und geistreich seine Choralbearbeitungen sind, so erträgt er auf diesem Gebiete doch keinen Vergleich mit Pachelbel und seiner Schule. Es war deshalb sehr gegen den Vortheil des Meisters, daß von den wenigen seiner Compositionen, die in neuester Zeit durch Stich allgemein zugänglich wurden, die meisten gráde Choräle sind [18]). Hierdurch bekommt man von seiner Bedeutung eine ganz schiefe, oft ungünstige Vorstellung. Seine Stärke ruht — wir müssen Matthesons Urtheil etwas erweitern — vor allem in der reinen, durch keine poetische Idee beeinflußten Instrumentalmusik. Hier bildet er Pachelbels musikalischen Gegenpol. Dieser wurde epochemachend durch seinen Orgelchoral und das, was sich aus der eindringenden Beschäftigung mit den volksthümlichen Melodien ergab, namentlich die ausdrucksvolle Bildung

---

16) Nur daß er H dur und B moll, wohl wegen der Temperatur, vermied.

17) Walther schrieb in den genannten Sammelbänden eigenhändig eine große Menge Buxtehudescher Choralbearbeitungen zusammen; was aus Bachs Hause stammt, steht in dem Manuscript Andreas Bachs, zwei vorzüglich schönen, aus Kirnbergers oder Agricolas Nachlaß herrührenden Handschriften auf der Bibliothek des Joachimsthaler Gymnasiums in Berlin, und den Krebs'schen Büchern.

18) »XIV Choralbearbeitungen für die Orgel von Dietrich Buxtehude — herausgegeben von S. W. Dehn. Leipzig, C. F. Peters.« Einiges wenige veröffentlichten noch Commer (*Musica sacra* I, Nr. 8) und G. W. Körner (Gesammtausgabe der classischen Orgel-Compositionen von Dietrich Buxtehude. Erfurt und Leipzig, G. W. Körner [nur ein Heft erschienen]); letzterer zum Theil dieselben Sachen wie Dehn.

musikalischer Themen. Jener hat durch seine großen, von einem reichen Geiste erfüllten unabhängigen Tonstücke wenigstens von Bachs Talent eine Hauptseite mächtig gefördert, eine Seite, die man jetzt fast als die unvergänglichere ansehen möchte, weil sie ausschließlich auf das Wesen der Musik gegründet ist. Daß er sonst auf Mitteldeutschland wenig einwirkte, ist erklärlich, da dort auf den Choral beinahe das gesammte Streben sich concentrirte, während man im Norden nicht sehr geneigt war, diesen zum subjectiven Stimmungsbilde zu durchglühen. Zwischen den Süddeutschen aber, denen der protestantische Choral ganz fehlte, und Buxtehude nebst Richtungsgenossen besteht eine innere Verwandtschaft, wie sie unter den ähnlichen Verhältnissen natürlich ist, und an manchen Stileigenthümlichkeiten, namentlich in der Melodiebildung zu Tage tritt; in andern Dingen freilich, in der Harmonik, der Klangverwendung, der Stimmung ist ein Unterschied, wie zwischen Mittagssonne und Abendroth.

Noch achtzehn selbständige und eben so inhalt- wie umfangreiche Orgelcompositionen sind es, auf die wir ein genaueres Urtheil über Buxtehudes hohe Bedeutung in diesem Kunstzweige gründen können. Darunter sind zwei Ciaconen, eine Passecaille, eine große Toccate, eine einzelne Fuge, das Uebrige besteht aus Praeludien mit Fugen, und auf sie wollen wir zunächst den Blick richten. Die Praeludien führen meistens ein gangartiges Motiv imitatorisch durch alle Stimmen in strömendem Flusse durch, und zwar mit reichlicher Betheiligung des Pedals, welches auch häufig in glänzenden Solopassagen hervortritt. Dieser Umstand bildet ein wesentliches Unterscheidungs-Merkmal von so manchen, im übrigen ähnlich construirten Toccaten-Abschnitten der süddeutschen Orgelmeister; überhaupt lehrt die Vergleichung, um wie viel an Virtuosität diese hinter Buxtehude und seiner Schule, welchen durch Sweelinck eine solche Richtung gegeben war, zurückstanden. Ihr Pedalgebrauch beschränkte sich meistens auf gehaltene Tieftöne oder langsam fortschreitende Noten; auch bei Pachelbel ist es durchweg kaum anders. Georg Muffat setzte unter die achte Toccate seines *Apparatus musico-organisticus* die Worte: *Dii laboribus omnia vendunt*; dieses Stück, mit dem er etwas besonders schweres geliefert zu haben glaubte, hätten zweifelsohne Männer wie Buxtehude und Bruhns unbesehen herun-

tergespielt. Wie im Praeludium, so hatte natürlich auch in der Fuge
das Pedal ein entscheidendes Wort mit zu reden, welcher überdies
Buxtehude durch eine eben so eigenthümliche, wie bedeutsame Anlage
zu reicher Entwicklung Raum verschafft. Gewöhnlich nämlich wird
das Fugenthema im Verlaufe einmal oder mehrfach umgebildet, und
so immer neuen Durchführungen zu Grunde gelegt; eine Gesammt-
fuge besteht in solchen Fällen aus mehren Einzelfugirungen, welche
als selbständige Sätze durch kleinere Zwischenstücke verbunden zu
werden pflegen, in denen es hauptsächlich auf Entfaltung von Bravour abgesehen ist. Diese Neugestaltungen, in denen das erste
Thema nur als Motiv eines andern gilt, sind eine höchst bemerkenswerthe Erscheinung der damaligen Instrumentalmusik; sie zeigen,
daß man das Wesen der reinen Tonkunst an der Wurzel erfaßte, und
deuten auf eins der ersten Formprincipe der modernen Sonate hinüber,
ohne doch sich von dem natürlichen Boden der Fugenform zu entfernen. Der bergende Schooß, in dem sich die Form entwickelte,
war die Toccate, man kann ihren Aufriß in den Frobergerschen Toccaten schon ganz deutlich wahrnehmen. Auch in seiner Zeit steht
Buxtehude selbstverständlich mit ihr nicht allein; ein ähnlich ange-
legtes Werk Reinkens wurde oben schon genannt, auch von Bruhns
hat sich eins erhalten, und Böhm wird dadurch zu seinen Orgelchorälen angeregt sein, die ja auf das Princip motivischer Erschöpfung
der einzelnen Choralzeilen gegründet sind. Buxtehude muß aber trotzdem als Hauptvertreter und Vollender dieser Richtung gelten, schon
weil er uns die meisten Proben davon giebt, aber auch eine Erfindungskraft beweist, die den genialen Kopf kennzeichnet. Er ersetzt hierdurch, was seinen Grund-Themen oft an schöner, belebter Gestaltung
fehlt. So stellt er in einer seiner größten Orgelcompositionen, nachdem ein sehr schönes Praeludium von sechzehn Viervierteltakten in
E moll eingeleitet hat, folgendes Fugenthema hin:

führt es durch und setzt mit diesem Thema:

von neuem ein; nach reicher Ausarbeitung und freiem Zwischensatze
tritt endlich der Fugengedanke so auf:

Man sieht, nach welcher Norm der Componist bei Bildung des zweiten und dritten Themas verfuhr: er griff die charakteristischen Schritte
des Hauptthemas heraus, zuerst die Schritte von der Quinte h̄ in die
Tonika ē, von dort in die Octave e und abwärts nach ā, zu zweit die
Schritte von h̄ nach ē und ohne in die Octave zu treten gleich nach ā.
Der Quartensprung des zweiten Themas c̄is (oder c̄) — gis ist nur
scheinbar unorganisch, da Buxtehude im Grundthema das vorletzte
Sechzehntel des ersten Taktes d̄ und nicht etwa das folgende ē als
melodietragend aufgefaßt hat; dieses ist nur als harmonische Neben-
note, und die Melodie von d̄ nach ā gehend gedacht, was sich etwas
hart ausnimmt, aber Buxtehudes Wesen nicht fremd ist. Durch die
ganze 137 breite Takte zählende Fugencomposition hindurch waltet
nun eine und dieselbe musikalische Hauptperson, aber mannigfach
wechselnd in Stellung, Miene und Gewandung, wozu auch die Taktwechsel ein bedeutendes beitragen. Aus der Stetigkeit, mit der
auch bei Reinken und Bruhns der dreitheilige Takt auf den zweitheiligen folgt, sieht man, daß darin wiederum ein bewußtes Formprincip
sich äußert: es soll der Organismus aus dem Ernst und der Schwere
des Anfangs zur leichtschwebenden Freudigkeit erblühen. Und
darauf hin sind auch die drei Durchführungen angelegt. Der ersten,
welche, wenngleich innerlich erregt, doch in würdiger, äußerer Ruhe
einherschreitet, folgt die zweite mit labyrinthischen Irrgängen und
tiefsinnigen Verschlingungen; es treten neben dem hauptsächlichen
noch zwei Gegenthemen auf, von denen das zweite mit seinen Achtelgängen alles zu größerer Belebtheit fortreißt, daneben erscheint
auch das erste Thema in der Umkehrung. Nur ein in der Harmonie
höchst erfinderischer Geist konnte ein solches Netz von Tönen weben,
in dem bei aller Verwickeltheit doch jede Masche klar und regelrecht
vorliegt. Zwischen der zweiten und dritten Durchführung steht
einer jener Zwischensätze ohne festen thematischen Kern und bestimmte Entwicklung, die den Zweck von Ruhepunkten haben, nach

der strengen Gesetzmäßigkeit des Vorangegangenen durch ungebundenes Tonspiel einen erleichternden Gegensatz hervorrufen und den Hörer für das Nachfolgende auffrischen sollen. Ihre Bestandtheile sind Laufwerk und breite Accordmassen, in beiden zeigt Buxtehude eine so ausgeprägte Eigenthümlichkeit, daß man ihn fast am leichtesten an diesen Zwischensätzen erkennt. Er ist es, der die frei außer dem Takt (*a discrezione*) zu spielenden Gänge aufgebracht und ausgebildet hat, die man Orgel-Recitative nennen kann, er, der die mehrstimmigen und Pedaltriller zuerst mit Vorliebe verwendet und gewisse zwischen beiden Händen abwechselnde Passagen. In den ruhigen Accordfolgen aber zeigt sich am sprechendsten seine eigenthümliche Harmonik, wenn ein überraschender Accord aus dem andern entsteht, eine wahre Fata Morgana von stets neuen und wieder zerfließenden Zauberbildern. Nach einem solchen Intermezzo folgt nun im letzten Fugensatze der Ausgang des Tondramas: in stolzem Glanze wiegt sich das Thema durch die Stimmen, unter den Tönen des Pedals nimmt es einen Ausdruck von großartiger Anmuth an, und scheint grade für diese Lage recht erfunden zu sein, wie man überhaupt bemerken kann, daß der Orgelcharakter aus jeder Note des großen und hervorragenden Tonstückes spricht.

Eine Fuge in G moll weist ebenfalls drei Gestalten des Themas auf, ist aber trotz gleicher Anlage innerlich ganz verschieden. Schon das Praeludium ist anders gebaut, indem es kein ganghaftes Motiv, sondern ein ordentliches Fugenthema durch zwölf Sechsvierteltakte durchführt, fast ganz über dem Orgelpunkt G, aus dessen Ruhe sich das Pedal nur zum Schluß erhebt, um selbst das Thema mit großer Wucht unter den Accordschlägen des Manuals einmal zu übernehmen [19]. Das Thema der ersten Fuge, die ein nach einmaliger Durchführung hinzutretender zweiter Gedanke zur Doppelfuge macht, ist dieses:

dessen harmonische Vieldeutigkeit man als einen Hinweis auf Bach

---

nicht übersehen wolle. Hieraus wird wieder ein Meisterstück an harmonischem Scharf- und Tiefsinn gewoben, an dem höchstens auszusetzen wäre, daß es eine zu große Fülle von Combinationen in zu rascher Folge entfaltet und so dem Wesen der Orgel nicht ganz gerecht wird, deren großartiger Charakter bis zu einem gewissen Grade stets Einfachheit erheischt. Jedenfalls erfordert die Klarlegung dieses genialen Gewebes einen sehr ruhigen Vortrag. Einmal durchbricht die Neigung zu motivischen Um- und Fortbildungen in geistreichster Erfindung den ruhigen Fluß der Polyphonie: aus dem Quartenschritt des zweiten und dritten Thematones bildet sich ein vier Takte fortgesetztes Wechselspiel zwischen der Ober- und den beiden Mittelstimmen, dazu ergreift das Pedal das Thema und bringt es mit Selbstbeantwortung gleich zweimal hinter einander; dann lenkt alles in den früheren Stil wieder zurück. Der melancholisch sinnenden Haltung des Ganzen entspricht der sich anschließende Zwischensatz, der träumend und schwermüthig immer tiefer in sich selbst versinkt — da weckt ihn die in Sechzehnteln aufrauschende erste Umbildung des Fugenthemas (auf der Quinte von D):

die sich mehre Male aus der Tiefe rüstig und rücksichtslos heraufarbeitet, ohne Bedacht auf die Eintritte der verschiedenen Stimmen immer nur höher und höher steigend, wie in der früher erwähnten Bachschen C moll-Fuge, rücksichtslos auch in harmonischer Hinsicht, da ein Querstand sich mit Hartnäckigkeit wiederholt. Dann ein jähes Abbrechen und nun hinein in den Dreizweiteltakt mit der zweiten Thema-Umbildung:

und kräftiger Schlußsatz!

Aus derselben Tonart ein anderes Werk nach gleichem Principe und doch in der Ausführung wieder ganz abweichend! Ungestüm wie ein Wellensturz bricht das Praeludium herein und schäumt in Terzen- und Sexten-Gängen wild umher; nach sechs Zwölfachtel-

takten steigt im Pedal wie aus der Meerestiefe hervor ein drohendes
Bassthema:

und wiederholt sich fünfmal, unterdessen stürmt es oben weiter: die
Wellen wandern und überschlagen sich, schießen einander nach und
hüpfen empor — eine phantastisch-düstre Conception! Aus dem
Bass bildet sich sofort das Thema:

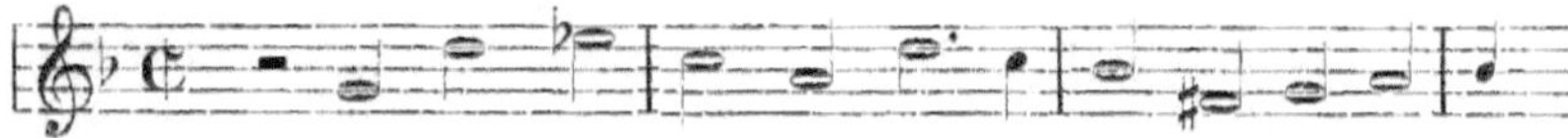

ernst und gewichtig, wie es selbst, ist auch die ganze Fuge. Im
Zwischensatze wandelt ein Manual-Bass in Achteln dahin, darüber
lassen sich abgerissene Accorde hören, die aber bei genauem Auf-
merken periodisch wie melodisch sich zu festen Gedanken zusam-
menschließen, es lautet, wie verwehte Klänge eines fernen Gesangs.
Dann fällt machtvoll das Pedal ein in springenden Octaven und mit
untermischten Sechzehnteln, die Gänge wiederholen sich in der
rechten Hand und leiten hinüber in den letzten Satz: Largo $^3/_2$:

Dieses Mal bringt der ungerade Takt keinen heitern Ausgang — wie
hätte der hier passen können! — wohl aber im Gegensatz zu der
düstern Starrheit des Vorangegangenen eine tiefe, nachgebende Wehmuth. Den Componisten jener Zeit stand vielfach ein warmer, ja
überquellender Gefühlsausdruck zu Gebote, man kann von Jünglings-
jahren der Kunst reden, gegen welche Bach und Händel das Mannesalter darstellen. Johann Christoph Bachs Motetten sind ganz in
diesen Duft getaucht; viele Sachen von Kuhnau, in hohem Grade
auch manche Arien und Lieder von Erlebach offenbaren eine Innigkeit, die noch heute so unmittelbar zu Herzen geht, wie vor zwei-
hundert Jahren. Wenn nun Buxtehude gleichfalls durch und durch
mit diesem Elemente getränkt ist, so ist seine Art, es zum Ausdruck
zu bringen, doch eine andre, wiederum aber nicht so verschiedene,
daß er nicht gleich verständlich würde. So wenig sich dies klar be-

schreiben läßt, man müßte denn alle Stileigenthümlichkeiten bis ins
Kleinste durchgehen, so deutlich fühlt es sich heraus, und scheint
kaum anders, als durch seine dänische Herkunft erklärbar. Es läge
nahe, zur Vergleichung auf einen hervorragenden Künstler der Gegenwart als Landsmann hinzuweisen, wenn nicht Beziehungen zu
Lebenden allzuleicht die ruhige Anschauung des historischen Bildes
trübten. Sicher ist, daß des Meisters fremd und doch verwandt,
fern und doch nah anmuthende Weise grade seiner Kunst einen er-
höhten Reiz verleiht. Die vor-Bachische Epoche ist in ihrer Jugendlichkeit auch eine Zeit musikalischer Romantik, und Buxtehude ist
nach der instrumentalen Seite der größte Romantiker. Von seinen
Chorälen einmal abgesehen, giebt es sehr wenige Stücke von ihm,
in welchen dieser Zug garnicht hervorträte; ganz erfüllt davon ist
die in Rede stehende Orgelcomposition. Den Satz, dessen Thema
zuletzt mitgetheilt wurde, insbesondere durchdringt ein Sehnen, ein
Hinausstreben ins Unendliche, das um so ergreifender ist, da es mit
dem spröden Orgelmateriale ringt, wie Pygmalion mit dem kalten
Marmor. Um wenigstens etwas mehr, als bloße Beschreibung zu
geben, möge hier ein Bruchstück der Fuge Platz finden:

Thema.
Thema.
tr

Schon aus diesem Stückchen kann man sehen, mit welcher Meisterschaft und Freiheit die Fugenform behandelt ist, wie alle Stimmen melodisch erblühen, wie groß die Originalität der Harmonien ist. Es schließt sich daran gleich ein neuer Thema-Eintritt des Pedals in C moll, und in diese Tonart wie verloren bleibt der ganze Rest des Stücks, bis drei Takte vor dem Ende sich der Componist zur Rückkehr nach G entschließt, die aber nun wie ein Halbschluß klingt, und in dieser schwebenden Stimmung den Hörer entläßt. Bewundernswerth ist wieder die in der Gegensätzlichkeit der einzelnen Abtheilungen heraustretende Kunstweisheit; das Ganze ist ein klar durchdachtes, warm belebtes Bild.

In dem Praeludium mit Fuge aus E dur wird das Hauptthema sogar noch dreimal in veränderter Gestalt gebracht, die Neubildungen aber sind alle abgekürzt und nur auf die ersten beiden Töne des Themas gebaut, auch schließt hier nicht der dreitheilige Takt, sondern eine kurz angebundene Fugirung im Viervierteltakt. Das Tonleben soll gegen den Schluß hin immer energischer, zusammengefaßter werden; nach dieser leitenden Idee ist die erste Fuge von sehr gemäßigter Haltung und wirkt vollständig nur in der Gesammtcomposition, womit jedoch einige Steifheiten derselben nicht bemäntelt werden sollen [20]. Im allgemeinen begnügte man sich mit einmaliger Umgestaltung des Themas, und dies muß als die Grundform angesehen werden, über welche nur Buxtehudes reicher Geist zuweilen hinausschritt. Die Mehrzahl seiner Compositionen hält sich in diesen Gränzen, entfaltet aber darin die größte Mannigfaltigkeit. Eine andre, wieder in E moll stehende Fuge mit vorangehendem stolzen Praeludium hat dieses Thema:

was an sich betrachtet jedenfalls halb nichtssagend, halb sonderbar ist. Spielt man weiter, so stellt sich bald heraus, daß dabei zum

---

20) Diese erste Fuge ist im III. Bande von A. G. Ritters Kunst des Orgelspiels und darnach in dem von Körner zusammengestellten Hefte Buxtehudescher Orgelcompositionen einzeln veröffentlicht, was aus den genannten Gründen kein ganz glücklicher Griff war.

Theil wenigstens Berechnung gewaltet hat. Das Thema reizt durch
eignen Gehalt wenig, spannt aber durch seine harmonische Unbestimmtheit. die denn auch geistvoll genug in der Entwicklung ausgebeutet wird. Nach einem kurzen Zwischenspiele, was mit seinen
Sechzehnteln das Praeludium in Erinnerung ruft, folgt nun im Dreivierteltakt die Umbildung:

der Contrapunct des zweiten Taktes wird später das Motiv zu anmuthigen Ausspinnungen, die immer mehr Raum gewinnen, schließlich das Terrain ganz beherrschen, und in den Viervierteltakt zurückführen. Nun treten die Sechzehntelpassagen des Praeludiums wieder
auf, zu denen sich, erwachsen aus einer zuvor wie nebensächlich
hingeworfenen Pedalfigur die reizendsten motivi-
schen Gebilde fügen. die allmählig alles in den Hintergrund drängen
und das letzte Wort behalten. Beethoven hätte dies kaum anders
machen können!

Solche Nachspiele liebt Buxtehude und wendet sie öfter an,
wodurch das Totalbild einen glänzenden Abschluß erhält. Das Verfahren läßt sich jedenfalls auf denselben Grundsatz zurückführen,
nach welchem die rhythmische Gestaltung meistens in den dreitheiligen Takt ausläuft, und der es auf eine endliche Erheiterung und Ausgleichung abgesehen hat. Wir sollen nicht auf die Höhen der Kunst
geführt und dort allein gelassen, sondern auch wieder zu den Menschen zurückgebracht werden. Da die höchsten Formen der Instrumentalmusik zugleich einen hohen Grad von subjectiver Isolirtheit
beanspruchen, so spricht sich darin ein gesundes, nicht ganz unbe-
rechtigtes Gemeingefühl aus. Aehnlich macht es Mozart, der den
Hörer auch gern mit freundlichen Eindrücken entläßt, mochte er
vorher auch alle Tiefen des Gefühlslebens entschleiert haben. Ja.
in gewisser Hinsicht soll jede mehr als zweisätzige Instrumentalform
diese Richtung nehmen, denn nicht der Einzelne darf am Ende Recht
behalten, sondern die Gesammtheit; so verlangt es die Sittlichkeit in
der Kunst, wie im Leben. Und das hat Beethoven nicht minder, als

Mozart, zu beachten gewußt; die Suitencomponisten, die der fröhlichen Gigue den letzten Platz anwiesen, nicht weniger; als Alessandro Scarlatti in seiner dreitheiligen Ouverturen-Form. Aber allerdings liegt in dem Aufgeben einer einmal gewonnenen, ganz geläuterten Form und in dem Zurücksinken zum willkürlicheren Tonspiel doch eine Art von Verflachung; hier tritt es zu Tage, daß Buxtehude trotz allem Genie die Anschauungen der Virtuosenschule, aus der er hervorging, nicht ganz los werden konnte. Daß seine Nachspiele höchst geistreich und interessant sein können, davon hat schon die eben besprochene Composition Zeugniß gegeben. Hier hält er sich übrigens noch in mäßigen Gränzen und deutet so vernehmlich auf das Praeludium zurück, daß man das wohlthuende Gefühl cyklischer Abrundung erhält. Ebenso ist es in Praeludium und Fuge aus D moll, wo das prägnante Thema:

was nachher in dieser Gestalt auftritt:

schon im Vorspiel erkennbar angekündigt, im Zwischenspiel durch ein imitatorisches Sätzchen wach gehalten wird, und im Rhythmus des brillanten Nachspieles noch immer ganz deutlich anklingt. Eine so große Einheit des Stoffes ist nicht vorhanden in dem Praeludium mit Fuge aus A moll, einem Stücke, das uns wegen der merkwürdigen Beziehungen, in denen es zu einer Fuge aus Bachs wohltemperirtem Claviere zu stehen scheint, noch weiter beschäftigen wird. Doch ist auch hier das Nachspiel nicht so lang, daß es dadurch den Eindruck der vorhergehenden edleren Formen wesentlich abschwächte. Anders ist das Verhältniß in einem Tonstück gleicher Gattung aus Fis moll. Das Praeludium beginnt mit größtentheils harmonischen Sechzehntelfiguren, an die sich eine Reihe von echt Buxtehudeschen Accordfolgen schließt; dann tritt im *Grave* die Doppelfuge auf, an thematischer Erfindung eine der schönsten des Meisters:

und in ihrem Verlaufe von tiefem, direct auf Bach hinweisendem
Ausdrucke. Nach diesem herrlichen Satze meldet sich im *Vivace*
zuerst das Gegenthema in dieser Verkleidung:

treibt sein Wesen durch alle vier Stimmen hindurch und zieht auch
das Hauptthema:

zu sich heran, bald wird in die Dur-Parallele modulirt, was das
schwermüthige *Grave* sich nicht gestattet hatte, jene drei Sechzehntel beginnen mehr und mehr motivische Keimkraft zu entwickeln —
ein frisches, geistfunkelndes Stück rauscht vorüber. Mit seinem
Abschlusse läßt der Componist der Phantasie die Zügel schießen.
Ein fesselloses Orgel-Recitativ ertönt, mit der endlichen Wendung
auf die Dominante der Grundtonart beginnt nun mit den Motiven
und das reizendste Spielen und Weben, unerschöpflich und unersättlich und mit immer größerem Glanze und
Tonreichthum. Die völlige Einheitlichkeit des Gedanken-Materials,
der wohlüberlegte Wechsel und Fortschritt in den Stimmungen, die
hohe contrapunctische Kunst, die strahlende, alle Mittel der Orgel
entfesselnde Technik machen diese Composition zu einem wahren
Meisterwerke deutscher Orgelmusik. Es ist gar keine Frage, daß
wir uns hier auf einer beträchtlichen Höhe befinden; wer weiter

klimmen wollte, mußte eben die Kraft und den Athem eines Sebastian
Bach besitzen. Der ästhetische Mangel, welcher aus' der Form des
Nachspiels und gar eines so langen Nachspiels entspringt, wird
freilich auch durch die geistvollste Behandlung nicht ganz gehoben,
aber doch gemildert; man fühlt ja, wie der Stoff der Fuge leben-
spendend hindurchdringt, und wenn der Kometenschweif auch matter
glänzt, als der Kern, so muthet dafür sein phantastisch dämmriger
Zug uns geheimnißvoll an.

Von geringerem Werthe ist ein Stück aus D dur, was wegen
seines gleichfalls langen Nachspiels zum Vergleiche mit dem vorigen
herausfordert. Ein motivischer Zusammenhang ist freilich vorhanden, aber da er sich auf die unbedeutendste Seite des schon im
Ganzen wenig gehaltvollen Themas gründet, hat er nicht Kraft genug, uns das Gefühl von einheitlichem Organismus zu erwecken.
Die Entwicklung der Fuge ist auch mehr motivisch homophon als
thematisch polyphon, leicht skizzirt und äußerlich; eine Durchführung
des umgebildeten Themas findet nicht statt, an deren Stelle eben das
gesetzt zu sein scheint, was Nachspiel genannt wurde, was aber
noch einmal durch einen Zwischensatz unterbrochen wird und dann
in feuriges Passagenwerk ausläuft.

Orgelfugen, die ohne Themaveränderung in einem Zuge fortströmen, giebt es von Buxtehude nicht viele. Eine solche steht in
F dur und wird durch ein schönes Praeludium eingeleitet, in welchem ausnahmsweise einmal Taktwechsel eintritt: Viervierteltakt
am Anfang und Ende, in der Mitte Zwölfachteltakt; da aber letzterem auch die Viertheiligkeit zu Grunde liegt, so ist der Uebergang
fast unmerklich und stört den Fluß nicht. Das Thema ist lang und
charakteristisch:

der frohe Schwung desselben belebt das ganze Stück, ohne sich in harmonische Tiefen zu verlieren, die Sechzehntelfigur der ersten Takte giebt zu anmuthigen Wechselspielen zwischen höheren und tieferen Lagen häufige Veranlassung, auch hier tritt die Neigung zum motivischen Fortspinnen heraus. Der Einfluß, welchen Buxtehude mit dieser Composition auf eine große Concertfuge Bachs ausgeübt hat, ist unverkennbar. Daneben nennen wir gleich noch eine Fuge aus C dur:

wenn es auch nicht ganz klar wird, ob sie nicht vielleicht das Schlußstück eines größeren Werkes ist, oder etwa nur für Clavier geschrieben wurde; sie gehört ebenfalls zu den vortrefflichen Werken des Meisters [21]. Niedriger steht eine Toccata nebst Fuge aus F dur, und grade diese hat das blinde Ungefähr an die Oeffentlichkeit unserer Zeit gelangen lassen. Wer Buxtehude kennt, wird ihn auch hier wiederfinden; einige weniger lobenswerthe Eigenschaften seines Stils, z. B. das allzuhäufige Wiederholen desselben Tons oder Accords auf der Orgel treten aber unbequem heraus, so daß der Gesammteindruck mehr absonderlich als schön und bedeutend ist [22]. Die Toccate hängt mit der Fuge motivisch zusammen, und vermuthlich soll der erstere Name dem ganzen Stücke gelten. Daß die Kunstgebilde, deren Betrachtung uns hier beschäftigt, sich aus der

---

21) Erhalten in dem Buche des Andreas Bach unter dem Titel: *Fuga di D. B. H.* B. H. ist Buxtehude; um Verwechslungen zwischen Namen gleicher Anfangsbuchstaben vorzubeugen, pflegte man bei Abkürzungen hier und da noch den Anfangsconsonant einer Mittelsilbe zuzufügen.

22) In den Handschriften der Bibliothek des Joachimsthals zu Berlin und der Leipziger Stadtbibliothek fehlt dieses Stück auch; die handschriftliche Vorlage, nach der es Commer, *Musica sacra* I, Nr. 8, herausgegeben hat, ist mir nicht vor die Augen gekommen. An der Echtheit zweifle ich aber nicht.

Toccate entwickelt haben, wurde schon gesagt. Daher erklärt sich, daß Reinken ein oben erwähntes Werk so bezeichnen konnte, was mit ihnen völlig an Form übereinstimmt. Buxtehude deutet den Zusammenhang selbst an, indem er sich auch in dieser Gattung versuchte, welche embryoartig alle Keime der Formen des freien Orgelspiels enthielt. Abgesehen von dem genannten Stücke existirt noch eine andre Toccate ebenfalls in F dur, die dritte Composition dieser Tonart. Ihr Aussehen ist bunt, doch bildet eine regelrechte Fuge den Kern, die dann auch ziemlich den Stoff für die folgenden Gebilde hergiebt, sofern sie sich zu greifbaren Formen verdichten und nicht im phantastischen Spiele zerflattern. Mehr darf man von einer Gattung nicht verlangen, die nur leicht und angenehm anregen will, und überall in der Kunst ihre Berechtigung hat, wenn darüber die höhern Aufgaben derselben nicht versäumt werden. Toccaten älterer Meister, wie Frobergers, überfliegt natürlich die Buxtehudesche um ein bedeutendes an Mannigfaltigkeit, Geist und Bravour, vorzugsweise im Pedalgebrauch, wie schon vorher im allgemeinen bemerkt wurde.

Aber unser Meister kannte auch sehr wohl den Werth eines sich bis zum Schlusse an innerm Gehalte steigernden Tonstücks. Den Beweis liefert eine große Orgelcomposition in G moll, ein wahres Muster planvoller, weitschauender Anlage [23]. Ein kurzes, belebtes Praeludium hebt an und gelangt zum Stehen auf der Dominante. Es folgt im *Allegro* ein Fugato von wenigen Takten über diesen Gedanken:

hängt sich eine aufwärts fliegende Passage an und schließt in G, worauf das Thema der Hauptfuge einsetzt. Was jenes Fugato will, bleibt vorläufig unklar, mit dem Fugenthema hat es gar keine Verwandtschaft. Dieses ist übrigens das späterhin vielbenutzte und zum Gemeingut gewordene:

---

23) Ich verdanke sie der freundlichen Mittheilung des Herrn Musikdirector Ritter in Magdeburg, der sie im Jahre 1838 aus einem dem Organisten Hildebrand in Mühlhausen gehörigen und von Georg Grobe 1675 geschriebenen Tabulaturbuche entnahm.

es findet sich wieder im zweiten Theile des wohltemperirten Claviers, in einem Streich-Quartett von Haydn, einem Requiem von Lotti, in Händels Joseph und Messias, in Mozarts Requiem. Nachdem die Fuge vorübergezogen, die neben Interessantem auch manches Ungelenke enthält, tritt im Dreizweiteltakt das Thema zu einer neuen ein, was sich schon bemerkbar an das erste Fugato anlehnt:

im Verlauf wird die Verwandtschaft immer klarer, endlich entscheidet unter liegendem G moll-Accord das Pedal:

die Fuge schließt, und wie herausgeboren aus der ganzen Entwicklung tritt als zwölfmal zu wiederholendes Ciacona-Thema dieser Gang ans Licht:

den alsbald eine reiche Contrapunctirung umschlingt, in der das Ganze beendigt wird. Die durch den hineingeworfenen Fugato-Satz bewirkte Spannung ist vollständig gelöst.

Den guten Einfall, einen Fugengedanken nach reichlicher dialektischer Erörterung in der Durchführung endlich zum unwandelbaren Axiom herauszuarbeiten und seine Stichhaltigkeit in den stets neuen Verhältnissen wechselnder Contrapuncte zu erproben, hat Buxtehude noch einmal in einer mit Praeludium versehenen C dur-Fuge gehabt; die *Ciacona* im ³/₂ Takt vertritt dort die sonst gewöhnlich erfolgende Umbildung des Themas. In dem G moll-Stücke steht dieser Name nicht dabei; nach Buxtehudes Praxis ist er aber der allein angemessene, und nicht die Benennung *Passacaglio*. Beides sind ursprünglich Tanzformen, in denen ein kurzes, zwei-, vier-, höchstens achttaktiges Bassthema sich unablässig wiederholt; die gute Gelegenheit, darüber stets neue contrapunctische Combinationen

aufzuführen, machte sie zu beliebten Aufgaben für Orgel- und Claviercomponisten. Was uns über ihre Unterscheidungsmerkmale von
Schriftstellern damaliger Zeit gesagt wird, ist voller Widersprüche
und nirgend durchgreifend [24]; die Componisten müssen selbst der
verschiedensten Ansichten gewesen sein. Buxtehude hat aber für
sich einen Unterschied zwischen *Passacaglio* und *Ciacona* gewahrt,
der sich auch an einer Ciacone Böhms bemerkbar macht, daß nämlich bei ersterem das Thema stets in der wirklichen Basslage und
stets unverändert bleibt, bei letzterer aber in allen Stimmen auftreten und die mannigfachsten Umspielungen und Variationen er-
leiden kann, so lange es überhaupt nur erkennbar ist. Danach
mußte der Schlußsatz der G moll-Fuge eine Ciacona sein, denn das
Thema wandert frei in den Stimmen umher und wird auch einmal
ganz in Figurationen aufgelöst. Wir besitzen noch zwei Ciaconen
und einen Passacaglio als selbständige Stücke, die in ihrer Schönheit und Bedeutendheit alles gleichartige jener Zeit überragen und
auch unter Buxtehudes Compositionen in erster Reihe stehen. Seine
so eigenthümliche Harmonik entfaltet sich hier in aller Fülle, schwärmerische Innigkeit und der süßeste Schmelz der Wehmuth treten mit
herzbezwingender Kraft dem Hörer nahe. Alle drei Werke durchklingt derselbe Grundton, doch sind sie trotzdem verschieden im
Ausdruck. Gleich die Anfangstakte stellen ihn fest. Von den beiden Ciaconen ist die in C moll gesetzte die tiefer erregte.

---

24) S. z. B. Mattheson, Vollkommener Capellmeister, S. 233, vergl. dessen
»Neu eröffnetes Orchestre«, S. 185, und Walther im Lexicon unter *Passacaglio.*

Welch herrlicher Eingang! Wie hier alles in schwermuthsvoller Melodik aufblüht, wie überschwänglich das Hinübergreifen durch Bindungen in den folgenden Takt, das Absetzen oft mitten im Melodiezuge, als versage der übervollen Brust die Rede! Und die Harmonien — man beachte das $\overline{as}$ im letzten Achtel des dritten Takts, und im folgenden das $\bar{a}$ der Oberstimme, im zehnten den schmerzlich klagenden Zusammenklang $\genfrac{}{}{0pt}{}{\overline{es}}{\genfrac{}{}{0pt}{}{h}{g}}$ auf dem betonten Takttheile, und die herbsüßen, wie Seufzer klingenden Vorhalte, welche sich anschließen! Nun belebt es sich immer mehr; Sechzehntelbewegung tritt ein, zuerst noch mit Achteln versetzt, hernach gleichmäßig fortwallend, und auch das Thema ergreifend, was aber immer hindurchblinkt, wie ein Stern durch Wolkenzüge. Dann wieder kurze Ruhe, und neues Anschwellen bis zum Brausen, und harfenartige Accorde umwehen das Ohr; es war ein Windstoß, der in die Saiten der Aeolsharfe fuhr! Geschickt eingefügte Zwischenspiele lassen den Grundgedanken frischer wieder hervortreten. Durch hundert und vierundfünfzig Takte zieht sich der Tonsatz und schließt mit noch reicherer Harmonie und voll von klagender Sehnsucht, wie er begonnen. — Die zweite Ciacone in E moll ist wie eine Ballade, in der sich die Erregtheit des Vortragenden über einen traurigen oder unheimlichen Inhalt hinter der scheinbaren Objectivität der erzählenden Form verbirgt, aber doch überall hindurchgefühlt wird. Namentlich trägt die Modulation nach G dur im zweiten Takte das Gepräge äußern Gleichmuths, und auch im Verlaufe scheint die stei-

gende Bewegung mehr eine äußerliche, referirende. Daß es jedoch
nur Schein ist, dafür ist ebenfalls gleich der Anfang Bürge, mit
seiner schön geschwungenen, rhythmisch wie harmonisch so gewählt
ausgestatteten Obermelodie, die des tiefsten Ausdrucks fähig ist, wenn
sie ihn gleich zurückdrängt:

Vortrefflich ist nach der Exposition der ersten acht Takte die Entwicklung eingeleitet; das strebt vom neunten Takte an gar muthig
in die Welt hinaus und aufwärts, in so freiem Schwunge, daß man
ganz die unlösbare Fessel des Bassmotivs vergißt. Erst später wird
es der Empfindung deutlicher wie ein unabänderliches Verhängniß,
aus dessen Zauberkreise kein Entrinnen ist. Mag es sich auch zuweilen verstecken, oder halb verflüchtigen, im entscheidenden Augenblicke ist es stets zur Stelle. Von dem Erfindungsreichthum, den
der Componist in immer neuen Ueberbauungen zeigt, kann durch
Beschreibung keine Vorstellung gegeben werden; in der Mitte entwickelt sich einmal durch chromatische Gegenbewegung der Ober-

und Unterstimme eine Reihe von Harmonien, an deren Möglichkeit
vor Buxtehude schwerlich jemand geglaubt hat. Die in dieser Ciacone zurückgehaltene Gefühlswärme bricht im Passacaglio aus D moll
mit doppelter Stärke hervor[25]. Schon die breite Taktart deutet es
an, und die Gestalt des Bassthemas:

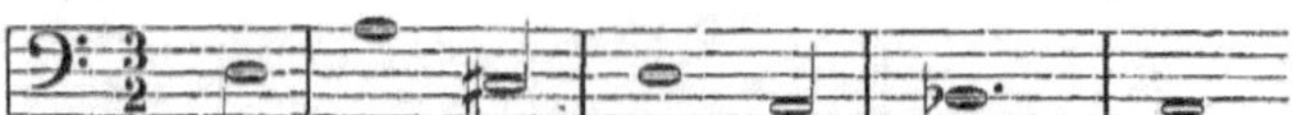

welches sich so nachdrücklich auf die Dominante hinüberzieht. Der
Passacaglio besteht aus vier fast genau an Länge gleichen Abschnitten, wovon der erste in D moll, der zweite in F dur, der dritte
in A moll und der letzte wieder in D moll steht. Hiermit hängt die
einzige Ausstellung zusammen, die man etwa an ihm machen kann:
die Theile hätten durch glattere Modulation unmerklicher verschmolzen werden können, während sie nur durch überleitende ganz kurze
Zwischenspiele verknüpft neben einander stehen. Im Uebrigen ist
die Composition über allen Tadel, man wäre versucht zu sagen auch
über alles Lob erhaben. Nicht nur, daß die strenge Form mit der
größten Meisterschaft gehandhabt wird, daß, wohin man blickt, eine
melodische Belebtheit sich aufthut, wie sie größer und wie sie eigenthümlicher nicht gedacht werden kann; mir ist auch kein Musikstück
jener Zeit bekannt, das es an rührender, bis tief in die Seele dringender Innigkeit diesem zuvorthäte, ja ihm nur gleich käme. Von
ganz zauberischer Wirkung ist es, wenn nach dem schwermüthigen
D moll mit dem einunddreißigsten Takte die F dur-Tonart eintritt:

---

25) Die damaligen Componisten, auch Seb. Bach, pflegten *Passacaglia* zu
schreiben, und so ist Buxtehudes Stück betitelt.

So blickt das thränenvolle Auge aus frisch erlittenem, tiefem Leid zurück in glücklichere Zeiten, und holde Erinnerungen tauchen auf und weben mit Goldfäden eine mystische Glorie für das, was einstmals war! Späterhin klingt die Figur

in der Oberstimme ununterbrochen und kaum verändert durch viele Takte fort, indem die andern Stimmen im ruhigen Melodienstrom darunter hin gleiten; es ist, als sähe man stille, weiße Segel im Abendgold durch blauende Meeresbuchten ziehen. Mit dem dritten Theile verdüstert sich wieder das Bild, die obern Stimmen lassen sich erst nur in abgebrochenen, schluchzenden Lauten hören — eine Stelle von hoher Phantastik und Originalität — bis sich der Tonkörper neu belebt; dann erscheint eine Stelle, die mit ihrer verwandten Behandlung auf die letzterwähnte in F dur zurückdeutet, auch in dem letzten Theile kommt eine solche zweimal vor, natürlich in immer trüberer Beleuchtung, so daß selbst in dieser Hinsicht die inneren Beziehungen der Abschnitte unter einander nicht fehlen. Nach dem Lichtpunkte des zweiten Theils gelang es nicht, auch nur die Anfangsstimmung wieder zu gewinnen, mit dem 122. Takte schließt das Stück trostlos und schmerzzerwühlt, nur äußerlich glänzend. Vielleicht erwuchs es aus persönlichen Erlebnissen, und hat sich von seinem Boden nicht ganz losgelöst, doch möchte es, wer seinen Gehalt tief in sich empfunden hat, kaum anders verlangen.

Der gewährte Ueberblick über die selbständigen Orgelcompositionen Buxtehudes wird ihre Bedeutsamkeit klar gemacht haben. Sie sind, wie es bei einer durch lauter Zufälligkeiten bedingten Ansammlung nicht anders zu erwarten steht, von ungleichem Kunstwerth, und einzelne von ihnen mögen jetzt nicht viel mehr als historisches Interesse bieten. Im ganzen aber brauchen sie selbst den höchsten, d. h. den von Bachs Meisterwerken hergenommenen Maßstab nicht zu fürchten. Keine Frage, daß dieser weit über Buxtehude hinauskam, aber sein Fortschritt war zugleich ein Schritt in andrer Richtung, so sehr er des ältern Künstlers Errungenschaften benutzte und sich aneignete. Eine gerechte Würdigung verlangt, daß, wie sich Mozarts Symphonien neben den Beethovenschen behaupten, auch Buxtehude mit seinen Praeludien und Fugen, mit seinen Ciaconen und Passacaglios einen Platz neben Bach erhalte. Wenn eine Kunst ihrer höchsten Entwicklung nahe gekommen ist, kann das Verhältniß ihrer Träger zu einander nicht mehr so aufgefaßt werden, daß einer den andern in sich aufzehre und seine Sonderbedeutung aufhebe. Nur die Fundamente eines Schlosses sind unsichtbar, ist der Bau aber in die Lüfte gestiegen, dann schmückt er sich mit zahlreichen Giebeln und Thürmen. Einer pflegt alle andern zu überragen, aber, verstand anders der Baumeister sein Werk, so macht er seine volle Wirkung nur mit und theilweise durch die übrigen. Die Technik der Orgelkunst war zu Buxtehudes Meisterzeit und großentheils durch sein eignes Verdienst so sehr schon ausgebildet, daß man durchaus nicht sagen kann, Bach habe hier noch ganz neue Bahnen zu brechen gehabt. Er hat das Ueberkommene bis zur höchsten Vollendung durchgebildet, hauptsächlich aber in ihm das kostbare Gefäß für seine erhabenen Ideen gefunden. Buxtehudes Gesichtskreis mag enger, sein Talent weniger ausgiebig gewesen sein. Er konnte aber das Bedeutende und Ureigenthümliche, was er zu sagen hatte, schon in ganz vollendeter Form sagen, und so das Ideal eines Kunstwerks, soweit es überhaupt möglich ist, erreichen. Es wird sich herausstellen, daß Bach, in richtiger Erkenntniß der Sachlage, in den von Buxtehude mit Meisterschaft cultivirten speciellen Formen sich nur ganz vorübergehend versuchte, wo er

dann auch diesen noch den Stempel seines Genius aufzudrücken
wußte, ohne jedoch wesentlich seinen Vorgänger zu überragen.
Vorzugsweise darf man dies von der Ciacone und dem Passacaglio
sagen. Was er in seinem berühmten Stücke letzteren Namens tiefsinniger und concentrirter ist, bringt jener durch Innigkeit und
jugendliche Wärme ein. Freilich besitzt ja auch Bach diese Wärme
und Innigkeit im höchsten Grade, nur tritt sie schwerer über die
Lippen und liegt meistens tief im Grunde, von dort aus alles durchdringend und belebend. Diese künstlerische Beschaffenheit ist aber
ebenfalls ein Zeichen, daß beide auf der höchsten Stufe der Orgelkunst stehen. In der Geschichte ist es eine überall wiederkehrende
Erscheinung, daß die Leistungen des menschlichen Geistes, wenn
sie in einer bestimmten Richtung zur möglichsten Vollkommenheit
entwickelt sind, dann einen Widerspruch in ihrem Wesen zu zeigen
beginnen, welcher über sie hinausdrängt, sie zu sprengen sucht und
den Keim bildet für neue und anders geartete Entwicklungen. Nicht
immer, aber doch manchmal treffen wir bei Buxtehude Gestalten,
welche nach Tonbeseelung ordentlich zu dürsten scheinen, obgleich
es ganz unzweifelhaft ist, daß sie für das mechanische, todte Orgelmaterial bestimmt waren. Die mitgetheilten vier längeren Stellen
sind der Art: schon die Melodienbildungen beweisen es. Im zweiten
Takte der E moll-Ciacone ist gar kein Grund zu finden, weshalb der
Componist die Oberstimme auf dem dritten Viertel nicht mit der
ersten Mittelstimme auf $\overline{g}$ zusammentreffen ließ — denn es würde
dem Hörer nicht anders klingen, als wie es jetzt geschrieben ist —
wenn er nicht dadurch, so gut es anging, hätte andeuten wollen,
wie ihm die Melodie im Innern ertönte, und daß er mehr noch zu
sagen habe, als er könne. Die Hinüberdeutungen auf ein ausdrucks-
fähigeres Instrument sind in diesen Stellen so stark, daß sie, auf
unserm Pianoforte gespielt, wie für dasselbe geschrieben scheinen;
man versuche es nur und wird sich überzeugen, daß es ganz unmöglich ist, den tiefen Gefühlsausdruck, der überall entgegenquillt,
nicht durch Schattirungen des Vortrags wieder zu geben, es wird
einem selbst das kaum genügen und man wird den Gesang zu Hülfe
nehmen mögen. Pachelbel steht in Folge seines Anschlusses an die
Richtung der südlichen Kunst dem naiven Leben im Reiche des Orgelklanges noch viel näher, obgleich grade er der eigentliche Be-

gründer des Orgelchorals ist, welcher doch seinem Wesen nach eben auf den subjectivsten Ausdruck hinarbeitet. Er steht ihm näher, obwohl er jünger ist, als Buxtehude: der Altersunterschied wird durch die Entkräftung, in welcher Deutschland nach dem großen Kriege lag, wieder ausgeglichen; hätte es selber einen Buxtehude hervorbringen sollen, so würde dies kaum vor der Zeit möglich gewesen sein, in welcher auch Pachelbel geboren wurde. So bleiben nur die Gegensätze von Süd und Nord, und man sieht ohne weiteres, wie sie einander entgegenstreben: Buxtehudes unruhige Innigkeit zu Pachelbels Choral, Pachelbels schöne Ruhe zu Buxtehudes freiem Orgelstück. Bach vereinigte in sich diese Gegensätze. Aber er empfing Pachelbels Einfluß durch die Vermittlung der thüringischen Künstler, die ihn mit eignem Geiste bereits versetzt hatten; er war außerdem eine kerndeutsche Natur und dem Romantischen mehr zugethan, als dem Classischen. Darum steht er nicht ganz in der Mitte über beiden, sondern etwas näher zu dem Lübecker Meister hin, und eben darum dieser nicht ganz unter, sondern theilweise, und zwar mehr als Pachelbel, neben ihm. Jene subjective Wärme, welche hundert Jahre später gegenüber dieser ersten Blüthezeit deutscher Instrumentalmusik eine zweite hervorrufen sollte, lebte auch in Bach und unendlich viel stärker, als je in einem seiner Vorgänger und Zeitgenossen; sie quoll nur nicht so heftig empor. wie bei Buxtehude, sondern durchdrang in großartigster Weise gezügelt alles und jedes, was er schrieb.

Mehr als doppelt so stark ist die Zahl der erhaltenen Orgelchoräle Buxtehudes, deren größten Theil, nämlich 37, wir dem Sammelfleiße Walthers verdanken. Auf Bachs Musikaliensammlung sind höchstens jene drei zurückzuführen, die sich sein Schüler Joh. Ludwig Krebs in zwei Orgel- und Clavier-Büchern aufbewahrt hat. Doch versteht es sich bei einem so großen Meister von selbst. daß auch seine Schöpfungen in dieser Gattung nicht ohne weiteres gering zu schätzen sind. Sein auf das rein Musikalische gerichteter Sinn ließ ihn freilich, wie alle der nordländischen Schule angehörigen Orgelkünstler, von einer poetischen Vertiefung des Orgelchorals absehen; was sich an solchen Andeutungen findet, ist mehr beiläufig und auf kein bestimmtes Princip gegründet. Nun ist und bleibt aber diese musikalische Form zu sehr mit dem Kirchenliede

verwachsen, als daß ein Verfahren nur nach musikalischen Grundsätzen durchzuführen wäre. Sie ist eben doch auf die Voraussetzung
gegründet, daß dem Hörer wenigstens die Melodie des Chorals in
ihrer ursprünglichen Gestalt deutlich vorschwebe, damit er sich an
ihr in den ausgeführteren Formen des Orgelchorals zurecht finde,
und was demselben an organischer Entwicklung aus eignen Mitteln
fehlt, durch Beziehung auf sein Urbild sich ergänze. Es war also
nur eine naturgemäße Ausbildung innewohnender Keime, wenn Pachelbel diese doch einmal nicht abzustreifende Voraussetzung auch
auf den poetischen Gehalt der Choralmelodie ausdehnte, und sich
dadurch für die musikalische Gestaltung neue Gebiete eroberte.
Buxtehude blieb auf halbem Wege stehen, und deshalb mußte, was
sein erfinderischer Geist in dieser Form neues leistete, nothwendigerweise mehr äußerlich bleiben. Geistreich, glänzend, virtuosenhaft
im guten Sinne sind daher die richtigsten Bezeichnungen für seine
Choralbearbeitungen. Diese Eigenschaften treten am meisten dort
hervor, wo die Choralzeilen motettenhaft, wie wir es zu nennen uns
erlaubten, durchgearbeitet werden, ein Ausdruck, der das Vorwalten
der Polyphonie andeuten soll im Gegensatz zu Böhms motivisch-
melodischer Manier. Dahin gehören die drei Stücke bei Krebs:
»Nun freut euch, lieben Christen g'mein«, »Gelobet seist du, Jesu
Christ«, »Herr Gott, dich loben wir«[26], Stücke von den größten
Dimensionen, ähnlich den früher erwähnten von Reinken und
Lübeck. So hat das erstgenannte zu Anfang 110 Takte $\mathbf{C}$, dann
22 Takte $^3/_2$, dann 18 Takte $^{12}/_8$, endlich 107 Takte $\mathbf{C}$ in reicher
Sechzehntelfiguration. Zusammen 257 Takte! — gewiß eine der
längsten Orgelcompositionen, die es giebt. Die gleichzeitige Verwendung von zwei an Tonstärke und Klangfarbe verschiedenen Manualen ist wie hier, so überhaupt bei Buxtehude sehr beliebt. Auf
eigenthümliche Klangwirkungen legte er auch sonst viel Gewicht,
es ist dies ein Merkzeichen der Schule. So findet sich bei ihm der
auch von Bach glücklich verwendete Effect, das Pedal mit achtfüßigen oder acht- und vierfüßigen Registern in der Tenorlage die

---

[26] Letztere Bearbeitung existirt noch in einer ganz alten, vielleicht zu
Buxtehudes Lebzeiten gefertigten Handschrift auf der Bibliothek des königl.
Instituts für Kirchenmusik in Berlin, aber nicht vollständig.

Melodie führen zu lassen. Mit Reinken gemeinsam hat er den Gebrauch des doppelten Pedals; ihn verwerthete Bach später zu den großartigsten Orgelgebilden, worin ihm jedoch Bruhns in kaum weniger bewundernswerther Weise vorangegangen war, von dem eine vollständige Fuge mit obligatem zweistimmigen Pedale erhalten ist[27]. Wie Buxtehude bei Fugirungen die Doppelfugenform liebt, so pflegt er den Choralzeilen selbständige Themen gegenüberzustellen und sie mit diesen durchzuarbeiten[28]. Besonders reich bedacht ist in dieser Art eine Arbeit über »Ich dank dir schon durch deinen Sohn«, die aus dem kurzen Choral von vier Zeilen ein Tonstück von 154 breiten Takten entwickelt. Die erste und dritte Zeile werden mit Engführungen in alterthümlicher Weise fugirt, diese im doppelten Contrapunct, jene giebt durch eine kleine chromatische Abänderung Veranlassung zu echt Buxtehudeschen Harmonien überraschendster Art. Die zweite und vierte Zeile werden ebenfalls fugirt, aber mit je zwei selbständigen Gegenthemen, mit welchen sie alle nur erdenklichen Combinationen im doppelten Contrapunct der Octave eingehen, und die sehr charakteristisch erfunden sind, aber auch Härten herbeiführen, an welche das Ohr sich widerwillig gewöhnt. Mit theilweise noch größerer Künstlichkeit, theilweise aber auch einfacher ist der Choral »Ich dank dir, lieber Herre« bearbeitet. Die erste Zeile wird im ruhigen vierstimmigen Satze, wie beim Gottesdienste, vorgetragen; die zweite folgt *allegro*, motivisch umgebildet und in Engführung zwischen zwei Stimmen erst zwei- dann dreistimmig fugirt. Dann wird die erste Zeile in der Verkleinerung zum Fugenthema gestaltet und gehörig durchgeführt, zum Schluß läßt das Pedal sie in der Vergrößerung zwischen das Fugengewebe hineintönen; dann folgt, wie oben, wieder die Fugirung der zweiten Zeile, nur reicher. Darnach werden die übrigen Zeilen mit ihren Gegenthemen durchgearbeitet, die beiden letzten im $^6/_4$ Takt. Man

---

27) Commer, *Musica sacra* I, Nr. 5. Ebendaselbst unter Nr. 6 ist eine Choralbearbeitung von Bruhns über »Nun komm der Heiden Heiland« mitgetheilt, welche ganz im Stile der großen Buxtehudeschen Choräle gehalten ist, und da von ihnen bis jetzt nichts veröffentlicht wurde, dem, der sich für die Sache weiter interessirt, einstweilen zur Veranschaulichung dienen kann.

28) Auch hierfür bietet der genannte Bruhns'sche Choral veranschaulichende Analogien.

sieht, daß es dem Componisten darum zu thun war, für jede Zeile
möglichst etwas äußerlich neues zu erfinden, und er mehr Gewicht
auf bunte Mannigfaltigkeit, als auf einheitliche Stimmung gelegt
hat. Daher gelingen ihm die Stücke am besten, wo er zugleich den
vollen Glanz seiner Technik entfaltet, welcher den Sinn mehr auf
der Oberfläche festhält, während er dort leicht beunruhigt und ermüdet, wo er nur durch contrapunctische Vertiefung wirken will.
Sehr schön versteht es Buxtehude, den einfachen langgezogenen
Choral ununterbrochen zu contrapunctiren, und wenn er es auch
kaum über sich gewinnt, wie Pachelbel eine und dieselbe Figur
durchweg festzuhalten, so weiß er doch schon dafür zu sorgen, daß
der Strom nirgends zu sehr ins Stocken geräth [29]. Stets auf Neues
sinnend, verbindet er dann wohl diese Form mit jener, so z. B. in
einer Bearbeitung von »Nun lob mein Seel den Herren«, wo zuerst
der Choral, in der Oberstimme liegend, fortlaufend contrapunctirt,
dann zeilenweis durchgenommen, und endlich ins Pedal gelegt und
dort ohne Unterbrechung gegen reich bewegte Oberstimmen fortgeführt wird. Dieselbe Anlage hat einmal der Choral »Wie schön
leucht't uns der Morgenstern« [30], nur daß die Melodie, welche anfänglich im Pedale liegt, bei Wiederholung des Aufgesanges in die
Oberstimme kommt und zwischen den kurzen Zeilen des Abgesanges zweimal aufwirbelnde Triolenketten in die Höhe fliegen. Die
absteigende Tonleiter der letzten Zeile wird dann im Sechsachtel-
takt — Taktwechsel fehlen in seinen großen Orgelchorälen selten —
gründlich durchgearbeitet, darauf im Zwölfachteltakt der ganze
Choral noch einmal durchgenommen, indem meistens aus den Zeilen
belebte Fugenthemen gebildet und in ihren Durchführungen ununterbrochen an einander gehängt werden. Eigentlich sogenannte
Choralfugen scheint er wenig gemacht, sondern es dann vorgezogen
zu haben, sich sein Thema frei zu erfinden [31]. Aber einen besondern
Typus hat er noch in den kürzeren zweiclavierigen Chorälen herausgebildet, die nicht, gleich den oben beschriebenen, auf breite Durch-

---

29) Vergl. Dehn, Vierzehn Choralbearbeitungen Buxtehudes, Nr. 5.

30) Dehn, a. a. O. Nr. 14.

31) Eine theilt Körner mit a. a. O., S. 8, die ich auch für echt halte, besonders weil sich einige kleine Sonderbarkeiten des Meisters darin wiederfinden.

führungen ausgingen, sondern auf einmaligen Vortrag der Melodie. Auf dem einen der verschiedenartig registrirten Manuale wird die Melodie gespielt und zwar colorirt, d. h. mit Verzierungen und Umspielungen ausgestattet, aber nicht, wie bei Böhm, motivisch ausgedehnt. Dazu contrapunctiren das zweite Manual und das Pedal in ganz freier Weise, ohne sich an irgend ein festes Durchführungsmotiv zu binden, und fügen zwischen den Zeilen kurze Zwischenspiele ein, die nach Belieben bald aus freien Imitationen bestehen, bald den Stoff aus dem Anfang der folgenden Zeile nehmen, wobei besonders das Pedal thätig vorzugehen pflegt. Zwischensätze aus Motiven der folgenden Choralzeilen sind auch ein Merkmal des Pachelbelschen Chorals, trotzdem haben beide Formen nichts mit einander zu thun, sind sich vielmehr entgegengesetzt. Von der idealen einheitlichen Anschauung, welche Pachelbel leitete, ist hier keine Rede, und von einer gleichmäßigen Durchbildung des Ganzen keine Spur. Buxtehude geht nur darauf aus, jede einzelne Zeile für sich anmuthvoll auszuzieren, geistreich zu harmonisiren und durch erfinderische Kreuzung der beiden Manuale, zuweilen auch durch Anwendung von Doppelpedal besonders zu färben. Derselbe Künstler, welcher so groß war im organischen Gestalten reiner Musikstücke, büßte diese Eigenschaft ganz ein, sowie er sich auf den Boden des poetisirenden Orgelchorals begab. Denn wenn man die Melodie, welche er in dieser Weise behandelt, nicht kennt, ist es bei mehr als vierzeiligen Chorälen oft ganz unmöglich, auch nur irgend einen Plan zu entdecken. Nur auf das Einzelne richtete Buxtehude hier sein Augenmerk; einen Mittelweg zu finden und auch die Gesammtgestalt des Chorals aus all den Blumengewinden, mit denen er jeden einzelnen Theil desselben schmückte, hervortreten zu lassen, war ihm nicht gegeben. Man muß ja beim Orgelchoral ein Stück der innern Einheit vom Hörer stets ergänzen lassen, aber es giebt doch auch musikalische Mittel, dieselbe fühlbar zu machen. Darum ist es klar, daß er eine Reflectirung des vollen Choralorganismus im subjectiven Empfinden garnicht anstrebte, und nur eine äußere Einheit sich zu Nutze machte, um seiner Erfindungskraft im Einzelnen die Zügel schießen zu lassen. Es ist im Grunde dasselbe, wie bei seinen großen Arbeiten, nur daß dort aus jeder Zeile doch selbständige große Tonbilder geschaffen werden, die sich als solche auch leichter musikalisch unter einander verknüpfen, hier aber die musikalischen Beziehungen der Melodiezeilen zu einander unterbrochen werden, ohne daß etwas anderes, als geistreiches Spiel dafür Ersatz böte. Wie sehr in der That das Grundprincip hier wie dort dasselbe ist, erkennt man am leichtesten, wo einmal etwas ausgeführtere motivische Zwischensätze eintreten; dann entstehen wie von selbst kleine fugirte Durchführungen der einzelnen Zeilen, bei denen die endlich auftretende Oberstimme, welcher immer der Vortrag der Choralmelodie zugetheilt ist, nur als die letzte unter ihres gleichen erscheint, nicht aber als das Resultat der Entwicklung, welches groß und alles beherrschend herausträte [32]. Vermag man, hiervon absehend, sich auf den Standpunkt des Componisten zu versetzen, so gewähren auch diese Arbeiten manch feinen künstlerischen Genuß. Selbst in Mitteldeutschland wurde dies von Sachverständigen, wie Adlung und Walther, später anerkannt; Adlung trifft ihr Wesen ganz richtig, wenn er sagt: »Buxtehude hat die Choräle sehr schön ausgeführt« [33]. Walther hat seinen Beifall dadurch zu erkennen gegeben, daß er mehr als dreißig derselben abschrieb. Sein Interesse für Buxtehude hat aber zum Theil wohl auch einen persönlichen Grund in dem Verkehr, welchen er als junger Künstler mit dessen Freunde Andreas Werkmeister unterhielt. Dieser theilte ihm auch »manches schöne Clavier-Stück von des kunstreichen Buxtehudes Arbeit« mit [34], um die wir ihn sehr beneiden und beklagen, daß er uns keines davon hinterlassen hat; man müßte denn die Suite über den Choral »Auf meinen lieben Gott« dahin rechnen, welche schon früher einmal erwähnt wurde, die aber unsere Wünsche nur noch mehr erregt. —

Wenden wir uns nunmehr zu Buxtehudes Vocalcompositionen, so ist jenen schon genannten fünf Hochzeitsarien nur flüchtige Betrachtung zu schenken [35]. Es sind Strophenlieder mit Ritornellen nach Weise der Zeit, zum Accompagnement dient nur

---

[32] So z. B. in Nr. 8 und 13 bei Dehn.

[33] Anleitung zur musik. Gelahrth., S. 693.

[34] Walther in Matthesons Ehrenpforte, S. 388.

[35] In Stimmen auf der Lübecker Stadtbibliothek. Sie datiren der Reihenfolge nach vom 2. Juni 1673, 1. März 1675, 8. Juli 1695, 14. März 1698, 7. Sept. 1705.

das Cembalo, ausgenommen die früheste Arie, wo mit der Singstimme und dem Spinett-Bass zwei *Viole da gamba* einen vierstimmigen Satz bilden. Der dritten und vierten liegen italiänische Texte zu Grunde, und man sieht, wie der fremdländische Kunstgesang damals auch diese Formen zu beeinflussen anfing. Die Melodien sind sehr lieblich, zu den italiänischen Worten besonders geschmeidig; es läßt sich wohl ein Fortschritt in den fünf Stücken bemerken, von denen das zweite am reinsten die alte deutsche Arie repräsentirt, das letzte die 68 Jahre seines Schöpfers verräth. Auch den Ritornellen merkt man etwas an, zu den ersten beiden Arien sind es nur fugirte, fünfstimmige Sätze (am Schluß des zweiten macht sich ein *decrescendo* vom *forte* durchs *piano* zum *pianissimo* sehr gut). bei den andern sind sie kurz und dreistimmig und Nr. 3 und 4 hängen sich, wie es später beliebt war, ein Tanzstückchen, nämlich einen Menuett und eine Gigue an.

Besondere Aufmerksamkeit aber verdienen seine concertirenden kirchlichen Musikwerke, schon weil wir wissen, wie in der Leitung der lübeckischen Abendmusiken eine hauptsächliche Kunstaufgabe für ihn lag, und diese nicht zum geringsten Theile ihm zur Berühmtheit verhalfen. Die gedruckten Originalien sind vorläufig verloren gegangen, aber einigen Ersatz bietet ein kostbarer handschriftlicher Foliant, der unter des Meisters wenigstens theilweiser Aufsicht geschrieben worden ist, auch größere und geringere Spuren einer eigenhändigen Revision zeigt und jedenfalls einige Abendmusiken, vielleicht gar einige der gedruckten enthält[36]. Es war bis jetzt noch keine Gelegenheit, auf den Stand der damaligen Kirchenmusik näher einzugehen: Joh. Christoph Bachs großes Chorwerk »Es erhob sich ein Streit« wies nach einer andern Richtung hin, und Michael Bachs »Ach bleib bei uns, Herr Jesu Christ« erschien als halb in der Motette stecken geblieben. Was bei Sebastian Bachs erstem Versuche andeutungsweise gesagt war, kann hier um so besser ausgeführt werden, als Buxtehudes Kirchencompositionen nicht nur an sich interessant, sondern auch vortreffliche Vertreter ihrer Gattung sind. Bachs Werk wird dadurch nachträglich den gebührenden Hintergrund erhalten. Die Form der durch Instrumente begleiteten

---

36) S. Anhang A. Nr. 13.

Kirchenmusik, oder, wie wir dafür von jetzt an sagen wollen, der älteren Kirchencantate, welche zwischen den Jahren 1670 und 1700 die herrschende war, beruhte auf einer Zusammenfassung vorher im einzelnen cultivirter Formen kirchlicher Tonkunst. Wie man die Texte dazu einzurichten pflegte, ist schon früher angegeben; die gebräuchlichsten musikalischen Formen waren: die ein- und mehrstimmige Arie, das Arioso (d. h. das ältere Recitativ, wie es von Schütz eingeführt und dann ziemlich unverändert beibehalten war), der mehrstimmige concertirende Chorgesang; dazu kamen als schüchterne Versuche einige der Orgelkunst entlehnte Gestaltungen. Man reihte sie in Abwechslung an einander, und schickte nach Belieben ein einleitendes Instrumentalstück voran. Viel polyphoner Aufwand wurde nicht gemacht; diese Kunst war mit dem Absterben der alten Richtung und Anschauung in Deutschland ziemlich verloren gegangen und mußte erst durch neue Zugänge wieder gewonnen werden. Die weiche, jugendliche Melodik der Zeit in vorwiegend homophoner Behandlung, die Formen von geringer Ausdehnung, und, wo die Abschnitte sich länger hinziehen, die häufigen Taktwechsel, endlich das formlose und stückweise sich weiter schiebende Arioso geben der ältern Cantate einen empfindsamen, persönlichen Charakter, und an sie, nicht an die Bachsche Cantate muß sich wenden, wer das Gegenstück zum Pietismus in der damaligen Musik aufsuchen will.

Die erste Cantate der Buxtehudeschen Sammlung ist auf folgende Textzusammenstellung gegründet:

(Col. 3, 17) »Alles, was ihr thut, mit Worten oder mit Werken, das thut alles im Namen Jesu, und danket Gott und dem Vater durch ihn.«

»Dir, dir, Höchster, dir alleine,
Alles, Allerhöchster dir,
Sinne, Kräfte und Begier
Ich nur aufzuopfern meine.
Alles sei, nach aller Pflicht,
Nur zu deinem Preis gericht't.

Helft mir spielen, jauchzen, singen,
Hebt die Herzen himmelan,
Jubele, was jubeln kann,
Laßt all Instrumente klingen.
Alles sei u. s. w.

Vater, hilf um Jesu willen,
Laß dies Loben löblich sein
Und zum Himmel dringen ein,
Unser Wünschen zu erfüllen,
Daß dein Herz nach Vaterspflicht
Sei zu unserm Heil gericht't.«

(Ps. 37, 4) »Habe deine Lust am Herrn, der wird dir geben, was dein Herz wünscht«. Darauf folgen die beiden letzten Strophen des Kirchenlieds »Aus meines Herzens Grunde«, und zum Schluß wird der Bibelspruch des Anfangs wiederholt.

Eine Bestimmung für irgend einen Sonn- oder Festtag ist bei keiner der Cantaten gegeben, die vorliegende scheint gar nicht auf einen solchen, sondern für eine gelegentliche Festlichkeit, etwa eine Trauung gemacht zu sein. Die Instrumentalbegleitung besteht aus zwei Violinen, zwei Violen, Bass und Orgel, denn fünfstimmiger Satz war gebräuchlicher, als vierstimmiger, und wo der Chor vierstimmig war, machte die erste Geige eine darüber liegende fünfte Stimme hinzu. Die Cantate steht in G dur und wird durch eine *Sonata* eingeleitet, welche aus neun langsamen Viervierteltakten mit sehr schönen, weichen und eigenthümlichen Harmonien und einem imitatorisch fortarbeitenden *Presto* im Dreivierteltakt besteht. *Sonata* und *Sinfonia* als eröffnende Instrumentalstücke bedeuteten anfänglich dasselbe. Später trat die erstere Benennung mehr zurück, da man sie auf andre Instrumentalstücke anzuwenden anfing. Man behielt sie jedoch zuweilen bei, wenn das Vorspiel den harmonisch-massigen Charakter tragen sollte, der Gabrielis Sonaten ursprünglich kennzeichnete, während wie im Allgemeinen, so besonders dort, wo den Fortschritten der Zeit gemäß mehr polyphone Belebtheit eintrat, der Name *Sinfonia* herrschend wurde. Vielleicht wirkte die Grundbedeutung der Wörter dabei mit, indem bei *Sonata* das Hauptgewicht auf die Klangeinheit, bei *Sinfonia* auf die Stimmen gelegt wird, die durch Zusammenwirken die Harmonie erzeugen. Wenn auch jene zweitheilige Form des kirchlichen Vorspiels, welche eine Einwirkung der französischen Ouverture verräth, oftmals Sonate genannt wird, so erklärt sich dies wohl am leichtesten so, daß man die Benennung vom Anfange hernahm, der ja breit und klangreich auftreten mußte. Aber selbst der zweite Theil wahrt sich häufig diese Haltung, so daß nur die Oberstimmen ein nachahmendes Spiel mit einander treiben und die andern

harmonisch ausfüllen. So war die Einleitungs‑Sonate zu Johann
Christoph Bachs »Es erhob sich ein Streit«, so ist auch die vorliegende von Buxtehude beschaffen. Daß Seb. Bach in der Ostercantate
von 1704 ebenfalls eine *Sonata* anbrachte, wird man in Erinnerung
haben. Der erste Bibelspruch wird nun vom vierstimmigen Chore ausgeführt, fast durchweg homophon und anfangs gar immer Silbe gegen
Note, später treten einige Figurationen und unschuldige Imitationen
auf. Die etwas wohlfeile Art, den melodischen Faden durch Wiederholung derselben Tonphrase auf einer höhern, zuweilen auch tiefern Stufe fortzuspinnen, ist leider dem Vocalcomponisten Buxtehude
eigen. Ueberhaupt kann man sich hier wieder überzeugen, in wie
hohem Grade das Tonmaterial für die Gestaltung maßgebend ist:
derselbe Meister, den wir in den Orgelfugen zuweilen die ver-
schlungensten contrapunctischen Pfade wandeln sahen, wagt sich
hier nicht über die einfachsten Combinationen hinaus. Wenn man
diese schüchternen Formen betrachtet, wird es klar, was ein Genius
wie Bach grade auf diesem Gebiete noch zu thun finden mußte, und
warum der größte Orgelspieler der Welt seine compositorische
Thätigkeit doch noch mehr der Vocalmusik zuwenden konnte. Das
dreistrophige Lied wird zu einer vierstimmigen Arie mit Ritornellen zweier Violinen nebst Bass verwendet; die Melodie ist sehr
liebenswürdig, aber tändelnd und ohne Tiefe, wie das Gedicht.
Dann kommt ein Arioso des Basses in E moll über die Bibelworte:
»Habe deine Lust am Herrn«, wobei gleich zu bemerken ist, daß
Sprüche der heiligen Schrift, wenn sie einer Solostimme zugetheilt
waren, so behandelt werden mußten, da es noch keine andre Form
dafür gab. Wenn also Bach in seiner Ostercantate gleichermaßen
verfuhr, so ist das nichts besonderes; aber in dem stufenweisen
Wiederholen eines melodischen Gedankens, wie es z. B. im Tenor-
Arioso »Entsetzet euch nicht« vorkommt und in den Terzen-Paralle-
len zwischen Singbass und Continuo, welche sich im ersten Satze
und sonst finden, und die einer mehrstimmigen Harmonie so hinderlich sind, wird man eine Anlehnung erkennen dürfen. Zu beiden
bietet Buxtehudes Arioso Analogien, das im übrigen von wirklich trost-
reichem Ausdrucke ist und durch sein schlichtes Auftreten — nur
die Orgel begleitet — die Folie für einen Talentblitz von intensivem
Glanze wird. Denn nachdem es auf dem e abgeschlossen hat, setzt

der Geigenchor ganz in der Höhe ein und senkt sich langsam und breit in berauschenden Harmonien herab, wie himmlischer Thau auf die dürstende Erde, und kommt endlich in G dur unten an, worauf sofort der hoffnungerfüllte Choral anhebt: »Gott will ich lassen rathen, der alle Ding vermag«:

(Die Orgel denke man sich leise mitgehend, und namentlich den Bass durch ein sechzehnfüßiges Register vertieft.) Eine Strophe wird vom Sopran allein vorgetragen, die zweite vierstimmig in sehr eigenthümlicher weicher Harmonisirung; lange Zeit begleitet nur die Orgel, und die Instrumente fallen mit Zwischenspielen zwischen den Zeilen ein, bis sie zuletzt ganz mitgehen, den Satz klanglich wie harmonisch bereichernd; im drittletzten Takte schwingt sich die erste Geige ekstatisch aufwärts und senkt sich wieder. Zum Schluß wird der erste Chor wiederholt, doch geht ihm ein langsames Vorspiel schwärmerischen Ausdrucks voran, mit dessen Anfang:

man Takt 4 bis 6 des Eingangs der Bachschen Ostercantate vergleichen wolle; auch zu den vereinzelten Accorden und stockenden Harmonien desselben findet man hier, wie an andern Stellen
das Vorbild. Es giebt noch eine kirchliche *Sinfonia* Bachs, welche
ganz in Buxtehudes Stil gehalten ist: sie leitet die gewaltige Choralcantate »Christ lag in Todesbanden« ein [37], zu der sie aber schwerlich componirt ist, sondern wohl aus einem unbekannten Jugendwerke
herübergenommen. Der Schlußchor gestaltet sich dieses Mal etwas
reicher und entfaltet bei durchaus freundlichem Charakter eine angenehm beschäftigende Polyphonie.

Die zweite Cantate ist sicherlich eine Abendmusik zum zweiten
Adventssonntage. Sie handelt von der Wiederkunft Christi zum
Gericht und hat einen großartigen und mystischen Zug. Die aufgewendeten Mittel sind bedeutend und bestehen aus fünfstimmigem
Chor, drei Violinen, zwei Bratschen, drei Zinken, drei Posaunen,
zwei Trompeten, Fagott, Contrabass und Orgel. Mit diesem Tonkörper hat Buxtehude eine seiner Massen-Aufführungen hergestellt.
Eine Symphonie (D dur) beginnt, deren Thema vom Trompetenge-
schmetter hergenommen ist: Geigen und Trompeten stehen sich
chorisch gegenüber, aber die letzteren blasen mit Dämpfern, ein
Klangeffect, der die geheimnißvolle Stimmung erhöhen soll [38].
Darauf stimmt, wohlüberlegt nur vom Saitenquartett und der Orgel
mit Fagott begleitet, der Sopran in derselben Tonart das Kirchenlied
an: »Ihr lieben Christen, freut euch nun, Bald wird erscheinen Gottes
Sohn«, aber zu der Melodie »Nun laßt uns den Leib begraben« —
ein tiefsinniger, durch die Pforten des Todes führender Gedanke,
der ähnliche bedeutungsreiche Wahlen Bachs vorandeutet. Dieser

---

37) B.-G. I, S. 97.

38) Walther sagt von den Trompeten mit Sordinen, daß sie »gantz sanffte
klingen, als wenn sie von weiten wären«.

Choral ist nun eine genaue Uebertragung des Buxtehudeschen zweiclavierigen kleinen Orgelchorals auf Sopran und Streichinstrumente,
und in der Anwendung des durch die Orgel Gewonnenen auf die
Vocalmusik begründet sich der größte Theil seiner Bedeutung. Denn
hier tritt das Princip zu Tage, was der protestantischen deutschen
Kirchenmusik neue Gestalt und neuen Inhalt verleihen sollte. An
Stelle des ersten Manuals, welches die Melodie vorträgt, ist die Singstimme gesetzt, an die Stelle des zweiten Manuals und des Pedals
die Vereinigung der Instrumente. Was jene Orgelchoräle lobenswerthes haben, tritt auch hier vortheilhaft hervor: schöne Klangwirkung, indem der Sopran hoch und leuchtend über den un-
sichern Verschlingungen der Instrumente, wie die Morgensonne über
dem Wiesennebel dahinwandelt, geistvolle reiche Harmonisirung.
Auch hebt sich natürlich mittelst des Gesanges und der Worte die
Choralmelodie viel entschiedener als die Hauptsache heraus, als es
auf der Orgel geschah, wo ihr zudem die bedeutungsvolle Einfachheit
durch Colorirung verkümmert wurde, und jene zuweilen auftauchen-
den canonischen Bewegungen des Basses, welche dort nur verwirrten.
erscheinen hier als reizende Nebensache. Aber die Planlosigkeit
der Contrapunctirung und das Mißverhältniß, in dem die Sorge für
die Erscheinung des Zusammenklangs zum Interesse für das Leben
der Einzelstimme steht, sind auch hier dieselben geblieben. Anfänglich spielt noch der Rhythmus des Themas der Symphonie geistreich
in die Bewegung der Instrumente hinüber, wird aber schnell blässer
und schattenhafter und verschwindet bald ganz, um unsicherer Willkür Platz zu machen. Für das Auge macht eine solche Contrapunctirung sofort den Eindruck des Unordentlichen, gesungen und
gespielt klingt freilich alles gut und besticht, aber es fehlt die
tiefe Begründung des Wohlgefallens. Pachelbel, der auch seinen
Orgelchoral auf die Vocalmusik zu verpflanzen den Versuch machte.
mußte natürlich seiner Richtung gemäß Idealeres und Tieferes produciren, die fünfte Strophe der Cantate über »Was Gott thut, das
ist wohlgethan« kann meisterhaft genannt werden. Im wohlabge-
messenen Contraste zu dem eben beschriebenen Tonbilde steht der
folgende Chor, der im höchsten Glanze aller Mittel mit dem erschütternden Weckrufe hineinfährt: »Siehe! der Herr kommt mit viel
tausend Heiligen, Gericht zu halten über Alle.« Er legt sich in ma-

jestätischen Dreiklängen aus und geht dann in ein Fugato über, was
mehr durch die plastische Art, wie es gedacht ist, und durch die
Klangmischungen, als durch polyphone Kunst bedeutend ist. Dieses
Thema nämlich:

wird in unablässiger Abwechslung von den Singstimmen, den Geigen, den Trompeten, erst einstimmig, bald auch zwei- und dreistimmig zu Gehör gebracht, und dabei immer nur von der Tonika auf die
Dominante und wieder zurück gegangen. Der Phantasie drängt sich
ein Bild auf, als zögen die »vieltausend Heiligen« hinter Christus her
aus allen Himmelsräumen heran, immer neue und neue, weithin schon
über den Häuptern der voranziehenden sichtbar und eine Schaar
leuchtender als die andre. Eine große Wirkung wird auch dadurch
erzielt, wenn der Chor die Worte »Gericht zu halten« nur mit Orgel
und abwechselnder Betheiligung der Stimmen singt und darnach die
ganze Tonmasse mit aller Wucht hineinschlägt. Hier sind wieder
einmal *Händelsche Züge vorgebildet. Eine schmetternde Instrumen-
tal-Symphonie von elf Takten schließt sich an, dann ertönt ein myste-
riöses Bass-Arioso:* »Siehe, ich komme bald und mein Lohn mit mir«,
nur von der Orgel und zwei gedämpften Trompeten begleitet, welche
mitten in den Schlußgängen aufhören, so daß das Tonbild zerrinnt,
wie eine Vision. Bis jetzt war die Grundtonart nicht verlassen, das
folgende Stück für Alt, Tenor, Bass, drei Geigen, zwei Bratschen
und Continuo steht in A dur, ist aber das schwächste der Cantate.
Es zeigt, wie wenig man noch fähig war, große Formen mit entspre-
chendem Inhalte zu füllen. Zeile für Zeile des zu Grunde liegenden
Gesangverses wird mit kleinen Imitationen heruntergesungen, dann
tritt jedes Mal ein Instrumental-Ritornell ein, dem aber seine Sechs-
stimmigkeit sehr unbequem vorkommt. Das Beste daran ist, daß es
wieder einen merkwürdigen Klangcontrast herstellen hilft: auf die
Verbindung der dunklen Vocalstimmen mit dem schwebenden Geigen-
chore folgt der feierliche Klang gedämpfter Posaunen, über denen
zwei goldhelle Soprane ein fugirtes »Amen« ausführen. Wie Bux-

tehude stets abzurunden versteht, so kehrt er zum Schluß in den
Choral des Anfangs zurück:

> Ei, lieber Herr, eil zum Gericht,
> Laß sehn dein herrlich Angesicht,
> Das Wesen der Dreifaltigkeit!
> Das hilf uns, Gott, in Ewigkeit!

Er schreitet im Dreizweiteltakt und im vollen Glanze einher, hoch
über dem Chor führt die erste Violine eine sechste Stimme aus, und
zwischen jedem Melodieabschnitte fallen die Trompeten fanfarenartig
hinein. An den Choral hängt sich ein bewegter Amensatz, der im
leichten imitirenden Wechselspiel zwischen Chor und Instrumenten
zu Ende geht. Der Leser wird hier das genaue Vorbild des Schlußchorals der Bachschen Ostercantate erkennen.

Die dritte, auch auf Massenwirkung berechnete Cantate ist nur
auf drei Verse des Buches Sirach, Cap. 50, v. 24—26 gestellt. Sologesang fehlt darin, und die Chorbilder zeigen wieder die ganze damalige Hülflosigkeit solchen Aufgaben gegenüber. Man wagte die
musikalischen Geister noch nicht zu entfesseln, daß sie sich brausend
in ein weites Bette ergössen, obgleich sie in Buxtehudes Orgelwerken
schon ungeduldig an den Thoren ihres Verließes rüttelten. Statt
dessen treten kleine Motive auf, die sich einzeln nie zu widersprechen
oder in die Rede zu fallen wagen, aber großen Muth zeigen, wenn
alles zusammen geht, und nach jeder kleinen Anstrengung sich durch
ein Ritornell erholen müssen. In der Mitte steht ein fünfstimmiges
Arioso mit Orgel: »der uns vom Mutterleibe an lebendig erhält und
thut uns alles guts«, der Typus des dreistimmigen in Bachs Cantate. Im dritten Theile wird der Takt sehr viel gewechselt, es fol-
gen einander $^3/_2$, **C**, $^3/_4$, **C**, $^3/_4$, $^3/_2$, $^3/_4$, worauf Anfangs-Ritornell und
-Chor wiederholt werden. Diese Unruhe hat etwas sehr subjectives,
sie erinnert an Christian Flors »musikalisches Seelenparadies«[39],
und, wäre nicht Buxtehude der Componist, so möchte man sie dilettantisch nennen.

Wie der dritten Cantate nur ein Bibelspruch, so liegen der fünften und sechsten nur geistliche Lieder zu Grunde. Jene schildert
die jenseitige Wonne der Seligen im Ton des Hohenliedes und in der

---

[39] Winterfeld, Evang. Kirchengesang, II, 414 und die Notenbeispiele.

poetisch angeregten aber weichsinnlichen Sprache und Bewegung pietistischer Gesänge; so lautet die fünfte Strophe:

> Die Rosen neigen
> Sich von den Zweigen
> Ins güldne Haar
> Der Auserwählten
> Und Gottvermählten;
> Seht, nehmet wahr!
> Sie kommt die Schöne,
> Daß man sie kröne,
> Ihr Heiland ist,
> Den sie zum Lohne,
> Zum Lohn, zur Krone
> Hat auserkiest.

Der Tonsetzer hat alle neun Strophen durchcomponirt, aber nur für die erste und letzte, wo sehr große Tonmassen bei geringer Polyphonie aufgeboten werden, in den kleinen Rhythmen des Gedichts mit einiger Freiheit geschaltet. Ein tieferer Ton wird nirgends angeschlagen, heitere Melodien, leichtfüßige Rhythmen und sinnlich bestrickende Klänge sind das Ganze. Zu den Instrumenten, nämlich drei Violinen, zwei Violen, drei Zinken, drei Trompeten, drei Posaunen, Bass und Orgel, tritt — ein wohl einziger Fall — das Hackbrett (Cymbalo); der Chor ist sechsstimmig. Man sieht, wie die Anlage des Orchesters noch auf chorische Wechselwirkungen abgesehen ist. Nach dem ersten Abschnitte werden die folgenden Strophen von je einer, oder je drei Stimmen in wechselnder Besetzung vorgetragen, arienhaft und mit munteren Ritornellen; glücklicherweise wird nicht immer dieselbe Melodie festgehalten, denn der unentrinnbare Rhythmus des halbaufgelösten Dreivierteltakts wirkt schon ermüdend genug. Viel würdiger und ernster ist die sechste Cantate: »Bedenke, Mensch, das Ende, bedenke deinen Tod«, die Construction ist aber auch hier sehr einfach. Fünf Strophen des Gedichts sind der gleichen Musik ange-paßt, nur die letzte tritt reicher auf und wird durch einen Amensatz ausgeschmückt. Voran geht eine Sonate, die im kleinen ganz die Form der französischen Ouverture hat. Dann tragen drei Singstim-men homophon die Strophen vor, und ein Ritornell der Geigen schließt jedesmal ab. Das »Amen« besteht aus kleinen fugirten Sätzchen, die von den Instrumenten aufgefangen werden; eine Combination mit ihnen wagt nur hie und da die erste Violine.

Die vierte Cantate stimmt in der Mischung von Bibelwort, Kirchenlied und freier Dichtung mit der zweiten und ersten überein, unterscheidet sich aber musikalisch so, daß sie keinen freien Chor, dafür zwei verschiedene Choräle einführt. Nach einer kurzen, aber in Schmerz schwelgenden Symphonie in G moll ertönt unter ganz gleicher Behandlung wie in der zweiten Cantate die Choral-Strophe:

> Wo soll ich fliehen hin,
> Weil ich beschweret bin
> Mit viel und großen Sünden,
> Wo soll ich Rettung finden?
> Wenn alle Welt herkäme,
> Mein Angst sie nicht wegnähme.

Was oben unterlassen war, nämlich Auszierungen mit der Melodie vorzunehmen, ist hier in einer der Singstimme angemessenen Weise geschehen. Trotzdem hat der allein vortragende Sopran nicht, wie dort, nur musikalische, er hat auch dramatisirende Bedeutung, und die kleinen Abweichungen in der Melodie sollen das geängstete Herz nur noch deutlicher vor die Seele führen. Denn auf die Frage antwortet ein Bass-Arioso: »Kommt her zu mir, alle die ihr mühselig und beladen seid, ich will euch erquicken« u. s. w. Es ist also eine Wechselrede, als deren Personen wir die schon längst in der protestantischen Kirchenmusik bekannte allegorische Figur der »gläubigen Seele« und Christus anzusehen haben. Der Titel der Cantate ist auch ausdrücklich *Dialogus*. Hammerschmidt, der in so vieler Hinsicht der kirchlichen Tonkunst neue Bahnen eröffnete, gab schon 1645 »*Dialogi* oder Gespräche zwischen Gott und einer gläubigen Seele« heraus und verfolgte diese Bahn in seinem »Vierten Theil musikalischer Andachten« und den »Musikalischen Gesprächen über die Evangelia« auch dahin, daß er Kirchenlied und Bibelwort einander gegenüberstellte. Darin aber liegt das Charakteristische für die Componisten am Ausgange des 17. Jahrhunderts, daß sie den Choral von nur einer Stimme mit Begleitung vortragen lassen und ihn hierdurch, wie durch leidenschaftathmende Umbildungen der Melodie und ungewöhnliche Harmonien zum Mittel des subjectivsten Empfindungsausdrucks machen konnten, ohne ihn doch so streng polyphon auszugestalten, daß dadurch dem Subjectivismus das Gleichgewicht gehalten wäre. Sie eigentlich sind es, in denen, wie schon einmal gesagt, das

musikalische Gegenbild der geistlichen pietistischen Dichtung zu erkennen ist. Freilich nicht so, daß durch diese ihre Compositionsart
angeregt und bestimmt sei. Der directe Einfluß des Pietismus auf
die kirchliche Musik und ihre Entwicklung ist ein ganz unbedeutender gewesen, schon deshalb, weil er eigentlich den Reichthum der
Kunst von sich ausschloß. Beide Richtungen entstanden neben einander her, wenngleich aus derselben Gemüthsquelle, und die Musik
gelangte thatsächlich um mehre Jahrzehnte früher in die Entwick-
lungsphase der Empfindsamkeit und jugendlichen Schwärmerei, die
sich jedesmal bei dem Neuaufblühen des Lebens einer Nation einstellt
und die in der Musik am frühesten sich zeigen mußte, da sie, der
Anlage des deutschen Volkes zufolge, die erste Geistesthätigkeit
war, in der nach dem Unglück des großen Krieges das neue Leben
kräftige Knospen ansetzte. Die Anfänge pietistischer Dichtung grei-
fen allerdings noch in jene musikalische Periode hinein, und Buxtehude konnte ihr seine Töne noch einige Male gesellen, aber als sie
recht in Blüthe stand, hatte die Kirchenmusik jenes Stadium lange
überwunden und sich theils der religiösen Ideale in ihrer Erhabenheit wieder bemächtigt, theils sich nach einer Richtung hingewendet,
die garnichts mehr mit ihnen zu thun hatte. Das Bass-Arioso, welches der »gläubigen Seele« antwortet, und dem es an Wärme und
Herzlichkeit nicht fehlt, ist sehr ausgedehnt und zerfällt in zwei Theile.
Der erste schließt auf der Dominante von G moll, der zweite setzt
darauf in B dur ein (»So werdet ihr Ruhe finden für eure Seele«) und
leitet nur in den letzten Takten zur Haupttonart zurück. Von einer
formellen Abrundung ist nicht die Rede, aber es stecken Elemente
darin, die für die spätere, nach italiänischem Muster gebildete geistliche Arie, wie sie Bach ausbildete, von wesentlicher, wenn auch
mehr innerlicher Bedeutung wurden. Einiges äußerliche ist auch
vorhanden, da zuweilen die begleitenden Geigen kleine polyphone
Combinationen mit der Bassstimme eingehen. Die richtige Behandlung derselben ist aber ein noch fast unentdecktes Land: sie geht
meistens mit dem Instrumentalbass zusammen. Ueber Händel, der
zur Zeit, wo er nach Hamburg kam, auch noch ganz in der Manier
der ältern Cantate steckte, urtheilte später Mattheson: »Er setzte zu
der Zeit sehr lange, lange Arien, und schier unendliche Cantaten,
die doch nicht das rechte Geschicke oder den rechten Geschmack,

obwohl eine vollkommene Harmonie hatten; wurde aber bald, durch die hohe Schule der Oper, ganz anders zugestutzet«[40]. Einiger Einfluß der dramatischen Musik war der Kirchencantate allerdings nothwendig. — Die gläubige Seele folgt nun der trostverheißenden Aufforderung mit der zweiten Strophe des Chorals:

> O Jesu voller Gnad,
> Auf dein Gebot und Rath
> Kommt mein betrübt Gemüthe
> Zu deiner großen Güte.
> Laß du auf mein Gewissen
> Ein Gnadentröpflein fließen.

Und in erneutem, kräftigerem Zuspruche hebt der Bass in Es dur ein zweites Arioso an: »So wahr ich lebe, ich will nicht den Tod des Sünders, sondern daß er sich bekehre und lebe. Bittet, so werdet ihr nehmen, suchet, so werdet ihr finden, klopfet an, so wird euch aufgethan.« Nun folgt einer jener schönen langsamen Instrumentalsätze, deren wir schon mehre kennen lernten, und dann für Tenor eine Arie, d. h. ein vierstrophiges Lied mit Ritornell, was an den Schluß des vorhergehenden Bibelspruches anknüpft und Betrachtungen über die dort gegebenen Verheißungen anstellt. So geschah es auch in der ersten und zweiten Cantate, nur vier- und dreistimmig; es ist dies ein neuer Fingerzeig auf die spätere Kirchencantate und besonders die Bachschen Passionen hin, worin ja die Arie eben diese poetische Bedeutung hat. Den Schluß bilden die sechste und achte Strophe des Chorals »Herr Jesu Christ, du höchstes Gut«, die den Vorsatz äußern, sich dem Heiland gnadeflehend zu nähern, und um einen seligen Tod bitten. Die sechste Strophe singt wieder der Sopran allein mit vierstimmiger Begleitung von Geigen und Orgel, die letzte aber der Chor mit ausdrucksvoller melodischer Auszierung, eindringlicher, vernehmlich auf Bach deutender Harmonisirung und einzelnen periodischen Erweiterungen. In die Zeilenabschnitte fügen sich Zwischenspiele, unter denen ein zweimal wiederkehrendes auch noch für Buxtehudes Stil überraschend und unerhört erscheint:

---

40) Mattheson, Ehrenpforte, S. 93.

Der Amensatz ist kunstreicher als gewöhnlich, mit hübschen canonischen Führungen und reicherer selbständiger Betheiligung der Instrumente ausgestattet, so daß man wohl schließen darf, dem Componisten habe dieser *Dialogus* besonders am Herzen gelegen. Das zarte, tiefempfindende Gemüth, was sich darin ausspricht, verleiht ihm in der That eine hervorragende Bedeutung unter Buxtehudes Cantaten, obgleich die Stimmung zu wenig wechselt und es an belebenden Gegensätzen fehlt.

Die siebente Cantate ist über Martin Schallings schönen dreistrophigen Gesang gebaut: »Herzlich lieb hab ich dich, o Herr«, muß also im engsten Wortverstand eine Choralcantate heißen. Mit Anwendung dieser Form steht Buxtehude in seiner Zeit durchaus nicht allein, die Leipziger Cantoren Knüpfer und Schelle haben sie fleißig angebaut, und eine gleiche Arbeit Pachelbels erwähnten wir schon. Aber im Einzelnen und in der darin sich äußernden Stimmung ist es doch eine ganz eigenthümliche Composition. Die erste Strophe ist wieder dem Vortrage des Soprans anvertraut und wird von einer selbständigen fünfstimmigen Begleitung getragen und zum Theil überbaut. Thematisch ist diese auch hier nicht, daher unruhig und nicht grade tief; es hat aber, wie gesagt, die Uebertragung des Chorals auf die Menschenstimme die vortheilhafte Folge, daß dieser nun entschieden als Hauptsache sich geltend macht und dem Tonsatze Einheit giebt. Der sinnliche Eindruck ist bestrickend, besonders wenn die beiden Geigen sich hoch hinaufschwingen und die Melodie von allen Seiten ein Klangmeer umfluthet, der poetische Ausdruck ein ganz persönlicher durch die schwärmerische, aus Weichliche streifende Harmonik und durch das äußerliche Mittel der Tempoveränderung, so daß der Ausruf: »Herr Jesu Christ!« in der vorletzten Zeile einen beinahe sinnlichverlangenden Eindruck macht. Dagegen

haben die zerstreuten harmonischen Lagen Buxtehudes wieder etwas
ätherisches, man meint oft in ein Gespinnst von Silberfäden zu sehen.
Von der zweiten Strophe an beginnt die motettenartige Durcharbeitung
der Melodie. Wir dürfen darin keine einfache Nachahmung von
Buxtehudes ähnlich angelegten Orgelchorälen sehen, da vielmehr
dieselben ihrerseits Nachahmung des Motettenstils waren. Aber einzelne dort ausgebildete Züge finden wir in Menge wieder, besonders
die Verknüpfung des Choralthemas mit selbständigen Gegengedan-
ken, und die ununterbrochen einander folgenden verschiedenartigen
Combinationen der Themen. Masseneinsätze (Tuttis, könnte man
sagen) wechseln mit den polyphonen Verarbeitungen ab und bringen
es zu schönen breiten Wirkungen. Den Ausdruck mehr zu versinnlichen wird oft zum Taktwechsel und gar zu einer Art instrumentaler
Tonmalerei gegriffen, die ins Gebiet des Oratoriums hineinreicht.
Merkwürdig ist schon eine Stelle in der zweiten Strophe: »auf daß ichs
trag geduldiglich«, wo durch acht gewichtig lastende, harmonisch
kaum bewegte Accorde das Tragen des Kreuzes illustrirt wird. Tiefer empfunden sind zwei Momente der dritten Strophe, zuerst der
Anfang:

Ach Herr, laß dein lieb Engelein
Am letzten End die Seele mein
In Abrahams Schooß tragen.

Schüchtern, aber inbrünstig beginnen zwei Singstimmen die Bitte,
der ganze Instrumentalchor schweigt; da lassen im sechsten Takte
die Geigen ein flüsterndes Beben, in wiederholten Achteln und bald
Sechzehnteln hören; still und verlassen gehen die Stimmen weiter,
wie in einsamer Sterbestunde, aber es umweht und umrauscht sie von
allen Seiten, es klingt in Wahrheit wie Flügelschlag himmlischer
Boten. Das Geigen-Tremolo, was jetzt längst die Bedeutung eines
besondern Effects verloren hat, war damals etwas neues; es ist aber
so geistvoll hier motivirt und ausgeführt, daß man sich auch heute
noch eines mystischen Schauers bei der Stelle nicht erwehren kann.
Weiterhin heißt es:

Den Leib in sein'm Schlafkämmerlein
Gar sanft ohn einig Qual und Pein
Ruhn bis zum jüngsten Tage.

Ueber der letzten Zeile erhebt sich folgendes Tonbild: der Singbass

vom tiefen Instrumentalbass gestützt, setzt auf dem Worte »ruhn«
im Dreizweiteltakt das e ein und hält es aus, einen Takt später folgen
ebenso zweiter Sopran und Alt mit $\frac{\overline{gis}}{e}$, im folgenden Takt endlich faßt
der Tenor die Quinte h dazu und läßt sie, als die übrigen verstum-
men, weitertönen wie in verhüllte Fernen hinaus. Dann wiederholt
sich die allmählige Accordbildung, aber von oben herab mit $\overline{h}$, $\overline{gis}$, $\overline{c}$,
e, und indem die Stimmen je um einen Takt vor einander aufhören,
verhallt der Accord träumerisch nach der Tiefe zu. Zu der ganzen
Stelle aber wiegen sich in den schattigen Lagen der kleinen und ein-
gestrichenen Octave mit Viertelnoten die Geigen schwach bewegt in
geheimnißvollem Lispeln.

Eine andre Behandlung ist in der elften Cantate dem Kirchenliede Johannes Francks »Jesu, meine Freude« geworden. Sie ist
nur für zwei Soprane, Bass, zwei Violinen, Fagott und Orgel gesetzt.
Nach einer Sonate wird die erste Strophe von den drei Singstimmen
mit zwei darübergebauten Geigen, also fünfstimmig vorgetragen; der
Gang der Choralmelodie, die sehr feinsinnig und gewählt harmonisirt
ist, wird vollständig beibehalten, und nur Zwischenspiele und ein
Schlußritornell sind zugefügt. Die zweite Strophe erhält der erste
Sopran allein, den nur die Orgel stüzt: er ergeht sich in Colorirung
der Melodie, bewahrt aber, wie es Buxtehude auch in seinen kleinen
Orgelchorälen zu thun pflegt, genau die Ausdehnung der Perioden.
Dagegen übernimmt die dritte Strophe der Bass allein, unter Betbei-
ligung der Instrumente. Das Streben nach möglichst individuellem
Ausdruck sprengt die Umschließung der Perioden, und erweitert
durch emphatische Declamation und ihr dienende motivische Fortsetzungen die einzelnen Melodiezeilen. Die Instrumente wiederholen
zuweilen das von der Stimme Vorgetragene. Es ist kaum möglich,
hier nicht auf das lebhafteste an Bach erinnert und überzeugt zu werden, daß er dieses Stück gekannt und es ihm bewußt oder unbewußt
im Sinne gelegen haben muß, als er seine köstliche Motette »Jesu,
meine Freude« schrieb. Ganz wie dort beginnt Buxtehude (auch
Takt und Tonart stimmen überein) mit den kampfestrotzigen, abgebrochenen Ausrufen: »Trotz! trotz! trotz dem alten Drachen!«[41]

---

41) Bach hat eine spätere Version componirt, die am Anfang und Ende der
Strophe einige schöne, kräftige Ausdrücke und Bilder ausmerzte.

ebenso rollen die Passagen zu den Worten »Tobe, Welt, und springe«,
und das »Stehen und Singen in sichrer Ruh« wird, obschon mit andern
Mitteln, doch auch malerisch genug dargestellt. Höchst charakteristisch sind die Zeilen ausgedrückt:

Erd und Abgrund muß verstummen,
Ob sie noch so brummen.

In den »Abgrund« tritt zweimal der Bass mit mächtigen Octaven
hinunter (e—E und d—D), und das »Brummen« wollen wir durch ein
Notenbeispiel veranschaulichen:

Eine Art von grimmiger Freudigkeit, die Bach wie Luther zuweilen
auszeichnet, lebt, wenngleich viel schwächer, auch in diesem Tonbilde. Sehen wir mehr auf die Gesammtanlage der Cantate, so bildet sie die Vorläuferin jener gewaltigen Bachschen Werke, in denen
er Kirchenlieder, wie »Christ lag in Todesbanden« mit Wahrung der
Originalmelodie durchcomponirte. Sie fallen freilich in die Zeit seiner höchsten Entwicklung; trotzdem möchte ich glauben, daß er
auch als Jüngling schon sich in dieser Gattung versuchte und vielleicht war die bereits erwähnte *Sinfonia* vor der ebengenannten Cantate von einem solchen Jugendwerke hergenommen. Wir erkannten
es an einem schlagenden Beispiele, und werden deren noch mehr an-
treffen, wie grade die Eindrücke seiner Jugendzeit lebendig in ihm

fortwirkten und plötzlich nach vielen Jahren in verklärter und durchgeistigter Gestalt wieder emportauchten. — Zur vierten Strophe werden alle drei Singstimmen verwendet, und die Instrumente treten abwechselnd dazu und dazwischen. Auch sie beginnt mit leidenschaftlichen Ausrufen: »Weg! weg! weg mit allen Schätzen«; ebenso contrapunctirte Bach in der Motette. Die fünfte Strophe ist dem zweiten Sopran zugetheilt, der im Sechsachteltakt die Melodie colorirt und ausweitet, die Orgel allein begleitet. In der sechsten Strophe endlich vereinigen sich alle und in reicher fünfstimmiger Harmonie schließt das interessante Werk. Noch zwei andre Cantaten der handschriftlichen Sammlung sind über Kirchenlieder gesetzt, die eine über Michael Pfefferkorns »Was frag ich nach der Welt«, die andre auf das Lied »Meine Seele, willst du ruhn« von Angelus Silesius. An ihre ursprünglichen Melodien aber hat sich Buxtehude nicht gebunden, sondern sie nur als benutzbare geistliche Dichtungen aufgefaßt und ganz frei mit seiner Musik ausgestattet, ein Verfahren, was Hammerschmidt und Schütz selbst bei alten Kernliedern nicht gescheut hatten.

Ein bemerkenswerthes Zeichen der Zeit ist, daß mehre Cantaten nur für eine Singstimme geschrieben sind. Zu ihnen gehört die Composition: »Herr, nun lässest du deinen Diener in Frieden fahren« u. s. w. Ihr erster Abschnitt, dem eine Symphonie vorhergeht, ist dadurch auffallend, daß er sich aus dem Arioso zu bestimmterer Form herauszuarbeiten sucht, und wenn er auch das steife Wesen der Ritornelle noch nicht ablegt, doch durch Wiederholung des melodischen Hauptgedankens gegen das Ende eine Abrundung anstrebt. Es ist derselbe Fall, wie in dem Tenor-Solo und der Sopran-Arie von Bachs Ostercantate. Auch der zweite Abschnitt ist formell bedeutungsvoll, da er eine ganz artige Fuge zwischen dem Tenor und den beiden Violinen entwickelt, in die jedoch der stützende Bass nicht mit hineingreift. Hier taucht der entschiedene Versuch auf, zu einem neuen Stile zu gelangen [42]. Ferner ist für eine Solostimme geschrieben die Cantate »Herr, wenn ich nur dich habe«; in ihr wird erst der Bibelspruch ariosoartig durchgeführt, dann folgt eine

---

[42] S. Anhang A. Nr. 14.

zweistrophige Arie, darauf ein instrumentales Zwischenstück, und
endlich ein langes »Amen«, dergestalt, daß die Singstimme jedesmal
eine mehrtaktige Coloratur über der ersten Wortsilbe anstimmt, auf
welche die Instrumente antworten, und so bis ans Ende. Auch die
17. Cantate: »Ich bin eine Blume zu Saron« ist merkwürdiger Weise
nur einer Bassstimme gegeben, obgleich die Worte — es ist der Anfang des zweiten Capitels vom Hohenliede — das Gespräch zweier
Liebenden enthalten [43].

Die noch übrigen Stücke bieten keine wesentlich neuen Formen
dar, welche wir aufzeigen müßten, so viel einzelne Schönheiten und
Feinsinnigkeiten auch noch in ihnen niedergelegt sind [44]. Besonders
zeichnet sich die Composition: »Ich habe Lust abzuscheiden« durch
große Weichheit und Innigkeit und durch einen sehr schönen, hin-
sterbenden Schluß aus, der eine Empfindung anregt, welche in Bachs
Cantate »Gottes Zeit ist die allerbeste Zeit« voll ausschwingen sollte.

IV.

Als das Jahr 1706 ins Land gekommen war, erinnerte sich Bach
allmählig, daß nicht Lübeck, sondern Arnstadt seine Heimath sei.
Vielleicht hätte es an ihm gelegen, sich in der alten Hansestadt eine
neue zu gründen, denn es ist kaum anzunehmen, daß man ihn nicht
gern zu Buxtehudes Nachfolger gemacht haben würde, wenn er sich
zur Heirath mit dessen ältester Tochter entschlösse. Welche Richtung dann sein Geist genommen haben würde, und ob er sich in der
Nähe der Hamburger Oper, in reichlichen Lebensverhältnissen und

---

[43] Nach Takt 32 ist übrigens in der Handschrift irgend ein Fehler; ich
vermuthe, daß der Schreiber nur den Abschluß der Singstimme (etwa gis e) im
folgenden Takte vergaß.

[44] Sie lauten nach ihren Anfängen: *»Lauda Sion salvatorem«*, für zwei
Soprane und Bass (die Instrumentalbegleitung gebe ich nicht weiter an); »Nichts
soll uns scheiden von der Liebe Gottes«, für Sopran, Alt und hohen Bass (*Bas-
setto*); »Ich halte es dafür«, für Sopran und Bass; »Also hat Gott die Welt geliebet«, für Sopran; *»Lauda, anima mea, Dominum«*, für Sopran; »Jesu, meine
Freud und Lust«, für Alt. — Die Sammlung sollte übrigens noch fortgesetzt
werden, denn auf *Fol.* 86 b. steht der durchstrichene Anfang einer Cantate in
G dur für Sopran: »Dies ist der Tag, den der Herr gemacht hat«.

von glänzenderen Kunstmitteln umgeben, seine volle Tiefe bewahrt hätte, steht dahin. Aber die vorgerückteren Jahre der Tochter werden ihn eben so sehr, wie Mattheson und Händel zurückgeschreckt haben, vielleicht war auch seine Neigung schon anderweitig gefesselt. So überließ er es einem andern und ältern Musiker, mit der Braut die Anwartschaft auf das Organistenamt zu St. Marien sich zu sichern: Johann Christian Schieferdecker, zuvor Cembalist im Hamburger Opernorchester, wurde Buxtehudes Nachfolger. Seine ihm mit der Stelle »begebene« oder »conservirte« Gattin, wie man es zu nennen pflegte, lebte aber nicht lange mehr, denn er nahm schon 1717 die dritte Frau und starb selber 1732. — Es mag in den ersten Tagen des Februar gewesen sein, daß Bach sich von dem greisen Meister verabschiedete, den er nicht wiedersehen sollte, da der Tod ihn am 9. Mai 1707 den Lebenden und der Kunst entzog. Auf der Rückwanderung kann er Lüneburg berührt und Böhm begrüßt, er kann auch zuvor in Hamburg einen Rasttag gemacht haben. Der 21. Februar fand ihn schon einige Tage wieder daheim in seiner thüringischen Einsamkeit.

Auf diesen Tag erhielt er vom Consistorium eine Vorladung. Man war in Amtsangelegenheiten keineswegs pedantisch, ja weniger exact, als wünschenswerth. Allein eine Urlaubsüberschreitung, die aus vier Wochen sechzehn machte, ging denn doch über das Maß der Nachsicht hinaus. Dazu kam, daß die geistliche Behörde mit Bachs Dienstleistungen keineswegs zufrieden war und Grund dazu hatte. Denn so gerechtfertigt wir es jetzt finden, daß Bach die freie Kunst seines Orgelspiels als Hauptsache und ihre Anwendung auf den Gottesdienst als Nebensache ansah, so wenig konnte seinen kirchlichen Vorgesetzten zugemuthet werden, einer noch ungeklärten Genialität zu Gefallen alle Rücksichten gegen die Gemeinde außer Acht zu setzen. Bach ließ seiner üppigen, in unzähligen Keimen aufsprossenden Productionskraft auch durch den Gemeindesang, vor dem er hätte in die zweite Linie zurücktreten müssen, keine Vorschriften machen. Er colorirte selbst während des Singens die Melodie in neuer, kühner und ausschweifender Weise, und gewiß haben ihn in dieser Unsitte, von der er sich später fast ganz freigemacht zu haben scheint, seine engen Beziehungen zu den nordländischen Orgelmeistern besonders bestärkt, obgleich sie allgemein verbreitet war [1]. Er wird auch, obgleich dies nicht wörtlich überliefert ist, seinem auf harmonische Vertiefung gerichteten Streben unbekümmert nachgegeben haben, und man weiß ja, wie sehr auch die bekannteste Melodie durch ungewöhnliche Harmonisirung ihr Gesicht verändern kann. Er hatte es so getrieben, daß die Gemeinde oft nicht wußte, was sie hörte, und in Verwirrung gerieth [2]. Wir besitzen noch ein interessantes Orgelstück frühester Zeit, was auf seine damalige Spielart ein helles Licht wirft. Dies ist der Choral »Wer nur den lieben Gott läßt walten« mit Vor-, Zwischen- und Nachspielen, bei dem man auf den ersten Blick die praktische Bestimmung für den Gottesdienst erkennt und der in den ersten Arnstädter Jahren geschrieben sein muß, da er viele Spuren von Böhms Manier trägt und das Pedal sehr wenig verwendet. Praeludirt wird neun Takte lang mit Sechzehntelfigurationen, die meist in der rechten Hand liegen und auf den Harmoniengang des Chorals hindeuten. Dann folgt dieser selbst dreistimmig mit stark verbrämter Melodie, deren vorletzte Zeile beispielsweise dieses Aussehen hat:

Die Zwischenspiele sind durchaus nicht regelmäßig zwischen jeder Zeile eingefügt, was doch nothwendig, wenn sie einmal gemacht werden; sie erscheinen zwischen der ersten und zweiten, zwischen der zweiten und dritten nicht, wiederum zwischen der dritten und vierten, dann in größerer Ausdehnung vor Beginn des Abgesanges,

----

1) Noch Adlung in der »Anleitung zur musikalischen Gelahrtheit« aus dem Jahre 1758 konnte dagegen eifern, »wenn einige Organisten zu der Zeit, da die Gemeinde mit singet, zu variiren pflegen, als wenn sie auf den Choral vorspielen wolten; da hört man 2stimmige Variationes und Diminutiones, da bald der Baß, bald die Oberstimme sich lustig machen, da zappelt man mit den Füssen, man colorirt, man bricht, man hackt, und was des Zeuges mehr, daß man nicht weiß, was es seyn soll. Ist wohl solches ein ächtes Mittel, die Gemeinde in der Ordnung zu halten? ich glaube vielmehr sie zu verwirren.« (S. 681 und 682.)

2) Man wird an eine Anekdote aus Beethovens Jugend erinnert, der in der Hofkirche zu Bonn einmal einen sehr musikkundigen Sänger durch seine kühnen Modulationen aus dem Concept brachte. Thayer, Beethovens Leben I, 161.

fehlen aber wieder vor der letzten. Es ist sehr wohl möglich, ja wahrscheinlich, daß Bach diejenigen Zeilen, die sich wie Vordersatz und Nachsatz zu einander verhalten, nicht trennen wollte: dies ist poetisch fein gedacht, aber ganz unpraktisch gegenüber der Gemeinde, die darin nur Willkürlichkeit sehen mußte[3]. Sodann war er auch im freien Spiel vor den einzelnen Gesängen über das billige Maß zu weit hinausgeschritten: als ihn aber der Superintendent Olearius ersucht hatte, sich etwas einzuschränken, hatte er sich nun so kurz gefaßt, daß die Absichtlichkeit allgemein auffiel. Ein Zug von leicht gereizter Empfindlichkeit und von Eigensinn tritt hier zum ersten und nicht zum letzten Male in seinem Charakter hervor; er war ein Familienerbtheil, und wenn wir ihn bei Ambrosius Bach nicht direct nachweisen konnten, so erinnert sich doch der Leser an die Eheangelegenheit seines gleichgearteten Bruders. Endlich hatte er sich auch mit seinem Sängerchore gänzlich verfeindet und folglich nicht im geringsten mehr um ihn bekümmert. Einmal war ihm der Chor zu schlecht und er zu sehr mit der eignen Ausbildung beschäftigt, als daß er Lust gehabt hätte, sich um die Fortschritte desselben zu bemühen; er übersah nur dabei, daß es in der Natur der Sache lag, wenn ihm nicht die besten Kräfte des Ortes zugewiesen wurden, da seine Anleitung ja nur eine Vorschule für den Hauptchor der Oberkirche bilden sollte; er übersah in seiner jugendlichen Hitze, daß er trotz seiner eminenten Gaben doch endlich seine Pflicht zu erfüllen hatte, und er übersah das ausgesprochene Wohlwollen, mit dem man ihn aufgenommen, und das große Vertrauen, was man in ihn gesetzt hatte. In der That ist selbst bei dem endlich nothwendig gewordenen Einschreiten das Consistorium doch von aller Engherzigkeit und Härte vollständig frei zu sprechen, und es hat sich auch nachher noch über Erwarten milde und geduldig erwiesen. Andrerseits war freilich auch für einen jungen, kaum zwanzigjährigen

---

[3] Den reinen Choralsatz hat Bach mit einigen Ausbesserungen und reichlicheren Verzierungen in das für seinen Sohn Friedemann 1720 angelegte Clavierbüchlein eingetragen, offenbar damit er daran die elegante Anwendung der Ornamente üben sollte. Für diesen Zweck paßt er auch besser, als zur Begleitung des Gemeindegesanges. Er steht veröffentlicht P. S. V, Cah. 5, Nr. 52; die erste Gestalt ebendaselbst als Variante zu Nr. 52.

Künstler das Auskommen mit den Schülern, die zum Theil nur wenig jünger sein konnten, als er, ziemlich schwierig. Die treffliche Zucht, welche der energische und wackre Rector Treiber anfänglich in der Schule herzustellen gewußt hatte, war geschwunden, seitdem Johann Gottfried Olearius zum Superintendenten und Schulinspector berufen war, dem die Interessen der Schule wenig am Herzen lagen. Nun wurde allmählig zuerst Treibers Autorität durch willkürliche, von seinen Feinden veranlaßte Eingriffe in seine Rechte untergraben, sein Einfluß geschwächt und gebrochen, dadurch der Unordnung im Schulwesen und endlich der gänzlichen Verwilderung das Thor geöffnet. In einer Eingabe des Stadtraths an das Consistorium vom 16. April 1706 wird über den unbändigen, freien und ungehorsamen Sinn der Schüler geklagt. »Vor ihren Lehrern«, heißt es dort, »haben sie keine Scheu, raufen sich in ihrer Gegenwart und begegnen ihnen in der anstößigsten Weise. Sie tragen den Degen nicht nur auf der Straße, sondern auch in der Schule, spielen unter dem Gottesdienste und während der Unterrichtsstunden Ball, und laufen wohl gar an ungeziemende Orte«[4]. Wenn aber reife und würdige Männer sich bei der zuchtlosen Jugend keinen Respect verschaffen konnten, wie sollte es einem unerfahrenen, reizbaren Jünglinge gelingen?

Das Protokoll des vom gräflichen Consistorium mit und über Bach angestellten Verhöres gehört zu den interessantesten Documenten seines Lebensganges. Es möge daher genau in der Fassung folgen, in der es uns erhalten ist. Was etwa veraltete Ausdrucksweise und Orthographie dem Lesenden an Unbequemlichkeit verursacht, wird die Lebendigkeit der gewonnenen Anschauung wieder aufwiegen: denn in den äußern Formen spiegelt sich das Wesen der Zeit[5].

----

4) Uhlworm, Beiträge zur Geschichte des Gymnasiums zu Arnstadt. Dritter Theil. S. 7—9 (Programm des Gymnasiums zu Arnstadt vom Jahre 1861).

5) Das Protokoll wird als besonderes Actenheft auf dem fürstlichen Archive zu Sondershausen aufbewahrt und trägt die Aufschrift: »*Joh. Sebastian* Bachen, *Organisten* in der Neuen Kirche betr. wegen Langwierigen Verreißens vnd Unterlaßener Figural *music*. 706.« Ich habe nur die zum Verständniß nothwendigen Auflösungen der Abbreviaturen vorgenommen, und wenige Male die Interpunction geändert.

»*Actum* d. 21. *Febr.* 706.

Wird der *Organ*ist in der Neuen Kirche Bach vernommen, wo er unlängst so lange geweßen, vnd bey wem er deßen verlaub genommen?

Ille

Er sey Zu Lübeck geweßen vmb daselbst ein vnd anderes in seiner Kunst Zu begreiffen, habe aber zu vorher von dem Herrn *Superintend* Verlaubnüß gebethen.

Dominus Superintendens

Er habe nur auf 4 wochen solche gebethen, sey aber wohl 4 mahl so lange außen blieben.

Ille

Hoffe das orgelschlagen würde unterdeß von deme, welchen er hierzu bestellet [6], dergestalt seyn versehen worden, daß deßwegen keine Klage geführet werden könne.

Nos

Halthen Ihm vor daß er bißher in dem *Choral* viele wunderliche *variationes* gemachet, viele frembde Thöne mit eingemischet, daß die Gemeinde drüber *confund*iret worden. Er habe ins Künfftige wann er ja einen *tonum peregrinum* [7] mit einbringen wolle, selbigen auch außzuhalten, vnd nicht zu geschwinde auf etwas andreš zu fallen, oder wie er bißher im brauch gehabt, gar einen *tonum contrarium* [8] zu spiehlen. Nechstdeme sey gar befrembdlich, daß [9] bißher gar nichts *musi*ciret worden, deßen Ursach er geweßen, weile mit den Schühlern er sich nicht *comport*iren wolle, Dahero er sich zu erclähren, Ob er sowohl *Figural* alß *Choral* mit den Schühlern spiehlen wolle. Dann man ihm keinen Capellmeister halthen könne. Da ers nicht thuen wolte, solle ers nur *categorice* von sich sagen, damit andere gestalt gemachet vnd iemand Der dießes thäte, bestellet werden könne.

---

6) Vermuthlich war es sein Vetter Ernst Bach.

7) Kann dem Zusammenhange nach nur einen melodiefremden Ton bezeichnen.

8) Einen Ton, der eine andre Harmonie voraussetzt.

9) Hier folgt im Original das Wörtchen »er« — ein Flüchtigkeitsversehen des Protokollführers.

Ille

Würde man ihm einen rechtschaffenen *Director* schaffen, wolte er
schon spiehlen.

Resolvitur

Soll binnen 8 tagen sich erclähren.

Eodem. Erscheint der Schühler Rambach [10]) vnd wird Ihm gleich-
falß vorhalt gethan wegen der *désordres*, so bißher in der Neuen
Kirche Zwischen denen Schühlern vnd dem *Orga*nisten *pass*iret.

Ille

Der *Org*anist Bach habe bißhero etwas gar zu lang gespiehlet, nachdem ihm aber vom Herrn *Superintendent* derwegen anzeige be-
schehen, währe er gleich auf das andere *extremum* gefallen, vnd
hätte es zu kurtz gemachet.

Nos

Verweißen ihm daß er letztverwichenen Sontags unter der Predigt
im Weinkeller gangen.

Ille

Sey ihm leid sollte nicht mehr geschehen, vnd hätten ihm bereits die
Herrn Geistlichen derwegen hart angesehen. Der *Orga*nist hätte
sich über ihn wegen des Dirigirens nicht zu beschwehren, indeme
nicht Er sondern der Junge Schmidt es verrichtet [11]).

Nos

Er müße sich künfftig gantz anders vnd beßer alß bißher er gethan,
anstellen, sonst würde das guthe, so man ihm Zugedacht wieder eingezogen werden. Hätte er gegen den *Orga*nisten etwas Zu errinnern,
solle ers gehörigen orths anbringen, vnd sich nicht selbst recht

---

10) Name des Chorpräfecten. »*Johann Andreas* Rambachen wegen *Choral-*
singens in der N. Kirche von *Mich.* 1705. biß *Trinitatis* 1706. 9. Monathe: 7 fl.
10 ggr. 6 pf.« (Gotteskasten-Rechnungen im Raths-Archive zu Arnstadt,
pag. 63). Sein Nachfolger wurde von der zweiten Hälfte des Jahres an Johann
Chr. Rambach (ebendaselbst pag. 64).

11) Vielleicht Andreas Gottlieb Schmidt, der sich 1728, da nach Börners
Tode Ernst Bach an die Oberkirche kam, um den Organistendienst an der Neuen
Kirche bewarb, nachher aber zurücktrat, weil er schon »geraume Zeit außer dem
Exercitio« sei, und so geschwinde wohl nicht wieder würde in Uebung kommen
können. Er war damals Registrator (*Acta*, die Bestallung der Organisten zu
Arnstadt betr. föl. 132).

Geben, sondern sich dergestalt bezeigen, daß man mit ihm zufrieden seyn könne, welches er versprach. Ist auch hierauf dem Cantzley Diener anbefohlen, dem *Rectori* zu sagen, daß er Rambach 4 Tage nach einander 2 Stunden ins *Carcer* gehen laßen solle.«

Obgleich das Consistorium in seinen Forderungen an Bach nach dem Protokolle mit sehr nachdrücklichen Worten auftrat, so blieb doch das Verfahren nachsichtig und zuwartend. Im Orgelspiel mag sich der Künstler den geäußerten Wünschen mehr anbequemt haben, und wegen der Differenzen mit dem Schülerchore war man unparteiisch genug, anzuerkennen, daß die Schuld auf beiden Seiten lag: man dachte an eine Aenderung des Verhältnisses. So ließ man die von Bach binnen acht Tagen geforderte Erklärung einstweilen ausstehen, und hoffte, er werde sich im Verlaufe von selbst mit dem Chore wieder zusammen finden. Dazu war freilich in Wirklichkeit wenig Aussicht vorhanden, zumal Bach, gehoben und erfüllt durch das in Lübeck genossene Kunstleben, jetzt mehr noch als zuvor mit sich selbst beschäftigt gewesen sein wird, und sicher die ihm zugemutheten Plackereien mit den sittlich wie musikalisch rohen Schülern ganz unleidlich fand.

Die Einwirkung von Buxtehudes Musik läßt sich an einigen formalen Erscheinungen durch Bachs ganzes Leben verfolgen; ideal ging sie bald in dem gewaltigen Strome eigner Originalität unter, weil des älteren Meisters musikalisches Empfinden beschränkter und demjenigen Bachs nahe verwandt war. Die Compositionen also, welche in der ganzen Anlage oder in der besondern Empfindungsweise eine offenbare Anlehnung an Buxtehude zeigen, werden wir ein Recht haben sämmtlich für Werke aus Bachs frühester Zeit zu halten, die größtentheils bald nach seiner Rückkehr aus Lübeck, theilweise vielleicht auch schon vor seiner Wanderung dorthin geschrieben wurden [12]. Denn ganz unbekannt konnte er schon vorher mit Buxtehudes Kunst nicht gewesen sein, was hätte ihn sonst in seine unmittelbare Nähe treiben sollen? er muß vielmehr aus seiner Lüneburger Zeit und durch Böhm gewußt haben, welcher Werth den Leistungen desselben inne wohne.

---

12) Mizler, a. a. O., S. 162: »In der Orgelkunst nahm er sich [in Arnstadt nämlich] Bruhnsens, Reinkens, Buxtehudens Werke zu Mustern.«

Vocalcompositionen, welche denen Buxtehudes direct nachgebildet wären. vermag ich nicht aufzuweisen. Die Cantaten der
nächsten Jahre bewegen sich freilich in der beschriebenen ältern
Form, sind aber in hohem Grade von eignen Gedanken erfüllt.
Trotzdem ist der Eindruck, den er auch von dieser Seite erhielt,
sicherlich ein bedeutender gewesen, und Andeutungen darüber, wie
er in spätern Werken einige Male unvermuthet zu Tage tritt, wurden schon gemacht. Daß besonders die Abendmusiken ihn tief angeregt haben, ist nicht minder glaubhaft. Wer die holden und erhabenen Ahnungen der Adventszeit und die glanzerfüllte, reine
Freude der Weihnachtstage in so gesättigter Weise zum musikalischen Ausdruck bringen kann, wie es Bach in seiner Advents-
Cantate von 1714 und in seinem Weihnachtsoratorium gethan, dem
mußte die ganze Poesie jener von Lichterschimmer und musikalischem Glanze strahlenden Aufführungen in der winterlichen Kirche
sich voll erschließen. Von Instrumentalwerken läßt sich eine Reihe
namhaft machen, in denen der enge Anschluß unverkennbar ist.
Schon die früher besprochene Fuge in C moll verräth ihn, besonders
in der Form des vorangeschickten Praeludiums, vom Anfang bis ans
Ende aber ein Praeludium mit Fuge aus A moll und zwar in einigermaßen unreifer Weise [13]. Die Composition hat den Anschein, als
sei sie nur erst eine Nachahmung, keine aus innerer Verarbeitung
fremder Elemente entsprossene Neugestaltung, als sei sie geschrieben, ehe dem Componisten Buxtehudes Weise ganz verständlich und
lebendig geworden war, zuversichtlich also vor 1706, aber, der Pedaltechnik wegen, doch jedenfalls in Arnstadt. Sie besteht aus
einem kurzen Praeludium, zwei durch einen Zwischensatz getrennten
Fugen, und einem Nachspiel, was die Gänge des Vorspiels erwei-
ternd wiederholt. Die zweite Fuge entwickelt sich aber nicht aus
der ersten, beide haben selbständige Themen; was also den Organismus der nordländischen Fugenform eigentlich bedingt, ist außer
Acht gelassen, die Composition fällt in zwei Theile auseinander, und
wird durch das wiederkehrende Vorspiel nur äußerlich zusammengeschlossen. Ganz auffällig ist das erste Thema den Mustern der
nördlichen Meister nachgeahmt: mechanisch bewegt und melodisch

---

13) **P. S. V, C. 3, Nr. 9.**

ausdruckslos dreht es sich im engsten Kreise umher, und keine reiche Entwicklung entschädigt, wie es dort zu sein pflegt, für die Unbedeutendheit. Es steigt in vier Einsätzen ununterbrochen und ohne Rücksicht auf eine bestimmte Stimmenzahl abwärts, wiederholt unten angekommen dieses Manöver noch einmal, schließt in C dur und ist fertig. Das zweite Thema hat eigenthümlicheren Wuchs, lehnt sich aber dadurch an Buxtehudes Manier, daß es sofort ein Gegenthema mitbringt, von dem es sich im ganzen Verlaufe im einfachen und doppelten Contrapuncte begleiten läßt, was leicht zu einer auch hier nicht vermiedenen Monotonie führt. Aus einem Anhängsel des Themas, welches zuerst im 52. Takte erscheint, entwickelt sich später ein selbständiges freifigurirtes Spiel, das im Einzelnen wie Ganzen wiederum sehr an Buxtehude mahnt, und den Fugensatz abschließt, so daß der Hauptgedanke nicht weiter gehört wird. Dieses Herausspinnen eines neuen Motivs ist recht geschickt und unmerklich gemacht. Einzelzüge, aus denen die wirkliche Nachahmung oft noch klarer erkennbar ist, als aus der Gesammtform, ließen sich zu diesem Zweck in Menge anführen; so die Art der Figuration, z. B. der Doppeltriller im sechsten Takt vom Ende, die Soloeinsätze des Pedals, das dreimal wiederholte Achtel in dem neugebildeten Motive, die zweimal recht absichtlich herbeigeführten Querstände in den breiten Harmonienfolgen des Zwischensatzes, das lange Verweilen auf der Unterdominante vor dem Schluß, der mit der großen Terz ausklingt. Auch fehlen Härten und Ungelenkigkeiten nicht, besonders störend werden wir Takt 15 und 24 in der Hoffnung, auf dem dritten Viertel nach C dur zu gelangen, getäuscht, und Takt 51 klingt das plötzliche Abschneiden der Oberstimmen durchaus nicht angenehm. Ungleich gereifter und von warmer innerer Betheiligung zeugend ist eine *Fantasia* in G dur [14], so genannt, weil sie weder eine geordnete Fuge als Kern enthält, noch die Mannigfaltigkeit und den wechselnden Stil der Toccate bietet. Obwohl sie aus drei ausgeführten Sätzen besteht, herrscht doch eine vollständige thematische Einheit, grade wie sie Buxtehude liebte

---

14) Unveröffentlicht; erhalten auf der königl. Bibliothek zu Berlin in einer alten Handschrift (Sammelband. sign. 287) aus dem Nachlasse des Organisten Westphal zu Hamburg, welcher 1830 zur Versteigerung kam. Vollständiger Titel daselbst: *FANTASIA. clamat in G ♯ di* Johann Sebastian Bach.

und vorzugsweise ausbildete. Noch mehr, man kann seine große
Composition in G moll, welche in die Ciacone ausläuft, oder andere
Werke gleicher Art, gradezu als Vorbilder der Bachschen Fantasie
bezeichnen. Als erstes Thema dient das schon früher erwähnte
Kuhnausche:

und auch die Contrapunctirung ist der jener Fuge aus dem ersten
Theil der Clavierübung sehr ähnlich. Späterhin erscheint es in der
Umkehrung, erweist sich wenig umgebildet als Keim des zweiten
Satzes (*Adagio* E moll), nämlich:

woraus endlich für den dritten Satz (*Allegro* G dur) sich das Ciacona-
Thema entwickelt:

Diese durch und durch Buxtehudesche Form, die in keinem späteren
Werke Bachs wiederkehrt, läßt über die Entstehungszeit der Composition kaum einen Zweifel aufkommen. Auch das Merkmal des regel-
losen Pedalgebrauches trifft zu, und der zwischen Orgel- und Claviermäßigem unbestimmt schwankende Charakter, endlich der mehr auf
der Oberfläche spielende, selten aus der Tiefe kommende Ausdruck.
Die thematische Behandlung des ersten Satzes ist alterthümlich und
frei: die Beantwortung erfolgt erst dreimal in der Octave, dann
erscheint das Thema viermal auf der Dominante, dann wieder viele
Male auf der Tonika, später zweimal in Moll. Im letzten Satze liegt
der Grundgedanke bald unten, bald in der Mitte, bald oben, verändert auch seine Stellung innerhalb der Tonleiter. Wie er von schön
imitirenden Sechzehntelgängen allseitig umwoben wird, und dabei
plastisch groß hervortritt, wo er nur erscheint, das ist ganz vortrefflich ausgeführt und zeigt, wie der Tonsetzer sich des innern
Wesens seines Vorbildes nunmehr bemächtigt hatte. Wie dort, wo
er sich an Böhm, an Kuhnau anschloß, so zeigt er auch hier, daß

sein universales Talent die verschiedenen Richtungen seiner Zeit völlig zu verarbeiten die Kraft hatte; dadurch stellte er sich die breite Grundlage her, auf der die eigne Production sicher und thurmhoch sich erheben sollte. Falsche, überfrühe Originalität zu zeigen, fiel ihm nicht ein, aber doch gab er auch jetzt schon immer etwas eignes dazu.

Langsam auf- und absteigende Tonleitergänge in den Bass zu legen und sie mit möglichstem Glanze zu contrapunctiren, wie es hier geschehen ist, war auch Bruhns und Buxtehude als dankbare Orgelaufgabe erschienen. Bach hat in weitgreifender Weise dieses Motiv für ein großes Orgelstück zur Anwendung gebracht, welches ebenfalls den Titel *Fantasia* führt und derselben Tonart sich bedient[15]. Doch würde das nicht entscheidend sein für eine Besprechung an dieser Stelle, wenn nicht die Harmonik der Fantasie und die aus ihr zu Tage tretende Empfindungsart in einem solchen Maße die Buxtehudesche wäre, wie in keinem Bachschen Werke jemals wieder. Wenn irgend etwas, so legt sie ein Zeugniß dafür ab, wie ganz zeitweilig Bach von Buxtehudes Eigenart erfüllt gewesen sein muß. Sie macht den Eindruck, als ob er entschlossen gewesen sei, sich in den berauschenden Klängen, welche ihm von dorther genaht waren, einmal ganz auszuschwelgen. Unersättlich werden jene doppelten Vorhalte, Nonenaccorde, verminderten Intervalle, weitgespannten Harmonielagen, enthusiastisch sich aufschwingenden und einander überbietenden Melodiegänge wiederholt — ein entzücktes Genießen im Klangmeer, was nicht zurückdenkt und nicht fragt, welches das Ende sein wird! So ist denn auch das lange *Grave* hindurch die volle Fünfstimmigkeit fast immer beibehalten, nur im 102. Takte setzt das Pedal für wenige Zeit aus. Gegen das Ende hin und zumal von dem genannten Takte an tritt auch das Tonleitermotiv erst mächtig und langathmig hervor, mehr und mehr steigert sich nun der Ausdruck zu einer unbeschreiblichen Intensität und Gluth, welche weit, weit über das Leistungsvermögen der Orgel sich hinausschwingt: das Pedal steigt langsam und unwiderstehlich vom D durch zwei Octaven in ganzen Noten aufwärts, dann liegt es im gewaltigen Orgelpunkte lange wieder auf dem Ausgangstone, die

---

15) P. S. V, C. 4, Nr. 11.

linke Hand übernimmt das Motiv in Terzen, und darüber schwingen sich die Contrapuncte weiter und weiter auf, bis auf dem verminderten Septimenaccorde abgebrochen wird und wie aus einer Regenwolke unter Sonnenschein, in Zweiunddreißigstel-Sextolen voll kühner Wechselnoten, tausende von glitzernden Ton-Tropfen niederrauschen.

Wiederum innerlich wie äußerlich seinem Vorbilde nachgeschaffen ist eine Fuge im Zwölfachteltakt und gleichfalls in G dur [16]. Wer den Schlußsatz der ersten großen E moll-Fuge und die C dur-Fuge Buxtehudes mit ihr vergleicht, wird im Einzelnen wie im Ganzen dies Urtheil auf den ersten Blick bestätigen. Manche Züge stimmen auf das genaueste überein: die mit besonderer Pedalberücksichtigung erfundenen Figurationen des Themas, die leicht ausführbar sind und brillant klingen, die wiederholte Begleitung desselben in kurzen jambisch gemessenen Accordschlägen und mehres andre. Nur beseelt ein kühnerer Schwung, ein tieferes Athmen das meisterlich gestaltete Stück, welches sonst ebensowohl Buxtehude gemacht haben könnte. Weiter ist hier ein Praeludium mit Fuge aus Es dur zu erwähnen [17]. Mehre Male schon wurde der Name und die Kunst J. Jakob Frobergers aus Halle genannt, der in der Mitte des 17. Jahrhunderts zu den hervorragendsten Clavier- und Orgelmeistern in Deutschland gehörte. Er hatte obgleich Mitteldeutscher sich doch vorwiegend der südländischen, damals durch Frescobaldi zu Rom in hoher Blüthe stehenden Orgelkunst hingegeben. Doch waren seine Leistungen durch ganz Deutschland anerkannt und geschätzt, am wenigsten wohl in der eignen Heimath, da er dem Choral seinem Bildungsgange gemäß fern blieb, viel mehr im Norden. Daß seine Toccaten zur Ausbildung der nordländischen mehrtheiligen Fugenform beigetragen haben, wurde schon bemerkt. Froberger steht rücksichtlich der freien Orgelcomposition zwischen Süd- und Nordländern seiner Zeit ungefähr in der Mitte. Es wird erzählt, daß in dem Buche des ältern Bruders, das Bach sich in Ohrdruf heimlich

---

16) Handschriftlich aus dem Nachlasse des früheren dessauischen Musikdirectors F. W. Rust; jetzt im Besitz von Herrn Dr. W. Rust in Berlin.

17) Aus dem Nachlasse des Bruders von F. W. Rust, der seiner Zeit in Bernburg lebte; jetzt ebenfalls Eigenthum von Herrn Dr. Rust in Berlin. Die Handschrift trägt die Datirung: »Bernburg, 1757«.

abschrieb, auch Stücke von Froberger gestanden haben, so daß er dieses Künstlers Bekanntschaft schon als Knabe gemacht hätte [18]). Die Nordländer, von welchen er später lernte, hatten Froberger freilich längst überholt, aber sie wiesen doch auf ihn hin und hinderten das Vergnügen nicht, was Bach, durch früheste Eindrücke bestimmt, an dessen Werken fand. Daß dies wirklich der Fall gewesen, wird durch Adlung, einen persönlichen Bekannten Bachs, bezeugt, wenn er sagt: »Frobergern hat der selige Leipziger Bach jederzeit hoch gehalten, obschon er etwas alt« [19]). Doch liegt es in der Natur der Sache, daß von einer bedeutenden lebendigen Einwirkung desselben auf sein eignes Schaffen kaum die Rede sein kann, und er die hauptsächlichsten Elemente Frobergerschen Geistes durch die ihm jedenfalls näher stehenden Nordländer empfing. In der That ist das einzige Werk, wo neben oder unter Buxtehudes Manier auch diejenige Frobergers hervortritt, die genannte Fuge mit Praeludium. Dieser liebt es, am Anfang und Schluß seiner Toccaten bald über bald unter liegenden Accorden eine Art von Passagenwerk zu entfalten, welches die Noten verschiedener Werthe regellos durch einander mischt, und an diesem unruhigen Charakter sogleich erkennbar wird. Aus einem solchen Keime wuchs Buxtehudes Praeludium auf, der aber schönes Gleichmaß, Ordnung und Entwicklung in das Gangwerk brachte; auch seine geistvollen Nachspiele mögen mit den Schlußfigurationen der Frobergerschen Toccate zusammenhängen. Bachs Composition erinnert nicht nur durch die Art des Laufwerks (z. B. die zickzackartig absteigenden Sechzehntel-Gänge) und die massigen Mitklänge sehr an Froberger, sondern auch dadurch, daß die Fuge wieder in ein flüchtiges und innerlich mit ihr garnicht zusammenhängendes Figurenwesen von solcher Ausdehnung zurückkehrt, wie der Componist sie später nie mehr zugelassen hat. Andrerseits fließen doch auch wieder die Passagen ruhiger dahin und erhalten durch Imitationen mehr Zusammenhang, so wie es bei Buxtehude geschieht. Beider Einflüsse scheinen mir in der Fuge zurückzutreten: das Thema ist für den Lübecker Meister nicht beweglich genug, die Art

---

18) Mizler, S. 160.

19) Anleitung zur musik. Gelahrtheit, S. 711.

der contrapunctischen Erfindung nicht die seinige, für Froberger ist die Harmonie zu complicirt[20].

Zu den bedeutsamsten Werken dieser Periode gehört eine große viertheilige Orgelcomposition in C dur; es ist die motivisch erweiterte Fugenform Buxtehudes in vollentwickelten Wuchs[21]. Ließ die compositorische Technik schon bei der Mehrzahl der zuvor genannten Arbeiten kaum etwas vermissen, so ist hier auch die inhaltliche Selbständigkeit so groß, daß das Werk hart an der Gränze allseitiger Meisterschaft steht. Der in zwei Handschriften sich findende Zusatz: *concertato* zeigt, wie es auch als ein Probestück der Virtuosität angesehen wurde, und reicht es hierin noch nicht an Bachs spätere Schöpfungen heran, so erfordert es doch immer schon einen sehr hohen Grad von Finger- und Fußfertigkeit, und klingt mächtig und brillant. Vielleicht schrieb es Bach für sich, als er im Jahre 1707 sich außerhalb Arnstadts hören ließ. Es würde bedenklich sein, eine so frühe Entstehungszeit anzunehmen, läge nicht die Anlehnung um so klarer vor, als es der einzige Versuch Bachs in der motivisch erweiterten Fugenform ist, welchen wir nachweisen können. Späterhin hat er ausschließlich die einsätzige und mit allen Kräften nach Innen arbeitende Fuge cultivirt, welche seinem Wesen mehr zusagte; nur in der letzten Epoche seines Schaffens kam aus dem Tiefgange seiner musikalischen Natur die ältere Form noch einmal an die Oberfläche in jener urgewaltigen Es dur - Fuge des dritten Theils der »Clavierübung«. Aber auch das Thema in der ersten Gestalt ist deutlich erkennbar von nordländischen Mustern beeinflußt, vom Laufwerk des Praeludiums und Zwischensatzes zu schweigen. Hingegen regt in der eigentlichen Fugenarbeit ein neuer Geist vernehmlich seine Schwingen: diese schönfließende Belebtheit sämmtlicher Stimmen, deren kaum irgendwo eine bloße Lückenbüßerin ist, diese kühne freigeschwungene Art der Contrapuncte im ersten Fugensatze fliegen schon über Buxtehudes beschränkteres und äußerlicheres Wesen hinaus zu neuen Zielen hin. Merkwürdig ist der zweite Fugensatz. Das dreitheilige Zeitmaß behält er zwar bei, aber die Anmuth und Heiterkeit, welche es doch an seinem Theile herstellen helfen

---

20) S. Anhang A. Nr. 15.
21) P. S. V, C. 3, Nr. 7. — B.-G. XV, S. 276. S. Anhang A. Nr. 16.

sollte, findet sich nicht. Es ist, als ob ein solcher Schluß Bachs Natur, dem »ernsthaften Temperament«, was ihm der Nekrolog beilegt [22], zuwider gewesen sei; hier wenigstens hat er sich nur äußerlich einer Form gefügt, in deren Sinn einzugehen er keine Lust hatte, was wiederum die Composition in die Reihe der Entwicklungsarbeiten verweist, und uns ein neuer Wink ist, weshalb er von der Buxtehudeschen Fugenform so früh schon abging. Ganz im Gegensatze zu diesem Meister ist die Umbildung des Themas breit und gewichtig, die Durcharbeitung ebenso, fast feierlich, belebt sich später sehr schön durch Sechzehntel-Contrapunctirung, und schließt majestätisch in imposanter Accordfülle. Wo Buxtehude sich mit würdevoller Heiterkeit dem Hörer entgegenneigt, wendet Bach in heiligem Ernste das Antlitz nach oben. —

Doch wir haben uns zu erinnern, daß die Verwicklung zwischen unserm jungen Genie und seiner Behörde noch ihrer Lösung harrte. Bach selbst hielt dies nicht für nöthig, und aus den acht Tagen, binnen welcher er seine »kategorische« Erklärung abgeben sollte, waren inzwischen mehr als acht Monate geworden, ohne daß er den Wünschen des Consistoriums wegen des Schülerchors Gehör geschenkt hatte. Man begegnete aber auch dieser stillen Hartnäckigkeit mit neuer Milde, und begnügte sich vorläufig mit einer wiederholten Vorladung, deren kurzes Protokoll ebenfalls erhalten ist [23]:

»*Actum* d. 11. *Novemb*. 706.

Wird dem *Organisten* Bachen vorgestellet, daß er sich zu erclähren, ob wie ihm bereits anbefohlen er mit denen Schühlern *musiciren* wolle oder nicht; dann wann er Keine schande es achte bey der Kirchen zu seyn, vnd die Besoldung zu nehmen, müße er sich auch nicht schähmen mit den Schühlern so darzu bestellet so lange biß ein anders verordnet, zu *musiciren*. Dann es sey das absehen daß dieselben sich *exerc*iren sollen, umb dereinst Zur *music* sich beßer gebrauchen zu lassen.

Ille

Will sich derwegen schrifftlich erclähren.

---

22) Mizler, a. a. O., S. 170 und 171.

23) Im erwähnten Actenhefte fol. 3.

Nos

Stellen ihm hierauf ferner vor auß was macht er ohnlängst die frembde Jungfer auf das *Chor* biethen vnd *musici*ren laßen.

Ille

Habe *Magister Uthe* davon gesaget.«

Die in Aussicht gestellte schriftliche Erklärung wird erfolgt sein, denn das Consistorium konnte die Sache unmöglich in ihrer halben Erledigung lassen; wir besitzen sie leider nicht mehr. Bach wird darin die Gründe seines Benehmens aus einer Reihe von einzelnen Conflicten mit den Schülern, etwa wegen deren Unpünktlichkeit, Trägheit, insolentem Benehmen, dann aus ihrer Untauglichkeit zur Musik und vielleicht mit einem Hinblick auf sein eignes ideales Streben und seine Leistungen entwickelt haben. Soviel läßt sich vermuthen; daß aber trotzdem die Mißstände, welche ihm seine Stellung verbitterten, keine gründliche Abhülfe erfuhren, legt sein Lebensgang schon im nächstfolgenden Jahre klar. Er suchte seitdem von Arnstadt fort und in andre Verhältnisse zu kommen; wir werden gleich sehen, daß es nicht um pecuniären Vortheils willen geschah, wie er denn in dieser Beziehung ja ganz zufrieden sein konnte, es müssen also einzig innere Gründe gewesen sein, die ihn hinweg trieben. Ob sie durch das Angeführte erschöpft sind, steht dahin, zu andern Vermuthungen aber fehlt jede sichere Handhabe.

Das Protokoll erwähnt noch einer »fremden Jungfer«, mit welcher Bach in der Kirche musicirt habe; allerdings hatte er es nicht gethan, ohne seinem Pfarrer, dem Magister Uthe, vorher davon Anzeige zu machen [24]), allein es war doch unangenehm bemerkt worden. Wollte man daraus etwa schließen, die Sängerin habe sich während des Gottesdienstes hören lassen, so würde man gleichwohl im Irrthume sein. So lange die Form der älteren Kirchencantate beibehalten wurde — und diese war damals in Arnstadt wenigstens noch die herrschende — konnte die Versuchung, Frauenstimmen in der Kirchenmusik zu verwenden, garnicht entstehen; erst mit Einführung der neuern, durch den Operngesang wesentlich beeinflußten

---

24) *M.* Just. Christian Uthe (geb. 1680) war von 1704—1709 Prediger an der Neuen Kirche; s. Hesse, Verzeichniß schwarzburgischer Gelehrten und Künstler Nr. 333.- Rudolstadt, 1827.

Cantate wagte man hier und da dem Grundsatze des *taceat mulier
in ecclesia* zuwider zu handeln. Aber auch abgesehen hiervon würde
Bach auf eine solche Neuerung schwerlich gesonnen und Uthe sie
ganz sicher nicht zugelassen haben, so daß hier immer nur die Rede
von einem privaten Musiciren in der Kirche sein kann. Was es nun
für eine Sängerin gewesen sein mag, welche mit Bach zu ihrem bei-
derseitigen Vergnügen in der Neuen Kirche Musik machte, ist eine
Frage, die wir nicht ganz ohne Hoffnung einer Lösung aufwerfen.
Eine berufsmäßige Künstlerin könnte allenfalls auf Veranlassung
der Gräfin von der braunschweig-wolfenbüttelschen Oper herüber
gekommen sein. Aber es wäre bei Bachs Natur und musikalischer
Richtung ganz unerklärlich, was denn die Bekanntschaft beider herbeigeführt und bis zu der Vertraulichkeit privaten Musicirens gesteigert haben sollte, nicht zu gedenken des Umstandes, daß Opern-
sängerinnen dem ältern einfachen Kirchengesange sicherlich nur
naserümpfend gegenüber standen. Ein Ereigniß des nächsten Jahres
zeigt uns die Spur: Bachs Vermählung mit seiner Base, der jüngsten
Tochter Michael Bachs aus Gehren. Maria Barbara, so hieß die Erwählte, war am 20. October 1684 in Gehren geboren. Ihre Mutter,
bekanntlich die jüngere Tochter des einstmaligen Stadtschreibers
Wedemann zu Arnstadt, lebte noch daselbst bis zu ihrem am 19. Oct.
1704 erfolgten Tode. Es ist trotz der Zerstreutheit der Nachrichten
ziemlich klar, daß Maria, damals 20 Jahre alt, sich zu der unverhei-
ratheten Schwester ihrer Mutter, Regina Wedemann, nach Arnstadt
begab, wo Sebastian sie kennen lernte und liebgewann[25]. Einige
musikalische Befähigung setzt man für die Tochter eines hervorragenden und die Verlobte eines genial begabten Künstlers schon
voraus, und wenn sie es nun gewesen wäre, die in jenem gerügten
Falle die Sängerin in der Kirche vorstellte, so erschlösse sich uns
dadurch eine anmuthige Episode aus dem Liebesleben des jungen
Paares. Daß sie eine »fremde Jungfer« genannt wird, ist der Sach-

---

25) Die Hauptstütze dieser Vermuthung wird aus der Erzählung ihrer Verheirathung klar werden. Sodann fällt ins Gewicht, daß Maria Barbara in Arnstadt einige junge Freundinnen besaß, welche sie später zu ihren Kindern Philipp Emanuel und Gottfried Bernhard von Weimar aus zu Pathen bat; unter
ihnen war eine Tochter des Organisten Herthum.

lage völlig angemessen, da sie erst als erwachsenes Mädchen nach Arnstadt kam.

Die Art, in der sich Bach seinen eignen Hausstand gründen wollte, zeigt, wie ganz auch er von dem patriarchalischen Sinne erfüllt war, der sein Geschlecht auszeichnete und blühend gemacht hatte. Ohne in fernere Kreise hinüberzuschweifen, fand sein Blick in einer Verwandten, welche seinen Namen trug, die Persönlichkeit, von der er fühlte am sichersten verstanden zu werden. Will man es einen Zufall nennen, so ist es jedenfalls ein sehr bedeutungsvoller, daß Sebastian, in dem die Gaben seines Geschlechts zur höchsten Blüthe gediehen, zugleich auch der einzige unter den Stammesgenossen ist, der wieder eine Bach zur Gattin nahm. Wenn man die eheliche Vereinigung von Individuen aus blutsfremden Familien mit Recht als die Bedingung einer kräftigen Fortentwicklung in den Kindern ansieht, so deutet Bachs Wahl darauf hin, daß in ihm der Gipfel einer Entwicklung erreicht war, indem sein Instinct den natürlichen Weg, weitere Fortbildungen anzustreben, verschmähte und sich zum eignen Geschlechte zurückneigte. Seine zweite Ehe schloß er allerdings mit einer blutsfremden Persönlichkeit, daß aber die erste in gewisser Beziehung ihn in den naturgemäßeren Zustand gebracht hat, darf man vielleicht daraus schließen, daß die bedeutendsten seiner Söhne sämmtlich der ersten Ehe entsprossen sind. Sonst ist seine Verheirathung ein Zeichen, wie er nunmehr die Ausbildungsjahre für beendigt ansah. Als ausübender Künstler wie als Componist hatte er sich auf die Höhe der Zeit gearbeitet, und in der vollständig erworbenen Technik seiner Kunst sich die Form geschaffen, in welcher er von jetzt ab überwiegend Neuem und Eignem Gestalt gab. Natürlich geschah dies zu verschiedenen Zeiten in verschiedener und dem Fortgang seiner Jahre entsprechend in immer großartigerer, tieferer, unerhörterer Weise, und in gleichem Schritte vervollkommnete sich auch das äußere Können, so daß seine letzten Werke kaum mehr als gewisse Grundzüge mit den ersten gemeinsam haben. Zu streben und sich zu bilden hört ja der wahre Mensch niemals auf, ausgebildet hat er sich, wenn seine Kräfte zu eigner Thätigkeit voll erstarkt sind. Daß dies bei Bach der Fall war, zeigt deutlich auch seine Handschrift. Es haben sich freilich keine autographen Compositionen aus dieser Zeit finden lassen, dagegen existiren noch fünf Quittungen über empfangenen Gehalt: vom 16. Dec. 1705, vom 24. Febr., 26. Mai und 15. Sept. 1706 und vom 15. Juni 1707[26]. Die hier sich zeigende Schrift von reizender Klarheit, Eleganz und Sicherheit ist völlig dieselbe, welche uns in den fast unzähligen Werken seines langen Lebens so charaktervoll entgegen tritt. Um die Zeit der Matthäuspassion und der H moll-Messe ist sie wohl kühner, großartiger, aber so sehr sind die Züge sich im Grunde gleich geblieben, daß in sorgfältig und zierlich geschriebenen Partituren jener Zeit, wie der Cantaten »O ewiges Feuer« und »Weinen, Klagen«, fast kaum ein Unterschied von der Schrift des Zwanzig- und Einundzwanzigjährigen erkennbar ist. Die verbreitete Ansicht von Bachs langsamer Entwicklung derjenigen Händels gegenüber erweist sich bei nur annähernder Feststellung dessen, was er in seinen Zwanzigerjahren geschaffen hat, als ein Irrthum, und das Gegentheil würde der Wahrheit näher kommen. Bach war von den Umständen viel mehr begünstigt, als sein ebenbürtiger Zeitgenosse. Nicht nur daß ihn Geburt und alte Familientraditionen schon wie von selbst auf den rechten Weg wiesen, sein nächstes Ziel, die höchste Vervollkommnung der Orgelkunst, war auch auf viel einfachere Weise erreichbar: er leitete die Strebungen seiner bedeutendsten Vorgänger zusammen, überdachte den halbfertigen Dom und vollendete ihn durch himmelanstrebende Thürme. Die ungeahnten Bahnen, welche sein Riesengeist noch darüber hinaus eröffnete, kommen hier zunächst nicht in Frage. Händel mußte sich die Elemente seines Ideals viel mühsamer zusammen suchen, viel andauernder die einzelnen Bausteine seines Kunsttempels bearbeiten, und so sicher seinen Opern, seiner Kammermusik ein eminenter Kunstwerth innewohnt, so sind sie doch Bachs gleichzeitig geschaffenen Instrumentalwerken nicht beizuordnen. Uebereinstimmend mit diesem Verhältniß ist auch beider Stellung zu Mit- und Nachwelt: Bachs Ruhm gründet sich hauptsächlich auf die in seiner frühern und mittlern Lebenszeit geschaffenen Instrumentalstücke, derjenige Händels auf die in seinem mittleren und

---

26) Die vier ersten befinden sich auf dem Rathhause zu Arnstadt, die letzte bewahrt jetzt die Ministerialbibliothek zu Sondershausen. Die Quittung vom 16. Dec. 1705 ist natürlich vor- oder nachdatirt, da der Empfänger sich damals nicht in Arnstadt befand.

höheren Alter entstandenen Oratorien. Da Bach sich vorzugsweise
vertiefte, weniger ausbreitete, so fallen auch seine Lehr- und Wan-
derjahre zusammen, wenn von letzteren überhaupt viel die Rede sein
kann. Er trat mit 22 Jahren in die Meisterzeit, und nach echt deutscher Sitte gehört zum Meister eine Meisterin. Es gehören auch
Lehrlinge dazu, und vom Jahre 1707 an werden wir solche zu erwähnen haben.

Vorher jedoch sollte das Dienstverhältniß in Arnstadt gelöst
werden. Es wird erzählt, daß ihm um diese Zeit, also in den Jahren
1706 und 1707, verschiedene Organistenstellen kurz nach einander
angeboten seien [27]. Die Entscheidung brachte eine zu Ostern des
letztgenannten Jahres abgelegte Spielprobe in der Blasiuskirche zu
Mühlhausen.

---

27) Dies berichtet Forkel a. a. O. S. 6, und kann es schwerlich ganz erfunden haben.

Drittes Buch.

Erstes Jahrzehnt der Meisterschaft.

(1707—1717.)

I.

Der Organistendienst an der Kirche *Divi Blasii* in der freien
Reichsstadt Mühlhausen war durch mehre reich begabte Künstler,
welche ihn während der letzten anderthalbhundert Jahre versehen
hatten, zu einer besondern Berühmtheit gelangt. Von 1566 bis 1610
(den 24. Mai) wirkte an dieser Stelle Joachim Moller von Burck
(geb. 1541), der Freund Johann Eccards, ein Mann, auf dessen Anregung man zum großen Theil den lebendigen musikalischen Sinn
zurückzuführen hat, welcher Mühlhausen lange auszeichnete [1]. Am
Ende des Jahres 1654 trat Johann Rudolph Ahle ein (geb. 1625), ein
eben so tüchtiger Orgelspieler und Componist, wie praktischer Lenker
öffentlicher Angelegenheiten, da er Mitglied des Raths und selbst
Bürgermeister wurde. Er starb im besten Mannesalter am 8. Juli 1673;
schon vom Beginn des Jahres 1672 an hatte sein Sohn Johann Georg
an seiner Statt fungirt, der ihm auch folgte. Ebenfalls durch musi-
kalisches Talent ausgezeichnet, nahm er gleich dem Vater einen
Platz im städtischen Rathe ein, und erwarb sich sogar vom Kaiser
Leopold I. die Dichterkrone »wegen seiner Tugend und herrlichen
Geschicklichkeit, sonderlich aber seiner vortrefflichen Wissenschaft
in der edlen teutschen Poesie, wie auch seiner raren und anmuthigen
Art in der belobten Musik und deren netten Composition halber« [2].
Auch versuchten sich beide als musikalische Schriftsteller. Johann
Georg Ahle starb am 2. Dec. 1706 und wurde drei Tage darauf be-

---

1) Seine unberühmt gebliebenen nächsten Nachfolger waren: Johann
Heydenreich (Schwiegersohn Mollers) von 1610 bis 1633, Rudolph Radecker von
1633 bis 1634, Hermann Schmied von 1634 bis 1649, Johann Vockerodt von 1649
bis 1654. Diese und die folgenden Angaben über beide Ahles stützen sich in
ihren Abweichungen von der bisherigen Ueberlieferung auf die Kirchenrech-
nungsbücher zu *Divi Blasii*.

2) Gerber, N. L. I, Sp. 35.

graben unter hohen Ehren, wie sie dem Ansehen entsprachen, welches er genossen hatte [3].

Einen Ersatzmann fand man dieses Mal nicht sogleich; inzwischen wurde ein Schüler beauftragt, den Dienst, so gut es gehen wollte, zu leisten. An mehren Bewerbern um einen solchen Ehrenplatz fehlte es jedoch nicht; auch Bach muß ihn dafür angesehen haben, denn in einer Aeußerung des Vetters Johann Ernst, der sein Nachfolger in Arnstadt zu werden sich bemühte, klingt zuverlässig seine eigne Ansicht wieder. Dieser sagt in einem Gesuche, das er am 22. Juni 1707 an das Consistorium richtet, es werde demselben bekannt sein, daß seinem Vetter »die vacirende Organistenstelle bei der berühmten Kirche St. Blasii angetragen, und nach erhaltener Vocation auch von ihm willigst acceptirt worden«. Gleichwohl beeilte er sich nicht zu sehr, den Rath zu Mühlhausen mit seiner Person und Kunstfertigkeit bekannt zu machen. Der Orgelbauer Wender hatte den damals noch in Erfurt lebenden Johann Gottfried Walther veranlassen wollen, schon zum Sonntage Sexagesimae des Jahres 1707 zu einem Probespiel herüber zu kommen; dieser war jedoch aus Gründen nicht darauf eingegangen [4]. Dagegen hatten einige andre die öffentliche Probe abgelegt, die aber Bach, der sich erst zu Ostern einstellte, ohne Mühe aus dem Felde schlug: der Rath, als er einen Monat darauf, am 24. Mai, zur Sitzung sich versammelte, war gleich darüber im Klaren, und liess ihn auffordern, sich zum zweiten Male einzustellen, damit er wegen billiger Gehaltsforderungen »bearbeitet« werde [5]. Man fürchtete wohl, daß ein so großer Virtuose unerfüllbare Ansprüche machen würde. Allein es war Bach garnicht um pecuniäre Verbesserung zu thun, trotzdem er in kurzem für zwei zu sorgen hatte, und als er nach drei Wochen

---

3) »Herr Johann Georg Ahle begraben mit der gantzen Schule mit 2 Zeichen den 5. Dec.« (Sterbe-Register zu *Divi Blasii*. 1706). Die Beerdigung pflegte drei Tage nach dem Tode zu erfolgen, wie noch jetzt.

4) Nach seiner eignen Erzählung bei Mattheson, Ehrenpforte S. 388 und 389, wo er aber Ahle den Sohn mit Ahle dem Vater verwechselt. Von einer Berufung Walthers vor derjenigen Bachs, die er ausgeschlagen hätte, ist nie die Rede gewesen, vergl. Gerber, Lex. II, Sp. 764.

5) Da die Bach betreffenden Actenstücke in dem Buche Bitters sehr entstellt zum Abdruck gekommen sind, habe ich sie im Anhange B. V noch einmal vollständig mitgetheilt.

persönlich mit dem Rathe verhandelte, verlangte er nur so viel Gehalt, wie ihm in Arnstadt ausgesetzt gewesen war, und dazu was sein Vorgänger an Lieferungen erhalten hatte. Zwar überstieg die Besoldungssumme diejenige Ahles auch so schon fast um zwanzig Gülden, da diesem seit 1677 nur sechsundsechzig Gülden und vierzehn gute Groschen ausgeworfen waren [6]; sein Vater hatte noch weniger bezogen. Bachs Gehalt belief sich demnach auf 85 Gülden [7], 3 Malter Korn, 2 Klafter Holz und 6 Schock Reisig als Aequivalent für das früher mit der Stelle verbundene Ackerland. Die Lieferungen wurden ihm vor die Thür gebracht. Außerdem empfing er, wie alle städtisch Angestellten, nach Mühlhäuser Sitte ein jährl'ches Fischgeschenk von drei Pfunden. Ausdrücklich sprach er noch die Hoffnung aus, daß ihm »zu Ueberbringung seiner Mobilien werde mit Fuhrwerk assistiret werden«: dem Bräutigam lag natürlich die Aussteuer seines demnächstigen jungen Weibes besonders am Herzen. Das alles gewährte auch der Rath ohne Umstände um so eher, als er augenblicklich durch andre Sorgen sehr bedrängt war. Denn vierzehn Tage vorher hatte ein gewaltiger, nächtlicher Brand die Wohnungen der Blasius-Gemeinde, welcher Bach angehören sollte, zum großen Theil zerstört; das Feuer hatte so sehr in der Nähe der Kirche und Pfarrgebäude gewüthet, daß die Bibliothek seines Superintendenten Frohne in einen Keller geworfen war, wo sie mehre Wochen liegen blieb [8]; mehre Mitglieder des Kirchenvorstandes waren obdachlos geworden, und als der Rathsdiener am andern Tage ihnen das Protokoll zur Unterschrift brachte, fehlte es an Feder und Tinte; und sie ließen sagen, dass sie jetzt für Musik keine Gedanken übrig hätten und mit dem Beschlusse der andern zufrieden wären. Es waren die schönsten und reichsten Theile der Stadt, welche das Feuer verzehrt hatte [9], und der erste Eindruck, den Bach von seiner künftigen Umgebung erhielt, mußte ein wüster und trostloser sein. Daß

---

6) 70 Schock nach den Kirchenrechnungen. 1 Schock = 20 guten Groschen; 1 (meißenscher) Gülden = 21 guten Groschen.

7) In Arnstadt bekam er, genau genommen, nur 84 Gülden 6 ggr., da ihm sein Gehalt in verschiedenen Münzsorten ausgezahlt wurde.

8) Nach eigner Mittheilung Frohnes anläßlich der später zu erwähnenden Streitigkeiten.

9) So heißt es in dem auf dieses Unglück sich beziehenden Bußgebete.

er trotzdem fröhlichen Muthes war, zeigte sich, da es von Arnstadt Abschied zu nehmen galt. Grund genug war auch vorhanden: die Befreiung aus lästigen Dienstverhältnissen, die Gewinnung eines für seine Jugend doppelt ehrenvollen Postens, die nahe Aussicht auf einen eignen Hausstand.

Seine Bestallung datirte vom 15. Juni, also mit dem Quartal *Crucis* begann das neue Amt. Am 29. Juni erschien er auf dem Rathhause zu Arnstadt, meldete, was geschehen war, bedankte sich mit Höflichkeit für das erwiesene Vertrauen, bat um seine Entlassung und gab die Orgelschlüssel in die Hand des Rathes zurück [10]. Auf einen rückständigen Theil seiner Besoldung wartete er nicht. Es kam öfter vor, daß kein Geld in den Kassen war; dann blieb der Gehalt einfach aus, und die Betroffenen konnten sehen, wie sie fertig wurden. Diesesmal benutzte Sebastian sein Guthaben zu einer Unterstützung seines hülfsbedürftigen Vetters Ernst, der seit mehren Jahren in Arnstadt ohne Anstellung lebte. Vermuthlich hatte dieser ihn während der Lübecker Reise vertreten, war ihm auch vielleicht früher in Hamburg behülflich gewesen, als Sebastian von Lüneburg aus dorthin pilgerte, denn es läßt sich ungefähr berechnen, daß beide wenigstens einmal dort zusammengetroffen sein werden. Solche Dienste zu vergelten fand sich jetzt die erwünschte Gelegenheit, und nur scheinbar ist die Summe eine geringfügige, denn fünf Gülden sind bei einem Gesammteinkommen von noch nicht 85 Gülden ein Gegenstand von Bedeutung, zumal wenn eine Vermählung und ein Umzug vor der Thüre warten, fünf Gülden bildeten den achten Theil von **Ernst Bachs** später erlangter Jahresbesoldung [11]. Daß Sebastian sie glaubte entbehren zu können, zeigt, in welcher gehobenen Stim-

---

10) »*Actum* den 29. *Junij* 1707.

Erscheinet Herr Johann Sebastian Baach, bißheriger *Organ*ist zur newen Kirchen, Berichtet, daß er nach Mühlhausen Zum *Organ*isten beruffen worden, auch solche *Vocation* angenommen habe. Bedanckte sich demnach gegen den Rathe gehorsambst, Vor bißherige Bestallung, und bittet umb *Dimission*, Wolte hiermit die Schlüßel Zur *Org*el dem Rathe, Von deme er sie empfangen, wieder überliefert haben.

D. R. Z. A.«

(Arnstädter Rathsprotokolle.)

11) Daß es nur ein Quartal derjenigen Summe war, die Sebastian aus der Brauzins-Kasse bekam, läßt sich aus den Rechnungsbüchern und Quittungen

mung er sich befand, und wirft auch ein helles Licht auf seine einfache und haushälterische Lebensart.

Nun ging es frisch und mit jugendlicher Zuversicht hinein in die
neuen Verhältnisse. Nach drei Monaten war alles so weit geordnet,
daß er die Gattin ins eigne Haus einführen konnte, und hierzu kehrte
er jetzt noch einmal nach Arnstadt zurück. In Dornheim, einem drei
Viertelstunden davon entfernten Dörfchen, stand seit 1705 als Pfarrer
Johann Lorenz Stauber, der sich zum Bachschen Geschlechte in nahen
Beziehungen befand. Vermuthlich gehörte seine erste Gattin, Anna
Sophie Hoffmann, zu jener suhlschen Familie, aus welcher sich
Johann und Heinrich Bach ihre Ehefrauen holten. Als sie am 8. Juni
1707 gestorben war, vermählte er sich Jahrs darauf mit derselben
Regina Wedemann, bei welcher, wie wir muthmaßen durften, Bachs
Verlobte, Maria Barbara, sich aufhielt. Es erklärt sich nun, warum
er es war, der am 17. October 1707 die Trauung unseres jungen
Paares vollzog. Der Graf Anton Günther hatte dies ausdrücklich
gestattet, auch wurden ihnen die vorschriftsmäßigen Gebühren für
Arnstadt erlassen, und es erhellt aus diesem entgegenkommenden
und freundlichen Benehmen, daß man ohne Groll und Verstimmung
aus einander gegangen war. Die Notiz, welche Stauber darüber in
sein Pfarr-Register eintrug, verräth in ihrer Ausführlichkeit persönlichen Antheil genug. Sie lautet: »den 17. October 1707 ist der
Ehrenveste Herr Johann Sebastian Bach, ein lediger Gesell und Organist zu *S. Blasii* in Mühlhausen, des weyland Wohlehrenvesten
Herrn *Ambrosii* Bachen, berühmten Stadtorganisten und Musici in
Eisenach Seeligen, nachgelassener eheleiblicher Sohn, mit der Tugend-
samen Jungfrau Marien Barbaren Bachin, des weyland Wohlehrenvesten und Kunstberühmten Herrn Johann Michael Bachens, Organisten im Amt Gehren Seeligen, nachgelassenen Jungfrau jüngsten
Tochter, allhier in unserm Gotteshause, auf Gnädiger Herrschaft
Vergünstigung, nachdem sie zu Arnstadt aufgebothen worden, copulirt worden«[12]. Ein besonders willkommener Zufall erhöhte noch

---

des Arnstädter Rathsarchivs in Verbindung mit den amtlichen Angaben über
Johann Ernsts Besoldung mit Sicherheit nachweisen. Man entschuldigt es,
wenn ich in die Einzelheiten des weitläufigen Nachweises hier nicht eingehe.

12) Im arnstädtischen Eheregister steht: »*Anno* 1707, *Dom.* XV *p. Tr.*
Herr Johann Sebastian *Bach*, bei der Kaiserl. freien Reichsstadt *Mühlhausen*

das Glück: Tobias Lämmerhirt, ein älterer Bruder von Sebastians verstorbener Mutter und wohlhabender Erfurter Bürger, war im September dieses Jahres mit Tode abgegangen und hatte jedem seiner Geschwisterkinder 50 Gülden als Legat vermacht [13]. Am 18. September wurde sein Testament eröffnet, und da einer umgehenden Auszahlung der Legate nichts im Wege stand, so wird die Summe grade zur Hochzeit recht gekommen sein. Es konnte Sebastian nun dünken, als habe seine selige Mutter selbst den Segen zu dieser Verbindung gegeben, und froh und dankerfüllt zogen die Leutchen ihrer gemeinsamen Heimath zu.

Mühlhausen erfreute sich eines guten musikalischen Rufes; zu der Zeit jedoch, als Bach dahin kam, zehrte es größtentheils von einer Vergangenheit, in welcher es Joachim von Burck und Johann Eccard, Georg Neumark und Johann Rudolf Ahle die seinigen nennen durfte, und wo eine »musikalische Societät« die singenden und spielenden Kräfte von Stadt und Land in reicher Anzahl zu regelmäßigen Kunstübungen versammelte [14]. Schon Johann Georg Ahle bewegte sich auf einer Bahn, die, einseitig verfolgt, zuletzt im Sande verlaufen mußte. Freilich auch sein Vater hatte die geistliche Arie mit Vorliebe gepflegt, dieses aus subjectiver Frömmigkeit entsprungene mehr- oder einstimmige Strophenlied mit Instrumental-Ritornellen. Aber einmal wußte er hierin doch einen allgemeiner ergreifenden Ton anzuschlagen, so daß nicht wenige derselben sich auch für den Gemeindegesang tauglich erwiesen, sodann war er mit den größern und complicirteren Formen des geistlichen Concerts sehr wohl vertraut und hatte hierin Hammerschmidts bahnbrechende Richtung mit Glück weiter verfolgt. Eine dritte Seite seines Künstlerthums bilden

---

zu *St. Blasii* wohlbestellter Organist, so noch ledig, Weil. Hrn. Johann Ambrosius *Bach*, Fürstl. Sächs.-Eisenachschen Stadtmusikanten nachgelassener eheleibl. jüngster Sohn, und Jungfrau Maria Barbara, weil. Mstr. Johann Michael *Bachs*, Organisten in *Gehren*, nachgelassene ehel. jüngste Tochter. Sind zu *Dornheim* am 17. *October* copulirt. Die Accidentien wurden ihnen geschenkt.« (»Mstr.« = »Meister« bezieht sich vielleicht auf Michael Bachs Thätigkeit als Instrumentenbauer.)

13) *Acta* des Magistrats zu Erfurt. Stadt-Archiv, Abth. IV, Nr. 116.

14) Ueber diese »musikalische Societät« im 17. Jahrhundert habe ich nach archivalischen Quellen berichtet in den Monatsheften für Musikgeschichte II, S. 70—76 (Berlin, Trautwein. 1870).

bisher unbekannt gebliebene hervorragende Leistungen in der Orgelcomposition, denen seine Fertigkeit als Orgelspieler · entsprochen
haben wird [15]. In den Chorälen, die meistens motettenhaft behandelt
erscheinen, geht es freilich noch ziemlich planlos und willkürlich her,
wie es die damalige Kindheit dieses Kunstzweiges erwarten läßt.
Hin und wieder zeigen sich aber schon deutliche Ansätze der Pachelbelschen Form, und es ist belehrend und interessant zugleich, zu
beobachten, wie hier einem dunkel vorschwebenden Ideale nach-
geirrt wird, was, nachdem es einmal enthüllt war, so einfach
und selbstverständlich erscheint, wie jede echte Wahrheit. Auch
Ahles Fugen sind merkwürdige historische Denkmale. Die Form
der Quintenfuge ist bei ihnen noch nicht zum vollen Durchbruch gekommen: bisweilen beantwortet sich das Thema erst in der Octave
und darnach in der Quinte, welche letztere Lage dann wieder eine
Beantwortung in der Octave nach sich zieht; es kommt auch wohl
eine ganze Weile ausschließlich Octavenbeantwortung vor. Engführungen gleich am Anfange sind beliebt, die Tonart schwankt
zwischen alt und neu, die Pedalverwendung ist unregelmäßig und
setzt sehr geringe technische Fertigkeit voraus. In der Polyphonie
ist die Zweistimmigkeit vorherrschend, und es werden so geführte
Partien gern in höherer oder tieferer Versetzung wiederholt. Trotz
aller Unentwickeltheit sind diese Orgelcompositionen ein Zeugniß
von ernster und eindringender Beschäftigung mit dem Gegenstande
und tragen ein unverkennbar instrumentales Gepräge [16]. Johann
Georg Ahle besaß nicht die musikalische Vielseitigkeit Johann Ru-
dolfs, und hat sich, so viel wir wissen, nur auf die geistliche Arie
und das kleine Spielstück für mehre Instrumente beschränkt. Beides
vereinigte er gern zu kleinen Kunstganzen, indem er einer Arie Vor-
und Nachspiel anheftete, häufig darin die Arien-Motive thematisch
benutzte, und für letzteres damalige Tanzformen anmuthig verwen-

---

15) Von der Thätigkeit als Kirchencomponist giebt ein vollständiges und
mit Liebe ausgeführtes Bild Winterfeld, Evangel. Kirchenges. II, S. 296—328.

16) Sie befinden sich in der Musikaliensammlung des Herrn Musikdirector
Ritter, der sie aus dem schon oben genannten Tabulaturbuche von 1675 copirte.
Glücklicherweise! denn der werthvolle Musikalien-Nachlaß des Organisten
Hildebrand in Mühlhausen wurde von seinen Erben in einen Fleischerladen ver-
kauft, wie ich im Winter 1867/68 leider entdecken mußte.

dete [17]. Orgelcompositionen wurden selten gedruckt, und daß wir handschriftlich solche nicht kennen, möchte ein Zufall sein; allein die große Fruchtbarkeit, die er in der Arien-Gattung entwickelt hat, bezeichnet doch diese als sein Hauptgebiet, und der großartige, objective Ernst der Orgel ist damit schwer vereinbar. Die geistliche Arie trug weder formell noch ideell die Bedingungen einer reicheren Entwicklung in sich. Sie hat ihre große Bedeutung dadurch gewonnen, daß sie das innerste Gefühlsleben an die Oberfläche lockte und das Tonmaterial auch in seinen feinen Spitzen ausbildete. Aber für die Gestaltung der großen Bachschen und Händelschen Tonformen ist sie nur mittelbar benutzt worden, und vom Anfang des 18. Jahrhunderts an war ihre selbständige Wichtigkeit für die Kunstmusik dahin, die nunmehr, hochfliegenden Geistes voll, nach mächtigem und allgemeingültigem Ausdruck strebte. Bei beständiger Bespiegelung des Ich in den kleinsten Formen verliert man leicht Maßstab wie Interesse für das, was außer uns liegt. So war es bei Georg Ahle geschehen, und die Mühlhäuser, seit lange gewohnt, in ihren Musikern vollgültige Autoritäten zu erblicken, waren ihm gefolgt, und was rings umher in der Musik sich ereignete, hatte sie wenig oder garnicht gekümmert.

In diese Verhältnisse kam Bach, der alle die seither gemachten Errungenschaften in der Orgelkunst und der Kirchencantate völlig beherrschte und schon über sie hinaus kühn nach Größerem strebte. Der Ruhm seiner Vorgänger mußte dem jungen Feuergeiste noch ein besonderer Sporn werden, an seinem Posten etwas tüchtiges zu leisten. Der Bestallung nach war er nur zum Orgelspiel in der Blasiuskirche an den Sonn-, Fest- und Feiertagen verpflichtet. Aber mächtig war bereits der Gedanke in ihm erwacht, die gesammte kirchliche Kunst auf eine höhere Stufe zu erheben, und dies bezeichnete er in einer späteren Eingabe an den Rath zweimal ausdrücklich als den Endzweck seines Strebens. Das sichere und unbeirrbare Gefühl für das Gebiet, auf dem die volle Kraftentfaltung möglich ist, war in allen Zeiten ein Merkmal des Genies, und so wenig Bach damals schon geahnt haben mag, wohin ihn einst dieser klar erschaute Weg führen werde, so bedeutsam ist es doch, eine solche Aeußerung aus dem

---

17) Winterfeld, a. a. O. S. 328 — 342.

Munde des 23jährigen Künstlers zu vernehmen. Er erstreckte also seine Thätigkeit auch auf die kirchliche Gesangsmusik, obgleich diese eigentlich in den Wirkungskreis des Cantors fiel; ja, es scheint, als ob er sie ganz allein geleitet hätte. Vielleicht war dies von seinen Vorgängern her üblich und ihm. daher ein solcher Uebergriff leichter möglich gewesen. Nach seinen Kunstanschauungen konnte er begreiflicher Weise nicht bei den Ahleschen Compositionen auch nur vorwiegend stehen bleiben, und da außer ihnen in Mühlhausen wenig Kirchenstücke vorhanden waren, so schaffte er sich kurzweg auf eigene Kosten eine gediegene Auswahl derselben an und führte sie auf. Den Kirchenchor nebst dessen begleitenden Instrumenten suchte er zu vervollständigen, und daß er im eignen Orgelspiel sein Bestes gab, versteht sich von selbst. Ihm ging dabei sein erster Schüler zur Hand, Johann Martin Schubart, geb. am 8. März 1690 in Gehra bei Ilmenau, der volle zehn Jahre in seiner unmittelbaren Nähe blieb und durch diese treue Anhänglichkeit bezeugt, eine wie große Anziehungskraft Bachs geniale Jugendlichkeit auf andre Musiker ausüben konnte, wenn sie unbefangen und ohne Eitelkeit ihm nahten. Im Jahre 1717 wurde Schubart seines Lehrers Nachfolger in Weimar, starb aber schon vier Jahre darauf im besten Alter. Auch der Name von Bachs Chorpräfecten läßt sich beibringen: es war Johann Sebastian Koch, der von 1708—1710 diese Stelle bekleidete, geboren 1689 in Ammern bei Mühlhausen und gestorben 1757 als Cantor in Schleiz [18]).

Bei dem unermüdlichen Eifer für seine Kunst ließ Bach auch den Stand der Musik in Mühlhausens nächster Umgebung nicht unbeachtet, und mußte bemerken, daß dort für die Kirche oft mehr und bessere Mittel verwendet wurden, als in der Stadt. Unter den umliegenden Dörfern hat sich besonders Langula vom Beginn des achtzehnten Jahrhunderts an bis in die neueste Zeit durch eine Reihe tüchtiger Cantoren und regen Musiksinn ausgezeichnet. Daß Bach hier bekannt wurde, offenbart eine in der Cantorei daselbst von mir entdeckte Kirchencantate seiner Composition, die sich als frühes Werk zu erkennen giebt, und wahrscheinlich in seiner Mühlhäuser

---

18) Walther, Lex. unter »Schubart« und »J. S. Koch«.

Zeit dorthin gelangte [19]). Sie ist unvollständig und auch mit theils nachweislichen, theils wahrscheinlichen Zusätzen der späteren Cantoren zu Langula ausgeputzt, bietet aber für die historische Betrachtung doch einen echten Kern als Stützpunkt. Das erste Stück, ein Duett zwischen Sopran und Baß (F dur) mit dem Textanfange: »Meine Seele soll Gott loben, denn das ist sehr wohlgethan« behandelt den Singbaß freilich noch ganz in der Weise der älteren Kirchencantate, und erinnert auch in der Melodik sehr an sie, ist aber schon in der vollen Form der italiänischen Arie gehalten und hat einige interessante Züge. Die Schlußfuge (B dur): »Alles was Odem hat, lobe den Herrn« ist ein prächtiges Stück feurigen Flusses, wovon das kühne, weitgeschwungene Thema eine Probe geben kann:

Die weiten Melodieschritte zeigen sich ebenso in einer andern zu Mühlhausen componirten Cantate, die, da sie in denkbar bester Ueberlieferung und unverfälschter Gestalt vorliegt, eine genauere Betrachtung erfahren soll, wie sie einem Erstlingswerke des jungen Meisters zukommt.

Die Angelegenheiten der Reichsstadt leitete ein aus 48 Personen bestehender Rath, unter denen sechs Bürgermeister waren und welcher sich in drei Abtheilungen zu je 16 Personen gliederte. Von diesen führte je eine von Februar zu Februar das jährliche Regiment mit dem Vorsitze von zwei Bürgermeistern. Es war Sitte, daß der Rathswechsel durch eine kirchliche Feier und ein eigens dazu componirtes Musikstück ausgezeichnet wurde, welches dann in Stimmen in den Mühlhäuser Officinen von Joh. Hüter oder Tob. Dav. Brückner

19) Alles wesentliche, was an alten Musikalien der damalige Cantor Sachs zu Langula im Sommer 1868 besaß, ist in meinen Besitz übergegangen. Von der alten halbzerfressenen Handschrift der Bachschen Cantate gelangte nur eine Abschrift des alten Cantors an mich und ohne den inzwischen verloren gegangenen ersten Chor.

gedruckt wurde. Die Composition lag seit langem dem Organisten an der Blasiuskirche ob, gegen den der Organist an der zweiten Hauptkirche *Beatae Mariae Virginis* stets zurückgestanden zu haben scheint — zu Bachs Zeiten hieß er Hetzehenn —, und welcher überhaupt nach alter Tradition die höchste musikalische Würde der Stadt repräsentirte. Der Inaugurirung einer neuen Raths-Körperschaft mit den Bürgermeistern Strecker und Steinbach verdankt eine Cantate Bachs zum 4. Februar 1708 ihre Entstehung und auch Drucklegung, wozu es während Bachs Lebzeiten keine andre Cantate, so weit wir wissen, gebracht hat. Nicht nur dieser Druck ist uns erhalten, sondern auch Partitur nebst Stimmen in autographer Schrift von entzückender Zierlichkeit und Anmuth, in der Partitur sind die Taktstriche. wie in des Meisters früheren Werken öfter, sogar mit dem Lineal gezogen [20]. Die Aufführung fand in der Marienkirche statt, in der auch der Superintendent zu *Divi Blasii* an bestimmten Feiertagen zu predigen hatte. Der Text besteht aus alttestamentlichen Sprüchen, einigen gereimten Gelegenheits-Strophen und einer Choralstrophe, drückt zuerst die Empfindungen eines ergrauten Dieners aus, der seine letzten Tage in Ruhe hinzubringen sich sehnt und Segenswünsche dafür empfängt [21], wendet sich dann an die regierende Allmacht Gottes, bittet sie die Stadt zu schützen, der neuen Regierung Erfolg und endlich dem Kaiser Joseph Glück und Heil zu verleihen. Das Vorherrschen des Bibelworts und Chorals wird Bach veranlaßt haben, der Composition den Namen *Motetto* zu geben, und nicht *Concerto*, eine Bezeichnung, welche er späterhin vorwiegend anwendete. Meistens benannte man, so viel ich gefunden habe, die ältern Kirchencantaten nur nach Textanfang und musikalischer Besetzung, der Name Cantate kam erst mit der späteren Form auf. Für die Unsicherheit des Motetten-Begriffs in jener Zeit ist diese Bezeichnung ein Beleg; später unterschied Bach die Gattungen ge-

---

[20] B.-G. XVIII, S. 3—54. Es ergiebt sich aus dem Obigen, daß die Composition nicht sowohl Rathswahl-, als Rathswechsel-Cantate genannt werden müßte.

[21] Ob sich unter dem zurücktretenden Rathe einige sehr alte Leute befanden, auf welche die Cantate besonders Bezug genommen hätte, konnte ich nicht ermitteln. Die Bürgermeister von 1707 hießen Johann Georg Stephan und Christian Grabe.

nau. Mit dem Zusatze: *diviso in quatuor Chori* giebt er den Standpunkt der älteren Cantate hinsichtlich der Begleitung deutlich an, indem er darunter die verschiedenen Instrumentalgruppen versteht: drei Trompeten und Pauken, zwei Flöten und Violoncell, zwei Oboen und Fagott, zwei Violinen, Bratsche und Bass, die meistens nur alternirend oder im vollen Tutti angewendet werden [22]. Dasselbe Princip tritt darin zu Tage, daß Bach einen schwächern und einen vollen Chor unterscheidet, welch letzterer nur an Kraftstellen hineinschlägt, um sich bald wieder zurückzuziehen, und in der Partitur *Capella* genannt ist, mit Zurückdeutung auf die Terminologie der Musiker des 17. Jahrhunderts. Faßt man nun endlich noch die Massenhaftigkeit des aufgebotenen Tonmaterials ins Auge, so ist nach allen Seiten klar, wie ganz diese Composition in ihrer äußern Form noch auf dem Boden gewisser Buxtehudescher Kirchencantaten steht; um so interessanter ist es aber, zu beobachten, wie überall ein neuer Geist hindurchdringt. Der erste Chor (»Gott ist mein König« C dur) klingt anfänglich noch ziemlich bekannt, nimmt aber schon vom 16. Takte an, wo zu den Worten »der alle Hülfe thut« die Stimmen in engen Imitationen einander unaufhaltsam forttreiben, einen neuen und ungewöhnlich breiten Charakter an, der nur durch den Schluß wieder etwas abgeschwächt wird. Im zweiten Stück (E moll) singt der Tenor zur Orgelbegleitung die Worte des alten Barsillai aus Sam. II, 19: »Ich bin nun achtzig Jahr; warum soll dein Knecht sich mehr beschweren. Ich will umkehren, daß ich sterbe in meiner Stadt bei meines Vaters und meiner Mutter Grab.« Ihm gegenüber stellt der Sopran die sechste Strophe des Heermannschen Liedes »O Gott, du frommer Gott« auf:

> Soll ich auf dieser Welt
> Mein Leben höher bringen,
> Durch manchen sauren Tritt
> Hindurch ins Alter dringen,
> So gieb Geduld, vor Sünd
> Und Schanden mich bewahr,
> Auf daß ich tragen mag
> Mit Ehren graues Haar.

---

22) Die Holzbläser und das Violoncell (dieses nur der Uebersichtlichkeit wegen) sind in D dur geschrieben, während die Cantate sonst in C dur steht.

Wir wissen, daß die Verbindung von Bibelwort und inhaltsverwandtem Choral keine Erfindung jener Zeit war. Nach Hammerschmidts Vorgange hatte schon Johann Rudolf Ahle sie mit Geschick angewendet, Johann Christoph und Michael Bach hatten sie mit andern auf die Motette übertragen, in Buxtehudes Cantaten fanden wir ein Beispiel, wo Christus und die gläubige Seele, wenn nicht im gleichzeitigen, aber doch im Wechsel-Gesange mit einander verkehrten. All diese Arten der Gestaltung sind ganz verschieden von dem Verfahren, was Bach einschlug. Er ging, mit seiner ganzen Entwicklung von der Orgel herkommend, zunächst auch nur von rein musikalischer Seite an die Aufgabe: die musikalische Verflechtung war ihm das erste und die Choral-Melodie natürlich die Hauptsache. So wenig richtete sich seine Aufmerksamkeit auf den poetischen Zweck solcher Combinationen, daß er ganz übersah, wie die, jedenfalls von ihm selbst ausgewählte, Strophe des Kirchenlieds mit ihrem Inhalte eigentlich garnicht zu der Empfindung der Bibelworte paßte. Denn hier spricht ein Greis, der nur nach einem Platze verlangt, wo er ruhig sterben darf, dort wird gebeten, daß ein später vielleicht bescheertes höheres Alter ein ehrenvolles sein möge; beiden Stimmungen ist nicht viel mehr gemeinsam, als daß sie sich an den Begriff des Alters anschließen. Noch viel weniger kann von einem dramatischen Gegensatze die Rede sein; die mit den Bibelworten betraute Tenor-, nicht Bassstimme deutet es schon an, daß der Componist allenfalls dem Ausdruck geben wollte, was er selbst bei ihnen empfand, nicht aber, was einen alten Mann in Barsillais Lage bewegen mußte. Mehr noch bezeugt es die bewegliche, zwar sehr ausdrucksvolle, aber auch in kühnen Schritten, ja Sprüngen sich auf und nieder bewegende Melodiebildung. Eben da Bach zunächst instrumental dachte, und für keine kunstmäßig gebildeten Sänger schrieb, konnte es ihm entgehen, zu welch excentrischem Ausdrucke ein solcher Gesang gelangen müßte, wenn er von einer Menschenstimme mit aller ihr zu Gebote stehenden Ausdrucksfähigkeit vorge-

---

Man sieht daraus, daß die Stimmung der Blasius-Orgel sich eine ganze Stufe über dem Kammerton befand. Für die Trompeten war ein Umschreiben nicht nöthig, da sie immer im Chortone standen (s. Mattheson, Neu eröffnetes Orchestre, S. 267).

tragen würde. Es währte aber nicht lange, so wurde er auf den großen Unterschied aufmerksam, und späterhin bieten die meisten seiner Einzelgesänge das lautere Gold einer zwar im instrumentalen Feuer flüssig gemachten, aber doch echt poetisch-musikalischen Empfindung, und ebenso lernte er bald den poetischen Sinn der Verflechtung von Choral und Schriftwort in einer Tiefe erfassen, wie kein zweiter vor und nach ihm. Hier bietet er fürs erste nur einen nach Buxtehudes Weise gestalteten Orgelchoral, aber mit einer in die harmonischen Tiefen dringenden Energie, von der Buxtehude nichts geahnt hatte. Das Stück ist eigentlich ein Trio für Sopran, Tenor und einen gleichmäßig gehenden Orgelcontinuo, in dem sich die Stimmen mit größtmöglicher, vor Bach noch nicht gewagter Selbständigkeit bewegen, es tritt aber, zuerst nur schüchtern und echoartig, nachher immer zusammenhängender auf einem Orgel-Positiv noch eine frei figurirende und von den Generalbass-Harmonien unabhängige Stimme hinzu, so daß endlich ein Quatuor entsteht. — Nun folgt eine vierstimmige Doppelfuge: »Dein Alter sei wie deine Jugend, und Gott ist mit dir in allem, das du thust« (A moll), deren Thema im Vergleich mit dem aus der andern Cantate angeführten ziemlich unbedeutend und schleppend ist, und deren Entwicklung etwas mechanisches hat. Die Contrapuncte bleiben durch die ganze Fuge ziemlich dieselben und sind nur durch ihre Lagen unterschieden, die Durchführungen werden auch nur einmal durch einen Zwischensatz unterbrochen und durch einen neuntaktigen freien Nachsatz beschlossen; erst bei diesem spürt man wieder den lebendigen Athem des Bachschen Geistes. Vollauf aber entschädigt für das kleine Stückchen Sandgegend ein blühendes *Arioso* des Basses: »Tag und Nacht sind dein« (F dur). Mit den Benennungen ist Bach in der Cantate willkürlich umgegangen, denn das Bass-Solo ist vielmehr eine ordentliche Da capo-Arie, wogegen die zweite Nummer, *Aria con Corale* genannt, in der Tenorstimme eine gänzlich ariose Behandlung aufweist. Auch über die Auffassung der Textworte ließe sich rechten, allein die Musik an sich ist durchaus erfreulich. Die Behandlung der Bassstimme im *Arioso* hat mit Ausnahme des Mittelsatzes noch den älteren Zuschnitt, nach welchem die Stimme sich nicht frei durch den Tonraum bewegt, sondern meist nur als Grundlage der Harmonien erscheint. Der erste Theil, welcher am Schlusse wieder-

kehrt, trägt mit seiner nur aus Holzbläsern, Violoncell und Orgel bestehenden Begleitung einen zart pastoralen Charakter, der zur vollen
Schönheit erblüht ist in einer reizenden Bdur-Arie aus einer acht
Jahre später componirten weltlichen Cantate (»Was mir behagt, ist
nur die muntre Jagd«). Im zweiten Theile schweigen die Instrumente
bis auf die Orgel, der stolze Ausdruck der Singstimme: »Du machest,
daß beide, Sonn' und Gestirn, ihren gewissen Lauf haben« bildet
einen schönen musikalischen Gegensatz und ist auch den Worten
angemessen. Uebrigens legt die Anordnung des ganzen Werkes Zeugniß dafür ab, daß der Componist sehr wohl wußte, wie man durch
Klangcontraste wirken könne, und diese Einsicht ist im Mannesalter
nicht geringer gewesen, als in seiner Jugend, wenngleich aus höhern
Rücksichten später solche Wirkungen zurücktreten mußten. So folgt
nun eine Arie für Alt, bei der außer der Orgel nur drei Trompeten
und Pauken mitwirken, in dem folgenden Chore sind alle Instrumente außer diesen angewendet, zum Schlusschore erst vereinigt
sich wieder das gesammte Tonmaterial. »Arie« kann man das Alt-
solo etwa deshalb nennen, weil die Anfangsphrase mit ihrem Ritornell am Schlusse noch einmal gehört wird, sonst ist sie mehr ein
Arioso und erinnert endlich in der oberflächlichen Melodik an die
ältere deutsche Arie; wir fanden eine Formenmischung von ähnlicher
Unsicherheit schon in der Ostercantate des Jahres 1704. Der schon
genannte Chor (Larghetto, Cmoll) ist dagegen wieder ein Stück von
Bedeutung und Eigenthümlichkeit. Ganz homophon gehalten wirkt
er hauptsächlich durch innigen Ausdruck der Melodie und farben-
reiche Begleitung. Die Sechzehntel des Violoncells verfolgen in gebrochenen Accorden den harmonischen Gang der Vocalmasse, eine

fortlaufende Figur des Fagotts 

verleiht den Charakter des Schweren, Gebundenen, Bass und Orgel
gehen *staccato* nebenher, Flöten und Oboen lassen echoartig die aus-
drucksvollste Melodiephrase nachtönen. Am Ausgange theilt sich
die Violoncellbewegung auch diesen Instrumenten, endlich gar allen
Geigen mit, sie schlingen nun immer reichere, phantastischere
Kränze um den Gesang, in dem sich — ein eben so neuer wie wirkungsreicher Gedanke — alle Stimmen zum Einklange vereinigen,
auf dem c̄ den Text declamiren, sich zum d̄es heben, wieder zum b

absenken und nach c̄ zurückkehren, wo sie im langen Klange unter der Durterz verhallen. Der schaurige Ausdruck verhaltener Qual ist die Höhe, zu welcher die Stimmung des ganzen Stücks naturgemäß hindrängt. Prüft man aber am Text die Berechtigung derselben, so ist leicht zu bemerken, daß Bach das Tongemälde viel zu dunkel gefärbt hat. Die Psalmworte: »Du wollest dem Feinde nicht geben die Seele deiner Turteltauben« enthalten bildlich nur die Bitte um Schutz vor Feindesgewalt, und für diese Bitte sowohl wie für den Stimmungsdurchschnitt der ganzen Cantate war eine vertrauensvoll gefaßte Empfindung wohl das einzig Angemessene. So, wie der Chor, äußert sich aber nur ein von innern Schmerzen durchwühltes Herz. Der Componist hat hier sein Ziel weit überflogen und somit verfehlt, allein dieses Verfehlen ist von hohem psychologischen Interesse, weil es die Vorliebe desselben für dunkle, tiefbewegte Seelenzustände so unzweideutig verräth. Diese Saite seines Empfindungsvermögens brauchte nur leise angerührt zu werden, um sofort in volltönenden Schwingungen zu erbeben: die Besorgniß vor möglicher Gefahr verfinsterte sich ihm zur Angst eines von Schrecken und Noth aufs äußerste gepeinigten Gemüthes. Daher kommt es auch, daß man niemals einen Fall finden wird, wo Bachs musikalische Behandlung auch den besten Text verflachte oder seinen Ansprüchen nicht Genüge thäte, eher kommt es vor, daß er zu tief, bis ins Abstruse sich einwühlt. Daher stammt sein Zug zu poetischen Vorlagen, welche von Leid und Thränen, von Sterben und Tod zu sagen haben, daher die Fähigkeit, in dem Riesenwerke einer Matthäus-Passion eine und dieselbe Stimmung in so unerhörter Mannigfaltigkeit zu schattiren. Daß er sich in dem Chor der Rathswechsel-Cantäte von subjectiver Neigung habe zu weit fortreißen lassen, mußte ihm später klar werden, als er ein Chorstück von ganz ähnlicher Grundstimmung, ja ähnlicher Einzelbildung (besonders in der seufzenden kleinen Sexte) zu den Worten schuf: »Weinen, Klagen, Sorgen, Zagen, Angst und Noth sind der Christen Thränenbrod«[23], was er hernach nochmals zu dem erschütternden *Crucifixus* der Hmoll-Messe verwendete. Hier waren jene Töne am Platze, die sich schon so früh und in so überraschender Gestalt hervordrängten. Selbst der

---

23) Cantate zum Sonntage Jubilate, B.-G. II, Nr. 12.

an Ernst und Innigkeit so reiche Johann Christoph Bach hatte Farben von solcher Sattheit und Gluth auf seiner Palette nicht. Nur einen wüßte ich zu nennen, der vor Sebastian Bach etwas annähernd ähnliches gebildet, es ist der Rudolstädter Capellmeister Philipp Heinrich Erlebach (1657—1714). Im ersten Theile seiner »Harmonischen Freude musikalischer Freunde« (1697) findet sich unter Nr. XIV eine herrliche Arie in der cyklischen Da capo-Form für Sopran, zwei Violinen und Generalbass, deren ansprechende Dichtung die Stimmung einer gramzerrissenen Seele ausdrückt:

> Meine Seufzer, meine Klagen
> Schicke ich
> Nur vergebens über mich;
> Ich muß leben,
> Doch in lauter Furcht und Zagen.
> Himmel! und du kannst es geben!
> Ach, warum verschließt du dich?

Die Composition vereinigt breite strömende Melodik mit echter deutscher Innigkeit, und redet noch heute eine herzergreifende Sprache. Sie steht den Bachschen Chören im Ausdruck sehr nahe, in der Bildung der Hauptmelodie auffällig mit dem früheren, in andern Einzelheiten noch mehr mit dem späteren Chore übereinstimmend. Die Verhältnisse liegen so, daß Bach Erlebachs Ariensammlung sehr wohl gekannt haben kann. Am 28. October 1705 hatte der Graf von Rudolstadt im Auftrage des Kaisers Joseph I. die Huldigung der freien Reichsstadt Mühlhausen entgegen genommen und sein Capellmeister zu diesem Zwecke dort eine große Festmusik aufgeführt. Erlebach war also in Mühlhausen bekannt, und wenn man bei dem Charakter der Bewohner auch nicht annehmen darf, daß er sich durch seine Musik dort viel Freunde erworben hatte, so war die Composition, welche besonders einen vortrefflichen, klar auf Händel weissagenden Chor enthält, doch bedeutend genug, um nicht gleich vergessen zu werden, und Bach, falls er sie kennen lernte, zu näherer Bekanntschaft mit Erlebach anzuspornen, vorausgesetzt, daß er sie nicht schon früher gemacht hatte. — Doch wenden wir uns dem letzten Chore der Rathscantate zu, dessen Bezeichnung *Arioso*, übrigens nur auf einen Theil davon gemünzt, den bunten Wechsel zwischen

homophonen Chorstellen und Ritornellen, zwischen gradem und un-
gradem Takte andeuten soll. Das Bedeutendste an ihm ist eine in
der Mitte stehende Chorfuge auf den Kaiser Joseph, neben der jene
frühere Fuge kaum noch zu nennen ist, so hoch wird sie von dieser
überragt. Dort war fast nur nüchterne Schulmäßigkeit, hier herrscht
überall ein frisches, herbkräftiges Leben. Thema wie Contrapuncte,
deren zwei sich so stetig wiederholen, daß man das Stück in seiner
musikalischen Gestalt auch Tripelfuge nennen könnte, sind sehr
glücklich erfunden, alles fügt sich wie aus einem Gusse zusammen
und steigert sich im Klang und in harmonischer Fülle bis ans Ende.
Besonders bedeutsam ist die Mitwirkung des Orchesters, sie zeigt,
wie Bach schon jetzt sich ganz darüber klar war, daß in dem damals
allein möglichen Kirchenstile die Singstimmen mit den Instrumenten
zu einer innerlich verbundenen Gesammtmasse zusammengeschmol-
zen werden müßten, so zwar, daß erstere als vorzüglichste und gat-
tungsbestimmende Factoren die Form bedingten und feststellten, sich
aber zu letzteren nicht wie Herren zum Dienervolk, sondern wie die
ersten unter ihres gleichen verhielten. Er hatte erkannt, daß das
menschliche Organ soviel wie möglich seinen persönlichen, wenn
man will, dramatischen Charakter abstreifen und, soweit es irgend
angeht, zum Instrumente werden müsse, was selbstlos dem Ausdrucke einer allgemeinen religiösen Lyrik dient; mit dieser Erkenntniß war aber der Empfindsamkeit und der Vereinzelungssucht der
ältern Kirchencantate die Freundschaft aufgesagt. Während man
sonst das Orchester nur stützend, ausfüllend, verstärkend und mit
den Singstimmen abwechselnd verwendet, als äußerstes einem hochliegenden Instrumente gestattet hatte, über dem Chore einen selbständigen Gang zu nehmen, haben bei Bach schon hier alle Instrumente an der Fugirung den lebhaftesten Antheil. Zuerst wird von
den vier Stimmen des kleineren Chors das Thema einmal durchgeführt, dann ergreifen es die erste Violine und Oboe, indem der Vocalsatz weiter geht, darnach zweite Violine und Oboe, dann setzt der
Sopran des vollen Chors wieder ein und die Contrapunctirung im
Orchester verstärkt sich, nun folgen die übrigen Tuttistimmen allmählig nach und mit ihnen mehr und mehr Instrumente, die Harmonie ist mittlerweile fünf — dann sechsstimmig geworden, endlich erfassen gar die hellschmetternden Trompeten das Thema, welche bis

dahin absichtsvoll geschwiegen hatten. Man kann Gesang- und Orchesterstimmen nicht angemessener combiniren, eine bis ans Ende andauernde Steigerung nicht geschickter anlegen. Der noch angehängte Schlußsatz, welcher eine frühere Partie wiederholt, ist als Bachsche Composition von geringerer Bedeutung, und den Maßstab, welchen der Meister uns in seinen vorzüglichsten Werken an die Hand giebt, wenden wir bei Beurtheilung dieser Cantate überhaupt an. Verglichen mit Werken seiner Vorgänger würde sie in den meisten Theilen weit über denselben zu stehen kommen, nirgends unter ihnen. Aber ein solcher Vergleich ist auch nur theilweise noch zulässig, weil an mehren Stellen schon das Neue und Andersgeartete zu entschieden hervortritt. Daß dies einer ganz sichern und der einzig richtigen Anschauung entsprang, suchten wir anzudeuten. In der Verbindung von Choral und Bibelwort löschte er alles dramatische aus, um nur einer allgemein-musikalischen Idee zur Gestalt zu verhelfen, durch die zweimalige Anwendung einer strengen Vocalfuge gab er zu erkennen, wie er in diese, alles persönliche möglichst zurückdrängende Form den Schwerpunkt aller Chorbehandlung verlegt wissen wollte, in der letzten Fuge bestrebte er sich, auch den Gegensatz zwischen menschlicher und Instrumentalstimme auf das geringste Maß zurückzuführen. Fugen finden sich in der älteren Kirchencantate äußerst selten und mußten es nach dem Inhalt derselben; solche nun gar, wie unsere letzte, sind ebensowohl wie die Choralcombination etwas gänzlich neues und konnten nur dadurch möglich werden, daß die Orgelkunst zuvor diese Formen ausgebildet hatte. Man muß vocale Fugirungen älterer damaliger Meister vor Augen haben, um den ganz eminenten Fortschritt voll zu würdigen. Einiges in dieser Richtung hatten schon andre vor ihm zaghaft versucht, es verschwindet vor der unfehlbaren Sicherheit, mit welcher der 22jährige Bach das Rechte und allein Mögliche ergriff. Während des Absinkens der unbegleiteten Vocalmusik war es die Orgel gewesen, welche die Idee kirchlicher Kunst in Deutschland am reinsten gewahrt hatte; aus ihr sollte sie neuverjüngt erstehen, subjectiver freilich, da der Wille des Künstlers das todte Instrument schrankenloser beherrscht, als eine Vereinigung lebendiger Menschen, und um so viel innerlicher und schwerer verständlich, als das Gebiet der Instrumentalmusik tiefer und geheimnißvoller ist, aber darum nicht weniger würdig, die erhabensten religiösen Ideale auszudrücken. Es kam nun darauf an, die Mitte zu finden und das dichterische Element von den Wogen der reinen Tonkunst nicht gänzlich überfluthen zu lassen.

Unmittelbar nach Composition und Aufführung der Cantate nahm Bach eine neue Aufgabe in Angriff, deren angemessene Lösung für die Pflege der Kirchenmusik, wie sie ihm im Sinne lag, von großer Bedeutung war. Die Orgel in der Blasiuskirche bedurfte, obwohl sie erst in den Jahren 1687 bis 1691 von J. F. Wender für 450 Thaler weitläufig reparirt war [24], doch wieder einer gründlichen Ausbesserung, ja theilweise Neugestaltung. Die Zahl der Bälge war für die Größe der Orgel nicht ausreichend, die Leitung des Luftstroms nach den Bass-Windladen mangelhaft angelegt, ein 32 füßiger Sub-Bass fehlte und die Pedal-Posaune hatte keine Kraft, im Hauptwerk war eine Anzahl von Stimmen abgenutzt und das Brustwerk gänzlich unbrauchbar geworden. Bach stellte alle Mängel fest und reichte dem Rathe einen Entwurf der vorzunehmenden Reparatur ein. Als ganz neue Zuthat stellte er ein von ihm selbst erfundenes Pedal-Glockenspiel von 24 Glocken in Aussicht, für das sich die Mitglieder der Blasius-Gemeinde schon so sehr interessirten, daß sie beschlossen hatten, es auf eigne Kosten anzuschaffen [25]. Außer der Hauptorgel war in der Kirche noch ein kleines Positiv auf dem unterhalb der Orgel gelegenen Sängerchore, was nur zum Einüben des Chores oder discreten Begleiten von Motetten, sonst aber nicht weiter brauchbar war; Bach hatte es im zweiten

---

24) *Collectanea* die Bauten der Kirche *D. Blasii* betr., im Kirchenarchiv daselbst.

25) Der nachmalige Organist Voigt in Waldenburg, ein geborner Mühlhäuser, sagt in seinem »Gespräch von der *Musik* zwischen einem Organisten und Adjuvanten«. Erfurt, 1742. S. 38: »Er [ein ungenannter Musiker] fiel hierauf in einen Discurs von Herrn Bachen, ob ich ihn kennte, er hätte vernommen, daß ich ein Thüringer und von Geburt ein Mühlhäuser wäre, und er, Herr Bach, wäre ja in Mühlhausen Organist gewesen. Ich versetzte, daß ich mich zwar noch wohl erinnerte, ihn gesehen zu haben, aber doch nicht mehr kennte, weiln ich dazumal nur 12. Jahre alt gewesen, auch in 30. Jahren nicht wieder dahin kommen, — — —. Er hatte ein Glocken-Spiel in der St. Blasii-Kirchen angegeben, alleine, da er fast damit fertig war, wurde er, wiewohl mit grossem Verdruß des Raths zu Mühlhausen, als Cammer-Musicus nach Weymar beruffen«.

Satze der Rathscantate sehr fein als Echo der Gesangsmelodie
und zum Einweben einer vierten Stimme verwenden wollen, vermuthlich ehe er wußte, daß die Aufführung nicht in der Blasius-
Kirche sein würde[26]. Er machte nun den Vorschlag, dieses kleine
Werk daran zu geben, um mit geringeren Kosten zur Herstellung
der Hauptsache, der großen Orgel, zu gelangen. Sein Entwurf
zeigte eine so überzeugende Sachkenntniß, daß der Rath in einer
Sitzung vom 21. Februar nicht nur sofort beschloß, ihn auszuführen,
sondern ihm auch vertrauensvoll die Leitung des ganzen Unternehmens übertrug[27]. Wegen der Arbeit wurde wieder mit Wender
unterhandelt, der sich dazu bereit erklärte gegen eine Summe von
230 Thalern, wofür er auch die Materialien anschaffte; das Positiv
übernahm er für 40 Thaler. Bachs Entwurf ist ein Zeugniß meister-
würdiger Einsicht in die Technik des Orgelbaues, und auch durch
seine originelle, kunstbegeisterte Ausdrucksweise sehr interessant;
er folgt hier in seiner wörtlichen Fassung:

»*Disposition* der neuen *reparatur* des Orgelwerks *ad D: Blasii.*

1. Muß der Mangel des Windes durch drey neue tüchtige Bälge
   ersezet werden, so da dem *Ober*wercke, Rück*positive* und neuem
   Brustwercke genüge thun.

2. Die 4 alten Bälge so da vorhanden, müßen mit stärckerem
   Winde zu den neuen 32 f. Untersaze und denen übrigen *Bass*-
   Stimmen *aptir*et werden.

3. Die alten *Bass*Windladen[28], müßen alle ausgenommen, und von
   neuen mit einer solchen Windführung versehen werden, damit
   mann eine einzige Stimme alleine, und denn alle Stimmen zugleich ohne Veränderung des Windes könne gebrauchen, welches
   vormahle noch nie auff diese Arth hat geschehen können, und
   doch höchst nöthig ist.

4. Folget der 32 f. *Sub Bass* oder so genandte Untersatz von Holz,

---

26) Hieraus erklärt sich ungezwungen die Thatsache, daß in der gedruckten
Orgelstimme diese Stellen fehlen. In der Marienkirche wurden sie dann wohl
auf dem zweiten oder dritten Orgel-Manual gespielt, wenn sich nicht etwa dort
auch ein selbständiges Orgelpositiv befand; im letzteren Falle wäre das im Text
gesagte hiernach zu modificiren.

27) Wie sich aus dem Protokoll über Bachs erbetene Entlassung ergiebt.

28) Im Original verschrieben »Windlanden«.

welcher dem ganzen Wercke die beste *gravität* giebet. Dieser muß nun eine eigene Windlade Haben[29].

5. Muß der *Posaunen Bass* mit neuen und grösern *corporibus* versehen, und die Mundstücke viel anders eingerichtet werden, damit solcher eine viel beßere *gravität* von sich geben kan.

6. Das von denen Herrn Eingepfarten begehrte neue Glockenspiel ins *Pedal*, bestehend in 26 Glocken à 4 f.-thon; Welche Glocken die Herrn Eingepfarten auff ihre kosten schon anschaffen werden, und der Orgelmacher solche hernachmals gangbahr machen wird.

Was anlanget das Ober*manual*, so wird in selbiges anstatt der *Trompette* (so da herausgenommen wird) ein

7. *Fagotto* 16 f. thon eingebracht, welcher zu allerhandt neuen *inventionibus* dienlich, und in die *Music* sehr *delicat* klinget. Ferner anstatt des *Gemshorns* (so gleichfalls herausgenommen wirdt) kömmet eine

8. *Viol di Gamba* 8 f., so da mit dem im Rück*positive* vorhandenem *Salicinal* 4 f. *admirabel concordiren* wird.

Item anstatt der *Quinta* 3 f. (so da gleichfalls herausgenommen wirdt,) könnte eine

9. *Nassat* 3 f. eingerücket werden.

Die übrigen Stimmen in Ober*Manuale* so vorhanden, können bleiben, Wie auch das ganze Rück*positiv*, indem doch solche bey der *reparatur* von neuem durchstimmet werden.

10. Was denn hauptsächlich anlanget das neue Brust *positiv*, so könten in selbiges folgende Stimmen kommen — als:

Im gesichte 3 *Principalia*, nahmentlich:

1. *Quinta* 3 f.
2. *Octava* 2 f. } von guthem 14 löthigem Zinn.
3. *Schalemoy*[30] 8 f.
4. *Mixtur* 3 fach.
5. *Tertia*, mit welcher mann durch zuziehung einiger anderer Stimmen eine vollkommene schöne *Sesquialteram* zu wege bringen kan.

---

29) Nämlich weil für diese neu hinzukommende Stimme auf der Hauptlade kein Raum mehr gewesen sein wird.

30) d. h. Schalmei.

6. *Fleute douce* 4 f. und letztens ein

7. Stillgedockt 8 f., so da vollkommen zur *Music accordier*et, und so es von guthem Holze gemacht wird, viel beßer als ein *Metall*ines Gedockt klingen muß.

11. Zwischen dieses Brust*positives* und Oberwerckes *manual*en muß eine *Copula* seyn.

Und schließlichen muß beynebst Durchstimmung des ganzen Werckes, der *Tremulant* in seine richtig Wehende *mensur* gebracht werden.«

Den ernsten Willen, im Interesse der kirchlichen Musik das seinige zu thun, hatte Bach also überall bekundet. Aber bald traten seinem Eifer Hindernisse entgegen, welche sich im Verlaufe weniger Monate so gehäuft haben müssen, daß er noch im Sommer des Jahres den Entschluß fassen konnte, das mit so viel Frische begonnene Werk ganz im Stiche zu lassen. In seinem Entlassungsgesuche spricht er von »Widrigkeiten«, die sich ihm entgegengestellt hätten, und auch wohl nicht so bald aus dem Wege geräumt sein würden. Wir haben darunter zunächst die Gesinnungen eines Theils der Mühlhäuser Bürgerschaft zu verstehen, welcher am Alten hing und Bachs kühnen Flügen nicht folgen konnte noch wollte, auch den Fremdling wohl mit scheelen Augen ansah, der an einer Stelle sich so eigenmächtig gebärdete, wo seit Menschengedenken Einheimische zum Ruhme der Stadt gewaltet hatten. Wie man mit Liebe und Stolz das Thun und Lassen hervorragender Mitbürger verfolgte, so pflegte man sich, zum Theil wenigstens, gegen Auswärtiges abweisend und kalt zu verhalten. Daß J. Georg Ahle im Jahre 1704 zur Einweihung der Kirche *Mariae Magdalenae* das Lied »Lobt, ihr Frommen, nah und fern« verfertigt hatte, wurde als große Wichtigkeit noch in einer handschriftlichen Chronik im Jahre 1794 vermerkt[31]. Derselbe Chronist weiß aber bei der ein Jahr später erfolgten Huldigungsfeierlichkeit von Erlebachs großer Festcomposition nicht ein Wort. Und wenn wir lesen, wie Bachs zweiter Nach-

---

31) »Beschreibung der Kayserlichen Freyen Reichs Stadt Mühlhausen in Thüringen. Zweiter Theil«; auf dem Rathsarchive daselbst. Ahles Lied erhielt sich im Gebrauch, man kann es im Mühlhäuser Gesangbuch von 1739 auf Seite 345 finden, die Melodie aber nicht, welche er jedenfalls doch auch dazu gesetzt hatte.

folger, Christoph Bieler aus Schmalkalden, sich beim Rath über das »besondere Wesen der Leute« beklagt, und »daß man ihm mehr feindlich als freundlich begegne«[32]), so liegt die Wahrscheinlichkeit vor, daß Bach hie und da Gleiches erfahren mußte. Am übelsten wurde es genommen, wenn die umliegenden Ortschaften als nachahmenswerthe Muster musikalischer Leistungen aufgestellt wurden, da besonders zwischen Langula nebst den übrigen Dörfern der sogenannten Vogtei und Mühlhausen eine gewisse Opposition herrschte, die, wie mir erzählt wurde, auch heute noch nicht ganz aufgehört haben soll. Aber alles das waren endlich doch unwesentliche Dinge, wo es sich um das Wirken eines großen Künstlers handelte, und Bach genoß andrerseits die Gunst eines höchst achtungswerthen Raths, wie es ihm auch an Privatfreundschaften nicht gefehlt hat[33]). Hingegen weisen gewisse Ereignisse darauf hin, daß es zwischen ihm und dem obersten Geistlichen der Stadt, dem Superintendenten und Hauptprediger an der Blasiuskirche zu allerhand Conflicten gekommen ist, und daß hierbei verschiedene Ansichten über Kirchenmusik eine wesentliche, vielleicht die hervorragendste Rolle spielten. Wenn sich aber Bach in seinen Bestrebungen durch seinen nächsten und höchsten kirchlichen Vorgesetzten eingeengt und gehemmt sah, dann erklärt es sich leicht, wie ihm so bald seine Stellung dort gründlich verleidet werden konnte.

Es war in jener Zeit, daß die religiösen Streitigkeiten zwischen dem Spenerschen Pietismus und der altlutherischen Orthodoxie allgemein entbrannt waren und von Seite der letzteren um so leidenschaftlicher geführt wurden, je mehr Boden von Jahr zu Jahr der Pietis-

---

32) In einer Eingabe vom 7. Juni 1730.

33) So wurden zu Friedemann Bach (geb. 22. Nov. 1710) als Pathen gebeten: »Frau Anna Dorothea Hagedornin, Herrn Gottfried Hagedorns, *J.*[uris] *U.*[trinsque] *Candidati* in Mühlhaußen Frau Eheliebste«, und »Herr Friedemann Meckbach, *J. U.* Doctor in Mühlhaußen« (Pfarrregister der Stadtkirche zu Weimar). Eine interessante Reliquie besitzt Herr Oberappellationsrath Krug in Naumburg in einem einstmaligen Vorblatte eines gebundenen Buches im Octavformat aus Bachs Privatbibliothek. Rechts unten stehen in zierlicher Schrift seiner eignen Hand die Worte: *ex libera donatione Dn. Oehmii | me possidet Joh. Seb. Bach.* Die Familie Oehme war früher in Mühlhausen weit verzweigt und existirt noch heute dort. Das Blatt war nebst dem vollständigen Buche im Besitz des Litterarhistorikers Koberstein in Schulpforte; ersteres verschenkte er, letzteres wurde mit seiner nachgelassenen Bibliothek verauctionirt, und es gelang nicht, auch nur zu erfahren, welches der Inhalt gewesen ist.

mus im deutschen Volke gewann. In Arnstadt hatte er allerdings, wie wir oben erzählt haben, nur vorübergehend Wurzel gefaßt, und nach dem Tode Dreses sich gegen die Feindseligkeiten der beiden Olearius nicht behaupten können; anders in Mühlhausen. J. A. Frohne, seit 1684 Diaconus daselbst, von 1691 an Nachfolger seines Vaters in der Superintendentur, hatte durch Spener angeregt auf Erweckung einer tiefern christlichen Gesinnung und Bethätigung derselben an sich und andern lebhaft und unangefochten eine Reihe von Jahren hindurch hingewirkt. Speners *Pia Desideria* (1675), welche zu der ganzen religiösen Bewegung den Anstoß gaben, hatten anfänglich überall keinen Widerspruch, von Seite einsichtiger Theologen sogar volle Billigung erfahren; nur als die Theorie mit Nachdruck zur Ausführung gebracht werden sollte, und die strengen Orthodoxen aus ihrer selbstgefälligen Ruhe und unfruchtbaren Dünkelhaftigkeit unangenehm aufgestört wurden, begann ihre mit wenig Geist und viel Gehässigkeit gepaarte Opposition. Genau so ging es in Mühlhausen. Im Jahre 1699 kam von Heldrungen, wo er Superintendent gewesen war, als Archidiaconus und Pastor an die Kirche *B. Mariae Virginis* G. Chr. Eilmar, der obgleich 13 Jahre jünger als Frohne doch dem frischen, thatkräftigen Pietismus durchaus feindlich gesinnt war, und nichts eiligeres zu thun hatte, als dies nachdrücklichst hervorzuheben. In seiner am Sonntage Sexagesimae gehaltenen Gast-Predigt hatte er so auffällig gegen Frohne, dessen Gesinnungen er kennen mußte, Stellung genommen, und auch bei gewissen Elementen der Bürgerschaft Anklang gefunden, daß dieser einer solchen Aufreizung und Verwirrung der Gemüther nicht glaubte ruhig zusehen zu dürfen. Eilmars Vorwürfe hatten sich zumeist auf das Verhältniß der Pietisten zur Bibel bezogen: daß es ketzerisch sei, beim Lesen der heiligen Schrift um besondere Erleuchtung zu beten, da der heilige Geist schon im Bibelworte wohne, daß zwischen innerlichem und äußerlichem Worte ein Unterschied nicht zu machen sei, daß die Pietisten das Wort Gottes für einen todten Buchstaben hielten; er war andrerseits so weit gegangen zu behaupten, daß die Verächter der Kirche und der Bibel ohne eigne Bekehrung und Selbsterziehung allein durch die Vermittlung des Geistlichen gerechtfertigt werden könnten. Dies war allerdings der Standpunkt der Orthodoxie, zu dem sich zu bekennen sie jetzt durch den Kampf auch äußerlich gezwungen wurde; das lutherische Princip war ihr schon wieder abhanden gekommen, die Kirche galt ihr, fast wie den Katholiken, als etwas vollkommenes, göttliches, deren Heilsmittel man nur passiv zu empfangen brauche, und die Geistlichen betrachteten sich als Träger einer göttlichen Amtsgnade, die von ihrer sittlichen Führung ganz unabhängig sei, wogegen der Pietismus edelstrebend den Grundgedanken des Protestantismus weiter zu entwickeln suchte. Wie Frohne seine Ansichten Eilmar gegenüber vertrat, darüber hat er sich selbst hernach öffentlich geäußert. »Nachdem ich nun dieses vernommen«, sagt er, »und gemerket, wie es ein Anfang sein sollte zur Zerstörung der guten Erbauung, so zeithero ohne einzigen öffentlichen Widerspruch bei uns geführet worden, da er [Eilmar] die Treibung der Gottseligkeit unter dem Namen der Pietisterei, wie schon andere heimlich gethan hatten, öffentlich hat versuchet verdächtig zu machen, so habe kraft meines Amtes als *Superintendens* meine Pflicht erachtet, daß ich dieses mit Stilleschweigen nicht dürfte vorbeigehen lassen, sondern weil ich hörete, daß etliche gottlose Leute sich darmit trugen, kitzelten und wider mich glorirten, nun wäre mir das Maul geboten, ich würde sie nun müssen unangetastet lassen, habe deswegen am Sonntag Quinquagesimae, da ich die Predigt zu S. Marien hatte, und von der Erleuchtung *occasione textus Luc.* 18, *v.* 34. 41. 42 redete, nicht zwar eine formale Widerlegung angestellt, indem ich ganz keiner Person gedachte, auch keine *Personalia* tractiret, doch meine Lehrsätze so eingerichtet, daß das Gegentheil aus Gottes Wort behauptet worden. Habe also gezeiget: 1) Ohne Treibung der wahren Bekehrung soll dem Gottlosen der Trost des Evangelii nicht geprediget werden. 2) Daß dem Gottlosen der Trost nicht bloßhin zu predigen sei, habe bewiesen aus den Sprüchen Es. 1, *v.* 16. 17. 18; Jer. 3, 12. 13. 14; Ez. 18, 21. 32, in welchen Sprüchen den Sündern der Trost nicht bloßhin, sondern wenn sie sich bekehren verkündiget wird. 3) Wann aber der Trost bloßhin, ohne Meldung der Bekehrung, geprediget wird, so werde der Weg zur Sicherheit aufgethan. 4) Habe ich gezeiget, daß es nicht irrig sei, wenn man die Schrift lesen und zu seiner Herzenserbauung betrachten wolle, daß man Gott um den Heil. Geist anrufe, der das Wort dem Leser öffne, daß er das Wort heilsamlich verstehen und annehmen könne: denn ob zwar der Heil. Geist schon im Worte sei, so muß er doch auch im Herzen sein, wenn er den Menschen durchleuchten und heiligen solle. Solche Einwohnung des Heil. Geistes im Herzen müsse aber von Gott durch ein andächtiges Gebet gesuchet werden, welches bewiesen aus Luc. 11, 13; Eph. 1, 17. 18; 1. Cor. 2, 12; Ps. 119, 18. — 5) Ich habe weiter dargethan, daß es nicht irrig sei, einen Unterschied zu machen zwischen dem innerlichen und äußerlichen Wort Gottes, wenn solches nicht geschieht nach enthusiastischer Art, als wenn das innerliche Wort ganz ein anderes sei, als das äußerliche Wort Gottes; so ferne es in der Bibel gelesen und gehöret wird, sei es das äußerliche Wort, so ferne es aber mit gläubigem Herzen angenommen und bewahret wird, sei es das innerliche Wort. Und daß, wenn die Erleuchtung und Bekehrung geschehen solle, so müsse das äußerliche Schrift-Wort ein innerliches Herzens-Wort werden, und so folge daraus die Erleuchtung und Bekehrung des Menschen. Gleichwie der Same nicht nur Same außer der Erde müsse bleiben, sondern er müsse auch ein innerlicher Same oder ein Same im Acker werden, wenn Früchte erfolgen sollen. Solches habe ich bewiesen aus Luc. 8, 15; Act. 16, 14; Rom. 10, 8. Habe darbei die Zuhörer ermahnet, das 12. Cap. L. 1. im Liebes-Kuß des sel. *D.* Müllers zu lesen, allwo der Unterschied zwischen dem innerlichen und äußerlichen Wort ganz deutlich und schriftmäßig erkläret wird. 6) Ich habe auch bewiesen, daß die heutigen frommen *Theologi*, welche die Pietät treiben, und so insgemein Pietisten genennet würden, mit dem Rathmannischen Irrthum nicht könnten beleget werden, als hielten sie das geschriebene Wort Gottes für ein todtes Wort«[34]).

Diese Ansichten sind diejenigen Speners und wurden vollständig mitgetheilt, weil sie die pietistische Anschauung vom Christenthum klar und bündig darlegen. Gleichwohl konnte Frohne mit Recht von sich behaupten, durchaus auf orthodoxem Boden zu stehen, und in einer Druckschrift vom 12. Aug. 1700 die »falschen wider ihn ausgesprengten Zumessungen, als ginge er von der Evangelischen Ortho-

---

34) »*Acta* betr. den theologischen Streit zwischen dem Superintendent Dr. J. A. Frohne und dem Archidiaconus Dr. G. Chr. Eilmar. E. C. Nr. 22«; auf dem Rathsarchiv zu Mühlhausen. Die obige Auseinandersetzung steht wahrscheinlich zuerst in seiner Denkschrift: »Verthädigung des Rechts des geistl. Priesters«, welche mir unbekannt geblieben ist; er sagt nämlich an andrer Stelle, daß er dort den Beginn des Kanzelstreits erzählt habe. — Außerdem habe ich die Protokolle des *Senatus Seniorum* benutzen können, welche Herr Stadtrath Dr. Schweineberg mir in zuvorkommendster Weise zugänglich machte.

doxie ab und wäre dem *Chiliasmo* und allerley Neuerungen zugethan«
mit Grund zurückweisen. Denn es befand sich in ihnen ebenso
wenig, wie in Speners *Pia desideria*, irgend etwas, das sich nicht
ganz folgerichtig aus den Grundlehren der protestantischen Kirche
hätte ableiten lassen, und separatistische Ausschreitungen wird er
in seiner Amtsstellung sicher nicht begünstigt haben. Der Pietismus
war ursprünglich doch nur eine von allen dogmatischen Neuerungen
entfernte Erscheinung des kirchlichen Lebens. So konnte denn auch
der Mühlhäuser Rath und eine Anzahl von theologischen Facultäten
ihm seine Rechtgläubigkeit unbedenklich bezeugen, die vorher niemals angefochten war, Eilmar aber für nöthig gefunden hatte alsbald öffentlich zu verdächtigen, indem er ihn nicht nur des Pietismus
sondern auch des Majorismus, Weigelianismus, Chiliasmus und Ter-
minismus beschuldigte.

Der Wortstreit, welcher nach jener Predigt Eilmars rasch entbrannt war und auch die übrigen Geistlichen der Stadt angesteckt
zu haben scheint, fand jedoch nach kurzer Zeit sein vorläufiges Ende,
indem am 23. Mai desselben Jahres der Rath gemessenen Befehl er-
ließ, daß sämmtliche Geistliche sich aller Streitigkeiten in öffentlichen Predigten zu enthalten hätten, wenn aber einer unter ihnen
bei seinen Collegen »etwas verdächtiges« bemerkte, solle er es dem
Consistorio schriftlich anzeigen, »damit dergleichen Irrungen freundlich und brüderlich abgeholfen, und sonst besorgliche ärgerliche Wei-
terung und Zerrüttung vermieden bleiben möge«. Gewiß achtungs-
werthe und maßvolle Ansichten; wie sich denn überhaupt der Rath
in dieser ganzen Zeit durchaus taktvoll und besonnen zeigt. Allein
nach wenigen Jahren entbrannte in Schrift und Wort der Hader von
neuem; wer ihn begonnen, läßt sich nicht entscheiden, beide Theile
behaupteten, die angegriffenen zu sein. Aber mag auch die Schuld
auf beiden Seiten gelegen haben, gleich vertheilt war sie sicher nicht,
und die Ergebnisse des ziemlich reichlich vorliegenden Materials
sind der Art, daß der Unbefangene nicht zweifeln kann, wem er seine
etwaigen Sympathien zuzuwenden hat.

Eilmar erscheint als würdiger Genosse der gesammten gegen
Spener auftretenden Orthodoxie, hart, leidenschaftlich, in todtem
Formalismus erstarrt. Nirgends entdeckt sich ein Zug warmen
Religionsgefühles, wohl aber ein unerquicklich doctrinäres Wesen,
schulmeisterlich pedantische Logik, rechthaberische Geschwätzigkeit

und ausfallende Grobheit. In einer im November 1706 an den Rath gemachten Eingabe erwähnt er prahlerisch, daß er innerhalb zehn Wochen »fast ein halb Reiß Papier« gegen Frohne verschrieben, und von seinen theologischen Elaboraten hat er eine gewaltig hohe Meinung. Ueberall wo er etwas wider »die reine Lehre« geschehenes wittert, ist er eifrig bei der Hand, dies dem Rath zu denunciren. Besonders als Frohne, der zugleich als erster Geistlicher das Censoramt verwaltete, den Druck einer Schrift von Johann Kessler, Conrector substitutus in Gotha, betitelt: »Gründliche Rettung der *Orthodoxiae D. Breithaupts*« gestattet hatte, schien ihm nichts wichtiger, als dies zur sofortigen Anzeige zu bringen (20. Jan. 1707), und mit allen ihm zu Gebote stehenden Mitteln Sturm zu läuten.

Frohne war ein Mann von lebendiger Religiösität, sittlicher Tüchtigkeit und Strenge gegen sich und andre. Dies machte ihn bei einem großen Theile der Einwohner unbequem und verhaßt, welcher natürlich nun zu Eilmar hielt und Einfluß genug besaß, um diesen nach Frohnes Tode an dessen Stelle zu bringen. In der zuvor angeführten Vertheidigungsschrift sagt Frohne bedeutungsvoll (S. 1 u. 2): »Die werklosen Christen halten die Predigten eifriger Lehrer, die neben der unverdienten Rechtfertigung auf die nothwendige Heiligung dringen und treiben, für verdächtig, als wären sie von Papistischer Art. Oder, weil man jetzo allenthalben von Pietisten redet, so beschuldigen die Weltgesinnten diejenigen Predigten, die auf die Buße, so vor dem Glauben hergehet, und auf die Werke, so aus dem Glauben fließen müssen, mit Ernst und Nachdruck gerichtet sind, sie seien nichts anders als Pietisterei. Und dies letztere habe ich auch an meinem Orte erfahren müssen. Denn nachdem ich neben der reinen Lehre der gnädigen Rechtfertigung vor Gott, auch die Buße und die Uebung zur Gottseligkeit etliche Jahre mit Anhalten zu rechter Zeit und Unzeit getrieben habe, hat solches den Teufel und die Welt verdrossen, und hat sich bei den Weltgesinneten erzeiget ein Unwille gegen mich, der manche widersinnige Rede wider meine Person und Lehre erreget hat. Dessen ungeachtet aber habe ich meines Berufs abgewartet, und mich an der Welt Ungunst und Verläumdung nicht gekehret. Und weil ich mußte hören, daß diejenigen frommen Bürger in unserer Stadt, welche sich den Sauf- und Spiel-Gelagen entzögen, von Sauf- und Karten-Brüdern für Pietisten ausgeschrieen wurden, so bestrafte ich solches öffentlich, und zeigte den unverständigen, daß fromm sein, der Gottseligkeit sich befleißigen, und neben dem Glauben Buße und gute Werke in Predigten treiben keine Pietisterei, sondern eine heilige und von Gott anbefohlene Uebung und Werk sei.« Es flößt unter allen Umständen Achtung ein, einen Mann mit ehrlichen, selbstgewonnenen Ueberzeugungen im Kampf gegen die Zeitrichtung und zum Dank für seine Gewissenhaftigkeit allerhand Injurien ausgesetzt zu sehen, und wir steigern diese Achtung mit Freuden, wenn er selbst darin sich Milde und Maß bewahrt. Dies that Frohne, der übrigens schon bejahrt, schwächlich und augenleidend war, in seinen schriftlichen Auslassungen auch dem Rathe gegenüber, und genoß die Genugthuung, daß derselbe sich entschieden auf seine Seite stellte. Wenn er ihm einige Male Vermahnungen zugehen ließ, so beweist das nur seine Unparteilichkeit; im übrigen mißbilligte er offen das Eilmarsche Treiben. Schon dessen Entgegnung auf Frohnes Schrift »Das Recht des geistlichen Priesters«, genannt *Harmonia Frohniano-Pietistica-Chiliastica* (1705) hatte der Rath zurückgewiesen, und gefordert, daß er seine Anklagen in kurzen Thesen formuliren solle. Als er später den Superintendenten wegen Druckes der Kesslerischen Schrift denuncirte, und dieser nach Aufforderung eine Erklärung darüber abgegeben hatte, drückte der Rath dem Eilmar sein besonderes Mißfallen aus, und untersagte ihm, dieser Schrift wegen »dem Herrn Superintendenten etwas weiteres zu imputiren« (21. Febr. 1707); Frohne hatte also sein Verfahren in den Augen des Raths gerechtfertigt. Dies war dem händelsuchenden Orthodoxen sehr unangenehm, und er remonstrirte gegen das Decret (21. und 23. März 1707), aber vergebens. Im Aerger nahm er seine Entlassung, doch wurde dieser Schritt später wieder rückgängig gemacht.

Der Streit sollte endlich geschlichtet werden durch das Urtheil unparteiischer Facultäten. Frohne erklärte ausdrücklich, sich in jedem Falle dabei beruhigen zu wollen, wenn nur Eilmar dasselbe aufgetragen würde. Dies Urtheil wurde am 3. Mai 1708 im Rathe eröffnet und Tags darauf den beiden Geistlichen mitgetheilt. Es hat sich aber keine Kunde davon erhalten, wie es ausfiel. Frohne starb am 12. Nov. 1713, 61 Jahre alt; Eilmar zwei Jahre später [35].

---

[35] Altenburg, Beschreibung der Stadt Mühlhausen in Th. Mühlhausen, 1824. S. 393 und 394.

Wer, der je versuchte, nach den Werken des Meisters sich ein Bild seiner Persönlichkeit zu entwerfen, dächte nicht sogleich, daß in dieser beklagenswerthen Entzweiung Bach mit Wort und Gesinnung zu seinem Superintendenten und dem Hauptprediger seiner Kirche gestanden hätte? Und doch ist genau das Gegentheil der Fall gewesen. In der Notiz der Pfarr-Register über die Geburt seines ersten Kindes, welche noch desselben Jahres in Weimar erfolgte, lesen wir unter den Pathen an erster Stelle: »Herr Doctor Georg Christian Eilmar, *Pastor primarius* bei der Kirche zu *M. Virginis* und *Consistorii Assessor* in Mühlhausen.«

Die aufmerksame Betrachtung der von Bach seinen Kindern bestimmten Taufzeugen ist für seine eigne Lebensgeschichte von nicht geringer Wichtigkeit, weil dadurch jedesmal ein ganz bestimmtes augenblickliches Verhältniß zu gewissen Menschen sich ergiebt. Der Grundsatz, nahe Verwandte oder Freunde oder sonstige Vertrauenspersonen zu wählen, war natürlich stets derselbe, zudem wurde und wird in den Gesellschaftskreisen, welchen Bach angehörte, ein solches Ereigniß mit ganz besonderer Feierlichkeit behandelt, und dies mußte um so mehr der Fall sein, je patriarchalischer seine Lebensanschauungen waren. Daß er nun gar die erste Pathenstelle bei seinem erstgebornen Kinde für ein ganz ausgesuchtes Ehrenamt hielt, ist selbstverständlich, und Eilmar figurirt zusammen mit den allernächsten Verwandten des Künstlers. Da er damals schon Hoforganist in Weimar war, und zu Mühlhausen in keiner dienstlichen Beziehung mehr stand, so kann dieser Schritt auch nur auf einem ganz freien Entschlusse beruhen und muß als Ausdruck innerster Ueberzeugung gelten. Es ist also nicht zu bestreiten, daß Bach ein Anhänger und Verehrer Eilmars war, und folglich, der Sachlage nach, zu Frohne mehr oder weniger feindlich stand. Wie das möglich sein konnte, wird man mit Erstaunen fragen; und galt nicht überhaupt Bachs Hinneigung zum Pietismus bereits für ausgemacht?

Sie galt für ausgemacht auf gewisse innere Uebereinstimmungen hin. Aber man scheint ganz unerwogen gelassen zu haben, ob denn nicht die pietistischen Kunst- und Lebensanschauungen eine solche Hinneigung von vorn herein verhindern mußten. Alle Kunst, die auch etwas für sich selbst bedeuten wollte, fiel den Pietisten unter den Begriff der »Welt«, zu der, wie sie meinten, jeder wahre

Christ sich im ursprünglichen Gegensatze befinde. Bald mehr, bald
weniger unumwunden sprachen sie es aus, daß künstlerische Ge-
nüsse, welche die Orthodoxie als Mitteldinge ($\dot\alpha\delta\iota\dot\alpha\varphi o\varrho\alpha$) bezeichnete,
die an sich weder gut noch böse seien, aber nach den Umständen
beides werden könnten, sich nicht vereinigen ließen mit einem für
jeden Augenblick Gott verantwortlichen Lebenswandel, und darum
als verführerisch und verderblich gemieden werden müßten. Nur
insofern die Kunst selbstlos in den Dienst der Religion und zwar der
subjectiven Erbauung und Erweckung trat, entging sie der Ver-
urtheilung. In musikalischer Hinsicht wurde deshalb in den pietistischen Kreisen auch nur die geistliche Arie in ihrer kleinsten Gestalt gepflegt, die sich der Dichtung eng und bescheiden anschmiegte
und zugleich der Empfindsamkeit sehr entgegen kam. Alle die Bestrebungen aber, welche die Formen kirchlicher Kunstmusik erweitern und zu größeren Ganzheiten vereinigen wollten, oder gar neue
Formen aus der so verpönten Opernmusik in die Kirche hinüber-
nahmen, mußten vom pietistischen Standpunkte aus absolut ver-
werflich erscheinen. Denn was im besten Falle auch hier mit er-
hebender und erbaulicher Kraft hervortrat, war, wie sie nicht
übersehen konnten, keineswegs die von ihnen gesuchte und durch
Negirung der »Welt« allein für möglich gehaltene contemplative An-
näherung an Gott, sondern es war eine Anerkennung und Idealisirung
alles geschichtlich gewordenen. Nun sah es Bach nach eignem Ge-
ständnisse als ein Stück seiner Lebensaufgabe an, die Kirchenmusik
neuen, höheren Zielen durch Vereinigung alles vorher geleisteten
zuzuführen, und grade in Mühlhausen zuerst hatte er mit frischem
Meistermuthe nach dieser Richtung energisch zu wirken begonnen.
Seiner Ueberzeugung gemäß konnte Frohne dies nur in sehr ein-
geschränktem Maße dulden, er mußte die üppig aufquellende
Productionskraft des Künstlers niederzudrücken suchen, und ahnte
vermuthlich nicht, daß er diesem damit die Lebensadern unterband.
Hier herrschte ein principieller Gegensatz, der groß genug war,
Bach aus dem Lager eines edlen Geistlichen zur Partei seines Gegners hinüberzutreiben. Es scheint überdies, daß Eilmar musikalisch
und einer Entwicklung der kirchlichen Musik im neueren Sinne zugethan war [36]).

36) Mattheson (Der musikalische Patriot. Hamburg, 1728. S. 151) nennt ein
im Jahre 1701 zu Braunschweig erschienenes Buch Eilmars: »Güldenes Kleinod

Aber wir müssen noch weiter gehen und behaupten, daß Bach auch niemals im Lager Frohnes sich befunden hat und nicht nur durch eine Art künstlerischer Nothwehr an Eilmar sich anzuschließen gezwungen wurde. Die nahe Verbindung, in welche er letzteren alsbald zu seiner Familie brachte, fordert durchaus die Annahme einer innern Uebereinstimmung — es braucht kaum daran erinnert zu werden, daß auch in der Lehre von der Wiedergeburt durch die Taufe die Ansichten der Pietisten und Orthodoxen aus einander gingen. Die religiösen Traditionen des Bachschen Geschlechts: ein schlichter, aber tief und lebendig gefühlter Protestantismus, der durch eine lange Thätigkeit im Dienste der Kirche eingewurzelt und erstarkt war, gelangten natürlich unverändert auch in die Kindesseele Sebastians. Seine Erziehung unter den Augen des älteren Bruders und auf dem orthodox gesinnten Lyceum zu Ohrdruf war nicht geeignet, hieran etwas zu ändern. Ebenso wehte in Arnstadt eine dem Pietismus durchaus ungünstige Luft, und da die Eiferer diesen als völlige Revolution gegen die reine, althergebrachte Lehre verdächtigten, mußte Bach nur entschieden gegen ihn eingenommen werden. Selbst geprüft hat er sicherlich schon aus dem Grunde nie, weil er schwerlich je ein religiöses Bedürfniß empfand, das er in dem Glauben seiner Väter nicht hätte befriedigen können. Was darüber hinaus war, das bot ihm eben die Kunst und sein Künstlerthum. Ohne Frage brachte er es hier bisweilen zu Aeußerungen, die mit gewissen Seiten des Pietismus sich nahe berühren. Die Mystik, mit welcher er sich in seine Texte, besonders in die Worte der Bibel hineingraben kann, ist der lebendigen Inbrunst, mit der die Pietisten die heilige Schrift lasen, nahe verwandt. Jener transcendentale Zug, welcher ihn so gern bei der Vernichtung des Erdenlebens durch den Tod und den Wonnen einer himmlischen Seligkeit verweilen läßt, entspricht der weltverneinenden und auf ein herrliches Reich Christi harrenden Stellung der Spenerianer. Ja, das Verlangen derselben, wenigstens auf Augenblicke das Gefühl des völligen und durch nichts vermittelten Einsseins mit Gott zu genießen, und die Unendlichkeit

Evangelischer Kirchen«, in dem der Verfasser ebenfalls gegen die Pietisten eifert. Es kam ihm bei seiner Vertheidigung der modernen Kirchenmusik gut zu statten, und er theilt deshalb einige Sätze daraus mit; dies würde wohl bei der Masse des in dieser Angelegenheit Geschriebenen nicht geschehen sein, wenn er nicht um die zustimmende Gesinnung Eilmars gewußt hätte.

des göttlichen Wesens entzückt im eignen Selbst zu empfinden, hat ein Gegenbild in Bachs Instrumentalmusik. Es ist ja die Aufgabe dieser Kunst, von allem, was der Mensch erlebte, nur die allgemeinsten Formen des Geschehens zur idealisirten Darstellung zu bringen, und unter allen Tonmassen erweist sich das Orgelmaterial gegenüber der Einprägung einer Individualität am sprödesten. Ein Tonstück dieser Qualität ist in Wahrheit das Symbol der ewigen Urharmonie, deren Wogen von Gott aus und zu ihm zurückströmen; ein solches dem menschlichen Empfinden auch ohne Vermittlung zufällig verbundener Begriffe nahe zu bringen, es mit subjectiver Wärme zu umfassen und zu durchglühen, ist wohl ein ähnliches Beginnen, wie wenn die frommen Seelen den unnahbaren, unbegreiflichen Gott ohne Dazwischentreten der Kirche liebeglühend zu umfangen suchten. Wie sehr Bach dies vermocht hat, zeigen seine frei erfundenen Orgelfugen, die auch heute noch ohne irgend ein appercipirtes Gefühl kirchlicher und gottesdienstlicher Feierlichkeit einem jeden von warmer Innigkeit durchtränkt und trotz ihrer Starrheit wundersam belebt erscheinen müssen, wie Felsen vom Abendroth übergossen. Aber alles dieses waren keine Resultate pietistisch-religiöser Anschauung, es waren nur die Offenbarungen einer aus der gleichen Wurzel deutschen Gemüthslebens aufschießenden Richtung im Gebiete der Kunst. Und fürwahr dicht neben den übereinstimmenden Merkmalen stehen die größten Verschiedenheiten: die stärkste Zügelung der Subjectivität durch die denkbar strengste Form, die gesunde Weltbejahung in der Anerkennung und Ausnutzung alles neben und vor ihm geleisteten und in der kräftigen, von den Vorfahren ererbten Freude am eignen Dasein. Wenn das Schöne, Gute und Wahre, was der Pietismus enthielt, eben in jener Zeit vielleicht grade in Bachs Musik am reinsten sich gestaltete, so konnte es nur dadurch geschehen, daß ihr Schöpfer ihm nicht angehörte. Freilich auch nicht, wenn er sich in harter Opposition zu ihm befunden hätte. Aber dies kann in der That niemals der Fall gewesen sein. Sein religiöser Standpunkt war ein über allen Streit erhabener und allgemeiner, wie er sich für ein universales Genie geziemte, und wenn ihn die Tradition seines Geschlechts und die Liebe zu seiner Kunst auch in die Reihen der Orthodoxen wies, so wäre doch nichts verkehrter, als ihn für einen fanatischen Parteigänger zu halten. Oder soll man noch fragen, ob sich eine Musik, so voll

Leben und Inhalt, wie die seinige, mit dem todten und hohlen Scheinchristenthum eines Eilmar und Genossen vereinbaren lasse?

Vielfach ist die pietistische Ausdrucksweise in den Cantaten- und Passionstexten Bachs in einem Sinne gedeutet, als ob der Componist hierin sein eignes Element gesehen und geliebt hätte. Aber ganz allgemein bemächtigte sich jener zum ersten Male wieder warm zum Herzen redenden Sprache, wer überhaupt einen Funken Poesie in sich trug, und es wäre sehr erfreulich, wenn nur alle von Bach componirten Dichtungen von diesem Tone getragen wären, man würde so mancherlei Schwülstigkeiten und Geschmacklosigkeiten schon in den Kauf nehmen können, zumal sie in den Wogen der Töne fast ganz verspült werden oder ohne Mühe sich tilgen lassen. In Wahrheit befindet sich unter allen Bachschen Textdichtern, soweit sie bis jetzt sich feststellen ließen, nicht ein einziger Pietist, und konnte es auch garnicht, da ihnen allen die neuere Kirchencantate ein sündhafter Gräuel war, vielmehr war der eigentliche Erfinder dieser Form, soweit es dabei auf die Dichtung ankam, einer der eifrigsten orthodoxen Vorkämpfer. Von andrer und im übrigen sehr urtheilsfähiger Seite ist zu beweisen versucht, daß Bach an den Melodien des Freylinghausenschen Gesangbuchs sich selbsterfindend und Fremdes bessernd betheiligt habe [37]. Johann Anastasius Freylinghausen, Schwiegersohn August Hermann Franckes und dessen Pfarr-Adjunct, nach dem Tode desselben Pastor an der Ulrichskirche und Director des von Francke gegründeten Waisenhauses zu Halle, gab im Jahre 1704 ein »Geistreiches Gesang-Buch« heraus, »den Kern alter und neuer Lieder, wie auch die Noten der unbekannten Melodeyen in sich haltend«. Halle war seit dem Ende des 17. Jahrhunderts durch Männer wie Francke und Breithaupt zu einer Hauptstätte des Pietismus geworden, und das »zur Erweckung heiliger Andacht und Erbauung im Glauben und gottseligen Wesen« herausgegebene Buch der volle Ausdruck jener religiösen Lebensanschauung. Es fand ungemeine Verbreitung, Auflage folgte der Auflage, im Jahre 1714 erschien trotz heftiger Anfeindungen der Gegenpartei als zweiter Theil das »Neue geistreiche Gesangbuch«, das ebenfalls den größten Beifall erfuhr und 1741, zwei Jahre nach Freylinghausens Tode, von dem Sohne Franckes mit dem ersten Theile zu einer Liedersammlung von nahezu 1600 Nummern mit mehr als 600 Melodien vereinigt wurde.

37) Winterfeld, Der evangelische Kirchengesang, III, S. 270—276.

Die Behauptung einer Theilnahme Bachs an dem musikalischen
Theile des Gesangbuches, gegen die man nach des Meisters eben
entwickelter Stellung zum Pietismus von vorn herein mehr als
mißtrauisch sein muß, stützt sich auf ein »Musicalisches Gesangbuch«, was der Schloßcantor zu Zeitz, Georg Christian Schemelli,
im Jahre 1736 bei Christoph Breitkopf in Leipzig erscheinen ließ;
in ihm befinden sich 69 Melodien, die sämmtlich laut Vorrede von
Sebastian Bach »theils ganz neu componiret, theils auch von ihm im
General-Bass verbessert« waren. Eine genaue Prüfung hat ergeben,
daß 40 dieser Melodien schon in früheren Quellen sich finden, und
zwar 18 davon zum ersten Male in dem genannten Gesangbuche
Freylinghausens [38]. Bachs Thätigkeit für dasselbe wäre also unter
der Bedingung erwiesen, daß sich seine Autorschaft bei diesen 18
Melodien, oder einigen von ihnen, darthuen ließe. Für die ersten
Auflagen vereiteln diesen Versuch sofort Freylinghausens eigne
Worte, da er in der Vorrede sagt: »Den alten und gewöhnlichen Kir-
chen-Liedern hat man Melodeyen in Noten vorzusetzen, weil sie
überall bekannt sind, unnöthig erachtet; die neuern aber sind damit
sämmtlich versehen, und zum Theil aus dem darmstädtischen Gesang-Buch genommen, zum Theil von christlichen und erfahrnen
Musicis hieselbst aufs neue darzu componiret worden.« Die Vorrede
datirt vom 22. September 1703 aus der halleschen Vorstadt Glaucha;
Bach war damals 18 Jahr alt und Organist in Arnstadt, es ist also
einfach unmöglich, ihn unter die »erfahrnen Musici hieselbst« (d. h.
in Halle) einzubegreifen. Damit scheiden alle die Melodien aus,
welche zuerst in der frühesten Auflage des Gesangbuches vorkommen, und es ist dies nicht weniger als die Hälfte. Von den übrigen
neun stehen drei in der fünften, 1710 erschienenen Auflage, welche
in ihrer Vorrede die allgemeiner gehaltene Bemerkung hat, daß alle
Melodien »nach den Regeln der Composition von christlichen und erfahrnen *Musicis* aufs neue fleißig untersuchet und an sehr vielen Orten
verbessert« seien. Eine dieser Melodien: »Seelenweide, meine Freude«
(Nr. 436) sollte denn auch als hauptsächliches Beweismittel dienen.
Zu diesem Liede Adam Dreses war in den ersten beiden Auflagen
eine, vermuthlich vom Dichter selbst erfundene Melodie im ionischen
Metrum ($\smile \smile - -$) gefügt, deren tänzelnder Charakter übrigens schon

---

38) Nicht 19; Winterfeld hat Nr. 284 bei Schemelli (Nr. 94 bei Freylinghausen) aus Versehen zweimal in Rechnung gebracht.

in der dritten Auflage (1706) durch Umsetzung in den Viervierteltakt
getilgt war. Die fünfte Auflage bietet eine ganz neue Melodie, und
weil man irriger Weise glaubte, daß Bach in Arnstadt noch mit Drese
zusammengelebt und zu ihm in Beziehung gestanden habe, entstand
die Vermuthung, er sei der Componist. Dieselbe sollte dadurch begründet werden, daß die Melodie in Schemellis Gesangbuche fast
unverändert wiederkehre, während der Vergleich ergäbe, daß Bach
an nachweislich fremden Melodien immer reichlich geändert habe,
zumal in der Bassführung; an seiner eignen Composition sei ihm das
nicht nöthig erschienen. Dieses kritische Instrument erweist sich
aber als unbrauchbar, da es in Bachs Natur lag, fremde wie eigne
Melodien, so oft sie ihm wieder unter die Hände kamen, mit neuen
Harmonien auszustatten: es beweisen dies unter anderm die von ihm
erfundenen Melodien zu den Liedern »Dir, dir, Jehovah, will ich singen« und »Gieb dich zufrieden und sei stille«, die beide in zwei verschiedenen, gleich meisterhaften Harmonisirungen vorliegen, und
fremde Melodien beweisen es ebenfalls in ungezählten Fällen, daß
seine verschiedenen Satzarten durchaus nicht immer aus dem Bestreben, mangelhaftes zu verbessern, sondern meistens aus dem Drange
schöpferischer Bildkraft entsprangen. Dazu kommt weiter, daß die
andern beiden Melodien, welche in Freylinghausens fünfter Auflage
und dann wieder im Schemellischen Gesangbuche stehen (Freyl. Nr.
592 und 614; es sind die Lieder: »Die güldne Sonne voll Freud und
Wonne« und »Der lieben Sonnen Licht und Pracht«), sich im letzteren
mit vollständig veränderten Bässen und Harmonien, auch mit mehrfach umgebildetem Melodiegange finden, so daß das an der ersten
Melodie scheinbar erhaschte Resultat allein hierdurch wieder jede
Sicherheit verlöre [39). Endlich ist noch zu sagen, daß doch auch die
Weise des Dreseschen Liedes bei Schemelli einige nicht unerheb-

---

39) Irrthümlich hat Winterfeld angegeben, jene beiden letzten Melodien
ständen schon in der ersten Auflage des Gesangbuchs, während daselbst doch
dem Gerhardschen Morgenliede die alte Ebelingsche Melodie, und dem Scriver-
schen Abendgesange eine zwar neuere, aber doch ganz abweichende Tonweise
beigegeben ist. Die auf S. 271 befindlichen Verzeichnisse sind also folgendermaßen abzuändern: Schemellis NNr. 108, 121, 463, 475, 522, 572, 580, 700, 779
entsprechen in Freylinghausens erster Auflage vom Jahre 1704 die NNr. 363,
278, 349, 461, 659, 515, 405, 353, 412; Schemellis NNr. 13, 39, 710 in Freylinghausens fünfter Auflage vom Jahre 1710 die NNr. 592, 614, 436. Das Verzeichniß zur ersten Auflage des zweiten Theils vom Jahre 1714 ist richtig.

liche Abweichungen zeigt. Wollte man aber alle diese Einwände nicht gelten lassen, so ist folgendes sicherlich entscheidend. Es war die fünfte Auflage, welche sich durch die Aufnahme der drei Melodien von den ersten Auflagen unterscheiden sollte[40]. Man hat nicht bemerkt, daß die fünfte nur ein wörtlicher Abdruck der vierten ist, und das Erscheinen dieser fällt in das Jahr 1708. Die baare Unmöglichkeit, daß Bach sich grade in diesem Jahre, wo er in dem erbitterten Streite eines Orthodoxen gegen einen Pietisten auf der Seite des ersteren stand, an einer erklärt pietistischen und von den Gegnern aufs heftigste angefeindeten Unternehmung betheiligt haben könnte, leuchtet wohl einem Jeden ein. Damit sinkt aber auch das ganze Conjecturen-Gebäude in sich zusammen. Denn die Wahrscheinlichkeit einer Theilnahme muß in dem Verhältniß geringer werden, als die Zahl der Melodien zusammenschmilzt, bei denen sie möglich erscheint. Hier stützte eins das andere, jetzt bleibt für die letzten sechs Tonweisen nur die sehr trügerische Handhabe der harmonischen Aehnlichkeit, die in dem Maße, wie vorgegeben wird, nicht einmal vorhanden ist. Wenn Bach dem Anfange des Unternehmens fern geblieben war, und den Lenkern desselben stets fern stand, wie sollte man dazu gekommen sein, für die Fortsetzung seine Hülfe zu begehren? Und erwägt man endlich, daß offenbar jenes Gesangbuch Schemellis ein Gegenstück zu dem Freylinghausenschen werden sollte, und zwar ein zwischen den Parteien vermittelndes, wie denn in der That Lieder von den Führern sowohl der Pietisten als der Orthodoxen dort einträchtig neben einander stehen — sogar von Freylinghausen selbst ist eines darunter[41] —, dann begreift man, wie Bach zur Aufnahme von 18 Freylinghausenschen Melodien kam, begreift aber auch, wie grade ihm, dessen parteilose Religion man kannte, die musikalische Herstellung des Gesangbuches übertragen werden konnte. Daß er unmittelbar mit Freylinghausens Liedersammlung niemals das geringste zu thun gehabt hat, dies dürfte nunmehr wohl eine unanfechtbare Thatsache sein. —

---

40) Vrgl. Winterfeld a. a. O. S. 14. Auch haben nicht 23, sondern nur 19 Lieder an Stelle der früheren Melodien neue erhalten; Nr. 662 ist aus Dur nach Moll versetzt, einige andre sind in eine bequemere Lage transponirt.

41) Nr. 496: »Mein Herz, gieb dich zufrieden«, unterzeichnet mit J. A. Fr., und im zweiten Theile des »Geistreichen Gesangbuchs« unter Nr. 450 zu finden. Von August Hermann Francke ist in dem Gesangbuche Schemellis unter Nr. 798 das Lied »Gottlob, ein Schritt zur Ewigkeit« einverleibt.

Einige Monate waren vergangen, seit Bach die Erlaubniß zur Orgelreparatur vom Rathe eingeholt, und sofort das Werk kräftig in Angriff genommen hatte. Während dieser Zeit war ihm klar geworden, daß seines Bleibens in Mühlhausen nicht sei. Rascher als er gehofft hatte, bot sich ein neuer Wirkungskreis dar: in seinem altbekannten Weimar war der Dienst eines Hoforganisten frei geworden, und da ihm ohnehin daran lag, als Virtuose weiter bekannt zu werden, so beschloß er, sich an dem herzoglichen Hofe zu produciren. Er verband mit dieser Reise noch einen andern Zweck. Am 5. Juni wollte der Pfarrer Stauber mit Regina Wedemann, der Muhme von Bachs Gattin, zu Arnstadt seine zweite Ehe schließen. Sebastian hatte den Gedanken, dem würdigen Manne, der im Jahre vorher ihren eignen Bund eingesegnet hatte und nun in nähere verwandtschaftliche Beziehungen zu ihnen trat, jenen Tag durch Aufführung einer Cantate zu verschönen. Da er am 25. Juni in Mühlhausen sein Entlassungsgesuch einreichte, so wird er zuerst nach Arnstadt gegangen sein, wohin er jedenfalls seine Frau mitnahm; diese blieb dann wohl dort bei ihren Freundinnen, oder ging mit nach Dornheim hinüber, von wo der Gatte sie auf seiner Rückkehr von Weimar wieder abholte.

Die Cantate, welche hier in Frage kommt, und die über die Verse 12—15 des 115. Psalms gesetzt ist (»Der Herr denket an uns und segnet uns« u. s. w.) [42], trägt in ihrer handschriftlichen Gestalt keinen Hinweis auf ihre Bestimmung, ja, daß überhaupt eine Cantate von Bach an jenem Tage geschrieben wurde, ist nur eine auf mehre sehr deutliche Anzeichen hin gewagte Combination. Daß das gemeinte Werk in die früheste Zeit Bachs gehört, erkennt sofort jeder, der sich gewisse Stilunterschiede einmal klar gemacht hat, ebenso, daß es sich darin um eine Hochzeitsfeierlichkeit handelt. Die Vermuthung aber, es sei auf eine gewöhnliche Trauung abgesehen, wird unzulässig durch die Textworte: »Der Herr segne euch je mehr und mehr, euch und eure Kinder«, und an eine Jubelhochzeit, mit welcher doch eine kirchliche Feier nicht verbunden ist, kann man auch nicht denken. Wohl aber paßt alles auf die zweite Verehelichung eines von Kindern umgebenen Wittwers, wie es Stauber war. Und

---

[42] B.-G. XIII, 1, S. 73—94.

da die Psalmstelle sich direct auch an das Haus Aarons wendet, so liegt es nahe genug, aus ihrer Verwendung für die Cantate, und besonders aus den Worten: »Ihr seid die Gesegneten des Herrn, der Himmel und Erde gemacht hat«, gradezu die Beziehung auf einen Geistlichen herauszufinden. Die Gelegenheit, für einen sich zum zweiten Male verheirathenden Prediger eine Cantate zu componiren, bot sich in den ersten Jahren von Bachs Meisterzeit jedenfalls nicht so häufig dar, daß die in diesem Falle genau zutreffenden Umstände unbeachtet zu lassen wären. Das Werk besteht aus zwei Chören, zwischen denen eine Arie und ein Duett stehen. An Instrumenten sind nur Geigen und Orgel verwendet, dieselben führen zu Anfang eine Sinfonia aus, die über das Anfangsthema des ersten Chors gebaut ist: die beiden Violinen arbeiten es in kurzen Abschnitten durch, welche immer durch ein paar überleitende Takte verbunden werden. Es lassen sich im allgemeinen zwei Behandlungsweisen an den Bachschen Kirchen-Symphonien oder -Sonaten bemerken. Das Hauptmerkmal der einen und älteren ist', daß über ruhigen, bald breitgezogenen, bald sanft schwebenden Harmonienfolgen zwei obere Stimmen ausdrucksvoll und gesangreich imitiren. Die Form der späteren schließt sich eng an die Construction eines Instrumental-Concertsatzes an, und ist eine geistvolle Uebertragung aus dem weltlichen Gebiete, während die erstere, in der Bach auf den Leistungen seiner Vorgänger weiterbaute, ganz dem kirchlichen Boden entsprossen ist. Was er nach dieser Richtung schuf, haben wir als die letzte Vollendung der Gabrielischen Sonate anzusehen: die harmonischen Massen sind noch dem Auge nicht entzogen, aber ihren breiten Rücken bedecken die Blumen und Ranken der neueren Instrumentalpolyphonie. Auch die Sinfonie der vorliegenden Cantate gehört dahin. Doch betheiligen sich die Bratschen und Violoncelle häufiger an der Contrapunctirung, als es in andern Fällen geschehen ist, wenn auch meist in Terzen- und Sextenverdoppelungen, die Stimmführung ist vortrefflich und strömend.

Die vier Vocalstücke sind vorwiegend milden und innigen Ausdrucks, was ja im allgemeinen der Zug der älteren Cantate ist, hier aber zuversichtlich durch Bestimmung der Composition mit veranlaßt wurde. Beide Chöre sind fugirt, der erste wird durch einen frei imitirenden Abschnitt eingeleitet, in dessen Stimmgewebe zweimal die

Instrumente *tutti* hineinschlagen; schon aus diesem Zuge, in Verbindung mit ähnlichen Stellen und den Zwischenspielen des letzten Chors könnte man den frühen Ursprung des Werkes ableiten. Die Fuge, in der das Thema mit einer Freiheit beantwortet wird, welche Bach später sich nicht mehr gestattete, stimmt in der Einflechtung der Instrumente ganz mit dem letzten Satze der Rathswechselcantate überein, zum Schluß kehrt, als wäre er ein Ritornell, der Anfangsabschnitt wieder. Die Arie hat eine knappe Da capo-Form und geringere Bedeutung, es waren der Textworte auch zu wenige, um ein ausführlicheres Stück zu machen. Desto wärmer und ergreifender ist das Duett zwischen Tenor und Bass: »Der Herr segne euch je mehr und mehr«, ein Stück von echt evangelischer Milde, wie es Bach nicht zum zweiten Male geschrieben hat. Eine weiche, breitathmige Melodie, welche die Imitation einer zweiten Stimme schon gleichsam in sich trägt, beherrscht bald instrumental bald vocal fast das ganze Duett, und obschon die gleichmäßige Abwechslung zwischen beiden Tonkörpern noch einen ältlichen Zuschnitt hat, so sind sie doch so geistreich und gewandt in einander geflochten, daß Bachs spätere Weise ganz deutlich durchschimmert. Sehr schön und überraschend ist der Schluß, wo nach einem, wie man meint, abschließenden Ritornell die Stimmen noch einen letzten Segensspruch thun, während die Geigen im C dur-Accorde harfengleich durch vier Octaven abwärts steigen. Der letzte Chor, welcher homophon und unter glänzender Instrumental-Figuration anhebt, geht nach sechzehn Takten in eine Amen-Doppelfuge über voll Frische und Kraft, deren Wirkung allerdings durch einige zu instrumental gedachte Stellen etwas geschädigt werden möchte, auch fehlt ihr der große unaufhaltsame Zug, da die Entwicklung sich in zu kurzen Abschnitten zwischen Singstimmen und Instrumenten, und Singstimmen mit Instrumenten vertheilt; dies war ein Stück Erbschaft seiner Kunstvorgänger, das Bach vollständig erst mit der Zeit seinem eignen Besitz assimilirte, wenngleich es ihm auch jetzt schon ungleich höhere Interessen abwarf. Ganz prächtig und kühn nimmt es sich aus, wenn im 54. Takte beide Violinen das Hauptthema auf dem c̄ ergreifen, während darunter in Sechzehnteln und Achteln alles durcheinander braust, das glänzt wie ein ritterlicher Held auf steigendem Schlachtrosse! Aber der leise verhallende Schluß leitet schön in die Grundstimmung des Ganzen zurück. Verglichen mit der Rathswechsel-Cantate ist diese weniger reichhaltig, aber entschieden einheitlicher, ein köstliches Erzeugniß echter religiöser Innigkeit. Und da sie von den meisten Schwierigkeiten andrer Bachscher Werke frei ist, so könnte die Kunstwelt sie bald in ähnlicher Weise lieb gewinnen, wie ihren wohl nur wenig jüngeren Bruder, den schönen, ernsten *Actus tragicus*, wenn man sie eben nur aufführen wollte.

Die Vorstellung in Weimar hatte günstigen Erfolg gehabt, und Bach über diese unvermuthet glückliche Wendung dankbar erfreut, beeilte sich, seine Verbindungen in Mühlhausen zu lösen. Nur dem Rath gegenüber that ihm die schnelle Trennung leid, der sich stets in wohlwollendster Weise zu ihm gestellt hatte, und dem er sich verpflichtet fühlen mußte. Deutlich merkt man dies aus seinem sehr artigen Entlassungsgesuche heraus:

> »*Magnifice* [43]), Hoch und Wohl Edle [44]), Hoch und
> Wohlgelahrte [45]), Hoch und Wohlweise Herrn [46]),
> Hochgeneigte *Patroni* und Herrn.

Welcher gestallt Eür: *Magnificenz*, und Hochgeschäzte *Patronen* zu dem vor dem Jahre verledigtem *Organi*sten Dienste *D. Blasii* meine Wenigkeit Hochgeneigt Haben bestellen, darneben auch Dero Milde zu meiner beßeren *subsistenz* mich genießen laßen wollen [47]), habe mit gehorsahmen Danck iederzeit zu erkennen. Wenn auch ich stets den Endzweck, nemlich eine *regulir*te kirchen *music* zu Gottes Ehren, und Ihren Willen nach gerne aufführen mögen, und sonst nach meinem geringen Vermögen der fast auf allen Dorfschafften anwachsenden kirchen *music*, und offt beßer, als allhier *fasonier*ten [48]) *harmonie* möglichst aufgeholffen hätte, und darümb weit und breit, nicht sond kosten, einen guthen *apparat* der auserleßensten kirchen Stücken mir angeschaffet, wie nichts weniger das *project* zu denen abzuhelffenden nöthigen Fehlern der Orgel ich pflichtmäßig überreichet Habe, und sonst aller Ohrt meiner Bestallung mit lust

---

43) Der Bürgermeister, welcher im Kirchenvorstande präsidirte.
44) Rathsherrn.
45) Litterarisch Gebildete.
46) Einfache Bürger.
47) Er war besser gestellt, als sein Vorgänger.
48) d. i. façonnirten.

nachkommen währe: so hat sichs doch ohne Wiedrigkeit nicht fügen wollen, gestalt auch zur zeit Die Wenigste *apparence* ist, daß es sich anders, obwohl zu dieser kirchen selbst eignen Seelen vergnügen künfftig fügen mögte, über dießes demüthig anheim gebende, wie, so schlecht auch meine Lebensarth ist, bey dem Abgange des Haußzinses und anderer äußerst nöthigen *consumtio*n [49]), ich nothdürftig [50]) leben könne.

Alß hat es Gott gefüget, daß eine Enderung mir unvermuthet zu Handen kommen, darinne ich mich in einer hinlänglicheren *subsistence* und Erhaltung meines endzweckes wegen der Wohlzufaßenden kirchen-*music* ohne verdrießligkeit anderer ersehe, Wenn bey Ihro Hochfürstl: Durchlaucht zu Sachsen-Weymar zu dero Hof *capelle* und Cammer *music* das *entree* gnädigst erhalten habe.

Wannenhero solches Vorhaben meinen Hochgeneigtesten *Patronen* ich hiermit in gehorsahmen *respect* habe hinter bringen und zugleich bitten sollen, mit meinen geringen kirchen Diensten vor dießesmahls vor willen zu nehmen, und mich mit einer gütigen *dimission* förderlichst zu versehen. Kan ich ferner etwas zu Dero Kirchen Dienst *contribuiren*, so will ichs mehr in Der That, als in Worten darstellen, verharrende Lebenslang

Hochedler Herrr

Hochgeneigte *Patron*en und Herrn

Deroselben [51])

Dienstgehohrsamster

Joh. Seb. Bach.

Mühlhausen, den 25. *Jun. an*: 1708.

[Adresse:]

An Die | Allerseits *respective* | Höchst und Hochgeschäzten | Herrn Eingepfarrten | *D. Blasii,* | unterthäniges | *Memoriale.* |«

---

49) Ahle besaß sein eignes Haus. Sonst scheint Hauszins mit der Stelle verbunden gewesen zu sein. Bieler erhielt unter diesem Titel jährlich 12 Thaler, und hatte auch sonst eine Reihe besonderer kleiner Revenuen an Geld und Materialien.

50) d. h. n u r nothdürftig.

51) Die Schrift der Worte »Hochedler Herrr Hochgeneigte« und »Deroselben« ist aus deutschen und lateinischen Buchstaben gemischt, was sich im Druck nicht gut wiedergeben ließ.

Ungern aber liberaldenkend ertheilte denn auch am folgenden Tage
der Rath die Entlassung, jedoch mit dem Vorbehalt, daß Bach zur
Vollendung der Orgelreparatur seine fernere Hülfe verspreche. Da
das neue Brustpositiv, wie die erwähnte Chronik erzählt, erst im
Jahre 1709 fertig wurde, so wird Bach während dieser Zeit mindestens noch ein Mal, vermuthlich aber öfter von Weimar herüber-
gekommen sein. Uebrigens blieb die Stadt Mühlhausen bei ihm sein
Leben lang in gutem Andenken, und noch mehr als 25 Jahre später
veranlaßte ihn die »alte *Faveur*« des Rathes für seinen Sohn Bernhard um die Organistenstelle an der Marienkirche mit Erfolg nach-
zusuchen. In den von ihm aufgegebenen Dienst rückte, wie wir
erzählt haben, sein Vetter Johann Friedrich Bach.

II.

Unter den kleinen Herrschern des damaligen Mitteldeutschland,
welche meistens ihr Deutschthum möglichst verleugneten, nur ihr
eignes Wohl im Auge hatten und von Regentenpflichten keine Vorstellung, ragt Herzog Wilhelm Ernst von Sachsen-Weimar als eine
eigenartige, gewissenhafte und tiefer angelegte Persönlichkeit hervor. Er regierte schon seit 1683 und stand, als Bach von ihm berufen wurde, im 46. Lebensjahre. Von seiner Gemahlin nach
kurzer, unglücklicher Ehe getrennt, lebte er kinderlos und still auf
der »Wilhelmsburg«, dem weimarischen Residenzschlosse. Seine
Hofhaltung war einfach, sein Sinn rauschenden und glänzenden Vergnügungen abgewandt; im Sommer um 9 Uhr, im Winter schon um
8 Uhr Abends pflegte auf dem Schlosse alles Leben zu verstummen.
Je weniger Zeit und Geld er aber für persönliche Interessen ver-
brauchte, desto nachhaltiger gab er sich den Verhältnissen seines
Ländchens hin, und hier war es vorzüglich die Sorge für geistliche
und Schul-Angelegenheiten, welche ihn erfüllte. Wilhelm Ernsts
Charakter war im hohen Maße ein kirchlich-religiöser. Schon bei
dem Knaben hatte sich dieser Zug stark geäußert, indem er im
achten Jahre unter Anleitung des Hofpredigers vor seinen Eltern und
einer auserlesenen Versammlung eine ordentliche Predigt hielt über
Apostelg. 16, 31 »mit Anstand und mit einer außerordentlichen edlen
Freimüthigkeit und vielem Aeußerlichen«, wie erzählt wird. Seine

45jährige Regierungszeit ist denn auch von Beginn bis Ende mit einer Anzahl trefflicher Einrichtungen und Verordnungen dieser Art erfüllt, welche ihm bis heute ein lebendiges Angedenken erhalten haben. Die alte verfallene Jakobskirche ließ er 1713 neu erbauen, die Stadt-Schule verwandelte er 1712 in das jetzige Gymnasium und versorgte sie mit einem neuen Gebäude und wohlthätigen Stiftungen zur Unterstützung armer Schüler, noch zwei Jahre vor seinem Tode gründete er ein Prediger- und Lehrer-Seminar, zum zweihundertjährigen Jubelfeste der Reformation, am 30. October 1717, auf welchen Tag er zugleich seinen Geburtstag feierte, machte er eine Stiftung, deren Zinsen jährlich den Geistlichen, Lehrern, Schülern und Armen zu gute kommen sollten, hierzu ließ er auch eine Gedächtnißmünze schlagen, auf deren Avers sein Kopf zu erblicken ist: ein scharfgezeichnetes mageres Gesicht mit zurückliegender Stirn, großer vorstehender Nase und etwas vorstehendem Kinn. Er führte die Confirmation der Kinder wieder ein, die seit mehr als anderthalb hundert Jahren außer Gebrauch gekommen war, und legte den Geistlichen den Katechismus-Unterricht dringend ans Herz. Mit wirklichem und edlem Eifer betrieb er ferner die Bildung des niedern Volkes, oder, was damals dasselbe war, dessen Unterweisung in der christlichen Lehre, so daß er oftmals auf dem Lande von einem Orte zum andern reiste, um sich vom Stande des Kirchen- und Schulwesens selbst zu überzeugen. Ebenso trat im eignen Leben die Richtung auf das Religiöse hervor; sein Wahlspruch war: Alles mit Gott. Täglich hielt er seine Andachten, und verlangte dasselbe von der Dienerschaft; wenn er das Abendmahl genießen wollte, schloß er sich Tage vorher von allem ab und beschränkte auch die Vorträge seiner Räthe auf das Nöthigste, in Betreff der Hofdiener hatte er gleich am Anfange seiner Regierung eine bestimmte Communionordnung erlassen. Unter ihnen hielt er streng auf Frömmigkeit und gute Sitten, wird aber im übrigen als ein milder und sorgsamer Herr gerühmt, besonders gegen alte und erprobte Diener. Sein liebster Verkehr waren Geistliche, die er gern im vollen Ornate um sich sah. Ueber die Bedürfnisse des damals etwa 5000 Einwohner zählenden Ortes hinaus [1]) vermehrte er die Zahl der ordentlich ange-

---

1) Gräbner, Die großherzogl. Haupt- und Residenz-Stadt Weimar. Erfurt, 1830. S. 93.

stellten Geistlichen auf mindestens sieben, und im Jahre 1710 berief er sie einmal aus dem ganzen Lande, über hundert, zu einer
Synode nach Weimar, deren Verhandlungen er von Anfang bis zu
Ende beiwohnte. Es ist natürlich, daß ihn alle die kirchlichen Streit-
fragen, welche der mehr und mehr erstarkende Pietismus aufgeregt
hatte, aufs höchste interessirten; mit seiner Ueberzeugung stand er
aber durchaus bei der altkirchlichen Partei[2]. Für die Jakobskirche
wollte er, laut Verordnung, nur einen Prediger zulassen, der auf
»unverdächtigen« Universitäten studirt hätte, was gegen Halle gerichtet ist, im Jahre 1715 verbot er die mit Mißbräuchen verbundenen
religiösen Privatzusammenkünfte, drei Jahre darauf empfahl er den
Predigern zur allgemeinen Vertretung den dogmatischen Satz, daß
die Amtsgaben auch unbekehrter Geistlicher schon vermöge ihres
Amtes heilig und wirkungsfähig seien. Unter den Studenten in Jena
veranlaßte er genaue Untersuchungen über die wichtigsten Differenz-
punkte, und entschied dann in einem ausführlichen Rescript, wie er
jene Fragen gelöst wissen wollte. Uebrigens ist es nach allem, was
vorliegt, doch ziemlich klar, daß Wilhelm Ernsts Interesse keineswegs im Kirchenthum und der Wahrung der »reinen« Lehre aufging,
sondern ein mächtiger Zug lebendiger Frömmigkeit in ihm wohnte.
Deshalb war ihm auch orthodoxer Zelotismus zuwider, er untersagte
streng allen Kanzelstreit, und forderte, daß etwa herrschende religiöse Irrthümer »bescheiden und gründlich« widerlegt würden.

Nächstdem war er den Wissenschaften und Künsten wohl ge-
wogen, und zeichnete sich auch hierin vor den meisten seiner Standesgenossen aus, daß er diese Neigungen nicht nur äußerlich und
aus Ostentation hegte, sondern nachhaltig und aufrichtig bethätigte.
Er hatte seiner Zeit drei Jahre in Jena studirt, und schon seine theologischen Interessen hielten ihn mit der Wissenschaft in steter Verbindung. Außer der dem herzoglichen Archive zugewendeten Sorgfalt hat er durch verschiedene werthvolle Ankäufe den Grund zu der
jetzt so bedeutenden großherzoglichen Bibliothek gelegt, und ließ

---

2) Sein jüngerer Bruder Johann Ernst hatte im Jahre 1691 einen vergeb-
lichen Versuch gemacht, August Hermann Francke als seinen Hofprediger und
Informator seines ältesten Prinzen zu gewinnen (nach Franckes Tagebuch bei
Kramer, Beiträge zur Geschichte A. H. Franckes. 1861).

dieselbe mit der ihm eignen geschäftlichen Genauigkeit von Anfang
an durch einen besondern Bibliothekar verwalten. Auch besaß er
eine bedeutende Münz-Sammlung und war auf deren stete Ver-
mehrung bedacht. Trotz seines ernsten Sinnes hatte er sich doch
bewogen gefunden, im Jahre 1696 ein Opernhaus erbauen zu lassen,
und besaß zeitweilig in Gabriel Möller einen »Hof-Comoedianten«,
was so viel heißt, als daß eine unter der Leitung dieses Mannes
stehende Truppe das Privilegium genoß, in Weimar und den übrigen
Orten des Landes zu spielen. Im Jahre 1709 bestand jedoch dies
Privilegium schon nicht mehr[3]. Das freundschaftliche Verhältniß,
was zwischen dem weimarischen und dem lebenslustigen Hofe zu
Weißenfels stattfand, blieb auf derartige Vergnügungen nicht ohne
Einfluß: 1698 feierte Wilhelm Ernst daselbst mit großem Gefolge
einen vieltägigen Carneval, auch blieben die Vettern bis in spätere
Decennien treue und eifrige Jagdgenossen. Die Hofcapelle war für
damalige Zeiten nicht unbedeutend, und zählte schon im Jahre 1702
einige hervorragende Künstler. Ein Lebensabriß des Herzogs aus
dem Jahre 1730 berichtet treuherzig: »Sein Gehöre belustigten zuweilen sechzehn in Heyducken-Habit gekleidete wohlabgerichtete
Musikanten«; da dies natürlich die besten der Capelle gewesen sein
werden, so ist die Folgerung fast zwingend, daß auch Bach sich zeitweilig im »Heyducken-Habit« hat präsentiren müssen — eine komische Vorstellung! Indessen war das Interesse für Kammermusik
wohl mehr noch bei seinem jüngeren Bruder Johann Ernst, in dessen
Diensten Bach im Jahre 1703 auf einige Monate gewesen war, und
nach seinem 1707 erfolgten Tode bei einem der Söhne desselben aus
zweiter Ehe, dem Prinzen Johann Ernst, von welchem noch mehr zu
erzählen sein wird. Des Herzogs Neigung mußte sich seiner Natur
gemäß überwiegend der kirchlichen Musik zuwenden[4].

---

3) Am 14. Mai dieses Jahres empfiehlt Herzog Christian von Sachsen-
Weißenfels an Herzog Moritz von Sachsen-Zeitz den Gabriel Möller, der »vor-
mals« in Weimar als Hof-Comoediant im Dienste gewesen (Staats-Archiv zu
Dresden). Vrgl. Fürstenau, Zur Geschichte der Musik und des Theaters am
Hofe zu Dresden, 2. Thl., S. 301 und 303.

4) Die beste Quelle über Wilhelm Ernsts Leben ist der im anderen Theile
von Johann David Köhlers »Historischer Münz-Belustigung«, (Nürnberg, 1730. 4.)
S. 18—24 gegebene Lebensabriß. Weitläufig behandelt diesen Regenten Gott-

Es ist auf den ersten Blick klar, daß sich für Bach und seine
Zwecke gar kein günstigerer Ort denken ließ. Jede Kunstpflanze,
mag sie in noch so fruchtbarem Erdreich stehen, bedarf doch Licht
und Luft zu ihrer Entwicklung, und für die wahre Kirchenmusik
waren jene Elemente damals äußerst schwer zu finden, besonders an
Höfen, die doch vorzugsweise die Mittel zum Gedeihen der Kunst
darbieten konnten. Wirkliches Interesse für Religion zeigte sich fast
nur in Gestalt des kunstfeindlichen Pietismus, im übrigen verbarg
sich hinter den kirchlichen Formen meistens die religiöse Gleichgültigkeit, welche es am liebsten sah, wenn die herkömmliche Kirchenmusik ein Compromiss mit der Oper abschloß, und möglichst zu Gunsten der letzteren, denn in dieser war der Schwerpunkt des allgemeinen musikalischen Interesses gelegen. Ganz anders war es am
Hofe Wilhelm Ernsts. Der Herzog hatte die tiefe Ueberzeugung,
daß die kirchlich protestantische Religion das höchste der menschlichen Güter sei, welches aber nicht das übrige Leben mit all seinen
Aeußerungen und Beziehungen ausschließe, sondern nur in sich ver-
dichte und einem reineren Ideale zuwende. Künstlerische Bestrebungen im Gebiete der Kirche mußten ihm daher als etwas ausnehmend
löbliches und fördernswerthes erscheinen, besonders wenn er bemerkte, wie ein hochbegabter Mann den größten Theil seiner gewaltigen Kraft an diese Aufgabe wandte. Was aber seine Ansicht
war, bildete zugleich die des größten Theils seiner Umgebung, und
Bach konnte sich überzeugen, daß seiner Musik schon deshalb, weil
sie kirchlich war, Theilnahme geschenkt wurde. Er fühlte sich getragen von der Gunst einer Mehrheit, in deren Schätzung alles was
mit der Kirche zusammenhing den obersten Platz einnahm. Zustimmung und Antheil seiner Mitmenschen ist aber auch für den stärksten
Geist zum Theil nothwendig wie die Lebensluft, zum andern Theil
wenigstens erwärmend und stärkend wie Sonnenschein. Der weimarische Hof nimmt sich unter den Fürstenhöfen jener Zeit ganz so

schalg, Geschichte des Herzoglichen Fürstenhauses Sachsen-Weimar und Eisenach (Weißenfels und Leipzig, 1797) S. 213 — 281. Einzelheiten bot mir noch
das Archiv zu Weimar. Neuerdings erschien unter dem Titel »Ernst August,
Herzog von Sachsen-Weimar-Eisenach« ein interessantes Culturbild vom Frh.
von Beaulieu Marconnay (Leipzig, Hirzel. 1872), was den hochachtbaren Charakter
Wilhelm Ernsts des weiteren bestätigt.

ernst und überragend aus, wie Bach schon damals unter den Kirchen-componisten; beide scheinen wie für einander bestimmt gewesen.

Das neue Amt war ein doppeltes, das eines Hoforganisten und Kammermusicus. Hierfür bezog Bach die ersten drei Jahre hindurch einen Gehalt von 156 Gülden 15 ggr., welcher pünktlich ausbezahlt wurde, da die Finanzverwaltung exact war[5]. Um Johannis 1711 stieg er auf 210 Gülden 12 ggr., zu Ostern 1713 auf 225 Gülden, von 1714 an gar noch höher — ein deutliches Zeichen, wie sehr man ihn zu schätzen wußte[6]. Die Schloßkirche stammte noch aus dem Jahre 1630 und hatte später den Namen »Weg zur Himmelsburg« erhalten; der Herzog ließ, um sie noch mehr zu zieren, im Jahre 1712 fünf neue Glocken für sie gießen[7]. Wie oft Bach dienstlich in ihr zu thun hatte, ist nicht genau zu sagen, da häufig wohl auch außerordentliche Gottesdienste dort gehalten wurden. Die Orgel war ziemlich klein, besaß aber ein kräftiges, volles Pedal, worin sie die Orgel der Stadtkirche übertraf, während diese ihr an Reichthum der Manual-Register überlegen war. Es wird von Interesse sein, die Disposition kennen zu lernen:

5) Wenn er es für nöthig hielt, unterstützte der Herzog seine Hofdiener selbst durch Vorschüsse, s. J. D. Köhler, a. a. O. S. 23.

6) Nur von Michaelis 1710 an waren im großherzoglichen Archive die Gesammt-Kammerrechnungen aufzufinden, welche über Bachs Gehalt Auskunft geben. Hier finden sich verzeichnet: 150 Gülden Besoldung und 6 Gülden 15 ggr. »zu 3 Klafter Floßholz«, außerdem 12 ggr. »zu Kohlen vor den Hoforganisten den Winter über«. Von Michaelis 1711—1712 bieten sich folgende Notizen: An Besoldung »200 Gülden dem Hoforganisten Bach«, daneben mit rother Tinte: »sonsten nur 150 Gülden, wegen der 50 Gülden zulage«, woraus zu schließen, daß er mit der Summe des vorigen Jahres ursprünglich angestellt gewesen. Ferner: »8 Gülden 12 ggr. dem Hoforganisten Statt 4 Klafter Floßholz«; aus einer Stiftung Herzog Wilhelms IV. 2 Gülden. Unter dem Titel »Baukosten« stehen neben einigen andern kleinen Ausgaben für Orgelreparatur auch 2 Gülden »zwei Zimmerleuten und 2 Taglöhnern so die Orgelbalgkammer zernommen und die Blasebälge abgehoben 18. Juni 1712«. Michaelis 1712—1713: »203 Gülden 15 ggr. 9 Pf. Dem Hoforganisten Joh. Seb. Bachen«, nämlich »1—3 jedes Quartal 50 Gülden, Trinit. 53 Gülden 15 ggr. 9 Pf. besage fürstl. Befehls vom 24. Febr.«; von letztgenanntem Datum an war ihm also von Ostern ab — er bezog seinen Gehalt *postnumerando* — eine jährliche Zulage von 15 G. ausgesetzt. Weiter: 8 G. statt 4 Klafter Floßholz und 2 G. aus der Stiftung.

7) A. Wette, Historische Nachrichten von der berühmten Residentz-Stadt Weimar. Weimar, 1737. S. 146, 147 und 150.

<table>
<tr><td>

Ober-Clavier.

1. Principal 8′
2. Quintatön 16′
3. Gemshorn 8′
4. Gedackt 8′
5. Quintatön 4′
6. Octave 4′
7. Mixtur 6 fach
8. Cymbel 3 fach
9. Glockenspiel.

</td><td>

Unter-Clavier.

1. Principal 8′
2. Violdigamba 8′
3. Gedackt 8′
4. Trompete 8′
5. Kleingedackt 4′
6. Octave 4′
7. Waldflöte 2′
8. Sesquialtera 4′ [?]

</td></tr>
</table>

Pedal.

1. Groß-Untersatz 32′	5. Principal-Bass 8′
2. Sub-Bass 16′	6. Trompeten-Bass 8′
3. Posaun-Bass 16′	7. Cornett-Bass 4′ [8].
4. Violon-Bass 16′	

In der musikalischen Capelle konnte Bach als Cembalo- und Violinspieler verwerthet werden, da er aber späterhin zum Concertmeister aufrückte, so wird letzteres das Gewöhnliche gewesen sein, ausgenommen natürlich bei kirchlichen Aufführungen, wo er seinen Platz an der Orgel hatte. Ein Verzeichniß der herzoglichen Musiker, welches zwischen 1714 und 1716 angelegt ist, zählt ihrer 22 auf; darunter sind freilich auch die Sänger begriffen, die aber mehr oder minder alle nebenher ein Instrument zu spielen pflegten, so wie auch die meisten Spieler auf mehren Instrumenten Bescheid wußten. Es waren auch immer einige darunter, die noch ganz anders geartete Amtspflichten hatten: man wußte sich eben sehr zu behelfen. Die vier Stimmen des Vocalchores pflegten doppelt besetzt zu sein, zur Verstärkung kamen sechs Capellknaben hinzu; auch war noch der Stadt-Musicus vorhanden, welcher mit seiner Gesellschaft eine etwa erwünschte Unterstützung leisten konnte.

---

8) **Wette,** welcher S. 175 und 176 diese Disposition mittheilt, rühmt die Orgel als »unvergleichlich«, was sich, wenn auf sein Urtheil überhaupt etwas zu geben ist, auf die Qualität der Stimmen beziehen müßte. Sie stand im sogenannten Cornetton, d. h. eine kleine Terz über dem Kammerton. S. Anhang A. Nr. 17.

Einen würdigen Kunst- und Amtsgenossen fand Bach an dem Organisten der Stadtkirche zu St. Petri und Pauli, Johann Gottfried Walther. Derselbe war ein Erfurter, durch seine Mutter, eine geborne Lämmerhirt, mit Bach ziemlich nahe verwandt und außerdem diesem Geschlechte durch Johann Bernhard Bach, seinen ersten Lehrer in der Musik, verbunden. Geboren den 18. Sept. 1684 stand er Sebastian an Alter fast gleich, und schon war für beide einmal Gelegenheit gewesen, nach demselben Ziele zu rennen, als die Stelle Georg Ahles in Mühlhausen neu besetzt werden sollte. Doch hielt sich Walther von einer Bewerbung, die ihm nahe gelegt war, zurück, und wurde einige Monate darauf, am 29. Juli 1707, von Erfurt an die Stadtkirche zu Weimar berufen, wo der bisherige Stadtorganist Heintze kurz vorher gestorben war[9]). Auf diesem Posten ist er bis zu seinem am 23. März 1748 erfolgten Tode geblieben; mit der Hof capelle hatte er zu Bachs Zeit nichts zu thun, da er erst 1720 zum Hof-Musicus ernannt wurde, dagegen erhielt er schon im Jahre seines Antritts den Clavierunterricht bei dem Prinzen Johann Ernst und dessen Schwester Johanne Charlotte[10]). Walthers Name ist in der Kunstgeschichte durch sein musikalisches Lexicon allgemein bekannt; es erschien 1732 zu Leipzig und ist der erste deutsch verfaßte Versuch, die Gesammtmasse des musikalisch Wissenswerthen in lexicalische Form zu bringen. Besonders macht die Fülle der mit großem Fleiße zusammengetragenen biographischen Notizen das Buch noch heute zu einem schwer entbehrlichen Quellenwerk, wenn es natürlich auch von vielen Ungenauigkeiten nicht frei ist; der Verfasser suchte es übrigens unablässig zu vervollkommnen und wollte eine Fortsetzung erscheinen lassen, starb aber darüber hin[11]). Und doch war dies nur die Frucht freier Nebenstunden in dem Leben des arbeitsamen Mannes, seine Hauptthätigkeit galt der musikalischen Praxis in Spiel, Lehre und Composition. Zur Unterweisung befähigte ihn sein höchst exactes, unverdrossen ausharrendes Wesen,

---

9) Wette, a. a. O. S. 261.

10) Den größten Theil seines Lebens beschreibt Walther selbst in Matthesons Ehrenpforte (Hamburg, 1740) S. 387—390. Dazu Gerber Lexicon II, Sp. 765.

11) Sein mit vielen handschriftlichen Zusätzen versehenes Exemplar besaß der Lexicograph Gerber und hat das Meiste daraus seinem eignen Lexicon einverleibt. Nach dem Tode desselben kam es in die Bibliothek der Gesellschaft der Musikfreunde zu Wien.

verbunden mit gründlichen musikalischen Kenntnissen so sehr, daß er sich hierin neben Bach wenigstens als Lehrer der Composition vollständig behaupten konnte. Sein Spiel muß nach Ausweis der von ihm erhaltenen Compositionen tüchtig und gediegen gewesen sein. Von diesen wurden einige wenige Hefte zu Lebzeiten des Künstlers in Kupfer gestochen [12], aber eine große Anzahl derselben ist uns in seiner eignen Handschrift überliefert, und zwar ausschließlich Tonwerke für Orgel oder Clavier; von seinen Kirchencompositionen, über welche er uns selber unterrichtet, ist mir wenigstens nichts zu Gesicht gekommen. Fünf Fugen (in A dur, C dur, D moll, C dur, F dur) sind respectable, auf dem Grunde seiner thüringischen Vorgänger weitergeführte Arbeiten, noch mehr die Praeludien, beziehungsweise Toccaten, welche vieren derselben voran gehen [13]. Dem Orgelchoral aber war sein Hauptinteresse zugewendet, er sammelte unermüdlich, was er an guten Choralbearbeitungen früherer, theilweise auch zeitgenössischer Tonsetzer erreichen konnte und hat selbst viele Hunderte solcher Stücke gefertigt. Noch existiren fünf mehr oder minder umfassende Choralsammlungen von seiner Hand, in ihnen finden wir auch Böhm ziemlich häufig vertreten und Buxtehude, für welchen ihn Andreas Werkmeister zu interessiren gewußt hatte. Sein hauptsächliches Vorbild aber blieb Pachelbel, dessen Geist die Erfurter Organisten damals insgesammt beherrschte, und dessen Sohn er im Jahre 1706 eigens in Nürnberg besuchte. Einen ganzen Jahrgang von Choralvorspielen in der Weise jenes Meisters hatte er ausgearbeitet [14]. Man kann in das hohe Lob vollkommen einstimmen, was Mattheson ihm spendet, welcher ihn den zweiten, »wo nicht an Kunst den ersten Pachelbel« nennt, und behauptet, daß Walthers Choräle an Nettigkeit alles überträfen, was er jemals gehört und gesehen, und er habe doch viel gehört und noch mehr gesehen [15]. In dieser Specialität wird er nach Sebastian Bach als der größte Meister gelten müssen, wenn man von den weit

---

12) Den bei Gerber namhaft gemachten ist noch hinzuzufügen ein Heft mit Bearbeitungen des Adventsliedes »Wie soll ich dich empfangen«, erschienen bei Christian Leopold in Augsburg.

13) Auf der königl. Bibl. zu Berlin.

14) Mattheson, *Critica musica* Bd. 2. Hamburg, 1725. S. 175.

15) Vollkommener Capellmeister, S. 476.

ausgesponnenen Formen des norddeutschen Orgelchorals absieht, in
welchen er sich nur ganz flüchtig versucht hat. Alles was Pachelbel
technisch mehr oder weniger unausgeführt gelassen hat, ist von
Walther vollendet. Die Contrapuncte stehen freier noch der Melodie
gegenüber und bilden einen selbständigern Organismus unter sich,
in dem die einzelnen Stimmen in großer Ungebundenheit sich bewegen; mit gleicher Leichtigkeit führt bald der Bass, bald eine
Mittel- oder Oberstimme den Cantus firmus, die Pedaltechnik ist voll
entwickelt. Dazu gebietet er über einen bedeutenden Reichthum
combinatorischer Erfindung, und über jene Gewandtheit im Lösen
schwieriger contrapunctischer Probleme, welche nur durch aus-
dauernden Fleiß gewonnen wird. Seiner Stärke sich bewußt arbeitet
er gern im künstlicheren Canon. Zu der Melodie »Wir Christenleut
hab'n jetzund Freud« setzte er z. B. einen zweistimmigen Canon in
der Octave und im Abstande eines Vierteltaktes und legte den Cantus
firmus ins Pedal [16]). Sehr gern führt er die Choralmelodie zwischen
Oberstimme und Pedal canonisch, und in mannigfaltigster Abwechslung, indem z. B. der Bass mit der einfachen Melodie einherschreitet
und die Oberstimme um einen Takt mit der colorirten nachfolgt (in
einer Bearbeitung von »Ach was soll ich Sünder machen«), oder die
Oberstimme in halben Noten sich voranbewegt und nach zwei Takten
das Pedal in Viertelnoten hinterher eilt und so jede Zeile am Schlusse
wieder einholt (»Mitten wir im Leben sind«) [17]). Auch wo eine intimere Verknüpfung zwischen zwei Choralzeilen möglich ist, weiß

---

16) Das Autograph auf einem losen Quartblättchen in der königl. Bibl. zu
Berlin. Vrgl. Mattheson, *Critica musica* a. a. O. Ebendaselbst im Format eines
Stammbuchblattes ein »*Canone infinito gradato à 4 Voci, sopra: A Solis ortus
cardine*«:

nämlich ein Quintencanon, dessen Stimmen bei jeder Wiederholung um einen
ganzen Ton höher einsetzen, also Sopran und Tenor das zweite Mal mit E, Alt
und Bass mit H u. s. w.

17) Beide letztgenannten Choräle in dem Frankenbergerschen Autograph
S. 270 und 334.

er sie herauszufinden, und arbeitet demnach eine Choralfuge über die erste Zeile von »Herr Jesu Christ, du höchstes Gut« dergestalt durch, daß er die zweite als Gegenthema verwendet und zwar sowohl im doppelten Contrapunct als in der Verkleinerung [18]. Ein eben so kunst- wie geistreiches Experiment ist einmal an der vermuthlich von Pachelbel stammenden Dur-Melodie zu »Wo soll ich fliehen hin« vorgenommen, die so bearbeitet ist, daß sie den doppelten Contrapunct in allen vier Stimmen zuläßt, und somit bei der zweiten Strophe der Tenor zum Alt, der Alt zum Tenor, der Sopran zum Bass und der Bass zum Sopran wird [19]. Aber eben diese contrapunctische Virtuosität begründet auch manche Mißgriffe Walthers. Eine solche vollentwickelte Technik ist ein zweischneidiges Schwert, sie wendet sich oft gegen den, der sie handhabt, indem sie sich selbstsüchtig hervordrängt und des Künstlers Gebilde in ihrem natürlichen Wachsthum schädigt. Um sie zu zügeln und in jedem Augenblicke dem Ideal unterthänig zu halten, bedurfte es einer genialen Großartigkeit, die man dem engumgränzten, zum Kleinlichen neigenden Walther absprechen muß. Die Idee des Pachelbelschen Orgelchorals, die Choralmelodie in einfacher Größe hervortreten zu lassen, damit sich an ihr die religiöse Einzelempfindung empor und weiter ranke, wird oft durch Walthers überkünstliche und mehr auf die einzelne Combination als einen umfassenden Plan gerichtete Canonik ganz verdunkelt. Zwei Beispiele mögen dies verdeutlichen. Eine Behandlung von »Hilf Gott, daß mirs gelinge« [20] ist ganz nach Pachelbels Weise angelegt: zwei Oberstimmen fugiren die betreffende Choralzeile, welche nach einer Weile langsam und groß hervortönend im Pedal erscheint. Das genügt aber dem Componisten noch nicht, sondern er bringt zu der Melodie im Pedale dieselbe auf dem stark registrirten Hauptmanuale noch einmal im Quinten-Abstande und zwar verkleinert, colorirt, theilweise verkürzt, je nachdem es sich schicken will. Ein jeder empfindet das peinlich Beunruhigende dieser verkünstelten Verbindung, da das Ohr zwischen der ruhigen, einfachen Melodie unten, und der unruhigen, verzierten oben, ja was noch schlimmer ist, zwischen Tonika- und Quint-Gefühl unten

---

18) Commer, *Musica sacra* I, Nr. 145.
19) Im Königsberger Autograph befindlich.
20) Commer, a. a. O. Nr. 147.

und oben unaufhörlich hin und her schwankt. Ein schönes edles Bild ist hier häßlich verzerrt. Das zweite Mal handelt es sich um den Choral »Gott der Vater wohn uns bei«. Es werden zuerst die beiden Anfangszeilen von der Oberstimme in halben Noten unter schöner Sechzehntel-Contrapunctirung vorgetragen. Zu den drei letzten Tönen setzt schon das Pedal mit der Wiederholung ein, und das Gehör wird, ehe es ans Ziel der eingeschlagenen Richtung gelangt ist, bereits nach einer andern Seite hingedrängt. Nachdem das Pedal sich seiner Aufgabe entledigt hat, übernimmt die Oberstimme von neuem die Führung, hat aber eben nur zwei Töne erklingen lassen, als das Pedal mit der doppelten Verkleinerung hineinfährt und wieder verstummt. Die folgende Zeile führt das Pedal und die Oberstimme geht canonisch hinterher, die nächste führt wieder die Oberstimme allein, die nachfolgende wird abermals zum Canon; dann tritt Repetition ein. Die Schlußzeilen sind zwischen Oben und Unten so verschränkt, daß die Fortentwicklung der Melodie fast unkenntlich wird. Hier führt uns ein Uebermaß von Künstlichkeit fast auf den Standpunkt Samuel Scheidts, also um hundert Jahre zurück. Durch einen Irrthum ist dieser Orgelchoral unter Bachs Namen in die Griepenkerlsche Ausgabe seiner Orgelcompositionen gelangt [21]. Aber niemals, darf man wohl behaupten, hätte Bach ein solches Stück geschrieben, das der interessanten Einzelcombination den Plan und Organismus des Ganzen so völlig aufopfert. Der ganze Unterschied zwischen beiden Künstlern tritt an solchen Productionen klar hervor, und bestätigt in oft überwältigender Weise die Höhe des Bachschen Genius. Bei einer noch viel größeren polyphonischen Virtuosität, als sie Walther eigen war, läßt er sich doch niemals zum Schaden des Ideals von ihr übermannen und bleibt groß und einfach auch in den complicirtesten Formen. In der canonischen Führung einer Choralmelodie den schwierigsten Aufgaben gewachsen, wovon er grade in seinen weimarischen Orgelchorälen die glänzendsten Beispiele gegeben hat, wendet er dieses Mittel doch fast niemals in der eigentlich Pachelbelschen Form an, offenbar weil er die Tendenz derselben in ihrer ganzen poetischen Tiefe erfaßte. Nur zwei Ausnahmen kennen wir, und

---

21) P. S. V, C. 6, Nr. 24. Er steht mit Walthers vollem Namen im Frankenbergerschen Autograph S. 74.

hier rechtfertigt die unbeschreiblich großartige Ausführung sich selbst[22]. Und danach ist der eigentliche Vollender des Pachelbelschen Ideals dennoch Bach allein, ebenso wie auch er nur mit Entschiedenheit jenen letzten Schritt that, und in seinen Contrapuncten die poetischen Vorstellungen des der Melodie zugehörigen Liedes abspiegelte, wozu sich auch bei Walther nur schwache Ansätze finden. Eine möglichst vollständige Veröffentlichung der Orgelchoräle des letzteren würde ihm aber nur das gebührende Recht erweisen, denn ihre Feinheit und technische Vollendung, die Mattheson mit Glück »Nettigkeit« nennt, verdienen bewundert zu werden.

Das persönliche Verhältniß zwischen beiden Männern, schon durch Familienbeziehungen vorbereitet, ward bald ein freundschaftlich vertrautes, und Bach vertrat bei Walthers ältestem Sohne, Johann Gottfried, Pathenstelle (26. Sept. 1712)[23]. Ein von Bach mit vierstimmigem Canon und Widmung beschriebenes Stammbuchblatt werden wir auch wohl auf Walther beziehen dürfen, um so mehr, da von diesem ein ganz gleiches und ebenfalls mit Canon versehenes Blättchen vorhanden ist[24]. Bachs Erinnerungszeichen hat folgende Form:

Dieses Wenige wolte dem Herrn | Besizer zu geneigtem An- | gedencken hier einzeichnen |

Weimar. d. 2. Aŭg. 1713.

Joh: Sebast. Bach.

Fürstl. Sächs. Hofforg. u.

Cañer Musicus.«[25]

---

22) »Dies sind die heiligen zehn Gebot« und »Vater unser im Himmelreich« im dritten Theil der Clavierübung.

23) Pfarr-Register der Stadtkirche zu Weimar.

24) Es ist das Anmerk. 16 genannte.

Die Canon-Liebhaberei war ihnen damals gemeinsam; sie tritt, wie schon bemerkt, auch in einem Theil von Bachs weimarischen Orgelchorälen stark hervor. Wie sie noch in einer andern musikalischen Beschäftigung mit einander wetteiferten, werden wir hernach sehen. Ueberhaupt aber ist es selbstverständlich, daß Leute von so gleicher Lebensstellung und Strebsamkeit ihre Ansichten und Erfahrungen über die Kunst gegenseitig austauschten. So paßt denn auch am besten auf Walther eine Anekdote, welche durch die Erzählung eines der älteren Bachschen Söhne der Nachwelt erhalten sein muß. Sebastian hatte bald einen solchen Grad von Fertigkeit im Orgel- und Clavierspiel erreicht, und stellte sich in seinen eignen Arbeiten so schwierige Aufgaben, daß er die Compositionen andrer ungesäumt und unbesehen herunterspielen konnte. Er äußerte nun einst gegen einen Freund (unter dem wir also Walther vermuthen), er glaube wirklich, alles und jedes vom Blatte spielen zu können, und dieser machte sich einen Scherz daraus, ihn binnen acht Tagen eines andern zu belehren. »Er lud ihn«, erzählt unser Gewährsmann [26]), »eines Morgens zum Frühstück zu sich, und legte auf das Pult seines Instruments außer andern Stücken auch eines, welches dem ersten Ansehen nach sehr unbedeutend zu sein schien. Bach kam und ging seiner Gewohnheit nach sogleich zum Instrument, theils um zu spielen, theils um die Stücke durchzusehen, welche auf dem Pulte lagen. Während er diese durchblätterte und durchspielte, ging sein Wirth in ein Seitenzimmer, um das Frühstück zu bereiten. Nach einigen Minuten war Bach an das zu seiner Bekehrung bestimmte Stück gekommen, und fing an, es durchzuspielen. Aber bald nach dem Anfange blieb er vor einer Stelle stehen. Er betrachtete sie, fing nochmals an, und blieb wieder vor ihr stehen. Nein, rief er seinem im Nebenzimmer heimlich lachenden Freunde zu, indem er zugleich vom Instrument wegging: Man kann nicht alles wegspielen, es ist nicht möglich!«

---

25) Das Blatt befand sich in der Autographensammlung des Herrn Generalconsul Clauss in Leipzig, wo ich es copiren durfte, und wurde mit dessen übrigen Autographen im Anfange des Jahres 1872 in Leipzig öffentlich versteigert.

26) Forkel, Ueber Joh. Seb. Bachs Leben u. s. w. S. 16.

Später muß eine Entfremdung zwischen ihnen stattgefunden haben; man erkennt dies aus der Art, wie Walther sich im Lexicon über Bach äußert. Wenn man jenen mehr als dürftigen Artikel ansieht, glaubt man nicht, daß er von einem Manne verfaßt sei, der länger als neun Jahre mit Bach an einem kleinen Orte, in gleichen Verhältnissen, durch Kunstgemeinschaft und die nächsten persönlichen Beziehungen verbunden zusammen lebte. Kein Wort verräth, daß es sich um jemanden handelt, der schon damals einer der größten Orgelspieler Deutschlands und als solcher nicht nur am weimarischen Hofe hochgeschätzt, sondern auch weit und breit berühmt war. Keine Erwähnung seiner in Weimar geschriebenen vielen Cantaten, Orgel- und Clavier-Compositionen, welche Mattheson schon im Jahre 1716 in Hamburg bewunderte. Nichts von jenem so viel besprochenen und für alle deutschen Musiker so ehrenvollen Wettstreite zwischen Bach und Marchand im Jahre 1717. Das alles waren Ereignisse, die Walther unmittelbar mit erlebt hatte, und doch unmöglich bis zur Abfassung des Lexicons wieder vergessen haben konnte. Man kann nicht dagegen einwenden, daß er sich in allen biographischen Artikeln immer nur auf die hauptsächlichsten Daten in kürzester Fassung beschränkt habe; wie weitläufig er bei persönlich Bekannten werden konnte, zeigt beispielsweise der Aufsatz über Georg Oesterreich. Wie viel interessantes wäre aus seinem eignen Verkehr mit Bach zu erzählen gewesen! Aber auch seine spätern handschriftlichen Zusätze beziehen sich nur auf Bachs Leipziger Zeit und stützen sich auf allgemein zugängliche Quellen; das lebendige Interesse an seinem großen Kunstgenossen muß vollständig erkaltet gewesen sein. Daß die Trennung ihrer Lebenswege davon der einzige Grund gewesen ist, kann man kaum glauben, so gern man es möchte. Es liegt zudem ein äußeres Anzeichen vor, daß in den letzten Jahren von Bachs Aufenthalt in Weimar schon die alte Vertrautheit zwischen beiden nicht mehr herrschte. Bach besuchte von dort aus seinen Vetter Johann Ludwig Bach, Capellmeister in Meiningen, den er sehr schätzen lernte und von dem er viele Compositionen eigenhändig abschrieb. Hätte er noch intimeren Umgang mit Walther gehabt, so würde es höchst auffällig sein, daß dieser im Lexicon den Meininger Bach garnicht kennt, denn er hätte jedenfalls durch Sebastian viel und lobenswerthes über ihn erfahren müssen. Was aber der Grund der Entfremdung gewesen sein kann, darüber lassen sich höchstens Vermuthungen aufstellen. Vielleicht sah sich Walther durch Bachs überragende Bedeutung allmählig tiefer in den Hintergrund gedrängt, als sein ja ganz berechtigtes Selbstgefühl ertragen mochte, und wie leicht ergeben sich auf so beschränktem Terrain, wenn einmal Verstimmung eingetreten ist, Veranlassungen zu Empfindlichkeiten und Reibereien! Bedeutsam ist, daß Walther in seinen Sammlungen von Orgelchorälen, ein Kunstgebiet, auf dem er sich mit Recht als Meister fühlen durfte, verhältnißmäßig wenige von Bach aufgenommen hat.

Noch zu einer andern an der Stadtkirche angestellten Persönlichkeit trat Bach in nahe Beziehungen, zu dem Cantor Georg Theodor Reineccius. Auch hier ist es wieder ein Pathenverhältniß, was uns Kunde davon giebt [27]. Reineccius war 1660 in Neu-Brandenburg geboren und von 1687 bis 1726 Stadtcantor in Weimar, dazu Lehrer der Quarta, später der Tertia des Gymnasiums. Sein Amtsgenosse Walther giebt ihm das Zeugniß, daß er ein tüchtiger Tonsetzer gewesen, »ob er gleich die Composition bloß aus guten Partituren erlernet«, und fügt hinzu, der Capellmeister Theile in Naumburg, den man wohl den Vater der Conträpunctisten nannte, habe ihn wegen einer Messe aus E dur einen »gelehrten Componisten« genannt. Dies Urtheil sind wir im Stande prüfen und bestätigen zu können auf Grund einer doppelchörigen Motette »Preise, Jerusalem, den Herrn«. Jene »guten Partituren« müssen hiernach vorzugsweise die von italiänischen Meistern gewesen sein, denn die Motette verräth so viel vocales Wesen, Gewandtheit sowohl in der doppelchörigen, als in der achtstimmigen Behandlung, und Fluß der Stimmführung, wie ein damaliger Deutscher sich schwerlich ohne italiänisches Vorbild aneignen konnte. Sie besteht aus mehren breit ausgeführten Sätzen und schließt mit einer Hallelujah-Fuge [28]. Ein Jahrgang selbstgedichteter Cantaten-Texte über die Evangelien, welchen er um 1700 in Druck

---

27) Zu dem einen der am 23. Febr. 1713 geborenen Zwillinge Bachs.

28) Sammelband von 93 Motetten in Partitur (Nr. 13661) auf der Universitäts-(Gottholdschen) Bibliothek zu Königsberg, S. 203. Die Motette trägt nur die Namenszüge G. T. R. Da der Band aber offenbar im Thüringischen angefertigt ist, so kann über den Componisten wohl kaum ein Zweifel entstehen.

gab, und jedenfalls großentheils auch selbst componirt haben wird, zeigt ihn als einen seine Muttersprache wohl beherrschenden und der gebundenen Wortfügung mächtigen Mann. Er scheint für jüngere Leute eine vertrauenerweckende Persönlichkeit besessen zu haben, denn neben Bach war ihm auch der noch um fünf Jahre jüngere Johann Matthias Gesner, welcher seit den ersten Monaten des Jahres 1715 bis 1729 Conrector am weimarischen Gymnasium war, in Freundschaft zugethan, und hat dies lange nachher noch öffentlich ausgesprochen [29]. Gesner war äußerst musikliebend, und da die Neigungen sich in der Person des wackern Reineccius begegneten, so ist es sicher, daß schon jetzt der große Gelehrte und der große Künstler in freundschaftliche Beziehungen traten, die sich dann nach mehr als zwölfjähriger Unterbrechung in Leipzig fortsetzten, und von Seiten Gesners ihren begeisterten Ausdruck fanden in jener bekannten und ihn selbst wie Bach gleich ehrenden Anmerkung seiner Ausgabe des Quinctilian [30]. Mit dem Gymnasium stand Bach unmittelbar in keiner Verbindung, denn die von dort zum Kirchenchor entnommenen Schüler waren natürlich dem Cantor unterstellt, und besondere Musikstunden für die Gymnasiasten wurden erst 1733 eingerichtet [31]; aber doch übte er auf den Chor, wenigstens in seiner spätern Stellung als Concertmeister, einen durchgreifenden Einfluß aus. Daß er übrigens in Weimar seinem alten Rector vom Ohrdrufer Lyceum, dem Magister Joh. Christoph Kiesewetter, wieder begegnete, welcher 1712 an die Spitze des neuen Gymnasiums berufen wurde, ist früher schon bemerkt.

Weniger ist über die Mitglieder der herzoglichen Capelle zu sagen. Capellmeister war Johann Samuel Drese, geboren um 1644, Vetter und Schüler von Adam Drese, der zuerst ebenfalls bei Herzog Bernhard von Sachsen-Jena, und zwar als Hof-Organist fungirte, mit dem Regierungsantritte Wilhelm Ernsts aber (1683) in sein Amt

---

29) *Jo. Matth. Gesneri primae lineae isagoges in eruditionem universalem.* Tom. II, pag. 553 (edit. alt.): »*Vinariae familiaritas mihi fuit cum praeceptore tertiae classis (Reinesio) qui simul Cantor erat atque collegii totius senior, et per XL annos in populosa urbe munere scholastico functus: et erat vir bonus, cui fidem habere poteram*«.

30) Zu *Instit. orat.* 1, 4, 3.

31) Wette, a. a. O. S. 415.

nach Weimar berufen wurde [32]). Er war auch seit 1671 mit einer
Weimaranerin vermählt. Schwach an Gesundheit konnte er jedoch
die letzten zwanzig Jahre seinen Berufspflichten nur nothdürftig nachkommen; trotzdem ließ ihn der Herzog, der viel auf alte und treue Diener hielt, nicht fallen, sondern durch einen Vice-Capellmeister unterstützen. Als solcher wirkte von 1695 bis gegen 1705 Georg Christoph
Strattner, der in der Hymnologie durch die Melodien bekannt ist,
welche er zu Joachim Neanders »Bundesliedern und Dankpsalmen«
setzte [33]). In seiner Bestallung wird ihm aufgetragen, daß er »in Abwesenheit des jetzigen Capellmeisters Johann Samuel Dresens oder
wann derselbe seiner bekannten Leibesbeschwerung halber nicht
fortkommen könne, jederzeit bei der gesammten Capelle dirigiren
solle, und auf solchem Fall in gedachten Dresens Hause die gewöhnliche Probirstund halten, wie nicht weniger alle Zeit den vierten
Sonntag in der fürstlichen Schloßkirche ein Stück von seiner eignen
Composition unter seiner Direction aufführen, auch jederzeit, er möge
dirigiren oder nicht, den Tenor singen« u. s. w., wofür er 200 Gülden
jährlich erhielt [34]). Später war Samuel Dreses Sohn Johann Wilhelm,
vermuthlich unter ähnlichen Verpflichtungen, Vice-Capellmeister, und
rückte nach des Vaters Tode (1. Dec. 1716) in dessen Stelle. Ueber
die Qualität der Kunstleistungen beider kann garnichts gesagt werden; die des jüngern scheinen ganz unbedeutend gewesen zu sein,
da Walther im Lexicon ihn nicht einmal nennt, und der alte, kranke
Vater machte sich während Bachs Anwesenheit wohl nur noch sehr
wenig geltend, so daß es letzterem auch hier leicht wurde, mit seinem Talent und seiner Persönlichkeit durchzudringen. Der Violinist
Westhoff war schon 1705 gestorben, und irgend eine Celebrität läßt
sich in der Capelle, soweit sich ihr Bestand erforschen ließ, nicht
namhaft machen. Daß aber der Gesammtkörper ein tüchtiger und
brauchbarer war, muß man bei dem lebhaften Antheil, den der Hof
auch an der Kammermusik nahm, als gewiß voraussetzen. Noch
verdient unter Weimars musikalischen Persönlichkeiten an dieser
Stelle erwähnt zu werden Johann Christoph Lorbeer, Hofadvocat

---

32) Walther, Lexicon.
33) Walther, Lexicon. Vrgl. Winterfeld, Ev. K. II, 516 ff.
34) Acten des Staats-Archivs zu Weimar.

und kaiserlich gekrönter Poet, der seiner Kunstbegeisterung zuerst durch ein »Lob der edlen Musik« (Weimar, 1696) Luft gemacht und ein Jahr darauf seine geliebte Kunst gegen ein mißverstandenes Programm des gothaischen Rectors Vockerodt ritterlich vertheidigt hatte. Er stand sehr gut mit Samuel Drese, der dem »Lob der edlen Musik« ein Preisgedicht auf seinen »Herzens-Freund« vorausschickte.

III.

Der neunjährige Aufenthalt Bachs in Weimar ist die Zeit seiner glänzendsten Wirksamkeit als Orgelspieler und Orgelcomponist, denn zunächst und vor allem auf dieses Gebiet wies ihn seine amtliche Stellung. Die sachkundigen Verfasser des Nekrologs erzählen: »Das Wohlgefallen seiner gnädigen Herrschaft an seinem Spielen feuerte ihn an, alles mögliche in der Kunst, die Orgel zu handhaben, zu versuchen. Hier hat er auch die meisten seiner Orgelstücke gesetzet«[1]. Die ihm eigne Energie des Strebens, verbunden mit einer Begabung höchsten Ranges, ließen den Erfolg nicht ausbleiben. Rasch verbreitete sich sein Ruhm durch Mittel- und Norddeutschland: auf den Kunstreisen, die er von Weimar aus unternahm, bedeckte er sich mit Ehren aller Art, und Mattheson in Hamburg schrieb ums Jahr 1716 von ihm die Worte: »Ich habe von dem berühmten Organisten zu Weimar, Herrn Joh. Sebastian Bach, Sachen gesehen, sowohl für die Kirche, als für die Faust, die gewiß so beschaffen sind, daß man den Mann hoch aestimiren muß«, und ersuchte ihn zugleich um seine Biographie für die damals schon geplante, aber erst 24 Jahre später erschienene Ehrenpforte[2]. Wie er zur Erreichung der höchsten Vollendung eine eigenthümliche Art der Fingertechnik verwendete, auf der auch zum beträchtlichen Theile seine Größe als Claviervirtuos beruhte, darüber ist späterhin das Seinige zu sagen. Hierzu gesellte sich noch eine bis damals unerhörte Sicherheit, Kühnheit und Gewandtheit im obligaten Pedalspiel[3]. Seine Werke, deren tech-

---

1) Mizler, a. a. O. S. 163. Vrgl. Forkel, S. 6.

2) Mattheson, Das beschützte Orchestre. Hamburg, 1717. S. 222, Anmerk. Es ist dies vielleicht das erste Mal, daß Bach litterarisch erwähnt wird.

3) Mizler, a. a. O. S. 172. Vrgl. Gerber, Lexicon I, Sp. 90.

nische Schwierigkeiten auch heute noch nicht überboten sind, legen
dafür Zeugniß ab, daß er sich mit der Zeit die unumschränkteste
Gewalt über das mächtige Tonwerkzeug aneignete, und weil bei ihm
stets das Aeußere nur dem Innern diente, dürfen wir annehmen,
daß die darin zu erfüllenden Anforderungen an Spielfertigkeit noch
nicht einmal das Höchste seiner technischen Leistungsfähigkeit darbieten, was er wohl in freien Improvisationen zeigte, wo es zu glänzen
galt, oder bei der Prüfung eines neuen Orgelwerks. Auch in der
Kenntniß des Orgelbaues, von welcher schon der Mühlhäuser Entwurf eine so bedeutende Probe giebt, vervollkommnete er sich bald
dermaßen, daß er als ein den angesehensten Kunstveteranen ebenbürtiger Sachverständiger galt. Wir werden ihn seine hohe Einsicht im
Laufe der Zeit noch oft genug bethätigen sehen. Für die eignen Orgel-
productionen aber erwuchs aus derselben ein Element, was leider an
ihrer überlieferten Gestalt nicht haften geblieben, und doch für ihre
volle Wirkung so wesentlich gewesen ist: eine ganz eigenthümliche
und erfindungsreiche Art des Registrirens. Bachs Scharfsinn war in
harmonischen und klanglichen Combinationen gleich eminent, und
wie in ersterer Hinsicht sein Auge Pfade zu finden gewußt hat, die
Niemand vorher ahnte, so war er auch in neuen Klangmischungen
unerschöpflich, oft eigenartig bis zum Befremden, aber niemals still-
los und raffinirt [4]. Diese dem Instrumentiren späterer Orchestercom-
ponisten ähnliche Kunst entfaltete er besonders da, wo ihm ein mächtiges, stimmenreiches Werk unter die Hände kam; leider hat er grade
an seinen Aufenthaltsorten niemals eins besessen, was des Meisters
ganz würdig gewesen wäre. Wie nun die Tonfarbe vorzüglich geeignet ist, ein poetisches Element in der Musik zum Ausdrucke zu
bringen, so mußte auch besonders den Orgelchorälen die Registrirung
zu gute kommen. Ob sich noch einmal die Mittel bieten werden, bei
einer Anzahl derselben die Spuren seiner klanglichen Intentionen zu
finden, ist dem Zufalle anheim zu geben. Aufgezeichnet hat sie Bach
wenigstens in den erhaltenen Autographen nicht, da die oft sehr
verschiedene Qualität der Orgelregister hierbei ein entscheidendes
Wort hat, und man damals, wie in der Ausführung des Generalbasses, so in der angemessenen Stimmenverbindung für ein Orgelstück

---

4) Mizler, a. a. O. S. 172. Forkel, S. 20.

der Intelligenz des Spielers sehr vieles überließ. Aus Form und Charakter der Composition lassen sich nur ganz allgemeine Winke entnehmen. Aber bei einem einzigen Orgelchorale ist es möglich, freilich auf mittelbare aber doch ganz sichere Weise zu Bachs ursprünglicher Registrirung zu gelangen. Walther bietet in seinen beiden umfassendsten Sammlungen eine Bachsche Bearbeitung des Chorals »Ein feste Burg ist unser Gott«, die er, wie alle von ihm überlieferten Bachschen Choräle, zur Zeit ihres weimarischen Zusammenlebens sich angeeignet haben muß; auch weist die Anlage mit Bestimmtheit auf eine frühe Entstehungszeit [5]. In der älteren Sammlung findet sich darüber die Bezeichnung: *à 3 Clav:*, sodann steht über dem Anfangsgange der linken Hand: *Fagotto*, über der nach drittehalb Takten hinzutretenden rechten: *Sesquialtera*. Nun besaßen weder Walthers noch Bachs Orgeln in Weimar drei Manuale [6], es fehlte auch beiden ein Fagott-Register, so daß jene Bezeichnungen unmöglich von Walther selbst herrühren können, freilich konnten sie ebensowenig von Bach mit Rücksicht auf die Schloßorgel gemacht sein. Erinnern wir uns jedoch, daß nach Bachs eigner Angabe der zu reparirenden Mühlhäuser Orgel ein Fagott 16′ statt der unbrauchbar gewordenen Trompete eingefügt wurde, daß ferner in das neue Brustpositiv seinem Entwurfe gemäß eine *Tertia* gelangte, »mit welcher man durch Zuziehung einiger anderer Stimmen eine vollkommene schöne *Sesquialteram* zuwege bringen kann«, daß endlich Bach verpflichtet war, den Bau bis zur Vollendung zu beaufsichtigen, und somit gewissermaßen Bürgschaft dafür zu übernehmen, so ist wohl kein Zweifel mehr, daß eine für die renovirte Mühlhäuser Orgel berechnete Composition vorliegt, in der vor allem die neu hineingebrachten Stimmen zur Geltung kommen sollten. Da der Neubau im Jahre 1709 beendigt wurde, muß die Composition in diese Zeit fallen; specieller noch scheint der behandelte Choral auf das Reformationsfest hinzuweisen, an welchem demnach Bach der Gemeinde und

---

5) Die beiden erwähnten Sammlungen sind das Königsberger (offenbar ältere) Autograph und das (spätere) Frankenbergersche. Der betreffende Choral steht P. S. V, C. 6, Nr. 22. Inwiefern schon die Ueberlieferung Walthers an sich eine chronologische Stütze ist, darüber sehe man Nr. 34 des Anhangs A.

6) Mit dem Ausdrucke »Clavier« sind immer nur die Manuale allein gemeint.

dem Rath die Orgel zuerst im vollen Glanze vorgeführt haben dürfte.
Die Combination des ins Geschlecht der Zungenregister gehörigen
Fagotts mit der Sesquialtera ist eine von den »allerhand neuen *inventionibus*«, von denen Bach an der betreffenden Stelle des Entwurfs
redet, und giebt von den frappanten Klangmischungen, welche er zu
bereiten liebte, eine ziemlich deutliche Ahnung. Die Composition
bringt beide Register gleichmäßig gut zur Geltung, indem die Anfangszeilen mit ihrer Wiederholung fast nur zweistimmig und zwar so
durchgearbeitet werden, daß rechte und linke Hand abwechselnd den
Cantus firmus führen. Im zwanzigsten Takte weist die Bezeichnung
R.=Rückpositiv beide Hände aufs dritte Manual, von wo die fünfte
Melodiezeile in Böhms Weise umspielt und thematisch fortgesponnen
wird und zum ersten Male Pedal eintritt. Obwohl dieses nun keine
Registrirungsanweisung führt, so erkennt man doch aus den ruhig
gleitenden und eine präcise Ansprache fordernden Achteln desselben
in Verbindung mit dem geringeren Klang-Volumen des Rückpositivs
sofort, daß hierin der neue Subbass 32′ (s. den Entwurf unter Nr. 4)
sich ausweisen soll. Von Takt 24 an werden wieder, wie am Anfang, die Manuale des Ober- und Brustwerks in Thätigkeit gesetzt,
welche sich, vermuthlich mit stärkerer Registrirung, in Sechzehntelpassagen durchkreuzen, während für die sechste und siebente Zeile
das Pedal den Cantus firmus übernimmt, unzweifelhaft um den verbesserten Pôsaunenbass (s. Entwurf, Nr. 5) eine Probe ablegen zu
lassen: obgleich die Bezeichnung fehlt, spricht doch die ganze Anlage aufs deutlichste dafür. Die Durcharbeitung der achten Zeile,
Takt 33 — 39, entspricht der fünften, und jedenfalls auch in der
Stimmenmischung, da der Rhythmus der Pedalfigur ♪ ♩ 𝄾 zur Erprobung einer prompten Tonangabe sehr geeignet ist, worauf ja beim
Subbass, zumal dem 32füßigen, so viel ankommt. Zu den drei letzten Sechzehnteln des 39. Taktes findet sich nur die Bezeichnung:
Oberwerk, was der weimarischen Orgel Walthers gelten wird; unschwer erkennt man, schon aus der bequemen Möglichkeit der Re-
gisterveränderung, daß von hier an Brust- und Oberwerk gekoppelt
wirken mußten (s. Entwurf, Nr. 11), und daß endlich mit der zweiten Hälfte des 50. Taktes bis zum Schlusse das volle Werk eintrat.
Walther, der als Bekannter des Orgelbauers Wender vielleicht Bach
nach Mühlhausen begleitete, notirte sich beim Eintragen des Chorals

in seine ältere Sammlung die überraschende Registrirung des Anfangs, paßte aber im Verlauf des Abschreibens den Klangwechsel mehr und mehr seiner eignen zweiclavierigen Orgel an (daher die einfache Bezeichnung »Oberwerk« im 24. und 39. Takte) und ließ anderes, wie den Eintritt der vollen Orgel in Takt 50 als selbstverständlich ganz fort; in der jüngeren der beiden Sammlungen unterdrückte er auch die Zusätze: »*à 3 Clav:; Fagotto; Sesquialtera*«, weil sie für seine Praxis zwecklos waren. Was aber Bach in diesem Orgelchoral geleistet hat: wie er den Farbenreichthum der Orgel in schönster Mischung und Abstufung verwendet, und doch diese äußere Veranlassung in der Idee eines Kunstwerks so ganz aufzulösen vermag, daß alles aus musikalischen Gründen an seinem Platze steht — hierfür kann man nur die höchste Bewunderung empfinden. Es war natürlich nicht jede Form für diesen Zweck gleich geeignet, und Bach, der eben alle Mittel beherrschte, hat mit richtigem Blicke den Böhmschen Choraltypus gewählt. Ebensowenig darf man glauben, daß er immer sehr mannigfaltig registrirt habe; er richtete hierin sich natürlich nach dem Charakter der Composition, und die einfache Größe des Pachelbelschen Chorals durch bunten Farbenwechsel zu verunzieren, ist ihm sicher niemals eingefallen[7].

Gehen wir nun von der äußerlichen Technik, dem Mittel, zu dem eigentlichen Zwecke derselben, den Tonschöpfungen, weiter, so kann an dieser Stelle nur erst von einer Anzahl freier Orgelstücke die Rede sein. Feste chronologische Anhaltepunkte sind für Bachs Orgelcompositionen in viel geringerem Maße vorhanden, als für seine Cantaten, ja selbst Kammermusikwerke. Was in dieser Hinsicht zu

---

[7] Ich bemerke hier gelegentlich, daß die Waltherschen Handschriften in einigen Punkten von der Griepenkerlschen Edition abweichen. Da das Autograph Bachs fehlt, so haben Walthers Lesarten wohl die vorzüglichste Autorität, was zum Theil auch aus innern Gründen der Fall ist. Die beiden bedeutendsten Abweichungen bestehen darin, daß die zweite Hälfte des 19. Taktes so lautet:

und daß der Pedalbass von Takt 21 bis 28 eine Octave tiefer liegt.

gewinnen war, ermöglicht jedoch, in Verbindung mit inneren Krite-
rien einen ziemlich scharf begränzten Ueberblick der Leistungen des
weimarischen Hoforganisten[8]. Unter den freien Orgelschöpfungen
stellen sich dem nur einigermaßen geübten Auge auch bald zwei verschiedene Gruppen dar, eine frühere und eine spätere. Bei den Choralbearbeitungen wage wenigstens ich eine solche Scheidung nicht
durchzuführen. Ganz offenbar ist dies der Kunstzweig, in welchem
Bach am frühesten zur Reife gelangte und seine volle Originalität
am ehesten zur Erscheinung kam. Was Walther an Bachschen Orgelchorälen aufbewahrt hat, ist zum Theil so außerordentlich groß
und kühn, daß es auch von den Leistungen der späteren Leipziger
Zeit kaum übertroffen wird, und man erinnere sich nur, wie vollendet schon jene Choralpartiten in Böhms Manier uns erschienen, welche
ein etwa 17jähriger Jüngling schrieb. Ein einzelnes Stück, wie die
Bearbeitung von »Ein feste Burg«, deren Entstehungszeit wir entdecken konnten, genügt aber als Handhabe um so weniger, weil
grade dieses für einen besondern Zweck geschaffen war; hier müssen wir uns also bis auf weiteres mit einer Gesammtdarstellung begnügen, welche am Beschlusse der weimarischen Periode gegeben
werden soll.

Den Zug eröffnen drei alleinstehende Praeludien aus G dur, A moll
und C dur[9]. Das erste dürfte unter die allerfrühesten weimarischen
Compositionen gehören, mag auch schon vor 1708 entstanden sein.
Eine Art von thematischer Entwicklung ist wohl vorhanden, der
Hauptzweck aber war Entfesselung eines brausenden Tonstroms, in
dem die ungestüme Seele des jungen Schöpfers jauchzend auf- und
niedertaucht: die hin und wieder strömenden Sechzehntelgänge und
die vollgriffigen, schallenden Accorde sagen es. Helle Besonnenheit
spricht aus dem zweiten: es entspinnt sich ganz aus dem thematischen
Stoffe eines einzigen Taktes, dessen einzelne Bestandtheile in erfinderischer Versetzung und mit großer harmonischer Mannigfaltigkeit

---

8) S. Anhang A. Nr. 18.

9) P. S. V, C. 8, Nr. 11; C. 4, Nr. 13; C. 8, Nr. 8. Nur das mittlere Stück
ist durch Handschriften der Bachschen Schüler J. L. Krebs und Kittel gut beglaubigt; von den andern lagen neuere Handschriften vor, aber aus innern
Gründen kann deren Echtheit nicht angezweifelt werden.

durch alle Stimmlagen wandern. Höchstens wirkt der lange festgehaltene, gleichmäßig-ruhige Rhythmus etwas monoton, dem nur gegen das Ende Sechzehntelgänge größeres Leben bringen; ganz besonders fein ist hier noch das Doppelpedal eingeführt. Das dritte und kürzeste Praeludium führt zum Theil einen absteigenden Tonleitergang imitirend durch, und ließe sich seines saubern vierstimmigen Satzes wegen auch einer etwas spätern Zeit zuweisen, wenn nicht die Takte 20 bis 26 dagegen sprächen, welche im Widerspruch mit Bachs nachmaliger Consequenz dem gebundenen Stile des übrigen Stückes untreu werden. Weiter ist eine *Fantasia* aus C dur für Manual allein zu erwähnen, deren treibender Keim in dem Rhythmus besteht; diese scheint einem technischen Zwecke ihre Entstehung zu verdanken, indem sie ein sehr sorgfältig gebundenes Spiel und Leichtigkeit im Ablösen der Finger auf derselben Taste voraussetzt. Da schon jetzt Schüler um Bach sich zu sammeln anfingen, so mag er für einen solchen das Stück geschrieben haben [10]. Vielleicht hing damit eine Fuge derselben Tonart ursprünglich zusammen, die auch fast nur für Manual gesetzt ist und einen ähnlichen Grundrhythmus hat [11]. Ihre frühe Entstehungszeit ergiebt sich, von allem andern abgesehen, schon aus den fünf Schlußtakten, einmal weil die Accordbildungen derselben sich ganz an Buxtehudes Weise anschließen, wovon der Componist schon in den letzteren weimarischen Jahren keine Spur mehr zeigt, sodann aus dem nur hier eintretenden Pedale. Daß die Fuge ein hervorragendes Kunstwerk sei, kann man nicht sagen, obwohl sie tüchtig und fließend gearbeitet ist [12]. Es folgen acht zusammen überlieferte kleine Praeludien und Fugen [13]. Wie man dieselben für Anfängerarbeiten Bachs hat halten können, ist nicht

---

10) P. S. V, C. 8, Nr. 9.

11) P. S. V, C. 8, Nr. 10.

12) Im 10. Takte halte ich die Ueberlieferung für unrichtig: das Fis im Alt und Tenor muß jedenfalls F bleiben. Man vergleiche die Schlußharmonien der D moll-Toccate P. S. V, C. 4, Nr. 4.

13) P. S. V, C. 8, Nr. 5. Aus dem Nachlasse des Hamburgischen Musiklehrers G. Pölchau kam an die königl. Bibl. zu Berlin eine ältere Handschrift derselben mit folgendem Titel: »*VIII PRAELUDIA* | èd |*VIII FVGEN* | di.| *J. S. BACH. (?)*« Unten rechts: »*Poss* : | *C. A. Klein.*« Das Fragezeichen, was eben so alt wie der übrige Titel ist, entbehrt meines Erachtens der Begründung.

recht begreiflich, da sie durchweg den Stempel gebietender Meisterschaft tragen, auch entsprachen grade in der frühesten Zeit die knappen, einfacheren Formen ebensowenig Bachs Neigung, wie der jedes
andern jungen Genies. Dagegen ist bei aller Selbständigkeit im
Allgemeinen doch eine Anzahl von Einzelzügen darin, welche deutlich auf gewisse Manieren der nordländischen Meister hinweisen, z. B.
die Bildung der Themen zur ersten und vierten Fuge, vieles in der
achten Fuge und Figurationen, wie im 13. und 14. Takt des fünften
Praeludiums. Man muß demnach annehmen, daß diese acht Compositionen geschrieben wurden, als der Verfasser den Einflüssen
jener großen Orgelkünstler sich noch nicht ganz entzogen hatte.
Hierzu kommt aber noch, daß die meisten der Praeludien sowohl in
ihrer Gesammtgestalt, als in ihrer auffälligen und abweichenden Figuration bestimmt die Einwirkung der Vivaldischen Violinconcerte
erkennen lassen, welche Bach grade damals in großer Anzahl auf
Clavier und Orgel übertrug. Diese Einwirkung ist so einleuchtend,
daß es überflüssig wäre, sie im Besonderen nachzuweisen, zumal die
Vivaldischen Arrangements veröffentlicht sind und jedem zur Vergleichung vorliegen. Es empfiehlt sich nun die Vermuthung, daß
die Stücke wiederum für einen oder einige hervorragend tüchtige
Schüler aufgesetzt wurden: sie verlangen eine nicht unbedeutende
Technik, zumal auch im obligaten Pedalspiel, sind aber für des
Meisters eignen Gebrauch technisch nicht entfaltet und inhaltlich
nicht schwerwiegend genug. Als besonders vortrefflich kann man
das zweite, dritte, fünfte und siebente nennen. In der, übrigens
auch sehr gelungenen, sechsten Fuge setzt im 38. Takte das Pedal
nach langer Pause nicht mit dem Thema, sondern nur mit harmonischen Hülfsnoten ein, was nicht ganz ordnungsgemäß ist und auch
von Bach später nicht mehr zugelassen wurde. Dagegen ist im 31.
Takte die Einführung der C moll-Tonart grade wegen ihrer Natürlichkeit und Leichtigkeit ein rechter Meisterzug.

Von der Zahl der an Umfang und innerm Werth hervorragenderen Compositionen nennen wir zuerst eine Fuge aus G moll [14]),
deren sehr schön erfundenes Thema und meisterlich strömende Ausführung ihr mit Recht eine große Beliebtheit erworben hat. Man

---

14) P. S. V, C. 4, Nr. 7.

wird darum die Eigenschaften, durch welche sie hinter den Werken nachfolgender Jahre noch zurücksteht, nicht übersehen. Zu ihnen gehört vor allem die sich stets gleichbleibende Contrapunctirung des Themas, die auch meistens nur einstimmig ist, denn harmonische Füllnoten und Sextenverdopplungen (Takt 41 und 42) kommen billiger Weise nicht in Betracht; nur im fünften Takte vor dem Schlusse wird sie einmal dreistimmig, während die schönen freien Zwischensätze ein reicheres polyphones Leben zeigen. Die unregelmäßige Bildung des Gefährten darf man nicht beanstanden; das hier übertretene Kunstgesetz hat für ein so langes, melodisches Thema kaum irgend welche Gültigkeit, da, wenn auch dem Schritt auf die Dominante mit dem Schritt auf die Tonika geantwortet würde, doch schon mit den nächsten Noten die Tonart D moll klar zur Geltung kommen müßte, und nur für einen Augenblick noch das Ohr in der Haupttonart festgehalten wäre. Dies ist hier aber um so weniger nothwendig, als die ganze Composition in ihrer Entwicklung nicht nach der Dominant-Tonart, sondern nach der Durparallele ausweicht, nicht zu gedenken, daß unter der regelrechten Beantwortung die Schönheit des Themas gelitten hätte. Dagegen ist wieder der bedeutungsleere Pedaleintritt im 26. Takte ein Merkzeichen der Zeit, ein stärkeres noch der gleichsam vorbereitende Themaeintritt der linken Hand im 25. Takte, welche nach wenigen Tönen ihre Rolle an die rechte Hand abgiebt. Solche Züge, die jedes objectiven Formgrundes baar nur in der augenblicklichen Laune ihre Erklärung finden, wird der nachdenkende Künstler, welcher nach dem Vorbilde der Natur die möglichste Zweckmäßigkeit der Einzeltheile seiner Kunstorganismen anstreben muß, mehr und mehr zu beseitigen suchen. Findet sich nun dieselbe Willkürlichkeit gar wiederholt, so ist dies eins der sichersten, innersten Beweismittel für nahe an einander liegende Abfassungszeiten der Tonstücke. Die Erscheinung liegt vor bei einem Praeludium mit Fuge aus C dur[15]). Im 23. Takte der letzteren sehen

---

15) P. S. V, C. 4, Nr. 1. — B.-G. XV, S. 81. Die handschriftliche Ueberlieferung bekräftigt das Resultat der innern Untersuchung. Ein Manuscript aus dem Nachlasse Griepenkerls, jetzt auf der königl. Bibl. zu Berlin, ist jedenfalls autograph und zeigt den ersten Entwurf der Composition, da auch noch andre Passagen wie versuchsweise darauf notirt sind. Den Schriftzügen wie dem Papier nach kann dies Autograph nur aus einer ganz frühen Zeit stammen.

wir das Pedal, was bis dahin geschwiegen hatte, mit einem dem
Thema ähnlichen Gange eintreten, wonach im nächsten Takte das
eigentliche Thema in der obersten Stimme nachfolgt, das Pedal aber
bald darauf wieder gänzlich verstummt, und erst im 36. Takte seinerseits das wirkliche Thema bringt. Außerdem setzt es gegen Ende
nach mehr als zwanzigtaktiger Pause plötzlich noch einmal mit einem
Orgelpunkt ein. Fuge wie Praeludium bieten übrigens auch in ihrer
ganzen Gestalt sichre Handhaben genug zur Bestimmung ihres Alters:
die Massenhaftigkeit der Zusammenklänge, die virtuosenhafte Brillanz der Schlüsse, die Freiheit der Stimmigkeit. Die Wirkung dieser
Composition ist bei gutem Vortrag und entsprechend starkem Orgelwerke eine außerordentliche; es braust hindurch, wie Frühlings-
sturm in der Märznacht, und man fühlt, daß eine solche Kraft wun-
derbares vollbringen wird. Ganz andrer Art ist Praeludium und
Fuge aus E moll [16]. Im Praeludium kämpfen düsterer Stolz mit tiefer
Schwermuth, und diese behauptet in der Fuge allein das Feld; der
innere Zusammenhang beider Stücke ist viel enger, als er sonst
meistens bei Bach zwischen Praeludium und Fuge zu sein pflegt.
Jenes beginnt mit breitrollenden Passagen (die geschüttelten Zweiunddreißigstel in Takt 6, 8, 9, 10 und 28 sind Buxtehudesch [17], leitet
aber schon vom elften Takte an in eine ruhigere Entwicklung über,
aus der das ernst sinnende Antlitz des Künstlers unverschleiert hervor-
schaut. Das ist jene erhabene Melancholie, die als tiefer Grundton so
viele, ja wohl die Mehrzahl der Bachschen Compositionen durchzieht; nur Beethoven noch war ähnlicher und gleich ergreifender
Stimmungsäußerungen mächtig, wenn sie gleich eine andre Farbe
tragen! Wie tiefe Seufzer irrt es, von nachschlagenden, unwillig ab-
wehrenden Accorden begleitet, durch die Stimmen:

Dann bäumt sich wohl das Pedal gewaltig in die Höhe, zuletzt in
mächtigen Decimensprüngen, aber umsonst — es gilt sich zu erge-

16) P. S. V, C. 3, Nr. 10. — B.-G. XV, S. 100.

17) Die Taktzählung nach Griepenkerls Ausgabe. In der Ausgabe der
Bach-Gesellschaft ist der, kritisch allerdings bedenkliche, 18. Takt des Praeludiums gestrichen.

ben! So zieht die Fuge dahin, in ihrem Gesammtsinne jedem gleich verständlich, im Einzelnen voll unbeschreiblichen und doch stets deutungverlangenden Ausdrucks. Gleich das Thema, schwebend und schüchtern, dann still seinen Weg wandelnd, ist von unendlichem Zauber [18], wie Antwort und Frage entwickelt sich die Contrapunctirung, und in milder Festigkeit schließt das Thema mit einem überraschend schönen Pedaleintritte ab und in derselben Lage, wie es zuerst ertönte.

Bei einem Künstler, der sich freudig im schwer erworbenen Besitz aller technischen Mittel fühlt, ist es begreiflich, daß er Gelegenheit sucht, sein Vermögen allseitig zu zeigen. So kommt es, daß grade in Bachs Compositionen aus den ersten weimarischen Jahren neben nie vernachlässigtem Gedankengehalt auch nicht selten das virtuose Moment stark hervortritt. Die Orgelschöpfungen, welche uns dies beweisen sollen, gehören noch heutigen Tages zu den glänzendsten Concertstücken, welche es giebt, wie denn ja überhaupt schon Bachs Spielfertigkeit kaum von jemandem hernach erreicht, gewiß nicht überboten ist, und weil der Satz aus der genauesten Bekanntschaft mit dem Instrumente hervorwuchs, ist ihre Wirkung, wenn sie mit ganzer Beherrschung vorgetragen werden, auch jetzt noch eine gewaltige, oft ganz ungeheure, allerdings nicht so nachhaltige und tiefe, wie die seiner späteren Werke. Wir führen zuerst eine Toccate und Fuge in D moll auf [19]. Auch diese zeigt, ohne ein großes Originalgenie zu verleugnen, noch im Einzelnen manche Spuren der nordländischen Schule. So ist gleich für die Toccate nicht die einfache, ruhige Form Pachelbels, sondern die bunte und

---

18) Der aber aufs schwerste geschädigt wird, wenn man den Mordent so ausführt: , wonach das Ohr h für die Tonika zu halten gezwungen wird. Nur durch diese Ausführung:  wird das durchaus geforderte Gefühl der schwebenden Quinte klar geweckt. — Ich bemerke gleich noch, daß auch in dieser Fuge, im 19. Takt, das Pedal nach längerer Pausirung nur mit harmoniestützenden Tönen eintritt. Außer den bis jetzt aufgeführten Fällen kommt diese Licenz in späteren Bachschen Orgelfugen nicht mehr vor.

19) P. S. V, C. 4, Nr. 4. — B.-G. XV, S. 267.

aufgeregte Buxtehudes gewählt: abgerissene »recitativische« Gänge,
breithallende Accorde, fliegendes, rollendes Laufwerk im Klangwechsel verschiedener Claviere bilden ihre Elemente. Das Fugenthema gehört zu jenen auch von Bach mit Vorliebe gepflegten Gebilden, welche durch gebrochene Harmonien eine Grundmelodie
durchklingen lassen und so Bewegung mit Ruhe auf eine orgelgemäße Art verbinden, besonders auch für das Pedal sich wirkungs-
reich erweisen. Die Ausführung ist frei und phantastisch; lange
Strecken hindurch wiegt sich das klangschwelgende Ohr auf den
Wogen von Tönen, die mit dem Hauptgedanken in gar keiner Verbindung stehen (er steckt höchstens einmal den Kopf hervor, um
schnell wieder unterzutauchen), auch die Durchführung einer gewissen Stimmenzahl ist nicht zu erkennen. Der Schluß leitet in das Spiel
des Anfangs, zu Orgelrecitativen und dröhnend sich wälzenden Accordmassen zurück; im 137. Takte tritt eine Figur auf, welche Bach
einem selbständigen Clavierstücke großentheils zu Grunde gelegt hat,
und auf die wir im Voraus aufmerksam machen. Der vergleichende
Leser wird auch an der Factur mancher Stellen (z. B. Takt 87 ff.,
Takt 105 ff.) eine Aehnlichkeit mit der zuvor besprochenen G moll-
Fuge nicht übersehen. — Ferner: Praeludium und Fuge aus G dur [20].
Beide Sätze sind sehr weit ausgeführt, der erste zählt 58 Dreizweitel-
Takte, der zweite nach einer dreitaktigen Ueberleitung noch 149 der-
selben im Vierviertelmaß. Die Hauptbedeutung ist dieses Mal bei dem
Praeludium, das, wie es schon Buxtehude mit Geist und Erfindung
gethan hatte, über ein imitatorisch und motivisch durchgeführtes
Motiv gesetzt ist, nur viel reicher und prächtiger als es jener ver-
mochte. Ein zehntaktiges Pedalsolo, was den ganzen Umfang der
Claviatur von oben bis unten durchmißt, giebt dem Virtuosen wie
der Orgel Gelegenheit, sich im besten Lichte zu zeigen (das Pedal
war an der weimarischen Schloßorgel besonders gut), entwickelt
sich aber ganz logisch aus dem Grundmotiv. Nach diesem mächtigen
Stücke fällt die allerdings rauschende und brillant klingende, aber
mehr nur äußerlich bewegte Fuge ab, zumal sie etwas zu lang ist. —
Weiter: Praeludium und Fuge aus D dur [21] — eine der blendendsten

<hr>

20) P. S. V, C. 4, Nr. 2.
21) P. S. V, C. 4, Nr. 3. — B.-G. XV, S. 88.

Orgelcompositionen des Meisters! Das Praeludium führt nach einigen vorbereitenden Gängen und Klängen den Gedanken:

in Imitationen und motivischen Erweiterungen unablässig durch; *alla breve* ist es überschrieben, ohne daß aber diese Bezeichnung von der Temponahme zu verstehen wäre, sie bezieht sich vielmehr nur auf den streng gebundenen, durch viele Syncopirungen gezierten und immer im vollen harmonischen Glanze sich zeigenden Stil. Mit dem 96. Takte macht es einen Trugschluß nach E moll und ergeht sich sodann bis ans Ende nach Buxtehudes Weise in frei-phantastischen Harmonien, die durch den kühnen Gebrauch des Doppelpedals eine großartige Klangkraft erhalten. Auch aus der nun folgenden Fuge klingt die Manier des Lübecker Meisters hin und wieder hervor: eine früher besprochene Fuge desselben aus F dur, deren Thema mitgetheilt wurde, gegen den Schluß hin auch gewisse Gestaltungen aus der Fis moll - Fuge haben offenbar eingewirkt. Sie ist ein Bravour-Stück von Anfang bis zu Ende, aber im besten Sinne des Wortes. Das fünf Takte lange Thema rauscht in lauter Sechzehnteln dahin, nur einmal durch eine kecke Pause zerschnitten. Auf harmonische Vertiefung und kunstvolle Stimmenverflechtung ist es hier weniger abgesehen. Besonders findet ein virtuoser Pedalspieler seine Rechnung, da der Fußtechnik das Thema ganz vorzugsweise angepaßt ist. Bei diesem Wirbeltanz der Töne, der nach dem Schlusse zu toller und toller wird, lernt man die Worte des Nekrologs würdigen: »Mit seinen zweenen Füßen konnte er auf dem Pedale solche Sätze ausführen, die manchem nicht ungeschickten Clavieristen mit fünf Fingern zu machen sauer genug werden würden«[22]. Daß die Composition für eine bestimmte Gelegenheit, etwa für eine von seinen Kunstreisen gesetzt wurde, ist wohl unzweifelhaft, es weist auch der Zusatz *concertato*, welcher sich in einer alten Handschrift des Praeludiums findet, darauf hin[23]. Uebrigens scheint es, daß Bach später das allzu üppig wuchernde Virtuosenwerk dieser Fuge beschnitten

---

22) Mizler, S. 172.
23) S. Griepenkerls Vorrede zum 4. Bande der Peters'schen Ausgabe S. III.

und das Ganze concentrirter gemacht habe, da sie auch in einer um
39 Takte verkürzten Fassung vorkommt, die wohl kaum von einem
andern, als dem Componisten selber, herstammen kann[24]. — In
vollständigem Gegensatze zu diesem Werke steht eine Fuge mit
Praeludium aus G moll[25]; letzteres, dort eine festgefügte Einheit,
ist hier ohne bestimmten thematischen Kern, beginnt mit herrlichen,
ruhig ziehenden Harmoniengängen, nachher steigen in Zweiund-
dreißigstel-Bewegung aufgelöst Quintsext-Accorde chromatisch und
taktweise abwärts, jedesmal mit vorgehaltener Septime für die erste
Takthälfte. Die Fuge dagegen, dort im vergänglichen Glanz der
Passage vorübereilend, ist hier ein markiges, mit Strenge, Tiefsinn
und großer Meisterschaft ausgeführtes Bild, von allen, die wir bis
jetzt kennen lernten, unstreitig die bedeutendste, und in ihrem keuschen Ernst schon auf die Stücke der späteren weimarischen Zeit
hinüberdeutend. Um den Abstand zu erkennen, braucht man nur zu
beachten, wie mit jedem neuen Thema-Eintritt frisches und größeres
Leben in den Contrapuncten erblüht, wie sich keine einzige bequeme
Wiederholung findet, die Zwischensätze sich gemächlich einfügen
und auch die Vierstimmigkeit bis auf eine Stelle (Takt 46) streng
beobachtet ist. Dagegen verleugnet das Thema mit seinem viermal
wiederholten es und d und dem ganzen vierten Takte noch nicht den
Typus der nordländischen Schule, und darin liegt der Grund, warum
wir von der Composition an dieser Stelle reden. Einige andre Orgelstücke dieser Zeit verlangen, in einem andern Zusammenhange dargestellt zu werden. Wir gehen jetzt darüber fort, mit der Bemerkung, daß Bach, wie er frühere Compositionen gern neu zu bearbeiten liebte, so auch Stücke von solchen mit späteren Erzeugnissen
zuweilen in Verbindung brachte. Die berühmte Orgelfuge in A moll[26]
hat ein Praeludium, welches unbedingt nicht mit ihr zusammen entstand, sondern in der Periode componirt sein muß, mit welcher wir
uns jetzt beschäftigen: davon überzeugt ein Blick auf seinen freifigu-
rirenden und eine thematische Entwicklung kaum andeutenden Cha-

---

24) Diese Variante ist von Griepenkerl im Anhang des betreffenden Bandes mitgetheilt.

25) P. S. V, C. 3, Nr. 5. — B.-G. XV, S. 112.

26) P. S. V, C. 2, Nr. 8. — B.-G. XV, S. 189.

rakter, worin es mit dem oben erwähnten großen C dur-Praeludium[27]
übereinstimmt. Mehr und mehr bildete aber Bach auch die Praeludien zu inhaltreichen, strenger entwickelten Organismen heraus. —

Von großer Bedeutsamkeit für Bachs gesammtes Künstlerthum
war die Richtung, in welche er durch seine Stellung als Kammermusicus mit Macht gedrängt wurde, und in der er sich bis dahin
nur erst wenig vorgewagt hatte, wenn sie ihm gleich nicht ganz
fremd geblieben war. Zum ersten Male fand er hier Gelegenheit
mit der instrumentalen Kammermusik der Italiäner sich gründlich
bekannt zu machen. Für jemanden, der das ganze Gebiet der Instrumentalmusik durchmessen und überall mit dem glücklichsten
Erfolge anbauen sollte, war diese Bekanntschaft durchaus nothwendig. Denn der für Formenbildungen so ungewöhnlich begabte
Sinn der Italiäner hatte auch hier fast überall die Grundlagen gelegt, die allein ein sicheres Weiterbauen ermöglichten. Die Kunst
des Orgel- und Clavierspiels hatte sich freilich jetzt von ihrem Einflusse losgelöst und nach eigenthümlichen, nationalen Bedingungen
selbständig entwickelt, aber in Violin-Spiel wie -Composition und in
allen den Gattungen, welche auf das Zusammenwirken mehrer Instrumente sich gründeten, war das Uebergewicht der Italiäner noch
immer ein anerkanntes. Die von ihnen hierfür geschaffenen Hauptformen waren die der Sonate und des Concerts, jene mehr die Anordnung verschiedener Sätze zu einem Ganzen, diese den Bau des
einzelnen Satzes bestimmend. Das Formprincip der Sonate kam
insoweit mit dem der Suite überein, als in ihr Stücke verschiedenen
Charakters in angemessener Abwechslung vereinigt wurden; während
aber die eigentliche Suite sich auf eine Folge idealisirter Tanztypen
beschränkte, stützte sich die Sonate überwiegend auf frei Erfundenes,
ohne jedoch die Tanztypen unbedingt auszuschließen. Als maßgebend
galt hier vor allem der Wechsel zwischen langsamen gebundenen
und gesangreichen und andrerseits rasch bewegten fugirten und figurirten Stücken; die sogenannte Kirchensonate, welche aber nicht
mit der alten Gabrielischen verwechselt werden darf, sondern nur
eine in die Kirche getragene Kammermusik war, ließ jedoch keine
Tanztypen zu. Vorzugsweise beliebt war die Dreistimmigkeit von

---

27) P. S. **V**, C. 4, Nr. 1.

zwei Violinen, Bass und unterstützendem Cembalo oder Orgel: die maßvollen Italiäner hatten rasch herausgefunden, daß zur Aussprache des Wesentlichen eine dreistimmige Harmonie vollständig genüge; freilich gehörte Kunst zur Behandlung eines so durchsichtigen Klangkörpers, aber diese galt es ja eben zu beweisen. Das Concert acceptirte von der Sonate den Satzwechsel; aber während dort vier und mehr Abschnitte gefunden werden, ging der Concertcomponist in der Regel nicht über drei hinaus und brachte den langsamen Satz in die Mitte. Die Form der einzelnen Sätze, zumal des ersten und gewichtvollsten, bildete sich nun gradeswegs aus dem Gegensatz und Wetteifer zwischen Soloinstrument und Gesammtkörper. Ein möglichst prägnantes Tutti-Thema beginnt ausnahmslos den ersten Satz, dem sich so wie es geendet hat und in derselben Tonart das concertirende Instrument mit einem mehr oder minder hervorragenden neuen Motiv, oft auch nur in figurirendem Tonspiel gegenüberstellt. Dies Verfahren wiederholt sich mit Umbildungen, Erweiterungen und gegenseitigen Verschlingungen in den nächstverwandten Tonarten. Von dem modernen Sonatensatze ist also die Form, trotz der beiden Themen als Angelpunkten der Entwicklung, noch ganz verschieden: sie ist nicht aus dem innern Wesen des Tonsystems, sondern äußerlich durch die Verbindung von zwei verschiedenen Klangmaterien hervorgerufen. Der langsame Satz sollte dem Spieler zu großem Ton und geschmackvollen Verzierungen Gelegenheit geben; ist er, wie gewöhnlich, kurz, so tritt das Tutti in die bescheidene Begleiterrolle zurück, bei längeren Ausführungen zerschneidet es an geeigneten Stellen das phantastische Solospiel, oder giebt auch wohl durch ein markirendes, stetiges Bassmotiv dem Ganzen Halt und Zusammenhang. Der letzte Satz hat meistens ein ungerades Zeitmaß und lebhaft bewegten Charakter, seine Entwicklung ist entweder dem ersten gleichgestaltet, oder er ist liedhaft zweigetheilt, mit Repetition, nicht selten eine Gigue oder Corrente, und erinnert damit an die Suite oder — wegen der Dreisätzigkeit des Concerts — noch mehr an die Scarlattische Ouverture. Was nun Bach betrifft, so hat er sich die Errungenschaften der Italiäner zunächst weniger auf dem eignen Gebiete derselben zu Nutze gemacht, als sie vielmehr in sein Wirkungsfeld, d. h. auf die Orgel, das Clavier und die Kirchencantate selbständig übertragen. Er war eben kein Kunstjünger mehr, sondern

ein Meister, der zum Bewußtsein seiner Kräfte und Ziele gekommen
war, und dessen scharfer Blick die Verwerthbarkeit dieser Formen
sogleich erkannte. Erst eine geraume Zeit nachher, soweit wir wissen
können, wandte er sich auch der Sonate und dem Concert an sich
zu, um dann auch hierin das Höchste zu leisten.

Die Pflege der instrumentalen Kammermusik am herzoglichen
Hofe war grade zwischen den Jahren 1708 und 1715 eine um so
eifrigere, als ein jüngerer Neffe des Herzogs, Johann Ernst, bedeutende Anlagen für Violin- und Clavier-Spiel, ja auch für die Composition zeigte. In den beiden letzteren Fächern war er von Walther
unterwiesen, der auch ein Compendium der musikalischen Theorie
für den Prinzen verfaßte und es ihm am 13. März 1708 dedicirte; die
Fertigkeit auf der Geige, seinem Hauptinstrumente, hatte er sich
unter Anleitung seines Kammerdieners Eilenstein erworben und später vermuthlich unter Bachs Einwirkung weiter ausgebildet[28]. Seine
Leidenschaft für die Musik war so groß, daß in Krankheitszeiten
nicht selten Walther des Nachts über bei ihm wachen mußte[29].
Daß aber auch Bach dem Prinzen musikalisch nahe verbunden war,
kann man besonders noch aus einem Briefe des Meisters schließen,
in welchem er eine Verzögerung damit entschuldigt, daß er zu des
Prinzen Geburtstage am Hofe einige musikalische »Verrichtungen«
gehabt habe. Walthers dreivierteljähriger Compositionsunterricht
trug als Früchte 19 Instrumentalstücke; sechs Concerte von diesen
wurden in Kupfer gestochen und von Georg Philipp Telemann
herausgegeben. Johann Ernst starb schon im 19. Lebensjahre am
1. August 1715 zu Frankfurt a. M., und in diesem Jahre oder
frühestens im vorhergehenden müssen auch die Concerte erschienen
sein. Telemann war damals in Frankfurt Capellmeister, bis 1712
aber vier Jahre lang in Eisenach Concert- und Capellmeister gewesen, stand zu Bach in sehr freundschaftlichen Beziehungen, und
muß auch wegen der nahen Verwandtschaft der beiden Höfe oft in
Weimar verkehrt haben; er widmete dem Prinzen im Jahre 1715
ein Werk von sechs Violinsonaten mit Clavierbegleitung[30]. Jene

---

28) Walther, Lexicon S. 331. Das Compendium ist kürzlich wieder ans
Licht gekommen; s. Monatshefte für Musikgesch. IV, S. 165 ff.

29) Walther in Matthesons Ehrenpforte S. 389.

30) Walther, Lexicon S. 596.

prinzlichen Compositionen nun scheinen in der That musikalischen Werth gehabt zu haben, denn Mattheson schrieb noch sechzehn Jahre später darüber die Worte: »Es hat der berühmte Herr Telemann ehemals sechs Concerte herausgegeben, und gar sauber in Kupfer stechen lassen, die der weiland Durchlauchtige Prinz Ernst von Sachsen-Weimar mit eigener Hand und aus eigener Erfindung gesetzet hat: in selbigen ist das *Concerto V.* aus obigem Ton [nämlich E dur], und eins der schönsten. Freie Fürsten zu finden, die musikalische Schriften verfassen und angeführt werden können, ist sonst eine Sache, die nicht alle Tage aufstößet, der Musik aber einen sonderbaren Vortheil giebt«[31].

Da die Italiäner die besten Violinconcerte componirten, ergab sich ihre Bevorzugung von selbst. Die Musiker, welche den Prinzen umgaben, mußten sich nun schon aus Rücksichten gegen ihn dafür interessiren, fanden aber auch vom künstlerischen Standpunkte in den durchsichtigen Formen, den natürlich-schönen Gedanken Veranlassung genug zu einer eingehenderen Beschäftigung damit. Walther und Bach begannen wetteifernd italiänische Concerte für die Orgel und das Clavier spielbar zu machen. Jener übertrug Concerte von Albinoni, Manzia, Gentili, Torelli, Taglietti, Gregori und einigen Deutschen, zusammen dreizehn, auf die Orgel[32]. Dieser arrangirte von Vivaldi sechzehn Violinconcerte fürs Clavier, und drei für die Orgel, außerdem von einem jener sechzehn den ersten Satz noch einmal für Orgel[33]. Antonio Vivaldi galt im Anfange des vorigen Jahr-

---

31) Mattheson, Große General-Bass-Schule (1731) S. 409. Etwas ungenauer ist die Sache in der ersten Auflage des Werkes erwähnt (Exemplarische Organisten-Probe. 1719. S. 203). --- Constantin Bellermann sagt (*Parnassus Musarum* S. 37) bei Aufzählung der musikalischen Potentaten: *»nec non et Comes de Buckeburg, et Jo. Ernestus Princeps filius Ducis Sax. Vinar. qui modos musicos fecerunt, hanc Poecilen exornant«.*

32) Im Autograph auf der königl. Bibliothek zu Berlin. Die beiden Albinonischen Concerte sind das vierte und fünfte aus dessen *Sinfonie e Concerti a cinque, due Violini Alto Tenore Violoncello e Basso, opera seconda.* Von Taglietti zählt Walther im Lexicon elf Werke auf und bemerkt, dieselben seien alle vor 1715 erschienen. Daß ihm bei Abfassung des Lexicons dieses Jahr, das Todesjahr des Prinzen Johann Ernst, wieder in den Sinn kam, enthält die Andeutung, daß er nach demselben aufgehört habe, sich mit jener Kammermusik eingehender zu beschäftigen.

33) P. S. I, C. 10, und S. V, C. 8, Nr. 1—4. Man sehe dazu die Vorreden der Herausgeber.

hunderts für einen der hervorragendsten Meister der Instrumentalcomposition. Er lebte seit 1713 als Concertmeister am *Ospitale della
Pietà* in Venedig, nachdem er zuvor einige Zeit im Dienste des Landgrafen von Hessen-Darmstadt gewesen war, und starb 1743. Als
überaus fruchtbarer Tonsetzer hat er sich um die Ausbildung der
Concertform, wie wir sie oben schilderten, thatsächliche Verdienste
erworben. Auch schrieb er Concerte für zwei und drei, ja vier Soloviolinen mit Begleitung, stattete das Orchester durch Verwendung
von Blasinstrumenten reicher aus und war überhaupt auf die Herstellung neuer Ausdrucksmittel eifrig bedacht. Im Formalen lag
seine Hauptstärke; seine Gedanken sind häufig matt und unbedeutend, zuweilen jedoch auch feurig und ausdrucksvoll[34]. Wie Bach
bei Uebertragung der Concerte verfuhr, würde sich vollständig nur
dann beurtheilen lassen, wenn sämmtliche Originale vorlägen. Mir
war nur eines und keineswegs das bedeutendste erreichbar, welches
dem zweiten der Clavierarrangements zu Grunde liegt und in G dur
steht[35]. Da sie sich aber sämmtlich im Baue sehr gleichen, so ist
doch von dem einen auf alle ein ungefährer Schluß möglich. Daß
Bach Vivaldis Tonreihen nicht mechanisch auf die zwei Liniensysteme des Clavierspielers zusammengezogen habe, wird man un-
bewiesen glauben, der Vergleich lehrt aber, daß er sich nicht selten
gradezu nach- und umschaffend zu ihnen verhielt, indem er die
gleichsam abstracte Idee des Tonstückes aus der Idee des Claviers
reproducirte. An den Hauptthemen durfte er freilich um des Ganzen
willen nicht ändern und mußte, wenn sie so spindeldürr und steif
waren, wie der Tutti-Gedanke des ersten Satzes in jenem G dur-
Concerte, die Verantwortung dafür ihrem Schöpfer überlassen. Aber
durch eine beweglichere Führung der Bässe, Verlebendigung der
Mittelstimmen, Hinzufügung von Contrapuncten zu dem einsamen
Gange der Violine, Auflösung der langgezogenen Töne und Umschreibung besonderer Geigeneffecte hat er doch in den meisten
Fällen wirkliche Clavierstücke geschaffen und zugleich den musi-

---

34) Wasielewski, Die Violine und ihre Meister. Leipzig, Breitkopf und
Härtel, 1869. S. 60 ff.
35) Es befindet sich handschriftlich in der Musikaliensammlung des Königs
von Sachsen zu Dresden.

kalischen Gehalt um ein sehr Wesentliches bereichert. Alle seine
Zusätze machen sich so natürlich und selbstverständlich, daß es den
Anschein gewinnt, als wären sie ihm beim bloßen Umschreiben aus
der Feder geflossen, woraus eben wieder hervorgeht, daß nur ein
gewiegter Künstler solches vermochte. Vivaldi läßt im G dur - Concert das Soloinstrument mit einem Tonkörper von zwei Violinen,
Violoncell und Cembalo concertiren, die Tutti-Violinen pflegen im
Einklange zu gehen, das Tutti-Violoncell schließt sich dem Clavier-
basse an, das rhythmisch wie harmonisch aus den einfachsten Elementen bestehende Accompagnement besorgt fast allein das Cembalo,
nur zu besonderen Effecten werden die Streichinstrumente herbeigezogen. Mit feinem Kunstverstande hat Bach die vorzugsweise auf
Klangverschiedenheit gebaute Entwicklung des ersten Satzes durch
stets gesteigerte innere Mittel in dem spröden Tonmateriale des
Cembalo wiedergespiegelt[36]. Den Anfang ließ er unverändert, vom
46. Takte an zeigt sich seine umbildende Hand in den gleichmäßig fließenden Achtel-Bässen statt der Viertel und jambisch vor-
schlagenden Achtel des Originals und in den verbindenden Sechzehnteln des 59. und 67. Takts, sowie er auch die Violinstimme von
Takt 60—67 in fortlaufende Sechzehntel aufgelöst hat, während sie
im Original mit abwärts springenden Achteln wechselt. Vom 76. bis
zum 90. Takte treten zu der Sechzehntelfigurirung der Solovioline
hoch liegende Accorde der Tutti - Streicher in Achteln; um diese
Klangwirkung anzudeuten, hat Bach Zweiunddreißigstel eingemischt.
Vom 91. Takte an bis zum Schlusse stammt alle Sechzehntel- und
Achtel-Bewegung der linken Hand vom Uebertrager, der Schöpfer
hat nur simple Accorde verlangt, die durch drei Octaven gehende
Endpassage ist aus einer dreimal wiederholten Tonleiter der ein-
gestrichenen und kleinen Octave entstanden. Fast zu einem ganz
neuen Stücke wurde das Largo (im Original: Larghetto). Vivaldi
schrieb einen getragenen, nur in Viertel- und punktirter Achtel-
bewegung verlaufenden Violin - Gesang vor und als Begleitung einfache accordische Viertel. Bach, die Unwirksamkeit einer solchen
Melodie auf dem Claviere erkennend, löste ihre Verhältnisse ara-
beskenhaft auf und versah die Haupttöne mit eindringlichen Trillos

---

36) Die Dresdener Handschrift giebt ihm die Bezeichnung *Allegro assai*.

und Mordenten, dazu aber erfand er noch eine ganz freie Mittelstimme, bei deren herrlichem melodischen Flusse Niemand glauben
würde, daß sie nicht von Anfang dagewesen sei. Im letzten Satze
sind namentlich wieder viele Bass - Stellen ganz neu erfunden, wie
im 7. und 8. Takte (und dem entsprechenden 33., 34. und 35.), von
Takt 21 bis 28, und ganz besonders Takt 43 bis 49, wo überall das
Original sich mit dem dürftigsten Accordgerüste begnügt. Auch den
Schluß hat Bach reicher und glänzender gestaltet.

Wendet man den thatsächlichen Befund dieser Vergleichung
auf die andern Uebertragungen an, so kann es nicht schwer fallen,
bei natürlich zurückbleibender Unsicherheit im Einzelnen doch im
Allgemeinen die Bachschen Zuthaten zu erkennen: die leicht schreitenden Bässe, melodischen Mittelstimmen, Imitationen strengerer
und freierer Art. Durch sie sind manche der Concerte in der That
zu Clavierstücken geworden, die man auch neben den Bachschen
Originalschöpfungen mit Genuß und Vergnügen spielt. Es ist dies
natürlich, da Bach, wie die Menge der Arrangements zeigt, mit
Liebe bei der Sache gewesen ist. So muß man z. B. das dritte Concert in D moll durchweg interessant nennen, das Adagio ist von Anfang bis Ende wahrhaft schön, und man darf die Erfindungskraft
dessen, dem eine solche Melodie einfallen konnte, nicht unter-
schätzen; das eilig dahinrauschende Presto von echt italiänischem
Gepräge ist von Bach durch die anmuthigsten Nachahmungen vertieft. Ganz besonders viel scheint das achte Concert in H moll dem
deutschen Meister zu verdanken und die leicht zu machende Beobachtung neu zu bestätigen, daß H moll eine Lieblingstonart desselben
war, ähnlich wie Händel sich dem F moll, Beethoven dem C moll
mit Vorliebe zuwendete. Dieses Concert weicht auch in der größeren
Anzahl der Sätze von den übrigen ab. Die zweistimmige Führung
des ersten, heftigen Allegros rührt ohne alle Frage von Bach her,
das folgende kurze Adagio-Sätzchen wirkt durch eine echt Bachische
Harmonisirung merkwürdig ergreifend. Auch in den beiden andern
Allegros erkennt man fast an jedem Takte die Hand des Deutschen.
Durch hervorragenden harmonischen Reichthum zeichnet sich das
Adagio des zwölften Concerts aus, dessen Melodie an gewissen
Stellen die Möglichkeit canonischer Nachahmungen bietet, was Bach
natürlich sofort herausfand. Gewisse, hier und anderwärts vorkom-

mende rhythmische Manieren, wie 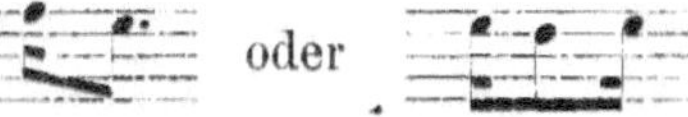 oder

verdienen Erwähnung, weil sie als eine Erfindung Vivaldis angesehen und eifrig nachgeahmt wurden; man nannte das: Spielweise
im lombardischen Geschmack.

Freier noch hat sich Bach in den Orgelarrangements seinem Originale gegenübergestellt. Scheint bei den Uebertragungen aufs Clavier nur ein Ausbau nach Innen vorgenommen zu sein, so haben wir
hier auch mit einem Weiterbau nach Außen zu thun. Derselbe läßt
sich aufs genaueste beobachten durch Vergleichung des ersten Satzes
eines C dur-Concerts, welcher sowohl in der claviermäßigen als orgel-
gerechten Gestalt vorliegt [37]. In dieser zählt es 81, in jener nur 66
Takte. Vivaldi hat im allgemeinen den Satz ganz klar disponirt: er
zerfällt in sechs Abschnitte, je nach den erneuten Eintritten des Tutti-
themas, welche nach einander in G dur, E moll, D moll, A moll und
endlich C dur stattfinden. Aber beim Beginn der zweiten Periode hat
er einen Formkeim ausgestreut, ohne ihn zu zeitigen, denn nachdem das Thema folgendermaßen erklungen ist:

läßt er es sogleich noch einmal in A moll wiederholen, und sich dann
erst die Passagen anschließen. Diese nachdrucksvolle Verdopplung
hielt Bach für werth, durch Bildung entsprechender neuer Perioden
aus dem Charakter des Zufälligen zur organischen Nothwendigkeit
zu erheben, und fügte deshalb noch zwei Abschnitte ein, die ebenfalls
mit dem verdoppelten Thema beginnen, so daß nunmehr dem Tonstück an Rundung und Ebenmaß nichts mehr fehlt. Die ersten sechs
Takte gehen beide Bearbeitungen zusammen, dann wendet sich das
Original, wie wir die Clavier-Uebertragung wohl nennen können,
durch eine fortgesetzte Figurirung nach drei Takten zur zweiten Periode in G dur, während Bach nach C dur zurückkehrt, hier schon
die erste Verdopplung des Themas bringt, und erst im 16. Takte mit
dem Original in G dur wieder zusammen trifft. Zum zweiten Male

---

37) P. S. I, C. 10, Nr. 13 und S. V. C. 8, Nr. 4. S. Anhang A. Nr. 19.

weicht er mit dem 22. Takte des Originals von der ursprünglichen Fassung ab, kehrt wieder nach E moll zurück und bringt hier die andre Periode mit verdoppeltem Thema. Nach Einlenkung in den ersten Entwicklungsgang verlaufen dann beide Bearbeitungen mit kleinen Abweichungen übereinstimmend. Die größere Klangmannigfaltigkeit der Orgel bedingte aber auch eine ganz andre Behandlung der musikalischen Gedanken: es ließ sich der Gegensatz zwischen Solo und Tutti durch den Wechsel von Oberwerk und Rückpositiv darstellen, die Harmonien konnten durch das Pedal bequem gestützt werden und die Figuren daher freier, reicher und in den passendsten Tonlagen sich bewegen. Manche auf der Orgel unwirksame Gänge erlitten aus diesem Grunde Veränderung; aber auch abgesehen von den äußern Rücksichten hat Bach gestrebt, auf diesem seinem Hauptinstrumente alles noch voller und quellender zu schaffen, selbst das Thema erfuhr eine kleine wesentlich bessernde Abänderung. Wie die drei andern Orgelconcerte sich ihren Vorlagen gegenüber verhalten, können wir freilich durch keine Vergleichung feststellen, zum wenigsten bedingte jedoch der Orgelcharakter dieselben Freiheiten in Behandlung der Tongedanken. Dem zweiten lag jedenfalls eine Composition für zwei Soloviolinen zu Grunde, und es ist höchst interessant zu beobachten, wie fein die beiden concertirenden Instrumente aus einander gehalten sind und welch neue Klangwirkungen dadurch entstanden. Das dritte erwuchs, wegen des großen Umfangs, den die concertirende Stimme durchmißt, vielleicht aus einem Gamben-Concert; es ist sehr viel Virtuosenhaftes darin, besonders in den übermäßig ausgesponnenen Cadenzen.

Die neue Tonform, mit der sich Bach durch eine so energische Beschäftigung vertraut gemacht hatte, verwendete er nun für seine besonderen Zwecke. Es entging ihm nicht, daß das Princip der beiden im Nacheinander contrastirenden Themen auch für die Orgel- und Claviercomposition ergiebig sei, wenngleich mit Beschränkung. Die Kernformen dieser Instrumente mußten immer die polyphonischen bleiben, aber wie vor der Fuge ein Praeludium, so war dort auch ein nach dem Concertprincip gestaltetes Stück denkbar, und je nach dem Charakter desselben konnte auch ein Adagio an mittlerer Stelle nicht unpassend sein. Daß es bei einem Meister überhaupt nur auf das Wie? ankomme, hat er später in seinem für Cembalo geschriebenen italiänischen Concerte gezeigt [38]), daß die Form dem Wesen des Claviers nicht voll entspreche, durch die Isolirtheit dieses Werkes unter seinen Compositionen. Ueberhaupt blieb er in den überwiegenden Fällen der alten, bewährten Weise treu, aber sein bildkräftiger Geist wurde einmal durch jede berechtigte Form unwiderstehlich angezogen.

Allem Anschein nach hat ihn die Combination von Fugen- und Concert-Satz schon in seinen Ausbildungsjahren beschäftigt: es liegt eine Composition vor, welche in ihrem theils unbehülflichen, theils maßlosen Wesen nur eines Anfängers Arbeit sein kann. *Concerto* betitelt und in C moll stehend hat sie die offenliegende Absicht, im ersten Satze durch Gegenüberstellung von zwei contrastirenden Tongruppen — Themen kann man nicht sagen — etwas concerthaftes zu liefern. Hernach geht derselbe in ein unbändiges Figuriren über, kehrt aber am Schlusse ganz richtig zu seinem Tuttigedanken zurück. Dann kommt eine in Contrapunctirung und Entwicklung sehr frei gehaltene Fuge; in ihr, wie auch im ersten Satze finden sich einige Male Stellen, die wie mißverstandene Nachahmungen jener Tutti-Accorde aussehen, welche in Adagiosätzen von Concerten die Gänge des Solo-Instruments zu unterbrechen pflegen. Dieses Stück könnte auf Anregung seines ersten Aufenthalts in Weimar im Jahre 1703 entstanden sein, wenigstens muß man es in die früheste Zeit eigner Versuche zurückverlegen [39]). Als Werk eines bewußt bildenden Künstlers stellt sich dagegen eine sogenannte Toccata und Fuge aus C dur dar, die diese Benennung mit geringem Rechte trägt, denn sie besteht nach dem Muster der italiänischen Concerte aus drei

---

38) Im zweiten Theile der »Clavierübung«; B.-G. III, S. 139.

39) Dasselbe besitzt in alter Handschrift Herr Dr. Rust. Was Forkel S. 23 von Bachs ersten Claviercompositionen sagt, paßt ziemlich genau auf gewisse Stellen dieses Concerts, so daß ihm vielleicht bestimmte Fälle vorgeschwebt haben. Wenn er aber weiter behauptet, daß jener von dem wilden Wesen, was er eine Zeitlang auf dem Claviere getrieben habe, durch das Studium von Vivaldis Werken zurückgekommen sei, so gilt das wohl für Compositionen der betreffenden Gattung, deren er vielleicht eine ziemliche Anzahl schon in frühester Zeit machte, ist aber in seiner Allgemeinheit unrichtig. In allem, was mit dem Bau eines polyphonen Stückes zusammenhängt, konnte Bach nichts von Vivaldi lernen. Auch setzt damit Forkel die Beschäftigung mit den Concerten dieses Italiäners in eine viel zu frühe Zeit.

selbständigen Sätzen [40]. Der erste beginnt freipraeludirend mit einem strömenden Passagen-Ergusse auf dem Manual, dem sich ein langes Pedalsolo mit Vorandeutung der beiden Hauptmotive des Satzes anschließt. Von diesen ist das eine mehr melodisch, das andre, ganz dem Gebrauche gemäß, mehr gangartig. Zwischen beiden abwechselnd entwickelt sich der Satz, von den gewöhnlichen Praeludien- und Toccaten-Formen durchaus abweichend, ganz concertmäßig, ohne doch dem Orgelwesen irgend Gewalt anzuthun; man sieht, daß hier keine bloße Nachahmung, sondern eine schaffenskräftige Ausnutzung fremder Kunstarbeit vorliegt. Das Adagio in A moll besteht aus einer sehr schönen, ununterbrochenen Gesangsmelodie mit durchweg homophoner Begleitung, ein Stück, zu welchem sich in Bachs Werken keine Analogie findet, und bei dem sich doch das Gefühl aufdrängt, daß alles wohl in diesem einzelnen Falle eigens für die Orgel erfunden, die allgemeine Art der Behandlung aber nicht aus dem Geiste der Orgel geboren ist. Die durchgehende Pedalfigur in Octavenschritten und die auf besonderem, schwach registrirtem Manuale zu spielenden Begleitungs-Accorde erwecken die Erinnerung an ein Solo-Adagio mit accompagnirendem Cembalo gar zu lebhaft. Ein Orgelrecitativ leitet zu acht Takten Buxtehudescher Harmonienfolgen hinüber, den letzten Satz bildet eine lebhafte Fuge im $^6/_8$ Takt, deren Thema mit seinen verwegenen Pausen und dem in dieselben hineingefügten Contrapunct stark an die oben charakterisirte große D dur-Fuge mahnt. Dieser dreisätzigen Orgelcomposition ist eine gleich-construirte für Cembalo an die Seite zu setzen [41]. Sie führt ebenfalls den Namen *Toccata*, was hier wie dort dem fugirten Schlußsatze zu Liebe geschehen sein wird, wodurch allein noch ein Unterschied von der vollständigen Concertform gegeben ist. Die ersten Takte des Tutti-Gedankens sind von ähnlicher Gestalt, wie der Anfang des zweiten Allegrosatzes in Vivaldis H moll-Concert, während gewöhnlich gangartige Tonreihen an dieser Stelle nicht auftreten, und die wuchtig absteigenden Dreiklänge in beiden Händen erinnern an Spielmanieren, welche in den Clavierübertragungen Vivaldis häufiger vorkommen. Den Solo-Gegensatz enthalten die Takte 5—7, und mit

---

40) P. S. V, C. 3, Nr. 8. — B.-G. XV, S. 253.
41) P. S. I, C. 13, Nr. 3.

ihm entwickelt sich der Satz in übersichtlichster Anordnung durch
fünf Perioden und in dem Modulationskreise: G dur, D dur, E moll
H moll, G dur. Das Adagio von inniger Melodik ist doch auch
polyphonisch mit Fürsorge bedacht, indem besonders dieser Gang

 schön und vielfältig nachgeahmt

wird, so daß sich hier deutscher Inhalt mit italiänischer Form zu
einem ungemein anziehenden Dritten verschmelzen. Wie sehr in
der That diese dem Componisten im Sinne lag, sieht man auch aus
der Beibehaltung gewisser Aeußerlichkeiten, z. B. aus dem Adagio-
schlusse. Das Endigen in der Grundtonart, und das nochmalige
Anheben, um zu dem spannenden Halbschlusse zu gelangen, der
den Eintritt des letzten Satzes vorbereiten soll, war ganz und gar
Manier italiänischer Tonsetzer. Auch hier rufen der $^6/_8$ Takt und
das muntere Wesen der Schlußfuge, sowie die motivische Neckerei
mit den fünf ersten Noten ihres Themas uns in Erinnerung, daß
sie den Schluß eines nach Concertweise angelegten Ganzen bildet.
Dieses froh und sonnig dahin gaukelnde Stück macht zu dem
elegischen Adagio einen vortrefflichen Contrast und ist, wie das
ganze Werk, in glücklichster Stunde geschrieben.

Um nicht Gesagtes an einem andern Orte wiederholen zu müssen, geschehe gleich hier noch einer Composition Erwähnung, die
jedenfalls in eine spätere Schaffensperiode fällt, aber ebenfalls das
Bestreben offenbart, die Formen des Concertsatzes und der Fuge zu
verbinden. Mit Sicherheit wissen wir nur, daß sie vor dem Jahre
1725 geschrieben wurde; die Möglichkeit, daß sie wenigstens in den
letzten Jahren des weimarischen Aufenthalts entstand, scheint mir
jedoch aus inneren Gründen nicht unstatthaft[42]. Es ist eine Fuge
mit sogenanntem Praeludium, aber dieses Praeludium ist eben ein
concertmäßig angelegter, breit und glänzend ausgeführter Satz. Wie
bestimmt die Absicht Bachs war, läßt sich hier besonders deutlich
aus dem Umstande erkennen, daß er in späteren Lebensjahren diese

---

42) P. S. I, C. 9, Nr. 2. Das Stück existirt in einer Handschrift J. P. Kellners, wo es das Datum 1725 trägt. Es hat eine ziemlich merkbare innere Verwandtschaft mit jener großen A moll-Fuge, welche sich im Buche des Andreas
Bach findet (P. S. I, C. 4, Nr. 2).

beiden Sätze mit Zwischenschiebung eines Adagio zu einem wirklichen Concert für Flöte, Violine und Clavier mit Begleitung erweiterte[43]), beiläufig gesagt eine Umgestaltung von förmlich schwindelerregender Kunst und Großartigkeit. Durch beide Sätze strömt ein feuriges, rastlos arbeitendes Leben, in dem unablässigen Rollen immer neu sich bildender Gänge, in der Fülle der Harmonien, überhaupt in der Totalconception, nicht in der Beschaffenheit der einzelnen Gedanken liegt ihre Bedeutung. Das Tutti-Motiv des ersten Satzes ist sogar ganz unscheinbar, aber es erscheint wie eine Zauberformel, die Tongeister zu entfesseln; wo es nur ertönt, öffnen sich neue Schleusen, aus denen die klingenden Quellen rauschend und perlend hervorhüpfen. Es ist ein sichrer Wegweiser durch eine unübersehbar scheinende Tonfluth. Die Fuge, welche kein geringeres Maß von Spieltechnik und Ausdauer erfordert, als der erste Theil, ist mit ihrem $^{12}/_{16}$ Takt wiederum ganz im Charakter eines letzten Concertsatzes gehalten. In der Bearbeitung ist sie auch formell dazu gemacht, indem Bach ein Tutti-Motiv davor erfand, und dieses nicht nur zwischen einzelnen Abschnitten der Fuge höchst geschickt eintreten ließ, sondern auch ohne irgend eine Aenderung des Originals nebenher führte.

Bei diesem Eifer, mit welchem Bach aus den Kunstleistungen der Italiäner Nutzen zu ziehen suchte, wäre es verwunderlich, wenn er nicht auch sein Augenmerk auf ihre Orgelmusik gerichtet hätte. Die Beweise dafür liegen vor, und zwar griff er mit der richtigsten Erkenntniß auf den epochemachenden Meister Frescobaldi zurück, dessen im Jahre 1635 erschienenen *Fiori musicali* er sich auch in einer sehr sorgfältigen, 104 Folioseiten starken und auf besonders gutem Papiere hergestellten Copie zu verschaffen wußte, und eigenhändig mit der Signatur »*J. S. Bach.* 1714« versah[44]). Frescobaldis Bedeutung für die Entwicklung des fugirten Spiels ist eine sehr hohe, wenn er auch schon in Johannes Gabrieli einen wichtigen Vorgänger hatte. Die Fuge bildete sich in Italien vorzugsweise in der sogenannten Canzone aus, ein Name, der durch die französischen Chansons (*Can-*

---

43) B.-G. XVII, S. 22.5.

44) Diese merkwürdige Reliquie befindet sich auf der Bibliothek des königl. Instituts für Kirchenmusik in Berlin.

zone francese, veranlaßt wurde, welche man gern auf der Orgel und dem Claviere spielte und deshalb zuerst als Stoffe für imitirende Formen benutzte. Dabei blieben an diesen Fugensätzen auch im Verlauf der Zeiten gewisse rhythmische Eigenthümlichkeiten jener Chanson-Melodien haften, indem auf die gehalteneren Anfangstöne geschwindere Notenwerthe in stereotyper Form zu folgen pflegten, auch wurde nicht selten der Anfangston mehre Male wiederholt [45]. Durch solche Vorbilder Frescobaldis angeregt, hat nun auch Bach eine Canzone geschrieben, in welcher er den italiänischen Typus möglichst wahrte, aber doch nicht umhin konnte, das Ganze mit eignem Geiste zu durchdringen [46]. Dem fremdartigen Reize des schönen Stückes wird sich nicht leicht jemand entziehen. Schon dem flüchtig Betrachtenden muß die Themabildung als ungewöhnlich auffallen, bei genauerer Beobachtung findet man auch bald den typischen Canzonen-Rhythmus darin wieder. Ein chromatisches zweites Thema wird dem ersten gegenüber gestellt, und gemessen zieht der Satz dahin, streng vierstimmig, ohne jede Concession an virtuosischen Effect, jeden Versuch zur Entfaltung instrumentalen Glanzes. Nach einer Durchführung in 70 Vierviertel-Takten ertönt ein Halbschluß, und ein neuer Abschnitt beginnt im Dreizweiteltakt, der *prolatio perfecta* nach alter Terminologie. Dieser aus den Werken der nordländischen Orgelmeister bekannte Rhythmuswechsel ist gleichwohl schon eine Gepflogenheit der italiänischen aus der ersten Hälfte des 17. Jahrhunderts, und scheint auf Nachahmung der Vocalmusik zu beruhen, in welcher z. B. Johannes Gabrieli sich gern des gleichen Kunstmittels bediente. Noch mehr aber: Frescobaldi kennt auch schon die motivische Umbildung des Themas in der neuen Taktform, welche bei Buxtehude und Andern fast principielle Bedeutung gewonnen hat. Und so bildete auch Bach aus dem Material des ersten Gedankens ein höchst geistreiches neues, und dem Canzonen-Rhythmus wieder

---

45) Zum ersten Male nachgewiesen ist dies interessante Verhältniß von Ambros, Geschichte der Musik, Bd. III (Breslau, Leuckart, 1868), S. 533 ff. Vrgl. Bd. II, S. 506. Eine Auswahl aus jenen *Fiori musicali* Frescobaldis ist herausgegeben von Fr. Commer (Compositionen für die Orgel aus dem 16., 17., 18. Jahrhundert. Leipzig, D. H. Geissler. Heft 1.). In ihr finden sich auch zwei Canzonen, wodurch eine Vergleichung mit Bach ermöglicht wird.

46) P. S. V, C. 4, Nr. 10.

in andrer Weise folgendes Thema. Wie sehr er aber sich des hier herrschenden Stilunterschiedes bewußt war, zeigt eine Vergleichung nicht einmal mit Buxtehudes Werken, sondern auch schon mit dem Schlußsatz seiner eignen früher beurtheilten Arbeit[47]. Dort ist der Charakter frei musikalisch, hier kirchlich gebunden, soweit dies Bachs Richtung überhaupt zuließ. Denn er hat so wenig den fortgeschrittenen Standpunkt seiner Kunst, als seine eigne Natur verleugnet, und das Bedürfniß nach gesteigertem und individueller gefärbtem musikalischen Leben veranlaßte ihn, zu dem bewegteren Rhythmus des zweiten Abschnitts auch harmonisch tiefer und in der Stimmführung kühner sich zu gebärden. Immerhin aber würde eine ins Einzelne durchgeführte Untersuchung eine Menge harmonischer Eigenthümlichkeiten ergeben, die als Wirkungen der Anlehnung an Frescobaldis Stil sich am ungezwungensten erklärten. Um nur eines zu nennen, so erfolgen die Thema-Einsätze der ganzen ersten Abtheilung ausschließlich in der Grundtonart D moll.

Die Canzone steht in ihrer Eigenart unter den Werken Bachs nicht ganz allein. Ein *Allabreve* in D dur ist ebenfalls der Setzart Frescobaldis, oder allgemein gesagt der italiänischen Orgelcomponisten jener Zeit, in klar erkennbarer Weise nachgeschaffen[48]. Es ist eine unzertheilt fortströmende vierstimmige Fuge, und eben in der Art der Fugirung liegt das Merkzeichen dieser Composition. An das Hauptthema schließt sich sogleich ein Gegenthema an, welches dasselbe im wesentlichen durch das Stück begleitet, mit Vorliebe sind Engführungen angewendet, die Themaeintritte wenig, oft garnicht markirt, indem die Contrapuncte unvermerkt ins Thema hinüberfließen, dieses selbst bewegt sich in den einfachsten diatonischen Schritten. Alles ist darauf angelegt, nicht sowohl einen individuell ausgeprägten Gedanken in den mannigfaltigsten Verhältnissen leben- und gestaltenzeugend sich bewähren zu lassen, als einen großen Organismus darzustellen, dessen Grundprincip nur ganz allgemeine Züge trägt, und in seiner Bewegung stets durch andre Mächte oder durch sich selbst gebunden ist. Daß man ein Recht hat, zwi-

---

47) Im vierten Abschnitt des zweiten Buches.

48) P. S. V, C. 8, Nr. 6. — Ein ähnliches Stück von Pachelbel bei Commer, *Musica sacra* I, S. 137; wird man nicht ohne Interesse vergleichen.

schen protestantischem und katholischem Orgelstil zu unterscheiden, und daß der Componist selbst den Unterschied gefühlt hat, läßt sich hier leicht aus der Vergleichung mit den andern Orgelstücken Bachs beweisen. Der feierlich allgemeine Eindruck wird noch verstärkt durch die breite, nur bis zu Viertelnoten beschleunigte Bewegung, und durch die langhallenden Vorbereitungen der dissonirenden Harmonietöne, welche die Erinnerung an den alten Vocalstil erwecken, dessen eigentliche Heimath ja die katholische Kirche war. Andrerseits konnte doch wieder nur Bach dieses Stück schreiben: schon die gewaltigen Dimensionen, in denen es sich über 197 Takte wie ein mächtiger Bogen ausspannt, wären wohl kaum einem andern construirbar gewesen; und diese frischtreibenden motivischen Erweiterungen, wie in der Altstimme von Takt 32 bis 46, diese großen organischen Zwischensätze, wie von Takt 113 bis 134, diese phantastisch leuchtenden Harmonienfolgen von Takt 183 bis 186! Wenn man die Canzone ein romantisches Kind nennen kann, von deutscher Sinnesart und italiänischer Haltung, so muß man bei diesem Allabreve an den lichtblauen Himmel denken, dessen Bild von der ruhigen Fläche der tiefklaren Fluth zurückstrahlt.

Auch die Compositionen des Giovanni Legrenzi, der als gefeierter Orgelspieler und Tonsetzer in der zweiten Hälfte des 17. Jahrhunderts lebte und Lehrer des großen Venetianers Antonio Lotti war, blieben dem deutschen Meister nicht unbekannt. Es bezeugt dies ein Thema Legrenzis, was Bach zu einer Orgelfuge verarbeitete [49]. Auffällig sind bei dieser die oft wiederkehrenden vollständigen Cadenzen vor einem neuen Themaeintritte, wodurch sie etwas zerschnittenes und kurzathmiges bekommt, während sonst auf das überraschende und wie von Ungefähr in das continuirliche Tongewebe hineinfallende Einsetzen des Themas von Bach so großer Fleiß verwendet wird. Dieses, sowie der in Buxtehudes Manier gehaltene Virtuosenschluß, macht es wahrscheinlich, daß die Fuge nicht später als 1708 oder 1709 geschrieben ist. Nicht auf die frühe Entstehungszeit läßt

---

49) P. S. V, C. 4, Nr. 6. Das einstweilen verschollene Autograph nannte, nach Griepenkerl, Legrenzi als Erfinder des Themas nicht, aber die verläßliche Quelle des Andreas Bachschen Manuscripts zeigt die Aufschrift: »*Thema Legrenzianum elaboratum cum subjecto pedaliter*«. Mit dem *subjectum* ist das selbständige Gegenthema gemeint.

sich aber die Vereinfachung schieben, welche das zweite Thema in Takt 43, 49, 66, 77 und 88 erfährt, wenigstens können technische Gründe unmöglich maßgebend gewesen sein, da das Thema auch in seiner eigentlichen Gestalt auf dem Pedale unschwer auszuführen ist. Der nachahmende Contrapunct am Anfange wird wohl auf das Legrenzische Original zurückgeführt werden müssen, Bachs eigentliche Weise zeigt sich vom 34. Takte an. Neu für damals ist die breite Auseinanderlegung der Doppelfugenform, insofern beide Themen vor ihrer Vereinigung selbständig durchgearbeitet werden, denn wenn man bis dahin die Doppelfugen den einfachen vorzog, so geschah es nicht um größeren Reichthums willen, sondern der Bequemlichkeit und Einfachheit zu Liebe: das zweite Thema begleitete vom Beginn das erste, wie sein Schatten. Schon hieraus also entspringt ein voller, mächtiger Organismus, dessen reichliche Schönheiten den erwähnten Mangel weit überbieten.

Aus welchem Werke Legrenzis Bach jenen Gedanken entnahm, können wir nicht angeben; besser ist die Sache bei drei anderen Fugen bestellt, denen Themen aus Violinsonaten von Corelli und Albinoni zu Grunde liegen. Arcangelo Corelli, geb. 1653 und gestorben 1713, gleich hervorragend als Componist wie als Spieler und Lehrer auf der Geige, war der eigentliche Begründer der Violinsonaten-Form und das Haupt der römischen Schule. Tomaso Albinoni lebte um 1700 als musikalischer Dilettant in Venedig und erwarb sich nicht nur als Instrumentalcomponist sondern auch als Verfasser vieler Opern und als Sänger und Violinspieler Berühmtheit. Corelli hatte als *opera terza* 12 dreistimmige Kirchensonaten herausgegeben, unter welchen die vierte als eine der schönsten angesehen wurde [50]. Der zweite Satz ist eine Fuge mit folgenden Themen:

---

50) Gerber, N. L. I, Sp. 786.

Diese entlehnte sich Bach für eine vierstimmige Orgelfuge, welche
mit Corellis Stück auch noch die Engführungen des ersten Gedankens, sonst aber garnichts weiter gemeinsam hat[51]. Wenn Corelli
mit 39 Takten alles erschöpft hatte, was er über die beiden Themen
zu sagen wußte, so bedurfte Bach deren über hundert, um dem
Reichthume der aufquellenden Gedanken Gestalt zu geben. Natürlich konnte er nun auch von der Disposition des Italiäners keinen
Gebrauch machen. Dieser arbeitet schon vom siebenten Takte an
mit Engführungen und bleibt einer solchen knäuelartigen Behandlung bis ans Ende getreu, wogegen der Deutsche das letzte Steigerungsmittel erst mit dem 90. Takte anwendet und den Vollgehalt
der Themen frei und unbedrängt entfaltet, auch durch ausgeführtere
Zwischensätze die Hauptperioden anmuthig gruppirt. Wie erfindungs-
reich und ungezwungen grade jene Verbindungspartien sich entwickeln, beweisen unter andern die Takte 25 bis 30, in denen die
halben Noten des ersten Themas stufenweise immer tiefer hinab-
geführt werden, indessen sich über und unter ihnen das reizendste
Wechselspiel in Sechzehnteln aufthut und graziös in das Thema zurückleitet. Wenn aber Bach aus den Corellischen Themen grade
eine Fuge für Orgel machte, so liegt darin vielleicht eine Andeutung,
daß auch in Weimar die italiänische Sitte der Kirchen-Violinsonaten
in Aufnahme gekommen war. Ueberdies werden wir bald erfahren,
daß er eine daher entlehnte Form sogar in einer seiner Cantaten zur
Anwendung brachte. — Für Albinonis Compositionen muß Bach eine
gewisse Vorliebe gehabt haben. Noch in späteren Jahren benutzte
er in seinen Lehrstunden die Continuostimme derselben zur Uebung
im Generalbass-Spielen, und Gerber erzählt, daß er in der Art, wie
sein Vater, ein Schüler Bachs, nach der Manier des Meisters diese
Bässe ausführte, nie etwas vortrefflicheres gehört habe, dies Accompagnement sei schon an sich so schön gewesen, daß keine Hauptstimme etwas zu dem Vergnügen, was er dabei empfunden, hätte
hinzuthun können[52]. Es stimmt damit überein, wenn wir zwei Fugen besitzen, zu denen Albinonische mehr oder weniger von Bach

51) P. S. V, C. 4, Nr. 8. Die Sonate findet man in der neuen Ausgabe der
Werke Corellis von J. Joachim (Denkmäler der Tonkunst III. Bergedorf bei
Hamburg, 1871) S. 142—147.

52) Gerber, L. I, Sp. 492.

benutzt wurden [53]. Die italiänischen Arbeiten sind abermals dreistimmig, die Bachschen, beide für Clavier gesetzt, sind es dieses
Mal auch, die Waffen also gleich. Von den Fugen steht die erste in
A dur [54]: Albinoni hat sich die Sache leicht gemacht und genug zu
thun geglaubt, wenn er einen einzigen Contrapunct zum Thema
erfände:

den er in den nöthigen Versetzungen stets genau wiederholt. Er
giebt sich aber auch keine Mühe mit vielen Durchführungen und
bringt in dem 48 Takte langen Stücke das Thema nur achtmal, alles
übrige füllt er mit freien und nicht eben bedeutungsvollen Gängen
aus. Von dem gesammten Materiale konnte Bach nicht viel gebrauchen. Den angeführten Contrapunct benutzt er nur beim ersten Eintreten des Gefährten und auch da schon mit einer wesentlichen Ver-
schönerung, hernach aber das ganze, hundert Takte lange Stück
hindurch nie wieder, als ob er recht deutlich lehren wollte, daß eine
ordentliche Fuge mehr sei, als ein mechanisches Versetzen der Stimmen nach oben und unten, daß sie vielmehr stets neue Zweige aus
demselben Stamme treiben müsse. Außerdem hat er noch einen Zwi-
schengedanken aus Takt 8 und 9 entlehnt:

mit dem Albinoni nichts weiter zu beginnen weiß, der aber bei Bach
zu den schönsten motivischen Gebilden erblüht (vergl. Takt 24—27
und 44—47). Alles andre in der ausgezeichnet schönen Composition
ist ureigne Erfindung, eine herbe Frische, wie die eines schönen
Herbstmorgens, schwebt um sie, und wie aus unerschöpflichem Born
quillen die Gestalten, gesundheitstrahlend und lebenstrotzend. Das

<hr>

53) Beide finden sich in den *Suonate | a tre | doi Violini, e Violoncello | col
Basso per l'organo da | Tomaso Albinoni | Musico di Violino diletante Veneto. |
Opera prima |.* Hier sind es die zweiten Sätze der dritten und achten Sonate.

54) P. S. I, C. 13, Nr. 10. Wenn sie sich auch in G dur findet, so stellt sich
das hiermit als Transposition heraus.

Zeitmaß, bei Albinoni *Allegro*, muß es jedenfalls auch bei Bach bleiben. Der voll in die Saiten greifende Schluß mit dem Pedalgebrauch athmet noch etwas von jugendlichem Uebermuth, ist aber mit dem Uebrigen so sehr aus einem Gusse, daß der Componist auch in älteren Jahren, wie es scheint, keine Aenderungen mehr vorgenommen hat. Dagegen hielt er solche bei der andern Fuge in H moll für nothwendig, wie zwei neben einander erhaltene Bearbeitungen zeigen. Der Grund lag wohl darin, daß er hier nicht so unbehindert aus sich selbst gestaltete, sondern das Albinonische Vorbild etwas reichlicher für seinen Zweck zu verwerthen strebte. In der That hat es einen großen Reiz zu sehen, wie Bach alle hervortretenden Züge in seiner Phantasie gesammelt und hier gleichsam eine neue Stoffmischung vorgenommen hat, so daß sie am eignen Werk nun zwar sämmtlich wieder erscheinen, aber in ganz anderm und viel wirkungsreicherem Zusammenhange[55]. Von dem Contrapunct des Gefährten ist ein Mittelstück häufiger verwendet, nämlich das letzte Achtel des dritten Taktes und die erste Hälfte des folgenden bei Albinoni:

 zuerst in Takt 12 und 13 für die Oberstimme, in Takt 58, sowie 80 und 81 für die Mittelstimme bei Bach. Das Anfangsstück kommt nur einmal, aber klar erkenntlich, in Takt 63 auf 64 vor. Zu überraschendem Ausdruck gelangt jener

Terzengang von drei Achteln im fünften Takte 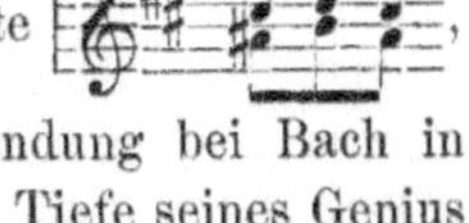,

der sich im 29. wiederholt, durch die Verwendung bei Bach in Takt 59 und 60; hier wetterleuchtet es aus der Tiefe seines Genius schaurig ergreifend herauf! Der chromatische Gang der zweiten Violine im zwanzigsten Takte tritt im vierzigsten der Clavierfuge gleichfalls in der Mittelstimme, dann im fünfzigsten noch einmal in der Oberstimme zu Tage; eine kleine hüpfende Sechzehntelfigur des 22. Taktes geräth im 25. der Bachschen Composition unvermerkt auf die Oberfläche und treibt dort eine Zeit lang ihr Wesen fort. Die chromatischen, zwischen zweite und erste Geige

---

55) Die zweite Bearbeitung von Bachs Fuge steht P. S. I, C. 3, Nr. 5, die erste im Anhange dazu. Albinonis Fuge ist als Beilage 2 vollständig mitgetheilt.

vertheilten, aufwärts steigenden Gänge des 33. Taktes scheinen bereits im 14. und 15. Takte des Clavierstückes deutlich hindurch, quirlen, in abgerissene Sechzehntel zertheilt, in Takt 34 und 35 unruhig herum, und arbeiten sich endlich vom 81. Takte an vollends in die Höhe. Eine Palingenese, in der ein Künstler das Werk eines andern in dem seinigen so vollständig aufzehrt, daß die Existenz jenes nunmehr eigentlich überflüssig erscheint, und doch wieder etwas so grundverschiedenes liefert, daß beide Compositionen, vom Thema abgesehen, kaum mit einander verglichen werden können, gehört wohl zu den seltensten Erscheinungen der Kunstwelt. Doch waren an der ersten Bearbeitung noch einige Härten und Steifheiten haften geblieben [56]; ganz vollendet wurde der Process erst in der zweiten Bearbeitung, welche Bach nunmehr ohne irgend eine Rücksicht auf Albinoni nur aus dem Wesen seiner eignen Composition heraus vornahm. Hier schlossen sich alle Fugen, ründeten sich alle Linien, ordneten sich alle Verhältnisse zur herrlichsten Schönheit: Takt für Takt muß man die hohe Weisheit des Meisters bewundern. Man betrachte beispielsweise nur die Umbildung des 30. Taktes, und wie diesem im 94. ein Gegenbild ersteht; wie in der Gruppe vom 34. Takte an bis zum nächsten Einsatze des Themas sich alles dehnt und reckt und dabei die chromatische Figur des Basses wie eine Hülse abgestreift wird, aus welcher der lebendige Keim endlich hervorbricht! Vom 68. Takte der zweiten Bearbeitung an wird die Entwicklung ganz abweichend und strömt noch weit über die Gränzen der ersten hinaus, um erst mit dem 102. Takte zu Ruhe zu kommen. Die Gesammtstimmung dieser Fuge ist von der vorigen durchaus verschieden; sie webt ganz in jener geheimnißvollen Dämmerregion des Gefühles, in welcher Bach vor andern Tonsetzern heimisch ist, und die sich dem begreifenden Worte traumhaft entzieht. Das italiänische Original hat hiervon nichts, und aus dieser innerlichen Grundverschiedenheit wird es zu rechtfertigen sein, wenn man die dort vorgeschriebene Bewegung *Allegro* für die Bachsche Fuge ent-

---

56) Das $\bar{h}$ als dritte Note des Geführten (Takt 3) halte ich aber für ein in der handschriftlichen Vorlage verschriebenes $\overline{cis}$. Es war kein Grund, von diesem cis abzuweichen, was Albinoni hat und Bach selber Takt 12, 37 und 68, und überall in der zweiten Bearbeitung; $\bar{h}$ dissonirt außerdem unangenehm mit dem contrapunctirenden $\overline{cis}$.

sprechend mäßigt. Uebrigens kann die zweite Bearbeitung wohl nur zur Zeit von Bachs höchster Reife vorgenommen sein, da sie ein Werk ergeben hat, was zu den vorzüglichsten des Meisters überhaupt gehört. Er selber war ihm besonders zugethan und setzte dazu, wie es scheint, auch ein großes phantastisches Praeludium [57].

Es ist, um mit den italiänisch beeinflußten Compositionen Bachs aus dieser Zeit abzuschließen, noch die Erwähnung eines Variationenwerks *alla maniera italiana* übrig [58]. Diese auf ein köstliches Thema in Liedform gearbeiteten Clavierstücke sind der italiänischen Violin-Variation angeähnelt. Die Figuration liegt mit kaum nennenswerther Unterbrechung in der Oberstimme, der Bass geht einfach stützend darunter her, wenn es ihm gleich nicht an freier Bewegung fehlt; ·der Satz ist überwiegend zweistimmig und bildet dadurch freilich zu dem herrlich harmonisirten Thema, was als letzte Variation etwas verändert wiederkehrt, einen starken Contrast. Wohl mit Absicht ahmen manche Stellen die Passagen-Art der Geige nach, auch tritt die Spielweise der arrangirten Vivaldischen Concerte häufig entgegen [59]. Hinter den 30 Goldbergschen Variationen im 4. Theile der »Clavierübung« stehen diese allerdings bescheiden zurück; es sind saubre, feine Bleistiftzeichnungen gegenüber saftig colorirten Gemälden. Aber der Bachsche Funke fehlt ihnen nicht; er glüht mit intensiver Stärke in dem melancholisch holden Thema, was nur wie ein Schatten durch die Variationen wandelt, in der letzten aber wieder mit berauschendem harmonischen Zauber aufblüht. —

Es folgen nun als dritte Gruppe solche Instrumentalwerke, die sich nicht auf die italiänische Kunst stützen und ausschließlich fürs Clavier bestimmt sind. Denn, um es zu wiederholen, wo Bach an die Italiäner sich anschloß, geschah es nicht in schülerhafter Unsicherheit, sondern mit bewußter Ueberlegung und darum konnte er neben den zuvor aufgezählten Werken zugleich andre von ganz verschiedener Gattung mit Meisterschaft produciren. Es werden bei ihrer Betrachtung noch einige Male Elemente französischer wie

---

57) S. Anhang A. Nr. 20.

58) P. S. I, C. 13, Nr. 2. Die Zahl der Variationen ist nicht in allen Quellen gleich. Der beste Gewährsmann, Andreas Bach, hat ihrer zehn.

59) Man vergleiche z. B. das H moll-Concert Nr. 8, und besonders dessen Anfang mit der 9. Variation.

italiänischer Kunst zu Tage treten, deren Benutzung aber nur die unumschränkte Beherrschung aller Mittel kund giebt. Eine vollständige Ouverture nach französischer Weise setzte Bach an die Spitze einer kleinen Suite in F dur [60]. Das ganze Werkchen, was nur drei knappgeformte Tanzstücke, Menuett, Bourrée und Gigue enthält, gewinnt erhöhtes Interesse, wenn man es mit den späteren Suiten vergleicht, die ebenso kühn und ideal gestaltet sind, wie dieses sich anspruchslos noch in den einfachen Tanzformen bewegt. An die Ouverture schließt sich als Zwischenstück eine Entrée, die eigentlich mit jener denselben vorbereitenden Zweck hatte; auch im Charakter pflegte sie dem Eingangssatze der Ouverture ähnlich zu sein, jedoch zweitheilig und mit doppelter Reprise, wie eben hier. Am werthvollsten erscheint der anmuthig gaukelnde Fugensatz der Ouverture, und der Menuett mit seinem reizenden Trio.

Von einzelnen Clavierfugen wäre vor allen eine treffliche aus A dur zu nennen [61]. Sie hat eine unverkennbare allgemeine Aehnlichkeit mit der über das Albinonische Thema in gleicher Tonart gesetzten, obwohl im Besondern Thema sowohl wie Construction ganz abweichen. Die Entwicklung erfolgt vom 35. Takte an mittelst Umkehrung des Themas, dem sich zeitweilig das Gegenthema:

zugesellt, hernach werden beide Bewegungen sinnreich unter einander gemischt. Zum Schlusse treten wieder einige jener Cembalopedal-Töne ein, die mit ihrem äußerlichen Effect jedesmal auf eine mehr oder weniger frühe Entstehungszeit weisen. — Weniger bedeutend ist eine andre Fuge in A dur [62] mit hastigen und doch nachlässigen Engführungen in grader und verkehrter Bewegung, und einer Themabeantwortung im dritten Takt, durch welche man anfänglich E dur für die Grundtonart zu halten verleitet wird. Sie ist sicherlich um vieles früher, als die andre, oder zur ungünstigen Stunde geschrieben. — Ein reizendes, geheimnißvoll neckisches

---

60) P. S. I, C. 13, Nr. 4.
61) P. S. I, C. 13, Nr. 9.
62) P. S. I, C. 9, Nr. 13.

Stück besitzen wir in einer frei und jugendlich ausgeführten A moll-
Fuge[63]: aus ihr meint man der Elfen Gewisper und Getrippel zu
vernehmen, sie klingt, wie ein um hundert Jahre vorweg genom-
menes Scherzo von Mendelssohn. — In vielen Zügen verwandt
ist eine andre derselben Tonart, die deshalb ungefähr gleichzeitig
mit ihr sein mag, obgleich weitere chronologische Anhaltepunkte
fehlen[64].

Wir hatten oben von einigen allein stehenden Orgelpraeludien
gesprochen. Ob dieselben wirklich als selbständige Stücke gedacht
oder etwa die zugehörigen Fugen nur verloren gegangen sind, darüber läßt sich nichts entscheiden. Mit größerer Sicherheit kann das
erstere von zwei Clavierpraeludien behauptet werden, welchen beiden eine ungewöhnliche Form gemeinsam ist, und die, obwohl sie
sich nirgends zu festen Gebilden verdichten, doch eine gewisse Stimmung erschöpfen, eine träumerisch verhüllte, leidenschaftlich su-
chende, in ungestillter Sehnsucht hinschwelgende. Bis Beweise vom
Gegentheil aufgebracht werden, muß ich es für eine ausschließlich
Bachische Eigenthümlichkeit erklären, an solchen subjectiven Tonbildern sich Genüge zu thun, ohne durch ein nachfolgendes formfestes
Stück den Zusammenhang zwischen Individuum und Allgemeinheit
wieder herzustellen, eine Eigenthümlichkeit jedoch, die in den ge-
reifteren Mannesjahren naturgemäß zurücktrat. Das Vorbild zu solchen Compositionen liegt in einem früher erwähnten Clavierwerke
Georg Böhms vor, welches allerdings auf ein träumerisches Praeludium eine Fuge folgen ließ, nach derselben aber in die Anfangsstimmung zurückkehrte und unter dem Gesäusel melancholischer Accorde
hinstarb. Von dem einen nun der beiden Bachschen Praeludien kennen wir schon aus dem Jahre 1713 die Abschrift eines fremden Musikers, es erscheint deshalb passend, die Zeit der Composition etwa
um das Jahr 1710 zu suchen[65]. Das andere wird ungefähr eben-
dann entstanden sein; dies deutet die formelle Uebereinstimmung

---

63) P. S. I, C. 9, Nr. 15.

64) Handschriftlich aus dem Westphalschen Nachlasse jetzt auf der königl.
Bibl. zu Berlin, sign. P. 291, 34, erstes Stück. Ich wüßte nichts, was gegen ihre
Echtheit spräche. Sie ist noch unveröffentlicht; ihr Thema im thematischen
Verzeichniß der Instrumentalwerke Anhang I, 19.

65) Die Abschrift ist auf der königl. Bibl. zu Berlin und führt folgenden

beider an und die durchgängig zu beobachtende Thatsache, daß Bach.
wenn es die Anwendung neuer Formen galt, nie bei einem einzigen
Versuche stehen blieb, sondern sie durch wiederholte Pflege möglichst zu erschöpfen strebte [66]. Eine hervorspringende melodische
Blüthe fehlt dem einen wie dem andern durchaus, sie bieten nur Harmonienfolgen, welche sich an einem festen rhythmischen Spalier
weiterranken. Der Rhythmus allein gliedert auch ihre Form in zwei
Haupttheile, die von vorbereitenden oder ausklingenden Accorden
und Passagenwerk eingerahmt werden. Grundtonart des ersteren
ist C moll, aber die große Subjectivität tritt gleich daraus hervor,
daß außer in den Anfangs- und Endtönen diese Tonart sich fast garnicht geltend macht. Schon die schwermüthig arppeggirenden Ein-
leitungsaccorde führen sofort nach G moll hinüber, und in G moll beginnt auch der erste Haupttheil:

welcher durch die verwandten Tonarten fortmodulirend mit dem
vollen Eintritt von Es dur in den zweiten Haupttheil, ⁴/₈ Takt, hinüber führt. Die Sechzehntel der linken Hand weichen der Achtel-
bewegung, zu der oben erst Viertel, dann mit Sechzehnteln gemischte
Achtel, endlich nur Sechzehntel ertönen. Der Schluß besteht aus
zwei kleinen Gruppen, im Vierviertel-Maß und ²⁴/₁₆ Takt, die letztere
braust zu kurzen Pedaltönen heftig auf, sie liegt fast nur in der Unterdominante und kehrt erst mit den Schlußaccorden:

<hr>

Titel: *»Jova Juva | Praeludium ex c dis* [= es, d. h. c moll] | *di Joh: Seb: Bach.* |«
Unten rechts: *»Joh. Ch: Schmidt* | Hartz *p. t. org.* | d. 9 9br. 1713. |« »Hartz«
kann *Hartzungensis*, *Hartzburgensis*, *Hartzgerodanus* oder anderes bedeuten;
ich habe über die Person des Schreibers, der übrigens sehr fehlerhaft copirt hat,
nichts herausbringen können. Dasselbe Stück findet sich noch einmal und sorgfältiger geschrieben bei Andreas Bach, Blatt 71ᵇ und 72ᵃ, aber ohne den Namen
des Componisten und zeigt nicht die Handschrift der übrigen Bachschen Stücke.

66) Es ist veröffentlicht P. S. I, C. 13, Nr. 1. unter dem Titel *Fantasia*,
obgleich es in zwei Handschriften ebenfalls die Ueberschrift *Praeludium* trägt.

fragend zur Haupttonart zurück. Das andre Praeludium in A moll
ist breiter ausgeführt, die Einleitung wird aus flüchtigen Zweiund-
dreißigstel-Figuren und Clavier-Recitativen gewoben. Mit dem 14.
Takt beginnt der erste Theil, dessen Rhythmus eine innerliche,
wachsende Unruhe ausdrückt, ihr entsprechend arbeiten sich die
Harmonien aus dunklen Regionen in immer höhere Lagen hinauf,
bringen es zu einem leidenschaftlichen Ausbruche (Takt 32) und
sinken in die Tiefe zurück. Die rhythmische Figur, welche den
zweiten Theil beherrscht, bemerkten wir schon am Schlusse der Or-
geltoccate in D moll [67]; dort huschte sie unausgenutzt vorüber, hier
wird sie durch 52 Takte hindurch fast zu sehr erschöpft. Aus dem
Epilog von Takt 87—106 heben wir noch eine Stelle von wunderbarer Wirkung heraus: Sechzehntelgänge stürmen in der E dur-Tonart
aufwärts, kurze Pause, und dann unvermittelt dieses:

<hr>

67) P. S. V, C. 4, Nr. 4.

68) Eine ganz ähnliche harmonische Wendung findet sich schon in der
letzten der italiänischen Variationen (im vorletzten Takt); ein neuer Beleg dafür, daß beide Werke in dieselbe Schaffensperiode fallen.

Den beiden Praeludien haben wir vier Fantasien gegenüber zu stellen. Es ist durchaus ein Irrthum, zu glauben, daß Bach mit diesem Namen fessellos schweifende Improvisationen bezeichnet habe, zu denen er überhaupt wenig geneigt war. Die Fantasie schließt bei ihm regelmäßig festgegliederte und aus melodischen Motiven entwickelte Formen ein, besteht nicht selten nur aus solchen. Ganz entscheidend für die Frage ist, daß Bach seine im strengsten Stile gehaltenen dreistimmigen Clavier-Sinfonien ursprünglich mit dieser Bezeichnung versah [69], es ergiebt sich das Resultat aber auch schon aus einer Zusammenstellung dessen, was sonst unter dem Namen von ihm existirt. Allein der Raum für das freie Spiel des schöpferischen Geistes ist keineswegs immer ganz versperrt; die Benennung scheint eben solchen Stücken beigelegt zu sein, deren Bau mit keiner der gebräuchlichen Formen vollständig übereinstimmte, sondern immer wenigstens durch einige freigestaltete Züge sich bemerkbar machte. So verhält es sich auch mit den vorliegenden Fantasien. Die eine, G moll [70], ist auf drei zusammengepaßte Motive gebaut, welche alle den doppelten Contrapunct in der Octave zulassen und an deren Versetzungen und Durchführungen sich das Stück in kräftigem Flusse entwickelt. In der andern, aus H moll, wird der erste

Satz aus dem Keime sinnreich hervorgelockt, der

zweite aus diesem Gedanken

frei entwickelt [71]. Wiederum abweichend ist die dritte, aus A moll, gebildet. Diese beginnt mit einem toccatenartigen, höchst glänzen-

---

69) In dem autographen »Clavier-Büchlein vor Wilhelm Friedemann Bach«.

70) P. S. I, C. 13, Nr. 5.

71) P. S. I, C. 13, Nr. 7. Der Ansicht von Roitzsch, daß die H moll-Fantasie für Orgel bestimmt sei, glaube ich nicht unbedingt beistimmen zu dürfen. Der vereinzelte Gebrauch tiefer Pedaltöne, wie in Takt 15—24, kommt zur Zeit von Bachs Reife — und dahin muß das Stück doch jedenfalls verlegt werden — nur noch bei Clavierwerken vor, wenigstens haben meine Beobachtungen mich durchaus zu diesem Ergebniß geführt. Mir scheint auch der leichte und minutiöse Charakter des ersten Satzes der Orgel nicht angemessen.

den Satze, bringt dann eine sehr lebhafte, aber etwas flache Fuge
über das Thema:

und kehrt zum Schlusse in das toccatenhafte Wesen zurück, was
nunmehr mit Tempowechsel und Recitativen noch 35 Takte andauert[72].
Die vierte ist von allen die längste und merkwürdigste, ein Bild wunderbarer Formenmannigfaltigkeit[73]. Nach einigen praeludirenden
Takten in D dur hebt der erste Satz mit diesem Gedanken an:

der zuerst ganz quintenmäßig beantwortet wird, als ob es eine Fuge
gölte, bald aber in der linken Hand unter kurzen Accorden der rechten sich in freien Wiederholungen weiter arbeitet. bis ihm als neuer
Gedanke diese Tongruppe entgegentritt:

welche sich, indem die Achtel bald oben bald unten liegen, eine
Weile fortspinnt. Mit dem dreizehnten Takte treten sich beide Gruppen wetteifernd gegenüber, und aus diesem Widerstreit entwickelt
sich der ganze weitere Verlauf. Es leuchtet ein, daß hier der Bau

_____

72) Handschriftlich aus dem Fischhoff'schen Nachlasse auf der königl. Bibl.
zu Berlin.

73) P. S. I, C. 9, Nr. 3.

eines Concertsatzes maßgebend gewesen ist. Nun folgt ein bunter,
echt toccatenhafter Adagio-Satz: ein kleines, viernotiges Motiv thut
sich, von Tremolos unterbrochen, darin hervor, und führt in den Takten 4—7 Gebilde herbei, welche genau mit einer Stelle des eben geschilderten A moll-Praeludiums (Takt 87ff. übereinstimmen und anzeigen, daß beide Stücke kurz nach einander geschrieben sein werden. Wir kommen zu einem dritten, wiederum bewegteren Satze,
der im Bau gänzlich der zuvor erwähnten G moll-Fantasie gleicht:
auch hier sind es drei mit einander verflochtene Themen, welche im
doppelten Contrapunct der Octave versetzt werden, zu motivischen
Zwischensätzen Veranlassung geben und so die Mittel zur Entwicklung des ganzen Satzes gewähren. Nur erfolgen hier die ersten Eintritte nach dem Quintenverhältniß, so daß man eine ordentliche Tripelfuge vor sich hat. Die Tonart war Fis moll, der nächste Satz soll
langsam zur Haupttonart zurückleiten; er ist noch bunter, wie das
erste Zwischenstück, voll von pathetischen Clavier-Recitativen *con
discrezione* zu spielen, wie einige Handschriften bemerken, und breiten Verbindungs-Harmonien: die oben durch ein Beispiel verdeut-
lichte Tonfolge des A moll-Praeludiums kommt auch hier vor (Takt
9 und 10). Endlich gelangt man zur Schlußfuge im $^6/_{16}$ Takt, die
flüchtig dahinschwebt wie ein Schmetterling, und auch nicht schwerer
wiegt, als ein solcher.

Diese letzte Fantasie ist eine Mischung aus jenen zuvor besprochenen dreitheiligen Toccaten mit concerthaftem ersten Satze und
einer andern Toccaten-Art, von der Bach ebenfalls mehre Exemplare
hinterlassen hat. Sicherlich erhielt sie ihren Namen, weil sie eben
weder auf jenes noch dieses Muster völlig paßte. Für die Beurtheilung von Bachs Künstlernatur ist es durchaus nicht unwesentlich, zu
beobachten, wie er auch in der Gattung, welche zur formlosesten
Spielwillkür berechtigte, nach festen Principien größere Organismen
herauszuarbeiten suchte und dieselben dann reinlich von allem fremdartigen absonderte. Das Gebot höchster Formenstrenge beherrschte
sein gesammtes Thun. Und aus eben diesem Grunde suchte er,
wenn er einen glücklichen Griff gethan zu haben glaubte, durch Wiederholung der Arbeit sich neuerdings davon zu überzeugen und die
Ausgiebigkeit der geschaffenen Form zu prüfen. So geschah es auch
mit der Toccaten-Gattung, in welche die D dur-Fantasie hinüber-

greift[74]. Sie hat vier Sätze, zwei fugirte und zwei freier gestaltete in Abwechslung, doch so, daß die fugirten die zweite und vierte Stelle einnehmen. Die D moll-Toccate wäre nach einem Zeugniß aus dem Hause Kittels, eines Schülers von Bach, des Meisters erste Toccate überhaupt, und wir haben kein Recht, daran zu zweifeln[75]. Der erste Satz ist ganghaft bis zum 15. Takte, wo wie im ältesten Toccatenstil gebundenes Spiel ablösend eintritt und zwar in sauberster vierstimmiger Harmonie und gesättigt von warmer Empfindung. Eine Doppelfuge bildet den zweiten Satz, bei welcher nur auffällig ist, daß beide Themen in Melodie und Rhythmus sich fast ganz gleichen: der einzig wesentliche Unterschied besteht darin, daß das erste einen Schritt von d nach d̶, das zweite einen solchen von d nach ♭ macht. Welche Absicht der Componist mit dieser merkwürdigen und in seinen Instrumentalwerken sonst beispiellosen Anlage gehabt hat, ist unerfindlich, die natürliche Folge davon eine gewisse Monotonie. Die Stimmenführung ist in hohem Grade flüssig und elegant, mit zwei Ausnahmen, wo die Mittelstimmen ganz rücksichtslos und unmelodisch herumgeworfen werden (Takt 10—12 und 73—74). Es folgt ein zartklagendes Adagio, was an der Hand eines eintaktigen Motivs ruhelos von Tonart zu Tonart irrt und im 25. Takte auf der Dominante von D moll stille hält. Der Harmonienwechsel ist offen-

---

74) Ich spreche kurz nur von »Toccate« und »Fantasie«, denn der Zusatz »con Fuga« hat keine Berechtigung, da in allen diesen Stücken mehre Fugen vorkommen, und erweckt den Schein, als sei alles übrige nichts, als Vorbereitung auf die Schlußfuge. Ich bin auch überzeugt, daß dies im Sinne Bachs geschieht, da er z. B. der großen Fis moll-Toccate (von welcher später) eigenhändig nur diesen einen Gesammtnamen gab; s. die Peterssche Ausg. S. I, C. 4, Nr. 4 mit der Bemerkung von Griepenkerl.

75) Eine aus Kittels Auction erstandene, und wahrscheinlich von ihm selbst gefertigte Abschrift auf der königl. Bibl. zu Berlin trägt den Titel: »*Toccata Prima. ex Clave D. b. manualiter. per J. S. Bachium.*« Anordnung der Worte und Interpunction sind so, daß *prima* nur ganz allgemein auf *Toccata* bezogen werden kann, nicht etwa auf die Angabe der Tonart. Veröffentlicht ist das Werk P. S. I, C. 4, Nr. 10, jedoch in einer Gestalt, welche eine zweite Bearbeitung durch die Hand des Componisten verräth. Die alte von C. Czerny bei C. F. Peters besorgte Ausgabe scheint die erste Gestalt darzubieten. Namentlich geht dies aus Takt 18 und 19 des ersten Fugensatzes hervor, welche hier fehlen und doch für die Klarlegung der Entwicklung so sehr nothwendig sind. Einiges beruht bei Czerny offenbar, bei Griepenkerl vielleicht nur auf Schreibfehlern ihrer Vorlage.

bar Hauptsache, er wirkt lösend und erfrischt zu neuer Anspannung und das Stück hat in der Oekonomie des Ganzen dieselbe Bedeutung, wie die freien Zwischensätze der Buxtehudeschen Orgelfugen, nur ist mehr Zusammenhang in ihm. Unter dem letzten Satze hat man wieder eine Doppelfuge zu erkennen, deren Themen:

allerdings winzig und unbedeutend genannt werden müssen im Vergleich zu dem, was wir schon jetzt von Bach gewohnt sind, selbst zu den Themen der andern Doppelfuge dieses Stückes. Der Componist konnte nicht einmal bei der ersten Durchführung die Eintritte ohne Zwischensätze erfolgen lassen, wollte er nicht von vorn herein den Eindruck athemloser Hast hervorrufen. Andrerseits aber lief er Gefahr, durch solche Zwischensätze die unscheinbaren Themen ganz zu erdrücken; er wählte daher einen befremdlich scheinenden, aber durch die Unbestimmtheit der Gattung zu rechtfertigenden Ausweg, und schickte dem eigentlichen Beginn der Fuge in elf Takten eine freie Exposition des motivischen Materials vorher. Die Themen ertönen, werden im 3. und 4. Takt nach dem doppelten Contrapunct der Octave versetzt, und in den übrigen Takten wird der Stoff für die Zwischensätze aufgespeichert. Darnach beginnt die Entwicklung, die manche feine Züge trägt, es aber trotz ihrer 140 Takte doch zu keinem Gefühl der Breite und Fülle bringt, weil alle Perioden einen ganz kurzen, engbrüstigen Zuschnitt haben, und die Themen so wenig ergiebig sind, daß man sie bald satt gehört hat. Auch ermüdet der einförmige Rhythmus. — Ueber die zweite Toccate, in G moll [76], ist wenig hinzuzufügen. Ihre Form stimmt genau mit der vorigen überein. Der erste Satz beginnt mit abwärts stürzenden Passagen, an die sich ein frei phantasirendes Adagio (an Stelle der schönen vierstimmigen Partie der D moll-Toccate) anschließt. Der zweite Satz ist eine Doppelfuge in B dur von straffer, militärischer Haltung,

---

76) P. S. I, C. 9, Nr. 1.

deren Themen zusammen einsetzen, sich aber besser von einander
abheben; die ersten Einsätze sind wieder merkwürdig, denn die
Themen beantworten sich in der Octave, wie am Anfang des letzten
Satzes der vorigen Toccate, jedoch mit einigen Aenderungen, aus
denen sich neue Harmonien ergeben. Als dritter Satz dient wieder
ein mäßig ausgedehntes Adagio ohne festen thematischen Kern, und
den letzten Platz füllt eine breit angelegte Fuge aus, deren treffliches,
höchst energisches Thema:

das auch in der Verkehrung durchgearbeitet wird, wobei es einen
Ausdruck trotziger Wildheit erhält, nur nicht immer frei genug hervortritt, um voll zu wirken. Der Schluß läuft cyklisch in den Anfang
des ersten Satzes zurück. — Die dritte Toccate, in E moll [77], weicht
formell nur insofern ab, als im ersten Satze sich keine langsamen
Harmoniengänge befinden und dieser überhaupt nur ganz kurz und
praeludirend gehalten ist. Alles andre ist gleich gestaltet: die Doppelfuge an zweiter Stelle, das recitativisch phantasirende Adagio
als dritter Satz und die Schlußfuge. Inhaltlich aber steht diese Toccate bedeutend über ihren Schwestern, und gehört zu jenen von Melancholie und Sehnsucht tief getränkten Stücken, die nur Bach zu
schreiben wußte. Gleich die köstliche kurze Doppelfuge ist vom
Anfange an, wo der Septimenvorhalt aufseufzt, bis zum Schlusse,
wo die Themen, als könnten sie sich nicht Genüge thun, zweimal
nach einander in derselben Lage ertönen, ganz voll von schmerzlichem
Verlangen. Und nun der letzte Satz — so leicht und schlank, wie
eine holde Gestalt, dahin wandelnd, und doch mit so thränenschwe-
rer, bleicher Miene, daß man von Wehmuth bezwungen das künstlerisch Empfundene hinüberziehen möchte in den Gefühlskreis selbst
erlebten Leides, um es dort erst völlig auszukosten! Es wurde darauf
aufmerksam gemacht, daß diese schon in einer frühern Fuge [78] dar-
gestellte Stimmung hier zur erschöpfendsten Aussprache gelange;

---

77) P. S. I, C. 4, Nr. 3. Griepenkerl hatte die zu Grunde liegende Form
nicht erkannt und urtheilt deshalb in der Vorrede unrichtig über das Werk.

78) Aus C moll, P. S. V, C. 4, Nr. 9.

die Aehnlichkeit zwischen beiden zeigt sich auch in feineren Zügen, namentlich der stockenden und abgerissenen Contrapunctirung des Themas, von welcher ein wesentlicher Theil des unsäglichen Reizes ausgeht. —

Wir dürfen nicht daran zweifeln, daß in der ganzen ersten Hälfte der weimarischen Zeit, die sich kurz und gut durch das Jahr 1712 begränzen läßt, Bachs Beschäftigung mit der kirchlichen Vocalmusik in den Hintergrund getreten war und keine bedeutenden Verluste zu beklagen sein werden, wenn wir nur drei Cantaten für diesen Zeitabschnitt namhaft zu machen haben. Ihre Merkmale sind eben die der älteren Kirchencantate, und da alsbald nachgewiesen werden soll, daß spätestens seit 1712 sich Bach mit Entschiedenheit der neuern Cantaten-Form zuwendete, so ist der Raum für ihre Entstehungszeit dadurch abgesteckt. Sie sind der Anlage und dem Können ihres Schöpfers gemäß wohl die vollendetsten Cantaten dieser Gattung überhaupt. Aber auch jener eigentlich Bachsche Cantaten-Stil, dem die Instrumentalmusik in ihrer ganzen Breite zur Grundlage diente, bricht hier schon ungleich mächtiger hervor, als in der Mühlhäuser Festcomposition und der etwa gleichzeitigen Hochzeitsmusik. Der Tonsetzer hatte eben nicht nur in der Orgelkunst wieder eine höhere Stufe erklommen, sondern auch durch die Kammermusik vorzugsweise der Italiäner ganz neue Anregungen erhalten: beides kam den Cantaten sofort zu gute. In welchem chronologischen Verhältnisse sie unter einander stehen, ist mit Sicherheit nicht zu bestimmen, da dies nur nach innern Merkzeichen geschehen könnte; sie haben aber sämmtlich sehr viele Züge gemeinsam und stehen auch hinsichtlich des Aufwandes an Technik ziemlich auf gleicher Stufe. Eine enthält sich des Chorals, setzt jedoch ihren Text nicht ausschließlich aus Bibelsprüchen zusammen, wie die zuletzt besprochene Hochzeitscantate, sondern schließt nach Brauch auch gereimte Dichtung ein. Schon der erste Blick auf die Partitur zeigt uns den Einfluß der italiänischen Kammermusik: die Cantate beginnt mit einer *Sinfonia* in Hmoll nach dem Muster der dreistimmigen italiänischen Violinsonaten. Zwei Violinen und Continuo, d. h. die stetig mitgehende Orgel, deren Basse sich verstärkend ein Fagott zugesellt, bilden den Instrumentalkörper; derselbe wird auch im Verlaufe der Cantate nicht verstärkt, nur tritt das Fagott zuweilen

obligat auf[79]. Wie in der Sinfonie der Hochzeitscantate wird auch
hier das Anfangsthema des ersten Chors vorbereitend durchgeführt.
Dieser selbst ist über die ersten Verse des 25. Psalms gesetzt, welche
in vier Sätzen eben so viele musikalisch zugängliche Gedanken enthalten, nämlich: »Nach dir, Herr, verlanget mich. Mein Gott, ich
hoffe auf dich. Laß mich nicht zu Schanden werden, daß sich meine
Feinde nicht freuen über mich.« Dadurch ist die Form des Chorstückes äußerlich vorgezeichnet. Bach würde in späterer Zeit sich
mit weniger Textmaterial, etwa mit den beiden ersten Sätzen begnügt, und auf diese zwei contrastirende Tonbilder gebaut haben.
Für seine jetzigen Formideale war auch das Ganze nicht zu viel. Er
bildete einen Satz mit streng fugirter Anfangs- und Endpartie, wozu
er den ersten und letzten Textabschnitt und beide Male dasselbe
Thema in verschiedener Bearbeitung benutzte, dazwischen fügte er
ein freigestaltetes Mittelstück über den zweiten und dritten Abschnitt.
Die Uebertragung der Buxtehudeschen Fugenform auf die Vocalmusik
ist hier unverkennbar. Das erste Thema ist, mit einigen Modificationen am Ende, dieses:

Es wird, nach alter Manier in Engführungen, in drei Perioden kurz
durchgearbeitet, und zwischen dieselben tritt jedesmal ein Sätzchen
aus der Einleitungs-Sinfonie als das in der älteren Kirchen-Cantate
übliche Ritornell. Das Thema der Schlußfuge erscheint in beweg-
licherer Gestalt und beschleunigtem Zeitmaß:

und wird ohne Unterbrechung 21 Takte lang durchgearbeitet, zuerst
in Engführungen, dann freier und freier heraustretend. Wie hier

---

79) Meine Kenntniß beruht bis jetzt nur auf der in der königl. Bibl. zu
Berlin befindlichen Handschrift; eine andre, vermuthlich ältere, befindet sich
noch im Hauserschen Nachlasse.

das Verhältniß zwischen ruhig und bewegt, gewichtig und leicht ganz dasselbe ist, wie bei den zwei Fugensätzen der Buxtehudeschen Orgelstücke, so stimmt auch der Zwischensatz mit seinem instrumentalen Vorbilde an ungebundenem und aphoristischem Wesen überein. Die auf einer Fermate aushallenden Worte »Mein Gott!« leiten nach Fis moll hinüber, wo im dreitaktigen *Allegro* unter Sechzehntel-Bewegung des Soprans und einfallenden Achteln der übrigen Stimmen die Worte »ich hoffe auf dich« ertönen. Dann ein paar Accorde der Instrumente, und es folgen *un poco allegro* vier Takte hindurch in engen Imitationen und interessanten Harmonienfolgen die Worte »laß mich nicht zu Schanden werden«. Darnach wird der Ausruf »zu Schanden« im *Adagio*-Tempo noch einige Takte mit abwechselndem Einfallen der Instrumente fortgesetzt, bis endlich ein kurzes Ritornell in die letzte Fuge hinüberleitet. Die polyphonische Arbeit ist sehr reich und gewandt: die beiden Geigen sind immer, das Fagott ist sehr häufig obligat; besonders ist eine Begleitungsfigur:

anzumerken, die in allen drei Cantaten mehr oder weniger übereinstimmend sich findet. Bedürfte es noch eines weiteren Nachweises für die durchaus instrumentale Wurzel dieses ersten Chorsatzes, so wäre es der, daß Bach das hier geschaffene Tongebild in seiner Fis moll-Toccate für Clavier wieder aufgriff, und den Bedingungen dieses Instrumentes gemäß weiter ausgestaltete. Dieser Process muß auch schon in Weimar, doch wird er der größeren Gereiftheit der Toccate wegen nicht sofort nach Composition der Cantate vor sich gegangen sein; es wäre auch psychologisch befremdlich, da der Künstler doch für den Augenblick sein Material erschöpft zu haben glauben mußte. Die zweite Nummer besteht nun aus einer kurzen, von den unisonen Violinen und der Orgel begleiteten Sopranarie, deren gereimter Text ein muthiges Vertrauen im Unglück ausspricht. Ihrer Gestalt nach paßt sie weder auf die italiänische noch die deutsche Arie, selbst nicht auf das Arioso, obwohl sie von diesem einige Züge trägt. Es ist eine unruhige Uebergangsbildung: die

Sopranarie der Hochzeitscantate. auch wie ein Trio angelegt. war doch schon formvoller. Der Chor fährt nach dieser kurzen Unterbrechung· mit dem fünften Psalmverse fort: »Leite mich in deiner Wahrheit und lehre mich, denn du bist der Gott, der mir hilft: täglich harre ich dein.« Seine Gestalt ist hier eine motettenhafte, insofern jeder der vier Text-Gedanken kurz für sich durchgeführt, und ohne instrumentale Unterbrechung vom einen zum andern weiter gegangen wird; die Instrumente sind nur selbständig, indem sie den harmonischen Bau höher aufthürmen. Für jeden Abschnitt hat Bach einen geistvollen Durchführungs-Gedanken. Zuerst veranlaßt ihn das »Leite mich« zu einem in gemessenen Viertelnoten aufsteigenden Tonleitergange von H bis $\overline{\overline{d}}$, in dem sich vom beginnenden Basse an die Stimmen taktweise ablösen, während die übrigen dazu in vollen Accorden und großartig-ruhigem Harmonienwechsel das »Leite mich« (♩. ♪ ♩) declamiren. Zuletzt läßt je eine Stimme sich mit den Tönen:

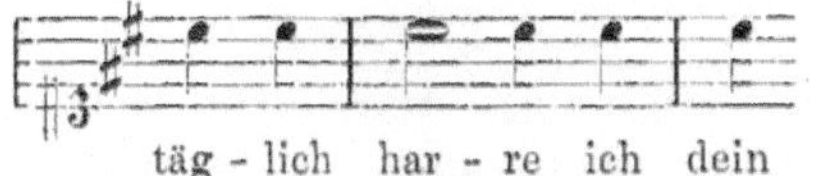

auf verschiedenen Tonstufen vernehmen, gegen welche dann die übrigen in drängenden Sechzehnteln figuriren, endlich erschallt im h des Basses der durch mehre Takte hinaustönende Ruf, und unter und über ihm drängen die Stimmen leidenschaftlich nach oben, wie Arme, welche sich dem Retter sehnsüchtig entgegenstrecken. Es folgt eine Arie in D dur für Alt, Tenor und Bass, mit der zum ersten Male die Haupttonart verlassen wird, in der Form einer einfachen Choralstrophe. Da im Text vom Sturme die Rede ist, so figuriren die Bässe in malerischen Sechzehnteln und Achteln. Zwischen den Strophenzeilen ist zuweilen ein Takt Instrumentalspiel, auch werden dieselben hier und da durch kleine Imitationen etwas ausgedehnt, sonst verläuft alles ganz ebenmäßig. Wiederum geht der nächste Chor auf das Bibelwort zurück und singt mit Vers 15: »Meine Augen sehen stets zu dem Herrn, denn er wird meinen Fuß aus dem Netze ziehen.« Er beginnt in D dur, wendet sich aber bald über Fis moll wieder nach H moll. Der erste Theil ist homophon, aber von einem genialen Instrumentalspiel durchflochten und umkränzt, welches das sehnsüchtige Aufblicken zu dem Herrn eben so neu wie schön versinnlicht in dem wetteifernden Aufstreben der Geigen über den leise wallenden Sechzehnteln des Fagotts. Der zweite Theil, eine Fuge mit selbständiger Betheiligung der Violinen, hat sein Charakteristisches ebenfalls durch die Vorstellungen erhalten, welche der Text hervorruft. Das verwickelte Stimmengewebe gleicht einem dicht gesponnenen Netze, und die Befreiung daraus wird unter anderm durch einen Octavenschritt nach aufwärts, mit dem das Wort »ziehen« erfaßt wird, und am Schlusse durch die gewaltsam hindurch drängenden Harmonien:

sprechend genug versinnlicht. Der letzte Chor endlich zeigt die von Bach genommene Richtung noch einmal nachdrücklich an. Er ist nichts weniger als eine auf den begleiteten Vocalkörper übertragene *Ciacona*. Daran daß diese ursprünglich ein Tanz war, brauchte sich Bach nicht zu stoßen. Denn längst war sie als eine zur Entfaltung polyphoner Kunst und Erfindungskraft höchst geeignete Form von den Clavier- und Orgelcomponisten so viel und frei behandelt, daß eine zerstreuende Erinnerung an ihre anfängliche Bestimmung schwerlich noch in jemandem aufkommen konnte. Pflegte man sie doch, wie G. Kirchhoff an der Melodie »Herzlich lieb hab ich dich« that, auch zum Orgelchoral zu benutzen. Aber ihre Uebertragung auf das Gebiet kirchlicher Vocalmusik war mindestens eben so neu, wie die der Buxtehudeschen Fugenform. Bach löste die unerhörte Aufgabe, in der es doch auch galt, Chor und Instrumente richtig gegen und mit einander wirken zu lassen, mit wunderbarem musikalischen Takte und Scharfsinne. Das Ciacona-Thema ist dieses:

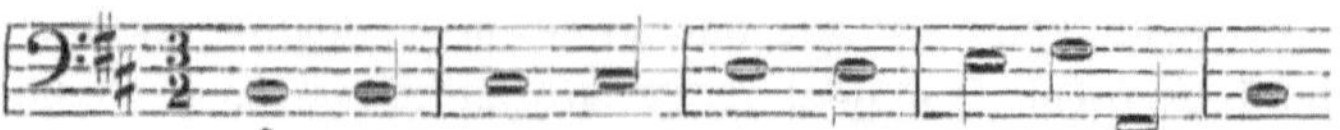

die Textworte lauten:

> Meine Tage in den Leiden
> Endet Gott dennoch zu Freuden;
> Christen auf den Dornenwegen
> Führen Himmels Kraft und Segen;
> Bleibet Gott mein treuer Schatz,
> Achte ich nicht Menschenkreuz,
> Christus, der mir steht zur Seiten,
> Hilft mir täglich sieghaft streiten.

In dem ersten Theile, welcher die sechs ersten Verszeilen verbraucht, wechseln die Instrumente in ruhigeren und bewegteren Gängen bald mit dem vollen Chore, bald mit einzelnen Stimmen desselben ab, und durch geschickte Ausweichungen nach D dur, Fis moll, A dur und E dur wird jede Spur von Eintönigkeit entfernt. Im zweiten Abschnitte (von Takt 53 an) wird die Haupttonart nicht mehr verlassen, aber über das simple Bassthema ein sechsstimmiger imitatorischer Bau gethürmt von größter Pracht und Fülle, »sieghaft« sowohl im Ausdruck wie in der Ueberwindung aller technischen Forderungen, so daß hierdurch nicht nur für den Schlußchor, sondern für das ganze Werk ein überragender Gipfelpunkt gebildet wird. Es kann für den Historiker keinen größeren Genuß geben, als in der fortschreitenden Betrachtung der älteren Kirchen-Cantate endlich auf Werke zu stoßen, wie dieses und die nächstfolgenden Bachschen. Man fühlt noch denselben Boden unter sich, aber ringsherum ist wie mit einem Zauberschlage alles verändert. Ein ungeahnter Reichthum der Erscheinungen dringt von allen Seiten herein: große Tonbilder von neuen, fremdartigen Formen und jedes fast anders, als das andre, Einzelgedanken von kühnem Wuchs und adlig-freiem Gebahren, poetische Stimmungen von einer Tiefe und Unaussprechlichkeit, daß es uns wie Schauer aus der andern Welt umweht. Diese Thatsache, die ohnehin in der Kunstgeschichte kaum ihres gleichen haben mag, wäre vollends unerklärlich und wunderbar, wenn sich nicht ihre instrumentalen Quellen nachweisen ließen, wie wir das zu thun versuchten und auch weiterhin thun werden. Was an Kunst-Resultaten und Erfahrungen auf einem andern Gebiete gewonnen war, wurde plötzlich mit energischer Hand in ein neues, spärlich gefülltes Wasserbette geleitet — was Wunder,

wenn der Strom rauschend dahin schoß! Freilich bleibt trotz dieses
Nachweises noch genug zurück, was eben nur als Ausfluß von Bachs
eignem Wesen begriffen werden kann, der ja auch auf instrumentalem Gebiete selbst erst einen großen Theil von dem produciren
mußte, was er später als Material für seine Kirchenmusiken zu verwenden unternahm.

Die poetische Grundlage für die zweite der drei Cantaten bildet
der gesammte 130. Psalm, in den die 2. und 5. Strophe des Kirchenliedes »Herr Jesu Christ, du höchstes Gut« verwoben sind[80]. Die
Cantate steht in G moll und umfaßt fünf große Sätze; der Chor ist
vierstimmig, neben der Orgel wirken als Instrumente mit eine Violine, zwei Violen, Bass, Oboe und Fagott. Der Text des Anfangschores
lautet: »Aus der Tiefe rufe ich, Herr, zu dir. Herr, höre meine
Stimme, laß deine Ohren merken auf die Stimme meines Flehens«, und
bot von selbst die Gliederung in zwei Abschnitte dar, einen langsamen
(*Adagio* ³/₄) und einen bewegten (*Vivace* **C**). Voran geht eine Symphonie von der oben beschriebenen Art, in welcher Bach Gabrielis
Kirchen-Sonate vollendete, daß nämlich über den breiten Accord-
lagen der andern Instrumente zwei obere, hier Oboe und Violine,
einen imitatorisch fortschreitenden Satz ausführen. Das Motiv der
Symphonie bildet auch dieses Mal der Hauptgedanke des ange-
schlossenen Chors:

eines wehmuthsvollen, weichen und für Bachs Gefühlsleben doppelt
bedeutsamen Charakterstückes, wenn man es mit der tragischen
Majestät jener riesenhaften Choralchöre »Ach Gott vom Himmel sieh
darein« und »Aus tiefer Noth schrei ich zu dir« aus seinen späteren

---

80) Eine saubere Copie, welche aus der Sammlung des Grafen von Voss-Buch
stammt, befindet sich auf der königl. Bibl. zu Berlin, sign. P. 49; in derselben
scheint die Oboe für eine B-Clarinette umgeschrieben zu sein. Von der Existenz
eines Autographs habe ich noch keine Kunde. Einige sehr tiefe Töne des Sing-
basses, z. B. D und C, erklären sich wohl aus der hohen Stimmung der weimarischen Schloßorgel.

Mannesjahren vergleicht. Auch in der Form verläuft es wesentlich nach älterer Weise, ohne große Ausdehnung, homophon, mit den Instrumenten chorisch abwechselnd. Doch ist im 5. Takte vom Ende die frei einsetzende Septime es ein wirkungsreicher, für damals kühner Zug. Leidenschaftlich erregt stellt sich das folgende *Vivace* dar, und ist zugleich formell vom höchsten Interesse, weil es in der Fugirung die auffallendsten Analogien zu der vorhin besprochenen viersätzigen Claviertoccate in D moll bildet. Wie im letzten Satze derselben, finden wir auch hier dem eigentlichen Fugenbeginn eine Exposition des Materials vorhergeschickt, indem das Thema zweimal von einer Stimme in verschiedenen Lagen vorgetragen und jedesmal wieder vom einfallenden vollen Chore unterbrochen wird. Vor allem aber: wie im zweiten Toccatensatze eine Doppelfuge aus demselben, für den Gegensatz nur wenig veränderten Thema entwickelt wurde — eine Erscheinung, die sich sonst unter Bachs Instrumentalwerken nicht wiederfindet — ganz genau so wird hier vom 12. Takte an verfahren:

Und endlich: wie im zweiten Satze der gleichfalls besprochenen G moll-Toccate die Themen der Doppelfuge sich in der Octave beantworten, ebenso auch hier: erst beim dritten Einsatze ergreift das Vorderthema die Dominante, um sich von da aus wiederum in der Octave beantworten zu lassen. Solche Beobachtungen, über den formenschöpferischen Geist Bachs an sich schon äußerst belehrend, sind wie mir scheint auch das stärkste innere Beweismittel für eine gleiche Entstehungszeit. Es ist dieselbe Sache, wie mit den vorbereitenden Thema-Einführungen einiger früher erwähnten Fugen. Daß Bach auf solche Experimente der Willkür zu verschiedenen Zeiten seiner rastlosen Entwicklung zurückgekommen sei, ist so unwahrscheinlich, wie möglich. — In dem zweiten Satze, welcher den 3. und 4. Psalmvers mit der 2. Strophe des genannten Chorals combinirt, sehen wir Bach auf dem in der Rathswechsel-Cantate betretenen Wege fortschreiten, den Orgelchoral auf das Gebiet der Vocalmusik zu verpflanzen. Dort überwog noch allzusehr das rein musikalische Element, hier ist schon den poetischen Forderungen gebührend Rechnung getragen. Aus der Angst, welche die Worte des alttestamentlichen Dichters erfüllt: »So du willst, Herr, Sünde zurechnen, Herr, wer wird bestehen« zeigen mit evangelischem Trost den Ausweg die Zeilen:

> Erbarm dich mein in solcher Last,
> Nimm sie aus meinem Herzen.
> Dieweil du sie gebüßet hast
> Am Holz mit Todesschmerzen.

Die Psalmworte singt der Bass, den Choral der Sopran, natürlich Solo; dazu ist eine Oboenstimme gesetzt, welche wundersam klagend und wieder tröstend zwischen beiden und über ihnen schwebt; das Ganze stützt ein in Achteln wandelnder Continuo — also ein richtiges Quatuor! Sich in den Stil solcher Bachschen Stücke hinein zu finden, gelingt nicht einem jeden sogleich; den einzig sichern Schlüssel zum Verständniß bietet die Erwägung, wie er sich aus dem Orgelchoral gebildet hat. Absolute Hauptsache ist die Choralmelodie, deren ganzer poetisch-musikalischer Gehalt zu greifbarerer Objectivität entwickelt werden soll, als dies der reinen Instrumentalmusik möglich ist. So dient denn der gegensätzliche Bibelspruch, oder was

es sonst ist, nur dazu, das Gefühl tiefer aufzuwühlen und in quellen-
derem Ergusse an die Oberfläche zu ziehen, aber nicht dazu, dramatische Gegensätze mit einander in Kampf zu bringen. Dies zeigt
außerdem in unserm Falle die hineinspielende Oboe, welche musikalisch genau so viel Bedeutung hat, als der singende Bass, mit wün-
schenswerthester Deutlichkeit. Eine Gesammtstimmung schließt
alles ein, die zu möglichster Innigkeit gesteigert und doch wieder
auf das äußerste verallgemeinert ist. Bach erreicht es, scheinbar un-
verträgliche Gegensätze zu einigen, den Choral zum Gefäß der subjectivsten Empfindungen zu machen, und ihm doch seine kirchliche
Würde und Bedeutung zu wahren. Er fußte ganz auf jener in der
ältern Kirchen-Cantate hervortretenden Richtung, wußte aber die
isolirte Empfindsamkeit mit kräftiger Hand und zur Stärkung ihres
eignen kränklich zarten Wesens wieder in den allgemeinen Zusammenhang einzufügen.. Das Geflecht der contrapunctirenden Stimmen
hängt so fest in einander, daß keine sich hervordrängen darf, ohne
die Haltbarkeit desselben zu gefährden. Danach hat der Sänger
seinen Vortrag zu bemessen. Er soll nicht mechanisch seinen Part
heruntersingen, was er bei den überaus eindringlichen Wendungen
auch garnicht vermögen wird, aber er soll sich im Mittelpunkte des
Ganzen fühlen, den Gesang der gleichmäßigen Fülle des Orgeltones
anähneln und alle leidenschaftlichen Ausschreitungen vermeiden.
Für die choralführende Singstimme gilt dasselbe, obwohl hier die
Gefahr des Dramatisirens weniger nahe liegt, so lange man sich nur
irgendwie noch der Bedeutung einer Choralmelodie bewußt ist; um
Bachs Intentionen ganz zu verstehen, wolle man sich besonders bei
derartigen Gebilden erinnern, daß er seine Soprane und Alte mit
neutralen Knabenstimmen besetzt hatte. Wer nun eine solche contrapunctirende Behandlung der Singstimme als stilwidrig tadelt, der
muß überhaupt jede Art von vocalen Choral-Formen, außer den
chormäßigen oder den einstimmigen mit Instrumentalbegleitung, als
unberechtigt abweisen. Daß damit dann gewisse Stimmungsgebiete
verschlossen werden, ist klar. Aber allerdings muß Bach solcherlei
Erwägungen angestellt haben, denn er fand bald noch eine andre
und in gewisser Hinsicht vorzüglichere Form; in späteren Jahren aber
zog er sich in der That immer mehr auf die ebengenannten beiden
Behandlungsarten zurück. — Der im zweiten Satze angstvoll ge-

suchte Trost wird im dritten erhofft, wenn auch noch nicht gefunden: »Ich harre des Herrn, meine Seele harret, und ich hoffe auf sein Wort.« Ergreifend wirkt nach dem trüben G moll der ruhige Anfang des Chors in Es dur, da diese Tonart im vorhergehenden Stücke so gut wie garnicht berührt war. Lange wird jedoch nicht darin verweilt, die im 6. Takte einsetzende Fuge durchwandelt nur Molltöne. In F moll beginnend erhebt sie sich *largo* über C moll und G moll nach D moll, um sodann nach G moll abschließend zurückzusinken. Dieses sinnvolle Herauftauchen aus dunkleren in hellere Regionen ist aber nur ein einziger Zug des Stückes, das man von allen Seiten nur mit Bewunderung und Rührung betrachten kann. Es gehört zu den schönsten Erzeugnissen Bachs überhaupt: inbrünstigere und edlere Töne der Sehnsucht sind wohl niemals erklungen, reicher und gesättigter kann kein Tonquell sich ergießen. So wie sich von gewissen früheren Claviersonaten Beethovens sagen läßt, daß sie von späteren Werken wohl an Kühnheit des Ideenflugs überboten werden, aber doch des Meisters reine und hohe Künstlerseele schon in vollster Originalität und vollendetster Form ausprägen, so daß man nicht weiß, was weiter zu wünschen wäre, ebenso sind Bachs spätere Chöre wohl viel höher und majestätischer gebaut, aber keiner unter ihnen ist meisterlicher, keiner unmittelbarer das Herz bewegend. Das folgende Beispiel bietet, um wenigstens von dem Thema und der herrlichen Begleitung einen Begriff zu geben, die Anfangstakte:

Wie alles immer reicher sich gestaltet, die Thema-Einsätze immer
überraschender, leidenschaftlicher ertönen, das zur Vorstellung zu
bringen müßte man die ganze Fuge mittheilen. — Der vierte Satz entspricht dem zweiten: im Alt liegt die fünfte Choralstrophe, im Tenor
der sechste Psalmvers, dazu im Continuo ein *basso quasi ostinato*,
wie wir ihn aus Böhms Orgelchorälen kennen lernten. Der Gesang
des Tenors ist sehr melodisch und die Gesammtstimmung weniger
trüb als im zweiten Satze, wie es psychologisch auch geboten war,
doch scheint das Stück etwas zu ausgedehnt, und besonders sind die
Zwischensätze zwischen den Choralzeilen so lang, daß man das Ge-

fühl für deren Zusammengehörigkeit verliert. An der Wahl der Choralstrophe fällt noch auf, daß sie im Kirchenliede nur den Vordersatz zur folgenden bildet; man muß sie, wenn sie nicht ganz in der Luft schweben soll, als Nebensatz zum Texte des vorigen Chores auffassen, wobei freilich das »Und« immer unverständlich bleibt. — Der fünfte Satz ist natürlich wieder ein Chor und umfaßt die abschließenden Verse: »Israel hoffe auf den Herrn; denn bei dem Herrn ist die Gnade und viel Erlösung bei ihm. Und er wird Israel erlösen aus allen seinen Sünden.« Da auf dem letzten Gedanken das Hauptgewicht liegt, so hat Bach die vorangehenden wie zur Einleitung in drei durch Tempowechsel unterschiedenen Chorsätzchen behandelt, von denen besonders der mittlere durch herrlichen Ausdruck sich hervorhebt, während der erste mit seinen echoartigen *piani* und kleinen Imitationen sich mehr in den conventionellen älteren Formen bewegt, und der letzte etwas instrumental zerhacktes hat. Jener Hauptgedanke aber ist zu einer trefflichen, dem Charakter nach ernsten und gefaßten Tripelfuge verwendet; daß ein heller Freudenchor nach allem vorausgegangenen nicht den Schluß bilden dürfe, hat der Componist jedenfalls gefühlt. In der Durchführung von drei Themen aber tritt uns wieder der Instrumentalcomponist entgegen, denn der Text gab dazu durchaus keine Veranlassung. Ist es eine billige Forderung, daß in der Vocalfuge jedes Thema auch einen selbständigen poetischen Gedanken repräsentire, so hat hier Bach einen ästhetischen Fehler begangen. Wenn es aber sein Grundsatz war, das Individuelle der Gesangstimmen möglichst auszulöschen und in ein Allgemeines aufzulösen, so ist er sich hier nur consequent geblieben. Die Berechtigung dieses Grundsatzes für die Kirchenmusik ist selbstverständlich eine volle, und darin besteht ja Bachs einzigartiges Verdienst, daß er in einer Zeit des allgemeinen Gefühls-Egoismus in Kirche und Theater das subjective Wollen zur Demuth beugte vor den Erhabenheiten der Religion. Nur werden doch immer die Menschen nicht gänzlich als Singmaschinen anzusehen sein, und es giebt eine Gränze, die nicht überschritten werden darf. Bach aber beginnt die Fuge so:

verhindert also durch das Zusammenfallen von Worten, die nach einander gehört werden müßten, daß der einzige poetische Gedanke, der das Ganze beherrscht, klar ins Bewußtsein trete. Dies ist ein Uebermaß instrumentaler Anlage, was man nicht gutheißen darf, und man muß es bezeichnend nennen, daß Schüler und Verehrer Bachs Lust verspürten, diese Fuge als bloßes Orgelstück zu executiren [81].

Die dritte Cantate ist unter dem Namen *Actus tragicus*, oder nach ihrem Anfange: »Gottes Zeit ist die allerbeste Zeit« überall bekannt [82]. Aus dem Inhalte ergiebt sich ihre Bestimmung für die Todtenfeier eines wahrscheinlich schon bejahrten Mannes, auf den man Simeons Gesang: »Mit Fried und Freud fahr ich dahin« anwenden konnte. Im herzoglichen Hause kam ein solcher Todesfall in jener Zeit nicht vor, denn der Prinz Johann Ernst starb als Jüngling, und auch dann erst, als Bachs Compositionsweise schon eine ganz

---

81) Veröffentlicht nach Handschriften von Kittel und Drübs P. S. V, C. 8, Nr. 12. Vom Componisten selbst rührt das dürftige Arrangement auf keinen Fall her, was nur die Singstimmen und oft nicht einmal diese alle oder unverändert wiedergiebt, während im Original nicht allein der Continuo oft ganz selbständig ist, sondern auch die Instrumente in durchgreifender Weise sich an der Fugirung betheiligen. In den vier Schlußtakten hat der Uebertrager auf die Einleitung zurückgegriffen, dieselben sind im Original ganz abweichend.

82) Kirchen-Musik von Joh. Sebast. Bach, herausg. von A. B. Marx. Bonn bei N. Simrock. Nr. 6.

andre war. Vielleicht galt die Cantate dem letzten Rector der weimarischen Schule vor deren Reorganisation, dem Magister Philipp
Großgebauer, dessen Tod in das Jahr 1711 fällt [83]; ich weiß wenigstens keine andre Veranlassung ausfindig zu machen. Der Gegensatz zwischen alt- und neutestamentlichem Geiste, zwischen dem
Zorn des strafenden Gottes und der versöhnenden Liebe Christi, welcher schon im 130. Psalm künstlerisch ausgebeutet wurde, bildet
von dieser Cantate so sehr den Kern und Schwerpunkt, daß man
sieht: Bach war sich der musikalischen Ergiebigkeit desselben nunmehr voll bewußt geworden. Um deswillen halte ich sie für später
geschrieben, als den Psalm, obgleich ihr Chöre von solcher Fülle
und Macht, wie dort, nicht eigen sind. Sie hat vielmehr einen ganz
intimen, noch viel mehr verinnerlichten Charakter, und dabei einen
Tiefsinn und eine Innigkeit, die bis an die äußersten Gränzen des
künstlerisch Darstellbaren gehen. Die Anordnung des poetischen
Stoffes ist vortrefflich; nicht alles darin besteht aus Bibelstellen und
Choralversen, und in einigen frei zugefügten, angemessen ausgedrückten Gedanken möchten wir gern Bachs eignes Werk erblicken.
Dann würde auch die poetische Gesammtgestaltung mit Grund ihm
zuzuschreiben sein. Eine zartschwebende Sonate (Es dur *Molto adagio*
C) für zwei Flöten, zwei Gamben und Continuo, in welcher gewisse
Wendungen aus den Mittelsätzen der Cantate vorangedeutet werden,
leitet ein; diese Instrumente werden während der Dauer des Werkes
durch keine andren ersetzt und geben ihm ein verhülltes und träumerisches Colorit. Der erste Chor: »Gottes Zeit ist die allerbeste Zeit.
In ihm leben, weben und sind wir, so lange er will. In ihm sterben
wir zu rechter Zeit, wenn er will« [84], drückt zunächst nur das Gefühl
der Abhängigkeit von Gott in Leben und Tod aus, und auf dem ersteren Moment liegt gar der größere Nachdruck, da nach wenigen schönen Takten langsamer Bewegung sich über dem zweiten Textsatze
eine lebhafte Fuge entspinnt, so recht eindringlich die bunte Beweglichkeit des Erdenlebens schildernd. Erst mit dem letzten Textsatze
(*Adagio assai* **C**), dem nur sieben, aber tief ausdrucksvolle Takte

---

83) A. Wette, Historische Nachrichten u. s. w. S. 418.

84) Nur der mittlere Satz größtentheils ist biblisch (Apostelg. 17, 28). Ob
das Uebrige ganz frei erfunden ist oder irgendwo Anhaltepunkte hat, weiß ich
nicht.

in C moll gegönnt sind, sinken Todesgedanken wie verdüsternde Nebel herab, und nach dem bangen Halbschlusse »wenn er will« erwarten wir unsicher, was kommen wird. In derselben Moll-Tonart (*Lento* **C**) lenkt nun der Tenor mit den ernsten Worten des 90. Psalms: »Ach Herr, lehre uns bedenken, daß wir sterben müssen, auf daß wir klug werden« den Sinn nachdrücklicher auf unser gemeinsames Menschenloos. Ein traurig klingender Gang der Flöten, von den übrigen Instrumenten getragen:

wiederholt sich — gleichsam eine umgekehrte Ciacona — immer von neuem, wie ein nagender, nie ablassender Gedanke; er bleibt lange in der Haupttonart, wendet sich dann nach G moll und über Es dur nach C moll zurück und bildet das eigentliche Motiv des Ganzen. Der arios gehaltene Gesang flicht sich, von Pausen oft unterbrochen, hinein. Und jetzt naht das bang Erwartete wirklich! »Bestelle dein Haus, denn du wirst sterben und nicht lebendig bleiben«, so tönt es, wie einstmals aus dem Munde Jesaias' zum Könige Hiskia, nun im düstern Gebot des Basses, und augenblickliche Folge heischt der furchtbar ausdrucksvolle Schluß. Und wenn wir im Angesichte der Vernichtung fragen: Warum?, so lehrt der Psalmist: Das macht dein Zorn, daß wir so vergehen, und dein Grimm, daß wir so plötzlich dahin müssen. Denn unsere Missethat stellest du vor dich und unsere unerkannte Sünde ins Licht vor deinem Angesicht. Auf diese finstere Anschauung sich beziehend beginnt der Chor einen neuen Satz, denn das Bass-Solo bildete zu dem Tenor-Solo formell den zweiten Theil, über die Worte aus Jesus Sirach 14, 18: »Es ist der alte Bund: Mensch, du mußt sterben« (F moll *Andante* **C**). Wir stehen vor dem Hauptstücke des Werks. Drei musikalische Mächte bedingen seine Gestaltung. Zuerst über einem gleichmüthig wandelnden Continuo die drei tieferen Stimmen in Doppelfugirung des eben genannten Spruches. Ihnen gegenüber der Sopran allein mit den Worten der Hingebung und des Verlangens: »Ja komm, Herr Jesu!« Endlich die Flöten und Gamben dreistimmig mit der Melodie des alten Sterbeliedes:

Ich hab mein Sach Gott heimgestellt,
Er machs mit mir, wies ihm gefällt;
Soll ich allhier noch länger leb'n,
Nicht widerstreb'n,
Sein'm Willen thu ich mich ganz ergeb'n [85].

Die Absicht ist klar: der Fluch des Todes hat sich durch Christi Erscheinung in Segen verwandelt, und was der Mensch vordem mit Entsetzen floh, dem streckt er jetzt verlangend die Arme entgegen; die Seligkeit des neuen Zustandes erscheint in zauberischer Glorie auf dem dunklen Hintergrund einer überwundenen Religionsanschauung. Dies ist die Idee der concertirenden Singstimmen; und daß Tausende auf Tausende im Glücke dieses Glaubens sich vereinigen, das sagt der nun sich einmischende Choral, in dessen wortlosen Klängen sich für den Verstehenden der ganze Inhalt des so mild vom Trost in Todesnoth redenden Liedes zusammenzieht, Klänge, die in jedem frommen Gemüthe die Summe dessen wachrufen, was er empfand, so oft im Wechsel des Lebens ihm dieser Choral sich darbot, sei es zur Theilnahme an Anderer Leid, sei es um des Herzens eigne Bangigkeit in Gott zu beschwichtigen. Diese Klänge sind es, die den ganzen Gefühlsstrom zu sich aufziehen. Sie bauen einen unsichtbaren Tempel um und über uns her, in dessen Wölbungen der Gesang tausendfältig widerhallt und sich fortsetzt. Freilich in demselben Maße verliert er an Deutlichkeit und wird weniger verständlich. Vor der im 130. Psalm angewendeten Form, welche auch den Choral einer Singstimme zuertheilt, hat diese den Vorzug, daß die contrapunctirenden Singstimmen nicht zu tief ins Instrumentale hinabgedrückt werden, da sie sich Flöten, Geigen oder Oboen gegenüber viel freier geltend machen können. Aber die eigentliche Hauptsache, der Choral, verschwimmt ins Mystisch-Unbestimmte, zumal wenn er wie hier durch Umspielung und Zerdehnung von seinem stetigen Gange oft abweicht, und verflüchtigt mit sich den gan-

---

85) Es ist nicht die Melodie in ihrer allgemein gebräuchlichen Gestalt, sondern eine Umbildung derselben, die auch Dretzel (Des Evangelischen Zions Musicalische Harmonie. Nürnberg, 1731. S. 698 drittes System) anführt, und deren erste Zeile mit der Weise »Warum betrübst du dich, mein Herz« ganz übereinstimmt. Einen Irrthum begeht Mosewius, Joh. Seb. Bach in seinen Kirchencantaten und Choralgesängen. Berlin, T. Trautwein. 1845. S. 13.

zen übrigen Gehalt. Nur für Stimmungen, welche uns die tiefsten
Mysterien des Daseins ahnen lassen sollen, ist die Form wunderbar
geeignet, und wahrlich, wer beugte sich nicht vor der Größe des Genius, welcher dem jugendlichen Künstler hier den Weg wies! Vom
technischen Standpunkte betrachtet, was ist es weiter, als ein über-
tragener Orgelchoral in Böhms Manier mit Zwischensätzen aus selbständigen Motiven? Und doch, wie ist die Form so ganz und gar
einer neuen, erhabenen Idee dienstbar gemacht; wie ist andrerseits
die Idee so völlig in die Form aufgegangen! Diese fordert mit der
bei Orgelstücken am wenigsten erläßlichen Consequenz die Wiederkehr des motivischen Materials nach jeder Choralzeile, und eben
hierdurch erhält auch das kirchliche Vocalstück sein gattungsge-
mäßes Gepräge. Die Gegenüberstellung der gesetzhaften und evangelischen Anschauung vom Tode, so könnte man meinen, sei von
Bach dahin entwickelt, daß jene, wie sie von dieser in Wirklichkeit
besiegt wurde, entsprechend auch im Kunstwerk mehr und mehr
zurückgedrängt werde und zuletzt ganz verstumme. Das wäre ein
dramatischer Conflict jener beiden Mächte, aber alles dramatische
liegt, wie es überhaupt der echten Kirchenmusik fremd ist, gänzlich
außerhalb des Gebietes der Bachschen Kirchencantate. Gluck läßt
vor dem Gesange des Orpheus die Furien allmählig zurückweichen
und ihm das Feld räumen, bei Bach bleibt das drohende Bild des
»alten Bundes« bis zuletzt auf dem Platze. Es gilt immer nur die
dem Gegensatze entströmende lyrische Gesammtstimmung, ebenso
wie in den Choralstücken der Raths-Cantate, des 130. Psalms und
überall sonst. Das Streben nach größtmöglicher Intensität des Ge-
fühlsergusses ist es denn auch, was Bach mit dem durch die beschriebenen Mittel Erreichten sich noch nicht begnügen läßt. Einige Momente, die mit dem Kunstmaterial nicht nothwendig zusammenhängen, müssen die beabsichtigte Wirkung vollenden. Zunächst sind
die Worte des Soprangesanges der Offenbarung Johannis entnommen
(22, 20), diesem Erzeugnisse hochfliegender religiöser Schwärmerei,
und leiten die Stimmung derselben mit all ihren geheimnißvollen
Schauern auf den bibelkundigen Hörer hinüber [86]). Und was ist das

---

[86]) Daß jene vier Worte auch ohne Hinblick auf Biblisches gesetzt sein
können, ist natürlich nicht unmöglich und ich kann meine Behauptung nicht
anders beweisen, als durch Berufung auf mein persönliches Gefühl. Doch bin

für eine flackernde Bewegung der tiefliegenden Flöten nach dem letzten Choraltone und der irre Triller, der erstirbt, ohne zum Ende zu kommen?:

»Wenn mein Herz und Gedanken
Zergehn als wie ein Licht,
Das hin und her thut wanken,
Wenn ihm die Flamm gebricht« —

diese Worte eines herrlichen alten Liedes, zu dem vor mehr als hundert Jahren ein weimarischer Cantor, Melchior Vulpius, die Melodie gesetzt hatte [87]), geben die Antwort. Gewiß! sie waren es, die dem tiefsinnigen Tondichter vorschwebten und ihn zu jenem einzigen Tonbilde inspirirten, wenn die tiefern Stimmen ihren Sterbefluch murmelnd zuletzt in Dreiklängen unter Gegenbewegung der Gamben leise aufwärts ziehen und wie Nebel in Luft zerrinnen, der Sopran aber über den schwächer und schwächer pulsirenden Bässen einsam hängt wie ein schwankender Falter über dem Abgrund, und als endlich alles todtenstill geworden ist, sterbend den Namen »Jesu« haucht. Man erwäge zusammenfassend noch einmal, aus wie vielen Quellen Bach die Gefühlsströme zusammenleitet, um die Stimmung so zu mischen, wie sie seine Phantasie erfüllte. Alttestamentlicher Schrecken, evangelische Tröstung, Erhebung zu kirchlicher Gemeinschaft, verzückte Hoffnung auf unsägliche Herrlichkeit, das ergreifende Bild menschlicher Hinfälligkeit, über welche dennoch der Geist triumphirt, und als dichter Kern in dieses unstet schillernde Farbenmeer ein fest und einfach gefügter musikalischer Organismus. Wer es vermag, alle diese verschiedenen Elemente zusammenfassend zu empfinden, der wird in seinem Innern Unerhörtes erleben. Aber sicher ist auch, daß bei einer so ausgedehnten Herbeiziehung subjectiver Nebenempfindungen zur Construction eines Kunstwerks von einer allgemeinen Wirkung nicht die Rede sein kann. Wenn Bach

---

ich von ihrer Richtigkeit fest überzeugt. Man lese die beiden letzten Capitel der Offenbarung einmal nur auf den allgemeinen poetischen Eindruck hin und gehe dann an die Bachsche Musik — und urtheile selbst.

87) »Christus der ist mein Leben«, von einem unbekannten Dichter.

kein zweites Stück von dieser Art geschrieben hat, so wußte er, warum?

Der Weg des Trostes ist gezeigt; nun faßt das Vertrauen auf Christi erlösendes Werk immer tiefere Wurzeln. Mit Umschreibung seiner am Kreuz gesprochenen Worte singt der Alt zu unbeschreiblich milden und innigen Weisen: »In deine Hände befehle ich meinen Geist; du hast mich erlöset, Herr du getreuer Gott« (B moll **C**). Nur der Continuo begleitet und stellt mit seinem fünfmal wiederkehrenden Bass - Motiv eine Form her, die aus Ciacone und Böhmschem Orgelchoral combinirt erscheint. Ja! das inbrünstig betende Gemüth glaubt des Erlösers eigne Worte an sich gerichtet zu hören, wenn nun der Bass, wie antwortend und ebenfalls *arioso*, einsetzt: »Heute wirst du mit mir im Paradiese sein«. Nach dem Empfang dieser Verheißung strömt wie unwillkürlich Simeons Sterbelied aus der beruhigten Brust: »Mit Fried und Freud fahr ich dahin in Gottes Wille«, mit dem sich der Alt dem Basse zugesellt, während dieser seinen herrlich ausdrucksvollen Gesang fortsetzt und zwei hinzutretende selbständige Gamben das Bild vervollständigen. So wird die Einzelempfindung wieder zum kirchlichen Gesammtgefühl geläutert, und dies tritt auch darin noch besonders hervor, daß der Bass den Choral nur bis zur Hälfte seines Weges begleitet, dann verstummt und ihn allein weiter ziehen läßt, da nichts mehr zu sagen ist, was der Choral mit seiner tiefsinnig ausdeutenden Instrumentalbegleitung nicht schon in sich trüge. Hiermit schließt dieser vierte Satz ab, der von dem anfänglichen Bmoll mit Eintritt der Choral-Melodie nach Cmoll zurückkehrte, um von da aus den Schlußchor in der Haupttonart zu erreichen. Seine ganze Anlage weist klar darauf hin, daß der Choral nur durch eine Solostimme zu besetzen ist, obwohl neuerdings mehrfach die entgegengesetzte Ansicht laut wurde. Auch Analogien aus andern Cantaten sprechen dafür, z. B. aus »Ein feste Burg ist unser Gott«, wo der choralführenden Stimme Figurirungen vorgeschrieben sind, die nur ein Solosänger ausführt, ganz abgesehen davon, daß mehrfache Besetzung zu der contrapunctirenden Singstimme leicht ein unschönes Verhältniß ergiebt. Im übrigen ist bei solchen Fragen nicht zu vergessen, daß ein so merkbarer Klangunterschied zwischen Solo und Chor, wie wir ihn jetzt gewohnt sind, für Bach überhaupt nicht existirte. Die eigentliche Vocalcapelle hatte nur doppelte Besetzung, und selbst wenn die Ripienchöre der Capellknaben und vielleicht einiger Adjuvanten hinzukamen, was aber nur bei vollen Chorsätzen zu geschehen pflegte, zählte doch sicherlich nie eine Stimme mehr als fünf Repräsentanten. Selbst wenn also Bach mehrfache Besetzung zugelassen hätte, würde eine Chorausführung mit den heutigen Massen dadurch immer noch nicht berechtigt; ebenso würde aber auch eine Benutzung von zwei oder drei Stimmen in solchen Fällen, wenn nur das akustische Ebenmaß nicht gestört wird, ästhetischen Bedenken nicht unterliegen. Das *Vivace* des Basses »Bestelle dein Haus, denn du wirst sterben« ist sicherlich ebenfalls nur für Solo-Bass beabsichtigt, oder man müßte den vorhergehenden Tenor-Gesang, der formell ganz eng mit ihm zusammenhängt, auch dem Tutti zuschreiben. Man sieht ja gleich, daß das Verhalten beider Stimmen zu einander ganz dasselbe ist, wie im vierten Satze zwischen Alt und Bass. Ueberhaupt weist der Charakter der Cantate größere Massen ab mit etwaiger Ausnahme der Ecksätze, in denen, wenn irgendwo, die Ripienchöre allein mitgewirkt haben werden[88]. Diese beiden Sätze entsprechen sich in ähnlicher Weise, wie die Sätze 2 und 4, so daß der Fmoll-Satz als eigentlicher Kern von doppelten, correspondirenden Gliedern eingeschlossen wird. Der letzte Chor besteht aus dem sogenannten fünften Gloria zur Melodie »In dich hab ich gehoffet, Herr«:

> Glori', Lob, Ehr und Herrlichkeit
> Sei Gott, Vater und Sohn bereit't,
> Dem heilgen Geist mit Namen.
> Die göttlich' Kraft
> Mach uns sieghaft
> Durch Jesum Christum. Amen.

Die Behandlung des Chorals ist mit ihren melismatischen Ausschmückungen, Zwischenspielen und der Gestalt des Vorspiels noch jene ältere, die uns aus Buxtehudes Cantaten bekannt wurde. Die Zeilen werden in breiter vierstimmiger Harmonie vorgetragen, die letzte aber dient als Fugenthema; ein Gegenthema auf »Amen« in

---

88) Es ist zu bedauern, daß sich garkeine autographen Reste erhalten haben, die doch nach dieser Seite hin vielleicht Aufklärung geben könnten.

Sechzehnteln gesellt sich dazu und im *Allegro* rauscht das glänzende Stück dahin. Durch das spätere Hinzutreten der Instrumente, durch die endliche Vergrößerung des Themas im Sopran wird eine fortwährende Steigerung hervorgebracht. Darnach wird es besonders bemerkbar, daß die letzten Accorde des Chors mit einem instrumentalen Echo im *piano* verhallen, eine übrigens damals beliebte Schlußart, welche wohl einem Orgeleffect ihren Ursprung verdankt und auch schon in der Hochzeitscantate sich findet. Hier sollen diese Accorde, die, um zur Geltung zu kommen, breit und etwas zurückhaltend vorgetragen werden wollen, dem Hörer die Grundstimmung des Ganzen lebendig erhalten [89]. Es liegt aber auf der Hand, daß auch in der Stimmung dieser Chor das Gegenbild des ersten ist. Wie dort von dem Leben in Gott ausgegangen wurde, so behält auch hier der Gedanke des Lebens durch göttliche Kraft endlich Recht, wenngleich gedämpft durch den Gegensatz des Todes. Und so soll es sein; die weltabgewendeten Betrachtungen am Grabe eines theuren Entschlafenen sollen wir durch das Bewußtsein sittlicher Lebenspflicht zurückzudrängen lernen.

So steht ein abgerundetes, in allen Theilen fest gefügtes, und von innigster Empfindung bis in die feinsten Spitzen erwärmtes Kunstwerk vor uns. Die Bewunderung, welche es seit seinem erneuten Bekanntwerden allgemein gefunden, erfährt es mit Recht. Mit der zeitlich wie innerlich nahestehenden Cantate »Ich hatte viel Bekümmerniß« ist diese aus den etwa hundert jetzt veröffentlichten Bachschen Cantaten die beliebteste geworden. Ganz naturgemäß hat sich der musikalische Instinct dieser jugendlich weicheren und das Gemüth unumwundener ansprechenden Religiösität eher zugewendet. als der strengen Hoheit späterer Compositionen. Denn nicht durch das Medium der Kirche fand unsere Zeit zu Bach wieder den Zugang, sondern durch das der abstracten Musik: seine Instrumentalcompositionen waren niemals ganz vergessen gewesen. Einen ähnlichen Weg nahm der Meister selbst, der von der Orgel und dem Clavier ausgehend zuerst der persönlich empfundenen älteren Kirchencan-

---

89) In der Marx'schen Ausgabe steht das *piano* nur bei den Instrumenten; es gilt natürlich auch für das letzte »Amen« des Chors, so lange auf Analogien und innere Gründe noch etwas zu geben ist.

tate stärkend verallgemeinernden Inhalt zuführte und sich von ihr aus mehr und mehr dann zur kirchlichen Erhabenheit aufschwang. In dieser Uebereinstimmung begründet sich die Hoffnung auf ein fortschreitend wachsendes Verständniß unserer Zeit auch für die spätere Bachsche Kirchenmusik, in welche jene früheren Cantaten gradesweges hineinführen. Freilich, wie dieselben mehr als bloße Vorstufen, wie sie in sich vollendete Kunstwerke sind, so besitzen sie auch gewisse Eigenschaften, welche den nachfolgenden Werken fehlen. Die Texte haben den erheblichen Vorzug, größtentheils aus gehaltreichen Bibelsprüchen und Kirchenliedern zu bestehen, an deren Stelle in der neueren Cantate eine oft sehr wässrige Reimerei trat. Die Musik ist leichter ausführbar, besonders auch wegen der sehr zurückhaltenden Verwendung der Blasinstrumente. Vor allem aber herrscht hier eine Ursprünglichkeit, die auf jede, auch die nebensächlichste Forderung ihr Bestes giebt, die zuweilen vielleicht zuviel thut, aber überall das Gefühl einer unerschöpflichen Kraft erweckt. Nicht nur die einzelnen Gedanken, auch die Gesammt-formen, alles ist von Grund aus neu. Man beachte nur die fabel-hafte Mannigfaltigkeit und Fülle der Formen, welche unsere drei Cantaten umschließen, und wie diese Formen garnichts bloß beab-sichtigtes haben, sondern sämmtlich mit bewundernswerther Kraft ausgestaltet sind. Als Bach sich bald darauf mit der italiänischen Da capo-Arie vertraut gemacht hatte, wurde er einer Kraftver-schwendung inne, da er in jener vieles einfacher und darum besser sagen konnte, ohne seiner Originalität etwas zu vergeben, während nach andern Seiten seine Begabung für das Schaffen von Gesammt-formen noch offenes Feld genug behielt. Erleichterte er sich hier-durch die Production, so stellte sich doch auch wenigstens die Mög-lichkeit des Formalismus ein, dem er in Wahrheit freilich höchst selten verfiel, für den aber in seinen älteren Cantaten auch gänzlich die Bedingungen fehlten. Wer diese mit jenen vergleicht und wohl aus ihnen zu begreifen sucht, dem müssen sie wie von allem stoff-lichen losgelöst in einer Welt für sich schwebend erscheinen. Wenn es gelungen ist, die Stellen nachzuweisen, wo sie dennoch ihre Wur-zeln in das damalige musikalische Erdreich einsenken, so ist damit zugleich der Vorwurf der Formlosigkeit entkräftet, der nur mit

Uebersehung des historischen Zusammenhanges erhoben werden
konnte [90].

IV.

Während Bach in stiller, gesammelter Thätigkeit seinen reinen
Idealen nachtrachtete, gingen draußen in der Welt die trüben Fluthen
eines gedankenlosen Kunsttreibens höher und höher, und näherten
sich in bedrohlichem Andrange auch jenem Gebiete, das noch als
Stätte ernster Besinnung auf des Menschenlebens höchste und letzte
Ziele gegolten hatte. Die Oper war es, welche durch inländische
und fremde Künstler im Wetteifer gefördert mehr und mehr alles
Interesse an sich zog. Von den Italiänern am Beginn des 17. Jahrhunderts gewissermaßen erfunden, als ein Luxus für die Fürstenhöfe
bald nach Deutschland verpflanzt, aber durch den großen Krieg am
Emporkommen verhindert, schoß sie in den letzten Jahrzehnten
üppig empor, nicht ohne nationale Eigenthümlichkeiten, besonders
seit auch der Bürgerstand nach dem Vorgange Hamburgs sich ihrer bemächtigte. Bald jedoch wurde sie wieder von den originalern und für
diese Art begabteren Ausländern ganz abhängig und kehrte in dieser
Gestalt noch in der ersten Hälfte des 18. Jahrhunderts an die Fürstenhöfe als ihre angemessenste Pflegestätte ganz zurück, um dem Glanze,
der Verschwendung, der Zerstreuung zu dienen: in ihrer Gattung

---

90) In einem Briefe an O. Jahn (mitgeth. Grenzboten, Jahrgang XXIX.
S. 95 f.) sagt M. Hauptmann, begründetes Lob mit unbegründetem Tadel ver-
mischend: »— Da ward gestern im Euterpeconcert Bachs »Gottes Zeit« aufgeführt; was ist das für eine wundervolle Innerlichkeit, kein Takt Conventionelles, Alles durchgefühlt. Von den mir bekannten Cantaten weiß ich keine,
in der für die musikalische Bedeutung und ihren Ausdruck Alles und Jedes so
bestimmt und treffend wäre. Wollte man und könnte man sein Gefühl aber für
diese Seite der Schönheit einmal verschließen und das Ganze als ein musikalisch-
architektonisches Werk betrachten, dann ist es ein curioses Monstrum von über-
einander geschobenen, ineinander gewachsenen Sätzen, wie sie die ebenso zu-
sammengewürfelten Textphrasen sich haben zusammenfügen lassen, ohne alle
Gruppirung und Höhenpunct« u. s. w. Andre Aeußerungen Hauptmanns über
die Cantate in seinen Briefen an Hauser (Leipzig, Breitkopf und Härtel) I, 86
und II, 51. Daß Mendelssohns eminentes Kunstgefühl das Verhältniß zu den
späteren Bachschen Cantaten sicher herausfand, ist höchst bemerkenswerth
(Briefe II, 90).

ein blattreiches, doch fruchtloses Gewächs auf deutschem Boden.
Was der Oper fördernd bei uns entgegen kam, ist zum Theil wenig
rühmlicher Natur. Ein mattlebiges, unkräftiges Geschlecht, erman-
gelnd aller höheren gemeinsamen Ziele und zu ernsterem Kunst-
genusse unfähig, fand in den bunten sinnlich bestechenden Gaukel-
bildern, deren Stoffe ihm meistens eben so fremd wie gleichgültig
waren, nur das erwünschteste Mittel, die Jämmerlichkeit des wirklichen Daseins zu vergessen. Allein es gab doch auch edle, ernst
ringende Geister, welche in die unversehrt gebliebenen Tiefen des
Menschenthums zurückgingen und von dort aus zu neuen und bessern
Verhältnissen zu gelangen strebten; es gab als Anzeichen wieder
erwachender Kräfte eine Anzahl frischer, reich begabter Künstler,
welche der eignen Existenz gespottet hätten, wenn sie ihre Gaben
nur zur dumpfen Belustigung hohler Massen hätten vergeuden wollen.
Da trotzdem die Hingabe an die Oper eine fast allgemeine war, so
mußte noch ein tiefer liegender Grund hierfür vorhanden sein, und
dieser ist in der That bald zu erkennen. Die Richtung der gesammten musikalischen Kunst der letzten drittehalb Jahrhunderte ging,
hierin dem allgemeinen Zuge der Zeit entsprechend, immer mehr auf
Herausbildung des Individuellen hin; die Persönlichkeit, durch die
mehrstimmige Musik der vorhergehenden Periode gebunden gehalten, verlangte das Recht, ihre eigensten Empfindungen zu äußern.
Hierfür die Mittel und Formen zu erfinden vermochten die Deutschen
zwar nicht: die Eigenart ihrer Begabung und die Ungunst der Zeiten
hinderten sie daran. Aber nachdem ihnen die Italiäner vorgearbeitet
hatten, konnten doch nur sie es sein, die das Gewonnene in der bezeichneten Richtung fortbildeten, weil keinem andern Volke so tief
das Streben nach Individualisirung inne wohnt; seit dem Beginne
des 18. Jahrhunderts übernahm Deutschland unter den musikalischen
Völkern die Führerschaft und hat sie bis heute behauptet. In der
damaligen Oper nun fand jenes Streben die schrankenloseste Genüge, da sie fast nur aus Sologesang bestand, auch den dramatischen
Organismus zur Maschine für Herbeiführung solistischer Gelegenheiten erniedrigte und also der Persönlichkeit weder musikalische
noch poetische Fesseln anlegte. Wo alles endlich auf die Befriedigung virtuosischer Eitelkeit hinauslief, konnten lebenskräftige
Kunstwerke von veredelnder Wirkung nicht erstehen. Aber nur die

Art, wie der herrschende Drang sich äußerte, war verfehlt, weil er in unüberlegter Nachahmung sich abarbeitete, an sich war er berechtigt und gesund, ein natürliches Resultat geschichtlicher Entwicklungen. So hat denn zwar die Oper jener Epoche auf ihrem eignen Gebiete es zu keinen bleibenden Leistungen gebracht, mittelbar aber die Gattungen, in welchen die damalige vocal-instrumentale Kunstentwicklung gipfeln sollte, die Cantate Bachs nebst dessen Passionen und das Händelsche Oratorium in der Weise beeinflußt, daß in diesen die reinsten Ergebnisse ihrer Pflege, natürlich neben mannigfachen andern Elementen, zu erkennen sind.

Die persönliche Empfindungsweise hatte seit der zweiten Hälfte des 17. Jahrhunderts auch in der Kirchenmusik schon merklich Platz gegriffen. Allein für einen umgestaltenden Einfluß war hier die Gelegenheit vorläufig ungünstig, sowohl aus historischen Gründen, da die Kirchenmusik an eine Vergangenheit herrlich blühenden chorischen Gesanges sich noch immer anlehnte, als aus ästhetischen, da die Heiligkeit des Gegenstandes anmaßlichen Gefühlsäußerungen des Einzelnen zu wehren schien. Erst als auf dem Gebiete, wo der Einzelgesang gattungsbestimmender Factor war, die neue Musikweise sich voll Kraft gesogen und einen sympathischen Widerhall in den Herzen der Menschen überall geweckt hatte, klopfte sie dreist auch an die Pforten der Gotteshäuser und brauchte, durch allgemeine Gunst empfohlen, auf willigen Einlaß nicht zu warten.

Zweierlei hauptsächlich war es, worauf sie ihre eindringende Wirkung stützte: das Recitativ und die Arie. Den recitirenden Gesang in seiner älteren Form und noch sehr gebundenen Bewegung hatte die Kirche bereits recipirt. Es war daraus das Arioso geworden, was gern zum Einzelvortrag von Bibelworten verwendet wurde und mit ziemlich reicher Instrumentalharmonie ausgestattet einen meist formlosen aber doch nicht grade unwürdigen Eindruck machte. Dagegen hatte sich das Recitativ allmählig auf dem Theater zur größten Biegsamkeit und Beweglichkeit ausgebildet; es war geworden, was es sein soll, ein Sprechen in fixirten Tonhöhen auf einfachster Harmoniegrundlage, fähig zugleich den leidenschaftlichsten Regungen Ausdruck zu geben, ohne diese in geschlossener Form zu objectiviren. Die Arie, vorher mit dem ein- oder mehrstimmigen und durch Ritornelle geschmückten Strophenliede gleichbedeutend, hatte trotz ihres empfindsamen Charakters doch in dem Zwange, welcher alle Strophen einer Melodie unterordnete, eine gewisse Schranke gegen die Subjectivität gehabt. Mehr und mehr aber verschaffte sich nun die italiänische Arie Eingang, welche in breiter dreitheiliger Form cyklisch abgerundete und eine Stimmung dialektisch erschöpfende Tonbilder hinstellte. Diese beiden neuen Formen des Solo-Gesanges, zur Aufnahme des freiesten Empfindungsausdrucks in vollendeter Weise geeignet, bedurften aber, um sich voll entfalten zu können, einer entsprechenden textlichen Grundlage. Das Deutsch der lutherischen Bibel war für das geschmeidige Recitativ zu fest gefügt und wuchtig, schien auch wohl wegen seines ehrwürdigen Inhalts mit dem flüchtigen Sprechgesange nicht vereinbar. Für die Arie kam es der dreitheiligen Form zu wenig entgegen und widersprach mit seinem großartigen Empfindungsgehalte dem Sologesange überhaupt. Die kirchliche Dichtung jener Zeit aber mit ihrem zu wenig concentrirten Wesen und mit dem engen Reimgefüge, dem kurzathmigen Zeilenbau ihrer Strophen und nun gar die in der dramatischen Poesie herrschenden klapprigen Alexandriner waren für einen frei strömenden Erguß des Einzelgefühls völlig unbrauchbar. Da die Italiäner die musikalischen Formen geliefert hatten, suchte man bei ihnen auch für die poetischen Hülfe, und fand sie im Madrigal. Der erste Hinweis auf diese Dichtungsart g'ng noch von Heinrich Schütz aus, dessen Schwager Caspar Ziegler, ein musikalisch begabter Theolog in Leipzig, der später Rechtswissenschaft studirte und als juristischer Professor 1690 in Wittenberg starb, im Jahre 1653 zuerst das Madrigal durch eine Abhandlung über sein Wesen nebst beigefügten Proben in die deutsche Litteratur einführte, auch einen Brief Schützens an ihn der Schrift vordrucken ließ, aus dem sich des Altmeisters Einfluß auf das Unternehmen deutlich erkennen läßt[1]. Ziegler, der das italiänische Madrigal gründlich studirt hatte, definirt es als eine epigrammatische Dichtung, »darinnen man oftermals mehr nachzudenken giebt und mehr verstanden haben will, als man in den Worten gesetzt und be-

<hr>

1) »Caspar Ziegler | von den | Madrigalen | Einer schönen und zur Musik bequemesten Art Verse | Wie sie nach der Italianer Ma- | nier in unserer Deutschen Sprache | auszuarbeiten, | nebenst etlichen Exempeln | LEIPZIG, | Verlegts Christian Kirchner, | Gedruckt bey Johann Wittigaun, | 1653. |«

griffen hat«, und deren Grundgedanke jedesmal in den letzten Zeilen
erscheine. Formell aber sei es unter allen Gattungen die freieste.
Man sei an keine bestimmte Anzahl von Zeilen gebunden, wie etwa
im Sonnett, doch seien fünf und sechzehn Zeilen die Gränzen, zwischen denen die italiänischen Dichter sich bewegten; es dürften auch
die Zeilen nicht gleich lang sein, sondern der Dichter könne kurze
und lange willkürlich durch einander mischen, obschon die Italiäner
nur Sieben- und Elfsilbler zu verwenden pflegten; endlich sei es
nicht gestattet alle Zeilen zu reimen, »weil ein Madrigal so gar keinen
Zwang leiden kann, daß es auch zu mehrmalen einer schlichten Rede
ähnlicher als einem *Poemati* sein will«. Von allen Dichtungsarten in
der deutschen Sprache eigne sich keine besser zur Musik, und die
Redeformen, welche die Italiäner in ihren Singspielen anwendeten,
seien nur ein fortgesetztes Madrigal, »doch solcher Gestalt, daß je
zuweilen dazwischen eine *Arietta*, auch wohl eine *Aria* von etlichen
Stanzen laufe, welches denn sowohl der Poet als der Componist sonderlich in Acht nehmen und, eines mit dem anderen zu versüßen,
zu rechter Zeit abwechseln« müsse. In wie weit Zieglers Vorgang
für andere musikalische Gebiete damals Nachfolge gefunden hat, ist
mir unbekannt; in der Kirchenmusik aber dauerte es fast noch funfzig Jahre, ehe man die italiänische Praxis ergriff, die dann alsbald
allgemein herrschend wurde.

Der Mann, welcher durch energische That die vielfach entgegen-
stehenden Bedenken überwand, hieß E r d m a n n N e u m e i s t e r.
Seine Heimath war Mitteldeutschland, wo er zu Uechtritz bei Weißenfels als Sohn eines einfachen Schulmeisters am 12. Mai 1671 geboren
wurde. Die kernhafte Natur des Knaben fand Anfangs an dem frischen Landmannsleben größeres Gefallen, als an den Büchern; erst
mit dem 14. Jahre trat die Lust zu wissenschaftlicher Beschäftigung
zugleich mit vortrefflichen Geistesgaben bei ihm hervor. Nach vier-
jährigem Aufenthalte in Schulpforte studirte er von 1689 in Leipzig
Theologie, wo August Hermann Francke einen starken, aber vorübergehenden Eindruck auf ihn machte. Neben seinem Hauptstudium
beschäftigte ihn auch hier schon die Dichtkunst, und nachdem er 1695
Magister geworden, hielt er auf Grund einer Dissertation über die
Dichter und Dichterinnen des 17. Jahrhunderts [2] Vorlesungen über
Poetik. Zwei Jahre darauf trat er zu Bibra in Thüringen seine erste

Pfarrstelle an, wurde kurz nachher als Adjunct an die Superintendentur zu Eckartsberge berufen und im Jahre 1704 als Hofdiaconus
nach Weißenfels. Schon durch seine acht Jahre zuvor vollzogene
Vermählung mit einer Weißenfelserin stand er zu diesem Orte in
engeren Beziehungen; beim Herzoge wurde er bald sehr beliebt und
mit der Unterweisung seiner Tochter beauftragt. Gewandtheit der
Sprache, Klarheit der Darlegung und ein männliches, unerschrocke-
nes Auftreten kennzeichneten ihn als Kanzelredner. Obwohl er nicht
lange in Weißenfels blieb, denn er zog 1706 nach Vermählung der
Prinzessin mit ihr an den gräflichen Hof zu Sorau, bewahrte er
dem herzoglichen Hause doch eine dauernde Anhänglichkeit, wie
eine Reihe von Gratulations-Schreiben aus den Jahren 1736—1741
beweist, welche auch regelmäßig vom Herzog beantwortet wurden[3].
Seine theologische Richtung war mittlerweile eine streng orthodoxe
geworden, und demgemäß begann er in Sorau seinen Kampf gegen
den Pietismus und hat denselben sein Leben lang fortgeführt als
einer der streitbarsten, angesehensten und intelligentesten Vorkämpfer seiner Partei. Von Sorau, wo er sich durch rücksichtslosen
Freimuth die gräfliche Ungnade zugezogen hatte, folgte er im Jahre
1715 einem Rufe als Hauptpastor an die Jacobi-Kirche zu Hamburg.
Hier wirkte er in ungeschwächter Kraft bis ins hohe Alter, hielt zu
seinem 50jährigen Amtsjubiläum noch selbst die Predigt und starb,
ein 85jähriger Greis, von Kindern und Enkeln in großer Anzahl umgeben, am 18. August 1756[4]. Seine litterarische Thätigkeit war
nur zum Theil eine theologisch-polemische: er veröffentlichte nach
und nach eine große Anzahl viel gelesener Predigt-Sammlungen,
und von seinen geistlichen Liedern gingen nicht wenige in den kirchlichen Gebrauch über; manche wie der Epiphanias-Gesang »Jesu,
großer Wunderstern« gehören auch zu den besten Liedern nicht nur
jener Zeit, sondern der lutherischen Kirche überhaupt.

---

2) »*De poetis Germanicis hujus seculi praecipuis Dissertatio compendiaria.
Additae et sunt Poëtriae, haud raro etiam, ut virtutis in utroque sexu gloria eo
magis elucescat, comparebunt Poëtastri Erdmann Neumeister et Friedrich Groh-
mann. Lipsiae, 1695.*« S. W. Klose im Lexicon der hamburgischen Schriftsteller, Bd. 9, S. 497, wo sich überhaupt (S. 496 — 512) ein sehr sorgfältiges
Verzeichniß der Neumeisterschen Schriften findet.

3) Diese Briefschaften befinden sich im Staatsarchiv zu Dresden.

4) Koch, Geschichte des Kirchenliedes I, 5, 371 ff. (3. Aufl.).

Neumeisters erstes Auftreten als Dichter von Cantaten-Texten fällt genau auf das Jahr 1700[5]. Da er selber jeder näheren Kenntniß der Musik entbehrte[6], so wird die Anregung dazu von außen gekommen sein, und da es die Weißenfelser Hofcapelle war, für welche er die ersten verfaßte, so sieht man auch, was die Anregung gab. Am dortigen Hofe blühte damals unter Leitung des talentvollen, kunst- und welterfahrenen Capellmeisters Johann Philipp Krieger die Oper; der unmittelbarste Einfluß derselben auf die Gestalt der Texte ist also dargethan, auch sind dieselben nach Neumeisters eigener Aussage von Krieger mit besonderer Vorliebe componirt, und dieser gilt dem Dichter als der weißenfelsische Chenania[7], »welcher unter den Virtuosen in Kirchenstücken wohl den Preis davon« trüge. Die Dichtungen beziehen sich auf die Sonn- und Festtage des gesammten Kirchenjahres; sie wurden einzeln gedruckt und jedesmal zum Nachlesen an die Gemeinde vertheilt. Als Neumeister 1704 als Prediger nach Weißenfels kam, wurden sie in ein Octavbändchen vereinigt und von ihm mit einer ausführlichen Vorrede versehen[8]. Hier verbreitet er sich zuerst im Allgemeinen über die Bezeichnung »Cantate« und fährt dann fort: »Soll ichs kürzlich aussprechen, so siehet eine *Cantata* nicht anders aus, als ein Stück aus einer *Opera*, von *Stylo Recitativo* und Arien zusammengesetzt. Wer nun weiß, was zu beiden erfordert wird, dem wird solch *Genus carminum* zur Ausarbeitung nicht schwer fallen. Jedoch auch den Anfängern in der Poesie zu Dienste von beiden etwas zu berühren, so nimmt man zum Recitativ jambische Verse. Je kürzer aber, je angenehmer und je bequemer sie zu componiren sind. Wiewohl auch in einem affectuösen *Periodo* dann und wann ein oder ein paar trochäische wie nicht weniger daktylische sich gar artig und

---

5) G. Tilgner in der Vorrede zu Neumeisters »Fünffachen Kirchen-Andachten«. Leipzig, 1716.

6) Wie der Vorredner der »Fortgesetzten Fünffachen Kirchen-Andachten« (Hamburg, 1726), ein gewisser J. E. Müller, ausdrücklich berichtet.

7) »Chenania aber, der Leviten Oberster, der Sangmeister, daß er sie unterwies zu singen.« I. Buch der Chronica 16, 22.

8) »Erdmann Neumeisters | Geistliche | Cantaten | statt einer | Kirchen-Music. | Die zweyte Auflage | Nebst | einer neuen | Vorrede, | auf Unkosten | Eines guten Freundes. | 1704.« *s. l.* Befindlich auf der gräflichen Bibliothek zu Wernigerode; fehlt in Kloses Verzeichniß.

nachdrücklich mit einschieben lassen. Sonst hat man hier Licenz
eben als in einem Madrigal, die Reime und Verse zu verwechseln
und zu vermischen, wie man will. — Nur ziehe man überall das Gehör zu Rathe, damit aller Zwang und Härtigkeit vermieden, und dagegen die von selbst fließende Lieblichkeit durchgehends beobachtet
werde. Was die Arien belanget, sollen selbige aus einer, zum meisten
aus zweien, sehr selten aus dreien Strophen bestehen und allemal
einen Affect, oder ein *Morale*, oder sonst etwas besonderes in sich
halten. Und hierzu mag man nach eignem Gefallen ein bequem *Genus* erkiesen. Kann bei einer Arie das sogenannte *Capo*, oder der
Anfang derselben am Ende in einem vollkommenen *Sensu* wiederholt werden, läßt es in der Musik gar nette.« Dazu wird nun noch
die Bemerkung gefügt, daß man Recitative und Arien nach Belieben
unter einander mischen könne, und dann der große Vortheil aufge-
zeigt, den solche Dichtungen der Composition böten. Ueber die vorliegenden im Besonderen bemerkt er, daß ihr Gedankengehalt auf
den von ihm gehaltenen Predigten beruhe. »Wenn die ordentliche
Amts-Arbeit des Sonntags verrichtet, versuchte ich das Vornehmste
dessen, was in der Predigt abgehandelt worden, zu meiner Privat-
Andacht in eine gebundene Rede zu setzen und mit solcher angeneh-
men Sinnenbemühung den durch Predigen ermüdeten Leib wieder
zu erquicken. Woraus denn bald Oden, bald poetische Oratorien und
mit ihnen auch gegenwärtige Cantaten gerathen sind.« Die Herausgabe aber sei auf Veranlassung von einigen Künstlern und Musikfreunden geschehen, denen dieselben bekannt geworden wären. In
der That zeigte ein schon im nächsten Jahre in der Rengerischen
Buchhandlung zu Halle erschienener Nachdruck [9]), einen wie großen
Anklang Neumeisters Neuerung fand. Auch die 1707 wider sein
Wissen und Wollen durch Chr. Fr. Hunold erfolgte Veröffentlichung
eines in Leipzig gehaltenen *Collegium poeticum* unter dem Titel: »Die
allerneueste Art zur reinen und galanten Poesie zu gelangen«, eine
Schrift, die im Verlauf der Jahre mehrfach aufgelegt wurde, hängt
wohl mit dem Aufsehen zusammen, was er jetzt allgemein erregte.
Im Jahre 1708 folgte auf jenen ersten Versuch ein zweiter Cantaten-

---

9) Daß es ein solcher war, ergiebt sich aus der Vorrede zu den »Fünffachen
Kirchen-Andachten«.

Jahrgang über die Evangelien, der an die gräfliche Capelle nach Rudolstadt kam und von Erlebach in Musik gesetzt wurde. Ein dritter und vierter wurde 1711 und 1714 für die Kirchenmusik des Herzogs von Sachsen-Eisenach geschrieben, wo damals Telemann Capellmeister war[10]. Sie alle wurden mit einem neu hinzugedichteten fünften Jahrgange zusammen im Jahre 1716 unter Zustimmung des Verfassers neu herausgegeben von Gottfried Tilgner und dem Herzoge Christian von Weißenfels zugeeignet; ein sauberer Kupferstich, Neumeister in seinem Studirzimmer darstellend, ziert diese Ausgabe und in der Vorrede stellt ihn Tilgner als den Mann dar, »welchem ohne Widerspruch der Ruhm gebühret, daß er der erste unter uns Deutschen gewesen, der die Kirchen-Musik durch Einführung der geistlichen Cantaten in besseren Stand gebracht und in den jetzigen Flor versetzt hat«[11]. Diese Collection von Poesien erfuhr im Laufe der Zeiten noch zwei Fortsetzungen, von denen eine: »Fortgesetzte fünffache Kirchen-Andachten«, 1726 zu Hamburg, die andere aber als »Dritter Theil der fünffachen Kirchen-Andachten« ebendaselbst 1752 erschien. Neumeister wurde von allen Seiten um Texte bestürmt, er gab sie einzeln fort und ohne sein Wissen wurden sie oftmals gedruckt. Die Sammlung von 1726 enthält außer den Zugaben für öffentliche Feierlichkeiten und Privat-Andachten wieder drei vollständige Jahrgänge, von denen aber der erste schon 1718 zu Eisenach unter dem Titel »Neue geistliche Gedichte« erschien, und mehre Cantaten dieses Jahrganges finden sich wieder in einer 1725 zu Weißenfels anonym gedruckten Sammlung. Der im dritten Theile enthaltene Cantaten-Jahrgang war durchweg von Telemann componirt worden, an dem Neumeister überhaupt einen fleißigen und dank-

---

10) Der dritte nennt den Dichter nicht und wurde in Gotha gedruckt unter dem Titel: »Geistliches | Singen | und | Spielen, | Das ist: | Ein Jahrgang | von Texten, | Welche | dem Dreyeinigen GOTT | zu Ehren | bey öffentlicher Kirchen-Versammlung | in Eisenach | *musicali*sch aufgeführet werden | von | *Georg. Philip.* *Telemann*, | F. S. Capellmeister und *Secr.* | GOTHA, gedruckt bey Christoph Reyhern, | F. S. Hof-Buchdr. 1711. |« Ein Exemplar in meinem Besitz.

11) »*Tit.* Herrn | Erdmann Neumeisters | Fünffache | Kirchen-Andachten | bestehend | In theils eintzeln, theils niemahls | gedruckten | Arien, Cantaten und Oden | Auf alle | Sonn- und Fest-Tage | des gantzen Jahres. | Herausgegeben | Von | G. T. | LEIPZIG, | In Verlegung Joh. Großens Erben. | Anno 1716. |«

baren Verarbeiter hatte. Auch für Mattheson setzte er in Hamburg seine Feder in Bewegung und dichtete ihm die Oratorien »Die Frucht des Geistes« (1719) und »Das gottselige Geheimniß« (1725) [12]. Ein anders gearteter poetischer Cursus durch das Kirchenjahr fand in den zwei Theilen des »Evangelischen Nachklangs« (Hamburg, 1718 und 1729) statt, aber obgleich dies nur Strophenlieder waren, so wurden sie doch, bestimmt wenigstens der zweite Theil, der wieder für die Schloßkirche in Weißenfels geliefert wurde, ebenfalls zu Kirchenmusiken verwendet. Außerdem kamen nun die Nachahmer in Schaaren: es war mit dieser Form ja gefunden, was man nöthig zu haben glaubte, und da es auf Gedankenreichthum nicht eben ankam, so war die Verfertigung eines Cantaten-Textes keine zu schwere Aufgabe. Aber nur wenige gab es, die Neumeisters Leistungen übertrafen, die meisten standen vielmehr beträchtlich hinter ihrem Vorbilde zurück.

Das Hauptwerk bleiben immer die durch Tilgner herausgegebenen »Fünffachen Kirchen-Andachten« und es liegt uns ob, deren Beschaffenheit noch etwas genauer zu prüfen. Neumeister nannte den ersten Jahrgang selbst gleichsam den poetischen Niederschlag seiner Predigten. Irrig aber wäre es zu glauben, daß sich auch die Form der Predigt in ihnen wiederspiegelte, und noch irriger ist die Ansicht, die Gestalt der neueren Kirchencantate sei überhaupt von der Predigt genommen oder allgemeiner ein idealisirtes Abbild des gesammten protestantischen Gottesdienstes [13]. Ganz andere und viel äußerlichere Grundsätze waren maßgebend: vor allem die Nachahmung der zeitentsprechenden opernhaften Formen, dann die einfache Rücksicht auf die der Kirchenmusik zu Gebote stehenden Ausdrucksmittel. In den ersten beiden Jahrgängen und in dem fünften werden weder Bibelworte noch Choralstrophen zur Benutzung herbeigezogen, der letzte enthält überhaupt nur Strophenlieder, denen jedesmal ein Motto von drei gereimten Zeilen vorangesetzt ist. Die Cantaten des

---

12) Mattheson, Ehrenpforte S. 205 und 210.

13) Winterfeld, Evang. Kirchenges. III, 61. Auch desselben Forschers Behauptung, daß von jetzt an ein Spruch aus dem Fest- oder Sonntags-Evangelium den Kern jeder kirchlich-musikalischen Feier bilde, ist ganz unrichtig. Im Gegentheil: es wird das Bibelwort viel seltener, als in der älteren Kirchencantate, verwendet.

ersten Jahrganges bestehen nur aus Recitativen und Arien; man muß sich allerdings erinnern, daß am Anfange des Jahrhunderts das Wort »Arie« noch nicht ausschließlich für Sologesang gebraucht wurde, und manches ist so gestaltet, daß es die deutsche Arienform verlangt und somit auch mehrstimmig gesungen werden konnte. Aber bei weitem das Meiste ist doch für Einzelgesang berechnet. Die Recitative sind, wie uns der Verfasser selbst belehren durfte, jambisch gebildet, die Arien meist jambisch oder trochäisch und mit größerer Regelmäßigkeit in der Zeilenlänge; doch aber herrscht in Reimverknüpfung, Anzahl und Ausdehnung der Zeilen eine viel bedeutendere Freiheit, als in den damaligen Kirchenliedern, so daß auch hier das Madrigal eingewirkt hat. Nicht immer ist ein *Da capo* möglich, oft nur ein ganz kurzes; vereinzelt taucht auch noch, wenngleich durch Recitativ getrennt, die strophische Composition auf. Seltener werden Daktylen angewendet, zuweilen nur am Ausgange einer Arie; zweimal finden sich gar Alexandriner, und einmal noch mit Jamben und Trochäen untermischt; doch haben sie wenigstens immer männliche Ausgänge. Eine Arie leitet die Cantate ein und schließt sie auch, selten ein Recitativ, zuweilen werden diesem kurze ariose Zeilen zwischengeschoben, die auch unter einander in Zusammenhang stehen können; dies Verfahren ist in späteren Jahrgängen noch weiter ausgebildet. Gewöhnlich enthält jede Cantate drei Arien mit den entsprechenden Recitativen, zuweilen auch mehr. Der zweite Jahrgang weist einen Fortschritt auf, insofern der Alexandriner ganz abgethan und die Betheiligung des Chors vorgeschrieben ist. Da einmal die Kirchenchöre überall vorhanden waren, konnte man sie doch nicht ganz unberücksichtigt lassen. Die Verwendung geschieht immer in derselben Weise: drei gereimte Zeilen beginnen und werden am Schlusse wiederholt, in der Mitte sind dann dem Chor noch einmal vier Zeilen zugetheilt. Diesen Tuttis fehlt es fast durchweg an jener Kraft und Allgemeingültigkeit des Inhalts, welche ein Chortext erfordert. Entweder empfand Neumeister das selbst, oder seine Componisten machten ihn darauf aufmerksam: im dritten und vierten Jahrgange sind Choräle und Bibelsprüche eingefügt und damit ist die Form der neuern Kirchencantate in ihrer Vollendung hingestellt. In der Anordnung läßt sich ein anderes Princip als das der Abwechslung nicht erkennen, und es bildet ebensowenig ein Choral-

vers jedesmal den Schluß als ein Bibelspruch den Anfang. Der einheitliche Gedanke war in der kirchlichen Bedeutung des jedesmaligen Sonn- oder Festtages gegeben; der Text that nun weiter nichts,
als denselben von verschiedenen Seiten beleuchten, das Weitere war
Sache des Componisten. Sieht man Neumeisters Productionen sich
im Einzelnen an, so ist an ihnen vor allem eine ungezwungene Glätte,
ja Anmuth der Sprache zu rühmen. Nicht selten findet man wirklich melodischen Wohllaut, auch läßt sich ein gewisses Streben nach
concretem, bildhaftem Ausdruck nicht verkennen. Recitativ und Arie
sind meist gut auseinandergehalten, indem ersteres die reflectirende
Betrachtung, letztere eine einheitliche und ungetrübte Empfindung
zum Ausdruck zu bringen bestrebt ist. Der nahedrohenden Gefahr
freilich, im Recitativ einem prosaischen, redseligen Moralisiren zu
verfallen, ist Neumeister häufig erlegen; ein erschreckendes Beispiel findet sich in der Cantate für den vierten Trinitatis-Sonntag im
ersten Jahrgang. Zuweilen verfällt er in wunderliche Plattheiten,
wie in der Laetare-Cantate des zweiten Jahrgangs, wo das erste
Recitativ alle vier Species der elementaren Rechenkunst durchnimmt;
hier und da ist er übermäßig derb und geschmacklos im Ausdruck,
so in der Cantate des ersten Jahrgangs zu Sexagesimae. Seinen
Arien fehlt oft das erforderliche bescheidene Maß von Innigkeit
und Schwung; er besaß keine ausgiebige Dichterphantasie und
schrieb zu viel und zu formalistisch. Aber nicht selten findet er
doch auch warme und überzeugende Worte. Alles zusammenge-
rechnet kann man von diesen Leistungen so gar gering nicht denken.
Sie erfüllten nicht nur ihren Zweck und erwiesen sich als wohl com-
ponirbar, sondern zeigen für den damaligen Stand der deutschen
Litteratur ein nicht zu unterschätzendes formales Talent, und manche
von ihnen sind wirkliche Gattungsmuster und können, wie beispielsweise die auch von Bach componirte Adventscantate »Nun komm, der
Heiden Heiland«, selbst unsern so sehr gesteigerten Ansprüchen
noch recht wohl genügen [14].

Noch keiner Neuerung hat es an Widerspruch gefehlt, der um

---

[14] Bei den Zeitgenossen galt er allgemein für einen großen Verskünstler.
Gottfried Blümel nennt in einer von ihm selbst gedichteten Cantatensammlung
(Budissin, 1718) Neumeisters kleine metrische Willkürlichkeiten »nur *naevi in
pulchro corpore*«.

so heftiger ertönte, je tiefer sie griff. Die Uebertragung des theatralischen Stils auf die Kirchenmusik war eine Art von Kunst-Revolution. Daß sie von einem hervorragenden Geistlichen ausgehen mußte, der ein langes Leben hindurch mit Wort und That bezeugt hat, wie sehr ihm seine Kirche am Herzen lag, beweist aber, ein wie tiefes Bedürfniß danach den Zeitgeist erfüllte. Ganz frei von Bedenken war auch Neumeister nicht geblieben, doch wußte er sie niederzuschlagen. »Ich hatte oben gesagt«, äußert er sich in der Vorrede zum ersten Jahrgange (1704), »eine *Cantata* sähe aus wie ein Stück einer *Opera*; so dürfte fast muthmaßen, daß sich mancher ärgern möchte und denken, wie eine Kirchen-Musik und *Opera* zusammen stimmten? Vielleicht wie Christus und Belial? Etwa wie Licht und Finsterniß? Und demnach hätte man lieber, werden sie sprechen, eine andere Art erwählen sollen. Wiewohl darüber will ich mich rechtfertigen lassen, wenn man mir erst beantwortet hat, warum man nicht andere geistliche Lieder abschaffet, welche mit weltlichen und manchmal schändlichen Liedern eben einerlei *Genus versuum* haben, warum man nicht die *Instrumenta musica* zerschlägt, welche heute sich in der Kirche hören lassen und doch wohl gestern bei einer üppigen Weltlust aufwarten müssen? Sodann, ob diese Art Gedichte, wenn sie gleich ihr Modell von theatralischen Versen erborget, nicht dadurch geheiliget, indem daß sie zur Ehre Gottes gewidmet wird? Und ob nicht diesfalls die apostolischen Sprüche *I. Cor. VII, 14; I. Tim. IV, 5; Phil. I, 18 in applicatione justa* mir zu einer genugsamen Verantwortung dienen können?«[15] Es gab jedoch viele, die sich dadurch nicht überzeugen ließen, in der neuen Art nur eine Entweihung des Gotteshauses sahen und ihr deshalb mit Unwillen und Entrüstung entgegen traten. So erfolglos nun auch diese Opposition war, indem die neuere Kirchencantate von Jahr zu Jahr mehr an Boden gewann, eine so große Hartnäckigkeit zeigte sie doch, und da die Vertreter des neuen Princips sich nicht begnügten, nur durch Kunstthaten zu kämpfen, entbrannte bald auf der ganzen Linie ein erbitterter litterarischer Krieg, der sich in unübersehbaren Streitschriften herüber und hinüber äußerte. Die ent-

---

15) Das erste Citat muß einen Druckfehler enthalten: wahrscheinlich ist I. Cor. 14, 7 gemeint.

schiedensten Gegner bildeten natürlich die Pietisten, die schon der früheren Kirchenmusik abhold gewesen waren, und nichts außer dem einfachen Strophenliede gelten lassen wollten. Merkwürdig, wie wenig sich oft gleichzeitige und gleichartige Richtungen unter einander verstehen! Als ob die Sucht, auf dem Theater die Persönlichkeit hervorzudrängen, etwas anderes gewesen wäre, als auf dem religiösen Gebiete der Pietisten übersubjective Gesänge? Aber mit ihnen war nun einmal nicht zu reden; das wußte auch Neumeister recht gut und besann sich nicht, ihnen derb ins Gesicht zu schlagen, wenn er im Recitativ einer Cantate singen ließ:

> So laßt uns seinem Worte gläuben,
> Im Glauben heilig leben
> Und in der Heiligkeit voll guter Früchte stehn,
> Als rechte, fromme Christen,
> Und nicht als Pietisten,

und dadurch, daß er den ersten Vers des Kirchenliedes »Erhalt uns, Herr, bei deinem Wort« vorhergehen ließ, sie in wenig schmeichelhafter Weise mit dem Papst und den Türken zusammen brachte [16]. Eine zweite, freilich dünn gezählte Schaar von Widersachern erhob sich in gewissen Musikern alten Schlages, welche eine allgemeine Antipathie gegen die theatralische Musik erfüllte, ohne daß sie freilich hätten sagen können, auf welchem anderen Wege eine wirksame Kirchencantate herzustellen sei. Da sie auch meistens mit der Feder nicht umzugehen wußten, so war ihre Lage eine ziemlich ungünstige. Zu ihnen gehörte der in seiner Art tüchtige Erfurter Organist Johann Heinrich Buttstedt, für den es ein Unglück war, daß er in seinem »*Ut re mi*« u. s. w. eine nun doch verlorene Sache und gegen einen so stilgewandten Mann, wie Mattheson, zu halten unternahm. Eine dritte Gattung von Feinden bestand aus ernst denkenden Laien und Dilettanten, wie dem Pastor Christian Gerber, der in seinem Buche: »Unerkannte Sünden der Welt« den Mißbrauch in der

---

16) Fünffache Kirchen-Andachten, Jahrg. IV, 8. Sonntag nach Trinitatis. Kräftig sagt auch Constantin Bellermann in seinem »*Parnassus Musarum*« S. 5: »*pii quidam homines — qui — omnem externum musices usum aut ex templis eliminant aut minaci lege circumscribunt: faciamus hos missos, quos neque herba neque pharmacum restituet!*«

Kirchenmusik nachwies, und besonders dem Göttinger Rechtsprofessor Joachim Meyer, dessen »Unvorgreifliche Gedanken über die neulich eingerissene theatralische Kirchenmusik und die darin bisher üblich gewordenen Cantaten« (1726) ihn ebenfalls in einen Streit mit Mattheson verwickelten; ihm gesellte sich hernach als Kampfgenosse noch der Theologe Guden zu Göttingen, jenem dagegen ein pseudonymer Musiker zu, und so wurde denn aller Staub der Arena noch einmal gründlich aufgewirbelt.

Der Behauptende muß beweisen, und die Neuerer gaben sich viele Mühe damit. Man kann aber nicht sagen, daß alle die Mattheson, Motz, Tilgner und wie sie weiter heißen, zur Rechtfertigung ihrer Sache etwas mehr und andres beigebracht hätten, als was in kurzen Worten schon Neumeister ausspricht. Auch dieser frischte nur alte Vertheidigungsmittel auf; denn man hatte schon bei der älteren Kirchencantate über Verweltlichung gestritten [17]. Vor allem sollte immer aus der Bibel bewiesen werden, daß die angefeindeten musikalischen Mittel und Formen etwas Gott wohlgefälliges und von ihm gebotenes wären. Die Erlaubniß zur Anwendung rauschender Instrumente holte man z. B. aus Chronica II, 5, 12, wo erzählt wird, daß bei Einweihung des Salomonischen Tempels die Leviten mit Cymbeln, Psaltern und Harfen gesungen und hundert und zwanzig Priester die Trompete geblasen hätten. Einen muntern, lebhaften Ausdruck mußten Mirjams Danklied und der Lobgesang Zachariae sanctioniren. Die häufigen Textwiederholungen in den Arien wurden durch den Parallelismus der Glieder bei den hebräischen Dichtern belegt, und sogar die Da capo-Form wies Tilgner im achten Psalme nach, dessen Anfangsvers sich am Schlusse wiederhole [18]. Auch aus der alten Kirchenmusik borgte man die Waffen: den Tadlern

---

17) So z. B. der Cantor Christian Schiff zu Lauben gegen seinen Pastor Johann Muscovius im Jahre 1694. Den Inhalt der Schiffschen Apologie verzeichnet Mattheson, Ehrenpforte S. 317 f.

18) Mattheson hat in seiner Entgegnungsschrift gegen Joachim Meyer (»Der neue Göttingische u. s. w. *Ephorus*«. Hamburg, 1727) den ganzen auf diese Frage bezüglichen Theil von Tilgners Vorrede zu den fünffachen Kirchen-Andachten abdrucken lassen und mit ergänzenden Noten versehen (S. 101—108). Für das Da capo führt er z. B. noch 16 Stellen aus den Psalmen an, worunter zwei sogar die Rondo-Form enthalten sollen.

des Recitativs wurde der psalmodirende Altargesang entgegen gehalten: wer sich an der Verwendung opernähnlicher Weisen stieß, wurde
gefragt, ob denn nicht auch sehr viele geistliche Melodien ursprünglich weltliche, und oft sehr bedenklichen Inhalts gewesen wären?
Und endlich berief man sich immer darauf, daß doch alles zur Ehre
Gottes geschehe, daß es gleichgültig sei, wodurch die Gemüther zur
Andacht gestimmt würden, wenn nur die Andacht überhaupt sich
einstelle, und daß schon durch die religiösen Texte allein der Sinn
vom Weltlichen abgewendet werden müsse. Neumeister hatte es
außerdem als seinen Grundsatz hingestellt, in der Ausdrucksweise sich
möglichst an biblische und theologische Redewendungen anzuschließen. Keineswegs sollten deshalb theatralischer und kirchlicher Mu-
sikstil ganz übereinstimmen. Gegner wie Buttstedt behaupteten freilich, kein gescheuter Musicus könne die völlige Gleichheit leugnen,
ja man bringe »allen liederlichen Kram in die Kirche, und je lustiger
und tänzlicher es gehe, je besser gefalle es, daß es zuweilen an nichts
fehle, als daß die Mannsen die Weibsen anfasseten und durch die
Stühle tanzten, als wie es je zuweilen auf Hochzeiten über Tisch und
Bänke gehe«[19]. Mattheson aber erwiederte, es sei sehr übel gethan,
wenn man keinen Unterschied mache zwischen einem kirchlichen
und Opern-Recitativ, und daß »ungeschickte Notenschmierer allen
liederlichen Kram in die Kirche brächten, sei eine Sünde und Schande;
es bliebe aber doch deswegen der Kirchenstil ein besonderer Stil«[20].
Fragte man nun weiter, worin denn die Besonderheit zu erkennen sei,
so war die Verlegenheit da. Mattheson sagte, verständige Musiker
wüßten schon, wie zu verfahren und Maß zu halten sei; Tilgner, der
Componist müsse seine Sachen schlecht weg und andächtig machen,
ohne jedoch »Gott die alten Schlacken der verlegenen Einfälle zu
opfern, die auserlesensten Gedanken aber dem sündlichen Zeitvertreib vorzubehalten«; Niedt[21] räth, sich nach dem Geschmacke der
Zuhörer zu richten, ob sie Motetten, Concerte oder Arien liebten. Recitative und Arien möglichst einfach zu setzen, alle Fugen »mit Amen,

---

19) Buttstedt, *Ut re mi* etc. S. 81 und 64.

20) Mattheson, Das beschützte Orchestre. S. 142 f.

21) Friedrich Ehrhardt Niedtens Musicalischer Handleitung dritter Theil.
Hamburg, 1717. S. 37 ff.

Hallelujah und dergleichen« abzuschaffen, weil sie nur »einem Ge-
lächter und Possen-Spiel ähnlich schienen und insgemein von den
Leuten in der Kirche mit Ekel und Verdruß angehört würden«, und
den Sänger beständig zu ermahnen, vom Herzen zu singen, so würde
er auch die Herzen rühren. Er habe es so gemacht; allerdings sei
er dabei für einen Pietisten gehalten und beinahe durch eine Inqui-
sition von Stadt und Land gejagt worden, und in Wahrheit wisse
jetzt auch kein Mensch, welches der rechte Kirchenstil sei.

So war es. Und Niemand suchte mit unparteiischem Urtheil
der Sache auf den Grund zu kommen. Die Vertheidiger interessirten
sich viel zu persönlich für den Gegenstand: es waren theilweise,
Mattheson voran, Musiker, die für Haus und Herd kämpften, oder
ihnen stand doch die Praxis von reichbegabten Leuten, wie Keiser,
Telemann, Stölzel, überredend zur Seite. Hätte sie auch Jemand mit
unwidersprechlichen Beweisen ihres Irrthums überführt, der schaffende Künstler würde sich mit ungläubigem Lächeln abgewendet
und die begonnene theatralisch-kirchliche Composition unbeirrt
beendigt haben, die andern hätten vielleicht bis zur Aufführung der
nächsten Kirchenmusik geschwankt, um durch sie der alten Ueberzeugung gänzlich wieder zugeführt zu werden. Der Zug großer
Culturbewegungen ist allemal stärker, als der Wille des Einzelnen,
und verurtheilen zu sollen, was man als eigne Lebensbedingung
empfindet, wäre eine unbillige Zumuthung. Sonst wäre es nicht
schwer gewesen, zu erkennen, daß jeder Kunstzweig eine besondere
Richtung der Culturgeschichte zur Voraussetzung hat, und daß es
andere geistige Kräfte waren, welche die Oper hervortrieben, als die
sind, welche in der kirchlichen Kunst sich äußern. Tief in sich,
nicht nur äußerlich an sich trägt jede Kunstpflanze den Charakter
des Bodens, aus dem sie erwuchs, und es war namentlich eine arge
Unterschätzung der Macht der Musik gegenüber dem Worte, wenn
man durch Anwendung auf geistliche Texte ihr Wesen erheblich zu
ändern glaubte. Doch stellt dies wohl nur einen auf Selbsttäuschung
berechneten Scheingrund dar. Wer aber behauptete, durch die religiöse Opernmusik eben so sehr und mehr als durch andre andächtig
erhoben zu werden, der verwechselte in seiner Stimmung Kunstan-
dacht mit kirchlicher Andacht. Der ruhelose Schreibetrieb der zahlreichen Apologeten des neuen Stils, mit dem sie sich unaufhörlich

in demselben Kreise herumbewegen, verräth übrigens auch zur Genüge ihre Unsicherheit in der Sache. Natürlich! der reflectirende Verstand läßt sich wohl zeitweilig zum Schweigen bringen, nicht so das unmittelbar urtheilende Gefühl.

Die Berechtigung zu energischem Widerspruch fehlte also den Gegnern nicht. Aber darin hatten nun sie wieder Unrecht, wenn sie verlangten, daß um der Reinheit der kirchlichen Tonkunst willen jede Berührung mit außerkirchlichen Kunstelementen vermieden werden solle. Was ist Kirchenmusik? Diese Frage ist seit bald 200 Jahren unzählige Male aufgeworfen, und sieht man genauer hin, so stehen die Meisten mit der Beantwortung heute noch auf dem Standpunkte Matthesons und Genossen. Und doch ist die Antwort so einfach: Kirchenmusik ist die im Schooß der Kirche gewordene Musik. Aber während anfänglich die Kirche alle musikalische Kunst allein umschloß, gediehen bei gesteigerter Cultur auch im Weltleben einzelne Zweige zur fröhlichen Blüthe. Will die Kirche sich nicht in den verderblichen Wahn einspinnen, als sei sie etwas absolut-fertiges, keiner Fortbildung bedürftiges, und sich damit selbst die Lebensquellen verstopfen, so muß sie auch in dieser Hinsicht auf die Ergebnisse freier Entwicklung Bedacht nehmen. Im 16. Jahrhundert hatte der weltliche Volksgesang gradezu erneuernd auf die kirchliche Tonkunst eingewirkt trotz seiner leichtfertigen, ja obscönen Texte: warum sollte der Opernmusik nicht etwas ähnliches möglich sein? Eins jedoch war dazu die unerläßliche Bedingung. Es mußte noch eine wirkliche lebenerfüllte kirchliche Tonkunst geben, welche die fremden Elemente in sich hineinziehen, läutern und mit ihren Säften ganz durchdringen konnte. Der einzige Kunstzweig aber, welcher sich das 17. Jahrhundert hindurch ausschließlich im Gebiete der Kirche zu kräftiger Höhe emporgerichtet und die herrlichsten Blüthen getrieben hatte, war die Musik der Orgel. Sie allein war am Beginn des 18. Jahrhunderts die echte Kirchenmusik, und mit ihr mußte sich vereinigen, was zu diesem erhabenen Kunstgebiete mehr als äußerlichen Zugang zu haben wünschte. Auch schien ihr eignes Wesen dem entgegenzustreben. Denn eine ihrer Hauptformen, der Orgelchoral, griff schon aus dem Gebiete der rein-musikalischen Ideen in das der poetisch-musikalischen hinüber, und verlangte mit dem gemeinsamen Triebe alles natürlich gewordenen aus einer durch Begriffe nur dämmrig erhellten Gefühlsregion ins helle Tageslicht emporzutauchen. Ja die Orgelmusik bedurfte des Zuflusses eines dichtunggetragenen Musikstromes, insofern sie die Forderung einer Kirchenmusik ganz erfüllen wollte. Das Ideal instrumentaler Tonkunst ist zu allgemein, als daß es dem kirchlichen Bedürfnisse genügen könnte; es kann im eminenten Sinne religiös sein, aber das Wesen der Kirche beruht auf gemeinsamen Glaubensgrundsätzen, welche in der Musik nur das gesungene Wort verdeutlicht. Und wie das naturgemäß Entstandene immer zugleich auch das Zweckmäßigste ist, so bot andrerseits der zunächst nur durch das mechanische Wesen der Orgel bedingte strenge und bis zur scheinbaren Leidenschaftslosigkeit erhabene Stil der Orgelmusik wie von selbst das Correctiv dar gegen den excentrischen Individualismus der Oper. Ganz verleugnen ließ sich dieser nicht, so lange noch das Absehen überhaupt auf eine lebensfähige Kirchenmusik gerichtet war. Denn jede Kunst hat die Aufgabe, die bewegenden Mächte ihrer Zeit zu begreifen und zu gestalten.

Beide streitenden Parteien schossen also übers Ziel hinaus, wie es bei solchen Gelegenheiten immer zu geschehen pflegt. Derjenige, welcher nicht stritt und theoretisirte, aber mit der Sicherheit des Genies in der allein richtigen Weise handelte, war Sebastian Bach. Sein Geist, der alle Formen, welche die musikalische Atmosphäre erfüllten, im centripetalen Zuge an sich riß, ergriff auch die der Oper, und daß er sie sein ganzes Leben hindurch pflegte, zeigt, wie wohl er ihren hohen Werth erkannte. Aber ihren sinnlich-trüben Inhalt drängte er durch die keuschen, hellen Fluthen seiner Orgelkunst völlig hinaus. Bach unternahm die Verbindung der beiden so verschiedenen Stilarten und schuf dadurch die einzig mögliche Gestalt der damaligen Kirchenmusik. Er war es allein, der sie unternahm, und die unzähligen kirchlichen Compositionen seiner reichbegabten Zeitgenossen sind ausnahmslos wie taube Blüthen vom Baume der Kunst abgefallen, seine Werke aber leben noch heute unter uns und wirken lebenzeugend in immer weiterem Umfange. Daß man ihm die Benutzung theatralischer Formen zum Vorwurf gemacht und deshalb seinen Werken die Kirchlichkeit abgesprochen hat, ist sehr wenig protestantisch, noch weniger historisch rationell, und müßte ganz unbegreiflich heißen, wären nicht die Ansichten über das Wesen der Bachschen Cantaten noch so verworren und über deren Aufführung noch so unklar. Freilich wenn man sie ohne Orgel zur Erscheinung bringen will, sind sie wie künstlich galvanisirte Organismen, denen das Herz herausgenommen ist, wogegen im andern Falle sich alle Räthsel und Bedenken wie von selbst lösen, zum mindesten für den, der kein feststehendes Ideal einer evangelischen Kirchenmusik kennt, sondern diejenige für eine solche ansicht, welche im Schooße des kirchlichen Lebens ungewollt erwuchs. Allerdings da die Orgelmusik der letzte Kunstzweig war, den die Kirche selbständig producirte, so ist auch Bach bis heute der letzte Kirchencomponist geblieben; seit ihm haben wir nur noch religiöse Musik erlebt. Daß die Geschichte diesen Gang nehmen würde, liegt aber in der Orgelkunst angedeutet. Es wäre ganz irrig, ihre Entwicklung zur Kirchencantate als ihr letztes und einziges Ziel anzusehen, zu dem sie als selbständige Instrumentalmusik nur Vorstufe gewesen sei. Sie war, wenn wir die Orgelchoräle mit einem gewissen Vorbehalt ausnehmen, etwas in sich ganz vollendetes und so, ohne das Gebiet des Kirchlichen zu verlassen, doch schon über dasselbe hinausgewachsen, das kirchliche Ideal in das religiöse zu verallgemeinern. Während sie also einerseits den Weg zur rechten Kirchenmusik zeigte, führte sie nach einer andern Richtung davon hinweg. Diese letztere Richtung nahm fürs erste der Entwicklungsgang des Volksgeistes und so kam es, daß Bach in der Kirchencantate ohne Nachfolger blieb, ja zu seinen Lebzeiten schon theilweise nicht mehr verstanden wurde. Es scheint aber fast, als sollten wir den damals fallen gelassenen Faden jetzt wieder aufnehmen.

Bach machte die Bekanntschaft der Neumeisterschen Cantaten-Dichtungen durch den herzoglichen Hof zu Eisenach. Für die dortige Capelle waren, wie erwähnt ist, der dritte und vierte Jahrgang der fünffachen Kirchen-Andachten in den Jahren 1711 und 1714 verfaßt. Bei den verwandtschaftlichen Beziehungen zwischen den Häusern Sachsen-Weimar und Sachsen-Eisenach, besonders aber bei dem Freundschafts-Verhältnisse, was der eisenachische Capellmeister Telemann mit Bach unterhielt, der auch bei dem zweiten Sohne desselben, Karl Philipp Emanuel, Pathenstelle vertrat, ergab sich eine Mittheilung sehr leicht. Nach dem jetzt vorliegenden Bestande seiner Kirchencantaten hat Bach aus dem vierten Jahrgange vier, aus dem dritten zwei und eine aus dem ersten Jahrgange componirt. Von den erstgenannten sind zwei nachweislich in einer späteren Zeit zu Leipzig entstanden, und kommen hier noch nicht in Betracht [22]. Da auf den Befehl Wilhelm Ernsts im Jahre 1715 durch einen heimischen Dichter ein Jahrgang, und vom 1. Advent 1716 an noch zwei auf einander folgende Jahrgänge eigens für die weimarische Capelle angefertigt wurden, an deren Composition sich Bach, so lange er in Weimar war, zu betheiligen hatte, so ist die Entstehungszeit der andern beiden ganz sicher bestimmt. Wegen der letzten drei wird man zwischen den Kirchenjahren 1712/13 und 1713/14 die Wahl haben [23]. Wir betrachten sie nach der muthmaßlichen Reihenfolge, und beginnen mit einer Cantate auf den ersten Weihnachtstag [24]. Ihre Aufschrift *Concerto Festo Nativitatis Christi* bietet die Bezeichnung, welche Bach seinen Kirchencantaten zu geben pflegte, wenn er sie überhaupt anders, als durch den Textanfang und den Tag ihrer Bestimmung kennzeichnete, oder wenn er sie nicht auf Veranlassung ihres Inhalts *Dialogi* nannte. Den italiänischen Namen *Cantata*, worunter man zu seiner Zeit dramatische Scenen für eine und mehre Solostimmen verstand, vermied er und behielt mit der Benennung *Concerto* die Gewohnheit des 17. Jahrhunderts bei, zugleich damit die wesentliche Betheiligung der Instrumente andeutend. Glücklicherweise hat sich Telemanns Composition desselben Textes dazu finden lassen [25] und wir werden vergleichen können. Der Unterschied ist so groß, wie die Charaktere der beiden Künstler verschieden, und ganz durchgreifend; er erstreckt sich bis auf die Tonart. Telemanns Composition steht in C dur. Er behandelt den an der Spitze stehenden Spruch des Jesaias: »Uns ist ein Kind geboren, ein

---

22) »Ein ungefärbt Gemüthe« zum 4. Sonnt. nach Trin. (B.-G. V, 1, Nr. 24) und »Gottlob nun geht das Jahr zu Ende« zum Sonnt. nach Weihnachten (B.-G. V, 1, Nr. 28). Der genaue Nachweis darüber später. Möglicherweise liegt der ersteren Cantate eine frühere Arbeit zu Grunde, obwohl es an deutlichen Spuren fehlt.

23) S. Anhang A. Nr. 21.

24) In einer Handschrift aus dem Nachlasse Fischhoffs auf der königl. Bibl. zu Berlin.

25) Ich erwarb sie in einer etwa um 1750 gefertigten Handschrift (Partitur und Stimmen) aus der Cantorei zu Langula bei Mühlhausen; dorthin war sie jedenfalls von dem nahegelegnen Eisenach gelangt.

Sohn ist uns gegeben« im fünfstimmigen durchaus homophonen Chor, mit abwechselnd einfallenden Geigen und Trompeten, und hat sich nach 42 $\frac{6}{8}$ Takten seiner Aufgabe entledigt, wobei ihm das Da capo-Schema gute Dienste leistet. Dieses vermuthlich aus dem Handgelenk in einer halben Stunde hingeschriebene Stück zeigt uns die damalige sogenannte Kirchenmusik von ihrer übelsten Seite: ganz noch die Enge und Dürftigkeit der älteren Cantate, aber mit dem Anspruche, breite Formen auszufüllen. Bach wählte als Tonart A moll; zunächst veranlaßt dadurch, daß er den Text in abgeänderter Form componirte, worin derselbe nicht mit dem mixolydischen Chorale »Gelobet seist du, Jesu Christ« schloß, sondern mit dem aeolischen »Wir Christenleut hab'n jetzund Freud«[26]. Dieser äußere Anstoß war ihm aber ein willkommener, denn er hat die gedämpfte Moll-Stimmung, welche mit der hellen Weihnachtsfreude so seltsam contrastirt, auf die ganze Cantate ausgedehnt. Es ist in ihr etwas wie wehmüthige Rückerinnerung an das reine Weihnachtsglück der Kindheit, die im holden Farbenwechsel durch die Seele des Mannes zieht; hiergegen nimmt sich Telemanns ewiges C dur oft unbeschreiblich schal und flach aus, Bach beginnt auch nicht gleich mit dem Gesange, sondern läßt ein selbständiges Instrumentalstück voraufgehen für Streichquartett, zwei Flöten und zwei Oboen nebst Continuo, das — ein Zeichen seiner damaligen Entwicklungsstufe — streng in der Form des italiänischen Concerts gehalten ist, und zuletzt sinnig auf den nachfolgenden Chor vorbereitet. Dieser ist eine Doppelfuge mit folgenden Themen:

Der Anfang bietet ein neues Beispiel zu jener merkwürdigen Gestaltungsweise, die wir im letzten Satze der D moll-Toccate für Clavier und in der ersten Fuge des 130. Psalms antrafen: vor dem

---

26) Eingehenderes über die Textveränderungen im Anhang A. Nr. 21.

Beginn der Fuge wird das thematische Material expositionsartig dargelegt. So wie die beiden Gedanken eben angeführt sind, stellen sie sich anfänglich dar, mit dem Beginn der eigentlichen Durcharbeitung aber (vom 4. Takte an) tritt das zweite Thema schon nach dem vierten Tone des ersten ein, ertönt also mit dem längeren Theile desselben zusammen. Es erhellt aber, daß die Exposition hier noch einen andern, als rein musikalischen Grund hat: beide Text-Gedanken sollten zuvor deutlich vernommen werden. Was wir also kürzlich noch an der Schlußfuge des 130. Psalms tadeln mußten, ist hier durch eins jener einfachen Mittel umgangen, welche nur das Genie findet. Der Chorgesang strömt 19 Takte ununterbrochen mit mehrfachen Engführungen fort, wird dann einige Male von motivischen Instrumentalsätzen abgelöst und wandelt vom 29. Takte an wieder ungestört seine Bahn zu Ende, nunmehr mit vorwiegender Betonung des zweiten Themas, das im Nachspiel noch eine Weile sein Wesen weiter treibt. Man vergleiche mit diesem gediegenen Satze nur einmal das Hauptmotiv des Telemannschen Chores!:

Es folgt nun ein Solosatz: »Dein Geburtstag ist erschienen«, von Telemann in C dur für zwei Sopranstimmen mit Continuo durchcomponirt, von Bach in E moll für einen Bass-Sänger mit zwei Violinen und Continuo in der italiänischen Arienform gesetzt. Das Duett ist eigentlich keines, sondern mit geringen Ausnahmen nur ein zweistimmiger Gesang von allseitiger Oberflächlichkeit. Die Bachsche Arie hat eine milde, innige Melodik und ist von sorgfältigster technischer Ausarbeitung. Der eigentlich Bachsche Arienstil kündet sich in der Durchführung eines kleinen Bassmotivs schon vernehmlich an, wenn auch sonst allzu häufige Ritornelle noch den Gesang zerstückeln, und jenes wunderbare melodische Weben der Instrumente um die Singstimme noch wenig ausgebildet ist. Der nächste Satz besteht bei beiden Componisten in einem Chor aus C dur zum Text des Psalmverses (69, 31): »Ich will den Namen Gottes loben mit einem Liede, und will ihn hoch ehren mit Dank«. Telemann giebt

hier in einer Doppelfuge sein Bestes : das erste Thema bedeutet freilich sehr wenig, durch das zweite kommt aber mehr Schwung hinein, und an leichtem Fluß fehlt es diesem Componisten ja niemals.
Bei Bach hat dieser Satz den geringsten Werth. Die anfänglich
zwischen je zwei enggeführten Stimmen angestellte Fugirung macht
bald einer altmodigen Homophonie Platz, und das Stück verläuft des
weiteren ganz bedeutungslos. Man siehts ihm an der Stirn an, daß es
Bach mit größter Theilnahmlosigkeit, ja Unlust schrieb. Er glaubte
dem Weihnachtsfeste auch einen heiter glänzenden Chor schuldig zu
sein, und konnte so garnicht die Stimmung dazu finden. In der
folgenden Arie erst, wo wieder Molltöne angeschlagen werden, sehen
wir ihn sich selbst zurückgegeben. Der Dichter bietet nunmehr drei
Arien, welche zu einander im Strophenverhältnisse stehen, deren
zwei aber durch ein Recitativ getrennt sind. Alles das hat Telemann
componirt, abwechselnd für Alt, Bass, Sopran und wiederum Bass,
alle drei Arien auch in C dur, wobei aber zugestanden sein muß, daß
sie in Rhythmus und Melodie sehr geschickt unter einander contrastiren. Die Form mußte nach Anleitung des Gedichts allemal die italiänische werden. Die ersten beiden Male sind Violinen zur Begleitung herbeigezogen, die aber fast nur Zwischenspiele executiren,
der zweite Arientheil erscheint um des Gegensatzes willen nur mit
Continuo; so war es gebräuchlich. Die dritte Arie ist über eine Art
von Ciaconen-Bass gesetzt, und macht wenigstens ein etwas ernst-
hafteres Gesicht:

Auch ist die Combination auf dem Papiere mit Telemannscher Gewandtheit ausgeführt; klingen kann sie schon deshalb nicht, weil Singbass und Instrumentalbass sich beständig ins Gehege gerathen. Das von Bach gesetzte Recitativ ist um mehr als die Hälfte abgekürzt, ferner hat er nur die erste und dritte Strophe benutzt und zwar zu derselben Musik, das eine Mal in A moll für Tenor, und für Alt in D moll das andere Mal. Die Worte, voll von Dank- und Preis-Gefühlen, sind in eine ganz wehmüthige Musik getaucht:

Auch hier fehlt noch der große Zug, in dem die vollentwickelte Bachsche Arie den Gesang unablässig fortströmen läßt, nur die Haupteinschnitte durch eintretende Ritornelle markirend, auch hier tritt jenes in der Schule der Orgelkunst erworbene Vermögen, mit den Instrumenten die Singstimme stützend, widersprechend, fortspinnend, ausdeutend und vergeistigend zu umschlingen, erst in bescheidenem Maße hervor. Nur wenn man Telemanns Leistung dagegen hält, merkt man unverzüglich, daß beider Wege schon jetzt ganz verschiedene sind. Den Beschluß macht hier und dort ein einfach vierstimmiger Choral, dessen Stimmen von Bach interessant und melodisch, von Telemann leichtfertig und nur harmoniemäßig geführt werden. Bach hat eine Sechzehntelbegleitung hinzu gesetzt, die sich aber darauf beschränkt, die Melodie zu umspielen, so daß von hier bis zu jenen Choralchören, in denen die Instrumente ein selbständiges Bild vorführen, das der Choral mit seinem magischen Scheine durchstrahlt, noch ein ziemlich weiter Weg ist.

Die zweite Cantate des dritten Neumeisterschen Jahrgangs bezieht sich auf den Sonntag Sexagesimae, wird also entweder am 19. Februar 1713 oder am 4. Februar 1714 zur Aufführung gebracht sein [27]. Auch dieses Mal liegt die Telemannsche Composition zur Vergleichung vor [28]. Der Text beschäftigt sich im Anschluß an das Sonntags-Evangelium mit der wunderbaren Kraft des göttlichen Wortes, geht von der Bibelstelle Jesaias 55, 10 und 11 aus, wo dasselbe mit dem zur Erde niedergesandten, befruchtenden Regen verglichen wird, und richtet dann in einem Recitativ die Bitte an Gott, das Herz zur Aufnahme des Wortes geeignet zu machen. Zwischen das Recitativ sind verschiedene Male je zwei bezugnehmende Zeilen der deutschen Litanei eingeschoben, auch wird damit das Recitativ abgeschlossen. Dann folgt eine Arie, welche Gottes Wort als das höchste und einzige Gut preist, und den Schluß macht die 8. Strophe des alten Spenglerschen Kirchenlieds »Durch Adams Fall ist ganz verderbt«. Bach beginnt wieder mit einer Instrumentalsymphonie für zwei Flöten, vier Bratschen, Fagott, Streichbässe und Orgel, G moll $^6/_4$ Takt. Die Form dieses großartigen und äußerst geistvollen Tonstücks ist ciaconenartig: ein mächtiges von allen Instrumenten ohne die Flöten eingeführtes Thema:

zieht sich hindurch, meist streng wiederholt, zuweilen mit Ciaconen-Freiheit motivisch ausgesponnen, einmal auch aus dem Bass in die Mittellage emporsteigend. Einige Züge sind vom italiänischen Concertsatze hergenommen, so gleich am Anfang der Zwischensatz, ehe das Thema zum zweiten Male eintritt, nach welchem man eine Entwicklung zwischen zwei Gedanken erwartet. auch die unveränderte Wiederkehr der ersten 20 Takte am Schlusse, und die Gestalt des

---

27) Veröffentlicht durch die B.-G. II, Nr. 18, nach Stimmen auf der königl. Bibl. zu Berlin, welche meist autograph sind und in Bezug auf Schrift und Papier größtentheils mit dem Autograph der 1714 componirten Adventscantate übereinstimmen.

28) In Stimmen auf der Schloßkirchen-Bibliothek zu Sondershausen befindlich; nur die Stimme des Chorsoprans fehlt, die sich aber sofort nach der ersten Violinstimme ergänzen läßt.

Themas überhaupt, welche sehr an die unisonen Concert-Tuttis mahnt. Da Bach die Formen der italiänischen Kammermusik in das Orgelgebiet hineinzog, durfte er sie auch für die Kirchencantáte verwenden; nur mußte sich der Stileinheit wegen die Orgel als herrschender Factor zeigen, was in der Symphonie der Weihnachtscantate noch kaum der Fall ist. Die Ciacone dagegen durfte, wie wir früher bemerkten, schon lange als echte Orgelform angesehen werden, und von diesem Standpunkte aus hat Bach das vorliegende Stück geschaffen, ohne darum die Eigenthümlichkeit der Blas- und Streichinstrumente unberücksichtigt zu lassen. Auch in der klanglichen Gestaltung war das Wesen der Orgel maßgebend, durchweg verdoppeln nämlich die Flöten die beiden ersten Violen in der oberen Octave, als wenn zu einem achtfüßigen Register ein vierfüßiges hinzugezogen wäre. Dieser Effect findet sich bei Bach mehrfach, z. B. in der herrlichen Alt-Arie der Pfingstcantate »O ewiges Feuer, o Ursprung der Liebe« (B.-G. VII, Nr. 34), und ist für die Grundsätze, welche ihn beim Instrumentiren leiteten, äußerst belehrend[29]. Eine Frage wäre noch, ob der Componist mit dieser Symphonie etwas besonderes habe sagen, vielleicht die gewaltige Fülle der Wirkungen, welche vom göttlichen Worte ausgehen, habe musikalisch versinnlichen wollen. Ich glaube dies nicht, da Bach in allen seinen Instrumental-Einleitungen nur ganz allgemein auf die Stimmung vorbereitet und niemals schildernde Zwecke verfolgt, ein Grund, weshalb er auch so häufig einzelne Stücke aus selbständigen Instrumentalwerken als Einleitungsmusiken für Cantaten verwendet hat. Nur einen dem ernsten Charakter der Cantate entsprechenden Satz wollte er gestalten; daß er aber überhaupt nicht sofort mit dem Gesange begann, geschah aus seiner vorwiegenden Liebe und Anlage für Instrumentalmusik. In Behandlung der Dichtung stimmen beide Componisten ziemlich überein, wenn man die Formen im Allgemeinen betrachtet. Aber im Einzelnen ergeben sich, den verschiedenen Standpunkten und Anlagen gemäß, wieder die größten Verschiedenheiten. So vor allem im Recitativ. Schon das einleitende Bibelwort ist von ihnen als solches behandelt, jedoch mit baldiger Hinüberführung ins Arioso, das für Fälle, wo ein Chor nicht angemessen war, seines

---

29) S. Anhang A. Nr. 22.

größeren Nachdrucks wegen als die geeignetere Form erschien. Telemanns Satz hat ohne Zweifel den Vorzug der natürlichsten und nächstliegenden Auffassung für sich: er giebt v. 10, den Vordersatz, welcher das Gleichniß enthält, als Recitativ dem Tenor, v. 11, den Nachsatz mit der Anwendung, dem Basse als Arioso; hier läßt er nur die Orgel und den Violonbass begleiten, dort schildert er durch rauschende Zwischenspiele der Streichinstrumente das biblische Bild: »Gleichwie der Regen und Schnee vom Himmel fällt«. Bach läßt die ganze Bibelstelle nur vom Bass unter Begleitung der Orgel mit unterstützendem Fagott singen, und erst zu der recitativischen Dichtung eine andere Stimme und den vollen Instrumentenchor eintreten; er bewirkt hierdurch einen schärferen Gegensatz zwischen Bibelwort und freier Dichtung, schwächt dagegen die in ersterem selbst enthaltenen Gegensätze: beide Verse behandelt er gleichmäßig, nämlich recitativisch beginnend und arios auslaufend. Das malerische Element fehlt auch bei ihm nicht, aber wie dort in den Instrumenten, so liegt es hier in der Singstimme selbst. Streng genommen ist es ungenau, von Malerei zu reden, wenn die Musik Bewegungen der sichtbaren Welt in ihrer Weise nachahmt. In jeder bewegten Erscheinung der Außenwelt erkennt der Mensch ein Spiegelbild gewisser eigner Gefühlsströmungen, und das Gefühl ist uns das unmittelbarste Zeugniß des Lebens. Das Leben aber, diesen im tiefen Grunde rauschenden Strom, in den alle in die Erscheinungswelt aufragenden Dinge ihre Wurzeln hinabsenken, künstlerisch darzustellen ist die eigentliche Aufgabe der Musik. Hierin beruht die innere Berechtigung der sogenannten Nachahmungen von dem Rieseln der Quelle, dem Wogen des Meeres, dem Niederströmen des Regens, dem Ziehen der Wolken, dem Zittern der Blätter, ja selbst dem Schwärmen der Vögel und Insecten; sie stellen das unlösliche Band dar, welches uns mit dem zu Eins verbindet, was uns entgegengesetzt scheint, die Kräfte, welche mit gleicher Intensität die übrige Welt wie unser eignes Wesen durchziehen. Weil aber die Berechtigung nur dann zu finden ist, wenn man in die Tiefe des Wesens der Musik hinabsteigt, wo alles individuelle aufhört, so fallen solche Aufgaben auch naturgemäß der reinen d. h. instrumentalen Musik zu. Daß Bach darauf keine Rücksicht nahm, zeigt uns, welches Princip im Innern seiner schaffenden

Natur vorzugsweise thätig war, das allgemein musikalische nämlich, dem die Singstimme in erster Reihe Tonwerkzeug ist. Dies
Princip ist auch für seine Behandlung des Recitativs im Allgemeinen maßgebend, obgleich dadurch das Wesen dieser Form
scheinbar auf den Kopf gestellt wird. Das Recitativ ist ursprünglich ein dramatisches Kunstmittel, und soll in erzählender oder
dialogischer Form die Darstellung einer fortschreitenden Handlung ermöglichen. Daher liegt das Hauptgewicht auf dem, was
singend gesprochen, nicht was sprechend gesungen wird. Aber es
besaß doch auch eine musikalische Seite, und daß es mit dieser
mächtige Wirkungen hervorbringen und eine leidenschaftliche Rede
bis zur erschütternden Eindringlichkeit um so mehr steigern könne,
als es eben der aussöhnenden Gleichmäßigkeit der Form entbehrte,
mußte bald bemerkt werden. Demnach eignete es sich andrerseits
auch dazu, durch musikalische Spannung und Aufregung ein in geschlossener Form sich darstellendes Musikstück vorzubereiten. In
jener ersteren Eigenschaft hat es für die Kirchenmusik keinen Sinn,
in der letzteren wenigstens nicht sofortige Berechtigung. Denn unmöglich kann das selbstherrliche Auftreten individueller Leidenschaftlichkeit kirchlich heißen. Das dramatische Moment wurde nun
auch durch die Poesie beseitigt, das musikalische aber nahmen die
Componisten unverändert in die Kirchenmusik hinüber. Wie in der
Oper behandeln sie das Recitativ als Sprechgesang mit einzelnen
schärferen musikalischen Accenten, wo eben die Poesie dazu Veranlassung bot; höchstens verlangten sie, daß der Sänger sich im Vortrage etwas mäßigen solle, aber die Nöthigung zu diesem Maßhalten
in die Composition selbst zu legen, fiel ihnen nicht ein. Bach ist der
einzige, der auch hier nicht äußerlich übertrug, sondern innerlich
neu schuf. Ausdrucksvolle Declamation ist keineswegs sein einziges
Streben. Ein allgemein musikalisches Princip waltet in seinen recitativischen Tonreihen, was über den Declamationsgesetzen schwebt,
sich häufig mit ihnen deckt, nicht selten aber auch ihnen entgegentritt und sie zwingt, sich ihm zu bequemen. Und dieses eben ist es,
was sie stilgemäß für die Kirchenmusik macht. Man fühlt beständ-
dig: die subjective Willkür wird gebändigt durch eine erhabenere
Kunstidee, welche ihre unsichtbaren Schranken um sie zieht. Der
melodische Strom in Bachs Recitativen ist zuweilen so voll und

gleichmäßig, daß man ihn getrost von den Textworten ganz abstrahiren kann. Gleich der Anfang des zweiten Recitativs in der vorliegenden Cantate (S. 238 und 239) ist hierzu das treffendste Beispiel. Man vergleiche dagegen einmal Telemanns Composition derselben Stelle:

Daraus entwickeln sich auch ganz folgerichtig alle die auffallenden Erscheinungen, welche uns sonst noch in Bachs Recitativen aufstoßen. Da finden wir in der Cantate »Aus tiefer Noth schrei ich zu dir«[30]) ein Recitativ, zu dem die Bass-Stimme der Orgelbegleitung einen vollständigen Choral durchführt, wir finden die gleiche Combination mit einer instrumentalen Oberstimme in den Cantaten »Du wahrer Gott und Davids Sohn« und »Wachet, betet, seid bereit«[31]). Und wäre es anders möglich gewesen, ein vierstimmiges fugirtes Recitativ zu schreiben, wie es im sechsten Theile des Weihnachts-Oratoriums steht[32]), oder ein recitativisches Duett, wie es die Cantate auf den 23. Trinitatis-Sonntag vom Jahre 1715 enthält? Man hat von der Unruhe der Bachschen Recitative gesprochen. Aber unruhig erscheinen sie nur so lange, als man sie in der gewöhnlichen Weise declamiren will. Sobald das Absolutmelodische in ihnen klar zur Darstellung gelangt, wird das scheinbar Gewaltsame natürlich und harmonisch, die scharfen Zacken der Accente mildern und ründen sich im Lichte rein musikalischer Formschönheit. Dann erst ergiebt sich auch ein Vortrag, der mit dem gleichmäßig strömenden Klange der begleitenden Orgel nicht im grellen Widerspruche steht. Da diese Ansicht über das Bachsche Recitativ der jetzt herrschenden einigermaßen entgegen ist, so wiederhole ich, daß darum eine eindringliche Wortdeclamation durchaus nicht fehlt. Im Gegentheil; nicht weniger als bei andern Meistern finden sich bei ihm jene Betonungen, welche blitzartig den Begriff bis in die dunklen Tiefen des Gefühlslebens beleuchten, wo er seine Wurzeln hat, und wer Bach nur etwas kennt, wird es glauben, daß diese Blitze von dämonischer Farbe und Helligkeit sind. Aber das ist sicherlich ganz irrig, zu meinen, Bach habe seine recitativischen Tonfolgen den Sprechaccenten abgelauscht und nachgebildet, und gehe immer nur darauf aus, das Wort in seiner Tiefe zu deuten; mit großer Leichtigkeit lassen sich Stellen in Fülle zusammen bringen, die im gemeinen Verstande einfache Declamationsfehler sind[33]). Vom rechten Gesichts-

---

30) B.-G. VII, Nr. 38.

31) B.-G. V, 1, Nr. 23 und XVI, Nr. 70.

32) B.-G. V, 2, S. 255.

33) Wie auch schon, und eben in diesem Sinne, geschehen ist von Lobe, Lehrbuch der musikalischen Composition IV, S. 58 f.

punkte aus betrachtet, sind sie das freilich keineswegs, und wer an solchen Stellen einmal zu ändern versuchen wollte, würde meistens rasch bemerken, daß es nicht angeht, ohne den melodischen Zug empfindlich zu schädigen. So muß man sagen, daß seine Recitative im schönsten Verhältniß zum Stile seiner Arien stehen; sie führen zu denselben hinüber und hinan, wie auf dem Gebiete der Orgelmusik die Praeludien zu den Fugen, und wie jene oft gegensätzlich registrirt sind, so singt jeder dramatischen Auffassung entgegen häufig gar eine andre Stimme das Recitativ, eine andre die Arie. — Um auf die Sexagesimae-Cantate zurückzukommen, so laufen deren Recitative sämmtlich in Ariosos mit oft recht verwickelter Begleitung und malerisch bunter Führung der Singstimme aus, welche den jedesmaligen Uebergang zur Litanei-Strophe gehörig vermitteln. Auch dieser Zug muß auf das eben erörterte Verhältniß zurückgeführt werden; fast stehend findet er sich in den Cantaten jener Periode, und der Instrumentalbass pflegt die Gänge des Arioso zu imitiren. Ferner läßt Bach allemal die erste Zeile der Litanei nur vom Sopran mit bewegter Orgelbegleitung singen, und erst mit dem Anrufe »Erhör uns, lieber Herre Gott« den Chor und alle andern Instrumente hineinschlagen. Telemann macht nicht so viele Umstände, sondern fährt mit seinem vollen Chore immer gleich hinter dem Recitative her. Im allgemeinen ist der Text etwas zu breit angelegt und theilweise von moralisirender Trockenheit; deshalb erzielt Telemann einen günstigeren Gesammteindruck, da er rascher über die Solostellen fortgeht, als Bach, der sich musikalisch tiefsinnig einwühlt. Zu der nun folgenden Arie hat Telemann eine anmuthige Tenor-Composition in D moll (seine Grundtonart ist A moll) gesetzt, viel bedeutender als irgend eine Arie seiner Weihnachtscantate, wenngleich es nur eine einfache Melodie mit simpel begleitenden Violinen ist. Dies der Anfang:

Trotzdem fällt sie gänzlich ab gegen die hohe Originalität und quellende Frische der Bachschen Musik. Er wählte den Sopran und als Tonart das nach dem fortwährenden Moll der vorigen Abschnitte doppelt erquickende Es dur; zur Begleitung dienen Orgel und sämmtliche vier Bratschen im Einklang, ein Effect, den Bach nicht erfunden hatte [34]), dem er aber durch die »vierfüßige Registrirung« d. h. dadurch, daß die Flöten in der höheren Octave mitgehen mußten, eine besondere Würze gab. Mit einer herrlichen, ganz von Freude und Zuversicht erfüllten Gesangsmelodie wird nun dieser Begleitungsapparat in köstlicher Weise combinirt: bald schwimmt die Sopranstimme leuchtend auf den dunklen Wogen der auf- und niedertauchenden Violen und Flöten, bald spiegeln diese ihr zitterndes Bild zurück, bald fliehen die Stimmen in froher Eile vor einander her, um sogleich sich wieder glückstrahlend hin und her zu wiegen. In der Stimmung ähnliche Arien werden wir noch in der gleich zu besprechenden Ostercantate und in der Adventscantate von 1714 kennen lernen; wer sich nur irgend in den Charakter der verschiedenen Bachschen Schaffensperioden eingelebt hat, kann nicht übersehen, daß hier noch jene Frühlingsfrische herrscht, die jedem Menschenleben nur einmal beschieden ist, und die der Meister in späteren Jahren durch gesteigerte Größe, Tiefe und Reife wohl aufwog aber nicht ersetzte. Der Schlußchoral ist von Telemann einfach und würdig harmonisirt, nur durch eine unbegreifliche, koboldartig springende Bassfigur:

u. s. w. verunziert. Bachs Tonsatz, einfach vierstimmig und durch alle Instrumente verstärkt, ist von jenem wundervollen Reichthum und jener kühnen Lebendigkeit in der Stimmführung, welche sich aus seiner Orgelmeisterschaft entwickeln mußten, und an denen er unter allen, die damals Choräle für Singstimmen setzten, sogleich heraus zu erkennen ist. Während andre den Schlußchoral meistens flüchtig und flach hinschrieben, nur um der Sitte zu genügen, sehen

---

34) Mattheson, Neu eröffnetes Orchestre (Hamburg, 1713), S. 283: »es werden vielmahl gantze *Arien con Violette all' Unisono* gesetzet, welche denn, wegen der Tieffe des *Accompagnements* recht frembd und artig klingen.«

wir Bach von früh an auch in den einfachen Choralsatz sich mit
voller Hingebung und Liebe vertiefen. Andre, die weltliche Tonformen nur äußerlich dem kirchlichen Gebrauche anpaßten, konnten
freilich für den Choral, mit dem man bald ganz allgemein die Kirchencantate zu schließen pflegte, kein Verständniß noch Interesse
haben. Denn blos vom musikalischen Standpunkte aus gesehen ist
es befremdlich und künstlerisch unwirksam, ein Werk, das mehr oder
minder den ganzen damals bekannten Formenreichthum in Anspruch
nimmt, in einen schlichten vierstimmigen Liedsatz auslaufen zu
lassen. Für das kirchliche Gefühl war aber immer noch der einfache Choral die bedeutsamste und inhaltreichste vocale Musikform,
und wenn Bach auf seine Ausgestaltung die größte Sorgfalt verwandte, so beweist das eben wieder, wie nur ihn allein das richtige
Gefühl für Kirchenmusik erfüllte. Der Schlußchoral war das knappe
Gefäß, in welches der ganze Stimmungsgehalt der Cantate gesammelt werden sollte; ihn mit liebevoller Vorsicht zu halten und sinnig
zu schmücken mußte eine wahre Ehrenaufgabe für den Künstler sein.
Merkwürdiger Weise hat man in neuerer Zeit mehrseitig gemeint, in
diese Endchoräle habe die Gemeinde mit eingestimmt. Dann hätte
sich Bach seine kunstvolle Arbeit sparen können. Wer in der Kirchencantate eine wirkliche Kunstform erblickt, wird es unbegreiflich
finden, wie nur jemand im Ernst an solch eine naturalistische Entstellung denken kann. Nicht einmal soviel ist zuzugeben, daß der
Sängerchor der ideale Repräsentant der Gemeinde sei. In der
Kirchenmusik kommt es durchaus garnicht darauf an, wer singt;
was und wie gesungen wird, ist allein die Frage. Auch der Irrthum
mag gleich hier zurückgewiesen werden, dem freilich Bachs eigner
Sohn durch die Herausgabe von Sebastians Choralsätzen zur Entstehung verholfen hat, als seien diese Choralsätze in sich geschlossene Meisterwerke, analog etwa den Haßlerschen vierstimmigen
Kirchengesängen [35]). Grade nur als Schlußsteine der Cantaten sind
sie gedacht und gewinnen sie ihre volle Bedeutung und erfordern als
solche auch nothwendig den Glanz und die Unterstützung mitgehen-

---

35) »Kirchengesäng : | Psalmen vnd geistliche Lieder, | auff die gemeynen
Melodeyen mit vier Stimmen simpliciter gesetzt, | durch Hanns Leo Haßler«
u. s. w. Nürnberg, 1608. Neu herausgegeben von G. W. Teschner, Berlin bei
Trautwein.

der Instrumente. Für den *a cappella*-Gesang sind sie durchweg zu kühn in der Stimmführung und klingen gewaltsam und erzwungen, wenngleich einzelne Sätze, gut vorgetragen, auch so eine ergreifende Wirkung machen können.

Die Dichtung, welche Bach dem ersten Cantaten-Jahrgange Neumeisters entnahm, ist für den ersten Ostertag bestimmt. Daß die Composition früher als in Weimar erfolgt sein sollte, ist durchaus unwahrscheinlich, und einzelne besonders vorzügliche Partien und auffällige Züge weisen darauf hin, daß sie gar später, als die beiden Cantaten des dritten Jahrgangs geschrieben ist[36]). Danach würde ihre Aufführung wohl auf den 16. April 1713 oder den 1. April 1714 zu setzen sein. Sie ist durchweg Solo-Cantate für Tenor, und wahrscheinlich die erste dieser Gattung, welche Bach verfaßt hat[37]); an Instrumenten wird nur die Orgel mit bassverstärkendem Fagott und eine Solo-Violine verwendet. Der Beschaffenheit des ganzen Jahrganges gemäß besteht der Text nur aus freier Dichtung, drei Arien und zwei Recitativen. Die ersten beiden Arien stehen im Strophenverhältniß und sind durch das erste Recitativ geschieden; Bach hat, anders als in der Weihnachtscantate, zu jeder eine besondere Musik gesetzt. Die gesammte Composition zeigt jene Mischung von weicher Innigkeit und frischer Lebensfülle, die wir noch eben in einer Arie der Sexagesimae-Cantate zu bewundern hatten. Ein getragener Charakter ist der ersten Arie eigen. Es ist ein geistvoller Zug, wenn das Hauptmotiv, was das Ritornell vorspielt:

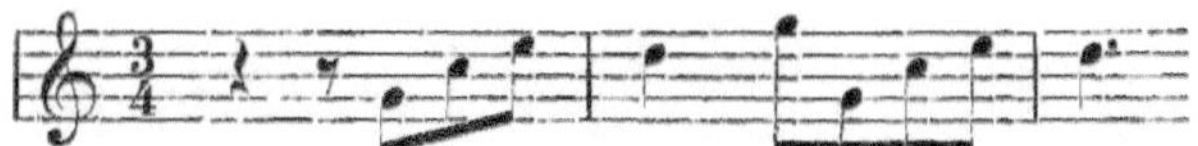

von der Singstimme gleich zum ersten Male in der Vergrößerung gebracht wird:

---

36) S. darüber Anhang A. Nr. 21.

37) Der Besitzer dieser werthvollen unveröffentlichten Composition ist Herr Dr. Rust in Berlin. Die Handschrift stammt aus der Musikaliensammlung des Lexicographen Gerber; sie ist keine sehr sorgfältige: vom 33. Takte der ersten Arie an fehlen zwei Takte, die sich aber aus dem Anfangs-Ritornell leicht reconstruiren lassen, und mehrfach ist der Text fehlerhaft oder ganz unverständlich. Zwei Abweichungen darin scheinen jedoch von Bach selber herzurühren, nämlich in Takt 37 des ersten und am Anfange des zweiten Recitativs.

ein wahres Aufblühen aus der Knospe, wozu der tiefsinnige Meister vielleicht durch die Textesworte veranlaßt wurde:

Blüht doch der Trost im Herzen:
Ich weiß, daß mein Erlöser lebt!

Das zweite Mal erscheint dann das Motiv in seiner einfachen Gestalt. Reize und Feinheiten aller Art entwickelt auch der weitere Verlauf. Zu dem nachfolgenden Recitative hatte der Dichter einen sehr brauchbaren Text geliefert, indem er des Heilands ganze Leidensgeschichte bis zur Erstehung aus dem Grabe in Ausdrücken von lobenswerther Plastik noch einmal kurz vorüberführte und andeutete, was das Gemüth des theilnehmenden Christen dabei empfunden. Was Bach daraus gemacht, ist ein wahres Kleinod an ergreifender Declamation und herrlichem melodischen Zuge. Zum Beweis sei wenigstens der Anfang hergesetzt:

Für den Ausdruck, der in den letzten beiden Takten liegt, mit dem
Septimenvorhalte und der Wendung nach F dur, wird wohl nicht
leicht jemand unempfindlich bleiben können. Mit überraschender
Wahrheit ist der Accent äußerster qualerzeugter Erschöpfung getrof-
fen zu den Worten »folgt ich halbtodt bis Golgatha ihm nach« ist der
Ausdruck für durchdringenden Schmerz bei der Betonung der Zeilen
gefunden: »Hab ich So manchen Stich Mit Ach und Weh empfunden,
Da man sein Haupt mit Dornen stach«. Und alles nur durch einfache
melodische und harmonische Wendungen ohne besondere instrumentale Beihülfe. Nur einmal wird durch eine Coloratur der Begriff
»Freuden-Thränen« musikalisch stark hervorgehoben, der in der
That dort einen Höhepunkt bezeichnet. Ariose Stellen fehlen ganz,
vielleicht weil der Componist das schon sehr lange Recitativ nicht
noch mehr ausdehnen wollte. Die zweite Arie, welche, wie auch
die dritte, wieder in C dur steht, besingt in feurigen Weisen die
heilbringende Kraft von Christi Auferstehung und hat schon einen
viel breiteren melodischen Strom, als ihre Gattungsgenossinnen in
den früheren Cantaten. Der Gesang steht zu den Instrumentalstim-
men schon annähernd in dem Verhältniß eines ersten zu seines gleichen, wie dies das Ideal der Bachschen Kirchenarie ist. Zu dem
mittleren Arientheile pflegte man keinen hervorstechend neuen Gedanken zu erfinden, und auch Bach verwendet dort regelmäßig etwas
vom früheren Stoffe zu neuen Bildungen. Es ist interessant, wie er
an der genannten Stelle hier das Motiv, aus dem eigentlich die ganze
Arie erwächst:

in den Bass legt, wo es zum Gesange emsig fortarbeitet, obgleich
dieser fast garkeine Rücksicht darauf nimmt. Noch ist eine Stelle
anzumerken, wo der Gesang nach einer vollständigen Cadenz auf
die Dominante von dort sich durch einen jauchzenden Melodiegang
mit Hülfe des Grundmotivs in die Haupttonart zurückschwingt:

Eine ganz ähnliche Stelle findet sich in der Cantate »Ach ich sehe, jetzt da ich zur Hochzeit gehe« aus dem Jahre 1715 (Duett, Takt 25), und da diese Wendung sonst bei Bach ungewöhnlich ist, so enthält sie eine Andeutung, daß zwischen beiden Cantaten kein großer Zeitraum liegen kann. Das folgende Recitativ zeigt in seinem Anfange, wie vortrefflich Bach den zwischen Recitativ und Arioso bestehenden Gegensatz für den Ausdruck auszunutzen wußte:

Die Schluß-Arie steht an Werth der Factur den andern gleich; für die Worte, welche den Wunsch aussprechen, im Himmel mit Jesu vereinigt zu werden, könnte man, grade weil es Bach ist, vielleicht eine tiefer dringende Musik erwarten, doch scheint die Absicht, eine durch alle Arien gehende Steigerung der Belebtheit zu bewirken, entscheidend gewesen zu sein.

Wir können die drei Cantaten auf Weihnachten, Sexagesimae und Ostern als gelungene Versuche ansehen, sich in den Formen der neueren Kirchencantate festzusetzen. Nicht daß sie nur als solche ihren Werth hätten! Wer auf einer Kunsthöhe stand wie Bach, bei dem konnte von bloßen Studien keine Rede mehr sein. Aber keine der drei Cantaten zeigt uns Bachs gesammte Herrschaft über alle Seiten der erforderlichen Technik. Die erste steht in der Arien- und Choralbehandlung noch zurück, wie sie überhaupt die wenigst bedeutende ist; die zweite nimmt einen großartigen Flug, entfaltet aber keine breitere Chorform, die letzte ist durchweg vorzüglich, allein nur ein Solostück. Wir werden nun aber sogleich eine Kirchencom-

position kennen lernen, die nicht nur alle Formen mit Meisterschaft
vereinigt zeigt, sondern auch beweist, daß schon mit dem Jahre 1714
dasjenige vollständig ausgebildet war, was wir den Bachschen Stil
nennen müssen, der zugleich einzig und allein den kirchlichen Stil
jener Epoche repräsentirt. Hierunter ist zu verstehen die vollständige Durchdringung der gesammten Vocalmusik durch die Orgelkunst, nachdem diese wiederum ihr Gebiet durch Zuflüsse aus der
Kammermusik erweitert hatte. Am unmittelbarsten äußert sich ihr
Einfluß im Chor, sowohl dem freien, hauptsächlich fugirten, als dem
Choral-Chor; nicht in solchem Maße grundlegend, wohl aber die
specifischen Merkmale bestimmend in der Arie und den verwandten
Formen für mehre Solostimmen, wo durch das polyphone Geflecht
obligater Instrumente die Menschenstimme ihrer persönlichen Bedeutung sich bis auf den äußerstmöglichen Grad begeben muß; im
Arioso durch die fast zur Regel gewordene canonische Bassführung
und endlich im Recitativ durch die Geltendmachung des instrumentalen, d. h. rein musikalischen Princips. Auch in die Instrumental-
symphonien tritt der Orgelstil überall mit durchgeistigender Kraft
ein, sowohl in jene letzten Blüthen der Gabrielischen Kirchensonate,
als in die aus der Kammer- oder Opernmusik entnommenen Formen.
Zwischen den letzten herrlichen Cantaten älterer und denen neuerer
Fassung besteht hinsichtlich des Sologesanges noch der Unterschied
geringerer und größerer Formvollendung, was aber mit Rücksicht gesagt sein soll nicht sowohl auf Bachs persönliche Leistung, als auf
das Form-Ideal der Zeit. Das Gefäß, welches sich der Meister jetzt für
seine Ideen geschaffen hatte, erfährt in dessen 36 übrigen Lebensjahren eine wesentliche Umgestaltung nicht mehr. Die Verschiedenheiten, welche in den einzelnen nachfolgenden Perioden noch zu bemerken sind, stammen aus der immer großartiger sich entwickelnden
Empfindungsweise und Lebensanschauung des Künstlers, es sind
Verschiedenheiten des Inhalts, der jedesmal die Form nach seinem
Bedürfnisse dehnt, sie aber immer für sich geeignet findet. Bedenkt
man, daß Bachs unermessene Thätigkeit auf dem Felde der Kirchencantate nun erst eigentlich beginnt, so wird man in dem raschen Her-
ausbilden einer allgenügenden Form, deren sämmtliche Theile er nach
unzureichenden und heterogenen Vorlagen fast neu gestalten mußte,
die Offenbarung einer staunenswürdigen. einer Naturmacht zu verglei-

chenden Schöpferkraft erkennen. Da aber auch keine Form ohne einen Inhalt denkbar ist, und beides in unlösbarem Wechselverhältnisse steht, so liegt der Grund zu Tage, warum die Cantaten der zweiten Gestalt dem Gefühl in so ganz andrer Weise gegenüber treten, als die der ersten. Sie reden klarer, bestimmter, der Wille tritt neben dem Fühlen in sein gleiches Recht. Zuerst begegnet man noch zuweilen Anklängen der früheren Weise; manchmal weht es verloren herüber wie Harfenton aus einem versunkenen Zauberlande; bald aber verstummen diese romantischen Laute ganz, und ohne wehmüthige Rückblicke geht es fort zu den ernsten Manneszielen hinan.

Die angedeutete Cantate ist die erste des vierten Jahrgangs der Neumeisterschen Poesien, also für den 1. Adventssonntag bestimmt. Die Jahreszahl 1714 ist zum Ueberfluß von Bach auf dem Titel eigenhändig vermerkt, so daß demnach die Aufführung am 2. December stattgefunden haben muß [38]. Es knüpft sich an diese Cantate noch ein biographisch interessanter Umstand, auf den wir nachher zurückkommen. Auch muß, um zu ihrer musikalischen Betrachtung zu gelangen, eine früher geschriebene Cantate vorläufig übersprungen werden, welcher alle technischen Vorzüge der Adventsmusik gleichfalls eigen sind, die aber nach mehren Seiten hin in einen andern Zusammenhang gehört. Der Text ist in jeder Beziehung vorzüglich zu nennen, er gehört zu den besten, die Neumeister geschrieben hat. Zwei Choräle schließen ihn ein, am Anfang steht die erste Strophe des Ambrosianischen Adventshymnus »Nun komm, der Heiden Heiland« (*Veni redemptor gentium*), den Schluß macht der Abgesang der letzten Strophe von »Wie schön leucht't uns der Morgenstern«. Das erste Recitativ bringt die kirchliche Bedeutung von Christi Einzug zum Bewußtsein, die anschließende Arie erfleht seine segnende Herbeikunft zum neuen Kirchenjahre. Durch eine geheimnißvoll schöne Stelle der Offenbarung Johannis (3, 20) wird die Empfindung auf das persönliche Gebiet geleitet, in einer neuen Arie will sich das Herz öffnen, um den einziehenden Heiland in sich zu empfangen, ein Gedanke, dem dann durch den einfallenden Choral allgemeine Gültig-

---

38) B.-G. XVI, Nr. 61. Das Originalmanuscript, größtentheils autograph, ist mit vorzüglicher Sorgfalt geschrieben, die Taktstriche sind durchweg mit dem Lineal gezogen. **Auf der königl. Bibl. zu Berlin.**

keit gegeben wird. So zerfällt das Ganze in zwei contrastirende Gruppen von je drei Abschnitten. Wie scharf Bach diesen Wink erfaßte, zeigt schon seine Tonartenwahl: in der ersten Gruppe herrschen A moll und C dur, in der zweiten E moll und G dur. Mit sichtlichster Sorgfalt und Wärme sind nun die einzelnen Bilder angelegt und ausgeführt. Der Anfangschor ist das unter Bachs Werken vielleicht einzigste Beispiel der Verbindung des Chorals mit der französischen Ouverture. Es ist klar, daß eine solche nur möglich war nach dem Durchgange jener Instrumentalform durch das Orgelmedium, und in der That entspricht der erste Theil ganz der orgelmäßigen Durchführung eines *Cantus firmus*, während in dem fugirten zweiten Theile der Ouverture die Beziehung zur Orgel ohnehin nahe lag. Nur ganz bestimmte Strophen konnten sich überhaupt für einen solchen Bau schicken, Bach wird aber auch wohl gesehen haben, daß die Mühe der Gestaltung in keinem Verhältniß zu der erreichten Wirkung stehe und daß die französische Ouverture keine Form biete, welche die Orgel nicht schon in Praeludium und Fuge besser und ausgiebiger besäße. Jedenfalls ist die Combination mit ungemeiner Gewandtheit vorgenommen. Die beiden Anfangszeilen »Nun komm, der Heiden Heiland, Der Jungfrauen Kind erkannt« kommen in den gewichtig-ernsten ersten Theil der Ouverture; die oberen Instrumente schreiten im punktirten Rhythmus dahin, die Orgel-, Fagott- und Streichbässe spielen die Melodie vor, welche darauf vom Sopran und darnach vom Alt in der Quinte, sodann nach einem längern Zwischenspiele wieder auf der Tonika vom Tenor und nochmals auf der Quinte vom Bass angestimmt wird. Dann vereinigen sich die Stimmen zur zweiten Zeile und der 32. Takt führt hinüber in den andern Theil: »des sich wundert alle Welt«. Das betreffende Melodiestück dient als Thema zu einer klangvoll strömenden Fuge im $^3/_4$ Takt[39] von prächtig gesunder Herbheit, sie mündet nach Brauch wieder in den Anfangstheil zurück, den die letzte Choralzeile ausfüllt: »Gott solch Geburt ihm bestellt«. Bemerkenswerth ist die Modernisirung, die Bach mit der Melodie durch Erhöhung des dritten Tones der ersten und letzten Zeile vorgenommen hat, wodurch die Tonart A moll

---

39) »*gaij*« überschrieben, was wohl eine Abkürzung aus »*gaiement*« oder »*gayement*« sein soll.

gleich anfangs scharf markirt wird, aber ein im diatonischen Klanggeschlecht verbotener Melodieschritt entsteht, die verminderte Quarte:

Der vorspielende Bass füllt den Zwischenraum durch stufenweis aufsteigende Sechzehntel aus; ebenderselbe Zug findet sich in einer Orgelbearbeitung des Chorals durch Nik. Bruhns, die Bach vielleicht gekannt hat[40]. Das Gis setzte sich aber in seinem Ohre so fest, daß es ihn zu einer neuen Kühnheit im Fugensatze verleitete, wo er so imitirt:

In einer späteren Cantate kehrte er bei Behandlung desselben Chorals zur Originalgestalt zurück[41]. Die Sache findet ihre tiefere Erklärung in der Stellung Bachs zu den Kirchentonarten, worüber auf spätere Ausführungen verwiesen wird. — Das erste Recitativ, das in ein melodisch sehr entwickeltes Arioso ausgeht, liefert mit seinem Anfange einen recht augenfälligen Beweis, wie bei Bach das musikalische Princip über dem declamatorischen stand. Neumeister dichtet:

> Der Heiland ist gekommen,
> Hat unser armes Fleisch und Blut
> An sich genommen.

Bach macht den ersten Einschnitt ganz regelrecht, den zweiten aber nach dem Worte »Fleisch« und zieht die Worte »und Blut« zum folgenden Satze — declamatorisch unbedingt falsch! Betrachtet man aber die Tonreihen, so stellt sich heraus, daß auf diese Weise drei musikalische Glieder von ganz gleicher Größe entstehen, deren erstes und drittes einen weiblichen, deren mittleres aber einen männlichen Ausgang hat, so daß eine kleine cyklische Periode vom schönsten Ebenmaße gebildet wird. Mit leichter Mühe läßt sich der

---

40) Commer, *Musica sacra* I, Nr. 6.
41) B.-G. XVI, Nr. 62.

Declamationsfehler beseitigen, es wird dann aber auch das Wohl-
gefühl aufgehoben, welches das Ohr beim Erklingen correspondiren-
der Glieder empfindet. Aufgabe des Sängers ist es nun, durch biegsamen Vortrag den Declamationsmangel zu mildern, ohne die musikalische Structur zu zerstören. Von hinreißender Melodieschönheit
ist die Tenor-Arie »Komm, Jesu, komm zu deiner Kirche«. Die Singstimme concertirt über einem selbständig fließenden Continuo mit
vier im Einklange gehenden Geigen (2 Violinen und 2 Bratschen),
deren pastoser Klang das angemessene Gewand für den milden
Ernst der Gedanken bildet. Vielleicht durch diesen Klangzauber
verleitet hat Bach die Singstimme mehr als billig zurücktreten
lassen; ein Ritornell von großartiger Breite exponirt zuerst den
melodischen Stoff, auch während des Gesanges fällt den Geigen
fast der Haupttheil zu, obwohl das poetische Organ insoweit respec-
tirt ist, daß die Textworte ganz klar vernehmlich werden, und nachher kehrt das volle Ritornell noch einmal wieder, so daß es mittelst
des Da capo viermal gehört wird. Im zweiten Arientheil soll die
Vernachlässigung freilich wieder gut gemacht werden, aber das
Gewicht desselben reicht nicht aus. Abgesehen von diesem Mangel
ist die Arie ein Musterstück echten Bachstils. Von der gewaltigen
Fülle des melodischen Stromes mag einen Begriff geben, daß bis
zum Anfange des zweiten Theiles durch funfzig $^9/_8$ Takte hindurch
nur drei wirkliche Cadenzen eintreten. Mit dem nächsten Recitativ
werden ganz neue Töne angeschlagen. »Siehe, ich stehe vor der
Thür und klopfe an. So jemand meine Stimme hören wird und die
Thür aufthun, zu dem werde ich eingehen und das Abendmahl mit
ihm halten, und er mit mir«, so lauten die apokalyptischen Worte;
Christus naht, und Seligkeit erwartet die, welche ihn willkommen
heißen. Aber nicht nur diesen Adventsgedanken hat Bach ausdrücken wollen, viel tiefer greift er, und legt die Gesammtstimmung
der Offenbarung Johannis in die zehn zu diesen Worten gesetzten
Takte. Bange Spannung lauscht aus den Pizzicato-Accorden der
Geigen hervor, die in gleichmüthiger Regelmäßigkeit wie Pendel-
schläge das Ablaufen der Zeit markiren, welche das Erwartete bringen soll, und hochcharakteristisch mit einem unvorbereiteten Septimenaccorde beginnen, als sei es vom Uranfange her so weiter
gegangen. Die Worte singt der Bass, ebensowenig ein dramatisirter

Christus, wie in einer andern Cantate durch dasselbe Stimmmittel
der heilige Geist persönlich vorgestellt werden soll [42]; er ist nur
das poetisch-musikalische Organ, das die hier beabsichtigte Stimmung am besten vermittelt. Wie eigenthümlich wirkt die Malerei!:

eine Versinnlichung des Ausdrucks, wo es sich um die allerüber-
sinnlichsten Dinge handelt! geschmacklos vielleicht, wenn sie Telemann oder Stölzel unternommen hätten, großartig hier, wo sie im
Vordergrunde einer so ungeheuren Empfindungs-Perspective steht.
Takt 4 und 5 wären wieder declamatorisch verfehlt mit der Betonung:

wenn nur nicht ein ganz andres Ideal des Meisters Feder geleitet
hätte, als die logische Vertheilung der Wortaccente, wenn es nicht
der Wächterruf wäre, der schaurig geheimnißvoll durch die Nacht
tönt, munter zu sein und wie jene fünf klugen Jungfrauen wohlge-
rüstet zur Stunde der Entscheidung. So fällt in die helle Feststim-
mung ein unheimlich rother Schein des jüngsten Gerichts. Aber er
wandelt sich zum reinsten Glanze dem, der in kindlicher Hingabe
dem Herrn entgegen tritt. Das sagt die dem Recitativ gegenüber
gestellte Arie in G dur »Oeffne dich, mein ganzes Herze, Jesus
kommt und ziehet ein«. Ja, das ist die wahre Adventsfreude, die
ein Jeder unvergeßbar kennen lernte, dessen Kindheit nicht ganz
einer religiösen Einwirkung entbehrte, das ist jenes Gefühl, mit
dem die Seele, erfüllt von den lieblichen und gewaltigen Bildern
der Adventsevangelien, dem Weihnachtstage entgegen harrt! Nur
zur Orgel und zu unterstützenden Violoncellen singt der Sopran seine
in kindlicher Seligkeit jauchzenden Melodien; einfache Mittel waren
hier allein gestattet. Mit welcher Feinheit dennoch das Motiv:

---

42) B.-G. XII, 2, Nr. 60.

durchgeführt wurde, kann man aus der Bassführung schließen. Die Orgel-Ritornelle und das generalbassmäßige Accompagnement zur Singstimme hat uns Bach, wie gewöhnlich, nicht hinterlassen; durchgängig pflegte man den Stoff zu den Ritornellen aus den Motiven des Gesanges zu entnehmen, sodaß ihre Grundzüge immer unschwer zu erkennen sind, wie auch hier; einzelnes bleibt dem feinen Geschmacke dessen überlassen, der die Wiederherstellung unternimmt. Bekräftigend fällt der Chor ein: »Amen, Amen! Komm, du schöne Freudenkrone, Bleib nicht lange. Deiner wart ich mit Verlangen«, der erste Choralchor in Pachelbelscher Form, dem wir bei Bach begegnen. Als dieser Tonstrom sich vom Orgelchor herab ergoß, muß es gewesen sein, als füllte lauter Goldglanz die Kirche. Die Geigen im Einklange übernehmen eine selbständige Rolle, sie schwingen vom achten Takte in Sechzehnteln ihre glänzenden Fittiche auf und nieder und steigen endlich bis zu der damals sehr gewagten Höhe des dreigestrichenen G wie ins lichte Himmelsblau empor — eine Vorwegnahme jenes berühmten Effects im *Credo* der Beethovenschen *Missa solemnis*[43].

Es ist noch die zweite Cantate übrig, welche Bach aus dem vierten Jahrgange der fünffachen Kirchen-Andachten in Musik setzte. Sie gehört dem 1. Pfingsttage (7. Juni) 1716 an[44]. Bach hat Neumeisters Dichtung nicht vollständig componirt, einen Theil des Componirten aber nach 15 Jahren noch einer erweiternden Bearbeitung für werth gehalten. Der erste Satz besteht in einem Duett zwischen Sopran und Bass: »Wer mich liebet, der wird mein Wort halten«, das, ohne durch melodische Innigkeit zu gewinnen, wegen seiner höchst kunstvollen Polyphonie interessant ist. Von den Instrumenten, nämlich Orgel, Streichquartett, zwei Trompeten und Pauken,

---

43) Mattheson (Neu eröffnetes Orchestre, S. 281) sagt von der Geige, daß sie drittehalb Octaven umfasse, »etliche wenige Fälle ausgenommen, wo man wol gar ins g̿ hinaufsteiget, und also 3. *Octaven* macht, welches aber, wie man sagt, den Gesellen nicht zukommt«.

44) B.-G. XII, 2, Nr. 59. S. Anhang A. Nr. 23.

sind es eigentlich nur die letzten und die Viola, welche nicht ihre
eignen melodischen Gänge spinnen. Die Form ist vom italiänischen
Concerte hergenommen, und diese muß man gewohnt sein, um durch
das erneuerte Abschließen und Wiederbeginnen mit demselben Hauptgedanken nicht befremdet zu werden. Bei der Beschaffenheit des
Bibelspruchs war eine Da capo - Form kaum möglich; die gewählte
bietet Gelegenheit, den Text - Gedanken als Einheit durch immer
neue Combinationen und reichere Harmonien bis ans Ende zu steigern, was hier ohne Frage das angemessenste war. Es folgt ein
Recitativ, dem außer der Orgel auch die Streichinstrumente in gezogenen Accorden zur Begleitung dienen. Diese Weise, die uns
schon in der Sexagesimae - Cantate begegnete, ist für das Bachsche
Recitativ ebenfalls bemerkenswerth. Der ursprünglichen, dramatischen Bestimmung des Recitativs ist sie hinderlich; als solches verlangt es nur musikalische Stützpunkte, kurze Accorde, höchstens
bei affectvollen Stellen eine hineindringende harmonische Wendung,
und im übrigen illustrirende Zwischensätze. Dieses Accompagnement aber hüllt die Singstimme überall in einen dichten harmonischen Mantel, damit sie keinen Augenblick ihres vorwiegend musikalischen Zweckes vergesse. Es ist, wie man sogleich sieht, der
Orgelspielweise angeähnelt. Die recitativischen Betrachtungen finden
in dem herrlich gesetzten Pfingstchoral »Komm, heiliger Geist, Herre
Gott« ihren Abschluß, dem einzigen Chorstücke, das die Cantate
enthält. Hierauf folgt eine Bass-Arie mit Violine von warmem, melo-
dischem Charakter, und in ihrer trioartigen Anlage stilistisch vollendeter, als die Tenor-Arie der Advents-Cantate, da die Singstimme
ihrem Range gemäß bevorzugt ist. Von besonders freundlicher Wirkung ist es, wenn wie im Aufgesange eines Strophenliedes die Melodie der beiden ersten Zeilen zu andern Worten sich wiederholt,
eine seltene Verschmelzung dieser Form mit derjenigen der italiänischen Arie! Damit schließt Bachs Cantate, während Neumeister
noch für drei weitere Nummern den Text liefert, eine Choralstrophe,
eine Bibelstelle (Röm. 15, 13) und eine Ariendichtung. Ob nicht
Bach mit dem Choral der dritten Strophe von »Erhalt uns, Herr,
bei deinem Wort« geendigt hat, oder hat endigen wollen, scheint
mir zweifelhaft; eine schwache handschriftliche Spur ist davon vorhanden. Der Grund, weshalb er das Uebrige unberührt ließ, denn an

ein Verlorengegangensein ist bei der Beschaffenheit des Autographs
nicht zu denken, beruht sicherlich in der musikalisch unvortheilhaf-
ten Anordnung [45].

V.

In die Stille und äußere Einförmigkeit des künstlerischen
Schaffens und der beruflichen Pflichterfüllung brachten einige Abwechslung die von Bach unternommenen Kunstreisen. Täuschen
wir uns nicht, so pflegte er eine Zeit lang alljährlich im Herbste
irgend einen größeren oder kleineren Ausflug zu unternehmen, um
sich an Höfen oder in größeren Städten als Orgelspieler hören zu
lassen und auch Cantaten seiner Composition aufzuführen. Eine
Reihe solcher Ausflüge ist nachzuweisen. Dem Hofe zu Cassel
galt einer derselben. Unter dem Landgrafen Karl hatte damals dort
die italiänische Oper gute Zeiten; als Capellmeister war im Jahre
1701 Ruggiero Fedeli angestellt, Lucia Bandarini, Cristina Maria
Avolio, A. Noleati, Laura Valetta sind Namen damaliger Sängerinnen; als Sänger werden zwei Albertini und ein gewisser Pierri
genannt. Die Gehalte der Sänger und Sängerinnen waren, wenn
auch nicht mit den in Dresden gewährten zu vergleichen, doch
immer bedeutend genug [1]; letztere erhielten überdies Portechaisen
nach dem Opernhause zur Verfügung, Leckereien für ihre Küche,
Geldgeschenke, hunderte von Thalern als Erstattung der Reise-
kosten, freie Wohnung, die Möbeln zur Einrichtung u. s. w. Des
Capellmeisters Einkünfte beliefen sich auf runde 1000 Gülden;
dazu wurden 600, später 700 Thaler für zwei Castraten gezahlt.
Dagegen bekam der Hoforganist Karl Möller vom Jahre 1709 an
außer seinen Real-Emolumenten nur 140 Gülden, und stieg erst
zehn Jahre darauf bis zu 200 Thalern. Einer der besten damaligen
deutschen Violinkünstler, Johann Adam Birkenstock, für den sich
der Hof besonders interessirte und der von 1725 an Concertmeister

---

45) Ueber eine unter Bachs Namen überlieferte Composition eines dritten
Textes des vierten Jahrganges s. Anhang A. Nr. 24.

1) Eine gewisse Salbey erhielt gegen 1300 Gülden. Vermuthlich ist es die
im Jahre 1719 zu Dresden angestellte Madelaine du Salvay, wo sie 2000 Thlr.
bekam (Fürstenau, Geschichte der Musik und des Theaters zu Dresden II, 135).

in Cassel war, erhielt doch, soweit die Nachrichten reichen, auch nicht mehr als 200 Thaler und Emolumente[2]. Dem Anscheine nach ist es auch der Landgraf selbst viel weniger gewesen, der Bach nach Cassel zog, als der Erbprinz Friedrich, nachmaliger König von Schweden. Ein Anstoß dazu lag schon in der Verwandtschaft beider Höfe: die Mutter des musikalischen Prinzen Johann Ernst war eine Prinzessin von Hessen-Homburg. Im Jahre 1695 hatte auch der Landgraf Karl mit dem Erbprinzen und einigen hessischen Prinzessinnen einen mehrtägigen Besuch in Weimar abgestattet[3], im Juli desselben Jahres war der damalige Vice-Capellmeister des Herzogs Wilhelm Ernst, August Kühnel, als Capellmeister an den Hof zu Cassel berufen[4]. Bachs Reise muß vor dem Ausgange des Jahres 1714 stattgefunden haben; der nächste Zweck soll die Prüfung einer restaurirten Orgel gewesen sein. Bei dieser Gelegenheit nun spielte er in Folge eines Wunsches des Erbprinzen diesem allein auf der Orgel vor und erfüllte durch ein mit fabelhafter Virtuosität ausgeführtes Pedalsolo ihn dermaßen mit Staunen und Bewunderung, daß er einen edelsteingeschmückten Ring vom Finger zog und dem Meister damit ein Geschenk machte. »Wie mit beflügelten Füßen eilte er über die Tastenbalken, deren wuchtig dröhnende Stimmen blitzartig sich in das Ohr der Hörer bohrten. Wenn seine Fußfertigkeit ihm ein solches Geschenk erwarb, was hätte wohl der Prinz ihm geben sollen, wenn er auch die Hände zu Hülfe genommen hätte?« so sagt ein begeisterter Kunstverehrer im Jahre 1743 über dieses Ereigniß. Von Bachs weiteren Erlebnissen in Cassel wissen wir nichts[5].

Im Herbst des Jahres 1713 finden wir ihn in Halle. Es bleibt zweifelhaft, ob er nicht von einer weiteren Kunstreise zurückkehrend dort Station gemacht hatte. Grade zu jener Zeit wurde in der dortigen Liebfrauenkirche von Christoph Cuncius aus Halberstadt ein

---

[2] Ich folge mit diesen Angaben den Acten des königlichen Staatsarchivs in Marburg.

[3] Gottschalg, Geschichte u. s. w. S. 286.

[4] Bestallung im Archiv zu Marburg. Vice-Capellmeister muß er gewesen sein, weil den wirklichen Capellmeister-Posten Samuel Drese inne hatte, und 1695 wiederum ein Vice-Capellmeister, nämlich Strattner, angestellt wurde.

[5] S. Anhang A. Nr. 25.

großes Orgelwerk mit 63 klingenden Stimmen erbaut, nachdem die alte Orgel in äußersten Verfall gerathen war. Bach wird davon gehört haben und mag bei seinem großen Interesse für Orgelbau hauptsächlich deshalb nach Halle gekommen sein. Sicher ist, daß er sich unter großem Beifalle als Virtuos producirte. Das Amt des Organisten an der Liebfrauenkirche war seit dem Tode F. W. Zachaus (14. Aug. 1712) noch nicht besetzt, und es scheint Bach unter den Fuß gegeben zu sein, sich zu melden. Die Aussicht auf das großartige, seinem weimarischen Instrumente so unvergleichlich überlegene Werk muß für ihn etwas lockendes gehabt haben. Bis gegen Ostern konnte ein Theil davon schon benutzbar sein; er stellte sich deshalb unmittelbar bevor er abreisen wollte noch dem Kirchencollegium vor und sprach seine Geneigtheit aus, die Stelle anzunehmen. Dasselbe besann sich nicht, die Gelegenheit zu ergreifen, und da mit den Pflichten des Organisten auch die Composition und Aufführung von Kirchenmusiken verbunden war, so drang der Ober-Prediger der Kirche *D.* Heineccius in ihn, sich gleich auch hierfür der vorschriftsmäßigen Probe zu unterziehen. Bach machte eine Verlängerung des Aufenthalts möglich, componirte an Ort und Stelle eine Cantate und führte sie auf. Darnach reiste er ab, denn die Zeit drängte.

Den Hallenser Kirchenältesten war der weimarische Organist sehr genehm und sie dachten nicht anders, als daß dieser unter allen Umständen im Besitz einer solchen Stelle sich glücklich schätzen könne. Obgleich man ohne eine entscheidende Erklärung aus einander gegangen war, schickten sie ihm doch vor Weihnachten noch eine regelrecht ausgefertigte Vocation in zwei Exemplaren zur Unterzeichnung zu. Nun hatte auch Bach inzwischen dem Herzoge Anzeige gemacht, daß er mit Halle in Unterhandlungen stehe. Dieser hätte ihn ungern scheiden sehen, und mit Gehalt und Dienstverhältnissen der neuen Stellung war Bach selber nicht unbedingt zufrieden. Doch hielt er den Gedanken daran fest und erwartete, daß das Kirchencollegium seine besonderen Wünsche berücksichtigen werde. Deshalb schickte er zwar nach einigen Wochen das eine Exemplar der Vocation ununterschrieben zurück, behielt aber das andre zum Zeichen, daß es ihm Ernst mit der Sache sei, versprach seine Forderungen in kürzester Zeit genau zu formuliren und, wenn

Verständigung erzielt sei, selbst wieder nach Halle zu kommen, um sich dort zu verpflichten. Folgendes ist der Wortlaut seines Briefes [6]:

>>HochEdler

Hochgeehrtester Herr [7].

Dero geehrtestes nebst der *vocation* in duplo habe zurecht erhalten. Vor deren übersendung bin sehr *obligieret*, und wie ich es mir vor ein glück schätze, daß das sämmtliche HochEdle *Collegium* meine Wenigkeit gütigst *vociren* wollen. desto ehe werde Bedacht seyn, dem durch solche *vocation* hervorblickenden göttlichen Winck zu folgen: Jedoch wolle mein Hochgeehrtester Herr nicht ungütig nehmen, daß meine endliche *resolution* voritzo nicht *notificiren* kan, aus ursachen, weilen erstlich meine völlige *dimission* noch nicht erhalten, (2) Weilen in ein und andern gerne möchte einige änderung haben, sowohl wegen des *salarii* als auch wegen derer Dienste; welches alles noch diese Woche schrifftlich berichten werde. Intzwischen *remittiere* das eine *exemplar*, und weilen meine völlige Dimißion noch nicht habe, als wirdt mein Hochgeehrtester Herr nicht ungütig nehmen, daß noch zur zeit mich durch unterzeichnung meines Nahmens anderwerts zu *engagieren* nicht vermag, bevor erstlich würcklich außer Diensten. Und so bald mann dann wird einig werden können wegen der *station*, so werde mich so fort selbsten persöhnlich melden und mit meiner unterschrifft zeigen, daß mich zu *Dero* Diensten würcklich verbindlich zu machen gesonnen. Intzwischen wolle Mein Hochgeehrtester Herr an die sämmtlichen Herren Kirchen Vorsteher meine ergebenste Empfehlung zu machen unbeschweret seyn, und meine *excuse* machen daß anitzo die zeit es ohnmöglich hätte leiden wollen, einige *cathegorische resolution* von mir zu geben, sowohl weiln einige Verrichtungen zu Hoffe wegen des Prinzens Geburthsfeste [8], als auch der Gottesdienst an sich selber es nicht leiden wolte; es soll aber ohnfehlbahr diese Woche

---

6) Die Abkürzungen habe ich hier und in den folgenden Briefen aufgelöst.

7) Die Adresse des Briefes fehlt. Unzweifelhaft ist jedoch der Licentiat A. Becker gemeint, an den auch die andern Briefe Bachs in dieser Angelegenheit gerichtet sind. Er gehörte zu den Kirchenvorstehern.

8) Johann Ernst, geb. den 26. Dec. 1696. Die Vocation datirte vom 14. Dec. 1713.

umständlich geschehen. Ich nehme die mir gütigst übersendete mit allem *respect* an, und hoffe das hochlöbliche Kirchen *Collegium* werde die sich etwan noch zeigenden *Difficultäten* gleichfals gütigst aus dem Wege zu räumen hochgeneigt sich gefallen lassen. In der Hoffnung baldigen glücklichen Erfolges verharre

HochEdler

Hochgeehrtester Herr

Dero ergebenster

Weimar d. 14. Jan. Diener

1714. *Joh. Sebast.* Bach.«

Der zweite ausführlichere Brief wird jedenfalls bald gefolgt sein, die Kirchenvorsteher aber wollten von Abänderungen der Berufungsbestimmungen nichts wissen, und verlangten, wenn Bach mit dem Inhalte der Vocation nicht einverstanden sei, die Rücksendung derselben. Dies geschah und jetzt war man in Halle dreist genug, ihm nachträglich noch anzudeuten, daß er wohl die Unterhandlungen nur angeknüpft habe, um sich in Weimar eine Zulage zu erpressen. Eine solche Behandlung mußte Bach um so mehr empören, als sein Gehalt am herzoglichen Hofe längst die Summe des in Halle Gebotenen überstieg. Die Besoldung an der Liebfrauenkirche betrug, die ungewissen Accidentien abgerechnet, alles in allem nur 171 Thlr. 12 ggr., in seiner bisherigen Stellung erhielt Bach schon seit Ostern 1713 die Summe von 225 Gülden (= 196 Thlrn. 21 ggr.). Es waren wieder einmal, wie einst von Arnstadt nach Mühlhausen, ideale Zwecke gewesen, welche ihn hinweg trieben, und wie damals werden auch jetzt seine Bedingungen bescheiden genug gelautet haben. Aber daß ein Mensch Ideale haben könne, scheint den Kirchenvorstehern unfaßbar gewesen zu sein; sie beurtheilten Bach kurzweg nach dem Maße eines geldsüchtigen Handwerkers. Uebrigens war dieser nicht der Mann, eine so grobe Beleidigung stillschweigend hinzunehmen. Er schrieb einen Brief zurück, der an Deutlichkeit und energischer Haltung nichts zu wünschen übrig läßt:

»HochEdler, Vest- und Hochgelahrter

Hochgeehrtester Herr.

Daß das Hochlöbliche Kirchen *Collegium* meine Abschlagung der *ambirten* |: wie Sie meinen :| Organisten Stelle befremdet, Befremdet mich gar nicht, indem ich ersehe, wie es so gar wenig die Sache überleget. Sie meinen ich habe üm die erwehnte Organisten Stelle angehalten, da mir doch von nichts weniger als davon etwas bewust. So viel weiss ich wohl, daß ich mich gemeldet, und das hochlöbliche *Collegium* bey mir angehalten; denn ich war ja, nachdem ich mich *praesentiret*, gleich Willens wiederum fort zu reisen, wann des Herrn *D. Heineccii* Befehl und höfliches anhalten mich nicht genöthiget, das bewuste Stücke zu *componiren* und aufzuführen. Zudem ist nicht zu *praesumir*en, daß mann an einen Ohrt gehen solte, wo man sich verschlimmert; dieses aber habe in 14 Tagen biß 3 Wochen so *accurat* nicht erfahren können, weil ich der gäntzlichen Meinung, mann könne seine *gage* an einem Ohrte, da mann die *accidentia* zur Besoldung rechnen muss, nicht in etlichen Jahren, geschweige denn in 14 Tagen erfahren; und dieses ist einiger Maßen die Ursach warum die Bestallung angenommen und auf Begehren wiederum von mir gegeben. Doch ist aus allen diesen noch lange nicht zu schliessen als ob ich solche *tour* dem hochlöblichen *Collegio* gespielet hätte, um dadurch meinen Gnädigsten Herrn zu einer Zulage meiner Besoldung zu vermögen, da *Derselbe* ohne dem schon so viel Gnade vor meine Dienste und Kunst hat, daß meine Besoldung zu vergrößern ich nicht erstlich nach Halle reisen darff. Bedaure also, daß des hochlöblichen *Collegii* so gewisse *persuasion* ziemlich ungewiß abgelauffen, und setze noch dieses hinzu; Wenn ich auch in Halle eben so starke Besoldung bekommen als hier in Weimar, Wäre ich dann nicht gehalten die ersteren Dienste denen anderen vorzuziehen? Sie können als ein Rechts-Verständiger am besten davon *judiciren,* und wenn ich bitten darff, diese meine Rechtfertigung dem Hochlöblichen *Collegio* hinterbringen, ich verharre davor

Ew. HochEdlen

gehorsamer
Joh. Seb: Bach
Concertmeister und
Hofforganist.

Weimar d. 19. Mertz
1714.

[Adresse:]

A Monsieur | *Monsieur A. Becker* | *Licentié en Droit. Mon* | *tres honore Ami* | *a* | *Halle* | [links unten:] *p. couvert.*«

Daß es mit dem gerühmten Wohlwollen des Herzogs gegen ihn seine Richtigkeit hatte, sahen wir früher schon aus der mehre Jahre hindurch stetig aufsteigenden Besoldung Bachs. Auch mit Anfang des Jahres 1714 fand eine Gehaltserhöhung statt, so daß er sich im Gesammten jetzt auf 264 Gülden stand[9]. Die Worte: er brauche zur Vergrößerung seiner Besoldung nicht erst nach Halle zu reisen, deuten an, daß auch ohne diesen Zwischenfall ihm von neuem eine Zulage zugedacht war, was schon wegen der Erweiterung seiner Dienstpflichten geschehen mußte. Zu derselben Zeit nämlich rückte er in die Stelle eines Concertmeisters auf, der an der ersten Geige, wie noch heute, den Instrumentalchor zu führen hatte. Bei dem Alter und der Gebrechlichkeit Dreses wird mit diesem Amte wohl die Leitung der Kammermusik ganz auf ihn übergegangen sein, denn auch von den Capellmeisterpflichten mußte er in der Folge einen Theil übernehmen.

Am Anfang des December verweilte er in Leipzig, wo er am 2. des Monats, dem 1. Adventssonntage in der Nicolai- oder Thomaskirche die Cantate »Nun komm, der Heiden Heiland« aufführte und den ganzen Gottesdienst hindurch das Organistenamt versah. Es war eine Reise, wie er sie Jahrs zuvor nach Halle gethan hatte, rein künstlerischen Zwecken gewidmet; sich eine andre Stellung zu suchen, daran dachte er jetzt so wenig, wie damals. Besonders wird es ihn getrieben haben, Kuhnaus Bekanntschaft zu machen, dessen Werke ja nicht ohne Einfluß auf seine Entwicklung gewesen waren, und sich vor ihm in dem ganzen Umfange seines Könnens zu produciren. Um sich in dem verwickelteren Cultusgange nicht zu verirren, notirte er denselben auf der Innenseite der Cantaten-Partitur eigenhändig auf. Gelegenheit, sein Orgelspiel zu zeigen, war hier genug geboten. Er eröffnete den Gottesdienst mit einem

---

9) Gesammte Kammerrechnung von Michaelis 1713—1714: »232 fl. 10 ggr. 6 pf. Dem Concertmeister und Hoforganisten Joh. Seb. Bachen.

53 fl.	15 ggr.	9 pf.	Crucis	
53 „	15 „	9 „	Luciae	1713
62 „	10 „	6 „	Remin.	
62 „	10 „	6 „	Trinit.	1714«.

Außerdem 12 fl. für Holz und 2 fl. aus der Stiftung. In einem andern Besoldungsverzeichniß (unter »Hof- und Haushaltungssachen, *Miscellanea*«) findet sich noch die Notiz: »Concert-Meister Bach 18 Scheffel Korn«.

Praeludium; dann folgte eine Motette, darnach wurde zum »Kyrie« praeludirt. Nach der Intonation des Predigers vor dem Altar, dem Verlesen der Epistel und dem Singen der Litanei folgte das Praeludium auf den Haupt-Choral, wo er seine Kunst in der Choralbearbeitung zeigen konnte. Dann wurde das Evangelium verlesen und Bach leitete nun die »Haupt-Musik«, also in diesem Falle seine eigne Cantate durch ein Orgelvorspiel ein. Nach der Predigt war Communion, zu deren Choral wieder praeludirt wurde, und endlich hatte er den Gottesdienst zu beschließen und konnte hier in einem Orgelstücke von breitester Ausführung noch einmal seine ganze Kunst zusammen fassen [10]). Dies ist das erste Mal, daß er die Stadt besuchte, in der er 27 der thatenreichsten Jahre seines Lebens verbringen sollte.

Mittlerweile begann man in Halle einzusehen, wie unbegründet die gegen Bach erhobenen Beschuldigungen gewesen waren. Als nach dreijähriger Arbeit gegen Ostern 1716 Cuncius sein Werk vollendet hatte, wurde Bach zur Prüfung desselben herbeigezogen. Es ehrt das Collegium der Kirchenvorsteher, daß es sein Unrecht gut zu machen suchte, und wenn sie trotz allem vorangegangenen Vertrauen zu seiner Unparteilichkeit besaßen, so zeigt das, in welchem Lichte ihnen Bachs Charakter ursprünglich erschienen sein muß. Bei der Prüfung sollten ihm zur Seite stehen Kuhnau aus Leipzig und Christian Friedrich Rolle aus Quedlinburg, der Vater des bekannten Kirchencomponisten Johann Heinrich Rolle. Die Einladung vermittelte der Licentiat Becker, und unser Meister fühlte sich durch sie sehr angenehm berührt. Er schrieb einen artigen Brief zurück, folgenden Wortlauts:

»Hoch Edler

Insonders HochgeEhrtester Herr.

Vor die gantz sonderbahre Hochgeneigteste *confidence* Ew-Hoch-Edlen wie auch sämmtlichen HochEdlen *Collegii*, bin höchstens ver-

---

10) Die Notiz ist in der Vorrede zur Cantate mitgetheilt Durch sie allein wissen wir von Bachs Reise nach Leipzig. Daß sie nicht erst zur Zeit eingetragen sein kann, wo Bach in Leipzig Cantor war, liegt auf der Hand, denn er trat sein Amt dort im Frühling 1723 an, und hatte doch wohl zum Advent nicht mehr nöthig, sich den Gang des Gottesdienstes auf diese Weise zu merken.

bunden; und wie ich mir das gröste *plaisir* mache Ew-HochEdlen iederzeit mit gefälligsten Diensten aufzuwarten, desto mehr werde vor ietzo bemühet leben, Ew-HochEdlen zu bestimter meine aufwartung zu machen, und dann nach möglichkeit in dem Verlangten *examine satisfaction* zu geben. Bitte demnach diese meine gefaste *resolution* dem HochEdlen *Collegio* sonder mühe zu eröffnen, anbey auch meine gantz gehorsamste Empfehlung abzustatten und vor das gar besondere Vertrauen meines schuldigen *respects* es zu versichern.

Da auch Ew-HochEdlen sich schon vielfältig mühe nicht allein voritzo sondern auch ehedem vor mich geben wollen[11]), solches erkenne mit gehorsahmen Danck, und versichere daß ich mir die gröste Freude machen werde mich lebenslang zu nennen

Ew-HochEdlen
Meines insonders Hochgeehrtesten Herrn

Weimar d. 22. *April*   ergebenster Diener
1716.   *Joh. Seb. Bach,*
                            Concertmeister.

[Adresse:]

Herrn | Herrn *Augusto Becker* | Best*meritirten Licentiato Juris*, | Wie auch der Kirchen *B. M. Virginis* | fürnehmen Vorstehern. Meinem | insonders HochgeEhrtesten Herrn | in | Halle. |«

Die Prüfung war in die volle Woche nach Ostern gesetzt und sollte am 29. April ihren Anfang nehmen. Kuhnau wünschte den Termin um eine Weile hinausgeschoben zu sehen, da er grade von Berufspflichten umdrängt werde, hierauf ging man jedoch in Halle nicht ein[12]). Das schriftliche Gutachten, welches von den drei Sachverständigen gemeinschaftlich abgegeben wurde, lautete für Cuncius recht ehrenvoll und hatte einen wesentlicheren Mangel nur bei der Einrichtung der Bälge anzumerken. Die Disposition war im Wesentlichen genau ausgeführt und somit konnte sich Halle rühmen, eine

---

11) Vermuthlich war es Becker gewesen, der Bach damals veranlaßt hatte, sich zur Stelle zu melden.

12) Kuhnau redet brieflich von einem Aufschub von 4 Tagen bis zum Montag nach Jubilate. Hier muß er sich entweder um eine Woche geirrt oder im Sonntage verschrieben haben; Ostern fiel 1716 auf den 19. April.

der größten Orgeln in Deutschland zu besitzen [13]). Was Bach mit einem solchen Reichthum verschiedenartiger Register zu leisten vermocht hätte, ist natürlich unberechenbar, aber auch geringeren Organistenkräften kam das Werk hebend und helfend entgegen schon durch die einsichtsvolle Sorgfalt, mit welcher die drei Manuale im Charakter von einander unterschieden waren, ohne daß doch ein jedes der Fülle und Abrundung entbehrte. Uebrigens hatte es den Kirchenvorstand noch einige Mühe gekostet, einen tüchtigen Organisten für das Werk zu bekommen: die Stelle war eben zu schlecht dotirt. Auch Melchior Hoffmann aus Leipzig, mit dem nach dem Rücktritte Bachs verhandelt wurde, lehnte ab. Endlich in der Mitte des Jahres 1714 hatte sich Gottfried Kirchhoff zur Uebernahme des Amts verstanden; er war ein Altersgenosse Bachs (geb. 1685), Schüler Zachaus und damals in Quedlinburg Organist. Als Setzer von Orgelchorälen wandelte er mit Geist und Selbständigkeit in den Bahnen Pachelbels [14]. —

In demselben Maße, in welchem Bachs Berühmtheit anwuchs, mehrte sich auch die Zahl der Schüler. Da die virtuosische Seite seines Künstlerthums vorzugsweise auffiel, so wurde auch sein Unterricht zunächst weniger in der Composition, als im Orgel- und Clavierspiel begehrt. Von dem ersten Schüler und langjährigen Amanuensis, Johann Martin Schubart, ist schon die Rede gewesen. Als zweiten haben wir Johann Caspar Vogler zu nennen. Er war

---

13) Cuncius' Entwurf der Disposition ist handschriftlich vorhanden. Den Effectivbestand der Register im Jahre 1768 giebt Adlung, *Musica mechanica* I, S. 239 f. etwas abweichend an. Es müssen bis dahin schon wieder einige Aenderungen vorgenommen sein.

14) Die auf die hallesche Angelegenheit sich beziehenden Acten werden im Archiv der Liebfrauenkirche aufbewahrt. Auf sie zuerst aufmerksam gemacht zu haben, ist ein Verdienst Chrysanders (s. dessen »Händel«, I, S. 22 f.). Derselbe hat später in den Jahrbüchern für musikalische Wissenschaft II, S. 235 ff. eine Arbeit darüber veröffentlicht; s. Anhang A. Nr. 26. Nur ganz kurz und in Anordnung der Thatsachen nicht völlig präcis meldet der Nekrolog bei Mizler S. 163: »Nach Zachaus, Musikdirectors und Organistens an der Marktkirche in Halle, Tode, erhielt unser Bach einen Beruf zu desselben Amte. Er reisete auch wircklich nach Halle, und führete daselbst sein Probestück auf. Allein, er fand Ursachen, diese Stelle auszuschlagen, welche darauf Kirchhof erhielt.«

1696 zu Hausen bei Arnstadt geboren [15]), und soll schon als Knabe Bachs Unterweisung genossen haben, als dieser noch an der Neuen Kirche Organist war [16]). Später kam er in die musikalische Zucht Erlebachs und des Organisten Vetter zu Rudolstadt, darnach begab er sich wieder zu Bach nach Weimar, der zufolge eigner Versicherung seinen vorzüglichsten Orgelschüler aus ihm bildete [17]). Im Jahre 1715 wurde er Organist in Stadtilm, und nach Schubarts Tode dessen Nachfolger. Seitdem hat er Weimar nicht wieder verlassen, obgleich er 1735 einmal bei einem Probespiel in der Marktkirche zu Hannover zehn andre Candidaten glänzend aus dem Felde schlug. Um ihn sich zu erhalten, ernannte der Herzog Ernst August ihn zum Vice-Bürgermeister. Sein Tod fällt um das Jahr 1765. Von seinen Compositionen hat er im eignen Verlage ein Choralwerk herausgegeben: Vermischte musikalische Choral-Gedanken, 1. Probe (Weimar, 1737) [18]). — Etwas älter an Jahren, aber weniger früh der Lehre entwachsen war Johann Tobias Krebs. Geboren 1690 zu Heichelheim bei Weimar, besuchte er die weimarische Schule und war willens zu studiren, wurde jedoch 1710 Cantor und Organist in Buttelstädt. Seine höhere musikalische Ausbildung erwarb er sich erst, als er schon in Amt und Ehe war. Bis zum Jahre 1717 wanderte er regelmäßig zu Fuß von Buttelstädt herein, zuerst als Schüler Walthers in Spiel und Composition; später genügte ihm dies nicht mehr und er setzte seine Spielstudien bei Bach fort. Die Früchte eines so energischen Strebens lassen sich an den wenigen Compositions-

---

15) So nach der zuverlässigen Angabe Hesses im Verzeichniß schwarzburgischer Gelehrten und Künstler Nr. 338. (Rudolstadt, 1827).

16) Dies erzählt Forkel (S. 42) und man darf ihm wohl glauben.

17) Gerber, Lex. II, Sp. 746. In befremdlicher Weise widerspricht diesem Zeugniß eine Aeußerung Kirnbergers (Die wahren Grundsätze zum Gebrauch der Harmonie 1773, S. 54); ein Recensent der jenaischen Zeitung von gelehrten Sachen hatte Vogler mit Bach auf gleiche Stufe gestellt, worauf Kirnberger: »Fragt man nun: wer ist dieser Vogler? so erfährt man nach vielen Erkundigungen endlich, daß er Burgemeister und Organist in Weymar, und ein Schüler von Bach, aber beyweitem noch keiner seiner ersten Schüler gewesen sey«. Hatte Kirnberger, doch selbst ein Bachscher Schüler, niemals von Vogler gehört? Oder redet hier nur sein bissiger Charakter?

18) Ein Exemplar dieses seltenen Werkes findet sich auf der Bibliothek des königl. Instituts für Kirchenmusik in Berlin.

resten, die ich zusammenbringen konnte, noch deutlich erkennen. Es sind zwei Choralbearbeitungen von complicirtester Künstlichkeit, aber voll echten musikalischen Gefühls. Eine derselben, »Christus, der uns selig macht« *per Canonem diminutum*, ist leider Fragment. Aus der ersten Choralzeile wird ein Thema gebildet:

das zuerst fugirt wird und durch die ganze Bearbeitung hindurch sein Wesen treibt; außerdem wird aber der contrapunctische Stoff auch aus den andern Choralzeilen gewonnen. Der Cantus firmus liegt im Bass in halben Noten; gleich beim Auftreten der ersten Zeile gesellt sich dieselbe im Discant mit Viertelnoten dazu. Dies Verfahren wiederholt sich bei den folgenden Zeilen, wenn auch nicht mit gleicher Consequenz. Ebenfalls im Canon *per diminutionem* ist der Orgelchoral »Machs mit mir, Gott, nach deiner Güt« angelegt [19]. Für den tiefen Eindruck, den Tobias Krebs von Bachs Künstlerschaft mit hinweg nahm, ist es ein Beweis, daß er seinen Sohn Johann Ludwig (geb. den 10. Februar 1713) [20] als 13jährigen Knaben schon demselben Lehrer anvertraute. Aus diesem entwickelte sich bekanntlich ein Orgelmeister ersten Ranges, aber über dem genialen Sohne darf der talentvolle Vater nicht vergessen werden. Im Jahre 1721 kam er als Organist nach Buttstädt, wo er 1758 noch lebte [21]. — Kürzere Zeit ließ sich von Bach unterweisen Johann Gotthilf Ziegler, geb. zu Dresden 1688, ein frühreifes, vielseitiges und bewegliches Talent. Auch dieser trieb nach Walthers Bericht nur Clavier- und Orgelspiel bei Bach, in der Composition nahm er den alten Johann Theile in Naumburg zum Führer. Aber es ist bei dem Stande der damaligen Praxis ganz unmöglich, beide Gebiete so scharf zu trennen; eine Choraldurchführung z. B. fiel in das Gebiet des Orgelspiels, setzte aber doch Kenntniß der Compositionsregeln

---

19) Quelle der beiden Choräle ist ein mehrfach genanntes Orgelbuch aus dem Nachlasse von Joh. Ludw. Krebs, jetzt im Besitz des Herrn F. A. Roitzsch in Leipzig; der letzte steht auch im Frankenbergerschen Autograph J. G. Walthers.

20) Nicht 10. October, wie bei Gerber I, Sp. 756 steht.

21) Gerber N. L. III, Sp. 109 f.

voraus. Und Ziegler bekennt noch als 58jähriger Mann mit Stolz, wie viel er auch hierin Bach verdanke: »Was das Choralspielen betrifft, so bin von meinem annoch lebenden Lehrmeister dem Herrn Capellmeister Bach so unterrichtet worden, daß ich die Lieder nicht nur so obenhin, sondern nach dem Affect der Worte spiele« [22]. Ziegler lebte als Organist an der Ulrichskirche und gesuchter Lehrer in Halle, wo er auch um 1715 Theologie und Jurisprudenz studirt hatte; nach Kirchhoffs Tode (1746) an dessen Stelle zu kommen gelang ihm jedoch nicht. Ehrenvolle Rufe nach auswärts lehnte er ab [23]. — Im Jahre 1715, wahrscheinlich um Ostern, nahm auch Bach seinen Neffen Bernhard, den zweiten Sohn seines Bruders in Ohrdruf, zu sich. Er hatte nicht vergessen, welchen Dank er ihm von früher schuldete, und daß werkthätige Hilfe unter den Gliedern der Bachschen Familie von Alters her Brauch war. Bernhard Bach. geb. den 24. Nov. 1700, hatte zuerst das Ohrdrufer Lyceum besucht: er erzählt aber selber naiv, daß »der schwachen *memoriae* wegen beim Studiren zu bleiben sein Vater nicht für rathsam gefunden. Deshalb habe er ihn nach Weimar zu seinem Herrn Bruder, damaligem Concertmeister, der auf dem Clavier ein sehr berühmter und starker *Maître* sei, geschickt, und hier habe er auch sowohl im Clavier als in der Composition gute *profectus* erlanget« [24]. Ueber die Dauer seines Aufenthaltes im Hause des Oheims sagt er nichts, doch wird derselbe sich nicht über das Jahr 1717 hinaus erstreckt haben, denn wäre er mit nach Cöthen übergesiedelt, so hätte er es sicher erzählt. Seinem Schülerfleiße verdanken wir höchst wahrscheinlich den größ-

---

22) Im Bewerbungsschreiben um die Organistenstelle der Liebfrauenkirche in Halle vom 1. Febr. 1746; vollständig mitgetheilt von Chrysander a. a. O. S. 241 f.

23) Walthers Artikel über Ziegler ist unglaublich confus. Trotz der vielen chronologischen Angaben läßt sich doch daraus nicht einmal die Zeit bestimmen, wann er Bachs Schüler war. Auch die Vocation nach Reval scheint in ein falsches Jahr gesetzt und in ein unrichtiges Licht gestellt zu sein; nach den revalschen Rathsacten ging man dort mit einer Berufung Zieglers nur im Jahr 1721 um, wie mir mein Freund O. v. Riesemann daselbst gütigst mitgetheilt hat.

24) In dem früher erwähnten Kromayerschen Kirchenbuche, benutzt von Brückner, Kirchen- und Schulenstaat Th. III, St. 10, S. 95 und 96. Daselbst steht ausdrücklich, daß er in seinem 15. Jahre nach Weimar gekommen sei.

ten Theil eines werthvollen Manuscripts mit Sebastian Bachschen Compositionen, das mit der Organistenstelle zu Ohrdruf 1744 auf seinen Bruder Andreas Bach überging [25]. Bis zu diesem Jahre, wo er starb, hatte Bernhard den Platz seines 1721 gestorbenen Vaters bekleidet. Es liegen zwei Clavierwerke von ihm vor, deren eins, eine Suite in Es dur, in fast komischer Art das Vorbild Sebastians verräth: man könnte beinahe Takt für Takt ihren Ursprung aus den sechs Partiten des ersten Theils der »Clavierübung« nachweisen. Selbständiger ist das zweite, eine viersätzige Sonate in B dur [26]. — Alte Erinnerungen aus der Zeit seines Aufenthaltes in Ohrdruf und Lüneburg mußten sich in Sebastian Bach erneuern, als zwischen den Jahren 1715 und 1717 sein Jugendfreund Georg Erdmann ihn in Weimar aufsuchte. Erdmann war seit 1713 in russischen Diensten; er hatte Jurisprudenz studirt, und fungirte im Jahre 1718 als Oberauditeur in der Division des russischen Fürsten Repnin. Aus dem Norden machte er zuweilen Ausflüge in seine Heimath, und bei einer solchen Gelegenheit kam er auch nach Weimar und freute sich über seines einstigen Schulkameraden Häuslichkeit und blühende Familie. Der mündliche Austausch ihrer gegenseitigen Erlebnisse wurde später noch schriftlich fortgesetzt, und wir werden dann noch einiges über Erdmann zu erzählen haben [27].

VI.

Bach war also seit dem Beginn des Jahres 1714 Hoforganist und Concertmeister [1]. Wir berichteten auch schon, daß er in der letzteren Eigenschaft einen Theil der Capellmeisterpflichten übernehmen mußte. Samuel Drese war durch Alter und Kränklichkeit ziemlich dienstunfähig, und sein Sohn jedenfalls ein höchst unbedeutender Musiker;

---

25) Vrgl. hierüber Anhang A. Nr. 18.

26) Beide besitzt in alter Handschrift Herr Dr. Rust in Berlin.

27) Nach dem im kaiserlichen Archiv zu Moskau befindlichen und mir abschriftlich vorliegenden Materiale.

1) Ein Verzeichniß des vollständigen Bestandes der weimarischen Hofcapelle zwischen den Jahren 1714 und 1716 ist mitgetheilt Anhang B. VI.

Herzog Wilhelm Ernst wünschte aber auch bei sich eine regelmäßige Kirchenmusik nach dem Neumeisterschen Muster einzurichten, unzweifelhaft durch das Beispiel seines Vetters in Eisenach veranlaßt. Das hohe Compositionstalent seines Hoforganisten war ihm nicht verborgen geblieben, und deshalb traf er die sonst nicht gewöhnliche Anordnung, daß derselbe als Concertmeister jährlich auch eine gewisse Anzahl von Kirchenstücken zu componiren und aufzuführen habe [2]. So concentrirten sich mehr und mehr die wichtigsten musikalischen Functionen in Bachs Person.

Der Textdichter für die Kirchencantaten fand sich am Orte selbst. Salomo Franck, geb. am 6. März 1659 in Weimar, wo sein Vater Kammersecretär war, studirte vermuthlich in Jena, von wo er 1685 seine erste Gedichtsammlung herausgab, soll sich darnach eine Weile in Zwickau aufgehalten haben, kam 1689 als schwarzburgischer Regierungssecretär nach Arnstadt, ging 1697 zur Bekleidung eines ähnlichen Amtes nach Jena zurück und lebte später als Gesammt-Secretär des fürstlich sächsischen Oberconsistoriums in Weimar, wo er im Jahre 1725 starb. Er war hier zugleich Bibliothekar und Vorsteher des herzoglichen Münzcabinets. Als Mitglied der »fruchtbringenden Gesellschaft« hieß er der »Treumeinende« [3].

Franck gehört unbestreitbar zu den wirklichen Dichtern jener Zeit. An formaler Gewandtheit steht er Neumeister gleich, an Reinheit des Ausdrucks nur wenig nach. Dazu besitzt er, was jenem gewöhnlich fehlt: innigste Wärme der Empfindung. Diese Anlage mußte ihn zur Lyrik führen, was für jene Zeit die geistliche Dichtung bedeutet. Seine Festspiele, Hochzeits-, Trauer- und sonstigen Gelegenheitsgedichte zeichnen sich durch ein gewählteres, vornehmeres Wesen vortheilhaft aus, ohne sonst durch Mannigfaltigkeit und originelle Gedanken hervorzuragen. In der religiösen Poesie dagegen zeigt er sich als eine ganz eigenartige Persönlichkeit. Sein Gebiet ist wohl auch hier nur ein beschränktes, aber Anschauungsweise und Ausdrucksformen sind nicht entlehnt und angelernt, sondern von innen herausgeboren. Das Großartige und Schwunghafte ist

---

2) Mizler a. a. O. S. 163.

3) Schauer, Vorrede zu Salomo Francks geistlichen Liedern. Halle, J. Fricke, 1855.

seine Sache weniger, wohl aber eine sinnige Schwärmerei und weiche
Melancholie; gern verweilt er bei den Leiden und Schmerzen des
menschlichen Lebens, bei Tod und Grab und der sehnsuchterwecken-
den Vorstellung einer überirdischen Seligkeit. In der Behandlung dieser Gegenstände entwickelt er einen nicht gewöhnlichen Phantasie-
reichthum, hat sich aber rasch auch einen bestimmten Stil, den ange-
messensten Ausdruck seiner Empfindung, herausgebildet. Wenn man
sich einigermaßen in seine Weise hineingefunden hat, ist es fast unmöglich, ihn nicht sofort zu erkennen; hierin sowie in einem gewissen
mystisch träumerischen Tone erinnert er, wenn man von dem Unterschied der Zeiten und theilweise der Stoffe absieht, an Eichendorff.
Wie sich gewisse Wendungen und Bilder bei ihm häufig wiederholen,
so bedient er sich auch mit Vorliebe verschlungenerer metrischer
Formen, liebt künstliche Reimverschränkungen, Vermischung längerer und kürzerer Verszeilen und rahmt eine Strophe gern durch
denselben Gedanken ein. Die subjective Haltung seiner Gedichte
hat nicht gehindert, daß viele in den kirchlichen Gebrauch übergingen. Franck ist ein rechter Beleg dafür, wie der Umwandlung des
objectiv kirchlichen Gefühls in das persönlich religiöse die allgemeine
Neigung auch außerhalb der eigentlich pietistischen Kreise entgegen
kam. Ein Leser seiner Dichtungen würde bei oberflächlicher Kenntniß der Verhältnisse sicherlich auf einen pietistischen Verfasser
rathen. Daß er nichts weniger als ein solcher war, beweist schon
seine Freundschaft mit dem Arnstädter Superintendenten Olearius[4]
und die geachtete Stellung, welche er am Hofe Wilhelm Ernsts einnahm; noch mehr beweist es die reiche Fülle von Cantaten-Texten
in Neumeisters Manier. Am meisten verbreitet hat sich von seinen
Liedern wohl »So ruhest du, O meine Ruh« u. s. w., obwohl es sich
durch Mangel an Einfachheit, besonders ein unablässiges Haschen
nach Wortspielen als Jugendarbeit verräth, wie es denn auch schon
in seiner ersten Sammlung zu finden ist. Diese erschien unter dem
Titel: »Salomon Franckens aus Weimar Geistliche Poesie« im Jahre
1685. Zwölf Jahre später gab er in Arnstadt eine Sammlung von
Madrigalen über das Leiden Christi heraus, Dichtungen, mit deren

---

[4] Ein Lobgedicht desselben auf Franck steht vor dessen »Madrigalischer
Seelenlust«, Arnstadt, 1697.

Gefühlsinnigkeit man sympathisiren kann, ohne die Geschmacklosigkeit mancher Ausdrücke, den Schwulst und die Incorrectheit vieler Bilder zu verkennen. Mehr und mehr gelang es ihm aber, für seine Gedanken den natürlichsten und ansprechendsten Ausdruck zu finden. Die »Geist- und weltlichen Poesien«, die in zwei Theilen 1711 und 1716 ans Licht traten, bezeichnen den Höhepunkt der Franckschen Leistungen im geistlichen Strophenliede [5]. Außerdem ist darin wohl das Meiste von dem vereinigt, was er an Gelegenheitsarbeiten bis zum Erscheinungsjahre des zweiten Theils producirt hat, mit Ausnahme gewisser geistlicher Cantaten, die wir gleich näher kennen lernen werden.

Francks früheste Cantaten-Dichtungen sind noch in der älteren Form gehalten und bestehen aus Bibelsprüchen und Strophenliedern. Ein ganzer Jahrgang, betitelt »Evangelische Seelen-Lust über die Sonn- und Festtage durchs ganze Jahr«, ist im ersten Theile der »Geist- und weltlichen Poesien« enthalten (S. 94—210), nur in zwei Gesprächspielen auf den zweiten Weihnachts- und den ersten Ostertag sind recitativische Rhythmen eingemischt, aber unbefangen genug beide Male auch dem Chore zugetheilt. In dem zweiten Theile derselben Sammlung befindet sich ebenfalls ein Jahrgang geistlicher Gedichte, sogenannte »Singende Evangelische Schwanen« (S. 2—86), sämmtlich auf die Sterblichkeit und das jenseitige Leben gerichtet. Während diese ausnahmslos einfache Arien, d. h. Strophengesänge sind, erscheinen aber auf Seite 132, 134 und 190 die ersten Cantaten-Texte in der vollständigen Neumeisterschen Form. Dazwischen treten uns mehre Dichtungen von vermittelnder Form entgegen, welche das Recitativ verschmähen und nur eine Anzahl von modern gestalteten Arien verschiedenen Versmaßes aneinanderreihen, denen zuweilen kurze Schriftsprüche zwischengeschoben sind. Dieser für die Musik nicht vortheilhafte Versuch eines Ausgleiches zwischen älterer und neuerer Cantate ist offenbar dadurch hervorgerufen, daß Franck erst als Funfziger mit der neuen Gattung in Berührung kam, und eine liebgewonnene ältere nicht ohne weiteres fahren lassen

---

[5] Eine passende Auswahl derselben hat Schauer in dem angeführten Heftchen herausgegeben, auch in der Vorrede die Werke Francks, soweit sie wieder bekannt geworden sind, aufgeführt.

mochte. Von den selbständigen drei Cantaten-Jahrgängen seiner Arbeit, die wir überkommen haben, weist der mittlere nur Dichtungen dieser Form auf, während in den andern beiden die Recitative nach Neumeisters Vorgange angewendet sind. Soweit meine Forschung reicht, ist er aber mit seinem Experimente allein geblieben. Daraus nun, daß alle diese neuen Bildungen zuerst im zweiten Theile der »Geist- und weltlichen Poesien« sich finden, erhellt wiederum, daß der Anstoß zur Einführung der neueren Kirchen-Cantate von Eisenach gekommen und hauptsächlich durch Neumeisters dritten und vierten Jahrgang bewirkt ist. Alle jene Dichtungen werden nach dem Jahre 1711 entstanden sein, und es ist sehr möglich, ja wahrscheinlich, daß Bach diese und jene davon componirt hat; auch aus den älteren Franckschen Texten mag er den einen und andren benutzt haben. Unter seinen jetzt bekannten Cantaten findet sich freilich keine daher. Aber daß er sich für Francks Poesien sehr warm interessirte und dessen Texte nicht nur auf höheren Wunsch in Musik setzte, ist unbestreitbar. Mochte er an Kraft, Schwung, Frische ein ganz andrer Geist sein, einen Zug hatte er mit dem Dichter gemeinsam, den transcendentalen, mystischen, die Neigung, aller irdischen Dinge Wirklichkeit im Gegensatze zu dem Traume eines überirdischen Glückes möglichst dunkel und unzureichend anzusehen. Und wenn er sich sagen mußte, daß Franck an Schärfe und Bestimmtheit des Ausdrucks es Neumeister nicht gleichthue, auch mit seinen Arien der Bildung größerer Musikformen aus Mangel an Verständniß dafür zu wenig entgegen komme, so kann er andrerseits für den melodischen Wohllaut seiner Verse nicht unempfänglich geblieben sein. Noch in Leipzig wandte er sich mehrfach zu Francks Poesien zurück, und darf dies bei den Cantaten weniger auffallen, die ja an poetischem Werth Picanders trockne Machwerke hoch überragen, so hatte er doch auch andre Lieder dergestalt lieb gewonnen, daß er ihnen in seinen Tonwerken eine Stätte zu bereiten strebte. Es wird an der gehörigen Stelle nachgewiesen werden, daß eins der herrlichsten Stücke aus der Matthäuspassion auf der Umbildung eines Franckschen Gedichtes beruht, die wohl kaum von einem andern als Bach selbst herrühren kann. Und alles spricht dafür, daß auch in der Johannespassion eine Reihe von Franckschen Texten zur Verwendung kam. Daß beide Männer persönlich einander nahe traten, ist nirgends zu erkennen; glaublich wäre es schon, doch darf nicht vergessen werden, daß Franck 26 Jahre älter war [6].

Eine regelmäßige Benutzung Franckscher Texte durch die herzogliche Capelle und mit ihr eine fortlaufende Reihe Bachscher Compositionen beginnt erst mit dem Osterfeste 1715. Welche Ordnung den musikalischen Aufführungen in der Schloßkirche vorher zu Grunde lag, ist nicht erkennbar, und ebensowenig, wie weit sich Bach als Componist daran betheiligte. Selbst das muß also dahin gestellt bleiben, ob eine bestimmte Verpflichtung zur Lieferung gewisser Kirchenstücke ihm schon beim Antritt seines Concertmeister-Amtes auferlegt ist, oder erst im folgenden Jahre. Aber es fällt in diesen Zeitraum die Composition zweier jedenfalls Franckscher Dichtungen, und nimmt man die oben besprochenen Neumeisterschen Cantaten hinzu, so ergeben sich doch Spuren einer schon damals nicht unerheblichen Thätigkeit auf diesem Gebiete. Jene beiden Cantaten gehören dem dritten Trinitatis-Sonntage (17. Juni) 1714 und dem Sonntage Palmarum des Jahres 1714 oder 1715 (25. März oder 14. April) [7]. Die erstere, »Ich hatte viel Bekümmerniß«, zählt zu den bekanntesten Bachs [8]. Sie nimmt Beziehung zur Epistel des Sonntags, ist jedoch so allgemein gehalten, daß Bach zugleich darüber schreiben konnte: Für jede Zeit (*Per ogni tempo*). Vielleicht entstand sie auf eine besondere Veranlassung, denn die Ausführung ist ungewöhnlich breit und reich. Eine sehr schöne *Sinfonia* (C moll **C**) leitet ein. Sie hat die Form der Gabrielischen Sonate: Oboe und erste Violine imitiren in gesangreichen, bis zum Leidenschaftlichen ausdrucksvollen Gängen, Violine II, Viola, Orgel und Bässe lagern sich in breiten Harmonien darunter. Der vocale Theil besteht aus vier über Bibelstellen gesetzten Chören, deren dritter von einer durchziehenden Choralmelodie getragen wird, drei Arien, zwei Recitativen und einem Duett. Der erste Chor: »Ich hatte viel Bekümmerniß in meinem Herzen, aber

---

[6] In den »Geist- und weltlichen Poesien« I, S. 529 findet sich ein Hochzeitscarmen »Bey der Unruh-Bachischen Ehe-Verbindung vorgestellet«. Ob diese »Jungfer Bachin« eine Verwandte Sebastians war? Die Kirchenbücher wußten darüber keinen Bescheid zu geben.

[7] S. Anhang A. Nr. 27.

[8] B.-G. V, 1, Nr. 21.

deine Tröstungen erquicken meine Seele« (Ps. 94, 19) führt das
Thema:

in drängenden Engführungen durch (Einsatz auf der fünften Thema-
note), und zwar in den ersten 18 Takten mit stufenweiser Erhöhung
und stetigen Septimen- und Secund-Vorhalten, dann eine.Weile im
Quart-Abstande, endlich wieder mit stufenartiger Ueberbietung und
viel reicherer Harmonie, bei der zuletzt auch der volle Instrumentenchor sich betheiligt. Mit einem langgezogenen »Aber« wird in ein
Vivace: »Deine Tröstungen erquicken meine Seele« hinübergeleitet:
glänzendes Auf- und Abwogen sämmtlicher Sing- und Instrumental-
stimmen in Sechzehnteln bei vorherrschendem Dur-Charakter, die
End-Takte beruhigen sich wieder zur Entfaltung einer äußerst geistreichen Polyphonie und schließen in C mit großer Terz. Es folgt
eine Arie für Sopran mit obligater Oboe, die den Empfindungen der
Angst und des Kummers mit Bachscher Ueberschwänglichkeit Ausdruck giebt. Ein sehr musikalisches Recitativ für Tenor, die Klage
eines Gottverlassenen, leitet zu der zweiten Arie (F moll) hinüber.
Der Text vergleicht hier in theilweise unklaren Bildern die Noth des
Daseins mit Meeresfluthen, welche das Lebensschifflein zu zertrüm-
mern drohen. Die Bewegung des Streichquartetts ist durch diese
Vorstellung hervorgerufen. An harmonischer Fülle und Tiefe sucht
die Arie ihres gleichen, die Stimmung der ersten erfährt durch sie
noch eine mächtige Steigerung. Der Gesang ist auch hier nur Erster
unter Gleichberechtigten, niemals schließt sich ihm ein Instrument
unterstützend an, und wo diese sämmtlich in Thätigkeit sind, entsteht Fünfstimmigkeit. Zu dem in den sattesten Farben ausgeführten Schmerzensbilde tritt in Gegensatz ein unglaublich rührender
Choranfang: »Was betrübst du dich, meine Seele« (Ps. 42, 6), von
Wenigen vorgesungen, von Allen eindringlich wiederholt, der sich
auf den Worten »und bist so unruhig in mir« zu einem Tonbild von
staunenswerther Künstlichkeit belebt: den Singstimmen werden vier
Motive von starker rhythmischer Verschiedenheit zugetheilt, die sich
canonisch jagen und alle zugleich ertönen, dazu tritt eine aus ganz

neuen Motiven gewobene sechsstimmige Begleitung, die sich erst
später mit dem Chor vereinigt. Das unruhige Hoffen und Fürchten
des Menschenherzens kann nicht genialer gezeichnet werden. Darauf
dann ein neuer Abschnitt »harre auf Gott« voll süßer Ruhe, und ein
innig froher Aufschwung, der hinüberführt in die köstliche Schlußfuge (C moll). Der Gesammtsatz ist ein Nachklang von Stimmungen,
wie sie in der Musik zum 130. Psalm und an einigen Stellen des *Actus tragicus* hervortreten. In technischer Hinsicht mahnt an die
frühere Periode der Bau der Fuge, indem ein einziges Instrument
sich in den vierstimmigen Vocalsatz mit dem Thema einschmiegt,
dann eine Weile die Instrumente allein fugiren und in ihr weit aus-
gespanntes Gewebe endlich die Singstimmen wieder hineinschlagen,
den Fugenaufbau von neuem beginnend. Ein Recitativ für Sopran
und Bass, die allegorischen Vertreter der Seele und Christi, beginnt
den zweiten Theil der Cantate. Es ist ebenfalls sehr musikalisch,
die begleitenden Streichinstrumente sind oft selbständig beschäftigt.
Gleich die Anfangstakte enthalten einen feinen Zug. Zu den Worten
der Seele: »Ach Jesu, meine Ruh, mein Licht, wo bleibest du?« steigen die Geigen in leisen Accorden aufwärts zur Dominantharmonie,
so recht das sehnsüchtige Ausschauen versinnlichend. Als aber nach
der Antwort Jesu: »O Seele, sieh, ich bin bei dir!« die Seele ausruft:
»Bei mir? hier ist ja lauter Nacht!« lassen die Geigen den langgehaltenen hohen Accord los, und sinken jäh durch anderthalb Octaven in die Tiefe hinab, ja nehmen zu dem Worte »Nacht« eine brü-
tend drohende Accordlage an, die sich erst bei den Trostworten
Christi wieder aufhellt. Dann folgt zu bloßer Orgelbegleitung ein
Duett zwischen denselben beiden Figuren (Es dur **C**, nachher $^3/_8$,
zum Schluß wieder **C**), und darauf ein großer Choralchor über die
zweite und fünfte Strophe von »Wer nur den lieben Gott läßt walten«;
die drei andern Stimmen contrapunctiren mit einem selbständigen,
tonleitermäßig auf- und absteigenden Motive über die Psalmworte
(116, 7): »Sei nun wieder zufrieden, meine Seele, denn der Herr thut
dir Guts«. Es ist dies in den Bachschen Cantaten die erste Uebertragung eines vollständigen Orgelchorals in Pachelbels Form auf den
Vocalchor, weit hinausragend aber über Pachelbels Technik durch
die consequente Verwendung eines eigenen Contrapuncts. Der Cantus firmus liegt erst im Tenor, dem gegenüber nur Solostimmen auf-

gestellt sind, auch schweigen alle Instrumente bis auf die Orgel, zur andren Strophe aber ergreift der Sopran die Melodie, der volle Chor tritt in Thätigkeit mit allen früheren Instrumenten, welchen sich noch vier Posaunen gesellen; ein zweiter Contrapunct mischt sich ein, der erste erfährt eine neue Behandlung, alles drängt in erhöhtem Leben voran. Mit eminenter Technik ist das gestaltet. Eine frohbeschwingte Tenor-Arie (F dur $^3/_8$): »Erfreue dich Seele, erfreue dich Herze, entweiche nun Kummer, verschwinde du Schmerze« bildet die Brücke zum Schlußchor (C dur **C**), der strahlenden Krone des Ganzen[9]. Mit Recht rühmt man an diesem Jubelgesange (Offenb. Joh. 5, 12. 13) die für Bach ungewöhnlich populäre und an Händel erinnernde Haltung. Sie erklärt sich dadurch, daß hier noch einmal mit Macht die Empfindungsweise von Bachs älteren Kirchencantaten sich ausspricht, die später vor der Strenge seiner Mannesgesinnung zurückweichen mußte. Die jugendliche Offenheit und der feurige Schwung sind nur die Kehrseite von jenem schwärmerisch innigen und träumerisch zarten Wesen, das ihnen so ganz eigen ist. Hinsichtlich der Construction hat die Fuge viel Aehnlichkeit mit der Schlußfuge in der Rathswechsel-Cantate von 1708. Solostimmen beginnen wieder, in die vom 15. Takte an die Tuttistimmen von unten auf allmählig hineinwachsen. Wenn sie sich bis oben hindurch gearbeitet haben, nimmt der dreistimmige Trompetenchor das Thema zur Fortführung auf, dann der Chor der Geigen mit Oboe, während die Singstimmen in jauchzenden Sechzehnteln imitiren. Bis jetzt hörte man immer nur Tonika und Dominante. Nun aber erfaßt der Vocalchor mit der ganzen Wucht vierstimmiger Homophonie das Thema in D moll, dann nach einem imitatorischen Zwischensatze in F dur. Der Schluß erfolgt, nachdem die Trompeten dasselbe noch einmal triumphirend erklingen ließen mit fast muthwilliger Ausgelassenheit. Auf Vertiefung ist es in der Entwicklung dieser Fuge kaum abgesehen, sehr dagegen auf Entfaltung von Fülle und Glanz. Die Contrapuncte bleiben immer dieselben und treten nur in verschiedenen Lagen und Stimmen auf. Mit Einsatz des Orchesters beginnt eine canonische Imitation des Themas im Abstand eines Vierteltaktes, und wo von

---

9) Der Text der Arie ist offenbar zweistrophig; Bach muß Gründe gehabt haben, die erste Zeile der zweiten Strophe uncomponirt zu lassen.

jetzt ab das Thema erscheint, erscheint auch sie. Takt 47—50 stimmen mit 15—18 überein, nur daß alles im Tutti gesungen wird. Eine immer wiederkehrende figurirte Stelle:

ist mir vielfach in Motetten um 1700 aufgestoßen; sie klingt besonders in höheren Lagen brillant, ist aber zu wenig melodisch und deshalb später von Bach gemieden.

Einzelnes von Stil und Manier der Motette haftet auch dem ersten Chore an. Wäre das kleine Zwischenspiel Takt 48 nicht, so könnte man eigentlich des gesammten Instrumentalchors entrathen. Die Singstimmen bilden in sich ein geschlossenes, fortlaufendes Ganzes, selbst der Instrumentalbass, obgleich er die Harmonie voller und deutlicher macht, ist doch kaum wesentlich zu nennen. Manier damaliger Motettencomponisten sind Weckaccorde zu Anfang, wobei der Text oft gemaßregelt wurde; wir fanden sie z. B. in Michael Bachs Motette »Nun hab ich überwunden«[10].. Mattheson, der die Cantate vermuthlich im Jahre 1720 kennen gelernt hatte, als Bach in Hamburg war, tadelte mit Rücksicht hierauf neben Zachaus Declamation auch die seinige. »Damit«, sagt er[11], »der ehrliche Zachau Gesellschaft habe, und nicht so gar allein da stehe, soll ihm ein sonst braver *Practicus hodiernus* zur Seiten gesetzt werden, der repetirt nicht für die lange Weile also: Ich, ich, ich, ich hatte viel Bekümmerniß, ich hatte viel Bekümmerniß, in meinem Herzen, in meinem Herzen. Ich hatte viel Bekümmerniß :|: in meinem Herzen :|: :|: Ich hatte viel Bekümmerniß :[: in meinem Herzen :]: Ich hatte viel Bekümmerniß :]: in meinem Herzen :[: :]: :[: :] :[: Ich hatte viel Bekümmerniß :[: in meinem Herzen :]: etc. Hernachmal so: Seufzer, Thränen, Kummer, Noth (Pause) Seufzer, Thränen, ängstlichs Sehnen, Furcht und Tod (Pause) nagen mein beklemmtes Herz etc *item*: Komm, mein Jesu, und erquicke (Pause) und erfreu mit deinem Blicke (Pause) komm, mein Jesu, (Pause) komm, mein Jesu, und

---

10) S. Buch I, IV (S. 68).
11) *Critica musica* II, S. 368.

erquicke und erfreu . . . . . mit deinem Blicke diese Seele etc.« In Bezug auf das »Ich, ich, ich« mag ein Tadel berechtigt sein, denn um die Aufmerksamkeit durch einige Accorde zu spannen, wäre das Orchester dagewesen, und auch bei einer Motette dürfte man es nicht loben. Aber hiergegen richtet sich Mattheson nur beiläufig, und bei den andern Ausstellungen ist man verlegen zu sagen, was er denn will. Zuvor hatte er als Declamationsregel aufgestellt, keinen Nebensatz ohne seinen Hauptsatz zu wiederholen, eine Regel, die in ihrer schiefen Fassung offenbar nur von einem vorliegenden Beispiele abstrahirt war. Zachau hatte nämlich über das Satzfragment »Und den du gesandt hast, Jesum Christum, erkennen« eine Fuge gesetzt. Derartiges findet sich aber in den Bachschen Stellen nirgends; im ersten Chor ist aus dem Text »Ich hatte viel Bekümmerniß in meinem Herzen« ganz richtig ein abgeschlossener Tongedanke gebildet, der sich um die beiden pathetischen Wörter »Bekümmerniß« und »Herz« krystallisirt und deshalb diese mit ihrem Zusammenhang wiederholt. In der Arie ist nur der Eintritt des Prädicats, im Duett der des Objects hinausgeschoben, weil hier, besonders in der Arie, fast jedes Wort mit Empfindung erfüllt war, die entbunden werden wollte. Nur vom Standpunkte trockner Logik sind solche Anfänge unvollkommen und auch so kaum, wer aber die Worte »Seufzer, Thränen, Kummer, Noth« zu einer herrlichen Melodie gesungen hört, der hat alles, was er zum Verständniß braucht, und Mattheson mußte das wissen. Declamirt er doch selbst und mit viel geringerer Berechtigung: »Ach« (Pause) »wie hungert mein Gemüthe, wie hungert mein Gemüthe, Menschenfreund« (Pause), »Menschenfreund nach deiner Güte«[12], und wird es nach seiner Ansicht gewiß tadellos gemacht haben. Es ist klar, daß er nur eine Gelegenheit vom Zaune bricht, Bach zu bemäkeln und der wenig freundschaftlichen Gesinnung, die er gegen seinen großen Zeitgenossen seit dem Jahre 1720 hegte, Luft zu machen. Gäbe es keine anderen Bedenken gegen die Cantate, so könnte man sie ohne Zaudern für so vollkommen erklären, wie überhaupt etwas unter der Sonne ist. Aber sie hat zwei schwache Stellen; an ihnen ist zunächst freilich der Dichter schuld, den Com-

---

[12] In seiner Passions-Musik nach Brockes. Winterfeld, Evang. Kirchenges. III, Beil. 50.'

ponisten trifft jedoch der Vorwurf, daß er seine Vorlage zu naiv componirte. Der allgemeine Entwicklungsgang des Werks beruht auf dem Gegensatze zwischen höchster Seelenbetrübniß und der Erlösung daraus durch Christi Vermittlung, es zerfällt demnach in zwei entgegengesetzte Stimmungsgebiete und eben so viele Haupttheile. Der erste Chor mußte, zumal nach der leidenschaftlich klagenden Symphonie, nur das Gefühl zum Ausdruck bringen, das den ganzen ersten Theil beherrscht bis zum Schlußchor, wo sich eine Aussicht auf Erlösung, aber auch nur eine Aussicht zeigt. Er thut dies nicht, sondern enthält den Gegensatz, auf den die Cantate gegründet ist, schon für sich. Dies verwirrt; man muß nach dem freudigen Aufschwunge wieder zu Schmerz und Klage zurückkehren und langsam den ganzen Process noch einmal durchmachen. Hierin steht die Cantate hinter der Adventsmusik desselben Jahres entschieden zurück; Franck hätte einen andern Chortext wählen müssen. Die zweite Schwäche liegt in dem Duett; dasselbe ist gradezu ein wunder Punkt. Man kann den Einzelgesang in die Kirchenmusik einführen, vorausgesetzt daß er sich in einer Form äußert, über der man das Individuum vergißt. Man kann mit demselben Rechte von Duetten und Terzetten Gebrauch machen, wenn die Stimmen sich uneigennützig bestreben, einer Gesammtempfindung und einem Gesammtgedanken zum künstlerischen Ausdruck zu verhelfen. Es ist auch wenig dagegen zu erinnern, wenn in den sogenannten »Dialogen« die Seele und Christus, die Furcht und die Hoffnung, oder andre leichtdurchsichtige Allegorien auftreten, und mit ihren Aeußerungen, die eben nur verschiedene Seiten derselben religiösen Empfindung bezeichnen, einander ablösen. Aber alle Kirchenmusik hört auf, sobald zwei Persönlichkeiten dermaßen sich in Aufforderung und Gewährung, in Widerspruch und Zustimmung mit einander zu thun machen, wie es hier geschieht. Da ist von einer Gemeinempfindung, in deren Dienst sie beide sich für alle stellen sollten, nicht mehr die Rede; Satz für Satz sind es nur die eignen Interessen, die in ihren wechselseitigen Beziehungen das Musikstück beleben und im Fluß erhalten. Das Duett ist, was Kirchenmusik niemals sein darf, dramatisch. Bach hat, es muß leider gesagt werden, nicht nur nichts gethan, um das Verfehlte der Dichtung zu mildern, sondern es durch seine Behandlung noch gesteigert. Er verwendet keine Instrumente zur Begleitung, deren melodische Verflechtung einen Theil des Interesses hätte für sich in Anspruch nehmen können. Durch seine Lust am contrapunctischen Stimmenspiel verleitet, hat er, gewiß unabsichtlich, die Dramatik in einer fast peinlichen Weise zugespitzt, wenn die Stimmen sich unersättlich das »ach nein! ach ja! du hassest mich! ich liebe dich!« zuwerfen. Auch hat die durchgehende Wechselrede wahrscheinlich nicht in Francks Sinne gelegen; es ist ziemlich deutlich, daß er am Anfange erst der Seele und dann dem Basse eine zusammenhängende Partie zugetheilt hatte. Als mildernder Umstand läßt sich nur anführen, daß der Sopran ja damals von einer Knabenstimme gesungen ist; dadurch wurde zur Noth der Eindruck vermieden, den das Stück jetzt überall machen muß, der eines reizenden Liebesduetts.

Für die allgemeine Beurtheilung Bachscher Kunst ist es aus diesem Grunde nicht günstig gewesen, daß die Cantate »Ich hatte viel Bekümmerniß« sich so sehr verbreitete, ohne daß zugleich die gehörige Anzahl andrer nicht geringerer Gattungsschwestern bekannt wurde. Der oft gemachte Vorwurf theatralischer und pietistischer Elemente in seiner Kirchenmusik findet hier eine scheinbare Stütze. In Wirklichkeit aber giebt es außer diesem Duett nur noch ein einziges aus dem Jahre 1715 von ähnlicher Beschaffenheit. Franck liebte die Form und Bach bequemte sich ihm an. Späterhin hat er, soweit ich seine Cantaten jetzt zu übersehen vermag, kein solches Stück wieder in ihnen angebracht. Traten ihm ähnliche Aufgaben nahe, so verstand er die dialogisirenden Stimmen dergestalt in eine höhere Einheit aufzulösen und in ein Netz instrumentaler Polyphonie einzuweben, daß gar kein Zweifel bleibt: er wußte nunmehr, was er seinem Stile schuldig war [13]. Mißgriffe nach dieser Seite hin waren aber um so leichter, als alle übrigen Kirchencomponisten ganz wohlgemuth die theatralischen Formen acceptirten und Bach unter ihnen heraus und ihnen entgegen sich erst seinen Weg bahnen mußte.

---

13) Höchst interessant ist es, die Dialoge in den Cantaten »O Ewigkeit, du Donnerwort« (B.-G. XII, 2. Nr. 60) und »Erfreut euch, ihr Herzen« (XVI, Nr. 66) in dieser Hinsicht zu vergleichen. Selbst die Duette in »Wachet auf, ruft uns die Stimme« sind ánders beschaffen.

Ueber die Cantate zu Palmarum können wir kurz sein[14]. Der Text hat die eigenthümlich Francksche Form, welche Arien verschiedenen Versmaßes ohne Recitative an einander reiht, wenigstens ist ein achttaktiges Bass-Arioso über Ps. 40, 8 und 9 nicht dahin zu rechnen. Auch der Anfangs- und Schluß-Chor sind über Arientexte gebaut, und wir begegnen hier zum ersten Male bei Bach der Da capo-Form im Chorgesange. An Kunstwerth scheint mir diese Cantate der vorigen, mit der sie in der Anlage bedeutende Aehnlichkeit hat, durchaus nicht nachzustehen. Sie beweist aber, mit welcher Sicherheit Bachs Genius entgegengesetzte Stimmungen zu erfassen wußte, und wie tiefsinnig er auf den Charakter der einzelnen Sonntage einging. Gleich die Symphonie (G dur) schlägt den Ton an, der das Ganze einheitspendend durchklingt: ein frühlingsholdes Musikstück, zart und doch festlich froh. Die anmuthig verschlungenen Gänge der hohen Violinen oder Holzbläser über den harfengleichen Pizzicatos des tieferen Streicherchors sind die Laub- und Blumengewinde, welche man zum Willkommen eines theuren Ankömmlings um die Thüre flicht. Und »Himmelskönig, sei willkommen, laß auch uns dein Zion sein. Komm herein, du hast uns das Herz genommen« tönt es im blühenden, schön fugirten Chorgesange. In der Folge der köstlichen drei Arien ist die Stimmung meisterlich entwickelt: bei der Aussicht auf Christi nahen Tod wird sie ernst, trüb, endlich herb und schneidend, verklärt sich aber in einem wundervollen Choralchore:

> Jesu, deine Passion
> Ist mir lauter Freude,
> Deine Wunden, Kron und Hohn
> Meines Herzens Weide.
> Meine Seel auf Rosen geht,
> Wenn ich dein gedenke;
> In dem Himmel eine Stätt'
> Uns deswegen schenke[15].

Darnach kehrt in dem Schlußchore die festliche Stimmung wieder,

---

14) Publicirt von J. P. Schmidt in »Kirchengesänge für Solo- und Chor-Stimmen mit Instrumental-Begleitung von Johann Sebastian Bach«. Berlin, Trautwein. Heft II. Autograph auf der königl. Bibliothek zu Berlin.

15) Strophe 33 des Liedes »Jesu Leiden, Pein und Tod« von Paul Stockmann.

und nimmt im zweiten Theile einen durch Großartigkeit und kunstvolle Entwicklung gleich ausgezeichneten Aufschwung.

Inzwischen war Francks erster Jahrgang von Cantaten fertig
geworden und in zweierlei Formen gedruckt, einmal als Gesammt-
bändchen mit einer Widmung an den Herzog, und außerdem in Ein-
zeldrucken, welche für jeden Sonntag unter die Gemeinde zum Nachlesen vertheilt wurden. Der Titel war »Evangelisches Andachts-
Opfer« [16]. Die Compositionen, welche Bach beigesteuert hat, sind
wohl zum größten Theile, doch sicherlich nicht vollständig mehr
erhalten. Der Vicecapellmeister Strattner war mit der Verpflichtung
angestellt gewesen, jeden vierten Sonntag eine Kirchenmusik zu
componiren. Gewisse Gruppen der Bachschen Cantaten, z. B. die
zum 16., 20., 23. Trinitatis-Sonntage, oder zum 4. Advent, Sonntag
nach Weihnachten, 2. Sonntag nach Epiphanias zeigen, daß ihm
eine ähnliche Verpflichtung obgelegen hat. Jetzt sind aus diesem
Jahrgange von Ostern 1715—1716 noch neun Cantaten vorhanden [17].
Wir mustern sie in chronologischer Folge.

1) Cantate auf den ersten Ostertag (21. April) 1715 (»Der Himmel lacht, die Erde jubiliret«) [18]. Sie ist später vom Componisten
wieder überarbeitet, und nur in dieser erweiterten Gestalt besitzen
wir sie noch; im Anfangschore ist eine Singstimme zugesetzt und
sind die Instrumente verstärkt, auch die letzte Arie scheint, wenngleich nicht in der Anlage, so doch in der Besetzung verändert zu
sein. Es muß also von dem Lobe dieser Cantate für den Bach, wie
er noch in Weimar war, etwas in Wegfall kommen. Die Dichtung
ist meist sehr gelungen. Sie geht von der Festfreude aus, und zieht

---

16) »Evangelisches | Andachts-Opffer, | Auf des | Durchlauchtigsten Für-
sten und | Herrn, HERRN | Wilhelm Ernstens, | Herzogens zu Sachsen, Jü-
lich, | Cleve und Berg, auch Engern und | Westphalen, ꝛc. ꝛc. | Unsers gnädigsten
regierenden Landes-|Fürstens und Herrns | Christ-Fürstl. Anordnung, | in geist-
lichen | *CANTATEN* | welche auf die ordentliche | Sonn- und Fest-Tage | in
der F. S. ges. Hof-Capelle zur | Wilhelmsburg *A.* 1715. zu *musiciren,* | angezün-
det | von | Salomon Francken, | Fürstl. Sächß. gesamten Ober - *Consistorial-* |
Secretario in Weimar. | Daselbst gedruckt mit Mumbachischen Schrifften | «. Be-
findlich auf der gräflich stolbergschen Bibliothek zu Wernigerode (nicht in Weimar, wie Schauer a. a. O. S. XXXIX angiebt).

17) S. Anhang A. Nr. 28.

18) B.-G. VII, Nr. 31.

mit feinem Gefühl die Frühlingsfeier der erwachenden Natur in dieselbe hinein. In den Solosätzen nimmt sich manches zu lehrhaft aus,
was freilich oft schwer zu vermeiden war. Der Schluß dagegen ist
wieder eben so musikalisch, wie für Franck charakteristisch: die Gedanken wenden sich von Christi Auferstehung zu der Auferstehung
alles Fleisches und dem Eingang in die ewige Herrlichkeit; daran
schließt sich (nicht ganz logisch) der Wunsch, daß der Tod kommen
möge, um zur Vereinigung mit Jesu zu führen — hier quillt Innigkeit
aus jeder Zeile. Bach beginnt mit einer großartigen Sonate (C dur $^6/_8$),
deren Bau mit der Instrumentaleinleitung zur Sexagesimae-Cantate
»Gleichwie der Regen« übereinstimmt, nur daß in der Verbindung der
Ciaconen-Form mit dem italiänischen Concerte zu Gunsten des letzteren noch ein Schritt weiter gegangen ist und das Anfangsthema nicht
als durchaus herrschender Gedanke erscheint. Unablässig schuf der
Meister in den Gränzen des Vernunftgemäßen neue Formen. So stellt
auch der folgende Jubelchor eine Verschmelzung der Fuge mit der
Liedform dar und trägt überdies noch einen Zug von der italiänischen
Arie. Sein erster Haupttheil gliedert sich wie ein Aufgesang in zwei
Stollen, dem der Abgesang in anderm Zeitmaße und wesentlich homophonen Gängen folgt; dieser aber schwingt sich, um dem Totalcharakter treu zu bleiben, zu einer neuen Fuge auf, und als sie geendigt,
greift der Instrumentenchor noch einmal auf den Anfang zurück. In
der ersten Arie wird man die Gewandtheit nicht übersehen, mit der
fünf hinter einander gestellte Fragen musikalisch ausgedrückt werden; das Stück ist über einen frei behandelten *ostinato* gebaut und
schwer in angemessener Weise zu accompagniren. In der Tenor-Arie
begegnen wir zum ersten Male einem jener Texte, welche gar keine
Empfindung aussprechen und rein dogmatischen Inhalts sind. Wie
die älteren Kirchencomponisten bei gewissen dogmatischen Theilen
der Messe einfach einer allgemeinen kirchlichen Stimmung Ausdruck
geben, so stellt auch Bach in solchen Fällen freie Tonstücke hin, die
in jener Stimmungssphäre sich bewegen, welche sein kirchlicher Stil
umschreibt. Aber er giebt zugleich auch einen bestimmteren Ge-
fühlsinhalt; denn da in seinen Cantaten die Stimmungen sich im
stufenweisen Fortschritt zu entwickeln pflegen, so ist der Inhalt solcher Stücke wesentlich durch ihre Umgebung bedingt. Und besteht
zwischen den Textpartien ein vernünftiger Zusammenhang, dann

müssen nun auch Dichtung und Musik sich decken; letztere ist zwar nicht aus jener hervorgegangen, aber sie finden in einem höheren Dritten ihre Einheit. So ist es hier. Die Anfangstheile der Cantate beschäftigen sich mit der objectiven Thatsache von Christi Auferstehung, von dem Recitativ unsrer Arie an beginnt die Betrachtung über deren vorbildliche Bedeutung für das Leben des Christen, deren Höchstes das Auferstehen am jüngsten Tage ist. Die Musik schlägt die Brücke von dem Festjubel zu den mystischen Empfindungen über die letzten Dinge. Was sie sagt, läßt sich in Worten nicht definiren, dazu ist es Musik. Aber daß der Inhalt Bach sehr am Herzen lag, sieht man an der außerordentlichen Schönheit der Arie in instrumentaler wie vocaler Hinsicht. Sie ist wie ein Frühlingslied, das ein leiser Hauch der Sehnsucht durchzieht. Formell ähnelt sie der Bassarie in der Palmarum-Cantate, die ja vielleicht nur acht Tage früher zur Aufführung kam, hie und da auch der zweiten Arie in »Ich hatte viel Bekümmerniß«. Die außer der ersten Geige verwendeten Streichinstrumente füllen oft nur die Harmonie aus, jene concertirt viel mit der Stimme allein, kurze Instrumentalsätzchen werden gern zwischenhineingeworfen. Als Merksteine für Bachs Entwicklung sind solche Züge nicht zu übersehen. Außerdem ist beachtenswerth, daß der melodische Gedanke des Ritornells ein andrer ist, als der Anfangsgang der Singstimme, in den es nach Verlauf eines Taktes selbständig hineintritt und auch durch die ganze Arie die Kosten des Accompagnements allein bestreitet [19]. Ein durch ekstatischen Schwung ausgezeichnetes kleines Recitativ leitet zur letzten Arie:

> Letzte Stunde, brich herein,
> Mir die Augen zuzudrücken!
> Laß mich Jesu Freudenschein
> Und sein helles Licht erblicken!
> Laß mich Engeln ähnlich sein,
> Letzte Stunde, brich herein.

Durch seine Behandlung hat Bach gezeigt, wie sympathisch ihm dieser Ausgang war. Ist es nicht merkwürdig? Zu Ostern, dem Feste

---

[19] Ich bemerke gelegentlich, daß im vorangehenden Recitativ eine Entstellung des Textes stattgefunden hat, die auch in die Ausgabe der Bach-Gesellschaft übergegangen ist. Es muß dort nämlich heißen: »Auf! von den todten Werken! Laß, daß dein Heiland in dir lebt, An deinem Leben merken!«

des Siegs, des Triumphes, eine Kirchenmusik zu schließen mit der Aussicht auf den Tod und in unbestimmte Fernen, ahnungsvoll und verschwimmend! Aber so ist des Künstlers Wesen. Als echter Kirchenmusiker sieht er alles *sub specie aeterni*. Doch ist es nicht der majestätische Glanz, den von der hohen Himmelskuppel die Sonne auf alle Creaturen niederstrahlt, es sind Lichtstrahlen, die durch ein halbgeöffnetes Thor in eine Welt des Dunkels fallen, um sie erdämmernd ahnen zu lassen, was ihr fehlt. Auch jene Begebenheiten der Kirche, welche die Freude am Dasein auf das entschiedenste herausfordern, können ihn seinem Sinnen nicht ganz entziehen. Er liebt die blühende Lenzesflur, aber vorzugsweise, wenn das Abendgold sie umfließt.

Mit einem rührend milden Gesange des Soprans concertirt die Oboe; hinein tritt, von beiden Violinen und Violen im Einklange gespielt, mild und voll in tiefer Lage die Melodie »Wenn mein Stündlein vorhanden ist«. Wir kennen die Form aus dem *Actus tragicus*. Ihr Eigenthümliches ist, daß sie den Hauptfactor, den Choral, wortlos, Nebenfactoren dagegen redend einführt und so das natürliche Verhältniß umdreht. Die Empfindung der Singstimme wird dadurch in den kirchlichen Bereich gezogen, aber da zur Ausdeutung des instrumentalen Chorals die Subjectivität ungehinderten Zutritt hat, verschwimmt das Ganze ins Unbestimmte und Romantische. Wie nun diese Form dort zur Darstellung der beabsichtigten Stimmung überaus geeignet war, so ist sie es auch hier. Aber der Charakter der Cantate erlaubte nicht ein solches Versunkenbleiben in überirdische Ahnungen. In festen Umrissen aus der Dämmerung tritt uns deshalb zum Schluß derselbe Choral in seiner 5. Strophe vom gesammten Chore gesungen entgegen. Diese Strophe hatte der Dichter vorgeschrieben; Bachs geniale Kunstthat besteht darin, daß er die Melodie für das vorige Stück in einer Form anticipirte, die auf den Schlußchoral wie die Blüthe auf die Frucht vorbereitete. Er hatte hiermit wieder eine Kunstform geschaffen, die er fortan mit stets neuem Tiefsinn zu den ergreifendsten Wirkungen verwerthete. Die Harmonisirung des Chorals entspricht dem Vorhergegangenen; es ist eine Seligkeit durch sie hingegossen, daß man wie von Schauern des Unbegreiflichen angehaucht wird. Maßgebend sind für Bach die Anfangszeilen gewesen:

So fahr ich hin zu Jesu Christ,
Mein' Arm' thu ich ausstrecken.

Ueber den Singstimmen wandeln Violine und Trompete in Melodien und Rhythmen, die unwiderstehlich das Bild eines Emporgetragenen wachrufen, der der himmlischen Wonne die Arme entgegenbreitet; von unsäglicher Ueberschwänglichkeit ist der Vorhalt über den Fermaten, der sich immer mit dem zweiten Achtel auflöst. Die sehr hoch geführte Trompete mit ihrem zarten, silbernen Klange, muß hier von zauberischer Wirkung gewesen sein [20]. — Der Text Francks hat noch eine zweite Composition erfahren durch den Sondershäuser Capellmeister Freislich, welcher Bachs Musik gekannt haben wird, da sein Anfang deutlich daran erinnert [21]. Die Composition ist freundlich und unbedeutend, interessant für uns nur dadurch, daß an den Schluß die 10. Strophe des Osterliedes »Früh morgens, da die Sonn aufgeht« mit ihrem jubelnden Hallelujah gesetzt ist. Damit den üblichen Abschluß zu machen, war allerdings leichter und — dankbarer.

2) Cantate auf den vierten Sonntag nach Trinitatis (14. Juli) 1715 (»Barmherziges Herze der ewigen Liebe«) [22]. Sie schließt mit dem Choral »Ich ruf zu dir, Herr Jesu Christ«. Bach führt denselben auch in die erste Nummer ein (Fis moll $^6/_4$), wo ihn zu zwei über einem Achtel-Continuo duettirenden Stimmen die Trompete oder Oboe zu blasen hat [23]. Er macht dadurch einen neuen Gebrauch von der eben besprochenen Combination, indem er den Choral wie in einem weiten Bogen über die gesammte Cantate spannt. Dessen Grundgedanke ist die bittre Klage über die menschliche Schwachheit, neben der die Bitte an Christus um Beistand zu einem gottgefälligen Leben nur als zweites Moment erscheint. Die Einführung der Melodie auch in den ersten Satz bestimmt natürlich dessen Charakter, der so freilich ein ganz andrer wird, als ihn die Textworte zu verlangen scheinen:

---

20) Winterfeld, Ev. K. III. S. 378 scheint mir diesen Satz mißzuverstehen, ebenso Mosewius a. a. O. S. 8.

21) In Stimmen auf der Bibliothek der Schloßkirche zu Sondershausen.

22) Herausgegeben nach dem Autograph auf der königl. Bibl. zu Berlin von J. P. Schmidt a. a. O. Heft III.

23) Daß auch in Weimar die Trompete dazu benutzt wurde, zeigt die Existenz einer Trompetenstimme in G moll, was zum Cornetton der weimarischen Orgel paßt, da die Trompeten immer im Chorton standen. Das Stück ist *Duetto* überschrieben. Soviel nur hier zur Berichtigung der auch sonst wenig genügenden Ausgabe Schmidts.

Barmherziges Herze der ewigen Liebe,
Errege, bewege mein Herze durch dich,
Damit ich Erbarmen und Gütigkeit übe,
O Flamme der Liebe, zerschmelze du mich!

Zu der Vorstellung, daß die göttliche Liebe das starre Menschenherz zerschmelze und zu christlicher Thätigkeit begeistere, würde wohl eine warm erregte Musik der Absicht des Dichters eher entsprochen haben. Aber es wäre dann eine Stimmung angeschlagen, die, sie mochte gedämpft werden, wie sie wollte, doch immer zu dem Inhalt des Chorals sich im Gegensatz befunden hätte. Das durfte nach Bachs Ansicht nicht geschehen, der in dem Choral die oberste kirchliche Musikform erblickte. Hatte Franck mit der Wahl jenes Liedes einen Fehler begangen, so ward dieser für Bach Veranlassung zu einer tiefsinnigen Combination und ist für uns ein neuer Beweis seiner großen Gestaltungskraft auch auf poetisch-musikalischem Gebiet. Jetzt steht die Cantate als abgerundetes Kunstwerk da. Das Duett bewegt sich kunstreich in canonischen Nachahmungen, doch verlieren sich die Stimmen (Sopran und Tenor) einige Male zu weit aus einander in die Höhe und Tiefe. Einzelne herbe Zusammenklänge sind wohl beabsichtigt, die Melodien durchaus herrlich. Um für die Recitative den Inhalt zu bestreiten, hat sich der Dichter an das moralisirende Sonntags-Evangelium gehalten; daher die Nüchternheit derselben. Bach hat durch seine musikalische Behandlungsart sie trotzdem emporzuheben gewußt. Das erste, für Alt, geht wieder auf ein Arioso aus, das der Instrumentalbass weithin canonisch verfolgt. Dasselbe Verfahren ist auch in der Ostercantate zu bemerken, es findet sich weiter in der Advents- und Oculi-Cantate sowie in der Cantate auf den Sonntag nach Weihnachten desselben Jahrgangs und ist als Stileigenthümlichkeit des Meisters in dieser Periode anzusehen. Eine Alt-Arie (A dur $^2/_4$) stellt das Wonnegefühl der Erwartung eines ewigen Lohnes dar für christliche Handlungen im Leben. Das im Text gebotene Bild von den Garben, welche nach der hier ausgestreuten Saat dort fröhlich eingebracht werden, hat den Grundton der Composition bestimmt. Eine verklärte Heiterkeit, die nach dem schmerzensreichen Anfangsgesange doppelte Wirkung hat, durchdringt dies entzückende Musikstück bis in seine feinsten Fasern, die strenge Polyphonie ist mit Mozartscher Liebenswürdig-

keit gehandhabt, voll und wohlig quillt in dankbarster Schreibart
der Strom des Gesanges. Einen neuen Beweis formbildender Genialität bietet die nächste Arie (H moll 𝄵), zu der Franck folgende Worte
lieferte:

> Das ist der Christen Kunst:
> Nur Gott und sich erkennen,
> Von wahrer Liebe brennen,
> Nicht unzulässig richten,
> Noch fremdes Thun vernichten,
> Des Nächsten nicht vergessen,
> Mit reichem Maße messen.
> Das macht bei Gott und Menschen Gunst,
> Das ist der Christen Kunst.

Es war jedenfalls nicht leicht, hieraus ein ordentliches Musikstück
zu machen. Die Form der italiänischen Arie ließ sich nicht anwenden, da der gedankliche Schwerpunkt nicht in der ersten Zeile ruht,
die allerdings zum Schluß wiederholt ist, sondern in den folgenden,
es also unmöglich war, über die erste Zeile den musikalischen Hauptsatz zu schreiben. Die strophische Liedform war aber auch nicht zu
verwerthen, höchstens wäre es mit dem Arioso gegangen und das
sollte hier nicht sein. Es blieb nichts übrig, als daß der Componist
eine neue Form schuf. Er nahm deshalb von den Zeilen 2—7 je zwei
besonders, faßte sie durch die wiederholte erste Zeile ein und erhielt
so drei vierzeilige Strophen. Diese aber derselben Musik unterzu-
legen und ein Lied zu gestalten, verbot der Fortgang des Textes.
Er faßte also nun Zeile 2—7 als ein fortlaufendes Ganzes und schloß
dieses abermals durch die erste Zeile ein. Aus den letzten beiden Zeilen bildete er dann noch durch Wiederholung der Worte zwei viertaktige Perioden. Man sieht schon, daß sich hier ein Gerüst aufbaut,
welches eine musikalische Umkleidung in der Form des italiänischen
Concerts zu tragen bestimmt ist. Dies ist das Haupt-(Tutti-)Thema:

und dieses der Neben-(Solo-)Gedanke:

Die Entwicklung mittelst der beiden contrastirenden Themen erfolgt nun ganz regelrecht durch die verwandten Tonarten. Nach H moll tritt D dur ein, dann A dur, dann zu der größeren Periode, in welcher das zweite Thema weiter ausgesponnen wird, E moll, endlich wieder H moll, wo aber das erste Thema nur durch den Instrumentalbass angegeben wird, der überhaupt eine sehr selbständige Behandlung erfährt. So wurde also der Bau italiänischer Instrumentalformen auch für den Bachschen Sologesang von Wichtigkeit. Von Seite der Empfindung betrachtet, spricht sich in der Arie der Eifer für eine warm gehegte religiöse Ueberzeugung aus, mit einer Eindringlichkeit und wackern Erregtheit, die Bach ganz eigenthümlich ist. Ueber den Schlußchoral, der mit größter harmonischer Energie das Moment der Klage zum Ausdruck bringt, ist wieder eine selbständige Instrumentalstimme in den schönsten Linien hingezeichnet.

3) Cantate auf den sechzehnten Sonntag nach Trinitatis (6. October) 1715 (»Komm, du süße Todesstunde«) [24]. Das Evangelium erzählt die Auferweckung des Jünglings zu Nain (Luc. 7, 11—17), was dem Dichter Veranlassung gab, sein Lieblingsthema vom seligen Tode und ewigen Leben in drei Arien und zwei Recitativen zu behandeln. Den Schlußchoral (Herzlich thut mich verlangen, Str. 4) hat Bach wieder in das Anfangsstück hinübergezogen, wo ihn zu einer von zwei Flöten und Continuo begleiteten Alt-Arie (C dur C) die Orgel mit einem hervortretenden Register zu spielen hat [25]. Die

---

24) Eine alte Partitur aus der ersten Hälfte des 18. Jahrhunderts wird auf der königl. Bibl. zu Berlin aufbewahrt. Sie scheint in Leipzig geschrieben zu sein, denn die Wasserzeichen des Papiers stimmen überein mit denen, welche sich in den Stimmen zu Bachs Oster-Oratorium »Kommt, eilet und laufet, ihr flüchtigen Füße« erkennen lassen. Sichere autographe Spuren sind nicht darin zu entdecken; vermuthlich war Bach an dieser Copie ganz unbetheiligt. Vollständige Ueberschrift derselben: »Dom: 16. p. Trin: Kom, du süße Todes Stunde«, rechts von ihr das Zeichen: α ‖ ω, links: α. ω., darunter von andrer Hand: »item Festo Purific. Mariae«, rechts in der Ecke: »di Bach«. Daß die Cantate in Weimar componirt ist, zeigt ihre mit den andern ganz übereinstimmende Anlage auf den ersten Blick.

25) Die Handschrift schreibt Sesquialtera vor. In einer neueren Copie ist der Choral einer Sopranstimme mit den Gerhardschen Worten: »Wenn ich einmal soll scheiden« u. s. w. zuertheilt. Daß die instrumentale Ausführung für das Ursprüngliche zu halten ist, bedarf nach allem vorhergegangenen wohl kaum der Erwähnung.

ganze Cantate trägt den Charakter des Erdentrückten und Welter-
lösten in einem solchen Grade, daß man zuweilen keine irdische
Musik mehr zu hören und wie zwischen Geistern zu schweben meint.
Die luftigen Flöten in ihren Sechzehntelgängen den erhabenen Schlußchoral des ersten Theils der Matthäuspassion verständlichst ankün-
digend, wallen dahin wie zarte Wölkchen im reinen Aether, zwischen
ihnen schwebt die milde Lichtgestalt der Gesangsmelodie:

Und alles dieses bedeckt mit weitgespannten Fittichen die wortlose
Melodie des alten Sterbeliedes. Die zweite Arie, durch ein Recitativ
von der ersten getrennt (A moll $^3/_4$), senkt sich in trübere Regionen
herab, die stillen Flöten machen dem leidenschaftlicheren Streichquartett Platz, den Gesang führt der Tenor. Sprach dort ein verklärter Geist, so redet hier ein todessehnsüchtiger Mensch in Tönen
aus Schmerz und Seligkeit wundersam gemischt. Nach einem großen Recitativ, das die Stimmungen vermittelt, ergeht sich die letzte
Arie (C dur $^3/_8$) wieder in weicher Schwärmerei. Sie ist mit einer
Réminiscenz an die ältere Kirchencantate vierstimmig gesetzt, und
abgesehen von einfachen canonischen Führungen zwischen dem
obern und untern Stimmpaare ganz homophon gehalten. Streichinstrumente und Flöten begleiten und concertiren in gedanklich und
klanglich gleich merkwürdigen Combinationen; namentlich muthen

---

26) Eine etwas gesuchte Anspielung auf die Geschichte Simsons; vergl. B.
d. Richter, Cap. 14.

gewisse Zweiunddreißigstel der Flöten seltsam schaurig an: sie klingen wie Geistergelispel. Dem Chor setzt der nachfolgende Choral die Krone auf; über dem vierstimmigen Satze irrt fremdartigen Ganges und auf geheimnißvollen Pfaden die Flöte und bildet wunderbare Harmonien — es ist alles, als ob man's im Traume hörte. Endlich gehören auch die beiden Recitative zu den schönsten, die Bach geschrieben. Sie sind wieder für seine eigenthümliche Manier höchst charakteristisch, überall musikreich und tief melodisch empfunden und doch voll treffender geistsprühender Declamations-Accente. Das erste wird nur vom Continuo begleitet, das zweite zieht den vollen Instrumentalchor heran, der alle hervortretenden pathetischen Sätze vertieft und eindringlicher macht, nicht durch Vor- und Nachspiele, sondern, echt Bachisch, durch mitgehende reich gewebte Tonsätze [27]). Besonders merkwürdig ist der Schluß. Hier ist von dem Schlagen der letzten Lebensstunde die Rede, wozu die Instrumente ein allgemeines Glockengeläute ertönen lassen, die Bässe in der großen Octave feierlich hin- und herschwingend, in der Mitte wie Betglockenschläge die vereinigten Geigen, oben als helle Signir-Glöckchen die beiden Flöten. Umfluthet von diesem Klangmeer zieht die Singstimme hin, wie ein Erdenpilger auf seinem letzten Gange:

---

[27]) Von Takt 4—14 weicht der Text der Partitur von der gedruckten Dichtung etwas ab; Bach scheint hier eigenmächtig geändert zu haben, denn die musikalische Declamation paßt weniger gut zu den Originalworten.

Ob eine solche Tonmalerei berechtigt sei oder nicht, wäre wohl zu
fragen. Daß die Musik Töne und Tonreihen musikalischer Instrumente — und als solche sind doch die Glocken zu betrachten —, die
sich an bestimmte Lebensgewohnheiten knüpfen, an- und aufnehme,
sobald sie solche Ereignisse künstlerisch zu behandeln hat, wird
man nicht unbedingt verbieten dürfen. Trompeten- und Hörner-
weisen werden bei Kriegs- und Jagdstücken, pastorale Gänge der
Oboe bei Schilderungen aus dem Hirtenleben ungesucht sich darbieten. Denn nicht zufällig sind diese Instrumente und gewisse
eigenthümliche Tonäußerungen derselben mit jenen Lebensverhältnissen in Verbindung gebracht, ein innerer Zusammenhang trieb
dazu; sie offenbaren den innersten Kern des jene Verhältnisse

durchdringenden und bewegenden Gefühlslebens, und der Musiker benutzt mit ihnen nur ein dargebotenes Material. Indem diese Tonäußerungen die Phantasie leicht zur Erzeugung einer bestimmten adäquaten Vorstellung treiben, sind sie besonders für oratorische Compositionen ein unverächtliches Mittel. Doch auch die reine Lyrik mag sich ihrer bedienen, nur ist hier die Umbildung zu einem idealen Kunstmotiv unerläßlich. Auch liegt es auf der Hand, daß diese Umbildung desto sorgsamer vorgenommen werden muß, je einfacher und beschränkter die Aeußerungen des Instrumentes sind, da grade dann der Eindruck eines störenden Realismus um so leichter entsteht. Wie wohl Bach auch in Nachahmung des Glockengeläutes dieser Forderung nachzukommen weiß, zeigt die erste Arie seiner Cantate »Liebster Gott, wann werd ich sterben«[28], wo zu einem ganz ähnlichen Texte, wie der vorliegende ist: »Was willst du dich, mein Geist, entsetzen, Wenn meine letzte Stunde schlägt?« die Bässe durchgehend das Glockenläuten imitiren, aber so durchaus motivisch und allgemein musikalisch, daß es ganz in den Organismus aufgeht. Dies ist nun an unsrer Stelle nicht der Fall; wir sind im Recitativ, musikalisch unvorbereitet hören wir durch wenige Takte und wenige Harmonien Glockengetön, dann verstummt es wieder. Was der Componist beabsichtigte, ist freilich sehr klar: durch Erinnerung an das Sterbegeläut will er die Stimmung wach rufen, die uns in solchen Fällen überschleicht — eine poetisirende Vertiefung, wie er sie ähnlich durch das Einführen wortloser Choralmelodien anstrebt. Aber ist es richtig und künstlerisch, durch solch ein unorganisches, äußerliches Mittel wirken zu wollen? Im Allgemeinen gewiß nicht, und sicherlich kann für jetzige Zuhörer die Wirkung leicht eine verletzend realistische sein. Etwas anders nimmt sich die Sache aus, wenn wir sie aus der Persönlichkeit Bachs zu begreifen suchen. Wie es seine rein musikalische Richtung mit sich bringt, steht er Tonschilderungen im Ganzen fern, wobei natürlich alles das ausgeschlossen bleibt, was auf Abspiegelung einer sichtbaren Bewegung hinausläuft, denn hier waltet ein tieferes musikalisches Gesetz. Wenn im letzten Recitativ der Advents-Cantate »Nun komm, der Heiden Heiland« ein malerischer Gang der Sing-

---

28) B.-G. I, Nr. 8.

stimme fremdartig berührte, so entwickelt er sich doch als Wort-
accent gefaßt ganz natürlich aus Bachs Princip, das Declamatorische
ins Melodische hinüber zu ziehen, und wirkt an jener Stelle gradezu
erhaben, indem er den Gegensatz zwischen sinnlicher Beschränktheit
und übersinnlicher Unendlichkeit stark hervortreten läßt. Zerstreute
andre Fälle werden an ihrem Orte begründet werden. Die Nachahmung des Glockengeläutes ist aber eine Lieblingsidee Bachs, die
in einer ganzen Zahl von Werken wiederkehrt, so in der schon
genannten Cantate auch im Anfangschor, in einer Arie der Cantate
»Herr, wie du willst, so schicks mit mir«[29], ferner in großartiger
Conception im zweiten Recitativ der Trauer-Ode auf die Königin
Christiane Eberhardine[30], ferner in der Trauer-Arie »Schlage doch,
gewünschte Stunde«[31], beiläufig bemerkt auch einer klar erkennbaren Dichtung Francks. Hier liegt offenbar eine ganz besondere
Anschauung zu Grunde. Bachs Verhältniß zur Kirche und ihren
Bräuchen war ein so tiefes und inniges, daß ihm das Tönen der
Glocken in keiner musikalischen Form der Verwendung für seine
Tonwerke unwürdig erschien. Will man dies zu naiv, ja beschränkt
nennen, so erwiedern wir, daß das Genie beschränkt sein muß und
nur die ausschließende, blind machende Liebe zum Gegenstande zu
allen Zeiten das wahrhaft Große geschaffen hat. Die Musikgeschichte
kennt noch einen zweiten, ganz gleichen Fall: die Nachtigall-,
Wachtel- und Kuckuckstimmen im *Andante* der Beethovenschen
Pastoralsymphonie. Es ist sehr leicht nachzuweisen, daß Beethoven
hier die idealen Gränzen überschritten habe, und dennoch — hätte
er nicht den Zauber und die Hoheit der Natur so tief empfunden,
daß ihm alles in ihr geheiligt war, wie würde er diese Symphonie
haben schreiben können? Was dem einen dieser beiden ebenbürtigen
und nahe verwandten Geister die Natur bedeutete, galt dem andern
die Kirche; wir deuteten dieses schon früher einmal an.

4) Cantate auf den zwanzigsten Sonntag nach Trinitatis (3. November) 1715 (»Ach ich sehe, jetzt da ich zur Hochzeit gehe«

---

29) B.-G. XVIII, Nr. 73.
30) B.-G. XIII, 3.
31) B.-G. XII, 2, Nr. 53.

u. s. w.)[32]. Der Inhalt des Evangeliums ist das Gleichniß vom Könige, der zur Hochzeit seines Sohnes lädt und, nachdem seine Gäste zu kommen verweigert, von den Straßen die Menschen zum Mahle herein ruft, aber die Unwürdigen unter ihnen wieder hinausstößt (Matth. 22, 1—14). Die Grundempfindungen der Cantate sind demnach: Zagen und Bangigkeit, würdig befunden zu werden; Verlangen der armen Menschenseele, durch das Mahl des Herrn sich zu erquicken; Jubel über die Aufnahme an dasselbe. Sie werden in drei Arien dargestellt und durch Recitative vermittelt. Der Bass beginnt (A moll $\mathbf{C}$) mit einem Meisterstück an Polyphonie und motivischer Consequenz, die Figur  zieht sich wie ein nagendes Bedenken bis zum Ende durch. Die zweite Arie für Sopran (D moll $^{12}/_8$) athmet drängendes Flehen und ist wieder einmal ganz anders, als alles von Bach bis jetzt erlebte; schon der dreimal wiederkehrende Ausruf »Jesu!« ist von merkwürdigstem Ausdrucke. Doch wo fehlte diese Neuheit überhaupt? Die letzte Arie, ein Duett zwischen Alt und Tenor, eröffnet abermals ein ungekanntes Gebiet. In ihr ist, man wäre versucht es zu sagen, etwas von dionysischem Jubel, wenn die Stimmen bald in jauchzenden Sechzehnteln sich schwingen, bald langgehaltene Freudenrufe erschallen lassen und darunter der Bass wie zum festlichen Reigen aufspielt:

u. s. w.

Das breit ausgeführte Stück bewegt sich mit geistreicher Freiheit in der Form der italiänischen Arie, namentlich ist der Umweg überraschend, auf dem Bach in den ersten Theil zurückkehrt. Die beiden Stimmen gehen bald homophon wie im Zwiegesang, bald entwickeln sie eine lebhafte Polyphonie, die den orgelmäßigen Ursprung verräth; das speciell Bachsche Duett ist es noch nicht ganz, aber von den damaligen Musterduetten Steffanis, welche für Händel Vorbild

---

32) Partitur aus dem Nachlasse Fischhoffs auf der königl. Bibl. zu Berlin, der die Originalstimmen aus der v. Vossischen Sammlung zu Grunde liegen sollen. Ich habe dieselben nicht gesehen.

wurden, ist auch nicht die Spur einer Einwirkung vorhanden. Der Schlußchoral dämpft, dem Anfange entsprechend, die Stimmung ab: die siebente Strophe des Liedes »Alle Menschen müssen sterben« ertönt hier zu einer sonst unbekannten Melodie in A moll. Ob dieselbe von Bach erfunden sei, oder nicht, mag vorläufig unentschieden bleiben.

5) Cantate auf den dreiundzwanzigsten Sonntag nach Trinitatis (24. Nov.) 1715 (»Nur jedem das Seine«)[33]. An das Evangelium vom Zinsgroschen (Matth. 22, 15—22) sich anlehnend hat Franck einen Text zu Stande gebracht, der zum größeren Theile jedes Empfindungsgehaltes baar ist. Nur die letzte Arie ist direct der Musik zugänglich, von dem Uebrigen möge der Anfang eine Probe geben:

> Nur jedem das Seine!
> Muß Obrigkeit haben
> Zoll, Steuern und Gaben,
> Man weigre sich nicht
> Der schuldigen Pflicht!
> Doch bleibe das Herze dem Höchsten alleine!
> Nur jedem das Seine!

Trotz einer solchen grundprosaischen Reimerei ist Bach mit besonderem Interesse an die Composition gegangen. Er wählte seine Lieblingstonart H moll, schrieb die Partitur mit zärtlicher Sorgfalt und hat für die Musik selbst seine ganze Kunst und Feinheit zusammengenommen. Es fühlt sich auch bald heraus, daß er nicht ein rein musikalisches Ideal gestaltete, sondern in Wirklichkeit eine poetische Anregung aus den Worten schöpfte. Um dies nicht unbegreiflich zu finden, muß man vor Augen haben, daß er sie im idealisirenden Lichte der Kirche und des Schrifttextes sah, auch ist nicht zu vergessen, wie genügsam damals der allgemeine Geschmack in Sachen der Dichtkunst und wie wenig entwickelt diese selber war. Bach beweist so hundertfältig seinen hochfliegenden poetischen Sinn, wenn es sich um das vom Grunde der Musik ausgehende Erfassen allgemeiner Anschauungen handelt, daß es ihn nicht entwürdigt, im Verständniß speciell poetischer Dinge auf dem Niveau seiner Zeit

---

33) Autographe Partitur auf der königl. Bibl. zu Berlin. Vrgl. Anhang A. Nr. 27.

zu stehen. Gleich die Art, wie er die erste Arie auffaßt, zeigt, daß
er durch die äußere Hülse auf den Kern der Sache sah, wie es seine
Kunst erforderte, die das innere Wesen der Dinge tönend enthüllen
soll. Der Gedanke des Gesetzmäßigen, Wohlgeordneten, des Sitt-
lichfesten war es, der ihm daraus entgegenleuchtete, und den er nun
in einem Musikstücke darstellte, das wie aus Stein gehauen dasteht.
Ein andrer hätte mit jenen Worten vielleicht garnichts anzufangen
gewußt; daß sie Bach mit solcher Wärme ergriff, ist zugleich ein
schöner Beitrag zu seiner persönlichen Charakteristik: Strenge, Sittlichkeit und ein wunderbarer Ordnungssinn waren es eben, die sein
ganzes Wesen durchdrangen. Ich kann das Stück nicht weiter beschreiben; die volle Wirkung beruht in dem herbkräftigen Gesammtbilde:

 ist der Keim, aus dem es sich un-
unterbrochen entwickelt. In der folgenden Arie, die das Herz des
Christen mit einer abgegriffenen Münze vergleicht, welche nicht
werth ist, Christo dargebracht zu werden, wiesen die Worte:

> Komm! arbeite, schmelz und präge,
> Daß dein Ebenbild in mir
> Ganz erneuert werden möge,

der Phantasie des wackern Meisters die Richtung: im Dunkel zweier
rüstig arbeitenden Violoncelle (E moll **C**) treibt die Bass-Stimme ihr
ernstes Tagewerk. Als schöner Klanggegensatz folgt ein zweistim-
miges Recitativ zwischen Sopran und Alt, imitatorisch gehalten und
in ein langes Arioso auslaufend. Diese kühne Neuerung war nur bei
Bachs Auffassung des Recitativs überhaupt möglich. Daran schließt
sich ein kindlich reines Duo derselben Stimmen über einen poetischen Text, dessen Inhalt die Hingabe an den Herrn ist (D dur $^3/_4$),
Violinen und Bratschen im Einklange spielen dazu die Melodie »Meinen Jesum laß ich nicht« — ein Tongewebe von entzückender Feinheit! Den Schluß macht aber nicht dieser Choral, sondern die elfte
Strophe des Heermannschen Liedes »Wo soll ich fliehen hin« mit der
Pachelbelschen Dur-Melodie, die schon Michael Bach in einer Motette verwendet hatte und auf die Sebastian vielleicht durch seine
nahen Beziehungen zu diesem, oder durch Walther aufmerksam gemacht war. Zur Einflechtung in das vorhergehende Duett schien sie
ihm wohl technisch ungeeignet. Um aber nicht einen Eindruck

durch den andern aufzuheben, gönnte er ihr nur die allereinfachste Harmonisirung [34].

6) Cantate auf den 4. Advents-Sonntag (22. Dec.) 1715 (»Bereitet die Wege, bereitet die Bahn«) [35]. Ohne eine Spur von Formalismus zu verrathen, fährt der Meister fort, neue und neue Schätze seiner unerschöpflichen Phantasie zu spenden. Zahl und Anordnung der Musikstücke ist dieselbe, wie in der vorigen Cantate. Eine idyllische Festlichkeit lebt in der ersten Arie (A dur $^6/_8$). Die Oboe spielt vor, ganz ausgesucht nur von Dreiklangsharmonien begleitet:

Auf ē angelangt schwingt sie sich jauchzend zur Octave hinauf, mit hellem Triller die neu einsetzende Melodie der Violine überdachend, dann in den Gesang, der bald um alles zu ebnen und Bahn zu schaffen in Sechzehnteln geschäftig auf und nieder eilt, fröhlich das Motiv hineinwebend. Ganz reizend ist der zweite Theil, wo der Bass zuerst in Fis moll das Hauptmotiv spielt, die Stimme dazu mit folgendem neuen einsetzt:

und als dritte die Oboe diesen Gang ertönen läßt:

darnach im dreifachen Contrapunct sich die Stimmen durch verschiedene Tonarten ablösen, dann wiederholt in ihrem rührigen Treiben plötzlich verstummen und mit dem lauten Rufe »Messias

---

34) Im Autograph steht unter der Aufschrift »*Choral semplice stylo*« nur der bezifferte Bass ohne Worte. An der Hand des gedruckten Textes ist es aber leicht zu bestimmen, welche Melodie gemeint ist.

35) Autographe Partitur auf der königl. Bibl. zu Berlin. S. Anhang A. Nr. 29.

kommt an« der überfrohe Sopran sich allein aus dem Gewimmel des
Haufens hervordrängt. Auch wie der zweite Theil in D dur abschließt und ohne sich Ruhe zu gönnen die Instrumente das Da capo
beginnen, ist von charakteristischer Anmuth. Allgemach werden (im
ersten Recitativ) ernstere Betrachtungen laut [36], und wie im Evangelium Priester und Leviten den Täufer Johannes fragten: Wer bist
du?, so tritt jetzt beim Empfange des Heilands die strenge Frage
der Selbstprüfung an den Christen heran: »Wer bist du? Frage dein
Gewissen!« (Bassarie E dur **C**). Zur Singstimme tritt außer der
Orgel nur ein figurirter Violoncellbass, der sich mit jener oft seltsam
in der Tiefe verwickelt. Auch wenn man die hohe Stimmung der
weimarischen Orgel in Rechnung bringt, eine sehr leichte Ausführung
der Figur und einen mächtigen Singbass annimmt, bleibt doch die
Wirkung dumpf und im Einzelnen unschön. Hierzu kommen an
einigen Stellen noch gewisse harmonische Besonderheiten. Bach
liebt es unter liegenden, sowohl accordisch festen als gebrochenen
Harmonien melodische Reihen hinzuführen, die nur als Durchgangs-
töne zu einem oft entfernten harmonischen Ziele zu begreifen sind,
bis zu dessen Erreichung man das Gehör in der Schwebe lassen muß.
Gewöhnt man sich an diese Erscheinungen, die umgekehrte Orgelpunkte genannt werden könnten, unschwer, so werden sie dadurch
doch verwickelt, daß er sich auch nicht scheut, die durchgehenden
Töne wieder zu Grundlagen selbständiger Harmonien zu machen,
welche nun mit der Hauptharmonie in unvermeidliche Collision
gerathen. Ich führe zunächst die Stelle Takt 42 und 43 an:

wo der Gesang sich auf die tiefsten Töne des Basses stützt, die

---

[36] Ueber die merkwürdigen Einklangsfortschreitungen zwischen Bass und
Singstimme in Takt 28 und 29, um das »Vereinigen« zu symbolisiren, noch ein
Wort zur E moll-Fuge des I. Theils vom wohltemperirten Clavier.

Grundharmonie aber in der Terz e-gis besteht. Man vergleiche noch Takt 14 und 26. Kühner noch ist die Fortsetzung des 43. Taktes:

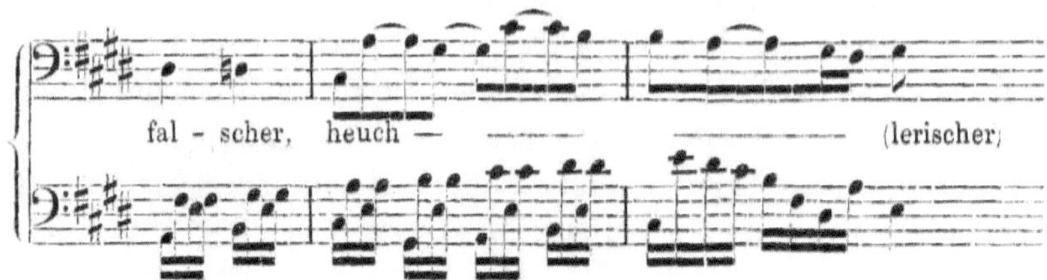

Hier bleibt freilich nur e liegen, was aber theoretisch keinen Unterschied macht, und die Tonentwicklung erfolgt, als ob dies e garnicht vorhanden wäre, sogar mit Vorhalten. Man vergleiche Takt 16 und 28. Daß solche Wagnisse schon jetzt bei Bach vorkommen, beweist wieder, wie früh sein musikalischer Charakter voll ausgeprägt war. Ihre Wirkung ist zuerst abstoßend, hat man aber das Vernunftgemäße und Consequente darin erkannt, so üben sie bald einen merkwürdigen Reiz aus und um so mehr, wenn sie wie hier den Wortausdruck steigern. Da diesem Zwecke auch die dumpfe Klangfarbe dienen soll, so scheidet man endlich von der Arie mit dem Eindruck einer felsenharten, imposanten Ganzheit. — Ueber die dritte Arie sei nur bemerkt, daß sie bei Erinnerung an das, was die Menschheit durch Christi Leiden gewonnen hat, wehmüthige Töne anstimmt; das Recitativ hatte hierzu die Brücke geschlagen. Sie ist für Alt und Solo-Violine bestimmt, eine Art von Vorgängerin jenes erhabenen Trauergesanges »Erbarme dich« aus der Matthäuspassion. Die Bevorzugung, welche in allen diesen Cantaten die Altstimme erfährt, läßt auf eine gute Beschaffenheit des damaligen Altisten der Capelle schließen, welcher Bernhardi hieß. Der Choral »Herr Christ, der einge Gotts-Sohn« schließt würdig und erhebend.

7) Cantate auf den Sonntag nach dem Christfeste (29. Dec.) 1715 (»Tritt auf die Glaubensbahn«) [37]. Sie ist ohne Chor und Choral, nur für zwei Solostimmen gesetzt und gehört überhaupt zu den merkwürdigsten Erzeugnissen Bachs. Ueber ihre Grundstimmung läßt

---

[37] Autographe Partitur auf der königl. Bibl. zu Berlin, an Farbe, Stärke und Wasserzeichen des Papiers ganz mit dem Autograph der Advents-Cantate »Nun komm, der Heiden Heiland« übereinstimmend.

sich aus dem Evangelium nicht viel gewinnen. Das erzählt die
Prophezeiungen Simeons und Hannas, daß Christus gesetzt werden
solle für viele in Israel zu einem Fall, für viele aber zur Auferstehung,
ein Stein, den einen zur Stütze, den andern, um daran zu zerschellen.
Diesen Inhalt hat Franck in matte Verse gebracht, zwei Arien und
zwei Recitative und zum Schluß ein Duett zwischen der Seele und
Jesus angefügt. Bach griff durch den Text hindurch auf die kirchliche Grundbedeutung des Sonntags zurück: Nachklänge vom Weih-
nachtsfest sind der Kern seiner Musik, jene holde Stimmung, die
leise in der Seele nachzittert, ehe neue und ernste Ereignisse des
Kirchenjahres sie in Anspruch nehmen. Mit einer ganz ausgesuchten
Zusammensetzung von Instrumenten, nämlich je einer Flöte, Oboe,
Viola d'amore, Viola da gamba und Orgel führt er zunächst ein langes Instrumentalstück vor. Die Form der französischen Ouverture
liegt zu Grunde, doch ist der langsame erste Satz mehr in der Art
der Gabrielischen Sonate gehalten, und mahnt, obgleich nur vier Takte
lang (E moll **C**), sehr an die *Sinfonia* zu »Ich hatte viel Bekümmerniß«. Dann folgt eine Fuge mit so reizendem Thema, daß es Bach
später in Umbildung noch einmal für die Orgel verwendet hat [38]:

Hier sind alle Eigenthümlichkeiten der Ouverture festgehalten, auch
jene typischen Orgelpunkte auf der Dominante, nur daß statt eines
Organismus, dem feuriges Blut durch alle Adern rollt, ein zartes,
durchsichtiges Geäder vor uns ausgebreitet wird, mit souveräner
Meisterschaft und liebevoller Versenkung gearbeitet (139 Takte).
Die Gesangpartien eröffnet eine mild-ernste Bassarie in gewagter
aber wohlgeglückter Combination mit einer Oboe über dem Continuo; der Bass trägt auch das nächstfolgende schöne Recitativ mit
Arioso vor. Hauptbassist in der Capelle scheint der Hofcantor Wolfgang Christoph Alt gewesen zu sein, er muß, nach den Bachschen
Partien zu schließen, ein mächtiges Organ besessen haben. Schon
die E dur-Arie der vorigen Cantate war ohne ein solches nicht denk-

---

38) P. S. V, C. 2, Nr. 3.

bar; hier im Recitativ finden wir unter anderm folgende Riesen-
sprünge:

Wenn wir auch die Neigung Bachs kennen, mit der Solostimme
äußerliche Bewegungen zu malen, so sieht dies doch fast wie ein
Spaß aus. Die Krone der Cantate wird durch die nachfolgende
Sopran-Arie in G dur gebildet, ein wahres Juwel unter allen
Bachschen Arien überhaupt. Sie ist, wenn auch der Text nicht ausdrücklich davon spricht, ein Wiegenlied, an der Krippe des Christus-
kindes gesungen. Die Verwandtschaft mit der köstlichen Schlum-
merarie im Weihnachts-Oratorium [39] liegt zu Tage, doch ist die
Stimmung dort voller und gesättigter, hier, wie es einer nachträu-
menden Erinnerung zukommt, luftiger und zarter. Eine holdselige
Anmuth lächelt aus jeder Note, aus den wiegenden Gängen der einzig begleitenden Flöte und Viola d'amore, aus dem Silberglanz der
langgezogenen Töne, der zärtlichen Melodik und dem süßen Terz-
schlusse des Gesanges, aus den über langsam schwingenden Bass-
tönen kosenden Sexten der beiden Instrumente. Ueber das Schluß-
duett ist schon bei der Cantate »Ich hatte viel Bekümmerniß« angedeutet, daß es dramatisch und dem Kirchenstile zuwider sei. Hinzu
kommt, daß der Tanzrhythmus der Gigue von Anfang bis zu Ende
durchgeht, den freilich die Francksche Dichtung fast nothwendig
machte. Dagegen ist wieder durch eine, wenngleich spärliche Einflechtung selbständiger Instrumentalgänge etwas mehr zu Gunsten
des lyrischen Princips geschehen, als bei dem andern Duett. Als
Musikstück ist es, wie wohl nicht versichert zu werden braucht,
reizvoll genug.

8) Cantate auf den zweiten Sonntag nach Epiphanias (19. Jan.)
1716 (»Mein Gott, wie lang, ach lange?«) [40]. Aus dem Evangelium
von der Hochzeit zu Cana ist nur der Gedanke entnommen, daß
Gott endlich in der Noth hilft, wenn er auch scheinbar auf sich warten läßt. Der einfache psychologische Gang der Cantate ist dadurch

39) B.-G. V, 2, S. 68.
40) Autograph auf der königl. Bibl. zu Berlin. Vrgl. Anhang A. Nr. 27.

vorgezeichnet. Während der Bass auf d in gleichsam endlosen Achteln weiter pocht, klagt recitativisch der Sopran, daß er des Jammers kein Ziel sehe, und endet höchst malerisch, indem er zu dem Worte »Freudenwein« in Zweiunddreißigsteln hinaufwirbelt und dann mit dem Seufzer: »mir sinkt fast alle Zuversicht« müde zwischen den imitirenden Geigen hinabsinkt. Mild aufrichtend läßt sich ein Duett zwischen Alt und Tenor (Amoll C) vernehmen: »Du mußt glauben, du mußt hoffen«, in deren Gesang ein Fagott theils mit gebrochenen weitliegenden Harmonien, theils mit selbständigen Passagen, theils mit Imitationen der Gesangmelodie geistvoll verwoben ist. Einen Schritt weiter zur Beruhigung thut das Bassrecitativ: »So sei, o Seele, sei zufrieden!«, und nun erschallt in schwungvoller Glaubenszuversicht eine prachtvolle Sopranarie (Fdur C): »Wirf, mein Herze, wirf dich noch in des Höchsten Liebesarme!« eins von den Bachschen Stücken, die man mit ihrem stahlkräftigen Rhythmus, ihren unaufhaltsam treibenden Septimenharmonien und dem siegesseligen Ausdruck der Melodie sich nicht satt hören kann. Schon hier treffen wir wieder die umgekehrten Orgelpunkte, jene großen harmonischen Bogenwürfe, deren Fluge wir uns im Vertrauen auf die zielsichere Hand des Meisters freudig überlassen. Von großer Wirkung und ganz undefinirbarem Ausdruck ist auch der inmitten und am Schluß der Arie mit Schubertscher Kühnheit ausgeführte Wechsel zwischen Dur und Moll. Was die Verbindung von Achteltriolen und punktirten Achteln betrifft, so sei ein für allemal bemerkt, daß das Sechzehntel dieser rhythmischen Figur in solchen Fällen immer gleich dem letzten Achtel der Triole ist.

Diese allerdings nicht ganz genaue, aber breite und würdevolle Art der Ausführung war bis zu der überhandnehmenden Unruhe der neueren Instrumentalmusik die allein gebräuchliche [41]. — Die vierstimmig gesungene zwölfte Strophe des Chorals »Es ist das Heil uns kommen her« bildet den Schluß der schönen Composition.

9) Cantate auf den Sonntag Oculi (22. März) 1716 (»Alles, was

---

[41] S. Phil. Em. Bach, Versuch über die wahre Art das Clavier zu spielen, I. Th. S. 98 (Dritte Aufl., Leipzig, 1787).

von Gott geboren«). Dieses Werk ist später ganz in die Cantate »Ein
feste Burg ist unser Gott«[42] übergegangen, deren Gesammtbestand
mit Ausnahme der Choralchöre an erster und fünfter Stelle es ausmacht. Eine Spur von seiner Existenz in ursprünglicher Form ist
noch vorhanden. Die beiden Chöre müssen bedeutend später hinzu-
componirt sein, die übrigen Theile zeigen in der Factur eine vollständige Uebereinstimmung mit den anderen Cantaten des Jahrgangs
1715—1716[43]. So tritt wieder die Melodie des Schlußchorals in der
ersten Arie (D dur $\mathbf{C}$) instrumental auf, einem Heldenliede des
Basses, das die kampfesmuthig stampfenden Geigen und Violen im
Einklang umdrängen, wie Schlachtrosse unter streitbaren Reitern.
Die zweite Arie, von einem Bassrecitative eingeleitet: »Komm in
mein Herzenshaus, Herr Jesu, mein Verlangen« und nur zum Continuo vom Sopran gesungen (H moll $^{12}/_8$), ist eine rührend kindliche
Bitte, die zu dem stahlgepanzerten Kriegsgesange im frappanten
Gegensatze steht. Nach einem abermaligen Recitativ des Tenors
folgt für diesen und Alt mit Begleitung von Violine und Oboe da
caccia ein Duett (G dur $^3/_4$). Das Sonntags-Evangelium erzählt, daß
nach der Rede Jesu, die seinen hauptsächlichsten Inhalt ausmacht,
ein Weib aus dem Volk gerufen habe: »Selig ist der Leib, der dich
getragen hat, und die Brüste, die du gesogen hast«, und er darauf
erwiedert: »Ja selig sind, die Gottes Wort hören und bewahren«.
Hiernach hatte Franck seinen Text beginnen lassen: »Wie selig ist
der Leib, der, Jesu, dich getragen! Doch selger ist das Herz, das dich
im Glauben trägt«. Diese in ihrer Naivetät rührende Erzählung war
es, aus der Bach die Stimmung des Duetts ableitete. Es fühlt sich
eine besondere Art der Weichheit heraus, die von andern zarten
Stücken Bachs immer noch wesentlich verschieden ist, man möchte
sagen, etwas mütterlich weibliches lebe darin. Auch das Wiegenlied aus der Cantate »Tritt auf die Glaubensbahn« ist anders, obgleich zuweilen anklingend. Die homophonen Terzen, das unge-
säumte Hinübergehen in die Tonart der Unterdominante, und gar
die Einführung des F — ein feuchter Blick aus Mutteraugen! — das
alles sind für einen Bachschen Anfang höchst ungewohnte Erschei-

---

42) B.-G. XVIII, Nr. 80.
43) S. Anhang A. Nr. 30.

nungen. Gleich darauf imitiren die Singstimmen kunstreich, Oboe und Violine umkreisen sie in Sechzehnteln phantastisch und geheimnißvoll. Weiterhin, wo es sich um Christi Antwort handelt, bleibt das Anfangsmotiv, wird aber mit Zuhülfenahme der Instrumente vierstimmig fugirt — eine mit einfachen Mitteln herrlich gelungene Steigerung! So viel Zeilenpaare noch folgen, so viel neue Tonbilder: wer Christus gläubig im Herzen trägt, überwindet alle Feinde — kühnbewegter Satz, in den Figuren an die erste Arie mahnend; er überwindet endlich auch den Tod — Imitationen, die muthig aufstreben und dann in unheimlichen Harmonien ihren Weg ganz zu verlieren scheinen. Der Gedanke an den Tod mit seinen Schrecken macht sich auf einen Augenblick geltend, um jedoch durch die Wiederkehr des milden Ritornells beschwichtigt und durch den Schlußchoral endlich ganz besiegt zu werden. Wir konnten schon zuvor aus der Auffassung eines Arien-Textes auf Bachs Charakter einen Reflex fallen lassen. Die Tiefe, mit welcher er den Sinn jener biblischen Erzählung ergriff, scheint mir für die keusche Innigkeit seines deutschen Gemüthes lauter zu zeugen, als es dieses und jenes äußere Lebensereigniß vermöchte.

Wir sind am Ende. Zurückblickend bemerkt der Leser, daß ausgeführte Chöre in den erhaltenen Resten des Jahrgangs fast ganz fehlen. Der Grund liegt zunächst in den Dichtungen Francks, der von einer Benutzung biblischer Worte hier ganz abgesehen hatte, und Bach wußte sehr wohl, was man von einem Chortext zu fordern habe. Aber der einzige Grund ist dies nicht. So vortreffliches er auch jetzt schon hier und da in den chorischen Formen leistete, seine eigentliche Zeit dafür war noch nicht gekommen. Weimar bedeutet für Bach die Blüthe seiner Orgelkunst, besonders auch im Choral, und diese Höhe mußte zuvor erreicht sein, ehe er einen weiteren Schritt thun und den subjectiveren poetischen Inhalt der Instrumentalformen zu vocalen Kunstgebilden verdichten konnte. Seine größten Leistungen in der Chormusik sind ja Choralchöre und eben sie bilden die entwickeltste Blüthe seiner kirchlichen Kunst überhaupt. Die Stärke dieser weimarischen Cantaten beruht in den Sologesängen, deren Gedankenreichthum, Mannigfaltigkeit und Formvollendung zum Erstaunen zwingt. Jede Melodie trägt ihr besonderes Gepräge, in jedem Stück ist eine eigenthümliche Stimmung von Grund aus erfaßt, auch den verschiedenartigsten weiß der Künstler mit bewundernswerther Vielseitigkeit Genüge zu thun. So mühelos und ungesucht sprudelt die Musik hervor, daß der Gedanke, diese Kraft könne je ermatten, garnicht aufkommen kann; complicirte technische Aufgaben werden mit einer ruhigen Sicherheit gelöst, daß sie als solche garnicht mehr ins Bewußtsein treten. Die Auffassung der Worte bezeugt einen grundkirchlichen, aller weltlichen Verflachung abgewendeten Tiefsinn; immer beruht sein Ideal in der kirchlichen Gesammtfeier des jedesmaligen Sonntags, und genügt der Text nicht in Hervorhebung der Hauptgedanken, so greift er durch ihn hindurch auf die Grundlage und giebt ihm durch seine Musik erst die rechte Gestalt. Sehr viel nützt zur Erzielung der kirchlichen Stimmung schon hier die geniale Verwendung des Chorals. Nur der Chor fehlt, um das Ideal der Bachschen Kirchenmusik in diesen Cantaten schon vollendet zu sehen. —

In die Zeit des ersten Jahrgangs fällt das Intermezzo einer weltlichen Cantate. Herzog Wilhelm Ernst pflegte, wie wir erzählt haben, freundschaftliche Beziehungen zu dem Fürsten Christian von Sachsen-Weißenfels. Dieser hatte am 23. Febr. 1716, zur Feier seines fünfunddreißigsten Geburtstages, ein großes Kampf-Jagen veranstaltet. Um das Fest seinerseits zu verherrlichen, ließ Wilhelm Ernst im fürstlichen Jägerhofe eine Cantate als Tafelmusik aufführen, die Salomo Franck hatte dichten und Sebastian Bach componiren müssen [44]. Ihre Form ist natürlich dramatisch-allegorisch, der poetische Inhalt so unbedeutend, daß seine Darlegung kaum der Mühe lohnt. Der Aufwand an Personen wird wie üblich aus der antiken Mythologie bestritten. Diana tritt auf und äußert ihr ausschließliches Gefallen an der Jagd, Endymion macht ihr Vorwürfe, daß sie ihn vernachlässige. Dies geschehe, entgegnet die Göttin, weil sie heute ihre ganze Aufmerksamkeit dem »theuren Christian« zuwenden müsse, wobei sich der Geliebte beruhigt und mit ihr ein beglückwünschendes Duett singt. Pan, der Gott der Felder, tritt mit gleichen Gesinnungen hinzu, endlich legt auch die Hirtengöttin Pales ihr Opfer an Ergebenheitsbezeugungen nieder. Da nun das Quartett beisammen ist, steht einem rechtschaffenen Musiciren nichts

---

[44] Autograph auf der königl. Bibl. zu Berlin. S. Anhang A. Nr. 31.

mehr im Wege: erst singen sie vierstimmig, dann Diana und Endymion ein Duett, darauf Pales und Pan je eine Arie und ein allgemeiner Chor macht den Beschluß. Die Cantate ist ziemlich weitläufig, sie zählt zehn Nummern nebst den zugehörigen Recitativen. Bach hat, da es vermuthlich sein erstes Werk in dieser Gattung war, die Composition mit Interesse ausgeführt, und viel reizendes darin niedergelegt. Bei passender Gelegenheit suchte er es mehrfach wieder hervor und verwendete einzelne Stücke auch für eine spätere Kirchencantate. Zunächst diente es wieder, den Geburtstag des Prinzen Ernst August zu verherrlichen (19. April), der, ein Neffe des Herzogs Wilhelm Ernst und älterer Stiefbruder des musikalischen Johann Ernst, jenem im Jahre 1728 als Regent nachfolgte[45]. In Leipzig wurde es dann zum Geburtsfeste des Königs Friedrich August von Sachsen (ob des ersten oder zweiten wird nicht gesagt) »in unterthänigster Ehrfurcht aufgeführet in dem *Collegio musico* durch *J. [ohann] S. [ebastian] B. [ach]*«[46]. Vermuthlich nur in theilweiser Aufführung mußte es abermals einen gemeinsamen Ehrentag des Herzogs Christian und seiner Gemahlin Louise Christine, einer gräflich stolbergschen Prinzessin, schmücken[47]. Endlich gingen im Jahre 1731 zwei Arien daraus erweitert und bereichert in die Pfingstcantate »Also hat Gott die Welt geliebt« über[48]. Eine derselben ist die erste des Pan (C dur $\mathbf{C}$), über deren unmöglichen Text sich Bach dadurch hinweggeholfen hatte, daß er mit thunlichst geringer Rücksicht auf ihn ein kräftiges polyphones Stück schrieb. In der Ueberarbeitung ist der Organismus noch breiter und

---

45) In der Partitur hat Bach überall, wo der Name »Christian« vorkommt, »Ernst August« darunter oder darüber geschrieben.

46) Wie ein besonderer geschriebener Textbogen meldet.

47) Auf der Schlußseite des die ursprüngliche Fassung enthaltenden (aber nicht von Bach selbst geschriebenen) Textbogens steht von einer zweiten Hand quergeschrieben als Parodie des Textes zum letzten Chore:

> Die Anmuth umfange, das Glück Bediene
> Den Hertzog u. seine *Louyse Christine*
> Sie weyden in Freuden auf Blumen u. Klee
> Es prange die Zierde der Fürstlichen Eh',
>   Die andre *Dione*
>   Fürst Christians Crone!
> Die Anmuth umfange u. s. w. *d. C.*

48) B.-G. XVI, Nr. 68.

abgerundeter geworden, auch mit meisterlicher Leichtigkeit die Musik im Einzelnen den abweichenden Forderungen des neuen Textes angepaßt, im Ganzen hätte dieser aber wohl eine andere Composition verdient. Glänzend geglückt ist dagegen das Experiment im zweiten Falle. Die beiden Arien der Pales und die zweite des Pan boten dem Componisten eine wirkliche poetische Anregung, man merkt, wie ihm bei dem Gedanken an das kräftige Naturleben der Hirten und Ackerleute das Herz aufgegangen war. Ein ganz reizendes Stückchen von vollendeter Abrundung ist die erste Pales-Arie »Schafe können sicher weiden«, begleitet von zwei Flöten und Continuo (B dur **C**). Der zweiten (F dur **C**) sah es Bach an, daß noch Schöneres aus ihr entwickelt werden könne. Sie zählt 36 Takte und ist wie die Bass-Arie der Ostercantate von 1715 über einen freien *ostinato* gesetzt. Er wurde beibehalten, die Melodie aber durch eine andre viel schwunghaftere ersetzt, die mit ihrer Frühlingsseligkeit auch zu den Herzen der heutigen Musikwelt sich den Zutritt ohne Widerstand gewonnen hat. Die Ausführung ist bis zu 52 Takten erweitert und der Modulationsgang geändert; hiermit noch nicht gesättigt führt der Meister das Bassthema in einem Nachspiel von 26 Takten zu Ende. Die Worte: »Mein gläubiges Herze frohlocke, sing, scherze« kamen der Uebertragung entgegen, noch mehr die allgemeine Stimmung zu Pfingsten, dem Feste der Maien. Waren solche Entlehnungen überhaupt möglich, so kann eine Stilverschiedenheit zwischen Bachs geistlichen und weltlichen Compositionen nicht bestehen. Sie besteht auch wirklich nicht. Der Bachsche Stil war der kirchliche, und der kirchliche Stil war der Bachsche. Er legte ihn nicht an und ab, wie ein Gewand, er wendete ihn ohne Reflexion überall an, weil ihm seine Schreibart in naturgemäßer Entwicklung erwachsen war und er sich garnicht anders mehr ausdrücken konnte. In Einzelheiten weltlicher Cantaten versucht er wohl sich etwas leichter zu schürzen und ein hoher Grad von Anmuth ist ihm ja überhaupt eigen. Aber im Ganzen bleibt die keusche Zurückhaltung seiner Polyphonie hier wie dort dieselbe. Die Weißenfelser Sänger, seit langem an das äußerlich wirksame Wesen der Oper gewöhnt, müssen merkwürdige Gesichter bei dieser Musik gemacht haben, obgleich sich Bach in der ersten Arie der Diana augenscheinlich bemüht hat, etwas brillantes und dankbares zu schreiben.

Eine Zierde der dortigen Oper war damals (es ist nicht genau bestimmbar, seit wann) Christiane Pauline Kellner, welche die Partie der Diana gesungen haben mag. Sie hatte am Ausgange des 17. Jahrhunderts an der Oper zu Braunschweig, später in Cassel gewirkt und genoß einen großen Ruf als Gesangsvirtuosin; Mattheson rühmt ihr Extemporiren »und mit der Kehle Fantasiren ohne einzige Worte«, sie wird also auch in Hamburg gewesen sein [49]. Fälle, in denen Bach für Sängerinnen schrieb, sind in seinem Leben höchst selten. Kirchen- und Kammersängerinnen gab es zu seiner Zeit am weimarischen Hofe noch nicht, erst gegen das Ende der zwanziger Jahre kommen sie vor [50]. —

Der zweite Jahrgang Franckscher Cantaten erstreckte sich vom 1. Advent 1716 bis ebendahin 1717 [51]. Für die Zeit von Ostern bis zum 1. Advent 1716 lagen also keine neuen Dichtungen vor; zum Pfingstfeste componirte Bach, wie wir früher sahen, einen Neumeisterschen Text, andre Werke sind nicht nachzuweisen. Aber auch aus dem gesammten zweiten Jahrgange besitzen wir nur noch zwei Cantaten, die sicher in Weimar entstanden sind. Ob er weiter keine componirt hat, oder ob die übrigen verloren gingen, bleibt vorläufig im Dunkel. Die beiden erwähnten gehören dem zweiten und vierten Adventssonntage (6. und 20. Dec.) 1716 an. Es hängt offenbar mit dem am 1. Dec. eingetretenen Tode des alten Capellmeister Drese zusammen, daß Bach sie so rasch hinter einander schrieb. In diesem Jahrgange hat Franck das Recitativ wieder ganz vermieden. Bach überarbeitete in Leipzig die Cantaten noch einmal, schob neu hinzugedichtete Recitative ein und machte sie zweitheilig, indem er auch in der Mitte einen Choral anbrachte. Nur in dieser erweiterten Gestalt sind sie erhalten, doch läßt sich die ursprüngliche leicht reconstruiren, einige Vervollkommnungen im Ein-

---

49) Mattheson, Das beschützte Orchestre S. 137. Walther, S. 338 und 229. Chrysander, Jahrbücher I, S. 188, 190, 200, 202, 265.

50) Walther, S. 450 a. E.

51) »Evangelische | Sonn- und Fest- | Tages- | Andachten, | Auf | Hochfürstl. Gnädigste Verordnung | Zur | Fürstl. Sächsis. Weimarischen | Hof-Capell-*Music* | In Geistlichen *Arien* | erwecket | Von | Salomon Francken, | Fürstl. Sächs. Gesamten Ober-*Con*-|*sistorial-Secretario* in Weimar. | Weimar und Jena, | Bey Johann Felix Bielcken. | 1717. |« Befindlich auf der großherzogl. Bibl. zu Weimar. Ohne Vorrede. S. Anhang A. Nr. 32.

zelnen vorbehalten, an denen es nicht gefehlt haben wird. Beide bestanden aus einem Chor, vier Arien und einem Choral.

Das Evangelium des zweiten Advents handelt von der Ankunft Christi zum jüngsten Gericht, und eröffnete jene mystisch-großartige Sphäre, in der Bachs Genius sich vor allen wohl fühlte. In der Cantate zu diesem Sonntage spannt er seine Flügel so mächtig aus, wie man es trotz allem vorhergegangenen nicht erwarten durfte[52]. Der Anfangschor, in die Form der italiänischen Arie gegossen, zählt 80 breite Takte (C dur $\mathbb{C}$). »Wachet, betet!« aus diesem Gegensatze keimt das bedeutungsvolle Tonbild empor. Schon in der Instrumentaleinleitung lebt er, welche alle Motive exponirt, die im Verlauf durch die Instrumente zur Anwendung kommen; unter ihnen sind die wichtigsten das hell hineinfahrende Signal:

und eine feierlich wallende Bewegung in breiten Accordfolgen, wie im C dur-Praeludium des wohltemperirten Claviers, in welche aber leise Weckstimmen der Trompete und Oboe abwechselnd hineintönen: auch das Beten soll ein Wachen sein! Aus ganz andern Motiven erwächst der Chorsatz; eine sich aufraffende Sechzehntelpassage, energische Rufe, rüstige Aufforderungen, und als Gegensatz andachtsvoll getragene Harmonien, wie:

sind sein Material[53]. Die vier Arien bilden eben so viele Charakter-

---

52) B.-G. XVI, Nr. 70.

53) Die inbrünstige Declamation der letzten Stelle erinnert an Aehnliches aus dem *Kyrie* von Beethovens *Missa solemnis*.

bilder von erstaunlicher Schärfe. So schön die Recitative sind —
namentlich großartig und erschütternd ist das letzte, wo zu der
gewaltigen Schilderung des Weltuntergangs der Choral »Es ist gewißlich an der Zeit« durch die Trompete geblasen wie aus den Wolken herabtönt — und so vollkommen im Allgemeinen die künstlerische Berechtigung dieser stimmungsvermittelnden Form ist, in
dem vorliegenden Falle können sie nicht als nothwendig erscheinen.
Ich bilde mir ein, ganz deutlich hindurch zu fühlen, wie sie von
Bach ursprünglich nicht beabsichtigt waren. Die psychologische
Entwicklung erfolgt durch die vier Arien bis zum Schlußchoral mit
einer so lückenlosen Energie, daß auch der Meister selbst keine
Einschaltungen mehr machen konnte, ohne die Continuität des Stromes zu stören. Zu sehr war diese Composition als spontaner Erguß
aus dem tiefsten Grunde seines Wesens hervorgedrungen; an solchen Erzeugnissen läßt sich später nichts mehr formen, sie sind da.
Die erste Arie, für Alt (A moll $^3/_4$), anklingend an den Tenor-Gesang der Advents-Cantate von 1714, die ja theilweise ähnliche
Töne anschlug, enthält die ernste Mahnung, sich für den jüngsten
Tag zu bereiten, ehe es zu spät sei und er verheerend hereinstürze,
wie einst der Feuerregen über die sündigen Sodomiter. Tiefe Wehmuth ist der Mahnung beigesellt, gleichsam in dem Gefühl, daß sie
für die Meisten dennoch vergeblich sein werde. Diese glauben es
nicht, daß die letzten Zeiten nahen, aber Christi Wort bleibt wahr,
und er wird erscheinen als Richter auf den Wolken — zweite Arie
(Sopran, E moll C). Wunderbar ist hier der Ausdruck der bestimmten Ueberzeugung und der Ergriffenheit durch eine großartige Vorstellung mit unheimlichem Grauen vermischt. Welch majestätische
Melodiezüge von Takt 7 bis 12 und 14 bis 20, und welch machtvolles
Anschwellen in ihnen! Klingt das breite, gemessene Motiv

mit seinen echoartigen Abschwächungen zum *piano* und *pianissimo*
nicht wie in den Weltenraum hinausgerufen und dort in der schauri-
gen Unendlichkeit verhallend? Doch die Frommen mögen ihr Haupt

emporheben und getrost sein, sie sollen »in Eden grünen, Gott ewiglich zu dienen«; diesem Gefühle giebt die folgende Tenor-Arie
(G dur **C**) Ausdruck [54]. Sie hat ihre freie Form mit dem Duett der
Cantate »Ach ich sehe« gemeinsam: das Hauptthema taucht ganz
unerwartet aus dem Dunkel der Unterdominante auf (Takt 34), eine
fein poetische Illustration zu den Worten: »Hebt euer Haupt empor«.
Die plastisch-schöne Melodie derselben beherrscht mit größerer Ausschließlichkeit, als in andern Arien, das ganze Stück, überall ist
sie mit ihrem herzlichen Troste zur Hand. Und sie weiß zu trösten.
Denn nun quillt aus voller Brust das Verlangen nach jenem letzten,
seligen Tage, der die Frommen hinüberführt in das Reich des Friedens [55] — letzte Arie (Bass, C dur 3/4). Selten hat wohl Bach eine
Gesangmelodie geschrieben, die so rein zur Geltung gelangt, so vollständig nach allen Seiten heraustritt, als die 24 *Adagio*-Takte,
welche den Anfang der Arie ausmachen. Kein Instrument mischt
sich ein, nur von dem feierlichen Klange der Orgel in ruhigen Harmonien unterstützt, strömt die Singstimme ihre Empfindung aus in
einer einzigen ununterbrochen auf und ab steigenden Linie. Dann
bricht das Weltende herein: die Instrumente tosen, die Orgel braust,
Trompetenklang schmettert dazwischen, alle Grundfesten wanken
und stürzen zusammen, aber über dem Graus der Vernichtung erhebt
sich in himmlischer Glorie jene neue Welt, von der es heißt, daß
Gott abwischen wird alle Thränen und der Tod nicht mehr sein wird
(Off. Joh. 21, 4). Wie der Empfindungsausdruck sich hier über alles
irdische hinausschwingt, so ist auch jede Rücksicht auf eine der gebräuchlichen Formen überflogen: nach dem milden Mittelsatze leitet
Bach in das *Adagio* des Anfangs zurück und läßt unter stiller Orgelbegleitung den Gesang in höchster Ueberschwänglichkeit zu Ende
gehen. Mit der fünften Strophe des Chorals »Meinen Jesum laß ich
nicht« setzt der Chor ein. Wenn sonst der vierstimmige Vocalsatz

---

54) Die dritte und vierte Zeile lauten bei Franck: »Der jüngste Tag wird
kommen Zu eurer Seelen Flor!« Bach hat die dritte wohl unabsichtlich ausgelassen; der Gedankengang wird dadurch etwas unklar, doch beweist die Auslassung von neuem, wie überwiegend Bachs Sinn nur auf Heraushebung der
Grundstimmung gerichtet war.

55) »Seligster Erquickungstag, führe mich zu Friedens Zimmern«, heißt es
im gedruckten Text, nicht »zu deinen Zimmern«.

wohl noch von einer selbständigen Instrumentalstimme überbaut wurde, so genügte das an dieser Stelle nicht mehr. Dreistimmig im freiesten Melodienschwunge ziehen die Geigen über dem Gesange hin — Sphärenharmonien erklingen! In keiner Cantate hat man unmittelbarer und stärker den Eindruck, daß der Gesammtstrom der Empfindung auf den Schlußchoral als letztes Ziel hinfluthe. Es ist als vernähme man nur das Sichererwartete, was lange vorher schon im Gehöre klang, als sei nun die letzte Hülle entfernt und die Herrlichkeit des Himmels geöffnet.

Blöde und unempfänglich ruht das Auge, das in die Sonne geschaut, auf den Gegenständen der Erde. So ist es für die zweite Cantate: »Herz und Mund und That und Leben«[56] ein Nachtheil, daß sie in der chronologischen Betrachtung auf jene folgt. Man würde sonst seine volle Freude haben an dem prächtig frischen Anfangschor (C dur $^6/_4$), an der ausdrucksreichen ersten Arie und auch im Uebrigen Anregendes genug finden. Uns möge die Cantate »Wachet, betet« als Schlußstein der weimarischen Kirchencompositionen gelten. Mag der Meister auch in andren Dichtungen des Jahrganges noch Gelegenheit zu bedeutsamen Tonwerken gefunden haben, von denen die Woge der Zeit vielleicht das eine oder andre einmal wieder ans Ufer spült, kaum kann darin die wunderbare Eigenart seines Genius klarer hervorgetreten sein, dessen liebste Wohnstätte jene über Lust und Leid der Menschen schwebenden seligen Gefilde waren und dem ein Gott die Lippen berührte, den dunkeln Erdensöhnen seine himmlischen Gesichte zu verkünden.

VII.

Aus den Jahren 1715 und 1716 ist irgend eine Reise Bachs mit Bestimmtheit zwar nicht überliefert, doch läßt sich kaum zweifeln, daß er unterdessen einmal Meiningen und den dort residirenden sächsischen Hof besucht hat[1]. Hier war, wie man sich von früher

---

56) In autographer Partitur auf der königl. Bibl. zu Berlin.

1) Ließe sich eine Copie der E moll-Messe von Nikolaus Bach, welche die Herren Breitkopf und Härtel besitzen, als Sebastians Handschrift anerkennen, so wäre damit bewiesen, daß dieser sich im September 1716 in Meiningen befunden. Denn sie trägt am Schlusse die Notiz: »Meiningen d. 16 7<u>br</u> 1716.« Aber

erinnern wird, Johann Ludwig Bach Capell-Director, ein Sproß jener zweiten von Veit Bach ausgehenden Linie, deren musikalische Befähigung in dem Meininger Bach zur höchsten Entwicklung gelangte. Bis dahin sind von einem Verkehr der beiden Linien keine Spuren vorhanden, werden aber sogleich sichtbar, nachdem Sebastian ihn hergestellt. Denn schon im Jahre 1717 wurde der älteste Sohn seines Bruders in Ohrdruf »auf Empfehlung« als Hof-Cantor an das Stift zu Gandersheim berufen, wo auch Johann Ludwigs Bruder angestellt, und die Schwester des Herzogs von Sachsen-Meiningen Aebtissin war[2]. Daß die bedeutendsten Repräsentanten der zwei Linien sich zu einander hinneigten, ist ein neues erfreuliches Zeichen der brüderlichen Gesinnung, welche alle Glieder des großen Geschlechtes umschloß. Wichtiger noch ist es, aus dem nachweislich warmen und andauernden Interesse, das Sebastian an Johann Ludwigs Compositionen nahm, zu erkennen, wie auch von dieser Seite her die Summe dessen, was im allmähligen Aufsteigen des Geschlechts geleistet war, zu Sebastian Bach hinüberfloß. Einen maßgebenden Einfluß auf dessen Ausbildung konnte jener freilich nicht mehr gewinnen, da die Berührung erst zur Zeit von Sebastians voller Selbständigkeit stattfand, aber Raum und Neigung für des anderen Weise waren in diesem immer noch reichlich vorhanden, reichlicher, wie es scheint, als für irgend einen zweiten Componisten. Von keinem hat er sich durch selbstgemachte Abschrift noch in späteren Jahren eine solche Menge von Compositionen angeeignet. Es ist in diesem Verhältnisse etwas ähnliches, wie wenn er eine Tochter seines eignen Stammes zur Gattin nahm: da in ihm die Gaben und Eigenthümlichkeiten desselben zur vollkommensten Erscheinung kamen und ein Ueberbieten durch Fortpflanzung nicht mehr möglich war, so zog er instinctiv zur weiteren Nährung der eignen Persönlichkeit Angehörige des Geschlechts theils zur innigsten Lebensgemeinschaft theils zum theilnehmenden künstlerischen Verkehr an sich heran.

Seb. Bach hat nur später einiges hineingeschrieben, im Uebrigen ist es nicht seine Hand. Auch den Namenszug unter der Notiz vermag ich nicht J. S. sondern nur J. L. Bach zu lesen. Vermuthlich liegt ein Autograph Johann Ludwigs vor.

2) Brückner, Kirchen- und Schulenstaat im Herzogthum Gotha, Th. III, St. 9, S. 35.

Johann Ludwigs Talent ist freilich mit dem Sebastians nicht zu vergleichen. Auch der Eisenacher Johann Christoph steht höher an Erfindungskraft und Tiefe. Aber als einen originell begabten und allseitig durchgebildeten Künstler muß man ihn dennoch ansehen. Zunächst fällt auf, daß ein völlig andrer Geist in ihm lebt, als in den hervorragenden Individuen der Hauptlinie. Schon seine Gesichtszüge enthalten kaum einen leisen Anklang an das, was wir durch die Abbildungen Sebastians, seines Vaters und seiner Söhne als das Bachsche Familiengesicht uns vorzustellen gewohnt sind. Ein Pastellbild, das ihn als hohen Dreißiger aufweist, zeigt ein rundliches glattes Gesicht in hübschen weichen Linien und mit schön geschwungenen Augenbrauen. Auf einem Miniatur-Bildchen in Oel, wo er als Jüngling oder junger Mann gemalt ist, sind die Züge sogar von einer auffallenden, fast weiblich zu nennenden Schönheit[3]. Auch seinen Compositionen fehlt das Großartige, Tiefsinnige und Phantastische. Mit der Orgel scheint er sich nichts zu schaffen gemacht zu haben, und das ist jedenfalls bedeutsam. Seinen Charakter bestimmt das Wohlthuende in Erfindung, Klangwirkung und technischer Ausführung, dabei eine natürliche Gewandtheit in allen Gattungen der Kunst. Doch scheint er sich der Instrumentalmusik weniger beflissen zu haben. Es giebt eine Orchestersuite von ihm aus dem Jahre 1715, bestehend in Ouverture, Air, Menuet, Gavotte, Air, Bourrée[4]. Die Ouverture ist wohl das beste Stück, kräftig im ersten Theil, flüssig und strömend im zweiten und mit den beliebten effectvollen Orgelpunkten geziert. Das erste Air ist eigenthümlich, fast beständig in Sechzehntel-Bewegung und so anfangend:

---

3) Das Pastellbild hängt auf der königl. Bibl. zu Berlin im ersten Zimmer der musikalischen Abtheilung. Das Oelbildchen, auf ein Kupferblatt gemalt, besitzt Herr Postdirector Dreysigacker in Meiningen, der mir die Kenntnißnahme in entgegenkommender Weise ermöglichte. In Folge einer unklaren Tradition galt es dort als Portrait Sebastian Bachs, was sich sogleich als Irrthum erwies. Dafür daß es Johann Ludwig vorstelle, sprechen sowohl äußerliche wie im Bilde selbst liegende Gründe.

4) Auf der königl. Bibl. zu Berlin, folgenden Titels: »*Ouverture à 4.* | *en G. h.* | *del* | *Joh. Ludwig Baach.* | [unten in der linken Ecke:] *Mens: Febr. 1715.*«

Die eingeklammerte zirpende Stelle, mit der vielfach Solo-Oboe und
Tutti alterniren, spielt darin eine bedeutende Rolle. Die übrigen
Tanzstücke sind mehr derbkräftig, als leichtanmuthig. An Motetten
und Kirchencantaten hat sich aber eine reiche Auswahl erhalten;
Sebastian Bach selbst schrieb allein von achtzehn der letzteren sich
die Partitur ab[5]. Diese Werke stehen zwischen der älteren und
neuern Kirchencantate ungefähr in der Mitte. Die Texte enthalten
madrigalische Formen zu Recitativen, daneben aber auch Bibelsprüche für Sologesang und umgekehrt freie Dichtung für den Chor.
Zum Bibelwort ist das Arioso beibehalten mit den von Seb. Bach ab-
gestreiften älteren Eigenthümlichkeiten, daß z. B. der Solo-Bass in
den Schluß - Cadenzen gern mit der Bass - Stimme der Instrumente
geht. Die wirklichen Recitative heben sich noch nicht genug durch
leichte und freie Declamation als selbständige Form heraus. Die
Arien haben meistens Da capo - Anlage, aber kleine Dimensionen.
Zuweilen ist die Gestaltung unsicher: eine Alt-Arie der Cantate »Ja
mir hast du Arbeit gemacht« (zum Sonntage Quinquagesimae) beginnt im $^3/_2$ Takt mit ganz breiter Melodie, verläuft aber nach zwanzig Takten ohne erkennbaren Grund ins reine Recitativ. Die Chöre
sind imitirend, aber gewöhnlich nicht sehr weit ausgeführt. Für die
Choralbehandlung endlich liebt er den homophonen Vocalsatz, begleitet vom Geigenchor mit repetirten Achteln, zuweilen aber ergehen
sich auch die Geigen über dem Gesange in freien und lebhaften
Figurationen. Der Gefühls - Ausdruck hält sich meistens in einer
mittleren Höhe, von der Empfindsamkeit der älteren Kirchencantate,
wie von der Flachheit eines Telemann, Stölzel und Genossen gleichmäßig entfernt. Eine selbständige Erfindungskraft, die oft durch
sinnige Züge überrascht, tritt überall zu Tage. In der genannten
Cantate wird das beginnende Bass-Arioso durch dieses Instrumental-
Gebilde eingeleitet:

---

[5] Zwölf davon sind in einen Band zusammengeheftet auf der königl. Bibl.
zu Berlin. Ein von Phil. Em. Bach beschriebenes Blatt ist vorgebunden. Außerdem sah ich dort zu vier andern die von Seb. Bach geschriebenen Stimmen.

welches Jesu bange Vorempfindungen seiner herannahenden Leiden
vortrefflich ausdrückt, das ganze Arioso beherrscht und mit geschickter Verwendung und derselben Bedeutung im Schlußchore
wiederkehrt [6]. Wir wissen, daß am Meininger Hofe italiänische
Gesangsmusik getrieben wurde, es liegt daher nahe genug, daß Johann Ludwig die sangbare Schreibart seiner Vocalmusik zum guten
Theil dem Studium der Italiäner verdankte. Sie tritt ganz besonders
in den Motetten hervor. Die Originalität und überragende Bedeutung dieser Arbeiten wird erst völlig klar, wenn man sie mit den
zwitterhaften und flauen Motetten andrer damaliger Componisten
vergleicht; ich wüßte nach Sebastian Bach Niemanden zu nennen,
der hierin dem Meininger an die Seite zu setzen wäre. Eine nothwendige Fortentwicklung der Gattung darf man freilich in ihnen
nicht suchen wollen, nach wie vor bezeichnet in der neueren Mo-

---

6) Dessen Ritornell und den darauf folgenden Choral hat Mosewius durch
ein unerklärliches Versehen als Composition Sebastians aufgeführt in Beilage 2,
7 seiner Schrift über dessen Kirchencantaten und Choralgesänge. Man hat da
nun eine Probe, wie die Schlußchoräle Joh. Ludwig Bachs zu sein pflegen.

tette Johann Christoph Bach den Gipfelpunkt. Aber es zeigt sich häufig in der Kunstgeschichte, daß wenn auch überragende Geister ein für die Zeit Höchsterreichbares geleistet haben, es schwächeren Talenten trotzdem gelingt, sich neben ihnen noch zur Geltung zu bringen. Sie heben dann gewisse Dinge, die im Uebergang zu andren Kunstidealen anfangen vernachlässigt zu werden, noch einmal mit großer Entschiedenheit hervor und wissen sie doch mit jungen Elementen anziehend zu mischen. Johann Ludwig Bach stand in einem viel intimeren Verhältnisse zu dem italiänischen Vocalstile jener Zeit als seine Zeitgenossen, die auch beim Motettencomponiren immer nur an concertirende Musik dachten. Das Wesen des Chorgesanges hatte sich ihm in vorzüglichem Maße erschlossen, er besaß, was den meisten nord- und mitteldeutschen Componisten fehlte, den vollen Sinn für die warme, gesättigte Schönheit des reinen Vocalklanges. Da er zuvor das Hofcantor-Amt bekleidet hatte, mag er selbst ein guter Sänger gewesen sein. Außerdem war er ein höchst gewiegter Contrapunctist, man darf wohl behaupten, daß er alles konnte, was damals in Italien auf diesem Gebiete geleistet wurde. Da er nun eine erfindungskräftige Persönlichkeit hinzu brachte, so ist das Resultat einigermaßen begreiflich. Ein äußeres Zeichen für seine Neigung, im reinen Chorklange zu schwelgen, ist schon der ungeheure Umfang der Motetten. Eine doppelchörige über Jes. 9. 6 und 7: »Uns ist ein Kind geboren« u. s. w. zählt nicht weniger als 346 Viervierteltakte, ohne doch wie die Motetten Sebastian Bachs in verschiedene Sätze zu zerfallen; nur im 63., 133., 164., 228. und 275. Takte werden durch Fermaten kurze Ruhepunkte gewährt[7]. Das riesige Werk beginnt einfach und gemächlich, aber schon mit dem 64. Takte entwickelt sich ein Gebilde von überraschender Originalität: alle Bässe und Tenöre heben, wie psalmodirend, im Einklange an:

---

7) Handschriftlich auf der Amalien-Bibliothek des Joachimsthals zu Berlin, Bd. Nr. 90, Stück 4.

dann setzen die vier andern Stimmen canonisch imitirend darüber ein:

wiederholen dies Motiv in D dur, dann in A moll, dann zweistimmig wieder in G dur und schließen auf der Dominante. Höchst merkwürdig berührt es, wenn während der nach den Cadenzen eintretenden Pausen der Oberstimmen in den Bässen und Tenören der Gesang mit seiner pastosen Fülle und langsamen Bewegung weiterdröhnt, der ganze Satz hat etwas so entschieden katholisches, daß man ihn bei einem protestantischen Tonsetzer fast mit Befremden bemerkt. Nachher übernehmen beide Soprane die langen Töne, dann die Bässe allein, dann die Tenöre, dann wieder die Bässe, wozu nun das obere Stimmengewebe immer reicher wird. Vom 228. Takte beginnt eine achtstimmige Fuge »Solches wird thun der Eifer des Herrn Zebaoth«:

Man wird lange suchen, um ein Stück von gleicher Bedeutsamkeit, vergeblich wohl, um eins zu finden, das in seiner Art vortrefflicher wäre. Da ist ganz jene spielende Leichtigkeit, jener feurige Fluß der Stimmen, da jener üppige Wohlklang, der nur dann entsteht, wenn sich alles wie von selbst singt. Die Fuge könnte mit anderm Text versehen für das Werk eines italiänischen Meisters gelten, man würde etwa auf Leonardo Leo rathen. Eine andre Motette: »Gott sei uns gnädig und segne uns« (Ps. 67) hat fast noch höhere Bedeutung [8].

---

8) Amalien-Bibliothek, Bd. Nr. 90, Stück 2. Daselbst befinden sich noch mehre andre hervorragende Motetten desselben Meisters.

Sie ist in der Weise dreichörig, daß zwei Chöre mit je vier Stimmen ausgestattet sind, der dritte Chor aber nur von einem Bass repräsentirt wird. Dieser wandelt zwischen den zwei andern Vocalmassen, die in Viertel- und Achtel-Bewegung alterniren, wohlhervortretend hin mit einem vom B in halben Noten durch die Tonleiter bis zum c̄ aufsteigenden und dann ebenso wieder bis zum F absinkenden Gange. Darauf folgt eine Partie, wo der Bass-Chor zu den Worten: »daß wir auf Erden erkennen seinen Weg, unter allen Heiden sein Heil« immer auf f verharrt. Dann wiederholt sich der Anfang zu dem Satze »Es danken dir, Gott, die Völker, es danken dir alle Völker«. Und im schärfsten Contrast ergießt sich nun der Bass-Chor in fluthenden Sechzehnteln:

und die andern Chöre tanzen in Achteln herum. Gegen den Schluß vereinigen sich alle drei Bässe in ganzen und halben Tönen gegenüber den Vierteln und Achteln der übrigen Stimmen zu der Melodie des Magnificat, gesungen auf die Worte: »Es segne uns Gott, unser Gott; es segne uns Gott und alle Welt fürchte ihn«, worauf dann die Motette in reicher Polyphonie zu Ende geht. — Diese kurzen Andeutungen müssen hier genügen. In der Geschichte der reinen Vocal-Musik wird Johann Ludwig Bach immer einen hervorragenden Platz einnehmen.

Der Herzog Ernst Ludwig von Sachsen-Meiningen hat wegen seiner selbstsüchtigen Regierung, verschwenderischen Hofhaltung und der von ihm beförderten Günstlingswirthschaft im Allgemeinen kein sonderliches Andenken hinterlassen. Er war aber ein warmer Freund der Künste, die seinen Hof verherrlichten, und vor allem der Musik. Schon im Jahre 1713 hatte Ludwig Bach eine Passion in der Schloß-kirche aufgeführt, zu derselben Zeit erschien ein Jahrgang von Kirchen-cantaten nach der neuen Form, die von ihm sämmtlich oder doch größtentheils componirt sein werden und 1719 schon eine dritte Auflage erlebten [9]). Es lohnt sich darauf zu achten, wie das verschiedene Wesen des weimarischen und meiningischen Hofes in den Kirchencompositionen der beiden Bachs widergespiegelt wird: dort Ernst und Strenge, hier Glanz und Wohllaut; beide Male kam der Charakter der regierenden Häupter den Anlagen ihrer Musiker aufmunternd entgegen. Concertmusik wurde bei Hofe sowohl des Mittags zur Tafel gemacht, als des Abends, dies vorzugsweise wenn andre Fürstlichkeiten zum Besuch gekommen waren. Der Herzog liebte es auch fremde Künstler in seinen Soiréen auftreten zu sehen [10]). Er war selbst productiv in der geistlichen Poesie, besonders als nach einem bewegten Leben sich ernste Gedanken bei ihm zu regen anfingen: eine seiner Schwestern war Aebtissin zu Gandersheim, eine andre Canonissin daselbst, und wenn man sich vergegenwärtigt, daß der vorigen Aebtissin nebst deren Decanissin und Canonissin das Freylinghausensche Gesangbuch gewidmet war, also der Pietismus in das Stift Eingang gefunden hatte, so hängen die poetischen Versuche des Herzogs vielleicht mit einer pietistischen Neigung zusammen. Er hatte zu seinem Leichentexte Ps. 116, 16 bis 19 ausgesucht und darüber ein geistliches Lied gedichtet, dessen erste Strophe lautet:

> Ich suche nur das Himmelleben,
> Weil ich dein Knecht und Diener bin,
> Der Sohn von deiner Magd ergeben,
> Und auch verpflicht't mit Herz und Sinn,
> Der suchet nur dein Himmelreich;
> Mach, Jesu, mich zum Himmelszweig.

Als im Jahre 1724 sein Tod eintrat, bediente sich Johann Ludwig Bach sowohl der Psalmverse als des Liedes zu einer großen dreitheiligen Trauer-Musik. Es scheint, als habe er auch eine vom Herzog selbst componirte Melodie benutzt, denn der Musik des zweiten Theils liegen etwa folgende Tonreihen zu Grunde:

---

9) Brückner, Landeskunde des Herzogthums Meiningen I, 65 f. und Privatmittheilungen desselben.

10) Ergebnisse eines Actenstückes des herzogl. Hofmarschallamts vom 12. Mai 1721, in dem sich ein Capellmusiker über Zurücksetzung durch den Capellmeister beklagt.

Hiernach ist es klar, daß Sebastian Bach auf eine sehr wohlwollende Aufnahme bei Hofe und einen sehr anregenden Kunstverkehr mit seinem Vetter rechnen konnte, als er sich nach Meiningen begab. Seine Erwartungen erfüllten sich nach beiden Seiten. Mit Johann Ludwig wurde eine dauernde Verbindung angeknüpft: die Cantaten-Abschriften, welche oben erwähnt wurden, sind in Leipzig gefertigt. Ein Reflex des Eindrucks aber, welchen seine Künstlerschaft im herzoglichen Hause machte, ist es wohl, wenn wir ihn wenige Jahre darauf zu dem Markgrafen Christian Ludwig von Brandenburg in Beziehung treten sehen. Dessen Schwester Elisabeth Sophia war die zweite Gattin des meiningischen Herzogs.

Bei weitem ruhmvoller noch gestaltete sich die Herbstreise des Jahres 1717. Dresden war dieses Mal das Ziel, wo unter dem verschwenderischen Friedrich August I. Musik und Theater in hoher Blüthe standen. Bach hatte unter den Musikern der Capelle einige Bekannte, zu ihnen gehörte der Concertmeister Jean Baptiste Volumier, der bis 1709 in gleicher Eigenschaft am Berliner Hofe gestanden hatte [12], vermuthlich auch Pantaleon Hebestreit, welcher 1714 berufen und zuvor mit Telemann zusammen in Eisenach gewesen war. Dieser zeichnete sich vor allem durch große Virtuosität auf einem selbsterfundenen hackebrettartigen Instrumente aus, war aber auch ein tüchtiger Geiger und mit dem Stile der französischen Musik wohl vertraut. Volumier war Franzose von Geburt oder wenigstens durch Erziehung und hochgeschätzt in der Executirung nationaler Tonstücke. Außerdem wirkten dort vortreffliche andre Künstler, wie der Organist Petzold, der Kirchencomponist Zelenka, der Geiger Pisendel, so daß für jeden Musiker ein Aufenthalt daselbst von gro-

---

11) Die Partitur der Trauermusik ist auf der königl. Bibl. zu Berlin.

12) Wenigstens war er nach einem Actenstücke aus dem kurfürstl. hessischen Archive zu Marburg 1708 noch dort; sein Anstellungsdecret für Dresden datirt vom 28. Juni 1709 (Fürstenau II, S. 65).

ßem Interesse sein und in diesen Kreisen sich bekannt zu machen höchst wünschenswerth erscheinen mußte. Es geschah nun zufällig, daß Bach mit dem französischen Clavier- und Orgelspieler Jean Louis Marchand dort zusammentraf. Marchand, geboren 1671 zu Lyon, also 14 Jahre älter als Bach, war königlicher Kammerorganist und Organist an der Kirche des heil. Benedict zu Paris. Die Vorzüge sowohl wie die Fehler seines Volkes hafteten ihm in hohem Grade an. Reich begabt für alles technische und elegante seiner Kunst wußte er diese Gaben vollauf zu verwerthen und zur Geltung zu bringen, verband aber damit eben so viel Eitelkeit, Arroganz und Launenhaftigkeit. Die Gesellschaft in Paris riß sich um ihn, die Schüler drängten sich von allen Seiten heran. Doch trieb ihn die Ungnade des Königs zeitweilig von dort hinweg nach Deutschland, wohin ihm der Ruhm aus seinem Vaterlande folgte[13]. Auch am Hofe zu Dresden gefiel sein Spiel sehr, und trug ihm ein Geschenk von zwei Medaillen im Werthe von 100 Ducaten und, wie es heißt, das Anerbieten einer dauernden Anstellung ein. Bach spielte in Gegenwart des Königs zwar nicht, hatte aber anderweitige Gelegenheit, vor Kunstfreunden und Künstlern sich hören zu lassen. Nun entspann sich ein lebhafter Streit, welcher von beiden der größere sei. Eine starke Partei aus den Hofkreisen stand, da der König französische Kunst sehr liebte, auf Marchands Seite, für Bach werden vorzugsweise die deutschen Künstler der Capelle eingetreten sein. Die Sache gestaltete sich endlich zu einem Meinungskampf über den größeren und geringeren Werth deutscher oder französischer Musik im Allgemeinen und Bach wurde durch seine Freunde angegangen, Marchand zu einem Wettstreite herauszufordern. Er that dies, nachdem ihm Gelegenheit verschafft war, seinen bei Hofe spielenden Gegner aus einem Versteck zu belauschen, auf schriftlichem Wege, indem er sich bereit erklärte, auf jede ihm von Marchand gestellte musikalische Aufgabe einzugehen, vorausgesetzt,

---

13) Ein in Kupfer gestochenes Portrait Marchands aus der ersten Hälfte des 18. Jahrhunderts, das ich besitze, trägt die Unterschrift: *Organiste du Roy, né à Lion, mort à Paris le 17 Février 1732. Agé de 61 ans.* Näheres über seine Lebensereignisse und Bizarrerien bei Gerber L. I. Sp. 870 f., und Hilgenfeldt S. 23 f. Eine weniger bekannte Anekdote steht Caecilia II (Mainz, Schott. 1825), S. 85.

daß dieser seinerseits ein Gleiches verspreche. Marchand nahm den Handschuh auf. Ein musikalisches Richtercollegium wurde gewählt, der Schauplatz des Turniers sollten die Salons eines mächtigen Ministers sein, höchst wahrscheinlich des Grafen Flemming, Premierministers seit 1712, der viel Verständniß für Kunst besaß und aus besonderer Neigung zur Musik sich sogar eine eigne Capelle hielt [14]. Die Neugierde und Spannung war groß, zur bestimmten Stunde versammelte sich eine zahlreiche und glänzende Gesellschaft beiderlei Geschlechts, Bach und die Schiedsrichter fanden sich pünktlich ein. Aber Marchand kam nicht. Man wartete eine Weile, dann schickte der Graf in sein Quartier, um ihn an die gegebene Zusage zu erinnern, empfing aber dort nur die Nachricht, daß der Gesuchte schon am Morgen desselben Tages mittelst der Schnellpost aus Dresden verschwunden sei. Er hatte im sichern Vorgefühl seiner Niederlage ohne Kampf das Feld geräumt; Bach spielte nunmehr allein. Es versteht sich, daß Marchand irgendwo zuvor bei dessen Spiel anwesend gewesen sein und sich überzeugt haben muß, daß der Deutsche ihm nicht nur im Orgelspiel unendlich überlegen sei, wo er vermuthlich auf einen Wettkampf von vornherein nicht eingegangen wäre, sondern auch in der Clavierkunst, welche doch nach der allgemeinen Ansicht damals die Franzosen vorzugsweise beherrschten. Für Bach war der Ruhm um so größer, als er den Gegner auf dessen eigenstem Felde geschlagen hatte. Wie mit den Werken der übrigen bedeutendsten französischen Claviermeister, so war er auch mit denen Marchands längst vertraut, und wußte ihre Vorzüge jetzt wie später voll anzuerkennen [15]. Was mir davon zu Gesichte kam, verdient auch diese Anerkennung durchaus und steht den Couperinschen Clavierstücken an Grazie und Mannigfaltigkeit nicht nach. Für den soliden deutschen Sinn bieten sie freilich zu wenig consistente Nahrung und sind überdies, wie alles französische, äußerst häklich zu spielen. Adlung, der die Einzelheiten des Wettstreits von Bach weitläufig erfragt hatte, sagt über Marchands Suiten: »Nur einmal haben sie mir gefallen; nämlich als ich mit dem

---

14) Fürstenau, a. a. O. S. 7.

15) Eine Suite von ihm steht im Buche des Andreas Bach, eine andre mit der Jahreszahl 1714 versehene in einem der Ludw. Krebs'schen Sammelbände.

Capellmeister Bach bei seinem Hiersein [in Erfurt] von dem Streit
redete und ihm sagte, daß ich diese Suiten hätte, so spielte er sie
mir vor nach seiner Art, das ist, sehr flüchtig und künstlich« [16]. Es
konnte grade von Dresden aus nicht fehlen, daß die Kunde von einem für die deutsche Kunst so glorreichen Ereignisse sich rasch nach
allen Richtungen hin verbreitete, den Glauben an das Uebergewicht
der französischen Claviermusik mehr und mehr schwächte und Bachs
Berühmtheit mächtig steigerte. Nach einem solchen Erfolge konnte
er es leicht verschmerzen, daß ihm von Seiten des Hofes keine Auszeichnung zu Theil geworden war. Wie das gekommen ist, bleibt
unklar. Vielleicht wurde das Interesse alsbald auf die neuengagirte
italiänische Operngesellschaft ausschließlich gerichtet, welche in
ebendemselben Monate, in welchem Bach Dresden besucht haben
wird, nämlich im September, dort aus Venedig anlangte. Ihr Diri-
gent war kein geringerer als Antonio Lotti. Gleichwohl ist es unwahrscheinlich, daß er Bach noch dort getroffen oder in dem bunten
Treiben neugestalteter Verhältnisse Gelegenheit gefunden haben
sollte, ihn kennen zu lernen, so interessant der Gedanke auch wäre,
daß sich der größte deutsche und der größte italiänische Kirchencomponist jener Zeit einmal im Leben gegenüber gestanden hätten [17].

Länger als bis zum Anfang des October kann Bach nicht von
Weimar entfernt gewesen sein, denn es wurden dort umfassende
Vorbereitungen zur zweihundertjährigen Jubelfeier der Reformation
getroffen, für welche die herzoglichen Componisten ihr Theil zu thun
bekamen. Das Fest dauerte drei Tage (vom 31. Oct. bis 2. Nov.) und
einen Vorabend, am zweiten Tage stiftete der Herzog feierlich ein Ca-
pital, dessen Zinsen alljährlich auf seinen Geburtstag zur Vertheilung
gelangen sollten [18]. Hierzu wie zum ersten Festtage wurden neue
Cantaten componirt und aufgeführt; Franck dichtete wahrscheinlich
die Texte [19], Bach wird zuverlässig mindestens eine derselben com-

---

16) Adlung, Anleit. zur mus. Gel. S. 719, Anmerk. g.

17) S. Anhang A. Nr. 33.

18) Der Hoforganist erhielt jährlich 3 Gülden aus dieser Stiftung. Gottschalg
S. 270, Anm.

19) Die gedruckte Fest-Information (auf dem Archive zu Weimar) redet nur
allgemein von den aufzuführenden beiden Cantaten ohne Erwähnung des Dichters und der Componisten. Außerdem erkennt man aus einer handschriftlichen

ponirt haben. Mitten in dieser Beschäftigung muß ihn das Ereigniß getroffen haben, das seinem Leben eine neue Wendung geben sollte. Der Prinz Ernst August hatte sich am 24. Jan. 1716 mit Eleonore Wilhelmine, einer Schwester des regierenden Fürsten Leopold von Anhalt-Cöthen, vermählt. Dieser junge äußerst musikalische Fürst war so auf Bach aufmerksam gemacht worden, und da sein früherer Capellmeister kürzlich davon gegangen, berief er ihn. Wir wagen nichts mit der Annahme, daß Bach sich augenblicklich in Weimar nicht mehr behaglich fühlte. Nach dem Tode Samuel Dreses hatte wohl keiner ein größeres Recht auf dessen Stelle, als er. Aber zuerst ging man mit dem Project um, den vielgewandten und entsprechend gefeierten Telemann zum allgemeinen sächsisch-ernestinischen Capellmeister zu machen [20], und als daraus nichts wurde, erhielt Dreses Sohn den Posten und Bach wurde ungeachtet allseitiger, durch eine eminente Kunstthätigkeit bewiesener Leistungsfähigkeit einfach übergangen. Trotzdem daß das in Aussicht gestellte Amt ihn von seiner bisherigen Kunstbahn ablenkte, säumte er doch nicht es zu übernehmen. Seine Uebersiedlung nach Cöthen fand noch im November statt, denn in der Adventszeit fungirte schon in wohlverdienter Nachfolge auf der Orgelbank der Schloßkirche sein treuer Schüler Schubart [21].

Mit dem Abschiede von Weimar schließt für immer Bachs officielle Organistenthätigkeit. Es muß daher an dieser Stelle besonders noch eine Seite derselben in Betracht gezogen werden, seine Art den Gemeindegesang zu begleiten und seine freikünstlerische Behandlung des Chorals auf der Orgel. Die letztere bildet nahezu das bedeutsamste und folgenreichste Element seines gesammten Kunstschaffens und mit dem größten Eifer hat er ihr grade in Weimar obgelegen. Aber auch die Fülle seiner übrigen Orgelcompositionen ist mit den früher besprochenen durchaus nicht erschöpft. Rüstig producirte er in der Fuge und den verwandten Gattungen weiter, faßte höhere Ziele ins Auge und erreichte sie. Eine Gruppe

---

Notiz, daß Franck den Druck der Fest-Programme überwachte. Die Texte selbst habe ich nirgends gefunden.

20) Mattheson, Ehrenpforte S. 364. Dort wird der Herzog von Weimar Ernst August genannt, was ein Gedächtnißfehler Telemanns ist.

21) Walther, Lexicon S. 557.

solcher Compositionen hat ein so gemeinsames und von den früheren unterschiedenes Gepräge, daß man hier eine zweite weimarische Periode der ersten gegenüberstellen muß. Vor allem tritt das Streben nach Zurückdrängung äußerlicher Virtuosität und nach ruhiger Vertiefung hervor. Es sei erlaubt, diese Compositionen vorweg zu betrachten.

Man erinnert sich, daß wir die Ciaconen und den Passacaglio Buxtehudes als Muster ihrer Art hinstellen mußten, die auch Bach nicht wesentlich mehr überboten habe, weshalb er im allgemeinen der Gattung fern geblieben sei. Das einzige hierher gehörige Stück ist ein Passacaglio in C moll [22]. Wenn dieser als ein Product aus Bachs späterer Zeit angesehen wurde, so geschah es, weil man sein eigenthümliches Verhältniß zu Buxtehude nicht kannte, an den die Composition im Einzelnen wie im Ganzen deutlich erinnert, auch die Beschaffenheit einer gewissen Quelle nicht richtig würdigte und endlich die Höhe von Bachs weimarischen Leistungen grade in der Orgelkunst unterschätzte [23]. Für die früheren Jahre dieser Periode ist das ausgezeichnete, mit Recht allgemein bewunderte Stück freilich zu reif, und kann den Fortschritt, den Bach von dort ab bis in die spätere weimarische Zeit machte, recht verdeutlichen. Es scheint, als habe er Buxtehudes Errungenschaften mit einem Griffe zusammenfassen wollen. Nach dessen Praxis ist es kein vollständiger Passacaglio, sondern, indem das Thema auch in der Ober- und Mittelstimme, und nicht immer unverändert, sondern auch umspielt oder nur angedeutet erscheint, zugleich eine Ciacona. Doch wird wiederum das Thema zeitweilig mit solcher Consequenz in der Basslage festgehalten, daß man darin nicht nur eine Ciacona erkennen darf; es sind vielmehr beide Formen vereinigt. Wie Buxtehude eine Fuge am Schlusse sich zu einer Ciacona consolidiren ließ, so löst umge-

---

22) B.-G. XV, S. 289. — P. S. V, C. 1, Nr. 2. Ein Autograph, das früher Capellmeister Guhr in Frankfurt a. M. besaß, ist vorläufig verschwunden. Der Passacaglio findet sich aber auch, vorzüglich schön geschrieben, bei Andreas Bach, wodurch seine Entstehungszeit verrathen wird. Es ist merkwürdig, daß keiner der Herausgeber auf diese Handschrift Rücksicht genommen hat.

23) W. Rust hat sein feines Gefühl für die Stilunterschiede in Bachs Werken auch hier wieder bewiesen, indem er den Passacaglio wenigstens in die Cöthener Periode verlegte.

kehrt Bach hier die Unbeweglichkeit dieser Form in den freien Fluß
der Fuge auf. Beides hat einen ästhetischen Sinn, zeigt aber auch,
auf welche von beiden Formen jeder von ihnen das größere Gewicht
legte. Auch die Ausdehnung verräth das Streben nach erschöpfender
Zusammenfassung: das Stück zählt 293 Takte, wovon 168 Takte
auf den eigentlichen Passacaglio kommen. Unter den Einzelheiten,
die an Buxtehude erinnern, fallen die aufgelösten Harmonien T.
113—128 und die in Sechzehntelpassagen hineinfallenden Accordschläge T. 80—88 auf, dann vor allem der wunderschöne, in schmerz-
licher Sehnsucht schwelgende Anfang bis T. 32. Hier tritt die echt
Buxtehudesche, in ihrer jugendlichen Ueberschwänglichkeit der
Bachschen theilweise entgegengesetzte Empfindungsweise allzu
deutlich hervor, als daß an einer bewußten Anknüpfung zu zweifeln
wäre. Aber eben so entschieden arbeitet sich im Verlaufe Bachs
strengere Ausdrucksart durch, und wenn man bei der Fuge angelangt ist, in der dem Passacaglio-Thema ein originelles zweites gegenüber gestellt wird, sind alle Anklänge verweht [24].

Nicht nur durch ihre eigne Kunstschönheit, sondern auch für
den Schöpfer psychologisch merkwürdig ist eine Orgelfuge mit Praeludium aus A dur. Ihr Thema:

ist gleichsam der Doppelgänger zu dem Thema, auf welches die
Instrumentalfuge vor der Cantate »Tritt auf die Glaubensbahn« gebaut ist. Sie sind verschieden in Tongeschlecht und Tonart, auch in
einzelnen Tonfolgen, aber man sieht, wie wenig das zu Zeiten ausmachen und der Gedanke dennoch ganz derselbe bleiben kann. Daß
beide Compositionen kurz, vielleicht unmittelbar hinter einander entstanden sind, ist schon deshalb anzunehmen, weil von dem Orgelstücke noch eine spätere vervollkommnete Bearbeitung vorliegt, die
erste also jedenfalls in eine frühere Periode fällt, denn Orgelstücke

---

24) In neuer Zeit hat H. Esser den Passacaglio mit sehr geschickter Imitation des Orgelklanges für Orchester umgesetzt, wodurch vielleicht die Schönheiten desselben auch dem großen Publicum wieder näher gebracht werden.

der Leipziger Zeit pflegte Bach nicht mehr umzuarbeiten[25]). Die
Aenderungen in der Fuge erstrecken sich übrigens nur darauf, daß
der Fülle des Instrumentes angemessen der $\frac{6}{8}$ Takt in den $\frac{3}{4}$ Takt
verwandelt wurde, die drei Schlußtakte fortfielen und an zwei Stellen
eine hohe Lage des Pedals vorgeschrieben wurde, die der weimarischen Orgel vermuthlich fehlte. Mit ihrem Charakter steht die
Fuge ganz allein unter Bachs Orgelstücken; scheinbar dem Wesen
des Instruments entgegen hat er ihr etwas durchaus weibliches gegeben, was mit holder Innigkeit durch alle Fasern des Organismus
dringt. Gebrochene Harmonien als Contrapuncte, weiche Sexten —
und Terzengänge athmen etwas von der Stimmung der G dur-Arie in
der oben genannten Cantate. Reizend sind die spielenden Ansätze
zu Engführungen, bis sich endlich eine solche wirklich in voller
Grazie entwickelt. Vom 153. Takte nimmt die Stimmung eine wunderbare Intensität an, die Contrapuncte umschlingen wie liebende
Arme das Thema, das in lächelnder Schönheit von Takt 161 an
noch einmal vorübergeht. Bedeutender waren die Aenderungen im
Praeludium, das nicht nur reicher im Klange sondern auch belebter
im Organismus gestaltet wurde. Seine Form ist noch die Buxtehudesche, die der Componist nunmehr bald verließ. In den andren
hierher gehörigen Werken zeigt er sich schon auf neuen Bahnen. Es
sind zwei Fugen in C moll, eine in F moll, und eine in F dur, welche
in ihrem Aeußern und Innern so viel Verwandtes haben, daß sie nach
dem Bachschen Grundsatze, gewisse einmal producirte Formeigen-
thümlichkeiten hinter einander in mehren Werken zu erschöpfen,
gleichzeitig entstanden sein werden. Die Praeludien, mit denen verbunden zwei von ihnen (aus F dur und C moll) jetzt vorliegen[26]), sind
zuversichtlich nicht ursprünglich dazu geschrieben, sondern erst
später anstatt der Original-Praeludien eingesetzt; ihr riesenhafter
Aufbau steht zu den Fugen im allzu großen Contrast und verräth die
Zeit von Bachs allerhöchster Meisterschaft. Die andern aber[27]) bilden mit ihren Fugen offenbar ein zusammengedachtes Ganzes, auch

25) B.-G. XV, S. 120. — P. S. V, C. 2, Nr. 3. In der ersten Gestalt findet
sie sich daselbst als Variante.

26) B.-G. XV, S. 155 und S. 218. — P. S. V, C. 3, Nr. 2, und C. 2, Nr. 6.

27) B.-G. XV, S. 104 und S. 129. — P. S. V, C. 2, Nr. 5 und C. 3, Nr. 6.

scheint sich das verdrängte Praeludium der C moll-Fuge erhalten zu
haben [28]. Der Fortschritt derselben besteht in möglichstem Aus-
scheiden alles unorganischen Passagenwerks, möglichst stetigem
Festhalten einer bestimmten Vielstimmigkeit und vor allem darin,
daß an die Stelle des Motivs jetzt ein wirkliches Thema zu treten
pflegt. Die Behandlung des Themas ist imitatorisch, wobei die freie
Einführung der übrigen Stimmen den wesentlichen Unterschied vom
strengen Fugenstile ausmacht, und eine buntere Mannigfaltigkeit
in der Entwicklung gestattet [29]. Indessen zeigt das F moll-Praeludium diese Form noch nicht rein: es enthält wohl scharf ausgeprägte
Gedanken, entfaltet sich aber vorwiegend motivisch. Die C moll-
Praeludien lassen dagegen keinen Zweifel mehr zu über das, was
der Componist will. Sie sind auch in Einzelheiten des Aufbaues und
in der edlen elegischen Stimmung einander ähnlich wie zwei Zwil-
lingsschwestern, nur blickt das Auge der einen noch umschleierter,
noch tiefer in sich zurückgezogen, ein Einziges ist es, was ihr Inneres ganz erfüllt und über der stillen Unbeweglichkeit dunkler
Orgelpunkte kaum merklich sich regend und doch ruhelos auf und
nieder zieht; die andre verräth reicheres Leben, das auf dem Grunde
zweier Hauptgedanken zu intensiver Harmonienfülle erblüht. An
den Fugen fällt zuerst das gegen früher ganz verschiedene Gepräge
der Themen auf; die Beweglichkeit und Unruhe der nordländischen
Meister, welche nicht ohne Einfluß auf Bach blieb, ist überwunden
und hat einer in bedeutsamen Intervallen schreitenden Gemessenheit
Platz gemacht. Deutlich tritt hier wieder das Element in sein Recht,
was auch auf Pachelbels Fugenthemen eingewirkt hat, aber erst
durch Verbindung mit den Vorzügen der Nordländer in Bachs Musik
die schönstmöglichen Fugengedanken erzeugen sollte: die ruhige
Melodiebildung des Chorals, in dessen Wesen der Meister nicht umsonst so lange schon sich vertieft hatte. Gemeinsam ist allen die
Entwicklung vom breiten Anfang zu immer größerer Erregtheit, nur
die eine C moll-Fuge [30] hebt schon ziemlich belebt an und bringt die

---

28) P. S. V, C. 4, Nr. 12. S. dazu die Bemerkung Griepenkerls in der Vorrede.

29) Die beiden C moll-Praeludien führen in den Handschriften den Titel
Fantasia. Man vergleiche, was ich darüber S. 432 gesagt habe.

30) B.-G. XV, 129. — P. S. V, C. 3, Nr. 6.

Steigerung mehr nur durch innere Mittel zu Wege. Gemeinsam ist
ihnen ferner die Einführung eines Seitengedankens in der Mitte,
meistens nach vollständiger Cadenz, der dann entweder zum Gegenthema wird, oder vor dem Eintritte des Hauptthemas zurückweicht.
Nachstehend an Werth ist unter ihnen nur die F moll-Fuge, bei welcher auch der Seitengedanke keine ordentliche Gestalt gewinnt. Sie
hat, soweit das bei Bach überhaupt möglich ist, ein etwas ungeord-
netes Wesen, viel neue Contrapuncte kommen zu Tage, denen aber
in kurzer Zeit die Lebenskraft ausgeht, so daß das Thema sich immer
nach Hülfe umsehen muß. Deshalb fehlt trotz hoher Schönheiten
doch etwas zum vollkommenen Genusse. In der andern C moll-Fuge
taucht mit Takt 121 bis Takt 140 eine merkwürdig homophone und
mit dem Uebrigen höchstens durch die fortfließenden Achtel äußerlich
verbundene, aber inhaltlich ganz fremde Stelle auf, wie sie derartig
in keinem Bachschen Orgelstücke wieder zu finden ist. Ein objec-
tiver Grund läßt sich nicht erkennen. Breiteste Entwicklung in re-
gelrechter Doppeldurchführung erfährt die Fuge in F dur, den größten Schwung aber besitzt die erstgenannte in C moll, aus deren
Thema:

schon jene dämonisch fortreißende Kraft hervorbricht, die nur Bach
zu eigen hatte und in seinen Instrumentalfugen am liebsten wirken
ließ.

Daß wir mit einem Genie höchster Gattung zu thun haben, mit
einer Productionskraft, die auf dem Gebiete der Instrumentalmusik
von Niemandem überboten, in der Orgelkunst aber niemals auch nur
von ferne wieder erreicht ist, daran vor allem sich zu erinnern wird
nöthig sein, um auch Bachs Verhalten zum gottesdienstlichen Gemeindegesange zu würdigen. In der Idee des protestantischen Cultus
bildet die Orgelmusik keinen integrirenden Bestandtheil. Sie dient
zur Unterstützung des Gemeindegesanges und ist allerdings in demselben Verhältnisse wesentlicher als in der katholischen Kirche, wie
die Theilnahme der protestantischen Gemeinde am Cultus eine regere
ist. Allein wir haben nachzuweisen versucht, zu welch ungeahnter

Bedeutung die Orgelkunst gelangte, nachdem die volksthümliche
Frische des frühesten evangelischen Kirchengesanges welk geworden
und die Gemüther unfähig zu kräftigem religiösen Gemeinempfinden
auf eine subjective Frömmigkeit sich zurückzogen, die ja dem Wesen
des Protestantismus nicht widerstritt. Hier fanden sie in der begriff-
losen Instrumentalmusik die geeignetesten Ausdrucksmittel für ihr
inneres Leben und im Orgelchoral die Form, welche ihnen Persönliches und Kirchliches vereinigte. Ein Ueberwiegen der Orgel über
den Gesang war die natürliche Folge. Jene suchte alle ihre reichen
Kräfte zu entwickeln, während dieser mehr und mehr verstummte.
So konnte es kommen, daß die Organisten auch da, wo sie bescheiden
hätten begleiten sollen, nicht abließen in willkürlichem Spiel die
Melodie zu verbrämen und zu ändern, den einheitlichen Organismus
derselben durch zwischengeschobene Phantasien zu zerstücken. Die
Gemeinde ließ es sich gefallen, denn ihr war die Werthschätzung
des einfachen Chorals verloren gegangen. Bach erfaßte ihn wieder
in seiner ganzen Fülle und Tiefe, aber er erkannte auch, daß eine
kirchliche Tonkunst, wenn sie überhaupt noch möglich sei, aus der Orgelmusik und vornehmlich aus dem Orgelchoral hervorblühen müsse.
Deshalb grade und weil er mit unglaublicher Kraft diesen Boden
nach allen Richtungen hin durchackerte, konnte er unmöglich dem
Gemeindegesange mit seinem Spiel nur eine dienstfertige Stütze sein
wollen, er der aus dem Urquell damaliger Kirchenmusik schöpfte,
wenn er vor seinem Orgelwerke saß. Nein, auch hier blieb er, wenngleich auf unendlich verengertem Gebiet, der lebendig schaffende
Künstler. In Arnstadt hatte er die Gränzen des Gebiets kennen gelernt und wird die dort gemachten Erfahrungen benutzt haben. Von
dem maßlosen Coloriren und allzu phantastischen Herumschweifen
brachte ihn schon sein allgemeiner Entwicklungsgang bald zurück,
im übrigen hatte er in dem kirchlich gesinnten Weimar sicherlich
eine choralkundige Gemeinde, einen tüchtigen Cantor und einen ge-
sangfesten Knabenchor. Zur Entscheidung der Frage, wie ein Organist den Gesang zu begleiten habe, darf man sich auf Bachs Beispiel nicht berufen. In unserer Zeit ist ihre Lösung einfach, weil
wir über jede genetische Entwicklung der protestantischen Kirchenmusik — leider — hinweg sind; den Schatz der Choralmelodien un-
verfälscht lebendig zu erhalten, kann die einzige Aufgabe sein.

Von diesem Standpunkte aus ist auch über Zulässigkeit von Zwischenspielen nicht zu streiten, obgleich es trotzdem in unseren Tagen noch geschieht; sie sind sinnlose Vehikel der Unkunst und Barbarei und höchstens zwischen den verschiedenen Strophen zu gestatten. Viel anders lag die Sache damals, obgleich offne Köpfe sich der Einsicht nicht verschließen konnten, daß ein geschmackloses Ueberwuchern der Orgelmusik den Gemeindegesang vollends zu Grunde richte. Adlung meinte: »Wenn manche so vollstimmig arbeiten, ganze Gänge mit ordentlichen Schlüssen vermengt mit anbringen, und bald [d. h. schnell] anfangen, langsam aber wieder aufhören, daß entweder die Gemeinde unordentlich fort singt, oder über Gebühr warten muß, so kann es fürwahr nicht für das schönste Stück bei dieser besten Welt gehalten werden«[31]. Nikolaus Bach in Jena wollte von Zwischenspielen garnichts wissen, »weil er glaubte, ein anhaltender Griff könnte die Gemeinde besser zwingen ohne solch Laufwerk«, und in der Weißenfelser Schloßkirche waren sie sogar verboten.

Um von Sebastian Bachs Praxis ein Bild zu entwerfen, sind wir nicht bloß auf Speculation angewiesen. In den Choralsammlungen seiner Schüler und Walthers haben sich einige Tonsätze vorgefunden, die zu dem worauf wir eben hindeuteten die Belege liefern. Es sind die für die Orgel gesetzten Choräle »Gelobet seist du, Jesu Christ«, »*In dulci jubilo*«, »Lobt Gott, ihr Christen allzugleich« und »Vom Himmel hoch da komm ich her«[32]. Jeder, der sich mit den Typen des eigentlichen Orgelchorals vertraut gemacht hat, sieht, daß zu ihm diese Sätze nicht gehören. Sie tragen die Melodie zeilenweise in breiten Harmonien vor, beobachten die Fermate und fügen zwischen die Zeilen Passagen ein, alles mit einzelnen Ausnahmen,

---

31) Anleit. zur musik. Gelahrth. S. 683 f.

32) Veröffentlicht P. S. V, C. 5, Anhang. Nr. 2 und 5 dieses Anhanges kommen hier nicht in Betracht. Erstere, »Jesus, meine Zuversicht«, ist ein dreistimmiger Claviersatz mit sehr reich ausgeschmückter Melodie. Als solchen verräth ihn schon seine Quelle, das von Bach für seine zweite Gattin im Jahre 1722 angelegte »Clavier-Büchlein«. Zuverlässig sollte er zugleich zur Uebung in Ausführung der Fiorituren dienen, die beiläufig bemerkt in Griepenkerls Ausgabe nicht genau wiedergegeben sind. Nr. 5, »Liebster Jesu, wir sind hier«, kennzeichnet sich schon durch die Behandlung für zwei Manuale als selbständigen Orgelchoral. Ueber Nr. 4, dieselbe Choralmelodie, s. weiter unten.

welche aber den Grundcharakter nicht anfechten. Die Absicht liegt
klar am Tage, die einzelnen Glieder der Melodie sich verständlich
und scharf hervorheben zu lassen; das Bestreben aber, den Choral
als Gesammttonstück auf das rein musikalische Gebiet hinüber zu
ziehen, was doch Aufgabe des Orgelchorals ist, tritt zurück. Damit
hängt die Ungebundenheit des mehrstimmigen Baues zusammen, zu
welchem bald vier, bald fünf, bald mehr Töne verwendet werden,
um recht wuchtige Zusammenklänge zu erfassen, und ohne sich um
die Fortführung dieser oder jener Stimme sonderlich zu kümmern.
Am deutlichsten aber reden jene mit dem harmonischen Gewebe in
keinem Zusammenhange stehenden Passagen, die man damals unter Zwischenspielen verstand [33]. Es ist kein Zweifel, daß wir hier
Proben davon haben, wie Bach den Gemeindegesang begleitete, und
von seinen Schülern begleitet wissen wollte, denen er deshalb diese
Sätze aufgezeichnet haben wird. Vergleicht man sie mit dem früher
einmal zur Erläuterung seiner Arnstädter Gewohnheiten angeführten
Orgelsatze zu »Wer nur den lieben Gott läßt walten«, so bemerkt
man, daß fast alle Colorirung der Oberstimme fehlt, dieselbe in ihren
einzelnen Schritten immer ruhig und groß hervortritt, und auch einmal nur durch eine sich überwegschwingende Stimme augenblicklich
gedeckt wird (»Lobt Gott, ihr Christen« Takt 6 und 7). Die Zwischensätze sind nicht melodisch oder in einer andern Weise selbständig, sondern nur ganghaft. In diesen Gränzen aber, die er sich
aus pietätvoller Rücksicht auf den Gemeindegesang zog, zeigt er
seinen kunstschöpferischen Genius in ganz wunderbarer Freiheit und
Größe. Mit diesem gewaltigen Harmonienbau, dieser glänzenden
Tonfülle, dieser kühnen Bewegung der Stimmen wob er den Schein
künstlerischer Verklärung um den einfachen Volksgesang, mit dem
tiefsinnigen Eingehen auf seine poetische Bedeutung verlieh er ihm
etwas von der individuellen Tendenz, welche dem Protestantismus
gegenüber der katholischen Kirche eigen ist. In der schon erwähnten Zeile »Lobt Gott, ihr Christen allzugleich« wird Gott gepriesen,
»der heut schleußt auf sein Himmelreich«: eine Stimme überklimmt
die Melodie und strebt jubelnd himmelan. Bei der Harmonisirung
der Melodie »Vom Himmel hoch da komm ich her« wird durch die

---

33) Adlung, a. a. O.

auf- und absteigenden Sechzehntelgänge das Hin- und Wieder-
schweben der Engelschaaren mystisch versinnlicht[34]. Auch im
Allgemeinen ist den Choralsätzen — es sind merkwürdigerweise
sämmtlich Weihnachtslieder — der Charakter ihrer kirchlichen Bestimmung scharf aufgeprägt. Den genialsten und großartigsten Bau
hat der Christgesang *In dulci jubilo*, der in dieser Form etwa einmal als Accompagnement der letzten Strophe gedient haben mag.
Die ersten Zeilen erklingen in majestätischen fünfstimmigen Harmonien Accord gegen Melodienote. Aber von der dritten Zeile an
läßt sich die zwischenhineingegossene Fluth der Passagen nicht mehr
zurückdämmen, sie strömt unter der Decke der Oberstimme weiter,
wird während der Einschnittspausen sichtbar, dringt zuweilen auch
in die Höhe und überspült kleine Strecken der Melodie, braust dann
immer gewaltiger zu Triolen beschleunigt aus der Tiefe empor und
beruhigt sich erst zu der vorletzten Zeile, wo der Meister in die majestätische Ruhe des Anfangs zurücklenkt und über dem viele Takte
hindurch ausgehaltenen Schlußtone endlich einen siebenstimmigen
Harmonienbau aufthürmt. Beim Betrachten eines solchen Stückes
überkommt uns wohl die Ahnung, welche Gebilde unter Bachs Fingern entstanden sein mögen, wenn der Schwung religiöser Begeisterung ihn fortriß, märchenhafte Zauberpaläste, die der Augenblick
gebar und vernichtete, goldne Wolkenschlösser, den geheiligten
Tonwesen, den Kirchenmelodien, zur erhabenen Wohnung bestimmt.

Manche solcher Choralbegleitungen konnten den wirklichen Orgelchorälen wohl äußerlich ähneln. Aber es herrschte auf beiden
Seiten ein ganz verschiedenes Gestaltungsprincip, das endlich doch
immer erkennbar sein mußte; bei der Choralbegleitung lag der
Schwerpunkt außerhalb des Instrumentalsatzes, beim Orgelchoral
innerhalb desselben, wenngleich dieser außermusikalische Factoren
mit zur Wirkung herbeizog. Im Orgelchoral ist die gespielte Melodie
lebenspendender Mittelpunkt des Ganzen, in der Choralbegleitung
tritt sie nur als ein Element der harmonischen Gebilde auf, welche
den Gemeindegesang umstrahlen sollen, und denen darum der Tonsetzer sein Hauptinteresse zuwendet. So ist denn auch nicht zu

---

34) Die Absicht ist unverkennbar, besonders wenn man den Orgelchoral
»Vom Himmel kam der Engel Schaar« aus dem »Orgelbüchlein« vergleicht.

zweifeln, daß ein anderer Tonsatz, der mit den oben angeführten aus derselben Quelle stammt, »Liebster Jesu, wir sind hier«, eine bloße Choralbegleitung ist, ungeachtet alle Zwischenspiele fehlen[35]). Die Harmonien sind so schwer und wuchtig, daß sie zum Gegengewichte nothwendigerweise eines massenhaften einstimmigen Gesanges bedürfen, um einen proportionirten Eindruck hervorzurufen. Und wollte man dennoch Bedenken tragen, so ist ein Orgelsatz zu dem Ambrosianischen Lobgesange zu vergleichen, bei dessen 258 Takte betragender Länge jeder Gedanke an ein freies Orgelstück von vorn herein ausgeschlossen ist[36]). Er wurde jedenfalls niedergeschrieben, um durch sorgfältig abgewogene Mannigfaltigkeit der Harmonie den eintönigen Wiederholungen der Melodie zu größerem Reize zu verhelfen. Die Factur stimmt aber mit der des ersteren Choralsatzes völlig überein. Um sich des Unterschiedes von einem Orgelchoral deutlich bewußt zu werden, braucht man nur eine beliebige durchgehend contrapunctirte Melodie aus dem »Orgelbüchlein« daneben zu halten.

Das eigenthümliche Werk dieses Namens wird unsern Ausgangspunkt bilden müssen, um Bachs Leistungen als Componist von Orgelchorälen für Weimar abzuschätzen. Es ist eine Sammlung von 45 Bearbeitungen, die er anlegte, um Anfängern im Orgelspiel, und zunächst wohl seinem allmählig heranwachsenden ältesten Sohne Wilhelm Friedemann zur Durchführung eines Chorals mit guten Mustern an die Hand zu gehen[37]). Ob er einmal an eine Veröffent-

---

35) P. S. V, C. 5, Anhang Nr. 4. Vielleicht auch der aus J. L. Krebs' Nachlasse stammende Satz, P. S. V, C. 5, Nr. 36, doch ist hier eine besondere Bestimmung immerhin schwierig zu erkennen. Den unmittelbar folgenden simplen Choral halte ich für un-Bachisch.

36) P. S. V, C. 6, Nr. 26.

37) Der vollständige Titel des auf der königl. Bibl. zu Berlin befindlichen Autographs ist: »Orgel-Büchlein | Worinne einem anfahenden Organisten | Anleitung gegeben wird, auff allerhand | Arth einem *Choral* durchzuführen, an- | bey auch sich im *Pedal studio* zu *habi-* | *litiren*, indem in solchen darinne | befindlichen *Choralen* das *Pedal* | gantz *obligat* tractiret wird. | Dem Höchsten Gott allein zu Ehren, | Dem Nechsten, draus sich zu belehren. | *Autore* | *Ioanne Sebast. Bach* | *p. t. Capellae Magistro* | *S. P. R. Anhaltini-* | *Cotheniensis.* |« 92 Blätter; klein Quart in Pappe, mit Lederrücken und Spitzen. Auf der ersten Seite oben rechts steht: *ex collectione G. Pölchau.* Veröffentlicht P. S. V, C. 5,

lichung gedacht hat, ist ungewiß, sicher nur daß er das Werk nicht, wie er sich vorgenommen, vollendete. Die Mehrzahl der Blätter und Seiten des Büchleins ist unbeschrieben geblieben und trägt nur über dem obersten Liniensystem den Anfang des Liedes, von dessen Melodie eine Bearbeitung auf der betreffenden Seite Platz finden sollte. Die bescheidene und zunächst nur auf Lehrzwecke gerichtete Bestimmung läßt die Bedeutsamkeit des Inhalts kaum ahnen. Aber Bach wurde um so tiefsinniger, je kleiner der Kreis war, an den er sich wendete; und daß er sich gern grade an junge Künstler wendete, von denen er ein liebevolles Eingehen auf seine geheimsten Intentionen erwarten konnte, zeigen zwei seiner bedeutendsten Clavierwerke, die demselben Zwecke gewidmet sind, die Inventionen und das wohltemperirte Clavier.

Ziegler bezeichnete es als eine Tendenz der Bachschen Unterweisung, die Orgelchoräle »nicht nur so obenhin, sondern nach dem Affect der Worte« zu setzen. Mit dieser Anschauung hatte Bach die Erbschaft Pachelbels angetreten. Eben so sehr aber hatte er auch die Leistungen aller übrigen im Orgelchorale bedeutenden Künstler, insbesondere Buxtehudes, für sich auszunutzen gewußt. Jener war ihm mehr in idealer, dieser in formaler Hinsicht gewinnbringend gewesen. Auf einer allesbeherrschenden Höhe stehend versenkte er sich in diese eigenthümliche Kunstform nun mit der ganzen Kraft und Ursprünglichkeit seines Talentes. Unerschöpflich ist seine combinatorische Erfindungskraft, wunderbar das Vermögen, den poetischen Empfindungen auf instrumentalem Wege nachzufolgen, sie bis zur größten Zartheit zu verfeinern und bis ins Unergründliche zu vertiefen.

In dem Orgelbüchlein setzte er sich durch den instructiven Zweck gewisse Schranken, und wenn darin einem »anfahenden« Organisten Gelegenheit gegeben werden soll, »auf allerhand Art« einen Choral durchzuführen, so ist die in Aussicht gestellte Mannigfaltigkeit mehr im Besonderen als im Allgemeinen zu verstehen. Kein einziger der Choräle hat jene große Form, in der die Choralzeilen durch motivische Zwischenstücke vorbereitet werden, und

---

Abtheil. 1, wozu jedoch die Vorrede Griepenkerls zu vergleichen. S. Anhang A. Nr. 34.

die wir speciell die Pachelbelsche nannten. Bei allen mit einer Ausnahme wird die Melodie im fortlaufenden Zuge contrapunctirt und
zwar geschieht dies, wiederum mit nur drei Ausnahmen, ohne durch
Colorirung die Melodie erheblich anzutasten. Durchgehend spinnt
sich die Contrapunctirung aus einem Motive heraus, in dessen sil-
bernem Gewebe die goldne Frucht der Choralmelodie hängt. Die
consequente Verfolgung dieses Grundsatzes ist ein Fortschritt Bachs
gegenüber seinen Vorläufern; so wird jedesmal das Gefühl von etwas
großem und einheitlichem erweckt. Dabei aber sind die Contrapuncte
immer von einer so hervorragenden musikalischen Bedeutsamkeit, daß
sie sofort ein ganz eignes Stimmungsgebiet erschließen, ein Stimmungsgebiet, das freilich in der Melodie selbst schon enthalten war, es ist nur,
als sei plötzlich ein Schleier fortgezogen und wir sähen in eine geheimnißvolle Tiefe hinab. Welch eine milde Wehmuth liegt in dem Chorale:
»Alle Menschen müssen sterben«, welch ein unbeschreiblicher Ausdruck namentlich in dem letzten Takte durch den Querstand zwischen
eis und $\bar{c}$ und die kleine fast unmerkliche Ausschmückung der Melodie! Es wäre ganz verkehrt, in solchen Zügen jedesmal Nachbil-
dungen bestimmter, in der einzelnen Zeile gegebener poetischer
Vorstellungen suchen zu wollen: immer ist es zuerst das musikalische
Bild, dem Bach durch solche Mittel höheren Reiz verleihen will[38]..
Frohbeschwingte Rhythmen heben die Weihnachtsmelodie »Der Tag
der ist so freudenreich«, ein kräftiges, morgenfrisches Leben strömt
mit stets wachsender Energie durch die drei Strophen des alten
Osterliedes »Christ ist erstanden«, sehnsuchtsvolle Innigkeit blüht
aus dem köstlichen Gewinde hervor, mit welchem der Meister eine
seiner Lieblingsmelodien, »Jesu, meine Freude«, umgab. Wenn meistens die Motive der Contrapuncte frei erfunden sind, so werden sie
bei drei Chorälen aus der ersten Melodiezeile selbst entwickelt und
auf diese Weise mit dem Chorale in einen noch innigeren formalen
Zusammenhang gesetzt. Es sind: »Dies sind die heilgen zehn Gebot«, »Helft mir Gott's Güte preisen«, »Wenn wir in höchsten Nöthen
sein«; bei den letzten beiden hält sich der Contrapunct nur an die

---

38) Die Fermaten sollen in diesen Chorälen nur das Ende der Zeile und
keinen wirklichen Halt andeuten; man sieht dies klar aus den canonischen Bearbeitungen, wo ein Ruhepunkt unmöglich ist.

vier Anfangstöne, die dann entweder frei fortgesetzt oder motivisch und durch Umkehrung weiter entwickelt werden. Besonders gern aber führt Bach die Melodie canonisch, eine Liebhaberei, in deren geschickter Lösung sein weimarischer Kunstgenosse Walther mit ihm wetteiferte. Nicht weniger als neun Melodien sind in dieser Weise behandelt, darunter vier in der Quinte oder Duodecime, ohne daß übrigens in der Strenge der andern Contrapuncte etwas nachgelassen wäre. Und grade diesen Stücken ist neben größter harmonischer Kunst oft der ergreifendste Gesammtausdruck eigen. Da treffen wir einen sechzehntaktigen Satz über »Christe, du Lamm Gottes«; in den drei Anfangstakten wird der dreistimmige Contrapunct exponirt, dann setzt der Tenor die Melodie ein, der Sopran folgt einen Takt später in der Quinte, nun entspinnt sich eine Kette eigenthümlichster, wehklagender Harmonien, deren Fremdartigkeit zuerst frappirt, vielleicht gar abstößt, aber mit wiederholtem Hören gewinnt man sie lieber und lieber, um sie endlich unvergeßlich in sich aufzunehmen — die tiefsinnigste musikalische Ausdeutung, die dem Choral gegeben werden konnte! Dieselbe Canonik ist bei dem andern Passionschorale: »O Lamm Gottes, unschuldig« angewendet. Hier ist der Ausdruck nicht so herb und starr, der in einen Nothschrei zusammengepreßte Schmerz löst sich und wird weich und lind, wie auch das Gedicht sich tiefer auf seinen Gegenstand einläßt; der Satz ist nur vierstimmig, die schwebenden Gänge der contrapunctirenden Stimmen weisen hinaus auf die Begleitung des Choralchors, welcher am Schlusse des ersten Theils der Matthäuspassion steht. In der Bearbeitung »Hilf, Gott, daß mirs gelinge« wird wiederum ein Canon in der Quinte, und zwar zwischen Sopran und Alt eingeführt. Dazu bringt die linke Hand auf einem zweiten Manual unablässig strömende Sechzehntel-Triolen, die bald unter dem Canon weggleiten, bald ihn umspielen, bald hoch übersteigen. Hier tritt es schon zu Tage, wie Bach die Eigenthümlichkeiten der nordischen Schule mit Pachelbels Errungenschaften zu vereinigen verstand. Auch ist es lehrreich, Walthers Bearbeitung zu vergleichen, der ebenfalls einen Canon in der Quinte anbringt, aber so, daß wir schon früher seine Geschmacklosigkeit deshalb tadeln mußten. Indem Bach die Melodie in gleichen Notenwerthen nur im Abstande von einem halben Takte nachahmt, zwingt er die nachahmende Stimme

in den Harmoniengang der Hauptstimme hinein und macht sie ganz
von jener abhängig. Nur ihre melodischen Umrisse fallen ins Bewußtsein, sie ist wie der Schatten, den ein Körper hinter sich wirft.
Bei fünf Bearbeitungen hat sich Bach auf den einfacheren Canon in
der Octave beschränkt und ihn jedesmal der obersten Manualstimme
und dem Pedale zugetheilt. Letzteres übersteigt oftmals die Manual-
Bassstimme, ein Klangeffect, den auch Buxtehude und seines gleichen
liebten. Z. B. bei »Gottes Sohn ist kommen« und »*In' dulci jubilo*«.
wo die Pedalstimme bis zum $\overline{f}$ ja zum $\overline{\overline{fis}}$ emporgeführt wird; man
kann daraus schließen, daß Bach hier mit dem vierfüßigen Cornett-
bass registrirt hat, welchen die weimarische Schloßorgel besaß, denn
Pedale von so großem natürlichen Umfange wird es damals kaum
irgendwo gegeben haben [39]). Einmal, in dem Choral »Herr Jesu Christ.
dich zu uns wend«, stoßen wir auch auf Spuren des Böhmschen Typus, dessen Behandlung desselben Chorals an einer früheren Stelle
analysirt ist; hier spinnt der canonische Bass die Melodie in der
Verkleinerung motivisch aus. Dagegen wird eine andre Eigenthümlichkeit nicht auf das Vorbild des Lüneburger Meisters, sondern auf
die Einwirkung der Ciaconen-Form zurückzuführen sein: in zwei
Stücken (»Heut triumphiret Gottes Sohn« und »In dir ist Freude«
kehrt nach kurzen Pausen immer ein gewisses Bassthema wieder.

Einen weiteren Schritt zur Vervollkommnung der Form that
Bach, indem er gewisse Bewegungsvorstellungen der Dichtung in
den contrapunctirenden Tonreihen abspiegelte. Pachelbel hatte sich
dessen enthalten, ihm fehlte die Innigkeit, sich dergestalt in seinen
Gegenstand zu versenken. Und eine Versenkung ist es, nicht etwa
eine äußerliche Malerei. Denn, es sei nochmals gesagt, in jeder Bewegung der äußeren Welt erkennen wir das Bild einer bestimmten
innern Regung, und jede Vorstellung der Bewegung reproducirt auch
das analoge Gefühl in der empfindenden Phantasie. Bachs Verfahren ist also nur ein tieferes Eingehen auf den Stimmungsgehalt
der Dichtung. »Ach wie flüchtig, ach wie nichtig ist der Menschen
Leben!« singt Michael Franck; Bach begleitet die Melodie durch ruhelos gleitende Sechzehntel, die gespenstisch wie Nebelgestalten

---

39) An dem Chorale »*In dulci jubilo*« fällt die Notirungsweise auf, indem
die Achteltriole der halben Note gleich gesetzt ist.

vorbeihuschen. »Vom Himmel kam der Engel Schaar«, beginnt Luther sein bekanntes Weihnachtslied; abwärts rauschen und wieder nach oben, wie sich senkende und emporschwebende Himmelsboten, bei Bach die Tonreihen der linken Hand, denen das Pedal in zweifacher Vergrößerung folgt. »Durch Adams Fall ist ganz verderbt menschlich Natur und Wesen«, lautet der Anfang eines Rechtfertigungsliedes; mittelst eines motivisch durchgeführten Septimensprunges zeichnet das Pedal den »Fall«. Man tadle das nicht als eine kurzsichtige Illustration der ersten Zeile, die in ihr liegende Vorstellung vom Sturze aus dem Zustande der Unschuld in das Gebiet der Sünde beherrscht das ganze Gedicht. Nur solche Vorstellungen pflegt Bach überhaupt tonbildlich zu gestalten. Das beweist z. B. der Satz über das Sterbelied: »Herr Gott, nun schleuß den Himmel auf«, dessen krausbewegte Contrapunctirung so lange befremdet, bis man in der Mitte der ersten Strophe an die Zeilen kommt: »Hab gnug gelitten Müh und gestritten«, dann öffnet sich der Sinn für ein Bild des wirren, ermüdenden Menschenlebens. Oder man sehe den Orgelchoral »Da Jesus an dem Kreuze stund«; das Gedicht paraphrasirt die sieben Worte, welche Jesus von dort sprach, die schwer nach unten ziehenden Synkopen versinnlichen den Zustand des Hängens — ein Zeugniß von wunderbar sicherem ästhetischen Gefühle, denn jene erzwungene, verrenkte Ruhe war keine Ruhe.

Verhältnißmäßig selten bringt Bach die Melodie colorirt, nur drei Beispiele bietet das Orgelbüchlein. Aber dann versteht er seine geistreiche Colorirung durch motivisch erwachsende, kühne und tiefe Harmonien auch über die schönsten Leistungen seiner Vorgänger hoch hinauszuheben. In dem Choral »Das alte Jahr vergangen ist« mit seiner chromatischen Contrapunctirung ist der schwermüthige Ernst von Lied und Melodie zur größten Intensität gesteigert. Phantastisch und in schwelgerischem Reichthum ergeht sich »O Mensch, bewein dein Sünde groß«; es ist das Wunder von Christi Erscheinung auf Erden, was den Tonsetzer inspirirte.

Einmal kommt auch eine ganz freie Behandlungsform in der Weise Böhms und der Nordländer vor, die mit ihrem virtuosischen Wesen nicht recht in die Sammlung paßt und sicherlich aus ganz früher Zeit stammt; sie betrifft den Choral »In dir ist Freude«.

Von den kleinen aber inhaltstiefen Formen des »Orgelbüchleins«

richten wir unsern Blick auf Breiteres. Hier liegt ein so reiches Material vor, daß eine Zerlegung in Gruppen nöthig ist. Hinsichtlich der Unterscheidung nach größerer und geringerer Güte der Compositionen hat Bach selbst den Weg gewiesen, indem er in Leipzig eine Reihe seiner vorzüglichsten Orgelchoräle aus früherer Zeit eigenhändig zusammenschrieb und bei dieser Gelegenheit, wo es noth that, überarbeitete. Einiges gleich bedeutende, aber auf andre Weise überlieferte, werden wir diesen anschließen. Es bleibt außerdem noch immer ein reicher Schatz von andern Chorälen, der zunächst dazu dienen soll, uns in der Bachschen Formenwelt weiter zu orientiren, und, wenn auch von einer detaillirten chronologischen Entwicklung seines Orgelchorals Abstand genommen werden mußte, doch Gelegenheit geben kann, wenigstens in allgemeineren Umrissen das Früher und Später zu constatiren.

Die frühesten von uns betrachteten Choralarbeiten Bachs waren zwei Variationenreihen gewesen. Zu ihnen gesellt sich jetzt eine dritte über »Sei gegrüßet, Jesu gütig« in elf Partiten. Sie sind, wie man sofort erkennt, verschiedenen Alters: die ersten vier und die siebente stimmen nicht nur in der Beschränkung auf das Manual, sondern auch in ihrem gesammten Gebahren, namentlich der Anlehnung an Böhm mit jenen frühesten Arbeiten ziemlich überein, und zeigen in der vollständigen oder theilweisen Auflösung der Melodie in Figurenwerk und deren motivischer Ausspinnung (erste Variat.) den wirklichen Variationencharakter. Die Stücke 5. 6. 9. 10. 11 dagegen sind ordentliche Orgelchoräle und benutzen mit einer Ausnahme das obligate Pedal; ihre Form ist die im Orgelbüchlein durchgängig herrschende, nur die zehnte Variation mit ihren vollstimmigen Zwischensätzen, die jede Zeile colorirt und zerdehnt vorspielen, lehnt sich an Buxtehudes Weise, über deren Hervortreten in Bachs weimarischen Compositionen unten ausführlicheres zu lesen ist. Nr. 8 steht gesondert da, die erste Gruppe etwas überragend, die zweite nicht erreichend. Der die Reihe eröffnende einfache Choral hat nicht die plumpe, claviermäßige Harmonisirung wie bei den früheren Partiten mehr, sondern eine musterhaft vierstimmige. Man gelangt leicht zu dem Schlusse, daß Bach drei Male an dem Werke gearbeitet hat. Seine erste Gestalt mag es zu gleicher Zeit mit den beiden andern gewonnen und ihnen auch im Anfangschorale geglichen haben. Später setzte er an dessen Stelle den schönen vierstimmigen Tonsatz, überarbeitete besonders die erste Variation, die im Vergleich zu den entsprechenden Stücken der andern Reihen bei ganz gleicher Anlage doch viel geordneter erscheint und schloß mit der vierten Veränderung ab. Wiederum später schrieb er die Nummern der zweiten Gruppe dazu, suchte für den siebenten und achten Platz alte Variationen wieder hervor, nicht ohne die letzte zu überarbeiten und vermuthlich mit den kurzen Pedaltönen zu versehen. Auf diese Weise ist ein Werk entstanden, in dem Reifes und Ursprüngliches mit Unreifem und mehr oder weniger Unselbständigem in merkwürdigster Mischung sich befindet[40].

Die primitivste Form des Orgelchorals: Contrapunctirung ohne festgehaltenes Motiv und ohne thematische Zwischenspiele findet sich nur zweimal; beide Male gehen ein paar einleitende Takte mit Imitationen über die erste Zeile voraus. Als frühe Werke verräth sie auch zum Theil ihre Quelle. Aber so einfach sie sind, so viel harmonische Schönheit enthalten sie[41].

Zu der Pachelbelschen Form ist eine Ahzahl von Beispielen vorhanden vom engsten Anschlusse an durch alle Stufen selbständiger Fortentwicklung bis zur höchsten Veredlung. Den ausgedrückten Stempel der Jugendarbeit trägt ein Choral »Durch Adams Fall ist ganz verderbt«[42]: sorgsam wird jede Zeile durch ein fugirtes Zwischenspiel eingeleitet, aber die Melodie hebt sich nicht genügend als Hauptsache hervor, der Contrapunct ist natürlich unmotivisch. Gleich gestaltet, aber im plastischen Hervortreten der Melodie den Forderungen des Ideals vollentsprechend, ist eine Bearbeitung von »Gelobet seist du, Jesu Christ«[43]. Große Dimensionen zeigt ein »Vom Himmel hoch«, wo die Melodie im Pedale liegt, nur sind dafür, daß sie ohne Vergrößerung auftritt, die Zwischensätze viel zu lang,

---

40) P. S. V, C. 5, Abth. II, 3. Die Darstellung der verschiedenen Bearbeitungsstufen findet zum Theil auch eine äußere Bestätigung darin, daß in einem Buche von J. L. Krebs nur der vierstimmige Choral mit den vier ersten Partiten steht.

41) »Gottes Sohn ist kommen« (P. S. V, C. 6, Nr. 25) und »Vater unser im Himmelreich« (ebend. C. 7, Nr. 53).

42) P. S. V, C. 6, Nr. 21.

43) P. S. V, C. 6, Nr. 23.

und wenn auch die Melodie sich durch die Klangfarbe scharf abhebt (das Pedal pausirt außerdem consequent), so ist damit doch der Idee nicht genug gethan. Ohne Vergrößerung tritt der Cantus firmus auch in »Valet will ich dir geben« im Pedale auf, aber die Ausdehnung der Zwischensätze ist maßvoll, die Contrapuncte sind mit reizender Anmuth geschlungen und geschürzt. Walther liebte das Stück und schrieb es sich mehre Male ab, auch der Componist war ihm so hold, daß er es später noch einmal unter die Feile nahm [44]. Den vollendetesten Ausdruck gab Pachelbel seinem Ideal dadurch, daß er dem glänzend contrapunctirten Chorale eine Fuge über die erste Zeile vorausgehen ließ. Bach griff die Form auf, fugirte nach einander die beiden Anfangszeilen von »Allein Gott in der Höh« und ließ sie zum Schluß als Cantus firmus im Pedal das Ganze krönen [45]. Und war dies nur eine fragmentarische Durchführung des Princips, so hat er ein wahres Musterstück geliefert an einer großartigen Bearbeitung des *Magnificat* [46], die mit einer 97 taktigen vierstimmigen Manualfuge beginnt, unter deren kühn aufstrebendes Gebäude sich dann mit mächtigem Schall die gewaltigen Quadersteine des Cantus firmus legen. Einfache Choralfugen dagegen kommen bei ihm kaum vor, hierin machte er es wie Buxtehude, der, wenn er Fugen schreiben wollte, sich auch seine Themen lieber selber erfand. »Vom Himmel hoch« ist in dieser Weise allerdings einmal benutzt, aber vielleicht nur weil Bach die verkleinerten beiden mittleren Zeilen kunstvoll als Gegenmelodien einführen wollte, mindestens wird dadurch die Form wesentlich verändert [47].

Es lag in Bachs künstlerischer Natur, die überall auf eine möglichst organische Durchbildung des Tonmaterials hinstrebte, daß ihm die bisherige Art der unmotivischen Contrapunctirung bald nicht mehr genügte. Wie er in den Chorälen des Orgelbüchleins das Ganze der begleitenden Stimmen aus einem oder wenigen klar vorgelegten Keimen entstehen ließ, so sollte es nun auch in der Pachelbelschen

---

44) In dieser verbesserten Gestalt P. S. V, C. 7, Nr. 50; in der ursprünglichen ebendaselbst als Variante.

45) P. S. V, C. 6, Nr. 11.

46) P. S. V, C. 7, Nr. 41.

47) P. S. V, C. 7, Nr. 54.

Choralform werden. Dies sah schwierig aus, weil die Form Zwischenspiele verlangte, die jedesmal aus dem Stoff der folgenden Zeile gebildet waren. Aber Bach scheint ohne viel Grübeln sofort den richtigen Weg gefunden zu haben: das eine Mal ersann er figurirte
Motive von solcher Biegsamkeit, daß es ihm leicht wurde, damit
jedesmal die Spitzen des motivischen Grundstoffes zu streifen, das
andre Mal führte er mit dem figurirten Motiv die thematische Vorbereitung des Cantus firmus gleich zusammen ein, daß beide wie eine
Einheit erschienen. Wie er es in Anwendung dieser Kunstmittel zu
immer größerer Gewandtheit brachte, läßt sich an verschiedenen Arbeiten erkennen. Eine dreistimmige sogenannte *Fantasia* über »Christ
lag in Todesbanden« bleibt noch halb bei der alten Weise, bildet aber
für Aufgesang und Abgesang nur je ein Motiv aus ihren ersten Zeilen zum Einleitungssatz derselben und weiß dieses so einzurichten,
daß es auch als Contrapunct vielfältig verwerthbar ist[48]. Unein-
geschränkt waltet aber das neue Verfahren schon in einer Bearbeitung von »In dich hab ich gehoffet, Herr«[49], nur greift hier das motivische Spiel zu weit um sich, und erfaßt auch den Cantus firmus,
zu dessen Hervorhebung übrigens nichts weiter gethan ist; außerdem
kommt die Bewegung nach jeder Zeile ins Stocken, und das Stück
fällt in eben so viele Stückchen aus einander. Einzig der Schluß ist
ganz befriedigend: angemessen steigert sich hier die Lebhaftigkeit
der Contrapunctirung und nachdem schon der Cantus firmus in der
Oberstimme sein letztes Wort gesprochen, ergreift — Ende gut, alles gut — das Pedal noch einmal die einfache Melodiezeile, zu der
die Oberstimmen eine sehr gelungene Begleitung ausführen. Mit
vollendeter Erreichung der Intention stellt sich dagegen ein dreistimmiger Manualsatz über »Allein Gott in der Höh« dar; in diesem
Anfangsmotiv:

erklingt sowohl die Melodie der ersten Zeile, und wird jede folgende

48) P. S. V, C. 6, Nr. 16.
49) P. S. V, C. 6, Nr. 34, fälschlich *Fughetta* genannt.

mehr oder minder deutlich widergespiegelt, als darin auch die Substanz für die gesammte Contrapunctirung enthalten ist, die durch Umkehrungen, Weiterbildungen, Umgestaltungen sich unaufhörlich aus sich selbst erneuert[50]. Der Cantus firmus zieht ruhig in halben Takten darüber her. Zuweilen war auch eine Choralmelodie in ihren einzelnen Abschnitten so beschaffen, daß das aus der ersten Zeile gebildete Motiv mit geringen Abänderungen für alle paßte, z. B. »Ach Gott und Herr«, bei der man fast alles mit diesem Motive:

bestreiten kann, wie Bach denn auch durch die That bewiesen hat[51].

Von den Leistungen Buxtehudes und seiner Kunstverwandten konnten mehr die feinen Klangwirkungen und geistreichen Einfälle, als die ganzen Typen gebraucht werden. Doch ist Bach grade in Weimar nicht selten auch auf den Pfaden des kleinen Buxtehudeschen Orgelchorals weitergegangen, wobei denn freilich immer etwas ganz andres heraus kam, als jener Meister zu schaffen vermocht hatte, aber der Ausgangspunkt ist doch unverkennbar. In späteren Jahren kam er aus dieser Richtung, auf der ihn vielleicht auch äußere Anlässe weiter lockten, ganz zurück. Das einzige Beispiel, das wir vorläufig zu nennen haben, ist eine Bearbeitung der Melodie des Clausnitzerschen Liedes »Wir glauben all an einen Gott«[52]. Die Merkmale des kleinen Buxtehudeschen Chorals waren rein musikalische: elegante Verzierung der Melodie, reizvolle harmonische und klangliche Ausstattung; für letztere stand die Benutzung zweier Manuale fest, deren einem die Melodie zugewiesen wurde, auch Doppelpedal wandte er und mit ihm gern die ganze Schule an. Negative Merkmale waren die Gleichgültigkeit gegen eine zusammenhängende Contrapunctirung, gegen jedes andre als durch die Tonqualität erzeugte Hervortreten des Cantus firmus, und die Unregel-

---

50) P. S. V, C. 6, Nr. 4.
51) P. S. V, C. 6, Nr. 1.
52) P. S. V, C. 7, Nr. 62.

mäßigkeit in Bildung der Zwischensätze, in denen bald die folgende
Zeile benutzt wurde, bald nicht. Bachs Choral läßt alle diese Eigenschaften erkennen, nur hat er nicht umhin gekonnt, die Mängel so
viel es anging auszugleichen. Die erste Melodiezeile tritt in der Tenorlage vollständig auf, dann wird aber bis zum Einsatze des Cantus
firmus noch vier Takte frei weiter praeludirt, der zweiten Zeile geht
keine zwischenspielende Andeutung vorher, der ersten des Abgesanges dagegen gar eine unter mehrstimmiger Begleitung fugirte,
der letzten wieder eine einfache. In denselben Notenwerthen ertönt
der Cantus firmus auf seinem Manuale, ohne erhebliche Verzierungen,
aber mit einem echt Buxtehudeschen Passagenschwanze am Schlusse.
Die contrapunctirende Masse jedoch ist weit mehr zusammengehalten, nicht durch imitatorische und motivische Künste, sondern indem
sie, immer vollstimmig, ungebunden phantasirend und auf melodische Führung ihrer einzelnen Stimmen bedacht vorwärts schreitet.
Buxtehudes fugirte Ansätze, die es zu nichts brachten und den Fluß
nur hemmten, hat Bach mit Recht beseitigt, um den größten Nachdruck auf das zu legen, was dieser Form auch das Wesentlichste
war, den Klangcontrast, die Farbe und die saftige Harmonik. Zu
dem Zwecke hat er auch durch das ganze Stück Doppelpedal verwendet, das mit den zweistimmigen Gängen des begleitenden Manuals die merkwürdigsten Combinationen eingeht. Bei gewählter
Registrirung muß die Wirkung eine bezaubernde sein.

Strebte Bach durch Verschmelzung der Pachelbelschen Form
mit der motivisch contrapunctirten ein höheres neues Ideal an, so
wird man nun erwarten, daß er auch aus dieser letzteren, die speciell die seinige genannt werden könnte, wenn er nicht eben allen
den Stempel seines Geistes aufgedrückt hätte, noch mehr zu machen
versuchte, als die Stücke des Orgelbüchleins dargethan haben. Der
nächstliegende Schritt war, mit selbständigen Gedanken ein freies
Stück auszuführen, das den Stimmungsgehalt des betreffenden Chorals zur musikalischen Erscheinung brachte und dasselbe durch die
hineingewobene Choralmelodie von einer helleren poetischen Empfindung durchleuchten zu lassen. Bach hat keinen Anstand genommen auch diesen Schritt zu thun und damit die bewunderungswürdige Consequenz seiner Entwicklung und den untrennbaren innern
Zusammenhang seiner schöpferischen Aeußerungen auf den verschie-

denen Kunstgebieten von neuem kundgegeben. Pachelbel hatte den Choral in seinen kirchlichen Beziehungen als instrumentales Kunstobject aufgefaßt, Bach gab in der neuen Form, welche wir »Choralfantasie« nennen wollen, fast nur denjenigen Gefühlen Ausdruck, die seine Person beim Vernehmen einer Choralmelodie erfüllten. Der folgende Schritt auf diesem Wege wäre entweder gewesen, den Cantus firmus ganz fortzulassen und nur zur poetischen Erläuterung den Anfang des Chorals über das Stück zu schreiben. Oder man mußte sich nach einem Mittel umsehen, das Uebergewicht des Chorals wieder herzustellen, ohne jenen großartigen Errungenschaften auf instrumentalem Gebiete Abbruch zu thun. Das zweite hat Bach gethan. Unmittelbar aus dieser letzten Form sind jene überherrlichen Choralchöre hervorgegangen, in der die Instrumente ihr eignes Stimmungsbild weben, in welches der Chor der Menschenstimmen mit dem Kirchenliede hineintritt, durch seine sittlich höhere Bedeutung alles übrige beherrschend und in seine Sphäre zwingend. Bach ging in der Vertiefung und Subjectivirung des Orgelchorals bis an die äußerste Gränze fort, aber keinen Fuß setzte er darüber hinaus ins Bodenlose; ein erhabener Priester seiner Kunst strebte er, was er in tiefer Einsamkeit Göttliches geschaut, dem gesammten Volke mitzutheilen und klar zu machen. Gegen die Choralchöre, welche er in dieser Weise anlegte, ist die Zahl der Choralfantasien verschwindend klein. So freilich darf man den Entwicklungsprocess nicht auffassen, als ob Bach, nachdem ihm der Durchgang durch die instrumentale Form zur vocalen klar geworden, jene als werthlos bei Seite geworfen hätte. Vielmehr schrieb er bis in sein spätes Alter Orgelchoräle nicht nur im allgemeinen, sondern speciell auch dieser Art. Denn die Form hatte ihre Berechtigung wie alle, die regelrecht historisch geworden sind, und reichte in Tiefen des Lebens hinab, die keiner andren, auch der ästhetisch höheren nicht zugänglich waren. So schließen in der Kunstentwicklung stets die aus einander hervorgehenden Gattungen sich theilweise aus, und wer mit allen Lebensfasern sich in der früheren festgesogen hat, dessen Wachsthum will meistens in der späteren nicht wohl gedeihen. Nur wenige auserlesene Genien giebt es, deren Geist umfassend genug ist, in sich selbst eine solche Entwicklung zu vollziehen und, leidenschaftslos auch über den Gegensätzen schwebend, das eine zu thun, ohne das andre zu lassen. Zu den früheren Werken der eben beschriebenen Weise gehört wohl die dreistimmige *Fantasia* über »Jesu, meine Freude« für Manual [53]), ein fugirter Satz über das Thema:

dem der Choral in der Ober-, Mittel- oder Unterstimme eingeflochten wird, meisterwürdig geschickt, doch nur am Aufgesange durchgeführt, während der Abgesang frei in Böhms Weise variirt wird und dadurch an Eindringlichkeit verliert. Ferner ist eine Bearbeitung von »Nun freut euch, lieben Christen g'mein« zu nennen, wo im Manual ein laufendes Sechzehntelmotiv sich zu einem vollständigen Stücke ausspinnt, zu dem der Cantus firmus vom Pedal in der Tenorlage ausgeführt wird [54]). —

Es folgen nun schließlich jene von Bach später gesammelten Orgelchoräle, in denen wir die Quintessenz seiner weimarischen Erzeugnisse auf diesem Felde werden erkennen dürfen. Bei einer Musterung nach Maßgabe der Typen mögen zugleich zwei andere ebenbürtige Arbeiten hinzugezogen werden. Einfache Choräle mit motivischer Contrapunctirung sind zwei vorhanden, von denen der eine zur leichteren Hälfte auch in das Orgelbüchlein eingetragen ist: »Komm, Gott Schöpfer, heiliger Geist« [55]). Die Melodie wird zweimal durchgeführt, zuerst in der Oberstimme mit Vierteln (oder punktirten Achteln), wozu vorherrschende Achtelcontrapunctirung, dann mit grandioser Wirkung vergrößert im Pedal, nachdem sich die Begleitung zu Sechzehnteln gesteigert hat. Die doppelte Durchführung steht hier nicht, wie sonst wohl, zu eben so viel Strophen der Dichtung in Beziehung; dies ist dagegen bei dem

---

53) P. S. V, C. 6, Nr. 29.

54) P. S. V, C. 7, Nr. 44.

55) Die kurze Gestalt des Chorals für die ursprüngliche ansehen kann man schon deshalb nicht, weil das Pedal dabei kaum etwas zu thun hat, er also eigentlich dem Zwecke des Orgelbüchleins nicht entspricht. Das vollständige Stück ist in der Sammlung von Bachs Schüler Altnikol geschrieben. P. S. V, C. 7, Nr. 35; die Verkürzung aus dem Orgelbüchlein ebenda unter den Varianten.

zweiten Stücke der Fall: »O Lamm Gottes, unschuldig« [56]. Meisterhaft ist diese erhabene Composition aufgebaut; das erste Mal trägt
die Oberstimme den Cantus firmus, das zweite Mal die mittlere, zuletzt das Pedal, welches bis dahin geschwiegen hatte. Zu jeder
Strophe wandelt sich der Contrapunct und jedesmal wird er bedeutungsvoller. Vor dem Schlusse tritt eine Unterbrechung ein, der Einsatz der Zeile »All Sünd hast du getragen« steht bevor, ein Motiv zur
Versinnlichung des Tragens wird eingeführt, lang streckt sich der
Cantus firmus darunter hin; dann über den Tönen der Worte »sonst
müßten wir verzagen« vier $\frac{3}{2}$ Takte hindurch jammernde chromatische Gänge und ein spannender Halbschluß — »gieb uns deinen
Frieden, o Jesu!« da rollen die mächtigen Tonwogen herein, eine
nach der andern, und fluthen auf und nieder, um sich erst zu beruhigen, nachdem die Melodie längst geendigt und nur ihr letzter Ton noch
weiter hallt, das bewegte Leben über sich tragend und feierlich durch-
klingend. Wahrlich, ein Wunderwerk tief inniger religiöser Kunst!

Streng nach Pachelbels Muster und spiegelblank und sauber bis
auf die letzte Note ist »Nun danket alle Gott« gearbeitet [57]. Jenen
bis an die Wolken dringenden Jubelschall, den Bach sonst ertönen
lassen konnte, bleibt er hier freilich schuldig. Zahlreicher sind die
Fälle, in denen er den Werth der Form durch motivische Contrapunctirung erhöht. Von den beiden Behandlungen des Abendmahls-
liedes »Jesus Christus, unser Heiland« verräth sich der Manualsatz
durch die endlich eintretende Pedalnote als ein Werk, das höchstens
noch in den ersten weimarischen Jahren verfaßt sein kann [58]. Ein
geistreicher Einfall ist es, aus der hingeworfenen Passage im 10.
Takte, die sich anhört wie ein Zwischenspiel beim Gemeindegesange,
für die zweite Hälfte des Chorals ein neues Contrapunct-Motiv entstehen zu lassen. Der zweite Satz gehört wieder unter die großartigsten und tiefsinnigsten Schöpfungen des bewundernswerthen
Meisters. Folgend dem Gedankengange der ersten Strophe:

---

56) P. S. V, C. 7, Nr. 48 in überarbeiteter Gestalt; die frühere, auf welche
es hier zunächst ankäme, ebenda unter den Varianten. Doch sind die Abweichungen für den an dieser Stelle verfolgten Zweck unwesentlich. Dasselbe
gilt von den folgenden Chorälen, wenn nichts besonderes bemerkt ist.

57) P. S. V, C. 7, Nr. 43.

58) P. S. V, C. 6, Nr. 32. Die andre Bearbeitung Nr. 31.

Jesus Christus, unser Heiland,
Der von uns den Zorn Gottes wandt,
Durch das bitter Leiden sein
Half er uns aus der Höllenpein —

gestaltet er drei Theile. Mit feierlicher Erregung, wie sie der Gedanke an die Abendmahlshandlung hervorruft, und noch unbeeinflußt durch specielle Erwägungen, werden die ersten beiden Zeilen durchgeführt. Aus einem charakteristischen Motive:

entwickelt sich in rechter und umgekehrter Bewegung der Begleitungsapparat. Zur dritten Zeile erwecken chromatische Sechzehntel, in kühner Bewegung gegen einander strömend (man vergl. Takt 37) die Empfindung des »bittren Leidens«. Daraus reißt zur letzten Zeile das contrapunctirende Motiv:

uns mächtig und siegreich empor, um in einem Schlusse voll ernster Pracht zu gipfeln. Das Beachtenswertheste ist hier wie anderswo immer, mit welcher Genauigkeit die von dem poetischen Inhalte ausgehenden Impulse mit den constructiven Bedürfnissen des Musikstücks zusammentreffen. Nur da giebt eben Bach solchen Impulsen nach, wo sie im Organismus des Tonwerks ihre Berechtigung haben, und deshalb wirken sie dann auch um so nachdrücklicher. Durch kleinliche Detailschilderungen das Ganze zu zerfetzen, war ihm unmöglich. Darum ist in den knappen Chorälen des Orgelbüchleins von einem Eingehen auf die verschiedenen Zeilen nichts zu merken. Allein wenn bei großen Verhältnissen das Kunstgebot der Mannigfaltigkeit in der Einheit an ihn herantrat, ließ er sich in der Erfindung durch die poetischen Vorstellungen der einzelnen Zeilen leiten. Solche Verhältnisse herrschen hier: ein Schwall der Empfindung fluthet hindurch, wie kaum anderswo stärker. Welch einen Eindruck macht es, wenn nach dem Erscheinen des Cantus firmus jedesmal

dessen Melodie in der Oberstimme nachhallt! — Ergreifende Innigkeit, eine unaussprechlich tiefe, vertrauensvolle Ergebung durchdringt den Choral »Von Gott will ich nicht lassen«[39]. Der Cantus
firmus liegt wieder fest im Pedal, wie üppiges Immergrün umrankt
ihn das Stimmengeflecht. Man sagt nicht zu viel damit, daß jedes
dieser Meisterwerke ein in seiner Gattung Unvergleichliches sei. Eine
zweite Bearbeitung des Sterbeliedes »Valet will ich dir geben« gehört ebenfalls hierher[60], aber wie ganz anders ist der dieses Mal
hineingelegte Ausdruck! Ein erhabener Seelenfrieden, der mit ma-
jestätischem Flügelschlag hoch über das Treiben der »argen, falschen
Welt« emporschwebt, ein Stimmungsbild zu den Worten:

> Im Himmel ist gut wohnen,
> Hinauf steht mein' Begier. —

In erfinderischer Weise hat auch Bach den Pachelbelschen Choral
mit der Form des freien Orgeltrios zu combiniren gewußt. Wie der
ältere Meister die erste Zeile zu fugiren und dann die ganze Melodie
in glänzender Contrapunctirung nachfolgen zu lassen pflegt, so bildet der jüngere die Anfangsabschnitte der Melodie zum Thema eines
Trios um, das in angemessener und ausführlicher Weise entwickelt
wird und zum Schlusse unmerklich den Cantus firmus im Pedal eintreten läßt. Die Melodien »Allein Gott in der Höh« und »Herr Jesu
Christ, dich zu uns wend« sind es, welche diese Behandlung erfahren
haben[61].

Der Typus Buxtehudes zog Bach nicht nur durch die Gelegenheit an, welche er zur Erprobung einer gewissen Art der Fertigkeit
und eines wählerischen Klangsinnes bot, Dinge denen Bach in Weimar noch größere Bedeutung beilegte, als später, sondern offenbar
hatte auch die Schwierigkeit Reiz für ihn, etwas daraus zu machen,

---

59) P. S. V, C. 7, Nr. 56.

60) P. S. V, C. 7, Nr. 51. Steht nicht in der handschriftlichen Sammlung,
ist aber sicher echt.

61) P. S. V, C. 6, Nr. 7 und 27. Zu letzterem existiren zwei Varianten, deren eine nur unerhebliche Abweichungen zeigt, während die andre um mehr als
die Hälfte kürzer und nicht viel mehr, als eine zweistimmige Contrapunctirung
der Melodie ist, wozu das Motiv aus der ersten Zeile genommen. Der Typus
wird dadurch eigentlich ein ganz andrer, vrgl. das unten zu »Nun komm, der
Heiden Heiland« gesagte.

was seinen strengen Ansprüchen genügte. Eine bestimmte Methode
wendete er hier nicht an, sondern verfuhr nach den Beschaffenheiten
der einzelnen Melodien und seinen eignen augenblicklichen Stimmungen. Deshalb sind diese Orgelchoräle unter einander so un-
ähnlich wie möglich, ebendeshalb aber auch wieder aufs höchste
eigenthümlich bis zum Seltsamen. Am nächsten der Originalform
hält sich noch »Komm, heiliger Geist, Herre Gott«, obwohl die Zeilen
viel breiter durchgearbeitet und die contrapunctirenden Stimmen in
größerer Ordnung gehalten werden[62]. Wie wenig die Form in dieser Weise Bach befriedigte, geht wohl zur Genüge daraus hervor,
daß er sie ein zweites Mal nicht wieder benutzt hat. Von origineller
Mischgestalt ist eine Bearbeitung von »Allein Gott in der Höh«; breite
sorgfältig imitirte Zwischensätze und motivische Contrapunctirung
einerseits, und ein auf eignem Manuale in der Tenorlage reich colorirter, ja periodisch erweiterter Cantus firmus andrerseits; eine tro-
pisch wuchernde Pracht an Blättern und buntschimmernden Blumen.
Die Kunst der Klangmischung ist hier auf eine unerreichte Höhe gesteigert und wird doch überall von gesunder Erfindung getragen.
Nur in der ungemeinen Complicirtheit übereinstimmend, sonst ganz
anders ist eine nochmalige Behandlung derselben beliebten Melodie
beschaffen[63]. Vom Typus hat sie den gesammten coloristischen
Flimmer und die Sonderung in verschiedene Klangmassen. Außerdem aber ereignet sich folgendes. Alles was der Melodie gegenüber
tritt, wächst aus einem Thema hervor, das von der ersten Melodiezeile abgeleitet ist:

Der in drei Terz-Stufen abwärts schreitende Gang wird zudem
noch motivisch benutzt. Es würde das nun der Choralfantasie, jener
letzten Consequenz des Bachschen Orgelchorals, sehr nahe kommen.
Aber nach Maßgabe des grundlegenden Typus wird immer vollstim-

<hr>

62) P. S. V, C. 7, Nr. 37.

63) P. S. V, C. 6, Nr. 9; die vorige Nr. 8.

64) Die Accentzeichen lasse ich unausgeschrieben, weil sie nicht thematisch
sein sollen, wie aus den Nachahmungen des Pedals ersichtlich.

mig gearbeitet, der Klang- und Harmoniefülle halber. Endlich tritt,
um den Beginn des Abgesanges zu markiren, dessen volle erste Zeile
im Pedale vorbereitend auf. Ein geschlossener Organismus entsteht
mit triumphirender Meisterschaft, aber auch ein ganz incommen-
surables Musikstück. Gleich merkwürdig und nicht nur vorwiegend
formell, sondern ganz besonders auch in der ergreifenden Gesammtstimmung von Buxtehudes Geiste getragen ist »An Wasserflüssen
Babylon«. Die Melodie liegt im Tenor, der compacte contrapunctirende Tonkörper verarbeitet unablässig die ersten beiden Zeilen,
was wohl nicht nur musikalisch sondern auch poetisch zu verstehen
ist. Unter den fein empfundenen Auszierungen ist vor allem die der
ersten Zeile wichtig:

die uns beweist, wie viel auch diese Mittel zur Feststellung der
Stimmung beitragen können. Ich zweifle, daß die Composition später
als bis zum Jahre 1712 entstanden ist. Nachher hat Bach eine Umgestaltung mit ihr vollzogen, indem er zur Begleitung durch constante
Anwendung des Doppelpedals mit hohem Kunstgeschick eine vierte
Stimme hinzufügte und in Folge davon den Cantus firmus in die
Oberstimme legte. In der harmonischen Combination ist das Stück
nun ganz der oben genannten Bearbeitung von »Wir glauben all«
gleich geworden. Es ist in Bachs Leben ein Ereigniß vorhanden,
mit dem sich die Umarbeitung ungesucht verbinden läßt: seine im
Jahre 1720 ausgeführte Reise nach Hamburg, wo er sich mit einer
Durcharbeitung des Liedes »An Wasserflüssen Babylon« das hohe
Lob des alten Reinken erwarb. Die Annahme liegt sehr nahe, daß
er dem fast hundertjährigen Meister, der für Bachs neue Bahnen
kaum ein Verständniß haben konnte, auf seinem eignen Gebiete entgegen kommen wollte, das ja mit dem Buxtehudes wesentlich zu-
sammenfiel, und aus diesem Grunde ein früheres Werk nach der
Richtung hin weiter ausgestaltete, für welche Reinken besonders
empfänglich war, der Klangcombination und der Pedaltechnik [65].

---

65) P. S. V, C. 6, Nr. 12. Die erste Gestalt findet sich im Anhang als Variante, die durch Doppelpedal erweiterte unter 12ᵃ, die jedenfalls noch später,

Wiederum nur in der allgemeinen Anlage ähnlich, im übrigen unter Bachs Werken eben so einzig, wie die vorigen, ist »Schmücke dich, o liebe Seele«. Das dreistimmige Accompagnement fantasirt über die erste Zeile des Aufgesanges, nachher des Abgesanges und kehrt am Schlusse cyklisch in die Tongänge des Anfangs zurück, die Melodie wird mit höchst ausdrucksvollen Verzierungen von der Oberstimme vorgetragen. Der fremdartige, räthselhafte Zauber dieses Stückes hat feine Bachkenner längst beschäftigt; einen Schritt wenigstens zu seiner Erklärung zu thun ist uns durch Aufzeigung der historischen Grundelemente gestattet. Das Hauptsächliche bleibt freilich auch so noch in den schaffenden Tiefen des Bachschen Genius verborgen, der die musikalischen Besonderheiten einer äußerlich spielenden Form nur als Farben benutzte, um mit ihnen ein Seelengemälde feierlich gedämpfter himmlischer Wonne vor uns auszuführen. Wer diesen Orgelchoral mit dem zuvor besprochenen »Jesus Christus, unser Heiland« vergleicht, wird der gänzlich verschiedenen Gefühlssphären, in denen beide schweben, lebendig inne werden[66]. Dem alten Adventschoral »Nun komm, der Heiden Heiland« hat Bach drei Behandlungen angedeihen lassen, die offenbar als ein zusammengehöriges Ganzes gedacht sind[67]. Die erste beruht auf Buxtehudes Form, hat dieses Mal aber, von der kleinen

---

vermuthlich beim Eintragen in das große Manuscript vorgenommene zweite Bearbeitung der Originalgestalt mit einfachem Pedal ebenda unter 12b.

66) P. S. V, C. 7, Nr. 49. An die schönen Worte Schumanns über diesen Choral, der, wenn einer der Neuzeit, befähigt war, grade solchen Flügen Bachs nachzukommen, wird man sich hier gern erinnern. Er sagt (Schriften I, S. 219 [erste Aufl.]): »Da spieltest du, Felix Meritis [Mendelssohn], Mensch von gleich hoher Stirn wie Brust, kurz darauf einen seiner variirten Choräle vor: der Text hieß »schmücke dich, o meine Seele«, um den Cantus firmus hingen vergoldete Blättergewinde und eine Seligkeit war darein gegossen, daß du mir selbst gestandest: »wenn das Leben dir Hoffnung und Glauben genommen, so würde dir dieser einzige Choral Alles von neuem bringen«. Ich schwieg dazu und ging wiederum, beinahe mechanisch, auf den Gottesacker und da fühlte ich einen stechenden Schmerz, daß ich keine Blume auf seine Urne legen konnte.«

67) Schon Walther hat sie in einem der Berliner Autographe als Einheit zusammengeschrieben. P. S. V, C. 7, Nr. 45—47. Den mittleren überliefert Walther mit Cantus firmus im Pedal (s. Variante II), weshalb er in dieser Gestalt ebenfalls von Bach herrühren wird, was man sonst des 33. Taktes wegen nicht glauben möchte.

imitatorischen Einleitung abgesehen, gar keine thematische Begleitung und spinnt, als zweite Abweichung vom Typus, die stark colorirte Melodie weit über ihre periodischen Gränzen hinaus, ist aber von seltsam phantastischer Schönheit. Die zweite giebt sich als Trio, indem ein Manual und der Pedal-Bass die Contrapunctirung, der Discant des andern Manuals die Melodie, oder in einer Conversion die Manuale die Begleitung und das Pedal den Cantus firmus ausführen. Thematischen Stoff für das Ganze bietet die erste Zeile mit angehängter Sechzehntelfigur, in canonischer Führung treiben die Stimmen einander fort. So entwickelt sich ein Stück, dem zur vollen Losgelöstheit vom Chorale nur ein frei erfundenes Thema fehlt; solche Gebilde stehen auf der Brücke, die von der Pachelbelschen Form zur Choralfantasie hinüberführt, sind aber nicht wohl als Verschmelzungen jener mit dem freien Orgeltrio anzusehen, da der Cantus firmus mit seinem baldigen Eintritt keine Zeit zu selbständiger Entfaltung läßt. Die in Rede stehende Composition ist von einer fast unnahbaren Sprödigkeit des Charakters und von erschreckender Rücksichtslosigkeit hinsichtlich des Klanges, besonders in der erstgenannten Gestalt. Es giebt noch einige solcher Arbeiten von Bach, in denen mit völliger Gleichgültigkeit gegen die äußere Erscheinung nur der Beschaffung eines geistigen Gehalts nachgegangen wird. Reine Kunstwerke entstehen auf diesem Wege nicht, denn das Sinnlich-Angenehme ist, wenn auch kein vornehmer, doch ein unentbehrlicher Bestandtheil der Form. Nur nach völligem Eingelebtsein in Idee und Plan des Tonstücks fügt sich auch das Ohr widerwillig und allmählig solchen Zumuthungen. Aber in dem Gesammtbilde von Bachs Kunstcharakter dürfte doch dieser Zug nicht fehlen. Es ist der übertriebene Idealismus eines deutschen Geistes, der immer nur in die Wolken sieht, unbekümmert darum, ob sein Fuß sich in irdische Dornen verwickelt.

In der dritten Bearbeitung desselben Chorals kommt die Form der Choralfantasie voll zur Erscheinung. Wir fügen diesem gewaltigen Werke sogleich das noch gewaltigere über »Komm, heiliger Geist, Herre Gott« hinzu und haben damit die ganze Zahl der für diese Periode vorliegenden Choralfantasien genannt. Die Form ist von Bach in späteren Jahren erst mit Vorliebe gepflegt, da hat er auch die zweite der genannten um ein Bedeutendes erweitert, ja man kann sagen, daß er sie da erst vollendet hat, denn die erste Gestalt bringt nur die vier Anfangszeilen des Chorals[68]. Ueber den allgemeinen Inhalt bleibt kaum etwas zu bemerken, er ist königlich, wie das Instrument, dem er zur Geltendmachung seiner Majestät verhelfen soll. Die Themen sind beide Male sehr bewegt und rauschend und bilden zu der großartigen Ruhe des vom Pedal geführten Cantus firmus einen imposanten Gegensatz.

Hiermit endigen wir die Betrachtungen über Bachs Orgelchoräle, wenn auch nicht für immer. Bis zum Niedergange seines Lebens schuf der Meister in dieser Gattung weiter, und die letzten und kostbarsten Blüthen derselben bleiben uns noch aufgespart. Aber neue Formen werden wir nicht mehr zu verzeichnen haben; schon jetzt war das Gebiet vollständig durchmessen und mußte es sein, denn auf den unumschränkten Besitz desselben gründete sich die weitere Entwicklung seines Künstlerthums. Um diesem Verhältnisse auch in der Darstellung gerecht zu werden, beschließen wir mit der Zergliederung der Bachschen Thätigkeit im Orgelchoral zugleich die ganze hochwichtige Periode seines Lebens, in der die Schlüssel zum Verständnisse alles weiteren liegen: das erste Jahrzehnt der Meisterschaft. Bachs Natur war es nicht, im Rückblicke auf das Geleistete sinnend innezuhalten, er hätte sonst mit sich zufrieden sein können. Als Orgel- und Clavierspieler stand er auf überragender Höhe und hatte die schneller als Geistessaaten reifenden Früchte der Virtuosität bereits in solchem Maße geerntet, daß er weithin durch Mittel- und Norddeutschland gekannt und als siegreicher Vorkämpfer deutscher gegen ausländische Kunst allgemein gerühmt wurde. Und was mehr ist: in stetigem Fortschritt, in unermüdlicher Ausnutzung aller ihm von außen nahe tretenden Kunstelemente, in unablässiger Pflege seiner eignen staunenswerthen Gaben war eine Fülle von herrlichen Werken entstanden, Werken verschiedenartigster Gattung, aber mehr oder weniger auf einen Mittelpunkt bezogen. Deutsche, italiänische, französische Instrumentalmusik früherer und zeitgenössischer Künstler für Orgel, Clavier und Violine in den mannig-

---

[68] P. S. V, C. 7, Nr. 36. Die Variante im Anhang. Mit ihr, die aus dem Nachlasse von Krebs stammt, kommt eine alte Abschrift im Besitze des Herrn Dr. Rust bis auf Kleinigkeiten ganz überein.

faltigsten Formen dargestellt, ältere und neuere Gebilde der geistlichen und weltlichen Vocalmusik, alles sahen wir herankommen
und sofort in den mächtigen Strudel der eignen Orgelkunst hinab-
gezogen werden, aus dem es in verjüngter Gestalt und glänzend in
neugewonnener Frische und Lebensfülle wieder emportauchte — ein
Bild größter Vielseitigkeit in strengster Begränzung.

Viertes Buch.

Cöthen.
(1717—1723.)

I.

Fürst Leopold von Anhalt-Cöthen war geboren am 2. November 1694 und stand, als er Bach berief, am Ausgang des 23. oder Anfang des 24. Lebensjahres. Die Regierung des Ländchens hatte er an einem der letzten Tage des Jahres 1715 angetreten; wenige Wochen darauf wurde die Hochzeit seiner Schwester mit dem weimarischen Prinzen Ernst August auf dem fürstlichen Schlosse zu Nienburg an der Saale gefeiert. Es war dies der Wittwensitz seiner Mutter Gisela Agnes, einer regen, energischen und klugen Frau, die während Leopolds Minderjährigkeit die Regierung geführt, und dem schon im 10. Jahre seines Vaters beraubten Knaben eine sorgfältige Erziehung gegeben hatte. Leopold war eine Zeit lang auf der berlinischen Ritterakademie gewesen, deren Ruf damals viele Prinzen, auch aus dem Hause Anhalt, anzog. Dann hatte er im October 1710 die übliche Reisetour angetreten, die zuerst nach Holland und England, von da zurück durch Deutschland nach Italien führte, und war im Frühjahr 1713 über Wien nach Cöthen heimgekehrt. Seinen hervortretenden musikalischen Neigungen und Anlagen war besonders der Aufenthalt in Italien förderlich und erwünscht gewesen. In Venedig besuchte er fleißig die Opern-Theater, in Rom zog er den deutschen Tonkünstler Johann David Heinichen an sich, um unter dessen Führerschaft sich in dem gelobten Lande der Musik besser zu orientiren [1]. Die berühmte Orgel zu S. Maria Maggiore in Trient, durch

---

[1] Gerber, N. L. II, Sp. 615 f., nach Hiller, Wöchentliche Nachrichten I, S. 213 ff. Heinichen wird aber wohl erst in Rom und dann in Venedig gewesen sein. Nach einer, übrigens sehr dürftigen, Skizze seiner Reise verweilte Prinz Leopold vom 2. März bis zum 6. Juni 1712 in Rom, um sich dann über Florenz nach Wien zu wenden. Heinichen wird ihn theilweise begleitet haben und in Venedig zurückgeblieben sein, wo er 1713 zwei Opern componirte. Das Manuscript der Reiseskizze befindet sich auf der Cöthener Schloßbibliothek.

deren meisterhafte Behandlung Händel wenige Jahre vorher seine Zuhörer hingerissen hatte [2], mußte sogar am Sonntage während der Predigt vor dem kunsteifrigen Prinzen gespielt werden. Aber auch für die bildende Kunst zeigte er Verständniß, bewunderte den Moses des Michel Angelo und ließ sich eine Anzahl von Meisterwerken der römischen Gemäldegallerien copiren. Ueberhaupt besaß er einen freien und für alles ideale empfänglichen Sinn, hatte hübsche wissenschaftliche Kenntnisse gesammelt und legte später den Grund zu der Cöthener Schloßbibliothek [3].

Sein offenes Gesicht mit hoher Stirn und großen hellen Augen, das der Zeitsitte entgegen von natürlichem langwallenden Haare umrahmt wird, ist von äußerst gewinnendem, jugendlich frischem Ausdrucke. Ein künstlerischer Zug lebt unverkennbar darin [4]. Von Regierungsthaten des Fürsten steht wenig zu berichten, dies wenige aber stimmt zu dem, was die Gesichtszüge versprechen. Der Hof war reformirter Confession und ein großer Theil der Bevölkerung ebenfalls. Schon der vorige Fürst, Emanuel Leberecht, hatte jedoch den Lutheranern Freiheit ihrer öffentlichen Religionsübungen zugestanden, wohl durch Einwirkung seiner Gattin lutherischen Bekenntnisses. Dann war im Jahre 1699 eine lutherische Kirche gebaut, und 1711 von Gisela Agnes ein lutherisches Frauen- und Fräulein-Stift angelegt. Eine der ersten Regierungsmaßregeln Leopolds war es, die von seinem Vater gewährten Freiheiten nicht nur zu bestätigen, sondern zu vermehren, »weil es die größte Glückseligkeit sei, wenn die Unterthanen im Lande bei ihrer Gewissensfreiheit geschützet werden«. Die Folgen offenbarten sich in einem fröhlichen Emporblühen der kleinen Residenz und des ganzen Gebietes.

Die Verhältnisse des Hofes waren klein und einfach. Ein Theater hat er nie besessen; Kirchenmusik ließ der reformirte Cultus nicht aufkommen. In keiner der drei Kirchen des Orts hatte Bach mit dem Orgeldienste etwas zu thun. An der lutherischen Kirche

---

2) Chrysander, Händel I, 229.

3) *M.* Joh. Christoph Krausens Fortsetzung der Bertramischen Geschichte des Hauses und Fürstenthums Anhalt. Zweiter Theil. Halle, 1782. S. 672 ff. — Stenzel, Handbuch der Anhaltischen Geschichte. Dessau, 1820. S. 279.

4) Ein guter Kupferstich in *Samuelis Lentzii Becmannus enucleatus*. Cöthen und Dessau, 1758. fol.

war Christian Ernst Rolle Organist, an der reformirten Hauptkirche bis zum Jahre 1731 Joh. Jakob Müller [5]. Derselbe pflegte vermuthlich auch die Schloßorgel zu besorgen, es wird hier gewesen sein, wie es in Arnstadt war. Bei ihrer winzigen Beschaffenheit hat sie kaum zu etwas anderm, als zum Choralspielen benutzt werden können, für die Erfordernisse des reformirten Gottesdienstes war dies aber auch hinreichend. Ihre beiden Manuale hatten zusammen zehn Register, das Pedal hatte drei [6]. Auch wo Bach mit Umständlichkeit seinen vollen Titel aus jener Zeit angiebt, nennt er sich doch nicht Hoforganist. Damit ist nicht gesagt, daß er das Werkchen niemals spielte.

Der musikalische Schwerpunkt lag ganz und gar in der Kammermusik. Hier wirkte der Fürst offenbar selbst mit. Aus einem Inventarium der in seinem Privatbesitz vorgefundenen Instrumente zu schließen, muß er nicht allein Violine, sondern auch Gambe und Clavier gespielt haben; nebenbei war er ein tüchtiger Bass-Sänger [7]. Und Bach selber rühmt später von ihm, er habe die Musik nicht nur geliebt, sondern auch verstanden. Bei wem er seine Studien gemacht, ist unbekannt. Vorgänger Bachs im Capellmeisteramte war aber Augustin Reinhard Stricker, derselbe welcher 1708 als königlicher Kammermusicus in Berlin die Festmusik zur Vermählung des Königs mit der mecklenburgischen Prinzessin Sophie Louise setzte [8]. In dieser Zeit ungefähr muß Leopold auf der Ritterakademie gewesen sein, und die Vermuthung wäre nicht ungegründet, daß Verbindungen,

---

5) Walther unter »Rolle« und die Kirchenregister der Kathedralkirche zu Cöthen.

6) Ich gehe davon aus, daß die jetzige ziemlich verfallene Orgel der Schloßkirche schon zu Bachs Zeiten bestand. Aus einer Bemerkung an den Bälgen, die unlängst erneuert werden mußten, ging hervor, daß dieselben 1733 verfertigt waren. Daraus folgt nicht, daß die Orgel selbst nicht älter sein kann, denn die Bälge sind nicht selten das erste, was reparirt werden muß. Sie kann sehr wohl zugleich mit der Vollendung des Schloßflügels, in dem die Capelle liegt, also um 1670 erbaut sein. Aber wenn auch nicht — größere Dimensionen als die jetzige konnte keine Orgel dort haben, schon weil der Raum fehlt. Eher wäre noch zu glauben, daß dann die Capelle bis 1733 gar keine Orgel besessen.

7) Das Inventar, welches sein Bruder und Nachfolger August Ludwig unter dem 20. April 1733 hatte aufnehmen lassen, ist auf dem herzoglichen Archiv zu Cöthen. Im übrigen s. Gerber, a. a. O.

8) Walther, Lexicon.

die er damals mit Stricker anknüpfte, diesem später den Capell-
meisterposten zu Cöthen verschafften. Zu einer weiteren Ausbildung
seines Geschmackes suchte er sodann in Italien und später durch er-
neuerten Verkehr mit seinem Capellmeister zu gelangen, der sich im
Jahre 1714 schon bei ihm befand. Doch war Stricker nach allem,
was sich über seine Componistenthätigkeit in Erfahrung bringen ließ,
mehr der vocalen als instrumentalen Tonkunst zugewendet, und
hierin liegt wohl der Grund seines baldigen Fortganges. Vocale
Kräfte gab es in Cöthen äußerst wenige. Mattheson hat uns die
Kunde von zwei jungen Sängerinnen aufbewahrt, zwei *Mademoiselles
de Monjou* aus Cöthen, welche im Juli 1722 in Berlin vor der preußischen Königin sich hören ließen und dann wieder an ihren Hei-
mathsort zurück begaben. »Die jüngste unter ihnen«, läßt er sich
berichten, »hat eine schöne, helle Stimme, und große Perfection in
der Musik. Man saget, daß sie beyde nach Hamburg gehen und in
dasigen Opern Dienste bekommen werden«[9]. Außerdem wird auch
wohl unter den Cantoren und Lehrern der Stadt irgend ein tüchtiger
Bassist, vielleicht auch ein Tenorist aufzutreiben gewesen sein. Allein von einer ordentlichen Vocal-Capelle wie in Weimar findet sich
nicht die leiseste Spur. Wäre sie dagewesen, Bach hätte sie bei
Composition seiner Geburtstagsserenade für den Fürsten sicher benutzt.

Freilich, äußere Spuren sind auch von der Existenz einer In-
strumental-Capelle nur kaum bemerkbare noch zu erkennen. Ein
einziges Mitglied weiß ich namhaft zu machen, den Gambisten Abel.
Er hatte gleich dem Bruder Sebastian Bachs, Johann Jakob, in seiner
Jugend die Feldzüge Karls XII. mitgemacht, wirkte in Cöthen schon
gegen das Jahr 1720 und lebte auch 1737 noch dort. Von seinen
talentvollen Söhnen, die beide auch in Cöthen geboren sind, Leopold
August und Karl Friedrich, brachte es bekanntlich der zweite zu
europäischer Berühmtheit[10]. Ein Schüler Bachs zu jener Zeit war
Johann Schneider, aus der Nähe von Coburg gebürtig, Orgel-, Cla-
vier- und Violinspieler zugleich, der 1726 als Violinist in die weimarische Capelle trat, 1729 aber Organist an der Nicolaikirche in

---

9) Mattheson, *Critica musica*, 1. Bd. 3tes Stück, S. 85.
10) Gerber, Lexicon I, Sp. 3 und 4.

Leipzig wurde [11]); dieser wird dann auch wohl in der fürstlichen Capelle mitgewirkt haben. Von Sebastian Bach selbst aber, dem Capellmeister und Director der fürstlichen Kammermusiken, wie er sich eigenhändig betitelt, und von der Musikerschaar, die er leitete, findet sich außer einigen Notizen der Kirchenregister an keiner der Stellen, wo man sonst die Merkzeichen der Existenz und Thätigkeit in festen Verhältnissen stehender Männer zunächst zu suchen pflegt, auch nicht die leiseste Erwähnung mehr. Die Zeit hat sie ausgelöscht und überwachsen, sowie das Gras jetzt den Schloßhof bedeckt, über den der Meister so oft seine Schritte gelenkt hat. Und wie die Räume öde und leer stehen, die einst von seinen Tönen widerhallten, so ist auch sein Name unter der Bevölkerung des Ortes fast verklungen.

Man glaube aber nicht, daß damals sein Wirken dort viel äußerliches Aufsehen gemacht habe. Es war der ganzen Lage nach ein durchaus intimes, und trat über das Musikzimmer des Schlosses und sein eignes kaum hinaus. Nur durch Reisen hielt sich Bach mit der Welt und einem größeren Publikum in Verbindung, an seinem Wohnorte stand er in keinem Connex mit der Oeffentlichkeit. Und dennoch verbrachte er so einige seiner glücklichsten Lebensjahre, ja fühlte sich zeitweilig in einem Grade befriedigt, daß er hoffte an diesem stillen Plätzchen sein Leben zu beschließen. Es ist dies garnicht zu verstehen, so lange man Bachs Künstlernatur zunächst vom Gebiete kirchlicher Musik aus zu begreifen sucht. Dann erscheint sein Aufenthalt in Cöthen, wo er aller kirchlichen Thätigkeit fern blieb, als fast verlorene Zeit für seine Entwicklung, das eigne Gefallen daran als Selbsttäuschung. Aber alles ist folgerichtig und naturgemäß, wenn man den instrumentalen, d. h. rein musikalischen Urgrund seines Wesens nicht aus dem Auge läßt, auf den wir von Anfang an als Hauptsache hinzuweisen suchten. Auf diesen als sein ursprüngliches Element sich einmal ausschließlich zurückzuziehen und frische Kraft daraus zu saugen zum erneuten Ringen nach hohen,

---

11) Walther, Lexicon. Der Artikel zeigt wieder, wie wenig sich Walther für die Lebensschicksale seines großen Kunstgenossen Bach interessirt hat. Er wußte nicht einmal, daß Bach 1720 noch in Cöthen war, oder er hielt es nicht für der Mühe werth, sich darauf zu besinnen.

seiner Mitwelt verhüllten Idealen, mußte ihm ein wonniges Gefühl sein. Ein wesentlicher Zug des deutschen Künstlerthums tritt in dieser Lebensperiode Bachs deutlicher hervor, als in irgend einer andern: die Sinnigkeit, welche sich in engster Umschränkung erst ganz behaglich fühlt, das Glück des Schaffens und Genießens in lauschiger Heimlichkeit im Kreise weniger verständnißreicher Freunde, deren theilnehmendem Blicke sich gern auch das tiefste Innere erschließt. Es ist jener deutsche Zug, dem später die Quartettmusik entsproßte; ihr Gegenbild ist die köstliche Kammermusik Sebastian Bachs, die größtentheils in Cöthen Gestalt gewann, an der Spitze das »wohltemperirte Clavier«. Ein trauliches und tiefsinniges Musiciren war es, das jetzt im Schlosse, wir wissen nicht wann und wie oft, aber jedenfalls mit echtem Kunsteifer begann; der junge talentvolle Fürst gab sich ihm mit Leib und Seele um so mehr hin, als er vorläufig noch unvermählt war. Schnell auch wußte er, was er an Bach besaß, und zeigte ihm dies in offenster Weise. Er mochte ihn nirgends entbehren, er nahm ihn mit sich auf Reisen, er liebte ihn wie einen Freund. Dafür hat dieser seinem Gönner über dessen frühen Tod hinaus ein ungeschwächtes Andenken bewahrt.

Ein Act der Huldigung, welcher wahrscheinlich in das erste Jahr seines Dortseins fällt, ist eine Serenade auf den Geburtstag des Fürsten. Den bescheidenen vocalen Mitteln des Ortes angemessen verwendete er darin nur einen Sopran und einen Bass, deren Gesang außer dem Streichquartett und Cembalo, zwei Flöten und ein Fagott begleiteten [12]). Der Verfasser des beglückwünschenden Textes ist nicht genannt; geschah dies aus Bescheidenheit, so war solche gerechtfertigt. Bach ist später einmal bei gewissen Poesien umdichtend thätig gewesen, und da wir dies wissen, läßt sich der Verdacht nicht ganz unterdrücken, daß er selbst die Worte zusammengestellt hat. Ebensogut freilich kann irgend ein andrer Dilettant die poetische Unthat verbrochen haben. Denn jämmerlich ist der Text, mag ihn nun gemacht haben, wer will. Die Musik läßt aber alle Mängel vergessen. In ihr spiegelt sich aufs treueste der Geist der Cöthener Periode. Nur ganz allgemein schlägt sie den Ton heiterer Feststim-

---

12) Autograph auf der königl. Bibl. zu Berlin.

mung an und schaltet in diesem Gebiete frei nach ihren Gesetzen, entwickelt all den Reiz frischer Erfindung und feingegliederten, kunstvollen Aufbaues, den Bach auch in seiner Kammermusik mit bestrickender Anmuth zur Geltung zu bringen weiß. Zusammen sind es sieben Nummern; mit Recitativ und Arie in D dur fängt der Sopran an, der Bass, der übrigens sehr hoch hinaufgeführt wird, so daß die Rücksicht auf ein bestimmtes Organ unverkennbar ist, folgt mit einer Arie in H moll. Dann schreitet er im zierlich-würdevollen Menuettschritt (G dur) einher, der Sopran fährt in D dur fort, endlich vereinigen sie sich in A dur, wobei der Bass als Reigenführer die Melodie singt. Es kommt ein duettirendes Recitativ, dann für Sopran und Bass wieder je eine Arie in D dur und A dur, endlich in der Anfangstonart der zweistimmige Schlußgesang, *Chorus* überschrieben, womit aber eben nur die krönende Schlußnummer bezeichnet werden soll, denn an eine mehrfache Besetzung zu denken verbietet die Art der Stimmenführung durchaus. Ein glückliches, in sich befriedigtes Gemüth lacht uns überall entgegen. In späteren Jahren dünkte es den Componisten schade, diese echte Musik an ihrem Texte verkommen zu lassen, er benutzte sie deshalb zu einer Pfingstcantate, wie er auch mit der Gelegenheitsmusik auf den Geburtstag des weißenfelsischen Herzogs gethan [13]).

Der Fürst reiste am 9. Mai 1718 zur Cur nach dem damals von hohen Persönlichkeiten Deutschlands viel besuchten Karlsbad. Wir wissen, daß er bei einer zweiten Reise dorthin im Jahre 1720 Bach mit sich nahm; so ist es wenig zweifelhaft, daß dasselbe auch jetzt geschah [14]). Es giebt noch eine alte Tradition, wie Bach seine mehr oder minder unfreiwillige Muße auf solchen Reisen auszufüllen pflegte, wir werden auf sie zurückkommen. Einen andern Huldbeweis empfing er im Herbst des Jahres, als ihm am 15. November Maria Barbara das

---

13) »Erhöhtes Fleisch und Blut«, im Autograph ebenfalls auf der königl. Bibl. zu Berlin.

14) Das Datum dieser und der zweiten Reise ergiebt sich aus den Verordnungen für die betreffenden Bitt-Gebete, die von den Kanzeln des Landes gethan werden mußten (Archiv zu Cöthen). Daß der Fürst in der Zeit von 1718— 1723 nur diese beiden Male in Karlsbad war, scheint gewiß zu sein, da es mit den Angaben einer alten Karlsbader Chronik stimmt, wie mir Herr Dr. Hlawacek daselbst gefälligst mittheilte.

siebente Kind ihrer Ehe gebar, einen Knaben, zu dem am 17. November der Fürst Pathenstelle vertrat und neben ihm sein jüngerer Bruder August Ludwig, die nach Weimar verheirathete Schwester Eleonore Wilhelmine, sowie der Geheimrath von Zanthier und die Gattin des Hofmeisters von Nostiz [15]). In wie hoher Gunst Bach bei Hofe stehen mußte, ist hieraus recht ersichtlich. Der mit so großen Ehren aus der Taufe gehobene Knabe, Leopold August genannt, überlebte aber sein erstes Jahr nicht, am 28. Sept. 1719 empfing ihn das Grab. Ein Zwillingspaar war schon im Februar und März 1713 kurz nach der Geburt gestorben, vier Kinder aber wuchsen heran als Zeugen eines stillen, glücklichen Familienlebens. Den Platz des erstgebornen nahm eine Tochter ein, Katharina Dorothea, geb. den 27. Dec. 1708; sie blieb unverheirathet. Am 22. Nov. 1710 folgte Wilhelm Friedemann, der hochbegabte, wunderliche Liebling des Vaters. Dann Karl Philipp Emanuel, geb. den 8. März 1714, der unter seinen Brüdern der bedeutendste wurde, mochte er auch vielleicht nicht der talentvollste sein. Endlich Johann Gottfried Bernhard, geb. den 11. Mai 1715 [16]). Allen diesen Söhnen werden wir später noch wiederholt begegnen.

Wie gesagt, gab Bach seine Kunstreisen auch in Cöthen nicht auf, ja das innere Bedürfniß danach war hier vielleicht stärker als

---

15) Kirchenregister der Kathedralkirche S. Jacobi: »1718 den 17. November hat der Fürstliche Capellmeister Hr. *Johann Sebastian Bach*, mit seiner Ehefrau Marie Barbara, einen Sohn, welcher den 15. *hujus* geboren, in der Schloßkirche taufen lassen; Namens *Leopold Augustus*«. Folgen die Pathen.

16) Pathen der Tochter waren: der Pastor Eilmar aus Mühlhausen; Martha Katharina, die Wittwe des Oheims Tobias Lämmerhirt aus Erfurt; Joh. Christoph Bachs aus Ohrdruf Gattin Johanna Dorothea. Wilhelm Friedemanns: Wilhelm Ferdinand Baron von Lyncker, Kammerjunker am weimarischen Hofe, ein talentvoller junger Mann, der früh verstarb (vrgl. Salomo Francks Geist- und weltliche Poesien II, S. 372—377), außerdem die Buch III, 1, Anmerk. 33 genannten. Karl Philipp Emanuels: Adam Emanuel Weltig, Secretär, Pagen-Hofmeister und Kammermusicus zu Weißenfels; Georg Philipp Telemann; Katharina Dorothea Altmann, Gattin eines fürstlichen Kammerdieners zu Arnstadt. In der Genealogie giebt Emanuel seinen Geburtstag auf den 14. März an. Ich habe mich an die Pfarr-Register gehalten, gestehe aber, daß es nicht wahrscheinlich ist, er sei über den Tag der eignen Geburt im Irrthum gewesen. Johann Gottfried Bernhards: Johann Andreas Schauer, Registrator in Ohrdruf; Johann Bernhard Bach in Eisenach; Sophia Dorothea Emmerling, Gattin des fürstlichen Mundkochs zu Arnstadt.

in Weimar. Schon wenige Wochen nach seinem Abzuge von dort folgte er einer Einladung der Universität Leipzig, die am 4. Nov. 1716 vollendete neue und große Orgel in der Paulinerkirche zu prüfen. Die Prüfung fand am 16. Dec. 1717 statt und fiel für den Erbauer Johann Scheibe sehr günstig aus: Bach war nicht nur mit Beschaffenheit und Construction der einzelnen Theile, sondern auch mit der Disposition wohl zufrieden, die er für eine der vollständigsten in Deutschland erklärte. Er fungirte als Examinator ganz allein, nur zwei sachverständige Zeugen waren ihm beigegeben [17]. Im Herbst des folgenden Jahres unternahm er wieder eine Reise, die ihn nach Halle führte. Es wird dieser Ort wohl nicht das einzige Ziel gewesen sein, aber nur durch ein an ihn sich knüpfendes Ereigniß wissen wir von ihr. Händel war im Frühjahre von England herüber gekommen, um Sänger und Sängerinnen für die neu zu errichtende Londoner Opernakademie anzuwerben. Er befand sich vor der Rückkehr noch eine Weile bei den Seinigen in Halle, Bach suchte ihn dort auf, traf es aber unglücklich, denn Händel war an demselben Tage wieder abgereist. Ein zehn Jahre später erneuter Versuch Bachs, die persönliche Bekanntschaft mit dem einzigen ebenbürtigen Zeitgenossen herbeizuführen, sollte ebenfalls scheitern. Es ist daraus allerhand ungünstiges für Händel gefolgert worden. Zu der Annahme, er habe sich Bachs entgegenkommendem Wesen gegenüber zurückweisend verhalten, fehlt ein ausreichender Grund. Nirgends findet sich eine Andeutung, daß er durch seine Abreise am Tage von Bachs Ankunft in Halle diesem habe absichtlich aus dem Wege gehen wollen, während andrerseits schwer zu verkennen ist, daß auch Bach das erste Mal nur gelegentlich Händel aufsuchte. Sonst hätte er, da dieser schon im März nach Deutschland kam, eine Begegnung irgendwo gewiß ermöglichen können [18]. Das zweite Mal, im Juni 1729, schickte Bach, durch Krankheit am eignen Reisen verhindert, seinen ältesten Sohn von Leipzig aus mit einer

---

17) Die Nachricht von diesem Ereigniß aus Christoph Ernst Sieuls »anderer Beylage zu dem Leipziger Jahr-Buche, aufs Jahr 1718. Leipzig *Anno* 1718«. S. 198 f. zuerst wieder ans Licht gezogen zu haben ist ein Verdienst A. Dörfels. Vrgl. Musikal. Wochenblatt (Leipzig, E. W. Fritzsch) Jahrg. I, S. 335 f.

18) Ich theile in diesem Falle durchaus die Ansicht Chrysanders, Händel II, S. 18, Anmerk.

Einladung an Händel nach Halle, der aus Italien zurückgekehrt dort kurze Zeit verweilte. Händel bedauerte nicht kommen zu können, und es ist wahrscheinlich gemacht, daß in der That seine Zeit nicht mehr so weit reichte [19]. Daß es im Interesse der Kunst sehr zu beklagen sei, daß beide Männer also niemals zusammentrafen, darf man wohl getrost verneinen. Interessant wäre es gewesen, und das Verlangen beide mit einander wetteifern zu sehen soll stark unter den Leipziger Musikfreunden geherrscht haben [20]. Aber darauf würde auch wohl die ganze Begegnung hinausgelaufen sein, und sicherlich doch ohne in der viel aufgeworfenen Frage, welchem von beiden die Palme gebühre, bei der gänzlichen Verschiedenheit ihres Wesens eine Entscheidung gebracht zu haben. Ein anregender gegenseitiger Verkehr, der sich nur auf längeres Zusammenleben gründen kann, war ja bei ihren getrennten äußeren Lebensstellungen unmöglich. Dagegen wird Händel immerhin das Urtheil über sich ergehen lassen müssen, ohne Theilnahme für Bachs Künstlergröße an diesem vorübergegangen zu sein. Im Jahre 1719, als er acht Monate in Deutschland verweilte, hätte jedenfalls die Zeit für einen Besuch gefunden werden können, der füglich eher von ihm ausgehen mußte, als von dem durch sein Amt beschränkten Bach. Man nehme hinzu, daß er sich in Dresden und Halle aufhielt, Orten, die für Bachs Bedeutung aus frischester Erinnerung lebendiges Zeugniß ablegen konnten, daß er hier das Rühmlichste von dem gewaltigen Tonmeister hören mußte, der in seiner unmittelbaren Nähe wirkte. Auch ist keine Thatsache bekannt geworden, daß er sich für Bachs Compositionen interessirt hätte. Umgekehrt hat dieser es nicht nur mehrfach sich angelegen sein lassen, Händel persönlich kennen zu lernen, sondern auch von dem Werth, den er auf dessen Werke legte, nachdrücklich Zeugniß gegeben. Händels Composition des Brockesschen Passionstextes existirt noch in einem Manuscript von 60 Blättern, von denen die 23 ersten (mit Ausschluß der beiden letzten Systeme) von Bach eigenhändig, die folgenden aber von dessen zweiter Gattin geschrieben sind. Zu einem werthvollen, siebensätzigen *Concerto grosso* Händels aus F moll liegen die von Bach geschriebe-

19) Chrysander, a. a. O. S. 232 f.

20) Forkel, S. 47.

nen Stimmen vor [21]). Dasselbe ist der Fall bei einer Solo-Cantate
Händels, zu der Bach sogar das Autograph besessen zu haben scheint,
welches mit den Stimmen zusammen sich noch jetzt in der Hand
eines und desselben Besitzers befindet [22]. Mit besonderer Genugthuung verzeichnen wir diese Beweise einer großen, neidlos unbe-
fangenen Künstlerseele. Ueber das gegenseitige Verhältniß beider
als Orgelspieler ist gleich unten noch ein Wort zu sagen.

Im nächstfolgenden Jahre reiste Fürst Leopold am 27. Mai
nach Karlsbad ab. Die Rückkehr wird im Juli erfolgt sein. Als
Bach von freudiger Erwartung des Wiedersehens erfüllt in sein Haus
trat, kam ihm eine erschütternde Kunde entgegen: am 7. Juli hatte
man seine Gattin begraben. Frisch und gesund war sie beim Scheiden zurückgeblieben; in der Blüthe ihres Lebens hatte die noch nicht
36 Jahre zählende ein plötzlicher Tod hinweggerafft, ohne daß eine
Nachricht davon den entfernten aber vermuthlich schon auf der
Rückreise begriffenen Gatten erreichen konnte. Als der Sohn Philipp
Emanuel 33 Jahre später den Nekrolog seines Vaters verfaßte und
über die andern Familienereignisse mit chronistischer Kürze hinweg
ging, hafteten der Tod der geliebten Mutter und dessen Umstände
noch so tief in seiner Erinnerung, daß er ausführlich darüber berichtete. Den herben Schmerz Sebastians hätte er nicht zu bestätigen
brauchen; man kann es ahnen, was das tiefe Gemüth des Mannes
durchwühlte, als er am Grabe seines Weibes stand, das ihn durch
die Lebensjahre des jugendlichen Aufstrebens, des ersten Gelingens
liebend begleitet hatte, um auf der Höhe des Glückes jäh von seiner

---

21) Beide Manuscripte auf der königl. Bibl. zu Berlin. Bei letzterem, zu
dem Herr Dr. Rust eine Partitur angefertigt hat, fehlt die Angabe des Autors.
Herr Dr. Chrysander theilt mir mit, daß der Händelsche Ursprung unzweifelhaft
sei, da Motive des Concerts in späteren Händelschen Werken wiederkehrten.
Auch mir sind gewisse Stellen des dritten Satzes, einer Fuge, aufgefallen, die
mit den doppeltcanonischen Führungen im Schlußchor des »Messias« die spre-
chendste Aehnlichkeit haben. Im fünften Satze dagegen finden sich Gänge,
welche ziemlich genau im Bmoll-Praeludium des 1. Theils des »wohltemperirten
Claviers« (Takt 20—22) wiederkehren.

22) Des Herrn Dr. Härtel in Leipzig. Die Cantate heißt *Armida abbando-
nata*; die von Bach in seiner Leipziger Zeit geschriebenen Stimmen bestehen
aus Violine I. II. und Continuo. Daß die Partitur ein Autograph Händels sei,
behauptet Chrysander, der als zuverlässiger Gewährsmann gelten muß.

Seite gerissen zu werden. Wir wissen zu wenig von Maria Barbara Bach, um ihr Charakterbild entwerfen zu können. Wenn wir uns aber an die sinnige Natur ihres Vaters erinnern und das harmlos fröhliche Gemüth des zweiten Sohnes erwägen, der besonders auf die Mutter geartet zu haben scheint, während in dem ältesten der Vater sich wiederzufinden glaubte, so denken wir sie uns nicht ohne Grund und gern als ein stilles, gutes Wesen, das hinreichende musikalische Begabung besaß für eine lebendige Theilnahme am Wirken ihres Gatten und ihm im Hause dasjenige verschaffte, was für ihn innerstes Bedürfniß war, ein ehrbares, bürgerlich tüchtiges Familienleben.

Der schwere Verlust hemmte nicht die Thätigkeit Bachs, er trug ihn als Mann. Ein Ausflug nach Hamburg, der für den Herbst geplant war, wurde nicht aufgegeben; doch ist die Annahme begründet, daß er einen Aufschub von mehren Wochen erfuhr. Die Cantate »Wer sich selbst erhöhet, der soll erniedrigt werden«[23] giebt darüber Auskunft. Ihr Text ist einem Jahrgange von Dichtungen entnommen. die der Regierungssecretär Johann Friedrich Helbig zu Eisenach zum Gebrauch der dortigen Capelle im Jahre 1720 drucken ließ[24]. In Cöthen selbst waren, da es keine Kirchenmusiken dort gab, auch keine Texte zu solchen zu haben. Bach mußte sich das poetische Material anderswo suchen, wollte er einmal eine Cantate componiren. und wiederum konnte die Veranlassung hierzu nur in einer jener Reisen liegen, die ihn an Pflegestätten der Kirchenmusik und zu berühmten kirchlichen Tonkünstlern führten. Er hatte sich also aus den sehr bescheidenen Poesien, die ihm aber als landsmännische nahe lagen, den Text für den 17. Trinitatis-Sonntag (22. Sept.) gewählt. an dem er in Hamburg zu verweilen und wohl seine Cantate dort aufzuführen hoffte. Auch daß er die Musik während der Karlsbader Reise setzte, läßt sich noch wahrscheinlich machen[25]). Tiefgebeugt

[23] B.-G. X, Nr. 47.

[24] »Auffmunterung | Zur | Andacht, | oder : | Musicalische | Texte, | über | Die gewöhnlichen Sonn- und | Fest- Tags Evangelien durchs | gantze Jahr, | Gott zu Ehren | auffgeführet | Von | Der Hoch - Fürstl. Capelle | zu Eisenach. | Daselbst gedruckt und zu finden bey Johann | Adolph *Boëtio*. 1720. |« Befindlich auf der gräflich stolbergischen Bibliothek zu Wernigerode. Eine Notiz über die Persönlichkeit Helbigs findet sich bei Mattheson, Ehrenpforte unter »Melchior Hofmann« S. 118.

[25] S. Anhang A. Nr. 35.

aber durch den erlittenen Unglücksschlag vermochte er nicht, sein Vorhaben in dieser Weise auszuführen. Er war nun erst im November in Hamburg. Ob da die Cantate noch aufgeführt wurde oder nicht, ist unerkennbar; vielleicht einmal außerhalb des Gottesdienstes. Sie ist von Anfang bis zu Ende der Ausdruck gesammeltster Gestaltungskraft und überragt frühere Werke namentlich durch einen an Inhalt und Ausdehnung gewaltigen Anfangschor über die Schlußworte des Evangeliums »Wer sich selbst erhöhet, der soll erniedriget werden, und wer sich selbst erniedriget, der soll erhöhet werden«. Ein Choral ist nicht eingeführt, sondern das Ganze, seinem Texte gemäß, zu einer Doppelfuge gestaltet, deren zweites Thema aber keine selbständige Durchführung erfährt. Der große Fortschritt von früheren instrumental-vocalen Fugen Bachs zu dieser springt nicht nur durch das kühne, weite Ausgreifen der Stimmen und ihre vornehm freie Bewegung auch im dichtesten Gedränge in die Augen, nicht nur durch die großartige Ausspannung aller Proportionen, sondern vor allem dadurch, daß der Meister keine Genüge mehr darin fand, die Instrumente an der Fugirung theilnehmen oder sie ein besonderes Motiv weiterspinnen zu lassen, daß er ihnen vielmehr ein eignes Thema zuertheilte und so aus dem Material von drei selbständigen Gedanken seinen Tonpalast aufführte. Indem aber das Instrumenten-Thema mehr chorisch homophon auftrat, mußte die Structur doch wieder etwas andres als die einer Tripelfuge werden. Hört man den Beginn des Satzes (G moll $\mathbb{C}$, Allegro), so glaubt man überhaupt nicht, daß daraus ein Chorstück werden soll: es ist als begönne mit der Besetzung von Streichinstrumenten, zwei Oboen und Orgel ein italiänisches Concert. Ein breites Tuttithema ertönt zuerst, dann schließen sich bewegte Gänge contrastirend an, regelrecht wird auf die Dominante geleitet, dort dieselbe Entwicklung, dann mit Takt 45 Rückkehr zur Grundtonart. Da aber überrascht uns der Tenor mit dem Einsatze des achttaktigen Themas, das durch eine Octave aufsteigt und sinkt; das zweite, neuntaktig, schließt sich an, sinkt durch anderthalb Octaven und schießt schnellkräftig wieder empor. Zu der Fugenentwicklung spinnen jedoch die Instrumente ihr Tuttithema motivisch und *piano* weiter, endlich aber ergreift auch sie der große Strom und zwingt sie mit sich fort. Nach einer Cadenz auf B folgt ein kürzerer motivischer Zwischensatz, aus dem Wechselspiel zwischen Chor und Instrumenten hervorgehend, dann von neuem großartige Fugirung wie zuerst, wieder Zwischensatz, wieder Fugirung und dann wird, gleichsam zur Coda, der ganze Chor in den Instrumentalsatz des Anfangs zurückgerissen, dessen volle 45 Takte mit dem Aufgebot aller Tonmittel noch einmal ertönen, so das ganze Bild cyklisch abrunden und in breitester Pracht den Schluß herbeiführen. Es ist dies ein Tonstück, das aus der unbeschränktesten Herrschaft über alle großen und kleinen Formen hervorging und zugleich das Problem der gleichmäßigen Verschmelzung von Instrumental- und Vocal-Musik in denkbarster Vollendung löste. Eine äußere Steigerung konnte nach diesem Eingange nicht mehr in Bachs Absicht liegen, es genügte ihm und hat ihm stets in ähnlichen Fällen genügt, die Cantate in die symbolisch so bedeutungsvolle Form des einfachen Chorals ausmünden zu lassen. Dazwischen stehen zwei Arien mit verbindendem Recitativ[26]. Die erste, deren moralisirender Text poetisch unzugänglich war, ist ein geistvolles Trio zwischen Sopran, Continuo und obligater Orgel oder Solo-Violine geworden, in seiner Art ebenfalls ein Meisterwerk. Die zweite überragt ihre Vorgängerin noch durch polyphonen Reichthum, ist aber zugleich vom edelsten poetischen Gefühle durchwärmt.

Telemann, der noch immer eisenachischer Capellmeister von Haus aus war, hat den Text auch componirt[27]. Den ersten Satz als Doppelfuge anzulegen, war im Bibelspruche selbst gegeben; ein eigenthümlicher Zufall ist es, daß er auch in der Wahl der Tonart mit Bach übereinstimmt. Im übrigen ist die Kluft zwischen beiden, die schon an früheren Werken hervortrat, nur noch gähnender geworden. Telemann schreibt seine Fuge von 38 Viervierteltakten (die Bachsche zählt 228) schlecht und recht und ohne sonderlich warm dabei zu werden hin; die Instrumente verstärken die Singstimmen. Vom Reste des Textes componirt er nur noch die zweite Arie und setzt den Choral, die Arie außerdem nicht einmal in der italiänischen Form und mit der allersimpelsten Begleitung. Bach hat sich später

---

26) Im Originaldruck beginnt das Recitativ: »Der Mensch ist Koth, Stanck, Asch' und Erde«. Bach hat mildernd »Staub« componirt.

27) Aeltere Handschrift der Gottholdschen Bibliothek in Königsberg i. Pr. Sammelband 250862.

um Helbigs Texte, an die er in Ermanglung von besseren gegangen war, nicht weiter bekümmert, einen Fall ausgenommen und da muß er wieder in Verlegenheit gewesen sein. Denn es liegt auf der Hand, daß er zur schnellen Fertigstellung der Cantate auf den dritten Adventssonntag desselben Jahrganges: »Das ist je gewißlich wahr und ein theuer werthes Wort« u. s. w. ältere Compositionen benutzte. Bei dem ersten Chore (G dur **C**) kann es, zumal wenn man die ganz übereinstimmende Factur des Anfangschores in der zweiten Bearbeitung der Pfingstcantate »Wer mich liebet«[28]) vergleicht, kaum verkannt werden, daß ihm ein ursprüngliches Duett zu Grunde liegt. Im 52. und 53. Takte der ersten Arie wird die schlechte Textunterlage zum Verräther. Von großem Werthe kann bei einer so eiligen Arbeit nicht die Rede sein, wenn sie gleich manches hübsche, ja schöne enthält[29]).

In Hamburg lebte Johann Adam Reinken noch und versah auch trotz seiner 97 Jahre noch immer den Organistendienst an der Katharinenkirche mit verhältnißmäßiger Frische. Unter den Standesgenossen des Ortes war er die größte Respectsperson, nicht nur wegen seines hohen Alters, sondern ebensosehr seiner künstlerischen Bedeutsamkeit zufolge, über die schon früher ausführlicheres gesagt ist. Für Bach, der als Jüngling an Ort und Stelle aus Reinkens Kunst Nutzen gezogen hatte, mußte es einen großen Reiz haben, als vollendeter Meister wieder vor den Veteranen hinzutreten. Was Reinkens Charakter betrifft, so lauten über ihn die Zeugnisse wenig günstig, er war nicht nur sehr selbstbewußt, sondern eitel und auf andre Künstler neidisch. Sein Vorgänger im Amt war Heinrich Scheidemann gewesen, ein so tüchtiger Organist, daß derjenige für verwegen gehalten wurde, welcher sich zutraute dessen Nachfolger werden zu können. So wenigstens hatte sich ein bedeutender holländischer Musiker geäußert auf die Nachricht, daß Reinken den Platz jetzt einnähme. Dieser hörte davon und schickte ihm seine Bearbeitung des Chorals »An Wasserflüssen Babylon« zu, mit der schriftlichen Bemerkung: hieraus könne er des verwegenen Men-

---

28) B.-G. XVIII, Nr. 74.

29) Ich kenne diese Cantate nur nach der Copie auf der königl. Bibl. zu Berlin. Der Schlußchoral fehlt, nach dem Texte ist es »Christe, du Lamm Gottes«.

schen Porträt ersehen. Der Musiker fand sich durch das allerdings
hervorragende Stück eines Besseren belehrt, kam nach Hamburg,
hörte und sprach Reinken und küßte ihm bewundernd die Hände [30].
Mit Entrüstung vermerkt Mattheson, der doch in Sachen der Eitelkeit
auch etwas leistete, daß Reinken sich auf dem Titel seines *Hortus
musicus* selber *Organi Hamburgensis ad Divae Catharinae Directorem
celebratissimum* nenne [31], und war überhaupt nicht gut auf ihn zu
sprechen, wovon aber Reinken selber die Schuld trug. Denn er
konnte es Mattheson nicht vergeben, daß man einmal den Plan gehabt hatte, diesen ihm zu substituiren [32]. Mattheson rächte sich dafür durch allerhand Sticheleien in seinem »beschützten Orchestre«
und erzählt auch in dem kurzen ihm gewidmeten Nekrologe [33]:
»Seinen Wandel betreffend, ist darauf von den Herren Geistlichen
bisweilen eins und anders zu sagen gewesen, wie er denn einen be-
ständigen Liebhaber des Frauenzimmers und Raths-Weinkellers abgegeben«, kann aber doch nicht umhin zu gestehen, daß er seine
Orgel jederzeit ungemein nett und wohl gestimmet hielt, sie auch
auf eine solche besondere, reinliche Art zu bespielen wußte, »daß
man zu seiner Zeit in Sachen, die er geübet hatte, keinen gleichen«
gekannt habe — boshaft hinzusetzend: er habe von der Orgel auch
fast immer geredet, weil sie wirklich schönen Klanges sei. Diese
Andeutungen mußten vorausgeschickt werden, um Reinkens Verhalten gegen Bach in seiner vollen Bedeutung zu würdigen. Zu einer
bestimmten Stunde versammelten sich der Magistrat und viele andre
Vornehme der Stadt in der Katharinenkirche, um den fremden Meister zu hören. Von allgemeiner Bewunderung begleitet spielte dieser mehr als zwei Stunden lang; den größten Triumph errang er
aber mit einer Improvisation über »An Wasserflüssen Babylon«,
die er fast durch eine halbe Stunde in jener uns bereits bekannten
motettenartig breiten Weise der nordländischen Meister ausführte.
Da kam Reinken, der durchweg sehr aufmerksam zugehört hatte,
heran und sagte: Ich dachte, diese Kunst wäre gestorben, ich sehe

---

30) Walther, Lexicon unter »Scheidemann«.

31) Ehrenpforte S. 293.

32) Adlung, Anl. z. m. Gel. S. 183, 1. Reinkens Adjunct und Nachfolger
wurde Johann Heinrich Uthmöller (1720—1752).

33) *Critica musica* I, S. 255 f.

aber, daß sie in Ihnen noch lebt [34]). Es liegt, von der hohen Anerkennung abgesehen, mehr darin als bloße Selbstgefälligkeit; in der That war auch Bach innerlich über jenen Standpunkt des Orgelchorals längst hinausgeschritten. Aber es zeugt von seiner außerordentlichen Beherrschung des gesammten Formgebietes, daß er sich absichtlich sofort auf ihn zurückversetzen konnte. Was dort aus dem Stegreif ausgeführt wurde, hat er uns schriftlich nicht hinterlassen, aber es wurde schon bei Besprechung des mit Doppelpedal über die genannte Melodie gesetzten Orgelchorals bemerkt, daß dieser mit der Hamburger Reise in Verbindung stehen dürfte. Es ist sehr wohl denkbar, daß er ihn vorher ausarbeitete und Reinken als Beweisstück exemplarischer Kunst, in Satz und Ausführung vorlegte und sodann, um seinem Verständniß noch weiter entgegen zu kommen, in jener Weise fantasirte, »wie es ehedem die braven unter den hamburgischen Organisten in den Sonnabends-Vespern gewohnt gewesen waren«. Vielleicht setzte er ihn auch nachträglich auf, wie er das nach 27 Jahren mit einem von Friedrich dem Großen gegebenen Thema ähnlich machte. Genug, Reinken war so befriedigt, daß er Bach zu sich lud und mit vorzüglicher Aufmerksamkeit behandelte. Zwei Jahre darauf (24. Nov. 1722) schied er aus dem Leben und wurde auf seinen Wunsch in der Katharinenkirche zu Lübeck, an demselben Orte, wo seit 15 Jahren der geistesverwandte Buxtehude ruhte, begraben. Was dieser nur im Aufgehen beobachten konnte, war jenem noch beschieden gewesen in prachtvoll reicher Blüthe zu sehen: den Genius des Mannes, der auf ihrem so erfolgreich angebauten Gebiete das Höchste erzielen sollte.

An der Orgel der Katharinenkirche in Hamburg mit vier Manualen und Pedal hatte Bach seine Freude. Es ist interessant zu erfahren, daß er ein großer Freund guter Rohrwerke war, und diese fand er hier in Fülle [35]). Die Orgel besaß ferner eine Posaune und ein Principal 32 Fuß, die bis ins große C ganz deutlich und prompt ansprachen, und Bach versicherte noch später, daß er kein zweites Principal wieder gehört habe, das mit der gleichen Größe diesen

---

[34) Mizler, Nekrolog S. 165 f.

35) Adlung, *Musica mechanica* I, S. 66 Anmerk. Die Disposition bei Niedt, Musikalische Handleitung II, S. 176.

Vorzug verbinde [36]). Das Werk war nicht neu; es stammte mindestens aus dem 16. Jahrhundert und war zuletzt im Jahre 1670 von dem Orgelmacher Besser aus Braunschweig renovirt [37]. Als Zeichen veralteten Geschmackes fand sich darin eine zehnfache Mixtur. Aber nicht durch diese einzige Orgel ragte die Stadt Hamburg hervor; mächtiger noch der Stimmenzahl nach, dabei auch von vier Manualen und Pedal war das Werk der Jacobikirche, von 1688—1693 durch den hamburgischen Orgelbauer Arp Schnitker hergestellt [38]), der auch andre Kirchen des Orts mit den Erzeugnissen seiner hervorragenden Geschicklichkeit versehen hatte. Unter dieser Menge trefflicher Werke erwachte in Bach die Sehnsucht nach seinem eigensten Kunstgebiete um so heftiger, als sich ihm unvermuthet eine Aussicht eröffnete, in Hamburg eine entsprechende Anstellung zu finden. Heinrich Friese, der Organist an der Jacobikirche, war am 12. Sept. 1720 gestorben, so kurze Zeit vor Bachs Eintreffen, daß dieser vermuthlich erst an Ort und Stelle davon gehört hat. Gewiß war eine Bewerbung um diesen Posten nicht der ursprüngliche Zweck der Reise, auf welche er sich schon im Sommer durch Composition einer Cantate vorbereitete. Da es aber einmal so zusammentraf, meldete er sich. Nicht wenig lockendes wird auch der Umstand gehabt haben, daß Erdmann Neumeister an dieser Kirche Hauptprediger war; eine Perspective für Orgel-' und Cantaten-Composition und für ausübende Kunst öffnete sich hier, wie sie verheißungsvoller kaum gedacht werden konnte. Es traten neben ihm noch sieben Candidaten auf, meistens unbekannte Namen, ein Sohn des trefflichen Vincentius Lübeck und der gräflich geraische Capellmeister Wiedeburg waren darunter. Am 21. November beschloß der Kirchenvorstand, dem auch Neumeister zugehörte, die Probe am 28. November vor sich gehen zu lassen und zu Kunstrichtern außer Joachim Gerstenbüttel, dem Cantor der Kirche, Reinken und zwei andre einheimische Organisten, Kniller und Preuss, zu erwählen.

---

36) Adlung, a. a. O. I, S. 288. Anmerk. α.

37) H. Schmahl, Nachrichten über die Orgel der St. Catharinen-Kirche in Hamburg. Hamburg, Grüning. 1869. S. 4 f. und 8.

38) H. Schmahl, Bericht über die Orgel der St. Jacobi-Kirche. Hamburg, 1866. Gerber, N. L. IV, Sp. 106. Die Orgel enthielt 60 klingende Stimmen und wurde 1865—1866 erneuert.

Bach konnte aber diesen Termin nicht mehr abwarten, sein Fürst rief ihn schon am 23. November nach Hause. Drei der andern Bewerber, unter ihnen Wiedeburg und Lübeck, traten vorher zurück, so legten nur viere die Probe ab, welche in der Durchführung zweier Choräle (»*O lux beata Trinitas*« und »Helft mir Gott's Güte preisen«) und einer extemporirten Fuge über ein gegebenes Thema bestand. Die Wahl fand erst am 19. December statt. Bach hatte nämlich versprochen, seinen Entschluß über Annahme oder Ablehnung der Stelle von Cöthen aus brieflich mitzutheilen. Daß hierauf auch ohne Probespiel eingegangen wurde, beweist, daß man ihn von gewisser Seite her besonders im Auge hatte und vor den andern Bewerbern auszeichnete. Leider ist über den Inhalt seines Antwortschreibens nichts bekannt geworden, nur so viel steht fest, daß es nicht ablehnend gehalten war; es wurde öffentlich im Collegium verlesen, dann wählte man mit Stimmenmehrheit — Johann Joachim Heitmann. Was dieser in seinem Fache je geleistet hat, ist verborgener geblieben, als daß er am 6. Januar 1721 aus Erkenntlichkeit für die Wahl »versprochene viertausend Mark in Courant« an die Kirchenkasse zu St. Jacobi bezahlte. Eine dahin zielende Verhandlung im Kirchencollegium war schon am 21. November mit erstaunlicher Naivetät geführt worden. Man war zu der Ansicht gelangt, daß allerdings »viele Ursachen befunden würden, den Verkauf eines Organistendienstes nicht einzuführen, weil es zum Gottesdienste mit gehörete, es sollte also die Wahl frei sein und die Capacität des *Subjecti* mehr als das Geld consideriret werden. Wenn aber nach geschehener Wahl der Erwählte aus freiem Willen eine Erkenntlichkeit erzeigen wollte, könnte solche der Kirche zum Besten angenommen werden«. Neumeister war über diesen Vorgang, den er nicht hatte hindern können, höchst entrüstet, vermuthlich hätte er vor allen Bach gern an seine Kirche gebracht. Er wartete nach geschehener Wahl das Eintreten des Erkorenen nicht ab, sondern ging zornig von dannen. Was weiter von ihm geschah und wie man im Publikum über den Entschluß des Kirchencollegiums dachte, mag uns Mattheson erzählen, der die Sache aus nächster Nähe mit angesehen hatte. »Ich erinnere mich«, schreibt er im Jahre 1728, »und es wird sichs noch wohl eine ganze zahlreiche Gemeinde erinnern, daß vor einigen Jahren ein gewisser großer Virtuose, der seitdem nach Verdienst zu einem ansehnlichen

Cantorat befördert worden, sich in einer nicht kleinen Stadt zum Organisten angab, auf den meisten und schönsten Werken tapfer hören ließ und eines jeden Bewunderung seiner Fertigkeit halber an sich zog; es meldete sich aber auch zugleich nebst andern untüchtigen Gesellen eines wohlhabenden Handwerksmannes Sohn an, der besser mit Thalern, als mit Fingern praeludiren konnte. und demselben fiel der Dienst zu, wie man leicht errathen kann, unangesehen sich fast jedermann darüber ärgerte. Es war eben um die Weihnachtszeit, und der beredte Haupt-Prediger, welcher gar nicht in den simonischen Rath gewilligt hatte, legte das Evangelium von der Engel musik bei der Geburt Christi auf das herrlichste aus, wobei ihm denn natürlicher Weise der jüngste Vorfall wegen des abgewiesenen Künstlers eine Gelegenheit an die Hand gab, seine Gedanken zu entdecken und den Vortrag ungefähr mit diesem merkwürdigen *epiphonemate* zu schließen: Er glaube ganz gewiß, wenn auch einer von den bethlehemitischen Engeln vom Himmel käme, der göttlich spielte und wollte Organist zu St. Jacobi werden, hätte aber kein Geld, so möchte er nur wieder davon fliegen«[39].

Die Anerkennung, welche Mattheson Bach zu zollen genöthigt war, und auch an dieser Stelle zollt, wurde ihm, wenn nicht alles täuscht, etwas sauer. Der einzige Ort, wo er mit warmer Bewunderung von ihm redet, findet sich in dem vier Jahre zuvor geschriebenen »beschützten Orchestre«[40]. Sammelt man aus seinen zahlreichen Schriften die spärlichen übrigen Stellen, welche Bach betreffen, so stellt sich heraus, daß er über ihn zwar niemals geringschätzig, wohl aber kleinlich urtheilt und immer kühl bleibt bis ans Herz hinan, ja man empfängt den Eindruck, als gehöre ihm Bach zu jenen unheimlichen Leuten, die der Verstand zu loben befiehlt, von denen aber das Gefühl nichts wissen will. Da beide nur dieses eine Mal im Leben persönlich zusammentrafen, so liegt es wohl sehr nahe, daß hierdurch sich Matthesons Stellung zu Bach entschied. Es ist gewiß nicht anzunehmen, Bach habe den immerhin bedeutenden Mann ig-

---

39) Mattheson, Der musicalische Patriot. Hamburg, 1728. S. 316. Was das Kirchenarchiv der Jacobikirche auf den Gegenstand bezügliches enthält, hat mir Herr Organist Schmahl daselbst gefälligst in Abschrift mitgetheilt.

40) Vrgl. S. 392.

norirt und dadurch verletzt, obwohl er zum Ignoriren allerdings eher
Veranlassung hatte, als Händel, der von 1703—1706 in stetem Umgange mit Mattheson lebte, später mehrfach wieder in Deutschland
war und auch durch Hamburg kam, jenen aber nie mehr besuchte.
Mattheson hatte Bach freundlich um Mittheilung seiner Lebensereignisse für die »Ehrenpforte« gebeten; er erfreute sich schon damals
eines bedeutenden Rufes als musikalischer Schriftsteller, und Bach
mußte in dieser Aufforderung etwas ehrenvolles erblicken, wenngleich er ihr niemals nachgekommen ist. Aber ihre Naturen waren
zu verschieden. Aus des Hamburgers Compositionen machte sich
Bach augenscheinlich nicht viel: Keisers und Telemanns Arbeiten
schrieb er sich ab; daß er bei denen Matthesons, der mit jenen beiden als der dritte im Bunde angesehen wurde, dasselbe gethan,
ist nicht bekannt geworden. Dessen Schriften aber zu würdigen
hatte er, der durch und durch praktische Musiker, weder Zeit noch
Trieb. Und Mattheson war sehr eitel. Er meinte, die Künstler müßten zu ihm heranströmen, ihm ihre Devotion beweisen, seinen Rath
und seine Belehrung erbitten; solcher Leute erwähnte er dann weitläufig in seinen Büchern. »Im August [1720] kam ein Organist von
Bremen und ließ sich von Mattheson in der Setzkunst unterrichten
gegen reichliche Bezahlung«. »Mylord Carteret langte den 8. Nov.
von seiner schwedischen Gesandtschaft in Hamburg an und fand an
unsers Matthesons Musik solche Lust, daß er einst zwei ganze Stunden ohne von der Stelle zu weichen bei ihm saß und zuhörte, zuletzt
aber in Gegenwart der hohen Gesellschaft dieses Urtheil fällete:
Händel spiele zwar ein schönes und fertiges Clavier, aber er sänge
dabei nicht mit solchem Geschmack und Nachdruck«. So berichtet
der Mann über sich selbst [41]. Es klingt fast wie eine Selbstentschä-
digung, wenn man beachtet, daß jene Auszeichnung durch den genannten Lord ihm grade in der Zeit zu Theil ward, als Bach sich in
Hamburg befand. Wäre aus der Begegnung mit diesem irgend etwas
für ihn rühmliches zu melden gewesen, in seiner Selbstbiographie
hätte er es sicher nicht vergessen. Aber mit keiner Silbe ist von ihr
die Rede. Die nörgelnde Kritik, welche er einige Jahre später über
die Cantate »Ich hatte viel Bekümmerniß« veröffentlichte, und die

---

41) Ehrenpforte, S. 206.

von uns an ihrer Stelle gewürdigt ist, kann auch garnicht anders,
als aus gekränkter Eitelkeit erklärt werden. Und lobt er ihn später,
so geschieht es mit einseitiger Hervorhebung seiner Virtuosität oder
künstlichen Setzweise [42]. Wir erfahren, daß er schon im Jahre 1716
mancherlei von Bach kannte, sowohl Spielstücke als Kirchenmusik.
Bei der jetzt gebotenen Gelegenheit hat er sicherlich vieles neue gehört und gesehen, etwa die bemäkelte Cantate und neue Orgelstücke.
Eigenthümlich ist es, und wiederum nur aus seiner Stimmung gegen
Bach zu erklären, daß er mehre Jahre darauf eine derartige Bekanntschaft zeigt, die er ganz gegen seine sonstige mit Belesenheit
sich brüstende Gewohnheit zu verbergen sucht. In der zweiten Auflage der »Großen Generalbass-Schule« [43] berichtet er, bei einem
Probespiel auf der Orgel dem Examinanden folgendes Thema zur
Ausführung aus dem Stegreif gegeben zu haben:

Und als mit zu verarbeitenden Gegensatz:

Dies ist nun aber das Thema einer der großartigsten Orgelfugen
Bachs und auch der Contrapunct ist dessen Erfindung. Mattheson
verschweigt es und bemerkt nur anmerkungsweise, wie er sehr wohl
wisse, wo der Gedanke zu Hause gehöre und von wem er vormals
kunstvoll ausgearbeitet sei. Er habe ihn gewählt, weil man vernünftiger handle, in solchen Fällen etwas vertrautes zu nehmen,
damit es der Examinand desto fließender durchführen möge. Nichts-

---

42) »Der berühmte B a c h, dessen ich so wie vormahls, also auch itzo, absonderlich wegen seiner Faustfertigkeit in allen Ehren erwehne« u. s. w. Volk.
Capellm. S. 412; »der künstliche, und in dieser Gattung [Fugen über kurze The-
mata] besonders glückliche B a c h« u. s. w. ebend. S. 369.

43) Auch »exemplarische Organisten-Probe« genannt; Hamburg, 1731. S.
34 ff.

destoweniger sind wir ihm dankbar für diese Notiz. Sie sagt uns, daß im Jahre 1725 jene Bachsche Fuge schon in weiteren Kreisen bekannt war, sie läßt vermuthen, daß der Componist dieselbe 1720 mitgebracht, und ahnen, welchen Eindruck sein Auftreten in der dortigen Organistenwelt gemacht hat, denn der von Mattheson geprüfte Organist wird ein Hamburger oder aus der Umgegend gebürtig gewesen sein. Endlich belehrt sie uns auch, daß die Fuge in der jetzt vorliegenden Gestalt eine spätere Ueberarbeitung sein muß, denn das Thema ist durch zwei kleine Aenderungen auf das überraschendste verbessert. Für die ursprüngliche Composition des Werks zum Zweck der Hamburger Reise spricht mit großer Beredtsamkeit aber auch das zugehörige Praeludium, das von der thematischen Weise, die in den letzten weimarischen Praeludien hervortrat, ganz verschieden wieder auf die phantastischere Form der Nordländer zurückgreift [44]. Auch hier scheint Bach vor die hamburgischen Orgelkünstler auf ihrem eigensten Gebiete haben hintreten zu wollen. Rauschende Passagenfluthen, motivisch-imitatorische Sätze, Orgelrecitative, kühnste Modulationen und breite, mächtig schallende Accordfolgen, alles ist hier in scheinbarer Unordnung zusammengehäuft. Dennoch dringt der ausgereifte Bachsche Geist kraftvoll gestaltend hindurch: dem passagenreichen Anfange entspricht genau der Schluß, dem polyphonen Satze Takt 9—13 stehen eben so genau die Takte 25—30, den Orgelrecitativen Takt 14—24 die freien Harmonienfolgen Takt 31—40 gegenüber. Auch in den Modulationen, die an Verwegenheit Buxtehude fast noch überbieten, ist ein Plan klar zu erkennen: sie steigen von a (Takt 14) stufenweise nach Hmoll, Cmoll, d auf, dann nach Es moll, dessen Dominante der Bass ergreift, der von dort sechs chromatische Schritte in die Höhe thut: correspondirend sinken später von d (Takt 31) die harmonischen Massen über Cmoll, Bmoll, As moll hinab, wonach die sechs chromatischen Aufwärtsschritte vom H des Pedales beginnen. Freilich muß man den Grundriß des Praeludiums sich absichtlich gegenwärtig

---

44) Praeludium und Fuge B.-G. XV, S. 177. — P. S. V, C. 2, Nr. 4. Beigegeben daselbst eine Variante, deren Abweichungen mir jedoch nur Zufälligkeiten zu sein scheinen. Ein Manuscript, das die älteste Gestalt der Fuge enthielte, ist bis jetzt nicht bekannt.

halten, um zuerst durch das flimmernde Laufwerk und die dröhnenden Tonmassen nicht verwirrt und betäubt zu werden, später gewöhnt man sich, die Planmäßigkeit nicht nur zu erkennen, sondern auch zu empfinden, während doch eine solche in den entsprechenden Stücken Buxtehudes, also namentlich den Zwischensätzen seiner mehrtheiligen Fugen, garnicht vorhanden zu sein pflegt. Auch die große Verschiedenheit des Praeludiums von früheren Werken Bachs, in denen Buxtehudes Einfluß nachweislich war, springt in die Augen. Es läßt sich in seiner merkwürdigen Beschaffenheit nur mit Bezug auf eine besondere Veranlassung in Bachs Leben erklären, und diese bietet sich in der Hamburger Reise am ungezwungensten dar. Den schönsten Contrast bildet die große modulatorische Ruhe und streng vierstimmige Führung der weitausgespannten Fuge, welche ein Musiker des vorigen Jahrhunderts für »das allerbeste Pedalstück vom Herrn Johann Sebastian Bach« erklärte. Wir ermäßigen dies Urtheil nur soweit, daß keine andre Fuge uns höher zu stehen scheint. Angesichts einer solchen Leistung ist das für übertrieben gehaltene Wort begründet, daß nie eine Fuge von irgend einem Componisten gemacht worden sei, die einer Bachschen an die Seite gesetzt werden könne [45]. Wie hoch Buxtehudes gleichartige Arbeiten zu schätzen sind, haben wir gezeigt, daß Händel in einigen Clavierfugen Bach erreicht habe, soll nicht bestritten werden; aber dieser Schwung der Phantasie, diese Unermeßlichkeit gestaltenspendender Kraft, daneben diese krystallene Klarheit und schlichte Natürlichkeit, der hohe Ernst und die tiefe Freudigkeit, die den Hörer erschauern macht und aufjauchzen zugleich, das ist in seinem Zusammenwirken so einzig, daß jeder Gedanke an einen Vergleich mit andern vermessen erscheint. Nur eins giebt es in dem ganzen Gebiete instrumentaler Musik, was jenen vollendetsten Orgelfugen Bachs an die Seite gestellt werden kann, es sind Beethovens Symphonien.

Die Erwähnung Matthesons läßt uns noch einmal auf eine Gegenüberstellung Bachs und Händels zurückkommen, dieses Mal nicht der Menschen sondern der Orgelspieler. Daß Bach als solcher in Deutschland nicht seines gleichen habe, war bald eine ausgemachte Sache; Freund und Feind beugten sich hier der zwingenden Macht

---

45) Fork el, S. 33.

einer unerhörten Virtuosität und fanden es kaum begreiflich, wie »er seine Finger und seine Füße so sonderbar und so behend in einander schränken, ausdehnen und damit die weitesten Sprünge machen« könne, »ohne einen einzigen falschen Ton einzumischen, oder durch eine zu heftige Bewegung den Körper zu verstellen«[46]. Dagegen scholl von England herüber mit Händels wachsender Berühmtheit als Opern- und Oratoriencomponist auch dessen Lob als unübertroffener Orgelmeister. Für England selbst wollte das nicht allzuviel bedeuten, aber auch Ausländer, die ihn dort gehört hatten, brachten es mit, und da er gleichfalls deutscher Abstammung war, lag die Vergleichung mit Bach nahe, der sonst mit seinen Cantaten, Passionen und Messen Händel gegenüber bei der Mitwelt kaum Beachtung fand. Der von Leipziger Freunden im Jahre 1729 gemachte Versuch, eine Begegnung beider zu Stande zu bringen, mißglückte; desto ungehinderter konnten nun Vermuthungen und Behauptungen sich ausbreiten. Die einen kamen von England zurück voll von Händels Lobe, sagten aber doch, »es sei nur ein Bach in der Welt und ihm komme keiner gleich«. Andre meinten dagegen, Händel spiele rührender und angenehmer, Bach aber künstlicher und bewunderungswürdiger und jedesmal scheine der der größte zu sein, den man augenblicklich höre[47]. Darin aber waren alle einig, daß wenn jemand Bach an die Seite gesetzt werden dürfe, es nur Händel sein könne. Indem nun die Namen dieser Beurtheiler unbekannt geblieben und sie auf ihre Urtheilsfähigkeit hin nicht mehr zu prüfen sind, ist es als ein erwünschter Zufall angesehen worden, daß Mattheson beide Meister gehört und sich über sie geäußert hat[48]. Bald nach den Vorgängen von 1720 schreibt er, daß ihm unter den jüngeren Tonsetzern noch niemand vorgekommen sei, der in Doppelfugen eine solche Fertigkeit hätte, wie Händel, nicht nur im Setzen sondern sogar im Extemporiren, wie er solches hundertmal mit größter Verwunderung angehört habe[49]. Ein sehr lobendes allgemeiner ge-

---

46) Scheibe, Kritischer Musikus. Neue Aufl. 1745. S. 839 f. und 875.

47) Scheibe, a. a. O. S. 843 und 875 Anmerk. 15.

48) Auch J. Peter Kellner hatte beider Spiel kennen gelernt (F. W. Marpurg, Historisch-Kritische Beyträge u. s. w. I. Berlin, 1754. S. 444), aber ohne daß man seine Meinung darüber wüßte.

49) *Critica musica* I, 326.

haltenes Urtheil über Bach ist oben mitgetheilt. Und geradeswegs zusammengestellt werden sie in einer späteren Bemerkung, die wörtlich lautet: »Insbesondere gehet wohl Händeln so leicht keiner im Orgelspielen über, es müßte Bach in Leipzig sein: darum auch diese beiden außer der alphabetischen Ordnung oben anstehen sollen. Ich habe sie in ihrer Stärke gehöret und mit dem ersten manches Mal sowohl in Hamburg, als in Lübeck certiret«[50]. Daß Mattheson, ein Musiker von unbestritten gründlicher Einsicht, unter Umständen zur Abgabe eines gültigen Urtheils in dieser Sache befähigt war, ist außer Zweifel. Für eben so sicher halte ich es, daß dieses Mal seine Kundgebung gänzlich werthlos ist. Matthesons Erinnerung an Händels Orgelspiel stammt aus der gemeinsam verlebten Jugendzeit, welcher er bis ins Alter mit besonderm Vergnügen gedachte. Die Erfahrung ist gemein, daß günstige in der Jugend gehegte Urtheile trotz der fortschreitenden Entwicklung des Menschen unverändert weiter bestehen, wenn nicht einmal das Object des Interesses später sich uns zur Berichtigung stellt. Dies war hier nicht geschehen, seit dem Jahre 1706 hatte Mattheson Händels Spiel nicht mehr gehört[51]. Aber auch im entgegengesetzten Falle hätte vielleicht sein Urtheil doch nicht anders gelautet, weil Händels Künstlerthum ihm, dem bei der Oper und hauptsächlich der Keiserschen großgewordenen und in seinen früheren Jahren gegen die Orgelkunst geradezu gleichgültigen[52] ungleich sympathischer war, als dasjenige Bachs. Die Sympathie blieb auch trotz Händels abweisender Haltung immer bestehen. Dagegen ist es ein Irrthum zu behaupten, er habe seit 1720 für Bach warmes Interesse gezeigt[53]; daß es vielmehr umgekehrt war, haben wir schon oben bemerkt und eine Sammlung der Stellen Matthesonscher Schriften, die sich auf Händel und Bach beziehen, ergiebt seine Stellung mit voller Klarheit. Endlich ist von erheblichem Gewichte, daß die Eitelkeit ihn antrieb, Händels Bedeutung als Orgelspieler möglichst hoch hinzustellen: hatte doch er selber einstmals in Ham-

---

50) Vollkommener Capellmeister (Hamburg, 1739), S. 479.

51) Daß Händel schon 1707 in Italien war, hat Chrysander (Händel I, S. 139—141) nachgewiesen.

52) Wie das besonders in seinem »neu eröffneten Orchestre« hervortritt.

53) Chrysander, a. a. O. III, S. 212, dessen ganze der meinigen entgegengesetzte Ansicht (S. 211—213) überhaupt zu vergleichen ist.

burg und Lübeck mit ihm gewetteifert! Die merkwürdige, nicht un-
parteiische, sondern nur schwankende Ausdrucksweise des oben
angeführten Satzes hat also ihren Grund in der Unklarheit und dem
innern Widerstreit des Schreibers, dessen Gefühlsneigung und Ver-
standeseinsicht nach verschiedenen Seiten zogen. Die Versuche ihn
zu deuten, nützen nichts, er ist für jede Verwendung unbrauchbar.
Dagegen kann man die Bemerkung über Händel den Doppelfugen-
Spieler und -Erfinder als beachtenswerth acceptiren; hierin liegt
jedenfalls etwas charakteristisches, was uns zu statten kommt, um
die Frage nunmehr, wie es geschehen muß, nach rein innerlichen
Gründen zu entscheiden. Es hängt alles davon ab, für wessen Kunstübung das Orgelspiel tiefere Bedeutung hat. Auch Händel empfing
seine erste Bildung von einem deutschen Organisten und war selbst
in seiner Jugend zeitweilig ein solcher, wandte sich dann aber andern Zielen zu, um endlich in dem von ihm geschaffenen universalen
Kunstwerke die Orgel als musikalische Macht zwar auch wieder zu
verwenden, aber doch nur als Stütze oder zur Gewährung äußeren
Zierwerks. Bach ging von der Orgel aus und ist ihr bis zum letzten
Lebenstage treu geblieben. Alle seine Productionen auf andern Gebieten, zum mindesten seine gesammten Kirchencompositionen sind
nur Fortsetzungen und Erweiterungen seiner Orgelkunst; ihm war
sie Grundlage alles Schaffens, die beseelende Macht seiner Kunstgestalten. Danach muß er von beiden das Größere darin gekonnt
und geleistet haben, das Größere nicht nur an technischer Vollendung, sondern auch an echt orgelgemäßem Gehalt. Die Berichte
sind, wenn man einmal dieses Verhältniß sich klar gemacht hat,
auch ganz durchsichtig und lassen keinen Zweifel darüber, daß
Händels Orgelspiel nicht eigentlich das im höchsten Sinne stilvolle
gewesen sei, das aus der Natur des Instruments gleichsam hervorwächst. Es war rührender und angenehmer, als dasjenige Bachs,
aber weder zu rühren noch das Ohr zu umschmeicheln ist eigentlich
Sache der Orgel. Aus dem Schatze seines die Gesammtkunst damaliger Tage umfassenden Vermögens schöpfend paßte er die Ideen
dem Instrumente an, wie er es bei jedem andern Tonwerkzeuge
ebenfalls that. Einen allgemeiner begreifbaren, exoterischen Gehalt brachte er so zur Erscheinung, und daher die populärere Wirkung. Die Orgel war ihm Concertinstrument, kein kirchliches. Es

entspricht diesem Verhältnisse, daß wir von Händel keine Compositionen für Orgel allein besitzen, an denen grade Bachs Ruhm sich bis
in unser Jahrhundert großentheils genährt hat, wohl aber eine beträchtliche Anzahl von Orgelconcerten mit Instrumentalbegleitung,
Kammermusikformen in glänzendere Verhältnisse übertragen. Seine
Vorliebe für die Doppelfuge, diese ältere, einfachere und minder
reiche Form, die aber in ihren Grundstoffen schneller zu erfassen
und eben darum allgemeiner verständlich ist, läßt sich ebenfalls auf
jene Ausnahmestellung zur Orgel zurückführen, nicht weniger endlich das Improvisatorische, was seinem Spiel und den an der Gränze
des Orgelgebietes herstreifenden Claviercompositionen eigen war,
während doch das nach Verwendung wie Charakter durchaus kirchliche Instrument grade mit größter Sammlung und Zurückdrängung
augenblicklicher Launen behandelt sein will. Es ist so glaubwürdig
wie möglich, daß Händel bei einer sicherlich eminenten technischen
Fertigkeit, seiner grandiosen Ideenfülle und dem Geschick, sich alle
Tonwerkzeuge dienstbar zu machen, mit seinen Orgel-Improvisatio-
nen ganz unerhörte Wirkungen hervorbrachte. Auch das Zündendere
und Hinreißendere dieser Wirkungen soll Bachs erhabenem Spiele
gegenüber zugestanden werden. Nur daß er wenigstens in diesem
einen Punkte jenem überlegen gewesen sei, was von sonst besonnen
urtheilender Seite behauptet ist[54], muß ich in Abrede stellen, vorausgesetzt daß nicht nach dem flüchtigen augenblicklichen Eindrucke
sondern dem absoluten musikalischen Werthe des Improvisirten ge-
urtheilt werden soll. Es wäre in einer Zeit, wo auf das musikalische
Extemporiren so großes Gewicht gelegt wurde, und dasselbe als
Generalbassspiel zur allgemeinen Kunstpraxis gehörte, aufs höchste
verwunderlich, wenn der, dessen ganzes künstlerisches Wesen in
der Orgel beschlossen lag, der ihr Gebiet nach allen Seiten hin erschöpfend durchmessen hatte, in diesem Punkte nicht die entsprechende Höhe eingenommen hätte. Die nachdrücklichen Zeugnisse
der Söhne und Schüler über »seine bewunderungswürdige gelehrte
Art vielstimmig zu fantasiren«, über das Fremde, Neue, »Ausdrückende« und Schöne seiner augenblicklichen Inspirationen und deren vollendete Darstellung sind außerdem zur Hand. »Wenn er sich

---

54) Chrysander, a. a. O. S. 213.

außer den gottesdienstlichen Versammlungen an die Orgel setzte,
wozu er sehr oft durch Fremde aufgefordert wurde, so wählte er sich
irgend ein Thema und führte es in allen Formen von Orgelstücken
so aus, daß es stets sein Stoff blieb, wenn er auch zwei oder mehre
Stunden ununterbrochen gespielt hätte. Zuerst gebrauchte er dieses
Thema zu einem Vorspiel und einer Fuge mit vollem Werk. Sodann
erschien seine Kunst des Registrirens für ein Trio, ein Quatuor u. s. w.
immer über dasselbe Thema. Ferner folgte ein Choral, um dessen
Melodie wiederum das erste Thema in drei oder vier verschiedenen
Stimmen auf die mannigfaltigste Art herum spielte. Endlich wurde
der Beschluß mit dem vollen Werke durch eine Fuge gemacht,
worin entweder nur eine andere Bearbeitung des ersteren Themas
herrschte, oder noch eines oder auch nach Beschaffenheit desselben
zwei andre beigemischt wurden«[55]). Was die andern Seiten der Orgelkunst betrifft, so konnten die Verfasser des Nekrologs sich mit
Recht auf die vorliegenden Compositionen berufen, die zur Darstellung des tiefsinnigsten Gehalts die höchsten Leistungen der Technik
heranziehen, und »die er, wie überall bekannt ist, mit der größten
Vollkommenheit selbst ausführte«, um damit ihre nicht zu wider-
legende Behauptung zu erhärten, »daß Bach der stärkste Orgelspieler gewesen sei, den man jemals gehabt hat«.

II.

Es ist Zeit, dem Arbeitsfelde näher zu treten, für welches Bach
in Cöthen ausschließlich berufen war. Der Orgel zunächst stand
damals der Flügel: sein beseelungsunfähiger Ton, der nur durch
mehre übereinanderconstruirte Claviere in gemeinsamen und fest-

---

55) Kirnberger, Die wahren Grundsätze zum Gebrauch der Harmonie. Berlin und Königsberg, 1773. S. 53. Anm.; Mizler, S. 171; Forkel, S. 22. Letzterer
bemerkt, daß die beschriebene Weise Bachscher Improvisation eben die Orgelkunst sei, welche Reinken für ausgestorben gehalten habe, was wir insofern
anerkennen, als die Nordländer viel auf Registrirung gaben, den Choralzeilen
gern selbständige Themen gegenüberstellten, Umbildungen der Fugengedanken
vorzunehmen pflegten, und überhaupt sich weit auszubreiten liebten.

bemessenen Stärkegraden abzuschattiren war, wies wie bei jener
auf innere Verlebendigung durch Polyphonie und reiche Harmonik,
auf stetig und wahrhaftig fortschreitende Melodiebildungen, und, da
ihm auch die Klangdauer fehlte, überdies auf gesteigerte Beweglichkeit der Tonreihen. Von jeher hatte deshalb Bach beide Instrumente
neben einander cultivirt und ihre Stilgebiete durch gegenseitigen
Austausch zu bereichern gesucht. Denn wie er einerseits das von
der Orgel gebieterisch erheischte gebundene Spiel mit allen seinen
Consequenzen dem Cembalo zu eigen gab, so hat er andrerseits unverkennbar so vieles von der Agilität des Clavierstiles auf die Orgel
übertragen, wie mit deren Wesen nur vereinbar ist. Daher entwickelte sich, obgleich die Orgel ihrer Bedeutung gemäß stets überwog, auf beiden Instrumenten seine Kunst ganz gleichmäßig, und in
demselben Jahre, in welchem er die Periode seines Organistenthums
schloß, war er auch dahin gelangt, den Vergleich mit einem der
größten französischen Claviermeister siegreich aushalten zu können. Wenn bis jetzt auf die Claviercompositionen aus den späteren
Jahren des weimarischen Aufenthalts keine Rücksicht genommen
ist, so geschah es, um das Bild der Gesammtwirksamkeit, welche
nach einer andern Richtung drängte, nicht zu verwirren. Wir holen
in raschen Zügen das Versäumte nach und gewinnen dadurch zugleich eine Brücke, welche in das Land der cöthenischen Clavier-
und sonstigen Kammermusik hinüberführt.

Bei Gelegenheit der Cantate »Nach dir, Herr, verlanget mich«
war geäußert worden, das Fugenthema des ersten Chors habe in
einer Clavier-Toccate aus Fis moll seine Fortbildung empfangen.
Das Thema ist allerdings ein häufig wiederkehrender Lieblings-
gedanke Bachs, trotzdem die Uebereinstimmung im Ganzen und
Einzelnen, Innern und Aeußern derart, daß eine instrumentale Wie-
deraufnahme des Chors eben so fest stehen darf, wie die weitere
Ausführung des Gedankengehalts der Ouverture zu »Tritt auf die
Glaubensbahn« in der schönen A dur-Orgelfuge. Daß nicht der Chor
das Spätere und die Toccate das Frühere sei, beweist die viel grö-
ßere musikalische Vollendung der letzteren und in zweiter Linie ihre
Ueberlegenheit über die drei früher besprochenen Claviertoccaten in
D moll, G moll und E moll, von denen sie sich auch in der Form
durchgreifend unterscheidet. Sie steht aber eben so wie jene in ihrer

Eigenart nicht allein; nach seinem alten Grundsatze hat Bach auch
dieses Mal wenigstens zwei Exemplare geliefert und uns somit das
Recht zur Aufstellung einer neuen Toccaten-Gattung gegeben [1]).
Die wesentliche Vervollkommnung derselben besteht nun in der Einführung eines organisch durchgebildeten langsamen Satzes und darin,
daß die früheren zwei Fugen auf eine reducirt werden, sei es im vollen Wortverstande, oder doch wenigstens in Hinsicht auf den thematischen Stoff. Die ganghaften Partien am Anfang sind geblieben
und haben sich auch in der Mitte noch einen gewissen Raum zu verschaffen gewußt. Der langsame Satz folgt gleich auf das einleitende

Laufwerk, aus den Themen  und

mit großer Kunst und tiefer Em-
pfindung herausgesponnen, und bereitet mittelst Halbschlusses auf die
Fuge vor, welche dort nach 61, hier nach 47 Takten schließt. Der
Fortgang ist in beiden Werken nur scheinbar verschieden. In der
Fis moll-Toccate dient ein motivischer Takt zur Ausführung eines
freien Zwischenstückes, dem trotz mehrfacher Umbildungen des Motivs doch, gleich dem zweiten Theil des Clavierpraeludiums in A moll,
etwas weitschweifiges und ermüdendes nicht abzusprechen ist. In der
C moll-Toccate begnügt sich der Componist mit einigen Takten voll
brillanter Passagen, dann hebt die Fuge wieder an, wird aber durch
Zufügung eines zweiten Gedankens zur Doppelfuge, während Bach
in der Fis moll-Toccate nun auf das Thema des langsamen Satzes
zurückgreift und daraus eine ganz neue, auch in der Taktart verschiedene Fuge bildet. Warum das hier geschah, läßt sich aber sehr
wohl aus dem Vorbilde der Cantate erklären, denn auch dort tritt
das Thema zuvörderst breit und sehnsuchtsvoll auf und nach einem
buntbewegten Zwischensatze erst aufgeregt und in künstlicherer Verflechtung. Beide Toccaten überragen die zu der älteren Gruppe gehörigen nicht nur an formeller Concentrirtheit, sondern auch an
Bedeutsamkeit des Gedankengehalts, einzig die E moll-Toccate ver-

1) B.-G. III, S. 311 und S. 322. — P. S. I, C. 4, Nr. 4 und 5. S. Anhang
A. Nr. 36.

mag in ihrer träumerisch sehnsüchtigen Eigenart neben ihnen zu bestehen. Das flache Zwischenstück der Fis moll-Toccate drückt diese im Werth etwas unter die aus C moll, obwohl man es bei dem vorherrschend phantastischen Charakter derselben ohne sonderliche Störung erträgt. Denn wenn nach den wie zur eignen Sammlung hingeworfenen Einleitungs-Gängen das Adagio seine tiefe Klage ausgetönt hat, ist es als ob unzählige Geister entfesselt würden: wispernd und kichernd quirlt es auf und nieder, neckt sich, hascht sich, gleitet still und ebenmäßig auf spiegelklarer Fluth, verstrickt sich zu seltsamen Nebelgestalten — dann ist mit einem Male der Spuk verschwunden, gleichmüthig wie alltäglich ziehen die Stunden des Daseins vorüber, aber das alte Treiben wird von neuem lebendig, nun freilich von der Erinnerung an einen tiefen Schmerz unaufhörlich durchklungen. Ganz anders die zweite Toccate. Nach dem stürmischen Anfange versinkt das Adagio in ernstes Nachsinnen, aus dem die Fuge hervorgeht mit jener so originellen Wiederholung der ersten Thema-Periode, die auch in allen Durchführungen kräftig hervortritt und den Gesammtcharakter bestimmt: ein trotziger schöner Jüngling, der im vollen Strom des Lebens schwimmt und sich nicht sättigen kann im Wonnegefühl eigner Kraft. Man halte dagegen die Schlußfuge der E moll-Toccate und staune über des Meisters gestaltenschöpferisches Vermögen!

Neben die beiden Toccaten tritt noch eine dreistimmige Fuge aus A moll, der eine kurze arpeggirende Einleitung vorausgeschickt ist[2]). Es ist die längste Clavierfuge, welche Bach vollendet hinterlassen hat: sie zählt 198 Dreivierteltakte, außerdem herrscht unaufhörliche Sechzehntelbewegung, so daß sie als ein anderes *Perpetuum mobile* dem bekannten Weberschen Sonatensatze an die Seite gesetzt werden kann. Man weiß nicht, was man an diesem Meisterwerke mehr bewundern soll, die immer fesselloser hervorbrechende Phantasiefülle, oder den sicheren Aufbau solcher Verhältnisse, oder die Spielfertigkeit und Ausdauer, welche es voraussetzt. Das sechstaktige Thema erscheint nur zehnmal, mehr als zwei Drittel der Composition sind aus seinem Stoff frei motivisch entwickelt, und je mehr

---

[2]) B.-G III, S. 334. — P. S. I, C. 4, Nr. 2. Handschriftlich bei Andreas Bach.

es dem Schlusse zugeht, desto weniger wird das Thema regelrecht
gehört, während der letzten hundert Takte nur noch dreimal. Der
kräftige Schwung, welcher die anfänglichen Partien trägt, steigert
sich, natürlich ohne Tempobeschleunigung und nur durch innere
Mittel, allmählig zu einem Sturmflug, der dem Hörer fast den Athem
benimmt. Erfährt man nun, daß Bach die Tempi seiner Compositionen sehr lebhaft zu nehmen pflegte[3], was für das Clavier dessen
Charakter gemäß ganz besonders Geltung gehabt haben muß, so ist
hier zugleich eine Höhe der Fingertechnik angezeigt, für welche die
schwierigsten Aufgaben andrer Tonsetzer ein Kinderspiel sein mußten. Daß er sie erreichte, verdankte aber Bach nicht nur seinem
eisernen Fleiße, sondern auch der Productionskraft des Genius, der
ihn die Mittel finden lehrte, durch welche für die in ihm wogende
Ideenwelt eine adäquate Erscheinungsform möglich gemacht wurde.

Im Anfange des 17. Jahrhunderts verhielt man sich gegen die
Applicatur der Tasteninstrumente noch ziemlich gleichgültig. Ein in
jeder Hinsicht hervorragender Musiker, der braunschweigische Capellmeister Michael Praetorius, verhöhnte gar diejenigen, welche es
ernster damit nahmen, und meinte, wenn die Tongänge überhaupt
nur präcis und anmuthig zu Gehör kämen, so sei es ganz gleichgültig, wie es geschehe, und sollte selbst die Nase zu Hülfe genommen
werden müssen[4]. Später wurde man wohl allgemeiner auf die Vor-
theile, ja die Unerläßlichkeit eines geregelten Fingersatzes aufmerksam, aber erst mit Beginn des 18. Jahrhunderts griff ein gründliches
und methodisches Verfahren Platz. Bisher war der Daumen vom
Gebrauch so gut wie ausgeschlossen und die Anwendung des fünften
Fingers wenigstens eine zurückhaltende gewesen. Der Grund lag in
der augenfälligen Verschiedenheit beider von den drei mittleren
Fingern, welche sie zu gleicher Thätigkeit ungeeignet erscheinen
ließ. Da aber doch Bedacht genommen werden mußte, die Töne,
namentlich der Orgel, an einander zu binden, so schob man die
Mittelfinger über und unter einander; der Daumen hing einfach
herunter. Es ist wohl unzweifelhaft, daß die Schule Sweelincks und
was mit ihr zusammenhängt, also mehr oder weniger die gesammte

---

3) Mizler, S. 171.
4) Praetorius, *Syntagma musicum* II, S. 44.

nordländische Organistengruppe, da sie für Erhöhung der Spielgeläufigkeit so viel that, auch in der Regelung des Fingersatzes sich
große Verdienste erwarb [5]. Gleichwohl gebrauchte selbst sie den
Daumen nicht anders als im Nothfalle. Denn wenn Sebastian Bach
seinem Sohne Philipp Emanuel erzählte, als Jüngling große Männer
gehört zu haben, die sich nur bei weiten Spannungen zur Herbeiziehung dieses verpönten Fingers entschlossen hätten [6], so kann
darunter kaum jemand anders verstanden werden, als die Nordländer und der ihnen nahe stehende Böhm. Ihm selbst war jedoch das
Unnatürliche einer solchen Beschränkung bald einleuchtend. Er fing
an, den Daumen zu gleichen Diensten wie die andern Finger anzuhalten, und mußte nun rasch bemerken, daß dadurch eine vollständige
Umwandlung der Spielart herbeigeführt werde. Während das unbetheiligte Herunterhängen des Daumens eine gestreckte Fingerhaltung zur Folge gehabt hatte, bedingte das Eintreten dieses so viel
kürzern Fingers naturgemäß ein Einziehen der übrigen. Durch das
Einziehen wurde zugleich alle Steifheit beseitigt, schlaff und elastisch
waren die Finger zu allen Dehnungen und Verschränkungen in jedem Augenblicke bereit und trafen schnell und bestimmt die Tasten,
über denen sie in möglichster Nähe schwebten. Nun wurden sie
durch eifriges Ueben in beiden Händen zur größten Gleichmäßigkeit
in Kraft und Beweglichkeit und zur völligen Unabhängigkeit von
einander gebracht [7]. Scharfsinn und Compositionstalent vereinigten
sich, um hierzu die sichersten und schnellsten Wege zu finden. Jeder Finger mußte ihm zu jeder Verrichtung gleich brauchbar werden,
Triller und andre Manieren lernte er mit dem fünften und vierten
Finger eben so rund und egal herausbringen, wie mit andern, auch

---

5) Unmittelbar ergiebige Quellen giebt es für diesen Gegenstand so gut
wie gar keine. Wenige Applicaturen für Scalen und Passagen aus dem 17. Jahrhundert hat C. F. Becker (Hausmusik in Deutschland S. 60 und 61) mitgetheilt
und Hilgenfeldt S. 173 und 174 wiederholt. Einen wirklichen Einblick in die
Spielweise könnten nur mit Fingersatz versehene Tonstücke gewähren. Bis
diese gefunden sind, muß man sich mit Vermuthungen und Rückschlüssen
begnügen.

6) Karl Philipp Emanuel Bachs Versuch über die wahre Art das Clavier zu
spielen. 3. Auflage, Leipzig, 1787. I, S. 12. Die erste Auflage des ersten Theils
erschien 1753.

7) Mizler, S. 171 und 172.

ward es ihm leicht, unterdessen mit derselben Hand eine Melodie fortzuführen. Wegen seiner natürlichen Bewegung nach der Handhöhlung zu wurde der Daumen ein vorzügliches Werkzeug zum Untersetzen und Ueberschlagen. Die wichtigste aller Tonreihen, die Tonleiter, erhielt durch Bach eine neue Applicatur, indem er die Grundregel aufstellte, daß der Daumen der rechten Hand im Aufsteigen nach den beiden Halbtönen der Tonleiter, im Absteigen vor denselben eingesetzt werden müsse und umgekehrt bei der linken Hand [8]. Um die Taste zu verlassen, wurde die Fingerspitze weniger gehoben als nach einwärts gezogen, dies war zur Gleichmäßigkeit der Spielart nöthig, weil das Ueberschieben eines Mittelfingers über einen der nebenstehenden sich nur durch Einziehen desselben ermöglichte, und förderte außerdem ein gesangreiches und bei schnellen Passagen ein deutliches Spiel auf dem Clavichord. Hieraus folgte nun, daß Bach mit einer kaum merkbaren Bewegung der Hände spielte, die Finger schienen die Tasten kaum zu berühren und doch kam alles mit vollendeter Klarheit und perlenrund zur Erscheinung [9]. Auch sonst blieb seine Körperhaltung eine durchaus ruhige, selbst bei den schwierigsten Pedalstellen am Cembalo oder an der Orgel; die Fußtechnik war eben so leicht und ungezwungen, wie die der Finger [10]. Aeußere Hindernisse wußte er mit der ihm eignen Erfindsamkeit zu beseitigen: bei über einander gebauten Clavieren liebte er kurze Tasten, um leichter von einem zum andern zu kommen, und die Obertasten hatte er gern oben etwas schmäler als unten, weil er dann unmerklicher ohne Fingerwechsel herabgleiten konnte [11].

Auf den ausgedehnteren Gebrauch des Daumens war unter den Musikern seiner Zeit Bach nicht allein verfallen, die gesammte sich üppig entfaltende Orgel- und Clavierkunst drängte zur Herbeiziehung reichlicherer Darstellungswerkzeuge. In Frankreich brach François Couperin (1668—1733), Organist zu St. Gervais in Paris, durch

---

8) Kirnberger, Grundsätze des Generalbasses S. 4, Anmerk. 2. Vrgl. Ph. Em. Bach, a. a. O. S. 18.

9) Quantz, Versuch einer Anweisung die Flöte traversiere zu spielen. 3. Aufl. 1789. S. 232; Forkel, S. 12 ff. Vrgl. Ph. Em. Bach, S. 13. — S. Anhang A. Nr. 37.

10) Scheibe, a. a. O. S. 840.

11) Adlung, *Musica mechanica* II, S. 24.

seine »Kunst das Clavier zu spielen« [12]) einer verständigeren Fingersetzung die Bahn. Johann Gottfried Walther, Bachs Altersgenosse
und zeitweiliger College in Weimar, hat einige mit Applicatur versehene Orgelchoräle hinterlassen, in welchen der Daumen verschiedenartige Anwendung findet [13]). Der oben erwähnte Heinichen fordert zur Ausführung seiner Vorschriften über das Generalbassspiel
durchgängig die Application aller fünf Finger [14]). Auch Händel zog
den Daumen in stetige Mitthätigkeit, es folgt dies nothwendig aus
seiner von Augenzeugen beschriebenen gebogenen Fingerhaltung [15]),
durch welche er ganz von selbst mit auf die Tasten kommt. Aber
methodisch ausgenutzt ist das neue Mittel weder von Couperin noch
Walther. Bei der Tonleiter schreibt Couperin wohl auf die erste
Note den Einsatz des Daumens vor, nicht aber im Fortgange auch
den Daumenuntersatz, er gebraucht den Daumen sehr gern zum Um-
wechseln auf einem und demselben Tone, ferner bei Spannungen,
wo er ihn ungenirt auch auf die Obertasten treten läßt, übrigens
aber fast nur so, daß er unter den zweiten Finger gesetzt oder von
diesem überschlagen wird. Einzige zwei Fälle kommen unter der
reichen Auswahl von Beispielen und Probestücken seiner »Kunst das
Clavier zu spielen« vor, in denen anders verfahren wird. Von ihnen
betrifft der eine die linke Hand, deren Daumen merkwürdiger Weise
schon früh eine häufigere Anwendung erfahren zu haben scheint [16]);
hier wird denn auch mehrfach das Uebersetzen des Mittelfingers vorgeschrieben. Der andre aber ist mit dieser Fingervorschrift:

das entscheidendste Zeug-

---

12) *L'art de toucher le clavecin.* Paris, 1717. fol.

13) Im Königsberger Autograph. Es sind Bearbeitungen von »Allein Gott
in der Höh«, »Wir glauben all an einen Gott«, »Wo soll ich fliehen hin« (Vers 3).

14) J. D. Heinichen, Der General-Bass in der Composition. Dresden, 1728.
S. 522.

15) Chrysander, Händel III, S. 218; nach Burney.

16) Vrgl. die Mittheilungen aus Elias Nikolaus Ammerbachs »Orgel oder
Instrument Tabulatur« bei Becker a. a. O. S. 59.

17) *L'art de toucher le clavecin* S. 66 letztes System. Aus dem 2. Buche der
pièces de clavecin; in der neuen Ausgabe von J. Brahms (Denkmäler der Tonkunst IV) S. 121.

niß für die unfertige Technik des Daumens; durch das Einsetzen desselben nach der Bachschen Regel, d. h. hier auf c, läuft die Passage wie von selbst. Walther verschränkt in den drei Orgelchorälen nur zweimal den dritten Finger mit dem Daumen und zwar in der linken Hand, sonst immer nur den zweiten. Von Händels Applicatur wissen wir nichts näheres, einen gewissen Ersatz kann jedoch Mattheson bieten, der es ja, wie oben erzählt wurde, als Clavierspieler mit jenem aufnehmen zu können vermeinte; derselbe kennt im wichtigsten Falle, bei der Tonleiter, das Untersetzen des Daumens nicht, sondern schiebt nach alter Manier beim Aufsteigen der rechten Hand den dritten über den vierten, beim Absteigen den dritten über den zweiten [18].

Philipp Emanuel Bach, selbst einer der bedeutendsten, wenn nicht der bedeutendste unter den Clavieristen aus der Mitte des 18. Jahrhunderts, hat in einem vortrefflichen und grundlegenden Werke seine Ansichten über die Methode des Clavierunterrichts niedergelegt. Bei der Lehre von der Fingersetzung spricht er (§. 7) über ihre Erweiterung und Vervollkommnung durch seinen Vater, so daß man alles mögliche nunmehr leicht herausbringen könne, und erklärt dann, die Lehre desselben seinen nachfolgenden Entwicklungen zu Grunde legen zu wollen. Es ist allgemein angenommen worden, daß Emanuel Bachs Methode eben diejenige des Vaters sei und wohl nicht nur in der Fingersetzung, sondern auch den übrigen Abschnitten des Lehrstoffes, obgleich kein Ausspruch des Buches dazu genügend berechtigt. Nun haben sich aber zwei kleine von Sebastian Bach eigenhändig und durchgängig mit Applicatur versehene Stücke finden lassen [19]. Ihre Vergleichung mit Emanuels Regeln ergiebt, daß sie wesentlich von ihnen abweichen. Diese verbieten (§. 28) das Ueberschlagen des dritten Fingers über den zweiten, Sebastian schreibt es im fünften Takte des ersten und vom 22. auf den 23. Takt des zweiten jener beiden Stücke vor und stimmt hierin, wie das oben angeführte Beispiel zeigt, mit Couperin überein. Emanuel will nicht den vierten über den kleinen Finger gesetzt wissen, Sebastian for-

---

18) Kleine Generalbassschule (Hamburg, 1735) S. 72.

19) In dem Clavierbüchlein für Friedemann Bach, mitgetheilt als Beilage 3 a und b.

dert es für die linke Hand von Takt 38 auf 39 des zweiten Stücks. Emanuel beschränkt das Geschäft des Untersetzens auf den Daumen, Sebastian läßt es vom fünften unter den vierten geschehen von Takt 34 auf 35 desselben Stückes. Für das Uebersetzen des kleinen Fingers über den Daumen, was Emanuel ebenfalls untersagt, findet sich in den Stückchen Sebastians zufällig kein Beispiel, dagegen aber wohl in einem der Waltherschen Choräle. Noch mehr aber: obgleich die Regel Sebastians vom Daumeneinsatze nach den Halbtönen der Tonleiter auf das nachdrücklichste bezeugt ist[20]), hat er sie doch am Anfang des ersten Stückes selbst nicht befolgt, sondern die alte Manier vorgeschrieben und im dritten Takte schreitet die linke Hand allerdings mittelst Ueberschlagens über den Daumen fort, benutzt aber gleichfalls nach älterer Weise nur den zweiten Finger dazu. Wenn nun seine Fingersetzung sich Vorgängern und Zeitgenossen gegenüber durch den methodischen Gebrauch des Daumens auszeichnet, von der Praxis des Sohnes aber wiederum durch Eigenthümlichkeiten verschieden ist, die ihr mit der älteren Spielweise theils nachweislich gemeinsam sind, theils aus ihr mit leichter Mühe gefolgert werden können, so ist die Beschaffenheit der Seb. Bachschen Applicatur wohl ziemlich klar. Dieselbe nahm sämmtliche durch den Daumengebrauch ermöglichten Combinätionen in Anspruch, ohne aber auf eine nach dem früheren Fingersatze allseitig ausgebildete Technik irgendwo zu verzichten; nur so viel ist, da sich Bach überall durch die von der Natur gewiesenen Wege leiten ließ, zu muthmaßen, daß er das Ueberschieben eines kleineren Fingers über einen größeren, wie des zweiten oder des vierten über den dritten thunlichst vermied. Daraus ergab sich ihm eine so unbegränzte Fülle der Möglichkeiten, daß es nun vollständig begreiflich wird, weshalb für ihn keine Schwierigkeiten mehr existirten. Aber als hätte er in allen Dingen seiner Kunst auf einsamer Höhe stehen sollen, so ist er auch unter den Koryphäen des Clavierspiels der einzige geblieben, der sich in den Besitz so colossaler tech-

---

20) Außer Kirnberger kann auch noch Mizler dafür angeführt werden, der (Musikal. Biblioth. II, S. 115) auf einige Tonleitergänge diese Applicatur anwendet und wenn auch nicht Schüler so doch ein guter Bekannter von Bach und lebhafter Anhänger seiner Kunst war.

nischer Mittel gesetzt hatte. Alle die vor ihm waren, alle die nach ihm kamen, wirthschafteten mit einem viel geringeren Apparate; auf einer Wasserscheide zweier Gebiete stehend herrschte er allein frei über das vorwärts wie rückwärts gelegene Land. Schon sein Sohn, der den eigentlichen Ausgangspunkt des modernen Clavierspiels bildet, hat den Fingersatz des Vaters ganz erheblich vereinfacht; von den Verschränkungen der mittleren Finger läßt er nur die des dritten über den vierten zu (§. 62) und hat vorzugsweise den Daumengebrauch weiter cultivirt. Er bedurfte für seine viel homophonere und leichtere Compositionsart keiner so reichen Mittel und alles überflüssige ist in der Kunst vom Uebel. Mit der Verbreitung des Pianoforte aber, welche von da ab begann, wurde der älteren Fingersetzung ganz das Thor verschlossen, indem die Hammermechanik den elastisch von oben herabfallenden Schlag verlangt und den schrägen Druck eines übergeschobenen Mittelfingers abweist. So konnte denn auch in neuester Zeit, die sich doch einer souveränen Herrschaft über die gesammte Claviertechnik rühmt, die Sebastian Bachsche Spielweise höchstens bis zu dem Grade wieder hergestellt werden, der sich bei Philipp Emanuel noch vorfindet und unerläßlich ist, wenn die Ausführung von Sebastians Compositionen überhaupt möglich werden soll. Als Ganzes wäre sie für uns verloren, auch wenn wir bis ins Einzelne darüber Bescheid wüßten. Die abnormen Schwierigkeiten der Compositionen aber haben zum großen Theile hierin ihren Grund, denn was die moderne Zeit nach der einen Seite hin gewann, mußte sie andrerseits durch die Natur des Instruments gezwungen aufgeben. Es kann deshalb nicht geleugnet werden, daß die moderne Technik trotz alledem diejenige Bachs nicht überragt, da er jedenfalls viele Schwierigkeiten leichter überwand. Was für das Clavier gilt, gilt noch mehr für die Orgel, deren Wesen ja Bach dem Claviere einprägte, wenn auch unbeschadet der Deutlichkeit seines natürlichen Charakters. Hier, wo constructive Hindernisse nicht vorhanden sind, wäre jedoch eine Erweiterung der Technik nach den dargelegten Grundzügen nicht unmöglich; bedeutete dies Instrument erst einmal wieder etwas mehr in unserm Kunstleben, so würde der Versuch auch wohl gemacht werden.

Eine Vervollkommnung des Fingergebrauchs war für Bach schon deshalb nothwendig, weil er nur auf gleichschwebend tem-

perirten Clavieren zu spielen pflegte und dann auch alle 24 Tonarten
nach Belieben benutzen wollte. Die Herstellung einer gleichschwebenden Temperatur durch gleichmäßige Vertheilung des ditonischen
Kommas d. h. der durch Summirung von 12 Quinten gegen die
Octave sich ergebenden Differenz auf die zwölf innerhalb einer Octave
liegenden Tonstufen war am Ausgange des 17. Jahrhunderts ersonnen
nen worden und fand bald allgemeine Aufnahme. Theoretisch hatten
sich zwei schon mehrfach genannte Musiker, Andreas Werkmeister
(1645—1706) und Johann Georg Neidhardt (gest. 1740), um dieselbe
verdient gemacht, praktischen Nutzen konnten jedoch diese Untersuchungen kaum haben, da es sich um so kleine Tonunterschiede handelt, daß darüber endlich doch nur das Gehör entscheiden kann. Die
Wege zur Temperatur, welche die Praxis einschlug, waren zuerst
freilich wunderlich genug. Man pflegte noch ums Jahr 1739 folgende
drei Grundregeln aufzustellen: 1) Die Octaven, kleinen Sexten und
kleinen Terzen müssen allenthalben rein sein. 2) Den großen Sexten
und den Quarten giebt man etwas zu. 3) Den Quinten und großen
Terzen nimmt man etwas ab[21]. Wie gut oder übel das geklungen
haben mag, ist ungefähr daraus zu ermessen, daß nur die Bestimmungen über Octave, Quarte und Quinte in der Natur der Sache ihre
Begründung haben; alle Intervalle, die, wie große und kleine Sexten
und kleine Terzen, in complicirteren Verhältnissen zum Grundtone
stehen, dulden bekanntlich stärkere Abweichungen von der reinen
Stimmung, und wie man die großen Terzen hat unter sich schweben
lassen können, ist ganz unbegreiflich, da schon die Summe von drei
rein gestimmten der Octave nicht gleichkommt, was doch die gleichschwebende Temperatur verlangt. Es ist erfreulich nachweisen zu
können, daß Bach auch hierin seine Zeit weit überholt und sich bereits in den Besitz derjenigen Stimm-Methode gesetzt hatte, die
jetzt allgemein befolgt wird. Ausdrücklich wird berichtet, er habe
alle großen Terzen scharf genommen d. h. sie etwas über sich schweben lassen, wie es nothwendig ist, um die sogenannte große Diesis
auszugleichen[22]. Da er nun unmöglich nach lauter großen Terzen

---

21) Mattheson, Vollkommener Capellmeister. S. 55.
22) F. W. Marpurg, Versuch über die musikalische Temperatur. Berlin,
1776. S. 213: »Der Herr Kirnberger selbst hat mir und andern mehrmal erzählt,

gestimmt haben kann, so wird er es gemacht haben wie heutzutage, nämlich durch vier an einander hängende Quinten fortgeschritten sein, deren jede etwas abwärts schweben mußte und dann den äußersten Quintton als geschärfte Terz mit Grundton und erster Quinte zum Dreiklang verbunden haben. Von den mancherlei Kunstgriffen, welche die Anwendung dieses Verfahrens erleichtern, ist ihm jedenfalls auch der bekannt gewesen, die Schwebung der Quinte durch Mitanschlagen der Octave, der Unterquarte des Grundtons, zu prüfen und von da ab wieder in die Quinte aufzusteigen [23]. Daß er aber auf alles dies aus eignem Nachdenken und nicht durch Nachlesen in theoretischen Abhandlungen gekommen ist, wäre feststehend, wenn es nicht auch Zeitgenossen bezeugten [24]. Und mit solcher Sicherheit und Schnelligkeit handhabte er seine Methode, daß nie mehr als eine Viertelstunde über dem Stimmen eines Flügels oder Clavichords verstrichen sein soll [25]. In welch großartiger Weise er das hiermit erst zugänglich gemachte gesammte Tongebiet des Claviers schöpferisch ausnutzte, werden wir bald sehen. Zu einem ausschweifenden Modulationswesen ließ er sich aber nicht verleiten, dies stand mit seinem Stile zu sehr in Widerspruch. Nur bei besonderen Veranlassungen bewies er einige Male, wie fein sein Ohr für den inneren Zusammenhang der Tonarten geschärft war und wie

---

wie der berühmte Joh. Seb. Bach ihm, währender Zeit seines von demselben genoßnen musikalischen Unterrichts, die Stimmung seines Claviers übertragen, und wie dieser Meister ausdrücklich von ihm verlanget, alle große Terzen scharf zu machen.«

23) Hiervon sowie vom Tieferstimmen der Quinten und Probiren der Terzen spricht auch Phil. Em. Bach a. a. O. Einl. §. 14, der in der Temperatur schwerlich Veranlassung hatte, vom Verfahren seines Vaters abzuweichen.

24) Mattheson war ein abgesagter Feind gewisser Leute, die aus der Musik einen Zweig der mathematischen Wissenschaft machen wollten, und wußte sich hier mit Bach in Uebereinstimmung. Zu der Autobiographie Mizlers in der »Ehrenpforte« fügt er S. 231 bei Erwähnung von dessen Umgange mit Bach die Anmerkung: »Dieser hat ihm gewiß und wahrhafftig eben so wenig die vermeinten mathematischen Compositions-Gründe beigebracht, als der nächstgenannte [Mattheson]. Dafür bin ich Bürge.« Was von der Composition gesagt wird, gilt natürlich auch von den übrigen Zweigen der Kunst. »Unser seel. Bach ließ sich zwar nicht in tiefe theoretische Betrachtungen der Musik ein, war aber desto stärker in der Ausübung.« Nekrol. S. 173.

25) Forkel, S. 17.

wohl er auch enharmonische Ausweichungen zu benutzen wußte,
wenn er wollte. Ein Beispiel ist das oben besprochene Praeludium
zu der hamburgischen G moll-Fuge, ein anderes die sogenannte
chromatische Fantasie, auf die später zurückzukommen sein wird.
Ob ein Stück, »das kleine harmonische Labyrinth« genannt, das sich
durch einen *Introitus* voll enharmonischer Irrgänge zum *Centrum*
einer kleinen Fuge durcharbeitet und von dort auf ähnlichem Wege
wieder zum Tageslicht von C dur seinen *Exitus* nimmt, Bach angehört, mag ich wegen seiner schwachen Beglaubigung nicht entscheiden. Den kettenartigen Zusammenhang der 24 Tonarten hatte Heinichen, der Begleiter des Fürsten Leopold in Italien, zuerst klarge-
legt und auch praktisch angewendet. Von derartigen Versuchen
Bachs wissen wir nichts: dem freien Schwunge seines Geistes widerstrebte jedes mechanische Verfahren[26].

Den Ton des Cembalo haben wir beseelungsunfähig genannt
und insofern dem Orgelton ähnlich. Gleichwohl war es feinen Ohren
nicht unbemerkt geblieben, daß er unter den Händen des einen sich
wohlthuender bildete, als unter denen des andern. Es ist daher nicht
ganz ungereimt, auch von einer subjectiven Vortragsart auf dem Flügel zu reden. Ihre Möglichkeit ruht einestheils in der undefinirbaren
Besonderheit des Anschlages, dann in der noch unbeschreiblicheren
Kunst, jene complementären Empfindungen hervorzulocken, die zum
vollständigen Erfassen einer Kunstidee von jedem Genießenden hin-
zugebracht werden müssen, die aber die Claviermusik in ungewöhnlicher Stärke verlangt. Wir nehmen mit Grund an, daß Bach diese
Kunst besessen habe — ein eigenthümlicher Reiz des Anschlags verstand sich bei seiner neuen Spielweise von selbst — und auch sein
Spiel auf dem Cembalo, das er sich immer selbst bekielte, in gewisser Weise ein seelenvolles gewesen sei. Als den einzigen Weg,
hierzu zu gelangen, bezeichnet sein Sohn Philipp Emanuel die fleißige
Tractirung des Clavichords[27], und grade dieses war Sebastians Lieb-

---

26) Heinichen, a. a. O. S. 837 ff.; zuvor schon in dem 1711 erschienenen kleineren Werke über den Generalbass. Das Probestück S. 885—895 ist in einem
Manuscript auf der königl. Bibl. zu Berlin (sign. P. 295) fälschlich als Bachsche
Composition aufgeführt. Ebenda findet sich auch das »kleine harmonische Labyrinth«.

27) Ph. E. Bach, a. a. O. Einl. §. 15: »Spielt man beständig auf dem Flügel,

lingsinstrument. Besaß es auch nur geringe Stärke, so war der Ton doch außerordentlich schattirungsfähig und verhältnißmäßig andauernd. Man konnte singen darauf und das gesangreiche Spiel legte Bach aller Clavierkunst zu Grunde. Gegenüber dieser unbestreitbaren Thatsache fällt die hier und da verbreitete Meinung, daß Bach keinerlei Farbengebung beim Vortrage seiner Clavierstücke beabsichtigt habe und die Anwendung von Licht und Schatten eine eigenmächtige Modernisirung sei, als ungerechtfertigtes Vorurtheil zu Boden. Nirgends läßt sich überzeugender darthun, wie große Geister die Ziele geschichtlicher Entwicklungen im eignen Thun beschlossen tragen und prophetisch oft über Jahrhunderte hinwegblicken, als hier. Das Idealinstrument, das Bach für seine Inventionen und Sinfonien, Suiten und Clavierfugen vorschwebte, war nicht ganz das Clavichord: zu wuchtig lasteten die aus der erhabenen Alpenwelt des Orgelreiches herabgebrachten Gedanken auf dem zarten Baue desselben. Aber die Orgel war es auch nicht. Aus ihrem Gebiete emanirte eben das Bedürfniß nach reicherem Gefühlswechsel, das in der Kammermusik Befriedigung suchte, ähnlich wie das Streben nach Gefühlsbestimmtheit aus dem Orgelchoral den Kern der Kirchencantate hervorgehen ließ: aus der erhabenen Ruhe und träumereichen Einsamkeit trieb es herunter in blühende Thäler und zu redenden Menschen. Das Cembalo konnte die Ausgleichung nicht herstellen; erst ein Instrument, das die Klangfülle der Orgel mit der Ausdrucksfähigkeit des Clavichords in richtigen Verhältnissen vereinigte, war im Stande, dem Erscheinung zu geben, was in des Meisters Phantasie erklang, wenn er für Clavier componirte. Daß unser moderner Flügel dieses Instrument ist, sieht ein jeder. Nichts kann verkehrter sein, als zur Ausführung Bachscher Clavierstücke sich das Clavichord zurückzuwünschen, oder gar das Cembalo, das für Bachs Kunstübung überhaupt die wenigst selbständige Bedeutung gehabt hat; dies mag für Kuhnau, für Couperin und Marchand passen, Bachs Gestalten verlangen ein wallendes Tongewand, seelenvollen Blick und sprechende Mienen. Wenn in neuester Zeit

---

so gewöhnt man sich an, in einer Farbe zu spielen, und der unterschiedene Anschlag, welchen blos ein guter Clavicord-Spieler auf dem Flügel herausbringen kann, bleibt verborgen.«

die Beschäftigung mit seinen Clavierwerken mehr und mehr zuge-
nommen hat, so ist neben andern auch dies ein Grund und keiner
der unkräftigsten, daß man fühlte, mit den großen Mitteln dem Inhalte nun endlich gerecht werden zu können. Es versteht sich, daß
einem virtuosenhaften Aufputz nicht das Wort geredet wird. Die
Gefahr von dort her ist aber auch nicht allzu drohend; so fest ist die
Textur dieser Tonstücke, so melodisch überall die Stimmführung,
daß bei nur einiger Versenkung in ihren Organismus jedes eigenmächtige Hervorzerren einzelner Glieder sich sofort als unmöglich
erweist. Wo ein Glied sich herausheben soll, hat der Componist von
innen her schon gesorgt, daß es geschieht. Die echoartigen Gegensätze von *forte* und *piano*, auf welche die mehrclavierigen Cembalos führten, sind fast immer angemerkt und wo nicht, sehr leicht
erkennbar; sie beziehen sich stets nur auf volle Perioden. Was aber
außerdem der Vortragende zu thun hat, wird ihm unfehlbar klar
werden, sowie er sich gewöhnt, dem Gange der einzelnen Stimmen
und ihrem symphonischen Zusammenwirken innerlich singend zu
folgen. Dann wird er die in ihnen verkörperten Gefühlsbewegungen
nach Maßgabe ihres Steigens und Sinkens beleben, nach ihrem zu-
stimmenden oder widersprechenden Verhältnisse zur jedesmaligen
Grundharmonie mit weniger oder mehr Tonfülle ausstatten. Dann
wird er auch jene Melodie vernehmen, die wie eine innere Stimme
den Harmoniengang jedes Bachschen Stückes durchtönt und sich
von ihren Schwingen tragen lassen, wenn sie anschwillt zu Sturmes-
gewalt und dann wieder säuselt wie Maienhauch, unsichtbar, uner-
faßlich und doch überall zugegen. Bachs Claviercompositionen sind
eine Erbschaft, die erst unsere Zeit in ihrem vollen Umfange antreten sollte, ein unschätzbares Geschenk für eine Periode, deren musikalischer Quell nicht mehr in früherer Ergiebigkeit fließt, ein un-
erschütterlicher Fels in dem trüben Gewoge leidenschaftlicher Verirrungen, für alle die noch hören können eine ernste Mahnung, nicht
die Würde der Kunst zu vergessen. Die Anfänge des Pianoforte erlebte der Meister noch und hat sie durch seine strenge Kritik gefördert. Gottfried Silbermann in Freiberg baute im vierten Jahrzehnt
des Jahrhunderts, vermuthlich nach der Erfindung des Florentiners
Cristofali, zwei Claviere mit Hammermechanik. Bach spielte eins
davon, lobte sehr den Klang und tadelte nur die schwere Spielart

und die Schwäche des Tons in der Höhe. So empfindlich Silbermann
durch diesen Tadel berührt wurde, so ließ er sich doch die Ausstellungen gesagt sein, arbeitete jahrelang an der Verbesserung seines
Hammerclaviers und erlangte schließlich Bachs uneingeschränktes
Lob [28]. Es ist nicht wahrscheinlich, daß dieser sich selbst in den
Besitz eines solchen Instruments gesetzt hat, da es sonst sein Schüler
Agricola, durch den wir überhaupt um die Sache wissen, wohl erwähnt haben würde. Der Grund ist auch klar: die Hammermechanik fügte sich nicht willig genug allen Künsten der Bachschen Fingersetzung. Aber die Freude über Silbermanns Instrument zeigt
wieder deutlich, welcher Richtung seine Clavierkunst zustrebte. Um
wenigstens einem Hauptmangel des Cembalo, der Tonkürze, nach-
zuhelfen, ersann er gegen das Jahr 1740 ein Lautenclavicymbel,
welches der Orgelbauer Zacharias Hildebrand nach seiner Angabe
ausführte. Die größere Tondauer wurde durch Darmsaiten hervorgebracht, deren es zwei Chöre besaß, ihnen war ein Chor von Mes-
singsaiten im 4 Fuß-Ton beigefügt. Wenn der helle Klang des letzteren durch einen Tuchdämpfer gehemmt wurde, machte sich das
Instrument beinahe wie eine wirkliche Laute, während es ohne das
mehr den dunkeln Theorbencharakter hatte. In der Mensur war es
kürzer als ein gewöhnliches Cembalo [29]. Die Einsicht in den Instrumentenbau, welche Bach hierdurch an den Tag legt, und die früher
nachgewiesene Erfahrenheit auf dem Gebiete der Orgelstructur bildet mit der Geschicklichkeit des Temperirens, der erfinderischen
Vervollkommnung des Fingersatzes die äußersten Consequenzen
seines technischen Talents. Seine gewaltige Natur ruhte nach beiden Seiten unmittelbar über dem Urgrunde alles Künstlerthums,
einem unermeßlichen Schachte der Phantasie und der durchdrin-
gendsten, bis in die Gebiete nüchternster Mechanik hinausreichenden
Kraft, deren kostbares Metall würdig zu gestalten. Es bedarf wohl
nur der Erinnerung an Johann Michael und Johann Nikolaus Bach,
um von neuem die Thatsache zu constatiren, daß Sebastian alle pro-
ductiven Fähigkeiten des Geschlechtes in sich zusammenfaßte [30].

---

28) Adlung, *Musica mechanica* II, S. 116 f.

29) Adlung, a. a. O. II, S. 139.

30) Bitter behauptet in seinem Buche über J. S. Bach I, S. 141, derselbe
habe eine Spieluhr für das Cöthener Schloß gefertigt, die sich jetzt noch auf dem

Bewundernd ruft einmal ein trefflicher Kunstkenner des vorigen Jahrhunderts aus, in dem unsterblichen Joh. Seb. Bach seien die verschiedenen guten Talente von hundert andern Musikern vereinigt gewesen [31]. Nicht nur das Rüstzeug des künstlerischen Schaffens war ihm in denkbarst vollständiger Weise eigen, er war auch ein ausgezeichneter Lehrer der Musik. Unter allen großen deutschen Musikern ist Bach der einzige, um den sich eine nennenswerthe Anzahl von Schülern schaart, Schülern, die nicht den größeren Theil ihres Rufes dem Meister verdanken. Von den Söhnen ganz abgesehen, sind Ziegler, Agricola, Altnikol, Ernst Bach, Homilius, Kirnberger, sind Goldberg, Müthel, Kittel, Transchel, Vogler und vor allem Joh. Ludwig Krebs Künstler von unleugbarer, zum Theil sehr hoher Bedeutung gewesen. Wurde als Componist keiner von ihnen bahnbrechend, so lag der Grund in der isolirten Höhe des Meisters selbst, an welche sich schwer anknüpfen ließ, und darin, daß das schöpferische Talent sich niemand geben, noch von einem andern empfangen kann. Die Stärke der Bachschen Schüler beruhte vorwiegend in der ausübenden Kunst, wo Fleiß und richtige Leitung die Hauptsache sind. Daß Bach ihnen diese angedeihen lassen konnte, verdankt er vor allem der sittlichen Größe seines Charakters, die ihn bewog, in selbstloser Entsagung das eigne Können für seine Nebenmenschen nutzbar zu machen. »Dem höchsten Gott allein zu Ehren, Dem Nächsten draus sich zu belehren«, schrieb er auf das Titelblatt seines köstlichen Orgelbüchleins, und danach handelte er auch. Es ist in gleichem Maße ehrfurchtgebietend und herzerquickend, diesen Mann, dessen titanische Phantasie jetzt nach dem höchsten Ideale die Hand ausstreckte, in der nächsten Stunde sich zu einem seiner Schüler niedersetzen zu sehen, schüchternen Organisten- und Cantorensöhnen aus einfachsten Verhältnissen, unverdrossen ihnen die Mechanik des Fingergebrauchs erklären, theilnehmend dem Ungeschick durch Niederschreibung besonderer Uebungsstücke zu Hülfe kommen, mit pädagogischer Einsicht durch eigne Musterausführungen sie zu höhern Zielen anspornen. So hatte er in Mühlhausen begonnen,

---

Schlosse zu Nienburg a. d. Saale befinde. Herr Pfarrer Albert daselbst hat auf meine Bitte die Uhr untersucht, sie trägt auf einer Scheibe im Innern die Worte: *Johann Zacharias Fischer Fecit. a. Halle.*

31) Marpurg, a. a. O. S. 234.

so trieb er es vierzig Jahre später noch, dem Greisenalter nahe. Der
alt-Bachische, der idealdeutsche Geist erfüllte ihn mit seiner ganzen
Tiefe und Bescheidenheit. Dann aber kam ihm auch als Lehrer der
eigne Bildungsgang zu Statten. Gewiß ist ein Grund, weshalb die
meisten großen Musiker zur Unterweisung mehr oder weniger ungeeignet waren, in der Ungeduld zu suchen, andern verstandesmäßig
klar zu machen, was sie selbst instinctartig eingesogen hatten, ein
eben so sicherer aber auch darin, daß sie sämmtlich ein bereits Begon-
nenes nur fortsetzten und vollendeten und ihnen deshalb jene leben-
digste Erfahrung fehlte, die auch an den einfachsten Elementen Interesse hat. Auf dem Gebiete der Orgel ist auch Bachs Stellung
keine andre. Aber grade die Clavierkunst hatte er nicht nur als Erbschaft seiner Vorgänger angetreten, sondern ihr aus dem Fonds der
Orgelmusik soviel zugebracht, daß sie ein ganz verändertes Aussehen
gewann; in demselben Verhältnisse hatte er deren Vehikel, die Fingertechnik, durch einsichtig erfundene Neuerungen dermaßen umgebildet, daß sie von Grund aus eine andre geworden war. Hier
fühlte er sich auch den elementarsten Anfangsgründen gegenüber als
Schöpfer, hier hatte er durch eigne unermüdliche Versuche die beste
Bildungsmethode gründlich erprobt. Vom Claviere aber mußte, der
Lage der Dinge nach, die Unterweisung ihren Ausgang nehmen. Es
bewährte sich nun das alte schon vom Sokrates gesprochene Wort,
daß in der Sache, die er kenne, ein jeder beredt sei. Und wie hätte
dieser Beredtsamkeit die überzeugende Kraft fehlen können, wenn
die Schüler sahen, zu welchen Resultaten Bachs Methode an ihm
selbst geführt hatte, wie er neben dem genauesten Kennen auch das
höchste Maß des Könnens besaß! Denn darin beruhte nun eine dritte
Seite seiner Lehrbegabung, daß er in angemessenen Unterbrechungen
den durchdringend klaren Verstand vor dem Schwunge des Genius
zurückweichen lassen und in der vollen Entwicklung des eignen Vermögens den Schülern das Ziel zeigen konnte, dem an seiner Hand
sie sich zu nähern begonnen hatten. Dadurch erfrischte und belebte
er ihren Muth und wenn er einerseits den strengsten Arbeitsernst
forderte, so bereitete er ihnen dann auch wieder Stunden, die sie ein-
gestandenermaßen zu den glücklichsten ihres Lebens zählten[32].

---

32) So Heinrich Gerber. S. Gerber, Lexicon I, Sp. 492.

Ueber die Art seines Lehrganges sind wir ungefähr unterrichtet. Zuerst ließ er nur Uebungen im Anschlag, in der Fingersetzung und in der gleichmäßigen und unabhängigen Ausbildung der einzelnen Finger beider Hände vornehmen. Hierbei hielt er die Schüler wenigstens einige Monate fest, versüßte ihnen aber die bittre Kost durch anmuthige Tonstückchen, in denen er jedesmal eine bestimmte technische Aufgabe zum Motiv nahm. Auch die Verzierungen, die sogenannten Manieren, mußten sie von Anfang an in beiden Händen ausdauernd üben. War nun in diesen Elementen eine gewisse Fertigkeit erreicht, so ging er grundsätzlich gleich zu schwereren Stücken über, vorwiegend seinen eignen. Vor Beginn des Einstudirens spielte er sie vor und wußte den Schülern dergestalt Lust und Eifer zu erwecken, daß die günstigen Resultate nicht leicht ausblieben [33]. Auf den Fleiß legte er das höchste Gewicht, nur hierin stellte er sich ihnen selbst als Muster vor. »Ich habe fleißig sein müssen; wer es gleichfalls ist, wird eben so weit kommen«, pflegte er wohl zu sagen. Seiner wunderbaren Gaben schien er nicht zu gedenken.

Durch ein günstiges Geschick ist es auch möglich geworden, gleichsam einen praktischen Lehrcursus Bachs zu belauschen, wenigstens soweit sich derselbe neben rein mechanischen Uebungen an abgerundeten Musikstücken entwickelte. Als sein ältester Sohn das neunte Jahr überschritten und eine hohe musikalische Begabung gezeigt hatte, ging der Vater daran sie auszubilden. Am 22. Januar 1720 legte er ein »Clavier-Büchlein vor Wilhelm Friedemann Bach« an [34], in das er, mit den ersten Elementen beginnend, nach und nach Compositionen von progressiver Schwierigkeit eintrug, hier und da auch den Knaben selber eintragen ließ. Auf dem ersten Blatte werden die musikalischen Schlüssel und die hauptsächlichsten Manieren erklärt [35]. Dann folgt das kleinere der schon erwähnten mit Fingersatz versehenen Stückchen, *Applicatio* genannt und durch die fromme Aufschrift: *In Nomine Jesu* geziert. Hier sind tonleiter-

---

33) »Mein seliger Vater hat in dieser Art glückliche Proben abgelegt. Bey ihm mußten seine Scholaren gleich an seine nicht gar leichte Stücke gehen.« Ph. E. Bach, a. a. O. I, S. 10. — Forkel, S. 38, 39 und 45.

34) S. darüber erstes Buch, I, Anmerk. 23. Das Format ist klein Querquart.

35) Die zu diesem Zwecke aufgestellte kleine Tabelle über die Manieren ist mitgetheilt B.-G. III, S. XIV.

artige Gänge mit Manieren in Verbindung gebracht, besonders ist es, wie Takt 2, 6 und 8 beweisen, auf das Trillern des vierten und fünften Fingers der rechten Hand abgesehen. Das zweite Stück, ein 18taktiges Praeambulum in C dur, übt in Ausführung von Verzierungen die linke Hand, die rechte dagegen in gleichmäßiger Sechzehntelbewegung und im präcisen Ablösen der linken[36]. Nun kommt, für Bachs Stellung zur Clavierkunst bedeutsam, sogleich der dreistimmige Choral »Wer nur den lieben Gott läßt walten« mit Verzierungen in beiden Händen reichlich ausgestattet. Es ist in gefeilter Form derselbe Satz, den er in früheren Jahren mit Vor-, Zwischen- und Nachspielen versehen zum kirchlichen Gebrauche gefertigt hatte[37]; seitdem war er von einer so überladenen Begleitung des Gemeindegesanges zurück- und zu der Einsicht gekommen, daß dergleichen nur zu Studienzwecken auf dem Claviere dienlich sei. Um ihn glatt und rund auszuführen, ist schon eine weit mehr als anfängerhafte Gewandtheit nöthig. Die vierte Lection besteht aus einem etwas längern Praeludium in Dmoll, ruhig gehende Achtel, zum Schluß eine Sechzehntel-Cadenz mit Ablösung der Hände[38]. Takt 9 und 13 haben einen jedesmal in den folgenden Takt hinüber reichenden Bogenstrich. Es konnte aber das eigentliche *Legato* auf dem Clavichord nur durch vergrößerten Druck, also auch erhöhte Tonintensität hervorgebracht werden, die Bogen bedeuten deshalb zugleich eine Schattirung des Vortrags, um so mehr, als sie keine vollständige Phrase umfassen, sondern im folgenden Takte sich gleichsam verlieren, d. h. also: Anfang *forte*, dann *diminuendo* bis zum *piano* — ein praktischer Wink, wie Bach auf ausdrucksvollen Vortrag hielt! An fünfter Stelle befindet sich wieder ein dreistimmiger Choral: »Jesu, meine Freude«, colorirt und verziert, wie der vorige; er ist aber nicht vollständig zu Ende geschrieben[39]. In ermunternder Abwechslung schließen sich zwei leichte Allemanden aus Gmoll an, deren zweite jedoch ebenfalls Fragment blieb. Dann folgen drei Praeludien aus Fdur, Gmoll, dieses mit vollständigem Fingersatze versehen, und

---

36) P. S. I, C. 9, Nr. 16, I.
37) S. zweites Buch, IV, Anmerk. 3.
38) P. S. I, C. 9, Nr. 16, V.
39) Das Fragment ist mitgetheilt P. S. V, C. 5, hinter den Varianten.

nochmals aus F dur[40]. Die ersteren beiden zielen wieder auf eben-
mäßige Geläufigkeit und glatten Fluß in Sechzehnteln und Achteln,
worauf Bach augenscheinlich sehr viel gab, das dritte aber gehört
schon ganz in die Kategorie jener schwereren Stücke, an welche die
Schüler nach kurzem geführt wurden. Die in allen Stimmen herrschende, specifisch Bachsche Polyphonie, verbunden mit der eben
so charakteristischen Beweglichkeit der Tongedanken setzt eine nicht
unbedeutende Selbständigkeit und Geläufigkeit der Finger voraus.
Der polyphone Satz übersteigt nicht die Dreistimmigkeit und wendet
auch diese nur erst mit Vorsicht an, macht trotzdem aber an gebundenes Spiel, Dehn- und Spannkraft der Hände immerhin einige Ansprüche. Den Praeludien entsprechen eben so viele Menuette (in
G dur, G moll, G dur)[41], in welchen die Studien des polyphonen
Spiels ihre Fortsetzung finden, im dritten wird auch eine der Deutlichkeit des Anschlags höchst nützliche rhythmische Figur unablässig
durchgeführt. Man kann hier eine Station erkennen, das folgende
Uebungsmaterial repräsentirt eine höhere Unterrichtsstufe. Es besteht zunächst aus elf Praeludien, welche später in mehr oder weniger
veränderter Fassung im »wohltemperirten Clavier« wiederkehren.
Ihre Anordnung beweist, daß die Absicht ganz methodisch zuerst auf
erhöhte Geläufigkeit, Ausdauer und Ebenmäßigkeit, sodann auch auf
gesangreiches und polyphones Spiel hinging. Die Reihenfolge ist
nämlich: C dur, C moll, D moll, D dur, E moll (dieses nur als Uebung
für die linke Hand entworfen), darauf E dur, F dur, Cis dur, Cis moll,
Es moll, F moll. Die Praeludien sind nicht alle bis ans Ende eingetragen; auf ihr Verhältniß zur Gesammtgestalt des wohltemperirten
Claviers, sowie auf ihren künstlerischen Werth kommen wir natürlich zurück. Nach ihnen begegnet uns zum ersten Male eine nicht-
Bachische Composition in Gestalt einer Allemande aus C dur von
J. C. Richter[42], die nachfolgende Courante mag desselben Verfassers

---

40) P. S. I, C. 9, Nr. 16, VIII. XI. IX. Genau genommen sind die beiden
ersten Praeambulen genannt; ein Unterschied jedoch zwischen einem solchen
und einem Praeludium ist nicht erkennbar.

41) P. S. I, C. 13, Nr. 11, I—III.

42) Vermuthlich der spätere Hoforganist in Dresden Johann Christoph Richter, s. Gerber, N. L. III, Sp. 855 f. Ueber eine Verbindung zwischen ihm und
Bach ist sonst nichts bekannt.

sein. Aus einigen Geringfügigkeiten und Fragmenten heben sich
dann heraus ein Ddur-Praeludium und eine dreistimmige Fuge
in Cdur[43]. Bei der Fuge ist als technischer Zweck unter anderm
die Ausbildung des vierten und fünften rechten Fingers deutlich erkennbar, für das Praeludium aber wird nur im allgemeinen die Bachsche Spielweise in Anspruch genommen; der frühere Zweck ist jetzt
zum Mittel geworden, der Schüler auf einer neuen Stufe der Reife
angelangt. Dies bestätigt vollauf der Rest des Büchleins, welcher
fast ausschließlich mit den »Inventionen und Sinfonien« angefüllt ist,
dem ersten jener drei großen Meisterwerke für Clavier, welche der
Cöthener Periode ihr Dasein verdanken. Nur zwei kleine Suiten
bleiben noch, die eine, dreisätzig aus Adur, zeigt zwar nicht Seb.
Bachs Handschrift, mag jedoch seine Composition sein, die andre,
viersätzig aus Gmoll, ist von dem gothaischen Capellmeister G. H.
Stölzel; Bach hat sich den Spaß gemacht, zu dem Menuett derselben
ein eben so reizendes wie gediegenes Trio hinzuzufügen[44]. Alle die
genannten Originalcompositionen erfüllen nicht nur vollständig ihre
instructiven Zwecke, sondern sind auch Musterleistungen nach der
Seite ihres künstlerischen Werthes, ein bunter, duftiger Blumen-
strauß, in dem neben Rosen, Lilien, Nachtviolen freilich auch allerhand wilde Anemonen und Schlüsselblumen wohlgemuth ihren
Platz eingenommen haben, von denen aber doch keine des echten
Reizes entbehrt. Die Formen sind zuerst ganz einfach, werden mit
den gesteigerten technischen Anforderungen allmählig breiter, bis
die Fugenform erreicht ist. Von der eigenthümlichen Gestalt der
»Inventionen und Sinfonien« ist hier noch nicht die Rede, den letzteren nahe steht bis auf die Vierstimmigkeit das schöne Ddur-Praeludium.

Aehnliche vorwiegend zu Uebungszwecken geschriebene Stücke
giebt es von Bach noch manche, wenngleich die Ueberzahl sich mit
seinen Schülern zerstreut und verzettelt haben wird. Vorzüglich ist
ein kleines Cmoll-Praeludium, das harfenartig lispelnd von einer
Harmonie zur andern träumt und die wundersame Romantik des
Bachschen Geistes ahnungsvoll emporsteigen läßt[45]. Auch Fugen

---

43) P. S. I, C. 9, Nr. 16, IV und Nr. 9.
44) P. S. I, C. 9, Nr. 16, X.
45) P. S. I, C. 9, Nr. 16, III. Andre sind ebenda II, VI, VII, XII.

sind noch vorhanden, mit und ohne Praeludien, die, wie oben, zu Prüfsteinen für die Fortschritte der Unterwiesenen gedient haben werden, dreistimmige Fugen von wahrhaft beglückender Vollendung nach Form und Inhalt und von jener Concentrirtheit der Fassung, die keine überflüssige Note duldet, kein Wort zu viel sagt und die ein Merkmal aller cöthenischen und späteren Fugen ist. Die Praeludien sind eben so kunstvoll als tief, besonders das ernst melancholische aus D moll, in welchem man ein Orgelstück erkennen möchte, wenn es Bach nicht eigenhändig mit einer offenbaren Clavierfuge zusammengeschrieben hätte [46].

Die Verfolgung der mechanischen und Lehr-Talente Bachs hat uns somit wieder zu seinem Kunstschaffen zurückgeleitet. Es ist eine großartige Einheit in dieser Natur. Alle ihre verschiedenen Eigenschaften durchdringen sich gegenseitig zu völliger Untrennbarkeit. Wie jedes Uebungsstück nach seinem Gehalte ein echtes Kunstwerk, so ist umgekehrt auch jede freie Composition im höchsten Grade technisch instructiv. Er hat kein Clavierstück geschrieben, das nicht zur heilsamsten Fingergymnastik diente, eben so wenig aber auch eins, das keinen andern Zweck erfüllte, als diesen. Grade mit einigen seiner tiefsinnigsten Meisterwerke wendet er sich direct an die »lehrbegierige Jugend«, ihre Förderung und Heranbildung zum Kunstverständniß war ihm ein Gegenstand wärmsten Interesses, ein Impuls zu schöpferischer Begeisterung. Wie er sich so in seinen Schülern durch geduldig ausharrenden Fleiß allmählig sein Publikum heranbildete, darin ist er ein leuchtendes Vorbild für jeden Künstler, der, wie billig, den Wunsch hegt, seinen Ideen Eingang zu verschaffen. Fern ab lag jede Vornehmthuerei, jedes Befriedigtsein durch verständnißlose Bewunderung. Die Segnungen der Kunst der Instrumentalmusik wollen mehr noch, als die jeder andern, durch ein gewisses Verstehen, durch einen höheren Grad musikalischer

---

46) Es sind vier Fugen mit zwei Praeludien, veröffentlicht P. S. I, C. 9, Nr. 4, 5, 8, 11. S. dazu die Vorrede Griepenkerls. In demselben Bande stehen noch zwei andre Fugen, aus D moll und A moll (Nr. 12 und 6), die zu den andern jedoch nicht passen. Anhaltepunkte über Entstehung und Zweck fehlen gänzlich, nur daß sie nicht später als jene componirt sind, dürfte ihre innere Beschaffenheit unzweifelhaft machen. Werthlos sind sie keineswegs, die A moll-Fuge neigt zum Orgelmäßigen hinüber.

Cultur verdient sein; der Einzelne muß besonders zu ihnen erzogen werden, sonst verwandeln sie sich in einen Fluch, ein verweichlichendes, entsittlichendes Luxusmittel. Das wußte Bach sehr wohl. Auch sein Lehreifer ist im Grunde nur ein Ausfluß jenes einzig wahren Künstlerthums, in dessen Hand der Menschheit Würde gegeben ist, und das zwischen schön und gut keinen Unterschied kennt. Als er im Anfange des Jahres 1723 die »Inventionen und Sinfonien« zu der Form eines selbständigen Werkes redigirte, gab er ihnen folgenden Titel: »Auffrichtige Anleitung, Wormit denen Liebhabern des *Clavires*, besonders aber denen Lehrbegierigen, eine deutliche Art gezeiget wird, nicht alleine (1) mit 2 Stimmen reine spielen zu lernen, sondern auch bey weiteren *progressen* (2) mit dreyen *obligaten Partien* richtig und wohl zu verfahren, anbey auch zugleich gute *inventiones* nicht alleine zu bekommen, sondern auch selbige wohl durchzuführen, am allermeisten aber eine *cantable* Art im Spielen zu erlangen, und darneben einen starcken Vorschmack von der *Composition* zu überkommen«[47]. Hier haben wir noch einmal das vollständige Glaubensbekenntniß des musikalischen Pädagogen. »Anleitung« — der lehrhafte Zweck wird aufs klarste ausgesprochen; »aufrichtige« — der wirklichen Kunst ist mit keinem Scheinwesen gedient. »Den Liebhabern des Claviers« — d. h. des Clavichords, der Grundlage des Bachschen Unterrichts, auf dem allein auch eine »cantable« — eine gesangreiche, ausdrucksvolle Art des Vortrags möglich ist; »besonders aber den Lehrbegierigen« — der strebsamen Jugend, deren Verständniß gewinnen muß, wem die Zukunft gehören soll. Stücke mit zwei, hernach mit drei obligaten Stimmen werden vorgelegt — die Ausbildung des polyphonen Spiels ist der höchste Zweck; von diesem wiederum wird Reinheit, Richtigkeit und Anmuth verlangt. Das musikalische Gedankenmaterial soll die Phantasie des Lernenden befruchten und ergiebig machen sowohl für das Extemporiren (*inventiones*), wie für das gesammelte und bedächtige Künstlerwerk (*Composition*). An der Durchführung der Gedanken endlich soll er den Organismus eines Tonstücks studiren. Wie wenig Bach der Ansicht war, ein Clavierschüler brauche nur zum Fingerkünstler abgerichtet

---

47) B.-G. III, Vorwort. Ich habe dieses Autograph nicht selbst gesehen.

zu werden — Clavier-Ritter pflegte er solche zu nennen —, wie er vielmehr den Spielenden zugleich zum Eindringen in Construction und Stimmung des Gespielten angeleitet, ja durch Erweckung des eignen Gestaltungsvermögens zur lebendigsten Reproduction veranlaßt wissen wollte, wird hieraus recht klar. Die Fassung des Programms erscheint auf den ersten Blick etwas wirr, doch ist es wohl nicht allzu schwer, die sich darin kreuzenden Gedankenrichtungen zu sondern. Er wollte ein Uebungswerk liefern zunächst für Clavierspieler, aber mit dem mechanischen sollte durch dasselbe auch das künstlerische Vermögen gefördert werden und zwar sowohl nach Seiten der für das damalige Generalbassspielen so wichtigen extemporirenden Erfindung, als auch der wirklichen Composition. Als einstiger Primaner der Michaelisschule zu Lüneburg hatte er aber seine Rhetorik noch nicht so weit vergessen, um nicht zu wissen, daß zur Erfindung (*inventio*) die Anordnung (*collocatio*) und der Ausdruck (*elocutio*) gehören, daher hinter der Bemerkung von den guten *inventiones* sogleich die Erwähnung von deren Durchführung (*collocatio*) und cantablem Vortrag (*elocutio*), während sonst eine andre Gliederung näher gelegen hätte. Die antike Rhetorik spielt auch noch an einer zweiten Stelle hinein, wenn er bei den zweistimmigen Stücken das Reinspielen, bei den dreistimmigen aber »richtig und wohl zu verfahren« lehren will, da doch gewiß die dreistimmigen nicht weniger rein, als die zweistimmigen richtig und wohl vorgetragen werden sollen. Ganz offenbar ist dies das *emendatum* (richtig), *perspicuum* (rein, d. i. sauber) und *ornatum* (wohl, d. i. gewinnend, anmuthig) der altrömischen Rhetoren, die drei Haupterfordernisse einer guten Darstellung. Es ist schon recht interessant zu sehen, daß Bach trotz seiner musikalischen Beschäftigungen in Lüneburg doch kein so ganz schlechter Lateinschüler gewesen sein muß, da er diese Dinge nach zwanzig Jahren noch gegenwärtig hatte und richtig anzuwenden wußte. Aber viel wichtiger ist es, daß er überhaupt darauf kam, das Clavierspiel mit der menschlichen Rede zu vergleichen. Er konnte dies unmöglich, wenn er nicht eben in der Tonkunst eine vollständig ausgebildete Sprache des Gefühls sah, in den Tonreihen seiner polyphonen Stücke gleichsam die Aeußerungen bestimmter Individuen, in dem Componisten eine Art von dramatischem Dichter. Aller Wahrscheinlichkeit nach hat er diesen Vergleich selber oft angewandt, um

den Schülern das innere Leben seiner Musikstücke zu erschließen [48]).
Wie unter der Vorstellung eines solchen Bildes der Vortrag sich gestalten mußte, braucht nicht nochmals ausgeführt zu werden. Und
auch das läßt sich nun begreifen, durch welche Ideen-Association er
dahin kam, die zweistimmigen Stücke Inventionen zu nennen, nachdem ihm der Name »Praeambulum«, mit dem sie noch in Friedemanns
Buche bezeichnet sind, nicht gefallen zu haben scheint. Etwas prae-
ludienhaftes ist, etwa mit zwei Ausnahmen, in diesen strengen und
einheitlichen Formen allerdings nicht zu erkennen, aber besonders
passend ist der Name »Invention« auch nicht eben, dafür sind die
Stücke zu wenig bloß erfunden, zu sorgfältig durchgeführt und höchstens im Gegensatz zu den nachfolgenden Sinfonien (so wurden diese
glücklich aus »Fantasien« umgetauft) als leichter hingeworfene, unmittelbarer erzeugte Gebilde zu acceptiren [49].

Betrachtet man nun dieses Werk, das wie kein andres den instructiven Zweck betont, auf seinen künstlerischen Werth, so ist es
die glänzendste Illustration des Satzes, daß mit der Entschiedenheit
der lehrhaften Absichten bei Bach in gleichem Verhältnisse sich der
Schwung seiner Productionskraft steigerte. Den beiden Theilen des
wohltemperirten Claviers und der »Kunst der Fuge« steht es nur in
seinem bescheideneren Umfange und in den durch die Sparsamkeit
der Mittel hervorgerufenen Beschränkungen, sonst aber wahrlich in
keinem Punkte nach. Ja, in einer Hinsicht überragt es jene und mit
ihnen alle spätere Claviermusik Bachs, in der vollständigen Neuheit
der Form. Der Meister hatte wohl Grund, nach passenden Namen
für die Stücke zu suchen, da es in der gesammten Clavierkunst jener
Tage nichts ähnliches gab. Nicht nur die bei strengster Zwei- und
Dreistimmigkeit keinen Augenblick unterbrochene Polyphonie, welche
trotzdem immer die Harmonie mit ganzer Deutlichkeit und Fülle zu
Tage treten läßt, nirgends durch abgebrauchte Wendungen das Interesse erkältet, niemals durch Wiederholungen ermüdet, sondern
mehr noch die ganze Art der Entwicklung jedes Tonbildes, die mit

---

48) Da Forkel S. 24 ganz dasselbe sagt, was sich uns aus der Prüfung von
Bachs Worten unmittelbar ergab, so zweifle ich nicht, daß seiner Aeußerung
eine Mittheilung von Friedemann oder Philipp Emanuel Bach zu Grunde liegt.

49) Daß Bach den Namen »Invention« für ein Musikstück überhaupt zuerst
gebraucht hat, ist unwahrscheinlich. S. darüber Anhang A. Nr. 41.

souveräner Freiheit geübten Künste des Canons, der Fuge, der freien Imitation, des doppelten und dreifachen Contrapuncts, der motivischen Gedankenbildung, der Umdrehung der Themen, welche alle in Formen von nur mäßiger Ausdehnung mit und neben einander wirken, ohne irgendwo ihre Existenz zu verrathen, machen die Inventionen und Sinfonien zu einem Unicum der gesammten Clavierlitteratur. Eine leichte Anlehnung an die Formen der damaligen italiänischen Musik ist wohl zu erkennen, etwas entschiedener noch bei den Sinfonien als den Inventionen. Aber hauptsächlich ist doch aus Bachs eignen Orgel- und Clavierstücken diese wunderbar feine Blüthe gleichsam als Quintessenz alles Errungenen hervorgestiegen. Und es läßt sich noch beobachten, welche Anstrengungen er gemacht hat, sie zu zeitigen. Denn neben den je funfzehn zweistimmigen Inventionen und dreistimmigen Sinfonien finden sich in seiner Hinterlassenschaft noch mehre Stücke desselben Stiles, welche beweisen, daß er aus dem reichlichen Ertrag ernster Arbeit nur das gab, was ihm als das Beste oder doch für das Werk Angemessenste erschien. Nach der Idealform der Inventionen scheint er am längsten gerungen zu haben. Eine sogenannte zweistimmige Fuge in C moll ist der halb aus der Puppe geschlüpfte Schmetterling, Fuge eigentlich nur die ersten sechs Takte hindurch, hernach in der thematischen und motivischen Freiheit immer mehr Invention. Eine andre Seite des Entwicklungsprocesses enthüllen drei kleine Stücke aus D moll, E dur und E moll, von denen besonders das erste schon in hohem Maße jenes reizende Spiel mit Verkehrung und doppelter Contrapunctirung zeigt, das den Inventionen wie Sinfonien charakteristisch ist. Aber sie stehen sämmtlich in der zweitheiligen Liedform, die Bach bei Zusammenstellung des Gesammtwerks, bis auf eine Ausnahme, ausschloß, weil sie den hinströmenden Zug polyphoner Entwicklung unterbrach. Vollständig erreicht ist aber das Ziel in einem andern Stücke aus C moll, nur die Bezeichnung schwankt noch zwischen »Fantasia« und »Invention« [50]. Können die übrigen nur als Studien gelten, so ist dieses ein *Paralipomenon*, das seiner formellen Vollendung nach in das Ganze hätte aufgenommen werden dürfen. Ebendas muß von zwei zweistimmigen und zwei dreistimmigen Compo-

---

[50] P. S. I, C: 7, Nr. 2; Nr. 1, III, V, VI; C. 9, Nr. 10.

sitionen gesagt werden, die aber ein andres Werk zu zieren für
würdig befunden wurden, es sind die Praeludien aus ˙Cis dur, Fis
dur und A dur und aus B moll im ersten und im zweiten Theile
des wohltemperirten Claviers. Ob das letzte auch schon in dieser
Zeit entstanden ist, darüber kann man freilich zweifelhaft sein, doch
finden sich nachweislich im zweiten Theile mehre Arbeiten aus früheren Jahren. Von den übrigen ist es wegen der bekannten Entstehungszeit des wohltemperirten Claviers an seinem ersten Theile gewiß. Daß Bach, was an andrer Stelle Sinfonia hieß, hier Praeludium
nannte, — wir lernten jetzt schon drei verschiedene Namen für denselben Gegenstand kennen — zeigt wieder, wie unvergleichbar der
darin entfaltete Stil war. Hingegen ist ein andres dreistimmiges Stück
wieder als Studie anzusehen, man möchte gradezu sagen als Studie
zu der ersten Sinfonie in C dur, mit der es auch die Tonart theilt.
Es führt ebenfalls den Titel Praeludium [51].

Wie über die Benennung, so war Bach auch über die Anordnung
der zweimal funfzehn Stücke mit sich im Zweifel. Dies zu beobachten
ist deshalb interessant, weil man sieht, daß immer nur instructive
Rücksichten über dieselbe entschieden. In drei verschiedenen Autographen liegt das Werk vor. In Friedemanns Clavierbüchlein sind
die Inventionen von den Sinfonien getrennt, das Princip der Anordnung ist aber dasselbe, da diese, soweit es Zahl und Tonart der Stücke
erlauben, durch die Tonleiter auf- und wieder abwärts steigt [52]. In
derselben Reihenfolge bietet die Stücke ein zweites Autograph, das
ebenfalls in Cöthen geschrieben zu sein scheint, nur folgt auf je eine
Invention gleich die Sinfonie derselben Tonart. Das dritte dagegen
läßt den Grundsatz hervortreten, nach Maßgabe der Tonarten allmählig in der Tonleiter nur aufwärts zu steigen, hier sind zuerst sämmtliche Inventionen gegeben, dann erst die Sinfonien in der nämlichen
Reihenfolge [53]. Heutzutage würde man eine solche Anzahl von Cla-

---

51) P. S. V, C. 8, Nr. 7. Es steht hier unter den Orgelsachen und scheint
auch für dieses Instrument benutzt zu sein. Seinen Zusammenhang mit den Sinfonien wird es jedem näher prüfenden Blicke verrathen.

52) Nämlich: C dur, D moll, E moll, F dur, G dur, A moll, H moll, B dur,
A dur, G moll, F moll, E dur, Es dur, D dur, C moll. Uebrigens sind von der
D dur-Sinfonie nur 12 Takte vorhanden, und die C moll-Sinfonie fehlt ganz.

53) Das zweite Autograph ist ein Büchlein in klein Querquart auf der königl.
Bibliothek zu Berlin. Die Schrift ist noch nicht die Leipziger, sondern schärfer

vierstücken nach ihrem inneren Charakter gegensätzlich anmuthig zu gruppiren suchen. Ein solcher Gedanke scheint Bach nie gekommen zu sein, brauchte es auch nicht, denn jedes ist so sehr anders, als alle übrigen, daß gar keine Permutation möglich ist, welche der erfrischenden Wirkung des Contrasts entbehrte.

Der den Inventionen zu Grunde liegende Plan ist meistens ein dreitheiliger und erinnert von weitem an die Form der italiänischen Arie. Der erste Theil pflegt sich durch eine entschiedene Cadenz auf der Dominante oder Obermediante deutlich abzutrennen, er kehrt mehr oder weniger verkürzt am Schlusse wieder. Nur die sechste Invention hat zweitheilige Liedform mit Repetition, doch wird auch hier am Ende des zweiten Abschnitts der erste im wesentlichen wiederholt, ein ausgebildeter Sonatensatz in der Verkleinerung! Die erste und siebente Invention sind dreitheilig, doch ohne cyklisch zu sein. In diesem Gehäuse entfaltet sich nun eine staunenswerthe Vielgestaltigkeit musikalischen Lebens. Die erste Invention wächst imitatorisch aus diesem Keime hervor : schon vom dritten Takte dient dessen Umkehrung einem längeren motivischen Gebilde, und wird auch im Verlauf der rechten Bewegung im abwechselnden Spiele entgegen gestellt. Unter allen funfzehn besitzt sie den kühlsten und reservirtesten Charakter, schon das Thema hat etwas conventionelles und offenbart erst allmählig seinen Gehalt. Ganz anders Nr. 2 (Cmoll). Ein leidenschaftlich suchender Gang stürzt hastig herein, sein Ebenbild folgt ihm sogleich auf demselben Wege, und so fliehen die Gestalten vor einander her, bald vorwärts, bald rückwärts gewendet. Es ist ein Canon in der Octave, bis Takt 10 zwischen Ober- und Unterstimme im Abstande von zwei Takten, dann kehrt sich das Verhältniß um : die Unterstimme ist voran, die obere folgt (bis Takt 20), nun eine taktweise Imitation — gleichsam ein Ausweichen nach rechts und links, und dann wieder die erste Richtung bis in den Schlußtakt hinein. Frei imitirend gaukelt die

---

und spitzer, aber auch von der Art wie Bach in Weimar zu schreiben pflegte, wesentlich verschieden. Das dritte Autograph habe ich, wie gesagt, nicht selbst gesehen; da manche Fehler des zweiten darin verbessert sind, dürfte es das späteste sein. Nach ihm ist die Ausgabe der B.-G. besorgt.

heitere Nr. 3 (D dur) vorüber, verdüstert schießt mit bald rechtem bald verkehrtem Thema Nr. 4 (D moll) dahin. Es dúr (Nr. 5) tritt von Anfang an zweistimmig auf, macht im doppelten Contrapunct der Octave seinen Lauf über B dur, C moll, F moll, durch motivische Erweiterungen in die Grundtonart zurück — ein stolz-graziöses Stück. Voll von anmuthiger Schalkhaftigkeit ist E dur (Nr. 6), in dem auch sogleich zweistimmig begonnen wird und der doppelte Contrapunct und die motivische Bildung eine hervorragende Rolle spielen. Formelle Verwandtschaft mit Nr. 1 zeigt Nr. 7 (E moll), der Ausdruck aber ist anders: drängend, flehend, und trotz der aufgeregten Bewegung die melodische Schönheit außerordentlich. Dagegen ist F dur (Nr. 8) ganz und gar harmlose, drollige Vergnügtheit; es beginnt canonisch, wird vom 12. Takte an freier und treibt allerliebste motivische Bildchen hervor. Das Gegenstück im entsprechenden Moll (Nr. 9), das der Form nach an Nr. 5 mahnt, aber an motivischen Gestaltungen reicher ist, bringt wieder trübe und leidenschaftathmende Weisen zu Gehör, die in den Takten 21—26 zu großer Eindringlichkeit gesteigert werden. G dur (Nr. 10) beginnt fugenartig, läßt sich aber dadurch keine Fesseln schmieden: hier imitirend, dort motivisch bewegt flattert es fröhlich auf und nieder. Ganz übermüthig lustig macht es sich, wenn bei der Rückkehr zum Anfang (Takt 27) die Oberstimme das Geschäft des Führers und Gefährten zusammen besorgt. Des folgenden Stückes (G moll) Charakter besteht in quälender Ruhelosigkeit. Ein chromatisches Contrasubject, vom Beginn dem zweitaktigen Hauptgedanken angeheftet, treibt im vierten Takte mittelst Umkehrung ein peinlich bohrendes Motiv hervor, das mit dem ursprünglichen Contrapunct abwechselnd, Takt 14 wiederkehrt. Die Perioden zählen je sechs Takte, die beiden letzten nur fünf und einen halben, sie zweigen sich ohne beruhigende Cadenzen in einander hinüber (Takt 12 auf 13, und Takt 18) — die Aufregung steigert sich von Pulsschlag zu Pulsschlag. Eine treuherzige, deutsche Lustigkeit kennzeichnet Nr. 12 (A dur), die Form entspricht Nr. 5 und 9. A moll und B dur, die beiden nächsten Inventionen, haben gemeinsam etwas praeludienartiges, indem Motive wie Entwicklungen sich fast nur in harmonischen Gängen bewegen; die zweite verräth sogar eine ganz nahe Verwandtschaft mit dem Praeludium der B dur-Partita im ersten Theile der »Clavierübung«. Die

Dreigliederung ist aber auch hier fest gehalten: in der B dur-Invention tritt der Hauptsatz bei seiner Wiederkehr (Takt 16, Mitte) canonisch auf, ihre Haltung strebt frisch in die Höhe, die der ersteren ist träumerisch mit wehmüthigem Zuge. Ernst, nicht ohne eine gewisse würdevolle Grazie zieht die letzte Invention auf, fugenartige Durchführungen wechseln mit motivischen Zwischensätzen ab, welche aus dem Contrapunct hervorwachsen. Auffällig bleibt, daß das Thema nicht allein anhebt, sondern sich harmonisch auf kurze Bassnoten stützt.

In einer andern der Inventionen geschieht dies nicht, durchweg dagegen in den Sinfonien, und ich glaube, daß diese hier eine Rückwirkung ausgeübt haben. Die Form der Sinfonien in ihren äußersten Umrissen ist durch das italiänische Instrumentaltrio bestimmt worden, welches, durch Corelli festgestellt, durch Albinoni, Vivaldi und viele andre fleißig cultivirt, auch in Deutschland die allgemeinste Verbreitung gefunden hatte. Wie Bach für seine Zwecke die italiänischen Formen auszunutzen wußte, ist schon früher dargethan. Hierin auch jetzt noch fortzufahren, lag um so näher, als in Cöthen der Kammermusik seine Hauptbeschäftigung galt. Die fugirten Sätze der gewöhnlich durch zwei Violinen, Streichbass und Continuo gebildeten Trios wurden gern so gestaltet, daß die themavorspielende Stimme nicht allein, sondern über einem stützenden Generalbass auftrat, der mit den zugehörigen Harmonien von einer vierten Person, einem besondern Accompagnateur, angeschlagen wurde. Nachher wurde der Generalbass mit in das fugirte Gewebe hineingezogen, und die harmonische Begleitung hatte sich den andern Stimmen unterstützend anzuschließen, um sofort wieder füllend einzutreten, wo die Gänge der andern Instrumente eine harmonische Lücke zeigten. An dieser Manier erkennt man, daß Bach von der Trioform ausgegangen sein muß. Aber wie sehr die Einwirkung nur eine äußerliche war, erhellt daraus, daß eigentlich außer einem spärlichen Reste in den jedesmaligen Anfangstakten von dem stützenden Continuo nichts geblieben ist; und auch hier tritt derselbe nicht als Grundlage einer accompagnirenden Accordreihe, sondern als freie, selbständige Stimme auf und erobert sich bald in der polyphonen Entwicklung sein volles und eigenthümliches Recht. Eine weitere Vergleichung ist deshalb völlig unstatthaft; das Bachsche Claviertrio ist etwas so durchaus originelles,

daß man überhaupt zweifeln muß, ob er wohl an das italiänische Instrumentaltrio geradezu gedacht habe und nicht vielmehr an seine
eignen Arbeiten dieser Art, die wir alsbald dem Leser vorzuführen
haben werden. Der dort herrschende Stil hat wenigstens eine allgemeine Aehnlichkeit mit dem der Sinfonien, wenn auch die Ausführung viel breiter und kühner ist. Hier wie dort aber war der spei-
sende Urquell die Orgel. Die Polyphonie ist meistens fugenartig,
seltener (Nr. 2, 5, 15) canonisch angelegt, obgleich weder von Canons, noch von wirklichen Fugen hier die Rede sein kann. Weiter
noch etwas allgemeines über die Form der Sinfonien zu sagen ist
schwer. In freiester Weise und doch mit einem staunenswürdigen
Ordnungssinne werden alle Mittel polyphoner Thematik und Motivik
zur Verwendung gebracht, jedes Stück ist ein künstlerischer Mikro-
kosmus, ein aufs kostbarste geschliffenes Krystallgefäß vom reinsten,
goldigsten Inhalte erfüllt. Zur Erhöhung der Wirkung dient es, die
entsprechende Invention jedesmal vorhergehen zu lassen. Denn daß
der Componist je ein solches Paar zusammengedacht hat, ist unzweifelhaft. In Nr. 15, 12 und 6 stimmen sogar die Themen, wenn nicht
Note für Note, so doch in den Hauptzügen ganz überein. Nicht weniger passen die Stimmungen zu einander, und auch in formeller
Hinsicht lassen sich Zusammenhänge erkennen. C dur hat dasselbe
glänzend polirte, kühl zurückhaltende Wesen, wie die Invention dieser Tonart, verwendet eben so meisterlich das Thema in seiner geraden. wie verkehrten Bewegung:

C moll läßt auf die fieberhafte Unruhe der Invention eine von tiefster
Sehnsucht erfüllte Sinfonie folgen, die aber von zuckenden Bewegungen bis ans Ende unterbrochen wird, die Imitationen sind canonisch wie dort, werden aber in der zweiten Hälfte zurückgedrängt
durch motivische Entwicklungen schönster Art. D dur setzt dreistimmig die glückselige Heiterkeit des zweistimmigen Vorspiels fort, es
mischt sich etwas von zärtlichem Kosen ein; wenn irgend etwas so
ist diese Sinfonie eine goldne Frucht in silberner Schale. Welch ein
entzückendes Thema:

dem, wenn es die zweite Stimme in A dur imitirt, sofort als zweites
Thema entgegentritt das anmuthvoll gleitende:

während beide mit innigem Gesange übertönt:

Und nun geht es im dreifachen und doppelten Contrapunct weiter
mit göttergleicher Leichtlebigkeit, zwischenhinein lugen motivische
Schelmengesichter und verschwinden — fast über jeden Takt ließe
sich etwas sagen! So wird der Spieler bei allen Nummern den innern Zusammenhang zwischen Invention und Sinfonie: wie das dort
Angedeutete hier mit festeren Strichen ausgeführt, das Feste in mil-
dere Contouren aufgelöst, das leicht Angeregte vertieft, das Unstete
beruhigt und befestigt, zuweilen auch die bange Klage zum tiefsten
Weh und schneidendsten Schmerze gesteigert wird, unmittelbar erkennen. Ich hebe nur noch heraus die schmeichelnde, fast mozarti-
sche Süßigkeit der Es dur-Sinfonie nach der stolzen Grazie der Invention, ein Stück, das auch in seiner Form — die Oberstimmen
gehen frei canonisch, während im Bass dieselbe Figur Takt für Takt
wiederkehrt — vor allen andern sich hervorthut. Dann die ergreifende Klage der E moll-Sinfonie, die dennoch so voll Ethos ist gegenüber dem Pathos der Invention, und von einer organischen Schönheit,
wie sie nur Bach schaffen konnte. Verwandt in der Stimmung,
auch in dem Gegensatze zur Invention ist die G moll-Sinfonie, doch
zieht hier unablässig eine kostbare Melodie breitathmig und lang-
tönend über den Unterstimmen einher, wie man es bei einem so polyphonen Stücke kaum für möglich halten sollte, auch hat die Form
etwas arienhaftes. Wie herrlich ist der Stimmungsfortgang zu der
A moll-Sinfonie, deren Thema und Durchführung (die Terzen- und
Sexten-Gänge) an die schöne A dur-Orgelfuge deutlich erinnern!
Eigenthümlich entwickelt die H moll-Sinfonie das Thema der Invention weiter: canonisch, dann mehr bloß motivisch, wie in Nr. 2,

dazwischen aber fahren heftige Zweiunddreißigstel auf- und abwärts,
fangen einander auf und kreuzen sich sogar in Gegenbewegung,
nebenbei eine schwierige Fingeraufgabe für das Clavichord, das keine
zwei Claviere kennt. Ganz in Qual und Leid getaucht ist endlich die
Sinfonie aus Fmoll, aber als gebührendes Gegengewicht gegen
diese excentrische Stimmung ist die Form so central, wie nur möglich, richtiger noch: die Stimmung ist erst durch die Form zu solcher
Intensität gelangt, und die Form erst durch die Stimmung zu ihrer
staunenswerthen Geschlossenheit, beide Factoren wirken unzertrenn-
lich in und durch einander. Das Stück ist im dreifachen Contrapunct
aus drei Themen gewoben, deren keines dem andern an Bestimmtheit des Ausdrucks nachsteht, die aber obgleich äußerlich contrastirend, dennoch alle den nämlichen Gefühlszustand wiederspiegeln:

Das erste Mal treten nur Thema I und II zusammen auf, dann aber
noch neun Mal alle drei zusammen in vier Permutationen und verschiedenen, doch nahe liegenden Tonarten. Unterbrechung bringen
fünf Zwischensätze, der erste ist frei gebildet, die andern aber sind
motivisch aus dem ersten Thema gewoben; gerade Bewegung, ver-
kehrte und Vergrößerung wirken mehre Male in complicirtester
Verschlingung zusammen. Von den Durchführungen der Themen
schließen sich bald zwei an einander, ehe ein Zwischensatz eingefügt wird, bald steht eine allein; aber es geschieht dies ebensowohl
nach einem bestimmten Plane, als die Zwischensätze ihrer Form
nach in Corresponsion stehen. Zur Erkenntniß der kunstvollen
Periodisirung diene folgendes Schema, in dem durch die arabischen
Ziffern die Zahl der jedesmaligen Durchführungen, durch die römischen die verschiedenen Zwischensätze angedeutet werden:

43*

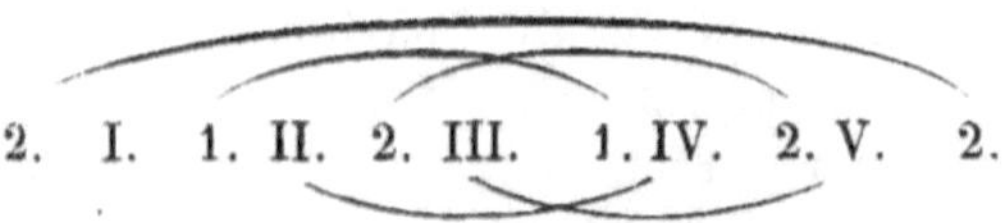

2. I. 1. II. 2. III. 1. IV. 2. V. 2.

Nur der erste Zwischensatz (Takt 5 und 6) steht allein und beziehungslos; er befreit für einen Augenblick das Ohr aus der Spannung, in die es gleich durch die ersten Takte gebracht wird, und läßt es über die gehörten Themen zum Bewußtsein kommen. In der Entwicklung wird an kühnen Intervallenschritten, Wechselnoten, Querständen das Aeußerste gewagt, allein man hüte sich, darin gezwungene Künstlichkeit finden zu wollen. Grade in den Sinfonien liefert Bach die Beweise, wie er die unglaublichste Kunst mit dem schmeichlerischesten Wohllaut zu verbinden weiß. Nicht reflectirender Eigensinn führte in der Fmoll-Sinfonie die Feder, sondern ein wirkliches Phantasiebild gewann Gestalt. Es wird nachempfunden werden können, wenn man sich durch den verzerrten Eindruck, den vielleicht die meisten bei der ersten Bekanntschaft erhalten, nicht abschrecken läßt, in den Gesang der einzelnen Stimmen sich nachdenklich versenkt, und beim Spiel sie als lebendige Individuen zum Zusammenwirken zu bringen sucht. Dann wird es den Empfänglichen vielleicht schauernd überlaufen, daß ein solcher Abgrund von Leid sich in einer Menschenbrust aufthun kann, aber er wird des wohlthuenden Gefühles genießen, daß auch über ihn noch der in der Form wirkende sittliche Wille triumphirend seine Brücke schlägt. Kirnberger, der theoretisirende Schüler Seb. Bachs, betrachtete die Fmoll-Sinfonie als ein bis zum Unverständlichen kühnes Experiment des doppelten Contrapuncts und führte sie als Beleg an, wie Bach das Verbot der unvorbereiteten Einführung des tieferen Quartentons im Basse, des sogenannten Quartsextaccordes, übertreten habe [54]. Die Stellen, wo sich der Meister diese Freiheit nahm (Takt 4, 14, 19, 27, 32), klingen allerdings befremdend und zuerst unbefriedigend; ihre Rechtfertigung finden sie in seiner Gesammtanschauung von dem Wesen der Stimmenführung, welche nicht mehr im polyphonen,

---

[54] Kunst des reinen Satzes II, 2, S. 39 ff. Es werden hier alle sechs möglichen Permutationen der drei Themen vorgeführt. Die zweite und sechste hat aber Bach in der Sinfonie nicht angewendet.

sondern im harmonischen System wurzelte. Hierüber ist an einer andern Stelle zu reden.

III.

Die ersten musikalischen Eindrücke hatte Sebastian Bach durch das Geigenspiel seines Vaters erhalten. Als Geiger hatte er selbst seine erste öffentliche Stellung in Weimar bekleidet, später in der herzoglichen Capelle neun Jahre hindurch seinen Platz am Violinpult eingenommen und war mit der Zeit sogar zum Concertmeister aufgerückt. Auch in älteren Jahren vernachlässigte er das Spiel eines Streichinstruments nicht, bei mehrstimmigen Instrumentalstücken bevorzugte er dann die Bratsche, weil es ihm Vergnügen machte, gleichsam von der Mitte aus die Harmonie nach beiden Seiten zu überschauen; gute Bratschisten und solche, die seinen Anforderungen genügten, waren überdies selten[1]. Zu einem Concertmeister gehört es allerdings nicht nothwendig, daß er Virtuose ist — ein tüchtiger Musiker mit solider, mittlerer Technik wirkt an dieser Stelle oft viel mehr[2] — und in Hinsicht darauf, daß kein Zeitgenosse, auch nicht der Sohn Philipp Emanuel, Bachs Violinspiel erwähnt und daß dessen Hauptkraft sich offenbar ja auf Orgel und Clavier geworfen hatte, wird man kaum Unrecht thun, ihm den Besitz virtuosischer Fertigkeit auf der Geige abzusprechen. Aber damit ist nicht behauptet, daß er ein unbedeutender Spieler gewesen sei. Er wäre nicht der einzige unter Deutschlands großen Musikern, an dem die etwaigen Mängel einer nicht methodisch ausgebildeten Technik durch das Eigenthümliche und Großartige des schöpferisch wirkenden Geistes sich ausgeglichen hätten. So fehlte dem Clavierspiel C. M. von Webers mancherlei an Sauberkeit und Gleichmäßigkeit, und dennoch konnte es von hinreißendem Schwunge und Zauber sein. Ja, war doch auch Händels Violinspiel, obwohl er nach

---

1) Forkel, S. 46. — Quantz, Versuch einer Anweisung u. s. w. S. 207 ff.

2) Quantz, a. a. O. S. 179: »Doch ist es eben keine dringende Nothwendigkeit, daß er [der Anführer der Musik] die Fähigkeit besitzen müsse, besondere Schwierigkeiten auf seinem Instrumente hervor zu bringen: denn dieses könnte man allenfalls denen überlassen, so sich nur durch das gefällige Spielen zu unterscheiden suchen; deren man auch genug findet.«

seinem Hamburger Aufenthalte wenig Gewicht mehr darauf legte, feurig und bedeutend genug, daß große Virtuosen es sich zur Lehre dienen lassen konnten [3]). Bachs Vertrautheit mit der Geige erstreckte sich so weit, daß er sogar in zweckentsprechenden Veränderungen ihres Baues schöpferisch auftreten konnte: er erfand in Cöthen ein zwischen Bratsche und Violoncell in der Mitte stehendes Instrument, das wie eine Geige gehalten wurde, fünfsaitig und auf die Töne C, G, d, a, ē gestimmt war; er nannte es *Viola pomposa*, schrieb eine Suite dafür und ließ es in Leipzig zur leichteren Ausführung seiner schwierigen, raschfigurirenden Bässe benutzen [4]). Aber am klarsten ergiebt sich doch sein enormes Können auch auf diesem Gebiete aus seinen Compositionen für Streichinstrumente und insbesondere für Geige allein. Zugegeben, daß er in diesen nicht alles selber ganz vollkommen herauszubringen vermochte — er hätte sonst auch ein gewaltiger Violoncellspieler sein müssen, da er für dieses Instrument ähnliche Solocompositionen schrieb —, aber jedenfalls konnte nur der solche Werke erfinden, der um die äußersten Gränzen der Leistungsfähigkeit des Instrumentes Bescheid wußte. Einen solchen Bescheid holt sich aber Niemand bei der theoretischen Speculation, sondern allein vom praktischen Probiren.

Es läßt sich an der hervorstechenden Eigenthümlichkeit der Bachschen Violincompositionen, an ihrer Vielstimmigkeit, an gewissen Arten der Figuration, an der obligaten Einflechtung eines zweiten oder mehrer Instrumente leicht bemerken, daß ihr Stil zum Theile nicht aus dem Wesen der Geige hervorgewachsen ist. Auch hier den Einfluß des in Bach übermächtigen Orgelstils anzunehmen, der alles, was in seinen Bereich kam, sich unerbittlich unterwarf, liegt zu nahe, als daß man es unterlassen könnte. Was jedoch speciell das doppelgriffige Spiel betrifft, so muß hinzugefügt werden, daß es schon Corelli in seinen Violinsonaten mit Cembalo-Begleitung zu einer bedeutenden Höhe ausgebildet und auch den fugirten Satz so weit zur Anwendung zu bringen gesucht hatte, wie er sich bequem dem Instrumente anpassen ließ; sodann aber, daß die Deutschen gegen Ende des 17. Jahrhunderts, in Ausführung und Er-

---

3) Chrysander, Händel I, S. 226.
4) Vergl. darüber Anhang A. Nr. 38 (zu Anmerk. 9).

findung sonst den italiänischen Violinspielern weit nachstehend, grade die vielstimmige Technik mit besonderer Energie cultivirt zu haben scheinen, was für ihr zunächst mehr nach harmonischer Fülle als melodischer Klarheit strebendes Wesen ganz bezeichnend ist. So wurde schon früher einmal Buxtehudes genialer Schüler Nikolaus Bruhns als hervorragender Geiger erwähnt, der sich auf doppelgriffiges Spiel hin so ausgebildet haben soll, daß es sich anhörte, als ob drei oder vier Geiger in Thätigkeit wären; er setzte sich dann zuweilen mit der Geige vor die Orgel und spielte mit den Füßen eine Pedalstimme zu den vollen Harmoniengängen, welche er jener entlockte [5]. Bei dem Cellenser Nikolaus Strungk (s. S. 198), dem Corelli nach Anhörung seines Spiels erstaunt zugerufen haben soll: »Ich heiße *Arcangelo,* aber Euch muß man *Arcidiavolo* heißen«, bestand vielleicht die Virtuosität ebenfalls hauptsächlich im vielstimmigen Spiele, da er ebenso wie Bruhns Orgel- und Clavierspieler war [6]. Der kurmainzische Secretär und Violinist Johann Jakob Walther (geb. 1650) stellt in seinem 1694 herausgegebenen *Hortulus chelicus* besonders an diese Seite der Technik nicht geringe Anforderungen und weist durch den Titel ausdrücklich darauf hin [7]. Bach setzte also in dieser Beziehung eine speciell deutsche Richtung fort, vermählte ihr aber alle Errungenschaften des italiänischen Formensinns und erweiterte diese vermöge seiner ungleich größeren Gestaltungskraft.

Er schrieb für Violine sowohl wie für Violoncell (beziehungsweise *Viola pomposa*) je ein Werk von sechs mehrsätzigen Compositionen ohne alle Begleitung. Ob er einen Vorgänger in dieser isolirten Behandlung eines Streichinstruments gehabt hat, weiß ich nicht, möchte es aber fast bezweifeln, da die allgemein maßgebenden Italiäner trotz aller Künste doch das gesangreiche einstimmige Spiel immer in den Vordergrund stellten, welches ohne stützende

---

5) Mattheson, Ehrenpforte S. 26.

6) Gerber, L. II, Sp. 604. Strungk stimmte vorher die Geige um, was auch wohl zur Erleichterung des harmonischen Spiels geschah.

7) *»Hortulus Chelicus.* Das ist Wohl-gepflanzter *Violini*scher Lust-Garten Darin — auch durch Berührung zuweilen zwey, drey, vier Seithen, auff der Violin die lieblichiste Harmonie erwiesen wird.«

Harmonie die Hälfte der beabsichtigten Wirkung einbüßte[8]. Ueber die Entstehungszeit der beiden Werke läßt sich mit Bestimmtheit nur sagen, daß sie nicht später als in die cöthenische Periode fällt. Die sechs Violinsoli bestehen aus drei Sonaten und drei Suiten, und wenn man heutigen Tags allgemein von den sechs Bachschen Violinsonaten spricht und schreibt, so ist das eine Ungenauigkeit, deren Bach selber sich nicht schuldig gemacht hat[9]. Der Unterschied beider Gattungen ist ein klar definirbarer, da die Suite ausschließlich aus Tanzstücken besteht, denen höchstens zur Einleitung ein Praeludium vorausgeschickt wird.

Die Kunstform der Suite, durch deren höchste Vollendung Bach einen neuen Lorbeerzweig seinem unvergänglichen Ruhmeskranze einfügen sollte, reicht mit ihren Wurzeln bis ins sechzehnte Jahrhundert hinab. Ihre Entwicklung glaube ich, wenn auch im Einzelnen vieles dunkel ist, doch im Allgemeinen wohl zu überschauen[10]. Beim Tanze geschah es zuerst, daß die Gesangweisen, unter denen er stattfand, auf nachahmende Instrumente übergingen und mit Beibehaltung der Liedform auf ihnen selbständig weitergebildet wurden. Es ergab sich leicht, daß man solche Tanzmusiken dann auch bei andern fröhlichen Veranlassungen zu hören wünschte, daß mit der steigenden Beliebtheit die Tonsetzer gern ihre Thätigkeit diesem Gebiete zuwendeten. Wandernde Musikanten trugen die ansprechendsten von Ort zu Ort, von Land zu Land. Um das Jahr 1600 waren die italiänischen Paduanen und Gagliarden oder Romanesken sehr verbreitet, und wie hübsches darin die Instrumentalkunst schon leistete, beweisen die fünfstimmigen Tonstücke dieser Art, welche

---

8) Man müßte denn eine Aeußerung Matthesons in der *Critica musica* I, (1722) S. 224, i. dahin deuten: »Man hat mir neulich eine *Suonata per Violino solo del Sigr: M. M.* gezeiget, welche, zu geschweigen des Tones *Fmol*, solche lange Finger erfordert, daß ich niemand so leicht wüste, der hierinn *praestanda praestiren* könnte. Dennoch kann ich solche Arbeit nicht tadeln, falls die Absicht derselben, mehr auf seinen besondern Vortheil an langen Fingern, oder sonst auf ein *Exercitium*, als auf jedermanns *execution* und Prahlerey gerichtet ist.« Aber der Sprachgebrauch ist dagegen.

9) P. S. III, C. 4. — S. Anhang A. Nr. 38.

10) Mir liegt zur Begründung meiner Ansichten freilich nur ein lückenhaftes Material vor. Wer die Lage kennt, in der sich die Musikgeschichte dem 17. Jahrhundert gegenüber befindet, wird dies verzeihlich finden.

in den Jahren 1610 und 1611 der darmstädtische Hoforganist Johann
Moller herausgab. Außerdem cultivirte man die Formen der Volta
und des Passamezzo, der Balletti und Intraden; »Aufzüge« hießen
letztere bei deutschen Componisten und bedeuteten eine besondere
Art gravitätischer Musik, unter der zu einem weitläufigeren Reigen
angetreten wurde. Von französischen Tänzen kommen der Ringel-
reihen (Branle) und die Courante vor, falls letztere nicht ebenfalls
ursprünglich italiänisch ist. Als deutscher Tanz figurirt nur die Allemande, der allgemein gefaßte Name zeigt wohl, daß es hier verschiedene Arten nicht gab. Dagegen bewiesen die Deutschen schon
damals ihre Eigenthümlichkeit im Bearbeiten der fremden Formen:
so gab der Dresdener Johann Ghro im Jahre 1604 dreißig Paduanen
und Gaillarden heraus und bemerkte in der Vorrede, daß sie »nach
teutscher Art gesetzet« wären [11]. Einen gemeinsamen Namen für
solche Tänze-Sammlungen kannte man eben so wenig, als sie nach
einem durchgreifenden Kunstprincipe geordnet waren. Nur ließ
man gern auf die Paduane die Gagliarde folgen, was schon der Gegensatz von geradem und ungeradem Takte nahe legte. Dann kam
der dreißigjährige Krieg. Er, der das entsetzlichste Elend über
Deutschland brachte, hat nichtsdestoweniger hier die Entwicklung
der Suite offenbar beschleunigt. Die Idee, aus den Tanztypen der
civilisirten Völker Europas die originellsten und bildungsfähigsten
auszuwählen und zu einem blühenden Ganzen kunstmäßig zu vereinigen, fand an der Unglücksstätte, wo der Kriegssturm Italiäner,
Spanier, Franzosen, Schweden, Dänen, Polen Jahrzehnte lang
im wildesten Tanze durch einander wirbelte, eine gewisse Förderung. Wenn nachher die Verhältnisse sich klären, werden die
Bestrebungen, zu einer höheren Kunstform zu gelangen, ganz deutlich. Nothwendig war dazu vor allem, daß die Clavierkünstler sich
der Sache annahmen und den bildungsfähigen musikalischen Gehalt
der Tanzweisen aus dem Bereiche des verwilderten deutschen Kunst-
pfeiferthums in die stillen, reinlicheren Räume der Hausmusik hinüber
retteten. Alle Anzeichen weisen darauf hin, daß die Erfinder der
Claviersuite innerhalb der Sweelinckschen Schule zu suchen sind.

---

11) Vrgl. Carl Israël, Die musikalischen Schätze der Gymnasialbibliothek
und der Peterskirche zu Frankfurt a. M. Frankf. a. M., 1872. S. 41.

Daß es Deutsche waren, sieht man aus der nunmehr sich feststellenden Reihenfolge, in welcher die Allemande den ersten Platz hat, ihr folgt die Courante, zum Abschluß verwendet man zwei neu erworbene Weisen, die spanische Sarabande und die englische Gigue, entweder vereint oder eine von beiden. Die Deutschen fuhren fort, neben den eignen Formen fremdes Gut »nach teutscher Art« wie am Anfange des Jahrhunderts zu bearbeiten. Daneben verkümmerte aber natürlich unter den Kunstpfeifern die Tanzmusik nicht, sondern fand auch hier eine von ihrer ursprünglichen praktischen Bestimmung mehr oder minder losgelöste lebhafte Pflege. Es lag sehr nahe, daß zur Tafelmusik oder für andre festliche Gelegenheiten mehre contrastirende Tänze an einander gereiht wurden. Ob sich auch hierbei eine Art von gewohnheitsmäßigem Verfahren bildete, wovon ein Anfang schon in der Zusammenstellung von Paduanen und Gagliarden zu bemerken war, bleibt vorläufig dahingestellt. Jedenfalls hatten die Kunstpfeifer für solche Tanzsammlungen einen gemeinsamen Namen, den sich die Vertreter der Claviersuite aneigneten; er deutete ganz allgemein nur ein aus vielen Theilen bestehendes Ganzes an und war darum auch für die Claviervariation in Gebrauch gekommen. Es ist der Name Partie, italiänisirt *Partita* [12]). Mit den Variationenreihen war übrigens den Tanzreihen außer dem Namen auch das Festhalten derselben Tonart durch alle Theile gemeinsam, ihre Entstehung durch äußerliche Zusammenfügung brachte das von selbst mit sich. Die von den deutschen Claviermeistern gefundene Form gelangte nun in die italiänischen Kammersonaten eines Corelli und seiner Nachfolger. Aber die verschiedenartigen Anforderungen der Violintechnik und der überwiegend auf das Melodische gerichtete Sinn der Italiäner drohten das Charakteristische der einzelnen Typen bis zur Unkenntlichkeit zu verwischen. Das Gegengewicht der Deutschen, denen es hauptsächlich um harmonische Vertiefung zu thun war, genügte hier nicht mehr. Da nehmen mit ihrem scharf ausgeprägten rhythmischen Gefühle die Franzosen sich der Tanzge-

---

12) Der »lustige Cotala« (vrgl. S. 20, Anmerk. 10) erzählt S. 181: »Einer fragte uns, ob wir keine *Sonaten* oder andere auff *Instrumenta* gesetzte Sachen bey uns hätten? Ich sagte ja: schlosse mein Felliß auff, und nahm etliche Stücke und Partheyen heraus«. Ueber Kuhnaus Partien s. S. 233, Anmerk. 29; über die Partie als Variation S. 125.

binde an. In die deutschen Hofcapellen und Kunstpfeifer-Banden war
die französische Orchestermusik schon länger eingedrungen [13] und
hatte von dort aus auch die Claviermusik beeinflußt; sollte doch
selbst ein Pachelbel sich damit befaßt und als der erste die französische Ouverture auf das Clavier übertragen haben (s. S. 122).
Doch genügte dies noch nicht; die Franzosen mußten an die Clavier-
tänze selbst ihre Hand legen. Aber so fest stand bereits die Ordnung der Sätze, daß sie an dieser nicht zu ändern wagten. Den
Grundbestand bilden auch bei ihnen Allemande, Courante, Sarabande, Gigue; nur lassen sie wohl noch eine Ouverture vorausgehen,
hängen eigne Tanzstückchen wie Gavotte, Menuet, Rigaudon, Passepied, Bourrée, auch die eigentlich italiänische Chaconne hinten an,
oder schieben sie vor der Gigue ein, oder verdrängen diese durch
jene; alle aber führen sie auf den prononcirtesten Rhythmus zurück.
Und da dieser beim Tanze das Wichtigste ist, so ist es nur natürlich,
daß sie auch der Kunstform den endgültigen Namen gegeben haben.
Als Suite kehrt sie nun nach Deutschland zurück, um hier ihre
höchste Vollendung durch Sebastian Bach zu finden, dem ein Georg
Böhm vorgearbeitet hatte und ein Händel mit wenigen, aber bedeutungsvollen Leistungen zur Seite trat. Bach endlich ließ auch
die französische Benennung zum Theil wieder fallen; er restituirte
sowohl in einem Hauptwerke für Clavier, als in den drei genannten
Suiten für Solovioline den Namen Partie. Die Suite, als älteste viel-
sätzige Instrumentalform, ist ein deutsches Product, an dem aber
fast alle damals bedeutenden Nationen Europas mehr oder weniger
durchgreifend mitgearbeitet haben.

Schwieriger ist es den Begriff der gleichzeitigen Sonate abzugränzen. Sie entsagt nicht durchaus den Tanzstücken, besteht aber
niemals nur aus ihnen. Was man am Anfange des 17. Jahrhunderts
unter der Sonate des Joh. Gabrieli verstand, wie diese Form bis
in Seb. Bachs Cantaten hinüberreicht, wie sie theils in ihrer ursprünglichen Einsätzigkeit verharrte, theils zur Zweisätzigkeit sich

---

13) Vrgl. S. 197. Den Kunstpfeifern war in den letzten Jahrzehnten des 17.
Jahrhunderts das Hautbois oder die »französische Schalmey« schon ein ganz ge-
läufiges Instrument, wie aus »*Battalus*, der vorwitzige Musicant«. Freyburg,
1691. S. 63 und 64 hervorgeht. Vrgl. auch das Verzeichniß auf S. 166.

erweiterte, ist früher (S. 122 f.) gesagt worden. Als in der zweiten Hälfte des Jahrhunderts unter den Italiänern mit dem Solo-Violinspiel die Kammermusik einen mächtigen Aufschwung nahm, griff Corelli die zweisätzige Form auf, fügte mit Freiheit zwei solcher Satzpaare zusammen und trug das Ganze als dreistimmige *Sonata da chiesa* aus der Kammer in die Kirche zurück, wo sie unter Orgelaccompagnement abgespielt wurde. Ging die Absicht nicht auf kirchlichen Vortrag, so konnten auch Tänze eingemischt werden, die dann bald suitenartig, die Allemande an der Spitze, aufzutreten pflegen. bald einzeln zur Verwendung kommen, namentlich macht wohl eine Gigue den Abschluß. Das Hauptprincip der Sonate besteht danach im Wechsel zwischen langsamen, breitgezogenen und raschen, meist fugirten Sätzen, die auch im Takt gern mit einander contrastiren, und werden Tanztypen angewendet, so müssen sie im allgemeinen nach diesem Principe eingeordnet werden. Wie bei der Suite, so ist auch hier die Normalzahl der Sätze vier. Darin aber, daß der zweite langsame Satz gern in einer andern Tonart steht, nähert sich die Sonate der Form des Concerts, welches auch auf die Construction der einzelnen Sätze, zumal des letzten, nicht ohne Einfluß blieb. So hatte die Gabrielische Sonate eine neue Kunstgattung bilden helfen. ohne doch in dieser aufzugehen. Und ebenso erhielt sich neben ihr auch in der zweiten Hälfte des 17. Jahrhunderts noch die weltliche. für vollen Instrumentenchor gesetzte Sonate durch die Pflege der deutschen Kunstpfeifer, die sie neben ihren verschiedenen Tänzen als ein »prächtig auf Motetten-Art gesetztes« Klingstück [14]) bei Tafelmusiken und sonstigen passenden Gelegenheiten vortrugen [15]). Diese beiden Gattungen sind also von der Corellischen Kirchen- und Kammersonate wohl zu unterscheiden. Da mit der Zeit die Suite sich immer ausschließlicher aufs Clavier zurückzog, bildete die Kammersonate nun auch insofern einen Gegensatz zu ihr, als sie recht eigent-

---

14) Wie die bekannte` Definition bei M. Praetorius im *Syntagma musicum* III,   . 22 lautet.

15) Der »lustige Cotala« sagt S. 44 bei Schilderung einer hochzeitlichen Tafelmusik: »Wir machten damals eine *Sonata*, in welcher eine *Fuga* war; er selbst spielte die Bratsche darin.« Battalus a. a. O. S. 63: »Gleich itzt fiengen die *Musicanten* an zu *musiciren*. Sie machten eine *Sonata* mit zwo Trommeten, zweyen *Hautbois* und einem *Fagotto*, welche sich sehr wohl hören ließ.«

lich eine Violin-Composition war und vorläufig blieb. Bekanntlich übertrug Kuhnau dieselbe aufs Clavier (s. S. 233), und Seb. Bach wurde darin, wie wir bald sehen werden, sein Nachfolger. Ein directer Fortschritt von dort zur modernen Sonatenform trat aber nicht ein; das polyphone Wesen der Allegrosätze, das dem Zeitgeiste nicht mehr zusagte, mußte zuvor durch eine andre Schreibart ersetzt werden. Der sie fand, war wiederum ein Italiäner, Domenico Scarlatti; er schrieb Claviersonaten, die nur aus je einem Satze in Liedform bestanden, homophon gesetzt und mit geschmackvollem, neuem Passagenwerk ausgestattet waren. Da man die dreisätzige Form im Concert schon kannte, so war nun endlich der Weg geöffnet, auf dem von Philipp Emanuel Bach über Haydn zu Beethoven sich die moderne Sonate vollenden konnte.

Die drei Sonaten Sebastian Bachs für Solo-Violine weisen die strengste und geläutertste Form der Gattung auf. Alle sind viersätzig. Da aber der zweite langsame Satz in einer andern, naheverwandten Tonart steht, während die übrigen in der Grundtonart verharren, so ist das Grundschema doch ein dreisätziges; das erste Adagio schließt sich mit dem folgenden Allegro zu einer Einheit zusammen und leitet in der Mehrzahl der Fälle durch ein Auslaufen auf den Dominantaccord geradezu in dasselbe hinüber. Die Verschiedenheit von der modernen Sonate besteht also nur im Stil der einzelnen Sätze, im übrigen sind die Verhältnisse gleich. Hier wie dort wird dem ersten Tonbilde ein zweites nach allen Seiten contrastirendes gegenüber gestellt, beider verschiedenen Inhalt sucht der Schlußsatz in sich aufzulösen, es ist also ein psychologischer Process, der das verknüpfende Band der Vielheit bildet. Hier wie dort ruht das größere musikalische Gewicht auf dem ersten Allegrosatze, während das Finale nach Form und Inhalt leichter bemessen ist. Das vorbereitende, wie zum Kampfe sich sammelnde Einleitungs-Adagio endlich ist für die spätere Sonate zwar nicht als unumgänglich nothwendig erachtet worden, aber in ihren bedeutendsten Gattungsmustern, zumal den Orchester-Symphonien, doch fast immer beibehalten, wenn auch in abgekürzter Fassung. Ebenso ist schon hier das einleitende Adagio in der Anlage von dem mittleren scharf unterschieden, es bewahrt durchaus ein praeludirendes Wesen, wogegen das zweite als festgefügtes Musikstück auftritt. Dieser Grundsatz wird freilich in andern Sonatenwerken des Meisters nicht immer streng festgehalten, genug daß er überhaupt in einer Art hervortritt, die an dem bewußten Verfahren nicht zweifeln läßt.

Trotzdem nur ein Instrument benutzt wird, das im Vergleich zu Orgel und Clavier und nach der Richtung hin, in welcher des Tonsetzers höchste Bedeutung lag, in engste Gränzen eingeschlossen ist, haben die Sonaten dennoch etwas gewaltiges an sich. Durch die Ausgedehntheit des doppelgriffigen Spiels und die geschickte Verwendung der leeren Saiten wird oft eine fast unglaubliche Tonfülle erzeugt, die scharfen Rhythmen, die durch die polyphone Satzart nöthig gemachte kühne, zuweilen ans Gewaltsame streifende Ausführung, das Feuer und der Schwung namentlich der fugirten Allegrosätze geben den Sonaten mehr vielleicht, als andern Instrumentalcompositionen Bachs, den Charakter des Dämonischen. Der Typus der ersten Sätze ist schon durch Corelli in dessen Violinsonaten Op. 5 festgestellt, er ist ein breit melodischer, dem aber durch die vielen umspielenden Figuren verschiedenster Bewegung ein freiphantastisches Element beigemischt wird. Dasselbe wird bei Bach durch die Gestalt, welche seine Polyphonie hier annimmt, noch erhöht, indem der Ausführbarkeit wegen die Fortschreitungen der Nebenstimmen oft nur angedeutet werden und vom Ohre zu vervollständigen sind. In dem prachtvollen, leidenschaftlichen Einleitungs-Adagio der ersten Sonate in G moll liegt die Melodie zuerst in der Mittelstimme, die Oberstimme geht nur in einzelnen Tönen und Phrasen darüber her, scheint zu verschwinden, wird dann von dem Zuge der Melodie flüchtig gestreift und so wieder in Erinnerung gebracht und ist überhaupt immer vorhanden für den, welcher mit innerm Ohre zu hören vermag. Vom 14. Takte an, wo die Melodiezüge des Anfangs sich in C moll wiederholen, übernimmt dann die Oberstimme den Hauptpart, die Mittelstimme wird deshalb nicht unthätig, ja entwickelt oft eine ganz erstaunliche Selbständigkeit. Für die Fundamentalstimme gilt natürlich dasselbe Verfahren: oft muß die Melodie momentan unterbrochen werden, um den Basston kurz anzustreichen, oft klingt er durch das Figurenwerk nur unbestimmt hindurch. Mehr als dreistimmig ist der Satz nur ausnahmsweise, nicht gerechnet die vereinzelt zur Verstärkung angebrachten viertonigen Harmonien. Bei den Fugen versteht es sich, daß die Contrapunctirung nur eine

ganz einfache sein kann, oft bloße Accorde zum Thema genügen
müssen, und daß trotz des bewegteren Tempos auch hier manches
nur andeutbar ist. Nach Corellis Vorgange werden einstimmige laufende oder arpeggirte Gänge zwischenhinein gemischt, um dadurch
für die polyphone Satzart die Empfänglichkeit wieder aufzufrischen.
Uebrigens kann man sich denken, daß der Fugenmeister möglichst
bemüht war, den strengsten Forderungen nachzukommen; man hat
nicht nur freie Fugatos, sondern echte ausgewachsene Fugen vor
sich von bewunderungswürdigem Reichthum combinatorischer Erfindung. Am bekanntesten ist jetzt die der ersten Sonate geworden;
Mattheson stellte, was bei seiner Stimmung gegen Bach etwas bedeuten will, die der zweiten, aus A moll, in zweien seiner Schriften
als Muster hin. »Wie lang etwa der Führer bei einer Fuge an Takten sein möge«, sagt er [16], »ist einigermaßen willkürlich, doch hält
man insgemein dafür, daß, je ehender und geschwinder der Gefährte
seinem Anführer folge, je besser die Fuge sich hören lasse. Man
findet oft die vortrefflichsten Ausarbeitungen über die wenigsten
Noten. Wer sollte wohl denken, daß diese acht kurzen Noten:

 so fruchtbar wären, einen

Contrapunct von mehr als einem ganzen Bogen ohne sonderbare
Ausdehnung ganz natürlich hervorzubringen? Und dennoch hat solches der künstliche und in dieser Gattung besonders glückliche Bach
in Leipzig Jedermann vor Augen gelegt, ja noch dazu den Satz hin
und wieder rücklings geführet.« Beide aber dürfte an Wucht und
Größe die Fuge der dritten Sonate in C dur übertreffen, bei der nur
die enorme Schwierigkeit einer allgemeineren Verbreitung im Wege
steht. Daß diese Schwierigkeit vermuthlich in der Entstehungsge-
schichte der Sonate ihre Begründung findet, soll alsbald gezeigt
werden. Als dritten Satz hat die G moll-Sonate ein schön gedachtes
und polyphon bewundernswerth gearbeitetes Siciliano in B dur, aber
der zarte Charakter dieses Tanztypus wird durch die beim mehr-

---

16) Kern melodischer Wissenschaft. Hamburg, 1737. S. 147. — Vollkommener Capellmeister, S. 369. Mattheson citirt an beiden Stellen ungenau, am un-
genauesten an der ersten, wo er das Thema im Dreivierteltakt schreibt; das
Kreuz vor d̄ fehlt auch an der zweiten.

griffigen Spiele unvermeidliche Stärke und Schwere des Klanges
beeinträchtigt; dies ist einer von den Fällen, wo das Fremdartige
des Stiles recht greifbar wird. Der entsprechende Satz der A moll-
Sonate steht in C dur und hat zweitheilige Liedform; über einer kurz
gestoßenen Grundstimme zieht sich eine breite, innige Melodie hin, an
deren Entfaltung sich die Mittelstimme in discreter Weise betheiligt.
Die C dur-Sonate hat an dieser Stelle ein eben so ausdrucksvolles
Largo in F dur, das sich aber in ununterbrochenem Zuge ausspricht.
Gemeinsam ist allen dreien die Anlage des letzten Satzes. Einstimmig in zweitheiliger Form fliegt er in fast unaufhörlicher Sechzehn-
telbewegung vorüber; es ist ganz der Typus des von uns früher
(S. 407) beschriebenen letzten Concertsatzes.

Der Standpunkt, von dem aus Bach an die Composition dieser
Sonaten heranging, wird recht hell durch die Thatsache beleuchtet,
daß alle drei sich ganz oder theilweise als Clavier- oder Orgelstücke
wiederfinden. Ganz zu einer Claviersonate arrangirt ist die mittlere,
die zu diesem Behufe von A moll nach D moll transponirt wurde [17].
Obgleich sie nicht in Bachs eigner Handschrift vorliegt, ist es doch
wegen der hohen Meisterschaft der Bearbeitung außer Zweifel, daß
sie vom Componisten selbst herrührt. Die claviermäßige Gestalt ist
so viel reicher ausgestattet, daß das Original sich bisweilen wie eine
Skizze dagegen ausnimmt; die Natürlichkeit, mit der sich der Reichthum der Polyphonie entfaltet, deutet an, wo die eigentliche Heimath
so beschaffener Bachscher Geigencompositionen war. Gleichwohl
steht es fest, daß die Sonate ursprünglich für Geige componirt wurde:
nicht nur viele Einzelheiten verrathen es, sondern auch die Wahl der
Tonart D moll, wodurch vieles in eine sonst bei Bach ungewöhnlich
tiefe Lage kommt, die aber zur Verhütung einer zu zerstreuten
Stimmlage nöthig war. Aus der G moll-Sonate existirt die Fuge in
Uebertragung für Orgel; daß die violinmäßige Form die frühere war,
sieht man hier sogleich aus der Beschaffenheit des Themas [18]. Das
Verhältniß zum Original ist noch freier und sogar an zwei Stellen
eine Erweiterung um je einen Takt eingetreten; es muß übrigens die

---

17) P. S. I, C. 3, Nr. 3.
18) B.-G. XV, S. 149; transponirt nach D moll. — P. S. V, C. 3, Nr. 4.
Vrgl. Anhang A. Nr. 38.

Bearbeitung sehr früh vorgenommen sein, da schon aus dem Jahre
1725 eine Abschrift derselben vorliegt. Verwickeltere Beziehungen
herrschen bei der Cdur-Sonate. Vom ersten Satze hat Bach eine
Clavierübertragung gemacht, deren tiefere Lage (Gdur) wiederum
bezeugt, daß die Fassung für Violine eher dagewesen ist[19]. Mehr
aber als anderswo hat hier bei der ursprünglichen Conception die im
Clavierstile lebende Phantasie des Künstlers sich wirksam gezeigt.
Nicht eine phantastisch figurirte Geigenmelodie erscheint, sondern
jenes leise Fortwallen im langsamen Wechsel der Harmonien, worauf
weder das Wesen der Geige führen konnte, noch auch ein Italiäner
je verfallen wäre, deren Vorbild doch sonst überall erkennbar ist.
Auch beim vorzüglichsten Vortrage wird die Intention auf der Geige
niemals ganz herauskommen, das Anstreichen der drei- und vierstimmigen Accorde bringt etwas gewaltsames und rauhes unver-
meidlich mit sich, was dem Charakter des Satzes widerstrebt. Spielt
man ihn auf dem Clavier in jener reicher belebten Gestalt, die der
Schöpfer selbst ihm gab, so hat man eines der wunderbarsten Stücke,
die der Bachsche Genius hervorgebracht hat, eines jener Praeludien,
in denen unter einem durchgehenden, einförmigen Rhythmus die
Harmonien sacht wie Nebelbilder in einander überfließen, aus deren
Zauberhülle eine langgezogene, sehnsuchtsvolle Melodie hervortönt.
Alles, was dem Menschenherzen fehlt und was die Zunge vergeblich
zu stammeln sucht, wird hier von wunderthätiger Hand auf ein Mal
entschleiert, und doch bleibt es so fern, so unerreichbar weit! Niemand in der Welt hat je wieder solche Töne angeschlagen! Von den
andern Sonatensätzen ist in Clavierbearbeitung nichts geblieben. Ob
eine solche existirt hat? Von der Fuge wenigstens möchte man es
verneinen. Ich glaube eher, daß diese nur die Umgestaltung eines
Orgelstückes ist. Ihr Thema besteht — für eine Violinsonate etwas
unerhörtes — aus der ersten Melodiezeile des Chorals »Komm, heiliger Geist, Herre Gott«. Die contrapunctische Kunst darin ist für
eine Solo-Geige von solcher Complicirtheit, daß dem Spieler fast
das Unmögliche zugemuthet wird, und gewiegte Techniker haben
mir versichert, die Schreibart laufe zuweilen der Spielbarkeit so zuwider, als ob der Componist eine Geige garnicht dabei vor Augen

---

19) P. S. I, C. 3, Anhang S. 1 und 2.

gehabt habe. Besondere Aufmerksamkeit aber muß es erregen, daß Mattheson in der »großen Generalbassschule« eine Disposition zu einer Orgel-Fuge über dasselbe Thema aufstellt, die fast ganz mit der Bachschen übereinstimmt. Er giebt das Thema so:

und bemerkt zunächst, daß dies der Anfang eines Chorals ist, »2) daß mit der Risposta nicht die geringste Künstelei gesucht wird, 3) daß ein chromatischer Gegensatz füglich eingeführet, und also die Fuge verdoppelt werden kann, weil sie auch sonst zu einfältig ist, 4) daß sich der Hauptsatz auf zweierlei Art verkehren läßt, 5) daß *rectum* und *contrarium* zusammen gebracht werden und harmoniren können, 6) daß sich auch sonst verschiedene nette Einflechtungen mit dem *Duce* und *Comite* ganz nahe an einander vornehmen lassen u. s. w.« Hernach theilt er noch mit (S. 38), wie er sich selbst die Ausführung der Vorschriften gedacht habe[20]. In der Bachschen Violinfuge findet sich gleich von Anfang an das verlangte chromatische Gegenthema, hier die unter Nr. 6 angedeutete mehrfache Art der Engführung mit dem Einsatz bald nach der ersten, bald nach der vierten Note des Themas (vrgl. Takt 93 ff. und 109 ff.), hier ferner die Umkehrung (vrgl. Takt 201 ff.) und natürlich auch reichliche Anwendung des doppelten Contrapuncts. Was man von Matthesons Vorschriften bei Bach nicht ausgeführt findet, ist entweder für den freien, dämonischen Schwung der Fuge unwesentlich, wie die Umkehrung des Themas mit genauer Beachtung der Halbtöne, oder geschmacklos, wie die Verbindung des *Thema rectum* mit dem *contrarium*; eine solche Combination würde erst dann Reiz gewinnen, wenn eine Stimme später als die andre einträte. Wohl aber verarbeitet Bach noch ein reicheres Material, als Mattheson praeparirt. So führt er neben dem chromatischen Gegensatze noch ein zweites Contrathema ein (vrgl. z. B. Takt 135—

---

136 und die motivische Fortspinnung im Folgenden; ferner Takt 293—294, auch Takt 107—108); möglicherweise jedoch ist dergleichen unter Matthesons »u. s. w.« einbegriffen. Man kann nun durchaus nicht sagen, daß alles das, was Mattheson mit dem Thema vorgenommen wissen will, und Bach vorgenommen hat, durchaus selbstverständlich wäre; nur die Einführung des chromatischen Gegensatzes lag nicht fern und findet sich ähnlich mehrfach in Werken jener Zeit[21]. Also müßte jener wohl die Bachsche Fuge gekannt haben. Hat er das wirklich, so doch sicherlich nicht in der jetzigen Fassung. Es liegt zu nahe, die Bekanntschaft mit der Hamburger Reise in Verbindung zu bringen; auf diese nahm aber Bach schwerlich seine Violinsoli mit, wenn sie überhaupt schon componirt waren, sondern außer Vocalsachen gewiß nur Orgelstücke. Kenntniß der Violinsonaten verräth Mattheson zum ersten Male im Jahre 1737, das obige Fugenthema hatte er schon am 8. October 1727 bei einer Organistenprobe gestellt. Man wird sich auch erinnern, daß an derselben Stelle der »großen Generalbassschule« Thema und Gegensatz der großen Bachschen G moll-Fuge citirt wurden, welche der Verfasser zu einem gleichen Zwecke einst benutzt hatte (s. S. 634). Wahrscheinlicherweise gab es also eine Choralfuge Bachs zu dem Liede »Komm, heiliger Geist, Herre Gott«, die er in Hamburg im Jahre 1720 bekannt gemacht hatte, und welche er dann für die Violinfuge frei verwerthete. So wenig lobenswerth es ist, sich mit fremden Federn zu schmücken, so wäre es doch bei Mattheson nicht unerhört, da er es ja auch nicht über sich gewinnen konnte, Bach als Verfasser der G moll-Fuge zu nennen. Manche Aeußerungen klingen so, als wolle er seine Handlungsweise vor sich selber rechtfertigen, z. B. wenn er das Fugenthema ein leichtes nennt, hervorhebt, daß es einem Choral entnommen sei und die Einführung des chromatischen Gegenthemas mit der Bemerkung begleitet, daß die Fuge auch sonst zu einfältig wäre. Es kommt dabei doch wohl auf die Behandlung an.

Noch zwei Claviersonaten Bachs giebt es, die nicht Uebertragungen von bereits bestehenden Geigencompositionen, sondern

---

21) Z. B. in einer Pachelbelschen Fuge über ein fast übereinstimmendes Hauptthema bei Commer, *Musica sacra*, I. S. 156; auch in Seb. Bachs Orgel-Canzone.

Originale vorstellen, welche in die Form der Violinsonate hinein-
gebildet sind[22]. Wenn ich oben erwähnte, daß Bach als Clavier-
sonaten-Componist Kuhnaus Nachfolger gewesen wäre, so meinte
ich diese; von dem Jugendwerke, mit welchem er den Spuren des
Verfassers der »biblischen Historien« folgte (s. S. 239 ff.) kann hier
natürlich nicht die Rede sein. Nach den vorausgeschickten Erör-
terungen wird man schon vermuthen, daß etwas nicht unbedeutendes
vorliegt, da der Künstler sich hier in seinem eigentlichen Elemente
befand. So ist es in der That. Die eine der Sonaten, aus A moll,
besteht aus Adagio, Fuge, Adagio und einer vollständigen Suite
(Allemande, Courante, Sarabande, Gigue); die andre, aus C dur,
enthält Adagio (Lento), Fuge, Adagio und Allemande. Die Form
der italiänischen Violinsonate kommt nicht nur in dieser Anordnung,
sondern auch besonders im Charakter der Adagiosätze zu Tage, wo
die Nachbildung der Geigen-Cantilene und -Figuration auf den
ersten Blick klar wird. Aber durch die gleichmäßige Betheiligung,
welche der Meister allen Stimmen gönnt, sind die Rechte des Clavierstiles vollauf gewahrt. Die zweite Sonate ist ganz und gar straffe,
kräftige Frische, schnell vorübergehend nur werden im zweiten
Adagio zartere Klänge wach; die weit ausgeführte vortreffliche
Fuge gehört noch mehr in das Gebiet der späteren weimarischen
Claviercompositionen. Das Einleitungs-Adagio der ersten Sonate
steht dem Clavierarrangement der Violinsonate aus C dur ebenbürtig
zur Seite, aber die Stimmung ist viel dunkler: jenes tiefe Weh
steckt darin, das an Herbsttagen die Brust durchzieht, wenn in der
Waldesstille langsam und geräuschlos die bunten Blätter herab-
sinken, der Vogelgesang verstummt und die Abendsonne schwermüthig lächelnd über die moosigen Stämme und halbkahlen Zweige
spielt. Die darauf folgende Fuge hat im Charakter bedeutende
Aehnlichkeit mit dem geisterhaft phantastischen zweiten Satze der
Fis moll-Toccate, und viel später als diese wird auch die ganze Sonate nicht geschrieben sein. Der allgemeinen Regel entgegen steht
in ihr, wie in der andern, das zweite Adagio ebenfalls in der Haupttonart, die Stimmung des ersten klingt noch deutlich an, hat sich
aber zu geringerer Intensität verflüchtigt. Selbst in dem dritten

---

22) P. S. I, C. 3, Nr. 1 und 2.

und vierten Takte der Allemande kehrt eine Reminiscenz daran wieder, dann gewinnt eine ernste Lebenskraft immer. mehr die Oberhand. Die große Einheitlichkeit des Werkes tritt auch darin hervor, daß die Courante ganz aus dem musikalischen Stoffe der Allemande gemacht ist, ja daß selbst die Anfänge von Sarabande und Gigue ihre Theilnahme daran zu erkennen geben. Unter den vor-Bachischen deutschen Suitencomponisten war es Brauch geworden, die Courante als musikalische Umbildung aus der Allemande hervorgehen zu lassen, und dieser Brauch hängt eng zusammen mit der bei den nordländischen Orgelmeistern beliebten zwei- oder dreitheiligen Fugenform, in welcher dasselbe Thema in veränderter Gestalt immer wieder von neuem durchgeführt wurde. Bei Buxtehudes Orgelcompositionen ist darüber ausführlich gesprochen und auch auf die Analogien mit der Suitengestaltung hingedeutet worden (s. S. 262 ff. und 270 f.). Der rhythmische Contrast, in dem die Courante zur Allemande steht und wiederum die Gigue zur Courante, ist ganz derselbe, in welchem sich die drei Theile von Buxtehudes großer E moll-Fuge befinden. Man kann deutlich sehen, daß außer Froberger die nordländischen Meister es hauptsächlich gewesen sind, welche in der zweiten Hälfte des 17. Jahrhunderts die Suite weiterbildeten, weil sie eine specifische Eigenthümlichkeit ihrer Kunst derselben so nachhaltig eingeprägt haben. Noch Walther nennt die Allemande »in einer musikalischen Partie gleichsam die Proposition, woraus die übrigen Suiten, als die Courante, Sarabande und Gigue als *partes* fließen« [23]. Auch Händel ist im wesentlichen auf diesem Standpunkte stehen geblieben, namentlich die Suiten der zweiten und dritten Sammlung seiner Clavierstücke zeigen den motivischen Zusammenhang zwischen Allemande und Courante, aber auch in der ersten Sammlung findet er sich und sogar (in der E moll-Suite) bis auf die Gigue ausgedehnt [24]. Bach hat sich nur in seinen früheren Werken an die Vorgänger angeschlossen, in den drei Hauptwerken steht jeder Suitensatz vollständig für sich. · Die Idee der Suitenform verlangt eben eine solche innere Verknüpfung nicht.·

Unter den Hauptwerken verstehe ich die drei unter den Namen

---

23) Lexicon, S. 28.
24) Ausgabe der deutschen Händel-Gesellschaft, Bd. II.

der französischen Suiten, der englischen Suiten und der sechs Partiten bekannten Clavierwerke. Man darf die Beobachtung aber auch weiter ausdehnen. So, mit unbeträchtlicher Einschränkung, auf die drei übrigen Violinsoli und sämmtliche Compositionen für Solo-Violoncell, mit denen wir hier noch immer zu thun haben. Festzustellen ist nur zunächst, daß Bach in ihnen nur ganz lose an die Italiäner anknüpft, sehr eng dagegen an die Claviersuite, wie sie nunmehr durch Deutsche, Franzosen und endlich durch ihn selbst ausgebildet war. Mehr noch als bei den Sonaten kann man hier von einer Stilübertragung sprechen. Als das Verdienst der Franzosen ist schon die sorgfältige Herausarbeitung des Rhythmus bezeichnet, der bei den Italiänern fast unkenntlich wird, obgleich er bei einer Tanzmusik doch das Wesentlichste ist. Corelli's Sarabanden sind oft nichts weiter, als verlangsamte Sicilianos, zuweilen haben sie bis auf den ungeraden Takt alles prägnante abgestreift. Seinen Gavotten fehlt der charakteristische Anfang mit der zweiten Hälfte des geraden Taktes, einmal beginnt sogar eine mit kurzem Vorschlag. Bei den Allemanden ist absolut garkein rhythmischer Typus zu erkennen; eine würdevolle Bewegung, eine polyphone Haltung, manchmal auch nur die letztere im Allegro- oder Presto-Tempo scheint für genügend befunden zu sein. Die alte Courante erhielt, ihrer Etymologie gemäß, durch die Italiäner eine Ausbildung zum Flüchtigen und Eilenden hin, dagegen gaben die Deutschen und Franzosen ihr einen ernsten und nachhaltig leidenschaftlichen Charakter. Aber der italiänische Typus hatte sich in der Kunstübung schon zu fruchtbar erwiesen und zu sehr festgesetzt, insbesondere auf die Bildung der letzten Concertsätze (s. S. 407) einen zu namhaften Einfluß geübt: er ließ sich nicht wieder verdrängen, und so blieben zwei ganz verschiedene Typen neben einander bestehen. Man thut gut, geradeweg zwischen Corrente und Courante einen Unterschied zu machen. Aus der Sucht, das rhythmisch Hervorstechende abzuschleifen, erklärt sich die weitere Neigung eben der Italiäner, die Bestandtheile der Suite mit denen der Sonate und des Concerts zu verflößen. Dagegen haben die Franzosen nicht nur durch schärfste Hervorhebung der contrastirenden Rhythmen zur Entwicklung der selbständigen Suitenform ein sehr Erhebliches beigetragen, sondern auch durch die Geschmeidigkeit ihrer Tongänge, durch die Eleganz und den Reichthum ihrer Verzierungen einen schätzbaren Fortschritt bewirkt. Da dies jedermann willig anerkannte, so meinte freilich die gallische Eitelkeit nun nach allen Seiten in der Suitencomposition musterhaft zu sein. Aber so blind war man glücklicherweise nicht, deshalb die wenigstens eben so großen Verdienste der Deutschen hintanzusetzen, und Mattheson sagt ganz richtig und mit erfreulicher Bestimmtheit: »Es setzen zwar die Franzosen, oder prätendiren vielmehr Couranten aufs Clavier nicht weniger als Allemanden zu setzen, machen sich auch insonderheit mit jenen sehr breit; allein wer die kahle und hackbrettische Klimperei gegen eine tüchtige, *nerveuse*, vollstimmig-gebrochene teutsche Courante halten wird und sonst nicht in *prae-judiciis* stecket, der wird ihrer wahrhaftig sehr wenig achten«[25]. Er hätte noch mehr sagen können: für die Vereinigung der Tänze zu einem Ganzen haben die Matadore der Franzosen nicht nur nichts gethan, sondern dem Richtigen vielmehr entgegen gearbeitet. Durch die Hinzufügung vieler neuer Tanztypen haben sie der knappen vier-sätzigen Form weit weniger eine Bereicherung, der sie fähig war, zugeführt, als ihre gesunden Proportionen aus den Fugen getrieben. Marchand bringt in einer Suite aus D moll nach einem Praeludium zuerst Allemande, zwei Couranten, Sarabande, Gigue, dann aber noch eine Chaconne in vier Couplets, eine Gavotte und einen Menuett. Der abschließende Zweck der Gigue ist also entweder unverstanden geblieben oder ignorirt. Bei Couperin gar kann man kaum noch von Suiten sprechen. Die zweite Reihe seiner *Pièces de Clavecin* enthält (D moll): Allemande, zwei Couranten, Sarabande, ein frei erfundenes Zwischenstück in D dur, Gavotte, Menuett, *les Canaries* (eine Gigue-Art) mit Variation, Passepied mit Trio, Rigaudon mit Trio, elf freie Stücke abwechselnd in Dur und Moll, ein Rondeau und nochmals ein freies, gigueähnliches Stück zum Schlusse. Die fünfte Reihe (A dur) besteht aus Allemande, zwei Couranten, Sarabande, Gigue und sechs Rondos mit eingemischten freien Stücken. Er selbst hat trotzdem den Boden der Suite nicht verlassen wollen, weil er immer in dem-selben Tone bleibt, sogar dort, wo er nicht mit den üblichen Stücken beginnt. Aber es erhellt, daß ihm der Trieb, die Vielheit zu einem Ganzen von wechselseitigen Beziehungen zusammenzuschließen, ganz

---

25) Neu eröffnetes Orchestre, S. 187.

fehlte. Warum er fehlen mußte, zeigen die Ueberschriften, mit denen Couperin seine Clavierstücke ausstattete, womit er sicherlich einen allgemeineren Gebrauch befolgte oder einführte, wenn ich ihn gleich bis jetzt nur noch bei Gaspard de Roux wiedergefunden habe. Er will bestimmte Persönlichkeiten, ja zusammenhängende Handlungen derselben, oder auch allgemeinere gesellige Vorgänge durch sie illustriren. So finden sich Ueberschriften wie: die Erhabene, die Majestätische, die Arbeitsame, die Spröde, die Finstere, die Gefährliche, individualisirter noch bei den Rondos und freien Stücken z. B. die Florentinerin, die provençalischen Matrosen, die Gevatterin, Nanette, Manon, Mimi, dann einmal ein Stück »die Pilgerinnen« in drei Theilen, von denen der erste die Wallfahrt vorstellt (wo es übrigens recht französisch leichtsinnig hergeht), der zweite das Erbitten eines Almosens, der dritte den Dank dafür [26]). Ein andres dreitheiliges Stück heißt *les bacchanales* und zerfällt in *enjouements bachiques, tendresses bachiques, fureurs bachiques*. Selten nur sind es Naturbilder oder irgend welche bewegte Erscheinungen, wie die Wellen, die Bienen, der flatternde Schleier, welche illustrirt werden. Der Schwerpunkt fällt also fast überall aus den Stücken heraus, die musikalische Empfindung ist accessorisch; es ist, kurz gesagt, eine verfeinerte Art von Balletmusik, das Genre der Orchestertänze aus Lullyschen Opern wird auf dem Claviere fortgesetzt. Das entspricht, wie wir schon bei einer andern Gelegenheit bemerkten (S. 242), dem theatralischen Wesen der Franzosen, hält aber die Thätigkeit des frei wirkenden musikalischen Genius nieder. Im Besondern möge erwogen werden, daß die Franzosen, wenn auch nicht die Allemande, so doch die andern orchestischen Formen theils selbst ausführten, theils täglich auf ihren Theatern ausführen sahen, und schon deshalb dahin kommen mußten, sie mit bestimmten Vorstellungen und Bildern zu verbinden. In Deutschland war das anders; die Höfe äfften freilich auch das französische Ballet nach, aber das Volk blieb glücklicherweise unberührt davon und konnte sich auf den rein-musikalischen Werth der Tanztypen ungestört einlassen.

---

26) Couperins Werke, herausg. von J. Brahms. 1. Band. Bergedorf bei Hamburg, 1871. S. 55 f. Ebendaher die übrigen Beispiele.

Aus der stofflichen Abhängigkeit der übrigen Tanzstücke oder wenigstens der Courante von der Allemande, aus dem oben citirten Zeugniß Walthers und Erscheinungen, wie Buxtehudes Suite über den Choral »Auf meinen lieben Gott« (s. S. 125), geht klar hervor, daß die Deutschen ursprünglich die Einheit, welche den verschiedenen Stücken gegeben werden sollte, im Wege der Variationenform zu erreichen suchten. Sie mußten jedoch bald gewahr werden, daß dadurch der charakteristischen Ausbildung der Tanztypen zu schwere Fesseln angelegt wurden, und beschränkten sich nun meist darauf, nur die Courante variationenhaft zu gestalten. War aber das Princip einmal aufgegeben, so konnte auch diese Observanz leicht zu Fall kommen. Sebastian Bach sah, daß die Einheit allein durch innere Mittel hergestellt werden konnte, da die vier Grundtypen schon so glücklich geordnet seien, daß sie einander innerlich bedingten und ergänzten. Deshalb hat er durchaus an ihnen festgehalten und die wenigen Ausnahmen, welche er sich gestattet, bestätigen nur die Regel. Es ist nicht schwer, auch in der Suite das weittragende künstlerische Princip der Dreitheiligkeit herauszuerkennen. Allemande und Courante hängen auch ohne gleichen Gedankenstoffes zu sein eng zusammen. Die Allemande ist durchaus von einer mittleren Stimmung, nicht rasch, nicht langsam, weder ruhig noch aufgeregt, sie trägt, wie Mattheson sagt, »das Bild eines zufriedenen oder vergnügten Gemüths, das sich an guter Ordnung und Ruhe ergötzet«[27]). Immer steht sie im Viervierteltakt, hat zwei ziemlich gleich lange Theile von durchschnittlich 8 bis 16 Takten und die äußerliche Eigenthümlichkeit, mit einem Vorschlage von einer kurzen Note oder dreien (bei Böhm ein einziges Mal mit sieben, bei Bach mit vier Sechzehnteln) anzufangen. Ihr Harmoniengang ist breit, die Bewegung gern in gebrochenen Accorden und die Oberstimme bunt figurirt. Zu einer gegensätzlichen Wirkung ist dieser Charakter nicht entschieden genug. Er bekommt darum durch die nachfolgende Courante eine Schärfung, die auch, wo sie nicht auf italiänische Art gesetzt ist, doch schon durch den Tripel-Rhythmus einen belebteren Eindruck macht. Typisch sind in ihr außer dem Auftakte, welchen sie sowie die ungefähre Länge der Theile mit der Allemande gemeinsam hat,

---

27) Vollkommener Capellmeister, S. 232, § 128.

gewisse durch Mischung von Tripel- und Dupel-Rhythmus hervorge-
brachte aufregende Accentrückungen, indem in den $\frac{3}{4}$ Takt der $\frac{6}{4}$ Takt
hineinspielt (regelmäßig am Schlusse der Theile) und umgekehrt.
Nach Mattheson drückt die Courante »die Hoffnung« aus, womit er
zu viel sagt, insofern ein bestimmter Affect der Instrumentalmusik
überhaupt unerreichbar ist, aber im Grunde das Richtige trifft [28].
Die Allemande bereitet also auf die Courante vor, beide bilden ein
Ganzes in ähnlicher Weise, wie Einleitungs-Adagio und Fuge der
Sonate. Die Sarabande nun nimmt in der Suite dieselbe Stellung ein,
wie das zweite Adagio in der älteren, das Adagio überhaupt in der
modernen Sonate. Ihre Bewegung ist ruhig und würdevoll, entsprechend der spanischen Grandezza, die Stimmung ernst und gesammelt.
Im ungeraden Zeitmaße gesetzt beginnt sie regelmäßig mit dem vollen
Takte, liebt die Betonung des zweiten Takttheils und dessen punktirte Verlängerung oder vollständige Verschmelzung mit dem letzten
Takttheile. Ihre Ausdehnung beschränkte sich ursprünglich auf zweimal acht Takte; für den ersten Theil sind dieselben auch später eine
selten überschrittene Regel geblieben, der zweite aber wurde auf
zwölf, sechzehn und mehr Takte ausgedehnt; zuweilen folgte auch
noch ein dritter. Die abschließende Gigue endlich entspricht ganz
dem letzten Sonaten- und Concertsatze, an dessen Stelle sie auch
oftmals verwendet wird; zur Allemande und Courante wie zur Sarabande tritt sie durch ihr flüchtig gleitendes und hüpfendes, einer
nachdenklichen Vertiefung abholdes Wesen in scharfen Gegensatz.
in ein heiter belebtes Bild werden die ernstern vorhergehenden Eindrücke zusammengefaßt und der Hörer scheidet in angenehm erregter
Stimmung. Ihre Zeitmaße wählt sich die Gigue aus den ungeraden,
beweglichsten Taktarten: $\frac{12}{8}$ (oder $\mathbf{C}$ mit Triolen), $\frac{6}{8}$, $\frac{3}{8}$, doch kommen auch $\frac{6}{4}$, $\frac{9}{8}$, $\frac{9}{16}$, $\frac{12}{16}$, $\frac{24}{16}$ vor. Die Form ist natürlich zweitheilig,
die Länge, wegen der verschiedenen Zeitmaße nach Takten nicht
wohl angebbar, den übrigen Tänzen proportional. Durch die italiänische Behandlung einerseits und die deutsche andrerseits nahm sie
freilich nicht, wie die Courante, zwei ganz verschiedene Gestalten
an, modificirte aber doch ihre Miene. Dort giebt sie sich wesentlich
homophon, accordisch begleitet vom Generalbass und den übrigen In-

---

28) Vollkommener Capellmeister, S. 231, § 123.

strumenten, hier ist sie polyphon bis zur wirklichen Fugirung ausgebildet. Ein neues Merkmal der formbildenden Hand der nordländischen Meister! Wie sie ihre mehrsätzigen Orgelfugen im Zwölf-
achtel- oder Sechsachtel-Takt abzuschließen liebten, so gestalteten
sie hier das schließende Stück im Zwölfachtel- oder Sechsachtel-Takt
fugirt. Und wie sie es waren, die zuerst den Weg thematischer Umbildung mit großer Erfindungskraft verfolgten, so werden wir ihnen
auch die seit dem Ende des 17. Jahrhunderts typisch werdende Anlage des zweiten Theils der fugirten Gigue verdanken, in welchem
das Thema des ersten Theils in der Umkehrung auftritt. Es liegt
aber auf der Hand, daß hierdurch, unbeschadet der Heiterkeit des
Ausgangs, doch erst das rechte Gegengewicht gegen die bedeutungsvollen übrigen Tonformen hergestellt, und das Gefäß der Suitenform
zur Aufnahme eines reicheren Inhalts nach allen Seiten hin fest und
geräumig gemacht wurde. Die fugirte Gigue mit Verkehrung im
zweiten Theil wird in den Claviercompositionen Bachs fast ausschließlich angewendet, wogegen Händel fast eben so oft sich der italiänischen Form bedient, in andern Fällen das Thema nicht ohne harmonische Stütze eintreten läßt, und nur ein Mal, in der F moll-Suite der
ersten Sammlung seiner Clavierstücke, von einer Umkehrung im zweiten Theil Gebrauch macht. Die Franzosen haben in Ausbildung der
Gigue nichts erwähnenswerthes geleistet. — Sollte nun noch, woran
bei der Mannigfaltigkeit unverwendeter, pikanter französischer Tanztypen der Gedanke nahe lag, eine Erweiterung dieser in sich vollständigen Form vorgenommen werden, so zeigte sich dazu der Platz
zwischen Sarabande und Gigue geeignet. Wie der erste Haupttheil
aus Allemande und Courante zusammen gebildet wurde, so konnte
auch ohne Störung des Gleichgewichts noch der Gigue etwas vorge-
schoben werden, ja je inhaltreicher diese durch den polyphonen Satz
wurde, desto mehr konnte bei der gemessenen Gediegenheit der Allemande, dem leidenschaftlichen Streben der Courante, der ruhigen
Würde der Sarabande jenes Bedürfniß nach leicht geschürzten munteren Zwischenstücken entstehen, welches der modernen Symphonie
zu ihrem Menuett und Scherzo verholfen hat. So kam man denn
darauf, je nach Verhältniß eines auch wohl zwei und drei solcher
Stücke einzuschieben, zu welchem Zwecke sich die Gavotten, Passe-

pieds, Menuette, Bourrées und andere darboten[29]). Ob der Anstoß hierzu von französischer oder deutscher Seite ausging, wird die Specialforschung festzustellen haben. In den Suiten von Dieupart und Grigny, welche Bach sich abschrieb, und die um 1700 entstanden zu sein scheinen, finden sich je zwischen Sarabande und Gigue eine Gavotte und ein Menuett eingesetzt (s. S. 199). Und in Deutschland gab Johann Krieger im Jahre 1697 sechs Partien heraus »bestehend in Allemanden, Couranten, Sarabanden, Doublen [d. i. Variationen eines Tanzstücks] und Giguen nebst eingemischten Bourréen, Menuetten und Gavotten«. In jedem Falle trieb die Franzosen ihr theatralischer Sinn bald vom rechten Wege ab. War aber einmal die Aufnahme solcher Zwischenstücke entschieden, so konnten sie mitunter auch freier verwendet werden, und wie sich in Beethovens späteren und spätesten Werken wohl das Scherzo vor dem Adagio findet, ist bei Bach einige Male vor der Sarabande eine Gavotte und ein Passepied, oder ähnliches anzutreffen. Vergleichen wir nunmehr Suiten- und Sonatenform in Hinsicht auf ihren allgemeinen Werth, so erscheint eine Bevorzugung der letzteren nicht gerechtfertigt, man wird beide als gleich vollkommen neben einander belassen müssen. In der Sonate ist der innere Zusammenhang insofern enger, als durch einen in fremder Tonart stehenden Satz ein Element des Widerspruchs eingemischt wird, von dessen Ausgleichung die ganze Existenz des Kunstwerks abhängt. Mit der Unerbittlichkeit eines Causalnexus drängt diese Form vorwärts, ihr Charakter ist die Bewegung, das Pathos. Die Suite hat nichts widersprechendes in sich zu überwinden, sie stellt auf dem Boden einer und derselben Tonart eine einträchtige, vernünftig gegliederte Mannigfaltigkeit dar; ihr Charakter ist die Ruhe, das Ethos. Die von Bachs Zeiten an wachsende Vorliebe für die Sonate entspricht dem in der deutschen Instrumentalmusik nunmehr stärker hervortretenden Zuge nach subjectivem und leidenschaftlichem Ausdruck, der entschiedeneren Hinneigung zum Poetischen, während in der Suite eine naivere, reiner musikalische

---

29) *Intermezzi* nennt treffend diese Zwischenstücke G. Nottebohm, der eine Reihe von besonnenen und eingehenden Artikeln über das Wesen der Suite verfaßte (Wiener Monatsschrift für Theater und Musik. Jahrg. 1855. S. 408—412, 457—461; Jahrg. 1857. S. 288—292, 341—345, 391—396); er hat auch schon auf das gegenseitige innere Verhältniß der übrigen Sätze hingewiesen.

Kunstanschauung sich äußert. Demgemäß sind die Bestandtheile der Sonate von Künstlern erfunden, die der Suite aus.der Naturkraft der Nationen herausgeboren. Die Suite ist trotz der Vielheit ihrer Sätze dennoch der Sonate gegenüber das Einfache; sie ist nur ein in vielen Facetten geschliffener Stein, die Sonate ein aus mehren Steinen bestehender Ring. So konnten die Suitensätze auch niemals eine solche Ausdehnung gewinnen, wie die der Sonate; eine Entwicklung, wie sie von hier aus zur Symphonie stattfand, war dort unmöglich. Aber wie auch die Sonate bei einer Ausbildung über drei Sätze hinaus, da sie ja doch einmal Instrumentalmusik ist, des Suitenprincipes nicht entrathen konnte, beweist die Einführung des Menuetts oder Scherzos, das mit Anfangs- und Schlußsatz dieselbe Tonart zu theilen pflegt. In den Satzverhältnissen beider Formen leuchtet die allgemeine künstlerische Logik ein. Je strenger aber der rein musikalische Charakter ausgeprägt ist, desto unbeschränkter entscheidet über die Zweckmäßigkeit der formellen Gestaltung im Besondern das unmittelbare Gefühl. Ist also schon die Nothwendigkeit in der Zusammenfügung der Sonatensätze für jeden einzelnen Fall ein schwer zur Evidenz zu bringendes Ding, so steigert sich bei der Suite diese Schwierigkeit. Die Kunstforderung bleibt trotzdem bestehen, und das fleißige Studium der Meisterwerke dieser Gattung ist auch deshalb so sehr bildend für den musikalischen Geschmack, weil es zur Erfassung der feineren und feinsten Grade des Angemessenen und der Innigkeit in dem Verhältnisse zwischen Theil und Ganzem wie kaum ein andres Mittel hinanführt.

Es ist noch übrig, in das Einzelne der Violin- und Violoncell-Suiten einen Blick zu thun. Die drei Violinpartien entsprechen im Charakter ungefähr den drei Sonaten, mit denen zusammen sie der Meister zu einem Werke vereinigte. Er hat den Gegensatz zwischen beiden Kunstformen gleichsam als künstlerisches Motiv benutzt, indem er je auf eine Sonate eine Partie folgen ließ. Alle drei haben merkwürdigerweise eine unregelmäßige Bildung. In der H moll-Partie zieht jeder Satz eine Variation wie seinen Schatten hinter sich her. Daß die Einfügung der Variation in die Suite eine Nachwirkung des Bestrebens war, die der Allemande folgenden Tanztypen ganz zu Variationen derselben einzuschmelzen, ist eine naheliegende Vermuthung. Jedenfalls kommt dies schon früh vor, z. B. in einer treff-

lichen Fis moll-Suite Christian Ritters (Kammerorganistens zu Dresden von 1683—1688 [30]), später schwedischen Capellmeisters), wo der
Sarabande zwei Variationen angehängt sind, in einer Partie Johann
Ernst Pestels (geb. 1659), wo dasselbe geschieht, und, ganz wie bei
Bach für alle Tanzstücke, in den Violinsuiten des Waltherschen *Hortulus chelicus* (z. B. Nr. XX und XXIII). Mit Maß angewendet hatte
ein Verfahren nichts bedenkliches, das den Gehalt eines Tonstückes
dem Hörer nachdrücklicher zu Gemüthe führte und demselben gewissermaßen einen stärkern Resonanzboden unterschob, nur durften
die Grundverhältnisse darunter nicht leiden, und die Zahl von zwei
Variationen möchte das höchste Maß des Zulässigen bezeichnen [31].
Bach hat sich fast immer mit einer begnügt. Da er in der H moll-
Partie den Variationen-Gedanken an allen Theilen zur Ausführung
bringen wollte, konnte er als Schlußsatz die Gigue nicht wohl brauchen, denn sie läßt sich schlecht variiren. Er wählte statt dessen die
Bourrée, einen Tanztypus von leichtem, gefälligem und etwas nach-
lässigem Charakter (**C** mit Auftakt, ziemlich rasche, glatte Bewegung), der aber hier einen Anstrich von derber Lustigkeit erhalten
hat und erst im *Double* mehr zu sich selbst zurückkehrt. Im Uebrigen
verdient es Bewunderung, wie scharf trotz der beschränkten Mittel
das Eigenthümliche der Typen herausgearbeitet ist; am schwersten
war es wohl bei der Allemande, die harmonischen und polyphonen
Reichthum mit bunter Figuration der Oberstimme verbindet. Der
Courante in französisch-deutscher Form ist als Variation eine in italiänischer gegenüber gestellt, welche wild und unaufhaltsam vor-
überschießt. Gewichtig und stolz in drei- und vierstimmiger Harmonie
kommt hinter ihr die Sarabande hergezogen. — Die zweite Partie, in
D moll, hat die gewöhnlichen vier Sätze. Bei dem raschen Tempo
der Gigue kann natürlich dem einzelnen Instrumente kein fugirter

---

30) Fürstenau, Zur Geschichte der Musik am Hofe zu Dresden I, S. 267
und 299.

31) Joh. Jak. Walther beginnt seine 1676 erschienenen *Scherzi da Violino
solo* mit einer regelrechten viersätzigen Suite, in welcher der Allemande nicht
weniger als sechs Variationen nachfolgen, während die Courante nur eine, Sarabande und Gigue garkeine haben. Da aber Courante, Sarabande und Gigue
sämmtlich auch aus dem Stoff der Allemande gebildet werden, so ist es eigentlich nur eine fortlaufende Variationenreihe.

Stil zugemuthet werden; diese hier ist durchaus einstimmig, bringt aber durch die Art der Passagen doch das Gefühl von -harmonischer Fülle hervor. Es folgt nun noch eine Ciacone. Sie ist länger als alle übrigen Theile der Partie zusammengenommen, kann daher nicht als letzter Satz derselben, sondern nur als angehängtes Stück gelten; die eigentliche Suite ist mit der Gigue beendigt. Beliebt war die Einmischung einer Ciacone bei den Franzosen, aber in etwas anderer als der uns bis jetzt bekannten Gestalt. Man pflegte nämlich in Claviersachen Ciacona und Passacaglio sehr viel freier zu behandeln. *Entweder wurde gar kein Grundthema angenommen, sondern nur eine Anzahl viertaktiger, gleich rhythmisirter Sätze im Dreivierteltakt an einander gereiht*, wo denn die Kunst darin bestand, dieselben immer belebter und überraschender zu erfinden; so ist eine Ciacone in Muffats *Apparatus musico-organisticus* beschaffen. Oder es wurde ein viertaktiger Hauptsatz mit Reprise aufgestellt und zwischen einer beliebigen Menge selbständiger Perioden (*Couplets*) jedesmal einfach wiederholt; so pflegten es Couperin und Marchand zu machen, aber auch Muffat liefert in dem genannten Werke einen Passacaglio nach diesem Schema. Die Form geht damit ganz ins Rondo hinüber und selbst den wesentlichen Dreivierteltakt hält Couperin nicht immer fest: das einzig Auszeichnende ist noch die etwas würdevollere Bewegung. Bach hat von dieser Rondoform insofern angenommen, als er mehre Male, besonders in der Mitte und am Ende mit großem Effect, auf die acht Anfangstakte zurückkommt und inzwischen neue Gedanken einführt, andrerseits ist er in der gründlichen Durchführung der Hauptgedanken wieder bei der alten, tiefsinnigen Form verblieben. Hier paßt denn überall auf seine Behandlungsweise die früher S. 276 f.) zur Unterscheidung vom Passacaglio gegebene Definition; eine freie Behandlung der Themen war auch um so mehr nöthig, als ja eine einzige Geige alles allein ausführen sollte. Eine Disposition des Ganzen wird nicht unerwünscht sein, da die Töne der Themen in dem Gewinde der Figurirung oft durch verschiedene Octaven zerstreut und deshalb in ihrem Zusammenhange nicht immer leicht kenntlich sind. Das erste und hauptsächliche lautet:

wird einmal durchgeführt, dann folgt mit Takt 17:

Rondoartig, aber in neuer Ausstattung, kehrt das erste Thema einmal wieder, das zweite, das bald in Sechzehntelfigurationen geschmeidig hineingeschlungen wird, zweimal. Das dritte, von Takt 49 an, tritt in einfacher Gestalt nicht auf, würde sich aber ungefähr so ausnehmen:

wobei zu bemerken, daß die Terzenschritte auch zu Decimen erweitert oder in Sexten verkehrt werden. Dies wird viermal durchgeführt, dann kehrt (Takt 81), immer figurirt, das zweite zurück und vermittelt in seinem zweiten Theile eine neue Erscheinung des ersten [32]), so wie dieses in derselben Weise einen vierten Gedanken vorbereitet, der mit Takt 97 voll anhebt:

und bis Takt 121 durchgeführt wird; dann treten, genial in einander verschlungen, alle vier Themen abschließend herzu, das dritte in dieser Gestalt:

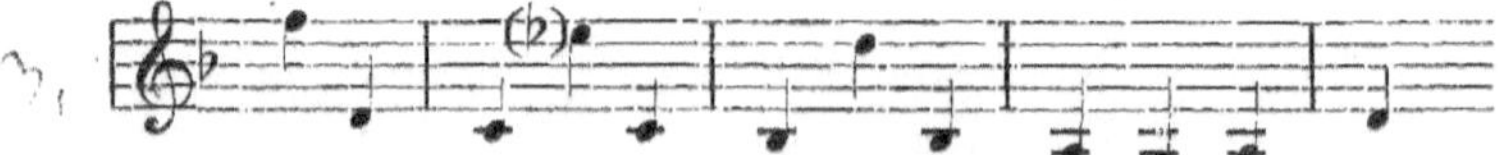

in sausende Zweiunddreißigstel und Sechzehntel aufgelöst mit vier Takten, darauf das erste breit und wuchtig, wie am Anfange, eben-

---

32) Die Deutung dieser Stelle (von Takt 89—97) ist nicht zweifellos, einen klaren Eindruck vom ersten Thema bekommt man nicht. Es ist aber ordnungsgemäß, daß es nach so langem Schweigen sich einmal wieder vernehmen läßt. Mendelssohn und Schumann sind, wie aus ihren Bearbeitungen hervorgeht, derselben Ansicht gewesen.

falls mit vier Takten, endlich mit vier Takten das zweite und vierte
zusammen, so daß jenes in der Oberstimme, dieses mit seiner von
Takt 113 an erlittenen Umbildung in der untersten liegt. Bei Gavotten, Menuetten, Bourrées und so auch bei den Chaconnen waren
trioartige Gegensätze beliebt; ein solcher erscheint auch hier jetzt in
D dur mit einer Umbildung des dritten Themas, die man aber wegen
ihrer selbständigen Behandlung als fünftes auffassen muß:

Von 133—209 wird es großartig und in immer freierer Weise, zuletzt
einzig durch Festhaltung des Grundrhythmus variirt, dann kehrt das
Moll wieder, in dem alle fünf Themen von neuem bearbeitet werden:
bis 229 das dritte, bis 237 das fünfte (in der von Takt 161 erhaltenen
Umbildung) mit dem zweiten combinirt, bis 241 das vierte, bis 249
noch einmal das dritte, schließlich krönt das erste in seiner Anfangs-
gestalt die in jeder Beziehung ungeheure Entwicklung. Der Hörer
steht dieser Ciacone gegenüber wie einer elementaren Erscheinung,
welche in ihrer unbeschreiblichen Großartigkeit entzückend, begei-
sternd wirkt und zugleich schwindelerregend und sinnverwirrend.
Der überfluthende Gestalten-Reichthum, aus wenigen kaum bemerk-
baren Quellen sich ergießend, verräth sowohl die genaueste Kenntniß der Violintechnik als die absoluteste Herrschaft über eine Phantasie, wie sie colossaler wohl niemals ein Künstler besessen hat.
Man bedenke: das alles ist für eine einzige Geige geschrieben! Und
was läßt einen dieses winzige Instrument erleben! — von der ernsten
Größe des Anfangs an durch die nagende Unruhe des zweiten Themas zu den dämonisch auf- und abwärts jagenden Zweiunddreißigsteln, welche die Gestalt des dritten düster umhüllen; wieder von
jenen zitternden Arpeggien, die kaum merklich sich regend wie Wol-
kenschleier über finsterer Bergschlucht hängen, die aber der stärker
herwehende Wind nun zusammentreibt und dicht geballt mit Brausen
in die Baumkronen hineinpeitscht, daß sie sich ächzend hierhin und
dorthin neigen und abgerissene Blätter umherwirbeln, bis zu der feierlichen Schönheit des D dur-Satzes, wo der Abendsonnenschein sich
ins Thal senkt: golden fließt es durch die Luft, golden ziehen die

Wellen des Stroms und werfen das Bild der Himmelskuppel zurück, der majestätischen, ins Unermeßliche aufragenden! Der Geist des Meisters beseelt das Instrument zu den unglaublichsten Aeußerungen; am Schlusse des Dur-Satzes strömt es wie Orgelklang, zuweilen glaubt man wenigstens einen ganzen Chor von Geigen zu hören. Wer die musikalischen Gedanken einmal abstract betrachtet, wird glauben, das Instrument müsse bersten und brechen unter dieser riesigen Wucht, und vieles davon würde sicherlich selbst den Klangmassen der Orgel und des Orchesters gewachsen sein. Diese Ciacone ist ein Triumph des Geistes über die Materie, wie er sich glänzender noch nicht wiederholt hat. Viel ist man in neuerer und neuester Zeit bemüht gewesen, das kostbare Material auch für andere Instrumente umzuschmelzen. So wenig ästhetisch bedenklich dies ist — hat doch Bach durch seine eignen Ueberarbeitungen den Weg gewiesen[33] — so sicher bedarf es aber auch einer Meisterhand zur glücklichen Ausführung, und es war keine zu geringe Aufgabe für zwei der größten Musiker der Neuzeit, Mendelssohn und Schumann, eine angemessene Pianofortebegleitung zu der Ciacona zu erfinden. Die mächtige Wirkung zeigt, wie intensiv und ausgiebig der Originalstoff ist. Doch hat Schumann, der bekanntlich sämmtliche sechs Violinsoli in dieser Weise bearbeitete, sowohl den allgemeinen Musik-Gehalt weit tiefer erfaßt, als auch die Ciaconen-Form insbesondere, durch genauere Verfolgung der Entwicklung von Periode zu Periode, klarer ins Licht gesetzt. Die Furcht, dadurch einen zerstückelten Eindruck hervorzurufen, wäre eben so unbegründet, als sie es beim Vortrag einer vollständigen Suite sein würde. Denn das Suitenprincip ist es, welches auch den Organismus dieser Ciacone belebt. Hier wie dort das Nebeneinndaer verschiedener Sätze und Satzgruppen auf dem Boden derselben Tonart, hier wie dort trotz allem Stimmungswechsel, aller Leidenschaftlichkeit als vorherrschender und jedem sich unmittelbar eröffnender Zug die ungestörte Einheit, die Ruhe. Und so hätte der Ciacone Verbindung mit der Suite endlich doch wohl noch einen tieferen Sinn, nämlich den, zwei gleich gestaltete Formen zu einem höheren Ganzen

---

33) Und dadurch seines Schülers Kirnberger merkwürdige Behauptung, man könne zu den Violin- und Violoncellsoli keine Stimme hinzusetzen, ohne Harmoniefehler zu machen (Kunst des reinen Satzes I, S. 176), selbst widerlegt.

zu verbinden, und damit der ihnen innewohnenden Idee die größt-
mögliche Steigerung zu Theil werden zu lassen. — An der Spitze
der dritten Partie (E dur) steht ein unablässig in Sechzehnteln bald
laufendes, bald arpeggirendes ungemein frisches Praeludium. Die
Claviersuiten mit einem Praeludium einzuleiten, war nichts seltenes.
Daß hier eine Stilübertragung stattgefunden hat, wird durch des
Componisten eignes Thun bezeugt, der später den Satz, für obligate
Orgel mit Orchester arrangirt und nach D dur transponirt, als Instrumentaleinleitung einer Rathswahlcantate von 1731 voranschickte [34].
Auf das Praeludium folgt weder Allemande, noch Courante, noch
Sarabande, alle drei Formen fehlen in dieser Suite ganz. Bach hat
einmal ganz frei nach dem Princip der Gegensätzlichkeit gestaltet,
was er sonst nur noch in seinen Orchestersuiten sich erlaubte, wo er
ein historisches Recht dazu besaß. So tritt denn zunächst im gemessenen Sechsvierteltakt eine Loure auf, eine ins Besonnene und Ge-
müthvolle hinüberspielende Nebenart der Gigue [35]. Sodann in Rondo-
form eine Gavotte, mit ihrer jauchzenden, den Boden stampfenden
Fröhlichkeit ein echtes Stück ur-Bachischer Derbheit. Zwei Menuetten stehen ungefähr an Stelle der Sarabande, zierlich und würdevoll der erste, zart und anmuthig schwebend der zweite, Männlein
und Fräulein. Zwischen ihnen und der endigenden Gigue ist noch
eine Bourrée eingeschoben. Diese letzte Partie bedeutet in dem Gesammtwerke der sechs Soli etwa das, was die Gigue in der Einzel-
suite: ihr heller Frohsinn läßt von der dämonischen Größe der übrigen
kaum noch etwas merken; den Zusammenhang der Stimmungen vermittelt aber das Schluß-Allegro der C dur-Sonate.

Auch bei den sechs Compositionen für Violoncell allein [36] drängt
sich die Wahrnehmung eines Gesammtcharakters auf, welcher von
dem des Violinwerkes in demselben Maße verschieden ist, wie die
Instrumente an Ausdrucksfähigkeit einander entgegengesetzt sind.
Die leidenschaftlich vordringende Energie, die oftmals zum Unheim-

---

34) B.-G. V, 1, Nr. 29. Die ganze Suite ist auch im Clavierarrangement
vorhanden (kgl. Bibl. zu Berlin), dessen Autograph ebenfalls noch existiren soll.

35) Mattheson sagt (Vollkommener Capellmeister S. 228, §. 102), die Louren
hätten ein »stoltzes, aufgeblasenes Wesen« an sich, wovon wenigstens die Bachschen Louren das genaue Gegentheil sind.

36) P. S. IV, C. 1.

lichen gesteigerte innere Gluth ist hier einer ruhigeren Pracht und
meist wohlthuenden Großartigkeit gewichen, wie sie die tiefere Stimmung, der gesättigtere Ton des Instrumentes nahe legten. In demselben Verhältniß, wie dort die Molltonarten vorherrschten (4:2), über-
wiegen hier die Durtonarten; während dort die Hälfte aus Sonaten
bestand, werden hier nur Suiten geboten; während dort jede der
Suiten in der Form verschieden war, stimmen sie hier sämmtlich auf
das genaueste überein. Jedesmal beginnt ein mächtiges Praeludium,
das aus breiten Arpeggien und wuchtigen Passagen kühn gewoben
ist, ja in der fünften Suite hat Bach gar eine vollständige Ouverture
im französischen Stil an diese Stelle gesetzt, deren düster-imposantes
Adagio mit seinen langen Orgelpunkten über C und G vielleicht das
einzige Beispiel bietet, wo Bach die chromatische Tonleiter durch
zwei Octaven als Passage angewendet hat. Regelmäßig folgen darauf Allemande, Courante, Sarabande, und vor der abschließenden
Gigue je zwei Intermezzi, die in den ersten beiden Suiten (G dur und
D moll) aus Menuetten, in der dritten und vierten (C dur und Es dur)
aus Bourréen, in den beiden letzten (C moll und D dur) aus Gavotten
bestehen. Die durchaus conforme Anlage beweist auch, daß die letzte
Suite mit den übrigen als Eins gedacht ist, und deshalb begreifen wir
sie ohne weiteres unter die Violoncellsoli mit ein, obwohl sie für die
von Bach erfundene *Viola pomposa* componirt ist. Der große Tonumfang, den dieses Instrument eröffnete, mag neben anderem ein
Grund für die ausgezeichnete und ganz eigenartige Schönheit des
Werkes sein und es muß auf das lebhafteste beklagt werden, daß mit
dem Wiederverschwinden dieser *Viola* auch die Möglichkeit, die ihr
bestimmte Suite originalgetreu zu hören, verschwunden ist [37]. Da
Bach das Instrument selbst ersann, wird er es und auf ihm die Suite
auch wohl selbst gespielt haben; man darf dies um so eher annehmen, als ihm überliefertermaßen ja auch die Spielart der Bratsche ganz
geläufig war. Die technischen Schwierigkeiten derselben gegen die
der Violinsoli abzuschätzen, darf ich mir als Laie nicht erlauben,
doch scheinen sie höchst bedeutend zu sein. Für das Violoncell hatte
er jedenfalls in dem Gambisten Abel einen Mann, der ihm mit tech-

---

37) In der Peters'schen, durch Fr. Grützmacher besorgten, Ausgabe ist sie
für Violoncell eingerichtet und nach D dur transponirt, wodurch natürlich vieles
verloren ging.

nischen Rathschlägen zur Hand gehen konnte und für den vermuthlich die Suiten auch geschrieben sind. Ihr Werth ist ebenfalls ein
sehr hoher; die Entschiedenheit, mit welcher die Tanztypen ausgeprägt sind, stellt sie fast über die Violinsuiten, die unerschöpfliche
Erfindungsfülle ist ihnen mit diesen gemeinsam. Ein einziges Mal, in
der C dur-Suite, wird die Courante aus der Allemande entwickelt; es
ist dies die Einschränkung, mit der oben (S. 694) ein zusammen-
fassendes Urtheil abgegeben wurde. Auch auf den großartigen Aufbau der C moll-Courante, die sich über einem taktweise aus der Tiefe
emporsteigenden und im zweiten Theile eben so langsam wieder
absinkenden Tonleitergange hinbewegt, sei als auf eine hervorstechende Merkwürdigkeit aufmerksam gemacht. —

Die Art, in welcher Bach Violine und Violoncell als allein stehende Instrumente behandelte, mußte sich natürlich ändern, sobald
durch Hinzutreten eines andern, stützenden Instruments alle die
Kunstmittel zur Verdeutlichung der Harmonie fort fielen, die, mochten sie mit noch so meisterlicher Geschicklichkeit gehandhabt werden, doch nicht immer den Schein des Gezwungenen ganz fern halten
konnten. Die gebräuchlichsten Verbindungen waren die eines, oder
zweier beziehungsweise dreier Streichinstrumente mit dem Flügel,
jenes nannte man Solo, dieses Trio, was insofern nicht ganz consequent war, als beim Trio der Streichbass, wenn er überhaupt zugezogen wurde, nur den Cembalobass verstärkte, beim Solo aber ein
accompagnirendes Cembalo stillschweigend mitverstanden wurde.
Das Geschäft des Begleiters war ein secundäres; er hatte nur den
Hintergrund herzustellen, auf dem die andern Stimmen sich bewegen
könnten, deshalb zeichnete man auch seinen Part nicht vollständig
auf, es genügten die über der Bassstimme durch Ziffern angegebenen
Harmonien, welche zu einem lücken- und fehlerlos fortgesetzten Gewebe aus dem Stegreif verbunden werden mußten. Bach schloß sich
dieser Sitte an, doch nicht ohne sie von seinem Standpunkte aus zu
modificiren. Ein in bloßen Accordfolgen sich fortschiebender Satz,
dessen Bedingungen ganz außerhalb desselben lagen, entsprach zu
wenig seinem überall nach organischer Einheit trachtenden Kunst-
sinne. Der *Basso continuo* hatte seit dem Anfange des 17. Jahrhunderts, wo ihn der Italiäner Ludovico Viadana zum ersten Male bei
ein- und mehrstimmigen Vocalsachen anwendete, bis auf Bachs Pe-

riode in allen Gattungen der Kunst — denn es gab kaum eine nennenswerthe, in der er ganz fehlte — einen überaus fördernden Einfluß geübt: alle Tonkräfte hatten sich mit einer freien Sicherheit zu geben und zur Geltung zu bringen gelernt, die ohne ihn schwerlich so und jedenfalls nicht in so auffallend kurzer Zeit erfolgt wäre. Aber das höchste Ziel war nun doch auch, sich entweder von dieser Stütze ganz los zu machen oder durch emsigste Pflege sie selbst zum Ausschlagen und zu so fröhlichem Wachsthum zu bringen, daß sie die an ihrem Stamme emporrankenden Pflanzen übergrünte, durch ihre Zweige umhüllte und mit sich Eins werden ließe. Die gesammte Kunstentwicklung drängte auf den zweiten Weg. Bach übertrug den polyphonen Clavierstil auch auf dieses Gebiet und so ist seine Schreibweise für die vom Cembalo gestützten Instrumente wohl eine weniger fremdartige, als bei den eben besprochenen Solocompositionen, aber doch wieder eine nicht ausschließlich durch deren innere Natur, sondern durch das bereits ausgebildete Wesen Bachscher Polyphonie bestimmte, wenn man will, orgelgemäße.

Es ist von Wichtigkeit, über die Bachschen Grundsätze in Ausführung des Accompagnements zur größtmöglichen Klarheit durchzudringen, weil dieser üppige Zweig damaliger Kunstpraxis jetzt ganz abgestorben ist und doch auf seiner richtigen Wiedererweckung ein wesentlicher Theil der Möglichkeit beruht, die Bachschen Kunstwerke für unsere Zeit ganz zugänglich zu machen. Vor allem sind — wir reden hier zunächst nur von Kammermusik — zwei Fälle zu unterscheiden. Ueber die Gewohnheit der Zeit hinaus hat Bach grade in seinen vorzüglichsten Werken das Clavier obligat behandelt. Diese Werke sind fast durchaus strenge Trios, wirkliche dreistimmige Sätze, zu denen das Clavier zwei Stimmen, eine Geige, Gambe oder Flöte die dritte liefert; ein einziges Largo giebt sich als Quatuor, in dem dann das Clavier drei Stimmen übernimmt. Der harmonische Hintergrund ist fast ganz aufgelöst. Nur wenn zur Eröffnung eines Satzes oder einer neuen Durchführung im Satze das Thema von dem concertirenden Instrument über dem stützenden Basse zum ersten Male vorgetragen wird, sollen, um es mit allseitiger Bestimmtheit hinzustellen, füllende Accorde angeschlagen werden. Bach, der es beim Nieder- oder Ausschreiben seiner Werke mit der Bezifferung meist sehr genau nahm und dazu um so mehr Grund hatte, je weiter seine Praxis, wie es hier der Fall war, von der gewöhnlichen abwich, läßt uns über diese Absicht durch seine eignen Handschriften nicht im Zweifel. Außerdem finden sich noch wenige zerstreute Stellen, und zwar immer solche, in denen das concertirende Instrument über dem nackten Cembalobasse notirt ist, welchen ein paar leicht ausfüllende Accorde zugedacht sind; das ist dann durch Bezifferung angedeutet oder mit einem Worte gefordert und kennzeichnet sich dadurch genügend als Ausnahme. Im Allgemeinen aber wird eine harmonische Ergänzung durch den bewunderungswürdig belebten, perfecten dreistimmigen Satz nicht nur überflüssig, sondern gradezu unmöglich gemacht, wenn anders nicht die Schönheit der Linien gründlich verdorben werden soll. Wo einmal eine Stimme zur Mehrtonigkeit erweitert wird, geschieht dies, einen vereinzelten volleren Accord nicht gerechnet, in durchaus organischer Weise und wird in der Clavierstimme so genau aufgezeichnet, wie in der Violinstimme. Es ist der Freiheit des Kammerstils und dem trocknen, unwirksamen Cembalo-Tone zuzuschreiben, wenn überhaupt ein Satz nicht von der ersten bis zur letzten Note nur dreistimmig ist. Bachs Ideal war dies wenigstens; man sieht es mit aller erforderlichen Deutlichkeit aus den sechs großen Orgelsonaten für zwei Manuale und Pedal, welche uns für später noch zu betrachten bleiben und formell ganz mit den meisten Kammertrios übereinkommen, man hat es bereits aus den dreistimmigen Clavier-Sinfonien gesehen, und wie wir diese als einzig in ihrer Art preisen durften, ist auch die accompagnirte Violinsonate durch Bach in einer Weise idealisirt, die einen Vergleich mit andern, auch den besten, Zeitgenossen von vornherein unmöglich macht [38].

Es fehlen nun aber auch solche Compositionen nicht, in denen der allgemeinen Sitte gemäß das Cembalo nach einem bezifferten Basse zu begleiten hat. Noch am Ausgange des 17. Jahrhunderts war nicht selten eine dreistimmige Begleitung genügend erschienen, in der folgenden Periode aber die vierstimmige zur allgemeinen Regel erhoben, die, um der Klangarmuth des Cembalo abzuhelfen, noch beliebig verdoppelt werden konnte [39]. Daß auch Bach vollstimmig

---

38) S. Anhang A. Nr. 39.

39) Heinichen, Der Generalbass in der Composition. Dresden, 1728. S. 131 und 132.

zu begleiten liebte, ist uns durch mehre seiner Schüler ganz sicher
bezeugt. Natürlich schließt das nicht ein beständiges Arbeiten mit
vier oder mehr Stimmen ein, sondern giebt nur die Durchschnitts-
Beschaffenheit an, denn zu einem guten Begleiter gehörte es, sich in
jedem Augenblicke nach Form und Ausdruck des betreffenden Tonstückes zu richten [40]. Johann Christian Kittel, einer der letzten
Bachschen Schüler (geb. 1732), giebt eine interessante Schilderung,
wie es in Leipzig bei den Proben zu einer Cantate unter des Meisters
Direction zuzugehen pflegte: Es »mußte allemal einer von seinen
fähigsten Schülern auf dem Flügel accompagniren. Man kann wohl
vermuthen, daß man sich da mit einer magern Generalbassbegleitung
ohnehin nicht vorwagen durfte. Demohnerachtet mußte man sich
immer darauf gefaßt halten, daß sich oft plötzlich Bachs Hände und
Finger unter die Hände und Finger des Spielers mischten und, ohne
diesen weiter zu geniren, das Accompagnement mit Massen von Harmonien ausstaffirten, die noch mehr imponirten, als die unvermuthete
nahe Gegenwart des strengen Lehrers« [41]. Hier trat das Talent des
Improvisirens, das Bach in so erstaunlichem Maße besaß (s. S. 640 f.),
in sein Recht ein. Am meisten Raum war ihm gegenüber einem Solo
gewährt. »Wer das Delicate im Generalbass und was sehr wohl
accompagniren heißt recht vernehmen will,« sagt sein Leipziger
Freund Mizler, »darf sich nur bemühen, unsern Herrn Capellmeister
Bach allhier zu hören, welcher einen jeden Generalbass zu einem
Solo so accompagnirt, daß man denket, es sei ein Concert und wäre
die Melodey, so er mit der rechten Hand machet, schon vorhero also
gesetzet worden« [42]. Und in noch helleres Licht stellt Bachs Kunst,
polyphon zu begleiten, die Ueberlieferung Heinrich Gerbers, der unter
seiner Anleitung das Generalbassspiel an den Bässen der Albinonischen Violinsoli hatte üben müssen, und dieselben »nach Bachs

---

40) Quantz, Versuch einer Anweisung u. s. w. S. 223: »Die allgemeine Regel
vom Generalbaß ist, daß man allezeit vierstimmig spiele: wenn man aber recht
gut accompagniren will, thut es oft bessere Wirkung, wenn man sich nicht so
genau hieran bindet.«

41) Johann Christian Kittel, Der angehende praktische Organist. Dritte
Abtheilung. Erfurt, 1808. S. 33.

42) Musikalische Bibliothek, vierter Theil. Leipzig, 1738. S. 48. Den
Grundsatz empfiehlt übrigens auch Heinichen, a. a. O. S. 547 f.

Manier« so ausführte, daß der Sohn »besonders in dem Gesange der Stimmen unter einander nie etwas vortrefflicheres gehört« haben wollte, und meinte, das Accompagnement sei schon an sich so schön gewesen, daß keine Hauptstimme etwas zu dem Vergnügen, welches er dabei empfunden, hätte hinzuthun können [43]). In etwas können auch wir noch die Wahrheit des Gerberschen Urtheils bestätigen. Zu einem kleinen Menuett einer Flötensonate in C dur [44]) ist das vollständig ausgeschriebene eigne Accompagnement Bachs erhalten, und in der That wie ein selbständiges Stück beschaffen. Es ist, der zarten Natur des Menuetts gemäß, meistens dreistimmig, die Oberstimme gleitet in graziösen Achtelgängen dahin, markirt immer die Hauptschritte der Melodie und schwingt sich im Uebrigen frei über sie weg oder unter ihr her. Sodann giebt es eine italiänische Cantate mit ausgeführtem Accompagnement für deren letzte Arie, das man, da die Singstimme in lückenlosem melodischen Zuge hinströmt, nicht eigentlich obligat nennen kann, obgleich eine gewisse Sechzehntelfigur darin vielfach durchgeführt wird. Beide Hände sind hier in contrapunctirenden Passagen, in Arpeggien und vollgriffigen Accorden unausgesetzt in Thätigkeit und die Begleitung würde fast überladen erscheinen, wenn nicht eben die Tonarmuth des Cembalo sie rechtfertigte [45]). Solchen Thatsachen gegenüber kann man sich des niederschlagenden Gefühles nicht erwehren, daß eine gänzlich dem Sinne Bachs genügende Ausführung seiner Instrumentalsoli mit beziffertem Basse für uns jetzt unmöglich geworden ist. Hätte jedoch der Meister seine Art der Begleitung für die Gesammtwirkung als wesentlich erachtet, so würde er auch hier eine obligate Clavierstimme hingeschrieben haben. Er ließ sie aber mit einfachem Generalbass durch seine Schüler unter die Leute verbreiten, er mußte also alles, was für einen vernünftigen Spieler nöthig ist, ausgedrückt zu haben glauben, und wir dürfen uns damit trösten, daß also auch ein ganz einfaches Accompagnement seinen Intentionen nicht zuwider gewesen ist.

Je mehrstimmiger aber ein Satz wurde, desto weniger Spiel-

---

43) Gerber, Lexic. I, Sp. 492.
44) P. S. III, C. 6, Nr. 4.
45) B.-G. XI, 2, S. 97 ff.

raum blieb für die freie Improvisation. Bei der großen Kunst und Vorliebe, mit welcher Bach den dreistimmigen Satz behandelte, muß man überzeugt sein, daß schon beim Trio mit beziffertem Basse nichts zur nothwendigen Ergänzung übrig blieb. Und ein glücklicher Umstand liefert dafür den unumstößlichen Beweis. Ein Trio für zwei Flöten und Cembalo ist vom Componisten später zu einer Sonate für Gambe und obligates Clavier umgeändert[46]). Beide Male liegen die Autographe vor. Zu der ersten Fassung ist die Bassstimme sorgfältig beziffert, zu der zweiten findet sich von einer Bezifferung auch nicht die leiseste Andeutung. Es leuchtet ein, daß dann im ersten Falle das Accompagnement unmöglich sehr selbständig gewesen sein kann, daß sein Zweck nicht sowohl der einer harmonischen Ergänzung, als einer Vermittlung der verschiedenen Klangkörper war. Sollte einmal das Cembalo den Bass vertreten, so mußte zwischen dessen sprödem, kurzem Tone und der saftigen Fülle der Flöten oder in andern Fällen der biegsamen Eindringlichkeit der Geigen ein gewisses Gleichgewicht hergestellt werden; dies war nicht nöthig, sowie das Cembalo zwei Stimmen übernahm und dadurch in die Tonlage des andern Instruments hinübergriff. Die Vierstimmigkeit des Accompagnements ist durch einen von des Meisters besten Schülern, Johann Philipp Kirnberger, bezeugt, der zu einer Trio-Sonate desselben ein solches ausführte, und es deutlich als den Willen Bachs hinstellte[47]). Dasselbe schließt sich durchaus dem Gange der aufgezeichneten Stimmen an, verdoppelt sie mit Hinzufügung eines vierten Tones oder giebt nach der Grundregel, daß beim Accompagnement die Hände sich nicht zu weit von einander

---

46) B.-G. IX, S. 175 ff. und 260 ff.

47) Nämlich zu der im »Musikalischen Opfer« befindlichen für Flöte, Violine und Clavier. P. S. III, C. 8, Nr. 3. Die Begleitung zum dritten Satze hat Kirnberger auch in seinen »Grundsätzen des Generalbasses« mitgetheilt, und sagt dazu S. 87: »Um endlich einen überzeugenden Beweis von der Nothwendigkeit der Kenntniß der verschiedenen Bezifferungen zu haben, habe ich *Fig.* LI. ein Exempel von Johann Sebastian Bach aus einem Trio beigefüget, welches, ohngeachtet es nur ein Trio ist, dennoch vierstimmig accompagnirt werden muß, und kann dieses zur Widerlegung der gemeinen Meinung dienen, als müßten Trios, Sonaten, für eine concertirende Stimme und den Baß; imgleichen Cantaten, die nur von einem Flügel begleitet werden, nicht vierstimmig accompagniret werden.«

entfernen sollen[48]), ihre Harmonie in anderer Lage; von eigen-
mächtigem Gebahren ist nirgends eine Spur. Bach selbst mag hierin
manchmal anders gehandelt haben. Seinem harmonischen Scharfsinne gefiel es zuweilen, wenn ihm jemand ein Trio vorlegte, zu den
drei Stimmen eine durchgehende vierte zu extemporiren, und was
er bei fremden Sachen that, konnte auch wohl bei den eignen geschehen. Aber dies waren mehr die Wirkungen guter Laune und
eines freudigen Kraftgefühls, ebenso wie er wohl aus einer bloßen
Bassstimme ein vollständiges Trio oder Quatuor abspielte, oder aus
drei neben einander gelegten Stimmen ein unbekanntes Stück ohne
Anstoß zusammenlas[49]). Regel blieb das einfach stützende vierstimmige Accompagnement. Der Klangcharakter des Cembalo sorgte
schon dafür, daß die Linien der Hauptstimmen nicht verwirrt noch
verwischt wurden. Zu diesem Geschäfte ist der moderne Flügel weit
weniger angemessen und erfordert doppelte Vorsicht und Discretion.

In den Concerten nun gar und Orchestersuiten folgt die Begleitung durchaus den Harmonienwendungen der ausgeschriebenen
Stimmen, welche sie sich nach Bedürfniß vereinfacht. Die durchgehenden, Neben- und Wechselnoten bleiben gewöhnlich unberücksichtigt, die Ausführung geschieht in der mittleren Tonlage, so daß
in jeder Hinsicht nur die Darstellung des harmonischen Kerns die
Aufgabe des Begleiters bildet. Bei fugirten Stellen pflegte man in
älterer Zeit, wo die Contrapunctirung so sehr viel einfacher war,
jedesmal die Stimme, welche das Thema hatte, mit wirklichen Noten über dem Continuo anzudeuten, ja von Bach selbst existiren noch
zwei Clavierfugen, die mit Hülfe der Bezifferung nur auf ein System
geschrieben und freilich auch im Verhältniß zu seinen übrigen von
sehr einfacher Beschaffenheit sind[50]). Sonst aber pflegt er auch bei
Fugen alles, was er von der Begleitung verlangt, mit bewunderungs-

---

48) Quantz, a. a. O. S. 233.

49) Forkel, a. a. O. S. 16 und 17.

50) P. S. I, C. 4, Nr. 7 und 8. — Auf der königl. Bibl. zu Berlin ist ein
Heft mit der Aufschrift: *»Praeludia et Fugen | del signor | Johann Sebastian |
Bach. | Possessor | A. W. Langloz | Anno* 1763.« | Es enthält 62 Praeludien und
Fugen, ebenfalls nur einsystemig und mit Bezifferung. Kein einziges Fugenthema ist aber sonst als Bachisch bekannt und die Compositionen sind so
dürftig, daß ich nicht an den Bachschen Ursprung glaube. Vielleicht sind es

werther Deutlichkeit durch die Ziffern auszudrücken, so daß noch
jetzt jeder einigermaßen in die Regeln des Generalbassspiels einge-
weihte Musiker ohne Mühe einen fließenden Tonsatz daraus herzustellen vermag, in jener Zeit aber ein an Bachs Schreibweise ge-
wöhnter Begleiter den Continuo ganz leicht und fehlerlos ausführen
konnte. Seine Schreibweise war allerdings in vielen Punkten abweichend und dem eignen Stile angepaßt, er forderte von seinen
Schülern, daß sie dieselbe, etwa so wie die Musikschlüssel, richtig
lesen lernten. So notirte er, um bei den vielen durchgehenden Bassnoten seiner Compositionen jeden Zweifel über die zugehörige gemeinsame Harmonie auszuschließen, dieselbe immer mit Ziffern,
welche von dem ersten Tone des betreffenden Notencomplexes aus
berechnet waren, mochte derselbe dissonirend sein oder nicht; die
Harmonie blieb dann liegen bis zur nächsten Bezifferung oder bis
die Wendung dem Ohre eine Auflösung in den Dreiklang anzeigte [51].
In Betreff der Bachschen Clavierconcerte mit Orchester ist es merkenswerth, daß hier die Generalbass-Begleitung auf einem zweiten
Flügel ausgeführt, der erste also ganz als Soloinstrument angesehen
wurde [52]. In den Kammermusikwerken für Gesang wurde noch bei
den *Ritornellen der Arien, die allein zum Cembalo gesungen werden*,
eine besondere Anforderung an den Begleiter gestellt, insofern hier
eine ganze Periode auch melodisch zu gestalten und abzurunden
war. Gewöhnlich ließ sich das Material dazu aus der folgenden oder
vorhergehenden Gesangsmelodie entnehmen. Zuweilen lag es jedoch
im Basse selbst, dann war es die Aufgabe, in den Oberstimmen eine
richtige und fließende Contrapunctirung vorzunehmen.

Resultat ist also, daß Bach bei obligater Behandlung des Claviers dem freien Accompagnement bis auf wenige, ganz bestimmte
Fälle garnichts zu thun übrig ließ, daß er bei Ausführung eines bezifferten Basses einem Soloinstrumente oder einer Solostimme gegen-

---

Uebungsstücke für das Generalbassspiel, die sich ein Schüler Bachs gesammelt
hatte und der genannte Langloz abschrieb. — Vrgl. noch über die ältere Manier,
Fugen in der Continuo-Stimme zu notiren Niedt, Musikalische Handleitung, I.
Hamburg, 1710. Bogen E.

51) Kirnberger, a. a. O. S. 87.

52) Hierauf hat zuerst W. Rust aufmerksam gemacht B.-G. IX, S. XVII;
zu vergl. B.-G. XVII, S. XV.

über seinem Improvisationstalente nachzugeben liebte, ausnahmsweise nur bei Trios oder reicher gewobenen Tonstücken, daß er überall aber, wo er bloße Bezifferung vorschrieb, eine correcte vierstimmige Ausführung derselben für genügend hielt. Vom dreistimmigen Satze aufwärts sind seine Harmonien keiner Ergänzung mehr bedürftig, der Zutritt des Cembalo dient alsdann nur noch der Zusammenschmelzung des Tonmaterials. Seine Bedeutung wird aber dadurch um nichts geringer. Dem äußeren Blicke fast entzogen, bestimmt es dennoch dynamisch das ganze Kunstgebilde, denn seinem Wesen sind die concertirenden Instrumente assimilirt, nicht umgekehrt. Es bleibt die verborgene Wurzel, welche dem Stamm die Säfte zuführt. Diese Wurzel aber wird größtentheils wiederum durch den Orgelquell getränkt. Dadurch rechtfertigt sich der Hauch von Fremdartigkeit, der für uns auch über dieser Kammermusik liegt und eine freilich schnell erreichte Gewöhnung fordert, weil eben grade dasjenige, was Cembalo und Orgel gemeinsames hatten, dem zu substituirenden modernen Flügel fehlt. Was nun in der Kammermusik das orgelbeeinflußte Cembalo bedeutet, genau das ist in der Kirchenmusik die Orgel selbst und alles was von der Begleiterrolle jenes Instrumentes gesagt wurde, gilt unter den genannten Verhältnissen ausnahmslos von diesem. Daß der Stil von Bachs Kirchencompositionen bis in alle seine Specialitäten aus der Orgelmusik hervorgegangen ist, haben wir an früherer Stelle nachgewiesen. Um das Gefühl davon unablässig wach zu erhalten, war das unausgesetzte Eingreifen dieser die disparaten Elemente beherrschenden und zusammenhaltenden Macht nothwendig, wie denn auch sie allein noch im Stande war, eine wirkliche Kirchenmusik herzustellen. Und darum ist es eben so bedeutungsvoll wie zugleich selbstverständlich, daß Bach, obgleich schon damals unter der Autorität der Italiäner auch in die Kirchen das accompagnirende Cembalo sich einzudrängen suchte, unverrückt zum Generalbassspiel dennoch nur die Orgel verwendete. Man nehme sie hinweg und dem Tonwerke ist die Seele entzogen, ein Automat bleibt übrig. Entscheidende Belege dafür, daß Bach die Sache so ansah, sind auch hier drei von ihm selbst aus Kirchencantaten für die Orgel allein arrangirte Sätze, zwei dreistimmige und ein vierstimmiger, welche in den Cantaten, wo sie aus Singstimmen und Instrumenten über einem Continuo gebildet sind, eine Generalbass-Begleitung haben, während sie als Orgelstücke ganz frei dastehen[53]. Natürlich änderte sich die Beschaffenheit des Accompagnements nach dem Charakter des Instrumentes, auf saubern vierstimmigen Satz wurde noch strenger gesehen, die vollgriffigen Verdopplungen des Cembalos waren ausgeschlossen, weil durch Registrirung herstellbar. Aber eine Theilnahme der Art, daß der Orgel auch das Speciell-Wesentliche für jedes einzelne Musikstück anvertraut gewesen, und somit Bachs gesammte Kirchenmusik uns nur skizzenhaft überliefert wäre, hat nicht stattgefunden. Es war genug geschehen, wenn die Orgel die allgemeine Ausdrucksweise bestimmt hatte, als mitwirkendes Instrument blieb sie secundär, die Hauptsachen wurden in Notenschrift aufgezeichnet[54].

Von Sonaten für Violine und obligates Clavier vereinigte Bach wiederum sechs zu einem Ganzen. Das Jahr ihrer Entstehung oder Vollendung läßt sich nicht genau ermitteln, doch meldet eine sehr zuverlässige Ueberlieferung, daß sie in Cöthen geschrieben wurden[55]. Den Verhältnissen nach ist von drei Sonaten für Gambe und Clavier und eben so vielen für Flöte und Clavier dasselbe äußerst wahrscheinlich. Die Vergleichung dieser drei collectiven Werke zeigt aber mit überraschender Klarheit, wie sehr Bach, obschon er nicht zunächst aus der Idee einer Geige, Gambe, Flöte heraus schuf, dennoch auf dieselben Rücksicht nahm, so daß, den allgemeinen Stil einmal abgerechnet, in der That der Charakter eines jeden jener Instrumente hell und deutlich durch die ihnen bestimmten Compositionen zurückgespiegelt wird. Die Violinsonaten sind sämmtlich durchzogen von dem Hauche jener gesunden Männlichkeit, die, wenngleich der verschiedensten Schattirungen fähig, doch immer der Grundcharakter der Violine bleiben muß. Zu

---

53) Die Orgelchoräle »Ach bleib bei uns, Herr Jesu Christ«, »Meine Seele erhebet den Herren«, »Wachet auf, ruft uns die Stimme« (P. S. V, C. 6, Nr. 2. C. 7, Nr. 42 und 57), vom Componisten selbst mit drei andern bei G. Schübler in Zella herausgegeben; entnommen den Cantaten »Bleib bei uns, denn es will Abend werden« (B.-G. I, Nr. 6), »Meine Seele erhebet den Herren« (B.-G. I, Nr. 10), »Wachet auf, ruft uns die Stimme« (Winterfeld, Evang. K. III, Beilage S. 172).

54) S. Anhang A. Nr. 40.

55) Forkel, S. 57 sagt es ganz bestimmt, muß es also von Bachs Söhnen erfahren haben.

diesem gemeinsamen Zuge kommt die Uebereinstimmung der Gesammtform, welche, mit einziger Ausnahme der letzten Sonate, die
schon bekannte viersätzige ist. Mit der bei den Solosonaten gegebenen Beschreibung der Einzelformen reichen wir aber hier nicht mehr
aus; nicht umsonst hatte Bach die Violinsonate in sein eigenstes
Gebiet hinüber gezogen. Zu so kühnen Dimensionen erweiterte er
theilweise den Bau der einzelnen Sätze, daß er mit ihnen fast über
ein Jahrhundert hinüber neben die voll ausgebildeten Formen der
Beethovenschen Sonate tritt. Der Hauptfortschritt besteht in der
Benutzung der italiänischen Arienform und deren genialer Verschmelzung mit dem fugirten Kammerstil; dadurch wird die Dreitheiligkeit mit derselben Entschiedenheit, ja fast noch entschiedener
hervorgekehrt, als im Beethovenschen Sonatensatze, auch das Verhalten der Theile zu einander ist dasselbe, indem der dritte den ersten repetirt, der zweite meisten- und größtentheils gegebenen Stoff
verarbeitet; nur insofern bleibt 'ein Unterschied bestehen, als der
neuere Sonatensatz sich aus der zweitheiligen Lied- oder Tanzform,
der ältere aus der Fuge entwickelte und demgemäß dort das homophone, hier das polyphone Wesen mit seinen Consequenzen vor-
herrscht. Es wurde oben schon erwähnt, daß die gegenseitigen Beziehungen der einzelnen Sätze der älteren Sonate, wenn man das
erste Adagio als Einleitungssatz auffaßt, von denen der neueren Sonate nicht weiter verschieden sind. Wie nun hier das erste Allegro
den eigentlichen Typus des dreitheiligen Organismus abgiebt, so
auch meistens bei Bach; für das letzte Allegro pflegt er, wie es allgemein Brauch war, nun auch seinerseits die zweitheilige Tanzform
zu benutzen, und combinirt mit ihr die Fugenform in nicht minder
bewunderungswürdiger Weise. Daß er von hier aus nicht zu jener
ausgeführten Beethovenschen Dreitheiligkeit fortschritt, geschah
weil die zweitheilige Form mit Repetition die freie Entfaltung seines
Stils zu sehr hemmte. In der Ausdehnung jedoch, wie sie bei Philipp
Emanuel Bach und meistens auch noch in den Claviersonaten Haydns
und Mozarts als erster Sonatensatz angewendet wird, war sie ihm
längst geläufig, hierauf wurde schon bei der Edur-Invention hingewiesen, und der Solosatz für Cembalo in Emoll aus der letzten der
Violinsonaten ist ein ganz vollendetes Muster der Art. Neue Instrumentalformen sind überhaupt in der nach-Bachischen Zeit gar-

keine mehr geschaffen, nur Modificationen der schon vorhandenen und von Bach mit Meisterschaft cultivirten fanden noch statt, und die Summe aller Umbildungen des nachfolgenden Jahrhunderts erreicht noch lange nicht die Anzahl der Formen, welche er allein zur Vollendung brachte.

Die sechs Violinsonaten stehen in H moll, A dur, E dur, C moll, F moll, G dur [56]) und sind trotz ihrer übereinstimmenden Anlage von einer staunenswerthen Verschiedenheit. Die erste wird durch ein Adagio im $\frac{6}{4}$ Takt eröffnet, gleich breit und prachtvoll in Melodie wie Harmonie. Trotz seines vorbereitenden Charakters hat es doch eine ganz geschlossene Form, indem erstens sowohl ein bestimmtes Bassmotiv, als ein und dieselbe schwankende Achtelbewegung durch das ganze Stück festgehalten wird, zweitens der von Takt 13 bis 20 in der Dominante erscheinende Abschnitt von Takt 24 bis 31 in der Haupttonart wiederkehrt, wonach dann die letzten Gänge auf den Anfang des Satzes zurückdeuten, so daß die beiden Haupttheile je zwei Unterabtheilungen haben, welche sich chiastisch entsprechen (A B b a). Dann folgt ein kräftiges fugirtes Allegro in dreitheiliger Arienform; im zweiten Theile (Takt 41—101) zeigt Bach seine in der Schule der Nordländer erworbene hohe Kunst motivischer Entwicklung des im ersten streng durchgeführten Themas; der dritte Theil ist die unveränderte Wiederholung desselben. Niemals tritt im Beginn dieser Fugensätze das Thema ohne unterstützenden Bass auf, eine aus dem italiänischen Kammerstile herübergenommene Freiheit, die schon bei den Clavier-Sinfonien ihre Erwähnung fand. Nun das zweite, das eigentliche Adagio, hier Andante in D dur, ein wunderholdes, wie aus lauter Blumenketten gewobenes Stück, und von einem Organismus, wie ihn kein Beethovensches Adagio tadelloser besitzt; besonders verdient Beachtung, mit welch feinem Kunstgefühl das zart-innige Seitenthema nach Wiederkehr des Hauptthemas in der Unterdominante erscheint (Takt 22 ff.). Den Beschluß macht ein zweitheiliger Satz mit Repetitionen, fugirt, doch so, daß das Thema gleich mit zweistimmiger Contrapunctirung auftritt; sein Charakter ist trotzig und herausfordernd, man sehe außer dem

---

56) B.-G. IX, S. 69—172. P. S. III, C. 5.

vortrefflich erfundenen Thema die plötzliche Wendung auf die Dominante am Schlusse des ersten Theils, die kühne Einführung des Sextaccordes von C dur dicht vor dem Ende. Die zweite Sonate, jetzt wohl die bekannteste unter den sechsen, hebt mit einem Satze im ⅜ Takt an, welcher aus einem eintaktigen Thema, nachher in Verbindung mit einem flüsternden Sechzehntelmotiv (aus Takt 8), sehr zart gesponnen wird. In markigen Gegensatz dazu tritt das herrliche *Allegro assai* ¾. Die Form ist wie in der H moll - Sonate, der letzte Theil die genaue Wiederholung des ersten, die Beschaffenheit des mittleren aber eine andre. Hier tritt nämlich (Takt 30 — 33) ein neuer Gedanke auf, den alsbald das Hauptthema ablöst, so daß nun eine Durchführung in der früher beschriebenen Form des Concertsatzes entsteht; endlich entwickeln sich aus dem neuen Gedanken breite Violinarpeggien, zu ihnen spinnt über einem mächtigen Orgelpunkte von 19 Takten der Flügel das Hauptthema motivisch aus und schwingt sich dann in den dritten Theil hinüber. Von dem allbekannten, tiefsinnigen und melodieschönen Fis moll-Canon sei nur erwähnt, daß seine zwei Abschnitte sich ungefähr umgekehrt zu einander verhalten, wie die des ersten Satzes der H moll-Sonate: die viertheilige Anfangsperiode führt nach Cis moll, und beginnt dort gleich von neuem, weiß aber durch Einschiebung eines Mittelgliedes und Wiederholung des zweiten schon hier nach Fis moll zurück zu gelangen; nach Abschluß ertönt dann der innig-wehmüthige Anfang noch einmal wie ein Nachklang entschwundener Zeiten und bereitet mit einem Halbschlusse das letzte *Presto* vor. Es ist zweitheilig und fugirt, doch arbeitet der zweite Theil vorzugsweise sein eignes Thema durch und nimmt erst am Ende das erstere in neckischen Engführungen wieder auf. Von der dritten Sonate der erste Satz läßt die Geige frei und gesangreich schweifen über einem mit gewohnter Consequenz durchgeführten Begleitungs-Motive; der zweite stimmt formell mit dem der A dur-Sonate überein, nur wird die Wiederholung des dritten Theils abgekürzt. An dritter Stelle findet sich ein Adagio in Cis moll von ergreifendstem Ausdruck. Es ist eine Ciacone mit 15maliger Wiederholung des Bassthemas, außerdem hat aber Bach auch in den Oberstimmen ein selbständiges Thema durchgeführt und dem Ganzen genau die zu größeren Proportionen erweiterte Form des Fis moll-

Canons gegeben, zu welchem dies Adagio überhaupt wohl das Gegenstück bilden sollte. Der letzte Satz ist nicht zwei- sondern dreitheilig, im Mitteltheile wieder concertmäßig ausgeführt, seine Repetition eine vollständige. An der Spitze der vierten Sonate begegnet uns als Largo ausnahmsweise ein Siciliano, ganz in Leid und Klage getaucht, im Beginne übereinstimmend mit der berühmten H moll-Arie der Matthäus-Passion »Erbarme dich, mein Gott, um meiner Zähren willen«. Ein ungemein kraftvolles und kerniges Allegro reißt aus dieser Stimmung empor: der reichste und breiteste Satz seiner Art in der gesammten Sonatensammlung. Die große Gedankenfülle trieb hier zur Erweiterung auf vier Theile, indem dem dritten noch ein zusammenfassender Epilog angehängt wurde (Takt 89—109), auch ist jener (55—89) durchaus nicht bloße Repetition, sondern mit großer Freiheit umgebildet und mehr noch als der zweite Theil (Takt 34—55) Schauplatz interessanter motivischer Hervorbringungen. In schöner Ruhe, warm und mild wie ein Sommerabend, zieht das Es dur-Adagio vorüber; zu einem einfachen Triolen-Accompagnement ertönt der Geige Gesang, sinnend sich unterbrechend und dem eignen Echo lauschend, erst gegen Ende in einen vollen Empfindungsstrom gesammelt. Ein von Bachischer Arbeitsfreudigkeit beseeltes zweitheiliges Allegro macht den Schluß: auch hier hat der zweite Theil seine eigne Fugirung. Es folgt die fünfte Sonate, eingeleitet von jenem Largo, das allein vier reale Stimmen verwendet. Schon dadurch besonders hervorgehoben, ist es auch sonst eins der machtvollsten Stücke der Sammlung und unter den Bachschen Kammermusikwerken überhaupt. Der dreistimmige Clavierpart ist so selbständig, daß man ihn fast durchweg auch allein spielen kann, die Geige redet hinein bald in abgebrochenen Sätzen, bald im breitesten — es ist $\frac{3}{2}$ Takt — und scheinbar unendlichen melodischen Ergusse. Und weit entfernt, in dem Organismus ein fremdartiges Element zu bilden, erhebt sie diesen vielmehr auf eine edlere Stufe, keine seiner wirkenden Kräfte schädigt sie, allen nur giebt sie eine gemeinsame höhere Richtung — gleichsam die musikalische Nachbildung eines ewigen Naturprocesses. Hundert und acht Takte gliedern sich in vier scharf begränzte Theile, deren erster auf der Durparallele schließt (T. 37); der zweite, imitatorisch und motivisch weitergehend, gelangt nach C moll (T. 59), der dritte greift in dieser

Tonart auf den ersten zurück, doch mehr nur um ihn in Erinnerung zu bringen, kommt dann davon ab und erst als (T. 88) wieder in die Haupttonart eingelenkt wird, folgt im vierten Theil eine wirkliche Repetition, welche abkürzend Anfang und Ende des ersten Theiles an einander fügt. Das Thema, aus welchem ausschließlich der Claviersatz gewirkt ist:

findet sich unmerklich abweichend in einer achtstimmigen Motette wieder: »Komm, Jesu, komm, gieb Trost mir Müden, Das Ziel ist nah, die Kraft ist klein«[57], und nahe verwandt sind auch die Stimmungen. Eine nicht stürmische, aber unermeßlich tiefe Sehnsucht nach Erlösung und Frieden lebt in dem Satze, und spannt endlich mit einer solchen Allgewalt ihre Flügel aus, als ob sie alle irdischen Bande zu sprengen gewillt wäre. Stellen, wie Takt 90 ff. waren es auch besonders, welche befruchtend in Schumanns tief empfindende Brust fielen und von dort neue, herzerquickende Blüthen, wie das Andante seines Clavierquartetts, hervortrieben. Die Allegrosätze folgen in umgekehrter Reihe, der zweitheilige steht an zweiter, der dreitheilige an vierter Stelle, zwischen ihnen ein Adagio in C moll, das jenen träumerischen, nur auf harmonische Entwicklungen gegründeten Clavierpraeludien nachgebildet wurde: die Geige streicht in langsamer Achtelbewegung zweistimmige Accorde an, denen durch arpeggirende Sechzehntel der abwechselnden Hände größere Fülle gegeben wird[58]. — Die letzte Sonate weicht, wie gesagt, in ihrer Gesammtform wesentlich ab. Zunächst zählt sie fünf Sätze, drei langsame werden von zwei schnellbewegten eingerahmt, indem der erste Allegrosatz am Schlusse wiederholt werden soll. Es giebt kein, zweites Beispiel einer solchen Formerweiterung unter Bachs Werken, und doppelt auffallend ist sie an einer Composition, die mit fünf andern, durchaus unter einander gleichgestalteten ein Gesammtwerk auszumachen bestimmt war. Künstlerische Gründe können es kaum gewesen sein, die grade an dieser Stelle eine solche Unregelmäßig-

---

57) Motetten von Johann Sebastian Bach. Leipzig, Breitkopf und Härtel, Nr. 4.

58) Später hat Bach an deren Stelle Zweiunddreißigstel-Gruppen gesetzt; die erste Gestalt ist mitgetheilt B.-G. IX, S. 250 f.

keit hervorriefen; ich glaube eher an persönliche, im Leben des Componisten gegebene Motive, für deren Erforschung jedoch jede sichere Handhabe fehlt. Uebrigens waltet in der Form die höchste künstlerische Vernunft: den Kern des Organismus bildet, auch dem Gehalte nach, der dritte Satz: *Cantabile, ma un poco Adagio* (G dur), um ihn ziehen die beiden andern Adagiosätze, E moll und H moll, und weiter hinaus die Allegros ihre concentrischen Kreise. Alle sind von ganz eigener Beschaffenheit und mit sichtbarer Vorliebe geschrieben. Im ersten, dreitheiligen, Satze eilen Sechzehntelgänge unaufhörlich geschäftig auf und nieder, lockende, neckende Rufe tönen herüber und hinüber; es ist als sähe man in eine fröhlich wimmelnde Menschenmenge. Der ernste zweite Satz, Largo, ebenso wie der schmerzlich verlangende vierte, Adagio, sind mit weiser Ueberlegung kurz gehalten, um das Herz des Ganzen nicht zu beklemmen. Dieses, ein weit ausgeführtes Stück im $\frac{6}{8}$ Takt und in vollentwickelter dreitheiliger Form, ist durch eine seltsame, bräutliche Stimmung ausgezeichnet; ein süßer Duft und, was bei Bach höchst selten sich findet, ein Hauch schöner Sinnlichkeit umschweben es. Auffallen muß schon die weitläufige Ueberschrift, dergleichen der Meister sonst zu verschmähen pflegt; dann aber entwickelt sich ein verständnißinniger Verkehr der beiden Oberstimmen unter einander, ein Austausch wie von Mund zu Munde, ein Verschmelzen beider zu einem Gedanken über einem nur stützend thätigen Basse, welches alles von dem sonstigen Triostile Bachs ganz abweicht. Und eben so einzig ist es auch, daß nicht alle drei Stimmen zusammen endigen: die Claviermelodie verstummt schon zwölf Takte vor dem Schlusse, während die Violine die gesammte melodische Partie des Eingangs über dem Generalbasse noch einmal zu Gehör bringt. Zur Rechtfertigung der »bräutlich« genannten Stimmung diene der Hinweis auf gewisse Arien in Bachschen Hochzeitsmusiken, vor allem auf die A dur-Arie der später für das Pfingstfest umgearbeiteten Cantate »O ewiges Feuer, *o Ursprung der Liebe*« [59]), sodann auf die G dur-Arie der Cantate »Dem Gerechten muß das Licht immer wieder aufgehen« [60]). Es bedarf wohl kaum der Erwähnung, daß es

---

59) B.-G. VII, S. 146 ff.
60) B.-G. XIII, 1, S. 34 ff.

mir nicht einfällt, aus dieser Stimmung Schlüsse auf die Lebenslage
Bachs zu ziehen, in welcher das ·Adagio entstanden sein könnte.
Aber Dinge, die ihn persönlich nahe berührten, haben sicherlich
eingewirkt; man erkennt es auch daraus, daß er in späteren Jahren,
unbefriedigt durch die Gesammtform der Sonate, ihren Bestand
zweimal, das letzte Mal noch am Abend seines Lebens veränderte,
und daß keine dieser Aenderungen glücken wollte: bekanntlich
lassen sich vorwiegend subjective Erzeugnisse mit dem vorrückenden
Lebensalter schwerer und schwerer umformen. Ich wenigstens kann
nicht finden, daß durch die Umarbeitungen, von denen die erste zwei,
einer Clavierpartite bestimmte Tanzgebilde einmischt, die zweite dagegen an dritter Stelle gegen allen Brauch einen zweitheiligen Sonatensatz für Cembalo allein auftreten und diesem zwei ganz neue
Schlußsätze folgen läßt, die Form irgendwie vervollkommnet werde,
so schön die letztgenannten drei Sätze an sich sind. Der Mittelpunkt,
das G dur-Adagio, ist in beiden Fällen herausgenommen, vielleicht
weil es dem großartigen Kunstgefühle des Schöpfers mit der Zeit
wegen seiner persönlichen Haltung nicht mehr behagte; dadurch aber
mußte der ganze Bau ins Wanken gerathen [61]. —

Die Gambe war ein fünf- und mehrsaitiges Instrument, das
an Umfang der Bachschen *Viola pomposa* ungefähr gleichkam —
der tiefste Ton war D, der höchste ā — sich aber wesentlich von
dieser dadurch unterschied, daß es Quarten- und Terz-Stimmung
hatte und außerdem wie das Violoncell zwischen den Knieen gehalten wurde. Es gewährte also eine große Mannigfaltigkeit für die
Tonbildung, der Grundcharakter war aber weniger markig als zart
und empfindsam. Deshalb konnte Bach ein Trio, das anfänglich für
zwei Flöten und Continuo gesetzt war, ohne Schädigung seines
Grundcharakters für Gambe und obligates Cembalo umarbeiten [62].
Es ist diese viersätzige Sonate in G dur das lieblichste, reinste Idyll,

---

61) Ueber das Verhältniß der verschiedenen Gestaltungsversuche zu einander, deren letzter in der Ausgabe der Bach-Gesellschaft wiedergegeben ist,
vergleiche man die sorgfältigen Untersuchungen W. Rusts in der Vorrede von
Bd. IX, S. XX f. Die Abweichungen des ersten finden sich dort im Anhange
S. 252 ff.

62) B.-G. IX, S. 175 ff. (die ältere Gestalt im Anhange S. 260 ff.). — P. S.
IV, C. 2, Nr. 1.

das sich erdenken läßt; nur in dem hochromantischen Andante
(E moll) flüstert es leis und schaurig wie von schwach bewegten
Blättern in Waldesnacht, und ein gespenstisches Tönen zieht bang
durch die stillen Gründe (das genial erfundene viertaktige e der
Gambe), sonst ist überall der blaueste Himmel, wohliger, fröhlicher
Sonnenschein. Im letzten Satze, einer Fuge von jener ganz Bachischen, kräftigen Anmuth, treten zwischen die einzelnen Gruppen
der Durchführung nach Corellischem Muster leicht und reizend gewobene Episoden, nach welchen jedesmal der unerwartete und doch
so natürliche Eintritt des Themas doppelt erfreulich wirkt. Eine
Vereinigung dieser Sonate mit den beiden andern zu einem Col-
lectivwerke hat der Tonsetzer nicht vorgenommen und wie es scheint
auch nicht beabsichtigt, da von zweien die sehr sorgfältigen Einzel-
autographe vorhanden sind. Die zweite Sonate (D dur) steht an
Werth etwas zurück, und ist sogar im ersten Allegro nicht von einer
gewissen Steifheit frei [63]). Hingegen ist die dritte (G moll) wieder
ein Werk von höchster Schönheit und frappantester Eigenart [64]).
Sie hat nur drei Sätze, wie ein Concert, und an der Bildung der
Allegros hat auch die Concertsatzform einen sehr wesentlichen Antheil. Das erste Allegro beginnt wohl in Sonatenmanier, aber das
lange, an motivischem Stoff reiche Thema läßt sofort eine freiere
Entwicklung voraussehen. In der That erfolgt gar keine fugen-
gemäße Fortführung in der Dominante, sondern eine reicher ausgestattete Wiederholung in der Tonika, dann motivische Arbeit bis
zum Abschluß des ersten Theils (T. 25). Zur Einleitung des zweiten
dient zunächst nur eine fugenartig beantwortete Partikel des Hauptthemas, bald schließt sich jedoch ein halbtaktiges, neues Motiv an
(T. 30):

Notiren wir dazu gleich noch den mit Takt 53 auftretenden vier-
taktigen Satz:

---

63) B.-G. IX, S. 189 ff. — P. S. IV, C. 2, Nr. 2.
64) B.-G. IX, S. 203 ff. — P. S. IV, C. 2, Nr. 3.

so haben wir mit dem Hauptthema das gesammte Material, aus dem
sich von nun an der ganze Verlauf rein concertmäßig entwickelt.
Demnach ist auch von einem dritten Theile keine Rede mehr; ohne
Rast und Ruh, unablässig sich aus sich selbst verjüngend, jagt es
vorüber. Wenn man fast bei jedem neuen Bachschen Werke über
die schier unerschöpfliche Phantasiefülle zu staunen gezwungen ist,
so zeigt dieses noch im besonderen, einer wie scharfen Charakterisi-
rung der Bachsche Stil trotz seiner polyphonen Beschaffenheit fähig
war. Hier ist eine Composition von magyarischem Temperament:
auf wilden, feurigen Rossen saust es über die Haide, wie Peitschen-
hiebe pfeifen die ungestümen Nebenmotive, jetzt fallen die Tongestalten klirrend in eine verminderte Septimenharmonie und arbeiten
sich unter hellem Triller einer Oberstimme hindurch, jetzt vereinigen
sie sich im Hauptthema zum wuchtigen, vom Tonsetzer so selten
angewendeten Unisono, unter dessen Gestampf der Boden erdröhnt.
Der unwiderstehliche Schwung, welcher durch immer neue und unerwartete Impulse die Bewegung bis zum Aeußersten zu steigern
weiß, ist ungefähr derart, wie man ihn allgemein an den Weberschen Ouverturen bewundert. Wie sehr Bach selber durch ihn fortgerissen wurde, zeigt außer den häufigen Unisonos der 64. Takt,
in dem das Grundthema in der Clavierstimme plötzlich dreistimmig
auftritt, die Gesammtharmonie also vierstimmig wird, und dann der
colossale Schluß (von T. 95 an), wo die Schaar der Töne sich tumul-
tuarisch aus einer verminderten Septimenharmonie in die andre stürzt.
Auf die Zartheit des Gambencharakters ist in diesem Satze allerdings
keine Rücksicht genommen, sondern nur auf den großen Tonumfang
und die Beweglichkeit des Instruments. Ein herrliches Adagio in
B dur (⅜ Takt) befriedigt das melodische Bedürfniß durch einen weihe-
und seelenvollen Gesang, aus dessen Beginn eine Ahnung Beethovens
verständlich entgegenklingt. Auch das letzte Allegro gießt ein Füllhorn schönster Melodien aus und leistet zugleich das Außerordent-

lichste in der Erzeugung neuer Gedanken aus und an einem gegebenen Stoffe, was man jetzt die Kunst der thematischen Arbeit zu nennen pflegt; wir haben zum Unterschied von der fugirten Durcharbeitung eines unveränderten Themas dafür von Anfang an den Ausdruck: motivische Gestaltung eingesetzt. Mit Ausnahme des Anfangs beherrscht wieder die Concertform das Ganze. Das Thema

wird zweimal durch alle Stimmen durchgeführt und schließt in B dur. Hier bildet sich aus seinem ersten Takte eine sanftklopfende Figur für den Cembalobass, über der die Gambe eine ganz neue, innige Melodie anstimmt, während die rechte Hand in Sechzehnteln gebrochene Harmonien ausführt, dann in F dur mit der Gambe die Rollen tauscht. Nachdem das Hauptthema einmal wieder dazwischen getreten ist, wird nun jene Sechzehntel-Begleitungsfigur motivisch ausgesponnen, dazu tritt abermals eine neue, gleich reizende Melodie auf (T. 37—55). Dann folgt thematische und motivische Durcharbeitung des Hauptthemas und Einführung des ersten Seitensatzes in D moll, dem ein dritter Gedanke, wetteifernd an charakteristischer Anmuth, als Gegenmelodie gegeben ist (T. 69—79). In die Cadenz der Periode setzt, C moll, eine vierte Durchführung des Hauptthemas ein, leitet nach G moll zurück, wo (T. 90) unter gleicher Begleitung, wie beim ersten Seitengedanken nun ein vierter in der Gambe auftritt, der nach einer fünften Thema-Durchführung auch im Clavier erscheint und abschließt. So treibt hier am Schafte des Themas eine Blüthe die andre hervor in einer nicht nur für die Zeit bewunderungswerthen Weise; auch in der Beethovenschen Periode, die dem veränderten Instrumentalstil gemäß der motivischen Arbeit mehr als der thematischen zugewendet sein mußte, wird man schwerlich etwas geistvolleres und erfindungsreicheres in dieser Art aufzeigen können. Bach beherrschte die motivische Kunst eben so unbedingt, wie die thematische; während seine Vorgänger die erstere oft bevorzugten, erfahren bei ihm beide die gleiche Verwendung und ergänzen und heben unablässig einander. —

Die Flötensonaten sind ebenfalls im Ganzen wie im Einzelnen sehr stark von der Concertform beeinflußt, zum Theil sogar gänzlich in sie eingegangen. Dreisätzig sind alle, die Es dur-Sonate ist Concert vom ersten bis zum letzten Takte [65]. Die Form· wird im ersten Satze noch etwas schüchtern gehandhabt, die Sonate mag deshalb unter die ersten Versuche gehören, ein Trio in dieser ganz neuen Art zu construiren. Mittelsatz (Siciliano) und Schluß-Allegro sind vollendet, der weiche, wohllautende Gesammtausdruck stimmt so recht zu dem Charakter der Flöte. Es war diese Empfindungsweise, welche den Werken Philipp Emanuel Bachs und seiner Nachfolger ihr gemeinsames Gepräge verlieh. Joseph Haydns Claviersonaten wurzeln großentheils in ihr, ja bis zu Mozart läßt sie sich verfolgen, weil sie eben die allgemeine Signatur der Zeit bildete. Die hohen und hehren, strengen und tiefen Gewalten in Sebastian Bachs Musik zu erfassen, war das nachlebende Geschlecht nicht fähig, aber in einer den Verhältnissen angemessenen Art wußte es doch auch sich aus diesem musikalischen Urborn zu tränken. Unscheinbar ist freilich nur die Verbindung zwischen Bach und Haydn, aber sie besteht doch, und nicht die Es dur-Sonate allein deutet sie an. Dieselbe Stimmung durchzieht eben so gleichmäßig und stark eine Sonate in G moll, die in ihrer jetzt vorliegenden Gestalt für Violine und Cembalo bestimmt ist, sicherlich aber vom Componisten ebenfalls für Flöte gedacht und mit der Es dur-Sonate zu gleicher Zeit verfaßt wurde: so durchaus bis ins Einzelste übereinstimmend ist auch die Factur [66]. Und unter den späteren Werken tritt der Zusammenhang — ich rede immer nur von Haydns Claviermusik — noch einmal überraschend hervor in dem großen Orgelpraeludium, durch welches der dritte Theil der Clavierübung eingeleitet wird [67], ein vollgültiger Beweis, daß jenes Empfindungselement im Innern von Bachs Natur begründet war. Auch von der Flötensonate in A dur [68] ist der erste, ·leider nur verstümmelt erhaltene Satz ganz concerthaft geformt, natürlich nicht so, daß Clavier und Flöte je ein nur ihnen gehöriges Thema hätten, das sie

---

65) B.-G. IX, S. 22 ff. — P. S. III, C. 6, Nr. 2.

66) B.-G. IX, S. 274 ff. Daß die Sonate nicht unecht sein kann, so lange der Ursprung der Es dur-Sonate unbezweifelt ist, hat schon W. Rust bemerkt ebend. S. XXV. Außerdem ist auch im Adagio der Anklang an das Largo des Concerts für zwei Violinen unverkennbar.

67) B.-G. III, S. 173 ff. — P. S. V, C. 3, Nr. 1.

68) B.-G. IX, S. 245 ff. und 32 ff. — P. S. III, C. 6, Nr. 3.

gegen einander durchführten; nur das allgemein musikalische Princip
hat, wie auch schon in der Es dur-Sonate, Bach hier acceptirt. Der
frische, kernige Schlußsatz, dieses Mal die Krone des Ganzen, hat
dagegen dreitheilige Form; sein Mitteltheil zerfällt wieder in zwei
Gruppen: Fis moll (T. 53—118) und E dur (T. 118—209), in welchen
das Hauptthema mit je einem neuen Gedanken in meisterlicher Weise
concertirt; eine geistreichere, überraschendere Art, ins Thema zurückzukommen, als sie T. 160—166 zu finden ist, läßt sich kaum denken.
Bei weitem am höchsten unter den dreien steht aber die H moll-
Sonate, ja, ihre großartig freie Formenschönheit, ihre Tiefe und nach
allen Seiten hin überquellende Innigkeit erhebt sie wohl zu der vorzüglichsten Flötensonate, welche überhaupt existirt. Unter den Werken späterer großer Meister findet sich kein in seiner Art eben-
bürtiges; und dem Charakter eines Instrumentes, das allerdings
weich und wohlthuend, aber verglichen mit der Geige und verwandten
Tonwerkzeugen doch nur von mäßigem Ausdrucksvermögen ist, entspricht es auch vollkommen, daß es sich mit dem äußerlich gleichmäßigen, aber von Innen überall nach Ausdruck drängenden Bachschen Stile am innigsten verschwisterte. Der erste Satz ist dreitheilig
in breitesten Proportionen. Aber von seinen sonstigen Gepflogenheiten
in Gestaltung des Anfangs- und Mitteltheiles ist der Tondichter hier
ganz abgegangen. Weder ein fugirter Eingang und frei motivischer
oder concerthafter Fortgang, noch vom Beginn her eine concertmäßige
Anlage entsprach einem Phantasiebilde, das wie eine große Elegie
vorüberziehen sollte, eine einzige, tiefe Herzensempfindung in unge-
hindertem Zuge auszuströmen. So ging der Meister ans Werk und
bildete einen Theil aus zwei, schlicht neben einander gestellten Gedanken. Nicht Themen sind es, sondern zwei wie ins Unendliche
hinausgesungene Melodien; die erste bewegt sich durch zwanzig
weite Viervierteltakte in den herrlichsten Linien und von einer sanft
wallenden Begleitung getragen, die zweite schließt sich in derselben
Tonart an, geht aber dann nach D dur hinüber. Der Entwicklungsprocess besteht nun darin, daß dieser ganze Theil zuerst in Fis moll
und dann abschließend wiederum in H moll repetirt wird; nur tritt
zwischen die beiden letzteren Gruppen ein aus Partikeln der ersten
und zweiten Melodie concerthaft gebildetes Stück von T. 61—77, um
den Eindruck der rückkehrenden Haupttonart zu heben. Man wird

sich schon denken, daß der Theil nicht dreimal in derselben Gestalt auftritt; wie genial ihn aber Bach variirt hat, davon kann sich dennoch Niemand, der nicht selbst gehört und gesehen hat, eine Vorstellung machen. Takt für Takt wird die Entwicklung verfolgt, aber überall anders gewendet, reicher ausgestattet, dem entsprechend erweitert, besonders durch herrliche canonische Führungen, die unbemerkt wie durch eine Naturgewalt von Innen herausgetrieben werden; ein besonderer Reiz wird noch durch mehrfache Umstellung einzelner Perioden erzielt. Eine bewunderungswürdige kleine Coda, aus Motiven der ersten Melodie gewoben (T. 111—117), schließt das unvergleichlich schöne Stück. Die der italiänischen Arie nachgebildete Form verräth sich auch an einem Zuge des Eingangs; wie hier die Melodie gleichsam versuchend einsetzt, nach zwei Takten sich unterbricht, und mit dem vierten von neuem beginnt, eben so legte Bach sehr häufig seine kirchlichen Arien an[69]. Der zweite Satz in D dur, *largo e dolce*, einfach zweigetheilt mit Reprisen, ist seines Vorgängers vollauf würdig; im Besonderen wird der überaus schmerzlich-süße Ausdruck des vorletzten Taktes, wo die Flöte in langsamen Synkopen durch den verminderten Septimenaccord abwärts steigt, niemanden unberührt lassen. Durch den letzten Satz scheint der Componist nachholen zu wollen, was er im ersten unterließ: im Presto schwingt sich eine leidenschaftlich schöne Trio-Fuge daher. Aber es scheint nur so; bald wird auf der Dominante Halt geboten und den Forderungen der Concertform folgend schwebt eine italiänische Gigue im $\frac{12}{8}$ Takt vorüber, ganz neu und doch bekannt, da sie aus dem Fugenthema in Buxtehudes Weise auf das schönste entwickelt ist. So gehorcht dem Winke des Meisters der gesammte Formenapparat seiner und der vorhergehenden Zeit; alles errungene fügt sich unter der Hand seines schöpferischen Genius zu immer neuen und überraschenderen Gebilden in einander.

Die von Bach vorhandenen selbständigen Kammertrios mit obligatem Clavier sind hiermit vollständig vorgeführt bis auf eins, das weder Sonaten- noch Concertform zeigt, sondern sich frei an die Suite anlehnt. Eine wirkliche Suite in der strengsten Bedeutung des

---

69) Daß der Anfang der Melodie mit einem Fugenthema aus einer Bernh. Bachschen Orchestersuite übereinstimmt, ist S. 26 bemerkt.

Kunstausdrucks ist diese in A dur stehende Composition für Violine und Clavier nicht, und ist auch nur unter dem Titel »Trio« überliefert. Denn sie wahrt freilich die Einheit der Tonart und besteht überwiegend aus Tänzen, aber Zahl und Anordnung ist abnorm: sieben weit ausgeführte Stücke bilden den Bestand, deren letztes ein freierfundenes Allegro im C Takt ist, sowie eine freie Fantasia den Eingang bildet [70]. Die Composition steht unter Bachs Werken ganz allein, eine Ausnahmebildung, wie sie der mit allen Formen frei schaltende Meister sich gestatten durfte, um so mehr als die Orchestersuite eine solche Freiheit nahe legte. Das vollständige Gelingen hat den Versuch begleitet; die meisterlich gestalteten Stücke sind nirgends ins Großartige hineingebaut, aber Muster von Anmuth und feiner Arbeit, erquickliche, frische Musik, der volle Ausdruck unangetasteter Gesundheit. —

Solosonaten zum accompagnirenden Cembalo waren als nicht gänzlich durchgebildete Kunstorganismen weniger nach Bachs Geschmack. Bekannt sind solcher nur vier, nebst einer vereinzelten Fuge. Für Violine und Cembalo in E moll gesetzt ist die eine: auf ein Praeludium in laufenden und arpeggirenden Sechzehnteln folgt ein kostbares Adagio, dann Allemande und italiänische Gigue — der ältere, Corellische Zuschnitt. Denselben Instrumenten ist die großartige Fuge in G moll bestimmt; solche Compositionen mögen als Vorstufen zu den Fugen der Solo-Violinsonaten gedient haben [71]. Für Flöte und Clavier sind die andern drei Sonaten. Aus C dur die eine hat ebenfalls ein etwas älteres Aussehen, den vierten (Schluß-) Satz bildet ein reizendes Menuettenpaar, zu dessen ersterem Bach selbst den Begleitungspart vollständig ausgeschrieben hat. Die andern, aus E moll und E dur, haben die regelmäßige Gestalt, ihre Allegrosätze sind aber meistens zweitheilig, und überhaupt kann von einer so reichen Entfaltung des Tonlebens wie in den Sonaten mit obligatem Cembalo keine Rede sein. Schönes und Interessantes bieten sie sämmtlich in Fülle [72].

Auch das Trio für zwei Instrumente mit Generalbass ist nur

---

70) B.-G. IX, S. 43 ff. — P. S. III, C. 7, Nr. 1.

71) P. S. III, C. 7, Nr. 2 und 3.

72) P. S. III, C. 6, Nr. 4, 5 und 6. — S. Anhang A. Nr. 41.

durch ganz wenige Exemplare vertreten. Daß aus einem derartigen Flöten-Trio die Gambensonate in G dur entstand, wurde erwähnt. Eine Sonate derselben Tonart für Flöte, Violine und Bass ist mit ihren blanken, knappen und von holder Anmuth durchwehten Formen wie aus dem Schmuckkästchen genommen[73]. Eine andre Sonate für zwei Violinen und Bass in C dur steht wohl an Werth jener nicht ganz gleich; zum letzten Satze dient hier eine Gigue. Sonst sind die Formen regelmäßig[74]. —

Das Princip concerthafter Gestaltung, das in Bachs Kunstschaffen eine so beachtenswerthe Rolle spielt, wurde bis jetzt nur an solchen Werken constatirt, die nicht zugleich äußerliche Concerte waren. In der That eignete er sich zunächst nur das Princip an, um es für seine Zwecke auszunutzen (vrgl. S. 407 ff.); wirkliche Concerte wird er schwerlich früher als in Cöthen geschrieben haben. Um diese in die vollständig richtige historische Beleuchtung zu bringen, ist einer Licenz zu gedenken, welche sich die damaligen Componisten in der Ausarbeitung des Concertsatzes häufig gestatteten. Der Regel nach wurden ein Tutti- und ein Solo-Gedanke neben einander gestellt, und Soloinstrument und Tuttiinstrumente freuten sich wetteifernd der Ausgiebigkeit ihres Besitzes. Die Haupttonart und nächsten Nebentonarten waren gleichsam die gewechselten Kampfplätze; wenn die Ringer in ihre Anfangsposition zurückkamen, war das Spiel aus. Dem Klangcharakter seines Trägers gemäß war das eine Thema wuchtig und fest, das andre leicht und geschmeidig. Daneben kam es aber auch vor, daß man sich mit nur einem Haupt-Gedanken begnügte. Er wurde vom Tutti vorgespielt und nun vom Soloinstrumente aufgenommen und fortgesetzt. Strict durchgeführt ergab diese Anlage ein ärmliches Gebilde, wer jedoch motivische Erfindungskraft besaß, konnte einen Einzelzug des Tutti-Gedankens aufgreifen, dar-

---

[73] B.-G. IX, S. 221 ff. — P. S. III, C. 8, Nr. 2. Die autographen, während der Leipziger Zeit geschriebenen Stimmen besitzt jetzt Herr Capellmeister *J. Rietz in Dresden.*

[74] *B.-G. IX, S. 231 ff. — P. S. III, C. 8, Nr. 1. Die zu diesem und andern* Stücken in der Peters'schen Ausgabe von *Fr. Hermann* gelieferte Ausführung des Bachschen bezifferten Basses ist gewandt gemacht und sehr gut musikalisch; nur wäre überall ein strenger Anschluß an die originale Bezifferung wünschenswerth gewesen. — S. Anhang A. Nr. 42.

aus immer neue Solo-Gedanken entwickeln und so der Form einen
besondern Reiz verleihen. Der gleichsam dramatische Kampf zweier
Individualitäten wurde allerdings dadurch sehr abgeschwächt, die
Form trat entschiedener noch auf das Gebiet des Reinmusikalischen
hinüber. Was aber Bach hauptsächlich an ihr interessirte, war eben
die rein musikalische Zweiheit, ihr Gegensatz, ihre Verflechtung, die
in ihrem Antagonismus liegenden Impulse zu motivischer Arbeit.
Daher ließ er schon in den concertmäßigen Flötensonaten nach musikalischem Bedürfniß Clavier und Flöte die Themen tauschen. Und
so kommt es auch in seinen Concerten vor, daß der Tuttisatz schon
das ganze Material des Sologedankens mit enthält. Von der Art der
Besetzung hängt es ab, wie weit dies abweichende Gestaltungsprincip in Wirksamkeit treten soll. Bescheidener macht es sich in den
Violinconcerten geltend. Hier, wo die Sologeige dem vom Cembalo
vervollständigten Streichorchester gegenüber steht, drängte sich der
Contrast beider Tonkörper zu natürlich hervor. Die Gattung ist von
Bach mit Interesse gepflegt, was sich bei jemandem, der so gründlich
den Bau der Vivaldischen Concerte hatte studiren mögen, leicht begreift. Drei Concerte besitzen wir noch in ihrer Originalgestalt, zwei
nur in späteren Ueberarbeitungen für Clavier mit Instrumentalbegleitung, und auch von den drei Originalwerken erfuhren zwei dieses
Schicksal[75]. Diese Ueberarbeitungen haben nach der Beschaffenheit
des Autographs zu schließen in Leipzig stattgefunden; daß die Originale in Cöthen entstanden sind, wird zwar nicht ausdrücklich überliefert, wir wissen es aber von einer Reihe andrer Instrumentalcon-
certe, zu denen diese in ihrer weit einfacheren Construction die natürliche Vorstufe bilden, und auch wegen der amtlichen Stellung Bachs
ist es äußerst wahrscheinlich. Wenn trotz des Mangels an gediegenen Violincompositionen mit Orchester diese Concerte bis heute noch
nicht diejenige Verbreitung gefunden haben, deren ihr hoher musikalischer Werth sie würdig macht, so liegt der Grund zum Theil in
dem verhältnißmäßigen Zurücktreten der einfachen, allgemein ein-
gänglichen Cantilene, da der bewegliche Cembalostil, welcher auch
diese Gattung sich unterworfen hatte, die Passage und Figuration

---

75) P. S. III, C. 1, 2 und 3. Vrgl. die Untersuchungen von W. Rust in B.-
G. XVII, S. XIII ff.

bevorzugte. Einen zweiten Grund bildet die uns fremd gewordene Form. An beides wird man sich gewöhnen, an letzteres um so leichter, da die ältere Concertform viel übersichtlicher und faßlicher ist als die neuere, mehr oder weniger ganz mit der modernen Sonatenform zusammengeflossene. Der Reiz motivischer Arbeit ist bei Bach in Wahrheit um nichts geringer, als bei den besten Concertcomponisten der Beethovenschen Periode. Bewunderungswürdig ist nach dieser Seite besonders der erste Satz des E dur-Concerts mit der Durchführung des Motivs ⸻. den Bach außerdem in die dreitheilige Form hineingegossen hat, welche wir aus den Violinsonaten mit Cembalo zur Genüge kennen. In dem zweiten Satze hat man eine jener freien Umbildungen allbekannter Formen, wie sie nur ein Bach herstellen konnte. Er ist eine Ciacone, deren Anwendung schon in der E dur-Violinsonate entgegen trat; aber das Bassthema wandelt nicht nur frei durch die Tonarten, sondern wird auch taktweise zerlegt und ausgesponnen; oft schweigt es ganz, um dann mit nur wenigen Noten sofort wieder die Ueberzeugung wach zu rufen, daß in ihm trotz alledem der Schwerpunkt des ganzen Stückes beruht. Der Mittelsatz des A moll-Concerts hat, was man mit dieser Entschiedenheit in den Adagios selten findet, einen wuchtigen Tuttigedanken und einen leicht figurirenden Sologegensatz, aus deren Verkehr der Organismus sich bildet, ohne daß es zu einer ordentlichen Violin-Cantilene käme. Dem D moll-Concert ist unstreitig der höchste Werth eigen und in dieser Eigenschaft findet es auch unter der heutigen musikalischen Welt schon eine erfreuliche Beachtung. Zwei Soloviolinen sind hier herangezogen, doch kann man nicht wohl von einem Doppelconcerte reden, da die beiden Geigen weniger unter sich, als vereinigt gegen den Instrumentalchor concertiren. Eine jede ist natürlich mit der Selbständigkeit behandelt, die bei dem Bachschen Stile ohne weiteres vorausgesetzt wird. Im Mittelsatze, einer wahren Perle an edlem, innigem Gesange, verhält sich das Orchester fast nur accompagnirend, wie es bei den Concertadagios ja das Gewöhnliche war.

Ihre völlige und uneingeschränkte Entfaltung jedoch gewann die frei musikalische Concertform in einem Gesammtwerke von sechs Concerten, welches im März 1721 vollendet war. Es hatte damit eine besondere Bewandtniß. Einige Jahre zuvor nämlich war Bach, vielleicht in Karlsbad, mit einem kunstliebenden preußischen Prinzen zusammengetroffen, der an seinem Spiel großes Gefallen gefunden und ihn zur Uebersendung einiger Compositionen für seine Hauscapelle aufgefordert hatte [76]. Es war Christian Ludwig, Markgraf von Brandenburg, geb. am 14. Mai 1677 als jüngster Sohn des großen Kurfürsten aus zweiter Ehe. Eine Schwester desselben hatte der Herzog Ernst Ludwig von Sachsen-Meiningen zur zweiten Gemahlin, mit dessen Hof Bach wahrscheinlicherweise von Weimar aus in Verbindung trat. Der Markgraf, zugleich Dompropst von Halberstadt und unvermählt, lebte abwechselnd in Berlin und auf seinen Gütern in Malchow, neben dem gewöhnlichen ritterlichen Zeitvertreib der Wissenschaft und der Kunst, vor allem der Musik ergeben, und hierfür seine bedeutenden Jahreseinkünfte verbrauchend [77]. Im Frühjahre 1721 verweilte er in Berlin und dorthin wird Bach jene sechs Concerte gesendet haben, mit denen er sich unter dem 24. März des ihm gewordenen ehrenvollen Auftrages entledigte. Die französische Fassung der Dedication, in welcher er die Veranlassung zu diesen Compositionen angiebt, dürfte von einem Cöthener Höfling herstammen. Er selbst war des Französischen augenscheinlich nicht in dem Maße mächtig, um in einem solchen Falle den eignen Kenntnissen vertrauen zu können, außerdem herrscht hier ganz jene fehlerhafte Art, in welcher man damals an deutschen Höfen das Französische sprach und schrieb. Wie der Markgraf die Gabe aufgenommen hat, ist unbekannt geblieben. An Kräften, diese schwierigen Sachen entsprechend zu executiren, fehlte es in seiner Capelle wohl nicht; wir kennen den Namen eines seiner Kammermusiker, Emmerling, und erfahren, daß dieser als Componist, Clavier- und Gambenspieler erwähnenswerthes leistete [78]. Nach dem Tode des Markgrafen, der am 3. September 1734 in Malchow eintrat, lief das kostbare Bachsche

---

76) Bach selbst nennt in seiner Zueignung den Zeitraum, welcher seitdem verstrichen sei, *»une couple d'années«*. Will man dies, was übrigens kaum nöthig erscheint, ganz wörtlich fassen, so ergäbe sich das Jahr 1719, aus dem eine Karlsbader Reise des Fürsten Leopold allerdings nicht bekannt ist.

77) Sie beliefen sich zeitweilig auf ungefähr 48,945 Thaler, womit er aber nicht immer ausreichte.

78) Walther, Lexicon.

Manuscript Gefahr, unbeachtet verschleudert und in einem Convolute unter andern Instrumentalconcerten für einen Spottpreis verkauft zu werden. Ein glückliches Geschick hat es uns erhalten und mit ihm die Werke, welche das Höchste darstellen, zu dem die ältere Form des Concerts entwickelt werden konnte [79].

Bach nennt sie *Concerts avec plusieurs instruments*. Mit Rücksicht auf die damalige Sitte würden hierunter sogenannte *Concerti grossi* zu verstehen sein, in denen nicht ein Instrument, sondern mehre, gewöhnlich drei gegen das Tutti concertirten. Aber in diese Gattung passen nur allenfalls das zweite, vierte und fünfte Concert; das gemeinsame Merkmal, welches sie zu einer einzigartigen Einheit verbindet, ist vielmehr der zur höchsten musikalischen Freiheit entwickelte concerthafte Formgedanke. Auf der Fährte dieses Kunstideals befand sich Bach schon lange. Man erinnert sich an die großen Instrumentaleinleitungen der weimarischen Cantaten »Uns ist ein Kind geboren«, »Gleichwie der Regen« und »Der Himmel lacht, die Erde jubiliret« (s. S. 482, 486 f. und 535). Aber nicht nur den einzelnen Satz, auch die gesammte mehrtheilige Form hat er mit größter Entschiedenheit auf ihre idealmusikalische Grundlage gestellt. Durchweg herrscht in seinen Concerten die Dreisätzigkeit, welche für Violinconcerte freilich schon der feine Forminstinct des Vivaldi zum Canon erhoben hatte; jedoch beim *Concerto grosso* band man sich daran durchaus nicht, brachte bald vier Sätze mit Anlehnung an die Sonate, bald auch mehr, und mischte gar Tanzstücke ein. Der Raum von drei Sätzen aber reicht für die Kräfte, welche sich im Concert entfalten sollen, nach allen Seiten hin aus: für den ernst fesselnden Kampf zwischen dem kühngewandten Solo und dem machtvoll auf-

---

79) Das wenige, was ich hier über den Markgrafen Christian Ludwig mittheilen kann, sind Ergebnisse meiner im königl. Hausarchiv zu Berlin angestellten Nachforschungen. Der ansehnliche musikalische Nachlaß wurde inventarisirt und abgeschätzt. Neben Concerten von Vivaldi, Venturini, Valentini, Brescianello u. a. ist Bachs Werk der Ehre einer namentlichen Aufführung nicht für werth erachtet, muß sich also unter einem von folgenden beiden Convoluten befunden haben: »77 Concerte von diversen Meistern, und für verschiedene Instrumente à 4 ggr. [zusammen:] 12 Thlr. 20 ggr.« und »100 Concerte von diversen Meistern vor verschiedene Instrumente. No. 3. 16 Thlr.« Ueber die späteren Schicksale des Autographs s. B.-G. XIX, Vorwort. Außerdem sind die Concerte veröffentlicht mit facsimilirter Dedication P. S. VI, Nr. 1—6.

gerichteten Tutti, für die breite, von geistreichen Ornamenten um-
wobene Cantilene, für die fröhlich triumphirende und alles mit sich
fortreißende Bravour. Deshalb ist auch die Dreitheiligkeit des In-
strumentalconcerts bis auf den heutigen Tag allgemeiner Grundsatz
geblieben. Die Besetzung der Bachschen Concerte ist sehr stark, besonders sind auch die Blasinstrumente in reicher Auswahl vertreten,
welche an sich übrigens im Kammerconcerte keine Fremdlinge mehr
waren. Eine Verwendung freilich, wie sie sie hier fanden, hatte sich
kein andrer träumen lassen; ganz und gar wurden sie gleich den
Streichinstrumenten unter das Gebot jener Bachschen Polyphonie
gestellt, die alles belebt und zum eignen Handeln zwingt. Sehen wir
nun die Concerte einzeln an.

Erstes Concert, F dür. Besetzung: Streichquartett, im Bass durch
Violone grosso (den Contrabass), in der ersten Geige durch *Violino
piccolo* (eine hellklingende, um eine Quart höher stehende, kleinere
Geige) verstärkt; zwei Hörner, drei Oboen, Fagott und selbstverständlich accompagnirendes Cembalo (*Continuo*). Die üblichen Begriffe von Solo und Tutti sind in diesem Concerte ganz aufgehoben,
ebensowenig wird ein Tutti- und ein Solo-Gedanke hingestellt. Den
Grundstoff des ersten Satzes legen die vereinigten Instrumente von
Takt 1 — 13 dar. Dann beginnen sie zu drei Chören — Hörnern,
Oboen und Fagott, Streichern — gruppirt diesen Stoff concertmäßig
zu verarbeiten. Der erste Takt:

wird nun zum Tutti-Motiv erhoben und bezeichnet mit seinem Eintritte jedesmal einen neuen Abschnitt, das Uebrige gilt als Solo-
Gegensatz. In der Vertheilung auf die Instrumente aber tritt dieser
Antagonismus nicht weiter hervor, die Ausführung erfolgt nach frei
musikalischen Gesetzen, allerdings so, daß es immer ein Concertiren
zwischen den drei Gruppen genannt werden kann, die sich an Höhepunkten zu einem großartigen zehnstimmigen Tongeflecht vereinigen.
Die Disposition ist, wie in allen gut concertmäßig angelegten Sätzen,
sehr klar und faßlich; ihre Theile sind, die Exposition mitgerechnet:
A: 1—13 (F-dur); B: 13—27 (F dur); C: 27—43 (D moll); D:
43—52 (C dur); E: 52—57 (G moll); F: 57—72 (F dur); G: 72—84

(F dur). Von besonderem Interesse sind die gegenseitigen Beziehungen der Theile : die ersten beiden, welche die Grundtonart festhalten, kehren am Schlusse wieder und nehmen die übrigen in die Mitte; dies geschieht aber in umgekehrter Reihenfolge, so daß folgende Corresponsion entsteht :

A B C D E F G

Die Form ist also in derselben Weise chiastisch-cyklisch, wie, mit Ausdehnung auf ein ganzes Werk, die der Violinsonate aus G dur, die der Cantate »Gottes Zeit« (vrgl. S. 458). Genau diese Anlage kehrt auch im dritten Satze wieder, hier entsprechen die Takte 1—17 den Schlußtakten 108—124, die Takte 17—40 den Takten 84—108, die eigentliche Durchführung wird in die Mitte genommen. Wiederum umschließen diese beiden gleichgestalteten, frischen und lebenstrotzenden Sätze in dem Adagio (D moll $\frac{3}{4}$) das wahre Herz des Ganzen. Das Adagio gehört zu den leidenschaftlichsten Klagegesängen, die je geschrieben sind. Ein schneidendes, oft zum schrillen Aufschrei gesteigertes Weh tönt aus der Melodie, mit der die Oboe rücksichtslos sofort auf der Dominante anhebt, welche sodann die Quartgeige und die düstern Bässe nach einander sich aneignen, mit der im enggeführten Canon Oboe und Geige einander nachdrängen; traurig und still ziehen die Achtel der begleitenden Instrumente darunter her. Der Schluß, kühn und genial wie der Anfang war, zerbröckelt, gleich dem Trauermarsche aus Beethovens *Eroica*; das unersättliche Klagewort verstummt plötzlich, nur ein leises Schluchzen tönt durch die öden Räume. — Angehängt sind dem Concerte ein Menuett und eine Polacca, beide mit Trios. Feine, geistvolle Musik, die jedoch mit dem eigentlichen Concerte nichts mehr zu thun hat! Man liebte, wie gesagt, auch im Orchesterconcert die Tanzsätze, obwohl diese der Idee seiner Form widersprachen. Bach hat diese Concession an den Zeitgeschmack nur hier gemacht: da man die Tänze beliebig abtrennen kann, schädigen sie auch kaum das Werk.

Zweites Concert, F dur. Besetzung: Trompete, Flöte, Oboe, Violine und das Tutti des Streicherchors. Es ist also ein wirkliches *Concerto grosso*, nur daß das *Concertino*, d. h. der dem Tutti gegenüberstehende Complex durch vier, sämmtlich hochliegende Instrumente, nämlich ein streichendes und drei blasende, hergestellt wird,

47*

also in einer Weise, die nach allen Seiten von dem Ueblichen abweicht,
denn man pflegte gemeinhin das Concertino aus zwei Geigen und
Violoncell zu bilden. Die Anlage des ersten Satzes ist von muster-
hafter Klarheit und Einfachheit, aber eine unbeschreibliche Fülle
motivischer Erfindung und feinster Combination perlt und sprudelt
überall entgegen. Das Andante (D moll) besteht aus einem Quatuor
von Flöte, Oboe, Violine und Violoncell mit Cembalo; der Schlußsatz, Allegro assai, aus einer Fuge des Concertinos mit dem Basse,
zu der das Tutti discret und meisterlich begleitet. Schon wegen seines krystallhellen, durchsichtigen Organismus ist dieses Concert ein-
gänglicher, als das dicht gewobene erste; aber auch die Gesammtstimmung ist eine durchaus populäre. Das wunderschöne Andante
klagt nur sanft und mädchenhaft, die Außensätze schwärmen und
tummeln sich in zauberhafter Frische und Jugendlust. Fürwahr,
wenn auch Bach noch nicht über die satten Farben Späterer verfügt,
doch lebt in seiner Instrumentalmusik die ganze deutsche Romantik.
Dieser erste Satz! Wie er dahin zieht gleich einer Schaar jugendlicher Reiter mit blitzenden Augen und flatternden Helmbüschen!
Ein Einzelner läßt sein jubelndes Lied in die Waldeskronen hinauf-
wirbeln, ein Zweiter, ein Dritter, und machtvoll fällt der Chor der
Genossen dazwischen; nun verliert sich der Gesang in der Ferne,
schwächer und schwächer, zuweilen dringt er durch eine Lichtung
vernehmlicher herüber, dann verweht ihn der Wind, das Flüstern
der Blätter übertönt ihn —

> Immer weiter und weiter die Klänge ziehn
> Durch Felder und Haiden, wohin? ach wohin? —

Was ist hier aus der simpeln Concertform geworden!

Drittes Concert, G dur. Besetzung: drei Violinen, drei Violen,
drei Violoncelle, Violone und Cembalo. Der erste Satz gleicht in der
Entwicklung dem des ersten Concerts, überragt aber diesen wohl
noch an kunst- und reizvoller Behandlung. Die Geigen, Bratschen
und Celli concertiren chorisch, unter sich werden sie theils polyphon
geführt, theils nicht, oft auch zum Unisono zusammen gezogen. Was

aus den Motiven  und gemacht wird, ist erstaunlich, thatsächlich entwickelt sich aus ihnen der ganze Satz. Ueberhaupt funkelt alles von Geist und Leben. Eine Stelle (von T. 78 an), wo zum Hauptthema in der zweiten Geige unerwartet die erste Geige einen gänzlich neuen Gedanken bringt, der dann auch in der zweiten Geige erscheint, mehr Instrumente heranlockt, endlich von der dritten Geige und dritten Bratsche mit aller Wucht auf der G-Saite erfaßt wird und, wie ein Signal, eine von allen Seiten hereinbrechende Tonfluth entfesselt, in deren Wogenschwall für mehre Takte alle Polyphonie ertränkt wird — diese Stelle gehört wohl zu den genialsten Erfindungen, welche die deutsche Instrumentalmusik zieren. Ein ordentliches Adagio fehlt. Nur zwei langgezogene Accorde lassen die Phantasie für einen Augenblick frei; dann geht es hinein in den Schlußsatz, ein echtes Concertfinale im Zwölfachteltakt.

Viertes Concert, G dur. Besetzung: Violine, zwei Flöten und das Tutti der Streichinstrumente. Ein *Concerto grosso* in der Weise von Nr. 2 [80]). Der erste Satz, Allegro $\frac{2}{8}$, hat einen sehr freundlichen Charakter. Das Material wird von Takt 1—83 exponirt, größtentheils schon hier durch das Concertino, das Tutti greift nur mit Unterbrechung ein. Wieder begegnet uns, zum Zeichen, daß dies ein festes Formideal des Meisters war, die chiastisch-cyklische Anordnung. Auf die Exposition A folgt von T. 83—157 eine Durchführung B, welche nach der Mollparallele hinüber geht, dann bis T. 235 eine weitere Durchführung C, jetzt kehrt mit einigen Veränderungen und Erweiterungen B wieder bis 345, und zum Schlusse A. Das Adagio in E moll verläuft ganz im Wechselspiel zwischen Tutti und Concertino, es ist ein schönes ernstes Stück, gemessen und wehmüthig, wie die Begleitungsmusik eines Trauerzuges. Den letzten Satz bildet eine in jeder Beziehung grandiose Fuge, Presto ¢. Sie zählt 244 Takte und steht an Schwung, Wucht der Gedanken, Reichthum der Entfaltung, spielender Beherrschung der complicirtesten Technik, Brillanz und Grazie unter den derartigen Werken Bachs in allererster Reihe.

---

80) Mit Unrecht von W. Rust in der Ausg. der B.-G. ein Violinconcert genannt. Das *ripieni* des Titels bezieht sich nur auf die Geigen, denn *Flauti ripieni* gab es nicht. Außerdem wird ja das Verhältniß aus dem Werke selbst ganz klar. Dehn in der Peters'schen Ausgabe bezeichnet richtig.

Fünftes Concert, D dur. Besetzung: Flöte, Violine, Cembalo
und das gewöhnliche Tutti. Es ist kein eigentliches Clavierconcert
mit Begleitung, sondern das Clavier bildet mit der Geige und Flöte
vereinigt den Gegensatz gegen das Tutti; zu diesem wird vermuthlich
ein zweiter, nur accompagnirender Flügel in Anspruch genommen
sein, wie das Bach ja auch bei reinen Clavierconcerten zu thun
pflegte. Demnach gehört auch dieses Werk streng genommen ins
Gebiet der *Concerti grossi*, oder muß wenigstens aus ihnen abgeleitet werden. Daß jedoch in einer solchen Verbindung das Clavier
einigermaßen dominirt, liegt schon in seiner Beschaffenheit an sich
und ist bei der großen innern Bedeutung, welche das Cembalo für
diese Art der Bachschen Kammermusik hat, doppelt leicht begreiflich. Ein Tutti- und ein Solo-Gedanke treten hier voll ausgestaltet
einander gegenüber, um dann das entzückendste Wechselspiel auszuführen. Namentlich ist es eine Partikel der Tutti-Periode:

die in den reizendsten Combinationen durchgearbeitet wird. In der
Mitte spinnt sich einmal (in Fis moll) ganz still und heimlich ein
neues Motiv an:

schwimmt auf leise wallenden Accordfluthen weiter und weiter und
verliert sich wie im unabsehbaren Ocean, nur ein eintöniger Rhythmus lenkt nunmehr die Fahrt, bis der Wind die Segel stärker zu
schwellen anfängt und wir endlich glücklich anlanden (T. 71—101).
Vor dem Schlußtutti tritt ein großes Claviersolo ein; es beansprucht,
wie auch der übrige Clavierpart, eine Fingergeläufigkeit, welche
außer Bach damals wohl so leicht kein Zweiter besitzen mochte.
Den Mittelsatz stellt ein lieblich-zartes *Affettuoso* dar aus H moll.
Ueberhaupt ist der Charakter des ganzen Concerts nicht sowohl tief
und großartig, als heiter, fein und gewählt. So auch der letzte Satz.
Er führt jene Form vor, die zuerst in den Violinsonaten mit obligatem
Cembalo bemerkbar wurde, beispielsweise im zweiten Satze der

A dur-Sonate. Der Bau ist dreitheilig nach Maßgabe der italiänischen Arie: der erste Theil, welcher als dritter vollständig wiederholt wird, ist fugirt, der zweite führt einen Seitengedanken ein, um ihn mit dem Hauptgedanken concertiren zu lassen. Dieser Seitengedanke entsteht aber in unserem Falle aus dem Hauptgedanken und ist von ausnehmender melodischer Anmuth; in der Harmonisirung macht sich ein immer wiederkehrender, schnell vorüberschwebender Querstand ganz merkwürdig gut.

Sechstes Concert, B dur. Besetzung: zwei Bratschen, zwei Gamben, Violoncell, Violone mit Cembalo. Ein Tutti- und Solo-Gegensatz ist vorhanden (T. 1—17 und 17—25), aber nur ideal-musikalisch, nicht durch besondere Instrumente inscenirt. Das Tutti besteht aus einem Canon der beiden Bratschen im Abstande eines Achteltakts [81]), die andern Instrumente haben dazu eine einfach harmonische Achtelbegleitung, so daß ein der Gabrieli-Bachschen Kirchensonate ähnliches Tonbild entsteht. Erst in der Solo-Periode bringt das Motiv:

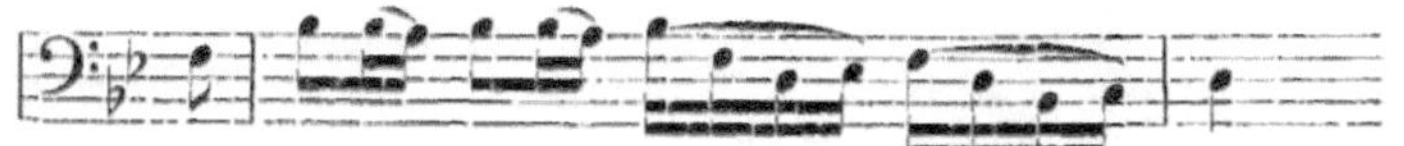

alle Stimmen zu lebendiger Theilnahme. Der ganze weitausgespannte Satz ist ein seltsam verschleiertes Stimmungsbild, dergleichen wohl nur einem Bach beikommen konnte, doppelt seltsam, wenn man den ursprünglichen Zweck eines Concerts ins Auge faßt. Eine herrliche Melodie bildet das Thema des Adagio (Es dur $\frac{3}{2}$), welches nur die beiden Bratschen über den Bässen verwendet. Sie fugiren in verschiedenen Tonarten das Thema eine lange Zeit allein, bis es endlich mit prachtvoller Wirkung auch die Bässe ergreifen. Der endgültige Schluß erfolgt merkwürdig genug in G moll. Dieses Stück ist ungemein edel und groß. Der letzte Satz ist Concertfinale im Zwölfachteltakt, kräftig ohne die Grundstimmung des ersten Satzes aufzugeben, und verlangt sehr tüchtige Bratschisten. Im allgemeinen Charakter der italiänischen Gigue gehalten hat er übrigens die dreitheilige Form, jedoch in durchweg concerthafter Ausführung.

---

81) Kirnberger in der »Kunst des reinen Satzes« II, 2, S. 57 f. führt ihn als Muster an.

Von einer Kunstleistung höchster Genialität und Meisterschaft, wie diese sechs brandenburgischen Concerte genannt werden müssen, richtet sich der Blick naturgemäß auf die entsprechenden Schöpfungen der Bachschen Zeitgenossen. Das *Concerto grosso* war im Anfange des 18. Jahrhunderts rasch beliebt geworden und die besten Kräfte versuchten sich darin. Aber nur zum Theil folgten sie der Vivaldischen Form, ein andrer Theil legte, wie schon angedeutet, die Corellische Sonate zu Grunde. Diese Künstler hielten also zunächst an der Viertheiligkeit fest in der bekannten Ordnung: Adagio, Fuge in derselben Tonart, Adagio in einer verwandten Tonart, Finale, vergaßen dabei aber nicht, daß die Form auch mehr Sätze gestatte und Tanztypen nicht ausschließe. Auf die Gestalt der einzelnen Sätze übte diese Anlehnung aber ebenfalls einen starken Einfluß aus. Das Concertiren zwischen Soli und Tutti blieb ein äußerliches Alterniren verschiedenartiger Klangmassen bei stofflicher Einheitlichkeit, nicht viel mehr als ein periodenweises Abwechseln zwischen stark und schwach; in der Clavier- und Orgelmusik stellte man es so durch die verschiedenen Manuale her, in den Fugensätzen der französischen Ouverture durch den Contrast des Gesammtorchesters gegen das Trio der Oboen und des Fagotts. Auf das Wesen der Sache gesehen darf man also hier von Concerten garnicht reden, es sind Orchestersonaten. Telemann liebte diese Form, ohne sich ihr ausschließlich hinzugeben; der das Größte darin leistete, war Händel. Händels *Concerti grossi* soll man mit den Bachschen nicht vergleichen, sie· haben fast nur den Namen gemeinsam. Man könnte dies ohne Einschränkung aussprechen, wenn er sich in ihnen von der Form des Vivaldischen Concertsatzes ganz fern gehalten hätte. Wo er sie dennoch benutzt, bleibt er freilich immer der große Künstler, verräth aber doch, daß für dieses Gebiet sein Genius nicht geschaffen war [82]. In den breiten Adagios, Fugen und einfachen Tänzen der Corellischen Sonate fand er die Impulse, welche das Reinmusikalische seiner Natur am sichersten in Bewegung setzten. Gemäß seiner auf das

---

[82] Z. B. im C dur-Concert (Ausg. d. Händel-Ges. XXI, S. 63), das abzüglich der Schlußgavotte ganz die Vivaldische Form hat; im zweiten Satze des großen G dur-Concerts (H.-G. XXX, Nr. 1).

Glänzende und Prachtvolle gerichteten Anlage übertrug er diese
Form in großartigere Verhältnisse, um sie hier mit mächtigem Inhalt
zu füllen. Eine ganz ähnliche Bewandtniß hat es mit Händels Orgelconcerten, deren Erwähnung das fünfte der brandenburgischen Concerte nahe legt. Auch sie sind in Form und Anordnung der Sätze
durch die Sonate merklichst beeinflußt. Die Orgel aber ist ihm nur
ein potenzirtes Clavier, von eigentlichem Orgelstil findet sich so gut
wie nichts. Doch treten hier mehr noch, als in den *Concerti grossi*,
auch wirkliche Concertsatzformen entgegen, weil das selbständige
und vollkommene Wesen des Claviers oder der Orgel zu nachdrücklich darauf hinwies[83]. So weit nun die Italiäner, namentlich also
Vivaldi, die Satzform ausgebildet hatten, so weit wird sie auch von
Händel mit Meisterschaft beherrscht. Gefördert hat er aber ihren
wahren Organismus nirgends. Es ist für seine musikalische Natur
bedeutsam, daß überhaupt keine der vielen damals sich entwickelnden Instrumentalformen durch ihn eine Weiterbildung erfahren hat.
Was ihm davon während der Zeit seiner Ausbildung entgegentrat,
eignete er sich an, und eine ungleich überlegene Gedankenfülle ließ
ihn die betreffenden Werke Anderer leicht überflügeln. Wo er daher
schon etwas verhältnißmäßig ausgebildetes vorfand, gelang es ihm
auch, Instrumentalwerke von bleibenderem Werthe zu schaffen.
Sieht man von den Unentwickeltheiten der Corellischen Sonate in
Anordnung und Zusammenhang der Sätze ab, dann sind Händels
Concerti grossi, soweit sie auf jener beruhen, bedeutend genug um
für immer einen Ehrenplatz in der deutschen Instrumentalmusik einzunehmen; wir wünschen die Zeit nicht zu erleben, in der Werke
wie das E moll-, A moll- und G moll-Concert ihre Wirkung verloren
haben[84]. Denn feste, geschlossene Einzelformen sind wenigstens
vorhanden. Für die Form des Concertsatzes aber hatten die Italiäner
kaum mehr, als ein nacktes Gerüst hingestellt; das Beste mußte erst
noch geschehen und zwar vorzugsweise durch das Mittel motivischer
Kunst. Gleich den Italiänern besaß Händel von ihr nur wenig, und
daraus erklärt sich das Unbefriedigende, was seinen concerthaft ge-

---

83) H.-G. XXVIII. Man vergl. besonders die Concerte 1, 2, 4 und 6 aus
Op. 4; aus Op. 7 die Concerte 3—6.
84) H.-G. XXX, Nr. 3, 4, 6.

formten Sätzen mehr oder minder anhaftet. Es entwickelt sich nichts, alles ist von Anfang an zur Stelle und harrt nur der Aufstellung [85].
Andere deutsche Künstler, wie Telemann und mehr noch der Dresdener Kammermusicus Dismas Zelenka, haben im Concertsatze wenn auch nicht Gedankenreicheres, so doch Angemesseneres geleistet. Diese aber stehen wiederum an Begabung zu weit hinter Bach zurück, als daß sie von dem Ruhme, die Concertform zur höchstmöglichen Blüthe gebracht zu haben, sich einen Theil aneignen dürften.

Die brandenburgischen Concerte bilden in der deutschen Orchestermusik, denn dahin muß man sie rechnen, eine Gattung ganz für sich. Wie in Bergesgegenden die höchsten Spitzen sich einander zu nähern scheinen und dem frei durch den Luftraum schwebenden Blicke die Kluft fast verschwindet, deren Durchwandern mühselige Stunden erfordert, so winken sie deutlich hinüber zu der modernen Symphonie und doch führt von ihnen kein directer Weg dahin. Sie ruhen auf anderer, viel dürftigerer Grundlage, von der aus nur eine riesige Schöpferkraft sie zu dieser Höhe emporbauen konnte. Die eigentliche Orchestermusik jener Zeit waren nicht die kaum erfundenen *Concerti grossi*, sondern die Orchestersuiten. Diese Form fand zugleich mit der Claviersuite, welche sich im 17. Jahrhundert aus ihrer Wurzel abgezweigt hatte, in der ersten Hälfte des 18. Jahrhunderts die mögliche Vollendung. Von einem so vernunftgemäßen Ganzen, wie es die Claviersuite darstellte, konnte bei der Orchestersuite wegen der Umgebung, in der sie aufwuchs, nicht die Rede sein. Ob überhaupt eine halbwegs feste Gewohnheit für die Anordnung der Tänze vorhanden war, ist vorläufig unklar, sicher dagegen, daß die gewichtigsten Vertreter eine solche nicht anerkannten und die einzelnen Bestandtheile jedesmal nach Gutdünken gruppirten. Aber dieser Mangel an formeller Bestimmtheit war nur die Kehrseite des eben so bedeutenden Vorzugs, daß die Orchestersuite unmittelbar aus dem deutschen Volksleben herausgeboren ist. Der frisch sprudelnde Volksliederquell älterer Jahrhunderte drang aus dem Schutt des dreißigjährigen Krieges in zwei Arme getheilt von neuem hervor,

---

85) Vergl. die verständnißvolle und erschöpfende Untersuchung über Händel als Instrumentalcomponisten bei Chrysander, Händel III, S. 174 ff.

als geistliches Lied, dessen sich die Orgelkunst alsbald bemächtigte
und als gespielter Tanz, welcher der Pflege der Kunstpfeifer anheim
fiel. Es verschlägt nichts, daß so viele andre Völker, namentlich die
Franzosen von ihren Weisen und ihrer Manier beigesteuert haben.
Im Gegentheil, es wurde dadurch der deutsche Geist in jener ihm
eigenthümlichen Thätigkeit befeuert, die erst an der Verarbeitung
fremder Elemente die ganze Fülle der eignen Kräfte in Fluß bringt;
es war dies, wie schon früher bemerkt, eine gradezu aus der Verwirrung des Krieges gewonnene Förderung. Zur feineren Ausbildung der Rhythmik in der deutschen Tanzmusik haben jedenfalls die
Franzosen sehr viel beigetragen, und nicht nur das, wir verdanken ihnen auch die erste freie Orchesterform weltlichen Charakters,
die sogenannte französische Ouverture. Aber an der kunstmäßigen
Entwicklung und Veredlung dieser Ouverture und der Tanztypen
haben die Franzosen sich kaum betheiligt. Ebensowenig haben sie
aus diesen Elementen ein Kunstganzes zu machen gesucht. Schon
die Italiäner waren ihnen in diesen Dingen weit voraus: es giebt
Ouverturen von Antonio Lotti im französischen Stil, wie sie in solcher
Vortrefflichkeit nie ein wirklicher Franzose hätte machen können,
des italiänisch gebildeten Händel garnicht zu gedenken. Die Deutschen aber schlossen eine passende Reihe von Tanzstücken, der sie
eine französische Ouverture voranschickten, zu einer rein musikalischen Collectivform zusammen. Man sieht dies aus dem merkens-
werthen Umstande, daß der Name »Suite« für die analoge Orchestermusik nicht im Gebrauch ist, was doch der Fall sein würde, wenn
die Franzosen auch nur so viel dafür gethan hätten, wie für die
Tanzgebinde des Claviers. Es existirt überhaupt kein zusammenfassender Name dafür. Mit der dem echten deutschen Musiker eignen
Bescheidenheit, die sich unbekümmert um die äußere Repräsentation
nur an die Sache hält, zählte man auf dem Titel solcher Werke entweder die einzelnen Bestandtheile auf oder begnügte sich abkürzend
mit: »Ouverture u. s. w.«, worauf dann die Angabe der verwendeten
Instrumente folgte. Die einzelnen in eine gewisse Reihenfolge gebrachten Tänze aber nannten die Kunstpfeifer »Partien« (»Partheyen«), und wir erweisen den Deutschen nur das gebührende
Recht, wenn wir die Gattung hinfort mit dem deutschen Namen
»Orchesterpartien« belegen.

Wenn jemand bestimmt war, in dieser Gattung etwas ausgezeichnetes hervorzubringen, so war es sicherlich Sebastian Bach. Zum Beweise genügt wohl eine einfache Zurückdeutung auf seine Vorfahren. Vater, Oheim, Großvater hatten ausschließlich dem Kunstpfeiferberufe gelebt. Wie hätte es anders sein können, als daß in dem Musiker, welcher alle die durch hundert Jahre entwickelten Fähigkeiten seines Geschlechts in sich zusammenfassen sollte, auch diese Richtung deutschen Kunstlebens ihre Vollendung feierte? Ist die Anzahl seiner Orchesterpartien gleich nicht groß — denn dazu war die ganze Form nicht tiefsinnig und ausgiebig genug, auch absorbirte einen guten Theil des nach dieser Richtung drängenden Schaffenstriebes die Claviersuite —, so reicht doch allein ihr Vorhandensein schon hin, zu zeigen, wie durch und durch volksthümlich die Individualität Bachs war. Wolle Niemand, wir sagten es einmal schon [86]), von der musikalischen Bedeutung gering denken, welche dem Kunstpfeiferthum des 17. Jahrhunderts zukommt. Einerlei, daß Rohheit und Zügellosigkeit bei ihm nicht spärlich gedieh; roh und zügellos waren zum Theil auch die Volkssänger des 16. Jahrhunderts. Nichtsdestoweniger kam durch die Lieder derselben ein unverfälschtes Stück der deutschen Volksseele zum mustergültigen Ausdruck, und eben so war es mit den Instrumentaltänzen der späteren Periode. Man nehme hinzu, daß in Bachs Geschlecht das entschiedenste Streben herrschte, sich von allen Gemeinheiten der Standesgenossen nach Möglichkeit rein zu erhalten. Der große Künstler brauchte sich wahrlich nicht zu schämen, auch diesen Theil der Erbschaft seiner Altvorderen anzutreten. Und in der That, mit freudigem Muthe hat er von ihm Besitz ergriffen, mit dem vollen Ernst, dieses Ideal volksthümlicher Tonkunst mit dem ganzen Reichthum seiner Kräfte zu bedienen. Das Herz lacht einem im Leibe bei diesen drallen, aus echtestem Kernholz geschnitzten Gestalten, bei diesen gesunden Stimmungen, die uns wie der kräftige Brodem frischgeackerten Landes entgegenströmen. Seine vier Orchesterpartien sind sämmtlich Bildungen einer Meisterhand und in dieser Hinsicht von gleicher Vorzüglichkeit. Ihre Tonarten sind C dur, H moll

---

[86]) S. Buch I, VII. (S. 150).

und zweimal Ddur [87]). Alle beginnen mit einer weit ausgeführten französischen Ouverture: voran ein Grave mit Repetition, dann eine Fuge, die schließend ins Grave zurückleitet und mit ihm ebenfalls repetirt wird. Der typische, in der Abwechslung zwischen breiter Pracht und feurigem Flusse bestehende Charakter ist deutlich erkennbar geblieben, aber unvergleichlich verfeinert worden, man hört keine Opernmusik mehr sondern die distinguirteste Kammermusik, namentlich in der Hmoll-Ouverture. Die Cdur-Partie läßt nun folgen: Courante, Gavotte, Forlane (ein venetianischer Tanz im $\frac{6}{4}$ Takt, gigueähnlich), Menuett, Bourrée, Passepied. Außer der Courante und Forlane sind alle Stücke doppelt vorhanden, um den für einzelne Perioden beliebten Gegensatz von kräftig und zart auch auf abgeschlossene Tongebilde anzuwenden. Der allgemein bekannte Name »Trio« stammt von dieser Sitte her, da der zarte Gegensatz nur von drei Instrumenten, oder dreistimmig ausgeführt zu werden pflegte; bald jedoch nahm man es mit der Stimmenzahl nicht mehr so genau, nur der allgemeine musikalische Charakter blieb bestehen. Trios im strengsten Sinne haben hier nur Bourrée und Passepied: letzterer erscheint ungemein geistreich als sein eigner Gegensatz, indem sämmtliche Violinen und Bratschen die in die Mitte gelegte Melodie geigen, die Oboen aber in Achtelgängen sich darüber hin wiegen. Das Trio der Gavotte ist eigentlich auch nur dreistimmig, die vereinigten Geigen und Bratschen lassen in Intervallen und ohne damit bis zu Ende zu reichen einen leisen, fanfarenartigen Gang hineintönen — ein Spaß, den sich Bach auch im ersten Satze des ersten brandenburgischen Concerts mit den Hörnern gemacht hatte. Das Trio des Menuetts dagegen wird vierstimmig nur von den Saiteninstrumenten vorgetragen; duftig süß und heimlich kosend schwebt es mit elastischem Tritt. In der Hmoll-Partie folgen auf die Ouverture: Rondo, Sarabande, Bourrée, Polonaise, Menuett und ein freies Stückchen im $\frac{2}{4}$ Takt, »Tändelei« (*Badinerie*) überschrieben; Bourrée hat ein Trio, Polonaise eine Variation. Durchweg hat diese Partie, in der außer dem Streichquartett nur eine Flöte mitwirkt, ein ganz besonders vornehmes und gewähltes Wesen; sie steht hiermit sogar

---

87) Drei derselben sind veröffentlicht P. S. VI, Nr. 7, 8, 9. — S. Anhang A. Nr. 43.

in einem gewissen Gegensatze zu den übrigen, ohne jedoch des populären Zuges ganz zu entbehren. Die Rondoform, welche uns in Bachschen Werken hier zum ersten Male begegnet, scheint aus Frankreich importirt zu sein; in ihr wechselt ein kurzer, gewöhnlich achttaktiger Satz mit etwas längeren Zwischensätzen von beliebiger Anzahl ab. Das in Rede stehende Rondo bewegt sich frei innerhalb dieses Schemas, indem es auch in den Zwischenperioden den Hauptsatz anklingen läßt, dieser ist eine wahre Perle an musikalischer Erfindung und ganz in Bachsche Melancholie getaucht. Die Sarabande beschäftigt das Ohr durch interessante Canonik zwischen Oberstimme und Bass, die erste Bourrée ergötzt durch eine burleske Durchführung des *Basso ostinato*, die Variation der reizenden Polonaise bringt von Anfang bis zu Ende die Melodie im Basse, wozu die Flöte figurirt, gestützt von den Accorden des Cembalo. Mit ihr muß die prächtig wohllautende G dur-Polonaise aus Händels E moll-Concert vergleichen, wer sich die Verschiedenheit beider Meister auch auf diesem Gebiete einmal recht hell ins Bewußtsein bringen will[88]. Die *Badinerie* am Schlusse repräsentirt zwar keinen bestimmten Tanztypus, ist aber doch ganz in der zweitheiligen Form gehalten. Die Verwendung solcher Stücke hatte man, wie schon der Name sagt, von den Franzosen angenommen. Man gab auch wohl wirklichen Tänzen Ueberschriften *à la Couperin*, so nennt Bernhard Bach einmal eine Bourrée *les plaisirs*, ein andres Mal eine solche *la joye*, doch mischt grade dieser Künstler auch wohl Stücke ein, die von der Tanzform ganz abgehen, andrerseits kenne ich eine Orchesterpartie von Telemann, in der alle Stücke in Tanzrhythmen stehen, aber kein einziges einen Namen hat. Es herrschte, wie man sieht, große Freiheit. Eine zusammenfassende Bezeichnung solcher freier Tanzformen war *Air*, welche keineswegs nur von einfachen und gesangreichen Stücken gebraucht wurde[89]. In derselben Weise wie die H moll-Partie endigt auch die eine der beiden in D dur stehenden. *Réjouissance* heißt hier das Finale, und

---

88) H.-G. XXX, S. 40.

89) Vrgl. S. 567 f. Complicirte und bunte Gebilde bietet unter diesem Namen auch Dismas Želenka.

bewegt sich frisch und keck im Tripeltakt. Die übrigen Nummern sind, von der Ouverture aus gezählt: Bourrée 1 und 2, Gavotte, Menuett 1 und 2. Den Bestand der andern D dur-Partie machen aus: Air, Gavotte 1 und 2, Bourrée, Gigue im italiänischen Stil. Außer der Tonart haben sie noch die stärkere Besetzung gemeinsam, dieselbe besteht neben dem Streichquartett in drei Trompeten, drei, beziehungsweise zwei Oboen, und Pauken. Die letztgenannte Partie wird auch in unserer Zeit wieder gern und häufig gehört, die andern sind dessen nicht minder würdig. Sämmtliche Orchesterwerke Bachs werden sich hoffentlich dauernd in unserm öffentlichen Musikleben einbürgern, sobald die materiellen Hindernisse beseitigt sind, welche einem großen Theile von ihnen den Einzug bis jetzt versperren. Vor allem ist die Herstellung der alten beweglichen, umfang- und ausdrucksreichen Trompeten unerläßlich. Das Instrument, welches man an ihrer Stelle jetzt zu verwenden hat, kann das Geforderte entweder garnicht leisten, oder vergröbert durch seinen aufdringlichen Ton die feinen Bachschen Linien dergestalt, daß nur ein Zerrbild entstehen kann.

Es ist früher darauf hingewiesen [90], daß auch Bernhard Bach, der Vetter Sebastians, als Componist von Orchesterpartien Ausgezeichnetes geleistet habe. Auch bei diesem Künstler treten dadurch die Einwirkungen des Kunstpfeifergeschlechts, das ihn hervorgebracht hatte, recht greifbar zu Tage. Er darf wohl das Recht beanspruchen, als der erste in dieser Kunstgattung nach Sebastian Bach angesehen zu werden. Ludwig Bach in Meiningen ist der Nachwelt nur durch eine einzige Partie bekannt geworden, aber auch aus dieser spürt sich jener urwüchsige Zug heraus, der bei der Neigung dieses Meisters zu Weichheit und italiänischem Wohlklang um so merkenswerther ist. Jedenfalls stehen alle Orchesterpartien andrer Componisten, die ich kennen lernen konnte, weit hinter den Erzeugnissen der Bachs zurück. Händel hat sich meines Wissens auf diesem Felde nicht versucht.

Wir nennen Händel im Gegensatze zu Bach das universalere Talent; mit Recht, insofern darunter sein Verhältniß zum Culturleben der Völker und seine Wirkung auf dasselbe verstanden sein

---

90) S. 26 f.

soll. Er schulte sich in Deutschland, durchwanderte Italien, studirte französische Musik, lebte in England. Wie kein andrer unsrer großen Meister vermag er es, diejenigen Saiten des Menschengemüthes in Schwingung zu setzen, die von Nationalität und Zeit unabhängig mehr oder weniger überall dieselben sind und bleiben. Sieht man dagegen auf die in der Gesammtheit seines Schaffens zu Tage tretenden musikalischen Grundstoffe, so findet sich, daß er einen beträchtlichen Theil der Elemente, welche damals die musikalische Atmosphäre erfüllten, ganz unbenutzt gelassen hat. Universal im Zusammenfassen aller Musikformen der damaligen Culturvölker war nicht er, sondern Bach. Der Gang unsrer Darstellung berechtigt dazu, es schon an dieser Stelle auszusprechen, daß keine einzige musikalische Form im Laufe des 17. Jahrhunderts oder am Beginn des 18. entstanden ist, welche nicht durch Bach entweder allein, oder durch Bach im Verein mit Händel zur endgültigen Entwicklung gebracht wäre. Schon beim Abschluß der Schilderung seiner weimarischen Periode war auf den gewaltigen, von Bach verarbeiteten Reichthum der Formen aufmerksam gemacht. Rechnet man zu ihnen noch die Kammersonate, die Suite und die Orchesterpartie mit der französischen Ouverture, so ist thatsächlich alles erschöpft, was auf rein musikalischem Gebiete Deutschland, Italien und Frankreich boten. Wenn also das Urtheil treffend bleiben soll, daß Händel sich mehr ausbreitete, Bach mehr vertiefte, so darf es nicht so verstanden werden, daß letzterer nur auf ein Kunstgebiet oder wenige beschränkt geblieben wäre. Das Wesen der Musik geht an und für sich in die Tiefe, und wird es um so mehr thun, je reicher es sich entfaltet. Vielmehr überwog bei Händel die poetische und durch das gesungene Wort allgemeiner verständliche, bei Bach die rein musikalische Seite ihrer Kunst. Ohne Frage gelangt auch in Händel eine Reihe echt deutscher Züge zum reinsten, preiswürdigen Ausdruck: jene Neigung, sich dem Fremden hinzugeben, um es in der eignen Persönlichkeit zu überwältigen, zu reinigen, zu vervollkommnen; dazu die Unerschrockenheit, die Ausdauer, der gerade Sinn, die sittliche Hoheit! Aus diesen Gründen ist und bleibt er der unsere, mehr jedoch als ganzer Mensch, als speciell in seinem Musikerthum. Denn grade die eigentlich deutsche Kunst seiner Zeit, die Orgelkunst mit dem Choral als Mittelpunkt, hat er vernach-

lässigt. Daß dieselbe bei Bach recht eigentlich der Focus war, in den
alle Lichtstrahlen gesammelt wurden, um von dort aus zu neuen Wirkungen entlassen zu werden, das macht diesen nun im eminentesten
Sinne zu einem nationalen Musiker. Nicht seine Persönlichkeit bildete das Ferment, welches alle Kunstelemente der Zeit durchsäuerte,
sondern diejenige Musik, welche damals allein der vollste und reinste
Ausdruck des deutschen Wesens war, und die an ihm nur ihren be-
rufensten Vertreter hatte. Auf ihrem Grunde erbaute er in Weimar
die Kirchencantate, von ihr aus durchdrang er dort und energischer
noch in Cöthen jede nur irgend berechtigte musikalische Form und
füllte sie mit edlerem Inhalte. Aber damit nicht genug. Diese neu-
geschaffenen Tonwesen wirken lebenzeugend weiter, umschlingen
sich, senden ihre Kräfte hierhin und dorthin, streben von entfernten
Polen einander entgegen, scheiden Trennendes aus, schießen kry-
stallisch zusammen zu neuen und neuen, größeren und größeren Bildungen. Bachs Entwicklung, wenn man nur einmal das treibende
Element darin erkannt hat, wächst und blüht auf wie eine Blume, es
ist als sähe man in die großartige Werkstatt der Natur:

> Wie alles sich zum Ganzen webt,
> Eins in dem Andern wirkt und lebt!
> Wie Himmelskräfte auf und nieder steigen
> Und sich die goldnen Eimer reichen,
> Mit segenduftenden Schwingen
> Vom Himmel durch die Erde dringen,
> Harmonisch all' das All durchklingen!

Ja wohl, nicht nur die Bachschen Schöpfungen klingen, klingen das
Wesen der Tonkunst reiner vielleicht zurück, als die eines andern
deutschen Meisters, nein, sein eignes Werden, Wachsen und Leben
ist Musik, Musik in jenem tiefsten Verstande, wie ihn die Worte des
Goetheschen Faust zum Ausdruck bringen, ein Spiegelbild der ewigen
Harmonie des Makrokosmus. Jene sittlich kräftigende und beglückende Wirkung, welche der Versenkung in die Natur wie dem
Genusse jeder echten Musik entströmt, ruht auch in dem scheinbar
einfachen, bewegungs- und abwechslungsarmen Lebensgange des
großen Mannes; schlummernd bisher; möchte es gelingen, sie zur
Freude und Erhebung seines Volkes zu erwecken!

IV.

Nach den Lebensanschauungen, die im Bachschen Geschlechte herrschten, war es ziemlich selbstverständlich, daß Sebastian im Wittwerstande, zu welchem er durch den plötzlichen Tod seiner ersten Gattin verurtheilt war, nicht verblieb. Sein Vater hatte in gleichem Falle und bei viel vorgerückterem Alter schon nach sieben Monaten eine neue Ehe geschlossen. Wußte sich nun gleich der Sohn nicht während einer so kurzen Zeit über den schmerzlichen Verlust zu trösten, so traf er doch am Ausgange des Jahres 1721 zu einer neuen Vermählung Anstalt. Schon seit lange war er mit der herzoglichen Capelle zu Weißenfels bekannt; einen der dortigen Kammermusiker hatte er im Jahre 1714 zum Pathen seines Sohnes Philipp Emanuel erwählt. In der jüngsten Tochter des Hof- und Feld-Trompeters Johann Caspar Wülken fand er diejenige, welche ihm die so jäh zerstörte Häuslichkeit von neuem gründen sollte. Anna Magdalena Wülken war damals einundzwanzig Jahre alt; die Hochzeit fand am 3. December in Bachs Hause statt. So hatte es der Fürst Leopold befohlen, der um so innigern Antheil an diesem bedeutungsvollen Schritte seines Schützlings nahm, als er, genau acht Tage später, seine eigne Vermählung mit der neunzehnjährigen Prinzessin von Anhalt-Bernburg, Friederike Henriette, feierte [1]. Die junge Frau wurde dem Meister eine Quelle andauernden, innigen Eheglückes. Sie war sehr musikalisch und nahm an der Künstlerthätigkeit des Gatten weit mehr als nur genießenden Antheil. Mit einer vortrefflichen Sopranstimme begabt wirkte sie bei der Ausführung von Sebastians Compositionen freilich nicht öffentlich mit, desto eifriger aber im Familienkreise, und bildete den Mittelpunkt der kleinen Hauscapelle, welche Bach von nun an allmählig aus dem Bestande seiner eigensten Familienmitglieder heranzuziehen begann. Anmuthig schreibt er darüber am 28. October 1730 an seinen Freund

---

1) Gerber, L. I, Sp. 76. — Pfarr-Register der Kathedralkirche zu Cöthen. In Weißenfels geboren scheint Anna Magdalena nicht zu sein, da die Pfarr-Register daselbst keine Auskunft über sie geben.

Georg Erdmann : »Ingesamt aber sind sie [näml. die Kinder] gebohrne *Musici* und kann versichern, daß schon ein *Concert vocaliter* und *instrumentaliter* mit meiner *Familie formiren* kan, zumahle da meine itzige Frau gar einen saubern *Soprano* singet, auch meine älteste Tochter schlimm einschläget [d. h. tapfer mit eingreift]«. Auch mit der Notenfeder wußte Anna Magdalena sehr wohl umzugehen, und nicht selten setzte sie sich, wenn die häusliche Arbeit gethan war, nieder, um dem vielbeschäftigten Gatten beim Copiren eigner oder fremder Musikalien behülflich zu sein. So hat sie an einer schönen Handschrift der Solo-Sonaten für Violine und Violoncell mitgearbeitet, und eine Abschrift von Händels Composition der Brockes'schen Passionsdichtung ist zum größten Theile von ihr gefertigt. Ihre Notenschrift ist etwas weniger leicht als die Sebastians und von dieser in der Form des C-Schlüssels, der Quadrate und Kreuze und andrer Kleinigkeiten unterschieden, doch sehr flüssig und ausgeschrieben, ohne eine Spur weiblicher Ungeübtheit, ebenso die Buchstabenschrift, welche gleichfalls in einzelnen Formen von der des Gatten abweicht; aber der ganze Ductus von Noten sowohl als Buchstaben ist oft der Bachschen Handschrift so ähnlich, daß die Unterscheidung schwer fällt. An ihren lateinischen Lettern läßt sich dagegen die Hand sofort erkennen und ein mit großen Zügen hingemaltes *Chorus*. wird man charaktervoll und schön nennen dürfen. Aber hiermit nicht genug; sie wurde auch eine eifrige Schülerin des Gatten im Clavierspiel, ja sogar im Generalbassspiel. Zeugen sind zwei von beiden Eheleuten gemeinsam mit mannigfaltigem Inhalte gefüllte Notenbücher, die ein inniges, zärtliches Verhältniß in rührender Weise zu Tage treten lassen[2]. Das ältere von beiden ist in klein Querquart, hat einen bescheidenen grünlichen Einband mit Rücken und Ecken von braunem Leder. Auf der Innenseite des Einbandes steht mit gothischen Buchstaben nicht sehr regelmäßig geschrieben: »Clavier-Büchlein | vor | Anna Magdalena Bachin | ANNO 1722. |« Dann folgt noch der Buchstabe B in

---

[2] Beide befindlich auf der königl. Bibl. zu Berlin.

einer neuen Zeile, als ob noch etwas hätte hinzugefügt werden sollen; sodann von Bachs Hand Folgendes:

>»*Anti Calvinismus* und

Christen Schule *item*   } von *D.* Pfeifern.«[3]

Anti Melancholicus

Das Büchlein war also unmittelbar nach der Verheirathung angefangen worden. Die unter dem Titel stehenden Worte bezeichnen in gedankenvoller Spielerei den Zweck des Buches: gegen die kunstfeindliche, schwunglose calvinistische Religionslehre, welche in Cöthen die herrschende war, gegen alle Leiden und bittren Erfahrungen des Lebens, die »Schule des Christen«, gegen alle trüben Gedanken und Verstimmungen sollte es ein Mittel sein. Kann man die Zwecke der Musik für Kirche und häusliches Leben naiver und vollständiger bezeichnen? *Dominus* Pfeifer stellt vermuthlich den Geber des Buches dar. In Cöthen lebte Keiner dieses Namens[4], im übrigen ist derselbe zu häufig, als daß mit einiger Sicherheit auf die Persönlichkeit zu rathen wäre. Der Titel deutet auf einen Geistlichen, das Büchlein war vielleicht ein Brautgeschenk. Seinen Inhalt machen größtentheils die »französischen Suiten« aus, auf welche wir gleich zurückkommen. Außerdem steht ein colorirter dreistimmiger Choral: »Jesus, meine Zuversicht« darin[5], eine fragmentarische Fantasie für Orgel, — wollte Anna Magdalena auch die Orgel spielen lernen? — eine Arie mit darüber begonnenen Variationen und ein Menuett[6]. Das zweite, größere Buch tritt in einem grünen, goldgepreßten Einbande mit Goldschnitt und braunseidnem Hebebande am Oberdeckel anspruchsvoller auf. In der Mitte des Deckels steht mit Gold-Buchstaben und Zahlen:

A. M. B.

1725.

Es gehört also schon in die Leipziger Zeit und wird ein Geschenk des Gatten sein. Außer zwei Clavierpartiten (A moll und E moll des

---

3) Genau gelesen wohl: »Ante Calvinismus«, was auf Verschreibung beruht, wenn es nicht eben nur eine Undeutlichkeit ist.

4) Wenigstens haben wiederholte gründliche Nachforschungen zu dieser Vermuthung geführt.

5) P. S. V, C. 5, Anhang Nr. 2.

6) P. S. I, C. 13, Nr. 11, I.

ersten Theils der Clavierübung), zwei der »französischen Suiten«, dem C dur-Praeludium des »wohltemperirten Claviers« und der Arie zu den Goldbergschen Variationen (im vierten Theile der Clavierübung veröffentlicht), stehen darin hauptsächlich kleinere, von Anna Magdalena selbst geschriebene Stücke, Polonaisen, Menuette, Märsche und dergleichen, die wohl nicht alle Sebastians Compositionen sind, ein Menuett (auf Seite 70) trägt ausdrücklich die Aufschrift »*fait par Mons. Böhm*«. Doch stößt man auch auf verschiedene Gesangstücke. Zuerst begegnet das schöne Lied des Paul Gerhard: »Gieb dich zufrieden und sei stille in dem Gotte deines Lebens«. Es muß ein Liebling Bachs gewesen sein, denn es findet sich dreimal hinter einander und mit zwei ganz neuen Melodien, aus F dur und E moll (oder G moll), versehen. Bei letzterer ist Bach ausdrücklich als Componist bemerkt, und mit Recht wurde auf diese Melodie ein besonderes Gewicht gelegt, sie ist eine der ergreifendsten geistlichen Arien, die es giebt, und wer je Gelegenheit hatte, sie in Bachs vierstimmigem Tonsatze in würdiger Umgebung zu hören, wird einen unvergeßlichen Eindruck fürs Leben davon getragen haben[7]. Gegen das Ende hin hat Bach noch eine schöne eigne Composition des Liedes von B. Crasselius eingeschrieben: »Dir, dir, Jehovah, will ich singen«[8], vor und nach diesem finden sich die Gesänge »Schaffs mit mir, Gott, nach deinem Willen« und »Wie wohl ist mir, o Freund der Seelen«[9]. Außer diesen zwischen Gemeinde- und Kunstgesang in der Mitte sich haltenden Tonstücken stehen einige für Anna Magdalenas Stimme berechnete wirkliche Arien darin. Den Preis unter ihnen trägt das kostbare Stück davon: »Schlummert ein, ihr matten Augen, fallet sanft und selig zu«, nebst dem zugehörigen Recitativ aus der Kirchen-Cantate »Ich habe genug, ich habe den Heiland« herübergenommen und, um es der Sängerin bequem zu machen, aus Es dur nach G dur transponirt[10]. Eine zweite, mehr liedhafte Arie

---

7) Veröffentlicht durch L. Erk, Johann Sebastian Bachs mehrstimmige Choralgesänge und geistliche Arien. Leipzig, C. F. Peters. I, 43 und 44; II, 208.

8) L. Erk, a. a. O. I, 19 und 20.

9) Die Melodie des ersteren hat L. Erk mitgetheilt a. a. O. I 111. Beides waren bekannte Dichtungen und stehen auch in dem Schemellischen Gesangbuch.

10) B.-G. XX, 1, Nr. 82. Die Begleitung ist nicht hingeschrieben, da Bach nach der Cantaten-Partitur die Begleitung aus dem Stegreif transponirt haben wird.

in Es dur: »Gedenke doch, mein Geist, zurücke aus Grab und an den Glockenschlag« u. s. w. mahnt zur Vorbereitung auf den Tod; auch sie ist jedenfalls eine Composition Sebastians und weist Anna Magdalenas Handschrift auf. Ihr folgt, wenngleich in anderer Tonart, so doch jedenfalls in der Stimmung der Schreiberin mit ihr verbunden der Choral: »O Ewigkeit, du Donnerwort«. Eine dritte, ähnliche Arie in F moll: »Warum betrübst du dich und beugest dich zur Erden, mein sehr geplagter Geist« handelt von der Ergebung in Gottes Willen. Wie innig das Verständniß der jungen Frau für die großartige, melancholisch beleuchtete Gedankenwelt des Gatten sein mußte, wird aus der Beschaffenheit dieser Gesangstücke recht deutlich. Traulicheren Charakters sind zwei andre Lieder. Die »erbaulichen Gedanken eines Tabakrauchers« zeigen den Hausvater Bach in bürgerlicher Behaglichkeit, aber auch hier ernsten Betrachtungen hingegeben:

> So oft ich meine Tabakspfeife,
> Mit gutem Knaster angefüllt,
> Zur Lust und Zeitvertreib ergreife,
> So giebt sie mir ein Trauerbild,
> Und füget diese Lehre bei,
> Daß ich derselben ähnlich sei.

Diese Aehnlichkeit zwischen der zerbrechlichen Thonpfeife mit ihrem rasch verdampfenden Inhalte und dem hinfälligen Menschenleibe wird sodann in fünf Strophen durchgeführt. Das Lied ist zweimal vorhanden, zuerst in D moll, sodann für den Sopran nach G moll transponirt; Anna Magdalena wollte es selbst singen und hat es auch geschrieben. Das zweite ist, seiner cyklischen Form wegen, wieder mehr Arie zu nennen. Sein Text:

> Bist du bei mir, geh ich mit Freuden
> Zum Sterben und zu meiner Ruh.
> Ach wie vergnügt wär so mein Ende,
> Es drückten deine schönen Hände
> Mir die getreuen Augen zu.

der, wie man sieht, als Anrede des Mannes an das geliebte Weib gedacht ist, hat einen merkwürdig empfindsamen, ganz zart aus Sinnliche streifenden Charakter; Bach setzte eine innige, keusche Musik dazu (Es dur $\frac{3}{4}$). Auch sie ist dem Sopran bestimmt, auch sie

hat Anna Magdalena selbst geschrieben, nur ein paar Auflösungs-
zeichen wurden, wenn ich mich nicht täusche, nachträglich vom
Gatten hineincorrigirt. Dieses An- und Nachempfinden der Stimmungen eines Mannesgemüths ist ein Zeugniß inniger, kindlicher
Hingabe [11],

Die Musikalien des Buches reichen bis zu dem Choral »O Ewigkeit, du Donnerwort« auf Seite 121; hiermit hört die Paginirung auf.
Dann folgt nach einer leeren Seite ein zweistrophiges Hochzeits-
gedicht; natürlich kann es nur Anna Magdalena selbst gegolten
haben. Daß es nach einer Reihe von seitdem verstrichenen Jahren
hier noch seinen Platz fand, ist wohl ein sprechender Beweis glücklicher Ehestimmung:

> Ihr Diener, werthe Jungfer Braut,
> Viel Glücks zur heutgen Freude!
> Wer sie in ihrem Kränzchen schaut
> Und schönen Hochzeit-Kleide,
> Dem lacht das Herz vor lauter Lust
> Bei ihrem Wohlergehen;
> Was Wunder, wenn mir Mund und Brust
> Vor Freuden übergehen.
>
> Cupido, der vertraute Schalk,
> Läßt keinen ungeschoren.
> Zum Bauen braucht man Stein und Kalk,
> Die Löcher muß man bohren,
> Und baut man nur ein Hennen-Haus,
> Gebraucht man Holz und Nägel,
> Der Bauer drischt den Weizen aus
> Mit groß und kleinem Flegel.

Mit diesen beiden, durch beliebte Zweideutigkeiten gewürzten Strophen hatte sich der »übergehende Mund« des Verfassers, sicherlich
eines Cöthener Localpoeten, wohl kaum Genüge gethan; wir werden
den Verlust des Weiteren verschmerzen können. Auf der Kehrseite

---

11) Diese letzte Arie beginnt auf S. 75 und setzt sich auf S. 78 fort; vermuthlich schlug die Schreiberin aus Versehen ein Blatt zu viel um. In den leeren
Raum der S.S. 76 und 77 ist nachher die Arie der Goldbergschen Variationen
eingetragen. — Ueber die Unechtheit des Bach zugeschriebenen, und ebenfalls
in diesem Buche befindlichen, bekannten Liedes »Willst du dein Herz mir schenken« s. Anhang A. Nr. 44.

des **Blattes** beginnen dagegen, über vier Seiten fortlaufend, General-
bassregeln. Die erste, kleinere Partie, worin Dur- und Moll-Tonleiter, und Dur- und Moll-Dreiklang erläutert werden, hat Anna
Magdalena wohl nach einem Concept Sebastians abgeschrieben,
alles folgende, was eine wirkliche Anweisung zum Spielen von bezifferten Bässen enthält, hat Bach eigenhändig eingetragen, und in
einer Schlußbemerkung angedeutet, daß der mündliche Unterricht
das Weitere thun solle. Auf den Inhalt dieser Generalbass-Regeln
kommen wir bei einer andern Gelegenheit zurück.

Anna Magdalena gebar ihrem Gatten in 28jähriger Ehe dreizehn
Kinder, nämlich sechs Söhne und sieben Töchter; Bach hat also mit
seinen beiden Frauen im Ganzen zwanzig Kinder gezeugt. Ein Oel-
bild von ihr, zwei Fuß einen Zoll hoch und 23 Zoll breit, von
Cristofori gemalt, besaß später der Stiefsohn Philipp Emanuel[12].
Die in jenen Ständen damals seltene Auszeichnung, portraitirt zu
werden, erfuhr sie jedenfalls auf Sebastians Veranlassung; ein neuer
Beweis seinerseits von der Liebe und Hochschätzung, auf welche
das musterhafte cheliche Leben dieses Künstlerpaares gegründet war.

Als Bach im Jahre 1707 die erste Ehe schloß, überraschte ihn
ein Legat seines kurz vorher gestorbenen Oheims Tobias Lämmer-
hirt aus Erfurt[13]. Es war ein merkwürdiger Zufall, daß wenige
Monate vor seiner zweiten Verheirathung auch dessen Wittwe ohne
Nachkommen starb und laut testamentarischer Bestimmung ihm ein
Theil des Vermögens zufiel. Sebastian hatte mit der Tante in gutem
Einvernehmen gestanden und sie auch zu seinem ersten Kinde als
Pathe gebeten. Er fand jetzt Gelegenheit zu beweisen, daß seine
Gesinnung gegen sie über das Grab hinaus reichte, da über ihre
Hinterlassenschaft alsbald Erbschaftsstreitigkeiten ausbrachen. To-
bias Lämmerhirt hatte nämlich kurz vor seinem Tode ein Testament
aufgesetzt des Inhalts, daß im Falle seines Hinscheidens zunächst
an seine Geschwisterkinder, seine Pathen und Halbgeschwister Legate von einem genau bestimmten Umfange ausgezahlt werden sollten. Das Uebrige solle seiner Wittwe als Universalerbin anheim

---

12) Gerber, L. II, Anhang S. 60; jetzt leider verloren gegangen.
13) Vrgl. S. 336.

fallen, jedoch mit der Einschränkung, daß, wenn sie im Wittwenstande bliebe, nach ihrem Tode die Hälfte des Vermögens an seine
nächsten Blutsfreunde zurückgehe. Die Wittwe zahlte die Legate
aus, blieb im Wittwenstande und setzte am 8. October 1720 ihrerseits wieder ein Testament auf, in dem sie das Vermögen ihres Gatten als ihr Erbe und Eigenthum ansah, davon nach ihrem Tode eine
Reihe von Legaten abgeführt wissen wollte und was übrig blieb
unter zehn Erben zu gleichen Theilen vertheilte, deren fünf, dem
Willen ihres Mannes gemäß, nächste Verwandte desselben, fünf ihre
eignen waren. Eröffnet wurde das Testament am 26. September
1721; man war dessen Verordnungen zuerst auch nachgekommen,
hatte von der Hinterlassenschaft die Legate abgezogen und den Rest
in zehn gleiche Theile zerschlagen. Hernach erst kam einigen der
Verwandten des Tobias Lämmerhirt der Gedanke, das Testament
noch mehr zu ihren Gunsten ausdeuten zu können. Sie verlangten
vor allem die Hälfte des Vermögens zur Herausgabe, das Tobias
Lämmerhirt bei seinem Tode hinterlassen und dessen Vollbestand
sie auf 5507 Thlr. 6 ggr. berechneten. Von der andern Hälfte sollten dann zuerst die von der Wittwe ausgesetzten Legate abgezogen
und der Rest noch einmal in zehn Theile zerlegt werden. Dieser An-
trag wurde am 24. Januar 1722 im Namen von sämmtlichen fünf erb-
schaftsberechtigten Verwandten eingebracht, nämlich Johann Christoph Bach aus Ohrdruf, Johann Jakob Bach, Johann Sebastian Bach,
Maria Salome Wiegand geb. Bach, und Anna Christine Zimmermann
geb. Lämmerhirt, einer Bruderstochter des Tobias Lämmerhirt. Aber
thatsächlich ging er nur von den beiden letzten Personen aus, die,
um ihrer Sache mehr Nachdruck zu geben, ohne weiteres Befragen
die Zustimmung der Bachschen Brüder zu diesem Vorgehen vorausgesetzt hatten. Mit welcher Leichtfertigkeit sie hierbei zu Werke
gegangen waren, wird einleuchtend, wenn man sich vergegenwärtigt,
daß Johann Christoph Bach schon seit dem 22. Februar 1721 nicht
mehr am Leben war. Dabei hatten sie den Anwalt, welcher ihnen
die Imploration aufsetzte, so oberflächlich informirt, daß dieser in
derselben für die Zustimmung Sebastians in Cöthen seinen Bruder
Jakob in Stockholm gut sagen ließ, wenn man nicht gar dahinter
vermuthen soll, daß sie jenem, dessen noble Denkungsart ihnen bekannt sein mußte, mit dem ganzen Handel garnicht zu kommen

wagten. In der That erfuhr Sebastian nur durch die dritte Hand davon. Er sandte darauf dem Rathe zu Erfurt folgenden Brief:

»HochEdle, Veste und Hochgelahrte,

auch Hochweise Herren,

Insonders Hochgeehrteste Herren *Patroni*.

Ew. HochEdlen ist albereit bekant, welchergestalt ich und mein Bruder, Joh. Jacob Bach, (so in Königlich Schwedischen Diensten ist) MitErben bey der Lemmerhirtischen Verlaßenschafft seynd. Weil ich nun eußerlich vernehme, daß die andern Herrn MitErben gesinnet seyn, einen *process* über solche Verlaßenschafft anzuspinnen, gleichwohl aber mir und meinem abwesenden Bruder damit nicht gedienet ist, indeme nicht gesinnet bin das Lemmerhirtische *Testament* rechtlich anzufechten, sondern mit deme zufrieden bin, was mir und meinem Bruder darinne gegönnet und verordnet worden, maßen ich vor mich und *sub cautione rati nomine* meines Bruders hiermit allen *process*-Wesen krafft dieses *renunciir*et und mit gewöhnlicher *protestation* verwahret haben will. So habe diesem nach es vor nöthig erachtet, solches an Euer HochEdlen dienstlich zu eröffnen, mit gehorsamster Bitte, diese meine *respective renunciation* und *protestation* hochgeneigt anzunehmen und die mir und meinem Bruder noch zukommenden Erbschaffts *quotas*, so wohl von deme, was albereit *in deposito* liegen als was noch künfftig *deponir*et werden möchte, hochgütigst abfolgen zu laßen, welche hohe *Faveur* ich mit ergebensten Dancke erkenne und dafür beharre   Ew. Hochedlen

ergebenster Diener

Cöthen. d. 15. *Martij*   *Joh*: *Seb*: Bach.

$\widetilde{ao}$: 1722.   Hochfürstlich Anhalt-Cöthenischer

Capellmeister.

[Adresse:]

Denen HochEdlen, Vesten, Hochgelahrten und | Hochweisen Herren Stadt-Schultheißen, Burge-|meistern, *Syndico* und andern Raths-*Collegen*! | Meinen insonders Hochgeneigten Herren *Patronis* | in Erffurth. | « 14)

---

14) Befindlich nebst den Acten, welche der Darstellung zu Grunde liegen, auf dem Stadtarchiv zu Erfurt, Abth. IV, Nr. 116. Ein paar Abkürzungen in dem Briefe habe ich aufgelöst. Die erste Kunde von seiner Existenz verdanke ich Herrn Ludwig Meinardus in Dresden.

Nach dieser entschiedenen Erklärung wird es wohl zur Einleitung des Processes garnicht gekommen sein, es sind auch keine Spuren von Acten, die darauf Bezug nähmen, vorhanden. Um das pietätlose Vorgehen seiner Verwandten zu hindern, trat Sebastian zugleich im Namen seines Bruders Jakob auf, dessen gleich anständiger Gesinnung er sicher war. Johann Jakob Bach hatte, nachdem er 1704 der stillen Heimath Valet gesagt[15]), alle die kühnen Züge des Schwedenkönigs Karls XII. tapfer mitgemacht, an der Schlacht bei Pultawa theilgenommen und mit seinem königlichen Herrn das türkische Bender erreicht. Dort hatte er bis zum Jahre 1713 treulich ausgehalten und dann die Erlaubniß bekommen, sich als Hofmusicus nach Stockholm in den Ruhestand zu begeben. Er war von Bender zuerst nach Constantinopel gegangen und hatte dort eine Weile das Flötenspiel studirt bei Pierre Gabriel Buffardin, dem späteren Dresdener Kammermusiker und Lehrer des berühmten Quanz, welcher sich zufällig bei der dortigen französischen Gesandtschaft aufhielt und späterhin selber die Thatsache an Sebastian Bach erzählte[16]). Ob er dann durch Deutschland nach Schweden ging und bei dieser Gelegenheit seine Geschwister in Thüringen besuchte, wissen wir nicht. Nachweislich bezog er von 1713 an aus der Hofkasse in Stockholm seinen Jahresgehalt bis zum Jahre 1721 einschließlich. Im Jahre 1722 muß er gestorben sein, kaum 40 Jahre alt und vermuthlich durch die übermäßigen Anstrengungen des russischen Feldzuges gebrochen. Er hat also wahrscheinlich von der Angelegenheit, in welcher Sebastian seine Ansprüche vertrat, nichts mehr erfahren. Dieser aber mußte nach dem kurz zuvor eingetretenen Tode Johann Christophs, des brüderlichen Lehrers, und einer hochgeschätzten Anverwandten nunmehr auch den Verlust des letzten Bruders betrauern[17]).

---

15) Vrgl. S. 231.

16) Nach der Genealogie und Fürstenau II, S. 95.

17) Kinder hat Johann Jakob Bach nicht hinterlassen. Auch ob er überhaupt verheirathet war, konnte ich nicht erfahren. In den »Rechenschaften« des königl. schwedischen Hofes figurirt er als »Johann Jakob Back«. Die Gehalte wurden damals aus bekannten Gründen nicht sehr pünktlich ausbezahlt; so hat denn »Back« fast jedes Jahr eine Forderung an die Krone, die ihm in den Rechenschaften creditirt wird. Zum letzten Male geschieht dies im Jahre 1723; die Zahlung werden seine Erben, vermuthlich in Deutschland, erhalten haben.

So waren denn wechselnd zwischen Lust und Leid schon mehr als vier Jahre in Cöthen verlebt worden; was aber die Grundlage von Bachs Glücke dort bildete, war sich stets gleich geblieben. Das lebendige, verständnißvolle Kunstinteresse des Fürsten hatte ihn auch die Enge des musikalischen Kreises, in welchen er dort gebannt war, die ausschließliche Beschränkung auf die Kammermusik, das Fehlen jeder kirchlichen Kunstthätigkeit, ganz vergessen lassen. Da sich jedoch Bach hierfür eigentlich bestimmt fühlen mußte, so bedurfte es nur irgend eines äußerlichen Anstoßes, um ihm zum Bewußtsein zu bringen, daß sein Genius ihm nicht gestatte, an dieser wenngleich noch so geliebten Stelle auf immer seine Hütte zu bauen. Diesen Anstoß gab die schon gemeldete Verheirathung des Fürsten. Dessen Gemahlin war nicht musikalisch und nahm die Aufmerksamkeit des jungen Gatten um so mehr für sich in Anspruch, als sie zart und schonungsbedürftig war. Das Interesse für Musik schien bei ihm etwas abzunehmen, und jetzt wurde es Bach plötzlich klar, daß er nicht dazu da sei, mit seinen überragenden Gaben einen einzigen dilettantirenden Fürsten zu bedienen. In dem schon erwähnten Briefe an Erdmann erzählt er dies mit schlichten Worten selbst[18]. »Von Jugend auf«, schreibt er aus Leipzig, »sind Ihnen meine *Fata* bestens bewust, bis auf die *mutation*, so mich als Capellmeister nach Cöthen zohe. Daselbst hatte einen gnädigen und *Music* so wohl liebenden als kennenden Fürsten, bey welchem auch vermeinete meine Lebenszeit zu beschließen. Es muste sich aber fügen, daß erwehnter *Serenissimus* sich mit einer Berenburgischen Princeßin vermählete, da es denn das Ansehen gewinnen wolte, als ob die *music*alische *Inclination* bey gesagtem Fürsten in etwas laulicht werden wolte, zumahle da die neue[19] Fürstin schiene eine *amusa* zu seyn: so fügte es Gott, daß zu hiesigem *Directore Musices*, und *Cantore* an der *Thomas* Schule *vociret* wurde. Ob es mir nun zwar anfänglich gar nicht anständig seyn wolte, aus einem Capellmeister ein *Cantor* zu werden. Weßweg auch meine *Resolution* auf ein vierthel Jahr *trainirete*, jedoch wurde mir diese *Station* dermaßen *favorable* beschrieben, daß endlich |: zu-

---

18) Das Original des Briefes befindet sich im kaiserlich russischen Archive zu Moskau; s. darüber das Vorwort.

19) So vermuthlich. Der Moskauer Copist scheint das Wort nicht haben lesen zu können.

mahle da meine Söhne denen *Studiis* zu incliniren schienen :| es in den höchsten Nahmen wagete und mich nacher Leipzig begabe, meine Probe ablegete und so dann die *Mutation* vornahme.« Daß das zeitweilige Erkalten des musikalischen Interesses beim Fürsten wirklich nur der äußere Anstoß zu einem Schritte war, dessen Nothwendigkeit ganz allgemein in Bachs künstlerischem Wesen begründet lag, ergiebt sich deutlich daraus, daß sein Entschluß bestehen blieb, obgleich die »musenfeindliche« Persönlichkeit, die Fürstin Friederike Henriette, schon am 4. April 1723 starb; erst im Mai des Jahres verpflichtete er sich in Leipzig zur Uebernahme des Cantorats an der Thomas-Schule. Unterdessen erfolgte in Cöthen die Beisetzung der Verstorbenen ohne jede musikalische Feierlichkeit[20]. Der Fürst verheirathete sich zum zweiten Male am 2. Juni 1725 mit Charlotte Friederike Wilhelmine, einer Prinzessin von Nassau-Siegen. Hatte er sich gleich örtlich von Bach trennen müssen, so blieb dieser doch sein Capellmeister »von Haus aus«[21]. Als solcher componirte er zum 30. November 1726, dem ersten Geburtstage der zweiten Fürstin nach ihrer Vermählung, eine Gratulations-Cantate, zu welcher der Leipziger Gelegenheitsdichter Christian Friedrich Henrici, oder Picander, wie er sich als Jünger Apolls zu nennen pflegte, die Worte geliefert hatte[22]. Sie beginnt mit einem Chore: »Steigt freudig in die Luft zu den erhabnen Höhen« (D dur ³/₄), bringt dann zwischen vier Recitativen drei anmuthige Arien, deren zweite sich vielleicht nicht ohne Absicht besonders hervorthut; sie ist für den Bass geschrieben und Fürst Leopold war selbst ein tüchtiger Bassist. Den Abschluß macht ein fröhlicher, homophoner Chor im Gavotten-Rhythmus, Recitativ-Sätzchen sind hineingefügt; sein Anfang stimmt, beiläufig bemerkt,

---

20) Die zu diesem Zwecke gehaltene Leichenpredigt wurde mit sämmtlichen Trauer- und Lobgedichten auf die verstorbene Fürstin 1724 in Folioformat gedruckt. Eine Trauer-Cantate oder sonst ein Text für Musik, den Bach hätte componiren können, ist nicht darunter. Die Schloßbibliothek zu Cöthen besitzt ein Exemplar dieser Funeralien, das auch mit dem Kupferstich der Fürstin geziert ist.

21) So meldet die Genealogie. Das Verhältniß bestand also auch noch im Jahre 1735.

22) Sie finden sich gedruckt in : »Picanders | Ernst-Schertzhafft | und | Satyrische | Gedichte | Mit Kupffern. | LEIPZIG, | In *Commission* zu haben bey Boetio. | *Anno* 1727. | « S. 14—17.

fast genau mit dem Thema von Beethovens Chor-Fantasie überein. Das freundliche, wenn auch nicht sehr bedeutende Werk wurde später mit etwas verändertem Text noch zu einer andern Geburtstags-Huldigung verwendet und endlich auch zur Cantate auf den ersten Advents-Sonntag umgearbeitet, wo denn die Recitative ausgeschieden und statt deren Choralbearbeitungen eingesetzt wurden[23]. Bald darauf hatte Bach die Todtenfeier des geliebten Gönners durch seine Kunst zu schmücken, der am 19. November 1728 sein kurzes Leben beschloß[24]. Es geschah dies durch eine großartige Trauermusik, welche er 1729, vermuthlich am Anfange des Jahres, selbst in Cöthen aufführte. Das musikalische Personal dazu (wohl auch schon zu der Gratulationscantate) wird er von Leipzig mit herüber gebracht haben; in Cöthen selbst war man auf dergleichen nicht eingerichtet. Den Text machte wieder Picander[25]. Er besteht aus vier Abtheilungen und ist auf Doppelchöre angelegt. Die Musik existirte noch bis zum Jahre 1819; dann verschwand sie spurlos, und wir haben nichts, das uns für diesen vielleicht auf immer eingetretenen Verlust entschädigen kann, als das begeisterte Lob ihres letzten Besitzers[26]. Unfraglich hatte der Meister dafür seine ganze Kraft zusammen genommen. So zerriß erst der Tod das Band, das die Ferne nicht hatte lösen können. Wehmutherfüllt und schweren Herzens zog Bach jetzt davon[27]. Aber was der Cöthener Aufenthalt für ihn sein konnte, war er gewesen: durch eine mehr als fünfjährige fast ausschließliche Beschäftigung mit der instrumentalen Kammermusik hatte er seinen Genius an der reinsten und unmittelbarsten Quelle der Tonkunst weiter gekräftigt, um nun gerades Weges jene allerhöchsten Ziele zu erreichen, für welche er geboren war.

---

23) In dieser Gestalt herausgegeben B.-G. VII, Nr. 36; s. dazu das Vorwort und den Anhang des Bandes.

24) Nicht am 17. Nov., wie in J. Ch. Krauses Geschichte des Hauses Anhalt angegeben ist.

25) »Picanders | bis anhero herausgegebene | Ernst-Scherzhafte | und | Satyrische | Gedichte, | auf das neue übersehen, | und in einer bessern Wahl und Ordnung | an das Licht gestellet. | Vierte Auflage. | « Leipzig, 1748. I. Theil, S. 328—333.

26) Es war Forkel, der im Jahre 1818 starb. Ueber das Werk redet er S. 36.

27) Mizler, Nekrolog S. 166.

Er hatte die Zeit redlich benutzt. Wir versuchten die dichte Fülle der Kammermusikwerke zu überblicken, welche theils nachweislich, theils wahrscheinlich in Cöthen componirt sind. Noch fehlen aber in dem Gesammtbilde jene zwei Werke, welche mit den Inventionen und Sinfonien zusammen die höchsten Spitzen der cöthenischen Claviercompositionen darstellen. Es sind die »französischen« Suiten und das »wohltemperirte Clavier«.

Die französischen Suiten stehen, wie gesagt, größtentheils in Anna Magdalenas erstem Büchlein und füllen dasselbe fast ganz aus[28]. »Französische« hat man sie später, wohl ohne Zuthun des Componisten, wegen der knappen Formen ihrer Bestandtheile genannt, die sich auch in den äußern Dimensionen möglichst eng an den zu Grunde liegenden Tanztypus anschließen. Hiermit stehen sie zu den breiten, symphonischen Formen der späteren Partiten und sogenannten englischen Suiten im Gegensatz. Im übrigen ist an eine Nach- und Weiterbildung besonderer französischer Eigenthümlichkeiten nicht zu denken; dergleichen findet sich bei Bach überhaupt nicht vor und konnte auch nur in frühesten Jugendwerken möglich sein[29]. Eher läßt sich von einer gewissen Verwandtschaft mit Georg Böhms Suiten reden, der ja allerdings von französischer Seite stark beeinflußt war; aber die Verwandtschaft ist eben nur eine innere. Die Gestalt der französischen Suiten ist durchweg die oben ausführlich beschriebene; Allemande, Courante, Sarabande, Gigue bilden die nothwendigen Bestandtheile; zwischen die beiden letzten Stücke sind Intermezzi eingeschoben. Ein Praeludium besitzt keine; zu der vierten scheint ursprünglich eins vorhanden gewesen, dann aber der Einheitlichkeit wegen getilgt zu sein[30]. Ueberhaupt macht das Werk den Eindruck nicht einer durch Zufälligkeiten entstandenen oder bestimmten Collection, sondern eines mit künstlerischem Verstande geordneten und aus einem Gusse gestalteten Ganzen. Wie bei den Inventionen und Sinfonien, so finden sich auch hier *Paralipomena* in nicht unbeträchtlicher Anzahl, die beweisen, mit welcher Sorgfalt der Meister das Beste auswählte. Nicht weniger als

---

28) P. S. I, C. 7, Nr. 5. — B.-G. XIII, 2, S. 89—127. — S. Anhang A. Nr. 45.

29) Vrgl. S. 199 und 207.

30) Es findet sich auf der königl. Bibl. zu Berlin in einer Handschrift sign. P. 289.

drei vollständige Suiten von derselben Beschaffenheit im Einzelnen und Ganzen liegen noch außerdem vor. Sie stehen in Amoll, Esdur und Emoll und sind so vortrefflich, daß es schon etwas ausgesucht schönes sein mußte, was sie zurückdrängen konnte [31]. Mit sorgfältiger Abwägung stehen die drei ersten der französischen Suiten in Moll (Dmoll, Cmoll, Hmoll), die drei letzten in Dur (Esdur, Gdur, Edur). Aber auch die Moll-Suiten sind weniger tiefen und ernsten, als sinnigen, elegischen Charakters, der sich jedesmal durch die Gigue am Schlusse kräftig und elastisch emporrichtet. Eine formelle Seltsamkeit ist die Gigue der Dmoll-Suite; sie steht im ₵ Takt und schreitet gewichtig und entschieden daher, fast wie das Grave einer französischen Ouverture; der Typus ist jedenfalls ganz unkenntlich geworden. Eine entzückende Stimmung waltet in den drei letzten Suiten, eine selige und beseligende Fröhlichkeit, ein zufriedenes, glückliches Gefühl, daß die Welt so schön ist und der Mensch sich ihrer freuen darf; Frühlingssonnenschein und Veilchenduft glänzen und duften überall hervor. Fürwahr, der rechte *Antimelancholicus*! Die einzelnen Stücke überbieten einander an unaussprechlichem und stets verschiedenem Reize; eitles Bemühen wäre es, über sie im Besondern etwas sagen zu wollen. Die Formen sind die allereinfachsten. Schumann meint einmal [32], über manches in der Welt lasse sich garnichts sagen, z. B. über die Cdur-Symphonie mit Fuge von Mozart, auch über einiges von Beethoven. Wenn wir fortfahren: über vieles von Bach, zumal über die französischen Suiten, wird es wohl in seinem Sinne geschehen. Daß ihn, den Bach-verwandten Geist, grade auch dieses Werk ganz gefangen genommen hatte, hat er unabsichtlich bewiesen durch die Nachbildung, welche die Gavotte der Edur-Suite in einem seiner Streichquartette erfuhr [33].

---

31) P. S. I, C. 3, Nr. 6, 7, 8. — Außerdem existiren noch Praeludium, Sarabande und Gigue in Fmoll (P. S. I, C. 9, Nr. 17), und handschriftlich: Allemande und Gigue in Cmoll; Praeludium, Fuge, Sarabande, Gigue in Cmoll. Letzteres Werk schwankt zwischen Violin- und Claviermäßigem und ist vielleicht, wie es vorliegt, nur ein arrangirtes Geigenstück. Seine Echtheit bezeugt Philipp Emanuel Bach. Befindet sich in mehren Handschriften auf der königl. Bibl. zu Berlin, die Anfänge der Sätze im thematischen Katalog S. 84, Nr. 2. Die erstgenannten beiden Stücke sind auf derselben Bibl., aber nur in neuerer Abschrift.

32) Gesammelte Schriften I, S. 198 (erste Aufl.).

33) Das *Quasi Trio* im Finale des Adur-Quartetts Op. 41, Nr. 3.

Viele einzelne Beispiele haben uns bereits gezeigt, zu welcher alles überragenden Meisterschaft es Bach in der Fugenform gebracht hatte, vor allem auf der Orgel, dann aber auch in der Clavierfuge. Es mußte ihm der Gedanke nahe sein, auch von Tonstücken dieser Gattung eine Anzahl zu einem Sammelwerke zusammenzuschließen. Die Ausführung des Planes fand im Jahre 1722 statt. Dem Werke gab er folgenden Titel: »Das wohl temperirte Clavier oder *Praeludia* und *Fugen* durch alle *Tone* und *Semitonia* so wohl *tertiam majorem* oder *Ut Re Mi* anlangend, als auch *tertiam minorem* oder *Re Mi Fa* betreffend. Zum Nutzen und Gebrauch der Lehrbegierigen *Musical*-ischen Jugend als auch derer in diesem *Studio* schon *habil* seyenden besondern Zeit Vertreib aufgesetzet und verfertiget von *Johann Sebastian Bach p. t.* Hochfürstl. Anhalt. Cöthenischen *Capell*-Meistern und *Directore* derer Cammer-*Musiquen. Anno* 1722.« Der instructive Zweck ist also auch hier deutlich ausgesprochen. Er war es jedenfalls zunächst, der das Princip der Zusammenstellung bedingte: einen Lauf durch alle 24 Dur- und Moll-Tonarten, deren einige damals noch ganz ungebräuchlich waren, und zu denen durch die neue Methode des Fingersatzes und seine Art, das Clavier zu stimmen, Bach zuerst den Zugang eröffnet hatte [34]. Auch darin tritt die lehrhafte Absicht in ihrer ganzen Schlichtheit hervor, daß Bach die 24 Tonarten nicht nach dem Gesetze innerer Verwandtschaft geordnet hat, wie eine solche schon zehn Jahre zuvor Heinichen in seinem »musikalischen Zirkel« dargelegt hatte, sondern in einfacher chromatisch aufsteigender Folge. Und nicht minder ist diese Schlichtheit den einzelnen Musikstücken eigen. Sie verzichten auf jeden äußerlich bestechenden Schmuck; höchste Solidität, ein keusches, bis in die letzte Note bedeutungsvolles Wesen ist ihr gemeinsames Merkmal. Den bei weitem größten Theil derselben hat Bach jedenfalls während der Cöthener Periode, ja wahrscheinlich in einer und derselben Zeit rasch hinter einander geschrieben. Eine glaubwürdige Tradition berichtet, daß dies an einem Orte geschehen sei, wo er jede musikalische Beschäftigung, ja alle musikalischen Instrumente habe entbehren müssen; hier habe er Unmuth und Langeweile durch einen

---

34) Heinichen sagt in seiner Generalbasslehre S. 511, §. 17, daß man »heut zu Tage« (das Buch erschien 1728) in H dur und As dur nur selten, in Fis dur und Cis dur aber überhaupt kein Stück zu setzen pflege.

solchen Zeitvertreib von sich fern zu halten gesucht[35]. Vermuthlich
war dies auf einer der Reisen gewesen, auf denen er seinen Fürsten
zu begleiten hatte. Jedoch derartig aus einem Guß, wie die französischen Suiten oder auch die Inventionen und Sinfonien, ist das Werk
nicht: einmal tragen einige, wenngleich nur wenige Fugen deutlich
den Stempel einer früheren Entstehungszeit, sodann sind auch nicht
alle mit ihren Praeludien zusammen gedacht und geschaffen. Am
greifbarsten verräth sich als älteres Werk die Fuge aus A moll, zunächst durch den am Schlusse eintretenden Pedalton — ein unorga-
nischer Effect, auf den wir an verschiedenen Stellen aufmerksam
gemacht haben, und den der Componist in reiferen Jahren gänzlich
verschmähte. Außerdem tritt an diesem Pedalton zu Tage, daß die
Fuge ursprünglich für Cembalo gesetzt war. Hiermit steht sie aber
zu der Intention des Gesammtwerkes im Gegensatz, das zunächst für
eine Ausführung auf dem Clavichord bestimmt ist. Nach der Stellung,
welche Bach zum Clavichord einnahm, ist dies bei einem Werke, wie
das wohltemperirte Clavier, schon an sich fast selbstverständlich; es
läßt sich aber auch aus Takt 15 auf 16 der Es moll-Fuge beweisen,
wo jedenfalls nur deshalb in der Oberstimme nicht von ces nach des
fortgeschritten wird, weil dieses auf den meisten Clavichorden fehlte;
ferner geht es aus Takt 30 der A dur-Fuge hervor, wo der beschränkten Claviatur zu Liebe die regelrechte Imitation der rechten Hand
abgeändert wurde[36]. Desgleichen schreitet der Bass, von einigen
unwichtigen Octavenverdopplungen abgesehen, nicht unter C hinab,
während das Cembalo nach beiden Seiten größeren Umfang hatte,
den Bach auch ohne Anstand benutzt[37]. Nun aber kommt weiter
hinzu, daß die A moll-Fuge eine offenbare Nachbildung einer Buxtehudeschen Orgelfuge gleicher Tonart ist[38]. Dies tritt besonders in
der Disposition hervor. Erst erfolgt eine Durchführung *in motu recto*

---

35) Gerber, L. I, Sp. 90. Glaubwürdig ist die Tradition deshalb, weil der
Lexicograph sie von seinem Vater, Heinrich Gerber, haben wird, der bald nach
1722 Bachs Schüler in Leipzig war.

36) Auch im zweiten Theile des wohltemperirten Claviers kommt des nicht
vor, mit einziger Ausnahme von Takt 68 des As dur-Praeludiums.

37) Vrgl. in der Ouverture der D dur-Partite (Clavierübung, 1. Th. Nr. 4)
Takt 68—70 und 90—91 der Fuge, und für die dreigestrichene Octave viele
Stellen der Goldbergschen Variationen.

38) Vrgl. S. 271.

bis T. 14, dann *in motu contrario* bis T. 27; dann Engführung *in motu recto* bis T. 48, Engführung *in motu contrario* bis T. 64; von hier an tritt zunächst Engführung zweier Stimmen *in motu recto* ein, zweier andrer dagegen *in motu contrario*, dann noch eine eben solche Engführung zwischen Alt und Bass in F dur, endlich von T. 76 an das Thema in verkehrter Bewegung, der Gefährte eine Secunde höher in rechter, Engführung in rechter Bewegung von T. 80 und Schluß über einem Orgelpunkt. Das Hin- und Wiederspielen zwischen rechter und verkehrter Bewegung bildet nun genau so das Entwicklungs-Motiv in Buxtehudes Fuge, nur hat derselbe nach seiner Weise den Bau durch Taktwechsel mit motivischer Umbildung und ein passagenreiches Nachspiel erweitert. Bach bewahrt äußerlich eine größere Concentrirtheit, allein seine ganze Anlage erscheint mehr verstandesmäßig kühl ersonnen, als lebendig in der Phantasie geschaut. Die Fuge hat etwas studienhaftes, entwickelt sich nicht innerlich und bringt es zu keinen Höhepunkten. Ein Hauptgrund liegt darin, daß das Thema sich zu so ausgedehnten Engführungen nicht eignet, sie bewegen sich fast durchhin in Sexten- und Terzen-Intervallen, klingen also nur als Harmonisirung des Themas mit und binden eine reichere harmonische und polyphone Entfaltung; auch ermüdet der Rhythmus. Noch weniger kann die Umkehrung des Themas befriedigen. Der charakteristische Septimenschritt f-gis ist zerstört, in der Umkehrung erscheint er nicht mehr als eine nothwendige melodische Folge, sondern als eine unmelodische, willkürliche Versetzung des Themas in die höhere Octave, denn das Ohr verlangt an dieser Stelle jedesmal einen halben Ton abwärts geführt zu werden. Auch wird die Tonart unsicher, das Thema geräth dabei immer aus Moll nach Dur und aus Dur nach Moll. Es bedarf nur eines Blickes auf die ganz ähnlich angelegte B moll-Fuge im zweiten Theile des wohltemperirten Claviers, um zu erkennen, wie ein reifer Meister mit derartigen Kunstmitteln schaltet. Wir werden kaum fehlgehen, wenn wir die Entstehungszeit der A moll-Fuge um 1707 oder 1708 suchen. Auch in der Gis moll-Fuge ist eine Jugendarbeit ziemlich klar erkennbar. Das Thema fällt durch eine etwas steife Bewegung auf, die mit der unvergleichlichen Elasticität andrer Bachscher Gedanken merkwürdig contrastirt; die accordische Contrapunctirung, welche hier nicht selten aufstößt, läßt man sich wohl bei Buxtehude, Buttstedt und andern Künstlern der älteren Generation gefallen, von Bach erwartet man sie nicht, eben so wenig das Hinaufschieben einer und derselben Tonphrase auf höhere Tonstufen. In der Behandlungsweise sind einige Aehnlichkeiten mit einer früher genannten A moll-Fuge vorhanden [39], die mit dieser dieselbe Entstehungszeit haben mag, doch ist sie viel zierlicher und graziöser [40].

Was die Praeludien betrifft, so war schon Rob. Schumann, in gewisser Hinsicht der competenteste Bach-Beurtheiler neuerer Zeit, der Meinung, daß wohl viele derselben in keinem ursprünglichen Zusammenhange mit den Fugen ständen [41]. Wir wissen in der That auch schon, daß Bach das Praeludium als selbständige Form cultivirte [42]. Und weiter läßt sich nachweisen, nicht nur daß alle Praeludien beider Theile des wohltemperirten Claviers auch ohne die Fugen von Bach zu einem selbständigen Ganzen zusammen gefaßt wurden — es geht dies aus der Beschaffenheit eines an andrer Stelle beschriebenen Autographs deutlich hervor —, sondern auch daß eine Anzahl der zum ersten Theil gehörigen als in sich abgeschlossene Stücke anfänglich gedacht sind. In Friedemann Bachs Clavierbüchlein nämlich, das 1720 angelegt wurde, finden sich alleinstehend die elf Praeludien aus C dur, C moll, D moll, D dur, E moll, E dur, F dur, Cis dur, Cis moll, Es moll, F moll. Ist schon an sich nicht der geringste Grund vorhanden, anzunehmen, daß dieselben weniger selbständig sein sollten, als die andern im Clavierbüchlein enthaltenen Praeludien, so wird diese Selbständigkeit noch fester dadurch begründet, daß mehre von ihnen zur Verwendung im wohltemperirten Clavier eine ausweitende Bearbeitung erfuhren. Es geschah dies

---

39) Vrgl. S. 428 f.

40) Die Ansicht, daß im ersten Theile des wohltemperirten Claviers einige Jugendarbeiten enthalten seien, äußert auch Forkel (S. 55), wie ich glaube nicht ohne eine allgemeine Information von Seiten der Söhne Bachs. Im Besondern kann ich freilich seinem Urtheil keineswegs immer beipflichten, zumal ist er wohl im entschiedensten Irrthum, wenn er die Fugen aus C dur und F moll für frühe Werke hält. F dur, G dur und G moll erscheinen auch mir nicht zu den bedeutendsten der Sammlung zu gehören, doch kann ich keine Anzeichen finden, die gradezu verböten, daß sie gleichzeitig mit den bedeutendsten entstanden wären.

41) Gesammelte Schriften II, S. 102.

42) Vrgl. z. B. S. 429 ff.

nachweislich bei den Praeludien aus C dur, C moll, D moll und E moll[43]. Auch ist es nicht schwer zu erkennen, daß die Stimmung manchmal nicht recht mit der der Fuge harmoniren will, so namentlich bei dem C dur-Praeludium, und auch das winzige A moll-Praeludium ist vor der in voller Waffenrüstung einher stolzirenden Fuge nicht recht am Platze.

Nichtsdestoweniger bleibt das wohltemperirte Clavier auch als Ganzes eins der größten instrumentalen Meisterwerke Bachs. Was darin sich nicht auf der höchsten Höhe hält, ist doch noch immer bedeutend genug, um mit Würde seinen Platz zu behaupten; ohne das hätte es auch der Meister, der eine so scharfe und unermüdliche Selbstkritik übte, sicherlich verworfen; um einen Ersatz konnte er ja nicht verlegen sein. Daß er selbst bedeutende Stücke auf das Werk hielt, beweisen die drei (beziehungsweise vier) Originalhandschriften, in denen es sich erhalten hat, eine für ein so umfangreiches Werk seltene Anzahl! An eine Herausgabe hat er jedoch wohl kaum gedacht, obgleich Mattheson den »berühmten Herrn Bach in Leipzig, der ein großer Fugenmeister ist«, öffentlich zu etwas derartigem aufforderte[44]. Bei der gewöhnlichen Art von clavierspielenden Liebhabern war mit solch tiefsinniger, origineller Musik kein Glück zu machen, und die Organisten schilt Mattheson unwissende Leute, die gern einträgliche Dienste haben wollten, aber nichts thun noch lernen, »als was sie umsonst erschnappen«. Für vorgerücktere Clavierschüler benutzte Bach das Werk als Uebungs- und Bildungs-Material[45], und schuf zu ihm in späteren Jahren noch einmal 24 Praeludien und Fugen als Gegenstück, auf die wir am gehörigen Orte zurück kommen. Man begreift sie mit dem jetzt in Betrachtung stehenden Werke gewöhnlich unter dem Gesammttitel »Das wohltemperirte Clavier«, obgleich diese originelle Benennung von Bach nur bei der älteren Reihe angewendet ist[46].

---

43) Das C dur-Praeludium ist in der Fassung, die es in Friedemann Bachs Clavierbüchlein hat, mitgetheilt als Beilage 4. Uebrigens s. Anhang A. Nr. 46.

44) Vollkommener Capellmeister S. 441, §. 66.

45) Gerber, L. I, Sp. 492.

46) Von Ausgaben nenne ich hier nur die von Franz Kroll besorgte B.-G. XIV. Im Vorworte daselbst findet man ein sehr sorgfältiges Verzeichniß der Handschriften und Drucke. Ueber ein bis jetzt unbekannt gebliebenes Autograph s. Anhang A. Nr. 47.

Was der ästhetischen Gesammtbetrachtung vor allem auffällt, ist die großartige Mannigfaltigkeit im Charakter der 24 Fugen. Jede ist in der That ganz und gar von jeder andern verschieden. Auch von den weniger bedeutenden gilt das, und das Streben danach war vielleicht der Grund, weshalb Bach die in ihrer Jünglingshaftigkeit eigenartigen Stücke aufnahm. Nicht weniger mannigfaltig sind die Praeludien, obgleich die Mehrzahl in einer und derselben Form gehalten ist, derjenigen nämlich, die Bach auch für seine alleinstehenden Praeludien zu nehmen pflegte. Aus einem ganghaften Motiv wird der ganze Satz herausgesponnen, zuweilen neigt sich dasselbe schon zu den festeren Umrissen eines Themas hinüber, oft ist es gar nur rhythmisch ausgeprägt, und träumt ganz in sich gekehrt von Harmonie zu Harmonie weiter. Ein Muster dieser Compositionsart, von der wir schon mehre Beispiele zu verzeichnen hatten, ist das berühmte C dur-Praeludium, ein Stück von unsäglichem Zauber, über das eine große, selige Melodie körperlos hinzieht, wie Engelsgesang durch die stille Nacht über flüsternde Büsche und Bäume. Die zugehörige Fuge ist wohl nicht ohne Grund zu einem höchst complicirten Ricercar herausgearbeitet, sie sollte ihren ersten Platz würdig ausfüllen. Eine staunenswürdige Kunst offenbart sich in den verschiedenartigen Engführungen in der Quinte, Octave, Terz, Septime, Quarte, welche abwechselnd auf dem dritten, fünften und siebenten Achtel und großentheils auch im doppelten Contrapunct ausgeführt werden, in der rechten und umgekehrten Verwendung des Gegensatzes und seiner Versetzung in den Contrapunct der Duodecime[47]. Auch für den Spieler wird eben keine leichte Aufgabe darin gestellt. Das Fugenthema beginnt mit dem zweiten Achtel des vollen Taktes; es darf nicht unbemerkt bleiben, daß darin jene, Bach eigenthümliche, innige Erregtheit sich offenbart, indem erst nach dem Verlaufe von fast einem Takte der stärkste Accent hörbar wird, dem alles vorhergehende in eigner Unbefriedigung zustrebt. Es ist dies ein innerliches *Crescendo*, dem der Meister so viel als thunlich auch beim Spiel Ausdruck gegeben haben wird. Bei weitem die meisten Themen seiner Clavierfugen sind so oder ähnlich geformt. Von den 48 Nummern der beiden Theile des wohltemperirten Claviers beginnen

---

47) Vrgl. Kirnberger, Kunst des reinen Satzes II, 2. S. 192 f.

sie bei achtzehnen nach dem ersten Achtel (beziehungsweise Sechzehntel), bei sieben nach dem ersten Viertel, und bei dreien nach den ersten anderthalb Vierteln. Auch bei der Mehrzahl der übrigen Clavierfugen Bachs, z. B. in den Toccaten aus E moll, Fis moll, C moll macht man dieselbe Bemerkung. Mit dem vollen Takte beginnen in beiden Theilen des wohltemperirten Claviers nur vierzehn Themen und mit Auftakt gar nur sechs. Bei den Orgelfugen ist das Verhältniß ein anderes, der Einsatz mit dem vollen Takte herrscht hier vor, doch findet sich auch das Entgegengesetzte, namentlich nicht selten in früheren Werken, und ist hier um so fühlbarer, da die Orgel accentuirungsunfähig ist und somit das Gefühl für das richtige rhythmische Verhältniß erst allmählig durch andre Mittel hergestellt werden kann. Dem Wesen der Orgel nachgebend beschränkte Bach solche Aeußerungen innerer Bewegtheit und Unruhe später mehr auf das intimere Clavier; hier setzte er dann auch jene rhythmischen Spannungen fort, für welche die Fis moll-Fuge im zweiten Theil des wohltemperirten Claviers ein vorzügliches Beispiel liefert [48]. — Das C moll-Praeludium theilt mit dem vorhergehenden die allgemeine Anlage, doch ist es, auch abgesehen von der Tonart, trüber und krauser; das Motiv besteht nicht nur in einem gebrochenen Accorde, sondern hat auch etwas von melodischer Gestalt; gegen den Schluß bricht sogar eine heftige Leidenschaft hervor. Auch der unbeschreiblich graziösen, reizenden Fuge, die durch kühnen Gebrauch des harmonischen Querstandes etwas besonders pikantes erhält, fehlt nicht ein nachdenklicher Zug. Das Cis dur-Praeludium haben wir schon früher als ein *Paralipomenon* der zweistimmigen Inventionen angeführt; es gehört mit der fünften, neunten und zwölften in eine Kategorie. Voll gilt dies aber nur von seiner älteren und kürzeren Gestalt, die später um fast 40 Takte erweitert wurde. Man erinnert sich, daß Bach die Inventionen ursprünglich Praeambulen genannt hatte. So wie dort sind auch hier beide Hände in der abwechselnden Verarbeitung einer vollständigen melodischen Periode thätig; ein höchst anmuthiges, heiter auf- und niedergaukelndes Tonstück zieht vorüber. Ueber ein genial erfundenes, kühnes Thema ist die ausgezeichnete Fuge gebaut, welche die glückliche, lebensfreudige Stim-

---

48) Vrgl. S. 249.

mung des Praeludiums fortsetzt und erhöht. Das Cis moll-Praeludium geht in eine Gattung hinüber, die schon an den späteren weimarischen Orgelcompositionen zu beobachten war; es liegt ihm ein imitatorisch verarbeitetes wirkliches Thema zu Grunde [49]. Zu diesem herrlichen, tief schwermüthigen Satze stimmt die nachfolgende fünfstimmige Tripelfuge, eine der allergroßartigsten Schöpfungen im gesammten Bereiche des Claviers. Zu einem viernotigen, wie aus Granitquadern gebauten Hauptthema gesellt sich vom 35. Takte ein zweites in gleichmäßigem Achtelflusse, endlich Takt 49 ein energisch drängendes drittes, und nun breitet sich, noch über sechzig Takte lang, ein Tonsatz aus von so ungeheurer Fülle und Erhabenheit, so riesiger, fast zermalmender harmonischer Kraft, wie selbst Bach nur wenige geschaffen hat. Es ist als triebe man auf weitem Meer: Woge auf Woge steigt schaumgekrönt so weit das Auge reicht, ernst und groß spannt sich der Himmel über das gewaltige Naturschauspiel und den willenlos hingegebenen Menschen.

Die Praeludien in D dur und D moll sind aus ganghaften Sechzehntelmotiven gesponnen und fast durchaus zweistimmig und homophon; anmuthig spielend ist das erste, unruhig suchend das zweite. Ein scharf geschnittenes Charakterbild bietet die D dur-Fuge, deren Thema mit trotzigem Lockenschütteln das Haupt erhebt, um dann stolz und mit etwas steifer Würde einher zu schreiten. Höchst interessante motivische Bildungen nehmen einen nicht unbedeutenden Raum ein, was bei der eigenthümlichen Gestalt und der Kürze des Themas geboten war; von Takt 17 an tritt es garnicht wieder auf und grade hier entfaltet das Stück erst seinen höchsten Glanz, die beiden Gegensätze, welche das Thema enthält: jähes Aufbrausen und pathetische Grandezza neben und mit einander entwickelnd. Die D moll-Fuge ist merkwürdig durch ihre künstlichen Umkehrungen und Engführungen und durch eine außergewöhnliche Sparsamkeit im Verbrauch des musikalischen Stoffes; der Ausdruck ist herbe und eigensinnig, wie es auch des Componisten Wesen zu Zeiten sein konnte [50]. Eine eigenthümliche Erscheinung tritt uns in dem Es dur-

---

49) Vrgl. S. 582.

50) Die Fuge ist erschöpfend analysirt von S. W. Dehn, Analysen dreier Fugen aus Joh. Seb. Bach's wohltemperirtem Clavier und einer Vocal-Doppelfuge A. M. Bononcini's. Leipzig, C. F. Peters, 1858. S. 1—7.

Praeludium entgegen. Dasselbe ist aus zwei Themen breit, kunstreich und streng vierstimmig gewoben; sie werden abér zuvor allein nach einander in freier und mehr nur andeutender Weise durchgeführt, zuerst das bewegte Thema bis Takt 10, von da das ruhige, in Viertel- und halben Noten gehende bis Takt 25. Der scharfe Gegensatz zwischen den beiden Gruppen erinnert sofort an die Form der Toccate, wie dieselbe auch Bach zu beginnen pflegte; auch eine solche Exposition des Materials ist uns von dorther schon bekannt[51]. Was in dem letzten Satze der D moll-Toccate mehr nur versucht war, ist hier in jeder Beziehung meisterlich hinausgeführt. Der Ausdruck ist höchst edel, tief und bedeutend. Alles das gereicht freilich der folgenden Fuge zum Nachtheil, die trotz ihrer Anmuth und Lieblichkeit doch gegen das Praeludium zu leicht wiegt, während eigentlich dieses nur auf sie vorbereiten und zu ihr hinanführen müßte. Keinesfalls sind beide Stücke ursprünglich zusammen concipirt; Bach wird den schönen Toccatensatz in dem Werke haben verwenden wollen, und da er als wirkliches Praeludium zu gewichtig war, so drehte er hier einmal das Verhältniß um und fügte ihm absichtlich eine ganz leicht geschürzte Fuge an, dreistimmig und ungefähr nur zur Hälfte so lang. Zu den allergenialsten Praeludien gehört dasjenige aus Es moll. Aus diesem Keim ♪, der bald in der rechten, bald in der linken Hand, nach verschiedenen Richtungen gewendet, bald zerlegt, bald in Figurationen aufgelöst erscheint, während dazu in lastenden Accorden dieser Rhythmus ♩ sich durchzieht, entwickelt sich ein unter Bachs Werken einzig dastehendes Stück. Der Triumph, den die motivische Kunst hier feiert, ist um so größer, als man sich ihrer garnicht bewußt wird bei der magisch bannenden Stimmung, die uns schwer und dumpf umfängt, wie an schwülen Gewitterabenden, wenn kein Lüftchen sich regt und bläulicher Wetterschein am schwarzen Horizonte aufflackert: todestraurig wird der Ausdruck vom 29. Takte an, schaurig haucht das Dur des Schlusses. Vortrefflich paßt hierzu die dreistimmige Fuge, wiederum ein wahres Ricercar und das einzige Stück des ersten Theiles, in dem das Mittel der Themavergrößerung angewendet wird

---

51) Vrgl. S. 436.

(von Takt 62 an). Die Kunst ist hier auf eine solche Spitze getrieben, daß, nachdem schon früher Engführungen und Umkehrungen reichlich verwendet waren, von der genannten Stelle an das Thema in vergrößerter und gewöhnlicher Gestalt in rechter und verkehrter Bewegung zusammengeführt wird, von T. 77 an sogar in allen drei Stimmen. Dies dicht geschlungene Stimmengewebe macht den Eindruck nervöser Aufgeregtheit, ängstlichen und leidenschaftlichen Suchens, man höre dazu noch die Gänge der Oberstimme in Takt 15—16 und Takt 48—52, die sich in der contrapunctirenden Geigenstimme zu dem Choral: »Ich ruf zu dir, Herr Jesu Christ, ich bitt, erhör mein Klagen« wiederfinden, welcher den Schluß der Cantate »Barmherziges Herze der ewigen Liebe« bildet [52]. Auf Joh. Ludwig Krebs hatte diese Fuge einen so tiefen Eindruck gemacht, daß er eine Nachbildung derselben versuchte [53]. — Ein fröhliches, reizend aus einem Motiv von sechs Achteln herausgearbeitetes Praeludium haben wir in E dur, noch entzückender ist die Fuge, deren Thema mit keckem Sprunge ansetzt und dann ebenmäßig fortgleitet. Man muß nur andre Fugenwerke jener Zeit vergleichen, um die unerhörte Erfindungskraft Bachs, die in der Verschiedenartigkeit der Themen zu Tage tritt, in vollem Umfange zu würdigen; das sind Gebilde, die man nie wieder vergißt, wenn man sie einmal mit Antheil gehört hat. Das E moll-Praeludium ist, so wie es jetzt vorliegt, die Ueberarbeitung eines kleinen Stückes, das für Friedemann Bach zur Uebung der linken Hand geschrieben zu sein scheint: in dieser rollen Sechzehntel hin und her, während die rechte kurze Accorde anschlägt. Mit der nur ihm eignen Meisterschaft hat Bach zu dem Basse eine freie Melodie erfunden. Als Formideal schwebten ihm dabei offenbar jene phantastischen Adagiosätze der italiänischen Violinsonate vor, deren er ja selbst in seinen Sonaten so vortreffliche geschaffen hat. Vom 23. Takte an wird dann aber in schnellerem Tempo das Bassmotiv einer weiteren Durchführung beider Hände unterworfen, die von der Zweistimmigkeit ausgehend endlich zum vierstimmigen Satze anwächst. Diesem höchst originellen Praeludium folgt eine eben so merkwürdige Fuge, die einzige zweistimmige des Werkes.

---

52) Vrgl. S. 541.
53) Aus A moll; handschriftlich in meinem Besitz.

Eine für den zweistimmigen Satz unerhörte Freiheit ist das zweimal
vorkommende Unisono (Takt 19 und 38), das man ohnehin schon in
der Bachschen Schreibweise nicht erwartet, geschweige denn grade
hier. Es finden sich jedoch einige Stellen, aus denen hervorgeht,
daß der Meister auch dieses Mittel nicht verschmähte, wenn es ihm
auf eine besondere Wirkung ankam. Einen Fall haben wir schon bei
Gelegenheit der Cantate »Bereitet die Wege« kennen gelernt, in deren
erstem Recitativ Singstimme und Instrumentalbass zweimal ins Unisono hinein und wieder herausströmen, um die Vereinigung des Christen mit dem Heilande zu illustriren [54]. Ein andres Beispiel gewährte
der wilde erste Satz der Gambensonate aus G moll. Eine dritte Stelle
findet sich in dem kleinen G moll-Praeambulum aus Friedemanns
Clavierbüchlein [55], im fünften Takte vom Schlusse; eine vierte in
der Burlesca der A moll-Partite aus dem ersten Theile der Clavierübung, Takt 16 des zweiten Theils [56]. Auch in unserer E moll-Fuge
ist die Absicht auf eine besondere Wirkung unverkennbar. Beide
Male fließen die Stimmen nicht auf ihren natürlichen Wegen zusammen, sondern die eine bricht gewaltsam und eigenwillig ins Gehege
der andern hinein. Dieser Charakter des Eigenwilligen, ja Wider-
borstigen ist aber der ganzen Fuge eigen, und wird schon durch das
heftig sich durchs Tondickicht hindurchzwängende Sechzehntel-
Thema festgestellt. F dur-Praeludium und -Fuge sind freundlich und
wohlklingend, formell ohne hervorstechende Eigenthümlichkeiten.
Sehr tief und leidenschafterfüllt ist dagegen das folgende Paar in
F moll; hochvortrefflich wird das Praeludium fast durchaus aus die-

sem Motive  gestaltet, von der ergreifenden

Innigkeit der Fuge kann schon allein das Thema

Zeugniß geben, das in breitester Form durchgeführt wird. Praeludium in Fis dur ist wieder eine zweistimmige Invention, und bildet
mit der glücklich sich hin- und herschaukelnden Fuge eine unbe-

54) Vrgl. S. 551, Anmerk. 36.
55) P. S. I, C. 9, Nr. 16, XI.
56) B -G. III, S. 78. — P. S. I, C. 5, III.

schreiblich reizende Einheit. Fis moll entspringt aus einem rollenden
Sechzehntelmotiv von der Länge eines Taktes, das mit großer Erfindungskraft ausgebeutet wird; das Ganze ist sehr rund und knapp,
die Stimmung trüb und seltsam. Dem langathmigen Fugenthema im
$\frac{6}{4}$ Takt tritt dieser echt-Bachische Contrapunct gegenüber:

und gewinnt im Verlaufe der Fuge einen immer innigeren Ausdruck,
besonders von Takt 35 an, indem er nunmehr in Terzen- und Sexten-
Verdopplungen erscheint. Solche Contrapuncte meint Kirnberger,
wenn er sagt [57]: »Sobald der *Cantus floridus* (wo mehr Noten gegen
eine gesetzet werden) der Vorwurf des Componisten ist, so nimmt
Bach gleich einen bestimmten Charakter an, den er durch das ganze
Stück durchführt.« In dieser Allgemeinheit ausgesprochen ist die
Behauptung freilich nicht richtig, vielmehr ist Bach ja grade in der
Erfindung stets neuer Contrapuncte so groß und unerschöpflich. Doch
hat Kirnberger, wie aus dem Zusammenhange sich erkennen läßt,
auch noch etwas andres im Sinne gehabt, die Kunst nämlich, mit der
Bach seine Contrapuncte aus dem ersten Gegensatze zu entwickeln
pflegt; denn durch dieses Mittel wird ein großer Theil jener be-
wunderungswürdigen Einheit und charakteristischen Bestimmtheit
erreicht, die jede Bachsche Fuge zu einer musikalischen Persönlichkeit machen, während die meisten seiner Vorgänger und Zeitgenossen
zufrieden waren, nur überhaupt zu contrapunctiren, eben so wie ihnen
auch die Durchführung eines Motivs im Orgelchoral unnöthig erschien.
Auf das fröhlich gaukelnde Praeludium in G dur folgt eine sehr
frische, lustige Fuge, in der besonders die Umkehrung des Themas
eine übermüthige Keckheit ausspricht. Zu der Form des G moll-
Praeludiums scheinen wieder die zuvor erwähnten Violin-Adagios
den Anlaß gegeben zu haben: eine aus langen Tönen und bunten
Figuren gewobene Melodie zieht über interessanten Harmonienfolgen
dahin; doch werden nun auch die Rollen getauscht, der Bass übernimmt zeitweilig die Melodie und concertirt dann mit den Oberstim-

---

57) Gedanken über die verschiedenen Lehrarten in der Komposition. Berlin, 1782. S. 8. ·

men. Ernst und tief ist der Ausdruck und bleibt es auch in der sehr gemessenen Fuge. Das muntere As dur-Praeludium dankt sein Leben gänzlich dem Motiv: ; an der Fuge fällt außer der Kürze des Themas noch auf, daß es aus der Tonart kaum herausgeht und melodisch nicht bedeutend ist; so wirkt es denn auch im Fortgange mehr in der Stille und äußerlich wenig bemerkbar. Ein sehr geistvolles Stück von subtilster Textur ist das Gis moll-Praeludium, über die Fuge wurde schon gesprochen. Das A dur-Praeludium gehört in die Gattung der dreistimmigen Sinfonien und steht diesen herrlichen Kunsterzeugnissen ebenbürtig zur Seite. Prächtig erfunden ist wieder das Thema der Fuge, das mit seinem ersten Tone gleichsam anklopft und dann nach einer Pause von drei Achteln behaglich hineinwandelt; später bringt ein Contrapunct in Sechzehnteln erhöhtes Leben. Der Werth der A moll-Fuge und ihr Verhältniß zum Praeludium ist schon oben erörtert. Auf ein feuriges, in Zweiunddreißigsteln bald sich wiegendes, bald auf- und nieder- stürmendes Praeludium folgt eine Fuge von schmeichlerischem, überaus wohllautendem Charakter, und an die schöne D dur-Sinfonie nicht undeutlich erinnernd. Das ungewöhnliche Ebenmaß der Perio- den trägt dazu bei, den Charakter herzustellen [58]. Von tief melan- cholischer Schönheit ist das B moll-Praeludium; in genialer Weise läßt es Bach aus dem Keime hervorwachsen. Be- merkenswerth sind in Takt 20—22 die Anklänge an den fünften Satz des Händelschen *Concerto grosso* in F moll, zu dem Bach die Stim- men ausgeschrieben hatte [59]. Eine großartige, durch ein lapidares Thema, mächtige Harmonien und kunstvolle Engführungen ausge- zeichnete Fuge schließt sich an. Die beiden letzten Praeludien und

---

58) Durch dieses Ebenmaß bewogen hat R. Westphal, Elemente des musi- kalischen Rhythmus. Erster Theil. Jena, H. Costenoble, 1872. S. 227—240 die Fuge rhythmisch analysirt. Daß im übrigen grade die Fuge als polyphone Form zur Lieferung des Nachweises wenig geeignet ist, daß die rhythmischen Lehr- sätze des Aristoxenus auch auf unsere Musik Anwendung finden, ist ihm nicht entgangen. Wenn auf dieser Basis nennenswerthe Resultate erreicht werden sollen, muß man die Bachschen Suitensätze auf ihren Rhythmus untersuchen. Hierüber vielleicht später ein Mehres.

59) Vrgl. S. 623.

Fugen bringen die Gegensätzlichkeit, welche zwischen allen 24 Paaren des Werkes besteht, am Schlusse noch einmal recht lebhaft zum Bewußtsein. Das Hdur-Praeludium sproßt vor uns auf aus dem Motiv in wundervollster Ordnung und Freiheit; herzerquickend in der frischen Stimmung, sauber und blank bis auf die unbedeutendste Note läuft es mit dem 19. Takte ab, ein wahres Cabinetsstück der Kammermusik. Dagegen das Hmoll-Praeludium, allein unter allen des ersten Theils zweitheilig mit Repetition, ist ein imitatorisches Duett über einem stetig in Achteln wandelnden Basse, meisterlich ebenfalls bis in alle Kleinigkeiten, doch scheinbar als Praeludium zu streng und geschlossen. Scheinbar; so lange man die Fuge nicht betrachtet hat. Während die dem Hdur-Praeludium zugehörige fröhlich, wohlgemuth und unbehindert ihren Weg nimmt, zieht diese:

langsam, seufzend, mit herben, ja schmerzverzerrten Zügen auf endlos scheinendem Pfade vorüber. Sie gehört in das Stimmungsgebiet der früher analysirten Fmoll-Sinfonie, aber der Ausdruck des Schmerzes ist hier fast zum Unerträglichen gesteigert[60]. Nur muß man sich auch bei dieser Fuge hüten, in ihrer schneidenden Herbigkeit das Resultat bloßer contrapunctischer Künstelei sehen zu wollen. Darauf hin betrachtet leistet sie garnichts außergewöhnliches, und selbst wenn sie es thäte — Bach hat wohl genugsam gezeigt, daß er auch bei größter Complicirtheit wohllautend zu bleiben weiß. Nein! er wollte ein solches Bild menschlichen Jammers entwerfen, wollte es grade in seiner Lieblingstonart, wollte es am Schlusse dieses herr-

---

60) Ihre harmonische Construction entwickelt Kirnberger, Die wahren Grundsätze zum Gebrauch der Harmonie. S. 55 ff. Ich benutze noch diesen Ort, um auf Carl van Bruyks Technische und ästhetische Analysen des wohltemperirten Claviers (Leipzig, Breitkopf und Härtel, 1867) hinzuweisen. Kann ich gleich mit den dort ausgesprochenen Ansichten nicht immer übereinstimmen, so enthält das Buch doch manche hübsche Bemerkung und ist mit wirklicher Begeisterung für die Sache geschrieben.

lichen Werkes, in dem er seine tiefsten allgemein menschlichen Empfindungen Gestalt gewinnen ließ. Denn das Leben ist Leiden; dieser Gedanke durchdringt wie ein Orgelpunkt die vielgestaltige, bunte, unübersehbare Schaar der Werke, welche der rastlose Fleiß des Meisters allmählig aufthürmte, und zieht sie endlich in seinen Accord zurück.

Noch ein andrer Gedanke drängt sich bei diesem Ausgange des wohltemperirten Claviers von neuem auf. Wie mußte der so gar nicht auf die Theilnahme des großen musikalischen Publikums rechnen, der einem seiner vorzüglichsten Instrumentalwerke, das doch als Ganzes gedacht war, eine solche Dornenkrone aufsetzte! Was ihm ein Gott in die tief empfindende Brust gelegt, das sagte er ohne Nebenrücksichten. An den allerkleinsten Kreis williger Schüler und verständnißvoller Freunde nur wendete er sich. Aber ihre Zustimmung, der er sicher sein durfte, verführte ihn nicht, in willkürlichen Phantasien seine Empfindungen auszugießen; die strengstmögliche Form mußte sie reinigen und verklären. Nie genug hervorzuheben ist diese wahrhaft hehre künstlerische Sittlichkeit. Es ist ungemein schwer, über die einzelnen Fugen etwas allgemein charakterisirendes zu sagen. Ihre Formen sind mit geringen Einschränkungen dermaßen vollendet, daß sich ihr Unterscheidendes nur durch eingehende technische Analysen aller oder doch der meisten von ihnen aufzeigen läßt, was sich an dieser Stelle von selbst verbietet. Der Totalcharakter aber ist, trotz seiner ungemeinen Schärfe, dem beschreibenden Worte viel schwerer noch erreichbar, als bei andern Instrumentalwerken, wegen der hohen Idealisirung, die der Inhalt durch die Strenge der Form erfährt. Die Sage erzählt von einer im Meere versunkenen Wunderstadt: aus der Tiefe dringt noch der Glocken Ton hervor und bei stillem Wasser erblickt man durch die klare Fluth Häuser und Gassen und ein buntes, bewegtes Bild menschlichen Treibens und Leidens, aber es bleibt unerreichbar weit und jeder Griff nach ihm trübt nur und zerstört die Erscheinung. So ist es dem, der sinnend diesen Tönen lauscht. Alles was an Liebe und Haß, an Seligkeit und Schmerz durch die Brust des Tondichters zog, liegt mit seinen zufälligen und flüchtigen Anlässen tief im Grunde; leise, leise klingt es herauf, und hinabschauend durch den reinen Spiegel der Tonfluth werden wir inne, daß er lebte, litt und fröhlich war,

wie wir. Nur was ihn bewegte, läßt sich nicht ergreifen. Und daß
ein jeder noch das Selbsterlebte mit anheimelndem Gefühle darin
begrüßen konnte, ein jeder von allen denen, die seit anderthalb
hundert Jahren mit Ernst sich in dies Werk versenkten, das hat es
bis auf den heutigen Tag zu einer vollströmenden Quelle der Freude,
der Erhebung, der Stärkung gemacht. Ja, bei ihm gilt im vollsten
Maße, was wir früher aussprachen, daß Bach seine Clavierwerke für
ein ideales Instrument geschrieben habe, dessen Gewinnung erst
unserer Zeit beschieden war. Ein von tiefster Wehmuth überströ-
mender Satz wie das Cismoll-Praeludium, und dessen Fuge, durch
welche Gottes Odem schaurig erhaben hindurch braust, hatten in dem
Clavichord keinen irgendwie ausreichenden Interpreten. So erschließt sich erst uns die ganze Wunderpracht, welche des Meisters
Phantasie erfüllte, wir hören stärker den Glockenton aus der Tiefe
und deutlicher grüßen von unten die Gestalten herauf. Aber das
Werk wird auch unsere Tage überdauern, es wird bleiben, so lange
die Grundfesten der Kunst bestehen, auf denen Bach bauete. Es
habe am Ende dieses Abschnittes seinen Platz, zum Abschiede noch
einmal das Wesen der ganzen Cöthener Periode zurückspiegelnd,
ihre Sinnigkeit und Stille, ihre tiefe und ernste Sammlung.

Anhang A und B.

Anhang A.

Kritische Ausführungen.

1. (S. 8.) Die Genealogie erzählt hier mancherlei Unrichtiges : der Stadtpfeifer habe auf dem Thurme des Schlosses Grimmenstein gewohnt, Hans Bach sei bei ihm geblieben bis zur Zerstörung des Schlosses, dann sei er, da auch mittlerweile sein Vater gestorben, nach Wechmar zurückgegangen. Der Grimmenstein wurde aber schon 1567 in den Grumbachschen Händeln zerstört, als Hans Bach sicherlich noch garnicht geboren war. Dann besaß Gotha bis zur Erbauung des jetzigen Friedensteins (1646) gar kein Schloß. Das Rathhaus war aber so geräumig und stattlich, daß es 1640 für Herzog Ernst den Frommen zur einstweiligen Wohnung eingerichtet werden konnte (Beck, Geschichte der Stadt Gotha, S. 422). — Veit Bach lebte noch, als sein Sohn längst in Wechmar wieder ansässig war.

2. (S. 10.) Dies ergiebt sich aus Folgendem. Johann Bach, der sich laut Copulations-Register 1635 verheirathete, wird dort »senior« genannt. Am 7. Juni des vorigen Jahres hatte sich unser Hans Nr. 3 verehelicht, das »senior« ist offenbar zur Unterscheidung von diesem zugesetzt. Wären sie nur Vettern gewesen, so gab es, falls man überhaupt daran dachte sie zu unterscheiden, hierzu andre Merkmale genug. Durchaus natürlich aber ist es bei Brüdern, zumal wenn sie so bald hinter einander heiratheten. Ich würde auf diese Sache kein Gewicht legen, geschähe es nicht um des Vaters willen.

3. (S. 11.) Daß sie den Vater einen Teppichmacher sein läßt, ist eine offenbare Verwechslung mit Hans Bach, und wenn auch hier sich drei musikalische Söhne finden, so verdächtigt dies die Glaubwürdigkeit des Berichts überhaupt und giebt ihm den Schein einer spätern Erfindung. — Was die Genealogie darnach über die weitere Verzweigung dieser Linie mittheilt, bezeichnet sie selbst größtentheils als Vermuthungen, denen um so weniger Werth beizulegen ist, als der Verfasser von der weit über Veit hinausreichenden thüringischen Existenz des Bachschen Stammes nichts wußte. Der Umstand, daß in der Bindersleber Linie noch jetzt die Tradition lebt, ihre Vorfahren seien aus Böhmen oder Ungarn eingewandert, ohne daß sie von einer Verwandtschaft mit Sebast. Bach etwas weiß, könnte einen Augenblick geneigt' machen, diese Familie mit dem zweiten Sohne Veits in

Verbindung zu bringen. Allein schon dadurch, daß sie ihren Ahnherrn gleich nach Molsdorf ziehen läßt, kennzeichnet sich der spätere und künstliche Ursprung einer Tradition, die ursprünglich sicher in dem Bestreben wurzelt, die Molsdorf-Bindersleber Linie mit Seb. Bach in Zusammenhang zu setzen, und zwar um so mehr, wenn man bedenkt, wie auch für Sebastians Vorfahren jene Tradition nur bedingt richtig ist. ˸

4. (S. 11.) Diesen Angaben liegt zunächst ein von Veit Bach beginnender Stammbaum dieser Linie zu Grunde, welcher im Besitz von Jakob Bachs Urenkel, Johann Philipp Bach in Meiningen, war und abschriftlich in die Hände von Frl. Emmert in Schweinfurt kam. Was die Genealogie mit ihren Zusätzen hierauf Bezügliches bietet, stimmt mit dem Stammbaum überein, nur ist aus Versehen das Geburtsjahr des Jakob Bach als sein Todesjahr bezeichnet. Gelbkes Kirchen- und Schulenverfassung des Herzogthums Gotha, Th. II, Bd. 1, S. 669 giebt 1654 als Geburtsjahr an. Die Pfarr-Register in Wolfsbehringen stellen nur Wendel Bachs Todes-Datum fest. — In Brückners Kirchen- und Schulenstaat, Th. I, St. 2, S. 172 findet sich noch die Notiz, Jakob Bach sei 1631 in Thal bei Ruhla als Schuldiener angestellt und nach den Visitations-Acten von 1642 zum Schulmeister in Ruhla bestimmt gewesen. Die Zahlen passen nicht, doch könnten allenfalls Druckfehler vorliegen.

5. (S. 13.) Daß er ein Bruder des Meininger Bach war, ist nicht ausdrücklich gesagt, ich habe es aber ohne weiteres angenommen, da das Alter stimmt, in Ruhla außer Jakob Bach sicher kein anderer des Geschlechts existirte und beide, Johann Ludwig und Nikolaus Ephraim, im Dienste fürstlicher Personen aus dem meiningenschen Hause standen, endlich auch Nikolaus bei einer Tochter Johann Ludwigs als Pathe figurirt.

6. (S. 82.) Das einzige mir bekannte Manuscript derselben wird auf der königl. Bibliothek in Berlin aufbewahrt. Es ist offenbar aus Stimmen zusammengeschrieben und recht fehlerhaft. Von Takt 116 an ist im zweiten Chor ein völliger Unsinn entstanden, da der Schreiber ein Wiederholungszeichen im Alt übersah, welcher T. 109—116 zu repetiren und dann erst mit den in der Partitur sofort anschließenden Gängen fortzufahren hatte; der Anfang zu einer ähnlichen Verwirrung findet sich an derselben Stelle auch im Basse. T. 131 hat der Schreiber wieder im Alt zwei Takte Pausen übersehen, die Takte 125, 126, 127 aber fälschlich zweimal gesetzt (128, 129, 130). Die Verbesserung einzelner andrer Schreibfehler ist leichter zu finden; den Schlußtakten fehlt der Text. Veröffentlicht ist diese Motette noch nicht.

7. (S. 139.) An letzter Stelle hat sich ein sinnentstellender Satzfehler eingeschlichen. Es heißt nämlich: »Das einzige daselbst lebende musikalische Genie war ein betrunkener Organist, denn nüchtern leistete er so wenig, als seine Mitbürger aus der Familie der Bache.« Die letzten fünf Worte sind an einen falschen Platz gerathen. Denn offenbar hat Gerber sagen wollen: — — — »ein betrunkener Organist aus der Familie der Bache;

denn nüchtern« u: s. w. Wenn weiterhin steht, daß die Schüler genöthigt gewesen wären, in eine andre Kirche zu gehen, als wo Bach spielte, so braucht man dies nicht so aufzufassen, als ob sie des schlechten Beispiels wegen die Blasius-Kirche nicht hätten besuchen dürfen. Vermuthlich hatten sie in der Marienkirche ihre angewiesenen Plätze.

8. (S. 171.) Es gab in jener Zeit, wie man aus den »Verrechten« vom Jahre 1666 sehen kann, welche das Erfurter Raths-Archiv aufbewahrt, nicht weniger als drei Valentin Lämmerhirts in der Stadt, welche sämmtlich auch Töchter des Namens »Elisabeth« hatten. Daß es grade die obengenannte war, welche sich Ambrosius gewählt hatte, folgt aus den später noch zu erwähnenden Lämmerhirtschen Erbschafts-Acten, durch die wir den Namen ihres Bruders, Tobias, erfahren. An diesem Faden ist es möglich, sich in den Irrgängen der Pfarr-Register zurecht zu finden. Zwei von den drei Lämmerhirts waren Kürschner und wohnten neben einander auf dem Junkersande, der eine im Haus »zu den drey Rosen«, der andre im Haus »zur Jungfrawen« (jetzt Nr. 1284). Da jedoch Tobias Lämmerhirt späterhin ein Haus in der Breitenstraße ebenfalls mit dem Namen »zum dreyen Rosen« besaß, und es Brauch der Hausbesitzer war, bei Wohnungsveränderungen den Namen ihres Hauses mitzunehmen, so wird die genannte jetzige Nr. 1285 die Stätte sein, wo Sebastian Bachs Mutter geboren wurde. — Die Genealogie nennt Ambrosius Bachs Schwiegervater und auch den Vater der erwähnten Hedwig Lämmerhirt »Raths-Verwandte« (so nannten sich die Verwandten einer Familie, aus welcher einmal ein Rathsherr hervorgegangen war), allein dies ist wohl eine ungerechtfertigte Vorausnahme. Erst unter den Rathsherren von 1658 und 1663 findet sich ein Valentin Lämmerhirt, ein jüngerer Verwandter des uns hier interessirenden.

9. (S. 218.) Eine chronologische Schwierigkeit ergab sich hier, da die Genealogie und der Mizlersche Nekrolog und nach dessen Vorgange fast alle späteren Biographen die Uebersiedlung nach Arnstadt in das Jahr 1704 verlegen, die Anstellungsacten von dort aber das Jahr 1703 tragen, und zwar in wiederholten Datirungen, welche jede Annahme eines Schreibfehlers ausschließen. Der Irrthum steckt also in den erstgenannten Quellen, und hier konnte es zweifelhaft sein, ob nicht der Lüneburger Aufenthalt zu kürzen und Bachs Abschied von ʼdort in das Jahr 1702 zu setzen wäre, da ein Gedächtnißfehler natürlicher erscheint, der zwei mit drei Jahren verwechselt, als der wenige Monate zu fünf Vierteljahren ausdehnt. Allein es gelang im großherzoglichen Haus-Archive zu Weimar ein Verzeichniß des gesammten Capell-Bestandes aus dem Jahre 1702 aufzufinden, und dieses weist den Namen Bach nicht auf. Nun verließ Sebastian Lüneburg sicherlich um Ostern, weil für das Sommerhalbjahr die Erwerbsquelle aus dem Umsingen des Schülerchores ihm nicht floß. Das Verzeichniß würde also nur in dem Falle beweisunkräftig sein, wenn es, was an sich unwahrscheinlich, vor Ostern des Jahres angefertigt wäre, ohne freilich dadurch die entgegengesetzte Möglichkeit zu bewahrheiten. Außerdem ist zu be-

achten, daß dann sein Aufenthalt in Weimar unverhältnißmäßig lang erscheint. Da ihn sein ganzer Bildungsgang nicht auf eine solche Stelle hinleitete, mußte er möglichst bald in einen entsprechenderen Wirkungskreis zu kommen suchen, und man sollte meinen, daß er die arnstädtische Organistenstelle, die doch damals schon von dem wenig genügenden Börner bekleidet wurde, 1702 kaum weniger leicht erhalten konnte als 1703. Deshalb, und weil die biographischen Notizen der Genealogie über Sebastian Bach nicht nach dessen Angaben direct niedergeschrieben sind, auch noch ein andres kleines Versehen enthalten, und überhaupt der größte Theil der ganzen Genealogie garnicht unter seinen Augen abgefaßt wurde, halte ich trotz der sonstigen Wichtigkeit dieser ältesten Quelle die Angabe des Jahres 1704 als Antrittstermin in Arnstadt für den gesuchten Fehler. Da der Nekrolog dasselbe sagt, so werden die Federn, welche jenen verfaßten, wenigstens die eine derselben, auch hier thätig gewesen sein. Im Jahre 1703 fiel Ostern auf den 8. April; Bach verweilte also in keinem Falle länger als vier Monate in Weimar.

10. (S. 223.) Den zu Arnstadt im Jahre 1705 gedruckten Text, wovon ein Exemplar auf der Ministerial-Bibliothek zu Sondershausen, hat zum größten Theil erneuert K. Th. Pabst im Arnstädter Gymnasial-Programm von 1846. Daß der Rector Treiber wenigstens die dichterische Arbeit hier besorgt hat, läßt sich mit Sicherheit schließen, weil die Operette von arnstädtischen Schülern aufgeführt wurde und die Namen der auftretenden Personen nur von einem der lateinischen und griechischen Sprache kundigen Manne so geschickt gebildet werden konnten (so heißen zwei Bier-»Angießer«: Modulius und Cantharinus, ein Böttichergeselle: Doliopulsantius, eine Brauherrn-Frau: Eulalia, eine Bierzapferin: Bibisempria). Die dazu gehörige Musik wird der Sohn gemacht haben, günstigsten Falles arbeiteten beide zusammen. In Arnstadt hat sich die Sage gebildet, Bach sei der Componist gewesen, soweit ich sehe aus keiner andern Veranlassung, als weil er zu jener Zeit dort Organist war. Hätte man bedacht, wie musikalisch beide Treiber waren und daß der Sohn grade damals in Arnstadt weilte, so wäre eine solche Annahme, die im Verlauf sogar in einen Roman von E. Marlitt verwebt wurde, wohl garnicht möglich gewesen. Bach hatte, wie alle seines Geschlechts, gelegentlich den Zug zum Derben und Possenhaften, aber an einer so sterilen, jedes Lebens und jeder Laune baaren Poesie hätte er sich sicherlich nie vergriffen. Zudem stand er mit den Schülern des Lyceums keineswegs immer im besten Einvernehmen.

11. (S. 227.) Die autographe Partitur, welche mit den autographen Stimmen zusammen (beides auf der königl. Bibl. zu Berlin) ihre Entstehung während Bachs Leipziger Zeit durch Schrift und Papier unwidersprechlich darthut, zeigt auch durch die sichersten Merkmale, daß sie nach einer ganz vollendeten Vorlage gefertigt ist. Es fehlen sowohl fast alle Aenderungen und Correcturen, an denen Bachs Cantaten-Handschriften sonst so reich sind, als auch am Schlusse das *S. D. G.*, was der Meister bei einer ersten

Partitur hinzuzusetzen nie unterläßt, wohl aber, wie auch das anfängliche *J. J.* (*Jova* oder *Jesu Juva*), bei Abschriften und wenig durchgreifenden Umarbeitungen. Für die Zusammenarbeitung aus zwei verschiedenen Werken spricht noch, daß die Partitur ununterbrochen fortläuft und die Zweitheiligkeit noch nicht aufweist. In der jetzt vorliegenden Gestalt war sie für eine Aufführung in einem Zug unter allen Verhältnissen zu lang, und wäre es die ursprüngliche Fassung, so hätte Bach schon damals die Theilung vornehmen müssen. Dann aber wäre wieder nicht zu begreifen, warum sie in der jetzigen Partitur fehlt.

12. (S. 227.) Im Jahre 1748 verfertigte der damalige Cantor an der Haupt-Kirche zu Weimar, Johann Sebastian Brunner, Text und Musik zu einem Jahrgange von Cantaten, in dem er theilweise die geistlichen Dichtungen älterer weimarischer Poeten in wunderlicher Weise verarbeitete, in den einzelnen Theilen durch einander warf, verdrehte und die so entstandenen Reimereien als seine Erzeugnisse drucken ließ. (Die großherzogl. Bibl. in Weimar besitzt ein Exemplar davon.) So wurde ein Cantaten-Text von Salomo Franck aus dem Jahre 1716, den Sebastian Bach seiner herrlichen Cantate »Wachet, betet, seid bereit« zu Grunde legte, durch ihn in dieser Weise mißhandelt, worüber man die Mittheilungen an der betreffenden Stelle nachsehen wolle. Ein gleiches Schicksal traf die in der Oster-Cantate gebrauchten Dichtungen. Die zweite Strophe des erwähnten Liedes lautet im Original:

> Wo bleibet dein Rasen, du höllischer Hund,
> Wer hat dir gestopfet den reißenden Schlund? u. s. w.

Brunner in der Cantate auf Mariä Verkündigung läßt den Eingangschor anheben:

> Heut zittert und bebet der höllische Hund
> Vor Gabriels schallenden Englischen Mund.
> Heut wird ihm auf ewig versperret sein Schlund, u. s. w.

Die darauf folgende Cantate zum ersten Ostertage legt dem ersten Recitativ diese Worte unter:

> Auf Seele! freue dich, du bist nunmehr getröst,
> Erlöst
> Und aus der Macht der Finsterniß gerissen, u. s. w.

wozu man die S. 226 angeführte erste Strophe vergleichen möge. Späterhin heißt es:

> Ihr Feinde, die ihr mich annoch bisher verhönt,
> Auf! weicht, begebt euch auf die Flucht;
> Es ist umsonst, was ihr versucht;
> Denn Christus, der sich zeigt vor seiner Grabes Thür,
> Lebt jetzt in mir.

Dagegen in der vierten Strophe der Bachschen Cantate:

> Seid böse, ihr Feinde, und gebet die Flucht,
> Es ist doch vergebens, was ihr hier gesucht.
> Der Löwe von Juda tritt prächtig hervor,
> Ihn hindert kein Riegel, noch höllisches Thor.

Endlich lauten die Worte des Duetts, das uns einer andern Cantate entnommen schien:

> Weichet, weichet Furcht und Schrecken
> Ob der schwarzen Todesnacht;
> Christus wird mich auferwecken,
> Der sie hat zum Licht gemacht, u. s. w.

Bei Brunner schließt sich an das zuletzt mitgetheilte Recitativ die Arie:

> Nun bringt mir des Todes Nacht
> Weder Angst noch Schrecken,
> Christus, der mich frei gemacht,
> Wird mich auch erwecken, u. s. w.

Muß man nun unbedingt annehmen, daß Brunner nur weimarische Vorlagen benutzt hat, denn einerseits lebte und producirte einer der besten geistlichen Dichter der Zeit, Salomo Franck, in Weimar, andrerseits war die Hervorbringung von Cantaten-Poesien damals überall eine massenhafte, und Brunner durchaus nicht wählerisch, so folgt, daß der Text der Bachschen Ostercantate in Weimar gedichtet ist. Und zwar muß dies in den ersten 12 Jahren des 18. Jahrhunderts geschehen sein, denn seitdem befliß man sich dort der neuen Cantaten-Form. Die Vermuthung nun, daß Bach das fragliche Werk während seines zweiten Aufenthalts in Weimar, also von 1708 an, componirt habe, erweist sich sofort als hinfällig, wenn man die Mühlhäuser Rathswahl-Cantate und andre Werke vergleicht, welche jener Zeit angehören. Dort tritt uns schon ein Meister entgegen, hier nur ein reichbegabter Schüler. Es bleibt also nur übrig anzunehmen, daß Bach den Text bei seinem ersten Aufenthalte in Weimar kennen gelernt hat. Daß derartige poetische Versuche in jener Zeit dort gemacht wurden, beweist eine Sammlung von Cantaten-Dichtungen, welche Georg Theodor Reineccius, damals Stadtcantor des Orts, unter dem Titel: »Wohlklingendes Lob Gottes, aus denen ordentlichen Sonntags Evangelien, in der Pfarr-Kirche zu *S. Petri* und *Pauli* zu Weimar, vom 1. Sonntage nach Trinitatis *anno* 1700 mit lieblichen *Concerten* Gott zu Ehren, und der Gemeine zur Ermunterung, abgesungen« herausgab; die hierin herrschende Form stimmt ganz überein mit der des Liedes, welches Bachs Cantate größtentheils zu Grunde liegt. In Weimar selbst kann die Composition nicht erfolgt sein, da der Componist kein Osterfest dort verlebte, sie aber in die spätere Arnstädter Zeit zu versetzen, verbietet schon die urkundliche Nachricht, daß Bach sich mit seinem Chor überworfen hatte, sich nicht mehr um ihn kümmerte und also auch nichts von seinen Compositionen mit ihm aufführte. Dann ist auch an sich die Benutzung eines Textes aus einem fremden Orte wahrscheinlicher zu einer Zeit, wo die Erinnerung an jenen noch frisch war. Endlich verräth die Composition eine auffällige Einwirkung der nordischen Meister, deren Stil in Sebastian von Lüneburg her noch lebendig gewesen sein muß. — Wenn übrigens bei Brunner die Parodie des Duett-Textes den Nachahmungen aus dem siebenstrophigen Liede nachfolgt, während das Duett bei Bach diesem vorhergeht, so ist das ein neuer Beleg meiner Vermuthung, es habe ursprünglich einer Cantate zum 2. Ostertage angehört. Beide Texte standen in derselben Sammlung, und Brunner nahm aus dem zweiten etwas für seinen ersten hinüber.

13. (S. 290.) Diese Handschrift in Hochfolio befindet sich auf der Lübecker Stadtbibliothek, enthält auf 87 Blättern zwanzig Kirchenmusiken in deutscher Tabulatur nebst Register, und ist mit bewunderungswerther Schönheit und Genauigkeit angelegt. An einzelnen Stellen zeigt sich eine andere, und zwar flüchtigere und mehr ausgeschriebene Hand, und man überzeugt sich bald, daß dies nur Buxtehudes eigne Züge sein können. Sein Name als Autor ist nur bei den Stücken 1, 3, 5, 7, 8, 9 und 12 genannt, trotzdem aber kaum zu bezweifeln, daß alle 20 von ihm herrühren. Ueberall nämlich, wo der Name des Componisten hinzugefügt ist, mit Ausnahme der zwölften Composition, ist es von jener zweiten Hand geschehen; diese selbe hat aber auch in 2, 4 und 6, welche keinen Componistennamen tragen, mehr oder weniger thätig eingegriffen, in Nr. 2 sogar mehr als zwei Folioseiten selbst geschrieben, und mit einer raschen Sicherheit, wie es nur der Componist selber konnte. Man frägt vergeblich, wie ein Dritter dazu gekommen sein sollte, einem ganz ausgezeichneten Copisten in den Arm zu fallen, und mitten in einer Cantate einen ganzen Abschnitt mit charakteristischen aber keineswegs schönen Zügen selbst herzustellen. Sehr leicht aber ist zu denken, daß Buxtehude mit dem Abschnitt, wie er zum Copiren vorlag, noch nicht zufrieden war und ihn in andrer Fassung in den Prachtfolianten aufgenommen wünschte, die er ihm am einfachsten sofort beim eignen Einschreiben geben konnte. Dazu kommt, daß die unbenannten Stücke in der Factur so ganz und gar mit den benannten übereinstimmen, daß Buxtehude, wäre er selbst der Autor nicht, einen Doppelgänger gehabt haben müßte, der die Sache genau so gut, ja besser als er verstand. Ich habe die ersten sieben Stücke in die jetzt gebräuchliche Notirungsweise umgeschrieben und Note für Note geprüft. Die NNr. 1—9 und Nr. 12 sind also zweifellos Buxtehudes Werke, ich glaube es auch von den andern aus innern, wie äußern Gründen. Der Prachtfoliant ist augenscheinlich auf die Sammlung der Werke eines hoch in Ehren stehenden Meisters angelegt; an der Herstellung des ersten Theiles hat sich Buxtehude selbst betheiligt, ist aber vielleicht darüber hin gestorben. Aber auch wo er sich betheiligte, geschah dies ganz unregelmäßig und willkürlich. Hierfür läßt sich als Beispiel eine Bemerkung seiner Hand vor dem fünften Satze der zweiten Cantate anführen, wo die Trompeten für D dur geschrieben sind, wie sie klingen. Er merkt dazu an: »NB: müssen aber in C. abgeschrieben werden.« Nun sind aber die Trompeten schon von Anfang in Thätigkeit und auch immer in D dur geschrieben gewesen; die Bemerkung hätte also an den Beginn der Cantate gehört. Hiernach wird man sich über das willkürliche Zusetzen und Weglassen des Namens nicht mehr wundern, am wenigsten dort, wo der Componist selbst bei der Abschrift thätig gewesen war. Man war damals noch nicht so ängstlich in Wahrung des eignen Autorrechts, wie jetzt. — Herrn Bibliothekar Professor Mantels bin ich für die Liberalität, mit welcher er mir den Codex

auf lange Zeit zum Studium und zur Umschreibung anvertraute, zu ganz
besonderem Danke verpflichtet.

14. (S. 307.) Wir wissen aus Mollers *Cimbria litterata*, daß Buxtehude
zum Tode seines Vaters eine Composition verfaßte: »Fried- und Freudenreiche Hinfahrt des alten *Simeons*.« Anzunehmen, daß es diese sei, hindert
aber der Zusatz: »in zwey *Contrapuncten musica*lisch abgesungen«, der wohl
nur eine zweifache Bearbeitung des Kirchenlieds »Mit Fried und Freud
ich fahr dahin« bedeuten kann. Walther macht (Lexicon, unter »Buxtehude«) eine unklare auf jene Composition zielende Bemerkung, aus der
man erkennt, daß er sie wahrscheinlich nicht selbst gesehen hat; oder er
müßte sich sehr schlecht ausgedrückt haben, denn man erfährt unter allen
Umständen nicht von ihm, welcher Art die Composition war.

15. (S. 322.) Wer die Bachsche Composition zu Gesicht bekommen
sollte, wird durch beispielsweise Vergleichung von Nr. 4 aus Frobergers
Diverse curiose e rarissime Partite (Moguntiae MDCXCV), welche in Commers
Musica sacra Nr. 45 mitgetheilt ist, sich über das angedeutete Verhältniß
näher unterrichten können. — Die königl. Bibl. zu Berlin bewahrt ein
Manuscript-Bändchen mit Ciaconen und Canzonen, welches die Aufschrift
trägt: *Di J. S. Bach.* Von Bachschem Stile ist allerdings keine Spur darin,
dagegen tragen die Stücke nach allen Seiten ein Frobergersches Aussehen.
Es wäre wohl möglich, daß dem Schreiber derselben eine Handschrift
vorgelegen, welche den Namen Bachs als Besitzers trug, oder gar von ihm
selbst gefertigt war, und daß sie so irrthümlich für seine Compositionen
angesehen wurden.

16. (S. 322.) Das Stück findet sich in verschiedenen älteren Handschriften mit sehr verschiedenen Titeln. Der von W. Rust ihm in der Ausgabe der Bachgesellschaft frei gegebene: *Toccata* hat wenigstens einige
historische Berechtigung, wurde ja auch noch von Reinken bei einem gleichgestalteten Werke angewendet. Die Tonart ist bald C dur, bald E dur;
mir scheint wegen einiger Pedalstellen im Anfangs- und Mittelsatze C dur
die ursprüngliche zu sein. Die vollgriffigen tiefliegenden Accorde klangen
bei der zuweilen sehr hohen Stimmung der damaligen Orgeln, welche
sich um eine Terz über den Kammerton erheben konnte, nicht so dumpf,
wie es jetzt wohl das Aussehen hat.

17. (S. 380.) Für die Ermittlung des Verhältnisses zwischen Chor-
und Kammerton sind natürlich nur die Blasinstrumente entscheidend. In
der autographen Partitur der 1715 zu Weimar componirten Cantate »Tritt
auf die Glaubensbahn«, deren Tonart E moll ist, stehen Flöte und Oboe in
G moll. Die Partitur der in die früheren Jahre des weimarischen Aufenthalts fallenden Cantate »Nach dir, Herr, verlanget mich« weist zur Tonart
H moll das Fagott in D moll auf. Zu der im Jahre 1715 entstandenen Cantate »Barmherziges Herze der ewigen Liebe«, die in Fis moll gesetzt ist,
liegt eine autographe Trompetenstimme in G moll vor; da die natürliche
Stimmung der Trompeten schon um eine ganze Stufe über dem Kammertone

stand, so kommt hierdurch gleichfalls das Verhältniß der kleinen Terz
heraus. Die ebenfalls 1715 geschriebene Ostercantate »Der Himmel lacht,
die Erde jubiliret« steht in C dur, die Stimmen der Oboen und des Fagotts
in Es dur. Die Advents-Cantate desselben Jahres »Bereitet die Wege« aus
A dur, hat gegen Bachs sonstige Gewohnheit die Oboe im Sopranschlüssel;
man braucht denselben nur mit dem Violinschlüssel zu vertauschen und die
drei Kreuze zu streichen, so ist dasselbe Verhältniß da. Ich glaube, daß
durch diese Beispiele die Sache ganz klar gelegt ist. Wenn in andern Partituren der weimarischen Zeit die Blasinstrumente in der wirklichen Tonart
des Werkes aufgezeichnet sind, so wird dadurch nicht das Gegentheil bewiesen, da es zweifellos der bessern Uebersicht und der Einheitlichkeit
wegen geschah. Vielmehr wird Bach die Blasinstrumente wohl nur dann
in ihre zur Orgel stimmende Tonhöhe schon in der Partitur gesetzt haben,
wenn er verhindert war, selbst die Stimmen auszuschreiben und das Geschäft der Transposition keinem andern überlassen wollte. Auch konnte
er ja bei der Aufführung eine Transposition des Orgelparts extemporiren.
Uebrigens wird durch diesen Nachweis für die genannte Oster-Cantate eine
Anzahl von Auffälligkeiten (s. B.-G. VII, Vorwort zu Cantate XXXI)
mühelos beseitigt, und für allgemeine chronologische Bestimmungen ein
nicht zu verachtender neuer Stützpunkt gewonnen. Man könnte fragen,
ob nicht die doppelte Lesart der großen Orgelcomposition in Buxtehudes
Stile (P. S. V, C. 3, Nr. 7; B.-G. XV, S. 276), welche sich in C dur und
E dur findet, so zu erklären sei, daß die Composition für die hoch stehende
weimarische Orgel zuerst in C dur geschrieben worden und später für ein
tiefer stimmendes Werk um eine große Terz aufwärts transponirt sei.
Allein zunächst wissen wir nichts von der Stimmung der Arnstädter Orgel,
ferner sprachen sehr gewichtige innere Gründe für eine frühere Entstehungszeit, und endlich würde es höchst auffällig sein, daß unter den zahlreichen
übrigen weimarischen Orgelcompositionen sich keine andre in ähnlicher
Transposition findet. Ich glaube auch viel eher, daß man mit der Versetzung nach E dur das Stück für eine ungewöhnlich tief stehende Orgel
klanggerecht machen wollte, als es aus einer ungewöhnlich tiefen Setzart
in eine angemessene Durchschnittshöhe bringen. — Die um das Jahr 1756
erbaute neue Schloßorgel wurde in den Kammerton gebracht (Adlung,
Musica mechanica organoedi I, 282), was vielleicht nicht geschehen wäre,
hätte man nicht so lange die Uebelstände einer Cornett-Stimmung empfinden müssen.

18. (S. 397, 520.) Eine wichtige Handhabe für die chronologische
Ordnung Bachscher Orgel- und Claviercompositionen bietet das mehrfach er-
wähnte geschriebene Buch von Andreas Bach (vgl. zweites Buch, I, Anm. 32),
welches außer Compositionen von Kuhnau, Polaroli, Reinken, Buxtehude,
Böhm, Pachelbel, Buttstedt, Ritter, W. [itt], Pestel, Marchand, Telemann
(Melante), Marais, J. C. F. Fischer, Küchenthal und Ungenannten auch
vierzehn Stücke von Sebastian Bach enthält, nämlich: 1. Fuge in A dur
(P. S. I, Cah. 13, 9). 2. Toccata in Fis moll (P. S. I, C. 4, 4). 3. Ouver-

ture u. s. w. in F dur (P. S. I, C. 13, 4). 4. Passacaglio in C moll (P. S. V, C. 1, 2). 5. Toccata in C moll (P. S. I, C. 4, 5). 6. Toccata in G dur (P. S. I, C. 13, 3). 7. Fuga in G moll (P. S. V, C. 4, 7). 8. Aria variata in A moll (P. S. I, C. 13, 2). 9. Fantasia in C dur (P. S. V, C. 8, 9). 10. Orgelchoral »Gott, durch deine Güte« (P. S. V ,C. 6, 25). 11. Fuge über ein Thema von Legrenzi (P. S. V, C. 4, 6). 12. Fantasia in H moll (P. S. I, C. 13, 7). 13. Fantasie mit Fuge in A moll (P. S. I, C. 4, 2). 14. Praeludium in C moll (unveröffentlicht; im Manuscript Blatt 71^b und 72^a). Andreas Bach, geb. 1713, war der fünfte Sohn von Sebastians ältestem Bruder, aber bei einer etwas genaueren Untersuchung überzeugt man sich bald, daß er garnicht der ursprüngliche Besitzer des Buches gewesen sein kann und es folglich auch nicht geschrieben oder gesammelt hat. Sein Name mit der Jahreszahl 1754 steht nur unten auf der letzten Seite ganz undeutlich und offenbar nachträglich eingezeichnet; entscheidender noch ist, daß er weder je ein Schüler Sebastians, noch überhaupt vorwiegend Clavier- und Orgelspieler war; sein Leben hatte ihn ganz andre Wege geführt. Bis in sein zwanzigstes Jahr in Ohrdruf lebend, trat er 1733 als Hautboist ins Gothaische Dragoner – Regiment und machte einen Feldzug an den Rhein mit, war sodann beim Grafen von Gleichen 5 Jahre Tafeldecker und erhielt hiernach durch Protection zuerst den Organistendienst an der Trinitatiskirche in Ohrdruf, und 1744 nach dem Tode seines Bruders Bernhard den gleichen Posten an der Michaeliskirche. Dieser Bernhard dagegen, geb. 1700, hatte sich zum Orgelspieler und Kirchencomponisten ordentlich ausgebildet und zwar zwischen den Jahren 1715 und 1717 unter Leitung Sebastian Bachs in Weimar. Selbstverständlich that er in dieser Zeit, was alle Schüler thaten: er schrieb sich eine Anzahl der vorzüglichsten Stücke seines Lehrers und andrer von demselben empfohlener Meister zum eignen Gebrauche zusammen. Nichts liegt näher, als die Annahme, daß das Resultat davon eben jenes Buch war, welches zugleich mit dem Amte nach dem Tode Bernhard Bachs auf seinen Bruder überging. Dazu kommt, daß mit einer Ausnahme alle Compositionen Sebastians, und noch manche andre, dieselben gleichmäßigen Schriftzüge zeigen, zum Beweis, daß alles dies um dieselbe Zeit geschrieben wurde, und wiederum paßt die schöne und deutliche, aber etwas gezirkelte und unfreie Hand sehr wohl auf einen 16- bis 17jährigen Jüngling und einen Schüler, der den Compositionen durch kalligraphische Sorgfalt möglichst viel Ehre anthun wollte. Sind nun diese Schlüsse, wie ich nicht bezweifle, richtig, so ergiebt sich daraus, daß alle die genannten Compositionen Seb. Bachs spätestens in Weimar componirt sein müssen, was bei dem größten Theile derselben auch schon aus innern Gründen wahrscheinlich, bei einer von ihnen auf anderem Wege sicher gestellt war. Auf einer so breiten chronologischen Grundlage läßt sich leichter weiter bauen, und manche vereinzelte Anzeichen gewinnen nun erhöhte Sicherheit und Bedeutung. — Uebrigens finden sich die ersten, allerdings sehr oberflächlichen Notizen über das wichtige Buch in C. F. Michaelis' Zusätzen zu Busby's Geschichte der Musik (Leipzig; 1822), Bd. 2, S. 599 ff.

19. (S. 413.) Wenn letzteres Stück in einer Handschrift J. P. Kellners den Titel führt: »*Concerto dell' illustrissimo Principe Giovanni Ernesto Duca di Sassonia appropriato all' Organo a 2 Clav. e Pedale da Giovanni Sebastiano Bach.*«, so befindet sich dieser Gewährsmann hier mit sich selbst im Widerspruch, da er in einer andern Handschrift den Satz mit seinen zugehörigen beiden andern Sätzen als Vivaldisch überliefert. Um Auffindung der veröffentlichten Concerte Johann Ernsts habe ich mich, besonders auch dieser Controverse wegen, vielfach, doch vergeblich bemüht. Da jedoch Kellner in allen seinen Handschriften große Flüchtigkeit beweist, auch ein andres Vivaldisches Concert für ein Telemannsches ausgiebt, und das fragliche Concert eine ausgeprägt Vivaldische Physiognomie hat, so halte ich vorläufig die Autorschaft Johann Ernsts für eine Verwechslung. Daß aber eine solche möglich war, zeigt deutlicher wohl, als alles andre, in wie nahen Beziehungen der Prinz zur Uebertragung dieser Concerte gestanden haben muß.

20. (S. 427.) Dieses Praeludium, das in zwei Handschriften mit der Fuge zusammen vorkommt, hat man neuerdings dem Sohne Joh. Pachelbels, Wilhelm Hieronymus, zugeschrieben, und darum auch in der Petersschen Ausgabe der Bachschen Werke unterdrückt. Es wird aber doch wohl Bach als Verfasser zu restituiren sein, da auch in dem sogenannten Fischhoff'schen Autograph des ersten Theils des wohltemperirten Claviers (auf der königl. Bibl. zu Berlin) nach der letzten Fuge die ersten $14^1/_2$ Takte des Praeludiums von derselben Hand auf die letzten vier Liniensysteme eingetragen und mit dem Titel versehen sind: »*Praelude di J. S. Bach.*« Selbst wenn das Fischhoff'sche Autograph unecht wäre, eine Annahme, gegen die ich meine wohlbegründeten Bedenken hege, müßte man zu dem höchst sorgfältigen Schreiber von 24 Bachschen Praeludien und Fugen das Zutrauen haben, daß er sich der Authenticität dessen, was er schrieb, versicherte.

21. (S. 481, 482, 495.) Die Texte mußten eine Weile vor Beginn des Kirchenjahres eingeliefert werden, damit der Componist Zeit hatte, sie in Musik zu setzen. Es kam also jedenfalls der dritte Jahrgang schon im Spätsommer oder Frühherbste 1711 nach Eisenach. Ganz unmöglich wäre es nicht, daß Bach schon in diesem Jahre die Dichtungen durch Telemann kennen gelernt und benutzt hätte. Aber jedenfalls hielt man die Erzeugnisse des berühmten Poeten für ein werthvolles Eigenthum, und es ist wenig wahrscheinlich, daß sie eher aus der Hand gegeben wurden, als bis sie für ihre ursprüngliche Bestimmung verwendet waren. Und fast verboten wird die Annahme einer gleichzeitigen Composition Bachs dadurch, daß in der Weihnachtscantate »Uns ist ein Kind geboren« der Bachsche Text von dem bei Tilgner gedruckten und von Telemann componirten abweicht: das 15zeilige Recitativ ist bei Bach auf 6 Zeilen zusammengezogen, der zweite Vers des Strophenliedes ausgelassen und am Schlusse statt der letzten Strophe des Chorals »Gelobet seist du, Jesu Christ« die gleiche Strophe von »Wir Christenleut hab'n jetzund Freud« eingesetzt. Im ersten Jahrgange von

Neumeisters »fortgesetzten fünffachen Kirchenandachten« (Hamburg, 1726) findet sich eine mit demselben Bibelspruche eingeleitete und fast ganz übereinstimmend gestaltete Cantate auf den ersten Weihnachtstag, welche gleichfalls mit der letztgenannten Choralstrophe schließt. Aus dieser Uebereinstimmung glaube ich ableiten zu dürfen, daß die von Bach componirte Fassung vom Dichter selber herrührt. Warum und bei welcher Gelegenheit die Veränderung stattgefunden hat, wissen wir nicht mehr, jedenfalls aber geschah sie doch nach dem Bekanntwerden der ersten Version. Daraus folgt wohl, daß Bach diese Cantate nicht vor Weihnachten 1712 componirt haben kann, und, da wir ihn zur Adventszeit 1714 schon mit dem vierten Jahrgange beschäftigt finden, daß er sie entweder hier oder zu derselben Zeit 1713 componirt haben muß. Die Entstehung der Musik zu Sexagesimae »Gleichwie der Regen und Schnee vom Himmel fällt« ist demnach in das Frühjahr 1713 oder 1714 zu setzen, denn es ist anzunehmen, daß Bach, wenn er den Jahrgang einmal benutzte, der Reihe nach ging, und nicht etwa zuerst eine Cantate der vorösterlichen Zeit componirte und später zum Weihnachtsfeste zurückgriff. Für die Ostercantate »Ich weiß, daß mein Erlöser lebt«, die aus dem ersten Jahrgange entnommen ist, wäre nun freilich der Hypothese ein viel größerer Spielraum gelassen, wenn es nicht so sehr nahe läge, daß Bach auch den ersten Jahrgang erst bei Gelegenheit des dritten kennen gelernt habe, und wenn nicht die Composition im Stile so sehr mit den übrigen zusammenstimmte, ja sogar an technischer Eingewöhnung, zumal im Recitativ, etwas vor ihnen voraus hätte. Aus diesem Grunde möchte ich sie nicht vor der Weihnachtscantate entstanden sein lassen, sondern annehmen, daß sie ebenfalls entweder 1713 oder 1714 für das Osterfest geschrieben ist.

22. (S. 487.) Die Flöten sind allerdings erst später in Leipzig zugesetzt. Sie stehen in A moll und im französischen Violinschlüssel und sind nicht autograph, sondern nur von Bach revidirt. Die Schreibart scheint mir ganz erklärlich: es brauchten so nur einfach die ersten beiden Violenstimmen copirt und einige Versetzungszeichen geändert zu werden. Die Orgel spielte dann G moll, das wie A moll des Kammertons klang, und in der That findet sich nur eine bezifferte Orgelstimme in G moll, nicht auch in F moll. Das Fagott blies ebenfalls A moll und es ist auch eine unbezifferte Bassstimme in dieser Tonart vorhanden. M. Hauptmanns Behauptung (im Vorwort zur Cantate), diese Flöten müßten um eine None tiefer erklingend, also mit den Violen in gleicher Tonhöhe gedacht werden, ist mir nicht verständlich. Hat er an Tenorflöten gedacht, so konnten diese doch weder im Violinschlüssel, noch in A moll aufgezeichnet werden.

23. (S. 505.) Außer dem Partitur und Stimmen umfassenden Autographe, welches die königl. Bibliothek zu Berlin bewahrt, findet sich ebenda eine alte Copie der Partitur, welche über dem Anfange rechts in der Ecke die Jahreszahl 1731 trägt. Hierdurch veranlaßt hat Zelter auch auf dem Umschlag der autographen Partitur die Bemerkung hinzugefügt: » di | *J. S. Bach* |. 1731 |.« In eine andre und, wie die Vergleichung des Stils auf den ersten

Blick erweist, um ein beträchtliches später componirte Cantate auf den ersten Pfingsttag hat Bach aus jener das Duett und die Bassarie hinüber genommen, das Duett mit seiner eigenthümlichen Meisterschaft zum Einleitungschor mit erweiterter Begleitung umgearbeitet, die Bassarie als Sopranarie nach F dur transponirt, die Violine mit einer Oboe da caccia vertauscht, einen andern Text untergelegt und das so entstandene Stück an den zweiten Platz gestellt; die übrigen sechs Nummern sind ganz neu (B.-G. XVIII, Nr. 74). Vergleicht man beide Cantaten mit einander vom Standpunkte der Thatsache aus, daß Bach den vierten Neumeisterschen Jahrgang gleich bei seinem Erscheinen benutzte, so drängt sich sofort die Ueberzeugung auf, daß die chronologische Notiz durch eine Verwechslung des Copisten auf das unrechte Manuscript gekommen, und nicht die ältere sondern die jüngere Pfingstmusik im Jahre 1731 componirt ist. Ein eigenthümlicher Umstand kommt hinzu, um hierüber volle Gewißheit zu bewirken; derselbe giebt zugleich eine neue Versicherung, daß die ältere Cantate in Weimar entstand, und verhilft endlich auch noch zu der Compositionszeit einer dritten Cantate. Auf den leeren Schlußzeilen der auf den Kopf gestellten autographen Partitur findet sich die flüchtige Andeutung des Anfangs vom Schlußchor einer Cantate auf den zweiten Pfingsttag (»Also hat Gott die Welt geliebt«, B.-G. XVI, Nr. 68). Man begegnet in den Bachschen Handschriften öfter der Erscheinung (so z. B. auch in der Cantate »Ach lieben Christen, seid getrost«), daß der Meister irgend ein Motiv, das ihm während des Componirens einfiel, auf eine beliebige freie Stelle, die ihm grade zur Hand war, rasch notirt hat. Die genannte Cantate ist nun dieselbe, in welcher sich die schöne Arie findet »Mein gläubiges Herze, frohlocke, sing, scherze«, die bekanntlich auf einer Umarbeitung einer Arie aus der weltlichen Cantate »Was mir behagt, ist nur die muntre Jagd« beruht. Diese Cantate wurde aber, wie weiter unten nachgewiesen werden soll, im Jahre 1716 componirt. Der Vorgang ist nun klar. Bach mußte für die Pfingsttage des Jahres 1731 zwei Festmusiken haben. Da es ihm an Zeit oder Lust fehlte, zwei ganz neue zu componiren, griff er für den ersten Festtag zum Theil auf eine ältere Arbeit zurück. Während er mit der Umgestaltung derselben beschäftigt war, fiel ihm ein passendes Fugenthema für die Cantate zum zweiten Festtage ein, und er notirte es ohne weiteres auf die vor ihm liegende Partitur der älteren Musik. Durch die Beschäftigung mit dieser war aber die Erinnerung an jene Zeit und seine damaligen Künstlerthaten und Erlebnisse in ihm wach geworden, seine Gedanken geriethen auf die zum Geburtstage des Herzogs von Weißenfels im Jahre 1716 von ihm gesetzte Festmusik, und er fand, daß sich daraus etwas für die zweite Pfingstcantate benutzen lasse. Wenn die ältere Cantate »Wer mich liebet« aber in Weimar componirt ist, so kann sie nur für Pfingsten 1716 bestimmt gewesen sein, denn in den Jahren 1715 und 1717 lagen für die Pfingstmusiken andre, vom Herzog zur Composition bestimmte Texte vor. Hierüber ist Nr. 27 und 32 dieses Anhanges einzusehen. Uebrigens sind in der Copie, welche fälschlich die Jahreszahl 1731 trägt, noch mehre Abweichungen vom Original; statt des Soprans in Duett und Recitativ ist ein

Tenor gesetzt, und der Choral »Komm, heiliger Geist« ans Ende gerückt. Da wir den Schreiber schon auf einem bedeutenden Irrthume ertappt haben, wird man nicht eben gern glauben wollen, daß er zu diesen Aenderungen von Bach autorisirt war, zumal in den vom Componisten selbst geschriebenen Stimmen, die nach Tinte, Papier und Schrift aus einer späteren Zeit zu stammen scheinen, als die Partitur, sich keine Spur davon entdecken läßt. Eine Andeutung aber, daß Bach auch auf die Bassarie noch einen Choral folgen lassen wollte, enthalten in der Bassstimme die Worte: »*Chorale Segue*«. In der Partitur freilich weist kein Zeichen darauf hin, obwohl auf der letzten Seite noch sechs leere Notenzeilen übrig waren. Allein dies ist nicht der einzige Fall, daß Bach den Schlußchoral ausließ, auch in der Adventscantate von 1715 »Bereitet die Wege, bereitet die Bahn« fehlt er, und muß auf ein besonderes Blatt geschrieben gewesen sein. Wenn Bach die Trompeten und Pauken selbständig beschäftigen wollte, so dünkte ihm wohl der Raum von sechs Zeilen nicht genügend; er schrieb den Choral auf ein einzelnes Blatt, jede Stimme ebenfalls, so konnte alles leicht verloren gehen. Der Choral stand dann jedenfalls in A moll; daß Anfang und Schluß der Cantate nicht in der Tonart zusammenstimmen, wird nach der Adventscantate von 1714 Niemanden befremden. Bei Aufführungen ließe sich der Tonsatz aus der Cantate »Bleib bei uns, denn es will Abend werden« (B.-G. I, Nr. 6) verwenden.

24. (S. 507.) In der Amalien-Bibliothek des Joachimsthaler Gymnasiums zu Berlin, Bd. Nr. 43, letztes Stück, findet sich eine Handschrift folgenden Titels: »*Cantata.* | Herr Christ der einge u. s. w. | *a* | 2 *Violini* | *Viola* | *Soprano, Alto,* | *Tenore, Basso* | *e* | *Fondamento.* | *del Sign. J. S. Bach.* |« Dieser Composition, die nicht mit jener großen Bachschen Cantate gleichen Anfangs auf den 18. Trinitatis-Sonntag, welche mit einem mächtigen Choralchore beginnt, zu verwechseln ist, liegt ein von Neumeister auf Mariae Verkündigung gedichteter Text des vierten Jahrganges zu Grunde. Aber trotzdem, daß die Handschrift ausdrücklich Bach als Autor nennt, bin ich durchaus überzeugt, daß nicht er, sondern Telemann die Cantate componirt hat. Bach hatte sie sich vielleicht abgeschrieben, wie die Cantate »Machet die Thore weit«, von der Bachs eigenhändige Copie noch auf der königl. Bibliothek zu Berlin bewahrt wird; oder der Freund hatte sie ihm geschenkt, und durch ein Versehen ging sie unter Bachs eignem Namen weiter. Daß die Bachsche Flagge Telemannsches Gut deckte, davon wäre dies nicht das einzige Beispiel. Im Kataloge über den Nachlaß Philipp Emanuel Bachs ist eine doppelchörige Motette aus C dur: »Jauchzet dem Herrn alle Welt« als Sebastians Arbeit bezeichnet, und wird auch jetzt noch als solche aufgeführt, die Telemann gehört und nur deshalb Bach zugeschrieben wurde, weil irgend wer den gewaltigen Choralchor aus des letzteren Cantate »Gottlob nun geht das Jahr zu Ende« (B.-G. V, 1, Nr. 28) in die Mitte hineingeschoben hatte. Richtig ist es noch, was Fischhoff in dem einst ihm gehörigen Manuscript bemerkt, daß auf einer Handschrift des Wiener Conservatoriums als Autoren Bach und Telemann angegeben seien.

Aber dafür, daß Bach die Cantate zu Mariae Verkündigung nicht componirt haben kann, wäre der Nachweis wiederholter Vorkommnisse dieser Art garnicht einmal nöthig. Niemals hat er z. B. eine Cantate mit einem einfach vierstimmigen Chorale begonnen, wie es hier geschieht, und niemals eine Vocalfuge über ein Thema geschrieben, wie es hier dem Schlußsatze dient:

Auch die beiden Arien und das Recitativ sind kaum Bachisch zu nennen, jene haben eine zu flache Freundlichkeit, dieses ist zu ausschließlich declamatorisch. Wer aber sich mit Telemanns Compositionsweise etwas vertraut gemacht hat, wird seine Spuren überall leicht entdecken, besonders in dem angeführten Thema und in der Stimmführung des Chorals.

25. (S. 508.) Der einzige, welcher Bachs Reise nach Cassel erwähnt, ist Constantin Bellermann, einstmaliger Rector zu Minden, ein geborner Erfurter. Er veröffentlichte 1743 ein jetzt sehr selten gewordenes Programm, folgenden Titels: *»Programma | in quo | Parnassus | Musarum | voce, fidibus, tibiisque resonans, | sive | musices, artis divi- | nae, laudes, diversae species, singulares effectus, atque primarii auctores succincte, | praestantissimique melopoetae cum | laude enarrantur; | simul et illustres civitatis Mundae proceres, | summique patroni, bonarum artium | fautores, atque amici | ad audiendas quasdam orationes scholasticas, | submisso animi cultu, | debitaque reverentia, et humanitate | in Lyceum Mundense invitantur | a | Constantino Bellermanno, | P. L. C. et Rectore ibidem CIƆDCCXXXXIII | cum censura. |«* 4. 47 Seiten, wovon die königl. Bibliothek zu Berlin ein Exemplar aufbewahrt. Hier finden sich auf S. 39 folgende Bach betreffende Sätze: *»BACHIUS Lips.*[1] *profundae Musices auctor his modo commemoratis* [Mattheson, Keiser, Telemann] *non est inferior, qui, sicut HAENDELIUS apud ANGLOS, Lipsiae miraculum, quantum quidem ad Musicam attinet dici meretur, qui, si Viro placet, solo pedum ministerio, digitis aut nihil, aut aliud agentibus, tam mirificum, concitatum, celeremue in Organo ecclesiastico mouet vocum concentum, ut alii digitis hoc imitari deficere videantur. Princeps sane hereditarius Hassiae FRIDERICUS BACHIO tunc temporis, Organum, vt restitutum ad limam vocaret CASSELLAS Lipsia accersito eademue facilitate pedibus veluti alatis transtra haec, vocum gravitate reboantia, fulgurisque in morem aures praesentium terebrantia, percurrente, adeo Virum cum stupore est ad-*

---

[1] Der Strich unter einem Worte deutet Cursivschrift des Originals an.

miratus, ut annulum gemma distinctum, digitoque suo detractum, finito hoc musico fragore ei dono daret. Quod munus, si pedum agilitas meruit, quid quaeso daturus fuisset Princeps (cui soli tunc hanc gratiam faciebat,) si et manus in subsidium vocasset.« Wie man sieht, soll nach dieser Erzählung Bach von Leipzig aus nach Cassel gegangen sein. Allein hier muß sich Bellermann nothwendigerweise geirrt haben, denn es ist keine Zeit denkbar, wo dies geschehen sein könnte. Der Erbprinz Friedrich war seit dem Ende des Jahres 1714, wo er sich über Stralsund nach Stockholm begab, um dort im Jahre 1715 mit Ulrike Eleonore, der Schwester Karls XII. von Schweden, seine zweite Ehe zu schließen, von Deutschland abwesend bis zum Jahre 1731, wo er als Landgraf in Hessen einzog, nachdem sein Vater ein Jahr vorher gestorben war. Er kehrte aber alsbald in sein Königreich Schweden zurück und ließ Hessen durch seinen Bruder verwalten. Ob er späterhin noch einmal wieder nach Deutschland gekommen ist, was immer nur ganz vorübergehend gewesen sein könnte, darüber kann ich nichts angeben. Es ist aber auch ganz gleichgültig, da Bellermann, dem die Geschichte von den Erfurter Verwandten, vielleicht von Bach selbst, der zuweilen nach Erfurt kam, erzählt sein muß, den König und Landgrafen Friedrich mit dem Erbprinzen Friedrich keinesfalls verwechselt haben würde. Nur vor den letzten Monaten des Jahres 1714 also kann Bach in Cassel gewesen sein. Der Erbprinz war im spanischen Erbfolgekriege commandirender General und deshalb bis zum Utrechter Frieden 1713 meist außer Landes. Doch pflegte er zur Winterzeit sich in Hessen aufzuhalten, man kann also nicht mit Sicherheit schließen, daß Bachs Casseler Reise nur in die Jahre 1713—1714 gefallen sein könne. War es die Orgel der Hofkirche, welche renovirt worden, so ist auch nach dieser Seite für eine genauere Bestimmung kein Anhalt zu gewinnen, denn in den Acten des Staatsarchivs, auf die sich alle meine Mittheilungen stützen, war von einem solchen Ereigniß keine Spur mehr zu finden. Möglicherweise ist jedoch auch eine andre gemeint. Bellermanns Irrthum konnte leicht entstehen: man bedenke nur, daß Sebastian Bach in den späteren Decennien seines Lebens immer kurzweg der Leipziger Bach hieß; Fernerstehende konnten es leicht vergessen, daß er in jüngern Jahren auch in Weimar gewesen war, wenn sie es überhaupt gewußt hatten. Uebrigens wird Bellermanns Erzählung erwähnt von Adlung, Anleit. zur mus. Gel. S. 690, Anmerk. i.

26. (S. 516.) Bei der Untersuchung der Acten ist Chrysander ein folgenschwerer Irrthum begegnet; er hat die Orgeldisposition als eine von Bach eigenhändig geschriebene angesehen und daraus die zum Theil naheliegenden Schlüsse gezogen, Bach habe die Disposition selbst gemacht, sie stelle sein damaliges Ideal einer Orgel dar, er sei mit Cuncius nahe befreundet gewesen, von diesem zur Reise nach Halle und zur Bewerbung um den Dienst veranlasst, auch durch dessen Vermittlung zur Orgelprüfung zugezogen. Bach schrieb aber die Disposition nicht; sie wird von irgend einem Copisten nach Cuncius' Entwurfe angefertigt sein, Cuncius unter-

zeichnete sie. Schon die groben orthographischen Schnitzer darin, wie *Sexqualtera*, *Tre Verss*, *Flöte douss*, mußten stutzig machen bei einem Manne, der des Lateinischen recht wohl, und des Französischen wenigstens nothdürftig kundig war (man vergleiche seine Mühlhäuser Disposition). Der ganze Sachverhalt erscheint danach in einem falschen Lichte; auch sonst ist die Beleuchtung, in welche Chrysander Bach in dieser Angelegenheit zu bringen sucht, eine unbegründet ungünstige. — Ich benutze diesen Ort, um Herrn Musikalienhändler Karmrodt in Halle, der, als meine eigene Collation der Acten mir bei der Ausarbeitung nicht überall hinreichend erschien, diese nochmals der sorgfältigsten Prüfung unterworfen hat, meinen freundlichsten Dank zu sagen.

27. (S. 525, 548, 554.) Der erste selbständige Jahrgang Franckscher Cantatentexte, dessen völliger Titel vorn unter Anmerk. 16 mitgetheilt ist, trägt hier die Jahresangabe 1715 und unter der Zueignungsschrift an den Herzog das genauere Datum des 4. Juni 1715. Er beginnt mit dem ersten Advent und schließt mit dem 27. Trinitatis-Sonntage, ein Anhang enthält noch fünf Cantaten zu besondern Bestimmungen. Man könnte nun zweifelnd sein zwischen den Kirchenjahren 1714—1715 und 1715—1716. Aber wir besitzen zum 4. Advents- und 4. Trinitatis-Sonntage die autographen, Bachschen Partituren, und beide tragen die Jahreszahl 1715. Es kann also unmöglich die Reihe der Aufführungen mit der Adventszeit begonnen haben. Es kann aber auch nicht später als mit dem Sonntage *Cantate* des Jahres 1715 der Anfang gemacht sein. Denn von diesem Sonntage an bis einschließlich Mariae Heimsuchung haben sich (jetzt auf der großherzoglichen Bibliothek zu Weimar) die Separatdrucke erhalten — jedesmal zwei schmale Octavblättchen, deren erste Seite dem Titel dient —, die mit aller nur wünschenswerthen Bestimmtheit das Datum der Aufführung angeben. Der *Cantate*-Text z. B. trägt folgende Bezeichnung: »*CANTATA* | Auf den Sonntag CANTA- | TE 1715. in der Fürstl. | Sächsischen Hof-Capelle zur | Wilhelms-Burg zu *mu-* | *siciren.* | « Zur weiteren Orientirung dient eine Notiz in den Gesammt-Kammerrechnungen von Michaelis 1714—1715, wo es unter dem Titel »Drucksachen« heißt: »13 fl. 15 ggr. vor 6 Ries Schreib und 12 Ries Druckpapier zu den Kirchen Cantaten. 9 Juli 1715.« Hierdurch wird bewiesen, daß nicht lange vorher, jedenfalls im zweiten Jahresquartal, der Buchdrucker Mumbach sich auf herzogliche Anweisung Papier von einem Händler liefern ließ, der darüber am 1. Juli Rechnung einreichte, welche am 9. durch die herzogliche Kasse ausgeglichen wurde. (Die Menge des Papiers erklärt sich aus der Anfertigung der Einzeldrucke, welche für jeden Sonntag unter die Kirchenbesucher zum Nachlesen vertheilt wurden.) Auch das Datum der Widmung weist in das zweite Jahresquartal, denn Franck konnte doch unmöglich seinem Herzog etwas dediciren, was schon lange in dessen Hofcapelle im Gebrauche gewesen war; dagegen ist es ganz begreiflich, daß der Gesammtdruck einige Wochen später fertig wurde, als die für das Bedürfniß der Gemeinde zunächst zu besorgenden Einzeldrucke.

Begann nun der Jahrgang factisch mit dem Sonntage *Cantate*? Ich glaube es nicht. Ostern fiel auf den 21. April, und es wäre allzu auffällig, wenn man nicht irgend einen Festtag gewählt hätte, die neue Einrichtung ins Leben treten zu lassen. So wird denn der Jahrgang von Ostern 1715 bis Ostern 1716 sich erstreckt haben. Hierdurch erklärt sich nun auch die sonst auffallende Thatsache, daß es für das Kirchenjahr 1715—1716 keinen Cantaten-Jahrgang giebt, während sie für 1716 bis 1717 und 1717—1718 wieder vorhanden sind. In die Zwischenzeit fiel dann die Pfingstcantate »Wer mich liebet« nach Neumeisters Text, und auch sonst wird man sich beholfen und in der festlosen Zeit überhaupt wohl nicht regelmäßig Musik gemacht haben. Die Frage, ob Franck schon vorher, etwa für 1714 auf 1715 einen Jahrgang Cantaten in Neumeisters Weise für die Hofkirche geschrieben habe, muß man mit Hinblick auf die dem »Evangelischen Andachts-Opffer« vorgedruckte Zueignung an Wilhelm Ernst verneinen. Schon daß er überhaupt dies Werk dem Fürsten dedicirte, was er bei den folgenden beiden Jahrgängen unterließ, deutet auf ein erstes in seiner Art. Er hätte freilich ein früheres, etwa verloren gegangenes ihm auch gewidmet haben können. Aber dann konnte er es kaum umgehen sich darauf zu beziehen und nicht wie jetzt ganz einfach schreiben: »Eu. Hoch-Fürstl. Durchl. geruhen diesemnach gnädigst zu erlauben, daß gegenwärtige zu GOttes Ehre und Ermunterung heiliger Andacht auf Dero Christ-Fürstliche gnädigste Verordnung in Christlicher Einfallt von meiner Wenigkeit verfertigte Evangelische *Cantate*n Deroselben in tieffster *Submission dedici*re und zuschreibe.« Auch daß in den Kammerrechnungen der vorhergehenden Jahre keine Spur ähnlicher Ausgaben für Druck- und Schreibpapier zu finden ist, verdient Beachtung. Das jedoch ersieht man ebenfalls aus der Zueignungsschrift, daß der Herzog schon vorher sich lebhaft für die Beschaffenheit der Musik in der Schloßkirche interessirt hatte. Unmittelbar vorher sagt nämlich Franck, nachdem er die vielen Verdienste Wilhelm Ernsts gepriesen hat: »Unter denen in Dero Fürstlichen Hof-Kirche angerichteten schönen GOttes-Diensten des HErrn ist auch die *devote* und Hertz-erquickende *Music*, als ein Vorschmack der himmlischen Freude, eines unsterblichen Lobes würdig.« Der Haupttheil dieses Lobes gebührt wohl Bach; bei Francks poetischer Gabe aber wäre es merkwürdig, wenn er sich nicht auch früher schon auf Wunsch des Herzogs mit dem Tonmeister zu gemeinsamer Arbeit vereinigt hätte. Wir werden uns an den Gedanken gewöhnen müssen, daß hier manche Verluste zu beklagen sind. So ging z. B. am 6. Nov. 1713 die Einweihung der neu erbauten Jakobskirche zu Weimar mit großartiger Feierlichkeit vor sich. Ein ausführliches Programm in Folio wurde dazu gedruckt, es befindet sich noch im Archiv zu Weimar und enthält auch den vollständigen Text der eigens zu diesem Zwecke componirten Cantate. Der Text, beginnend mit einem Chor:

> »Hilff, laß alles wohl gelingen,
> Hilff! Herr GOtt wir loben dich,« u. s. w.

und in der vorn beschriebenen mittleren Cantaten-Form gehalten, muß schon aus diesem Grunde Francks Werk sein, verräth sich als solches aber auch durch die jenem eigenthümlichen Wendungen. Wie wahrscheinlich ist es unter den damaligen Verhältnissen, daß Bach die Musik dazu setzte!

Aber zwei werthvolle Cantaten aus der Zeit vor dem 21. April 1715 sind uns erhalten: »Ich hatte viel Bekümmerniß« auf den dritten Trinitatis-Sonntag, und »Himmelskönig, sei willkommen« auf Palmarum. Nur die erstere trägt die Jahreszahl 1714, nichtsdestoweniger ist nachzuweisen, daß auch die zweite um jene Zeit componirt wurde. Die Texte finden sich in keiner der Franckschen Gedichtsammlungen, aber von Franck sind sie dennoch. Schon die Versmaße beweisen das. Er liebt kurze Reimzeilen und eine auffällige Verbindung derselben mit längeren, wie in der Trinitatis-Cantate:

> Seufzer, Thränen,
> Kummer, Noth,
> Aengstlichs Sehnen,
> Furcht und Tod u. s. w.

oder später:

> Komm, mein Jesu, und erquicke
> Und erfreu mit deinem Blicek
> Diese Seele,
> Die soll sterben,
> Und in ihrer Unglückshöhle
> Ganz verderben.

Oder in der Dichtung auf Palmarum:

> Himmelskönig, sei willkommen,
> Laß auch uns dein Zion sein!
> Komm herein,
> Du hast uns das Herz genommen,
> Himmelskönig, sei willkommen.

Parallelstellen dazu bieten besonders die Cantaten des 2. Theils der »Geist- und weltlichen Poesieen« in großer Menge. Ich führe nur zwei an:

> Bleib! denn es will Abend werden!
> Höchstes Licht!
> Laß uns nicht!
> Weyde doch die kleine Heerden!
> Bleib! denn es will Abend werden! (S. 153.)

und:

> Komm! mein Liebster! laß dich küssen!
> Komm! mein auserwehltes Licht,
> Säume nicht!
> Komm! mein Leyden zu versüssen! (S. 154.)

Auch Strophen aus je vier tribrachyschen Tetrapodien, deren erste zwei einen weiblichen und deren letzte beide einen männlichen Ausgang haben, wie solche der letzten Arie in »Ich hatte viel Bekümmerniß« zu Grunde liegen:

> Erfreue dich Seele, erfreue dich Herze,
> Entweiche nun Kummer, verschwinde du Schmerze,
> Verwandle dich Weinen in lauteren Wein,
> Es wird nun mein Aechzen ein Jauchzen nur sein.

wendet Franck gern an z. B. Geist- und weltl. Poesien II, 138. Die künstlichen Reimverschlingungen des ersten Recitativs derselben Cantate:

3   4   5   6   7   8 und sodann 9   10   11   12   13   14

finden sich ebenfalls besonders in den Geist- und weltlichen Poesien, während in dem »Evangelischen Andachts-Opffer« diese für die Musik ganz überflüssige Spielerei verständigerweise beschränkt ist. Eine vornehmliche Neigung hat Franck für Duette zwischen der Seele und Jesus, es stehen solche Geist- und weltl. P. II, 146. 151 ff. Evang. And. 21. 192. 204. 207, Evangelische Sonn- und Festtags-Andachten 5 f. Auf Seite 152 der ersten Sammlung ist auch die metrische Anordnung ganz dieselbe, wie in dem Zwiegesang der Trinitatis-Cantate. In einzelnen Ausdrücken herrscht gleichfalls große Uebereinstimmung. Franck gebraucht ungemein häufig den Ausdruck: Gnadenblicke, der in dem erwähnten Duette Jesu in den Mund gelegt ist; singt daselbst die Seele:

Ich muß stets in Kummer schweben

so lesen wir Geist- und weltl. P. II, 135:

Hertz und Seele, Geist und Sinn
Sollen stets bey JEsu schweben!

ebenda S. 155:

Muß ich noch im Fleische leben,
Soll mein Hertz doch um dich schweben.

In der oben angeführten tetrapodischen Strophe bemerkt man eine antithetische Spielerei zwischen »Weinen« und »Wein«, zugleich mit einer Anspielung auf Christi Wunder bei der Hochzeit zu Cana, wo er Wasser in Wein verwandelt. Man vergleiche dazu Geist- und weltl. P. I, 116:

Liebste Seele, dencke nicht,
Als ob GOtt von dir geschieden,
Wenn der Freuden-Wein gebricht.

Evangel. And. S. 7:

Schmach und Schande
Wird der Frommen Crone sein,
Ihre Thränen, Freuden-Wein!

ebenda S. 33:

Das Thränen-Maaß wird stets voll eingeschencket,
Der Freuden-Wein gebricht.

Die Leiden des Lebens werden, wie in der zweiten Arie der Cantate, oftmals durch Bilder vom Meere versinnlicht; einmal (Geist- u. weltl. P. II, 142) findet sich sogar der Ausdruck: »aus Wellen der Bekümmernißen«. Im ersten Recitativ findet sich der unreine Reim »worden — Orten«, veranlaßt durch die weiche thüringische Aussprache des t. Franck reimt sehr häufig »binden, finden« und ähnliche Wörter mit »dahinden« d. i. dahinten. Die Cantate »Himmelskönig, sei willkommen« erweist sich als Francksche Dichtung hinreichend auch schon durch die Anordnung ihrer Theile, nämlich:

Chor, Bibelspruch (als Arioso), Arie, Arie, Arie, Choral, Schlußchor. Daß
die Anreihung mehrer Arien verschiedenen Versmaßes · ohne zwischengeschobene Recitative eine Francksche Eigenthümlichkeit sei und, soweit
sich erkennen läßt, nur bei ihm vorkomme, habe ich schon gesagt. Und
auch die Eigenheit findet sich anderwärts bei ihm, auf einen Choralchor
noch einen freien Chor folgen zu lassen, vrgl. Geist- u. weltl. P. II, S. 192;
Evang. And. S. 202 (derselbe Text). Ueberhaupt aber entscheidet mit
eben so großem Gewicht für die Autorschaft Francks bei diesen zwei Texten die allgemeine Haltung und die Gedankensphäre, in der sie sich bewegen. Die hier bestehende Uebereinstimmung läßt sich nicht entwickeln,
sondern nur als Totaleindruck empfinden. Da ist sie aber auch so einleuchtend, daß ich es getrost einem jeden selbst überlassen darf, zu prüfen.
Sollte es hiernach nun jemandem auffallend sein, daß die Texte sich nicht
in dem zweiten Theile der Geist- und weltl. Poesien gedruckt finden, so
zwingt nichts zu der Annahme, der Dichter habe in ihn seine sämmtlichen
noch unveröffentlichten Poesien aufgenommen. Daß er schon bei dem ersten
Theile nur auswählend verfuhr, bezeugt ausdrücklich Lorbeer unter seinem
vorgedruckten Lobgedichte, warum sollte er es bei dem zweiten Theile
nicht ebenso gemacht haben? Wir werden später noch andere Gedichte
als Francksche erkennen müssen, die ebenfalls, soviel bekannt geworden,
nicht veröffentlicht sind. Vielleicht gefielen ihm die Texte nicht mehr, vielleicht hatte er sie auch grade nicht bei der Hand; wie leicht konnten sich
doch solche Blättchen verzetteln!

Die Entstehungszeit der Cantate »Ich hatte viel Bekümmerniß« kennen
wir durch Bachs eigenhändige Notiz, denn etwas andres, als die Entstehungszeit dürfte nach Bachscher Praxis das Datum auf dem Umschlage
der Stimmen nicht bedeuten. Die Cantate kann also nicht wohl, wie
vermuthet worden ist (Chrysander, Händel I, S. 22), die im Herbst
1713 für Halle componirte sein. Sie kann es zumal dann nicht, wenn
Franck den Text verfaßte, denn Bach componirte das Probestück in Halle
ganz unvorhergesehen und sicherlich auf Worte, die ihm dort unterbreitet
wurden. Jene Vermuthung bildete sich wohl zum Theil nur deshalb, weil
man früher von Bachs reicher Thätigkeit als Cantatencomponist in jener
Zeit noch keine Kunde hatte. Die Entstehungszeit der Cantate »Himmelskönig, sei willkommen« haben wir zu combiniren. In Weimar ist sie geschrieben; dies läßt sich aufs sicherste aus der Beschaffenheit eines Theiles
des Originalmanuscripts beweisen. Die königl. Bibliothek zu Berlin besitzt
im Autograph die Partitur und je eine Flöten- und Violinstimme, die übrigen
Stimmen hat Bach von Copisten schreiben lassen. Unter der Gesammtmasse
der Stimmen nun ist ein kleiner Theil, der in Weimar geschrieben wurde,
nämlich außer den beiden autographen Stimmen je ein Sopran, Alt, Tenor
und Bass, und zwar ergiebt sich dies aus dem Wasserzeichen des Papiers.
Wir kennen zu der Advents-Cantate »Bereitet die Wege, bereitet die Bahn«
durch Bachs eigne Handschrift das Jahr 1715 als Entstehungszeit. Das
Papier derselben hat ein sehr scharf hervortretendes Wasserzeichen, gleichsam ein M, an dessen rechtem Grundstriche zwei schräg in die Höhe ge-

gerichtete Arme befindlich sind, ungefähr in dieser Form:

Dies Zeichen findet sich ferner im Papier des Autographs zur Cantate »Mein Gott, wie lang, ach lange« aus Francks »Evangelischem Andachts-Opffer«, wo sich auf der andern Seite des Bogens noch eine nicht minder deutliche Figur hinzugesellt: eine zweizinkige Gabel, welche auf einem Halbrund steht: Weiter sind dieselben beiden Zeichen in der Cantate »Nur jedem das Seine« erkennbar, und diese stammt gleichfalls aus dem Evangelischen Andachtsopfer; auch die Farbe des Papiers stimmt überein. Und endlich treten sie selbst in einem Autograph Walthers hervor, der ja immer in Weimar lebte, einer Copie von zwei Frobergerschen Toccaten, die sich auf der Bibl. des königl. Instituts für Kirchenmusik in Berlin befindet. Es steht also fest, daß ein so gezeichnetes Papier in Weimar damals gebraucht wurde. Ich habe alle Bachschen Autographe, die mir durch die Hand gegangen sind, auf ihre Wasserzeichen untersucht und mich überzeugt, daß dasselbe Papier weder in Cöthen noch Leipzig — und auf diese beiden Orte kann es hier allein ankommen — im Gebrauch war. Wo ich es nur entdeckte, deuteten sofort auch andre Zeichen auf Weimar, und in allen Autographen, die theils nachgewiesenermaßen zu Leipzig geschrieben waren, theils durch Schriftzüge und Inhalt deutlich auf diesen Ort zeigten, sind die Wasserzeichen ganz andrer Art. Sehr häufig findet man hier einen Halbmond, oder die Buchstaben MA, nicht selten eine füllhorn- oder körbchenartige Figur mit breitem Oberrande, dessen Fläche durch allerhand Striche und Züge geziert ist, die auf das erste Hinblicken fast wie Buchstaben aussehen; von diesem Oberrande laufen geschwungene Linien nach unten spitz zu. Zuweilen findet sich auch ein Hirsch, oder ein einfacher Adler, anderer Signaturen nicht zu gedenken. Der oben specificirte kleinere Theil der Stimmen also enthält jene ausschließlich weimarischen Wasserzeichen in sprechender Deutlichkeit, und hiermit ist die Entstehung der Cantate in Weimar entschieden. Man kann aber aus der Beschaffenheit des übrigen Manuscripttheiles sehr wohl die weiteren Schicksale der Composition herauslesen. Die andre, größere Partie der Stimmen ist von der Hand eines Copisten geschrieben, dessen sich Bach in Leipzig sehr häufig zu bedienen pflegte, auch zeigen die Wasserzeichen: Halbmond, MA und Füllhorn ihre Herkunft an; zu ihnen gehört ein eigner Umschlag. Die autographe Partitur endlich wird durch das Zeichen des Füllhorns ebenfalls nach Leipzig verwiesen (auf den ersten Blättern der beiden Anfangsbogen steht statt dessen ein ziemlich großes W), aber die reizend sorgfältige Schrift, die fast durchweg mit Lineal gezogenen Taktstriche, die beinahe gänzliche Abwesenheit aller Aenderungen und Correcturen, endlich das Fehlen des *J. J.* am Anfange und des *S. D. G.* am Schluß lassen für jeden, der Entwürfe Bachscher Partituren kennt, die vorliegende als eine Abschrift erscheinen. Das Werk war also in Weimar componirt und aufgeführt, in Leipzig suchte es später der Meister wieder hervor, ließ die Zahl der Stimmen den Verhältnissen entsprechend vermehren und schrieb die Partitur des ihm offenbar lieben Werkes ins Reine. Auch in den beiden autographen Stimmen ist der letzte Chor im $^6/_8$ Takt von Bach mit seinen Leipziger Schriftzügen hinzugesetzt; wahrscheinlich hatte er ihn zu Anfang anders instrumentirt.

Ist die Cantate in Weimar componirt, so frägt sich nur noch, in welchem Jahre? Nach dem Osterfeste von 1715 kann es nicht gewesen sein, da von hier ab die Franckschen vollständigen Jahrgänge vorliegen, ebensowenig aber wohl vor 1712, da schon der Text allein die Bekanntschaft mit Neumeisters Cantaten nothwendig voraussetzt, und diese vor 1712 nicht von Eisenach nach Weimar gekommen sein werden. Die große Aehnlichkeit in der Gestaltung aber, die sie mit der Cantate »Ich hatte viel Bekümmerniß« zeigt, rückt sie ganz nahe an diese heran. Gemeinsam ist beiden eine nach gleichem Princip gebildete Symphonie, gemeinsam eine breite, beide Male gleich vortreffliche Choralbearbeitung, die auch hier wie dort ungefähr an derselben Stelle steht. In der Fugirung der andern Chöre findet sich manches Uebereinstimmende. Beide Cantaten enthalten drei Arien, deren je eine mit bloßem Continuo, mit einem concertirenden Soloinstrumente und mit Streichquartett begleitet wird. Es ist also anzunehmen, daß sie entweder am 25. März 1714 oder am 14. April 1715 zuerst aufgeführt wurde.

, 28. (S. 534.) Bach hat außerdem aus dem »Evangelischen Andachts-Opffer« noch componirt die Texte zum Trinitatisfeste (»O heilges Geist- und Wasser-Bad«), zum 9. Sonntage nach Trinitatis (»Thue Rechnung! Donnerwort, das die Felsen selbst zerspaltet«), zum 13. Sonntage nach Trinitatis (»Ihr, die ihr euch von Christo nennet« und zum 3. Sonntage nach Epiphanias (»Alles nur nach Gottes Willen«, B.-G. XVIII, Nr. 72). Von der ersten Cantate ist die autographe Partitur auf der Amalien-Bibliothek des Joachimsthaler Gymnasiums zu Berlin (Nr. 105), die autographen Partituren der übrigen sind auf der königl. Bibliothek daselbst, zu den letzten beiden werden dort auch die theilweise autographen Stimmen aufbewahrt. Alle vier Cantaten sind nicht in Weimar componirt; ihre breiten und tiefsinnigen Formen weisen auf Leipzig. Aeußere Zeichen weisen ebenfalls dahin, bei der ersten das Papier mit dem Halbmonde als Wasserzeichen und eine besondere Zierlichkeit der Handschrift, welche in mehren späteren Cantaten hervortritt, z. B. in »O ewiges Feuer, o Ursprung der Liebe« und »Weinen, Klagen, Sorgen, Zagen«, auch in der zu Leipzig gemachten Abschrift von »Himmelskönig, sei willkommen«. Für die zweite ist der Gebrauch der Oboe d'amore entscheidend, da man dieses Instrument in Weimar zu Bachs Zeiten nicht kannte, wie Walther (im Lexicon u. d. W.) bezeugt, außerdem aber auch die flüchtige an Correcturen reiche Schrift, mit der Bach den größten Theil seiner Leipziger Cantaten aufzuzeichnen pflegte. Dasselbe Anzeichen gilt auch für die letzten beiden Cantaten. Daß der Meister unter Umständen zu alten Texten zurückgriff, sahen wir schon bei einigen Neumeisterschen Poesien. Bei Francks Gedichten, die er besonders liebte, ist es sehr leicht begreiflich.

29. (S. 550.) Ueber die Beschaffenheit des Autographs ist unter Nr. 27 näheres gesagt. Hier muß noch hinzugefügt werden, daß es nicht ganz vollständig erhalten ist, der Schlußchoral fehlt. Nach Ausweis des gedruckten Textes war es von dem Liede »Herr Christ, der ein'ge Gotts-Sohn« die fünfte Strophe: »Ertödt uns durch dein Güte« u. s. w. Da der jetzige Bestand des Autographs drei Bogen ausmacht, so daß auf der letzten Seite nur noch zwei Liniensysteme frei sind, so wird der Choral auf ein besonderes Blatt geschrieben gewesen sein. Sein wirkliches dereinstiges Vorhandensein aber bezeugt der Umstand, daß hinter der Arie das endübliche *S. D. G.* fehlt. Als Ergänzung ließe sich der Schlußchoral aus »Jesus nahm zu sich die Zwölfe« (B.-G. V, 1, Nr. 22) verwenden oder der einfach vierstimmige Satz bei Erk I, 47, beide nach A dur transponirt.

30. (S. 556.) In einem Katalog geschriebener Musikwerke der Verlagshandlung Breitkopf und Härtel in Leipzig vom Jahre 1761 wird die Cantate »Alles was von Gott geboren« mit dem Sonntage ihrer Bestimmung und der Vocal- und Instrumental-Besetzung ganz genau und richtig aufgeführt. Die nach Winterfelds Vorgange (Ev. K. III, 328) weit verbreitete Meinung, Bach habe die Cantate »Ein feste Burg« zur Reformations-Jubelfeier des Jahres 1717 geschrieben, ist ein vollständiger Irrthum. Verarbeitungen und Benutzungen früherer Compositionen kommen bei Bach nur in seinen späteren Jahren vor. Daß er in Weimar zu einer so feierlichen Gelegenheit auf ein nur zwei Jahre vorher geliefertes Werk zurückgegriffen hätte, ist ganz undenkbar, auch wenn nicht in den gedruckten Festinformationen (auf dem Archiv zu Weimar) ausdrücklich von einem »neucomponirten Stücke« die Rede wäre. Auch Franck, der für die Jahre 1716 — 1718 zwei neue Jahrgänge Kirchencantaten schrieb, würde eine Aufwärmung der älteren Dichtung zu diesem Zwecke nicht zugelassen haben. Endlich, und dies ist nicht das wenigst Entscheidende, lag eine Leistung wie der Einleitungschor ohne allen Zweifel noch außer Bachs damaligem Vermögen. Der Choralchor in seiner ganzen Fülle und Gewaltigkeit ist in folgerichtiger Entwicklung die letzte und höchste Blüthe von Bachs Künstlerschaft, und einen riesigeren als den gemeinten hat er nie geschrieben. Wann die Erweiterung der weimarischen Cantate geschehen ist, läßt sich vorläufig nicht mit Sicherheit bestimmen. Ich denke an das Reformationsfest im Jahre 1730. Im Juni hatte die zweihundertjährige Jubelfeier der Uebergabe der augsburgschen Confession stattgefunden, zu der Bach drei Cantaten gesetzt hatte. Es war natürlich, daß man auch das Reformationsfest dieses Mal mit größerem Glanze feierte, eben so aber, daß Bach durch die vielen Festcompositionen ermüdet war und keine Lust hatte, etwas durchaus neues zu schaffen. Außerdem befand er sich grade in jenen Monaten in einer sehr niedergedrückten und mißmuthigen Stimmung. Von den Aenderungen, die er bei dieser Gelegenheit mit dem alten Materiale vornahm, läßt sich eine noch deutlich erkennen: die nach Buxtehudescher Weise colorirte Choralmelodie der ersten Arie war ursprünglich nur den Instrumenten (vermuthlich der Oboe und Orgel) zugetheilt, wie das Bach

in dem ganzen Jahrgange zu thun liebte. Die untergelegten Worte der zweiten Strophe hatte Franck zum Schlußgesange bestimmt, und da werden sie auch in Bachs Composition zuerst gestanden haben. Bei der Erweiterung lag ihm daran, alle vier Strophen zur Geltung zu bringen; er gab deshalb dem Schlußchorale die vierte, der ersten Arie die zweite und schuf für die erste und dritte neue Chorsätze hinzu. Man sieht ja auch gleich, daß die Singstimme nur die vereinfachte Oboenstimme ist, und ihr zu Liebe manches charakteristische unterdrückt werden mußte, z. B. der echt Buxtehudesche Einsatz mit der aufwärts rollenden Tonleiter Takt 23; nur bei ein paar Schlußcadenzen hat er ihr etwas besonderes zu thun gegeben. Schwerlich von ihm selbst herstammend ist aber eine Textabänderung am Beginn des Duetts, wo es statt der Originalworte: »Wie selig ist der Leib, der, Jesu, dich getragen; doch selger ist das Herz, das dich im Glauben trägt«, jetzt heißt: »Wie selig sind doch die, die Gott im Munde tragen, doch selger ist das Herz, das ihn im Glauben trägt«. Dies giebt eigentlich gar keinen Sinn, und tilgt jedenfalls grade die Vorstellung, welche das Wesen der Composition bestimmte. Ein entscheidendes Autograph fehlt; es könnte jemand diese Aenderung aus kleinlicher Pruderie vorgenommen haben. Auch noch an andern Stellen enthält der Text falsche Lesarten: in der ersten Arie muß es heißen: »siegt in Christo für und für«, im ersten Recitativ: »womit er dich zum Kriege u. s. w. geworben hat«; im letzten Recitative heißt es bei Franck nur: »dein Heiland bleibt dein Hort«, doch mag hier die Abwechslung mit »Heil«, der mehrfachen Wiederholungen wegen, von Bach gewollt sein.

31. (S. 558.) Die Dichtung steht in dem Anhange des zweiten Theils der Geist- und weltlichen Poesien (S. 436 — 440) und hat hier folgende Ueberschrift: »*Diana*, *Endymion*, *Pan* und *Pales*, | Am | Hoch-Fürstl. Gebuhrts-*Festin* | Herrn | Herrn Hertzog Christians | zu Sachsen-Weissenfels | nach gehaltenem Kampff-Jagen im Fürstl. | Jäger-Hofe bey einer Tafel-*Music* | aufgeführet.« | Das Datum findet sich nicht dabei, läßt sich aber herausrechnen. Die Anordnung der Gelegenheitsgedichte auf hohe Personen ist chronologisch. S. 235 steht eine Gratulations-Cantate auf Wilhelm Ernst zu Neujahr 1714, vorher gehen Festgedichte auf die Einweihung der Jakobskirche, welche am 6. Nov. 1713 stattfand, diesen vorher wieder eine Neujahrs-Cantate, also 1713. Einen Anhang zu den »Ehren-Gedichten« zu geben, beschloß Franck offenbar erst während des Druckes, als sich herausstellte, daß noch Raum blieb. Hier stehen zuerst zwei Geburtstags-Cantaten auf Wilhelm Ernst, also October 1714 und 1715, darauf die Weißenfelser Geburtstags-Cantate, Februar 1716. Erschienen ist das Buch ebenfalls 1716, also ein späterer Termin ist nicht möglich. Ein früherer wäre allenfalls mit Rücksicht darauf annehmbar, daß Franck den Gedichten auf seinen Herzog den Vorrang in der Ordnung gegönnt hätte. Aber für das Jahr 1716 entscheiden die mehrfachen, auffälligen Anklänge an die grade in jener Zeit componirten Kirchencantaten. Die Anfangsarie der Diana erinnert in Takt 19 und 20 an gewisse Stellen der D moll-Arie

der Cantate auf den 20. Trinitatis-Sonntag; der Bass in der zweiten Arie der Pales sehr an das Duett derselben Cantate. Der Schluß auf der Unterdominante in der Arie der Diana (Takt 27) mit der Rückwendung in die Haupttonart mahnt an die ganz gleiche Stelle in der Anfangsarie der Cantate »Bereitet die Wege«, endlich die erste Arie der Pales an die G dur - Arie der Cantate »Tritt auf die Glaubensbahn«. Auch deshalb paßt das Jahr 1716 als Zeit der Composition besser, weil so die Erinnerung an sie bei Umarbeitung der Pfingstcantate von 1716 im Jahre 1731 näher lag (vrgl. diesen Anhang Nr. 23).

32. (S. 561.) Die »Evangelischen Sonn- und Festtags-Andachten« datiren von 1717. Daß dies nicht so zu verstehen ist, als bezögen sie sich auf das Kirchenjahr 1717 — 1718, liegt auf der Hand. Zuerst wurden die Einzeldrucke angefertigt (deren sich übrigens keine erhalten haben), da nun dieses erst gegen Ende des bürgerlichen Jahres geschah, so war es kaum möglich, auch den Gesammtdruck noch in demselben Jahre herzustellen, besonders wenn er eine sorgfältige und hübsche Ausstattung erfuhr, wie es hier der Fall war. Ueberdies aber befand sich Bach im December 1717 garnicht mehr in Weimar. Keine der aus diesem Jahrgange componirten Cantaten besitzen wir noch in ihrer ersten Gestalt, wir kennen sie nur in späteren Leipziger Ueberarbeitungen, die sich zunächst durch Einschiebung von Recitativen und Chorälen, sowie durch Theilung in zwei Hälften kenntlich machen. Franck hat in den »Evangelischen Andachten« keine Recitative angewendet; ausnahmslos beginnt er mit einem selbstgedichteten Chortext, läßt drei, meistens vier Arien verschiedenen Versmaßes folgen und schließt mit einem Choral. Er hat deshalb diese Dichtungen auch nicht Cantaten sondern geistliche Arien genannt. Daß aber wirklich Ueberarbeitungen vorliegen, läßt sich klar beweisen. Für die Cantate zum zweiten Advents-Sonntage »Wachet, betet, seid bereit« bin ich der Mühe überhoben, da der geübte Scharfblick ihres Herausgebers das Richtige bereits gefunden hat, ohne auf die Entstehungszeit des Textes gestützt zu sein (s. B.-G. XVI, Vorwort S. XX). Die Einschiebungen bestehen hier in den Recitativen S. 343, 349, 354, 360 und dem Choral S. 354. Der vergrößerte Umfang führte von selbst die Zweitheilung herbei, außerdem wurde die Cantate nun für den 26. Trinitatis-Sonntag bestimmt. Andre Aenderungen sind nicht erkennbar. Früher erwähnte ich einmal eines Cantaten-Jahrgangs des weimarischen Cantors Johann Sebastian Brunner (vom Jahre 1748), der darin die Dichtungen älterer Landsleute in seltsamer Weise benutzt habe (s. Nr. 12). Auch an den Text dieser Cantate hat er sich gemacht, und seine einzelnen Theile mit wahrer Virtuosität durch einander geschoben, wobei es ihm auf etwas gelegentlichen Unsinn nicht ankam. Hier ein Stück aus diesem *Cento Franckianus* als Probe:

»Aria Choro:

Wacht auf! ihr Seelen wachet!
Steht auf vom Schlaff der Sicherheit,
Und gläubt, es ist die letzte Zeit,

Da GOtt, der HErr der Herrlichkeit,
Der Welt ein Ende machet.

Duetto.

Lasset uns bey Zeiten ziehen
Aus Egypten dieser Welt;
Eh das Feuer auf uns fällt. [!]
Wer nicht bald daraus wird fliehen,
Muß darinnen untergehn;
Drum last uns auf JEsum sehn.

Recitativo:

Der Spötter Zungen mögen immer schmähen;
Genug! es muß geschehen,
Daß alles wird vergehen.
Alleine Christi Wort wird unbeweglich stehen.

Aria Choro:

Nur wohlgemuth, ihr Frommen!
Verharret im Glauben, und steten Vertrauen,« u. s. w.

Zu der Cantate auf den vierten Advents-Sonntag: »Herz und Mund
und That und Leben« befindet sich die autographe Partitur auf der königl.
Bibl. in Berlin. Die Gestalt derselben enthält ihre ganze Entstehungs-
geschichte. Das Autograph besteht aus sechs Bogen; nach Ausweis der
Wasserzeichen sind die vier ersten weimarisches, die beiden letzten Leipiger
Papier. Als Reinschrift verräth es sich durch die große Eleganz und Zierlichkeit der Züge, die Taktstriche im Anfangschor sind mit Lineal gemacht,
sonst doch sorgfältig heruntergezogen, Correcturen fehlen fast gänzlich,
auch entbehrt es jeder Ueberschrift und des üblichen *J. J.* Der Gesammteindruck des Manuscripts ist dem des Autographs zu »Himmelskönig, sei
willkommen« ganz gleich; beide scheinen in ihrer jetzigen Gestalt zu derselben Zeit gefertigt zu sein. Als Bach sich an die Umarbeitung machte,
schrieb er erst die einzuschiebenden Stücke besonders nieder und dann das
Ganze ins Reine. In dem aus Weimar stammenden Convolut von Partitur
und Stimmen fand er noch vier leere Bogen Notenpapier; mit der ihm eignen
Sparsamkeit in diesem Artikel benutzte er dasselbe, und als es nicht reichte,
nahm er noch zwei Bogen neuen Papieres hinzu. Die Umgestaltungen des
Textes sind hier bedeutender. Abgesehen davon, daß die Cantate wieder
für eine andre Gelegenheit bestimmt ist, für das Fest der Heimsuchung
Mariae, und drei Recitative eingesetzt sind, ist zunächst der Schlußchoral
geändert. Nach Franckscher Vorschrift war es ursprünglich die sechste
Strophe von »Ich dank dir, lieber Herre« (»Dein Wort laß mich bekennen«);
in der Bearbeitung stellte Bach an den Schluß des ersten Theils die sechste
Strophe des Janus'schen Liedes »Jesu, meiner Seelen Wonne« nach der Melodie »Werde munter, mein Gemüthe« (wobei die je zwei Schlußtöne der
beiden letzten Zeilen in einen zusammengezogen werden mußten, was der
Meister sich auch in der Matthäus-Passion erlaubte, B.-G. IV, S. 173)
mit figurirter Instrumentalbegleitung und schrieb am Ende des Ganzen eine
Wiederholung desselben vor. Den Choralsatz der ersten Fassung haben
wir bei dieser Gelegenheit eingebüßt. Sodann mußten die Arien 2. und 3.

ihre Stellen tauschen; einige Textänderungen sind unwesentlich, bemerkenswerther aber, daß die erste Arie jetzt durch eine Oboe d'amore begleitet wird, was nicht das Ursprüngliche gewesen sein kann. Endlich ist der vierten Arie ein neuer Text untergelegt; die Originalworte lauten so:

> »Laß mich der Ruffer Stimmen hören,
> Die mit Johanne treulich lehren
> Ich soll in dieser Gnaden-Zeit
> Von Finsterniß und Dunckelheit
> Zum wahren Lichte mich bekehren.«

Auf die Heimsuchung Mariae paßten diese Worte nicht. Die Umstellung der Stücke ist ganz ähnlich, wie ich sie bei der Ueberarbeitung der Ostercantate von 1704 annehmen zu müssen glaubte; dies bemerke ich hier ausdrücklich, um einen etwaigen Vorwurf der Willkürlichkeit abzuwehren. — Nun existirt auch noch die Composition der dritten Advents-Cantate »Aergre dich, o Seele, nicht«, ihre Original-Partitur befindet sich ebenfalls auf der königl. Bibl. zu Berlin. Herr Dr. Rust war so gefällig, sie auf meine Bitte zu untersuchen, da ich selbst es zur geeigneten Zeit versäumt hatte. Sie ist eine in Leipzig geschriebene, von Bach revidirte und mit eigenhändigen Zusätzen versehene Copie mit der inneren Ueberschrift »*J. J. Dominica 7 post Trinitatis di J. S. Bach aõ* 1723«. Bei dieser bestimmten Jahresangabe wage ich es nicht, die Cantate für eine Ueberarbeitung zu erklären, soviel es auch für sich hat, anzunehmen, daß Bach in der Zeit, wo der alte Drese starb und der Sohn durch die Trauer an Ausübung seiner Compositionspflichten verhindert war, alle drei Cantaten hinter einander setzte. Zudem sind mehre Stellen darin, an denen die Musik wohl auf den umgedichteten Text paßt, sehr schlecht aber auf den ursprünglichen. Eingeschoben sind wieder die Recitative und der Choral in der Mitte; der Schlußchoral, die achte Strophe des Liedes »Von Gott will ich nicht lassen« (»Darum ob ich schon dulde hier Widerwärtigkeit«) fehlt in der Partitur ganz. Die Originalform der umgedichteten Arien 1 und 2 theile ich mit.

»Aria 1.

Bist du, der da kommen soll,
Seelen-Freund, in Kirchen-Garten?
Mein Gemüth ist Zweifels-voll,
Soll ich eines andern warten!
Doch, o Seele, zweifle nicht.
Laß Vernunft dich nicht verstricken,
Deinen *Schilo*, Jacobs Licht,
Kannst du in der Schrifft erblicken!«

»Aria 2.

Meßias läßt sich mercken
Aus seinen Gnaden-Wercken,
Unreine werden rein.
Die geistlich Lahme gehen,
Die geistlich Blinde sehen
Den hellen Gnaden-Schein.«

33. (S. 577.) Ich mußte den oft erzählten Vorgang sehr viel einfacher darstellen, um nicht Ausschmückungen sagenbildender Phantasie für historische Wahrheit zu verkaufen. Eine unverfälschte Quelle ist der Bericht des Magister Johann Abraham Birnbaum, in dessen »Vertheidigung seiner unparteyischen Anmerkungen über eine bedenkliche Stelle in dem sechsten Stücke des critischen Musikus, wider Johann Adolph Scheibens Beantwortung derselben«, Leipzig, 1739 (wieder abgedruckt in der neuen, vermehrten und verbesserten Auflage von Scheibes kritischem Musikus. Leipzig, bei Bernh. Christoph Breitkopf. 1745, S. 899—1031). Birnbaum verfaßte diese Schrift zur Vertheidigung Bachs und unter dessen Augen, dedicirte sie ihm sogar. Es wird also nichts darin stehen, was Bach selbst für unrichtig hätte erklären müssen. Birnbaum erzählt nun S. 981 f.: »Wie, wenn ich ihm aber einen nennete, der zu seiner Zeit für den größten Meister auf dem Clavier und der Orgel in ganz Frankreich gehalten wurde, wider welchen der Herr Hofcompositeur vor nicht eben gar zu langer Zeit die Ehre der Deutschen und seine eigene völlig behauptet hat. Es war solches *Mons. Marchand*, welcher bey seiner Anwesenheit in Dreßden, und da sich der Herr Hofcompositeur ebenfalls daselbst befand, auf Veranlassen und Befehl einiger Großen des dasigen Hofs, von dem letztern zum Versuch und Gegeneinanderhaltung beyderseitiger Stärke auf dem Clavier, durch ein höfliches Schreiben aufgefordert wurde, sich auch anheischig machte, verlangtermaßen zu erscheinen. Die Stunde, da zwey große Virtuosen eins mit einander wagen sollten, erschien. Der Herr Hofcompositeur benebst denenjenigen, so bey diesem musikalischen Wettstreite Richter seyn sollten, erwarteten den Gegenpart ängstlich, aber vergebens. Man brachte endlich in Erfahrung, daß selbiger bey früher Tageszeit mit der geschwinden Post aus Dreßden verschwunden war. Sonder Zweifel mogte der sonst so berühmte Franzose seine Kräfte zu schwach befunden haben, die gewaltigen Angriffe seines erfahrnen und tapfern Gegners auszuhalten. Er würde ausserdem nicht gesucht haben, durch eine so schnelle Flucht sich in Sicherheit zu setzen.« Die Glaubwürdigkeit des Berichts wird dadurch erhöht, daß Adlung, der sich ebenfalls auf Bachs mündliche Mittheilungen stützte, fast genau mit ihm übereinstimmt. Dieser sagt nämlich (Anleit. zur musikal. Gel. S. 690 f.): »Es wird §. 345 Marchand, ein Franzos, zu nennen seyn, welcher sich einstens mit unserm Kapellmeister zu gleicher Zeit in Dresden befand, und durch allerhand Discurse gerieth man auf den Einfall, daß diese beyden Männer mit einander certiren sollten, um zu sehen, ob die deutsche Nation, oder die französische, den besten Claviermeister aufzuweisen hätte. Unser Landsmann ließ sich zur bestimmten Zeit also hören, daß sein Gegner seine schlechte Lust, es mit ihm anzunehmen, dadurch zu erkennen gab, daß er sich unsichtbar machte. Als Herr Bach zu einer gewissen Zeit bey uns in Erfurt war, trieb mich die Begierde, alles genau zu wissen, an, ihn darum zu fragen, da er dann mir alles erzehlte, welches zum Theil hier nicht statt hat, zum Theil ist es mir wieder entfallen.« Viel ausführlicher ist das Ereigniß in dem von Phil. Em. Bach und Agricola verfaßten Nekrologe

bei Mizler erzählt (S. 163 ff.) : »Das 1717. Jahr gab unserm schon so berühmten Bach eine neue Gelegenheit noch mehr Ehre einzulegen. Der in
Franckreich berühmte Clavierspieler und Organist *Marchand* war nach
Dreßden gekommen, hatte sich vor dem Könige mit besonderm Beyfalle
hören lassen, und war so glücklich, daß ihm Königliche Dienste mit einer
starken Besoldung angeboten wurden. Der damahlige Concertmeister in
Dreßden, *Volumier*, schrieb an Bachen, dessen Verdienste ihm nicht unbekannt waren, nach Weymar, und lud ihn ein, ohne Verzug nach Dreßden
zu kommen, um mit dem hochmüthigen *Marchand* einen musikalischen
Wettstreit, um den Vorzug, zu wagen. Bach nahm diese Einladung willig
an, und reisete nach Dreßden. *Volumier* empfing ihn mit Freuden, und
verschaffete ihm Gelegenheit seinen Gegner erst verborgen zu hören. Bach
lud hierauf den *Marchand* durch ein höfliches Handschreiben, in welchem
er sich erbot, alles was ihm *Marchand* musikalisch aufgeben würde, aus
dem Stegreife auszuführen, und sich von ihm wieder gleiche Bereitwillig-
keit versprach, zum Wettstreite ein. Gewiß, eine große Verwegenheit!
Marchand bezeigte sich dazu sehr willig. Tag und Ort wurde, nicht ohne
Vorwissen des Königes, ausgesetzet. Bach fand sich zu bestimmter Zeit
auf dem Kampfplatze in dem Hause eines vornehmen Ministers ein, wo eine
grosse Gesellschaft von Personen vom hohen Range, beyderley Geschlechts,
versammelt war. *Marchand* ließ lange auf sich warten. Endlich schickte
der Herr des Hauses in *Marchands* Quartier, um ihn, im Fall er es etwan
vergessen haben möchte, erinnern zu lassen, daß es nun Zeit sey, sich als
einen Mann zu erweisen. Man erfuhr aber zur größten Verwunderung,
daß *Monsieur Marchand* an eben demselben Tage, in aller Frühe, mit
Extrapost aus Dreßden abgereiset sey. Bach, der also nunmehr allein
Meister des Kampfplatzes war, hatte folglich Gelegenheit genug, die Stärcke,
mit welcher er wider seinen Gegner bewafnet war, zu zeigen. Er that es
auch, zur Verwunderung aller Anwesenden. Der König hatte ihm dafür
ein Geschenk von 500 Thalern bestimmt: allein durch die Untreue eines
gewissen Bedienten, der dieses Geschenk besser brauchen zu können
glaubte, wurde er drum gebracht, und mußte die erworbene Ehre, als die
einzige Belohnung seiner Bemühungen mit sich nach Hause nehmen.«u. s. w.
»Uebrigens gestund unser Bach dem *Marchand* den Ruhm einer schönen
und sehr netten Ausführung gerne zu.« Ebenfalls einen ausführlichen Bericht lieferte F. W. Marpurg (Legenden einiger Musikheiligen. Cöln, 1786.
S. 292 ff.) ; auch er will sein Wissen von Bach selber haben, stimmt aber
in mehren Dingen mit dem Nekrolog nicht überein. Nach ihm (ich stütze
mich, da das Buch selber mir nicht zur Hand ist, auf das Referat des ge-
wissenhaften Fürstenau II, S. 123 f.) wurde Bach mit des Königs Bewilli-
gung zu einem Hofconcerte zugelassen, stand neben Marchand, als dieser
ein französisches Lied variirte, und griff, zum Spielen ebenfalls aufgefordert, Marchands Thema auf, um es in neuer und unerschöpflicher Art
weiter zu verändern. Dann lud er ihn zum Wettstreit a u f d e r O r g e l
ein und präsentirte ihm auf einem Blättchen ein Thema zur Ausarbeitung
aus dem Stegreif, aber Marchand stellte sich nicht zum Kampfe, sondern

verschwand aus Dresden. — Daß die zwei letzteren Berichte weder unter sich, noch mit dem Birnbaumschen und Adlungschen übereinstimmen, macht sie beide verdächtig, ja man kann bei einer richtigen Gruppirung aller die allmählig fortschreitende Sagenbildung deutlich wahrnehmen. Birnbaum und Adlung lassen Bach zufällig in Dresden anwesend sein, was uns durchaus natürlich erscheint, da wir seine Gewohnheit, jährlich eine Kunstreise zu machen, kennen. Im Nekrolog und bei Marpurg wird er wie ein Retter aus der Noth herbeicitirt, was schon deshalb unwahrscheinlich ist, weil Correspondenzen und Reisen damals noch mit mehr Behinderung verbunden waren als jetzt, und vollends sinnlos wird, wenn es von dem Franzosen Volumier ausgegangen sein soll, der doch schwerlich ein Interesse daran gehabt haben kann, seinen Landsmann durch einen Deutschen überwunden zu sehen, wogegen es aber sehr wohl denkbar ist, daß Bach früher mit Volumier über eine Reise nach Dresden correspondirt und dieser ihn dazu aufgemuntert hatte. In den älteren Berichten findet sich ferner kein Wort von einer Theilnahme des Königs; bei Mizler wird sie in einer Weise eingeschmuggelt, daß der Wunsch, dem Kampfe eine glänzendere Folie zu geben, unverkennbar ist. Denn der nunmehr sich ergebende Sachverhalt ist wieder ganz sinnlos: wenn der König sich um den Wettstreit wirklich bekümmerte, konnte dieser doch nicht beim Grafen Flemming, sondern nur bei Hofe entschieden werden. Marpurg geht noch weiter: Bach belauscht Marchand nicht heimlich, sondern erhält Zutritt zum Hofconcert; das Interesse für einen Wettkampf am Clavier wird hierdurch erschöpft, er muß ihn also für die Orgel herausfordern, was innerlich so unwahrscheinlich wie möglich ist, selbst wenn die äußeren Vorgänge dabei glaubwürdiger erzählt wären; aber ein Stegreifspiel, das sich auf ein zuvor präsentirtes Thema stützen soll, ist eben kein Stegreifspiel mehr. Daß Bach vor dem Könige nicht gespielt hat, beweisen nun auch die Acten der Hof- und Oberkämmerei-Kasse vom Jahre 1718 (im königl. Archive zu Dresden). Sie enthalten auf Fol. 32 unter: »Nach *specificirte* auf allergnädigste mündliche Königl. Verordnung im Jahre 1717. bey dero Ober Cämmerey *Casse* bezahlte Posten.« folgende Notiz: »528. Kfl. [Kaisergulden] 7½ Kr. oder 130 *Ducaten* zu 2. Thlr. 17. ggr. bestehend in 3. *Medaïllen*, davon eine *a* 30. *Duc:* der *Violinist* Frühwirth, der sich in Carlsbaad, und die andern beyde zusammen *à* 100 *Duc:* der *Organist Marchand* der sich in der *Capelle* höhren laßen zu einem gnaden geschenck erhalten.« Da der Vorgang zwischen Marchand und Bach so großes Aufsehen machte, ist es wohl undenkbar, daß die Verzeichnung eines ihm gereichten Geschenkes neben dem Marchands vergessen sein sollte. Hätte er aber vor dem Könige gespielt, so würde dessen Munificenz ihn nun und nimmer mit leeren Händen haben abziehen lassen. Weiter folgt, daß er dann auch nicht durch einen Hofdiener um sein Geschenk betrogen werden konnte, denn eingetragen hätte doch der Posten unter allen Umständen werden müssen. Die Summe von 500 Thalern ist überdies viel zu hoch gegriffen, wenn Marchand nur 100 Ducaten = 270 Thlr. 20 ggr. erhielt; auch Händel bekam nicht mehr, als er zwei Jahre später sich bei

Hofe hören ließ (Chrysander II, 18). Es ist sehr möglich, daß solche Unterschleife öfter am Hofe vorkamen; vielleicht ist bei Bekanntwerdung eines solchen Falls später einmal im Bachschen Hause eine Vermuthung hingeworfen, die, wie es mit solchen Dingen zu gehen pflegt, durch häufige Wiederholung allmählig die Gestalt einer Thatsache annahm. — Der mitgetheilte Rechnungsposten trägt kein Datum. Trotzdem läßt sich aus der Stelle, wo er eingereiht ist, ungefähr schließen, daß Marchand etwa im September in Dresden gewesen ist. Die Posten sind nämlich ziemlich genau chronologisch geordnet. Dies Ergebniß paßt vollständig zu der Zeit, in welcher Bach jährlich zu reisen pflegte.

34. (S. 589, 394.) Wie man aus dem Titel des Orgelbüchleins sieht, ist es in Cöthen geschrieben. Wäre der Inhalt desselben aber auch in Cöthen componirt, so ließe sich die Bemerkung »p. t.« d. h. *pro tempore* »*Capellae Magistro S.* [*erenissimi*] *P.* [*rincipis*] *R.* [*egnantis*] *Anhaltini - Cotheniensis*« schwer in irgend annehmbarer Weise erklären. *Pro tempore* konnte Bach nur schreiben mit Rückblick auf eine frühere Zeit, die weimarische nämlich, in der wenn nicht alle, so doch sicher die meisten der eingeschriebenen Choräle gesetzt waren. Dies ist auch nach seinen verschiedenen Obliegenheiten dort und hier natürlich. In Cöthen hatte er mit Orgel und Orgelspiel unmittelbar nicht das Geringste zu thun, in Weimar dagegen bildete es den Mittelpunkt seiner Functionen, und ausdrücklich sagt Adlung (Anleit. S. 690) von ihm: »Er hat schöne Chorale gesetzt, da er noch Hoforganist in Weimar war«, freilich ohne diese Thätigkeit auf jenen Ort zu beschränken. Nun kommt noch hinzu, daß die meisten seiner Orgelchoräle, die sich in den Waltherschen Sammlungen finden, in dem Orgelbüchlein wiederkehren, nämlich aus den drei Sammlungen auf der königl. Bibl. zu Berlin: »Das alte Jahr vergangen ist«, »Gelobet seist du, Jesu Christ«, »Herr Gott, nun schleuß den Himmel auf«, »Heut triumphiret Gottes Sohn«, »Jesu, meine Freude«, »Mit Fried und Freud ich fahr dahin«, »*Puer natus in Bethlehem*«, »Vom Himmel hoch da komm ich her«; aus dem Frankenbergerschen Autograph: »Es ist das Heil uns kommen her«, »Herr Christ, der ein'ge Gott'ssohn«; dieselben beiden stehen auch im Königsberger Autograph. Ich habe früher nachgewiesen, wie Walthers Verhältniß zu Bach sich allmählig gestaltete und daß beider Verkehr seit Bachs Fortgange jedenfalls, muthmaßlich aber auch schon in den letzten Jahren ihres Zusammenlebens ins Stocken gerieth und aufhörte. Es liegt daher nahe genug, daß Walther die Bachschen Choräle, welche er seinen Sammlungen einverleibte, von dem Verfasser in der Zeit von 1708—1717, wahrscheinlich in der ersteren Hälfte derselben erhielt. Dafür daß die meisten Choräle des Orgelbüchleins während der Kunstgemeinschaft Bachs und Walthers entstanden, spricht auch die an ihnen hervortretende Neigung für canonische Führungen, die Walther ebenfalls eigen war, bei Bach jedoch später abnahm.

Mit demselben Rechte suchen wir die Entstehungszeit der übrigen von Walther aufgenommenen Choräle Bachs, die sich nicht im Orgelbüchlein finden, in Weimar. Es sind aus den Berliner Autographen: »Komm, Gott Schöpfer, heiliger Geist« (P. S. V, C. 7, Nr. 35) und »Nun komm, der Heiden Heiland« (P. S. V, C. 7, Nr. 45—47), letzterer zweimal, einmal sind statt der Achtel der rechten Hand für die 3. Strophe Sechzehntel geschrieben. Aus dem Frankenbergerschen Autograph (mit Ausschluß des schon früher besprochenen »Ein feste Burg ist unser Gott«): »Herzlich thut mich verlangen« (P. S. V, C. 5, Nr. 27, mit kleinen Abweichungen, die vor Griepenkerls Edition den Vorzug verdienen), »Valet will ich dir geben« (P. S. V, C. 7, Variante zu Nr. 50, an drei Stellen von Griepenkerl etwas abweichend), »Vater unser im Himmelreich« (P. S. V, C. 7, Nr. 53). Dieselben Choräle enthält das Königsberger Autograph, außerdem noch: »Ach Gott und Herr« (H moll $\mathbb{C}$; s. Themat. Katalog, Anh. I, Serie V, Nr. 10), dessen Echtheit hiermit bewiesen ist, und »Wer nur den lieben Gott lässt walten«. Dieser letztere Satz ist nichts anderes, als die zur Erläuterung von Bachs Spiel in Arnstadt früher erwähnte Choralbegleitung mit Weglassung der Vor-, Nach- und Zwischenspiele und einigen geringen Veränderungen. Gewiß rührt das Arrangement von Bach selbst her. Da der Satz nun noch einmal in dem »Clavierbüchlein vor Wilhelm Friedemann Bach« wiederkehrt (P. S. V, C. 5, Nr. 52), noch reicher verziert und sicherlich zur Einübung der Verzierungen niedergeschrieben, so sehen wir daraus, wie bei Bach allmählig die Einsicht durchdrang, wozu allein eine solche Setzart gut sei.

Endlich findet sich noch im Buche des Andreas Bach der Orgelchoral »Gott, durch deine Güte« (P. S. V, C. 6, Nr. 25) in deutscher Tabulatur, aber, entgegen der Griepenkerlschen Ausgabe, im $^3/_2$ Takt. Für weitere Arbeiten auf diesem Gebiete fehlen directe chronologische Anhaltepunkte. Aber wir brauchen die gewonnene Summe nur mit der Gesammtheit der erhaltenen Orgelchoräle zu vergleichen und uns dabei an die Worte des Nekrologs zu erinnern, daß Bach in Weimar die meisten seiner Orgelstücke gesetzt habe, so drängt sich die Ueberzeugung auf, daß der festgestellte Bestand noch bei weitem nicht genüge. Suchen wir weitere Spuren. Auf der Berliner Bibliothek ist ein Manuscript Bachscher Orgelchoräle, das von des Meisters eigner Hand folgende 16 Nummern enthält: 1) Fantasie über »Komm, heiliger Geist, Herre Gott« (P. S. V, C. 7, Nr. 36). 2) »Komm, heiliger Geist, Herre Gott« (ebend. 7, 37). 3) »An Wasserflüssen Babylon« (6, 12^b). 4) »Schmücke dich, o liebe Seele« (7, 49). 5) Trio über »Herr Jesu Christ, dich zu uns wend« (6, 27). 6) »O Lamm Gottes unschuldig« (7, 48). 7) »Nun danket alle Gott« (7, 43). 8) »Von Gott will ich nicht lassen« (7, 56). 9—11) »Nun komm, der Heiden Heiland« (7, 45—47). 12) »Allein Gott in der Höh sei Ehr« (6, 9). 13) »Allein Gott in der Höh sei Ehr« (6, 8). 14) Trio über »Allein Gott in der Höh sei Ehr« (6, 7). 15) »Jesus Christus, unser Heiland« (6, 31). 16) Die canonischen Veränderungen über »Vom Himmel hoch« (5, II, Nr. 4). Dazwischen stehen noch einige Stücke von der Hand Altnikols geschrieben, des Schülers und späteren Schwiegersohnes. Hierdurch wie durch die Be-

schaffenheit des Papiers erweist sich das Autograph als ein Leipziger
Werk. Zugleich sieht man, daß es Reinschrift ist.

Die drei Bearbeitungen von »Nun komm, der Heiden Heiland« haben
wir eben schon als muthmaßlich weimarische Erzeugnisse kennen gelernt.
Auch der Choral »Komm, Gott Schöpfer, heiliger Geist«, von dem aus gleichem Grunde dasselbe wahrscheinlich war, findet sich in demselben Hefte von
Altnikols Hand. Ueberraschend ist aber vor allem die Erscheinung, daß zu
sämmtlichen dort vereinigten Orgelchorälen mit drei Ausnahmen (»Schmücke
dich, o liebe Seele«, »Nun danket alle Gott« und »Allein Gott in der Höh«
Nr. 12) Varianten existiren, mit denen verglichen jene als spätere Redac-
tionen derselben sich herausstellen. Genaue Beobachtung führt zu der
Ueberzeugung, daß Bach im allgemeinen seine in Leipzig entstandenen
Instrumental-Compositionen später nicht noch einmal zu überarbeiten
pflegte, weil mit Abschluß der Cöthener Periode sein instrumentaler Ge-
dankenkreis vollständig ausgeweitet, seine Technik bis ins Feinste durchgebildet war. Der Schluß ergiebt sich jetzt fast von selbst. In jenem Manuscripte hat Bach besonders werthvolle Werke einer früheren Schaffensperiode gesammelt oder sammeln lassen, und sie bei der Gelegenheit noch
einmal einer gründlichen Revision unterworfen. Daß einzelne derselben in
Cöthen entstanden, diese Möglichkeit ist freilich nicht ausgeschlossen.
Allein man muß immer doch bedenken, daß seine Stellung ihn hier auf
ganz andre Dinge hinwies, die Veranlassung zum Orgelspiel fern lag, ja
selbst die Orgeln des Ortes unbedeutend waren, so daß wohl nur in Aussicht auf seine Kunstreisen ihn das Verlangen anwandeln konnte, etwas
großes, seinen Fähigkeiten entsprechendes für sein Lieblingsinstrument zu
setzen. Mustern wir nun endlich, nach Ausscheidung aller von Bach in
Leipzig selbst veröffentlichten Orgelchoräle, von der Höhe der besprochenen
Sammlung aus den übrigen Bestand seiner erhaltenen einschläglichen Arbeiten, so erhellt gleich, daß kaum eine von ihnen in spätere Jahre fallen
kann, die meisten früheren zugeschrieben werden müssen. Im Großen und
Ganzen — dies ist das endliche Ergebniß — werden wir keinen Fehlgriff
thun, wenn wir uns von Bachs Thätigkeit als Choralsetzer ein Bild zu
machen suchen aus der Gesammtmasse der Orgelchoräle nach Abzug des
dritten Theils der »Clavierübung«, der sechs bei Joh. Georg Schübler zu
Zella erschienenen Choräle (die übrigens zum Theil Arrangements aus
Cantaten sind) und der canonischen Veränderungen über »Vom Himmel
hoch«. Diese Gesammtmasse vereinigt mit Ausnahme weniger zum Theil
zweifelhafter Stücke die Ausgabe von Griepenkerl. Sie stützt sich auf die
besten Quellen, soweit sie damals zu erreichen waren. Einen Irrthum in
ihr habe ich schon früher nachgewiesen: der Choral »Gott der Vater wohn
uns bei« (P. S. V, C. 6, Nr. 24) ist von Walther. Für unbedingt unecht,
allerdings nur aus innern Gründen, halte ich auch den Choral »Ich hab
mein Sach Gott heimgestellt« (6, Nr. 28), der mit seiner unordentlichen
Canonik ein Seitenstück zu dem vorigen bildet und ebenfalls von Walther
herstammen dürfte. Schwankend bin ich bei der zweistimmigen Bearbei-

tung von »Allein Gott in der Höh« (6, Nr. 3) ; so schrieb ungefähr Bernhard Bach, doch mahnen einzelne bedeutendere Züge zur Vorsicht.

35. (S. 624.) Die Vorrede des Helbig'schen Jahrganges datirt vom 22. März 1720. Also werden die Cantaten für das Kirchenjahr 1719/20 bestimmt gewesen, zuerst einzeln gedruckt und darnach zu einem Büchlein mit Vorrede zusammengefaßt worden sein, wie es so der gewöhnliche Lauf war. Vor 1720 kann daher Bach die Cantate nicht componirt haben, nach 1722 auch schwerlich, da er den 17. Trinitatis-Sonntag 1723 schon in Leipzig erlebte, wo ihm andre Texte zu Gebote standen, zudem würde gegen diese Annahme die Beschaffenheit des Autographs Verwahrung einlegen. Umstände, welche die Entstehung in den beiden zwischenliegenden Jahren geradezu verböten, sind allerdings nicht aufzufinden, aber wir wissen wenigstens nichts von darin unternommenen Reisen, welche allein die Composition veranlassen konnten. Zudem ist zu beachten, daß Cantaten-Jahrgänge, welche jetzt überall wie Pilze aus der Erde schossen, wenn sie nicht von renommirten Dichtern herrührten, in der Erinnerung der Mitwelt das Jahr ihres Erscheinens meistens nicht zu überleben pflegten, besonders wenn sie, wie hier, von auswärts benutzt wurden. Das Autograph, welches sich auf der königlichen Bibliothek zu Berlin befindet, ist derart, daß man es fast unwillkürlich mit der Karlsbader Reise in Verbindung bringt. Neben der gänzlichen Verschiedenheit des Gesammtcharakters von den gewöhnlichen weimarischen und Leipziger Autographen fällt die Besonderheit des Papier-Materials auf, das für die letzten anderthalb Bogen sowohl nach Aussehen als nach Wasserzeichen ein ganz andres ist, als für die übrigen, während die Schrift dieselbe bleibt, so daß offenbar dem Componisten unter dem Schreiben das Papier ausgegangen ist und er eine andre Qualität als die vorher gebrauchte zu kaufen gezwungen war. Die Wasserzeichen der ersten Bogen deuten nicht mit Ausschließlichkeit auf Cöthen (ein ganz sicher an diesem Orte gebrauchtes Papier läßt den sogenannten Harzmann, eine aufrechtstehende Person mit der Felljacke bekleidet und eine Tanne in der Hand haltend, erkennen: Bach benutzte es zu der Geburtstags-Serenade auf den Fürsten Leopold); sie sind, mit dem Adler auf dem einen Blatte, und allerhand Figuren, unter denen ein D deutlicher hervortritt, auf dem andern, jedenfalls ungewöhnlicher Art. Die letzten anderthalb Bogen tragen den Schild mit zweigekreuzten Schwertern in der einen Hälfte seiner Fläche, weisen also auf eine sächsische Fabrik. Man mag hieraus nun muthmaßen, was man will, so viel ist klar, daß die Partitur unter ungewöhnlichen Verhältnissen zu Stande kam. — Ich füge noch eine Bemerkung über die Edition dieser Cantate durch die Bach-Gesellschaft bei. Die erste Arie wird in der Partitur durch obligate Orgel begleitet, die zugehörige autographe Stimme ist aber nicht für Orgel, sondern ganz entschieden für Violine gemeint, auch ist das Wort *Organo* erst von neuer Hand darüber geschrieben. Denn es wäre sonst unerklärbar, warum der Bass fehlte, wie es der Fall ist, und nur die rechte Hand allein spielen sollte, warum ferner die vielen Bogen und Punkte hineinnotirt sind, welche

in der Partitur fehlen und für die Orgel gar keinen Sinn haben, warum weiter im zweiten Theile der Arie so viele Doppelgriffe geändert sind, wenn dies nicht geschah, um sie für die Geige spielbarer zu machen, z. B. Takt 128 auf 129 statt:

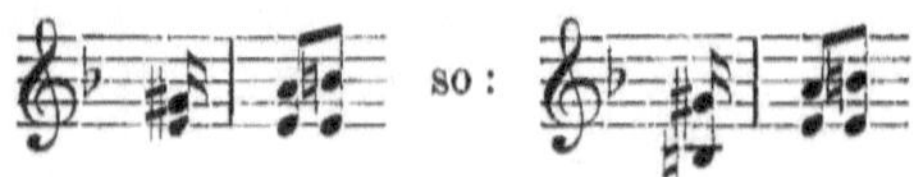

endlich warum die Stimme in Dmoll steht, der ausgeschriebene Orgelbass aber in Cmoll. Fand eine Aufführung mit obligater Orgelbegleitung statt, so besorgte sie jedenfalls Bach selber, der dann den Part aus dem Stegreif transponirte. Ich glaube daher, daß es unrichtig war, zu Gunsten der Stimme von der Notirung der Partitur abzuweichen. Die in der Vorrede zur Cantate (S. XXIV) geäußerten Bedenken erledigen sich dagegen nunmehr von selbst.

36. (S. 643.) Handschriftliche Quelle ist das Buch des Andreas Bach. Ein einstweilen verschwundenes Autograph (s. Griepenkerls Vorrede) enthielt neben der Fis moll-Toccate noch den Orgelchoral »Valet will ich dir geben« in Bdur, dessen weimarischer Ursprung feststeht. Bach hatte also wohl zwei gleichzeitig entstandene Stücke zusammengeschrieben. Daß beide übereinstimmend geformten Toccaten nicht zu gleicher Zeit entstanden sein sollten, ist gegen alle Wahrscheinlichkeit und Analogie, und so wäre schon aus diesem Grunde auch für die Cmoll-Toccate die Annahme des weimarischen Ursprungs nahe gelegt, selbst wenn das Zeugniß des Andreas Bachschen Buches fehlte. Es existirt noch eine dritte Toccate, in Fmoll, von ähnlicher Gestaltung, insofern mit einem Passagensatze begonnen wird, der sich allerdings bald zu strengerem, imitatorischem Gange beruhigt, darauf ein langsames Stück im $^3/_2$ Takt folgt, vollgriffig und durchgehend gebunden, und eine bewegte Fuge den Schluß macht. Die Toccate ist in zwei alten Handschriften überliefert, deren keine jedoch Bach als Componisten nennt. Die eine, im Besitz des Herrn Dr. Rust in Berlin, stammt aus dem Nachlasse von dessen Großvater F. W. Rust, einstigem Capellmeister in Dessau, sie trägt nur die Aufschrift *Toccata con Fuga in Fmoll*. Die andre befindet sich auf der Bibliothek des königlichen Instituts für Kirchenmusik zu Berlin, ist nur *Toccata* genannt und weist den Namen »Dobenecker« auf. Aber es gab noch eine dritte Handschrift, ebenfalls aus Rusts Nachlasse, welche jetzt nur in einer Copie der Fuge fortexistirt, die Herr Pfarrer Schubring in Dessau seiner Zeit davon nahm, diese nannte ausdrücklich als Verfasser Sebastian Bach. Es fragt sich nun, ob die innere Bedeutung des Werkes derart ist, daß man es trotz der schwankenden Beglaubigung Bach zuschreiben kann. Ich halte sie dafür und sehe auch in dem »Dobenecker« der Berliner Handschrift kein großes Hinderniß; es kann dies recht wohl der Name ihres einstigen Besitzers oder Abschreibers sein, der um so eher versucht werden konnte, sich auf dem Titelblatte zu nennen, als, wie aus der Rustschen Handschrift hervor-

geht, die Toccate auch anonym sich verbreitete; von einem Componisten
Dobenecker ist nie das Geringste bekannt geworden. Stammt aber das
Werk aus Bachs Feder, so muß es in die ersten Arnstädter Jahre zurück
verlegt werden und was sich zwischen ihm und den Toccaten aus Fis moll
und C moll an formeller Uebereinstimmung findet, kann nur als äußerlich
und zufällig gelten. Die Polyphonie des ersten Satzes ist zwar schon recht
gewandt, aber doch nicht frei von allerhand kleinen Ungelenkigkeiten und
Stockungen, für welche ein an Bachs Meisterwerken geübtes Ohr sehr
leicht geschärft wird; sie hat außerdem eine sehr große Aehnlichkeit mit
der Textur jenes C moll-Praeludiums (P. S. V, C. 4, Nr. 5), das uns
nebst seiner Fuge ebenfalls in die frühere Arnstädter Zeit zu gehören schien.
Der Mittelsatz mit seinen undeutlichen Imitationen und dicken Harmonie-
massen erinnert gar an gewisse Partien in südländischen (z. B. Georg
Muffats) Toccaten, hat mancherlei Härten, und der Fuge endlich haften
für jeden, der sich in Bachs Schreibweise orientirt hat, die Spuren des
Anfängerthums so deutlich erkennbar an, daß es nicht nöthig ist, auf
Einzelnes einzugehen. Aber Bachscher Geist leuchtet hindurch, wir müß-
ten dann nur wieder annehmen, daß Kittel mit seiner Aeußerung über die
D moll-Toccate geirrt habe, denn diese ist jedenfalls reifer. So wie die
Sache jetzt liegt, mochte ich nicht wagen, der F moll-Toccate ohne weiteres
einen Platz unter den authentischen Werken Bachs anzuweisen; es wird
abzuwarten sein, ob nicht neues Material ans Licht kommt, das den jetzigen
Ergebnissen Halt verleiht. Uebrigens stimmen die Handschriften nicht
überein und deuten auf Aenderungen des Componisten hin. Die ursprüngliche Gestalt bietet Rusts Handschrift, in der Berliner ist der erste Takt
des dreitaktigen Fugenthemas wiederholt und so eine bessere Periode erzielt, von unwesentlichen Verbesserungen abgesehen; mit ihr stimmte auch
die verlorene Handschrift. Offenbar falsch ist aber in der Berliner der
$^3/_2$ Satz ans Ende gebracht, wie es denn auch sonst ihr an Fehlern nicht
mangelt. Dieselbe enthält auch noch eine Fuge in G moll, welche man
dann wohl ebenfalls Bach zusprechen müßte, und in der That hat sie auffallende Aehnlichkeit mit der Schlußfuge der E moll-Toccate, nur daß
alles viel unreifer und steifer sich darstellt. Beides, Toccate und Fuge,
edirte nach der Berliner Handschrift mit Angabe Dobeneckers als Componisten Fr. Commer (*Musica sacra* I, Nr. 9), doch nicht eben correct.

37. (S. 647.) Quantz äußert sich an der angeführten Stelle wörtlich
so: »Man muß aber bey Ausführung der laufenden Noten die Finger nicht
sogleich wieder aufheben; sondern die Spitzen derselben vielmehr, auf
dem vordersten Theil des Tasts hin, nach sich zurücke ziehen, bis sie vom
Taste abgleiten. Auf diese Art werden die laufenden Passagien am deutlichsten herausgebracht. Ich berufe mich hierbey auf das Exempel eines
der allergrößten Clavierspieler, der es so ausübte, und lehrete.« Daß Bach
gemeint sei, beweist das Register, wo unter der Rubrik »Bach (Johann
Sebastian)« auf diese Stelle verwiesen wird. Die Beschreibung, welche
Forkel vom Einziehen der Finger giebt, stimmt hiermit überein, nur be-

schränkt Quantz dasselbe auf die Execution von Laufwerk, während dieser mit Recht eine umfassende Eigenthümlichkeit der Bachschen Technik darin erblickt. Aber auch so wird immer erst die Angemessenheit des Einziehens für das Clavichord erklärt; für den bekielten Flügel oder die Orgel wäre es unnütz, wenn nicht eben ganz allgemein nur auf diesem Wege völlige Gleichmäßigkeit des Anschlages erzielt würde. Das Geniale der Methode liegt in ihrer Vielseitigkeit. Bei Passagen auf dem Clavichord trat ihr Werth am sichtbarsten hervor und war dem flüchtigen Urtheil am einleuchtendsten, weil bei dem unvermeidlichen Geräusch, mit dem die Tangenten unter die Saiten schlagen, hier das längstmögliche Niederdrücken der Tasten zur Vernehmbarkeit der Tonreihen dringend nothwendig ist. Man versteht es daher, wenn Quantz, der Flötenspieler, nur von diesem Falle redet. Wenn aber Philipp Emanuel Bach das Einziehen der Finger nur auf gewisse Vorkommnisse beschränkt — er nennt es »das Schnellen«, wobei der Finger »so hurtig als möglich von der Taste abgleiten« und das allezeit »durch einen gewissen Grad der Gewalt geschehen muß« (II, 1, §. 36) — wenn er es allein beim geschwinden Abwechseln der Finger auf einer Taste (I, §. 90), beim letztmaligen Anschlag des höheren Trillertons (II, 3, §. 8), bei der Manier des »Schnellers« (II, 8, §. 1) und beim Vortrage raschbewegter Gedanken (III, §. 1) angewendet wissen will, es aber nicht als allgemeine Spielregel hinstellt, so war sein Fingersatz eben schon ein andrer, als der Sebastians. Es wird das im Verlauf der vorn gegebenen Darstellung alsbald auch noch an andern Dingen deutlich werden. Forkels Verwunderung ist deshalb ungegründet. Mit ihm haben freilich viele alles, was Philipp Emanuel schreibt, unbesehen für Sebastians Lehre gehalten und dadurch irrthümliche Ansichten verbreitet.

38. (S. 678, 680, 688.) Nach allem, was bis jetzt an verschiedenen Stellen über die Gründlichkeit gesagt ist, mit der Bach eine einmal erfaßte Kunstform nicht eher losließ, als bis sie nach allen Seiten durcharbeitet war, darf es als unzweifelhaft gelten, daß zwei so gleichartige Werke, wie die sechs Violin- und sechs Violoncell-Soli, unmittelbar hinter einander geschrieben sind. Nun ist die letzte der Suiten des zweitgenannten Werkes nicht für das Violoncell, sondern für die von Bach erfundene *Viola pomposa* bestimmt. Was oben über dieselbe erzählt wurde, wissen wir durch den Lexicographen Gerber. Dieser hatte es von seinem Vater erfahren, der in den Jahren 1724—1727 in Leipzig Bachs Schüler war, und damals erlebte, daß sein Lehrer die *Viola pomposa* bisweilen an Stelle des Violoncells treten ließ, um eine deutlichere Ausführung der schwierigen und beweglichen, insbesondere der hochliegenden Bassfiguren in seinen Kirchencompositionen zu ermöglichen (s. Gerber, L. I, Sp. 491 f., und Sp. 90). Nehmen wir jetzt an, daß die *Viola pomposa* etwa um 1724 erfunden sei, wie Gerber der Sohn es wirklich thut (L. II, Anhang, S. 85), so würde die Composition der beiden Werke in einem Abschnitte von Bachs Leben stattgefunden haben, wo sein Geist bei dem Uebergang und der Eingewöh-

nung in eine neue, anspruchsvolle Berufsthätigkeit durch ganz andre musikalische Aufgaben vollauf in Anspruch genommen war. Wie unwahrscheinlich dies ist, leuchtet ein. Man nehme hinzu, daß die fünf ersten Violoncell-Soli, die Bach selber nicht spielen konnte, doch gewiß mit Hinblick auf einen tüchtigen Meister des Instruments geschrieben sind, wie ihn die Cöthener Capelle in Abel besaß, daß bei mehren andren seiner bedeutendsten Kammermusikwerke die Zeit der Entstehung in Cöthen feststeht und daß doch im allgemeinen nichts natürlicher ist, als die Composition einer musikalischen Specialität eben an dem Orte, wo mehr als irgendwo anders dafür die Anregung vorhanden ist. Die andre schon an sich sehr fernliegende Möglichkeit, daß beide Werke etwa in der späteren Leipziger Zeit componirt sein könnten, wird durch die Thatsache vernichtet, daß die Violinsoli sich in dem mehrfach genannten Sammelbande Joh. Peter Kellners, den Herr Roitzsch in Leipzig besitzt, und der ·die Notiz trägt: »Franckenhayn den 3. Juli 1726« bereits abschriftlich vorfinden (mit Ausnahme der H moll-Suite und in dieser Reihenfolge: G moll, A moll, C dur, E dur, D moll), ja daß derselbe Kellner von der aus der G moll-Sonate arrangirten Orgelfuge schon im Jahre 1725 sich eine Abschrift fertigte (s. B.-G. XV, S. XXV). Endlich thut ein Uebriges die Beschaffenheit eines Autographs der Violinsoli. Für jeden, der sich mit Bachschen Autographen eingehender beschäftigt hat, ist die Handschrift des Meisters, wie sie sich in Folge seiner ungeheuren compositorischen Thätigkeit in Leipzig ausbildete, kaum zu verkennen; auch die wenigen, immer wiederkehrenden Papiersorten mit ihren Wasserzeichen liefern ziemlich sichere Anhaltepunkte. Die königl. Bibliothek zu Berlin besitzt ein Autograph des Violinwerks, dessen Züge von der Leipziger Hand durchaus verschieden sind, dagegen in ihrer Spitzigkeit und Schärfe mit dem Buch IV, 2, Anmerk. 53 erwähnten zweiten Autographe der Inventionen und Sinfonien entschiedene Verwandtschaft zeigen; das Wasserzeichen des Doppeladlers weicht ebenfalls ab, ich habe in Leipziger Autographen bis jetzt nur den einfachen Adler und auch diesen selten bemerkt. Es mag dieses die erste Reinschrift sein, welche Bach davon anfertigte. Der Hamburger Musiklehrer Georg Pölchau erwarb das Manuscript im Jahre 1814 aus den nachgelassenen Papieren des Clavierspielers Palschau in Petersburg, welche für den Butterladen bestimmt waren. Es hat 23 Blätter, die aber nicht alle beschrieben sind, da aufs Umblättern stets Bedacht genommen ist; daher ist es denn auch geschehen, daß die einzelnen Stücke, wenn sie das Ende eines auf einer Seite schon beschriebenen Blattes erreicht hatten, ohne selbst zu Ende gekommen zu sein, sich auf irgend einem andern Blatte so fortsetzen, daß das Umwenden durch gleichzeitiges Auflegen dieses Blattes vermieden werden konnte. Ein Titel fehlt; in den Einzelüberschriften nennt Bach mit präciser Unterscheidung nur die Stücke aus G moll, A moll und C dur, in denen je zweimal ein langsamer Satz mit einem raschen abwechselt, Sonaten, die übrigen, welche aus Tänzen sich zusammensetzen, Partien. Uebrigens fehlt das Autograph zu der letzten derselben (E dur), und die letzten zwölf Takte der D moll-Ciacona sind von ungeübter Kinderhand, etwa Friedemanns, geschrieben. Ein zweites, vollständiges Autograph, ebenfalls auf der königl. Bibliothek zu Berlin, besteht aus Titelblatt und 22 andern Blättern und entstand nach Handschrift, Wasserzeichen und Titelangabe in Leipzig. Der Titel ist deshalb vorzüglich interessant, weil ihn Bachs zweite Frau, Anna Magdalena, schrieb. Er lautet: »*Pars 1.* | *Violino Solo* | *Senza Basso* | *composée* | *par* | *Sr. Jean Seb: Bach.* | *Pars 2.* | *Violoncello Solo.* | *Senza Basso.* | *composée* | *par* | *Sr. J. S. Bach.* | *Maitre de la Chapelle* | *et* | *Directeur de la Musique* | *a* | *Leipsic.* | [rechts unten:] *ecrite par Madame* | *Bachen. Son Epouse.* |« Das *ecrite* gilt von dem Titel und einigen Ueberschrif.en der einzelnen Nummern. Auch hier sind es drei Sonaten und drei Partien. Der Titel deutet an, daß Violin- und Violoncell-Soli zu einem zweitheiligen Werke zusammengefaßt sind. Letztere bilden aber ein besonderes Heft mit folgendem, auch von Anna Magdalena geschriebenem Titel: »*6* | *Suites a* | *Violoncello Solo* | *senza* | *Basso* | *composées* | *par* | *Sr. J. S. Bach.* | *Maitre de Chapelle.* |« Es sind 19 nicht ganz beschriebene Blätter; der Name »Suite« ist auch von Bach selbst jedem einzelnen Stücke hinzugefügt.

39. (S. 711.) Von Kammertrios mit obligatem Clavier giebt es in vollständiger autographer Partitur jetzt noch drei. Eine Sonate in G moll für Gambe und Clavier (B.-G. IX, S. 203) hat Bezifferung, wo eine der oben beschriebenen Stellen zu finden ist, und nur dort; eine Sonate in G dur für dieselben Instrumente (ebend. S. 175) zeigt von Bezifferung nirgends eine Spur, weil eben solche Stellen nicht darin vorkommen. Die sechs Sonaten für Violine und Clavier existiren in einer Handschrift, von der Bach nur die letzten Sätze der letzten Sonate selbst geschrieben und das übrige revidirt hat; die Bezifferung ist hier nur einige Male angedeutet, und er mag es nicht für nöthig gehalten haben, sie zu vervollständigen; das wenige genügt aber schon, um auch hier dasselbe Princip erkennen zu lassen. Ueberdies giebt es noch eine andre werthvolle alte Handschrift, welche in der Bezifferung vollständiger ist, und auch in ihr betrifft diese immer nur jene ersten Themaeintritte über dem Grundbass (s. B.-G.). Daher ist es ganz sicher nur ein Zufall, daß im letzten Satze der E dur-Sonate die Bezifferung fehlt; auch hier muß Accordfüllung eintreten Takt 1—4, 35—49 (aber mit Ausschluß der vereinzelten Takte, wo die rechte Hand schon zu thun hat) und 120—123, natürlich so bescheiden und einfach wie möglich. Nicht jedoch darf die Forderung an solche Stellen gerichtet werden, wo die Begleitung schon an sich eine vollständige Harmonie bewirkt, wie am Anfange des dritten Satzes der A dur-Sonate, am Anfange des zweiten Theils des Schlußsatzes der C moll-Sonate (wenigstens nicht für die ersten beiden Takte), am Anfang des ersten Satzes der Gambensonate in D dur (B.-G. IX, S. 189), oder wo beide Stimmen höchstens um den Raum einer Octave aus einander liegen und deshalb in ihrer Zusammengehörigkeit unmittelbar empfunden werden, wie am Beginn des Schlußsatzes der Violinsonate in G dur, oder an derselben Stelle der Flötensonate in H moll (B.-G. IX, S. 15), welche letztere, da sie im Autograph vor-

liegt, auch durch das Fehlen der Bezifferung an jener Stelle die Richtigkeit unserer Behauptung nachdrücklichst bekräftigt. In annähernder Vollständigkeit existirt auch noch das Autograph eines Trio für Flöte und Clavier in A dur (B.-G. IX, S. 32 ff. und 245 ff.), dessen erster Satz einige Male einen bezifferten Bass hat. Es sind das, da der Satz in Concertform geschrieben ist, solche Stellen, wo die Flöte mit einem der beiden Themen gegensätzlich auftritt, nämlich am Anfang und zur Einleitung des Mitteltheils: hier bringt übrigens der Charakter der Form das Accompagnement schon von selbst mit sich. Nach diesem Muster ist der erste Satz der Flöten-Sonate in Es dur (B.-G. IX, S. 22 ff.) auszuführen, wo ebenfalls alle Stellen zu accompagniren sind, in denen die Clavierstimme der rechten Hand schweigt. Einzelfälle, in denen noch außerdem einmal füllende Accorde eintreten sollen, finden sich voll beglaubigt nur in dem vierstimmigen Largo der Violinsonate aus F moll durch die bei Takt 8 zu lesende Notiz: *accomp.* und das im 58. Takt verzeichnete ♮, woraus sich denn ergiebt, daß auch an allen übereinstimmend beschaffenen Stellen die Violine mit dem Bass durch wenige, einfache Harmonien vermittelt werden muß. Die Gambensonate aus D dur, welche in einer sorgfältigen Handschrift des Thomasschülers Christian Friedrich Penzel aus dem Jahre 1753 existirt, hat im 22. Takte ihres dritten Satzes eine Bezifferung, die echt sein mag, obgleich die zweistimmige Harmonie völlig befriedigend ist. Endlich findet sich in dem dritten Satze der Violin-Sonate in G dur nach der ersten Bearbeitung (B.-G. IX, 252 ff.) an verschiedenen ungewöhnlichen Stellen bezifferter Bass, der hier in der eigenthümlichen Anlage des Stücks seine Berechtigung hat. Und damit ist das Register schon geschlossen, in seiner Kargheit ein klarer Beweis, wie energisch Bachs Streben auf eine gleichmäßige Durchführung der reinen Dreistimmigkeit gerichtet war. Ich wiederhole noch einmal, daß alle Fälle insgesammt nur aus solchen Stellen bestehen, wo die obligate Stimme der rechten Hand unbeschäftigt ist. Zu deren eigenthümlichen Tonreihen aber noch nach Gutdünken harmonische Füllstimmen fügen zu wollen, ist nach meiner Ueberzeugung ganz unstatthaft und den Intentionen Bachs im Allgemeinen wie im Besondern zuwider. Die Ansichten, welche W. Rust über diesen Gegenstand äußert (B.-G. IX, S. XVI und XVII), kann ich nicht theilen.

40. (S. 718.) Seit einigen Jahren hat sich die Ansicht verbreitet, Bach habe in seinen Kirchencompositionen Orgel und Cembalo neben einander gebraucht, letzteres immer bei Arien und Recitativen, und die wunderlichsten Phantasien über diesen Gegenstand sind noch kürzlich von einem Mitarbeiter der Allgem. musik. Zeitung (Jahrgang 1872, Nr. 31— 33) mit großer Zuversicht als das einzig Wahre zu Markte gebracht worden. Es scheint, daß dazu ein Aufsatz Fr. Chrysanders die Veranlassung geworden ist, in welchem dieser die Art und Weise klar stellt, wie Händel beim »Saul« die Orgel angewendet wissen wollte (Jahrbücher für musikalische Wissenschaft I, S. 408 ff.). Das Gesammtresultat dieser auf Grund von Händels Handexemplar gemachten höchst werthvollen Mittheilungen

ist, was im Texte von uns schon einige Male ausgesprochen wurde, daß nämlich Händel die Orgel nicht etwa als den Mittelpunkt seines Oratorien-orchesters ansah, sondern sie wie jedes andre Instrument eben nur dort anwendete, wo sie ihm die ihrem Wesen entsprechende Wirkung zu machen schien, in ausgedehnterem Maße also nur in den Chören und Instrumental-sätzen, aber auch hier häufig nur zur Verstärkung des Basses und immer zu diesem Zwecke bei den nicht eben zahlreichen Solostücken, zu denen sie überhaupt herbeigezogen wird, während das eigentlich accompagnirende Instrument bei diesen das Cembalo ist. Die Mannigfaltigkeit, mit der Händel die Orgel bald benutzt, bald nicht, bald einstimmig, bald vollgriffig, zeigt den souveränen Meister, der für jedes ganz genau seine Stelle weiß. Das Princip jedoch hatte er von den Italiänern überkommen, die ihre Theaterpraxis eben so wohl, wie ihre Kammermusik in die Kirche trugen. In Hamburg, der hervorragendsten Pflegstätte der Oper in Deutschland, wurde das, was Händel mit Recht für sein neues Kunstideal in Anspruch nahm, den Italiänern auf dem eigensten Gebiete der Kirchen-musik einfach nachgemacht, und bald so gründlich mit der Orgel aufge-räumt, daß im Jahre 1739 Mattheson ein gutes Wort für sie einlegen durfte und im »vollkommenen Capellmeister« S. 484, §. 29 schreiben, es würde »aus verschiedenen Ursachen nicht schlimm seyn, wenn in den Kirchen saubere und hurtig-ansprechende kleine Positiven, ohne Schnarr-werck, mit den Clavicimbeln vereiniget werden könten«. Demgegenüber hat Bach stets das rein deutsche Princip vertreten und von einem ständigen Cembalo bei der Kirchenmusik eben so wenig etwas wissen wollen, wie er sich je mit der Theatermusik befaßt hat. Es ist mir nicht bekannt, daß Chrysander aus Händels Praxis irgendwo einen Schluß auf diejenige Bachs gemacht hätte. Daß es von Andern dennoch geschah, ist um so unbegreif-licher, als jetzt nahe an hundert Bachsche Cantaten in der Ausgabe der Bach-Gesellschaft mit ausführlichen Quellennachweisen vorliegen, aus denen jedermann sich zur Genüge über die Sache unterrichten kann. Da glücklicherweise eine große Anzahl von Cantaten in autographen oder vom Componisten revidirten Stimmen vorliegt, so stellen die um einen Ton ab-wärts transponirten und vom ersten bis zum letzten Takte bezifferten Orgelstimmen den Bachschen Willen sofort außer jeden Zweifel. Denn weshalb der vielbeschäftigte Mann sich die Mühe des Transponirens und Bezifferns auch bei solchen Stücken hätte geben sollen, die den Orgel-spieler garnichts angingen, dürfte wohl schwerlich jemand zu sagen wis-sen. Findet sich neben der bezifferten Orgelstimme auch eine bezifferte im Kammerton, so bedeutet das natürlich nicht, daß beide mit einander bei der Aufführung executirt sind, sondern die Cembalostimme war für die Proben bestimmt, welche nicht in der Kirche statt fanden. Und diese ständige Mitwirkung der Orgel verlangte Bach in allen Perioden seines Lebens, nicht nur in der Leipziger Zeit, aus welcher die meisten Belege vorhanden sind, sondern auch in Weimar. Die Adventscantate von 1714, auf deren Umschlage alle mitwirkenden Instrumente umständlich aufgeführt werden, weist ausdrücklich die Orgel und kein andres Instrument neben ihr auf, und zu welchen Manipulationen Bach beim Niederschreiben seiner Partituren durch den Cornetton der dortigen Schloßorgel veranlaßt wurde, ist in Nr. 17 dieses Anhangs auseinandergesetzt. Bei den Cantaten nun gar, welche noch der ältern Richtung angehören, dürfte vom Cembalo schon gar keine Rede sein, selbst wenn nicht die autographe Partitur und die gedruckten Stimmen der Mühlhäuser Rathswechsel‑Cantate über die unausgesetzte Verwendung der Orgel die genaueste Auskunft gäben. Eine Veranlassung, das Cembalo in die Kirche einzuführen, konnte doch nur die Aufnahme der italiänischen Arie und des Recitativs geben, dieser in der Opernmusik ausgebildeten Formen, welche der älteren Kirchencantate fehlen. Für eine Aufführung z. B. der Cantate »Gottes Zeit ist die allerbeste Zeit« ohne Orgel wird also auch nicht einmal der Schein einer Begründung beigebracht werden können. Wären noch weitere Beweise nöthig, so könnten sie gar aus Bachs eignen Worten geliefert werden. In dem Mühlhäuser Entwurf (S. 351 f.) sagt er von dem achtfüßigen Stillgedackt, welches in das neue Brustpositiv gebracht werden soll, daß es »vollkommen zur *Music accordieret*«. Die »Musik« ist nach damaligem und noch heute in Thüringen herrschendem Sprachgebrauch die von Sängern und Instrumentalisten ausgeführte Kirchenmusik. Daß Solosätze gemeint sind, ergiebt sich aus der Beschaffenheit des Registers von selbst. Das Accordiren bedeutet die Eigenschaft, sich mit der Singstimme und den begleitenden Instrumenten, und diese in sich verschmelzen zu können. Daß Bach in Mühlhausen den Weg betrat, von welchem er sein Leben lang nicht wieder abwich, ist seines Orts entwickelt worden. Sehr selten kommt es wohl einmal vor, daß innerhalb einer Cantate der bezifferte Orgelbass zu einem einzelnen Stücke aussetzt; unter den veröffentlichten Cantaten findet sich ein solcher Fall B.‑G. V, 1, S. 200 ff. Aber keine Spur, weder in Partitur noch Stimmen weist darauf hin, daß hier nun ein Cembalo eingetreten sei; wäre es dennoch geschehen, so würden ein paar verschwindende Ausnahmen nichts gegen die Regel beweisen, wahrscheinlich jedoch hat Bach auf dem Orgelpositiv selbst das Accompagnement übernommen, welches im übrigen dem Organisten zufiel. Nur in einem einzigen Falle wissen wir von Verwendung des Flügels, und dieser beweist grade nur wieder, daß ihn Bach sonst nicht verwendete. Es ist die Trauer‑ode auf die Königin Christiane Eberhardine, von der in Siculs »thränendem Leipzig«. 1727. S. 22 f. gemeldet wird: »also ließ sich auch bald darauf die Trauer‑Music, so dießmahl der Herr Capellmeister, Johann Sebastian Bach, nach Italiänischer Art *componiret* hatte, mit *Clave di Cembalo*, welches Herr Bach selbst spielete, Orgel, *Violes di Gamba*, Lauten, Violinen, *Fleutes douces* und *Fleutes traverses* u. s. w. — — hören«. Nach »italiänischer Art«, wie des ungewöhnlichen Falles wegen besonders bemerkt wird, hatte er die Ode gesetzt, weil sie, ohne irgendwo ein kirchliches Element in sich zu tragen, doch in der Kirche aufgeführt werden sollte, für die zwitterhafte Situation war auch nur die zwitterhafte Praxis der Italiäner angemessen.

Wie weit die Unsitte, in der Kirche zum Clavier Musik zu machen, sich in Deutschland verbreitet hat, bin ich außer Stande, näher zu bestimmen. Da Bach der einzige war, der in einem wirklichen Kirchenstile schrieb, so würde es nicht auffallen dürfen, wenn er allein auch der Orgel eine durchgreifende Mitwirkung gestattet hätte. Aber zur Ehre seiner thüringischen Landsleute muß es gesagt sein, daß wenigstens sie das wichtigste kirchliche Instrument immer als solches gewürdigt haben. Vielleicht ist das Cembalo in ihren Kirchen niemals aufgekommen, wenigstens liegen mir noch aus den Jahren 1768 und 1769 Cantaten vor, welche durchweg nur Orgelbegleitung kennen. Für die erste Hälfte des Jahrhunderts darf es wohl als sicher gelten, denn der mit den thüringischen Verhältnissen wohlvertraute Verfasser des »Gesprächs von der Musik zwischen einem Organisten und Adjuvanten« (Erfurt, 1742) nimmt Orgelbegleitung bei Kirchenmusiken als etwas ganz selbstverständliches an, z. B. S. 29, wo er warnt, beim Begleiten des Recitativs die Accorde nicht liegen zu lassen, damit der Zuhörer den Text auch verstehen könne. Sogar G. H. Stölzel, der doch Italien durchreist hatte, scheint dem heimathlichen Brauche nicht untreu geworden zu sein; die viertehalbhundert Cantaten wenigstens, welche sich von ihm in der Bibliothek der Schloßkirche meines augenblicklichen Wohnorts befinden, verlangen Orgelbegleitung. Diese geben zugleich erwünschte Gelegenheit zu beobachten, wie sorglos man mit dem Namen »Cembalo« verfuhr: oft steht auf dem Umschlage dieses als accompagnirendes Instrument verzeichnet, während darin eine perfecte Orgelstimme liegt. Es erklärt sich das sehr leicht daraus, daß in den Proben zur sonntäglichen Musik, welche in der Wohnung des Cantors oder einem Schullocale abgehalten wurden, in der That das Cembalo an die Stelle der Orgel trat. So konnte Altnikol in einer Abschrift von seines Schwiegervaters Cantate »Ein feste Burg ist unser Gott« (B.-G. XVIII, Nr. 80) von den beiden Bässen des ersten Chors den oberen mit *Violoncello e Cembalo,* den anderen mit *Violone ed Organo* bezeichnen. In der Probe sollte das Cembalo sogleich verstärkend mit dem Violoncellbasse gehen und nicht auf den erst später einsetzenden tieferen und bezifferten Cantus firmus warten, in der Kirche übernahm selbstverständlich das Orgelmanual die Rolle. Andrerseits wird man jetzt auch zu verstehen wissen, was Kittel meint, wenn er an der im Text beigebrachten Stelle aus dem »angehenden praktischen Organisten« sagt, daß jedesmal ein Schüler habe am Flügel accompagniren müssen, wenn Bach eine Cantate »aufführte«. Natürlich kann damit ungenauerweise nur eine Probe bezeichnet sein; Bachs hier geschildertes Eingreifen und die Empfindungen des Schülers dabei passen auch nur auf eine solche.

Ganz unberechtigt aber wäre es, das Zeugniß Philipp Emanuel Bachs in Sachen seines Vaters anrufen zu wollen. Schon bei der Betrachtung von Sebastian Bachs Applicatur wurde klar, daß die Ansichten des einen nicht die des andern waren. Sie konnten es nicht sein, weil Bach der Sohn neue und von der Richtung des Vaters abweichende Wege ging. Mit der Orgel machte er sich nicht mehr zu schaffen, das ganze Streben galt dem immer selbständiger werdenden Claviere, der Kirchenmusik stand er innerlich nicht viel näher, als seine und Sebastians Zeitgenossen ihr gestanden hatten. Außerdem will es etwas sagen, daß er zwanzig Jahre in Hamburg lebte. Und doch sind seine Anforderungen an die Mitwirkung des Flügels bescheidenster Art. Er sagt (Versuch über die wahre Art das Clavier zu spielen II, S. 1): »Die Orgel, der Flügel, das Fortepiano und das Clavicord sind die gebräuchlichsten Clavierinstrumente zum Accompagnement. — Die Orgel ist bey Kirchensachen, wegen der Fugen, starken Chöre, und überhaupt der Bindungen wegen unentbehrlich. Sie befördert die Pracht und erhält die Ordnung. So bald aber in der Kirche Recitative und Arien, besonders solche, wo die Mittelstimmen der Singstimme, durch ein simpel Accompagnement, alle Freybeit zum Verändern lassen, mit vorkommen, so muß ein Flügel dabey seyn. Man hört leider mehr als zu oft, wie kahl in diesem Falle die Ausführung ohne Begleitung des Flügels ausfällt.« Der letzte Satz setzt seine Meinung außer Zweifel. Nicht an Stelle der Orgel soll das Cembalo in Arien und Recitativen den accompagnirenden Generalbass ausführen, sondern nur dort soll es zutreten, wo schon an sich von einer Begleitung der Orgel ganz abgesehen und diese ausschließlich andren Instrumenten, also zunächst wohl dem Streichquartett, übertragen war. Hier mache sich, besonders bei ganz einfacher Begleitung, eine Verstärkung durch den Flügel nöthig, weil die Klangwirkung sonst zu dürftig sei. Völlig damit in Uebereinstimmung, aber auch nur so verständlich ist es dann, wenn er S. 259 Verhaltungsmaßregeln giebt über die Begleitung eines Recitativs auf der Orgel, zu dem noch andre, aushaltende Instrumente gesetzt seien. Dem gewöhnlichen Stil freilich der Kirchencomponisten des 18. Jahrhunderts, wenn man von einem solchen überhaupt reden soll, war die Orgel in den Solosätzen höchst unbequem, sie hielt Ausdruck und Bewegung dem Göttlichen gegenüber in den Schranken und Formen fest, deren Beobachtung eben das Wesen der Kirche ausmacht; bei ihrem ernsten, würdevollen Ton mußte alle Sentimentalität und Leichtfertigkeit verstummen. Aber von dieser idealen Bedeutung der Orgel im Organismus der Kirchencantate hatte man keine Ahnung, und zornig ruft Kirnberger, der zwei Jahre lang die sonntäglichen Kirchenmusiken Sebastian Bachs als sein Schüler miterlebt hatte, und von ihm alle seine musikalischen Urtheile abstrahirte, die Worte aus (Grundsätze des Generalbasses S. 64): »Von je her wurden Kirchenmusiken — — mit der Orgel zum Fundament und Aufrechthaltung der Musik begleitet. — In gegenwärtigen erleuchteten Zeiten, wo eine Kirchenmusik gänzlich einer comischen Operette gleichen muß, hält man die Orgel zum accompagniren für ganz unschicklich, wodurch eine Capelle von ihrer wahren Würde herabgewürdiget, und den musikalischen Mißgeburten in Bierhäusern gleich gesetzt wird.«

41. (S. 667, 732.) Eine dreisätzige Sonate für Violine und Bass aus A moll bewahrt in Seb. Bachs eigner Handschrift die königliche Bibliothek zu Berlin. Sie ist auf demselben auffallend starken, gelben Papiere

geschrieben, wie das dort ebenfalls aufbewahrte Autograph des sechsstimmigen Ricercars aus dem »musikalischen Opfer« (sign. P. 226), danach also während Bachs letzter Lebenszeit, um 1747. Daß die Composition ihn zum Verfasser habe, sagt der von fremder Hand hinzugefügte Titel. Er sagt ganz sicherlich etwas falsches: kein Hauch Sebastianschen Geistes ist in ihr zu spüren. Vermuthlich war einer seiner Söhne der Autor; es wäre nicht das einzige Beispiel, daß der Vater, liebevoll theilnehmend, deren Arbeiten copirte. Die Themen sind mitgetheilt in A. Dörffels thematischem Verzeichniß, Anhang I, S. 3, Nr. 5. — Dieselbe Bibliothek besitzt ferner ein Heftchen in klein Querquart mit »Inventionen« für V.oline und bezifferten Bass, ohne Nennung des Componisten. Auch dieses hat Seb. Bach selbst geschrieben; Züge und Format stimmen ganz mit dem zweiten (vrgl. S. 669. Anm. 53) Autograph der Clavier-Inventionen und -Sinfonien überein. Daß es Originalcompositionen sein sollten, ist wenigstens nach der Art, wie die Stücke eingeschrieben sind, sehr zweifelhaft. Das Heft beginnt mit »*Inventio seconda*«, H moll; sie besteht aus: Largo; Balletto. Allegro; Scherzo. Andante; Capriccio. Allegro. Dann folgen zwei leere, größtentheils rostrirte Blätter, darnach gleich: »*Inventio quinta*«, B dur, erster Satz ohne Bezeichnung; Aria; Giga. Presto; Fantasia. Amabile. Es schließt sich an: »*Inventio sexta*«, C moll, erster Satz. Lamentevole; Balletto. Allegro; Aria. Comodo assai; Fantasia. Diese Invention steht auf vier Blättern, deren letztes die zweite Seite leer hat. Endlich: »*Inventio settima*«, D dur, erster Satz ohne Bezeichnung; Presto. Bifaria (so! soll jedenfalls die theilweise zweistimmige Führung der Geige andeuten); Largo. Andamento; Presto. Steht auf vier Blättern, das letzte ist nur zum Theil beschrieben. Damit ist das Heft zu Ende; die Anfänge im themat. Verzeichn. Anh. I, S. 3, Nr. 8—11. Man erkennt, daß hier nur eine Abschrift vorliegt, die auf das gesammte Original garnicht gerichtet war. Daß die Compositionen absolut nicht von Bach herrühren können, läßt sich freilich nicht behaupten; er konnte möglicherweise die Absicht haben, aus einem älteren Manuscripte für einen bestimmten Zweck eine Auswahl zu treffen, und der musikalische Stil ist wenigstens der seiner Zeit. Aber sehr unwahrscheinlich ist es jedenfalls, schon wegen der gehäuften und gesuchten Vortragsbezeichnungen, die ganz gegen Bachs Manier waren, dann besonders auch wegen der Unbedeutendheit und Knappheit der Stücke nach Inhalt und Form, wegen der von Bachs Ausdrucksweise ganz abweichenden Art der Tonphrasen. Die Gesammtform ist die der Violinsonate in eingeengten Verhältnissen. Das Interessanteste daran ist für uns wohl der Name »Invention«. Er beweist mindestens so viel mit Sicherheit, daß Forkels Definition dieses Ausdrucks gründlich falsch ist, wenn er (S. 54) sagt: »Man nannte einen musikalischen Satz, der so beschaffen war, daß aus ihm durch Nachahmung und Versetzung der Stimmen die Folge eines ganzen Stückes entwickelt werden konnte, eine Invention. Das übrige war Ausarbeitung und bedurfte, wenn man die Hülfsmittel der Entwicklung gehörig kannte, nicht erst erfunden zu werden.«

Diese Definition ist augenscheinlich erst von der Bachschen Clavier-Invention abstrahirt.

42. (S. 733.) Zu dem handschriftlichen Materiale, nach welchem die Bachgesellschaft das C dur - Trio herausgegeben hat, liefere ich hier noch einen Nachtrag. In der Gottholdschen Bibliothek zu Königsberg i. Pr. findet sich eine von Gotthold selbst geschriebene Sammlung von Choralvorspielen (Nr. 498 des Katalogs von J. Müller). Unter ihnen steht Fol. 11 ff. auch das C dur-Trio, betitelt: »Trio von Gollberg«. Der Name ist offenbar aus »Goldberg« verschrieben. Goldberg ist der bekannte Schüler Seb. Bachs, für welchen die 30 Variationen des vierten Theils der »Clavierübung« geschrieben wurden; er stammte aus Königsberg. Da die Autorschaft Bachs sonst hinlänglich beglaubigt ist, so ergiebt sich die Folgerung von selbst, daß Gotthold seine Copie von einer Handschrift Goldbergs nahm, und daß ein neues Beispiel zu der in der musikalischen Handschriftenkunde sich so oft wiederholenden Erscheinung vorliegt, daß im Laufe der Zeiten sich unvermerkt der Name eines Abschreibers an die Stelle des Componisten schiebt. Goldberg nun hat als Schüler Bachs zuversichtlich seine Abschrift nach einer sehr guten Vorlage gemacht, und daher ist dieselbe für die Herstellung eines möglichst richtigen Notentextes — denn ein Autograph fehlt — nicht ohne Bedeutung. Beziffert ist sie nicht. Einige der Abweichungen haben innere Glaubwürdigkeit; wesentliches betrifft keine von ihnen. Da das Manuscript allgemein zur Vergleichung zugänglich ist, begnüge ich mich mit diesem Hinweise.

43. (S. 749.) Die unveröffentlichte Orchesterpartie (in D dur) kenne ich bis jetzt nur aus der Copie, welche aus Fischhoff's Nachlaß an die königl. Bibliothek zu Berlin kam. Ihre Echtheit wird aber, von dem Charakter der Sätze ganz abgesehen, schon durch den einen Umstand überzeugend bewiesen, daß die Ouverture daraus von Bach zu seiner Cantate »Unser Mund sei voll Lachens« in höchst genialer Weise verarbeitet ist. Das schöne Werk ist somit aus dem Anhang des thematischen Katalogs, wo es unter den zweifelhaften Werken (Ser. VI, Nr. 3) seinen Platz gefunden hat, wieder zu erlösen. — Was die Entstehungszeit der Partien betrifft, so weisen die autographen Stimmen der andern D dur-Partie durch ihr Wasserzeichen M A auf Leipzig. Diejenigen der H moll-Partie dagegen — sie befinden sich nebst den zuvorgenannten auf der königl. Bibliothek zu Berlin — tragen der Handschrift nach den cöthenschen Charakter: die Züge sind etwas scharf und spitz und steifer als in der späteren Leipziger Zeit. Die Quadrate, welche Bach späterhin durchgängig in der Weise schreibt, daß zunächst der zusammenhängende Zug ⌐ gemacht und darauf der fehlende Winkel ⌐ über dem kurzen Horizontalstriche eingefügt wird, kommen hier vielfach noch in der älteren Gestalt ⌐ vor. Die spätere, so eigenthümliche Form der Kreuze, welche dadurch entsteht, daß die Verticalstriche nicht ganz durchgezogen werden, und somit oft wie auf dem tieferen Horizontalstrich ruhend erscheinen, herrscht ebenfalls noch nicht.

Doch treten beide spätere Schreibweisen schon hier und da zwischen die älteren hinein, so daß eine Uebergangsperiode deutlich erkennbar ist. Auch das Wasserzeichen des Papiers ist ein ganz besonderes, in den Leipziger Autographen bis jetzt von mir nicht gefundenes. Läßt man nun wieder die Erwägung mitwirken, daß Bach jedenfalls in Cöthen als Vorsteher des fürstlichen Orchesters solche Orchesterpartien geschrieben haben wird, so spricht die Wahrscheinlichkeit wohl sehr dafür, daß die H moll-Partie ebendort entstand. Von der C dur-Partie fehlt das Autograph; eine gewiße Einfachheit der Haltung läßt sie jedoch eher älter als jünger erscheinen. Die beiden aus D dur, auch durch reichere Instrumentirung ausgezeichnet, mögen zusammen in Leipzig geschrieben sein.

44. (S. 759.) In dem größeren Notenbuche Anna Magdalenas steht auf den beiden jetzt nach Seite 111 folgenden Blättern, und zwar auf deren Innenseiten, das weitverbreitete Lied: »Willst du dein Herz mir schenken, So fang es heimlich an«. Auf der Außenseite des ersteren steht in der Mitte: *Aria di G[i]ovannini.* Die Blätter liegen lose, haben aber von Anfang an ins Buch hineingehört, denn auf der Rückseite des zweiten beginnt zum zweiten Male die Arie: »Schlummert ein, ihr matten Augen« und setzt sich auf den folgenden Seiten fort. Es müssen hier ursprünglich einige Seiten leer gelassen sein, auf die später das Lied geschrieben wurde, diese sind sodann mit noch einigen andern Blättern heraus gerissen oder geschnitten. Noten- und Buchstaben-Schrift sind weder diejenigen Bachs, noch seiner Frau, der Text ist mit lateinischen Lettern geschrieben, die Notensysteme sind mit einem etwas schmaleren Rostrale gezogen, als das sonst für die Liniirung gebrauchte ist. Aus dem Bachischen Archive Philipp Emanuel Bachs kam das Buch in die Hände Karl Friedrich Zelters, des Directors der Berliner Singakademie; damals waren, laut dessen eigner Angabe, die Blätter schon losgelöst. Die Annahme nun, daß Gedicht und Composition von Sebastian Bach selbst herrührten, stammt ebenfalls von Zelter, der auf einem noch jetzt dabei liegenden Zettel folgendes vermuthet: »*Giovannini* könnte Joh. S. Bachs italisirter Schäfername seyn und das Gedicht wie die Composition von ihm selbst gemacht, in die Zeit seiner zweiten Verlobung mit Anna Magdalena fallen, die recht gut soll gesungen haben. Die Abschrift, welche Mädgenhaft genug ist, könnte von der Hand des Liebchens seyn. Wäre diese Hypothese gegründet, so wäre ein solches Denkmal aus dem Blüthenleben des großen Mannes nicht zu verwerfen, wiewohl Herr *Dr. Forkel* wissen will, daß *Seb. Bach* nie ein Lied soll gemacht haben.« Was Zelter als Vermuthung hinwarf, galt alsbald für bewiesen, nachdem A. E. Brachvogel in seinem Roman »Friedemann Bach« ein wirksames Romanmotiv daraus geformt hatte; Ernst Leistner machte das Lied als Sebastians Dichtung und Composition zum Mittelpunkt eines Schauspiels in zwei Charakterbildern (Leipzig, O. Leiner. 1870); in dem angeblichen Bach-Hause zu Eisenach wird es zum »Andenken an Johann Sebastian Bachs Geburtshaus« verkauft, in häuslichen Kreisen, ja in den Concertsälen singt man es und beklatscht es als

rührende Antiquität, mögen auch unbefangene Hörer von jeher den Kopf
dazu geschüttelt haben, daß diese Musik Bachisch sein solle. Daß sie es
nicht ist, hätte ein jeder sehen können, der das Manuscript mit unbefan-
genen Augen betrachten wollte; steht doch der Name des Componisten
klar und deutlich auf dem Titel. Giovannini war ein vornehmer Italiäner
aus der Mitte des 18. Jahrhunderts, der sich längere Zeit in Deutschland
aufhielt und als Violinspieler und Componist mit Achtung erwähnt wird
(Gerber, L. I, Sp. 510; N. L. II, Sp. 332). Er war der deutschen Sprache
mächtig und versuchte sich mehrfach in der Liedcomposition. Im dritten
und vierten Theile der von Johann Friedrich Graefe herausgegebenen
Odensammlung (erschienen 1741 und 1743) finden sich sieben von ihm mit
Musik versehene Oden, in der Vorrede zum vierten Theile bringt der
Herausgeber auch einiges Persönliche über ihn bei. Ernst Otto Lindner
hat in seiner Geschichte des deutschen Liedes im XVIII. Jahrhundert
(Leipzig, Breitkopf und Härtel. 1871) zwei dieser Compositionen mitgetheilt (Notenbeilagen S. 103 und 104; vergl. auch im Text S. 31 und 33),
an deren Stil jeder sofort den Componisten von »Willst du dein Herz mir
schenken« wieder erkennen wird. Wann und wie das Lied in Anna Magdalenas Buch gekommen ist, läßt sich natürlich nicht bestimmen; vermuthlich erst nach ihrem Tode, als das Buch in andere Hände übergegangen
war, denn zu andrer Zeit als der übrige Inhalt desselben ist es geschrieben, wie schon bemerkt wurde. Aus dem Umstande, daß der Text des
vierstrophigen Liedes mit lateinischen Buchstaben geschrieben ist, läßt
sich vielleicht schließen, daß der, jedenfalls sehr ungeübte, Abschreiber
von Giovanninis Original copirte, der sich auch für das Deutsche wohl der
für seine Muttersprache gebräuchlichen Lettern bediente. Das Gedicht,
dessen spielende Anmuth höher steht, als die Musik, halte ich für eine
Uebersetzung aus dem Italiänischen; als Original läßt es sich nach meiner
Ansicht weder formell noch ideell mit dem Stande der deutschen Litteratur
zwischen 1750 und 1780 vereinbaren. Wie aber jemand im Ernste meinen
kann, Bach habe ein solches Lied dichten können, Bach dessen dich-
terischer Geschmack durch Kirchenlieder und Cantatentexte eines Neumeister, Franck und Picander bestimmt wurde, dessen Ausdrucksweise,
um von dem Inhalte ganz zu schweigen, aus Briefen und amtlichen Schriftstücken genugsam bekannt ist, das gehört zu den Dingen, die mir unbegreiflich sind. Ich bedaure, daß W. Rust in dem Vorworte B.-G.
XX, 1, S. XV sich für die Echtheit des fraglichen Liedes ausgesprochen
hat, um so mehr, als ich ihm vorher bereits den Componisten Giovannini
genannt hatte und überhaupt kein Grund vorlag, an jener Stelle von
der Sache zu reden. Er behauptet, daß gewisse Partien der Noten die
Schriftzüge Seb. Bachs erkennen ließen. Ich bin wie gesagt anderer
Ansicht. Aber selbst wenn es der Fall wäre, würde dadurch selbstverständlich nicht dargethan, daß Bach der Componist und nun gar auch der
Dichter sei. Ich darf wohl der allgemeinen Zustimmung versichert sein,
wenn ich meine, daß die Frage über das Lied »Willst du dein Herz mir
schenken« hiermit endgültig erledigt ist.

45. (S. 767.) Es ist dies das wichtigste Autograph des gesammten Werkes, das existirt. Ein, wie man sagt, von Bach geschriebenes, aber nur vier dieser Suiten enthaltendes Manuscript besaß früher Dr. W. Rust in Berlin; nach ihm ist, soweit es reicht, die durch F. A. Roitzsch besorgte neue Ausgabe bei C. F. Peters (Leipzig, 1867) hergestellt. Jetzt befindet es sich im Besitze von Professor G. R. Wagener in Marburg; ich habe es nicht gesehen. Aus Anna Magdalenas Büchlein sind, da die Blätter sich aus dem Einbande gelöst hatten, im Laufe der Zeit einige Lagen verloren gegangen. Daher wird es kommen, daß auch das Autograph lückenhaft ist: die sechste Suite (E dur) fehlt gänzlich, mehre der andern sind nicht vollständig vorhanden. Die bekannte Reihenfolge der sechs Suiten ist hier schon inne gehalten. Zu Anfang hat offenbar die D moll-Suite gestanden, es fehlt aber die Allemande und von der Courante der erste Theil und vom zweiten Theile $1\frac{2}{3}$ Takte, des Uebrige ist von Bach paginirt mit 4. 5. 6. 7. 8. 9. Da jedoch dieselbe Suite in dem größeren Buche Anna Magdalenas auf S. 86—95 noch einmal vollständig steht, so ist der Ausfall ersetzt. Dann wird die C moll-Suite gekommen sein, von der gleichfalls Allemande und erster Theil der Courante fehlen, und von der Gigue sind nur die ersten 12 Takte mit Auftakt vorhanden, der Rest wird auf einem verloren gegangenen Blatte gestanden haben. Vor der Gigue hat Bach die Notiz gemacht: »NB. Hierher gehöret die fast zu ende stehende *Men. ex. c. b.*« Der Menuett steht nämlich an einem ganz andern Orte des Buches; aus der Notiz aber schließe ich, daß die übrigen Theile der Suite nach dem Anfange zu gestanden haben. Auch hier kann das größere Buch ergänzend eintreten; allerdings nur theilweise, da es selbst die C moll-Suite nur bis in die Sarabande enthält (auf S. 96—100). Dann wird die H moll-Suite gefolgt sein, die folgende Ueberschrift trägt:

»Suite pour le Clavessin   par J. S. Bach.«

Courante, Sarabande und Anglaise bis auf die letzten 22 Takte des zweiten Theils derselben fehlen, die beiden Menuette dagegen stehen weiter nach hinten zwischen andern Stücken und sind demnach wohl hinterher componirt; Gigue wieder vollständig, nach Takt 10 und 28 des ersten und Takt 12 und 28 des zweiten Theils sind jedesmal die zwei darauf folgenden Takte später eingeschoben und in deutscher Tabulatur am oberen oder unteren Rande nachgetragen. Es folgt: *»Suite ex Dis pour le Clavessin«*. Darauf: *»Suite pour le Clavessin. ex G* ♮*«*. Beide sind vollständig.

46. (S. 773.) Forkel hat in der von ihm besorgten Ausgabe des wohltemperirten Claviers, die 1801 bei Hoffmeister und Kühnel in Leipzig erschien, die Praeludien aus C dur, C moll, Cis dur, Cis moll, D dur, D moll, Es moll, E moll, F moll und G dur in einer kürzeren Fassung gegeben. Er wollte in ihr die Gestalt sehen, welche den Stücken vom Componisten endgültig zugedacht gewesen sei (vrgl. seine Schrift über J. S. Bach, S. 63). Allein hier befindet er sich nicht nur mit dem musikalischen Gefühle sondern auch mit sämmtlichen Autographen des wohltemperirten Claviers im Widerspruch. Auch hat er seine Ansicht nicht diplomatisch begründet; eine Handschrift, welche aus seinem Besitze an die königl. Bibliothek zu Berlin

kam, ist erstens ziemlich incorrect und enthält zweitens von den fraglichen
Praeludien auch nur die aus Cis dur und Es moll. Gleichwohl wird man
schwerlich je geglaubt haben, daß derartige tiefgreifende Abweichungen
so vieler Stücke in gar keiner Beziehung zum Componisten ständen. Die
bis jetzt ungenutzte Quelle des Friedemann Bachschen Clavierbüchleins
giebt darüber erwünschten Aufschluß. Sie zeigt, daß bei einer Anzahl von
Praeludien jene kürzeren Fassungen in der That von Bach herrühren. Die
Frage würde nun entstehen, ob die gekürzte Form den ursprünglichen
Entwurf repräsentire oder etwa nur eine Zurichtung *in usum Delphini*
bedeute, um den Kräften des Knaben nichts übertriebenes zuzumuthen.
Aber auch hierüber verhilft uns das Büchlein, wenn nicht zur vollständigen,
so doch zur annähernden Sicherheit. Denn einerseits sind nicht alle Praeludien, die in kürzerer Fassung existiren, in Friedemanns Buche wiederzufinden — G dur fehlt gänzlich —, andrerseits stehen aber auch mehre
in der erweiterten Fassung darin, so namentlich Cis dur vollständig mit

104 Takten (der Anfang ist in der rechten Hand so )

und Cis moll mit 39 Takten; Es moll bricht im 35. Takte bei der Sech-
zehntelpassage im verminderten Septimenaccorde ab, genug jedoch, um zu
zeigen, daß die Forkelsche Fassung nicht vorliegt; ebenso ist es mit dem
F moll - Praeludium, das auf dem Orgelpunkt c im 18. Takte abbricht.
Auch das C dur-Praeludium zeigt einige erhebliche Abweichungen von der
Forkelschen Gestalt, Erweiterungen, die sich sofort als Verbesserungen
erweisen; es ist nämlich (von kleineren Aenderungen abgesehen) hinter
Takt 4, 6 und 8 je ein Takt eingeschoben, durch welche namentlich der
Reiz der verhüllten Melodik schon wesentlich erhöht wird. Man sieht also
wohl, daß bei der Umgestaltung der Praeludien nur rein musikalische Motive
gewirkt haben. Ist es nun aber erwiesen, daß bei einigen Praeludien die
sogenannte Forkelsche Fassung vom Componisten selbst herstammt, so darf
bei der Beschaffenheit der Abweichungen der Schluß nicht zu kühn genannt
werden, daß dies von allen gelte. Das D dur-Praeludium, das auch in
kürzerer und längerer Form vorkommt, ist in Friedemanns Buche leider
in einer Weise fragmentarisch, daß sich kein Schluß machen läßt, in
welcher Form es hier beabsichtigt war, es hört nämlich im 19. Takte auf.
Bei dem C dur-Praeludium aber haben wir nunmehr drei Fassungen zu
unterscheiden: die Forkelsche, die Friedemann Bachsche, die endgültig
für das wohltemperirte Clavier hergestellte. Die Sache verhält sich also
grade umgekehrt, als Forkel meinte: die kurzen Praeludien sind das
Frühere, die längeren das Spätere. Es werden ihm, vielleicht eben durch
Friedemann Bach, Handschriften der Praeludien in ihren ersten Entwürfen
zugekommen sein, die er dann für nachträgliche Ueberarbeitungen hielt,
irregeleitet durch die Beobachtung ähnlicher Thatsachen an andern Bachschen Werken.

47. (S. 773.) Das bis jetzt unbekannt gewesene Autograph des
wohltemperirten Claviers, über das ich hier zu berichten habe, war früher

im Besitze von Hans Georg Nägeli in Zürich. Derselbe scheint es, soweit ich über seine Erwerbungen Bachscher Autographe Nachricht erhalten konnte, im Jahre 1802 durch Vermittlung eines Freundes, des Professor J. K. Horner in Hamburg, von der damals dort noch lebenden einzigen Tochter Philipp Emanuel Bachs erhalten zu haben. Diese, Anna Karoline Philippine, trieb nach des Vaters Tode zusammen mit der Mutter, und als dieselbe 1795 verstarb, allein einen Handel mit den Musikalien Philipp Emanuel und Sebastian Bachs, wie aus einer Notiz in Nr. 122 des Hamburger Correspondenten von 1795 hervorgeht (sie ist mitgetheilt von Bitter, Emanuel und Friedemann Bach II, S. 127). Vermuthlich stammen aus dieser Quelle auch die beiden Autographe Johann Christoph Bachs aus Eisenach, die sich jetzt in meinem Besitz befinden (vrgl. S. 128, Anmerk. 41). Von Nägelis Sohne kaufte das Autograph des wohltemperirten Claviers im Jahre 1854 Herr Ott-Usteri in Zürich und ließ sich, dank der gefälligen Vermittlung des Herrn Hofrath Sauppe in Göttingen, bewegen, mir dasselbe im Herbst 1869 zur Untersuchung auf kurze Zeit anzuvertrauen. Inzwischen ist, im Sommer 1872, Herr Ott-Usteri gestorben und hat, wie ich höre, seine sämmtlichen Autographe der Züricher Stadtbibliothek vermacht.

Zu dem Bachschen Manuscripte gehört ein ebenfalls autographer Umschlag, der aber ursprünglich für beide Theile des wohltemperirten Claviers gedient haben muß, denn er lautet: »Zweymal XXIV | *Praeludia* [nebenstehend:] $\frac{1^r\ \text{Theil }24}{2^r\ \text{Theil }24}$ [von anderer Hand unter das Wort *Praeludia* geschrieben:] und *Fugen* | aus | allen 12. *Dur* und *moll* Tönen. | vors *Clavier* | von | *Joh. Seb. Bach* | *Dir. Mus.* in Leipzig |«. Da die Bezeichnung »und *Fugen*« von anderer Hand herrührt, im Werke selbst aber die Fugen mit den Praeludien zusammengeschrieben sind, so daß am Schluß der Praeludien häufig steht »*Fuga seq.*«, auch Praeludien und Fugen häufig auf einem und demselben Bogen sich befinden, so ist klar, daß der Umschlag nicht ursprünglich zu diesem Manuscripte gehört hat, sondern zu einem andern, welches nur die Praeludien enthielt. Hierdurch wird bewiesen, daß Bach die Praeludien nicht für unabtrennbar von den Fugen hielt, sondern sie einmal auch allein zu einem selbständigen Werke zusammen stellte. Die Hand, welche den Zusatz machte, hat auf der Innenseite des Umschlags ein Seitenverzeichniß der Praeludien und Fugen aufgestellt, so:

»*Praelud.* 1. 2 Seiten *Fuga* 1. — 2 Seiten
-    2. 2   -   - 2. — 2 - «

u. s. w. und schließlich die zusammengezogene Seitenzahl in Bogen ausgedrückt. Außerdem hat sie über die von Bach geschriebene D moll-Fuge die Worte gesetzt: »bleibt weg«. Es ist nämlich nicht der ganze Inhalt des Umschlags autograph; die ersten sechs Praeludien und Fugen sind von anderer, viel jüngerer Hand geschrieben, vermuthlich einer Copistenhand: die Schrift ist sehr gezirkelt, das Papier frischer, die Liniensysteme sind mit einem andern Rostrale und viel sorgfältiger gezogen. Bachs Handschrift beginnt mit der D moll - Fuge, die also nun zweimal vorhanden ist, daher die Worte darüber. Das erwähnte Seitenverzeichniß ist nicht zu Bachs Manuscript angefertigt, sondern zu dem jener Schreiberhand; zu jenem stimmt es nicht, wohl aber zu dem, was von diesem übrig ist. Die Angabe der Seitenzahl ist meistens höher, als Bachs Manuscript Seiten aufweist; in demselben Verhältnisse ist Bachs Schrift enger und gedrängter, als die des Copisten. Demnach hat der Besitzer ursprünglich den ganzen ersten Theil des wohltemperirten Claviers nur in jener Copisten - Handschrift besessen und nach ihr auf dem autographen Titel jene zwei Worte zugesetzt und im Innern das Verzeichniß angelegt. Später erst hat er das von Bach selbst Geschriebene hineingethan. Was dieses betrifft, so glaube ich bestimmt, daß Bach aus irgend welchen unbekannten Gründen garnicht mehr als eben nur das Vorliegende geschrieben hat, aber doch die Absicht hatte, das Fehlende noch nachzutragen. Während nämlich sonst das Autograph überall einen sparsamen Raumverbrauch anzeigt, ist die erste Bogenseite vor der D moll-Fuge zwar rostrirt, aber unbeschrieben. Hier sollte das zugehörige Praeludium stehen; da dieses aber für eine Seite zu lang ist, so darf man weiter schließen, daß er alles übrige noch hinzuschreiben wollte und sich dazu den Raum genau berechnet hatte.

Wie alle Bachschen Reinschriften ist auch diese klar und theilweise schön ausgeführt. Als Ueberschrift über den Praeludien findet sich dieses Wort mit großen und schönen lateinischen Zügen, mit der laufenden Nummer dahinter, bei den Fugen mit Ausnahme der zwölften und zwanzigsten auch die Stimmenanzahl, also z. B. *»Praeludium 7.«. »Fuga 7. à 3.«* Hinter Praeludium 10, 20, 21, 23, 24 steht: *»Fuga seq.«* Einmal, hinter der Es dur-Fuge, ist auch die Zahl der Takte (37) notirt. Daß die Handschrift während der Leipziger Periode gefertigt sei, erkennt man schon aus ihrem Aeußern, ganz deutlich aus den Schriftzügen, unsicherer aus dem Wasserzeichen des Papiers, einem Schilde mit gekreuzten Schwertern im linken Felde (der Umschlag besteht aus anderm Papier und hat in der einen Seite das Zeichen des Doppeladlers). Vergleicht man aber den Inhalt mit dem der andern Autographen, welche in der Einleitung der von Fr. Kroll mit ausgezeichneter Sorgfalt hergestellten Ausgabe der Bach-Gesellschaft beschrieben sind, so stellt sich an der Verschiedenheit der Lesarten alsbald mit völliger Evidenz heraus, daß dieses Nägelische, oder, wie wir von jetzt ab sagen wollen, Züricher Autograph von allen das späteste und vorzüglichste ist. Vermuthlich war es das Handexemplar Philipp Emanuel Bachs, der es mit sich nahm, als er im Jahre 1735 das elterliche Haus verließ. Die Richtigkeit dieser Ansicht vorausgesetzt, würde sich mit großer Sicherheit behaupten lassen, daß dies Manuscript erst kurz vorher von Sebastian angefertigt worden sei. Denn die wichtigsten von seinen abweichenden Lesarten finden sich weder in irgend einer der übrigen Handschriften, noch in irgend einer gedruckten Ausgabe, soweit über dieselben jetzt durch Krolls treffliche Edition ein Ueberblick ermöglicht ist, obwohl es ganz offenbare Verbesserungen sind, wie alsbald nachgewiesen werden soll. Dies ist eben nur dadurch erklärlich, daß das Autograph dem Bereiche der Sebastian Bachschen Schüler, welche vor allen durch ihre Abschriften das Werk vervielfältigten und verbreiteten, gleich nach seinem Entstehen entzogen wurde. Außerdem ist der Gedanke angemessen, daß Bach seinen beiden ältesten und hervorragendsten Söhnen, unter die ja auch später sein musikalischer Nachlaß getheilt wurde, je ein Exemplar des Clavierwerkes, auf das er so großes Gewicht legte, mit auf den Weg gab. Das Friedemann Bachsche Autograph kam zunächst in die Hand des Domorganisten Müller in Braunschweig (gest. daselbst 1835), dann durch Vermächtniß an Prof. Griepenkerl daselbst, nach dessen Tode an die königl. Bibliothek in Berlin. Ein zweites Autograph, jetzt im Besitze von Prof. Wagener in Marburg, war vermuthlich des Componisten Handexemplar. Dieses ist 1732 geschrieben. Das Züricher Autograph muß also jedenfalls nach diesem Jahre gefertigt sein. Forkel wollte nach Griepenkerls Notiz eine alte Handschrift gesehen haben, die am Schlusse die Bemerkung trug: »*Scripsit* 1734«. Friedemanns Autograph kann dies nicht gewesen sein, da es eine solche Notiz nicht trägt. Dagegen läßt sich nicht einwenden, daß das Autograph gegen den Schluß hin unvollständig sei; denn hier ist offenbar nichts verloren gegangen und später durch einen Andern ergänzt, sondern Bach hat, und mit sichtlich steigender Ungeduld, überhaupt nur bis zum 68. Takte der Amoll-Fuge (einschließlich) geschrieben, den Rest der Fuge sofort von andrer Hand, wohl derjenigen Friedemanns, ergänzen lassen, dann blieb das Heft eine Zeit lang liegen und wurde später durch dieselbe Hand vollendet. Dies alles läßt sich aus der Anlage des Manuscripts und den verschiedenen dazu verwendeten Papiersorten ganz gut erkennen. Das Züricher Autograph enthält aber jene Notiz auch nicht, ebensowenig das Fischhoffsche Autograph, dessen Echtheit einmal angenommen. Wenn nun also nicht noch ein im Jahre 1734 geschriebenes Autograph verloren gegangen sein soll, so war das von Forkel gesehene entweder gar keines, oder es war das Wagenersche, und er hat die Zahlen 1734 und 1732 verwechselt. Letzteres ist mir das wahrscheinlichste.

Ganz ohne Einfluß auf die Gestalt des heutigen Textes des wohltemperirten Claviers ist jedoch das Züricher Autograph nicht geblieben, nur ist er freilich verschwindend klein. Ich müßte mich sehr täuschen, oder es hat den beiden frühesten deutschen Herausgebern — zur Benutzung kann man nicht sagen, aber doch zur Einsicht vorgelegen, dem Hamburger Musikdirector und Nachfolger Philipp Emanuel Bachs, Ch. F. G. Schwenke, der um 1800 die Simrocksche Ausgabe besorgte, und Nägeli, der bald darauf im eignen Verlage eine solche erscheinen ließ. Daß Nägeli dies nicht eher gethan habe, als bis er im Besitze des Autographs sich befand, ist wohl sehr wahrscheinlich. Der Einfluß desselben aber verräth sich bei beiden an einer Anzahl kleiner Abweichungen, die sie zum Theil gemeinsam und die nur sie allein haben; ich werde unten einige Male darauf aufmerksam machen. Die Erwägung, daß diplomatische Kritik damals auf musikalischem Gebiete ein ungekanntes Ding und subjectives Gutdünken der oberste Richter war, muß man hinzunehmen, um zu begreifen, wie diese Männer Kleinigkeiten aufnehmen und an den wichtigsten Aenderungen uninteressirt oder scheu vorübergehen konnten.

Da es an dieser Stelle vor allem auf den Beweis ankommt, daß das Züricher Autograph die übrigen an Vorzüglichkeit übertrifft, so habe ich von einer Mittheilung aller Varianten abgesehen. Ich werde nicht angeben die abweichenden und fehlenden Manieren, desgleichen Kleinigkeiten wie etwa einen hier und da fehlenden Verbindungsbogen, auch ganz offenbare Schreibfehler, die übrigens verhältnißmäßig selten sind. Hierzu wird sich wohl einmal eine andere Gelegenheit bieten. Alles übrige folgt hier in der Ordnung, daß zunächst die Lesarten aufgeführt werden, die nur allein im Züricher Autograph sich finden (und hier und da in den Ausgaben von Schwenke und Nägeli), sodann eine Anzahl solcher, deren Echtheit, obgleich durch mehre Quellen beglaubigt, doch noch einen Zweifel zuließ, welcher nunmehr vermindert oder ganz gehoben wird. Zu Grunde liegt der Collation Krolls Ausgabe der Bach-Gesellschaft.

D moll-Fuge. 31, zweites Viertel der rechten Hand:  (die Noten des oberen Systems sind stets im Sopranschlüssel zu denken). Diese mit der Consequenz der motivischen Entwicklung im Widerspruch stehende Lesart ist vielleicht nur ein Versehen. Es dur-Praeludium.

9, drittes Viertel d. r. H.:  . Daraus ist wohl Nägelis Lesart entstanden; s. Varianten bei Kroll. 56, im Tenor letztes Viertel: *g* als volles Viertel, in Uebereinstimmung mit 65, wo *es* als volles Viertel von allen

Quellen geboten wird. Es dur-Fuge. 21, r. H.:  ;

warum dies besser ist, erklären 6 und 29. Es moll-Praeludium. 37, l. H. keine Septime in den drei Accorden, was mir größer und stimmungs-

voller erscheint; von Nägeli aufgenommen. 38, r. H.:  .

Schlußaccord ohne Fermate, so auch bei Nägeli. E dur-Praeludium.

3, l. H.:  . E dur-Fuge. 6, l. H. zwölftes Sechzehntel $\overline{d}$; 13 , l. H. siebentes Achtel *fis*, beides vielleicht nur Schreibfehler.

E moll - Praeludium. 16, r. H. : ,

offenbar besser, weil früheren Takten entsprechend. 37, l.H. : .

Schlußaccord mit kleiner Terz , so auch Nägeli , wenngleich nicht allein.

F dur - Praeludium. 13, l. H. : . 17, l. H. im zehnten

Achtel *F* nach Analogie von 7 ; vermuthlich aus diesem Grunde schon von

Czerny geändert. F dur - F u g e. 45, r.H. : . F moll - Praelu-

dium. 5, l. H. erste Takthälfte : . 14, r. H. erstes Viertel :

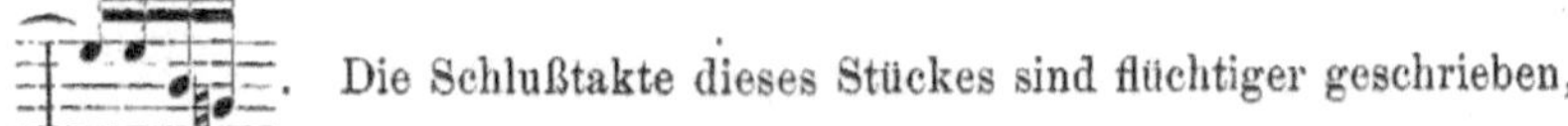. Die Schlußtakte dieses Stückes sind flüchtiger geschrieben,
es fehlen mehre| Noten; auch *des* als achtes Basssechzehntel ist wohl ein
Versehen. F moll - F u g e. 13, im dritten Viertel der Tenor *as* als volles
Viertel. 36, die beiden untern Stimmen :

,

so daß das *as* des Tenors nach *b* geht, eine Stimmführung, die vorzuziehen
wäre auch bei einem *es* des Basses statt *e*. 44, oberste Stimme im zweiten
Viertel $\overline{d}$ als halbe Note, was sicherlich nur eine Flüchtigkeit ist, ebenso
46 , wo der erste Basston *c* als Viertelnote. F i s d u r - P r a e l u d i u m.
Taktvorzeichnung : $\frac{12}{8}$, im Widerspruch mit der Aufzeichnung des Stückes
selbst; ein Versehen, das vielleicht aus der Erinnerung an die ursprünglich gewählte Schreibweise entstand. Damit könnte zusammenhängen, daß
der letzte Basston hier, wie in den andern Autographen, als ♩. notirt ist.
28, l. H. zweite Note *cis* , um die Octaven mit der Oberstimme zu vermeiden. 29, r. H. zweites Sechzehntel *eis*, scheint ein Versehen. F i s m o l l -

F u g e. 29, zweite Hälfte, r. H. : , jedenfalls schöner und

consequenter; vrgl. 32. 33, letzte Note im Alt $\overline{a}$. G d u r - P r a e l u d i u m.

7, 1. H. die letzten sechs Sechzehntel nur Wiederholung der vorhergehenden sechs, um zwei Octaven zu vermeiden; es ist nun freilich eine neue hineingekommen, aber doch nur eine. G dur-Fuge. 8, *H* im Basse mit allen andern Autographen, dann aber auch $\overline{h}$ im Discant, was der Gesammtstimmung unstreitig besser entspricht. G moll-Praeludium. 5, r. H.:

, eine reizvollere Rhythmisirung. Desgleichen 6, r. H. letztes Viertel und 8, 1. H. letztes Viertel, Abweichungen, die beide Male auch Nägeli hat (s. Kroll S. 230). 15, r. H.

letztes Viertel: . G moll-Fuge. 21, im Alt erste Note $\overline{as}$, wegen des ringsumher herrschenden *As* vorzuziehen. As dur-Praeludium. 36, im Alt, fehlt $\overline{f}$; scheint, mit Rücksicht auf 38, ein Versehen. As dur-Fuge. 6, letzte Note des Tenors *as* als Viertel; besser, da so das Thema mehr hervortritt. Auch der Bogen über dem *as* der Oberstimme ist, wie in einigen Handschriften und Drucken, hier vorhanden, und

zu demselben Zwecke gut. 13, r. H. letztes Viertel:  . 35, Alt

zweites Viertel: als Imitation der Bassfigur im letzten Viertel

des vorhergehenden Taktes. Gis moll-Praeludium. 2, r. H. erste Note für den Alt nur als Achtel, um verdeckte Octaven mit dem Basse zu

vermeiden. Gis moll-Fuge. 7, zweite Hälfte Tenor: ,

als melodischere Führung vorzuziehen. 15, erste zwei Achtel des Tenors zweimal *cis*; zweifelhaft, ob nicht Schreibfehler, wenngleich so wohl-

klingender. 32, 1. H.: , von allen Lesarten dieser

merkwürdigen Stelle wohl die am wenigsten harte. A dur-Praeludium. 9, 1. H. schlägt $\overline{e}$ auf dem vierten Achtel dem vorhergehenden Sechzehntel der Mittelstimme nach. So auch Nägeli und Simrock. Die Ausführung ist aber jedenfalls ganz dieselbe, wie die der genaueren Notirung, welche Kroll nach den andern Autographen gegeben hat. Solche Freiheiten hat sich Bach zuweilen gestattet, um das Auge des Spielers über seine musikalische Intention zu orientiren. So schreibt er in diesem Züricher Autograph den 29. Takt der F moll-Fuge r. H. : 

A dur-Fuge. 50, r. H. sechstes Achtel *cis*, jedenfalls um eine Corresponsion mit dem Gange der Mittelstimme im 53. Takte herzustellen. Dagegen ist 43, fünftes Achtel, das *gis* in der Mittelstimme zuverlässig ein Schreibfehler. A moll-Praeludium. 22 vom siebenten Achtel bis 23 zum siebenten Achtel, also volle neun Achtel gänzlich gestrichen, die in der That der schwungvolleren Schlußentwicklung hinderlich sind und außerdem eine Härte enthalten, indem der Septimenaccord über *F* sich garnicht, oder doch nur mangelhaft auflöst. Wohl aus diesem Grunde ist in der Ausgabe Fr. Chrysanders (Wolfenbüttel, L. Holle) jenes *F* in *A* geändert, ich weiß aber nicht, auf Grund welcher Autorität. Ueber dem Schlußaccord eine Fermate; so auch Nägeli und die Handschrift Schwenkes. A moll-Fuge. 41, im dritten Viertel der Bass *c* als Achtel. 59, Tenor :

 , hart, doch nicht ganz unmöglich. 63, Alt achtes

Sechzehntel *e*; die Septime sollte, wie es scheint, vorbereitet werden. 64, im dritten Viertel der Tenor *d* als Viertelnote; der Sprung nach *a* ist

in der That überflüssig. 69, Tenor :  . 81, Oberstimme :

 , die strenge Engführung ist aufgegeben,

wohl deshalb, weil man schon genug Engführungen gehört hat. B moll-Praeludium. 1, l. H., viertes Achtel, fehlt *des*; im folgenden Takte ist die Stimmenführung etwas abweichend vorgezeichnet. 24 fehlen die Bindebogen zwischen *ges* / *es* ; Fermate nur über dem letzten Accord. B moll-

Fuge. 20, l. H. :  , vorzuziehen, da der Viertelgang in

Terzen nun länger fortgesetzt wird. 36, r. H. drittletztes Achtel *f*, nicht *fes*, besser, weil auf As dur vorbereitend. 74—75 fehlt der Bogen zwischen *f*

und *f*. H dur-Fuge. 4, Tenor : , ist besser, da so

eine Quartsextharmonie vermieden wird. H moll-Praeludium. Die Ueberschrift *Andante* fehlt. H moll-Fuge. 63, Oberstimme zweite Takthälfte : *a* nur als Viertel, setzt im folgenden Takt neu wieder ein, wohl um die Imitation schärfer hervorzuheben. —

D moll-Fuge. 35 stimmt die Lesart des Züricher Autographs mit der des Fischhoffschen überein und ist ihrer Consequenz' wegen zu empfehlen; etwas Herbigkeit mehr oder weniger macht bei dieser Fuge nichts aus. Es dur-Praeludium. 34 übereinstimmende Lesart mit dem Wagenerschen und Fischhoffschen Autograph. Kroll beurtheilt sie (S. XXIV) ganz richtig und hätte sie darum auch als Hauptlesart in den Text aufnehmen dürfen. Es moll-Praeludium. 10, r. H. letzter Accord ist ein vollständiger Es moll-Accord mit $\overline{b}$ als tiefster Note, aber beweisunkräftig, weil mit anderer Tinte später hineingemalt. Diese fremden Spuren zeigen sich auch in dem Fis dur-Praeludium nebst Fuge und erweisen sich unter anderm als Correcturen Bachscher Flüchtigkeitsfehler, sind aber sonst von mir natürlich nicht weiter berücksichtigt. Es moll-Fuge 20 und 21, 41, 48 gleichlautend mit allen Autographen gegen die von Kroll aufgenommene Lesart. E dur-Fuge. 16, 26, 27 desgleichen; nur ist im letztgenannten Takte das fünfte Bassachtel punktirt, um eine Corresponsion mit dem vorhergehenden zu bewirken. E moll-Praelu-

dium. 5, r. H.:  und so mit kleiner

Abweichung auch in den Autographen. 7, 9, 11 übereinstimmend mit allen Autographen, nur steht im 9. Takt vor dem Anfangs-*H* der rechten Hand ein Accentzeichen. Forkel sagt (S. 63), das E moll-Praeludium sei zuerst mit Laufwerk überhäuft gewesen und nachher von Bach vereinfacht. Hierin ist, wie man sieht, ein Fünkchen Wahrheit, nur daß Forkel den ersten Entwurf in Friedemanns Buche für die vereinfachte Gestalt hielt, und daß wir nicht wissen, ob die Verschnörkelungen in der erweiterten Gestalt von Bach selbst herrühren. Er muß hier etwas von Bachs Söhnen gehört haben, hat dies aber falsch verstanden oder angewendet. Und so ist es ihm wohl öfter ergangen. E moll-Fuge. 21, r. H. als achtes Sechzehntel $\overline{gis}$, das auch Kroll als Hauptlesart aufgenommen hat. Ebenso 40, r. H. im dritten Viertel $\overline{g}$. F dur-Fuge. 42 übereinstimmend mit allen Autographen gegen Krolls Lesart. F moll-Praeludium. 22 Schlußaccord mit kleiner Terz gegen die Mehrzahl der Handschriften. F moll-Fuge. 32 hat der Bass im zweiten Viertel *ges*. 41 Alt im dritten Viertel *c*. Fis dur-Praeludium. 5, 17, 29 sind zwischen dem neunten und zehnten Sechzehntel keine Bindungen. G dur-Fuge. 82 gleichlautend mit allen Autographen gegen Krolls Lesart. G moll-Praeludium. 13 auf 14 bleibt das *c* des Basses liegen; diese Lesart auch in der Simrockschen Ausgabe. 19 Fermate auf dem letzten *h* in Uebereinstimmung mit dem Fischhoffschen Autograph. Gis moll-Fuge. Schlußtakt Dur; so mit dem Fischhoffschen Autograph und geringeren Handschriften auch Nägeli und Simrock. A dur-Fuge. 53, viertes Achtel der Mittelstimme *gis*; demzufolge rührt die Rasur in Friedemann Bachs Autograph schwerlich vom Componisten selber her. A moll-Fuge. 69, im letzten Viertel Oberstimme wie in der Hauptlesart bei Kroll. B dur-Fuge. Schluß- accord ohne Fermate. B moll-Fuge. 50 auf 51 ohne Engführung:

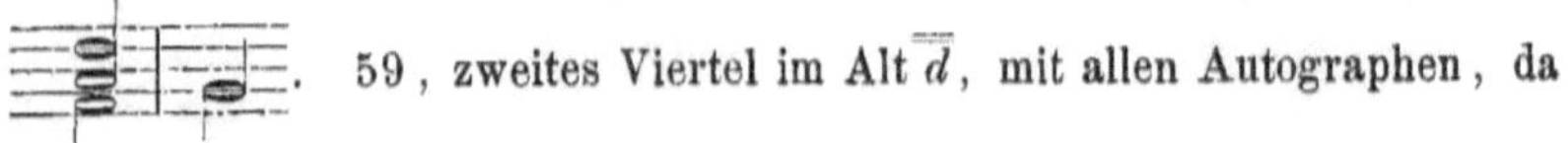 59, zweites Viertel im Alt $\overline{d}$, mit allen Autographen, da

auch in dem Wagenerschen, wie Kroll eingesteht, eben so gut ein Quadrat gelesen werden kann. Ich glaube, daß dieser sehr fleißige Herausgeber in Bezug auf die von zweiter Hand in das Wagenersche Autograph einge- tragenen Correcturen in einem Vorurtheil befangen ist. Wie man bemerkt haben wird, bestätigt das Züricher Autograph überall die ersten Lesarten desselben. Sollten die Correcturen spätere Verbesserungen des Componisten sein, dann wäre es ganz unbegreiflich warum unter ihnen von all den Ver- besserungen des Züricher Autographs sich keine einzige findet.

Anhang B.

Mittheilungen aus den Quellen und Ergänzungen.

I.

(Zu Seite 4.)

Der Brief des Grafen Günther fand sich im September 1868 als einzelnes halb vergilbtes und vermodertes Blatt auf dem fürstlichen Archive zu Sondershausen. Als ältestes Document über die muthmaßlichen Vorfahren Sebastian Bachs möge er hier abgedruckt werden. Daß ich ihn überhaupt entziffern konnte, danke ich in einem wesentlichen Theile der freundlichen Hülfe meines Collegen Prof. Th. Irmisch.

»Günther graf zu Swarzburg Herr zu Arnstet vnd Sundershußen [1])

Vnßern grus zuevor würdiger Hochgelartter besonders lieber euch ist sunder Zweivel vnvergessen. das wir euch manichfeltigerweise geschrieben vnd auch sunst mundlich haben angeben laßen, Das vnsere vndertanen zu Greferode   Hans bach vnd Hans obentrot, mit geistlichenn processen. von Mentz Herrürende vonn wegen eins genant Hans schuler [2]) Zue vlfinaw [3]) ewirnn geistlichen gerichtszwange vnterworffig. beswert sint, vnersucht [4]) vmb vngewegrts [5]) gleiths hülfe vnd rechts von vns vnnd auch vnsernn Ambtleuten, Adiraber [6]) auch versehens von euch als geistliche ordinatien an stat vnsers gnedigen hern von mentz disses orts Zue doringen vnd wiewol als wir bericht empfangen Ir derwegen habt genn Mentz geschrieben mit ziemlichenn vnd gebürlichenn erbieten aber doch den vnsern Zue entledigunge Zuegewanter beswerunge vnfruchtenn [7]) welchs gantz beswerlich die armen poben [8]) das alles so vnpilcherweiße [9]) beswert zuewißen   Wie denn. Ist vnser gnediglich gesynnen. Ir wollet nochmals

---

[1]) Günther XXXIX., der Bremer, geb. 1455 † 1531; regierte von 1503.

[2]) Ein Sigismund Schuler war 1588 in Arnstadt *aerarii curator* und steht als solcher in dem Verzeichnisse vor Orlando Lassos Magnificat, *Monachii* 1587 (Exemplar auf der Kirchenbibliothek zu Arnstadt).

[3]) Wenn dieser Ort nicht mittlerweile vom Erdboden verschwunden ist, so kann es nur Ilmenau sein.

[4]) »und ersucht haben«.

[5]) »unverweigertes«.

[6]) »Oder aber«.

[7]) d. i. »vergeblich«.

[8]) »über«.

[9]) »unbilligerweise«.

In ansehung der ploseit [10]) vnd unserer fürschrift den armenleuten Zue gute auf die wege helffen trachtenn, damit sie solcher beswerunge entlestigen, Alsdann wollen wir gedachtenn Hanßen schulern auf versorgunge gnuglichs gleits. Hülfe gleiths vnd rechts. vor vns adir vnsern gerichtenn vber die vnsernn nicht wegrn ßundern das alles sleuniglich ergehen vnd widderfaren lassenn Adir dieselbigen nachmals vor euch als ordinatien wie obstet Zue rechte vnd aller pilcheit [11]) fürstellenn daselbst. dem cleger Zuepflegen vnd Zueleisten souil vnd durch euch erkant wirdt, Ir wollet euch hir Inn gutwillig beweisen wollen wir vns verschreiben vnd widerumb günstig beschulden

Datum Freitags [?] vor mathie apostoli [12]) anno Nono

Dem würdigen Hochgelartten Ern Johan Somering [13]) Domb Capellan Zue erffurt vnsernn besondern lieben«.

II.

(Zu Seite 27.)

Es liegt nicht im Plane, die Bachsche Familie nach allen Richtungen hin weiter zu verfolgen, als bis in die Sebastian Bach parallel stehenden Generationen. Darum kann von Bernhard Bachs einzigem Sohne Johann Ernst (1. Sept. 1722 — 28. Jan. 1777) nur an dieser Stelle die Rede sein. Er besuchte etwa von 1735 an die Thomasschule in Leipzig und beweist durch eine erhaltene Abschrift von 12 Vivaldischen Concerten, welche Sebastian Bach für Cembalo oder Orgel bearbeitet hatte, daß er von seinem großen Verwandten zu lernen suchte. Dann studirte er auf der dortigen Universität Jurisprudenz und ließ sich in seiner Heimath Eisenach als Advocat nieder. Seine musikalische Tüchtigkeit war aber so groß, daß er nicht nur 1748 seinem Vater als Organist adjungirt und nach dessen Tode sein lebenslänglicher Nachfolger wurde, sondern 1756 sogar zum sachsenweimarischen Capellmeister mit 400 Thalern Jahresgehalt aufstieg. Daß er sich die Förderung der Capelle sehr angelegen sein ließ, beweisen verschiedene »Pro Memoria« im Gesammt-Archiv zu Weimar. Er behielt aber seinen Wohnsitz und sein Amt in Eisenach und kam nur zeitweilig nach Weimar hinüber, war also nach dem damaligen Ausdrucke Capellmeister »von Haus aus«. Zu Adlungs Buche »von der musikalischen Gelahrtheit« schrieb er eine verständige und gesinnungstüchtige Vorrede. Die Achtung und das Ansehen, welche er allgemein genoß, sollen sich nach Gerber aber eben so sehr auf einen trefflichen Charakter gegründet haben. Von seinen dort angeführten Compositionen sind mir die Instrumentalwerke unbekannt;

---

[10]) »Blosheit«, nämlich Bachs und Abendroths.
[11]) »Billigkeit«.
[12]) 23. Februar.
[13]) Sömmering kommt 1507 als Domherr der St. Severus-Kirche in Erfurt vor, war Doctor beider Rechte.

die Trauer-Musik auf den frühen Tod seines Gönners, des Herzogs Ernst August Constantin, und ein deutsches Magnificat sind in gleichzeitiger Abschrift in meinem Besitz. Ersteres Werk ist milden, innigen, aber nicht großen Charakters, das Magnificat entwickelt bedeutende Chormassen und wenn auch nicht immer glücklich, künstlichere contrapunctische Combinationen. Ein anderes Magnificat in F dur von freundlicher Haltung besitzt, wie es scheint im Autograph, Herr A. Dörffel in Leipzig. Außerdem bewahrt noch die königl. Bibliothek in Berlin zwei Kirchen-Cantaten von ihm, den 18. Psalm, und ein Kyrie und Gloria über den Choral »Es woll uns Gott genädig sein« in der Art, daß zum Kyrie die beiden ersten Zeilen verwendet werden, zum Gloria das Uebrige. Ein fertiger Musiker zeigt sich überall, der unter die besten Kirchencomponisten seiner Zeit gehört, welche freilich sämmtlich für die Entwicklung der Kunst keine Bedeutung gewinnen konnten. Was von seinen Compositionen in neuerer Zeit durch Druck allgemein zugänglich geworden, beschränkt sich meines Wissens auf eine Fantasie und Fuge für Clavier in F dur (»Alte Claviermusik« neu herausgegeben von E. Pauer. Leipzig, B. Senff. Zweite Folge, 3. Heft). Eine andre Fantasie mit Fuge in A moll, sowie eine Sonate in A dur sind handschriftlich ebenfalls auf der Berliner königl. Bibliothek. — Das Datum seiner Geburt und seines Todes habe ich nach dem von seinem Urenkel, dem Kämmereiverwalter Bach in Eisenach, entworfenen Stammbaume gegeben.

III.

(Zu Seite 154.)

Ich habe vorn die Söhne Valentin Bachs ausnahmsweise mit aufgeführt; es geschah der Verbindung wegen, in welcher später Elias Bach mit Sebastian stand. Der erwähnte Stammbaum nennt auch noch drei Söhne desselben: Friedrich Adam (5. September 1752 — 2. März 1815), Johann Michael (geb. 1754), Simon Friedrich (1755 — 2. Mai 1799). Daß aber mit allen diesen die männlichen Familiensprößlinge jener Zeit nicht erschöpfend aufgezählt sind, beweist ein Attestat, das Elias Bach einem seiner Verwandten ausgestellt hat und das sich im Original ebenfalls im Besitz von Frl. Emmert befindet. Da es auch ein speciell musikalisches Interesse hat, theile ich es mit:

»Nachdem Vorzeiger dieses Johann Valentin Bach mich Endes Benañdten um ein glaubwürdiges *Attestat* wegen seines bißherigen Verhaltens geziemend ersucht hat, so habe demselben damit keineswegs entgegenstehen, sondern vielmehr mit Grunde der Wahrheit *resp.* Jedermänniglich, deme sothanes *Attestat* vorgeleget werden möchte, zuverläßig versichern sollen, daß sich obgedachter Johann Valentin Bach, Seit seines fünfjährigen Aufenthalts auf dem dahiesigen *Alumneo* jederzeit gehorsam, fleißig und treu erfunden laßen, und es sonderlich in der *Music* soweit gebracht, daß er sowohl eine feine *Discant*, *Tenor* und *Bass* Stimme singet[1]), als auch ein gutes *Clavier* und andere *Instrumenten* zuspielen im Stande ist. Weswegen ich um so weniger Bedenken trage, denselben besonders allen *resp.* Gönnern, Liebhabern und Beförderern der edlen *Music* zur Beförderung seines löblichen Vorhabens hierdurch bestens zu *recommend*iren. So geschehen Schweinfurth am 12ten *August.* 1752.

Johann Elias Bach.

[Siegel]
Cant. und *Alumn. Insp.*«

Wohin aber dieser junge Johann Valentin gehört, kann ich nicht sagen.

IV.

(Zu Seite 253.)

Friedrich Erhardt Niedt, Musikalische Handleitung II, 189 (Hamburg, 1721):

»Die Orgel zu *St. Marien* in Lübeck hat 54 Stimmen.

Werk.

1. *Principal* 16, 2. *Quintadena* 16, 3. *Octava* 8, 4. Spitz-Flöte 8, 5. *Octava* 4, 6. Hohlflöte 4, 7. Nasat 3, 8. Rauschpfeiffe 4fach, 9. Scharff 4fach, 10. *Mixtura* 15fach, 11. Trommete 16 Fuß, 12. Trommete 8 Fuß, 13. Zinke 8.

Brust.

1. Principal 16, 2. Gedact 8, 3. *Octava* 4, 4. Hohlflöte 4, 5. Sesquialtera 2fach, 6. Feld-Pfeiffe 2 Fuß, 7. Gemshorn 2, 8. Sifflet 1½, 9. *Mixtura* 8fach, 10. Cimbel 3fach, 11. Krumhorn 8 Fuß, 12. Regal 8.

Rück-Positiv.

1. *Principal* 8, 2. Bordun 16, 3. Blockflöte 8, 4. *Sesquialtera* 2fach, 5. Hohl-Flöte 8 Fuß, 6. *Quintadena* 8, 7. *Octava* 4, 8. Spiel-Flöte 2, 9. *Mixtura* 5fach, 10. *Dulcian* 16 Fuß, 11. Baarpfeiffe 8, 12. Trichter-Regal 8 (Dieses wird auch wohl von keiner neuen *Invention* seyn), 13. *Vox humana,* 14. Scharff, 4 *a* 5fach.

Pedal.

1. *Principal* 32, 2. *Sub-Bass* 16, 3. Octava 8, 4. Bauerflöte 2, 5. *Mixtura* 6fach, 6. Groß-Posaun 24, 7. Posaune 16, 8. Trommete 8, 9. Principal 16, 10. Gedact 8, 11. *Octava* 4, 12. Nachthorn 2, 13. *Dulcian* 16, 14. Krumhorn 8, 15. Cornet 2.

Hiebey ein Cimbel-Stern, zwo Trummeln, zweene Tremulanten, und 16. Bälge«.

Daß Nr. 1 im Brustwerk achtfüßig gewesen sein wird und in der Aufzeichnung ein Versehen vorliegt, hat auch Jimmerthal in seiner vorn genannten Schrift S. 6 bemerkt; das 24füßige Posaunen-Register im Pedal ist aber so zu verstehen, daß in demselben der 32 Fuß-Ton erst mit dem *F* und nicht schon mit dem *C* beginnt.

---

[1]) Dies Lob soll sich sicherlich auf das Geübtsein im Lesen der verschiedenen Schlüssel beziehen.

V.

(Zu Seite 332.)

Actenfascikel auf dem Rathsarchive zu Mühlhausen mit der Aufschrift:
»Organista D. Blasij de Ann. 1604 *usque* 1677«.

pag. 26 ff.:

»Actum den 27. Maij 1707,

in Conventu Parochiano, proponebat Dom. Senior Consul Dr. Conrad Meck-
bach [1].

Es were errinnerlich, was gestalt durch tödtlichen hintritt Hrn. *Johan George* Ahlen die *organisten*stelle bey der Kirche *D. Blasij* erlediget worden, Solche nun zu ersetzen der nothdurfft seyn würde, dahero zur Umfrage gestellet.

1.

Ob nicht Vor andern auff den *N. Pachen* Von Arnstadt, so neulich auff Ostern die probe gespielet, *reflexion* Zu machen?

Conclusum und sey dahin zu bearbeiten, daß mit Ihme billig *accordiret* werde.

Zudem ende Selbiger anhero zu bescheiden.

Hrn. Bellstedt *commission* zu geben.

2.

Ob nicht die Kirche zu *repariren.*

Placet.

3.

Weren Verschiedene mängel bey den begräbnißen eingeschlichen, ob Solche nicht zu untersuchen und Zu *remediren?*

Fiat cognitio per Dominum Administratorem et referatur.

Actum den 14. Junij 1707.

Coram Deputatis Parochiae D. Blasij. Herr *Gottfried* Stüler, Herr *A. E.* Reiss, Herr *J. C. Stephan* [2],

accersitur Hr. *Joh. Seb. Bache* und wurde Vernommen, ob Er die bey der Kirche *D. Blasij* erledigte *Organist*enstelle antreten wolte und was Er zur bestellung Verlange.

---

[1] Meckbach war ein in jener Zeit vielgenannter mächtiger Bürgermeister, der sich aber viele Uebergriffe und eigenmächtige Handlungen erlaubte, so daß darüber schließlich Unruhen ausbrachen, die im Jahre 1711 durch einen Reichs-Commissarius geschlichtet werden mußten (Recesse der Stadt Mühlhausen von 1642—1741). Regierender Bürgermeister war er übrigens in diesem Jahre nicht. In jedem Kirchenconvent befanden sich einige eingepfarrte Rathsmitglieder, deren eins dann wohl immer den Vorsitz führte.

[2] Diese waren aus dem Kirchenvorstande ausgewählt, die übrigen untenstehenden Namen wurden hernach mittelst Circular eingesammelt.

Hr. *Bache praetendiret*:
85 Gulden So Er Zur Arnstadt hatte
Und das Deputat Hrn. Ahlen alß
3 Malter Korn
2 Claffter Holtz 1 buchene und 1 ander.
6 Schock Reißig an statt des ackers, Vor die Thür geführet
Wolte hierauff folgen, Verhoffet anbey, daß Seinen abzug und über-
Kunfft zu *facilitiren* Zu überbringung seiner *mobilien* Ihme werde mit Fuhr-
werck *assistiret* werden.
bittet schließlich Ihme die bestellung schrifftlich auß zu stellen.
Johann Georg Stephan
Adolph Strecker
Christian Grabe

Joh. Herman Bellstedt	Al. Reiß
Henrich Christoph Schmiedt	Chr. Steffen
Seb. Beyereis	*Jacob* Meckbach
Joh. Georg Meckbach	Joh. Stephan Vogeler.
Georg : Andr. Stephan	*Herman Christian* Steinbach
Tobias Backmeister	*J. E.* Hofferock.
Christian Vockrodt.	*Joh.* Frd. [?] Eisenhardt
	Joh. Andreas Führer.

Actum den 15. Junij 1707.
Referebat Joh. Dieterich Peterseim [3]), daß Hr. *Seb.* Vockerodt, Hr.
Christian Stüler, H. Haserodt [4]) gesaget, hetten keine Fedder oder Dinte,
weren wegen des unglücks [5]) So bestürtzet, daß Sie an keine *Music* dächten,
wie es die anderen Herrn machten weren Sie zufrieden.«

Bestallung Bachs (ebenda pag. 29 ff.):
»Wir bey der Keyserlich freyen und des heiligen Reichs Stadt Mühlhausen sämtliche Eingepfarrete Bürgermeistere und *Raths* Verwandte des
Kirchspiels *D. Blasij* fügen hiermit zu Wißen, demnach dasige *organiste*n
Stelle durch tödtlichen Hintritt Herrn *Johan George* Ahlen weyland unsers
mit Raths freündes *vacant* und erlediget worden, Solche nun Zu ersetzen,
haben Herrn *Johan Sebastian Bachen* bei dritte Kirchen zu Arnstadt bestellten *Organisten* anhero beruffen und zu Unserm *Organisten* bey obbe-
sagter Kirche *D. Blasij* dero gestalt angenommen, daß Er zuförderst hie-
sigem *Magistrat* treü und hold Seyn, Gemeiner Stadt Schaden weren und
bestes hingegen befördern, in Seiner auffgetragenen Dienst Verrichtung sich
willig bezeigen und iedes mahl erfinden laßen, absonderlich die Sonn-,
Fest-, und andern Feiertage Seine auff Warttung treu fleißig Verrichten,
das Ihme an Vertrauete *Org*el Werck wenigst in gutem stande erhalten, die

---

[3]) Der Kirchendiener, welcher obiges Schriftstück zur Unterschreibung
herumtragen mußte.
[4]) Ebenfalls Glieder des Kirchenvorstandes. Dieser bestand also aus
24 Personen.
[5]) Nämlich des Brandes vom 30. Mai.

etwa befindliche Mängel denen iedesmahl bestellten Herren Vorstehern anzeigen und Vor deren *reparatur* und *music* fleißig mit sorgen, aller guten wohlanständigen Sitten sich befleißigen, auch ungeziehmende gesellschafft und Verdächtige *compagnie* meiden solle, Gleichwie nun obbenanter Herr *Bache* Obigem Allem nach sich gemäß zu bezeigen und zu verhalten mittelst Handtschlages Verpflichtet, Alß haben Ihme hergegen zu seiner jährlichen besoldung

85 Gulden an gelde

das hergebrachte *deputat* an

3 Malter Korn

2 Claffter Holtz 1 buchen und 1 Eichene oder aspen

6 Schock reißig Vor die thür geführet

anstatt des ackers, zu reichen Versprochen und darob gegen wörtligen Bestallungs Schein unter Vorgedrücktem Cantzley-*secret* außstellen laßen.

Geschehen den 15. Junij 1707.

(*L. S.*)   Eingepfarrte bey der Keyserlich freien und des heiligen Reichs
Stadt Mühlhausen.«

»*Actum* den 21. Februar 1708.
in Conventu Parochiano.
Proponebat Dom. Consul Senior Dr. Meckbach.

Es hette der neüe *Organiste* Herr *Bache* bey dem Orgel Werck der Kirche *D. Blasij* Verschiedene *defecte* angemercket, wie solche zu *remediren* und das Werck zu *perfectioniren* ein schrifftliches *project* übergeben

legebat et quaerebat

1) Ob es *projectirter* maßen an Zurichten;

2) Den *accord* zu machen gewiße *Commissarii* zu ernennen und

3) Weile Sich zu dem kleinen Wercke auf dem Singe Chor Jemandt angegeben solches an sich zu handeln, *Commissioni* auffzugeben mit dem liebhaber zu schließen?

Conclusum

ad 1. *Affirmatur.*

ad 2. *denominati* Herr Bellstedt. Herr Reiß. Herr *Sebastian* Vockerodt. *cum instructione,* so genau zu *accordiren,* alß Sie Können, und allenfalß das kleine Werck *pro* 50 Thlr. dem Orgelmacher an Zahlung statt anzugeben, wenn mit 200 Thlr. Er das Werck zu Verfertigen nicht annehmen wolte. [Folgen andre hierher nicht gehörige Verhandlungen, dann:]

3.

Herrn *Joh. George* Ahlen seel. nachgelaßene Witbe bittet ihr das gewöhnliche $\frac{1}{2}$ gnaden Jahr angedeyen zu laßen und ihr das halbe *Salarium* zu reichen.

quaerebatur.

Conclusum: differatur und hette der Vorsteher Herr Reiß den Schüler, welcher das Werck *interim tractiret,* was er *pro studio praetendire* Zu vernehmen.«

»*Actum* den 26. Junij 1708.

       in Conventu parochiano praesentibus : [6]

    Proponebat D. Cons. Dr. Meckbach

es hette der *organist* Bach anderweite *Vocation* nach *Weimar* und solche angenommen, dahero umb seine *dimission* schrifftlich angesuchet.

    quaerebatur. Weil er nicht auffzuhalten, müste mann wohl in seine *dimission consent*iren, iedoch Ihme bey deren *apertur* an zu deuten, das angefangene Werck helffen zum stande zu bringen.«

VI.

(Zu Seite 520.)

Bestand der herzoglichen Capelle zu Weimar zwischen den Jahren 1714 und 1716.

»H. *Secret. Pagen* Hofmeister und *Bassiste* Gottfried Ephraim Thiele [klein drunter bemerkt :] hat die Kost beyhofe.

*Fagottist*e	Bernhard George Ulrich
Cammer*fouri*er u. *Trompeter*	Johann Christoph Heininger.
	kriegt Kostgeld
Schloß Voigt u. *Trompeter*	Johann Christian Biedermann.
	bekömt Kostgeld.
Trompeter	Johann Martin Fichtel.
	hat Kostgeld.
Trompeter	Johann Wendelin Eichenberg
	empfängt Kostgeld
Trompeter	Johann Georg Beumelburg
	genießt Kostgeld
Trompeter	Conrad Landgraf
Paucker	Andreas Nicol.
	wird Kostgeld gegeben.
H. Capellmeister	*Salomo* Drese
	bekömt täglich 1 Brötgen u. 1 Maas Bier aus der Kellerey.
H. *Vice* Capellmeister	Drese
*Concert*meister und Hof*organist*,	Johann Sebastian Bach.
Secret. u. *Tenorist*e	Aiblinger
Tenorist u. Hof*Cantor*	Döbernitz
Hof*Cantor* u. *Bassist* auch *coll. quint :*	Alt
*Altist*e	*Bernhardi*
*Discantist*e	Weichard,
	geht mit an Freytisch.

---

[6] Die nun folgenden acht Namen der Anwesenden und sechs von solchen, die sich hatten entschuldigen lassen, stehen drüber und am Rande.

Discantiste	Gerrmann,
Cammer *Musicus*	Johann Andreas Ehrbach,
Musicus u. *Violinist*	Eck,
Violinist u. *Musicus*	Johann Georg Hoffmann

wohnt in Jena. Wenn er aber
hier ist, hat er die Kost bey Hofe.

H. *Secret*: u. *Musicus* auch *Violinist*,   August Gottfried Denstedt.«

Dazu kamen sechs Capellknaben. Der Bestand ist aus einem Verzeichniß der Hof-Diener Wilhelm Ernsts genommen, das sich im großherzoglichen Archive zu Weimar befindet. Die vor dem Capellmeister genannten Musiker wohnten im Schlosse, daher die Reihenfolge. Im übrigen stand nach der weimarischen Rangordnung von 1726 der Capellmeister gleich nach dem Pagen-Hofmeister, ihm folgten die Pfarrer auf dem Lande. Die Trompeter und Pauker folgten dem Subconrector und Münzmeister, auf diese folgten die übrigen »Musicanten, wie sie angenommen«; diesen die Consistorial-Schreiber und Copisten, dann kamen nach einer ganzen Reihe von Zwischengliedern ziemlich am Schlusse: Stadt- und Hof-Cantoren, Organisten und die übrigen Schul-Collegen. Bach wird aber, da er zugleich Concertmeister war, wohl einen vom Capellmeister nicht allzu entfernten Rang eingenommen haben. — Der damalige Stadtmusicus hieß Valentin Balzer.

Nachtrag zu S. 130. Erst als der betreffende Bogen schon gedruckt war, bemerkte ich zufällig, daß Walther im Lexicon, S. 90, von Georg Bertouch erzählt, derselbe habe während seiner jenenser Studentenzeit »in Gesellschaft des dasigen Organistens, Hrn. Johann Nicol Bachs, eine Reise nach Italien angetreten, auch die Grentzen nur gedachten Landes würcklich erreicht gehabt«, sei jedoch dann mit einem dänischen General, der ihn zum Hofmeister seiner Söhne bestimmt, wieder umgekehrt. Sein Begleiter wird dazu keine Veranlassung gesehen haben, und so wäre denn die Anknüpfung an die italiänischen Kirchenmusiker auch äußerlich constatirt. Eine auf S. 37 gemachte Bemerkung über das Verhältniß des Bachschen Geschlechtes zu den Italiänern ist hiernach zu modificiren. Da Nikolaus Bach schon 1697 heirathete, so wird die Reise 1695 oder 1696 stattgefunden haben.

Zu S. 134. In dem Lebenslaufe des Cantors Caspar Ruetz, welcher im ersten Bande von F. W. Marpurgs Historisch-Kritischen Beyträgen (Berlin, 1754) von S. 357—361 zu lesen ist, findet sich auch eine Notiz über Nikolaus Bach. Ruetz studirte nämlich von 1728—1730 in Jena Theologie; in Anknüpfung hieran heißt es S. 360: »Die Bekanntschaft mit dem braven Organisten Herrn Bach in Jena war ihm sehr vortheilhaft, und war ihm wegen der Liebe zur Musik eine angenehme Veränderung.«

Berichtigungen.

S. 48. Takt 2—3 im Text lies: Chri-stus.
S. 60. Notenbeispiel in den unteren Systemen Tenorschlüssel.
S. 268. viertes System am Anfang fehlen die Bogen für die Bassnoten.
S. 272. erstes Notenbeispiel Takt 4 fehlt bei *eis* der Sechzehntelstrich.
S. 512. Zeile 23 lies: ungewiss.
S. 621. Zeile 10 bitte ich zu lesen: des Jahres 1719. Dieses meinerseits begangene Versehen entstand daraus, daß ich mich für das vorher-erzählte Ereigniß auf Siculs Jahrbuch von 1718 bezog.

Orgelchoral.

„Warum betrübst du dich, mein Herz."

*d fehlt in der Handschrift.

Fuge.

Beilage 2 (zu S. 425).
Tomaso Albinoni.
Allegro.
Violino I.
Violino II.
Violoncello e Organo.

Applicatio.

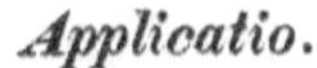

Beilage 3ª (zu S. 649).

Joh. Seb. Bach.

J. N. J.

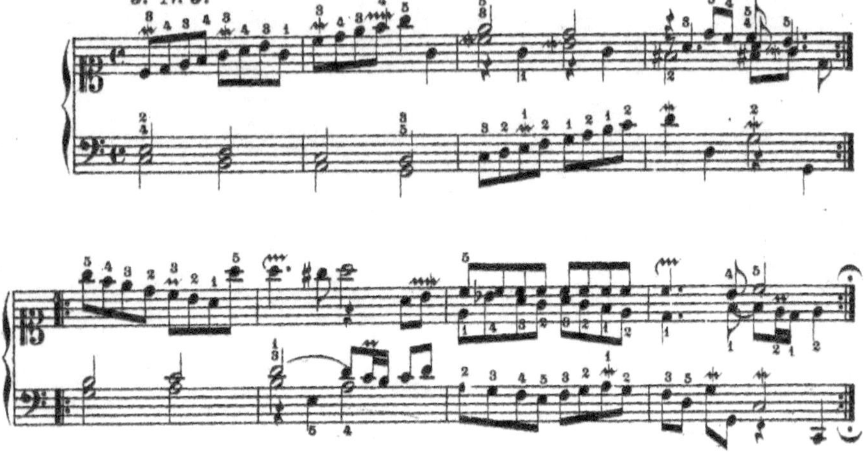

Praeambulum.

Beilage 3ᵇ (zu S. 649).

Joh. Seb. Bach.

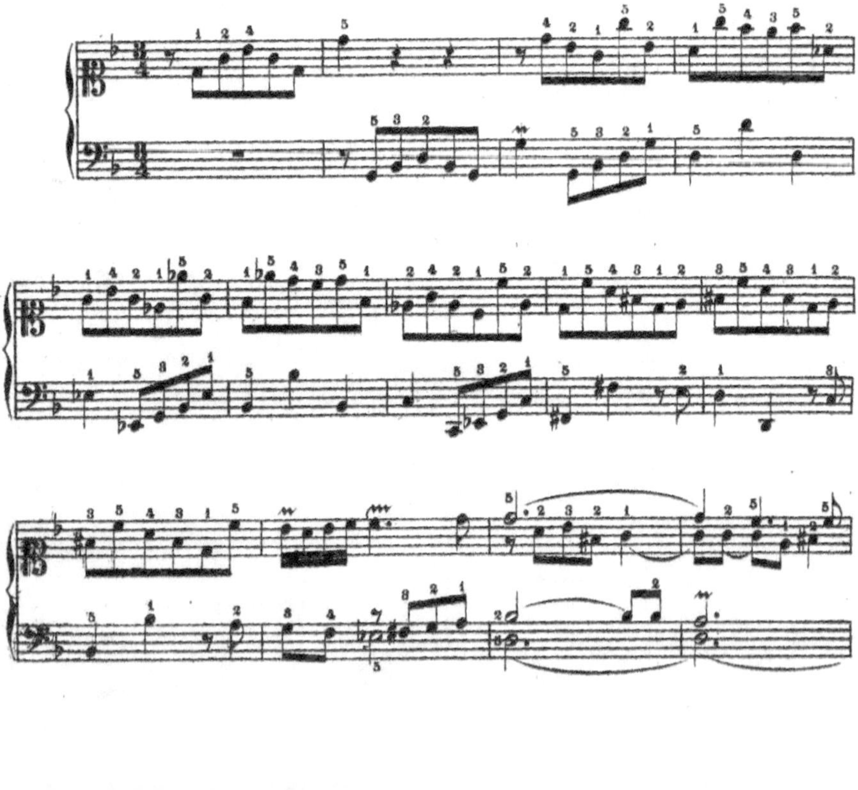

Praeludium.

www.ingramcontent.com/pod-product-compliance
Lightning Source LLC
Chambersburg PA
CBHW020503110726
47899CB00004B/1048